中华传世藏书

【图文珍藏版】

中国历代通俗演义

[清]蔡东藩⊙原著

马博⊙主编

线装书局

目　录

民国演义（下）

中华传世藏书

中国历代通俗演义

目录

二

中华传世藏书

中国历代通俗演义

目录

三

中国历代通俗演义

民国演义

下

[清]蔡东藩⊙原著

马博⊙主编

第六十一回

争疑案怒批江朝宗
督义旅公推刘显世

却说袁乃宽入奏新华宫，正值老袁盛怒，听了袁瑛被拘的禀报，无名火越高起三丈，顿时怒目鹰视，恨不将那爱侄乃宽，也一口儿吞他下去。乃宽瞧着，就知道另有变故，慌忙跪下磕头。老袁用足踢着道："你的逆子，真无法无天了。我与他有什么冤仇，竟要害死我全家性命。"说到"命"字，便掷下一纸，又向外面指示道："你瞧你瞧！"乃宽掉头一望，见外面堆着数十枚炸弹，复将纸面一瞧，便是那亲子寄袁世凯书，这一吓，几把乃宽的三魂六魄，统逃得不知去向，好一歇，答不出话来，仿佛是死人一般。忽咬牙切齿道："教子不严，臣侄亦自知罪了，待逆子拘到，同至陛下前请死。"老袁厉声道："你也自知罪名吗？若非念同宗情谊，管教你满门抄斩。"言毕，起身入内。

乃宽此时，也不知怎样才好，转思跪在此地，也是无益，因即爬了起来，匆匆返家。一入家门，便大嚷道："坏了，坏了，祸及全家了。"那家人莫名其妙，过来问明底细，都被他呵斥了去，自己奔入卧室，躺在床上，不知流了若干眼泪。待至晌午，妻妾们请他午餐，也似不见不闻，忽觉外面有人语道："二少爷回来了。"他也不及问明，陡从床上爬起，趿着双履，三脚两步地走了出去。既至厅前，正值袁瑛当面，他口中只说"逆子"两字，手中已伸出巨掌，向袁瑛劈面击去。袁瑛见来势甚猛，闪过一旁，巧巧巨掌落空，几乎扑跌地上，亏得仆役随着，将他扶住。只听袁瑛高声道："要杀要剐，由我自去，一身做事一身当，与你老子何涉！"这数语，气得乃宽暴跳如雷，正要再击第二掌，那袁瑛已转身自行。乃宽忙连叫拿着，一面追出门首，但见外面立着警察数名，好几个将袁瑛拦住，又有一警吏模样，走至乃宽面前，行礼请安，复呈上名刺，由乃宽匆匆一瞧，具名是天津警察厅长杨以德，点清警察厅长姓名，用笔不直。当下吩咐警吏道："你休使逆子远飏，快与我送至新华宫去，我就来了。"警察诺诺连声，押着袁瑛先行。乃宽即穿好双履，趋上马车，随至新华宫来。转眼间已到宫门，见袁瑛等已是待着，当即下车跑入，突被侍卫阻住，他又吓得面如土色。进出都不得自由，无怪吓杀。但听侍卫传旨道："今上有命，着你将令郎袁瑛，送交军政执法处便了。"乃宽不知是好是歹，只得遵旨带领袁瑛，径至军政执法处。此时处长系雷震春，闻得袁瑛拘到，即传命处内人员，把袁瑛收禁，乃父无辜，任他归去。乃宽得了此信，好似皇恩大赦，踉踉跄跄归家。放心一大半。

原来袁氏姬妾，素爱乃宽，自袁瑛发生逆案，都为乃宽捏一把冷汗，适见老袁负气入内，料他是迁怒乃宽，此时欲劝不敢，不劝又不忍，毕竟洪姨伶牙俐齿，竟挺身向前道："陛下为了袁瑛，气坏龙体，殊属不值。他本是个无知竖子，也未敢胆大若此，据妾想来，定是受乱党唆使，想借此搅乱龙心，今已拘到，但把他收禁起来，已足断绝乱党导线。若讲到乃宽身上，想必未曾知情，陛下即待他厚恩，索性加恩到底，渠非木石，宁有不格外图报吗？"说得委婉动人。老袁佯笑道："你敢是为乃宽做说客吗？"这一语，打动洪姨心坎，几急得粉颊生红，一时说不下去。适背后有人接口道："妾意是乃宽不当办，就是他逆子袁瑛，也不必急办。"进一步说法，比洪姨又过一筹。洪姨听着，乃是忆秦楼周氏声音，料她来做后劲，暗暗喜欢。猛闻得老袁道："你等串通一气，来帮乃宽父子，莫非是与他同谋不成？"这句话更加沉重，几令人担当不起。哪知周姨竟转动珠喉，从容答道："妾闻雍齿封侯，汉基乃定，陛下今日，正当追效汉高，借定众心。试思陛下延期登极，无非为外交方面，借口内变，时来牵制，今云南肇乱，尚未荡平，复生宫中的变案，越加滋人口实，陛下待至何时，方得登基呢？若陛下疑妾等同谋，妾等已蒙陛下深恩，备选妃嫔，现成的富贵，不要享受，还去寻那杀头的勾当吗？"语语打入老袁心坎，亏作者描绘出来。老袁听了，不禁点首，便改怒为喜道："女苏秦，依你该如何办法？"周姨道："妾已说过了，乃宽不当惩办，袁瑛也不必急办。"伏一笔愈妙。老袁沉思一会，想不出另外妙法，竟从了女苏秦计策，转嘱左右，俟乃宽拘子到来，令他转解军政执法处，一面传语雷震春，只收禁袁瑛一人。雷震春也已喻义，所以奉旨照行。

　　隔了三四天，步军统领江朝宗，奉了密令，往拘沈祖宪、勾克明，密令中也不说出犯罪情由，朝宗只道他是袁瑛同党，忙带了似虎似貔的军役，跑至沈、勾两人寓中，巧巧两人俱未外出，一并捉住，并由军役严搜，查出盟单一纸，内列姓名，多系内外军政两界要人。朝宗徼功性急，查有数人寄住交通次长麦信坚宅内，便不分皂白，竟转至麦家，指名索犯。麦次长无可如何，只好令他带去。还有司法次长江庸弟尔鹗，名单上也曾列着，索性乘着便道，统行逮捕，一股脑儿带至步军统领衙门，亲自讯问。鲁莽可笑。沈、勾二人先行上堂，当由朝宗坐讯道："你等为何唆使袁瑛，叫他谋为不轨？"两人莫名其妙，便向他转诘道："江统领！你如何诬我唆使袁瑛？我等与袁瑛，简直是素不相识呢。"朝宗复掷下盟单，令他自阅。两人阅罢，递交朝宗，齐声道："名单上列着的，统是我两人旧交，称兄道弟，联为异姓骨肉，原是有的，但并未列着袁瑛姓名，为何凭空架害？"朝宗道："你两人的拜把弟兄，何故有这般么样多呢？"沈祖宪先冷笑道："今上并未有旨，禁止我等交结朋友，且试问你为官多年，难道是独往独来的？平日我与你亦时常会面，彼此也称兄道弟，不过名单上面，尚未列着大名罢了。"朝宗被他一驳，不觉怒气上冲，便道："你等藐我太甚，我且带你等至军政执法处，看你等如何答辩？"沈、勾二人又齐声道："去便去，怕他什么！"朝宗遂下座出堂，领着沈、勾诸人，竟至军政执法处，拜会雷震春。

　　这时候的雷处长，早已问过袁瑛，袁瑛供由克端主使，所有从前往来书信，也非自己手笔。这种供词，吓得震春瞠目无言，只好仍令收禁。看官曾阅过前回，克端是袁家四公子，系老袁爱妾何氏所生，面似冠玉，肤如凝脂，并且机警过人，素为老袁所爱，平时尝语人道："此子他日，必光大袁氏门闾。"嗣是克端特宠生娇，暗中已寓着传位思想，有时且入对老袁，诉说各弟兄短处，因此克定以下，屡遭呵责，甚至鞭挞不贷。克定正恐青宫一席，被他攘夺，所以时时戒备，平居阴蓄死士，作为护符。袁瑛出入宫中，早已瞧在眼里，此时便信口乱供，索性闹一回大乱子。幸震春颇具细心，饬令还禁，免他胡言瞎闹。新华宫内，不生喋血之祸，还亏老雷保全。

　　正在打定主意，偏江朝宗领着若干人犯，奔至军政执法处来，两下相见，朝宗即欲将罪犯交清，归雷讯办。雷震春道："你可曾问出主乱的人吗？"朝宗就将盟单取出，作为证据。震春看了一遍，便道："他是结盟弟兄，并不是什么乱党，况且袁瑛姓名，并未列着，怎得牵东拉西？"朝宗道："今上有密旨拘讯，你怎得违旨不究？"震春道："密旨中如何说法？"朝宗道："是从电话传来，叫我速拘沈、勾二人。"震春道："你敢是听错了？"朝宗道："并没有听错。"震春道："今上既嘱你速拘两人，你拘住两人便了，为何又拘了若干名？"朝宗道："名单上列着诸人，如何不立即往拿？否则都远飏去了。"震春微哂道："这是你的大勋，我且不便分功。"朝宗道："我只有逮捕权，讯办权握在你手，彼此同是为公，说什么有功不有功？"震春用鼻一哼道："你且去奏闻今上，交我未迟。"朝宗不觉性急道："这是关系重大的案件，你既身为处长，应该切实讯明，方好联衔奏闻，候旨处决。"震春仍是推辞，朝宗只管紧逼，顿时恼动了雷震春，拍的一掌，不偏不倚，正中江朝宗的嘴巴。不枉姓雷。朝宗吃了这个眼前亏，怎肯甘休，也一脚踢将过去。以脚还拳的是少林宗派。于是拳足互加，竟在军政执法处，演出一出《王天化比武》来了。幸亏朱启钤、段芝贵相偕趋入，力为解开，朝宗尚喧嚷不休，段芝贵带劝带问道："江宇（朝宗字）兄！今上叫你传询沈、勾两人，你为何在此打架？"

朝宗气喘吁吁道："兄弟正拘到这班罪犯，要他讯办，偏他左推右诿，我只说了一两句话儿，他便给我一个嘴巴，两公到来正好，应该与评论曲直。这种大逆不道的罪犯，应否由我速拘？应否由他速办？他敢是与逆犯同谋，所以这般回护吗？"朱启钤道："这是两案，不是一案。"朝宗闻这一语，方有些警悟起来，便道："如何分作两案？"朱启钤道："沈、勾一案，是为外交上泄漏嫌疑，并非与袁瑛相关。"朝宗发了一回怔，复嚷着道："就是我弄错了，也不应敲我嘴巴。"雷震春不禁狞笑道："我又未奉主子密令，不过据理想来，定然是不相牵连，所以劝你禀明主子，再行定夺，你偏硬要我讯办，还要唠唠叨叨，说出许多话儿，我吃朝廷俸禄，不吃你的俸禄，要你来训斥我吗？给你一掌，正是教你清头呢。"朝宗还要再嚷，朱、段两人复从旁婉劝，且代雷震春陪了一个小心，朝宗方悻悻自去。剩下沈、勾等人，由段芝贵密语雷震春，嘱他略行讯问，如无实证，不如释放了案，免兴大狱。震春允诺，当即送客出门。是夕招集沈、勾等，略问数语，沈、勾两人，推得干干净净，便于翌晨释出，只袁瑛尚在羁中，一场大狱，化作冰消，都人士纷纷疑义，莫衷一是。又越日，见《亚细亚报》载着道：

沈、勾一案，与袁四无涉，沈、勾系有人诬指其有嫌疑情事，遂行传询，并非被捕，现已讯无他，故即于昨日释出。至袁四公子，素有荒唐之目，时与刘积学相往来，其致函将军煽乱一事，查系刘某笔迹，迨经执法访缉刘某，早已远飏。既无佐证，故政府对于袁四，亦不复究，但均与犯上作乱者不同。

《亚细亚报》名为御用报，这种词调，为袁氏讳，已可想而知。小子已于上文中叙述大略，谅阅者自能洞悉，无俟晓晓了。总结一段。

且说云、贵两省，地本毗连，自唐继尧调镇云南，贵州亦归他兼领，只有巡按使龙建章，留任省城，实行管辖地方政务。会护军使刘显世，通好云南，联名讨袁，他得了这个风声，料想兵戈一动，危在旦夕，自己又力不能制，只好筹一离身的法子，遂电呈政府，托言归视母疾，请假三月。也是一个好法儿。偏经政府电复，责他有意规避，应付惩戒，且督令出省视师，巡按使一职，暂由刘显潜署理云云。那时龙建章已预备行装，接了复文，便将计就计，把印信交与刘显潜，自借出巡为名，竟跑出省城，飘然径去。政务厅长及黔中、镇远两道尹，闻龙出走，也相继远飏，顿时贵阳城里，风声鹤唳，草木皆兵。军警两界，合电政府暨各省，请另行召集国民会议，表决国体，袁政府不加答辩，只饬令署理巡按使刘显潜，会同护军使刘显世，派兵分防，静待援军。两刘本系弟兄，老袁此策，还想把官爵利禄，诱他归诚，显世以滇兵未到，黔兵甚孤，一时未便独立，就拍发密电到京，要求兵费三十万，情愿率兵攻滇。老袁得电后，自幸密谋已遂，竟复电允准。哪知刘显世计中有计，想把袁政府的军费，取来讨袁。即以其人之财，还治其人之身。既接复音，遂按兵不动，专待军费汇来。

是时云南护国军第一梯团长刘云峰，带领第一支队长邓太中，第二支队长杨蓁，已入四川境内，川军司令伍祥祯，与滇有约，不战自退，刘军遂分两路进攻，直逼叙州。伍祥祯步步退却，眼见得叙州一城，被刘军占领了。总司令蔡锷，闻叙州已经得手，便命第四梯团长戴戡，率着步兵一营，炮兵一队，亟向贵阳进发，联络刘显世，会同北征，自率第二梯团长赵又新，第三梯团长顾品珍，随后继进。刘显世正望滇军到来，既与戴戡相晤，自然欣慰异常。

可巧袁氏允准的军费，亦接连汇到，并接蔡锷军电，已至黔境威宁，于是军威既壮，声讨乃彰，当由公民一千七百余人，公推刘显世为都督，宣布黔省独立。刘显世接受都督印信，布告全省道：

为布告事！迩以袁氏背叛国家，窥窃神器，逞其凶焰，举兵逼黔，我父老昆弟，愤其僭窃，痛其凶残，以大义相责，重任相托。本都督顾念国家，关怀桑梓，不忍四方豪俊，无限头颅心血铸造之邦，沦于奸人之手；重以逆军溯湘流而上，咄咄逼人，亡国破家，迫在眉睫，爰于一月二十七日，宣告独立，所有各种文告，业已印发在案。当滇省宣布罪状，唤起国民救亡之初，本都督本于个人之良心，应即立举义旗，共讨叛贼，徒以战端一启，黔当其冲，仓促举兵，颇难运转；且意袁氏向非至愚，一经忠告，或能悔祸，故不惜双方调处，委曲求全。

何图凶心不死，逆焰愈张，曹锟等率师东下，着着进行，希图一逞。曹兵残暴，邦人所知，赣宁之役，淫掳烧杀，无所不至。倘使兵力集中，立即乘虚攻我，以达其分道进兵之计划，即令我以善意开门揖入，彼岂肯长驱直捣，进薄滇边，不疑我掊其后耶？则盘踞我城垣，迫散我军队，掳掠我金粟，荼毒我人民，城社邱墟，宁复顾惜？故无论如何，断未有逆军入境，而不糜烂地方，亦绝无听其来黔，蹂躏境土之理。唯查逆军情状，多所迟回，此不第直壮曲老之势，可以预决，即就其众叛亲离言之，亦绝无可畏。袁氏纵其二三鹰犬，伪造民意，帝制自为，中外同羞，天人共愤，沿江各省，相约枕戈，或以时机未熟，虚与委蛇，或与逆师杂居，尚虞投鼠，云集响应，指顾间事。袁氏亦自知罪恶通天，为众所弃，从而分调畿辅重兵，麇集大江南北，以防各省之景从，情见势绌，亡无日矣。夫顺逆既分，胜负可决，黔唯有保守疆土，整备兵戎，以待联合各省义师，共诛独夫，巩固民国，以图生存于大地而已。所有地方治安，本都督自应率属，共负完全保护之责，各色人等，务望各安本业，勿得稍事纷扰，自召虚惊。为此通令，仰各该官长等，立即出示，晓谕人民，一体知照。

布告既颁，即日委任戴戡为中华民国护国第一军右翼总司令，联合滇军，共归蔡锷节制，率兵北伐。于是护国第一军部下，分作两翼，右翼为黔军，左翼为滇军。小子有诗咏道：

> 桴鼓声传远迩闻，
> 滇黔共起讨袁军。
> 试看义旅联镳日，
> 民意原来顺逆分。

滇黔既联合出兵，川湘边境，顿时大震。究竟孰胜孰败，且至下回再详。

袁氏生平，专喜秘密，故人亦即以秘密报之。袁瑛也，沈祖宪也，勾克明也，无在非以密谋报袁，转令老袁无所措手，亦只可模糊了事。江朝宗反欲张皇，而雷震春竟批其颊，雷其可为袁氏之知己乎？至若刘显世之请求军费，还而讨袁，计诚巧矣，吾谓亦从老袁处学来。袁惯以密谋饴人，人即密谋饶饴袁，报施之巧，无逾于此。故圣人言治国齐家，必以诚意为本云。

第六十二回　侍宴乞封两姨争宠　轻装观剧万目评花

却说滇、黔两军,联络北伐,黔军司令官戴戡由遵义直趋重庆,驻师松坎,并遣第一团长王文华、第三团长吴啰鸾,分攻湘境,牵制袁军。滇军总司令蔡锷自威宁通道毕节,直达永宁。永宁为川南要塞,系四川第二师长刘存厚驻守地,刘原驻泸州,四川将军陈宧闻刘有暗通滇军消息,特调驻永宁,至滇军一到,刘果弃了永宁,退至纳溪;途次接蔡锷来书,劝他即日起义,一同讨袁,他遂自称护国军四川总司令,通电各省,声明独立情状,略云:

袁氏不遵约章,悖戾民彝,昔当鼎革之时,即欲拥兵肆逞,同人本天下为公,乃概付以治权,冀其出精白不二之忱,宏兹国脉。何图掌国以来,言夫内政,则征敛如此,言夫外交,则败辱如彼。任官吏辄引其所昵,选总统竟临之以兵;甚至立法权揽为己有,暗杀案实主其谋,妬功害能,殄民败国,综其暴戾,罄竹难书。同人惧摇国本,犹复沉吟不发,冀补救于将来,乃彼独夫天夺其魄,恣乱日厉,竟敢假民意以推翻共和,挥党徒而谋兴帝制。蝇营狗苟,上下若狂,劝进之电,出于宫闱,选举之场,设于军府,势威利诱,无丑不陈,中外腾讥,群情愤激,卒召强邻之干涉,将陷民命于沦胥。凡有血气之伦,莫不仰天兴叹,滇黔首义,一檄遥传,薄海同钦,景从恐后。存厚不敏,外审大势,内问良知,痛此危亡,中心欲裂。爰整其旅,环甲出征,联合滇黔,挥旗北伐,誓拟盟成白马,重整五色之旗,行看痛饮黄龙,一扫群凶之焰。公等或为望重当时之俊彦,或系首造民宪之元勋,同领师干,身关治乱。岂于此日,遂负初心,宁以爵赏之羁,尽入奸雄之彀?呜呼!挥戈讨逆,事不同于阋墙,拨乱扶危,义实系乎救国。倘袁氏能及时徒薪,还我共和,则本府当卷此旌旗,不为已甚,皇天后土,实式凭之。

是时防沪司令冯玉祥正进援叙州,沪城空虚,刘存厚遂乘隙攻泸,会玉祥自叙州败还,竟率师截击,玉祥遁去,部兵多半投降。适值蔡锷部下第二梯团支队长董鸿勋亦率队到来,两军会合,并力攻沪,一夕即下,于是川南一带,也入护国军范围了。这是陈宧速变之力。

袁世凯本拟于阴历元旦(即阳历二月三日),或阴历正月初四日,实行登极(阴历正月初三日立春,当时有大地回春,万象更新之义,故诹吉于初四日)。偏是西南警报,络绎传来,又害得踌躇莫决,暗地愁烦,每日除阅视公文外,就与几位候补妃嫔,围坐宫中,小饮解闷。各位美人儿还道他从容寻乐,定由诸事顺手,可以指日登极,所有候补妃嫔的资格，当然好正式册封，不过同辈中共有十数人，将来沐封时，总不免有一二三等阶级，阶级一定，反致高下悬殊，令人不平，因此大家一喜一忧，各自盼望荣封，免落人后。洪、周二姨愈加着急（无非恃宠）。

某夕，洪姨见老袁微醉，含着三分喜色，便乘间进言道："陛下封赏群僚，凡各省将军巡按使，沐有五等勋爵，首列公侯，次为子男，如妾等入侍巾栉，亦已有年，独未得仰邀封典，徒令向隅。古人说的帝泽如春，还求陛下矜察！"老袁笑道："各省将军巡按使，统是外人，不得不先行加封，免他怨望，你等是一家人，何必这般性急，待我登极后，册封未迟。"周姨向袁一笑道："陛下此言，总不免厚外薄内呢。"一唱一和，总是二人起头。老袁也笑道："你等要我加封，何妨自拟封号。"周姨道："册封妃嫔，系何等大事，我等妇人女子，怎能自拟封号？就使拟议起来，得蒙陛下恩准，也不啻自封一般。试问各省将军巡按使、所有公侯伯子男荣典，还是陛下所定，还是他自行拟就，奏请陛下照封呢？若是他拟就请封，便似汉朝的韩信，请封假齐王的故事了，恐陛下未必照准，他亦未敢如此。所以妾等想沐荣封，总须陛下颁赐名位，方为正当办法。"老袁又笑道："女苏秦又引经据典，前来辩论了。"周姨答道："妾据理辩论，并非为个人争此虚荣，实为全体姊妹行正名定分哩。陛下果怜妾等相随多年，俯如所请，姊妹们都尽沐隆恩，怎止妾一人被泽呢？"假公济私，娓娓动听。老袁道："要我加封，却也不难，但须有两种分别。"周姨问两种分别的理由，老袁捻着微髭道："有生子与不生子的分别，如已生子，应照母以子贵的古例，加封为妃，若未曾生子，只好封作贵人罢了。"周姨听到此语，忽然变色，蛾眉渐蹙，蝤领低垂，一双俏眼中，几乎要流出泪珠儿来。洪姨瞧着，已料她未曾生子，所以变喜为愁，现出许多委屈的样子，当即代作调人道："方今时代，与往古不同，陛下亦须变通办理。妾意封妃问题，应以随传陛下的年数为定，年份较浅，名位或稍示等差，生子不生子，似不必拘泥呢。"

语至此，忽有两人起座道："妾等入府，不过两三年，但床上的呱呱小儿何莫非陛下一块肉？若使如洪姨太的议论，似于理上说不过去，还请陛下三思！"皇帝尚未曾做得，床头人已争论不休。洪姨视之，乃是十四、十五两姨，十五姨本是洪姨侄女，她竟也来争宠，不禁恼动洪姨，竟呼她小名道："翠媛，你好休了！你得随侍陛下，还亏我一人作成，今日幸蒙上宠，便想将我抹煞，与我争论起来，就是你的血块儿，哼哼，我也不必明说了。"翠媛此时也变羞成怒，反唇相讥道："谁不知你是红姨太，不过你侍陛下，我也侍陛下，没有什么红白的分别。你得封妃，难道我不得封妃吗？并且我的儿子，不是陛下生的，是哪个生的呢？"前时原是姑侄，此时已是平等，应该大家同封。香姨（即十四姨）亦从旁插嘴道："俗语说得好，有福同享，洪姨也乐得大度，何必损人利己哩。"洪姨闻言，竟将嘴唇皮一抿，向她冷笑道："你今日尚得在此侍宴，总算是我的大度，否则连宫门外面，也轮你不着站立了。"又是一段隐语。老袁听双方争执，越说越不成话儿，急忙出言拦阻道："你等休得相争，我自有处置，一经登极，便当正式册封，不致无端分级，你等且放心吧！"大家方才无言，仍旧团坐陪宴。

看官！你道十四、十五两姨，究竟有何秘史，令洪姨作为话柄呢？相传香姨自婢女当选，平日侍奉老袁，曲尽殷勤，但老夫少妇，感及枯扬，总不免惹人议论。香姨又起居未谨，尝与某卫士攀谈，事经洪姨察悉，密禀老袁，老袁疑信参半，托词戒备深宫，饬侍卫寅夜巡查。不到数日，果见某卫士蛰伏宫外，立刻鸣枪，将他击仆，捆缚起来，一面禀报老袁。老袁说是匪党唆使，即命枪毙，并拟斥逐香姨，洪姨又代她缓颊，阿香才得保全，未几即生一子，得宠如故。至若翠媛入侍，也由洪姨介绍，洪姨本欲增一心腹，厚己势力，不妨翠媛暗怀妒意，竟与乃姑夺宠，那洪姨懊恨不及，竟想得一策，嘱使婢仆捏造蜚言，只说翠媛诱通皇嗣，将有聚麀的嫌疑。这话传入袁耳,遂诫诸子不许擅入,并且密诘翠媛,翠媛自誓无他。后来翠媛生子,状类老袁,老袁才得放心。洪姨媒尊侄女,犹且如此,安知香姨之事,不由洪姨撮弄。然老袁纳妾甚多,恐亦难免作元绪公。这是洪宪宫闱中的轶闻,小子有闻必录,所以叙入略迹,证明洪姨的话柄。究竟是实是虚,小子不敢臆断,且俟他日有暇,往问白头老宫人便了。话休叙烦。

且说忆秦楼周氏,自伤无嗣,始终郁郁不乐。老袁见她玉容惨淡,泪眼模糊,转不禁怜惜起来,撤宴以后,即携住她的玉手,同赴寝室。袁氏平日向有几口烟癖,每吃烟时,必至洪、周两姨房中,领略那福寿膏滋味。周姨既随老袁入房,当然取出烟具,给他过瘾,老袁一面吃烟,一面向周姨道:"你也太多心了,我未曾正式册封,不过预先拟议,姑做此论,他日实行,自当妥行定夺,断不使你受屈的。"周姨凄然道:"妾已想定主意,情愿滕妾终身,无论什么妃嫔,什么贵人,妾一概不敢领赐了。"妒意如绘。说着时,眼波儿又红了一圈。老袁忙劝慰道:"你的福命很佳,忆自我得你后不久即出山任事,被选总统,可见你命实旺夫,安知日后不生贵子?常言道:'后来居上',似你的福命,恐不止一妃嫔呢。"向爱妾拍马,总算善处宫闱。周姨瞅了老袁一眼。佯作笑容道:"这是妾平日梦中,也未敢妄想哩。今日陛下登基,乞封为妃,尚不可得,他日上有皇后,下有储君,恐不免去做人彘,还有什么侥幸?"说到此句,喉中又哽噎起来,几乎说不成词。老袁道:"你休担忧,我总不许人欺你,就是我册封诸姨,也不使你居人下;想你到此间,执掌内部书札,勤劳得很,即就此劳绩论来,也理应晋封,倘得天赐麟儿,那更是可庆可贺了。"周姨闻此,仍默不一言。老袁已吸毕福寿膏,自觉精神骤增,脑力充足,拈着须想了一会,便语周姨道:"你且去磨墨展毫,待我手定几条内规,传与后人,你等便好安心了。"周姨奉命照行,当请老袁入座,递过纸笔。老袁即信手疾书,但见上面写着"内训大纲"四大字,继即另行分条,逐项写下云:

　　第一条　母后不得佐治嗣帝,垂帘听政。

　　第二条　生前严禁册立储贰,且废除立嫡立长成例,但择诸皇子中有才德者,使承大统。如欲传某子,先书某名,藏诸金匮石室中,封固严密,俟其升遐后,由顾命大臣于太庙中,当众启视。

　　第三条　诸皇子不得封王,更不许参与政治,第厚给财赀,俾享毕生安闲之福。

　　第四条　椒房之亲,不得位列要津。

老袁写罢,便掷笔向周姨道:"你瞧!有这规条,皇后、皇太子都无从欺负你们,你能产下麟儿,果使福慧双全,那时凭我手中,写就名字,岂不是就好传位,你不是好做皇太后吗?"你既痴心,还要代周姨妄想,真是一片邯郸梦境。周姨才转悲为喜,吐出娇媚的声音道:"这还须效华封三祝,颂祷陛下,多福多寿多男子,贱妾方得叨恩哩。"不脱经史。老袁听了,也不觉兴会神来,随即拥着一支解语花,同入罗帏,演一套龙凤呈祥的好戏;等到兴阑意倦,俱栩栩入睡乡中,去做皇帝梦皇后梦去了。

翌日,老袁起床,取了手订的内训大纲,出示大公子克定。克定看到第二条,大为拂意,即欲出言反对。老袁先已窥着,便嘱道:"这种条规,为后世子孙计,并非专指汝等言,我胸中自有成竹,你不必多疑。"对妾对子,总不脱一欺字。克定方才无语,怏怏自去。老袁也往政事堂,与国务卿等商议朝事,且不必说。

惟周姨暗地心欢,满望登极届期,皇妃的位置,总是拿稳,且享了几年快乐,再图后福。好容易盼到阴历过年,仍未得登极消息,越宿为阴历元旦,不过照例筵宴,又到了初四日,依旧寂静过去,她又禁不住烦恼起来。黄昏岑寂,坐对孤灯,正在百感交集的时候,忽有一人牵动珠帷，翩然直入，仔细一瞧，乃是女官长安静生，当下欠身邀坐，安恭谨从命，两下里谈述琐事，甚觉投机。彼此胸中，俱含有几个文字，自然格外投契。继且各叙近怀，周姨未免叹息。安女士忽问道："妃子爱观新剧否？"周姨道："这是我生平第一嗜好，从前看过谭鑫培、梅兰芳等戏剧，犹觉映入脑中，至今未忘，端的是好戏哩。"安女士道："明日前门外同乐园中，敦请梅兰芳登台，演《黛玉葬花》新剧，妃子何不往观，借遣愁闷？"周姨摇首道："恐怕不便。"安女士道："妃子深居简出，外人本来罕见，若改装往观，谁识芳颜？宫内也无人敢说。明日下午，臣妾愿随妃子一行，可好吗？"未免逢恶。周姨笑道："这也是暗度陈仓的好计，我就与你同去。"安女士随即告别。

次日午餐毕，安女士即入会周姨，替她改装，扮作女官模样，潜导出宫。侍卫等见是女官，也不去查问，由她自去。两人乘舆偕行，转瞬间即至同乐园，园中已经开演，看客甚众，几乎无处容足，安女士入与园主商量，赏一包厢，园主与安女士本有一点认识，且知她为女官长，不得不殷勤款待，遂与他客熟商，并让一特别包厢，导引入内，才有坐地。看了好几出，方见梅伶出场，一种神采，射将过来，几与忆秦楼斗艳。既而曼声度曲，袅袅动人，没一句不中调，没一字不合拍，惹得周姨目注神驰，低声喝彩。一时上下座客，也连声叫好，轰动全园。周姨密语安女士道："梅伶色艺，与年俱增，较前日又有进步，我当出资重赏。"安女士不便旁阻，只好赞成，遂替周姨召过按目，由周姨取出纸币，约有数百元，慨然给付，令赏梅伶。老袁筹款维艰，反令爱妾好行其德，真是百姓晦气，梅伶交运。梅伶演戏既毕，亟趋前叩谢，座客皆为瞩目，互相私议道："偌大女官，能有这般阔绰？莫非新华宫中，纯是金银吗？"忽有一人遥视良久，才掉头语座客道："这是袁皇帝的宠妃，怪不得有此挥霍。"座客听到此语，益觉惊异，并问他如何相识，那人便道："我曾于万牲园中，一睹芳姿，友人告我是袁氏宠姬，所以认识。此次改装女官，想是掩人耳目呢。"座客再问那人姓名，那人不肯吐实，只说是在部中当差。也恐多言贾祸。于是一传十，十传百，就是园主与各伶人，也都闻知，共至周姨前长跽叩安。周姨知瞧破行踪，忙即摇手麾去，一面挈安女士衣袖，抢步出园，仍坐原舆回宫。耗去了数百元，还要累得惊慌，真是何苦？为此一事，都卜传作新闻，各报章相率登载，连御用报亦采入新闻栏。老袁瞧着报语，大致说是新华宫宠妃与女官长偕行观剧，竟不由得动起愤来，立召安女士入问。正是：

> 博得皇妃偿意愿，
>
> 哪堪天子动猜疑。

未知安女士如何答复，下回再行说明。

当滇、黔起义以后，四川护军使刘存厚亦起而响应，正战鼓鼙鼚之时，忽插入宫中数段轶闻，欲急反缓，好似锣鼓声中，接入金樽檀板，令人不可捉摸，此为用笔变换处，亦为叙事拗折处。若以实事论，则全回以洪、周二姨为主，而注重者尤为周姨，洪最狡黠，而周姨又济之以才，几玩老袁于股掌之上。老袁亦幸而不得为帝耳，若使为帝，宫闱中不知惹出若干蚌隙，袁氏且覆宗矣。先圣谓女子小人为难养，诚哉是言！

第六十三回 洪宠妃卖情庇女党 陆将军托病见亲翁

却说安静生奉召入觐，偷眼一瞧，见袁皇帝面带怒容，慌忙屈着双膝，俯伏座前。老袁掷下御用报，叫她自阅，安女士已瞧过新闻栏，心下早已明白，不待再阅报章，便磕头道："臣妾正来请罪，日前周妃欲观新剧，由臣妾随着同去，未曾奏闻圣上，还乞恩恕！"老袁叱道："你为何这般荒唐？须知宫府内外，防范宜严，我任你为女官长，正因你年龄较长，见识较多，不致什么轻率，就使周姨等要你同去，你也应代为谏阻，谏阻不从，可来告我，为什么不顾名誉，竟尔妄行？你想是该不该呢？"周姨要去看戏，恐你也阻她不住。安静生被他一诘，无可答辩，只好靠着地毡，碰头不已。老袁又道："看你也不配做女官长，你与我滚出去罢！"安静生不敢多嘴，只称谢恩，慢慢地立将起来，转身自去。侍卫等暗瞩花容，已是青一阵，白一阵，不胜变态了。

早有人通报周姨。周姨已料定老袁要来诘责，忙去邀了洪姨，在房待着。果然老袁发放了安静生，即刻走至周姨卧室中来。周姨起身迎接，洪姨亦起随后面，待老袁坐定，两人左右侍立，但见老袁目视周姨道："你好你好！"周姨佯作不解，垂首无言。老袁又哼着道："梅兰芳的戏剧，究竟如何？想你眼帘中还留着哩。"洪姨即在旁接入道："她正为了此事，与妾商量，恐惹动主上怒意，要来请罪。妾以为陛下近日，政躬多事，区区失检，亦未必遂触天威。"说至"威"字，已闻老袁接口道："你看得这般轻易，须知宫眷轻出，易失名誉，各报中已传作笑柄了。还说是区区失检吗？"洪姨道："今日失检，尚属不妨。"老袁问是何因，洪姨道："陛下若已登极，妾等俱沐封为妃，那时宫禁森严，原不能自由出入呢。"还是她的理长。老袁道："你又来强辩了。我想这事起因，总是由安静生巴结讨好，我且先把她撵出，省得你们被哄，有玷闺范。"不能制服姬妾，却把别人出气。说至此，周姨已扑地跪下，抽着珠喉道："妾情愿受罪，若说由安静生怂恿，未免冤枉了她。"竭力为安女士庇护，何其多情？洪姨亦随即跪下道："妾愿为周妹乞恩，并愿为安女士乞恩，此次恕她初犯，下次若再轻出，妾亦连坐受罚。"老袁见她两人哀吁，心儿也就软了，便转嘱周姨道："以后休要如此！我今日看洪姨面上，饶了你吧。"周姨复吁请道："妾蒙陛下赦罪，感激万分，只安女士已撵去否？"说着，将头枕在老袁膝上，呜呜咽咽地哭将起来。好一个娇儿模样。老袁俯首一瞧，见她乌云般的灵蛇鬓，光滑得很，一阵阵油香扑鼻，把胸中留着的余怒，都熏得不知去向；当下伸开两手，把两姨扶起，口中连声说着道："算了，算了。"洪姨又道："现在女学尚未发达，所有当选的女官，统不过粗识之无，毫无学问，自奉陛下命令，在宫中开设女校，由安女士为校长，指导有方，各女官才稍有进步，今日若把她撵出，不惟各女官没人督率，且亦没人教导，为此种种障碍，所以求陛下格外优容，唯须下一禁令，此后自女官长以下，不准私出，有犯必惩，那便足惩前毖后了。"面面圆到，善于饰辞。老袁点首，随即踱出房外，自行申禁去了。

周姨致谢洪姨，正在彼此谦逊，那安女士已跑了进来，泥首称谢。两姨将她扶住，方才起身，复谈了半小时，安始告退。是日即接奉禁令，略言："宫中执役女官，无故不准自由外出，犯者严惩不贷，女官长一同坐罪"云云。各女官出入不便，未免怨恨安女士，但因安女士得有内援，势力雄厚，大家无法可施，也只得暗地讪谤罢了。安女士经此小挫，格外勤谨，每日传集女官，挨次分派，使有专责，夜间十二时后，必亲率各女官归寝，寝室系蟹形式筑就，东西对峙，门户相望，外面护着铁栅栏，由安女士手编号次，不得乱居。至逼近铁栅的居室，安自住着，亲司管钥，众入即锁，众出乃启，真是严肃得很。老袁偶往巡察，见她布置周密，井井有条，颇喜她因过知奋，温语嘉奖，从此安女士的权力，比从前更加巩固了。也好算只功狗。

惟安女士本有良人，曾住居前门外东茶食胡同薛家湾，姓张名景福，夫妻爱情颇深，从前禁令未下，不妨自由进出，每当暇时，免不得回去敦伦，此次申严宫禁，只好长住宫中。徐娘半老，未免有情，她竟想出一策，密请洪妃，为乃夫谋一宫中庶务司核账员一席。洪妃替她说项，竟如所请。这叫作妻荣夫贵。嗣是夫妻聚首，日夕相见，夜阑人静好合鸳俦，真个是怨女旷夫，各得其所了。未始非老袁仁政，但可惜只及安女士，未能普遍鸿恩。

一夕，安女士亲自夜巡，遥见有一男一女，喁喁私语；正要出言呵责，那男子已飞奔而去，只剩女子一人，急切无从奔避，站立一旁。安女士走近逼视，乃是女官中的金翠鸿，当下便唤她入室，私自讯问。翠鸿不能尽讳，只说是与侍从武官，向订姻好，现为宫中同事，所以相见谈心，恳女官长格外垂怜，幸勿举发等语。安女士佯作嗔怒道："这却不便，明日请你出宫。"翠鸿跪下哀求，愿罚三月俸金。安女士沉吟半晌，方道："我也不为已甚，但你须谨慎小心，一露破绽，连我俱要坐罪了。"投鼠本须忌器，况又有三月俸金，可入私囊，乐得秘密了事。翠鸿拜谢去讫。隔了月余，翠鸿忽抱病在床，委顿不起，安女士已瞧破机关，也不去问明底细，便令她请假养病，移居别室调治，经旬乃瘳。看官！你道她是什么病症呢？原来翠鸿是妓女出身，运动得选，充入女官，入值以后，巧遇侍从某官，与有旧好，遂不免偷寒送暖，倚翠偎红，安女士得贿卖放，两人仍私续旧欢，未几有娠，设法堕胎，遂至成病。病愈后，益感激安女士，格外报效，事极秘密，无人知觉。安女士也暗自欣幸。银钱到手，安得不喜？

既而宫中又出一奇闻，女官沈畹兰竟自缢身亡，安女士闻着，慌忙奏闻，有旨令她督殓，舁葬郊外。各女官半多惊哗，连安女士也为叹息。看官听着！沈畹兰系天津女师范学校卒业生，年甫及笄，貌既出群，才亦迈众，为人又极和蔼，自应征女官时，得居首选，入宫承值，上下翕然。老袁亦爱她秀慧，特别宠遇，不到一月，即将自己的出纳账目令她管核。为这一着，遂令绝世芳姝，送入枉死城中，做了冤鬼。先是老袁出纳由洪姨掌管，每月用途极繁，多至数十万金。洪姨从中侵蚀，约可得百分的二三，无端被沈夺去，心殊不甘，但未便显然反对，只好设计中伤。常言道："明枪易躲，暗箭难防"，沈女官执掌的铁匣，骤失去钞票二百余元，那时捕风捉影，无从觅获，洪姨诬她监守自盗，竟嗾袁密饬心腹，搜检沈箧，果然原封不动，几如原额。沈女官无从辩冤，没奈何悬梁毕命。老袁只疑她畏法自尽，哪知种种陷害，统是洪姨一人所为。洪姨复得任原差，可怜那沈女官无故遭冤，死得不明不白，徒落得埋骨荒丘，衔恨地下罢了。塞翁失马，安知非祸，沈女官亦如是尔。小子未曾入新华宫，偏述及各种秘闻，看官或疑我杜撰，其实小子统有依据，试看近人所编《新华春梦记》及《洪宪宫闱秘史》，统已详列无遗，就是新华宫中的故役，自袁氏死后，统已出宫，讲将起来，多说是有些确凿，看官也不必疑猜呢。话分两头。

且说袁皇帝日思登基，择定阴历元旦，或正月初四日，举行大典，偏值西南警报络绎到京，不得已顺延过去。嗣闻湖南西境，如晃州、沅州一带，统被黔军攻入，着着进行，不禁惊愕道："刘显世是真反了。"你道他是假反？遂令第八师长李长泰抽调劲旅，自津门南下，一面令湖南将军汤芗铭立派军队，协同马继增一军，相机痛剿。又命唐尔锟督理贵州军务，褫去刘显世官职，听候查办。嗣复特任龙觐光为临武将军，兼云南查办使，速由粤西入滇，除带领所部外,即在南宁招兵十营,借扩军额,并饬广西将军陆荣廷,赶紧募兵二十营,助龙攻滇,饷械均由中央接济。

　　小子叙到此处,又要把袁氏心理,推测一番。滇、桂本属毗连,就是滇省护国第二军,亦指定从桂进发,袁皇帝欲分道攻滇,应该将桂边一路,责成陆荣廷,如龙觐光等,只好备作后援,何故前后倒置,舍近求远呢?原来陆荣廷初入戎行,不过一寻常弁目,自经岑春煊督粤,方将他拔擢起来。民国肇造,陆任都督,粤西偏安。至癸丑一役,岑春煊曾为大元帅,与袁反抗,赣、宁失败,岑亦他避。老袁与岑有隙,遂忌及荣廷,只因桂省僻处西南,关系尚小,所以仍命镇边,未曾调动,不意滇事发生,川、湘、贵三路,变作要塞,倘或陆荣廷与滇通谋,岂非又增一敌?为此特任龙觐光攻滇,但命陆募兵协助。揭出老袁意思,标识特详。还有一着布置,龙子运乾,系陆荣廷女夫,彼此是儿女亲家,当然不致龃龉,既可借龙制陆,复可借龙劝陆,实是当日无上的妙计。计策固好,谁知偏不如所料。

　　龙觐光拟全拨粤军,奋力攻滇,可奈民党中人,都因滇、黔起义,相率遥应。前粤督陈炯明邀同柏文蔚、林虎、钮永建、熊克武、龚振鹏、谭人凤、李根源、冷遹、耿毅等,癸丑之变,多已见过。在南洋新加坡,设一总机关部,派军入粤,进攻惠州。粤军自顾不遑,哪里还好调拨?不过广东将军龙济光是龙觐光弟兄,骨肉至亲,不得不极力腾挪,当派陆军第二旅第三团长李文富为先锋,虎门要塞司令黄恩锡为前敌司令,率军四千人,陆续出发。龙觐光自带卫队数十名,潜乘广利兵轮,至北海登岸,经过廉州,直抵南宁。南宁即粤西省会,将军陆荣廷就此驻扎(前清以桂林为省会,民国始移至南宁)。

　　龙觐光已入省城,并未见荣廷出迎,至投刺入见,尚在客厅中坐候多时,好容易盼到主人,还是缓步进来,差不多有重病模样。当下行过常礼,略叙寒暄,但闻荣廷低声道:"兄弟近日,适患心疾,昼不得安,夜不得眠,害得精神困惫,几难支持,亲翁此来,有失远迎,幸勿见罪!"龙觐光道:"曾否延名医诊治?"荣廷道:"医生亦诊过数次,可奈服药少效。"心病还须心药医,岂寻常医生可以疗治?龙觐光道:"目下滇、黔谋变,粤西正当要冲,兄弟奉命西行,全仗亲翁协助,偏偏尊体违和,如何是好?"他正为你生病。荣廷答道:"弟正为此事烦躁,益觉寝食不安,添了好几分贱恙,医生说须静心调养,方可渐瘥。亲翁来得正好,一切军事,好凭大才调度,弟可向中央请假数旬。"觐光道:"粤东亦有乱事,军队只堪自顾,兄弟带来的兵士,不过三四千名,奉中央命令,饬在此处招添十营,且闻亲翁处亦令招募,想亲翁总也接洽呢。"荣廷半晌才答道:"命令是已经接到了,只因有病在身,不能亲募,现已托王巡按使代理,亲翁若有教言,请直接与他面谈罢。"说着,用手扪心,并皱着两眉,似有无限的痛苦。那时觐光不便多谈,只好起座告别道:"亲翁且自休养,弟且到王巡按处,商议军情便了。"急惊风碰着慢医生,真也没法。荣廷也不挽留,随送出厅。觐光用手相拦,请他不必远送,荣廷也即止步,只道了"简慢"两字。待觐光出门,即展颜入内,自不消说。

　　觐光转至巡按使署,巡按使王祖同忙即迎入,两下晤谈,述及募兵办法。王祖同道:"粤西硗瘠,公所深知,欲要募兵,先需军费。前日陆将军召弟商议,委弟筹款垫发,且令弟代行招募,弟正为此事踌躇呢。"又是一个为难。觐光见他支吾情状,不由得躁急道:"救兵如救火,不容迟缓,况政府已有明令,饷械由中央接济,尊处能筹款垫付,不消几日,便可由中央汇到,一律给还了。"王祖同道:"兄弟也这般想,但急切提不出这种现款,也是没法,昨已驰电达京,催解汇款去了。"觐光道:"募兵已有地点吗?"祖同道:"已借军械局开办。"觐光道:"我且去一观,何如?"祖同说了"奉陪"二字,便与觐光一同出署,至局所中巡视一周。但见临武将军行辕,已经设着,觐光便就此寄居,祖同自行返署。

看官道这陆、王二人，究竟是什么意见呢？原来陆氏宗旨，是完全的保障共和，反对帝制，且已接着岑春煊及梁启超等密函，劝他联络滇、黔，勉图独立，他已怦怦欲动，只因饷械未足，不便冒昧举事，并且长子裕勋在京为官，一或发难，未免投鼠忌器，所以托词心疾，请假养疴；独王祖同是骑墙人物，袁氏曾命他会办军务，监察老陆，他持着中立态度，两面敷衍，此次对付觐光，也是这番手段。最好是这种手段。觐光在局募兵，起初是京款未到，只好静坐以待，及款已汇至，赶紧招募，偏桂人不甚踊跃，每日来局报名，多不过百人，少仅数十人，任你龙将军如何劝导，也一时不能成军。忽一日，由贵来电，龙济光已击退乱党，解惠州围，中央加封济光为郡王。插入粤事，较省笔墨。觐光也为心喜，当即发电道贺，并商令酌拨粤军，由海道来南宁，以便即日赴滇等语。嗣得复电，略言："惠州虽然得捷，乱党仍然蔓延，随在需防，无兵可拨，赴滇军请自行募足"云云。于是觐光无援可恃，且又不便久留，只好把新募各兵检点起来，约得四千名，加入前时带去的粤军，共计得八千人，新旧合组，得二十营，号称一万二千，分作五路，令李文富为前锋，率兵千五百名，由百色进发。黄恩锡率兵千五百名，间道出广南，会合李军，进攻剥隘，再令粤西军官张耀山、吕春绾，各率兵两千，作为前后两路的援应，并令侄儿体乾，统领两军，称为第三第四队；又另遣朱桂英率兵千人；入窥黔边，牵制黔军援滇。觐光仍驻节南宁，满望着旗开得胜，马到成功。小子有诗叹道：

　　士甘焚死不封侯，
　　气节消磨一代羞。
　　争说两龙跨粤海，
　　为何甘作顺风牛？

　　觐光既遣发各军，当然奏报中央，欲知后事，且看下回。

　　上半回是叙述内情，缴足上回文字，下半回是叙述外事，暗启下回文字。观内情之蒙蔽，已知袁氏之难乎为帝，观外事之溃散，尤知袁氏之不能为帝。洪姨爱姬也，而欺之，陆荣廷，良将也，而亦欺之，余如安女士之朋比为奸，王巡按之模棱两可，更不必问。内外交构，何事可成？故本回虽显分两撅，而暗中却自有相对外，是在阅者之静心体察可耳。

第六十四回　暗刺明讥冯张解体　邀功争宠川蜀鏖兵

却说袁皇帝接到龙觐光奏章,披阅以后,深喜他实心效忠,不负委任,桂边一路,似可无忧,川、湘一带,已是大兵迭发,当亦不致有意外情事;惟江宁将军冯国璋,前曾调他来京,任为参谋总长,偏他请假养疴,相隔数月,尚未到任,老袁愈觉生疑,特派遣蒋雁行,南赴江宁,调查防务,临行时且有密言相嘱。

蒋衔命南下,与冯相见,谈了许久,冯只管无情无绪,淡淡地答了数声,有几语简直不答。雁行因奉着主命,未便敷衍过去,便进言道:"极峰意见,要上将出任行军总司令,因未得尊意赞成,所以嘱弟转达。"无非要老冯离任。国璋哑然失笑道:"我去岁入京觐见,谈及帝制问题,总统誓不承认;且言国人相逼,当挂冠航海,往游伦敦,目下欧战虽剧,伦敦尚是无恙,总统何不前往,还要兴什么大军? 授什么总司令呢?"国璋入觐,借他口中补叙,并补述袁氏前言,以证其欺。雁行道:"往事也不必重提了。但上将与总统相知有年,也应助他一臂,借尽友谊。"国璋道:"我正为友谊相关,始终不敢背弃,无如抱病未痊,力不从心,还请代达总统,求他原谅!"陆既称病,冯亦如是,真是一个病夫国。雁行又道:"总统亦系念贵体,特遣兄弟前来探望,并嘱令代阅防务,俾上将安心休养,早日告痊,得以销假视事。"国璋笑道:"多谢总统盛意,近日一切政务,也多委王镇守使代理,今又得足下代劳,兄弟不胜感激哩。"说罢,即呵欠了好几声。雁行料不便多言,遂即退出,向镇守使王廷桢处,会叙多时,至回寓后,即将冯国璋言动情形,叙入电稿,寄达中央。

隔了一天,即由政事堂传出申令,因冯国璋尚在假中,着王廷桢暂行代理。是电一传,与冯交好的疆吏多疑老袁将免冯职,致起违言(即后文所谓河间系)。山东将军靳云鹏、江西将军李纯,电袁留冯,略谓:"冯保障东南,关系大局,不应无故调动"等情,于是老袁改了初念,另派佐命功臣阮忠枢,至徐州来说张勋。张勋自任长江巡阅使后,以徐州为盘踞地,逍遥河上,花酒耽情,除宠姜小毛子外,复纳一个女优王克琴,端的是风流大帅,洪福齐天;唯他有一种特别的性格,终身不忘故主宣统帝,东海等人应输他一筹。所以袁氏要想登基,他虽阳示赞同,暗地里实是反对。滇、黔发难,竟上书直谏老袁,内有大不忍四则,能言人所未言,小子因胪述如下:

(甲)纵容长子,谋复帝制,密电岂能戡乱? 国本因而动摇,不忍一。

(乙)赣、宁乱后,元气亏损,无开诚公布之治,辟奸佞尝试之门,贪图尊荣,孤注国家,不忍二。

(丙)云南不靖,兄弟阋墙,寡人之妻,孤人之子,生灵堕于涂炭,地方夷为灰烬,国家养兵,反而自祸,不忍三。

(丁)宣统名号,依然存在,妄自称尊,惭负隆裕,生不齿于世人,殁受诛于《春秋》,不忍四。

这四大不忍等语,呈将上去,袁皇帝却容受得住,并不加责。亏他耐得住。他知张大帅的性质,并非袒护滇、黔,不过系念故主,聊发牢骚,但教好言抚慰,虚名笼络,仍可受我约束,不致生变,因此派遣阮忠枢,来与张大帅商叙军情。张勋接入,便开口道:"老斗,你来做什么？"（阮字斗瞻，张大帅一经开口，便肖性情。）忠枢道："闻大帅新纳名姝，特来贺喜。"张勋道："你怎么知道？"忠枢笑道："上海滩上第一个名伶，被你选取了来，已收尽江南春色，全国统已知晓，小弟也有耳目，难道不闻不知吗？"张勋道："照你说来，你简直到此，来敲我几台喜席。我这里有酒有肉，任你吃，任你喝，可好吗？"豪爽得很。忠枢道："这是蒙大帅的赏赐，还有何说？但小弟还有特别要求，未知大帅肯赏光吗？"张勋道："你且说来！"忠枢笑道："要请贵姨太太出见，赏光一套西皮调，给我恭听，那是格外承情了。"张勋笑道："老斗，你又来胡闹了。闲话少说，我吩咐厨役，备些可口的菜蔬，与你畅饮，你若有暇，请在此多逛几天，多年老友，难得常聚哩。"忠枢说声叨扰。张勋便嘱咐左右，传语厨子去讫。

两人又闲谈了一时，外面已搬进酒肴，由张勋邀客入座，豪饮起来。酒至半酣，忠枢用言挑着道："长江一带，幸亏大帅坐镇雍容，才保无事。"张勋不待说毕，便接入道："百姓并不要造反，只外面的革命党，里面的袁项城，统是无风生浪，瞎闹一场，所以国家不能太平。"忠枢道："项城也只望太平哩。"张勋哈哈大笑道："你是十三太保中的领袖，怪不得有这般说。项城世受清恩，前时投入革党，赞成共和，硬逼故帝退位，已是铸成大错，此次要重行帝制，谅亦有些悔意了。但现成的宣统皇帝，尚在宫中，何不请他出来，再坐龙廷？他日要自做皇帝，哼哼，恐怕有些为难呢！"快人快语，如闻其声。忠枢闻言，不觉面上一红，勉强答应道："这也是出自民意，项城不能强辞，就是大帅前日，也曾推举项城，难道是贵人善忘吗？"以矛攻盾，却也能言。张勋顿时变色道："他屡次给我密函，要我向他劝进，我的秘书也向我说着，不如顾全旧谊，休与反对，我才叫他写了几句，电复了事，横直将来人多意多，总有几个硬头子，出来反抗，我老张也不是真呆，何苦与他结怨。现在云南、贵州，已创起什么护国军，竟不出我所料，项城想我出去打仗，我为了项城的事情，惹人怒骂，还要我兜掉面子，向外国人赔礼，我已吃尽苦楚，此番不来上他的当了。"尽情出之，好似并剪哀梨。忠枢听说，尚未回答，张勋又道："我所以说了四大不忍，呈将进去，叫项城自去反省。"忠枢趁势探着道："云南、贵州的变事，大帅是反对还是赞成哩？"张勋道："我去赞成他做什么？我只晓得整顿军备，保卫地方罢了。"这两语亦太白夸。忠枢又进一步道："大帅高见，很足钦佩，但云、贵既已倡乱，应该如何对付，方得平和？"张勋沉着脸道："他闹他的云、贵，我守我的徐州，干我甚事？"又是快语。忠枢知不可喻，不得已据实相告道："项城本意，也不要调动大帅，不过想抽调军队，并添设长江上游巡阅使，敢问大帅意下如何？"张勋佯笑道："我料你是贵忙得很，断不至无因至此。你去回报项城，长江上游巡阅使，他欲要设，尽管去设，我老张不来多嘴，但恐增设一人，也是无益，若要抽调军队，我的兵士素不服他人节制，调往他处，非但无益，反恐有损呢。"忠枢至此，已晓得张勋用意，不必再与多谈，便又借贺喜为名，敬了张勋数杯。张勋亦回敬数杯，随即吃过了饭，撤席散坐。

是夕，复呼枭喝卢，极尽豪兴，最后仍央请张大帅，唤出新姬，果然是绝世尤物，倾国倾城，惹得这位阮钦使，也不禁目眩神迷，魂飞色舞。待王姨太太道了万福，转身进去，那时才对着张大帅道："大帅真好艳福，小弟一无所赠，未免惶愧得很。"说至此，即从怀中取出钞币十张，约得百圆，双手奉上道："这便代作赠物罢。区区不腆，幸转送香闺，祈请赏收！"张勋道："又要老友破钞，谨代小妾道谢。"于是分手归寝。翌日起床，阮忠枢即拟辞别张勋，吃过早点，眼巴巴望着张勋出来，偏是望眼将穿，杳无消息，待至午餐，方见张大帅登堂陪客，忠枢有事在心，也不多饮，便于席间辞行，草草毕席，即告别出署，回京复命去了。也是一番空跑，犹幸得见艳姬，还算有些眼福。

老袁已遣阮南下，想不至虚此一行，便在统率办事处内，添设临时军务处，遥领军政，实行指挥。当拟组织征滇第二军,令张勋、倪嗣冲各出十营;驻鲁第五师,出步兵一团,防兵一营;驻陕军出一混成旅;驻奉第二十及第二十七第二十八师,各出一混成旅;余由他省选调骑兵数营,合成一师,限月终拔往战地。正在筹划的时候,那阮忠枢已回来了,当下听他禀报,已知张勋不肯从命,很是懊怅。再电致奉天、山东各省,陆续接复,多半是:"防务吃紧,兵不敷用,职守所在,碍难遵命,否则本省有变,不负责任"云云。老袁急得没法,乃将调兵的政策,变为募兵,调兵已非善策,募兵更属无谓。拟由直隶、山东、河南三省,募兵二万,听候调遣,一面电催赴敌各军,速行进击,并调四川、两湖军队,协同接济。统计自正月中旬,至三月上浣,袁军运到川、湘,差不多有十万人。看官欲晓明大略,且由小子一一叙来:

在川各军:

(一)曹锟军(即第三师,约八千五百人)。(二)张敬尧军(即第七师,约六千人)。(三)李长泰军(即第八师,约七千八百人)。(四)周骏军(即四川第一师时,嗣改编为第十五师,约六千人)。(五)伍祥桢军(即第四混成旅,约四千人)。(六)冯玉祥军(即第十六混成旅,约四千人)。

在湘各军:

(一)曹锟军(即第三师之一部,约二千人)。(二)马继增军(即第六师,约万人)。(三)唐天喜军(即第七混成旅,约四千人)。(四)李长泰军(即第八师之一部,约三千人)。(五)范国璋军(即第二十师,约四千人)。(六)张作霖军(即第二十七师,约三四千人)。(七)倪毓棻军(即安武军十五营,约三四千人)。(八)王金镜军(即第二师,约四千人)。(九)胡叔麒军(即湖南混成旅,约四千人)。(十)卢金山军(系湖北独立旅,约四千人)。

这十万大军,云集川、湘,总有几个效忠袁氏的将史,拼着了命,与护国军争个胜负,好博得几个勋章,几等勋位。只是滇、黔军乘着锐气,杀入川、湘,或合攻,或分攻。川路自叙州起,经泸州、重庆、万县、夔州,直达湖北的宜昌。湘路自沅州起,经麻阳、芷江等县,直趋宝庆、常德,战线延长,约有二千多里。总司令曹锟先行筹防,分檄各路兵将,择要驻守,十万军中,已去了五成。尚有五万名作为战兵,大约自川中进攻,计二万人,自湘中进攻,计三万人。五万袁军压川、湘,当时已传遍天下,气焰亦可谓不弱。滇、黔两军,统共不过三万名,与袁氏战兵相比例,尚不及半数。曹锟因老袁催逼,乃简率精锐,会合冯玉祥、张敬尧各军,兼程前进,直指叙、泸,另檄第六师长马继增,驻扎湘西,抵御黔军。

此时云南护国第一军总司令蔡锷,早已由黔入川,闻曹锟等尽锐前来,急令刘云峰、赵又新、顾品珍等,分头拦截,哪知来兵很是凶勇,凭你如何截击,总是抵挡不住;并且顾左失右,得此失彼,眼见得主客异形,众寡不敌,一阵阵地向后退去。刘、赵、顾三人无可如何,只得向总司令处告急。蔡锷闻报,踌躇一番,默想曹、张各军,用着全力,来攻叙、泸,若要与他死战,徒伤士卒,无济于事;且弹药等件,亦只能暂支目前,未能持久,计不如变攻为守,以逸待劳,一面联合粤西,调出李军,并力北向,再决雌雄,也为未晚。此即兵法所谓"避实"二字。乃即令刘、赵、顾各军,且战且退,自己亦退入永宁,准备固守。

曹锟遂分兵大进,自克綦江,冯玉祥克叙州,张敬尧克泸州,纷纷向中央告捷。四川形势,顿时大变。黔督刘显世闻滇军撤归,也为一惊,亟檄总司令戴戡,调还一旅,驻守黎平。那时马继增跃跃欲逞,拟乘势攻入黔境,与川军并奏奇功,当下发令进兵,行了半日,因天色已晚,驻营辰州,到了夜半,除巡兵未睡外,余皆安寝。待至天晓,全营统已早餐,秣马厉兵,待令即发,不意这位马师长,竟长眠不起,由阎罗王请去做先锋了。小子有诗咏马继增道:

未曾前敌即身亡,

暴毙营中也可伤。

自古人生谁不死，

甘心助逆死无光。

毕竟马继增如何致毙，且至下回表明。

冯、张两人，宗旨不同，而其不满袁氏也则一。本回借冯、张之口，讥讽袁氏，足令袁氏，无颜对人，而张大帅粗豪率直，描摹口吻，尤觉逼肖，岂其尚有张桓侯之遗风欤？《民国演义》中有此人，亦足生色矣。夫以冯、张之为袁氏心腹，犹离心若此，彼川、湘一带之十万师，宁皆能效忠袁氏耶？不过凭一时之勇气，直入叙、泸，转眼间即已告馁，乃知师直为壮，曲为老，一时之强弱成败，固不足以概全体也。

第六十五回　龙觐光孤营受困　陆荣廷正式兴师

却说马继增到了辰州，过了一夕，竟尔长眠不起，由队官等上前相呼，已是魂入冥乡，寂无声响了。大家惊讶不已，细检尸体，但见满身青黑，也不知是什么病症，大约是中毒身亡，一时无从究诘，只好飞电中央，另简主师。为此一番转折，湘、黔两造，各按兵不动。惟龙觐光所遣各军攻入滇边。前锋李文富先抵剥隘。剥隘系由桂入滇的要塞，滇兵驻守，只有两连，现时步兵编制法，步兵以十四人为一棚，三棚为一排，三排为一连，四连为一营。闻得敌军骤至，慌忙对仗，一面向总司令处求援。总司令李烈钧方驻扎土富州，距剥隘尚数百里，未免鞭长莫及。李烈钧到了此时，尚未出滇境一步，也不免迟滞。剥隘孤兵，敌不住李文富军，勉强对仗，伤毙军官一人，部众溃散。李文富据剥隘，即向龙觐光处报捷。龙体乾亦潜入滇境，联结土司，围蒙自，占箇旧，也自然飞递捷书。觐光连得捷报，喜欢得不得，当即连电奏捷。老袁一再嘉奖，又颁给几个勋位勋章，作为赏赐。于是龙觐光以下，无不踊跃，乘势杀入云南，搏个你死我活。觐光也移驻百色，指挥进攻，几乎有灭此朝食的气势。知背后的广西省内，已是一声霹雳，响彻西南，险些儿把个龙将军，弄得不能进，不能退，把他龙筋龙脉，要抽将出来。

看官！可记得广西将军陆荣廷吗？荣廷因病乞假，并函致长子裕勋，南来侍疾。裕勋得信，当然禀闻老袁，即拟南下。老袁也即照准，且命人伴送途中，慰他寂寞。到了汉口，裕勋竟得着急症，医治不及，霎时身亡，假惺惺的袁皇帝，反连电粤西，极表哀悼。专用此种手段，何其忍心？荣廷明知此事由老袁预嘱同伴，将子毒死，但已不能重生，只好以假应假，复电称谢；自是决计独立，先向中央要求军饷百万，快枪五千支，自告奋勇，督师征黔。老袁如数发给，且授为贵州宣抚使，令他即日赴黔，相机剿抚，一面饬第一师长陈炳焜暂代陆职，护理军务。荣廷既接京电，拟召集军事会议，决定行止，可巧来了梁启超，与荣廷晤谈起来，所有讨袁政策，很表同情。梁本受蔡锷密托，特地来见荣廷，做一个说客（应前回联合粤西语），不期荣廷已决心举义，无待多言，哪得不喜出望外，当下邀入陈炳焜，与他密商。炳焜豪爽得很，简直是请陆独立，不必迟疑。于是召集全师，公议军事。

陆荣廷为主席，把助袁助滇两事，宣告出来，待众解决。炳焜先起座道："袁氏欺人欺己，得罪全国，已不足责，即为将军代计，今日助袁为逆，对国不忠；公子裕勋被袁无故毒毙，不思报复，对子不慈；岑云帅（岑春煊字云阶）为将军故主，他已屡函劝勉，不闻相从，对主不义，将军今日，如即独立，尚可改过为功，否则军民解体，恐将军也成为民国罪人了。"荣廷忧然道："陈师长责我甚当，我就指日独立，自改前非，为问众弟兄可赞成否？"说声甫毕，但见大众统已起立，自第二师长谭浩明及旅长莫荣新、马济以下，没一个不拍掌赞成。荣廷遂向天宣誓道："皇天后土，鉴临廷等，一德一心，驱逐国贼，保卫民生，如有违异，饮弹而死。"陈炳焜等应声道："谨如陆将军言。"是谓同德，是谓同心。宣誓已毕，即下动员令，饬马济率游击队六千，星夜前赴百色，托名攻滇，暗断龙军的后路，又亲率十二营，往扎柳州，阳言攻黔，其实欲取道桂林，进逼湖南。

龙觐光尚睡在梦里，檄令李文富等进攻土富州。李烈钧已密接桂军消息，令第一梯团司令官黄开儒率军前敌，与桂军约就夹攻。又由滇督唐继尧，拨遣第三梯团司令官黄毓成，绕道黔境，由兴义出泗城，潜入西林，攻击龙军右面。三路议定，一齐动手。马济密嘱营长黄自新，先至龙军，佯称助战。龙觐光不知有诈，调赴军前。那时李文富等与黄开儒对垒交锋，两下里排成阵势，你枪我炮，互相冲击，正在难解难分的时候，忽龙军阵内，跃出黄自新一军，倒转枪支，扑通扑通的几声，将龙军击了数十名。龙军顿时哗噪，自乱队伍，滇军趁势攻入，杀得龙军七零八落。李文富等连忙收兵，且战且退，不意后面喊声大起，炮弹随来。粤西旅长马济复带了一支生力军，前来攻击。看官！你想此时的李文富、黄恩锡等，还能支持得住吗？亏得龙觐光接闻军警，自率亲军援应，总算保全了一半，狼狈回营；当下飞调龙体乾还援。体乾弃了箇旧，急至百色，谁知张耀山、吕春绾两军，统已心变，不服约束，自率所部回粤西，桂人回桂，理之当然。剩得体乾身旁，只有数十个亲随，入百色营。

此时百色附近，已是密密层层，布满敌兵。营内只有一二千名残卒，眼见得保守不住，龙觐光满面愁容，一筹莫展，既见体乾，竟洒着泪道："我与你要死在此地了。可恨陆亲家背我，连电求援，并无复信。"你果死了，倒不愧袁氏忠臣。体乾也含着泪道："何不叫兄弟发一急电，向他丈母哀请？只说我辈死在目前，全仗援救，妇人总有爱惜儿女的心思，若得他转告老陆，我等才得有命哩。"觐光道："我一时神志慌乱，竟忘怀了。惟运乾不在军中，你赶紧电告运乾，叫他转电陆夫人，设法救我才是。"体乾立即照行，果然驰电到粤，不消两日，已接复电，说是："陆妻谭氏，已向陆说情，当有好音相报。"觐光稍稍放心，敌兵也不来紧逼。双方停战数日，方来了陆子裕光传达父命，要龙军缴械投诚，才令滇、桂两军罢战。觐光急得没法，只好应允，但恳留卫队驳壳枪三百支。裕光以未奉父命，不肯勉从。那觐光顾命要紧，没奈何下令各军，缴出机关枪四十架，炮十四尊，步枪五十支，现银二十万元，军官遣回原籍，兵丁另行改编，直隶马济部下。于是贪功争宠的临武将军，遂俯首敌前，做了一位降将军了。蛟龙失水遭虾戏。

袁皇帝尚未闻悉，正为了洪姨生日，开筵庆贺。洪姨购得一副绝精巧的麻雀牌，统是羊脂白玉制成，人小厚薄，不差分毫，所刻的花纹字迹，乃是京内著名美术家宋小坡手笔，价值约五千元以上，此日正拟试新，各姬妾席终入局，叉万金一底的麻雀。洪姨赌运不佳，只管输去，看看要输至两底，老袁从外趋入，见洪姨所负过巨，便笑语道："我替你翻它转来。"洪姨乃让袁入座，自立在旁，约莫叉了一圈，一副都碰和不成，累得洪姨愈加着急，从旁说道："我道皇帝的财运，总是好的，谁意反比我不如哩。"老袁闻言，急得面红耳赤，要想做副大牌，反负为赢，偏偏牌风不佳，手气又是甚恶，顿时懊恼异常，口中咴咴不已；后来得了一副全万子，将要做成，只少九万一张，凑巧对面竟打了一张九万，他不禁拍手道："和了和了，这遭好翻本了。"哪知右旁坐着汪姨嘻嘻地笑道："且慢！我也是和了。"老袁还道她是玩笑话，至摊牌一瞧，果然是一幅平和，巧巧不先不后，被她拦去，便是帝制不成之兆。顿气得双目突出，胡须倒竖，把手中的牌尽行掷去，几乎击得粉碎。正在拍案狂呼，忽见一女官入奏道："外边有紧急公文，请万岁爷出阅！"老袁听了，乃起身外出，复至办公室，由秘书长呈上电文，说是广西发来，已经译出，随即瞧着，其文云：

前大总统袁公惠鉴：痛自强行帝制，民怨沸腾，云、贵责言，干戈斯起，兵连祸结，徂冬涉春，国命阽危，未知所届。远推祸本，则由我公数年来，殄民秕政，种怨毒于四民；近促杀机，则由我公数月来，盗国阴谋，贻笑侮于万国。查约法第四十六条，有总统对于国民负责任之规定，失政犯宪，万目具瞻，厉阶之生，责将谁卸？

云、贵既扶义以兴，势无反顾，我公犹执迷不悟，何术自全？荣廷奉职岩疆，保安是亟，启超历游各地，蒿目滋惊。因念辛亥之役，前清以三百年之垂统，犹且不忍于生民涂炭，退为让皇，今我公徒以私天下之故，不惜戕亿万人之生命，以蹙国家于亡，以较胜朝，能无颜汗？

况事终无成，徒见僇笑，名为智者，顾若此乎？荣廷等以数年来共事之情好，不忍我公终以祸国者自祸，谨沥诚奉劝，即日辞职，以谢天下。荣廷等当更任力劝云、贵同日息兵，则公志既可以自白，而国难亦可以立纾矣。事机安危，间不容发，务乞以二十四小时赐复，俾决进止，不胜沉痛待命之至！陆荣廷、梁启超、陈炳焜、谭浩明、莫荣新、马济、王祖同。

老袁览毕，义愤填膺，好似痰迷心窍，半晌说不出话来；到了神志渐清，才旁顾秘书长道："国务卿等到哪里去了？"秘书长道："早已归去，现在已过夜半哩。"老袁自阅金表，已一点多钟，乃踱出办公室，仍然入内，见里面也已散局，惟洪姨尚怏怏的留着，便启口问道："你在此做什么？"洪姨道："妾在此待着陛下，替妾还赌债哩。"老袁道："输了若干？"洪姨道："约四五万圆。"老袁道："四五万圆，值什么大事？你难道取不出吗？"洪姨装娇撒痴，定要老袁代还。老袁道："算了罢，明日由我账内支付，我现在烦躁得很，你不要再向我絮聒了。"说罢，便挈着洪姨入房就寝，是夕无话。

次日至办公室，无非邀了国务卿，及六君子、十三太保等，取示电文，会议对付粤西的法儿。有主战的，有主和的，发言盈廷，日中未决。还是老袁主议道："电文中虽列着王祖同，但我料祖同必不负我，大约是陆荣廷等，背地列入，现且先礼后兵，电致王祖同，叫他劝止荣廷，他能就此罢休，我也不去多事呢。"陆征祥道："郡王龙济光与陆有亲戚关系，也应叫他转劝为是。"老袁点首道："这也是要着，快拟定电稿，分途拍发罢。"当下召入秘书长，拟就电文，略说是："四川、湖南，俱已击破逆军，一部叛徒，虚言护国，济什么事？因亟劝告陆荣廷等，毋从乱党，免贻后悔"等语。自己叛国，还目他人为叛徒，仿佛一只跖犬。老袁亲自鉴定，即日寄去。

是夕，才接到龙觐光军报，知已失败。又于次日开御前会议，大众都游移不定，左丞杨士琦仍主张和解。老袁道："我与他和解，他不肯依我，如何是好？"大众听了，统面面相觑，不发一言。忽外面又呈入急电，由老袁瞧阅，系是王祖同的复奏，内称："陆已独立，无可挽回，请中央擅自处置"云云。老袁阅罢，便宣示大众道："事已至此，料不能和平解决了。我的意见，只好责成龙济光罢。"遂不待大众议定，即致电龙济光，令严行戒备，先守后战，且须转饬肇罗镇守使李耀汉，分兵扼险，节节设防。一面令江西将军李纯，派兵拒守桂、赣交界，一面令湖南将军汤芗铭移屯精锐，至永州把守，严拒桂军；且檄冯国璋、倪嗣冲等调兵入湘，借厚兵力。计划已定，会议复散。

是日为三月十六日，先一日已报广西独立，各省连接通电，第一电是广西军官，公推陆荣廷为都督，宣布正式独立；第二电是由陆荣廷出名，劝告各省协同讨袁。小子分录如下：

广西军官通电

民国成立，四载于兹，元首固无变更国体之权，人民应负拥护共和之责，乃袁氏伪造民意，帝制自为，吸吾脂膏，以供运动，禁吾言论，以遂阴谋，正气摧残，群邪竞进，大信全失，邦本动摇，我同胞艰苦缔造之中华民国，竟断送于袁氏之手，凡有血气，罔不痛心。比者滇、黔起义，全国风从，事尚可为，责无旁贷。炳焜焜徨瞻顾，欲罢不能，当经会议表决，即日宣布广西独立，公推我上将军为广西都督，事关民国存亡，应请都督力膺艰巨，督饬进行，誓歼民贼，以维国本。除通电京省各机关外，谨此电闻！陈炳焜、谭浩明、莫荣新暨军民全体同叩。

广西都督通电

自帝制发生，人心大惑，无信不立，荣廷早虑国家危亡，顾念改革以来，民力凋残，邦基机阱，万不欲一夫作难，再致同室操戈。迩自滇中首义，黔阳从风，长江、川、湘，雷动响应，国民真意，昭若日星。袁氏宜幡然悔罪，削除伪号，尊重民意，以张四维，乃竟包藏祸心，离间将士，以金钱为买命之法，以名器为佣奴之酬。猛虎斑羊，蝇营狗苟，玩五族于股掌，希万世之帝王。此而可忍，宁谓有人？及今不图，其何能国？兹我三省父老兄弟，枕戈以待，投袂奋兴，洒涕中原，瞻言马首。荣廷虽身起草茅，尚知纲纪，不得不率此旧部，完我初心，誓除专制之余腥，重整共和之约法。除联合云、贵声罪致讨外，敬告各省文武忠勇志士，协心勠力，诛彼独夫，载宣国威，庶内慰四年死义之英魂，外固万国缔交之大信。仗兹正气，弹压河山，无任呕心沥血，传檄以闻！都督陆荣廷叩。

是时陆荣廷尚在柳州行营（应上文），省会中一切规划，统由陈炳焜代理，当改将军署为都督府，照会各国领事，谓所有交涉，仍照条约办理，并收管梧州、南宁、龙州等处海关。外人也未闻相拒，且说他理由充足，行为正当，啧啧有羡词。惟檄文传到百色，百色军民硬迫龙觐光宣读。觐光战栗失色，勉勉强强地读完檄文，才保无事，但自己总未免心虚，不得已函达荣廷，乞全蚁命，放他回粤。荣廷乃遥馈赆仪，并饬马济派兵，护送出境。还有巡按使王祖同，自知留居不便，也请求回籍，荣廷也就准请，由他自去。随即拍电粤东，寄去一封哀的美敦书。正是：

　　　声讨聿彰民意显，
　　　国家为重戚情轻。

欲知书中内容，请看官续阅下回。

粤西独立，为袁氏帝制之一大打击。当护国军小挫之时，帝制妖孽，余焰复张，非陆荣廷之起为后劲，滇、黔其曷自支持乎？但粤西地瘠民贫，陆之迟回审慎，不敢轻身发难者，尚欲求一自全之策，至长子被毒，梁启超、陈炳焜等，先后进言，方决计独立，是陆之铤而走险者，亦何莫非袁氏激之也。予昔读《春秋》，至楚灵王败于乾谿，自叹曰："余杀人子多矣，能无及此乎？"袁氏毋乃类是。至若本回中插入聚赌一段，一以叙袁家之极奢，一以验袁氏将败，虽非独立标目，而内囊外讧之情形，已可极见，袁氏之不腊也宜哉！

第六十六回

埋伏计连败北军
警告书促开大会

却说陆荣廷既通电各省,声明讨袁,复任梁启超为总参谋,先贻书粤东,劝龙济光一同举义。书中大意,差不多似哀的美敦书,文云:

广东龙上将军,张巡按(即张鸣岐)使同鉴:前大总统袁世凯谋逆叛国,神人共愤,自滇、黔首义,湘、蜀奏功,舆情所趋,昭然可见。本都督曾会同本军总参谋联名电劝袁氏退位,以谢天下,乃袁氏怙恶不悛,顽勿见答,今已徇军民之请,出师讨贼。粤、桂比邻,谊同唇齿,伏望两公董率所属,载歌同胞,不胜欣幸。军机迫切,乞以十二小时赐复为盼。两广护国军总司令陆荣廷,总参谋梁启超。

看官! 你想龙济光方受封郡王,威阔得很,哪里肯就依老陆,平白地将郡王衔丢去海外? 因即悬搁不复。陆荣廷待了一日,杳无复音,便下令东指,逾柳江,入浔江,驰抵梧州,命第一师第二旅长莫荣新为先锋,进临肇庆,第二师长谭浩明,直趋钦、廉,是为攻粤兵;再命团长秦步衢,率第一师中的步兵一旅,炮兵一营,会同黔军,进逼衡州,是谓攻湘兵;又檄云南第二军总司令李烈钧,统领全师,径行北伐,珠江流域,鼓声渊渊,大有叱咤风云的状态了。也叙得如火如荼。云南护国第一军总司令蔡锷,闻粤西已经出师,东顾无忧,遂亲督左翼军,再入川境,进攻叙、泸。适张敬尧等驻守泸州,纵兵淫掠,难民相率逃避,沿途委顿,不堪寓目。蔡锷出资抚恤,并遗书张敬尧道:

两军争点,其目的在共和帝制二端。共和死,则同胞为帝制人民,帝制死,则同胞享共和幸福。无论谁胜谁负,苟无民何以为国? 今贵军挟其势力,蹂躏群黎,吾窃为阁下所不取。矧迩来中外报纸,咸记载贵军野蛮,吾为阁下计,正宜一雪此耻,胡反加之厉乎? 且也帝制未成,先屠百姓,自今以往,世界上又曷贵有皇帝耶? 公身为大将,不思整饬军纪,但知媚兹一人,已属罪不容死;况更虐我同胞,人将不食尔馀矣。谨率义旅,北向待命,公如不悛,速决雌雄!

敬尧得书,又羞又怒,当即调集各军,与滇军决一死战,且令侦骑四出,探悉滇军行踪,准备截击。未几,即有警报络绎前来,江安、南川相继失守,敌锋已到纳溪了。敬尧即督兵往援,途次来了一个土匪头目,自言姓名叫作卢叫鸡,愿投麾下,作为前锋。敬尧召入,细诘一番,所有沿途地势,无不洞晓;并如滇军情形,亦说得了如指掌。敬尧大喜,遂命为向导,慰劳有加。卢叫鸡奉命拜谢,即引敬尧军前行。约经数十里,但见前面层山叠嶂,险恶异常,天色又将薄暮,敬尧颇有畏心,传令军士缓进。军士方拟小憩,忽由卢叫鸡返禀道:"此山系纳溪间道,若越过此岭,不过十里,便到纳溪,大帅何不乘此前进,掩袭敌营,包管此夜可荡平敌军了。"敬尧道:"你说虽是,但山势重复,倘遇他变,如何对付?"却也有觉。卢叫鸡道:"此路连土著乡民尚少知晓,不瞒大帅说,叫鸡是个失业游民,平时尝窜迹山林,所以识此行径呢。"敬尧道:"我军冒险前进,全仗你为耳目,成功应加重赏,否则不堪设想,你自问可有把握否?"卢叫鸡道:"如或有失,就使叫鸡身为虀粉,也偿不了全军性命哩。"敬尧方才相信,惟暗中密嘱前队,注意卢叫鸡,休使脱逃;并嘱咐各军须要小心,不要躁率。自己仍停留山下,待前军得手,方定行止。亏有此着。

卢叫鸡便引军先行,一队一队地走进山口,已觉崎岖得很,入后愈进愈险,天色又昏黑起来，亏得各军携有火具，随手爇着，还能辨出路径；只北军不惯山行，走了一程，已是气喘交作，不胜困惫，正要择地休息，蓦闻炮声一响，四面八方，统是敌军杀来。各军料知中计，叫苦不迭。前队的队长急将卢叫鸡捆住，麾兵倒退。可奈枪弹雨下，无从躲避，军士不是倒毙，便是受伤，还有陨崖坠谷的兵士，不计其数。忽听山上大叫道："北军听着！今日你等到此，已经走入绝地，本可一鼓就歼，但你我都是同胞，不应自相残贼；且助纣为虐的张敬尧，未曾入山，被他幸逃性命，特借你等口传，叫他速即悔过，免遭诛戮，你等亦休得再来。这次恕你，下次是不能留情了。"也学诸葛孔明擒纵之法。言毕，枪声渐止。各军士才得抱头鼠窜，回出山口，向外一望，并不见张敬尧踪迹，只剩数十百个尸骸，东倒西仆，大众统惊诧得很，只因死里逃生，已算万幸，还有何心顾及？匆匆地奔回泸州去了。

看官！道这种尸骸，是哪里来的？原来蔡锷知张军入山，急密遣劲卒，绕出间道，抄截张敬尧的归路。偏敬尧生得乖巧，起初是不肯随入，后闻山中炮声震响，料有他变，忙麾军退还，至滇军抄出山前，燃炮轰击，只打死张军后队百余名，张敬尧早已遁去，追赶不及，也收兵回营。纳溪守兵闻张军败绩，自然不战而降，惟张敬尧奔回泸州，检集残兵，已伤亡大半，队官绑入卢叫鸡，恼得张敬尧怒眦欲裂，拍案痛詈道："狗强盗！你敢沟通逆军，来算计我吗？"卢叫鸡大笑道："我虽是个强盗，不似你狐群狗党，专知帮着袁贼，屠戮川民。蔡司令拥护共和，邀我相助，我感觉他热忱爱国，是以前来诈降，满望诱你入险，送你归天，谁知你还阳寿未绝，逃出天网，只晦气了同胞若干人。我已拼死而来，杀死了我，倒可流芳百世，省得人人骂我为盗魁呢。"蔡锷计遣卢叫鸡，即从卢口中说明。敬尧大怒，喝令左右乱刀齐下，霎时间砍成肉泥。卢系叙、泸间巨匪，作孽已多，该受身报，惟美名反借是以传，一死可无遗憾。

寻闻纳溪又失，忙向各处乞援。冯玉祥派兵驰至，还有伍祥祯军也闻信赶到。敬尧乃会军固守，静待蔡军到来。蔡锷得卢叫鸡死信，很是叹息，即进兵直指泸州，将至城下，遥见前面深沟高垒，状颇坚固，急切料难攻入，乃挥兵少退，择险驻营。休息一天，得綦江出兵消息，他将营务交代刘云峰，暂行主持，自率轻兵五百人，前往掩袭。沿江一带，统是路转山回，不胜拗曲，他恐忙中有错，即向土民问讯，凑巧有一矍铄老翁，移步进前，当即下马婉询，并用好言抚慰。那老人自述姓王，名思孝，年已七十有奇，且云："北军近据綦江，骚扰得很，强买民间什物，奸淫良家妇女，小民怨苦得很，今得护国军到来，或者得重见天日了。"蔡锷道："此间与綦江相通，何处最为要道？"老人道："莫若松坎。"蔡锷道："松坎距此，约若干里？"老人道："不过十余里了。"蔡锷复问及路径，老人道："小民愿为前导。"蔡锷道："老翁尚健行吗？"老人道："十余里路程，怕什么！"蔡锷大喜，便令老人前行，自率军后随，约一小时，即到了松坎，两旁皆山，只中间留一小径，可通行人。山上大松丛杂，蔽日干霄，就使埋伏千人，一时也无从窥悉。蔡锷语老人道："地号松坎，果然名实相符，但我军因留驻此间，老翁不如归休，免得多劳。"老人道："此处最便伏兵，倘或北军前来，即可掩杀过去，任他千军万马，也是死多活少了。"此老颇知兵法。蔡锷不胜惊异，还疑他是北军间谍，不由得迟疑起来。老人道："小民愿在军前，看将军杀贼哩。"说至此，便散步登山，甫上山腰，向綦江一面眺着，隐隐见有北军旗帜，飘动途中。老人忙抢下道："北军来了。"蔡锷也上冈一望，果然有大队北军，迤逦而来，急忙传谕五百人，左右埋伏，俟有口令，即行杀下。各兵俱遵令四伏，蔡锷自与老人据冈倚树，兀坐望着。

綦江军奋勇来前，势甚飘忽，不一时已入径中，蔡锷即引吭高呼，宣达口号。一声呼毕，顿时枪声交作，喊杀连天。蔡锷也无暇顾及老人，即下山指挥，麾攻敌众。綦江兵虽有数千，到了窄径中间，好似鼠斗穴中，无从展技，前队逃避不及，尽被击毙，后队急忙退还，也已一半伤亡，剩了几百个长脚兵，一哄儿逃回綦江。蔡锷也不追赶，检查军士，五百个一人不少，只受伤了数十名，且夺得机关枪十余架，令军士带归。只有老人王思孝不知去向，四处寻觅，方见他奄卧林间，额上涔涔血出，竟中弹毙命了。想是老命应绝此地。蔡锷不觉流泪，并向他下拜道："王翁王翁！我得你立了战功，你为我死在战地，英灵未泯，随我归家，我总不令你虚死哩。"军士亦相率掩泣，随即由蔡锷嘱咐，舁着尸首，返至原处，查明家属，令他领尸，且出洋数百圆，作为抚恤。蔡锷又沽酒亲奠，且拜且泣，乡民皆为动容，统说老人有福，得邀将军祭奠，死有余荣了。

蔡锷辞别老人家眷，驰回营中。刘云峰等接着，叙及战事，统是欢慰异常。翌日早起，蔡锷令军士饱餐，进扑泸城，敬尧也驱军出来，一场鏖战，互有杀伤。次日再战，两军互击一阵，蔡锷勒兵退后，做佯败状。冯、伍两军，乘胜追去，张军恐蹈故辙，不敢前行，只慢慢儿地随着后面。但见前军踊跃得很，霎时间已隔数里，远远有一丛林，那前军已趋入林间去了。张军知是不妙，代为前军担忧，果然炮声骤发，枪声继起，一片鼎沸声，从林间遥应过来。那时张军只好施救，赶至林前，望将进去，顿令人心惊胆落。看官！道是何故？原来冯、伍二军，已被蔡锷军诱入核心，四面围住，团团攻击，眼见得冯、伍军要同归于尽。张军一声呐喊，用机关枪猛击过去，方冲开蔡军一角，冯、伍各军，乘隙逃出，已只剩了一半。蔡军又拼力还攻，连张军也抵敌不住，转身逃回。有几百个晦气的兵士，也中弹丧命，好容易驰入泸城，统是狼狈不堪，连声叫苦。张敬尧经此一挫，尚望曹锟派兵救应，哪知曹军扎住綦江，为了松坎一役，多已气夺，不敢出援。敬尧无法，命尽毁城中大厦，开了旁门，率兵逃去。自己不能守城，徒借居民出气，是何居心？蔡锷挥军薄城，城门已经大开，百姓均伏道欢迎。护国军一拥而入，惟蔡锷亲自下骑，慰劳泸民，且因民多露宿，即出资分给，令暂买芦席，圈棚为屋，借免风寒。一面煮粥赈饥，百姓始稍免冻馁了。应该有此仁政，但较诸张军，已不啻天渊之隔。

泸城一下，川省复震，免不得有急电到京，老袁也觉惊惶。嗣又接湖广警报，李烈钧攻入湖南，陆荣廷攻入广东，顿时惊上加惊，愁上加愁；接连是日本公使日置益又提出外交意见书，送达外交部，书中大意说是："奉本国政府训令，因中国内乱蔓延，北京政府，既无平乱能力，滇、桂、黔方面，又系维持共和，不得视为乱党，本国政府，现已承认为交战团体"等语。未几，又有英、法、俄、美各公使，陆续至外交部，请老袁速即取消帝制，免得久乱。

老袁正应接不遑，忽来了一道长电，急忙令秘书照译。起首二语，是为速行取消帝制，以安人心事。老袁见了，忙令译末尾数码，一经译出，顿令一位阴鸷险狠的袁皇帝，挫闪了腰，扑塌一声，向睡椅上奄卧下了。看官！你道这电是何人发来？原来是江苏将军冯国璋、山东将军靳云鹏、江西将军李纯、浙江将军朱瑞及徐州将军张勋。这五位将军，本是大江南北的重要人物，平时又是袁氏心膂，此次为了帝制问题，已不免有些解体，老袁很为注意，陡然来了这道电文，哪得不令他丧气。秘书员见老袁躺倒，还疑他是昏晕过去，偷眼一瞧，只见他睁着双眼，竖起两眉，拳头又握得很紧，越发令人惊怕；他又不敢呼唤，但密令左右去请太子。不一刻，克定进来，走近老袁椅前，老袁忽挺身坐起道："你……你好！你一心一意地劝我为帝，你好将来承袭，我听了你，费尽心机，反惹出这种祸祟。现在人心已变，西崩东应，叫我如何下台呢？"克定支吾道："目下只有滇、黔、桂三省，起兵为逆，想也没甚要紧。"老袁道："你没看五将军电文吗？"克定乃转至案前，见秘书所译，约有原文一大半。看了一遍，也吓得不敢作声。也只有这些胆量。老袁又道："你快去请了段芝泉来。"克定闻得段芝泉三字，暗想自己是他的对头，就使去请，如何肯来，便嗫嚅道："恐……恐他未必肯来哩。"老袁道："曹锟、张敬尧有密电前来，统说要起用老段，目今事已急了，只好请他出来罢。"克定不敢多嘴，没奈何硬着头皮，去请段祺瑞，果然闭门不纳，紧称挡驾，于是怏怏而返，仍旧来见老袁。老袁长叹道："多年交谊，一旦消磨，统是由儿辈淘气哩！"谁叫你听儿子语？克定道："徐老伯尚在天津，不如去请他罢。"老袁道："快去快去！"克定奉命趋出，竟向天津去讫。

老袁再阅五将军警告，看他语意，似乎帝制不撤，也要仿滇、黔、桂三省，宣告独立。这一急非同小可，不得不申召群僚，大开御前会议。除六君子、十三太保外，所有国务卿以下，如各部总长等，统共与会。老袁先取出五将军电文，晓示大众，随即唏嘘道："照五将军来电，是要我取消帝制，我本没有帝王思想，只因群情所迫，勉强出此。今既有人不服，我也似不应拘执哩。"想欺人。言未已，见朱启钤、梁士诒已出奏道："陛下如取消帝制，是威信俱堕，示人以弱了。臣等不敢从命。"说至"命"字，又有人抗声道："自帝制发生以来，愚意已暗抱悲观，不过京中人望，多表赞成，怎敢妄参异议？目今西南大势，十去八九，总统悔祸，虑及大难，计惟下令罪己，严惩首要，或足收拾人心，挽回万一。倘帝制取消，党人尚不肯罢兵，是曲在党人，不在总统。即如各国公使，也无从援为话柄，助逆畔顺，变乱自可立平了。大总统前日，尝谓宁牺牲子孙，救国救民，奈何恋恋这帝位呢？"袁廷中有此谠论，却是难得，但也只顾到一半。袁总统闻言一瞧，乃是署教育总长的张一麐，随淡淡地答道："仲仁（一麐字），你去岁曾劝阻帝制，我悔不从你的话呢。"晓得迟了。梁士诒等本欲与辩，奈老袁已有悔意，未便晓晓力争，惟说出"陛下慎重"四字，总算是最后良策。老袁又沉吟起来，到了散会，仍然未决。是夕满腹踌躇，眼巴巴地望着徐东海，替他解决一切。待至次日巳牌，尚未见克定转来，惟外面呈入一书，当即披览，看了第一句，已不免惊讶得很。正是：

　　破晓方回皇帝梦，

　　展书惊得圣人言。

究竟书中写着何词，且到下回再说。

自护国军起义后，与袁军交绥，多半从略，独于蔡锷督师入蜀，连败张敬尧等，详述靡遗。盖一以嘉蔡之首义，二以见蔡之多才，民国中有此英雄，庶不愧为伟人耳。且滇、黔、桂发难于先，五将军警告于后，而袁氏智尽能索，不得已有取消帝制之议。再造共和，微蔡公之力不至此。若张一麐辈，虽抗直有声，要不过以成败论人之见，作者且不没其直，况蔡公乎？《春秋》之义在褒贬，吾知作者之意，亦此物此志云尔。

第六十七回

撤除帝制洪宪消沉
怅断皇恩群姬环泣

却说袁世凯展阅来书,看了第一句,即不免惊疑。看官! 道是什么奇谈? 原来是一封信。

慰庭总统老弟大鉴:

"总统"下加入"老弟"二字,真是奇称。

老袁暗想道:"为何有这般称呼?"正要看下,忽见克定趋入道:"徐伯伯来了!"老袁把书信放下,连忙道一"请"字。克定即至门外传请。

须臾,见徐世昌趋入,老袁忙起身相迎。徐世昌向前施礼,慌得老袁赶紧拦阻,且随口说道:"老友何必客气,快请坐罢!"世昌方才入座。老袁也坐了主席。便道:"你在天津享福,我在这里受苦,所以命克定前来邀请,烦你老友替我设法才是。"世昌道:"不瞒总统说,世昌年已老了,既没有财力,又没有权势,只好做个废民罢了,还有何心问世? 今因大公子苦口相邀,世昌不忍拂情,所以来此一行,乘便请安。若为政局起见,请总统转询他人,世昌不敢与闻。"乐得推诿。老袁笑答道:"菊人,你我是患难故交,今复惠然肯来,足见盛情,还要说什么套话? 好歹总替我想个法儿,凡事总可商量的。"世昌才说道:"他事且不必论,现在财政如何?"开口即说财政,到底是老成人语。老袁皱着眉道:"不必说了。现在各省的解款,多半延宕,所订外国借款,又被乱党煽惑,停止交付,总之由我做错,目下只仗老友挽回哩。"世昌未便急答,却从案上一望,但见有一叠信纸摊着,大约有十多张,便问老袁道:"这是何人书信?"老袁道:"我倒忘记了。我只看过一句,叫我做总统老弟,想是有点来历哩。"说着,便起身取下,与世昌同阅。

世昌瞧着第一句,也是惊异,入后乃洋洋洒洒,历揭老袁行事的错处,且为老袁想了三策,上策是避位高蹈,中策是去号践盟,下策是将王莽的渐台、董卓的郿坞,作为比例,末后是说从前强学会中,彼此饮酒高谈,坐以齿序,我为兄,你为弟,交情具在,因此忠告。统篇约有一万字,好似苏东坡、王荆公的万言,署名乃是康有为。原来就是文圣人。

两人看罢,由徐世昌偷瞧老袁,面上似不胜愠色,便道:"这等书呆子,也不必尽去睬他,但世昌却有一言相质,究竟总统是仍行帝制呢,还是取消帝制?"老袁半晌才答道:"但能天下太平,我亦无可无不可。"你亦想学圣人吗? 世昌道:"总统如果随缘,平乱谅亦容易,但须邀段芝泉出来帮忙,他是北洋武人的领袖,或还能镇压得定呢。"老袁摇首道:"我已去请他过了,他不肯来,奈何?"世昌道:"他的意思,无非是反对帝制,若果把帝制取消,我料他非全然无情。"老袁道:"别人去请,恐无益,我又不便亲邀,若老友能代我一行,那是极好的了。"世昌想了一会,方起身道:"我且去走一遭罢。"老袁道:"全仗老友偏劳。"

世昌自去,老袁在室中待着,见克定复趋入道:"徐老伯如何说法?"老袁道:"他要我取消帝制,现在去邀请段芝泉了。"克定道:"帝制似不便取消哩。"老袁道:"楚歌四面,如何对待?"克定道:"不如用武力解决。"老袁哼了一声道:"靠你几个模范军,有什么用处? 我自有主见,不必多言。"克定乃退。既而徐世昌转来,说是段芝泉已有允意,惟必须撤销帝制,方肯出来效力。老袁沉着脸道:"罢! 罢! 我就取消帝制罢。明日要芝泉前来会议,我总依他便是。"世昌应了一声，又辞别出去。

翌晨再开会议，徐世昌先至，段祺瑞亦接踵到来，余如国务卿等统已齐集。只六君子、十三太保，却有一大半请假。想是无颜再至。老袁也不欲再召，只把取消帝制的理由，约略说明，言下很有惭容。世昌道："大总统改过不吝，众所共仰，似无容疑义了。"大众统俯首无词，老袁道："菊人、芝泉统是我的老友，往事休提，此后仍须借着大力，共挽时艰。"段祺瑞道："大总统尚肯转圜，祺瑞何敢固执，善后事宜，惟力是视便了。"老袁乃命秘书长草拟撤销帝制命令，一面散会，一面邀徐、段两人及王式通、阮忠枢留着，俟命令已经拟定，再令四人善为润色。段本是个武夫，阮又是个帝制派中的健将，两人不来多嘴，全凭那龂轮老手徐世昌，及倚马长才王式通，悉心研究，哪一句尚未妥适，哪一字还须修改，彼此评议了好多时，方才酌定，随将草稿呈袁自阅，但见稿中写着：

民国肇建，变故纷乘，薄德如予，躬膺巨艰。忧国之士，怵于祸至之无日，多主恢复帝制，以绝争端而策久安，癸丑以来，言不绝耳，予屡加呵斥，至为严峻；自上年时异势殊，几不可遏，佥谓："中国国本，非实行君主立宪，决不足以图存，倘有葡、墨之争，必为越、缅之续。"遂有多数人主张恢复帝制，言之成理，将士吏庶，同此恫忱，文电纷陈，迫切呼吁。予以原有之地位，应有维持之责，一再宣言，人不之谅。嗣经代行立法院议定，由国民代表大会，解决国体，各省区国民代表，一致赞成君主立宪，并合词推戴。中国主权，本于国民全休，既经国民代表大会，全体表决，予更无讨论之余地，然终以骤跻大位，背弃誓词，道德信义，无以自解，掬诚辞让，以表素怀。乃该院坚谓元首誓词根于地位，当随民意为从违，责备弥周，已至无可诿避，始以筹备为词，藉塞众望，并未实行。及滇、黔变作，明令决计从缓，凡劝进之文，均不许呈递，旋即提前召集立法院，以期早日开会，征求意见，以示转圜。越掬越臭。

予本忧患余生，无心问世，遁迹洹上，理乱不知；辛亥事起，谬为众论所推，勉出维持，力持危局，但知救国，不知其他。中国数千年来，史册所载帝王子孙之祸，历历可征。予独何心，贪恋高位？乃国民代表，既不谅其辞让之诚，而一部分之人民，又疑为权利思想，性情隔阂，酿为厉阶。诚不足以感人，明不足以烛物，实予不德，于人何尤？皋我生灵，劳我将士，以致中情惶惑，商业凋零，抚衷内省，良用瞿然。屈己从人，予何惜焉？代行立法院转陈推戴事件，予仍认为不合时宜，着将上年十二月十一日，承认帝位之案，即行撤销，由政事堂将各省区推戴书，一律发还参政院代行立法院，转发销毁。呜呼痛哉！

所有筹备事宜，立即停止，庶希古人罪己之诚，以洽上天好生之德，洗心涤虑，息事宁人。盖在主张帝制者，本图巩固国基，然爱国非其道，转足以害国；其反对帝制者，亦为发抒政见，然断不至矫枉过正，危及国家。务各激发天良，捐除意见，同心协力，共济事艰，使我神州华胄，免同室操戈之祸，化乖戾为祥和。总之万方有罪，在予一人。终不脱皇帝口吻。今承认之案，业已撤销，如有扰乱地方，自贻口实，则祸福皆由自召，本大总统本有统治全国之责，亦不能坐视沦胥而不顾也。仍自称大总统，未免厚颜。方今阎阎困苦，纲纪陵夷，吏治不修，真才未进，言念及此，终夜以兴。长此因循，将何以国？嗣后文武百官，务当痛除积习，黾勉图功，凡应兴应革诸大端，各尽职守，实力进行，毋托空言，毋存私见。予唯以综核名实，信赏必罚，为制治之大纲。我将吏军民，尚其共体兹意！此令。

老袁瞧毕，好一歇方道："算了罢！明日颁发便了。"徐、段诸人统行退出。老袁又把这稿底瞧了又瞧，暗想把这种文字宣布出去，分明是自己坍台，但若捺住不发，将来大众离心，连总统都做不成。目下火烧眉毛，只好暂顾眼前，再作计较，乃咬定牙龈，将这命令交与秘书，携往印铸局排印。忽有一书呈入，当即启阅，乃是克定手笔，略云：

自筹安会发生,以迄于今,已历七阅月。此七阅月中,呕几许心血,绞几许脑力,牺牲几许生命,耗费几许金钱,千回百折,始达到实行帝制之目的。兹以西南数省称兵,即行取消帝制,适长反对者要挟之心。且陛下不为帝制,必仍为总统,则今日西南各省,既不慊于陛下为帝,而以独立要挟取消帝制者,安知他日若辈不因不慊于父为总统,而又以独立要挟取消总统乎?窃恐其得步进步,或无已时也。料得正着。今为陛下计,不如仍积极进行之为愈。且西南各省,虽先后反抗,而北方军民,则固相安无事。陛下苟于此际正位,即使西南革党,兴兵北犯,然地隔万里,纵旷日持久,未必能直捣幽燕。况军力之强弱各殊,主客之劳逸迥别,胜败之结果,尚在不可知之数乎?就令若辈不肯归化,亦不过以长江或黄河南北,为鸿沟已耳,则陛下纵不能统一万方,亦胡不可偏安半壁哉?较今兹自行取消帝制,孰得孰失,何去何从,愿陛下熟思之。

老袁览到此书,又不禁动了疑心,便独自一人,踱入内厅,背着了两只手,在那厅室中打着磨旋,好似镬沿上的蚂蚁一般。蓦闻背后有人道:"万岁爷有请!"急忙回视,乃是女官长安静生,便道:"你不要叫我万岁爷,仍叫我大总统。"安静生道:"万岁自万岁,总统自总统,为什么做了万岁,又做总统呢?"却是奇怪。老袁道:"你晓得什么?你传何人的命令,敢来请我?"安静生道:"皇后娘娘及妃子等,统请皇上入内,有事相禀。"老袁乃随她进去。

一入内室,但见一后十四妃,均聚集一堂,黑压压地立着。洪姨先抢前一步,运着娇喉,向老袁道:"陛下为什么要取消帝制?须知妾等朝盼夕望,刚刚有些望着了,哪知陛下反半途拆桥哩。"说着那泪珠儿已淌了下来。老袁瞧着,不由得心中一酸,好像万把钢刃,穿入心房,一时说不出苦楚。周姨又上前道:"取消帝制的命令,已宣布吗?"老袁方逼出一语道:"已交到印铸局去了。"洪姨带哭带呼道:"安女官长,你快传出去,叫侍卫去收回成命。"安静生口虽应诺,却亦不敢径行。于夫人亦启口道:"前日我曾说过,皇帝是不容易做的,你等都想做什么妃嫔,反说我是黄脸婆,不中抬举,今日我这黄脸婆,已被你等抬举得够了,这个叫我国母,那个叫我皇娘,忽地儿又要取消这等名目,我的黄脸儿,却没处藏躲呢。"看官,听到此语,几疑于夫人何故变志,也想做皇后娘娘?原来徐东海夫人及孙宝琦夫人,曾寄寓京师,与于夫人尝相往来,当是年阴历元旦,入宫贺年,居然行叩安礼,于氏亦觉得光荣无比,渐渐地热衷起来,今又闻要取消帝制,自然愤懑异常,所以有此夹七夹八的话儿。富贵迷人,煞是厉害。洪姨听了,益觉胆大,催安静生去取回命令。安静生尚呆呆站着,老袁也拿不定主意,便嘱安静生道:"你叫侍卫去取,只说是篇中文字,尚有误处,须再加改正,方好排印哩。"安静生才奉命去了。不一时已将原稿取到,呈与老袁,老袁藏在袋中,默默坐着。各姬妾等破涕为笑,又在老袁前说长论短,老袁也无心听及,只管对人发怔。转瞬间已是天晚,姬妾等陪他夜膳,他也食不甘味,胡乱地吃了一顿。

食毕,又去过那老瘾,才吸数口,忽由安静生传入道:"外面有徐世昌求见。"老袁忙即出来,见了世昌,但闻他开口道:"世昌特来辞行,翌晨要仍往天津去了。"突如其来。老袁道:"你既承认帮忙,为何又要他去?"世昌道:"总统好变卦,难道不准世昌变卦吗?"老袁知他语中有因,便道:"我明日准发取消帝制令,老友不必多疑。"世昌道:"闻得山东、浙江、湖南等省,统有独立消息,若要仍行帝制,恐不到两日,都发生变端了。"老袁愈加着急,忙从袋中掏出稿纸,交与左右,令印铸局连夜排印,一面语世昌道:"这国务卿一职,仍请老友复任。"世昌道:"陆子欣也没甚误事,否则改用段芝泉。"老袁不待说完,便道:"我意已定,请你勿辞,芝泉呢,任他做参谋总长便了。"世昌起座道:"且至明日再议。"老袁点首,世昌复去。

老袁退入内室,各姬妾复来问讯,老袁凄然道:"我到手的帝位,不料竟成泡影,我是德薄能鲜，无容多说了，你等也福命不齐，做了几十日的皇帝家眷，殊不值得。但我虽然不得为帝，总还好做大总统，倘或天缘辐辏，将来仍好恢复帝制，可惜我年老了，恐此生不能如愿了。"自知将死。言毕，竟泪下数行。各姬妾等见他状态颓丧，语言凄楚，无不掩面涕泣，就是能言善辩的洪、周两姨，至此也不便再劝，空落得泪珠满面，变成了带雨梨花。一场空欢喜，却是难受。大家哭了一场，陆续地溜入房中，各自归寝。老袁也随择一室，做总统梦去了。

次日为三月二十二日，颁示取消帝制命令，并废止洪宪年号，仍称中华民国五年，收回洪宪公债，改为五年公债，谕禁各省官吏，不得再称皇帝圣上，自称臣仆奴才，一面解国务卿陆征祥兼职，仍令徐世昌复任，且就政事堂中，再开联席会议。徐、段等均来列席，筹议了小半日，始决定善后办法三条：

（一）电知驻外各公使，将帝制撤销事件，转告各国政府；驻京外使由外交部次长曹汝霖面达。

（二）责令警厅谕示国民。

（三）通令各省大吏，销毁推戴书及代表名册，并征求其最后意见，限二十四小时答复。

三条件外，又召集代行立法院，开临时会，即以次日为会期。这代行立法院中的参政员，本有三派，一为帝制派，二为非帝制派，三为中立派。自帝制派得势，第二派多挂冠辞去，院中人数，已去了三分之一。至帝制撤销，第一派又无颜出席，所以二十三日开会，不过寥寥数人，未能如额，仍然散去。延至二十五日，再行召集，帝制派大半不到，惟非帝制派，却有好几人到会，勉强凑成个半数。徐世昌代表老袁出席演述，略言："时局危急，务请各参政为国宣劳，筹议善后。"说至此，忽惹起一片喧嚷声，不是骂洪宪功臣，就是说共和蟊贼，大家瞎闹一场，经院长溥伦及梁士诒、王印川、陈汉第、江瀚、汪有龄、施愚、胡钧等竭力维持，才算静了小半日，议了三案：（一）咨请政府撤销国民代表大会公决的君主立宪案；（二）取消参政院为国民代表大会总代表名义案；（三）咨请政府恢复帝制中修改的民国法令案。三案议定，天已日昃，徐世昌出了院门，回报老袁，并请退还推戴书。老袁乃令朱启钤照行，将推戴书缴还代行立法院，自己懊闷得很，复检出宫中帝制文件，共有八百四十通，一股脑儿塞入炉中，付祝融氏收藏，再令袁乃宽检出各项御用品，也一并销毁。最后拟烧到新制的万岁牌，被乃宽双手抢住，不肯付火，还算保全。此外如价值五六十万元的衮龙袍、价值四十万元的檀香宝座、价值六十元的登基御袜等，统留贮后宫，作为袁皇帝的纪念品。可怜自民国四年十二月三十一日起，至五年三月二十二日止，统共八十三日，闹了一场屋里皇帝的大梦。小子有诗叹道：

一纸官书示百僚，
新华王气黯然销。

早知世态沧桑变,
　　何苦当时梦帝朝。
　这八十三日的皇帝梦中,所有费用,核算起来,煞是惊人,待小子下回申明。

　　徐、段心中,只反对帝制,并非深恨老袁,故袁氏有撤销帝制之命,而两人即联翩登台,盖未知帝制撤销后之尚有余波也。袁克定作书阻父,颇有先见之明,但楚歌四逼,以项羽之勇,尚且自刎乌江,宁袁氏得偏安燕、蓟乎?袁氏撤销帝制,其死速,袁氏不撤销帝制,其死愈速,且恐不止一死而已,故有为袁氏计,谓撤销帝制为非策者,亦谬论也。观老袁之踌躇未决,取回成命,而其后卒决计宣布者,亦职是故耳。群姬何知大计?自不免以一哭了之,然老袁之死期,已于此兆矣。

第六十八回　迫退位袁项城丧胆　闹会场颜启汉行凶

却说帝制时代的费用，原定额数系六千万元，大典筹备处，约二千万元，登极犒军，约一千万元，余如收买国民代表，津贴请愿代表，贿嘱各地报馆，补助各处机关以及各处联络，各种运动，总数为三千万。欲要问他财政的来源，无非是内外借款，救国储金，各项税则以及中国、交通两银行的资本金。总言是民脂民膏。看官！你想大好的中华民国，无端生出帝制问题来，空令百姓加了无数负担，真是何心？是可忍，孰不可忍。到了帝制不成，大典筹备处，已将二千万元报销用尽，就是三千万元的杂费，也差不多是要合讫了。惟犒军费一千万，拨作川、湘、桂军饷，总算是易一用途，但尚且不敷甚巨。老袁撤销帝制，一大半为财政困难，无法久持，所以忍痛中断，并非全为五将军警告，及徐、段两人要求，看官想亦洞鉴呢。

且说徐世昌既复任国务卿，段祺瑞亦接奉命令，任为参谋总长，一文一武，携手登台，第一着便是调和南北，当下出二人发起，邀入副总统黎元洪，联名拍电，分致蔡锷、唐继尧、陆荣廷诸人。略谓："帝制取消，公等目的已达，务望无戢干戈，共图善后。"哪知此电拍去，似石沉海，绝不见复。惟各省大吏奉到二十四小时答复公文，还算次第呈词，多主和平。江苏将军冯国璋，且谓："撤销帝制，系现时救急良法，嗣后长江一带，可保无虞"云云。徐、段等稍稍安心。

嗣复想了一策，因前时有康有为书，曾劝老袁取消帝制，此时帝制已罢，正好复函通问，并请他转劝梁启超顾全大局，首创和议，且令梁转告蔡锷，商议和解条件。从两代师生入手，也算苦心。和款共六条：（一）滇、黔、桂三省，取消独立；（二）责令三省维持治安；（三）三省添募新兵，一律解散；（四）三省战地所有兵，退至原驻地点；（五）即日为始，三省兵不准与官兵交战；（六）三省各派代表一人来京筹商善后。这六条和议传达粤东，康将原文电梁，梁亦将原文电蔡，蔡锷正进兵叙州，与西医汤根、鲁特磋商停战事宜。汤、鲁二人系由四川将军陈宦嘱托，浼他调停。蔡允停战一星期，嗣接到议和转电，不愿相从，乃径电黎、徐、段三人道：

北京黎副总统徐国务卿段总长鉴：奉来电，敬谂起居无恙，良慰远系。迩者国家不幸，至肇兵戎，门庭喋血，言之痛心。比闻项城悔祸，撤销帝制，足副喁望，遂听下风，曷胜钦感。惟国是飘摇，人心罔定，祸源不靖，乱终靡已。默察全国形势，人民心理，尚未能为项城曲谅，凛已往之玄黄乍变，虑日后之覆雨翻云，已失之人心难复，既堕之威信难挽。若项城本悲天悯人之怀，为洁身引退之计，国人轸念前劳，感怀大德，馨香崇奉，岂有涯量？公等为国柱石，系海内人望，知必有以奠定国家，造福生民也。临电无任惶悚景企之至。锷叩。

徐、段等接到此电，料他未肯就绪，再电令龙济光与陆荣廷婉商。龙正为粤东一带党人蜂起，防不胜防，又闻桂军逼粤，焦急得很。一奉中央命令，当即电告陆荣廷，说得非常恳切，并浼陆出作调人，陆本无和意，不得已转告滇、黔，滇督唐继尧、黔督刘显世均不肯照允，且言："如欲求和，应由中央承认六大条件。"也是六条。这六大条件，却非常严厉，由小子开述如下：

（一）袁世凯于一定期限内退位，可贷其一死，但须驱逐至国外。

（二）依云南起义时之要求，诛戮附逆之杨度、段芝贵等十三人，以谢天下。

（三）关于帝制之筹备费及此次军费约六千万，应抄没袁世凯及附逆十三人家产赔偿。

（四）袁世凯之子孙，三世剥夺公权。

（五）袁世凯退位后，即按照约法，以黎副总统元洪继任。

（六）文武官吏，除国务员外，一律仍旧供职。但军队驻扎地点，须听护国军都督之指命。

看官！你想这六条要求，与中央开出的六条款约，简直是南辕北辙，相差甚远，有什么和议可言？还有最重要的声明，说是："袁氏一日不退位，和议一日不就范"云云。那老袁取消帝制，已是着末一出，若还要他辞去总统，就使护国军入逼京畿，他也是不肯承认的。天下事有进无退，老袁退了一步，便要驱他入瓮，正不出大公子所料。滇、黔既协商定议，遂电复陆荣廷，陆即电龙，龙即电北京。徐、段入报老袁，老袁又吃了一大惊，连忙转问徐、段，再用何法维持。徐、段沉吟一会，想不出什么良策，只好虚言劝慰，说了几句通套话，告别出来。

老袁暗暗着急，想了一夜，复从无法中想出两法，一是嘱参政院长溥伦，要他运动参政，合词挽留；一是再派阮忠枢南下，运动冯、张，要他联合各省，一体拥护。谁料溥伦奉了密令，去向各参政商量，各参政多半摇头，不肯再蹈前辙。阮忠枢到了江宁，与冯密商，冯国璋也是推诿，转身跑到徐州，张辫帅颇肯效力，奈电询各省，只有朱家宝、倪嗣冲两人复电照允，他省是不置一词。于是袁氏两策，尽归失败。葫芦里的法儿，只可一用，第二次便无效了。老袁焦急得很，又召集那班帝制元勋，解决最后问题。帝制派人复提出挞伐主义，要老袁继续用兵，一面联络倪嗣冲、段芝贵等，教他上书决战，自请出师。那老袁又胆壮起来，密电总司令曹锟等道：

蔡、唐、陆、刘、梁，迫予退位，予念各将士随予多年，富贵与共，自问相待不薄，望各激发天良，共图生存。万一不幸，予之地位，不能维持，尔等身家俱将不保。现时乱军要求甚苛，政府均未承认，各将士慎勿轻信谣传，堕人术中，务必准备军务，猛奋进攻，切切！

特嘱。

这密电方拍发出去，外面又来了好几条密电，一电是四川将军陈宧发来，一电是湖南将军汤芗铭发来，统是主和不主战。至是冯国璋一电，比汤、陈两人所说，更进一层，略云：

南军希望甚奢，仅仅取消帝制，实不足以服其心。就国璋愚见，政府方面，须于取消而外，从速为根本之解决。从前帝制发生，国璋已信其必酿乱阶，始终反对，惟间于谗邪之口，言不见用，且恐独抒己见，疑为煽动。望政府回想往事，立即再进一步，以救现局。再进一步，便是要老袁退位。

老袁迭阅各电，料想武力难持，没奈何再电冯、陈，嘱他极力调停。冯电尚无复音，忽接到龙济光电文，乃是请命独立。看官！"独立"两字，是反抗政府的代名词，哪里有宣布独立，还要请命中央，这真是奇怪得很呢。我也称奇。看官不必惊异，由小子叙述出来，便晓得龙郡王独立的苦心。

原来粤东方面，是革命党的生长地，前时陈炯明攻入惠州，被龙军击退，他哪里就肯罢休，索性把新加坡总机关内的人物，尽行运出，来攻粤东，名目亦叫作护国军，总司令推戴黄兴。还有一派革命军，乃是孙文手下的老同志，也乘着热闹，进攻粤境。两派分道长驱，你占一城，我夺一邑，几把那粤东省中，割得四分五裂，就中最著名的约有数路，除陈炯明外，有徐勤军，有魏邦屏军，有林虎军，有朱执信军，有邓铿军，有叶夏声军，有何海鸣军，有李耀汉、陆兰卿军，有梁德、李华、刘少廷、梁廷桂、陈少怀、何克夫、林幹材、周其英、刘华良、叶谨各军，真是云集影从，数不胜数。既而团长莫擎宇独立潮、汕，镇守使隆世储、道尹冯相荣独立钦、廉，四面八方，陆续趋集，把一个天矫不群的老龙王，逼得死守孤城，好像个瓮中鳖、罐里鳅。还有陆荣廷率师压境，急得老龙无法摆布，只好哀告陆荣廷，求他顾念姻亲，放条生路。陆荣廷也觉不忍，但叫他脱离中央，速即独立，包管保全位置，并一族的生命财产。龙乃与鸦片专卖局长蔡乃煌熟商，暂行独立。这蔡乃煌系老袁私人，老袁曾派为苏、赣、粤专卖鸦片委员，筹款运动帝制（是民国四年四月中事），此时又嘱他监制老龙，他就替老龙想出一法，令向老袁处请训，一面由龙、蔡联衔，密请老袁速派劲旅，来粤协防。老袁得了请命独立的电文，颇也惊疑，转思龙济光定有隐情，径批了"独立拥护中央"六字。"独立"以下，加"拥护中央"四字，确与龙王针锋相对。

方才写毕，请兵的电文亦到，乃电令驻沪第十师，速行援粤，另调南苑第十二师赴沪接防。这电不能隐讳，旅沪粤民，先自鼓噪，拟阻止沪军赴粤，免得沪上空虚。粤中军民也不愿客军入境，群起违言。四月四日，寄碇广州的宝璧、江大两兵舰，竟驶附民军，投入魏邦屏部下。魏邦屏遂统率舰队，驰抵海珠，预备攻城。城内人民相率惊慌，吁请龙氏独立。军队亦高悬旗帜，上面写着，听候将军龙济光，巡按使张鸣岐宣布独立等字样。适袁氏批复独立的六字诀也从京颁到，龙济光即于四月六日宣布独立，其布告云：

为布告事。现据广东绅商学各界，全体公呈，粤省连年灾患，地方已极凋零，近来各省多已反对袁氏，宣布独立。粤省危机四伏，糜烂堪虞，各界全体，为保持全省人民生命财产起见，集众公议，联请龙上将军为广东都督，以原有职权，保卫地方，维持秩序，此系拥护共和，天经地义，请即刚断执行等情。查阅来呈，持议甚挚，本都督身任地方，自以维持治安为前提，刻经通电各省各机关各团体，及本省各属地方文武官，即日宣布独立，所有各地方商民人等，及各国旅粤官商，统由本都督率领所属文武官，担任保护，务须照常安居营业，毋庸惊疑。如有不逞之徒，假托民军，借端扰害治安，即为人民公敌，分明是指斥民军。本都督定当严拿重办，以尽除莠安良之责。其各同心协力，保卫安宁，有厚望焉！特此布告。

看这布告，并没有一字罪及老袁，不过是维持自己的职位，暂借这"独立"两字，掩人耳目罢了。魏邦屏闻龙已独立，驶回北江，嗣闻龙济光空言独立，毫无举动，且把寻常逮捕的国事犯，一个儿未曾释放，料他全是假意，哄骗民军，于是驰书质问，是否真诚独立，旋得答复，只说："陆、梁来粤，当卸职他去。"魏邦屏似信非信，分电各处护国军，商议进止。陈炯明、朱执信等统说老龙多诈，非勒令龙军缴械，不便与和。独护国军总司令徐勤，系梁启超同学，得梁来电，声言龙果独立，当和平对待，不必再用武力等语。梁之来电，仍是顾着陆氏姻亲。于是徐勤出为调人，作书致龙，商议善后事宜。龙济光即令顾问官谭学夔及警察厅长王广龄，电邀徐勤，到海珠警察署，面议一切，词甚诚恳。徐勤放胆前行，到了海珠，谭、王两人果来欢迎，延至署内，即由王广龄笑语道："此次独立，确出至诚，我当以全家性命，作为保证。"只要你的性命，不必牵及全家。徐勤答道："龙都督果出至诚，尚有何言。"王即电达督署，报称徐勤已到，当时即得复电，略云："徐君已至，着王厅长优待，务出至诚。现已在巡按署内设招待所，专待陆、梁诸公。徐君能早来署，尤表欢迎"云云。徐勤即托王电复，说是："由陆、梁诸公到后，当同来谒见，畅聆雅教"等语。未几，由粤城内外官绅，陆续至海珠探问，力求徐勤维持治安，转檄护国军罢兵，免致地方糜烂。徐勤遂拟定函电数十通，分发各路，并电促陆、梁，即日来粤。

待了两天，陆荣廷派了代表汤叡，乘轮至海珠，并传述梁意，浼徐勤为代表。徐勤倒也允诺，谭、王两人与汤晤谈，备极殷勤，自不消说。晚间汤、徐共寝一室，汤睿密语徐勤道：

"今日险极，几与君不能相见。"徐勤惊问何故，汤叡道："我乘轮到此，路过海珠炮台，台上忽发开花炮四门，向我舰轰击，伤我水手一人，我舰上大声质问，方闻台官答言，疑是江大轮船到此，所以开炮误击。徐君！你想危险不危险呢？" 你的生命，还有一天好活。徐勤尚未答复，汤睿道："我看龙济光鬼鬼祟祟，总有些靠他不住。我的友人，或劝我即行离省，不必与他会议，我想奉命前来，无论好歹，总须冒险一行，徐君以为如何？" 然而死了。徐勤道："我亦这般想。今日闻龙济光部下各统领，如贺文彪、梁永桑、蔡春华、潘斯凯、颜启汉等，秘密会议，决定推戴龙济光，拟置我死地，我想眼见是真，耳闻是假，且此次会议，关系两粤生灵，若只知顾己，不知顾人，还是回去享福，何必出来问事呢？" 宅心正大，所以得生。汤睿答了一个"是"字，随即就寝。

次日为四月十二日，两方代表，就在警察署内，会集议事。看官记着！这就叫作海珠会议。特别点醒。时至巳牌，商会团长岑伯铸、李戒欺、陈子贞、王伟、吕仲明等，共到会所，汤睿、徐勤二人也携手入会。谭学夔、王广龄时已在场接待，招呼很是周到。过了片刻，但见警卫军统领贺文彪、潘斯凯、蔡文华、何福桥等，带着卫队，携械而来，接着是浓眉大眼的颜启汉，也领了卫卒十名，荷枪入场。颜是主谋行凶，故特笔提出。数统领都面带杀气，映入汤、徐二人的眼中，也觉有些不妙，嗣经谭、王等替他介绍，不得不勉与周旋。

王广龄复推举汤、徐为主席，汤睿乃起立道："兄弟奉陆、梁二公的命令，特地来此，联络两粤感情，今龙督既已独立，又得各绅商各统领，共保治安。诚为万幸，兄弟实无任欣慰。"汤已说毕，徐勤继起道："兄弟此次到来，只计公安，不问艰险，座中诸公，想亦见谅。若使今日帝制已成，周自齐卖国条件，统已实行，我国已变成高丽，还要会议什么？且或我等军舰到省，水陆并举，彼此交争，此地已变作瓦砾场，也没有诸公高会的地点。今得免此二害，与诸公相见一堂，岂非幸事？弟于昨日已通电各路护国军，即行停战，共决和平，在座绅商统领，均志存公益，如有宏谋伟论，幸即赐教。"语未已，贺文彪、潘斯凯齐声道："两方既和平解决，护国军当然取消，应编入我警卫军内，请徐先生转达护国军，速即照行。"徐勤尚未开口，颜启汉即接入道："贺、潘两君所说，很是正当，应请徐君入室修函。"一面说，一面即展开巨手，将徐勤扯入耳房。徐勤正要答辩，适有一卫卒持名刺入，口称将军请代表赴署。徐勤乘势出室，蓦闻枪声一响，弹子飞射过来，慌得徐勤无从躲避，竟向地下躺倒，直挺挺地卧着。小子有诗叹道：

> 拼将生命作牺牲，
> 会所居然起变争。
> 怪底人心蛇蝎似，
> 枪声一起可怜生。

未知徐勤性命如何，且至下回续表。

有袁世凯之为主，即有龙济光之为臣，袁好诈，龙亦奸诈，袁好杀，龙亦好杀，袁以好诈好杀而致败，故取消帝制之不足，且群起而攻之，龙岂未之闻，尚欲以好诈好杀，快一时之意志耶？海珠会议，颜启汉诱入汤、徐，竟尔举枪相向，非龙氏使之而谁使之欤？呜呼袁皇帝！呜呼龙郡王！

第六十九回 伪独立屈映光弄巧
卖旧友蔡乃煌受刑

却说徐勤仆倒地上，那弹子向身上擦过，险些儿击入腰膂，他却装着死尸，僵卧不动，但闻外面枪声四起，闹成一片，顿时呼喝声、哀号声，乱作一团糟。徐勤开眼偷觑，从烟尘缭乱中仔细认明，觉身旁已无一人，他想此时不走，更待何时，当下爬将起来，拟从外闯出；偏外面尸体枕藉，桌椅颠倒，满地都是碍足物，料知一时难走，索性转身入内，向楼上暂避。楼上是警察寝处，留有衣服等件，他是情急智生，即将身上长衣脱卸下来，把袋中的文件尽行毁去，一面换得警察制服穿在身上。改装毕，听外面已无喧声，他便轻轻地走向楼下，适遇一仆登楼，还道他是警吏，也不去细问，即让他下楼，三脚两步地趋至门口，见汤睿、谭学夔等尸身，血肉模糊，尚是摆着，他也顾不得伤心洒泪，竟一溜烟地跑出；行至海边，长堤上统插颜字旗帜，亏得身着警服，没人盘诘。到了长堤尽处，巧遇一只快船，也不暇问明底细，竟跃入舟中，慨畀舟子数十金，飞渡过江，恍如子胥离楚，遇着渔父模样。竟奔向香港去了。命不该绝，总有救星。翌日，得海军司令谭学衡电文，才识当场伤毙的人数，文云：

　　梧州探投陆都督、梁任公台鉴：今日海珠会议，汤君觉顿（汤睿字觉顿）、舍弟学夔，当场受枪殒命，王君协吉（王广龄字协吉）、吕君清（吕仲明名清）受重伤，随后亦毙。当经力请龙、张两公，终始维持，毋使广东糜烂，均盼台从星夜来粤，安筹善后办法。全粤幸甚。学衡叩。

　　陆、梁二人接到此电，当然愤怒交迫，下令讨龙，正要发兵东下，突来了广东巡按使张鸣岐，替龙剖辩，把海珠一场惨变，统推在蔡乃煌、颜启汉身上。陆荣廷即问道："龙济光到哪里去了？"大约到龙宫里去。张鸣岐道："龙督本在署中，候汤、徐两君会议，不料蔡乃煌、颜启汉等，暗地设谋，拟害汤、徐，待龙督闻知，即派兵弹压，已不及了。"何人相信。梁启超接入道："龙济光的用意，简直要害我两人，偏汤、徐两君做了替身，徐君幸得脱逃，汤觉顿竟致毙命，还有王警长、谭顾问、吕会长等也同时遇难。坚白兄（张字坚白），你想王、谭两君是他的麾下，不过主张和平，便一股脑儿死在会场，这老龙还有天理吗？我等非诛逐龙济光，如何对得住汤君？就是王、谭、吕诸人，也对他不住呢。"理直气壮。张鸣岐忙答辩道："龙督实未与闻，现在专待两公到粤，和解粤局，断无异心。"梁启超冷笑道："我等还想多活几天，保障共和，休再用老法欺我。"张鸣岐又道："两公如不见信，鸣岐情愿为质，可好吗？"竭力为龙帮忙。梁启超亦道："你休做第二个王协吉，着了龙王的道儿。"张鸣岐还要再辩，陆荣廷道："龙济光如无歹心，须要依我六款。"鸣岐即请陆宣示，荣廷道："第一条，须交出蔡乃煌、颜启汉；第二条，须分调警卫军出省；第三条，须整顿龙军军律，解散侦探；第四条，是我若来粤，寓所由我自择，龙须到我处会谈，我不往龙处；第五条，龙军将来，一半留龙自卫，一半须随护国军征赣；第六条，我军到粤，龙须让出东园，俾我军驻扎。这六条如果见从，我就不去驱逐老龙，若有一条不依，我也顾不得亲戚关系了。且与他争个高下，看他还能害我吗？"总还顾着戚谊。鸣岐道："且先去电问，何如？"陆即允诺。

　　当自电陈六款，迫龙遵约，旋得复电，说是："悉如陆命，惟善后条件，请张面决。"张乃与陆、梁两人，协议善后，共有四款：（一）查办海珠祸首，以明心迹；（二）由陆、梁至粤，维持粤局；（三）电请护国军总司令徐勤，通饬各路护国军，暂停进行，静待解决；（四）严办土匪，保护地方。四款议定后，彼此依约办理。

张鸣岐方回粤去，不期粤东的独立尚未就绪，浙江的独立又闹出一番笑话。

原来广东独立的消息，传到浙中，浙江将军朱瑞及巡按使屈映光，亟向中央请兵，巩固浙防，一面将城内屯兵两旅，调驻城外。旅长童保暄本是辛亥革命的发起人，朱瑞恐他为变，所以将他调出。还有叶焕华一旅，亦令移驻，无非是防童联络，所以一体迁移。是时驻沪第十师，本拟调粤，因浙事吃紧，由袁政府改令赴浙。且南苑第十二师航海南来，亦有直接赴浙的消息。浙人大哗，纷纷电阻。那时有志共和的童旅长复跃然奋起，入城见朱，请即独立。朱瑞集众会议，参谋长金华林、师长叶颂清，均反对童说，就是旅长叶焕华，也说是独立非宜。童保暄道："今日不独立，恐他日无暇独立了。"朱瑞道："本将军的意见，不必独立，也不必不独立，就是中立了吧。"此策却好，其难如愿何？大众才退。

隔了一天，童保暄探得军署密谋，拟诱他入署，置诸死地，他乃想出先发制人的计策，号召二十三团二十四团，乘着四月十一日夜间，潜行入城，直攻军署。军署守卫，猝不及防，竟一哄儿散去。童保暄抢步当先，趋入署中，左右四顾，不见一人，一直跑进内室，将楼上楼下，尽行找寻，不但毫无人影，连鬼都没有了。

看官！你道这将军朱瑞及全署人员，统从哪里逃去？原来朱瑞乖巧得很，自闻桂、粤独立，早已防有他变，先将家眷运往上海，只自己留住署中，此次辕门遇警，即忙换了便服，走至后院，觑定墙角空隙处，有一枯树，便攀援上去，一脚跨到墙头，复解下腰带，挂在树梢，用手握住带端，把身子绾了下去，等到脚踏实地，便放开两腿，向北逸去。还有署中人役，正要入报将军，见朱瑞正在逾墙，大家也学了此法，次第出走。比军令还要灵捷。童保暄四觅无着，知已远飏，复转身出来，移兵至师长署，叶颂清也早走了。再往寻参谋长金华林、旅长叶焕华，统已不知去向。大难来时各自飞。

乃复赴巡按使署，巡按使屈映光倒还从容不迫，出来相迎，见面攀谈，却很是赞成独立，并极力褒奖童保暄，愿推他为都督。又是一种做品，比朱瑞高出一筹。保暄推让道："都督一席，当然推举屈公，如保暄资轻望浅，怎能胜任？今日此举，无非是舆情趋向，不得不然呢。"屈映光道："且集众公举便了。"当下召集长官，共同推举，结果是老屈当选。屈仍避去"都督"字样，只自称巡按使兼浙军总司令，与童会衔，电知各处镇守使吕公望、张载阳、周凤岐等。于是宁、绍、嘉、湖、台等处，也即日宣告与袁政府脱离关系。谁知老屈的私意，也是模仿龙郡王，当时晓谕人民，比龙王还要圆滑，他说是：

为出示晓谕事。照得省城十一夜，军民拥至军署，要求独立，将军失踪，本使为军政绅商学各界，以浙江地方秩序相迫，已于今日决定以浙江巡按使兼浙军总司令，维持全省秩序，主任军民要政。除总司令部人员另行组织外，所有在省文武机关部署，一律照常办事，不准擅离职守。传谕所属，一体遵照！

据这告示，连"独立"两字都不敢说出，可知屈映光是全然作伪哩。果然一道密奏，电达九重，极陈不得已的苦衷，并乞鉴宥云云。他是两面讨好，总道是绝对妙法，可以安然无事，突来了宁台镇守使周凤岐急电，略言："省城、宁、绍，先后独立，人心欢忭，秩序井然。今公复沿旧称，群情迷惑。宁、绍众志成城，誓死讨逆，万无反复余地，务即明白赐复，凤岐等当严阵以待。"老屈接阅后，已是惊惶不定，忽闻北京政事堂中又颁发一道申令，其文云：

据浙江巡按使屈映光电称："四月十一日夜四时，突有军民，拥至军署，将军失踪，当经密派警队防护本署，次早军官士绅，以地方秩序关系，强迫映光为都督，誓死不从，往复数四，午后旋有各机关官长暨绅商领袖，合词吁恳，最后即请以巡按使名义兼浙江总司令，借以维持地方秩序，固辞不获，于今日下午，始行承诺，以维军民而保治安。现在人心已定，秩序如恒"等语。该使职略冠时，才堪应变，军民翕服，全浙安然，功在国家，极堪嘉奖。着加将军衔，兼署督理浙江军务。当此时势艰危，该使毅力热心，顾全大局，既已声望昭彰，务当始终维持，共策匡定，本大总统有厚望焉。此令。

这道申令，竟将老屈的秘密奏闻，和盘托出，直令老屈无从自解。恐怕由老袁使乖。凤岐等遂通电各省，攻讦老屈道：

屈以巡按使兼总司令，布告中外，非驴非马，惊骇万状。论屈在浙四载，唯知竭民脂膏，以固一己荣宠，旋复俯首称臣，首先劝进。滇、黔事起，各省中立，独屈筹饷括款，进供恐后。祸害民国，厥罪甚深。若复戴为本省长官，实令我三千万浙人，无面目以见天下。且通电输诚，伪命嘉奖，既誓死于独夫，奚忠诚于民国。反侧堪虞，粤事可鉴。宜速斥逐，勿俾贻祸。

屈映光连接这种文件，真是不如意事，杂沓而来。可巧商会中请他赴宴，他正烦恼得很，递笔写了一条，回复出去。商会中看他复条，顿时哄堂大笑。看官！道是什么笑话？他的条上写着道："本使向不吃饭，今天更不吃饭。"莫非是学张子房一向辟谷？这两句传作新闻，其实他也不致这样茅塞，无非是提笔匆匆，不加检点罢了。忠厚待人。

是时浙省官绅，正组织参议会，共得二十六人，正会长举定王文卿，副会长举定张翘、莫永贞，四月十四日，在都督府开成立大会。屈映光乘机与商，托他代为斡旋，正副会长等，乃请他正式独立。屈尚沉吟未决，会接粤中来电，龙都督与粤西联盟，居然主张北伐，声讨老袁。那时屈映光才放大了胆，将巡按使的名目，革除了去，竟自称为都督了。

小子于浙事略行叙过，又要述及粤事。粤督龙济光自承认陆荣廷条件，本应逐条照行，偏颜启汉闻风先遁，匿迹沪上。蔡乃煌又是济光旧友，一时不忍下手。第一条先难履约。他只有虚声北伐，自明真正独立的态度。陆、梁因六大条件，无一履行，遂统兵进至肇庆，迫龙遵约。龙又束手无策，只得仍央恳张鸣峻，偕谭学衡同行，往见陆、梁。陆荣廷道："坚白屡来调停，总算顾全友谊，但据我想来，粤督一席，子诚(济光字)已做不安稳，不如另易他人，请岑西林(即岑春煊)来上台罢。"张鸣岐道："他事总可商量，惟欲他交卸粤督，总难如命。"袁不肯舍总统，龙亦不肯舍粤督，两人心理又同。陆荣廷道："子诚号令，已不能出广州一步，难道许多民军，肯归他节制吗？"张鸣岐道："粤中民军，尽可受广西节制，惟广东都督，仍令子诚挂名，这事可行得吗？"梁启超从旁笑着道："这叫作儿戏都督，坚白兄果爱子诚，也不应叫他做个傀儡呢。"陆荣廷又道："坚白，他既承认我六大条件，应该即行，否则惟力是视，也毋庸再说了。"斩钉截铁。张鸣岐告辞道："且与子诚熟商，再行报命。"陆复顾谭学衡道："海珠惨变，令弟遭难，君何不立索仇人，为弟报冤？古人有言：'兄弟之仇，不反兵而斗'，难道此言未闻吗？"应该诘责。谭学衡无词可答，只好唯唯退去。

张、谭二人去后，陆荣廷即令莫荣新，率军五千，进抵三水。三水离广州不远，警报连达省城，龙济光知不能了，没奈何与张鸣岐同至肇庆，双方再行协议，决定五款：(一)广东暂留龙为都督；(二)肇庆设立两广总司令部，举岑春煊为总司令；(三)处蔡乃煌死刑；(四)从速实行北伐；(五)各地民军，自岑入粤，设法抚绥，并自三水划清防界，以马口为鸿沟，西南以上，归魏邦屏、李耀汉、陆兰清防守，西南以下，归龙分派巡船防守，彼此均不得逾越，免致冲突。陆、梁又齐声道："这五条协约，是即日就要履行的。我等为亲友关系，竭力为君和解，你不要再事抵赖呢。"说得龙济光满面羞惭，没奈何诺诺连声，告别而去。

一入省城，即与谭学衡密谈数语，学衡会意，便调了军士数百名，直至蔡乃煌寓所闯将进去。乃煌莫名其妙,尚与那新纳的篷室,对饮谈心,备极旖旎,猛见了谭学衡,知是不佳,急忙起身欲遁,哪经得谭学衡的武力,一把抓住,仿佛与老鹰捉鸡相似。可怜这个蔡老头儿,生平未尝吃过这个王法,吓得浑身乱颤,带抖带哭道:"这……这是为着何事?"谭学衡也不与细说,一径拖出门外,交与军士,自己随押出城,行至长堤,喝一声道:"快将杀人造意犯,捆绑起来,送他到地狱中去。"蔡乃煌才知死在目前,当向谭学衡道:"我不犯什么大罪,就是罪应处死,也要令我一见子诚,如何你得杀我?"问你何故设计杀人? 谭学衡道:"你还说没有大罪吗? 往事不必论,就是现在海珠会议,你与颜启汉等通谋,害死多人,我弟学夔,也死在你手,问你该死不该死呢?"乃煌不禁大哭道:"龙济光卖友保身,谭学衡替弟复仇,总算我蔡乃煌晦气,一股脑儿为人受罪,我不想活了六七十岁,反在此地处死呢。"谁叫你做到这般? 语尚未毕,已被军士缚在柱上,一声怪响,枪弹洞胸,蔡乃煌动了几动,便一道魂灵,驰归故乡去了。堤上观看的行人统说是这个贪贼,应该枪毙,并没有一个爱惜。蓦地里来了一位美人儿,行至乃煌身旁,总算哭了几声老头儿、老杀坯,后经军士说明,才晓得这个俏女郎,就是与乃煌对饮的美妾,还不过与乃煌做了半月夫妻。小子有诗咏乃煌道:

> 享尽荣华遑尽刁,
> 长堤被缚泪潇潇。
> 贪夫一死人称快,
> 只有多情泣阿娇。

乃煌处死后,龙济光即遵约北伐。欲知一切情形,容待下回分解。

本回以粤事为主体,而浙事附之。盖粤、浙先后独立,屈之举动,正以龙为师,故时人有粤、浙二光之目。济光、映光,似衣钵之相传,此作者之所以因粤及浙,连类并叙,非特为时日之关系已也。且朱、屈为故友,而屈负朱窃位,龙、蔡亦为故友,而龙杀蔡求和。朱非不可逐,蔡非不可杀,但朱去而屈继,蔡死而龙生,友道其尚堪问乎? 要之假公济私,见利忘义,系近代一般人心之污点。二光固有光矣,鉴于二光者,盍亦为之反省耶?

第七十回 　段合肥重组内阁
　　　　　　　冯河间会议南京

　　却说龙济光既联络桂军,应该遵约北伐,当委段尔源为广东护国军第一军司令,马存发、李鸿祥为广东护国第二第三两军司令,扬言北伐。其实他的本心,仍然拥护中央,不过为陆、梁所迫,没奈何反抗老袁,虚张声势哩。实是舍不掉郡王衔。

　　惟粤省独立,闽防吃紧,浙省独立,江防吃紧,老袁拟调的第十师及第十二师,只能顾守江防,不能分管闽防,乃别调海陆各军,令海军总长刘冠雄统率南来,海军用海容、海圻两兵舰装载,陆军无船可乘,竟将天津寄泊的招商局轮船扣住数艘,如新康、新裕、新铭、爱仁等船,强迫装兵,由津出发。行至浙江温州洋面,正值大雾迷蒙,茫不可辨,新裕商轮向南行驶,不知如何与海容相撞,碰损机具,不到二十分点,全舰沉没,计死团长、团副各一人,兵士七百四十名,机师水手伙夫二十四名,损失军饷十万元,机关炮四架,山炮六尊,弹药五十万颗,军衣军械无数。余舰到了福州,与福建护军使李厚基布置防务,闽省少安。

　　刘冠雄电奏中央,备陈新裕沉没状,老袁不胜叹息,默思天意绝人,万难再战,只好再请徐、段二公,商议良策。

　　徐、段仍提出冯、陈两人,要他东西协力,调停和议。当下申电冯、陈,不到两日,得陈宦复电,略言:"与蔡锷电商,先将总统留任一节,提作首项,已由蔡锷允达滇、黔,俟有成议,再行报命。"独冯国璋并无电复。原来江苏沿海,民党往来甚便,沪上一隅,华洋杂处,尤为党人溷迹地。陈其美系民党翘楚,自袁氏称帝,已由日本来沪,设立机关,潜图革命。虽与护国军宗旨不同,但推翻袁氏的意思,总是相合。独提出陈其美,为下文被刺张本。起初百计促冯,逼他独立,冯却寂然不动,但也未尝嫉视党人。陈知独立无望,遂派同志混入镇江,谋刺要塞司令龚青云。会机谋被泄,徒落得扰攘一宵,仍然退去;转至江阴,逐走旅长方更生,居然宣布独立,推举尤民为总司令,萧光礼为要塞司令。尤民本绿林出身,专事敲诈,不知抚恤,江阴人民大起恐慌,连电江宁,向冯求救。冯国璋忙派兵往援,人民也群起逐尤,内应外合,任你尤民臂粗拳大,也只得退位让国,弃城远飏。萧光礼已闻风先走了。冯正恨老袁疑忌,绝不谅他拥护的苦心,几乎要与袁决裂,偏中央屡次发电,哀恳他竭力调停,他又顾念旧情,害得志忐不定;嗣又得徐、段电文,略言:"四川将军陈宦,已向蔡锷提出议和条件,仍戴袁为总统。"于是顺风使帆,依方加药,即提出调停意见八条:

　　(一)应遵照清室遗言,交付袁氏组织共和政府全权,使仍居民国大总统地位;(二)慎选议员,重开国会,但须排除激烈分子;(三)惩办祸首;(四)各省军队,须以全国军队按次编号,不分畛域,并实行征兵制;(五)明定宪法,宪法未定以前,用民国元年约法;(六)照民国四年冬季的将军、巡按使,一概仍旧;(七)滇事发生后,所有派至川、湘各军一律撤回原地;(八)大赦党人。

　　这八大纲通电传出,尚未接复,忽闻陈宦电达中央,说是蔡锷电商滇、黔、唐、刘未能满意,不由得愤愤道:"袁项城专会欺人,今徐菊人、段芝泉,也来欺我吗?"遂电致政事堂,劝袁退位。略云:

　　国璋耿直性成,未能随时俯仰,他人肆其诿构,不免浸润日深,遂至因间生疏,因疏生忌，倚若心腹，而秘密不尽与闻，责以事功，而举动复多掣肘，减其军费，削其实权，全省兵力四分，统系不一，设非平日信义能孚，则今日江苏已为粤、浙之续矣。顾国璋方以政府电知川省，协议和平，用意既复略同，敢弗赞助，以故力任调人，冀回劫运，乃报载陈将军致中央电，声明蔡锷提出条件后，滇、黔于第一条未能满意，桂、粤迄未见复，而此间接到堂转陈电，似将首段删去。值此事机危迫，尤不肯相见以诚，调人阁于内容，将何处着手？现虽照电川省，商论开议事宜，双方未得疏通，正恐徒费周折。默察国民心理，怨诽尤多，语以和平，殊难餍望，实缘威信既隳，人心已涣，纵挟万钧之力，难为驷马之追，保存地位，良非易易。若察时度理，已见无术挽回，毋宁敝屣尊荣，亟筹自全之策，庶几令闻可复，危险无虞，国璋不胜翘切待命之至。

国务卿徐世昌接到冯电，暗想道："这遭坏了，华甫也有变志了。"急忙入报老袁，老袁亦惶急万分，徐世昌道："现在事已燃眉，还请总统放宽一步，挽回大局。"老袁皱着眉道："难道我真个退位不成？"世昌道："并非退位问题，但请总统规复内阁制，并用几个新党人物，或尚能调停就绪，也未可知。"老袁道："除要我退位外，总请老友替我做主，我已心烦意乱，不知所从了。"世昌即草拟阁员，陆军蔡锷、内务戴戡、农商张謇、教育汤化龙、司法梁启超、财政熊希龄，递交老袁酌阅。老袁虽然不愿，也只好略略点首。

世昌乃出发各电，待至两日，一无复音。再电请熊希龄、张謇、伍廷芳、唐绍仪、范源濂、蔡元培、王正廷、王宠惠等到京，商组内阁，哪知一班名流，电复世昌，统是要老袁退位，余无别言。世昌不禁长叹道："项城，项城，你搅到这个地步，叫我如何收拾呢？"遂筹思一会，入见老袁，略将外来各电，叙述一二，继复进言道："据我看来还是要芝泉组织内阁，芝泉是军阀中人，且与冯华甫很是莫逆，将来或战或和，较有把握，请总统即日照行。"老袁道："你既要芝泉出场，我亦不能不依，但你不可他去，一切善后方法，仍应替我商酌呢。"世昌道："谨遵钧命，我总在京便了。"把圈套卸与别人，不愧老练。老袁乃召入段祺瑞，嘱他组阁。段再三推让，经世昌从旁力劝，方允暂认，遂于四月二十一日，公布政府组织令，委任国务卿担任政务，称为责任内阁。

越日，任段为国务卿，组织阁员。陆军由段自兼，外交仍任陆征祥，财政改任孙宝琦，内务改任王揖唐，海军仍任刘冠雄，交通改任曹汝霖，教育改任张国淦，农商改任金邦平，司法仍任章宗祥。各部总长发表出来，都人士仍称为帝制内阁。什么叫作帝制内阁呢？看官试想！这部长中所列八人，哪一个不是帝制派，而且财政、交通两部统属梁士诒党系。财神始终得势。至若军务全权，仍操诸统率办事处，未曾交与段氏。段氏登台，不过取消政事堂，恢复国务院，改机要局为秘书厅，易主计局为统计局，修正大总统公文程式，总算是恢复国体的表示。此外目的，唯调停南北，主张和议罢了。但冯、段究系故交，段既为内阁领袖，冯应格外帮忙，为此一着，遂创出南京大会议来。当由冯国璋首先发起，通电各省道：

（上略）滇、黔、桂、粤，意见尚持极端，接洽且难，遑云开议。现就国璋思虑所及，筹一提前办法，首在与各省联络，结成团体，各守疆土，共保治安，一面贯通一气，对于四省与中央，可以左右为轻重，然后依据法律，审度国情，妥定正当方针，再行发言建议，融洽双方。我辈操纵有资，谈判或易就绪。若四省仍显违众论，自当视同公敌，经营力征。政府如有异同，亦当一致争持，不少改易。似此按层进步，现状或可望转机，否则沦胥迁就，愈滋变乱。一旦土崩瓦解，省自为谋，中央将孤立无援，我辈亦相随俱尽矣。看此两语，仍然是拥护中央。

牖见如此，特电奉商。诸公或愿表同情，或见为不可，均望从速电复。临电激切，无任翘企！

电文去后，未曾独立的省份陆续电复，均表同情。

冯乃再就前日提出的八大纲，略加变更，仍分八条：

（一）总统问题，仍当暂属袁总统，俟国会召集，再行解决；（二）国会问题，应提前筹办，慎定资格，严防流弊；（三）宪法问题，以民国元年约法为标准，视有未合事件，应斟酌修改，便利推行；（四）经济问题，当由中央将近来收支情形，明白宣布。滇、黔二省，筹办善后，亦宜声明需用实数，设法匀拨；（五）军队问题，南北各军，均调回旧驻地点，所有两方添招军队，一律遣散，借抒财力；（六）官吏问题，凡所有官制官规，均应暂守旧章，免致纷乱；（七）祸首问题，杨度等谬论流传，逼开战祸，应先消除国籍，俟国会成立后，宣布罪状，依法判决；（八）党人问题，由政府审查原案，咨送国会讨论，俟得同意，宣告大赦，方免抵触法律，贻祸将来。

以上八问题电达各省，均无异议。惟旅沪二十二行省公民，如唐绍仪、谭延闿、汤化龙等，集得一万五千九百余人，抗议反对，于第一条尤驳斥无遗。

冯国璋欲罢不能，竟至蚌埠见倪嗣冲，筹商了大半夜，又邀倪同至徐州，会晤张勋。倪、张本拥戴老袁，遂与冯国璋联络一气，发起南京会议，由徐州通告各省，略云：

川边开战以来，今已数月，虽迭经提出和议，顾以各省意见，未能融洽，迄无正当解决。当此时机，危亡呼吸，内氛时伏，外侮时来，中央已无解决之权，各省咸抱一隅之见，谣言传播，真相难知。而滇、黔各省，恣意要求，且有加无已，长此相持，祸伊胡底？国璋实深忧之。曾就管见所及，酌提和议八条，已通电奉布，计达典签；惟兹事体重大，关系匪浅，往返电商，殊多不便。爰亲诣徐府，商之于勋，道出蚌埠，邀嗣冲偕行，本日抵徐，彼此晤商，斟酌再三，以为目今时局，日臻危逼，我辈既以调停自任，必先固结团体，然后可以共策进行。言出为公，事求必济，否则因循以往，国事必无收拾之望。兹特通电奉商，拟请诸公明赐教益，并各派全权代表一人，于五月十五日以前，齐集宁垣，开会协议，共图进止，庶免纷歧而期实际。勋等筹商移晷，意见相同，为中央计，为国家计，谅亦舍此更无他策。诸公有何卓见，并所派代表衔名，先行电示，借便率循，无任盼祷。张勋、冯国璋、倪嗣冲印。

张、冯、倪三人，既发起南京会议，并电达中央，随即分手，订定后会。倪回蚌埠，冯归南京。是时广东方面，已在肇庆地点，设立两广司令部，举岑春煊为都司令，梁启超为总参谋，李根源为副参谋。岑自香港至肇庆，即日誓师北伐，有"袁生岑死，岑生袁死"等语。一面组织军务院，遥奉副总统黎元洪为民国大总统，兼陆海军大元帅。院设抚军，即以唐继尧、刘显世、陆荣廷、龙济光、岑春煊、梁启超、蔡锷、李烈钧、陈炳焜诸人充任。又由各抚军公推唐为抚军长，岑为副抚军长，于五月八日通告军务院成立。

适值浙督屈映光辞职，公举嘉湖镇守使吕公望继任。吕就职后，明目张胆，誓讨袁氏，任周凤岐、童葆暄为师长，列入护国军。与屈迥不相同。檄至粤东，军务院遂依着条例，请他就抚军职，于是滇、黔、两粤及浙江，并力讨袁。老袁闻知，又添了好几分愁恨，急召杨度、朱启钤、周自齐、梁士诒、袁乃宽等，密谋抵制。帝制要人，始终相倚。席间唯闻纸笔声，并没有什么谈论，后来转将所拟底稿，尽付一炬。越秘密，越坏事。看官！道是什么秘计？他不过电达外使，令转告各国政府，勿遽承认南军团体，一面向未曾独立各省，催他速至南京，解决时事。各处新闻纸，探出原电，即登载出来。秘密何用？文云：

各省将军、巡按使、都统、护军使、镇守使鉴：接广东电开："革命首领宣告南方独立各省已组织成立新政府，以广州为首都，以黎元洪为大总统及陆海军大元帅，废除北京政府。其宣告中并为设立军务院，定明权限，并兼理外交财政陆军各行政事务。云南都督唐继尧被举为军务院主任,岑春煊为副主任"各等语。查北京政府始而临时,继而正式,几经法律手续,始克成立,全国奉行,列邦承认,岂少数革命首领,所能废除? 首都问题,系由国家议会决定,奠定业已数年,有约各国,驻使所在地点,载诸约章,国际关系最切,对内对外,岂少数革命首领,所能擅易? 大总统地位,由全国人民代表,按照根本大法选举,全国元首,五族拥戴,又岂少数革命首领,所能指派? 且黎公现居北京,谨守法度,又岂肯受少数革命首领之指派? 广东距京数千里,强假黎之虚名,而由唐、岑等主其实权,不啻挟为傀儡,侮蔑黎公,莫此为甚。凡此种种,违背共和,铲除民意,实系与国家为仇,国民为敌。政府方欲息事宁人,力谋统一,而少数革命首领,窃据一隅,以共和为号召,乃竟将共和原理,国民公意,一概蹂躏而抹杀之。此而可忍,国将不国。谁生厉阶,至今为梗。尊处如有意见,望迳电南京,请冯、张、倪三公,会同各省代表,并案讨论。院处电。

这电自五月十日发出,转眼间已是望日,南京会议,期限已届,各省代表,先后到宁,共得二十余人。计开:

直隶代表刘锡钧、吴燊。奉天代表赵锡福、刘恩洪。吉林代表张恕、戴艺简。黑龙江代表李莘林。山西代表崔廷献、李骏。山东代表孙家林、丁世峄。河南代表毕太昌、叶济。湖南代表陈裔时。湖北代表冯筼、杨文恺。江西代表何恩溥、程用杰。福建代表贾文祥。安徽代表万绳栻。热河代表夏东骁。察哈尔代表何元春。绥远代表熊开光。上海代表赵禅、王滨。徐州代表李庆璋。蚌埠代表裴景福。

还有中央特派员蒋雁行及海军司令饶怀文、参谋长师景文等,也一律与会。惟陕西因乱未复,四川路远,所派代表张联棻、张轸援二人,均在途未至。

五月十七日,南京会议第一次举行,由冯国璋主席,各省代表统行列座,除蒋雁行并非代表,只能旁听外,各代表均有发言权。冯即宣言第一条总统问题,赞成冯说的不过十分之二三,反对冯说得却有十分之三四,其余各守中立态度,既不反对,又不赞成。论辩了好几时,第一争终不能通过。冯国璋不便强迫,只好说是改日再议,代表等当然散席。李庆璋、裴景福两人即电达张、倪,竟尔告急。隔了一天,蚌埠倪将军亲自带兵三营,直抵江宁。正是:

> 全局已经成瓦解,
>
> 将军还欲挟兵来。

欲知倪嗣冲到会情形,且从下回叙明。

冯、段两人,遭袁氏之疑忌,至于途穷日暮,再请他登场,重演一龃压台戏,非谚所谓急时抱佛脚者耶? 冯、段不念旧恶,尤为袁氏竭力帮忙,一组内阁,一开会议,平心论之,未始非友道可风。然内则帝孽具存,外则人心已涣,徒恃一二人之笔舌,亦安能骤事挽回? 昔人有言:"小人之使为国家,菑害并至,虽有善者,亦无如之何矣。"况冯、段乎? 而倪、张更无论已。

第七十一回

陈其美中计被刺
陆建章缴械逃生

　　却说倪嗣冲带兵至宁，意欲仗着兵力，迫胁各省代表仍承认袁世凯为大总统。五月十九日，开第二次会议，倪昂然莅会，代表安徽，出席宣言道："总统退位问题，关系全局安危，倘或骤然易位，恐怕财政军政两方面，必有危险情事发生出来，所以愚见仍推戴袁总统，请他留任为是。"言甫毕，山东代表丁世峰起言道："倪将军的高见，鄙人非不赞成，但自袁总统热心帝制，种种行为，大失信用，即袁总统也自知错误，已有去意，难道中国除了袁总统，便没人维持大局吗？"颇有胆识。倪嗣冲闻言变色道："项城下台，应请何人继任？"丁世峰尚未及答，与丁偕来的孙家林便从旁答言道："自然应属副总统，何消多问。"明白爽快。倪怒目视丁、孙两人道："你两人是靳将军派来吗？靳将军拥护中央，竭诚报国，为何派你二人到来？你二人莫非私通南军，来此捣乱不成？"不如你意，便硬指他犯上作乱。丁、孙两人正要答辩，那湖南代表陈裔时已起立道："古人有言，君子爱人以德，倪将军毋太拘执，应请三思！"湖北代表冯篯、江西代表何恩溥等亦应声道："敝代表等也有此意。"倪嗣冲见反对多人，怒不可遏，竟投袂奋臂道："袁总统离位一日，中国便捣乱一日，我只知挽留袁总统，若有异议，就用武力解决。"全是蛮话，试思袁总统尚然在位，何故扰乱至此，劳你会议耶？丁世峰、孙家林等冷笑道："既须凭着武力，何用开此会议哩？"冯国璋时在主席，睹这情形，恐惹出一场争闹，遂出为调人道："诸君不必徒争意气，须知能战然后能和，今南方五省，已极端反抗中央；就使项城退位，他也必有种种要求，继任的总统恐也难一律应诺，将来仍不免相争。国璋始终主和，但欲和平解决，亦应先准备武力，免令南方轻觑，要挟不情，各代表诸公，以为何如？"这一席话，才引出燕、奉、吉、豫、热、夏诸代表同声赞成。

　　冯复议及兵力财力二问题，燕、奉、吉、豫等代表，或愿出若干兵队，或愿认若干军饷，余代表多托词推诿。山东、江西、两湖各代表，且默不一言。冯国璋料难裁决，乃宣告散会，越宿再议。

　　次日复齐集会场，各代表多主和不主战，冯、倪也不便力辩。至提及总统问题，大众拟付国会表决，冯却游移两可，倪独不以为然。越日，再开第四次会议，仍无结果。徐州代表李庆璋倡言南中虽然独立，并非自外中国，既为和平解决起见，不如令他派遣代表，同到此处议决，方期一劳永逸。这数语颇得多数赞成，遂由李主稿电达独立各省，静候复音。至散会后，他竟随着倪嗣冲扬长去了。不数日，即有张辫帅一篇通电，其文云：

　　据敝处代表回徐报告，此次江宁之会，业经各代表次第宣言，知各省军民长官，多数以拥护中央、保存元首为宗旨，是退位问题，已属无可讨论。仍是你一人自说。且由冯上将军主张，欲求和平，非先以武力为准备不可，所有应备军旅饷项，并经各代表预先分别担任，敌忾同仇，可钦可敬。乃鲁、湘、鄂、赣诸代表，多方辩难，辗转波折，故甚其辞，显见受人摆弄，暗中串合，故与南方诸省，同其声调，必非该本长官所授本意。况靳、汤、王、李诸将军，公忠国体，威信久孚，或军当困难，百折不回，或地处冲繁，一心为国，勋处屡接来电，莫不慷慨淋漓，令人起敬。而该代表竟敢擅违民意，妄逞词锋，实属害群之马，允宜鸣鼓而攻。虽现在电致南方各省，令派代表到宁与议，复电能否依从，尚难遽定，而我方内容，有不可不加整饬，以求一致。诚以退位问题，关系存亡，非特总统人才，难以胜任，即以外交军政财政而论，险象尤难罄述。如果国本轻摇，必沦胥俱尽。即使南方各省，果派代表到宁与议，亦当一意坚持，推诚相告，如不见听，即以兵戈。倘内容不饰，先馁其词，则国家之亡，有可立待。用此通电布告，愿我同胞，共相切磋。设有非此旨者，即以公敌视之可也。临电迫切，无暇择言。勋印。

张辫帅虽有此电，各省长官仍然徘徊观望，不甚赞成。山东、两湖等省，且潜图独立；云、贵、两粤等更不消说，简直是置之不理罢了。惟当南京会议期间，却有一个革命党魁被刺上海，相传由袁皇帝贿嘱刺客，赴沪设法，用了若干心力，才得报功。究竟被刺的是何人？行刺的又是何人？待小子叙了出来，便有分晓。

小子于前文中，曾说过沪上一带，多藏着民党踪迹，就中首领，要算陈其美。从前肇和兵舰的变动与镇江、江阴的独立，都由他一人指使，不但袁政府视为仇敌，就是南京上将军冯国璋也加意防备，随时侦探密查。陈其美却不肯罢休，仍拟伺隙进行，只因资财支绌，未免为难。凑巧党人李海秋介绍两个阔客，一个叫作许谷兰，一个叫做宿振芳，统说是煤矿公司的经理。这煤矿公司，牌号"鸿丰"，曾在法租界赁屋数幢，暂作机关，形式上很是阔绰。两人与陈见面后，约谈了好几个时辰，真个彼此倾心，非常亲昵。嗣后常相过从，联成知己。陈有时与他晤谈，免不得短叹长吁，两人问他心事，他遂和盘托出，一一告知。两人顺口道："我等虽是商人，却也怀着公义，可惜所有私蓄，都做了公司的股本了。现在未知公司的股单，可否向别人抵押？如有此主顾，那就好换作现银，帮助民军起义呢。"陈其美不禁跃然道："两君为公忘私，真是令人起敬，我且与日商接洽，若可暂时作抵，得了若干金，充做军饷，等到成功以后，自当加倍奉还。"天下有几个卜式，陈其美何不小心？两人唯唯告别。

过了数日，陈已与日商洋行议定押款，即至鸿丰煤矿公司，与许、宿两人面洽。两人并不食言，约于次日送交股单，亲至陈寓签字。陈以午后为期，两人允诺，随邀陈入平康里，作狎邪游。由许、宿两人作了东道主，他即坐了首席，开怀畅饮，猜拳行令，赌酒听歌，直饮到月上三更，方才回寓。这是送往阎家的钱行酒。翌日起床，差不多是午牌时候，盥洗既毕，便吃午餐，餐后在寓中守候，专待许、宿到来。俄听壁上报时钟，已咚咚地敲了两下，他暗中自忖道："时已未正了，如何许、宿两人，尚未见到？难道另有变卦吗？"又过了二十分钟方有待役入报道："许、宿二公来了。"陈忙起身出迎，但见两人联袂趋入，即含笑与语道："两君可谓信人。"一语未毕，忽觉得一声怪响，震入脑筋，那身子便麻木不仁，应声而倒。等到怪声再发，那陈其美已魂散魄荡，驰入鬼门关去了。许、宿二人见已得手，一溜烟跑出门外，急向原来的汽车一跃而上，开足了汽，好似风驰电掣一般，逃窜去了。是时陈寓内的侍役闻声出现，见陈已僵卧地上，用手一按，已无气息，但见脑浆迸裂，尚是点滴不住，仔细瞧着，脑壳已被枪弹击破，弹子从脑门穿出，飞过一旁，圆溜溜的摆着，赶忙出外睁望，那凶手已不知去向，于是飞报党人，四处邀集。大家见陈惨死，不免动了公愤，一面购棺殓尸，一面鸣捕缉凶，好容易拿住许、宿两犯，由法捕房审讯，许、宿语多支吾，毫无实供。嗣经再三鞫问，许供由南京军官嘱托，宿供由北京政府主使，究竟属南属北，无从讯实，结果是杀人抵罪，把许、宿问成死刑罢了。南北统不免嫌疑。

袁世凯闻陈已刺死，除了一个大患，自然欣慰，不意陕西来一急电，乃是将军陆建章及镇守使陈树藩联衔，略说是：

秦人反对帝制甚烈，数月以来，讨袁讨逆各军，蜂起云涌，树藩因欲缩短中原战祸，减少陕西破坏区域，业于九日以陕西护国军名义，宣言独立，一面请求建章改称都督，与中央脱离关系。建章念总统廿载相知之雅，则断不敢赞同，念陕西八百万生命所关，则又不忍反对。现拟各行其是，由树藩以都督兼民政长名义，担负全省治安，建章即当遄返都门，束身待罪，以明心迹。

老袁瞧到此处，把电稿抛置案上，恨恨道："树藩谋逆，建章逃生，都是一班负恩忘义的人物，还要把这等电文，敷衍搪塞，真正令人气极了。"你自己思想，能不负恩忘义否？嗣是忧愤交迫，渐渐地生起病来。小子且把陕西独立交代清楚，再叙那袁皇帝的病症。

原来陕西将军陆建章，本是袁皇帝的心腹，他受命到陕，残暴凶横，常借清乡为名，骚扰里闾，见有烟土，非但没收，还要重罚，自己却私运鲁、豫，贩售得值，统饱私囊。陕人素来嗜烟，探知情弊，无不怨恨。四月初旬，邰阳、韩城间，忽有刀客百余名，呼聚攻城，未克而去。既而党人王义山、曹士英、郭坚、杨介、焦子静等，据有朝邑、宜川、白水、富平、同官、宜君、洛川等处，招集土豪，部勒军法，举李峻山为司令，竖起讨袁旗来，陕西大震。

陆建章闻报，亟饬陕北镇守使陈树藩往讨。树藩本陕人，辛亥举义，他与张钫独立关中，响应鄂师。民国成立，受任陕南镇守使，驻扎汉中。至滇、黔事起，陆建章恐他生变，调任陕北，另派贾耀汉代任陕南。树藩已逆知陆意，移驻榆林，已是快快不悦，此次奉了陆檄，出兵三原，部下多系刀客，遂进说树藩，劝他反正。树藩因即允许，乃自称陕西护国军总司令，倒戈南向，进攻西安。

陆建章又派兵两营，命子承武统带，迎击树藩，甫到富平，树藩前队，已见到来，两下交锋，约互击了一小时，陕军纷纷败退。树藩驱兵大进，追击至十余里，方收兵回营。承武收集败兵，暂就中途安歇一宵，另遣干员黄夜回省，乞请援军。哪知时至夜半，营外枪声四起，吓得全营股栗，大众逃命要紧，还管什么陆公子。陆承武从睡梦中惊醒，慌忙起来，见营中已似山倒，你也逃，我也窜，他也只好拼命出来，走了他娘。偏偏事不凑巧，才出营门，正碰着树藩部下的胡营长，一声喝住，那承武的双脚，好似钉住模样，眼见得束手受擒，被胡营长麾下的营弁活捉了去，当下牵回大营。

陈树藩尚顾念友谊，好意款待，只陆建章闻着消息，惊惶地了不得，老牛舐犊。急遣得力军官，往陈处乞和，但教家人父子、生命财产，保全无碍，情愿把将军位置让与树藩，且将所有军械，一概缴出。陈树藩总算照允，便于五月十五日，带着陆承武，竟入西安。陆建章出署相迎，一眼瞧去，承武依然无恙，树藩却格外威风，前后左右，统有卫军护着，比自己出辕巡阅，还要烜赫三分。

看官！你想此时的陆建章，已是余威扫地，不得不装着笑脸，欢迎树藩。曾否自知惶愧？树藩乐得客气，下马直前仍向陆建章行了军礼。建章慌忙答让，彼此握手入署，承武亦随了进去。两下坐定，树藩将兵变情形，略述一遍，并言："胡营长冒犯公子，非常抱歉。"陆建章也婉辞答谢。树藩复道："现在军心已反对中央，将军不如俯顺舆情，改任都督，与南方护国军联同一气，维持治安，树藩等仍可受教。"建章迟疑半晌，方道："我已决计让贤，此处有君等主持，当然不至扰乱了。"始终不肯背袁，也算好友。树藩道："将军既不愿就职，公子尽可任事。"建章道："儿辈无知，恐也不胜重任呢。"树藩方提及缴械问题，由陆建章允行，约于十七日照办。树藩退出，到了十七日，树藩复带兵至将军署，先与陆建章议定电稿，拍致北京，小子已录载上文，毋庸赘说。电既发出，然后由建章出令，饬所部军队，一齐缴械，归陈军接受。缴械已毕，树藩仍委陆承武为护国军总司令，并编自己部属为二师，用曹士英为第一师长，李岐山为第二师长，自称陕西都督兼民政长，布告全省，宣言独立，秦中粗安。

陆建章收拾行装，共得辎重百余辆，即于五月二十日挈领全眷，退出西安。陈树藩派兵护送，才出东门，不意陈军中有一弁目瞧着若干辎重，未免垂涎起来，当下自语同侪道："这等辎重，都是本省的民脂民膏，今被陆将军捆载了去，他好安享后福，我陕民真苦不胜言哩。"为这一句话儿，顿时激动全体，大家喧呼道："何不叫他截留？他是来做将军，并不是来刮地皮，如何有这许多行李呢？"陆建章虽然听着，也只好装聋作哑，由他喧闹。偏是卫队数十名，闻言不服，竟与陈军争执起来。陆建章喝止不住，但听陈军齐呼道："兄弟们快来！"一语才毕，大众一拥而上，把所有辎重百余辆，抢劫一空。还有陆氏的妻妾子女，也被他东牵西扯，任意侮弄。所戴的金珠首饰，统已不翼而飞。陆建章叫苦不迭，就是几十名卫队，也自知众寡不敌，只好袖手旁观，任他劫掠。小子有诗叹道：

> 悖入非无悖出时，
> 临歧知悔已嫌迟。
> 小惩大诫由来说，
> 到底贪官不可为。

欲知陆建章如何启行，且至下回续叙。

陈其美之被刺沪上也，全属袁政府之辣手，与宋渔父、林颂亭诸人，惨遭狙击，万众含悲，同可痛惜者也。陆建章为袁氏爪牙，加虐秦民，得赃累累，至树藩独立，彼为保全身家计，乃愿缴械辞官，若辈之目的，唯一金钱而已，金钱到手，余不足恤，或谓其为袁效忠，尚非确论。至于退出西安，辎重被劫，妻妾子女，亦受侮辱，眼前报应如此其速，奈何世之见利忘义者，尚沉迷而不之悟乎？揭而出之，为军阀戒，办著书人之苦心也。

第七十二回　好迁怒陈妻受谴
硬索款周妈生嗔

却说陆建章出城被劫，数年蓄积，一旦成空，又累得妻妾子女，抛头露面，无端受辱，真是哑子吃黄连，说不出的苦楚。还亏陈树藩得知此信，忙饬兵官到来，夺还若干辎重，畀他启行，才得惘惘登程，挈眷去讫。

袁世凯闻陕西独立，不得不发兵对付，可奈中央已无兵可遣，无饷可筹，所有中、交两银行，已被梁财神任意提用，现款殆尽。五月十二日，且有两行钞票，停止兑现的阁令，京中金融大起恐慌，不但银币无着，连铜币也无从兑换，商民怨声载道，统归咎段国务卿，其实都是梁财神的计策。他因两行纸币，充塞街衢，倘或群来兑现，势必无从应付，所以先发制人，密拟停止兑现的命令，迫段盖印。段祺瑞明知不便，但上受袁制，下被梁迫，阁员又多半梁党，均附梁议，没奈何盖印颁行。当时都下相传，称为段内阁的经济政策。为梁受谤，似不能不替段鸣冤。但段既出组责任内阁，如何仍用帝制余孽？自诒伊戚，不得辞咎。

自此令发布，袁政府的信用，越觉扫地，一切调遣，多不奉命。老袁没法，不得不从外面着想，饬倪嗣冲转调倪毓棻军，自湘移陕。倪嗣冲复电遵行。既而山东将军靳云鹏迭致警电，一电说民党吴大洲等入据周村，自称护国军山东都督，一电说革命党居正等，入据潍县，自称东北军总司令。着末又有一电，是劝老袁即日退位，免致糜烂等语。老袁忧愤益迫，遂令靳速即来京，面陈鲁事，将军一缺，命张怀芝暂行代理。是时段芝贵已出任奉天将军，袁复调他入鲁，为严剿计，一方面是待交卸，一方面是要启行，断非一日两日，可以照办；而且全国警电，纷达京师，不是痛骂，就是劝退，害得老袁又气又愁，急成一种尿毒症，每遇小便，非常痛苦，延医服药，毫不见效。虽是忧愤成疾，然未始非平时渔色所致。徐世昌系念朋情，入府探疾，袁与详述病源，徐即推荐前御医陈莲舫，劝袁召治。袁即如言召陈，至陈入京诊视，略言："脏腑伏毒，已是有年，今适暴发，为祸甚烈，些许药石，恐难奏功。"袁复乞问良方，陈医士乃写了数语，呈袁自阅。

看官！道是什么方法？他说："现时救急良方，只有每次溲溺后，须用人口吮咂，舐去毒液。当未吮咂时，先用清水麻油漱口，除去口中热毒，方可吮含，徐徐舐去毒液，或可稍奏微效。"老袁点首无语。待陈医退出，即召众妾入室，令之如法施行。众妾都有难色，你看我，我看你，大家不发一言。有爱情者，其如此乎？令人一叹。老袁不禁懊恼起来，便道："你等太没良心，难道坐视我死吗？"众妾仍然无语。此时洪、周两姨，何亦反舌无声？老袁顾着众妾，较量一番，又开口道："还是汪姨、香儿、翠媛三人罢。"何不叫洪、周两姨充役。三姨听到此语，都怏怏不悦，奈又不好推辞，只得勉强应命。每遇老袁溲溺，由三姨轮流吮咂。其味何如？舌舐稍重，老袁即痛彻肺腑，呻吟不已。有时痛到极处，且乱挞三姨，三姨无从呼冤，只把那陈医士的姓名，背地呼骂，稍稍泄愤。过了半月，老袁的尿毒症果然少瘥，三姨私相庆幸，得免污役。五月二十三日，轮着翠媛值差，自昼至夜，不劳吮咂。老袁因她逐日辛苦，加意温存，傍晚即在翠媛室中，闲谈一切，且就与翠媛共桌晚餐。

方两人对酌时，由安女官长送入电报一则，呈与老袁。老袁不瞧犹可，瞧了一遍，不觉怒发如雷，提起手中杯盏，向女官长掷了过去。安女士把头一偏，那杯子豁喇一声，跌得粉碎。翠媛莫名其妙，急忙起座，至老袁座侧，来阅电文。哪知老袁复随携一碗，向翠媛掷来。翠媛赶紧躲闪，已是不及，左额角间被碗擦过，顿时皮破血流，痛不可耐。安女士时已溜出，传呼婢媪，趋入数人，一见翠媛受伤，忙取了创伤药，替她敷上，且乘便就翠媛腰间，扯出白方巾，代为包裹。扎束方就，被老袁瞧着，尚怒向婢仆道："我尚未死，你等便用了白布，与她缠首，莫非要咒我死吗？"语已，竟起身四觅，得了一个门闩，左敲右击，把婢仆打得落花流水，方释手出室。可怜婢仆等无端受扑，多半头青浮肿，怨苦连声。惟转念老袁平日，待遇下人，尚属宽仁，此次忽而反常，好似疯狂一般，又不由得猜疑起来。反常则死，此即袁氏死征。

于是出室探查，侦得老袁高坐内厅，面含愠色，究不知为着何事。待过了一小时，忽来了一个命妇，约有三四十岁，踉跄入厅，跪谒老袁，大家从外遥望，见这命妇非别，乃是于夫人的义女，四川将军陈宧字二庵的正室。迭布疑团，令人莫测。原来陈宧生平，与正妻不甚和协，所以就职入川，只令二三姬妾随行，把正妻撇在京中。惟陈妻素性笃实，夙承于夫人宠爱，视同己女，因此时常入宫，聊慰岑寂，或至数日始返。宫中眷属，竟呼她为大小姐，各无闲言。此次老袁传召，自然奉命前来，一入内厅，仰见义父尊容，已觉可怕，不禁跪下磕头。老袁愤愤道："你知二庵近事否？"（上文特书陈宧表字，便为此语埋根。）陈妻答称未知。老袁厉声道："他已与西南各省的乱党同一谋逆了。"你叛民国，莫怪人家叛你。陈妻惊讶失措，支吾答道："他……他受恩深重，当不致有此事，想系传闻错误的缘故。"老袁不待词毕，便从袖中取出一纸，掷向地上，并呵斥道："你尚为乃夫辩护吗？他有电文在此，你去一瞧！"陈妻拾起电文，两手微颤，紧紧捧阅，但见上面写着：

北京国务院统率办事处鉴：宧以庸愚，治军巴蜀，痛念今日国事，非内部速弭争端，则外人必坐收渔人之利，亡国痛史，思之寒心。川省当滇、黔兵战之冲，人民所受痛苦极巨，疮痍满目，村落为墟。忧时之彦，爱国之英，皆希望项城早日退位，庶大局可得和平解决。宧既念时局之艰难，又悚于人民之呼吁，因于江日即五月三日，径电项城，恳其退位，为第一次之忠告，原冀其鉴此忧悃，回易视听，当机立断，解此纠纷。乃复电传来，则以妥筹善后之言，为因循延宕之地。宧窃不自量，复于文日即十二日。为第二次之忠告，谓退位为一事，善后为一事，二者不可并为一谈，请即日宣告退位，示天下以大信。嗣得复电，则谓已交由冯华甫在南京会议时提议。是项城所谓退位云者，绝非出于诚意，或为左右群小所挟持。宧为川民请命，项城虚与委蛇，是项城先自绝于川，宧不能不代表川人，与项城告绝。自今日始，四川省与袁氏个人，断绝关系。袁氏在任一日，其以政府名义处分川事者，川省皆视为无效。至于地方秩序，宧有守土之责，谨当为国家尽力维持。新任大总统选出，即奉土地以听命，并即解兵柄以归田，此则区区私志，于私于公，以求无负者也。皇天后土，实闻此言，谨露布以闻！中华民国五年五月二十二日四川都督陈宧印。

陈妻阅毕，无词可答，禁不住流下泪来。妇女们惯做此腔。老袁又道："我改元洪宪时，他未尝独立，今我已取消帝制，他却独立起来，我不晓得他是什么用意？难道我的总统位置，他不肯承认吗？别人与我反对，还属可恕，你夫的功名富贵，统是我亲手拔擢，今竟宣布独立，太属负恩，我恨不手刃了他，泄我愤恨。现在他居四川，我不能拘他到京，只有将你为质，你若自己要命，即应发电至川，令他即日到来，束身归罪，否则你夫一日不来，你一日不得卸责。"言至此，即叫入女官道："你把她牵了出去，幽禁别室，休得放走！"女官领命，即将陈妻扶出，引至一间僻室中，令她居住。陈妻无奈，只好央告女官，通报于夫人，从旁解劝。

女官倒也应允，遂向于夫人报告。于夫人颇出了一惊，立呼侍婢吩咐道："你快去传语陈夫人，只说是：我甚挂念，本拟代为缓颊，因我与老头儿不睦，恐难为力，不如转求洪姨太太罢。"皇后势力，不及妃子，这是古今通病。侍婢奉了主命，复去告知陈妻，陈妻复转托女官，向洪姨求情。洪姨一闻此事，便道："你放她回去罢了！"女官道："这……这事恐不便擅行呢。"洪姨道："有我担当，怕他什么！"毕竟要算红姨太。女官方应声而出，竟将陈妻释归。

翌日，洪姨竟报闻老袁。老袁怒道："你敢破坏我法令吗？"洪姨却含笑道："妾闻罪不及孥，古有明训，就使陛下晋位为帝，亦当效法前王，况仍为民国元首呢？"老袁又怒道："我已有令，不准你等再称陛下，及万岁爷等名词，如何你又犯禁？"洪姨复笑道："古称皇帝为元首，今亦称总统为元首，元首可以并称，陛下亦何不可并呼？"老袁听了，颇属有理，便稍稍开颜道："你可为善辩了。"无非喜她恭维。洪姨又道："陈夫人伉俪不睦，人所共知，陈宦独立，夫人哪得与闻？陛下以为锢住了她，可以牵制陈宦，妾料陈宦闻妻受罪，方且感激不遑，陛下奈何为宦杀妇，令宦暗笑？"舌上生莲，我也佩服。老袁不觉点首，只口中尚大骂陈宦，闹个不休。洪姨复劝慰数语，老袁乃至办公室，召集段祺瑞等，商议四川事宜。结局是免去陈职，令周骏督理四川军务，曹锟督办四川防务，张敬尧帮办四川防务，当即拟定命令，盖印发出，然后还宫。

一入宫中，忽来了一个老婆子，说是从湖南到来，有要事面陈总统。老袁急忙召见，那老婆子便大模大样地走了进来，一见老袁，但把双手捧合，作了揖拜的模样，一面道了"总统万福"四字。老袁就询问道："湘老可好？"老婆子旋答言："仰托洪福。"两语说毕，便呈上一函，由老袁亲自展阅。小子乘老袁阅书，无词可述的时候，就把那老婆子的来历，略叙数言。

这位老婆子姓周，乃是湘南名士王闿运的家人，朝侍案，暮荐枕，名义上唤作主仆，实际上不啻夫妻。王闿运表字湘绮，自称湘绮老人，前时在京，老袁曾令为国史馆长，后来选任参政，亦列入大名，唯他是前清老翰林，脑筋中尚怀着清恩，有心复辟，凡老袁一切举动，却是未曾赞成，尝戏撰总统府对联，上联云："民犹是也，国犹是也，何分南北？"下联云："总而言之，统而言之，什么东西！"确是妙句。这联语脍炙人口。到了帝制发生，他即乞假还乡，与这位周妈妈消磨那清闲岁月。后来老袁强奸民意，凡政绅军商各界，无不有请愿书，独耆硕遗老，尚付阙如，老袁想到王闿运身上，意欲借重大名，列表劝进，遂密电湖南将军汤芗铭，嘱他与王关说。王索代价洋三十万圆，方能从命。一定十万元，此老也会敲竹杠。汤芗铭以索价太奢，不敢做主，电覆老袁，请示办法。老袁竟愿如所请，立电汤如数拨给，准就应解公款项下扣除。汤急切不能筹垫，勉强挪凑，只得十余万圆，乃与王磋商，先付半数，余俟项城登极后，一并交清。王允如约，惟索得债券而去。后来帝制取消，王恐是款无着，即向汤处催索。汤谓帝制无成，当然废约。王不甘割舍，竟遣周妈入京，函致老袁，直接索款。哪知这位汤将军早已报称全缴，并未言止给半数。

老袁看了王函，不免惊疑，便语周妈道："是款据汤将军报告，早已如数交清，奈何来函所称，还有一半未缴？难道是汤将军捏词虚报，还是你家主人，与我恶作剧吗？"周妈道："这又奇了。我家老王若已如数收清，还要遣老妇来做什么？倘谓我老王另有别情，何不将已交半数，一并赖去呢？"语有芒刺。老袁急易说道："既如此，待我电询汤将军，俟有覆音，再行核夺。我与你主人多年老友，你在此闲逛数天，尽属无妨。"周妈方才称谢，老袁即命女官引导周妈，送至洪姨处住宿，并传语优礼相待。

周妈一见洪姨，也不暇施礼，便道："这位好姐姐，仿佛天仙一般，想是几世修来，才得住此。"洪姨也笑语相答，周妈又说短论长，语多滑稽，引人解颐，但鄙俗中却带着三分风雅，不似那《石头记》中的刘姥姥，一味粗鲁，想其受教于湘绮也久矣。因此洪姨与她叙谈，倒也不觉讨厌，且反引她至各处游玩。她到一处，赞一处。竞称新华王气，与众不同，唯见了袁氏姬妾，年纪较长的呼作嫂嫂，年纪较轻的呼做姐姐，各姬妾听她语无伦次，不禁暗笑，但由老袁传嘱优待，自然不敢怠慢；就是遇着于夫人，也以平辈相处，于夫人素来忠厚，周妈妈又悉本天真，两下相谈，颇称莫逆。自是日间与各人会叙，说也有，笑也有，娓娓不倦；又善谈乡曲遗闻轶事，耐人清听，夜间住在洪姨室中，安安稳稳地过了数日。

巧值老袁至洪姨室内，面目间很是懊丧，洪姨正欲启问，周妈却先开口道："汤将军有否复音？"老袁沉着脸道："他已独立了，我去问他，他简直没有答复。"湖南独立事，即从老袁口中带叙。周妈道："我家老王事，当如何裁处？"老袁道："无论此款是否交齐，就是有一半未缴，我事已完全失败，你主人何必斤斤计较？"周妈道："咦！大总统此语，未免欺人了。我家老王，前日列名劝进，不过敦促成事，并非担保成功。今日帝制不成，大总统就要食言，倘或竟登大宝，我老王能要求例外的权利吗？况日前的请愿书，乃是大总统授意，并非我老王干请，大总统言出必行，怎忍反汗？今汤将军已经独立，总统更可晓得汤氏的心思，他得做将军，想总是总统的特恩，这且悍然不顾，昧金事更不必说了。且老妇住在宫中，未悉外间情事，今闻湖南独立，致起犹疑，我家老王，年逾八旬，平时出入，必须老妇扶持，此次特遣老妇来京，本是万不得已，不料省中竟有变端，他不知急得什么相似，还乞大总统即日付款，俾老妇归遗老人，想老王也深感厚情呢。"不愧广长舌。

老袁踌躇多时道："你既眷念主人，即欲回去，我亦不便强留，惟所索款项，现时尚难报命，容俟他日汇寄。"周妈道："老妇跋涉长途，来此取款，若徒手空回，如何对付老王？这事务求原谅！"老袁始终不肯，周妈再三固请。老袁不耐聒噪，愤然作色道："我不给你主人款项，你将奈何？"周妈道："不给我款，宁死不去。"老袁道："你不肯去，我便逐你。"周妈道："你要逐我，我也弗怕。"老袁道："我将杀你，你可怕吗？"周妈至此，不能再忍，竟厉声道："你要杀我，请你就杀，你要我主人劝进，许给若干金银，今我主人遣我来索，你不但靳款不付，反欲将我杀死，哼哼！你的手段，也算太辣了。你未做皇帝，就有这般威虐，他日做了皇帝，我湖南人统要灭族了。你既有此杀人手段，何不向西南各省，把什么唐继尧，什么蔡锷等，杀个净尽，得逞你愿？今乃欲甘心老妇，把我杀死，岂不是小题大做，欺软怕硬吗？"说至此，更放声大哭，且哭且语，自言老王给我入京，使我一副老皮囊，葬身异地，真正可怜。老袁面前，只可用此手段对付。洪姨见她泼辣情状，恐闹得不成话儿，只得从旁解劝，婉言排解，老袁含怒出去。一生威福，反不行于老妇。

众姬妾闻声走视，见周妈箕踞地上，尚是啼哭不止，大家做好做歹地劝了一回，方才收泪，且语诸姬道："我在王家多年，曾见你总统的族祖袁甲三，与我老王为忘形交，老王至袁家饮宴，彼时总统尚是小孩子，嘻憨跳掷，何等活泼？我老王摩顶笑道：'此儿他日必大贵。'不意今日果做了总统，且欲改做皇帝，众位嫂嫂姐姐们，试想袁、王两家，何等交情？就是老妇今日，受命前来，要向袁总统借若干万金，他亦应即日照付，何况是欠款不缴哩？"似有至理。众姬妾也不好与辩，无非说是再待数日，当拟缴清。周妈乃转悲为喜，复阅两三天，仍与洪姨商议，乞她筹划。洪姨本司老袁家账，没奈何支出纸币数万元，并给现银若干，畀作川资，周妈方告别南归。小子有诗此事道：

> 拼生争得巨金回，
> 老妇居然一使才。
> 我为名流犹叹惜，
> 累名毕竟自贪财。

周妈南归以后，究竟湖南曾否独立，且俟下回说明。

　　本回宗旨，在川、湘独立，却用陈妻、周妈两事掩映成文，此为旁敲侧击之法，所以避上文西南各省之重复，而别开生面，令人悦目者也。然陈妻之得释，由洪姨遣之，周妈之得款，亦由洪姨付之，洪姨太之势力，至于如此；幸袁氏不得为帝，且即病死耳，否则洪姨不为吕武，亦将为赵飞燕、杨玉环之流亚，袁氏虽欲不亡，亦不可得也。人第知袁氏之误由于六君子、十三太保，不知尚有一红姨太。阅者试前后参观，乃知哲妇倾城，其为祸固不亚宵小也已。

第七十三回　论父病互斗新华宫
托家事做完皇帝梦

却说湖南将军汤芗铭与四川将军陈宧,本皆袁氏心腹,只因云、贵义师,直逼境内,不得不变计求安。陈于五月二十二日宣布独立,汤犹在却顾中。是时零陵镇守使望云亭已早与桂军联合,在永州宣告独立,自称湘南护国军总司令,且有电致汤,劝他速定大计,毋庸瞻徇等语。汤正焦急万分,适宣慰使熊希龄到省,两下商议,想出一策,联名电达中央,要求撤退北军,免延战祸。老袁复电照准,既而又有悔心,仍令北军驻湘,且调倪毓菜军,回防湘境,另派雷震春赴陕。倪至岳州,汤执前说力争,倪不得入,乃率兵退去。五月二十四日,湘西镇守使田应诏,又在凤凰厅独立,自称湘西护国军总司令。于是汤芗铭为势所迫,不得已宣布独立,劝袁退位。

第一电拍致老袁,其词云:

北京袁前大总统钧鉴:前接冯上将军通电,吁请我公敝屣尊荣,诚见我公本有为国牺牲之宣言,信我公之深,爱我公之挚,以有此电。循环三复,怦怦动心。国事棘矣,祸机丛伏,乃如万箭在弦,触机即发,非可以武力争也。武力之势力,可以与武力相抗,今兹之势力,乃起于无丝毫武力之人心。军兴以来,偏国中人,直接间接,积极消极,殆无一不为我公之梗阻。芗铭武人,初不知人心之势力乃至于此,即我公抑或未知其势力之遍至于此。既已至此,靖人心而全末路,实别无他术,出乎敝屣尊荣之上。我公所谓为国牺牲者,今犹及为之,及今不图,则我公与国家同牺牲耳。议者谓我公方借善后之说,以为延宕之计,诚不免妄测高深。顾我公一日不退,即大局一日不安,现状已不能维持,更无善后之可言。湘省军心民气,久已激昂,至南京会议,迄无结果,和平希望,遥遥无期,军民愤慨,无可再抑。兹于二十九日,已徇全湘众民之请,宣布独立,与滇、黔、桂、粤、浙、川、陕诸省,取一致之行动,以促我公引退之决心,以速大局之解决。芗铭体我公爱国之计,感知遇之私,捧诚上贡,深望毅然独断,即日引退,以奠国家,以永令誉。曾任干冒,言尽于斯。汤芗铭叩。

第二电更加愤激,直欲与老袁开战。其词云:

自筹安会发生,枢府大僚,日以叛国之行为,密授意旨,电书雨下,怵诱兼至,傀儡疆吏,奴隶国民,畴实使然?路人共见。芗铭忍尤含垢,眦裂冠冲,以卵石之相悬,每徘徊而太息。天佑中国,义举西南,正欲提我健儿,共襄大举,乃以瘠牛全力,压我湖湘,左掣右牵,有加无已。现已忍无可忍,于本日誓师会众,与云、贵、粤、桂、浙、陕、川诸省,取一致之行动。须知公即取消帝制,不能免国法之罪人。芗铭虽有知遇私情,不能忘国家之大义。前经尽情忠告,电请退位息争,既充耳而不闻,弥拊心而滋痛。大局累卵,安能长此依违?将士同胞,实已义无反顾。但使有穷途之悔悟,正不为其豆相煎,如必举全国而牺牲,唯有以干戈相见。情义两迫,严阵上言。汤芗铭叩。

看官!你想陈宧、汤芗铭两人,受袁之恩,算得深重,至此尽反唇相讥,恩将仇报,哪得不气煞老袁?老袁所染尿毒症,至此复变成屎毒症,每届饭后,必腹痛甚剧,起初下浊物如泥,继即便血,延西医诊视,说他脏腑有毒,唻以药水,似觉稍宽。越日,病恙复作,腹如刀刺,老袁痛不可耐,连呼西医误我,隆裕以腹疾致死,老袁亦以腹疾亡身,莫谓无报应也。乃另聘中医入治。中医谓是症乃尿毒蔓延，仍当从治尿毒入手，老袁颇以为然，亟命开方煎服。服了下去，肠中乱鸣，亟欲大解，忙令人扶掖至厕，才行蹲坐（北方大小便，皆至厕所），忽觉一阵头晕，支持不住，一个倒栽葱，竟堕入厕中。侍役连忙扶起，已是满身污秽，臭不可近。各姬妾闻报往视，闻着一大阵臭气，连掩鼻都来不及，哪里还敢近前？独第八姜叶氏不嫌腌臜，急替他换易衫裤，并用热水揩洗。老袁抚叶氏臂，吁吁叹息道："你平时沉默寡言，至今能独任劳苦，不怕臭秽，我才知你的心了。"叶氏之心，至此才知，无怪受人蒙蔽，始终未能瞧破。叶氏为之泣下，老袁亦洒了几点痛泪。

至扶入寝室后，精神委顿不堪，闭目静卧，似寐非寐；但觉光绪帝与隆裕太后立在面前，怒容可怖；倏忽间，变作戊戌六君子；又倏忽间，变作宋教仁、应桂馨、武士英、赵秉钧等；又倏忽间，变作林述庆、徐宝山、陈其美等；后来有无数鬼魂，面血模糊，统要向他索命的模样。这是心虚病魔，并非真个有鬼。他不觉大叫一声，吓得冷汗遍体，及启目四瞧，并无别人，只有叶氏在旁侍着，并低声问明痛苦，当即答言道："我不过精神恍惚，此外还没有什么痛楚，但你也很困乏了，如何不去休息？她们如何并不见来？"叶氏道："姊妹们都来过了，见陛下安睡，不敢惊动，所以退去。"老袁道："你何故未退？"叶氏忍着泪道："天下可无妾，不可无公，妾怎忍退休？"老袁不禁唏嘘道："可惜我平日待卿，未尝稍厚，今日自觉愧悔哩。"

言未已，见闵姨进来，自思许多姬妾，惟闵氏资格最老，而且性情浑厚，从不闻她争论，只自己得了新欢，往往忘却旧爱，此时回溯生平，也觉抱歉得很。闵姨却近前婉询，很是殷勤，反惹起老袁许多怅触，便与语道："你随我多年，好算是患难夫妻，今日我已病剧，恐怕要长别了。"闵姨道："陛下何出此言？疾病是人生常事，静养数日，自然复原，何必过虑！"老袁道："我年已望六，死不为夭，但回忆从前，诸多错误，就是待遇卿等，也觉厚薄不均。我死后，卿等幸勿抱怨。"闵姨呜咽道："妾到此已二十多年，一衣一食，无不蒙恩，怎敢再生异想？但愿陛下逐渐安康，妾仍得托庇帷幂。万一不幸，妾……妾也不愿再生呢。"说到末句，已是涕泪满颐，语不可辨。老袁此时，益觉悲从中来，痰喘交作。经叶、闵两姨替他抚胸捶背，方略略舒服，蒙眬睡去。

既而诸子陆续入室，请安问疾，见老袁委顿情状，多半掩面涕泣。闵、叶两氏恐惊扰老袁，嘱诸子退至外寝，静心待着。

诸子退后，克文见乃兄形态，似乎不甚要紧，且面上亦并无泪容，不由得懊恼道："阿兄！你知父病从何而起？"克定道："无非寒热相侵，因有此病。"克文摇首道："论起病源，兄实祸首。"克定沉着脸道："我有什么坏处？"克文道："父亲热心帝制，都由阿兄怂恿起来，今日帝制失败，西南各省，纷纷独立，连日接到电报，都是明讥热刺，令人难堪，你想阿父年近花甲，怎能受此侮辱？古语有云：'忧劳所以致疾'，况且郁愤交集，怎能不病？"克定道："我曾禀告父亲，切勿取消帝制，他不从我，遂致西南革党，得步进步，前日反对我父为帝，今日反对我父为总统，他日恐还要抄我家、覆我族哩。我父自己不明，与我何干！"好推得干净。克文冷笑道："兄不自引咎，反要埋怨老父，可谓太忍心了。试思我父曾有誓言，决不为帝，为了阿兄想做太子，竭力撺掇，遂至我父顾子情深，竟背前誓。弟前日尝谏阻此事，不敢表示赞同，今日阿父抱病，弟亦何忍非议我父，致背亲恩。公义私情，各应顾到，兄奈何甘作忍人哩。"

是时克端亦在旁座，他与克定素有芥蒂，亦勃然道："大哥素无骨肉情，二哥说他什么？"克端性暴，故口吻如此。克定被二弟讥嘲，顿觉恼羞成怒，便大声道："你两人算是孝子，我却是个不孝的罪人，你等何不入请父前，杀死了我？将来袁氏门楣，由你等支撑，袁氏家产，也由你等处分，你等才得快意了。"克文尚未答言，克端已喧嚷道："皇天有眼，帝制未成，假使我父做了皇帝，大哥做了太子，恐怕我等早已就死。"克定不待说毕，竟恶狠狠地指着道："你是什么人，配来讲话？"克端也不肯少让，极端相持，几乎要动起武来。

猛听得内室有声，指名呼克定入内。克定闻是父音，方才趋入，但听床内怒骂道："我尚未死，你兄弟便吵闹不休，你既害死了我，还要害死兄弟吗？"说着，喘咳不止。克定见这情形，只好伏地认罪。待至老袁喘定，又指斥了数语，并召诸子入室，约略训责，挥手令退。

嗣是病势逐日加重，起初还传谕秘书厅，遇有紧要文件，必呈送亲阅，到六月初二三日，病不能兴，连文件亦不愿寓目。急得袁氏全眷，没一个不泪眼愁眉，就是向不和爱的于夫人，亦念着老年夫妻的情谊，整日里求神拜佛，虔诚祷告，并愿减损自己寿数，假夫天年。虽是迷信，但也是一片至诚，可见老年人总尚足恃。各房姨太太只与诸公子商量，不是请中医，就是请西医，结果是神佛无灵，医药无效，老袁不言亦不食，昏昏然如失知觉，鼾眠了一两天。

到了六月五日辰刻，忽觉清醒起来，传命克定，速请徐东海入宫。克定即令侍卫往请，不一刻，东海到来，屈就病榻，老袁握住徐手，向他哽咽道："老友！我将与你永诀了。"徐东海尚强词慰藉，老袁长叹道："人生总有一死，不过我死在今日，太不合时。国事一误再误，将来仗老友等维持，我也顾不得许多了。只我自己家事，也当尽托老友，愿老友勿辞！"徐答道："我与元首系总角交，虽属异姓，不啻同胞，如有见委，敢不效劳。"老袁道："我死在旦夕，我死后，儿辈知识既浅，阅历未深，全赖老友指导，或可免辱门楣。"徐又答道："诸公子多属大器，如或询及老朽，自当竭尽愚忱，以报知己。"老袁闻言，命侍从召诸子齐集，乃一律嘱咐道："我将死了，我死后，你等大小事宜，统向徐伯父请训，然后再行。须知徐伯父与我至交，你等事徐伯父，当如事我一样，休得违我遗嘱！"诸子皆涕泣应命。老袁又顾徐东海道："老友承你不弃，视死如生，应受儿曹一拜。"徐欲出言推让，那克定等已遵着父命，长跪徐前。徐急忙挽起克定，并请诸子皆起。老袁道："一诺千金，一言百系，想老友古道照人，定不负所托呢。"

言至此，微觉气喘起来，好一歇不发一声。徐东海起身欲辞，老袁亟阻住道："老友且坐！我尚有许多事情，拟托老友，幸勿却去！"徐乃复坐。袁命诸子退出，令传召各姬妾入室，各姬妾依次毕集。去了一班，又来一班，东海老眼，恐被他惹得昏花了。老袁复指语道："这是我平生好友，我死后，你等有疑难情事，尽可请命老友，酌夺施行。如你等不守范围，我老友得代为干涉，诸子中有欺负你等，你等亦可禀白我友，静待解决，慎勿徒事争执，惹人笑谈！"既托诸子，又托诸妾，念念不忘家属，乌肯努力为公？只老徐无缘无故，代挑许多担子，却也晦气。各姬妾闻了此语，相对痛哭，老袁也不胜哽咽，连老徐也凄切起来。

约过一二刻，老袁又命诸妾退出，悄语东海道："你看她们何如？"徐随口贡谀谀："统是幽娴贞重的福相。"老袁微哂道："君太过奖了，这十数姬妾中，当有三种区别，周、洪二氏最号聪明，然性太阴刻，不足载福；你亦晓得吗？闵氏、黄氏、何氏、柳氏，随我多年，不致有他变，但性质庸柔，免不得受人欺弄，我颇为深虑；范氏、贵儿及尹氏姊妹，尚不脱小家气象，幸各有所出，将来或依子终身，不致中途改节；下至阿香、翠媛两人，年纪尚轻，前途难恃，我拟命我妇拿她回籍，加意管束，但我妇是否允负责任，她两人是否肯就钤制，这倒是一桩大难事，还乞老友开导我妇，曲为保全。"谁叫你年已望六，还要纳此少艾？徐亦随口允诺。老袁又道："我遍观诸姬中，惟第八妾叶氏，秉性纯良，得天独厚，且子嗣亦多，他日或得享受厚福。"徐即答道："元首鉴别，当然不谬。"老袁复道："老友！我死后，各姬妾等能相安无事，不必说了，万一周、洪两妾生风作浪，凌逼他姬，还乞老友顾念旧情，代为裁处，似老友的威望，不怕她不慑服呢。"说着，又牵住徐衣，泣语道："老友！我死后，我诸子必将分产，或将酿成绝大的争剧，我宗族中，没人能排难解纷，这事非老友不办。抑强扶弱，全仗大力。"徐嗫嚅道："这……这事却不便从命！"老袁瞿然道："老友！你的意思，我也晓得了，我当立一遗嘱，先令儿辈与老友面证，将来自不致异言。"语至此，命侍从取过纸笔，由老袁倚枕作书，且写且歇，且歇且写，好容易才算成篇，递交徐手。徐见上面写着：

予初致疾，第遗毒耳，想是熟读《三国演义》，尚记得刘先主遗嘱，故模仿特肖。不图因此百病丛生，竟尔不起。予死后，尔曹当恪守家风，慎勿贻门楣之玷。对于诸母及诸弟昆无失德者，尤当敬礼而护惜之。须知母虽分嫡庶，要皆为予之遗爱，弟昆虽非同胞，要皆为予之血胤，万勿显分轩轾也。夫予辛苦半生，积得财产约百数十万磅，尔曹将来啜饭之地，尚可勿忧竭蹶，果使感情浃洽，意见不生，共族而居，同室而处，岂不甚善？第患不能副予之期望耳。万一他日分产，除汝母与汝当然分受优异之份不计外，其余约分三种：（一）随予多年而生有子女者；（二）随予多年而无子女者；（三）事予未久而有所出及无所出者，当酌量以与之。大率以予财产百之十之八之六依次递减。至若吾女，其出室者，各给以百之一，未受聘者，各给百之三。若夫仆从婢女，谨愿者留之，狡黠者去之。然无论或去或留，悉提百之一，分别摊派之，亦以侍予之年份久暂，定酬资之多寡为断。惟分析时，须以礼貌敦请徐伯父为中证。而分书一节，亦必经徐伯父审定，始可发生效力。如有敢持异议者，非违徐伯父，即违余也。则汝侪大不孝之罪，上通于天矣。今草此遗训，并使我诸子知之！

徐捧读毕，便向老袁道："甚好甚好。"老袁又召入克定等，令你宣读草嘱，俾他听受。于是用函封固，暂置枕畔，俟弥留时，再行交掷。老袁至此，已有倦容，徐亦告退，约于翌晨再会。适段国务卿等也入内问病，袁已不愿多谈，由克定代述病状，袁第点首示意。徐、段等遂相偕退去。

嗣是老袁鼾睡至晚，昏沉不省人事，是夕于夫人以下，统行陪坐，等到夜半时，袁又苏醒转来，见于夫人在侧，乃与语道："此后家事，赖汝主持，我因汝生平忠厚，恐不能驾驭全家，已将大事尽托徐东海了。"复顾众姬妾道："你等切须自爱！"再顾诸子道："我言已具遗嘱中。但我身后大殓，不必过丰，惟祭天礼服，不应废除。死欲速朽，何用此服？治丧以后，亟应带领全眷，扶柩回籍，葬我洹上，大家和睦度日，不宜再入政界，余事悉照遗嘱中履行。"诸子均伏地受命。老袁略饮汤水，复沉沉睡去。

既而鸡声报晓，又不觉呻吟起来，忽瞪目呼道："快！快！"说了两个"快"字，觉得舌已木强，话不下去。克定听了，料已垂危，急命左右请徐、段入宫。不一时，段已到来，由老袁挣出最简单的声音，带喘带语道："可……可照新约法请黄陂代任，你快去拟了遗令来。"段慌忙趋出，徐亦赶到，见老袁脸上，大放红光，睁着眼，嘘着口，动了好一回嘴唇，方叫出"老友"两字。又歇了半晌，才做拱手模样，又说了"重重拜托"四字。徐不觉垂泪道："元首放心吧！"旋听老袁复直声叫道："杨度，杨度，误我误我。"两语说毕，痰已壅上，把嘴巴张嚌两次，撒手去了。时正六月六日巳刻，享寿五十八岁。后来黄克强有一挽联，邮寄京师，联语云：

好算得四十余年天下英雄，陡起野心，假筹安两字美名，一意进行，居然想学袁公路。

仅做了八旬三日屋里皇帝，伤哉短命，援快活一时谚语，两相比较，毕竟差胜郭彦威。

老袁已死，全眷悲号，忽有一人大踏步进来，顿足道："迟了迟了！"究竟此人为谁，容至下回表明。

阅此回，可为世之多妻者鉴，并为世之多子者鉴，且为世之贪心不足，终归于尽者鉴。为人如袁世凯，可为富贵极矣，而不能长保其妻孥，至于弥留之际，再三嘱托老友，彼于热心帝制时，岂料有如此下场耶？夫不能治家，焉能治国？只知为私，安能为公？袁氏一生心术，于此回总揭之，即可于此回总评之。然人之将死，其言也善，观其种种悔悟，不可谓非良心之未死，然已无及矣。呜呼！袁氏固一世之雄也，而今安在哉。

第七十四回　殉故主留遗绝命书　结同盟抵制新政府

却说新华宫中的人物正在哀号的时候，突有人入内来探望，自悔来迟，这人非别，便是国务卿段祺瑞。段已拟定遗命，想呈交老袁亲阅，不意袁已长逝，因此惊呼，当下递与徐世昌，请他酌夺。徐即忙取视，见遗令中云：

民国成立，五载于兹，本大总统忝膺国民付托之重，徒以德薄能鲜，心余力绌，于救国救民之夙愿，愧未能发摅万一。溯自就任以来，蚤作夜思，殚勤擘划，虽国基未固，民困未苏，应革应兴，万端待理，而赖我官吏将士之力，得使各省秩序，粗就安宁，列强邦交，克臻辑洽，折衷稍慰，怀疚仍多。方期及时引退，得以休养林泉，遂吾初服，不意感疾，浸至弥留。顾念国事至重，寄托必须得人，依《约法》第二十九条大总统因故去职，或不能视事时，副总统代行其职权，本大总统遵照约法宣告，以副总统黎元洪代行中华民国大总统职权。副总统恭厚仁明，必能弘济时艰，奠定大局，以补本大总统之阙失，而慰全国人民之望。所有京外文武官吏以及军警士民，尤当共念国步艰难，维持秩序，力保治安，专以国家为重。昔人有言："惟生者能自强，则死者为不死"，本大总统犹此志也。此令。

徐已瞧罢，便道："说得圆到，就这样颁发出去便了。但现在是元首绝续的时候，须赶紧戒严，维持大局要紧。一面通知副总统，即日就任，免生他变。"段即答道："这原是最重要的事情，我就去照办吧。"言毕趋出。徐又劝止大众的哭声，准备棺殓，于是由袁克定做主，立召袁乃宽入内，命办理治丧事宜。乃宽唯唯从命，又是一种美差。当下遵了遗嘱，用祭天冕服殓尸。生不获端委临朝，死却得穿戴而去，老袁也可瞑目。

自于夫人以下，统是哭泣尽哀，闵姨更带哭带诉，愿随老袁同去，旁人总道是一时悲感，不甚注意。待送殓已毕，徐回寓暂息，袁乃宽觅购灵柩，急切办不到上等材料，嗣向市肆中四处寻找，方得阴沉寿器一具，出了重价，购得回来。谁知前河南将军张镇芳却进献了一具好棺材，说是百余年陈品，不知从何处采来？经克定再四审视，果与乃宽所购的材料优劣不同。但只死了一人，却备着两口棺木，似觉预兆不祥，克定心中很是快快，忽有人入报道："大姨太太殉节了！"克定等不胜惊讶，克文更昏晕过去，好容易叫醒克文，才大家趋入闵姨房中，但见闵姨僵卧榻上，玉容不改，气息无存。枕旁置有一函，由克定取出，匆匆展阅，乃是一纸绝命书，其词云：

于后及诸姊妹公鉴：碧蝉（闵姨名，见前）无状，当今上升遐之日，不能佐理丧务，分后及诸姊妹之劳，竟随今上而去，蝉虽死，亦弗能稍赎罪戾。然在蝉自揣，确有不可不死之势与理。忆今上在日，嫔妃满前，侍女列后，虽一饮一食，一步一履，悉赖人料量而承应之。今兹鼎湖龙去，碧落黄泉，谁与为伴？形单影只，索然寡欢，安得不凄然泪下者乎？蝉年甫及笄，即随今上，频年以来，早经失宠，然既邀一日雨露之恩，即当竭终身涓埃之报，无如毕生愿望，迄未克偿。辄尝自矢，蝉纵不能报效于生前者，终当竭忠于死后，兹果酬蝉素志矣。夫在天愿为比翼鸟，在地愿为连理枝，蝉当日读白香山长恨之歌，未尝不叹明皇与玉环，其爱情何如是之深且挚，蝉何人斯，既极愚陋，且又失宠，敢冀非分想哉？不过欲追随今上于地下者，聊尽侍奉之职务已耳。何况今上升遐，吾后与诸姊妹，讵忍以其龙章凤姿之体，消受夜台岑寂之况味？又岂无其人，与蝉有同志而欲接踵而去耶？然今蝉已着祖生先鞭矣，匪惟尽一己之义务，且为吾诸姊妹之代表，此后凡调护扶持之责任，尽属之于蝉一人，蝉纵极鲁钝，或不致有负委托也。即有继蝉而来者，窃恐不落蝉后，此着即蝉胜诸姊妹处也。零涕书此，罔知所云，尚乞矜而鉴之！

克定览到是书，忍不住一腔悲怀，泪如泉涌，就是于夫人及众姬妾，也不胜哀恸，比哭老袁时尤加凄惨，克文竟哭晕了好几次。袁氏诸子，要算克文最为大雅，且相传系闵姨所出，故特笔摹写。时适徐东海复行入内，得悉是耗，料知高丽姨太定有特别苦衷，所以一死明志，及详问死状，知是吞金自尽，不禁称叹道："好一个贤妇！好一位节妇！"应该赞叹。待与克定、克文相见，又劝慰了好多语。克定凄然道："我正因有两具灵柩，恐致不祥，果然复出此变。"徐随答道："袁门中有此义妇，令人钦敬，不特令尊泉下，有人侍奉，且将来《列女传》中，亦应占入一席，岂不是千古光荣吗？但身后殓葬，亦须格外完备，好在寿具适另有购就，上品选制，足慰烈魂。据老朽想来，怕不是令尊有灵，阴为调遣吗？"克定道："伯父有命，敢不敬从。"当将所购寿具，作为闵姨的灵柩，并用妃嫔礼为殓，停丧新华宫内偏殿中。自是大典筹备处，改作袁氏治丧所，挂灵守孝，唪经吹螺，另有一番排场。惟副总统黎元洪，即于六月七日就任，一切礼仪，因在前总统新丧期内，多半从略。

黎既就职，迭下数令云：

元洪于本月七日就大总统任，自维德薄，良用兢兢。唯有遵守法律，巩固共和，造成法治之国，官吏士庶，尚其共体兹意，协力同心，匡所不逮，有厚望焉！此令。

现在时局颠危，本大总统骤膺重任，凡百政务，端资佐理，所有京外文武官吏，应仍旧供职，共济时艰，勿得稍存诿卸！此令。

民国肇兴，由于辛亥之役，前大总统赞成共和，奠定大局，苦心擘画，昕夕勤劳，天不假年，遘疾长逝，追怀首绩，薄海同悲。本大总统患难周旋，尤深怆痛，所有丧葬典礼，应由国务院转饬办理人员，参酌中外典章，详加拟议，务极优隆，用符国家崇德报功之至意！此令。

这三令联翩递下，当由各省将军、巡按使复电到京，并表贺忱，就是独立各省各都督亦一律电贺。陕西都督陈树藩且即日取消独立，并请政府优礼袁氏，敬死恤生，这也是令人莫测的情态，小子特录述如下：

国务院段国务卿各部总长公鉴：鱼电奉悉。袁大总统既已薨逝，陕西独立，应即宣布取消。树藩谨举陕西全境，奉还中央，一切悉听中央处分。维持秩序，自是树藩专责，断不敢稍存诿卸，贻政府西顾之忧。抑树藩更有请者，独立虽得九省，而袁大总统之薨逝，实在未退位以前，依其职位，究属中华共戴之尊，溯其勋劳，尤为民国不祧之祖。何前倨而后恭？所有饰终典礼，拟请格外从丰，并议订优待家属条件，以慰袁总统不能明言之隐，以表我国民犹有未尽之思。此外关于大局一应善后事宜，恳随时电示遵行，至深感祷！陕西都督兼民政长陈树藩叩。

次日，四川都督陈宧亦取消独立，有电到京云：

国务院转呈黎大总统钧鉴：川省前因退位问题，与项城宣告断绝关系，现在钧座既经就职，宧谨遵照独立时宣言，应即日取消独立，嗣后川省一切事宜，谨服从中央命令，除通告各省外，伏乞训示祗遵！陈宧叩。

还有广东都督龙济光，于十三日电达中央，内称粤东独立，已于六月九日取消，其文云：

北京国务院段相国钧鉴：我公总秉国钧，再造共和，旋乾转坤，重光日月。济光已于青日，率属开会庆祝，上下胪驩，军民一致，即日取消独立，服从中央命令，惟粤省党派分歧，诸多困难,俟部署周妥,再电驰陈。龙济光叩。

政府连接各电,甚为欣慰,特授陈树藩为汉武将军,督理陕西军务,兼署巡按使,并优奖龙济光,说他"具有世界眼光,急谋统一,热诚爱国,深堪嘉慰,该省善后事宜,统由该上将悉心筹划,妥为办理"等语。看官听着!这三省独立,原非本意,不过楚歌四逼,未便久持,没奈何暂时独立。此时袁死黎继,段氏执政,所以立即取消,讨好政府,但也由段氏素有威权,所以得此效果。

惟帝制派尚盘踞国都,南方各省,仍处反对地位,一时未能统一。外面如张勋、倪嗣冲等,始终服从袁氏,正拟即日联合私党,自请出兵十万,开赴前敌,适因政局已变,方才改图。当由张辫帅深谋远虑,自思黎、段当国,定有一番变革,为自己地位计,不得不预先防患,绸缪未雨,乃即想出一法,把江宁会议的各省代表截住归路,邀他暂留徐州,特开会议。这真叫作当道。可惜川、鄂、湘、赣、鲁、闽等处代表,从别路归省,无从拦阻,惟直隶、奉天、吉林、黑龙江、河南、山西数省以及京兆、热河、察哈尔等代表,被他邀住,另有徐州镇守使张

文生、徐海道尹李庆璋、安徽军署参谋长万绳栻三人,也同在会。六月九日,便在徐州军署会议,当由张勋主席朗声宣言道:"现在政局新更,黄陂继任,中央政见,或因或革,未可预知。但世事纠纷,尚无定局,我辈身总帅十,不能坐视,所望同心协力,共保治安。南北不可不统一,中央不可不拥护,就是前清皇室,及袁大总统身后一切,均宜请新政府实心优待,不得侮慢。愚见如此,诸君以为何如?"各代表齐声赞成。张勋又道:"既承列位赞同,不可不开列大纲,与众共守。"各代表又共答道:"即求指教。"张勋随命秘书员,草录十大纲,传示众览。

看官!你道是什么十大纲,请看小子抄写出来:

(一)尊重优待前清皇室各条件。念兹在兹,不愧清室忠臣。

(二)保全袁总统之家属生命财产及身后一切荣誉。袁氏小站练兵,张曾为其部属,此条顾全袁族,亦不失为信义。

(三)要求政府依据正当手续,速行组织国会,施行完全宪政。名目甚大。

(四)催促独立各省,取消独立,倘若固执成见,仍以武力解决。始终以武力吓人。

(五)绝对抵制迭次倡乱一般暴烈分子,参与政权。无非排除异己。

(六)严整兵备,保卫各本省区地方治安。意与第四条相同。

(七)抱持正当宗旨,维持国家秩序,设有用兵之处,军旅饷项,通力合筹。结党自固。

(八)嗣后中央设有弊政,并为民害者,务当合电力争,以尽忠告。干涉政治之动机。

(九)固结团体,遇事筹商,对于国家前途,务取同一态度。补前二条之不足。

(十)俟国事稍定,联名电请中央减政,罢黜苛细杂捐,以苏民困。此与第三条所述,同

　　各代表等本无成见,乐得随声附和,共表赞成。张勋大喜道:"诸君统热心为国,见谅鄙忱,鄙人当感佩不置,此次回省,应请转达贵将军贵都统,互守此约,幸勿背盟!"各代表又诺诺连声。散会后,由张勋盛筵钱行,并分赠赆仪,欢然送别,各代表鼓舞而去。醉酒饱饭,自然快意。此次会议,时人称为七省同盟,就是直、皖、晋、豫及关东三省,称作七省。所有特别区域,不计在内。张勋因会议告成,乐不可支,亟通电各省,详述会议情形及录示十大纲,要求同意,这便是武人干政的滥觞。从此军阀风潮,波及全国,稍有变动,即关大局,北京的大总统,好似傀儡一般,不似那袁总统得势时,一呼百诺,远近风从了。小子有诗叹道:

　　　　武夫当道势汹汹,

　　　　一国三公谁适从。

　　　　尽说晚唐藩镇祸,

　　　　谁知今日又重逢。

　　是时有一位大员,匍匐奔丧,比张辫帅的情谊,还要加添数倍。看官!道是谁人?且至下回再说。

　　闵姨自甘殉节,虽其中有特别苦衷,不得已而出此策,然烈妇殉夫,古今传为美谈,袁氏何修而得此妾乎?然闵姨生长高丽,有此烈性,以视吾国人之朝秦暮楚,反复无常者,殊不可同日语,揭而出之,所以风世也(绝命书见近刊《秘史》,未知是否之笔。即如上回之隶氏遗嘱,亦从《秘史》中采来,著书人有见必录。是真是伪,待诸确查)。张勋不忘清室,并不忘袁氏,小忠小义,亦觉可风,但观其拥兵定卫,挟党联盟,启武夫干政之风,攘家国统治之柄,毋乃所谓跋扈将军耶?民国中有是人,欲其安定也难矣。

第七十五回　袁公子扶榇归故里　李司令集舰抗中央

却说袁氏治丧，已有数日，大小男妇，都在灵前伴着，并不缺少一人。突来了一个麻冕葛衣的大员，奔入灵前，抚棺大恸，连呼帝父不置。大众统是惊讶，及留神谛视，却是面熟得很，原来就是奉天将军段芝贵。久违了。段自奉老袁命，由奉调鲁，正拟积极进兵，大为君父效力。偏途次得着凶耗，惊得形神沮丧，急忙星夜进京。到了新华宫，即向治丧所索取麻冕葛衣，到灵前悲号一番，几乎比袁氏诸子，还要哀戚数倍。后来闻及大丧典礼，已由政府特派曹汝霖、王揖唐、周自齐敬谨承办，才无异言。义儿的"义"字上，并可加一孝字。曹汝霖、王揖唐、周自齐三人，本是帝制派中首领，又适充大丧典礼承办员，自然恭拟典章，务极隆备。先定丧礼条目十三条，次定奠祭事项八条，列表如下：

关于前大总统丧礼议定条目：

（一）各官署军营军舰海关下半旗二十七日，出殡日下半旗一日，灵榇驻在所亦下半旗，至出殡日为止。（二）文武官吏，停止宴会二十七日。（三）民间辍乐七日，及国民追悼日，各辍乐一日。（四）文官左臂缠黑纱二十七日。（五）武官及兵士，于左臂及刀柄上，缠黑纱二十七日。（六）官署公文封面纸面，用黑边，宽约五分，亦二十七日。（七）官署公文书，盖用黑色印花二十七日。（八）官报封面，亦用黑边二十七日。（九）自殓奠之后一日起，至释服日止，在京文武各机关，除公祭外，按日轮班前往行礼；京外大员有来京者，即以到日随本日轮祭机关前往行礼。（十）各省及特别行政区域，与驻外使馆，自接电日起，择公共处所，由长官率同僚属，设案望祭凡七日。（十一）出殡之日，鸣炮一百零八响，官署民间，均辍乐一日。京师学校，均于是日辍课。（十二）新华公府置黑边素纸签名簿二本，一备外交团签名用，一备中外官绅签名用。（十三）军队分班，至新华门举枪致敬。

前大总统大丧典礼奠祭事项：

（一）每日谒奠礼节，均着大礼服，不佩勋章，左臂缠黑纱，脱帽三鞠躬。（二）祭品用蔬果酒馔，按日于上午十时前陈设。（三）在京文武各机关，及附属各机关，每日各派四员，由各该长官率领，于上午九时三十分，齐集公府景福门外，十时敬诣灵筵前分班行礼。（四）单内未列各机关，有愿加入者，可随时赴府知照，亦于每日分班行礼。（五）外省来京大员，暨京外员绅谒奠者，可随时赴府签名，于每日各机关行礼时，另班行礼。（六）外宾及蒙、藏、回王公等谒奠者，即由外交部蒙藏院不拘时日，先期赴府知照，届时仍由外交部蒙藏院派员接待，导致灵筵前行礼。（七）清室派员吊祭时，应由特派接待员接待。（八）除各机关每日谒奠外，其各机关中如另有公祭者，先期一日赴府知照，另班上祭。

典仪既定，新华宫内吊客，日必数起，克定等终日应酬，几无暇晷。惟洪、周二姨已密议析产，商诸徐公。徐命克定略分现银，令她自行处置，才算无事。到了六月二十日左右，克定拟遵照遗嘱，扶柩回籍，当由恭办丧礼处，择定二十八日启行，先期发出通告云：

为通告事：本月二十八日，举行前大总统殡礼，所有执绋及在指定地点恭选人员，业经分别规定办法，合亟通告，俾便周知。

计开

（甲）赴彰德人员。

（一）大总统特派承祭官一员。

（二）文武各机关长官及上级军官佐。

（三）文武各机关派员。

（四）其他送殡人员。

（乙）送至中华门内人员。

（一）外交团。

（二）清皇室代表。

（丙）送至车站人员。

（一）国务卿、国务员暨其他文武各机关长官。

（二）文武各机关各派简任以下人员四员。

（丁）在中华门内恭送人员。

文武各机关人员及绅商学各界（不拘人数，在中华门内，指定地点恭送）。

附服式：凡执绋官员，均服制服，无制服者，准服燕尾服，均用黑领结黑手套。有勋章大绶者，均佩勋章，带大绶，左臂暨刀剑柄，均缠黑纱。其余各文武及绅商，准用甲种大礼服，及军常服，或乙种礼服，学生制服，均缠黑纱于左臂。

自经此通告后，京内外政界诸公，除馈赠厚赙外，又致送诔词挽联，计数日间，竟达千余件。语中命意，不是夸张功绩，就是颂祷将来，还要拍马。却也无甚可述。惟筹安会中首领杨晳子，独措辞微妙，言人未言。

首联云：

"共和误民国，民国误共和，百世而后，再平是狱。"

对联云：

"君宪负明公，明公负君宪，九泉之下，三复斯言。"

这两联用竟丈贡缎，极品京墨，写染出来，真足令灵帏生色，冠绝一时。老袁有知，恐要骂他嚼舌。承办丧礼员等日夜筹备，凡纸车纸马纸船纸亭等类以及一切仪仗，色色办到，专待届期启榇。至若袁氏家眷，更忙碌不了，所有宝贵物品，紧要箱笼，均收拾停当，编列号次，逐渐登载簿记中，就是一丝一缕，也没有遗失，纷扰数天，方得藏事。还有一班女官，由袁克定嘱咐统行遣归，女官等亦摒挡行李，俟送枢出宫，才拟回去。安女士静生，因蒙死皇帝特宠及各妃嫔厚爱，免不得依依难舍，一双俏眼中，泪珠儿已不知流了多少。

转眼间已是六月二十八日了，是日早晨，新华宫外，已是人山人海，拥挤不堪。到了辰牌，各项驺从舆卫，统已到齐，一队又一队，一排又一排，统执着器杖，异着亭舆，鱼贯而行。就中凤旌凤翣，仙幡宝幢，锦幛花圈，彩幄香橱，都是异样鲜明，特别工致，差不多与赛会相似。所经诸地，断绝交通，前后左右，悉有军队荷枪拥护；行过了好几万人，方见皇子皇孙等，引枢前来，一片麻衣，弥望无际。后面有一极大的灵舆，用了花车装载，接连又是一枢，就是闵姨棺木，两旁护从的人物，多且如蚁。各外交团及清室代表，并国务卿以下文武各官，都坐着摩托车，在后恭送。最后的便是袁家女眷及袁氏女戚，与女官婢媪等数百人，有坐汽车的，有坐马车的，有坐骡车的，多半是淡妆素抹，秀色可餐，这也毋庸细表。最注目的，是一个御乾儿，追随灵枢，泣涕涟涟，而且满身缟素，与外此送殡人员，异样不同，提出另叙，词笔亦令人注目。旁观统启猜疑，间有晓得他的历史，方说是义重情深，不愧孝子。既到车站，站长已备好专车，将所有锦幛花圈，一齐收集，悬挂车上，然后妥奉灵榇，安置车内。

一班送殡人员，均鞠躬告退，惟特派承祭官蒋作宾，及各机关派往奠殖的官吏，与感情较深的袁氏亲友，也陆续登车。外如箱笼行李等物，尽行搬上，好容易安排停当，才吹起汽笛，传放汽管，准备开车。女官侍从等，至此也下车折回，霎时间轮机转动，似风驰电掣一般，南赴彰德去了。

袁家事从此收场，再表那承先启后的黎政府。黎素性长厚，就职时，中外颇庆得人，独帝制派栗栗危惧，蠢然思动，意欲推倒了他，巩固自己地位。一时人心浮动，讹言百出，在京官吏纷纷移家天津，亏得段祺瑞竭力镇定，暂保无恙。至川、陕、粤取消独立，中央势力加厚一层。段氏不为无功。惟西南军务院抚军长唐继尧，电达政府，要求四大条件：（一）系恢复民国元年公布的旧约法；（二）召集民国二年解散的旧国会；（三）惩办帝制祸首十三人；（四）召集军事会议，筹商善后问题。副抚军长岑春煊又通电中央及各省，略言："抚军长所言四事，系南中独立各省一致的主张，如政府一律照办，本院当克日撤销"云云。唐绍仪、梁启超等更推阐四议，说得非常痛切，非常紧要。即如河南将军赵调、南京将军冯国璋等，亦先后电京，力请恢复旧约法，召集旧国会。

偏偏政府不理，杳无举动，于是旧议员谷钟秀、孙洪伊等，在上海登报广告，自行召集会员，除前时附逆外，所有各省议员，限期六月三十日以前，齐集上海，定期开会。约旬日间，议员到沪，已达三百人，这消息传达北京，段国务卿不便悬宕，乃致电南方各省，及全国重要各机关云：

黄陂继任，元首得人，半月以来，举国上下，所断致辩争者，约法而已。然就约法而论，多人主张遵行元年约法，政府初无成见，但此项办法，多愿命令宣布，以期迅捷，政府则期期以为未可。盖命令变更法律，为各派法理学说所不容，贸然行之，后患不可胜言。是以迟回审顾，未敢附和也。或谓三年约法，不得以法律论，虽以命令废之而无足议，此不可也。三年约法，履行已久，历经依据，以为行政之准，一语抹煞，则国中一切法令，皆将因而动摇，不惟国际条约，关系至重，不容再三审慎，而国内公债以及法庭判决，将无不可一翻前案，如之何其可也？或又谓三年约法，出自约法会议，约法会议，出自政治会议，与议人士，皆政府命令所派，与民议不同，故此时以命令复行元年约法，只为命令变更命令，不得以变更命令论，此又不可也。

三年约法，所以不餍人望者，谓其起法之本，根于命令耳。而何以元年约法，独不嫌以命令复之乎？且三年约法之为世诟病，佥以其创法之始，不合法理，邻于纵恣自为耳，然尚经几许咨谏，几许转折，然后始议修改，而今兹所望于政府者，奈何欲其毅然一令，以复修改以前之法律乎？此事既一误于前，今又何可再误于后？知其不可而欲尤而效之，诚不知其可也。如谓法律不妨以命令复也，则亦不妨以命令废矣。今日命令复之，明日命令废之，将等法律为何物？且甲氏命令复之，乙氏又何不可命令废之？可施之于约法者，又何不可施之于宪法？如是则元首每有更代，法律随为转移，人民将何所遵循乎？或谓国人之于元年约法，愿见之诚，几不终日，故以命令宣布为速。抑知法律争良否，不争迟速，法而良也，稍迟何害？法不良也，则愈速恐愈无以系天下之心，天下将蜂起而议其后矣。纵令人切望治，退无后言，犹不能不虑后世争乱之源，或且舞法为奸，援我以资为先例。是千秋万世，尤为国史增一污痕，决非政府所敢出也。总之复行元年约法，政府初无成见，所审度者复行之办法耳。诸君子有何良策，尚祈无吝教言，俾资考镜。祺瑞印。

又致上海国会议员电云：

上海议员诸君鉴：约法问题，议论纷纭，政府未便擅断，诸君爱国俊彦，法理精邃，必能折衷一是，敢希详加讨论，示以周行，无任企盼！

这两电发表后，南方各省极端反对，唐绍仪、梁启超复电辩论，略云：

三年约法，绝对不能视为法律，此次宣言恢复，绝对不能视为变更。今大总统之继任，及国务院之成立，均根据于元年约法，一法不能两容，三年约法若为法，则元年约法为非法。然三年约法，非特国人均不认为法，即今大总统及国务院之地位，皆必先不认为法，而始能存在也。

段祺瑞仍然未允，只拟修正约法，参加手续，或仿行约法会议办法，或参照南京参议院成例，由各省长官派选委员三人，或指选该省国会议员三人，组织修正约法委员会。正在筹议举行，忽上海海军，宣告独立，推李鼎新为总司令，传檄远近道：

自辛亥举义，海上将士，拥护共和，天下共见。癸丑之役，以民国初基，不堪动摇，遂决定拥护中央。然保守共和之至诚，仍后先一辙，想亦天下所共谅。洎乎帝制发生，滇南首义，筹安黑幕，一朝揭破，天下咸晓然于所谓民意者，皆由伪造，所谓推戴者，皆由势迫，人心愤激，全国徬扰，南北相持，解决无日。战祸迫在眉睫，国家濒于危亡。海上诸将士，金以丁此奇变，徒博服从美名，当与护国军军务院联络一致行动，冀挽危局。正在进行，袁氏已殒，今黎大总统虽已就职，北京政府，仍根据袁氏擅改之约法，以遗令宣布，又岂能取信天下，餍服人心？其为帝党从中挟持，不问可知。我大总统陷于孤立，不克自由发表意见，即此可以类推。是则大难未已，后患方殷。今率海军将士，于六月二十五日，加入护国军，以拥护今大总统保障共和为目的，非俟恢复元年约法，国会开会，正式内阁成立后，北京海军部之命令，断不承受，誓为一劳永逸之图，勿贻姑息养奸之祸！庶几海内一家，相接以诚，相守以法，共循正轨而臻治安矣。特此布闻，幸赐公鉴！海军总司令李鼎新、第一舰队司令林葆怿、练习舰队司令曾兆麟叩。

这海军向分三队，就是第一舰队、第二舰队及练习舰队。第一舰队与练习舰队同泊沪滨，所以同时独立。只第二舰队尚泊长江各埠，未曾与闻。但第一舰队势力最强，军舰亦最多，一经独立，惹起全国注目，这一着有分教！

海上洪波方作势，

京中大老已惊心。

欲知海军独立以后，如何处置，请看官续阅下回。

本回叙袁氏丧礼，将送殡各节，依据官报，择要撮录，见得袁氏虽死，气焰犹生，帝制派之从中主持，不问可知矣。夫袁氏一生之目的，莫过于为帝，而袁氏一生之大误，亦莫甚于为帝。小言之，则有背盟之咎，大言之，则有畔国之愆，其得保全首领，死正首邱，尚为幸事。乃后起之政府，反盛称其功绩，加厚其饰终典礼，是奖欺也，是助畔也，何以为民国训乎？段虽非帝制派人，要亦未免为苏味道。袁家约法，犹欲维持，非经西南各省之抗争，与上海海军之独立，则以暴易暴，不知其非，犹是一袁家天下也。呜呼袁氏！呜呼民国！

第七十六回　段芝泉重组阁员
龙济光久延战祸

却说海军第一舰队与练习舰队同时独立，这警报传达中央，段国务卿未免惊心，亟电致南京将军冯国璋及淞沪护军使杨善德，令他设法调停，挽回此举。哪知冯、杨二人已接李鼎新等密函，请守中立，两不相犯。冯本请恢复旧约法，当然与海军同志，杨虽为段氏爪牙，但子身处沪，前后被逼，也只好置身局外，作壁上观。段盼望回音，并不见答，偏国会议员二百九十九人却联电国务卿道：

元年约法，与三年约法之争，端在先决二者孰为法律。如以三年约法为法律，当然不能以命令废止。唯查临时约法，为民国之所由成，议会总统，皆由兹产出，其效力至尊无上。在国会既成立以后，宪法未制定以前，如欲有所增修，依临时约法五十五条，及国会组织法十四条之规定，当由国会议员三分之二以上之提议，并经国会议员五分之四以上之出席，出席议员四分之三以上之可决，而后其所增修者，乃为合法，乃得有效。三年约法会议，其组织及程序，既与临时约法五十五条所载不符，则其所增修者，自不得称之为法律，实属违宪之行为。是临时约法，本来存在，原无所谓恢复，今日以命令废止三年约法，乃使从前违宪之行为，归于无效，更无所谓以命令变更法律。现在各省尚未统一，调护维持，唯有一致遵守成宪，否则甲以其私制国法，转瞬乙又以其私制而代甲，循环效尤，人持一法，视成宪为土苴，国法前途，何堪设想。请公坚持大义，力赞大总统，毅然以明令宣告，不依法律组织之约法会议所议决之《中华民国约法》，及其附属之大总统选举法，国民会议立法院组织法，均与民国元年《临时约法》国会组织法，并民国二年宪法会议制定之大总统选举法相违背，当然不生效力。此后凡百庶政，应与国人竭诚遵守真正国法，以固邦基而符民意。根本既决，大局斯安。特此电复。

段祺瑞接到此电，也有转意，并非畏惮议员，实仍是畏惮海军。乃入与黎总统商议，主张恢复约法。黎本反对袁制，只因段氏登台，挟有权力，一切规划，不得不归他取决，所以沉机观变，未尝独断独行，既闻段氏有心规复，哪有不允之理，便于六月二十九日，连下数令道：

（一）共和国体，首重民意，民意所寄，厥惟宪法。宪法之成，专待国会。我中华民国国会，自三年一月十日停止以后，时越两载，迄未召复，以致开国五年，宪法未定，大本不立，庶政无由进行，亟应召集国会，速定宪法，以协民志而固国本。宪法未定以前，仍遵用元年三月十一日公布之《临时约法》，至宪法成立时止。其二年十月五日，宣布之大总统选举法，系宪法之一部，应仍有效。此令。

（二）兹依《临时约法》第五十三条续行召集国会，定于本年八月一日起，继续开会。此令。

（三）民国三年五月一日以后，所有各项条约，均应继续有效，其余法令，除有明令废止外，一切仍旧。此令。　始终不肯尽废袁制。

（四）国民会议，业经续行召集，所有关于立法院国民会议各法令，应即撤销。此令。

（五）国会业经召集，内务部所属之办理选举事务局，应即改为筹备国会事务局，迅速筹备国会事务。此令。

（六）参政院应即裁撤，此令。

（七）平政院所属之肃政厅，应即裁撤，此令。

（八）特任段祺瑞为国务总理，此令。

数令迭下，全国人士欢呼雷动，争颂黎、段两人的功德，似乎民国共和，从此再造，当再不至似袁皇帝时代，有名无实了。嗟我国民，哪有这般幸福？惟段祺瑞受命组阁，再任国务总理，应该将旧有部员，酌量更换，方足一新面目，动人观听。换汤不换药，终属无益。他想老成硕望，莫如东海，当此新旧交替，遗大投艰的时候，正应向他妥商，免致再误，当下命驾至徐寓中，投刺求见。

徐正为袁氏帮忙，闹得精疲力乏，卧床静养，忽闻祺瑞到来，料有要事相商，不便相拒，乃起身出室，迎段入厅。彼此闲谈数语，便由段述及组阁事情。徐答道："芝泉！你也任事多了，此次再出组阁，谅有特别把握，何必问我！"段又说道："论起今日的资望，莫如我公，公若肯出来组阁，祺瑞当面达总统，荐贤自代。"徐笑道："我为袁氏，惹人讥骂，难道尚不够挪揄吗？今日若再出任事，不是冯妇，就是冯道了。"段复道："世上的议论，能有几语公正，如要面面讨好，连一事都不能做了。"徐即随口阻住道："芝泉，你的好意，我很感佩，但我已决定了心，誓不再做民国官吏。"隐以总统自任。段祺瑞听到此语，料已不便再劝，乃另提出一班人物，与徐东海密商起来。段说一姓名，徐答一"好"字，或答称"也好"。及段说出"许世英"三字，徐点首道："隽人是我的旧僚，与你也是莫逆，这人颇靠得住的，或令长内务，或令长交通，想总能胜任呢。"（隽人即许世英字）徐之称许，为公耶？为私耶？段复说了多人，徐也不加评论，但总说一个"好"字，便算通过。至段问及行政要件，徐拈须半晌道："目前的要策，第一件是固结北洋团体，第二件是保守中央威信，第三件是解释民党宿嫌，三事并举，国家或尚能安静哩。"段拱手道："辱承指教，敢不如命。"说罢，便告辞而去。到了次日，即由黎总统下令道：

兼署外交总长交通总长曹汝霖、内务总长王揖唐、海军总长刘冠雄、司法总长兼署农商总长章宗祥、教育总长张国淦，呈请辞职。曹汝霖、王揖唐、刘冠雄、张国淦、章宗祥准免本职，此令。

特任唐绍仪为外交总长，许世英为内务总长，陈锦涛为财政总长，程璧光为海军总长，张耀曾为司法总长，孙洪伊为教育总长，张国淦为农商总长，汪大燮为交通总长，此令。

特任国务总理段祺瑞兼任陆军总长，此令。

此令下后，段内阁又复成立。总计此九部中，除陆军一席，向归段氏占有外，其余各部人员，分作三派，一民党，二官僚，三中立派，当时称为混合内阁。惟唐绍仪、孙洪伊、张耀曾尚在南方，未即就职，于是外交由陈锦涛兼署，司法由张国淦兼署，教育由次长吴闿生权代。教育一事，视若虚设，未免舍本逐末。嗣因汪大燮不愿入阁，上呈固辞，乃改任许世英为交通总长，孙洪伊为内务总长，范源濂为教育总长。阁员既已凑齐，专俟国会开会，咨请追认，内外都无异言。段复从事外政，改定各省军民长官名称，武称督军，文称省长，所有署内组织及一切职权，暂仍旧制，惟另加任命。特请黎总统任定如下：

奉天督军张作霖，兼署省长。

吉林督军孟恩远，省长郭宗熙。

黑龙江省长毕桂芳，兼署督军。

直隶省长朱家宝，兼署督军。

山东督军张怀芝，省长孙发绪。

河南督军赵倜，省长田文烈。

山西督军阎锡山，省长沈铭昌。

江苏督军冯国璋，省长齐耀琳。

安徽督军张勋，省长倪嗣冲。

江西督军李纯，省长戚扬。

福建督军李厚基，省长胡瑞霖。

浙江督军吕公望，兼署省长。

湖北督军王占元，省长范守佑。

湖南督军陈宧，兼署省长。

陕西督军陈树藩，兼署省长。

四川督军蔡锷，兼署省长。

广东督军陆荣廷，省长朱庆澜。

广西督军陈炳焜，省长罗佩金。

云南督军唐继尧，省长任可澄。

贵州督军刘显世，省长戴戡。

甘肃省长张广建，兼署督军。

新疆省长杨增新，兼署督军。

嗣是颁爵条例、文官官秩令及惩办国贼条例、附乱自首特赦令、纠弹法，均即废止。又将政治犯一律释放。并特赦前川督尹昌衡，俾复自由，所有统率办事处，军政执法处，亦尽行撤销。海内人民，喁喁望治。其时川、粤、湘、鲁各省，尚在未靖，又经过一番措置，才得平安。小子只有一支秃笔，不能并叙，只好依次叙来。

先是陈宧独立四川，袁世凯命重庆镇守使周骏督理四川军务，另用王陵基镇守重庆。周奉命后，尚按兵不动，至袁逝世，他反出兵西上，进逼成都，自称四川将军，旋复改称蜀军总司令，委任王陵基为先锋。王率前队抵龙泉驿，成都戒严。周一面迫陈出省，一面截陈归路，陈不禁大愤，将与决战。绅商急电政府，请禁周、陈冲突，免祸生灵。政府乃任蔡锷督川，调陈宧督湘，周骏还任。陈、周犹相持不下，蔡锷已自叙州起程，先电致二人，劝他息争。略云：

二君之不惜兵连祸结者，乃为争川督一席，抑何所见之小也？窃谓吾侪生于斯世，当以国是为前提，不应存自私自利之见。某今衔命入川，盖收拾未了之局，俟部署既定，则自请辞职，或于二君中推毂一人，以承斯乏，不过累公稍候时日耳。用特驰电奉告，即请解甲息兵，如或不然，锷虽不愿效龌龊官僚口吻，以违抗中央命令相责，而扰乱治安之咎，锷当声罪致讨，务希从速裁夺，锷秣马厉兵以待，惟二君鉴之！

陈宧得书，即日束装就道，出省自去。周骏心尚未死，竟乘虚入驻成都，自称都督，且欲撤去四川护国军招讨右司令、兼兵工厂总办杨维官职。杨本陈宧部下，闻着这个消息，竟举兵相抗，与周军战于城外，杨兵败溃。统是权利思想，中国其能靖乎？蔡锷旧病复发，不便督师，因虑周骏猖獗，乃檄罗佩金、刘存厚两军，分道进攻。刘军先至城下，周骏自知不敌，方偕王陵基退出成都。存厚入城，维持秩序，川民乃定。越日，罗佩金亦到。又越数日，蔡锷亦带兵到来，成都父老相率欢迎。锷慰劳有加，力疾视事，川人始共庆更生了。仍为蔡锷生色。

还有粤东变乱，亦无非为权利起见，前时龙济光宣告独立，本非真心，后来取消独立，仍然仇视滇、桂各军。滇军司令李烈钧方由肇庆出北江，驻扎韶关，粤军闭关锁渡，屡与滇军龃龉，几开战衅。龙济光袒护自己军队，且调兵添防，并就观音山左右，密伏地雷，一意挑战。

看官！你想这个李司令，哪肯容忍过去？当下派兵前敌，力攻源潭，一场鏖斗，战败粤军。李复联约桂军司令莫荣新，自西路攻克三水，彼此会师观音山，拟与龙王决一最后的胜负。龙济光颇也惊惶，亟电告政府，托词李烈钧反抗中央，出兵图粤。政府正嘉许龙王，当然袒护，但又不便得罪李烈钧，乃特授他勋二位，并上将衔，令即来京候用，一面令龙济光暂署广东督军，俟陆荣廷到任，才得交卸。政府虽似苦心，实已显露形迹。而且还有特别调剂，陈宧未赴湘任以前，着陆荣廷就近往湘，暂署督军。汤芗铭为湘人所逐，令即卸任，派往广东查办。不能辨别功罪，乃东调西换，一何可笑？这种政策，多是掩耳盗铃。

看官！试想滇、桂各军，如何肯服？袁政府之失权，便由此种酿成。于是仍进攻观音山，相持不懈。粤中士民，日夜不安，到处吁请，各愿去龙安粤。唐绍仪、梁启超、温宗尧、王宠惠等，统隶粤籍，有志保乡，遂急电政府道：

龙济光督粤三年，假国权为修怨，纵兵士为虎狼，视生命财产如草芥，以刀锯斧钺为儿戏，综计三年之中，其倾人之家，灭人之门，寡人之妻，孤人之子，直无十百千万之数可言，但闻哀哭诅咒之声不绝。袁氏既倚为爪牙，粤民遂无从呼吁。日者义师之起，滇、黔、桂、浙，皆以讨袁为唯一之名，惟吾粤民，则以去龙为切身之事。

方民军之起于四方，计此贼可歼于一鼓，盗亦有道，竟假独立为护符，人望太平，又复原心而略迹。然桂军同一独立，治乱之势悬殊，桂则秩序井然，人民康乐，粤则闾里几尽邱墟，村邑至绝薪米。推求其故，盖龙济光知结不解之怨于人民，遂集全省之兵以自卫，乃使州县患匪，省城患兵，要其督粤三载，惟守观音一山。此山而外，虽举广东全省，化为灰烬，人民化为虫沙，固非该督所惜也。天幸袁殒，人庆昭苏，粤民茹痛之深，本难复忍须臾，徒以大总统就职之始，不忍遽以一隅为言。

且计该督腥闻于天，必为大总统烛照所及，因是隐忍，伫待后命。不意该督知难久安于其位，又以取消独立，取媚中央，一面大捕党人，复萌故智，近更横挑战祸，染血韶州，以该督三年所造孽，即令从此痛惩前非，人已不共戴天。该督且变本加厉，用敢迫切电陈，务乞将该督立予罢斥，解粤民之倒悬，仁急既遍于一省，使贪虐者知做，视听实动夫万方。倘蒙赏其知兵，师长之席固众，若或多其治绩，他省不难量移。万一论其取消独立之功，则有勋章诸等具在，粤民虽不敢望大总统伐罪以救民，大总统亦何忍驱粤民以示德？昔者所谓国家用人自有权衡一语，本为专制作威作福之言，已违自我民视民听之义。况以该督罪迹昭著，敢请派人遍询妇孺，除彼所亲一二狐鼠之外，但有举其毫发微末之功者，则诬罔之刑，某等所不敢避。此实千夫所指，咸以该督为寇仇，当蒙一线之仁，早出粤民于水火。大总统以共和为帜，当不以民意为嫌，仪等无凭借可言，敢先以哀词上请，无任翘企待援之至！

政府接到此电，大费踌躇，不期湖南军民又拒绝陈宧，自举刘人熙为督军，请政府下令特任。那时大总统黎元洪与国务总理段祺瑞，左右为难，也只好开起阁议来了。小子有诗叹道：

自古佳兵号不祥，
干戈在握即强梁。
东崩西应成常事，
从此朝纲渐不纲。

毕竟湘、粤两省如何处置，且看下回叙明。

　　恢复旧《约法》，召集旧国会，并举袁氏恶制，大略更张，不可谓非段合肥之政绩。惟组织阁员，始终不离一调剂性质，民党居三之一，中立派居三之一，袁氏旧僚亦居三之一。政见不同，必有倾轧之虑，段氏更事已久，宁见不及此，而仍组此不伦不类之内阁耶？夫天下未有不任劳任怨，而可以当大事者，段氏第愿任劳，不敢任怨，故撮举三派而混合之，示无左袒之意，讵知将来冲突，万不能免，始基不慎，后患随之，此中外政法家言，所由以政党内阁为职志也。他若周、陈之争，龙、李之争，无非视政府之模棱，乃敢侥幸以图逞；迨至乱事粗平，而人民已受祸不浅矣。且曲者未见所谓曲，直者亦未见所谓直，曲直不明，但凭武力为解决，则后之强有力者，几何不挟权生变耶？故我尝为段氏谅，而又不禁为段氏惜。

第七十七回 撤军院复归统一 开国会再造共和

却说黎总统与段总理召集阁员，会议湘、粤乱事，各阁员或主张激烈，或主张调停，或主张先湘后粤，或主张先粤后湘，嗣经段总理以粤乱方殷，不如促陆荣廷速赴粤任，解决粤事，湖南督军一缺，暂从军民所请，归刘人熙署理。黎总统也以为然。议定后，随即下令，饬陆荣廷即日赴粤，特任刘人熙署湖南督军，兼湖南省长。

原来湖南将军汤芗铭，当宣告独立时，曾由乃兄汤化龙与民党议立五大条件：(一)民党承认汤芗铭为都督；(二)汤先拨军队三营或五营，交民党接收；(三)设民政府管理民政全权，民政长由民党公推；(四)组织北伐军总司令，由民党推任；(五)军事厅长由民党推任。

这约由化龙署押，转告芗铭接洽，芗铭并无异言。至袁氏死，芗铭即日背约，取消独立，绝不关照民党，民党如欧阳振声、赵恒惕、唐蟒、覃振等，本是署约中人，当然动了公愤，奋起逐汤。汤窜往岳州，由湖南护国军第一军总司令曾继梧代理都督，维持地方秩序。嗣闻政府令陈宧督湘，军民仍然不服。政府又命陆荣廷暂代，陆此时虽到衡州，终因事涉嫌疑，不肯赴任，并且自衡返桂。湖南军民乃自推选刘人熙，请政府任命，政府勉强照允，自称留后者，即许为留后，湘事不无相类。湘祸少纾。后来改任谭延闿为督军，倒也相安无事。惟陆荣廷返驻桂林，因闻帝制派尚盘踞京中，煽惑政府，祖龙抑李，一时不便赴粤，只好托词告病，逐日延挨。此公大约喜病。

就是岑春煊、唐继尧等，亦为祸首未惩，时有违言，政府不得已，命遣罪魁，特下申令道：

自变更国体之议起，全国扰攘，几陷沦亡，始祸诸人，实尸其咎。杨度、孙毓筠、顾鳌、梁士诒、夏寿田、朱启钤、周自齐、薛大可，均着拿交法庭，详确讯鞫，严行惩办，为后世戒。其余一概宽免。此令。

看官！你想帝制派中的要人，差不多有几十个，当时远近闻名，系六君子、十三太保，就是西南各省的要求，也请戮杨度、段芝贵等十三人，以谢天下。乃政府命令，只有八名，如袁乃宽、段芝贵等，均不在列，显见得政府用心，不过敷衍了事；并且逮捕令下，罪犯均已出京，一个儿都没有拿着，转眼间便成悬案；又转眼间且彼此无罪，仍好出头，这是中国近来的弊政，怪不得人心思乱，至今未了呢。慨乎言之。但西南各省诸首领，已是得休便休，不愿坚持到底，乃决议撤销军务院，由抚军长唐继尧、副长岑春煊、政务委员长梁启超及抚军刘显世、陆荣廷、陈炳焜、吕公望、蔡锷、李烈钧、戴戡、刘存厚、罗佩金、李鼎新等，一并联名，布告全国。其词云：

帝制祸兴，滇黔首义，公理所趋，舆情一致，桂、粤、浙、秦、湘、蜀，相继仗义，其时因战祸迁延，未知所届，独立各省，前敌各军，不可无统一机关，爰暂设军务院，为对内对外之合议团体，其组织条例第十条规定，本院俟国务院依法成立时撤销。今约法国会，次第恢复，大总统依法继任，与独立各省最初之宣言，适相符合。虽国务院之任命，尚未经国会同意，然当国会闭会时，元首先任命以俟追认，实为约法所不禁。本军务院为力求统一起见，谨于本日宣告撤废，其抚军及政务委员长外交专使军事代表，均一并解除。国家一切政务，静听元首政府与国会主持。为此布告天下，咸使闻知。

军务院既宣告撤销，复将布告原文，电达北京。黎总统与段总理自然欣慰，当由黎总统即日复电云：

> 承电示撤销军院，爱国之忱，昭然若揭。溯自帝制议兴，波诡云谲，输赀造意，缘法饰非，举国皆喑，莫前发难。滇黔首义，薄海从风，合议机关，应时成立，披云见日，再缔共和，则是军院诸公，大有造于民国也。项城长逝，责在蘦躬，猥承诸公拥护之殷，提撕之切，约法国会，获慰初心。虽幸免乎愆尤，犹自惭其濡滞，诸公乃主持正论，践履前盟，举重光之日月，还我国民，挈百战之山河，归诸政府。从此民有常轨，国无曲师，藩祸不兴，邻氛自戢，则是军院诸公，尤大有造于后世也。共和国家，匹夫有责，同舟共济，端赖群材，元洪忧患余生，久夷权位，布衣归老，于愿已偿，只以约法所推，责任攸寄，思与诸公左提右挈，宏济艰难，推诚以结邦交，虚己以从舆论，一日在位，万民具瞻。方今财政拮据，吏治霣靡，内忧外患，纷至沓来，补救之难，百倍畴囊。尚望不我遐弃，相与有成，毋以收拾军队，为天职已完，毋以召集国会，为人心已定，毋可恢复《约法》，为遂跻法治，毋以惩办祸首，为永绝官邪，率此临事而惧之心，或收通力合作之效，此则元洪早做夜思，愿与诸公共勉者也。军务院既已撤销，一切善后事宜，仍希随时电告，共筹结束。其有奇才懋绩，为国贤劳者，并希胪举事实，借备延揽。元洪印。

这复电中的大意，是从交际上着笔，并非正式公文。

至七月二十一日，始颁正式命令道：

> 据唐继尧、岑春煊、梁启超、刘显世、陆荣廷、陈炳焜、吕公望、蔡锷、李烈钧、戴戡、李鼎新、罗佩金、刘存厚等寒日电称：军务院已于七月十四日宣告撤废，其抚军及政务委员长、外交专使、军事代表均一并解除。国家一切政务，静听元首政府国会主持各等语。慨自改革以来，迭经变故，矩矱不立，丧乱弘多，法纪陵夷，民生涂炭，本大总统继任于危疑震撼之际，遵行元年《约法》，召集国会，组织责任政府，力崇民意，勉任艰虞。该督军等顾念时危，力阐大义，撤销军务院及抚军等职，纳政务于一轨，跻国势于大同。义闻仁声，皦如日月，千秋万世，为国之光。唯念大局虽宁，殷忧未艾，宜如何栽培元气，收拾人心，永绝乱源，导成法治。补苴罅漏，经纬万端。来日之难，倍于往昔。所期内外在官，各深警惕，同心协力，感致祥和，以成未竟之功，益巩无疆之业，本大总统有厚望焉。此令。

自是南北统一，北京政府算有代表全国的资格了。惟粤东方面，龙、李交争，尚且未息，各督军多承政府意旨，归咎李烈钧，隐袒龙济光，张勋、倪嗣冲专电通告，尤斥李烈钧违令横行，请加声讨。无非党同伐异。政府乃一再电桂，催陆赴粤，陆至此亦不能再延，乃约同省长朱庆澜相偕赴任，电告政府，指日启行。于是黎总统又下令道：

> 迭据各方报告，广东纷扰，祸尤未已，生灵涂炭，外人复有烦言。长此迁延，靡知所届。龙济光未交卸以前，责在守土，自应约束将士，保卫治安。李烈钧统率士卒，责有攸归，着即严勒所部，即日停兵。该省督军陆荣廷、省长朱庆澜现已星夜赴任，龙济光应将各项事宜，妥速预备交代，此后如再有抗令开衅情事，定当严行声讨，以肃国纪。此令。

令下后，复派萨镇冰为粤闽巡阅使，令他选调兵舰驶赴粤海，查办一切，并驻泊沙面等处，保护侨商。其实是震慑龙、李，隐示中央威力，教他知难而退。哪知龙济光尚不肯离粤，镇日里守住观音山，与李血战。陆荣廷到了肇庆，闻着消息，又复称病逗留，只遣朱庆澜到粤。朱亦颇有戒心，待至萨镇冰已到沙面，方启行至粤，先与萨会叙一番，然后携手入城。龙济光不便抗拒，只好迎入，将民政一部分，划归朱庆澜接管，一面索请巨款，但说是解散军队，必须先拨恩饷，方好办理。好容易筹了一宗款子，交给了他，方才把督军印信付与朱庆澜,自己带了若干亲兵,向琼崖而去。阿堵物到手,才肯动身,这是现今军阀第一条秘诀。李烈钧闻龙已离粤,也即退兵,惟陆尚未肯到省,由朱庆澜饬人赍送印信,才行接收,粤事也就此作一结束。

小子于川、粤、湘三省已经叙毕,就乘便叙入山东省了。山东民军分作两党,吴大洲自称护国军,居正称东北军总司令,但两军势力,均属有限,不过占据了几个县城,与川、湘、粤情形不同。

自张怀芝奉袁氏命,署理山东将军,本思效忠袁氏,把民军逐出境外,可巧袁死黎继,由政府电令停战,双方静候解决,吴大洲、居正两人乃按兵守候。偏张怀芝乘他不备,袭夺民军所据的长山、安丘、临朐等县。民军大愤,一面质问政府,一面招集党人,将与张怀芝死战。

吴大洲部下,约七八千人,居正部下,约一万四五千人,并运到飞机两架,声焰甚盛。张怀芝料不能平,始派员与他议和,各不相犯。延至八月中旬,由国务院派出陆军中将曲同丰,驰往山东,会同张怀芝等办理军事善后事宜。曲同丰与民军商议,改编军制,归隶中央,办理粗有眉目,即回京复命去了。是时留沪各议员,已齐集京师,重开国会,八月一日,举行国会第二次常会开会礼,先期二日,由两院通告,并订定礼节如下:

(一)八月一日午前九时,参众两院议员,各服礼服,齐集众议院。

(二)午前十时,两院议员,入礼场就席。

(三)赞礼员引大总统及国务员入礼场就席奏乐。

(四)主席宣告开会,并致开会词。

(五)大总统暨国务员致颂词。

(六)赞礼员报告向国旗行三鞠躬礼,在场者咸行礼如仪。

(七)主席宣告开会式礼成词。

(八)主席宣告大总统宣誓。

(九)大总统宣誓奏乐。

(十)主席宣告退席。

(十一)摄影散会。

是日,参议院议员共到一百三十八人,众议院议员共到三百十八人。参议院中,仍由王家襄、王正廷为正副议长,众议院中,仍由汤化龙、陈国祥为正副议长,临时公推王家襄为主席。黎总统及国务总理兼陆军总长段祺瑞、财政总长兼外交总长陈锦涛、交通总长兼内务总长许世英、教育总长范源濂、农商总长张国淦、海军总长程璧光,同时莅会。黎总统依照民国二年公布之大总统选举法第四条,郑重宣誓。誓云:

余以至诚遵守宪法,执行大总统之职务。

誓毕,全体欢呼,连称中华民国万岁,中华民国国会万岁,中华民国大总统万岁。睹群情之雀跃,复旦重光;瞻胜令之鸾旗,共和无恙。观者如堵,望慰云霓;国是再安,心倾中外。燕云之气象又新,鲸海之波涛不沸。

是谓国会开幕的第二次,就是民国再造的第一日。极力表扬,隐喻厚望。午后同拍一影,然后散会。政府即改定公文程式,并停止觐见大总统礼,另订觐见礼八条,由国务院呈准施行,所有谒见礼如下:

(一)特任简任各职之晋见大总统,均用谒见礼。

(二)谒见员诣大总统府时,须先向承宣司递职名柬,柬用大名片,居中直行写职衔及姓名,背面并写姓名履历,由承宣官入启,俟大总统临延见室,再行导入。

（三）谒见员入延见室，应向大总统行一鞠躬礼。大总统延坐询答毕，谒见员兴辞，行一鞠躬礼退出。

（四）谒见均用常私服，但初次晋见者，须着燕尾服，曾得勋章者，并佩带勋章。

（五）大总统传见及因公请见，或介绍请见者，均用谒见礼。

（六）荐任职以下，除大总统传见者外，均无庸谒见。

（七）满王公世爵，及蒙、回、藏汗王公等之晋见者，均用谒见礼。

（八）凡谒见员预请示期，或临时请期，经大总统定期或改期，或派代见，或免谒见，承宣司均应随时通知谒见员。

至若公文程式，亦从简单，分作十三项类别，一是大总统令，二是国务院令，三是各部院令，四是任命状，五是委任令，六是训令，七是指令，八是布告，九是咨，十是咨呈，十一是呈，十二是公函，十三是批。大致仿民国元年定例，与袁氏后改的程式，繁简不同，无非是惩戒帝制，规复共和的用意。就是参议院中，亦照旧《约法》办理，于八月十四日开议各案，黎总统便提出国务总理，咨请同意，两院接到来咨，免不得一番手续了。正是：

　　　　元首有心筹总轴，
　　　　议员依样画葫芦。

欲知两院是否同意，请至下回看明。

　　军务院撤销，南北始归统一，两院重行开会，民国乃见中兴，当时海内人士，喁喁望治，交颂黎、段功德，黎以长厚称，段以勤练著，未始非足与有为者。但帝制派之罪魁，不闻捕戮，龙、李两人之互哄，未别是非，中央之目的在苟安，外省之目的在自固，盖犹是过渡时代，非致治时代也。如病痈然，不去其酿毒之源，但塞其流毒之口，将来必有溃决之一日。识者于黎、段当国，再造共和之日，盖已料其有初鲜终矣。

第七十八回 举副座冯华甫当选 返上海黄克强病终

却说两院议员，因接黎总统咨文，商及国务总理问题，当照例投票取决。众议院议员，已到四百十四人，投票检视，得四百另七票同意，当然通过复交参议院解决，亦得大多数赞成，于是总揆一席，仍属段祺瑞接任。所有阁员，除农商总长张国淦调任黑龙江省长，改由谷钟秀继任外，余均照前列单，咨请两院追认，两院也多数通过。内阁一律就绪。孙洪伊、张耀曾先后莅京供职，惟唐绍仪一再告辞，始终不至，暂归财政总长陈锦涛兼理。直至十一月中旬，方特任伍廷芳为外交总长。外省长官，只直隶添一曹锟为督军，朱家宝专任省长，这且慢表。

且说民国再造，中外胪欢，转瞬间已近双十节，应援照民国元二三年旧例，举行国庆典礼(民国四年，袁氏曾停止国庆典礼，故本届举行，特别提叙)。黎总统系军阀出身，注重武事，先期数日，特谕参谋、陆军两部，在南苑举行阅兵式，其余一切事件，归各部筹议云云。各部乃援照元年公布国庆日大典，除大阅外，如放假休息、悬旗结彩、追祭、赏功、停刑、恤贫、宴会等项，均各照办。届期一律举行，概仿元年故事，毋庸细述。

惟赏功一节，系随时论事，按照目前有功人物，分级酬庸。黎总统以创造民国应推孙、黄为首功，特授孙文大勋位，黄兴勋一位。蔡锷、唐继尧、陆荣廷、梁启超、岑春煊，再造民国，各授勋一位。萌昌、曹锟、刘显世、王占元、吕公望、柏文蔚、吴俊陞、张敬尧、胡汉民，各授勋二位。新旧并容，似嫌夹杂。罗佩金、戴戡、朱庆澜、张怀芝、朱家宝、任可澄、陈炳焜、陈树藩、李根源、李长泰、周文炳、钮永建、陈炯明，各授勋三位。李厚基、孟恩远、毕桂芳、张广建、王廷桢、刘存厚、熊克武，各授勋四位。段祺瑞、王士珍、冯国璋，各给一等大绶宝光嘉禾章。唐绍仪、马安良、曹锟、朱家宝、张作霖、阎锡山、陆荣廷、唐继尧、杨增新、姜桂题、蒋雁行，各授一等大绶嘉禾章。田文烈、齐耀琳、李纯、戚扬，各给二等宝光嘉禾章。蔡锷、郭宗熙、李根源、罗佩金、任可澄、程克均，各给二等大绶嘉禾章。赵倜、倪嗣冲、刘显世，各给二等嘉禾章。戴戡、沈铭昌、胡瑞霖、田中玉、潘矩楹、汪步端，各给三等嘉禾章。

还有陈锦涛等一班阁员，或给二等宝光嘉禾章，或给二等大绶嘉禾章，或给二等嘉禾章，独张勋得给二等大绶宝光章。此外如萨镇冰、徐树铮、汤化龙、庄蕴宽、董康、周树模、贡桑诺尔布、孙宝琦、江朝宗等，均给二等嘉禾章，谭延闿等给三等宝光嘉禾章。又颁赏各等文虎章，人数众多，述不胜述。另有两令，系抚恤死难诸人，其文云：

自民国肇兴以来，患难相乘，义烈之士，蹈死不悔，糜躯断脰，前仆后继，再造玄黄，力回阳九。兹值国庆，宜慰忠魂，着陆军部查明五年以来死难将士各职名及其后裔，各议所以抚恤之。此令。

前中国银行总裁汤觉等，奔走国事，惨遭海珠之变，着陆军部查明该次会议与难诸人，从优议恤。此令。

清室代表世续、载涛及各国驻京公使，均至总统府祝贺。黎总统各赠给勋章，且授世续勋一位，大家欢声道谢，无不惬意。自黎总统就任以来，好算这一次是普天同庆，最称热闹了。如此数语，见得极盛难继。

嗣是行政机关与立法机关相辅而行，不但国会开议，把重要议案磋磨了好几次，就是各直省长官亦奉政府命令，于十月一日，召集省议会议员，开议各省事宜，内外毕举，规模备具。惟副总统一席，尚未选定，应该早日补选，当经两议院提及，借符法制。小子曾就两议院议事日程，凡关系选举副总统案，汇录如下：

十月十二日，参议院议事日程：

提议选举副总统案（议员蓝公武提出）。

提议请咨众议院定日期选举副总统案（议员宋渊源提出）。

提议定期组织选举会选举副总统案（议员刘光旭提出）。

同日众议院议事日程：

请依法速行补选副总统案（议员陈纯修等提出）。

请议定日期，咨行参议院选举副总统案（议员覃寿公等提出）。

请速组织总统选举会，补选副总统案（议员仇玉珽等提出）。

请两院会合组织总统选举会补选副总统案（议员米观玄等提出）。

议员呼声愈高，副总统产出乃速，当时全国人士，私下推测，得合副总统资格，不过寥寥数人。若论起老资格来，要算是段祺瑞、冯国璋，至讲到新资格上，要算是岑春煊、唐继尧。但岑、唐虽有再造民国的功劳，究不敌段、冯两人的势力，因此一般舆论，已料得副座当选，非段即冯了。待至十月二十四日，两院乃联合开会，续商选举副总统日期，择定在十月三十日，当下组织总统选举会，议决下列各条：

（一）以宪法会议议场，为总统选举会会场。

（二）总统选举会，以宪法会议议长为主席，以宪法会议副议长为副主席。

（三）两院各抽签八人，为开票检票发票员。

（四）开票时准人参观，参观人适用旁听规则。

（五）另设写票所，唱名写票。

原来民国宪法未曾议定，此次重开国会，议员视此为重要事件，因即组织宪法会议，逐日筹商。适副总统问题发生，乃即就宪法会议中，作为选举场。届期投票，两院会合，共到七百二十四人。及票已投毕，开箧检视，冯国璋得五百二十票，最居多数，当即选冯为副总统，由选举会咨照黎总统算作决定。黎总统电达冯国璋，并仍令兼江苏督军。国璋当即就职，直任不辞。望之久了，如何肯辞？于是内自总理，外自督军，统传电道贺。小子曾闻冯受任后，电复段总理道：

段总理鉴：卅电奉悉。国璋自维能力，保障一隅，收效已仅，若重其负荷，胜任亦未易言。谬承两院公推，竟以此职见属，邦基再造，国步方平，责望者怀有加无已之心，受宠者切名实难副之惧。所幸密勿经纬，寄之我公，大总统力与其成，国务员相助为理，国璋菲材备位，亦得勉竭庸愚，彼此勔共济之迈征，内外本一心相维系。寰区底定，会有其时，区区所引为荣誉者，固在彼不在此也。远辱赐贺，悚愧交并，复贡悃忱，尚希垂察！国璋印。

看官听着！冯、段两人都是北洋派的领袖，自从李鸿章总督直隶，创立北洋武备学堂，储养人才，备作将弁，冯、段统是北洋武备学生，段且游学德国很有学识。至袁世凯练兵小站，多用北洋武备学生为军官，段与冯均得充选，两人本是同学，当然沆瀣相投，自是左提右挈，依次积功，相继擢为统领。冯生长河间，应属直派，段生长合肥，应属皖派，只因同学北洋，遂浑称为北洋派。北方人士呼段为虎，拟冯为狗，无非以学识上的关系，隐示区别。民国成立，两人行事，迭见上文，段常在内，冯常在外，感情还算融洽。至袁氏去世，黎氏继任，定策首功，当推段氏，段亦未免以此自诩，目空一切，且因自己职居总揆，对于副总统一席，亦不甚介意。独冯氏联络长江各省，自植势力，且与民党亦晋接周旋，未尝失好，那民国第二次的副总统，遂由冯氏运动成熟，安然到手，段似反退居人后了。插入此段，为后文冯、段相忌伏笔。

贺电未终，悲电又起，勋一位陆军上将黄兴，竟于十月三十一日病殁沪上。当黎黄陂就任时，首先招请孙、黄诸人，出为佐理，黄已于五月上旬，由美利坚东渡，返至上海，曾在虹口东洋旅馆，召集同志，秘密会议，誓死不再认袁为总统，愿恢复民国《约法》，请黎副总统继任，重行组织人才内阁。未几，袁即病死，黎电相邀，黄不欲遽入，仍寓沪待时。到了国庆纪念日，拟与同志会集味莼园，共申庆祝，早起散步，忽觉耳鸣目眩，支持不住，口鼻中忽喷出热血，竟致晕仆。长子一欧方侍侧，亟忙掖起，立延德医调治。医生用药剂灌入，才得救醒。味莼园遂不果行。午后，得京师来电，授他勋一位，他却喟然道："我奔走革命二十年，也是为国服务，算不得什么大功，今黎总统畀我勋位，我难道就此实受吗？"乃就病榻间，口授一欧属稿，拍电政府，婉辞却谢。嗣复得中央电复，请勿固辞。越数日，病似渐瘳，又越数日，病复丛起，肝部膨胀，夜不能眠。旋觉皮肤上发现一种黄色，医士谓胆汁流入血管，颇为难医。俄而失血不止，至三十日，病势愈剧。适孙文、唐绍仪均来探视，他已自知不起，便语两人道："我与二公交好多年，此番恐要长别了。但不知我死以后，民国前途，究竟如何？看来政海暗潮，迭起未已，距太平日子，尚远得多哩。二公才望，本出我上，还望极力维持，补我遗憾，我死亦瞑目了。"死不忘国，好算有心人。孙、唐两人，含泪应诺，更劝慰了数语，随即告别。越日辰刻，又咯血无算，复招医士，投服药水，终不见效。迭延数医，谓已无可疗治，一欧不觉大恸。徐闻榻上有声道："人生总有一死，你也不必过哀，且留此一腔热泪，为同胞哭，才算克强有子了。"言已，喘息不止。延至午后四时，竟尔逝世，享年四十三岁。克强尚有老母，与妻室及二三四诸子，寓居日本长崎，当由一欧电召归国，一面电讯中央政府，及各省军民两长。黎总统即日下令道：

勋一位陆军上将黄兴，缔造共和，首兴义族，数冒艰险，卒底于成，功在国家，薄海同瞩。乃以积劳遘疾，浸至不起，本大总统患难与共，夙资匡辅，骤闻溘逝，震悼尤深。着派王芝祥前往致祭，特给治丧费二万圆，所有丧殡事宜，由江苏省长齐耀琳就近妥为照料，并交国务院从优议恤，以示笃念殊勋之至意。此令。

是令下后，江苏省长齐耀琳即派员赴沪，襄理丧仪。远近吊客，不下数千人。到了十一月十日，中央特派员王芝祥，已衔命南来，至黄宅致祭。翌晨，设奠灵前，献爵礼毕，由司礼官代读祭文。其词云：

维中华民国五年十一月十一日，大总统黎元洪，特遣王芝祥致祭于克强上将之灵前曰：呜呼！王纲解纽，海水横飞，国威不振，国命安归？天挺人豪，乘时而起，奋戈一麾，天日为靡。当其愤激，嚼齿皆空，云翻阵黑，血染波红。积二千年，专制余毒，一旦廓清，还归淳朴。江汉收功，金陵坐镇，文雅彬彬，施于有政。天不悔祸，国境再骚，四方豪杰，跂望旌旄。今者告宁，万邦咸喜，不有元勋，孰臻上理？方期举国，酬报丰功，云何疢疾，遽殒英雄。八表震惊，空巷走哭，翘在藐躬，凤鸣茵觳。抚今追昔，悲感百端，临风陨泪，绕室盘桓。牲帛椒浆，敬奠毅魂，灵爽式昭，永护民国。呜呼哀哉！尚飨！

读毕焚帛，致祭员奠爵告退，孝子匍匐谢宾。这种普通仪制，不必细表。越宿，王芝祥回京复命，谁知京中复接东瀛急电，又闻得一位再造共和的伟人，在日本福冈医院，也一病身亡了。小子有诗叹道：

才经湘水赋招魂，
日上扶桑倏又昏。
偏是伟人多短命，
人生天道两难论。

究竟何人相继逝世，待至下回再表。

段合肥之功绩，不在倒袁，而在拥黎，黎黄陂之得以安然就职，不生他变者，全由段氏一人之力。厥后更张弊政，统一南方，亦无非段氏所造成。以功绩言，副总统一席，应属段氏无疑，乃偏选出冯河间，岂虎能咥人，而狗尚秉义乎？迨经著书人从中揭出，乃知冯之得选副座，有由来也。民国无论何事，莫不由运动得来。若不运动，就令尧、舜复生，无由为元首，周、孔复出，无由为总揆，其下焉者更不待言矣。若夫创造民国之首功，应推孙、黄两人，黄克强生平行谊，容有未满人意之处，但视濒死时以国家为念，殆学未纯而志有足嘉者欤？特志其殁，亦隐喻悼惜之意，录及祭文，未始非借此阐扬也。

第七十九回

目断乡关伟人又殁
衅开府院政客交争

却说日本福岗医院，突有一人病逝，电讯到京，这人为谁？就是再造民国的蔡松坡。蔡本为四川督军，为什么东往日本呢？说来也觉话长，由小子撮要叙述：

自蔡督四川后，川民渐安，但署中一切文件，已棼如乱丝，不得不认真料理，虽有罗佩金帮办，究竟不能不自行部署，又况军民两长，统归一身兼管，更觉忙碌得很，因此积劳过度，所有喉痛心疾，接连复发。适小凤仙自京致书，拟履行前约，愿来川中，他不免惹起情肠，增了若干愁闷，我是个多愁多病身，怎当你倾国倾城貌。踌躇了一夜，方裁笺作答道：

自军兴以来，顿厉喉痛及失眠之症，今兹督川，难却黄陂盛意，故勉为其难，俟各事布置就绪，即出洋就医。尔时将挈卿偕行，放浪重洋，饱吸自由空气，卿姑待之！

是书发后，过了数日，病愈沉重，自觉不支，乃电达政府，请假就医，并荐罗佩金自代。政府准如所请，当即束装启行，航行至沪。沪上军商学各界闻他到来，相率开会欢迎。渠因喉痛失音，未能到会，遂作书婉谢，惟居沪上寄庐中养疴，或至虹口某医院治疾，所有访客，一概挡驾。

时梁任公亦自粤到沪，被他闻知，却立刻拜会，相见时，仍执弟子礼甚恭。任公道："你也太过谦了，此地非从前学校可比，何妨脱略形迹。"松坡道："一日为师，终身为父，这是从古到今，相传不易的名言。锷略读诗书，粗知礼义，岂可效袁项城一流人物，漠视这张四先生吗？"述此数语，为学生听者！任公亦对他微笑，且密与语道："你在此地养病，还须谨慎要紧。帝制余孽，往来南北，他们恨我切骨，幸勿遭他毒手。"松坡又答道："这是弟子所最注意的。自到上海后，除赴医院诊治外，镇日里杜门不出，谢绝交游，就是寻常食品，亦必先行化验，然后取食，想当不致有意外危险。且弟子留此数日，万一医治无效，决拟至日本一行，那东京的医院，较此地似靠得住哩。"任公徐答道："这也好的，似你膂力方刚，正是经营四方的时候，千万珍重，为国自爱。"松坡太息道："锷已过壮年，所有些许功业，统是先生一手造成，目下诸症百出，精神委顿，恐将来未必永年，不但有负国家，并且有负先生，为之奈何？"语中已寓将死之兆。

任公听了，不禁凄然，半晌才道："松坡，你如何作这般想？疾病是人生所常有的，如能安心休养，自可渐痊，奈何做此颓唐语？"松坡欲言未言，饮过了几口清茶，才答道："锷到沪已约一旬了，起初医生亦说是可治，不出两旬，可收效果，怎奈这几天间，喉间似有一物，嚅嚅欲动，每届饮食，艰难下咽，就是语言亦很觉为难，到了夜间，终夕不能安枕，想是血枯津竭的绝症，如何能持久哩！"言毕，起身欲行。任公复劝勉数语，两下作别。

越日，任公正欲回视，巧值电话传来，略言："锷拟东渡，决于今晚动身。"任公乃即往寄庐，叙谈了好多时。是夕，即送他下船，再三叮嘱而别。两"别"字前后相应，这一别是长别了。任公返寓后，过了五六天，接得蔡书，内言就医福岗医院，尚有效验，倒也稍稍放心。哪知到了十一月八号，竟由福岗医院来电，译将出来，乃是"蔡松坡于本日下午四时去世"十二字，这一惊非同小可，往外探问，已是传遍全沪，无论官商学界，统觉悲感得很。

后来调查松坡寓日，病状依然，至日本国庆日天长节，就是我国十月三十一日，是日扶桑三岛，全体庆祝，举行提灯大会，松坡因侨寓无聊，特与二三友人入市遨游，颇称尽兴。到了傍晚，接着上海急电，知是黄兴逝世，不由得顿足呼天道："我中国又弱一个了。"自是愁闷益增，病亦愈剧。

至十一月八日上午，势已垂危，东医束手，他闻病院外演试飞机，竟勉强起床，扶役夫肩，缓步出门。适飞机从空中驶过，翱翔自得，几似大鹏振翅，扶摇直上，望了一会，忽觉眼花缭乱，头痛异常，他即倚着役夫肩上，闭了双目，休息片时，复睁起病眼，向西遥望，唏嘘说道："中华祖国，从此长离，就使驾着飞机，恐也不能西归了。"凄楚语不忍卒读。说毕，返身入内，卧床无语。延至下午四时，奄然长逝，年仅三十七岁。

越二日，由黎总统下令道：

勋一位上将衔陆军中将蔡锷，才略冠时，志气弘毅，年来奔走军旅，维持共和，厥功尤伟。前在四川督军任内，以积劳致疾，请假赴日本就医，方期调理可瘳，长资倚畀，遽闻溘逝，震悼殊深。所有身后一切事宜，即着驻日公使章宗祥，遴派专员，妥为照料，给银二万圆治丧。俟灵榇回国之日，另行派员致祭；并交国务院从优议恤，以示笃念殊勋之至意。此令。

自经此令一下，全国均已闻知，相传小凤仙尚在京师，得此噩耗，悲恸终日，誓不欲生。鸨母再三劝解，哭声乃止。到了次日，凤仙闭户不出，至午后尚是寂然。鸨母大疑，排闼入室，哪知已香消玉殒，物在人亡。

案上留有绝命书，语极悲惨，略谓："妾与蔡君，生不相聚，死或可依。或者精魂犹毅，飞越重洋，追随蔡君，依依地下，长作流寓伴侣。如或不能，妾愿化恨海啼鹃，望白云苍莽中，是我蔡郎停尸处，夜夜悲鸣罢了。"这数语传达都门，脍炙人口。究竟这小凤仙曾否殉义，绝命书是真是假，小子一时也无从确查，只好人云亦云，留作一场佳话。如果实有此事，岂不是红粉英雄，有一无二，从前绿珠、关盼盼等，也应出小凤仙的下风了。

还有一段奇梦，出诸松坡友人的口中，谓系松坡生前自述：癸丑年间，二次革命，黄、李等相继失败，松坡虽未曾与事，心中却郁郁不乐，时常借着杯中物，痛饮解闷。某日，醉后假寐，恍惚身入宫阙，有一人衮冕辉煌，高坐堂上，既见松坡，竟下阶相迎，向他长揖。松坡急忙还礼，忽背后被人一拍，痛不可忍，回头顾视，背后立着两人，一似乞丐模样，一似和尚模样，不由得惊讶起来。追询及姓名，答称为李铁拐、唐玄奘，且由唐玄奘自述："西行取经，备尝艰苦，此行将返京城，恐被蛰龙夺去，现闻君腰下，佩有神剑，特乞拐仙介绍，求君除害安民"云云。松坡性本任侠，慨然照允，便与二人同出。反顾宫阙，倏忽不见，他也莫名其妙，掉头径去。约数十步，但见前面一带，统是云雾迷离，不可测摸，耳中闻得风涛澎湃，骇地震天，料知前途险恶，不易过去，正拟问明前导二人，借定行止，不意两人又不知去向，空中却现出一团红云，云端里面，飞出一条火龙，口喷赤霞，惹得满天皆赤。说时迟，那时快，松坡拔剑在手，奋身上跃，得登龙背。尤犹矫首仰视，被松坡用剑拟喉，正要刺入，突觉豁喇一声，身似坠下，惊醒转来，乃是南柯一梦。松坡细思梦境，不知主何朕兆，至袁氏称帝，护国军起，方觉梦有奇验，龙应袁氏，衮冕即帝服，下阶相迎，是袁氏任松坡为军事顾问官，唐玄奘应唐继尧，李拐仙应李烈钧，西行取经，恐被龙夺，是唐、李学取欧化，有志共和，几为袁氏破坏的隐兆。经松坡拔剑乘龙，龙乃被制，已见得帝制无成了。松坡奇梦已验，料无他虞，哪知身即坠下，亦兆死征。所以倒袁功成，松坡也即归天，这可见冥冥中间，未始没有定数呢。可作新闻一则。

后来《国葬法》颁行，第一条中，载着中国人民，为国家立有殊勋，身故后，经大总统咨请国会同意，或国会议决，准予举行国葬典礼。黄兴创造民国，蔡锷再造民国，均与第一条相符，当由国会议决，应予举行国葬典礼，乃由黎总统指令内务部，着查照《国葬法》办理，内务部遵即照办。

十二月五日，蔡公灵柩回国，道经沪上，各界相率往奠，素车白马，竞集沪滨。中央亦派员致祭，比那黄上将治丧时，更觉拥挤。两人相较，蔡似过黄一筹。生不虚生，死犹不死。及返乡归葬，依《国葬法》例，设立专墓，高树穹碑，迭镌生前功绩，垂光身后。黄上将返葬时，亦照此办法，不必细表。

且说段祺瑞主持国柄，拥护黄陂，表面上似两相融洽，无甚嫌隙，哪知内部却罩着黑幕，惹起暗潮，遂令府院两方面，无端生出恶感来。

内务总长孙洪伊，籍隶天津，北洋军官，非亲即友，他本为同盟会健将，与孙、黄诸人，一鼻孔儿出气，所以平时议论，慷慨激昂，对于"共和"两字，尤主张积极进行。民国初造，两院成立，他因亲友推选，入为众议院议员，嗣复组织进步党，反对帝制，袁氏欲望正炽，时由他连电驳斥，且有一篇泣告北方同乡父老书，说得淋漓惨淡，差不多似击筑的高渐离、弹筝的李龟年，一面奔走南北，游说黎、冯，劝他早自定计，切勿承认帝制。黎、冯两人颇加信从。至共和再造，黎氏继任，他遂入为阁员，按日里在总统府，参与庶政，每当总统见客，必侍坐黎侧。黎宽厚待人，就使有言逆耳，也常容忍过去，独他偏越俎抗谈，雌黄黑白，旁若无人，因此大小人员，无不侧目。这是孙氏病根。有时当国务院会议，他也直遂径行，与段总理时有龃龉，段未免介意。

可巧国务院秘书长乃是段氏高足徐树铮。树铮铜山人，尝在日本士官学校毕业，年少气盛，自称为文武才，段亦目为大器，引作高弟。洪宪以前，他已厕入段门，预议军事，不过政变无多，不堪表现。及袁氏称帝，乃劝段洁身自去，段遂辞职。滇、黔倡义，犹阴为段划策，密嘱曹锟、张敬尧诸将帅迁延观变。曹、张依训而行，免不得多方延宕。就是陕西独立，也由他唆使出来，他与陆建章素有嫌隙，遂乘此借公济私。后来击毙陆建章亦伏于此。袁既病死，黎、段登台，拔茅连茹，弹冠相庆，徐遂入任为院秘书长。那时长才得展，视天下事如反掌，今朝陈一议，明朝献一策，都中段意。段即倚作臂助，甚至内外政策，均惟徐言是从。国务院中，尝称他为总理第二。挟权自恣，误段实多。偏遇着一个孙洪伊，也是个眼高于顶的朋友，闻徐树铮势倾全院，心中很是不平，凡遇院中公牍，送府用印，孙辄吹毛索瘢，见有瑕疵可指，当即驳还，或间加改窜，颁行出去。看官！你想这矫矫自命的徐秘书，怎肯低首下心，受那孙总长的批评？积嫌越深，衔怨愈甚。

一日，国务院又开会议，孙洪伊入参国政，又来作抵掌高谈的苏季子，正在说得高兴，突有一人出阻道："孙总长！你不要目中无人哩。须知智士千虑，不无一失，愚夫千虑，也有一得，难道除公以外，便不足与议吗？"孙瞧将过去，正是这位徐秘书长，便冷笑道："足下的大材，我很佩服，但此处是阁员会议，俟足下入阁后，再来参议未迟。"徐树铮被他一嘲，不由得愤愤道："树铮不才，忝任国务院秘书，也总算是国家命吏，并非绝对无言论权；况且国体共和，无论何等人民，均得上书言事，孙总长平日，自命维新，奈何反效专制时代，禁人旁议呢？"棋逢敌手。孙洪伊哼了一声道："足下既有伟大的议论，何妨先向总理陈明，俟总理提出会议，果可利国利民，我等无不赞成。足下既免埋才，又免越职，怕不是一举两得吗？"徐树铮听了，即易一说道："孙总长！你教我等不可越俎，你如何自行越俎呢？"孙洪伊忙问何事，树铮道："你勾通报馆，泄漏院中秘密，尚说不是越俎吗？"孙洪伊勃然道："你有什么证据？"树铮微哂道："证据不证据，你不必问我，你自思可有这事吗？"洪伊怒上加怒，便向段总理道："总理如何用此狂人？若再纵容过去，恐总理也要失望了。"段总理本信任徐树铮，闻了此言，面色顿变。各阁员睹这形态，连忙出为排解。那孙、徐两人还是互相丑诋，喧嚷不休。这时段总理也忍耐不住，竟沉着脸道："这里是会议场，并不是喧闹场，孙总长也未免自失体统了。"责孙不责徐，左袒可知。言毕，拂袖自去。阁员劝出孙洪伊，才得罢争。

越日，段总理负气入府谒见黎总统，述及孙、徐冲突事。黎总统淡淡答道："孙总长原太性急，徐秘书亦未免欺人。"袒孙之意，亦在言外。段总理见语不投机，更增怅闷，便信口答道："孙总长是府中要人，树铮不过一院内委员，总统如以树铮为欺人，不但树铮可去，就是祺瑞亦何妨辞职。"明是要挟。黎总统听到此语，忙道："国家多故，全仗总理主持，如何为他两人，弃我自去呢？"段复道："祺瑞本无心再出，不过为势所逼，暂当此任。现在南北统一，大局稍平，阁员中不乏人才，总统可择贤代理，何必定需祺瑞，祺瑞也暂得息肩了。"黎总统道："我也并不愿做总统，无非为国家起见，望总理不必多心。"段又无情无绪地答了数语，即行告退。

黎总统经此波折，心下很是不安，当召国务员入商。交通总长许世英以此事必须调人，非请徐东海出来，恐难就绪。黎总统颇也首肯。适徐已返居辉县，即日遣使，写了一封诚恳的手书，敦促来京。凑巧段氏意思不谋而合，也去函请徐东海。使节相望，不绝于道。这位三朝元老徐世昌，因顾着双方友谊，不忍坐视，遂自辉县起程，乘着京汉铁路，直达京师，一至正阳门，但见府院中人，已在车站两旁，欢迎行旌。正是：

　　朝局又将成水火，

　　都人胜似望云霓。

徐东海入京后，能否排难解纷，且至下回分解。

蔡松坡为推翻袁氏之第一人，即为再造共和之第一功，较诸黄克强之奔走革命，劳苦相等，而诣力实过之。黄少成而多败，蔡少败而多成，其优劣已可见一斑。即两人生平行谊，黄多缺憾，而蔡亦少疵，设令天假之年，使得展其骥足，保卫国家，未始非人民之福。乃年未强仕，即闻谢世，盗跖寿而颜子夭，古今殆有同慨欤？著书人于黄、蔡之殁，特从详述，铭其功也。彼夫孙、徐二人交争，无非意气用事，孙似有志而其质未纯，徐似有才而其心未正，两不相下，激成衅隙，而府院暗潮，遂由是酿成之。麟凤死而狐鼠生，华夏其何日靖乎？

第八十回 议宪法致生内讧
办外交惹起暗潮

却说徐东海入京以后,先谒黎总统,次见段总理。黎尚隐示通融,段却不甘退让,经徐苦口调停,方由段说出一言,先要孙洪伊免职,方令徐树铮辞差。太要顾全面目。徐东海再入总统府,与黎商及。黎似觉为难,徐喟然道:"不照这么办法,恐祸起萧墙,势且波及全国,总统不如通权达变,暂歇风潮为是。"黎总统毕竟长厚,也就承认下去。于是十一月二十日,下令免孙洪伊职,越日,徐树铮始呈上辞职书,奉令照准,改任张国淦为秘书长。国淦自内务解职,令为黑龙江省长,他不愿就任,辞职留京,乃命继徐树铮后任。

树铮名虽去职,实仍在段氏幕中,段仍信任不疑。看官道是何因?小子前叙孙、徐冲突时,徐曾责孙泄露机密,这也非凭空诬陷,至关重要的是中美实业借款一案。

自中国、交通两银行停止兑现后,商民怨声载道,吁请筹款维持。孙乃立主兑现,请黎总统速筹良法。黎与段熟商,段因国库如洗,只好从缓,偏黎已先入孙说,定要段设法筹款。看官!你想天下有几个点石成金的吕祖师,毁家纾难的楚令尹?国家没有的款,只好向外人商量,当由段总理委任财政总长陈锦涛,问各国乞贷。幸有美国资本团,愿贷美金五百万圆,期限三年,利息六厘,每百圆实收九一,以烟酒公卖税为抵押品,当由驻美华使,遵承中国财政总长委托全权的电报,代表政府,签立合同,一面由陈锦涛至两议院中,开秘密会议,要求通过。不料北京某报馆,偏已探悉底细,将中美借款合同,登载出来。

看官!你道彼此借贷何故要守秘密呢?原来民国二年曾有英、法、德、俄、日五国银行团与中国政府订定草约,此后政治借款,应归本团承借。前时已惹起许多纠葛,此次向美国借款,恐五国啧有烦言,所以慎守秘密。向外借款,还有许多顾忌,真正可怜。偏被报章揭出,无从隐饰,段、陈诸人已疑由孙洪伊泄漏机关,恐滋外议。果然不到两天,英、法、俄、日四国银行团提出抗议书质问财政部。经陈锦涛商诸段总理,据理答复,略言:"此项借款,专供中国银行准备兑现的用途,本无政治性质。且民国二年的契约乃中国政府与五国银行团所缔结,今只四国银行团,系与德国分离的别一团体,敝政府不能承受抗议"云云。还亏德国久战未和,尚有借口之资。四国银行团尚未肯干休,段总理已将所借美款划存中国银行,作为准备金,交通银行尚是向隅。唯与外人交涉,还须笔舌,越觉迁怨孙洪伊,自从孙免职离阁,才出了胸中恶气。徐树铮是多年心腹,怎肯教他离开?这且慢表。

且说参众两院中,因草订民国宪法,连日会议,彼是此非,免不得又生党见。这是中国人特性。就中分作两大派,一派叫作宪法研究会,一派叫作益友社。有几个喜新厌故的人物拟加入主权、教育、国防神圣、省制、陆海军各问题,已审议了好几次,终因党见不同未曾议决。至十二月八日又复开议,为了省制大纲互起龃龉。直隶议员籍忠寅主张守旧,湖北议员刘成禺主张维新,彼此相持不下,竟互动手脚,就会议场中,打起架来。刘成禺一方面人众势强,籍忠寅一方面人少势弱,强的原是逞威,弱的也不甘退步。起初还是抛墨盒、掷笔杆,文绉绉的举动;后来骂得起劲,闹得益凶,竟扭成一团,拳打足踢,好像不共戴天的样儿。何苦乃尔?徒惹人笑。结果是籍忠寅、刘崇佑、陈光焘、张金鉴等,被殴受伤,害得皮破血流,痛不可耐,愤愤地出了会议场,做了一篇大文章,竟向总检察厅提起公诉,一面请政府咨行议会，查明曲直，依法惩办。

一事未了，一事又生，京城里面有自称公民孙熙泽等，发起宪法促成会，宣布意见书，并通电各省，无非说："两院议员，会议多日，并无成效，徒闻滋闹"等语。参议员闻这消息，因他毁损名誉，扰乱国宪，要求政府速即禁止。司法总长答称，已令总检察厅彻查，议员等犹有违言。只因阳历岁阑十二月二十五日，又是云南起义纪念日，曾经两院议定，总统公布，照例放假休息，悬旗宴贺。叙笔不漏。大家既要祝庆，又要贺年，闲暇中间，带着几分忙碌，自然把公事暂搁。转眼间已是民国六年了，各省督军省长及各特别区域都统等，于五年残腊，联名电告政府，由副总统兼江苏督军领衔，其文云：

民国建元，于今五载，中经变故，起伏无端。国势日危，民生日蹙，政务日以丛脞，已往之事，今不复道。自此次之国体再奠，天下望治更切，以为元首恭己，总揆得人，议会重开，惩前毖后，必能立定国是，计日成功。乃半岁以来，事仍未理而争益甚，近日浮言胥动，尤有不可终日之势。国璋等守土待罪，忧惶无措，往返商榷，发为危言，幸垂察之！

我大总统谦德仁闻，中外所钦，固无人不爱戴，自继任后，尤无日不矍如伤之怀，思出民于水火。然而功效不彰，实惠未至，虽有德意，无救倒悬。推原其故，在乎政务久不振。政务久不振，在乎信任之不专。前因道路传闻，府院之间，颇生意见，旋经国璋电询，奉大总统复示，谓："虚己以听，负责有人"，是我大总统亦既推心置人腹中矣。皇天后土，实闻此言，国璋等咸为国家庆。以我总理之清心沈毅，得此倚畀，当可一心一德，竟厥所施。今后政客更有飞短流长，为府院间者，愿我大总统我总理立予摒斥。国璋等闻见所及，亦当随时参揭，以肃纲纪而佐明良。任贤勿贰，去邪勿疑，然后我大总统可责总理以实效，总理乃无可辞其责。有虚己之量，务见以诚，有负责之名，务征其实，献可替否，此国璋不敢不推诚为我大总统告者也。

自内阁更迭之说起，国璋等屡有函电，竭力拥护，一则虑继任之人，益生纷扰，陷于无政府；一则深信我总理之德量威望，若竟其用，必能为国操劳，收拾残局，非徒空言拥护也。现在大总统既表虚己之诚，正总理励精图治之会，目下所急待施设者，军政财政外交诸大端，皆宜早定计划，循序实行。国璋等拥护中央，但求有令可奉，有教可承，事势苟有可通，无不竭力奉宣，以举统一之实。此大方针，非我总统不能定，阁员与总理共负责任，得此领袖，理宜协恭。近如中行兑现，实轻率急切，致陷穷境。前事之师，可为鉴戒。阁员必有一贯之主张，取钧衡于总理，勿以一部所主笔，或迁就乎阁员。

阁员苟有苦衷，不妨开示，公是公非，当可主持。孰轻孰重，尤当量衡。国璋等赤心为国，不恤乎他，此维持内阁之真意，不能不掬诚为我总理告者也。国会为国家立法机关，关系何等重大，举凡一切动作，必唯法律是循，始足以餍众望。此次两院恢复之初，原出一时权宜之计，其时政潮鼎沸，国事动摇，但期复我法规，故未过存顾虑，国璋极冀宪法早定，议政得平，不衰近功，不逞客气，予政府以可行之策，为国家立不敝之规，则此逾期再集绝而复续之国会，虽有未洽，天下之人，犹或共谅。

不意开会以来，纷呶争竞，较胜于前，既无成绩可言，更绝进行之望。近则侵越司法，干涉行政，复议之案，不依法定人数，擅行表决，于是国民信仰之心，为之尽坠。谓前途殆已无所希冀，诟讧视之，不独国会自失尊严，即国璋等前此之主张恢复者，亦将因是而获戾。况《临时约法》，于自由集会开会闭会一切，无所牵掣，要须善用之耳。苟或矜持意气，专事凌越，则蓄意积愤，必有溃决之一日，甚至累及国家，国璋心实危之。

我大总统我总理，至诚感人，望将此意为两院议员等切实警告，盖必自立于守法之地，而后乃能立法，设循此不改，越法侵权，陷国家于危亡之地，窃恐天下之人，忍无可忍，决不能再为曲谅矣。此国璋等对于国会之意见，不敢不掬诚入告者也。总之我总统能信任总理，然后总理方有负责之地。总理能秉持大政，然后国家方有转危之机。国会能持大经，巩固国基，则国存，国会乃有所附丽，否则非国璋等之所敢知，伏祈我大总统我总理兼察之。

看这等电文，原是持之有故，言之成理。但国会中的议员，方在意气相凌，怎肯和衷协议？就是段总理自信太深，也不免偏徇阿私，党同伐异。黎总统遇事优容，段意尚厌未足。民国六年一月一日，即免浙江督军兼省长吕公望本职，特任杨善德为浙江督军，齐耀珊为浙江省长，这道命令，虽由黎总统颁发，暗中却仍由段氏主张。杨善德素属段系，段长陆军部，极力援引，因得任淞沪镇守使，嗣复擢松江护军使，倚若长城。适值浙江新任警察厅长傅其永赴厅受事，各警察多半反对，致起风潮，甚至延及军队。督军吕公望无术镇驭，情愿辞职，段遂荐善德为浙江督军，破浙人治浙的旧习。淞沪护军使一缺，遂由护军副使卢永祥升任。卢亦段氏麾下的健将，浙人尚思抗杨，杨带着北军第四师昂然南来，如入无人之境，一番大风潮，霎时平定，这真所谓兵威所及，如风偃草了。浙人无故逐吕，乃至段派乘间而入，木杇蛀生，非自取而何？

且说中美借款，由四国银行团抗议，就中的主动力，乃是日本国。日本自欧战发生后，极想趁这机会，扩张势力，做一个亚洲大霸王，原是个好机会，无怪东人。每遇中国交涉格外留意，所以中美借款合同甫经订定，即邀集英、法、俄三国，同来抗问。中政府亦知他来意，特令交通银行出面，也向日本兴业、朝鲜、台湾三银行，订借日金五百万圆，仍说是准备兑现。三银行却也照允，当即签订合同，利息七厘五分，三年为限。英、法、俄何不抗议？外如吉长铁路案，兴亚实业借款案，厦门设立警察案，

郑家屯交涉案，种种发生，闹得舌敝唇焦，终归他得我失。

一、吉长铁路案，是由吉林至长春的铁路，前清末年，曾与日人订立借款自筑的约章，至是日人独要求改订，将该路归他代办。交通部没法拒绝，只好与他订约，即以本路财产及收入，担保借款限期四十年偿清，路权已一半让去了。

二、五年九月间，财政、农商两部，向日商兴亚公司借款五百万圆，以安徽太平山、湖南水口山两矿为担保，约三个月内交款。嗣经国会反对，原约担保一层，不生效力，当由财政部另提担保品，与日商开议。日商不肯照允，经财政部承认赔偿，另给兴亚公司洋三十万圆，方得改约。无端耗去三十万元，可谓慷慨。且仍订明两山开矿时，如需借外款，该公司得有优先权。但此约的丧失，也不算少了。

三、厦门系福建商埠，日人居然设立警察派出所，夺我行政权，叠经福建交涉员，向他交涉，终未撤退。及外交部照会日使，他却答称厦门设警，无非行使领事裁判权，与行政无涉，不得目为违约。外交部接到复文，以商埠居民，原归外国领事裁判，无从辩驳，没奈何延宕

了事。

四、至郑家屯一案，龃龉多日，事缘中日军警，互生冲突，日商吉本，受伤殒命，日本即自由增兵，要挟多端。外交部费尽心力，才得商定五类：（一）申斥第二十八师师长；（二）军官依法处罚；（三）出示告谕军人，礼遇日本侨民；（四）由奉天督军表示歉忱；（五）给予日商恤金五百圆。五款全体实行，日本始允将郑家屯派添各兵撤回。这案自民国五年八月为始，直至六年一月终旬，彼此和平解决，方保无事。

中日交涉各案，稍有头绪。那驻京德使辛慈忽赍交一个通牒，内言德政府准于二月一日以后，采用海上封锁政策。所有中立国轮船，不得在划定禁制区域内，自由航行，否则一切危险，概不负责等语。

外交部得了此牒，忙呈报总统、总理，为这一事，大费周折，又惹起府院冲突的暗潮。中国宣告中立，已历三年，彼时袁氏热心帝制，无暇对外，所以守着旁观态度。至黎氏继任，又为了内政问题，扰攘半年，也不遑顾及外事。但华工寄居外洋，往往受外人雇用，充当军役，或在外国商轮办事，一入战线，动被德国潜艇，用炮击沉，华人却也死得不少。此次德国复欲封锁海上，遍布潜艇，依万国公法上论将起来，德国实不应出此。美国曾向德国抗议数次，段总理乃亦欲仿行。黎总统秉性优柔，尚不欲与德构衅，经段总理再三怂恿，乃令外交部酌定复文，向德抗议。略云：

查贵国从前依潜航艇战策，戕国人民生命，损害甚非浅鲜。兹复更行滥用，欲实行采用新潜艇战策，危及敝国人民之生命财产，实属蹂躏国际公法之本义。若承认此项通牒，其结果将使中立诸国间，及中立诸国与交战诸国间之正当通商，悉被侵犯，而导专横无道之主义于国际公法上。故敝国政府，关于二月一日宣言之新策，特对贵国政府提及严重之抗议。且为尊重中立国之权利，维持两国之亲善关系，期望贵国政府，勿实行此新战策。若事出望外，此抗议竟归无效，使敝国不得已而断绝两国现存之外交关系，实属可悲。然敝国政府之执此态度，全为增进世界之和平，保持国际公法之权威起见，幸贵国熟审之！

公文去后，德国竟置之不理，丁是欲罢不能，只好再进一步，与德绝交。先由国务院中特设外交委员会，除国务院全体及各部所派中立办事员均列席外，再邀陆征祥、夏诒霆、汪大燮、曹汝霖诸人，一同会议。

巧值梁启超到京，主张绝德，著有意见书，段亦邀他入会，取决行止。梁善口才，详陈绝德与不绝德的利害，洋洋洒洒，颇动人听，各会员多半赞成。散会后，段总理入告黎总统，黎始终持重，不肯骤允。段总理道："前次抗议书中，已有抗议无效，断绝国交的预言，他至今不复，若非决定绝交，岂不令他藐视吗？"此说甚是。黎总统迟疑半晌道："且商诸副总统，何如？"未免迁拘。段总理道："既如此说，当即发电，邀他到京面决为是。"黎总统点首无言，段即退出，拍电邀冯，速即北来。

是时与德宣战诸协约国，闻中国有绝德消息，都来劝诱。且云："中国曾加入协约国，将来改正关税，收回领事裁判权，缓付赔款诸问题，均可磋商。"因此段总理意愈坚决。各政党复组织外交商榷会、国际协会外交后盾会等，讨论大体。两院议员亦设一外交后援会，研究绝德问题。会冯副总统亦自宁到京与黎、段协商，大略以绝德为是。黎总统颇有动意，偏总统府中的秘书长饶汉祥劝黎维持中立，不可绝德。饶本黎总统心腹，黎很信任，遂不愿与德绝交。三月四日，段总理进见总统，请电令驻协约国公使，向驻在国政府磋商与德绝交后条件。黎总统支吾道："这……这事须经国会通过，方好举行。"段总理道："现尚非正式绝交，不过向各国探明意旨，何必定要国会同意呢？"黎总统默然不答，恼动了段总理，不别而行，竟驰向天津去了。小子有诗咏段氏道：

> 直道何曾不足彰？
> 过刚毕竟露锋芒。
> 一麾竟向津门去，
> 盛气凌人乃尔狂。

段既出京赴津，一面令人赍呈辞职书，害得黎总统又着急起来。但看官且不要心焦，容小子暂时收愒，待至下回再详。

"意气"二字，是极端坏处，看本回所叙，皆意气之为厉，闹得内外不安，府院之冲突未已，而国会之党争起，国会之党争未休，而府院之冲突又生。国家公器也，乃挟私求逞，闹成一团糟，抑何可笑？无论孰是孰非，即此龃龉之迭出，已非治平气象，况对外怯而对内勇，其状态更属可鄙。家不和必败，国不和必倾，读此回，不禁为民国前途危矣！

第八十一回　绝邦交却回德使
攻督署大闹蜀城

却说国务总理段祺瑞主张绝德，黎总统不肯照允，他遂负气退出，竟往天津，且遣人赍呈辞职书。黎总统未免惊惶，当即派员挽留。不意教育总长兼署内务总长范源濂，也居然送入辞职书来。显见是段氏嫡派。黎总统益加忧虑，乃亟延冯副总统入府，商议挽回的法子。

冯国璋道："总统若要挽留段总理，除非与德绝交，否则国璋亦想不出什么良法。"黎总统尚沉吟未决，可巧派遣留段的委员回府复命，报称段总理已决计南归，不愿再来任事。国璋听了，不禁微笑。旁观者清。黎总统向国璋道："他不肯再来，奈何？"国璋道："总统若依他计策，管叫他即日来京。"黎总统徐徐道："恐怕未必。"国璋道："国璋愿赴津一行，劝他回来，但请总统决意绝德便了。"黎总统尚是默然。国璋道："依愚见想来，我国尽可与德绝交，非但无害，且有大利。"黎总统道："利从何来？"国璋道："德犯众怒，已成公敌，就是与他联盟的意大利，亦加入协约国，对德宣战。古人说得好：'寡不敌众'。看来德国总不能持久的。这可见中国与他绝交，将来决不致有害。若从利益上起见，是现在协约各国，已允我修改各种条约，岂非是一种大利吗？"黎总统道："改约的事情，果真靠得住吗？"国璋道："且待段总理回京，再去探询协约各国政府，如果实行承认，始提出照会，与德绝交。"黎总统道："既这般说，请台驾一行，留回段总理便了。"国璋当即退出，即乘专车赴津。

到了晚间，果然两人同回，相偕至总统府，投刺进见。黎总统也即出迎，免不得与段总理周旋一番，段亦谦逊数语，当下发电各国，令各使探问明白。寻得各使复电，略言："驻在国政府，大致承认，如果我国实行绝德，将来各种条约，可望修改"云云。于易黎、段两人才表同情。冯国璋即日回宁。唯当时内外士绅尚多异议，国会议员如曹振懋、唐宝锷、丁世峄等，有对德抗议的质问书，马君武等且通电各省，反对绝德，外如张勋、倪嗣冲、王占元诸督军，统电请政府维持中立。还有孙文、唐绍仪、康有为、姚文栋、温宗尧等，也迭电政府国会，不应与德绝交。他如顺直省议会，奉天、上海、天津、山东、广东等各商会，暨他种商学团体，均电请仍守中立。段总理绝不为动，一意向前进行，特于三月九日，在迎宾馆开宴，延请议员，疏通意见。议员等多半聪明，乐得见风使帆，隐表同意。这是三酉儿好处。

到了翌午，参众两院各开秘密会，段总理及财政总长陈锦涛、教育总长兼内务总长范源濂、司法总长谷钟秀、外交部参事伍朝枢等，先至众议院，报告外交经过情形，并述对德绝交的宗旨，请议员表示赞助。众议员经讨论后，投票表决，同意票得三百三十一张，不同意票只八十七张，得大多数赞成，表示通过。段总理复至参议院，登堂报告，仍如前说。适值夕阳西下，不及投票，乃约于次日表决。越宿参议院投票，有一百五十票是同意，只三十五票不同意，也算大多数通过。绝德案已经决定，正拟草定照会，提交德使，凑巧德使辛慈着人赍送照会至外交部，但见上面写着，本公使于本日即三月十日午后七时，接奉帝国政府训令，着以下列复文，传达中华民国政府。文曰：

中华民国抗议德国新近宣告之封锁政策，而附以威吓，帝国政府，曷胜骇异。盖其他各国，仅仅提出抗议，中德邦交，素号亲睦，且中国于封锁区域以内，并无航业利益，则德之政策,于中国毫无影响,乃今于抗议之外,独附威吓之辞,以增抗议之力量,是尤不能不令人惊诧也。民国政府之抗议书中,谓:"华人因战事而丧失生命者,已属不少"云云,然须知民国政府,绝未尝以关于此种损失之事实及申诉通知帝国政府,而就帝国政府所得报告,则知华人之丧失生命者,仅受人雇用,于前敌开掘战壕,及充当其他军役之辈,盖若辈已不啻为战斗员,因以冒此危险也。帝国政府尝一再抗议运送华工赴欧,充当军役,是德国即在此次战事中,亦未尝不示中国以友谊,而帝国政府即因顾全此友谊故,以此种威吓为非出自正轨,因望民国政府改正其见解。帝国政府愿于中国之航业利益力加注意。以此之故,德国今虽不能于敌人宣告封锁之后,取消其政策,而禁制实行无限制之潜艇战争,然已准备磋商民国政府关于保护华人生命财产之特别愿望。帝国政府以如此对待友邦者,盖谨依其平日见解,以如中国若与德断绝友谊,则将失却一真挚之友,而陷于纠结不解之局也。

末后,复附列一行道,本公使即将帝国政府的通牒传达贵国政府,倘贵国欲提出保护航业的问题,本公使已由帝国政府授权,得与磋商一切云云。当由外交部递呈段总理。段以德国照会虽有保护航业的示意,但封锁战略,仍然不肯取消,是我国提出抗议,终归无效,只好与他绝交,不必迟疑。黎总统此时已将全权授予段总理,当然不再阻挠。段乃令外交部缮定照会,请黎总统盖过了印,并附发德使护照,送他出境。照会中的内容,大略说是:

关于德国施行潜水艇新计划一事,本国政府本注重世界和平,及尊重国际公法之宗旨,曾于二月九日,照达贵公使提出抗议,并经声明,万一出于中国愿望之外,抗议无效,迫于必不得已,将与贵国断绝现有之外交关系等语在案。乃自一月以来,贵国潜艇行动,置中国政府之抗议于不顾,且因而致多丧中国人民之生命。至三月十日,始准贵公使照复,虽据称贵政府仍愿议商保护中国人民生命财产办法,惟既声明碍难取消封锁战略,即与本国政府抗议之宗旨不符,本国政府视为抗议无效,深为可惜。兹不得已,与贵国政府断绝现有之外交关系,因此备具贵公使并贵馆馆员暨各眷属离去中国领土所需之护照一件,照送贵公使,请烦查收为荷。至贵国驻中国各领事,已由本部令知各交涉员一律发给出境护照矣。须至照会者。

照会去后,再电令驻德公使颜惠庆,向德政府索取护照,克日归国,并由黎总统布告全国道:

此次欧战发生,我国严守中立,不意接本年二月二日德国政府照会,德国新定之封锁计划,使中立国商船,从是日起,在限定禁线内行驶,诸多危险等语。当以德国前此所行攻击商船之方法,损害我国人民生命财产,已属不少,今兹潜艇作战之计划,危害必更剧烈。我国因尊崇公法,保护人民生命财产起见,遂向德国提出严重抗议,并声明如德国不撤销其政策,我国迫不得已,将与德断绝现有之外交关系。在我国深望德国或不至坚持其政策,仍保持向来之睦谊,不幸抗议已逾一月,德国之潜艇攻击政策,并未撤销,各国商船,多被击沉,我国人民因此致死者,已有数起,昨十一日据德国正式答复,碍难取消其封锁战略,实出我国愿望之外。兹为尊崇公法保护人民财产计,自今日始,与德国断绝现有之外交关系,特此布告。

同日复下一通令道:

现在我国已与德国断绝现有之外交关系,所有保护德国侨民及其他应办事宜,着各该管官署查照现行国际公法惯例,迅筹办法,颁布施行。此令。

为这一令,国务院中遂组织国际政务评议会,研究外交关系事项。正会长就是国务总理段祺瑞,副会长乃是外交总长伍廷芳,并函聘王士珍、陆征祥、熊希龄、孙宝琦、汪兆铭、汪大燮、曹汝霖、周善培、魏宸组、陆宗舆、张嘉森、夏贻霆、刘崇杰、丁士源、伍朝枢、张国淦等，为会中评议员。所应研究事件，共分七则：（一）处置国内德侨；（二）对于协约国应提条件；（三）华工招募；（四）物料供给；（五）关税改正；（六）巴黎经济同盟条文；（七）议和大会中各问题。各会员方共同讨论，逐条采行。

德使辛慈已卸旗回国，各埠领事亦相继出境，于是天津、汉口德租界，即令地方官收回。还有津浦北段铁路管理权，及在上海、厦门、广州等处德国商船，均先后归华官收管；就是供职路矿的德国工程师，亦一体解职。惟普通侨民，暂许仍旧侨居。德华银行，暂听照常营业。

独上海法租界中，有一德人所办的同济医工大学，教育部拟收回自办。哪知法人先行逞强，由法租界工部局，勒令解散，把德人驱遣出境。看官可知租界的规例吗？租借权虽归外人，土地权仍属我国，所有德校处置，应由我国办理。经外交部援据法例，向法使抗议，法使不肯照允，只论强弱，不问公法。乃由教育部派员到沪，与该校董事协商善后办法，当将该校迁入吴淞中国公学旧址，由部另任校长，仍留德人为教员，照常开学。既已绝交，还要留住教员，也可不必。

既而财政部复发出通告，停付欠德各款，将应解款项暂存中国银行，俟欧战了结，再行定夺。偏英法各国复出来反对，主张此款应存外国银行，又惹起一番交涉。而且驻京的荷兰公使来一照会，自言受德使委托，所有在华利益，暂由本使代管。且中德虽已绝交，尚未宣战，不能适用待遇敌人的法例，遽将德国所有利益没收。那时段总理迭遭刺激，转滋懊恼，索性提出宣战问题，欲加入英法各国协约团，实行抗德，一来可满足协约国的希望，二来可免荷兰公使的牵掣，倒也是个贯彻始终的主张。惟黎总统以与德绝交，已属太甚，再拟宣战，更觉不情，因此决计缓进，不从段请。自是府院的意见，复致相左，免不得又生冲突，激成嫌隙。这是黎菩萨过柔之误。

正在双方龃龉的时候，忽来了四川警电，报称川、滇两军寻衅鏖斗的事情，当由黎总统下令，着四川督军罗佩金及川军第二师师长刘存厚，一律来京。看官！你道川乱何故发生？原来罗佩金署督四川，威望不及蔡锷，且所部滇军，驻扎川境，尝与川军有嫌。政府因川事平靖，电饬罗佩金裁撤各军。罗即拟将川、滇兵队，酌量裁遣。师长刘存厚、周道刚、钟体道、陈泽霈、熊克武等，暗地不服，意欲乘此逐罗，免不得反客为主。刘更跋扈异常，居然率领所部，径入成都，只说罗督军意分厚薄，遣派不均，来与罗督评理。罗佩金亦不甘坐让，饬阻刘军入城。刘军哪肯从命，一哄进去，竟向督军署扑来。说时迟，那时快，督军署内，竟发出大炮，轰击刘军。刘军开枪还击，遂闹成一片兵祸，把省城作为战场。可怜成都居民，茫无头绪，骤闻各种枪炮声，已吓得魂飞天外，突然间一弹飞来，将墙壁间击成窟窿，又突然间飞入数弹，碰着人体，顿时血肉模糊，昏晕倒地。既而东坍西倒，南毁北焚，爆裂声、倾塌声，与男女哀号声，并作一片，何罪至此！那两边的丘八老爷，还是兴高采烈，拼命相争。百姓都死，丘八老爷恐也难独生。嗣经商民举出代表，吁请休战，方才停了一两天。罗刘各电致中央，争辩曲直。黎总统尚欲笼络两人，特任罗佩金为超威将军，刘存厚为崇威将军，叫他即日来京，另命省长戴戡暂行兼代四川督军，刘云峰为暂编陆军第二师长，更派王人文为四川查办使，张习为查办副使，赴川查办。一面下令申告道：

四川自军兴以来，兵队增多，饷需支绌。上年叠经电商暂署督军罗佩金，酌定裁遣各军办法去后，本年三月，据川军师长刘存厚、周道刚、钟体道、陈泽霈、熊克武等电称，罗署督编遣军队，支配饷械，主客各军，显分厚薄等情。续据罗署督电称，刘存厚、陈泽霈收束军队，有意迟延。正拟派员查办间，即据罗署督电称刘存厚围攻督署，刘存厚则谓罗署督开炮攻去所部。并据各方电告，省城连日枪炮猛烈，人民生命财产损伤甚巨，着派王人文、张习驰往彻查。川民叠经兵祸，疮痍未复，又遭此次重变，本大总统实痛于心，该查办使务须秉公据实查复，勿得稍存偏徇。在未经查复以前，责成戴兼督严饬在省川、滇各军官长，约束所部，勿论如何，不准再滋事端。其省外各军，各有维持地方之责，不准擅离防守，倘敢故违，军律具在，政府无所偏倚，即绝无所姑息。所有此次被难商民，并着该省长迅即查明，妥为抚辑，勿任失所！此令。

王人文、张习两人奉命登途，尚未到川，罗佩金已遵令交卸，将印信交与戴戡。可见罗直刘曲。戴戡即日就职，函商刘存厚，请他退兵出城。刘存厚仍然不睬，还是拥兵图逞，盘踞城中，戴乃不得已电达政府，据实报告。小子有诗叹道：

尽说军人贵服从，

如何同境不相容？

武夫跋扈从兹始，

肇祸原来是滥封。

政府接得戴电，应该如何办理，且至下回说明。

与德绝交一事，自日后观之，似为段祺瑞之先见。然我国亦未尝得沾大利，徒令府院冲突，酿成他日之各种战衅，是岂不可以已乎？段失之太刚，黎又失之太柔，当断不断，反受其乱，吾不能不为黎氏咎焉。若夫川省之兵祸，曲在刘而不在罗，黎乃欲调停了事，至欲笼以虚名，无分彼此。试思刘之目的何在？乃欲以将军二字，敛彼野心得乎？况无罪者加赏，有罪者亦赏，是徒亵名器，益启武夫玩视之渐。尾大不掉，适滋国忧，虽曰观过知仁，而总统失权之弊，盖自此始矣。

第八十二回　托公民捣乱众议院　请改制哗聚督军团

却说黎政府接到川电，才知刘存厚拥兵自逞，不服命令，只好变软为刚，将他免职示惩，随即下令云：

前因川、滇两军在成都省城冲突，叠由院部电饬双方停止争斗，兹据戴兼督电称，刘存厚于中央停止争斗之命，置若罔闻，仍攻督署等语。崇威将军刘存厚着即免职，听候查办。所有在省川、滇各军，责成该兼督严饬各该管官长，即日开拔出城，分别驻扎，恪遵前令，不得再滋事端。倘仍延抗，军法具在，定唯该管官长等是问。此令。

此令下后，才闻刘存厚有退兵消息。王、张两查办使，得安抵川境，实行调查，报告川民被难情形，由黎总统拨款赈济，且不必细表。惟外部兵祸，似觉少纾，内部纠葛，又闻迭起。财政总长陈锦涛入陈总统，讦发次长殷汝骊，因炼铜厂事，有代人请托情弊。黎总统方拟核办，忽由炼铜厂商人柴瑞周等具禀国务院，声言陈总长令渠借垫股款，并勒写字据等情。当派夏寿康、张志潭查办。复称事涉嫌疑，不无可议，因将陈锦涛、殷汝骊一并免职，交法庭依法审办。殷汝骊已逃匿无踪，只陈锦涛到案候质，留置看守所。

接连又是交通总长被控案。交通部直辖津浦铁路管理局，曾向华美公司购办机车，局长王家俭、总务处长童益临，纳贿舞弊，轰动京中，经交通部查明，将他撤差。总长许世英自请失察处分，情愿免职。黎总统尚欲挽留，嗣经国务院派员查复，该局确有弊混等情，且与许总长亦涉嫌疑，因呈报黎总统。黎乃准许辞职，先将局长王家俭及前副局长盛文颐，并交法庭审理。总检察厅且传讯许世英，亦将他羁住看守所。陈许同时被押，可谓无独有偶。司法总长张耀曾动了兔死狐悲的观念，竟劾检察长杨荫杭及检察官张汝霖，未得完全证据，遽传讯许世英等，实属违背职务，污损官绅，于是许世英遂得释放，连陈锦涛也保释出来。究竟官官相护。惟财政交通两席，暂由财政次长李思浩及交通次长权量代理。嗣复提出李经羲，拟任为财政总长，经国会投票通过，老大的云南故督，又俨然出台了。为后文伏笔。

国务总理段祺瑞把阁务视若轻闲，惟一心一意的对付外交，定要与德宣战。当下电召各省督军及各特别区域都统，赴京会议，解决宣战问题。山西督军阎锡山、河南督军赵倜、山东督军张怀芝、江西督军李纯、湖北督军王占元、福建督军李厚基、吉林督军孟恩远、直隶督军曹锟、安徽省长倪嗣冲、察哈尔都统田中玉、绥远都统蒋雁行、晋北镇守使孔庚等，奉召亲行，陆续晋京。此外各省，亦均派代表到会。四月二十五日，特开军事会议，由段总理主席，极言对德问题，非战不可。各督军都统等，统是雄赳赳的武夫，素奉段为领袖，段要绝德，大家均已赞成，段要战德，何人再来反对？孟恩远首先起座，呼出"赞成"二字，随后便大家附和，赞成赞成的声音，震动全院。推孟出头，为废国会张本。段祺瑞自然欣慰，俟散会后，即去报知黎总统。黎很是不乐，但又不便当面驳斥，只好淡淡地答道："宣战不宣战，总须由国会议决，若但凭军人主张，何必虚设此国会呢？"段祺瑞道："提交国会，是应当的手续，总统宜即日咨行。"黎总统呆了半晌，才道："请总理代拟咨文便了。"满腹牢骚。段也不复再言，竟退出总统府，直至国务院，嘱秘书拟定咨文，赍送府中盖印。黎总统约略一瞧，文中有"本大总统为促进和平，维持公法，保护人民生命财产起见，认为与德国政府，有宣战必要"等语，不禁自笑道："什么叫作必要？我国的内讧，尚是未平，难道还想与外人挑衅吗？"话原不错，但受人挟制奈何？说至此，愤愤地检取印信，向纸上盖讫，掷付来人。那来人接手后，便赍送众议院去了。

众议院接到咨文，免不得议论纷纷，有一大半是不主战的。次日由议员秘密讨论，无非是主战的少，不主战的多，结果是由议长宣言，俟两日后，开全院委员会，审查这种宣战案情。哪知这风声传将出去，顿有许多请愿书，似雪花柳絮一般，飘飘地飞入院中，有的是署着陆海军人请愿书，有的是署着五族公民请愿团，有的是署着政学商界请愿团，还有北京学界请愿团、军界请愿团、商界请愿团、市民请愿团，迷离惝恍，阅不胜阅，当由院中役夫，收拾拢来，一股脑儿掷入败字篓中。请愿团化作纸团儿，中国各种团体，也应如此处置。

到了五月十日，众议院开会审查，甫经召集，门外忽啸聚数千人，各持一小旗帜，写着各种请愿团字样，每团有数十代表，手持传单，一拥入院，见了议员，便将传单分给。议员见他们无理取闹，不愿接收；或接单稍迟，他们即伸出如梃的手臂、似钵的拳头，向议员面前，猛击过来。议员急忙躲闪，身上已被捶数下。人必自侮，然后人侮之，试看上文集议宪法时，同是议员，尚且彼此互殴，何怪他人乘间侮弄。霎时间院中秩序，被他们捣乱。还是议长汤化龙有些胆量，索性向前语众道："诸位都是爱国的志士，既已有志请愿，应该公同研究，如何动起蛮来？况我等为了宣战一案，方在审查，并未倡议反对，奈何便得罪列位呢！"言未已，只听一片哗声道："但将宣战案通过，我等自然罢休。"汤化龙又朗声道："诸君是来请愿，并不是来决斗，就使今日是决斗问题，也应守着秩序，举出代表，何必劳动许多人员。"这数语理直气壮，说得大众无可辩驳，乃当场选出六人，作为全体代表，进见议长。汤化龙接入后，六人各呈名片，一是赵鹏图，一是吴光宪，一是刘坚，一是白亮，一是张尧卿，一是刘世钧。化龙一一瞧毕，便问道："诸君有何见教？"赵鹏图应声道："闻贵院今日开会，是解决宣战问题，目下与德宣战，乃是万不得已的情形，要战便战，何待审查？今日如通过宣战案，是贵院俯顺舆情，我辈无不悦服，否则恐多不便。"白亮、吴光宪复接入道："如不通过此案，应请议长声明，不许议员出院。"这种要挟，还是袁世凯一人教之。汤化龙不觉微哂道："我却没有这般权力，惟列位既已到此，请入旁听席，少安毋躁，静待我等解决。"六人方才无言，退至旁听席坐下。

化龙即命将全院委员会，改作大会，自己退入后室，凭着电话，传入国务院，请国务总理、内务总长、司法总长，速即莅院弹压，国务院中复词照允。好容易挨过两小时，才见兼署内务总长范源濂乘舆到来，又阅两小时，国务总理段祺瑞始偕巡警总监吴炳湘，率领警察百名，荷枪至院。是何濡滞也？是时天已薄暮，夜色凄凄，门首各种请愿团尚是喧扰不休，口口声声讥骂议员。段祺瑞看不过，当令吴炳湘婉言晓谕，仍然无效，乃借院中电话，召集马队，仗了马上威风，将各请愿团陆续赶散。赵鹏图等六代表，也坐不安稳，溜了出去。待院内安静如初，差不多将二三更天了。议员有数人受伤，先行返寓，还有日本新闻记者，亦被误殴致伤，由警察总监吴炳湘派警送回。段总理、范总长也相继归去，议长议员等一并散归，翌日奉黎总统令云：

据内务部呈称："本月十日，众议院开全院委员会，有多数请愿团，麇集院门，发布印刷品，致有议员被殴情事。当即严令警察厅驰往解散，并将滋事之人查究"等语。著司法部交该管法庭从速检察，依法究办，并责成内务部随时饬警，妥为保护，毋得稍涉疏懈！此令。

司法总长张耀曾接到此令，眼见得办理为难，竟上呈辞职。又有外交总长伍廷芳及农商总长谷钟秀、海军总长程璧光，均提出辞职书，陆续送呈总统府中。看官听着！这几位总长，乃是国民党中要人，与段总理感情本不甚融洽，当时得入阁任事，亦由段氏自欲罗才，特地化除畛域，采用几个异派的人物。但黎总统亦曾加入国民党，党同道合，自然沆瀣相投；就是众议院的议员，一半入国民党籍，他的党旨，不愿与德宣战，所以反对段氏，隐表同情。此次各种请愿团，胁迫议院，明明由主战派指使，无拳无勇的司法部，如何办理？且因党见未合，不能不辞职求去。伍、谷、程三总长，无非因同党关系，致有连带辞职的举动，偏黎总统并不批答，整日里延宕过去。那提出辞职的总长，也不到国务院，乐得自由数天。统是心心相印。

只有这位段总理，自信甚深，硬要达到宣战目的，今朝催众议院开会，明朝催众议院议决。众议院寂然不动，挨过了七八天，始由议员褚辅成倡议，略谓："国务员已多数辞职，此案且从缓议，俟内阁全体改组，再行讨论未迟。"当经多数表决，咨复国务院。看官！你想段总理望眼将穿，恨不得即日宣战，偏经国会牵掣，不能由他做主，他如何不忿？如何不恼？当下与督军团密商，设法泄恨。三个缝皮匠，比个诸葛亮，况有二十余人，会议此事，应该想出一个绝妙的法儿，他不从宣战上着想，偏从宪法上索瘢，因即拟定一篇改制宪法的呈文，由吉林督军孟恩远领衔赍交总统府，其文云：

窃维国家赖法律以生存，法律以宪法为根本，故宪法良否，实即国家存亡之枢。恩远等到京以来，转瞬月余，目睹政象之危，匪言可喻，然犹无难变计图善。惟日前宪法会议二读会通过之宪法数条，内有众议院有不信任国务员之决议时，大总统可免国务员之职或解散众议院，惟解散时须得参议院之同意；又大总统任免国务总理，不必经国务员之副署；又两院议决案与法律有同等效力等语，实属震悚异常。查责任内阁之制，内阁对于国会负责，若政策不得国会同意，或国会提案弹劾，则或令内阁去职，或解散国会，诉之国民，本为相对之权责，乃得持平之维系。今竟限于有不信任之决议时，始可解散。夫政策不同意，尚有政策可凭，提案弹劾，尚须罪状可指，所谓不信任云者，本属空渺无当，在宪政各国，虽有其例，究无明文。内阁相对之权，应为无限制之解散，今更限以参议院之同意，我国参众两院，性质本无区别，回护自在意中，欲以参议院之同意，解散众议院，宁有能行之一日？是既陷内阁于时时颠危之地，更侵国民裁制之权，宪政精神，澌灭已尽。

且内阁对于国会负责，故所有国家法令，虽以大总统名义颁行，而无一不由阁员副署，所以举责任之实际者在此，所以坚阁员之保障者亦在此。任免总理，为国家何等大政，乃云不必经国务员副署，是任命总理时，虽先有两院之同意为限制，而罢免时则毫无牵碍，一惟大总统个人意旨，便可去总理如逐厮役。试问为总理者，何以尽其忠国之谋，为民宣力乎？且以两院郑重之同意，不惜牺牲于命令之下，将处法律于何等，又将自处于何等乎？至议决案与法律有同等效力一层，议会专制口吻，尤属显彰悖逆，肆无忌惮。夫议员议事之权，本法律所赋予，果令议决之案，与法律有同等效力，则议员之于法律，无不可起灭自由，与"朕开口即为法律"之口吻，更何以异？国家所有行政司法之权，将同归消灭，而一切官吏之去留，又不容不仰议员之鼻息，如此而欲求国家治理，能乎不能？

况宪法会议近日开会情形，尤属鬼蜮，每一条文出，既恒阻止讨论，群以即付表决相哗请，又每不循四分之三表决定例，而辄以反证表决为能事。以神圣之会议，与儿戏相终始，将来宣布后谓能有效，直欺天耳。此等宪法，破坏责任内阁精神，扫地无余，势非举内外行政各官吏，尽数变为议员仆隶，事事听彼操纵，以畅遂其暴民专制之私欲不止。我国本以专制弊政，秕害百端，故人民将士，不惜掷头颅，捐血肉，惨淡经营，以构成此共和局面。而彼等乃舞文弄墨，显攫专制之权，归其掌握，更复何有国家？以上所举，犹不过其荦荦大者。

其他钳束行政,播弄私权,纰缪尚多,不胜枚举。如认此宪法为有效,则国家直已沦胥于少数暴民之手。如宪法布而群不认为有效,则祸变相寻,何堪逆计?恩远等触目惊心,实不忍坐视艰辛缔造之局,任令少数之人,倚法为奸,重召巨祸,欲作未雨之绸缪,应权利害之轻重,以常事与国会较,固国会重,以国会与国家较,则国家重。今日之国会,既不为国家计,是已自绝于人民,代表资格,当然不能存在。犹忆天坛草案初成,举国惶骇时,我大总统在鄂督任内,挈衔通电,力辟其非,至理名言,今犹颂声盈耳。议宪各员,具有天良,当能记忆,何竟变本加厉,一至于此。唯有仰恳大总统权宜轻重,毅然独断,如其不能改正,即将参众两院,即日解散,另行组织。俾议宪之局,得以早日改图,庶几共和政体,永得保障,奕世人民,重拜厚赐。恩远等忝膺疆寄,与国家休戚相关,兴亡之责,宁忍自后于匹夫?垂涕之言,伏祈鉴察!无任激切屏营之至!

呈文上的署名,除领衔的孟恩远外,就是王占元、张怀芝、李厚基、赵倜、倪嗣冲、李纯、阎锡山及田中玉、蒋雁行等。又有浙江代表赵禅,奉天代表杨宇霆,黑龙江代表张宣、张发宸,陕西代表瞿寿提,甘肃代表吴中英,热河代表冯梦云,湖南代表张翼鹏,新疆代表钱桐,江苏代表师景云,贵州代表王文华,云南代表叶荃,共得二十二人。一面递呈国务总理,及通电各省,这一场有分教:

　　苍狗白云多变幻,

　　红羊浩劫又侵寻。

欲知黎总统曾否照准,且待下回分解。

　　有袁世凯之胁迫议会,勾结军阀,而段祺瑞乃欲踵而效之,彼请愿团之捣乱议会,果谁使之乎?督军团之纠劾议会,果谁使之乎?夫议会之一切举动,固不足尽满人意,然武夫专制之为祸,较甚于议会之专制。兵犹火也,不戢将自焚也,袁氏且毒人自毒,段智不袁若,乃亦起而效尤,宁非大误,国家多难,杌陧不安,顾尚堪一误再误耶?吾观段氏之所为,吾尤不能无憾于袁氏矣。

第八十三回　应电召辩帅作调人　撤国会军官甘副署

却说督军团递入呈文，待了两日，未见批答下来，料知黎总统不肯照允，遂向总理处告辞，陆续出京。行到天津，复在督军曹锟署内开了一次秘密会议。适徐州张勋亦有密电到津，邀各军长等同赴徐州，各军长又复南下，与张辫帅晤谈竟夕，彼此订定密约，方才散归，静听中央消息。葫芦里卖什么药。才隔两天，即闻黎总统下令，免国务总理兼陆军总长段祺瑞职，着外交总长伍廷芳暂行代理国务总理，陆军次长张士钰代理陆军部务。一个霹雳，响彻中原，各军长正防这一着，准备与中央翻脸，方拟传电质问，忽由总统府发出通电，略云：

段总理任事以来，劳苦功高，深资倚畀，前因办事困难，历请辞职，叠经慰留，原冀宏济艰难，同支危局。乃日来阁员相继引退，政治莫由进行，该总理独力支持，贤劳可念。当国步阽危之日，未便令久任其难，本大总统特依约法第三十四条免去该总理本职，由外交总长暂行代署，俾息仔肩，徐图大用，一面敦劝东海出山，共膺重寄。其陆军总长一职，拟令王聘卿继任。执事等公忠体国，伟略匡时，仍冀内外一心，共图国是，本大总统有厚望焉！

这道电文颁发出来，各军长统皆愕然。看到电文的署名，除黎总统外，就是代理国务总理伍廷芳副署，大众更觉惊哗。未几即接到段祺瑞通电，略言："卸职出京，暂寓天津，唯调换总理命令，未经祺瑞副署，将来地方及国家，因此生何影响，祺瑞概不负责"云云。看官阅此，应知他言中寓意，明明是教外省督军质问中央，诘他违法。于是长江巡阅使张勋首先拍电，谓："此令由伍廷芳副署，不合法律。"此外各省军长亦如张勋所言，陆续电诘。张非段派，乃首驳黎氏，无非欲收渔人之利。就是国会议员亦不得不提出质问。聊复尔尔。当经伍廷芳依据约法兼引民国以来任免总理的先例，通电解释，并向议会答复。议会中原是虚与委蛇，不再穷诘，惟各军长怎肯罢休，自然坚持到底，还要龃龉，申请黎总统收回成命。黎总统如何肯从，但将各军长电文置诸高阁，特派王士珍为京津一带临时警备总司令，江朝宗、陈光远为副司令，戒备非常。

正在内外争持的时候，突接宁夏护军使马福祥来电，报称："擒获伪皇帝吴生彦，即日正法"等语。原来吴生彦为甘肃匪首，也艳羡"皇帝"二字的美称，因即纠众千余，骚扰甘蒙边境，诈称为清室后裔达儿六吉，自号统绪皇帝，把光绪宣统二年号凑合成名，可发一噱。封党徒卢占魁为大元帅，兴兵恢复。幸由马福祥所部军队闻风剿捕，斩获百人，贼众究系乌合，纷纷骇散。伪皇帝与伪大元帅，一筹莫展，只有乱窜一法，结果是无处奔避，被官军四面兜拿，擒至护军使辕门，讯明情实，赏给几个卫生丸，送他归阴。袁氏想做皇帝，尚难成事，何况吴生彦。但亦袁氏引带出来，故特叙及。

黎总统接得捷电，自然放心。惟伍廷芳系由黎氏任命，作为临时总理，未经国会通过同意，自未得继续下去；再加各军长交相诘难，廷芳也觉不安，屡向黎总统处告辞。黎总统焦思苦虑，想出一个老成众望的人物，请令上台。欲知他姓甚名谁，就是新命财政总长李经羲。

经羲系清傅相李鸿章从子，年已老朽，不堪大用。黎独追溯从前，谓祺瑞父尝从故军门周盛传麾下，周本淮军将领，隶属李氏，李氏为北洋系军阀旧家，借他余威，或可弹压北洋军人，免他滋扰。婚媾尚且反噬，遑论旧谊？适值李经羲奉命至津，正好畀他重任，维持危局。

当下转咨国会，拟任李经羲为国务总理，请求同意。国会议员与黎氏通同一气，自然不致两歧，不过手续上总须投票，方可表决。等到开匦检票，自得多数同意，复告政府。黎总统便即下令，特任李经羲为国务总理，一面派员赴津，迎李入京。李经羲未肯遽允，复书辞谢，再经黎总统手书敦勉，经羲仍然模糊作答，不即启行。惹得黎总统望眼将穿，非常焦灼。

不意督军团的手段煞是厉害，一声爆裂，首发淮上，安徽省长倪嗣冲居然通电各省，宣告独立。略言："群小怙权，扰乱政局，国会议员，乘机构煽，政府几乎一空。宪法又系议院专制，自本日始，与中央脱离关系"云云。这电为民国六年五月二十九日拍发，越日，即扣留津浦铁路火车，运兵赴津，颇有晋阳兴甲的气象。嗣是奉天督军兼省长张作霖，陕西督军陈树藩，河南督军赵倜、省长田文烈，浙江督军杨善德、省长齐耀珊，山东督军兼署省长张怀芝，黑龙江督军兼署省长毕桂芳、帮办军务许兰洲，直隶督军曹锟、省长朱家宝，福建督军李厚基，山西督军阎锡山，第二十师师长范国璋，绥远旅长王丕焕，第七师师长张敬尧，第八师师长李长泰等，依次哗噪，与那倪嗣冲异口同声，倡言独立。那时苦口婆心的黎菩萨，真弄到魔障重重，没法摆布了。代理国务总理伍廷芳等又统是无拳无勇，不能救急，没奈何再使秘书劳神，撰了数千百言，电发出去，劝告督军团，并派员分往宣慰。看官！你想这班督军团，手拥强兵，气焰极盛，岂是区区笔舌，所得挽回？当下独立各省，均派干员至天津，设立各省军务总参谋处，即用雷震春为总参谋，将设临时政府、临时议会，风声日紧一日，黎总统寝食不安，孤危得很。适安徽督军张勋递入呈文，历陈时局危险，劝黎总统勿再固执，危及国家，言下并有自出斡旋的意思。黎总统还道他是个好人，巴不得他出来调停，急来抱佛脚，哪知他是个牛魔王。再电问李经羲，经羲亦主张召集，因决计下令道：

据安徽督军张勋来电，历陈时局，情词恳挚，本大总统德薄能鲜，诚信未孚，致为国家御侮之官，竟有藩镇联兵之祸，事与心左，慨歉交深。安徽督军张勋功高望重，公诚爱国，盼即迅速来京，共商国是，必能匡济时艰，挽回大局，跂予望之！此令。

张勋接到此令，喜如所望，即复电到京，克日启程。别有肺肠，明眼人当能窥测。众议院议长汤化龙蒿目时艰，料知前途必有大变，不如见机远祸，乃向院中陈请辞职。各议员表决许可，因即改选，另举吴景濂为议长。副议长陈国祥亦情愿去职，偏不得大众允许，只好仍然留任。此外如参众两院议员，有心趋避，联翩告辞，乐得离开烦恼场，回去享福。最惊人耳目的事情，乃是副总统冯国璋，亦电达参众两院，请辞中华民国副总统一职，并派员将原受证书，具文送缴两院，且通电中央及各省，声明时局险峨，无术救济，不能觍颜尸位等情。黎总统越觉焦急，慌忙复电慰留，一面敦促安徽督军张勋及国务总理李经羲入都，挽救危局。江西督军李纯却是有些热诚，意欲出为调停，特由赣省入京，窥探两造意见，竭力周旋。偏黎总统的心目中专望那辫子大帅，天津的各省总参谋处又是倚势作威，不容进言，李督军徒讨了一回没趣，只好扫兴自归。

那辫帅张勋，于六月七日起行，随身带着精兵五千，乘车就道，越宿即至天津，与李经羲晤商。彼此密谈多时，定了密计，遂先派兵入京，作为先声，又电陈调停条件，第一项宜解散国会，第二项是撤销京津警备。意欲何为？黎总统接电后，明知这两项是都不可行，但事在燃眉，不得不依他一条，把王士珍、江朝宗、陈光远的警备总副司令，先行撤销，然后再复电张勋，商榷解散国会一事，似乎有不便依议的情形。偏张勋坚执己见，谓："国会若不解散，断无调停余地，自己亦未便晋京，拟即回任去了。"黎总统接到此电，又大吃了一惊。可巧驻京美公使复来了一角公文，由伍廷芳亲赍入。黎总统急忙启阅，但见上面写着：

美国政府闻中国内讧，极为忧虑，笃望即复归于和好，政治统一。中国对德宣战，抑或仍守与德绝交之现状，乃次要之事件。在中国最为必要者，乃维持继续其政治之实验，沿已的进步之途径，进求国家之发展。美国所以关心于中国政体及行政人物者，仅以中美友谊之关系，美国不得不助中国。但美国尤深切关心者，在中国之维持中央统一与单独负责之政府。是以美国今表示极诚恳之希望，愿中国为自己利益及世界计，立息党争。并愿所有党派与一切人民，共谋统一政府之再建，共保中国在世界各国中所应有之地位。但若内讧不息，而欲占其以应得之地位，则必不可能也。

黎总统览到此处，见下文只有寥寥数字，料不过是起结套话，因此不暇细瞧，便将来文置诸案上，顾语伍廷芳道："这原是友邦的好意，但目前危状，几乎朝不保暮，公可别有良策否？"廷芳踌躇多时，竟想不出什么法子，只得当面敷衍道："总统高见，究应如何办法？"黎总统答道："张勋所要求的二大条件，京津警备，已经撤销，只解散国会，事关重大，未便照行，偏他定要照办，如何是好？"廷芳道："民国《约法》，并无解散国会的条件，此事如何行得？就是前日段总理免职，廷芳面奉钧命，勉强副署，那还有《约法》可援，已遭各军长反对，痛责廷芳，倘或解散国会，是要被全国唾骂了。"黎总统道："这便怎么处？"廷芳道："且再派一干员，赴津与张勋婉商，宁可改行别种条件罢。"黎总统点首无言，廷芳便即退出。当由黎总统派员往津，才阅一宵，便见该员返报。据言："张勋意见，非解散国会，断不可了，现限定三日以内，必须颁发解散国会的命令。否则通电卸责，南下回任，恕不入谒了。"仿佛哀的美敦书。黎总统听着，直似哑子吃黄连，说不出的苦楚。又召伍廷芳等熟商，廷芳托辞有疾，但呈入一篇辞职书，不愿进见。此外有几位国务员，应召进来，也无非面面相觑，支吾了事。

光阴易过，倏忽三天，张辫帅所说的限期，已经到了，黎总统再召集文武各员，咨商国是，大家亦不肯做主，惟推到总统一人身上。就中有一个步军统领江朝宗，甫卸警备副司令的职衔，想乘此出些风头，竟说解散国会，并非今日创行，尚记得老袁时代吗？总统为保全大局起见，何妨毅然决计，暂撤国会，再作计较。黎总统捻须道："伍代揆为了副署一事，不便承认，所以称疾辞职，现有何人肯来担负呢？"朝宗道："为国为民，义所难辞，但教总统另简一人，使他副署，便好解决了。"黎总统委实没法，只好商诸各部总长，请他担任此责。各总长同声推辞，黎总统仍顾江朝宗道："看来此事只好属君了。"朝宗道："此事本非朝宗所宜负责，但事已至此，也不能不为总统分忧，朝宗也不遑后顾，就此一干罢。"毕竟武夫胆大。黎总统也明知不妙，惟除此以外，别无救急的良方，没奈何把头微点，待到大众退出，即命秘书代缮命令，逐条颁发。第一道是准外交总长伍廷芳，免代理国务总理职；第二道是特任江朝宗暂行代理国务总理；第三道便是解散国会了。略云：

上年六月，本大总统申令，以宪法之成，专待国会，宪法未定，大本不立，亟应召集国会，速定宪法等因。是本届国会之召集，专以制宪为要义。前据吉林督军孟恩远等呈称："日前宪法会议及审议会通过之宪法数条，内有众议院有不信任国务员之决议时，大总统可免国务员之职，或解散众议院，惟解散时，须得参议院之同意；又大总统任免国务总理，不必经国务员之副署；又两院议决案，与法律有同等效力等语，实属震悚异常。考之各国制宪成例，不应由国会议定，故我国欲得良安宪法，非从根本改正，实无以善其后。以常事与国会较，固国会重，以国会与国家较，则国家重。今日之国会，既不为国家计，唯有仰恳权宜轻重，毅然独断，将参众两院即日解散，另行组织，俾议宪之局，得以早日改图，庶几共和政体，永得保障"等语。近日全国军政商学各界，函电络绎，情词亦复相同，查参众两院，组织宪法会议，时将一载，迄未告成。现在时局艰难，千钧一发，两院议员纷纷辞职，以致迭次开会，均不足法定人数，宪法审议之案，欲修正而无从，自非另筹办法，无以慰国人宪法期成之喂望。

本大总统俯顺舆情，深维国本，应即准如该督军等所请，将参众两院即日解散，克期另行选举，以维法治。此次改组国会本旨，原以符速定宪法之成议，并非取消民国立法之机关，邦人君子，咸喻此意！此令。

这道解散国会的命令，当然由江朝宗副署了。朝宗虽已副署，也恐为此招尤，特通电自解道：

现在时艰孔亟，险象环生，大局岌岌，不可终日，总统为救国安民计，于是有本日国会改选之命令。朝宗仰承知遇，权代总理，诚不忍全国疑谤，集于主座之一身，特为依法副署，藉负完全责任。区区之意，欲以维持大局，保卫京畿，使神州不至分崩，生灵不罹涂炭。一俟正式内阁成立，即行引退。违法之责，所不敢辞。知我罪我，听诸舆论而已。

发令以后，黎总统长吁短叹，总觉愦愦不安，意欲再明心迹，方可对己对人。小子有诗为证云：

> 文人笔舌武夫刀，
> 扰扰中华气量豪。
> 一体如何左右袒，
> 枉教元首费忧劳。

欲知黎总统如何自明，试看下回续叙。

段总理免职，首先反抗者为张勋，而后来宣告独立，乃让倪嗣冲、张作霖等出头，岂辫帅之先勇后怯耶？彼盖故落人后，可以出作调人，而自遂其生平之愿望。黎总统急不暇择，便引为臂助，一心召请，菩萨待人，全出厚道，安知伏魔大将军反为魔首也。至解散国会一事，伍廷芳不敢副署，因致辞职，独江朝宗毅然入请，愿为效劳，赳赳武夫，胆量固豪，其亦料将来之变幻否耶？而德不胜才之黎总统，则已不堪胁迫矣。

第八十四回　偕老友带兵入京　叩故宫簧夜复辟

却说黎总统解散国会，心中仍然愤懑，不得不表明心迹，因再嘱秘书草就一令，同日缮发。大略说是：

元洪自就任以来，首以尊重民意，谨守《约法》为职志，虽德薄能鲜，未餍舆情，而守法勿渝之素怀，当为国人所共谅。乃者国会再开，成绩尚尟，宪政会议，于行政立法两方权力，畸轻畸重，未剂于平，致滋口实。皖、奉发难，海内骚然，众矢所集，皆在国会，请求解散者，呈电络绎，异口同声。元洪以《约法》无解散之明文，未便破坏法律，曲徇众议，而解纷靖难，智勇俱穷，亟思逊位避贤，还我初服，乃各路兵队，逼近京畿，更于天津设立总参谋处，自由号召，并闻有组织临时政府与复辟两说，人心浮动，讹言繁兴。安徽张督军北来，力主调停，首以解散国会为请，迭经派员接洽，据该员复述："如不即发明令，即行通电卸责，各省军队，自由行动，势难约束"等语，际此危疑震撼之时，诚恐辙躬引退，立启兵端，匪独国家政体，根本推翻，抑且攘夺相寻，生灵涂炭。都门首善之地，受害尤烈，外人为自卫计，势必至始于干涉，终以保护，亡国之祸，即在目前。元洪筹思再四，法律事实，势难兼顾，实不忍为一己博守法之虚名，而使兆民受亡国之惨痛。为保存共和国体，保全京畿人民，保持南北统一计，迫不得已，始有本日国会改选之令，忍辱负重，取济一时，吞声茹痛，内疚神明。所望各省长官，其曾经发难者，各有悔祸厌乱之决心，此外各省，亦皆曲谅苦衷，不生异议，庶几一心一德，同济艰难，一俟秩序回复，大局粗安，定当引咎辞职，以谢国人。天日在上，誓不食言。

这令下后，两院议员，无可奈何，相率整装出都。督军团已得如愿，不战屈人，便都电告中央，取消独立。惟黑龙江督军毕桂芳为帮办军务许兰洲所迫，卸职自去。许兰洲亦不待中央命令，但说由毕桂芳移交，居然就职。力大为王，还管什么高下？政府也不暇过问，由他胡行。惟广东督军陈炳焜、广西督军谭浩明，乃是国民党中的健将，素来扶持黎总统，不入督军团中，此次闻黎氏被迫解散国会，已经愤不可遏，跃跃欲动，再经议员等出京抵沪，电致湘、粤、桂、滇、黔、川各省，谓："民国《约法》中，总统无解散国会权，江朝宗为步军统领，非国务员，更不能代理国务总理。且总统受迫武人，亦已自认违法，所有解散国会的命令，当然无效。"这电文传到两督军座前，便双方互约，暂归自主，俟恢复旧国会或重组新国会，依法解决时局，再行听命。两督联名传电，理由颇也充足。但两广僻处岭南，距京最远，就使加倍激烈，亦未足慑服督军团，所以督军团全然不睬，反暗笑他螳斧当车，不自量力。

还有这位张辫帅趾高气扬，竟与李经羲偕行入京，来演一出特别好戏。黎总统派员至车站前，恭迎二人入都，就是都中人士，拭目待着，也总道是两大人物，定有旋天转地的手段，可以易危为安。俟至汽笛呜呜，烟尘滚滚，京津火车，辘辘前来，车上悬着花圈，一望便知是伟人座处，不由得瞻仰起来。寻常时候，火车到站，非常忙乱，此时却格外镇静，车站两旁，统有兵队森列，严肃无声，但见辫子大帅与李老头儿联翩下车，即由总统府特派员，上前鞠躬，表明总统诚意。张辫帅满面春风，对他一笑，便改乘马车，由随来的一营兵士，拥护出站，偕李经羲同进都门去了。渲染声势，反跌下文。

看官记着！张、李入都的日子，乃是六月十四日，过了数天，尚未有什么举动，推见都城内外，遍贴定武将军的告示，大略说是："此行入都，当力筹治安。"余亦没有意外奇语。有几个聪明伶俐的士人，看到"定武将军"四字，已不禁生疑，暗想定武将军虽是张辫帅的勋衔，但他究任安徽督军，如何出示都门，敢来越俎？就中必有隐情，不可测度。仔细探听总统府中，但闻张、李二人与总统晤谈数次，亦无非是福国利民的口头禅，没甚表异。大家无从揣摩，只得丢过一边。到了二十一日，天津总参谋处，由雷震春宣告撤销，倒也是一番佳象。二十四日，国务总理李经羲就职，奉令兼财政总长，亦未尝提出辞呈，不过他通电各省，自称任事期限，只三阅月，过此便要辞职，这是他格外鸣谦，无关重轻。二十五日，复由黎总统下令，任命李经羲兼盐务督办。二十六日，内务部因改选国会，特设办理选举事务局，局长派出杨熊祥。二十九日，准免司法总长张耀曾及农商总长谷钟秀二人，改任江庸署司法总长，李盛铎署农商总长。这条命令，却是有些蹊跷。张、谷皆国民党，忽然免职，另任他人，想总是削夺国民党的面子，划除黎总统的心腹，此外当无甚关系了。逐层反跌。

谁料事起非常，变生不测，六月三十日的夜间，竟演就一场复辟的幻戏出来。确是奇闻。"复辟"二字，本是张辫帅念念不忘的条件，从前徐州会议，第一条即为尊重优待清室的成约，暗中已寓有复辟的意思；至第二次徐州会议，表面上仍筹议治安，其实是为了复辟计划，重复讨论。倪嗣冲素不赞成共和，冯国璋模棱两可，余皆奉张辫帅为盟主，莫敢异言。张辫帅部下，统皆垂辫，原是借辫发为标帜，待时复辟。此次黎、段龃龉，正是绝好机会，所以连番号召，要结同盟。看得透，写得出。直隶督军曹锟本列入督军团内，闻着此议，忙去请教前清元老徐世昌。徐世昌摇首道："这事断不可行，少轩（张勋表字）自谓忠清，我恐他反要害清了。"是极。锟领教后，方知张勋所议不合。惟张勋曾有各守秘密的条约，故锟与徐说明，各不声张，坐观成败。

及勋北上，阳作调人，暗中实为复辟起见。天下事若要不知，除非莫为，所以张勋到津，前国务总理熊希龄就有反对复辟的通电，迭称复辟论调，具有五大危险：一关财政，二关外交，三关军政，四关民生，五关清室，说得淋漓痛切，毫无剩词。副总统冯国璋阅熊电文，亦幡然觉悟，发一通电，与熊共表同情。实未免首鼠两端。黎总统览到熊、冯两电，很觉惊心，因此解散国会时，自明心迹，也曾将"复辟"二字提及，预先示惩。补前文所未详。就是张辫帅的好友亦密电劝阻，略言："时机未熟，民情未孚，兵力未集，不宜轻举妄动。"张颇有所悟，复电谓："候大局初定，内阁组成，便当南返徐州，所有复辟一说，自当取消，毋庸再议。"于是远近安心，不复担忧了。

偏偏张勋参谋长万绳栻热心富贵，希旨迎合，日夕在辫帅旁，微词挑拨，怂恿复辟，又去敦促文圣人到京，作一帮手。文圣人姓甚名谁？就是前清工部主事康有为。有为尝到徐州，谒见张勋，勋与他谈论时政，语多投机。彼此都是保皇派，自然契合。康尚文，张尚武，两人各栩栩自夸，故时论号为文武两圣人。至此康有为接奉密召，星夜到京，预拟诏书数纸，持入见张，张勋正往江西会馆中夜宴，时尚未归，当由万绳栻接着，与有为密议多时，差不多是二更天气了。绳栻急欲求逞，派人赴江西会馆，探望张勋，好容易才得使人还报，谓："大帅在会馆中听戏，所以迟归。现在戏将演毕，想就可返驾了。"绳栻与有为又眼巴巴地竚候，约过了一二小时，方见辫子大帅大踏步地进来。有为亟上前请过晚安，由张勋欢颜道谢，引他就座。

彼此寒暄数语，绳栻已将左右使开，向有为传示眼色，令他进言。有为即将草拟诏书，从囊中取出一大包，持呈张勋。勋问为何因，有为道："请大帅约略展阅，便见分晓。"勋启视一页，便捻须道："这……这事恐不便速行。"有为尚未及答，绳栻便在旁接入道："大帅志在复辟，已非一日，现在大权在手，一呼百诺，正是千载一时的机会，失此不图，尚待何时？"张勋尚有三分酒意，听了此言，不由得鼓动余兴，奋袂起座道："有理有理，我便干一遭罢。"曲肖莽夫形容。当下唤入心腹侍从，分头往邀几个著名大员，商量起事。少顷，便有数人到来，一是陆军总长王士珍，一是步军统领江朝宗，一是警察总监吴炳湘，一是第二十师师长陈光远，陆续进见，启问情由。张勋便提出"复辟"两大字，请他数大员帮忙。王士珍老成持重，颇有难色。江朝宗乃是急性人，当即赞成。士珍喔嚅道："这……这事还应慢慢妥商。"回应笔法入神。张勋瞋目道："要做就做，何必多商。事若不成，由我老张负责，不致累及诸公，否则休怪我不情哩！"士珍见他色厉词狂，不敢再言。张勋复顾吴炳湘道："今夜便当开城，招纳我部下将士，明晨就好复辟了。"炳湘也未敢反对。张勋遂派人据住电报局，不许他人拍电，并放定武军入城。一面召入刘廷琛、沈曾植、劳乃宣、阮忠枢、顾瑗等，审查康有为所拟诏书，有无误点。大家检阅一番，心下各忐忑不定。有几个素主复辟，稍稍注视，但闻是康圣人手笔，当然不能笔削，乐得做个好好先生。

转眼间已是鸡声报晓，天将黎明了，张勋已命厨役办好酒肴，即令搬出，劝大家饱餐一顿。未几，即有侍从入报，定武军统已报到，听候明令。张勋跃起道："我等就同往清宫，去请宣统帝复辟便了。"说着，左右已取过朝衣朝冠，共有数十套。亏他当夜筹备。张勋先自穿戴，并令大众照服，不能如大帅有辫，总觉不像。出门登车，招呼部兵，一齐同行。到了清宫门首，门尚未启，由定武军叩门径入。张勋也即下车，招呼王士珍等，徒步偕进。清宫中的人员，不知何因，统吓得一身冷汗，分头乱跑，里面去报知瑾、瑜两太妃，外面去报知清太保世续。两太妃与世续诸人，并皆惊起，出问缘由。张勋朗声道："今日复辟，请少主即刻登殿。"世续战声道："这是何人主张？"张勋狞笑道："由我老张做主，公怕什么！"世续道："复辟原是好事，惟中外人情，曾否愿意？"张勋道："愿意不愿意，请君不必多问，但请少主登殿，便没事了。"世续尚不肯依，只眼睁睁地望着两太妃。两太妃徐语张勋道："事须斟酌，三思后行。"张勋不禁动恼道："老臣受先帝厚恩，不敢忘报，所以乘机复辟，再造清室，难道两太妃反不愿重兴吗？"瑜太妃呜咽道："将军幸勿错怪！万一不成，反恐害我全族了。"张勋道："有老臣在，尽请勿忧！"两太妃仍然迟疑，且至泪下。世续亦踌躇不答。俄而定武军哗噪起来，统请宣统帝登殿。张勋亦忍耐不住，厉声问世续道："究竟愿复辟否？"胁主退位，我所习闻，胁主复辟，却是罕见，这未始非张辫帅之孤忠。世续恐不从张勋，反有意外情事，乃与两太妃熟商，只好请宣统帝出来。两太妃乃返身入内，世续亦即随入，领出十三岁的小皇帝，扶他登座。此番却不哭了。张勋便拜倒殿上，高呼万岁。王士珍等也只得跪下，随口欢呼。朝贺已毕，即由康有为赍呈草诏，即刻颁布。诏云：

朕不幸，以四龄继承大业，茕茕在疚，未堪多难。辛亥变起，我孝定景皇后至德深仁，不忍生民涂炭，毅然以祖宗创垂之重，亿兆生灵之命，付托前阁臣袁世凯，设临时政府，推让政权，公诸天下，冀以息争弭乱，民得安居。乃国体自改革共和以来，纷争无已，迭起干戈，抢劫暴敛，贿赂公行，岁入增至四万万，而仍患不足，外债增出十余万万，有加无已，海内嚣然，丧其乐生之气，使我孝定景皇后不得已逊政恤民之举，转以重困吾民。此诚我孝定景皇后初衷所不及料，在天之灵，恻痛而难安者。而朕深居宫禁，日夜祷天，彷徨饮泣，不知所出者也。今者复以党争，激成兵祸，天下汹汹，久莫能定，共和解体，补救已穷。

据张勋、冯国璋、陆荣廷等，以国体动摇，人心思旧，合词奏请复辟，以拯生灵；又据瞿鸿禨等，为国势阽危，人心涣散，合词奏请御极听政，以顺天人；又据黎元洪奏请奉还大政，以惠中国而拯生民各等语。真会捣鬼，大约是康圣人梦中瞧过。览奏情词恳切，实深痛惧。既不敢以天下存亡之大责，轻任于冲人微眇之躬，又不忍以一姓祸福之謷言，遂置生灵于不顾。权衡轻重，天人交迫，不得已允如所奏，于宣统九年五月十三日，是从阴历。临朝听政，收回大权，与民更始。而今以往，以纲常名教，为精神之宪法，以礼义廉耻，收溃决之人心。上下以至诚相感，不徒恃法守为维系之资，政令以惩慜为心，不得以国本为尝试之具，况当此万象虚耗，元气垂绝，存亡绝续之交，朕临深履薄，固不敢有乐为君，稍自纵逸。尔大小臣工，尤当精白乃心，涤除旧染，息息以民瘼为念，为民生留一分元气，即为国家留一息命脉，庶几危亡可救，感召天麻。所有兴复初政，亟应兴革诸大端，条举如下：

（一）钦遵德宗景皇帝谕旨，大权统于朝廷，庶政公诸舆论，定为大清帝国，善法列国君主立宪政体。（二）皇室经费，仍照所定每年四百万数目，按年拨用，不得丝毫增加。（三）禀遵本朝祖制，亲贵不得干预政事。（四）实行融化满汉畛域，所有以前一切满蒙官缺，已经裁撤者，概不复设。至通俗易婚等事，并着所司条议具奏。（五）自宣统九年五月本日以前，凡与东西各国正式签订条约，及已付债款各合同，一律继续有效。（六）民国所行印花税一事，应即废止，以纾民困。

其余苛细杂捐，并着各省督抚查明，奏请分别裁撤。（一）民国刑律，不适国情，应即废除，暂以宣统初年颁定现行刑律为准。（二）禁除党派恶习，其从前政治罪犯，概予赦免，倘有自弃于民而扰乱治安者，朕不敢赦。（三）凡我臣民，无论已否剪发，应遵照宣统三年九月谕旨，悉听其便。凡此九条，誓共遵守，皇天后土，实鉴临之！将此通谕知之！

这谕既发，康有为又取出第二三道草诏，谕设内阁议政大臣，并设阁丞二员。余如京外各缺，均暂照宣统初年官制办理。又封黎元洪为一等公，授张勋、王士珍、陈宝琛、梁敦彦、刘廷琛、袁大化、张镇芳为内阁议政大臣，万绳栻、胡嗣瑗为内阁阁丞，梁敦彦为外务部尚书，张镇芳为度支部尚书，王士珍为参谋部大臣，雷震春为陆军部尚书，朱家宝为民政部尚书，徐世昌为弼德院院长，康有为为副院长，张勋又兼任直隶总督北洋大臣，留京办事，冯国璋为两江总督南洋大臣，陆荣廷为两广总督。他如直隶督军曹锟以下，统改官巡抚。一时希荣求宠诸徒，无不雀跃，纷纷至热闹市场，购办翎顶蟒服，准备入朝，市侩遂竞搜旧箧，把从前搁落的朝臣服饰，一股脑儿搬取出来，重价出售，倒是一桩绝大利市，得赚了好许多银子。小子也乐得凑趣，胡诌几句歪诗道：

> 轻心一试太粗狂，
> 偌大清宫做戏场。
> 只有数商翻获利，
> 挟奇犹悔不多藏。

复辟已成，兴高采烈的张辫帅，还有若干手续，试看下回便知。

张勋以数年之心志，乘黎菩萨危急之余，冒昧求逞，遽尔复辟，此乃所谓行险侥幸之举，宁能有成？况清室已仆，不过为残喘之苟延，欲再出而号令四方，试问如许军阀家，尚肯低首下心，为彼奴隶乎？但观民国诸当局之各私其私，尚不若张辫帅之始终如一，其迹可訾，其心尚堪共谅也。彼康有为亦何为者？前清戊戌之变，操之过急，几陷清德宗于死地，此时仅余一十三龄之遗胤，乃又欲举为孤注，付诸一掷，名为保清，实则害清，是岂不可以已乎？若万绳栻诸人，固不足道焉。

第八十五回　梁鼎芬造府为说客　黎元洪假馆作寓公

却说张勋主张复辟，仓促办就，诸事统皆草率，所有手续，概不完备。就是草诏中所叙各奏，都是凭空捏造，未曾预办，因此又劳那康圣人费心，先将自己奏折草就，补呈进去，再把瞿鸿机等奏请听政的折子，亦缮定一分，作为备卷。其实冯国璋、陆荣廷、瞿鸿机等，尚未接洽，全凭文武两圣人，背地告成。这数种奏折原文，小子无暇详录，唯当时张勋有一通电，宣告中外，录述如下：

自顷政象谲奇，中原鼎沸，蒙兵未解，南耗旋惊，政府几等赘疣，疲氓迄无安枕。怵内讧之孔亟，虞外务之纷乘，全国飘摇，靡知所届。勋惟治国犹之治病，必先洞其症结，而后攻达易为功；卫国犹之卫身，必先定其心君，而后清宁可长保。既同处厝火积薪之会，当愈励挥戈返日之忠，不敢不掬其血诚，为天下正言以告。

溯自辛亥武昌兵变，创改共和，纲纪隳颓，老成绝迹，暴民横恣，宵小把持，奖盗魁为伟人，祀死囚为烈士，议会倚乱民为后盾，阁员恃私党为护符，以剥削民脂为裕课，以压抑善良为自治，以摧折耆宿为开通；或广布谣言，而号为舆论，或密行输款，而托为外交，无非恃卖国为谋国之工，借立法为舞法之具。驯至昌言废孔，立召神恫，悖礼害群，率由兽行，以故道德沦丧，法度陵夷，匪党纵横，饿殍载道。一农之产，既厄于讹诈，复厄于诛求，一商之资，非耗于官捐，即耗于盗劫。凡在位者，略吞贿赂，交济其奸，名为民国，而不知有民，称为国民，而不知有国。至今日民穷财尽，而国本亦不免动摇，莫非国体不良，遂至此极。即此次政争伊始，不过中央略失其平，若在纲纪稍振之时，焉有缪辗不解之虑？乃竟兵连方镇，险象环生，一二日间，弥漫大地。乃公亦局中人，何徒责人而不自责。

迨今外蒙独立，尚未取消，西南乱机，时虞窃发，国会虽经解散，政府久听虚悬，总理既为内外所不承认，仍即觍然通告就职，政令所及，不出都门，于是退职议员，公诋总统之言为伪令，推原祸始，实以共和为之厉阶。且国体既号共和，总统必须选举，权利所在，人怀幸心，而选举之期，又仅以五年为限，五年更一总统，则一大乱，一年或数月更一总理，则一小乱，选举无已时，乱亦无已时。此数语颇亦动听。小民何辜，动罹荼毒，以视君主世及，犹得享数年或数十年之幸福者，相距何啻天渊？利病较然，何能曲讳？

或有谓国体既改共和，倘轻予更张，恐滋纷扰，不若拥护现任总统，或另举继任总统之为便者。不知总统违法之说，已为天下诟病之资，声誉既隳，威信亦失，强为拥护，终不自安；倘日后迫以陷险之机，曷若目前完其全身之术？爱人以德，取害从轻，自不必伴予推崇，转伤忠厚。亏他自圆其说。至若另行推选，克期继任，讵敢谓海内魁硕，并世绝无其人？还是请辫帅登台何如？然在位者地丑德齐，莫能相下，在野者资轻力薄，孰愿率从？纵欲别选元良，一时亦难其选。盖总统之职，位高权重，有其才而无其德，往者既时蓄野心，有其德而无其才，继者乃徒供牵鼻，重以南北趋向，不无异同，选在北则南争，选在南则北争，争端相寻，而国已非其国矣。默察时势人情，与其袭共和之虚名，取灭亡之实祸，何如屏除党见，改建一巩固帝国，以竞存于列强之间，此义近为东西各国所主张，全球几无异议。中国本为数千年君主之制，圣贤继踵，代有留贻，制治之方，较各国为尤顺，然则为时势计，莫如规复君主，为名教计，更莫如推戴旧君，此心此理，八表攸同。

伏思大清忠厚开基，救民水火，其得天下之正，远迈汉、唐，二祖七宗，以圣继圣，至我德宗景皇帝，时势多艰，忧勤尤亟，试考史宬载笔，如普免钱粮，叠颁内帑，多为旷古所无，即至辛亥用兵，孝定景皇后宁舍一姓之尊荣，不忍万民之涂炭，仁慈至意，沦浃人心，海内喁喁，讴思不已。前者朝廷逊政，另置临时政府，原谓试行共和之后，足以弭乱绥民，今共和已阅六年，而变乱相寻未已，仍以谕旨收回成柄，实与初旨相符。况我皇上冲龄典学，遵时养晦，国内迭经大难，而深宫亡凭无惊，近且圣学日昭，德音四被，可知天佑清祚，特畀我皇上以非常睿智，庶应运而施其拨乱反正之功。祖泽灵长，于兹益显。

勋等枕戈励志，六载于兹，横览中原，陆沈滋惧，比乃猝逢时变，来会上京。窃以为暂偷一日之安，自不如速定万年之计，业已熟商内外文武，众议佥同，谨于本日合词奏请皇上复辟，以植国本而固人心，庶几上有以仰慰列圣之灵，下有以俯慰群生之望。风声所树，海内景从。凡我同袍，皆属先朝旧臣，受恩深重，即军民人等，亦皆食毛践土，世沐生成，接电后，应即遵用正朔，悬挂龙旗。国难方殷，时乎不再，及今淬厉，尚有可为。本群下尊王爱国之至心，定大清国阜民康之鸿业。凡百君子，当共鉴之。

是时京城里面，俱经张勋传令，凡署廨局厂及大小商场，一应将龙旗悬起，随风飘扬，仿佛仍是大清世界。总算北京的大清帝国。只总统府中未曾悬挂龙旗，张勋还顾全黎总统面子，不遽用武力对待，但遣清室旧臣梁鼎芬等，"清室旧臣"四字，加诸梁鼎芬头上，却合身分。先往总统府中，入做说客。鼎芬见了黎总统，即将复辟情形，略述一番，并把一等公的封章，探囊出示。黎总统皱眉道："我召张定武入都，难道叫他来复辟吗？"鼎芬道："天意如此，人心如此，张大帅亦不过应天顺人，乃有这番举动，况公曾受过清职，食过清禄，辛亥政变，非公本意，天下共知，前次胁公登台，今番又逼公下场，公也可谓受尽折磨了，今何若就此息肩，安享天禄，既不负清室，亦不负民国，岂非一举两善吗？"黎总统道："我并非恋栈不去，不过总统的职位，乃出国民委托，不敢不勉任所难，若复辟一事，乃是张少轩一人主张，恐中外未必承认，我奈何敢私自允诺呢？"鼎芬复絮说片时，黎总统只是不答。再经鼎芬出词吓迫道："先朝旧物，理当归还，公若不肯赞成，恐致后悔。"黎总统仍然无语。鼎芬知不可动，悻悻自去。黎总统暗暗着忙，急命秘书拟定数电，由黎总统亲自过目，因闻电报局被定武把守，料难拍发，乃特派亲吏潜出都城，持稿赴沪，方得电布出来：

（第一电）

本日张巡阅使率兵入城，实行复辟，断绝交通，派梁鼎芬等来府游说，元洪严词拒绝，誓不承认。副总统等拥护共和，当必有善后之策。特闻。

（第二电）

天不悔祸，复辟实行，闻本日清室上谕，有元洪奏请归政等语，不胜骇异。吾国由专制为共和，实出五族人民之公意，元洪受国民付托之重，自当始终民国，不知其他。特此奉闻，藉免误会。

（第三电）

国家不幸，患难相寻，前因宪法争持，恐启兵端，安徽督军张勋，愿任调停之责，由国务总理李经羲主张招致入都，共商国是。甫至天津，首请解散国会，在京各员，屡次声称保全国家统一起见，委曲相从。刻正组织内阁，期速完成，以图补救。不料昨晚十二点钟，突接报告，张勋主张复辟，先将电报局派兵占领。今日梁鼎芬等入府，面称先朝旧物，应即归还等语。当经痛加诋逐出府外。风闻彼等已发出通电数道，何人名义，内容如何，概不得知。

元洪负国民付托之重，本拟一俟内阁成立，秩序稍复，即行辞职以谢国人。今既枝节横生，张勋胆敢以一人之野心，破坏群力建造之邦基，即世界各国承认之国体，是果何事，敢卸仔肩？时局至此，诸公夙怀爱国，远过元洪，佇望迅即出师，共图讨贼，以期复我共和而救危亡，无任迫切。临电涕泣，不知所云。如有电复，即希由路透公司转交为盼。

黎总统既派人南下，复与府中腹商量救急的方法，大众齐声道："现在京中势力，全在张勋一人手中，总统既不允所请，他必用激烈手段，对付总统，不如急图自救，暂避凶威，徐待外援到来，再作后图。"黎总统沉吟道："教我到何处去？"大众道："事已万急，只好求助外人了。"黎总统尚未能决，半晌又问道："我若一走，便不成为总统了，这事将怎么处置？"大众听了，还道黎总统尚恋职位，只得出言劝慰道："这有何虑？外援一到，总统自然复位了。"黎总统慨然道："我已决意辞职，不愿再干此事，唯一时无从交卸，徒为避匿方法，将来维持危局，究靠何人主张？罢！罢！我记

得约法中，总统有故障时，副总统得代行职权，看来只好交与冯副总统罢。"大众又道："冯副总统远在江南，如何交去？"黎总统也觉为难，为了这条问题，又劳黎总统想了一宵。大众逐渐散出，各去收拾物件，准备逃生。这原是第一要着。可怜这黎总统食不甘味，寝不安席，几乎一夜未能合眼，稍稍困倦，朦胧半刻，又被鸡声催醒，窗隙间已有曙光透入了。当即披衣起床，盥洗已毕，用过早膳，尚没有什么急警，唯闻有人传报，清宫内又有任官的上谕，瞿鸿禨、升允并授大学士，冯国璋、陆荣廷并为参与政务大臣，沈曾植为学部尚书，萨镇冰为海军尚书，劳乃宣为法部尚书，李盛铎为农工商部尚书，詹天佑为邮传部尚书，贡桑诺尔布为理藩部尚书。此外尚有许多侍郎、左右丞及都统、提督、府尹、厅丞诸名目，不胜枚举。随笔带过，较省笔墨。黎总统也无心细听，但安排交卸的手续，尚苦无人担承。

到了晌午，风声已加紧了，午后竟有定武军持械前来，气势汹汹，强令总统府卫队，一律撤换，并即日交出三海，不得迟延。陆军中将唐仲寅为总统府卫队统领，无法抵推，亟入报黎总统，速请解决。黎总统本疑李经羲与勋同谋，不愿与议，至此急不暇择，便令秘书刘钟秀往邀经羲，刘奉命欲行，可巧外面递入李经羲辞职呈文，并报称经羲已赴天津。走得好快。黎总统长叹道："我也顾不得许多了，看来只有仍烦老段罢。"便命刘钟秀草定两令，一是准李经羲免职，仍任段祺瑞为国务总理，一是请冯国璋代理职权，所有大总统印信，暂交国务总理段祺瑞摄护，令他设法转呈。两令草就，盖过了印，即将印信封固，派人赍送天津，交给段祺瑞，自己随取了一些银币，带着唐仲寅、刘钟秀二人及仆从一名，潜出府门，竟往东交民巷，投入法国医院中。

时已天暮，院门虽开，里面只有仆从数人驻守，问及院长，答称外出未归，无从见客，那时只好怏怏退出，折入日本使馆界内。沿途踯躅，穷无所归，好似倦鸟失巢，惶急无主。亏

得唐仲寅记起一人,谓与日本公使武随员斋藤少将尝相往来,不妨向彼求援,并托保护。当下驰入斋藤少将官舍,投刺请见。幸斋藤少将未曾出门,便即迎入,他本是认识黎元洪,总统印信已经交出,不能再称总统了。又与唐仲寅交好,当然坦怀相待。仲寅即将避难情形,约略告知,并浼他至日本公使前,善为转达,恳请保护生命。斋藤少将一力担承,遂命役从取出茶点,供饷二人。黎元洪稍稍放心,且因夜膳尚无着落,不得已将东洋茶食,略充饥渴。好在斋藤少将诚心帮忙,叫他两人坐待,自往日使馆中代为请命,少顷即回报道:"敝公使已如所请,屈就营房数日,当予以相当保护,尽可无忧。"黎、唐二人当即称谢。斋藤少将便令卫兵腾出营房一间,导引两人栖宿,黎菩萨才得离开地狱,避入天堂了。还算不幸中之幸。越宿即由日本公使,通告驻京各国公使馆并及清室道:

> 黎大总统带侍卫武官陆军中将唐仲寅、秘书刘钟秀及从者一名,于七月二日午后九时半,不预先通知,突至日本使馆域内之使领武随员斋藤少将官舍,恳其保护生命。日本公使馆认为不得已之事情,并顾及国际通义,决定作相当之保护,即以使馆域内之营房,暂充黎总统居所,特此告知。

总统避去,民国垂危,冯国璋远处江南,鞭长莫及,只有段祺瑞留寓天津,闻得京中政变,惹动雄心,即欲出讨张勋。可巧前司法总长梁启超亦在津门,两下会议,由祺瑞表明己意,启超一力怂恿,决主兴兵。适陈光远在津驻扎,手下兵却有数千,段、梁遂相偕至光远营,商议讨张,光远却也赞同。又值李经羲到津,致书祺瑞,请他挽回大局,就是黎元洪所派遣的亲吏,亦赍送印信到津,交与祺瑞。祺瑞阅过来文,越觉名正言顺,当即嘱托梁启超,草拟通电数道,陆续拍发。梁本当代文豪,先已由自己出名,反对复辟,洋洋洒洒地撰成数千百言,通电全国,不过前时手无寸铁,但凭理想上立论,比张勋为董卓、朱温;好一个正比例。此次由段祺瑞出来兴师,更属理直气壮,乐得借那笔尖儿,横扫千人军。既而冯、段联约,瞿、陆辨诬,祺瑞自任共和军总司令,更靠那皇皇文告,鼓吹义旅,笔伐凶豪。小子有诗咏道:

> 笔锋也可作兵锋,
> 文武兼优快折冲。
> 莫道书生无诣力,
> 一枝斑管足摧凶。

欲知文中如何抒写,请看下回录叙。

康有为外,又有一梁鼎芬,是皆为清末之老生,脑筋中只含有事君以忠数语,而未知通变达权之大义者也。夫必有夏少康之英武,然后可以先夏物,必有周宣王之明哲,然后可以复周宗。彼宣统帝尚在冲年,宁能及此?况种族革命,已成常调,君主政体,不克再燃,即令英辟重生,亦未能违反民意,侈然自尊,更何论逊清之余裔乎?康有为出佐张勋,已同笨伯,而梁鼎芬复往说黎元洪,其愚尤甚。惟黎元洪引虎自卫,卒为虎噬,仓促促出走,日暮途穷,幸有日本使馆之营房,及斋藤少将之友谊,尚得借庇一枝,自全身命,否则不为所害者,亦几希矣。虽然,知人则哲,尧舜犹难,吾于黎氏何责焉?

第八十六回　誓马厂受推总司令　战廊房击退辫子军

却说梁启超草缮电文，凭着那生平抱负，随纸抒写，端的万言立就，一鸣惊人。首数电是分致冯国璋及陆荣廷、瞿鸿机诸人，不过问明真假，无甚阂议。另有一篇通告讨逆的电文，着笔不多，已觉得感慨淋漓。文云：

天祸中国，变乱相寻，张勋怀抱野心，假调停时局为名，阻兵京国，至七月一日，遂有推翻国体之奇变。窃惟国体者，国之所以与立也，定之匪易。既定后而复图变置，其害之中于国家者，实不可胜言。且以今日民智日开，民权日昌之世，而欲以一姓威严，驯伏亿兆，尤为事理所万不能致。民国肇建，前清明察世界大势，推诚逊让，民怀旧德，优待条件，勒为成宪，使永避政治上之怨府，而长保名义上之尊荣，宗庙享之，子孙保之。

历考有史以来廿余姓帝王之结局，其安善未有能逮前清者也。今张勋等以个人权力欲望之私，悍然犯大不韪，以倡此逆谋，思欲效法莽、卓，挟幼主以制天下，竟捏黎元洪奏称改建共和，诸多弊害，恳复御大统，以拯生灵等语，擅发伪谕。横逆至此，中外震骇。若曰为国家耶，夫安有君主专制之政，而尚能生存于今之世者？其必酿成四海鼎沸，盖可断言。而各友邦之承认民国，于兹五年，今覆雨翻云，我国人虽不惜以国为戏，在友邦则岂能与吾同戏者？内部纷争之结局，势非召外人干涉不止，国运真从兹斩矣。若曰为清室耶，清帝冲龄高拱，绝无利天下之心，其保傅大臣，方日以居高履危为大戒，今兹之举，出于迫胁，天下共闻，历考史乘，自古安有不亡之朝代？前清得以优待终古，既为旷古所无，岂可更置诸岩墙，使其为再度之倾覆以至于尽？祺瑞罢斥以来，本不敢复与闻国事，唯念辛亥缔造伊始，祺瑞不敏，实从领军诸君子后，共促其成。既已服劳于民国，不能坐视民国之颠覆分裂，而不一援。且亦曾受恩于前朝，更不忍听前朝为匪人所利用，以陷于自灭。情义所在，守死不渝。诸公皆国之干城，各膺重寄，际兹奇变，义愤当同。为国家计，自必矢有死无贰之诚，为清室计，当久明爱人以德之义。复望勠力同心，戡兹大难，祺瑞虽衰，亦当执鞭以从其后也。敢布腹心，伏维鉴察。

自数电发出后，冯国璋的讨逆电，陆荣廷的辩证捏名电及瞿鸿机的表明心迹电，陆续布闻。还有岑春煊也来凑兴，声请讨逆，并致电与清太保世续及陈宝琛、梁鼎芬两人，讽劝清室毋堕奸谋。此外如浙江、江西、湖南、湖北等省，一致反对复辟，声讨张勋。段祺瑞见众心愤激，料必有成，遂自称共和军总司令，亲临马厂，慷慨誓师，随即把梁任公（启超表字）第二道草檄，电告天下。大致说是：

共和军总司令段祺瑞，谨痛哭流涕，申大义于天下曰：呜呼！天降鞠凶，国生奇变，逆贼张勋，以凶狡之资，乘时盗柄，竟有本月一日之事，颠覆国命，震扰京师，天宇晦霾，神人同愤。该逆出身灶养，行秽性顽，便佞希荣，渐跻显位，自入民国，阻兵要津，显抗国定之服章，婪索法外之馈糈，军焰凶横，行旅裹足，诛求无艺，私橐充盈，凡兹稔恶，天下共闻，值时多艰，久稽显戮。比以世变洊迫，政局小纷，阳托调停之名，阴为篡窃之备，要挟总统，明令敦召，遂率其丑类，直犯京师。自其启行伊始，及驻京以来，屡次驰电宣言，犹以拥护共和为口实，逮国会既散，各军既退，忽背信誓，横造逆谋，据其所发表文件，一切托以上谕，一若出自幼主之本怀，再三胪举奏折，一若由于群情之拥戴，夷考其实，悉属謷言。当是日夜十二时，该逆张勋，忽集其凶党，勒召都中军警长官二十余人，列戟会议。勋叱咤命令，迫众雷同，旋即挈康有为阒入宫禁，强为拥戴。世中堂续，叩头力争，血流灭鼻。瑾、瑜两太妃，痛哭求免，几不欲生。与实情未必全符，但为清室解免，亦不得不如是说法。

清帝子身冲龄，岂能御此强暴？竟遭诬胁，实可哀怜。该伪谕中横捏我黎大总统、冯副总统，及陆巡阅使之奏词，尤为可骇。我大总统手创共和，誓与终始，两日以来，虽在樊笼，犹叠以电话手书，密达祺瑞，谓虽见幽，决不从命，责以速图光复，毋庸顾忌。我副总统一见伪谕，即赐驰电，谓为诬捏，有死不承。由此例推，则陆巡阅使联奏之虚构，亦不烦言而决。所谓奏折，所谓上谕，皆张勋及其凶党数人，密室篝灯，构此空中楼阁，而公然腾诸官书，欺罔天下。自昔神奸巨蠹，劝进之表，九锡之文，其优盂儿戏，未有若今日之甚者也。该逆勋以不忘故主，谬托于忠爱，夫我辈今固服劳民国，强半皆曾任先朝，故主之恋，谁则让人？然正惟怀感恩图报之诚，益当守爱人以德之训。昔人有言："长星劝汝一杯酒，世岂有万年天子哉？"旷观史乘，迭兴迭仆者几何代、几何姓矣，帝王之家，岂有一焉能得好结局？前清代有令辟，遗爱在民，天厚其报，使继之者不复家天下而公天下，因得优待条件，勒诸宪章；砺山带河，永永无极。吾辈非臣事他姓，绝无失节之嫌，前清能永享殊荣，即食旧臣之报，仁至义尽，中外共钦，自解处颇费心机。今谓必复辟而始为忠耶？张勋食民国之禄，于兹六年，必今始忠，则前日之不忠孰甚？昔既不忠于先朝，今复不忠于民国，刘牢之一人三反，狗彘将不食矣。谓必复辟而始为爱耶？凡爱人者必不忍陷人于危，以非我族类之嫌，丁一姓不再兴之运，处群治之世，而以一人为众矢之的，危孰甚焉？

张勋虽有天魔之力，岂能翻历史成案，建设万劫不亡之朝代？既早晚必出于再亡，及其再亡，欲复求有今日之条件，则安可得？岂惟不得，恐幼主不保首领，而清室子孙，且无噍类矣。清室果何负于张勋，而必欲借手殄灭之而后快？岂惟民国之公敌，亦清室之大罪人也。两项是斩关直入语。张勋伪谕，谓必建帝号，乃可为国家久安长治之计。张勋何人？乃敢妄谈政治。使帝制而可以得良政治，则辛亥之役，何以生焉？博观万国历史，变迁之迹，由帝制变共和而获治安者，既见之矣，由共和返帝制而获治安者，未之前闻。法兰西三复之而三革之，卒至一千八百七十一年，拥立共和，国乃大定，而既扰攘八十年，国之元气，消耗尽矣。国体者，譬犹树之有根也。植树而屡摇其根，小则萎黄，大则枯死。故凡破坏国体者，皆召乱取亡之道也。防乱不给，救亡不赡，而曰吾将借此以改良政治，将谁欺？欺天乎？复辟之贻害清室也如彼，不利于国家也如此，内之不特非清帝自动，而嫔妃耆傅，且不胜其疾首痛心。外之不特非群公劝进，而比户编氓，各不相谋而划目切齿，逆贱张勋，果何所为何所恃而出此？彼见其辫子军横行徐、兖，亦既数年，国人优容而隐忍之，自谓人莫敢谁何，遂乃忽起野心，挟天子以令诸侯，因以次划除异己，广布腹心爪牙于客省。

扫荡有教育有纪律之军队，而使之受支配于彼之土匪军之下。然后设文网以抗贤士，箝天下之口。清帝方今玩于彼股掌之上，及其时则取而代之耳，罪浮于董卓，凶甚于朱温，此而不讨，则中国其为无男子矣。祺瑞罢政旬月，幸获息肩，本思稍事潜修，不复与闻政事，忽遭此变，群情鼎沸，副总统及各督军省长，驰电督责，相属于道，爱国之士夫，望治之商民，好义之军侣，环集责备，义正词严，祺瑞抚躬循省，绕室彷徨，既久奉职于民国，不能视民国之覆亡，且曾筮仕于先朝，亦当救先朝之狼狈。好笔伐。谨于昨日夜分，视师马厂，今晨开军官会议，六师之众，佥然同声，誓与共和拼命，不共逆贼戴天。为谋行师指臂之便，谬推祺瑞为总司令，义之所在，不敢或辞，部署略完，克日入卫。查该逆张勋，此次倡逆，既类疯狂，又同儿戏，彼昌言事前与各省各军均已接洽，试问我国同袍僚友，果有曾预逆谋者乎？彼又言已得外交团同意，而使馆中人，见其中风狂走之态，群来相诘。言财政则国库无一钱之蓄，而蛮兵独优其饷，且给现银；言军纪则辫兵横行都门，而国军与之杂居，日受凌轹。数其阁僚，则老朽顽旧，几榻烟霞；问其主谋，则巧语花言，一群鹦鹉。似此而能济大事，天下古今，宁有是理？即微义师，亦当自毙。所不忍者，则京国之民，倒悬待解；所可惧者，则友邦疑骇，将起责言。祺瑞用是剑及屦及，率先勇进，为国民祛此蟊贼，区区愚忠，当蒙共谅。

该逆发难，本乘国民之所猝未及防，都中军警各界，突然莫审所由来，在势力无从应付，且当逆焰薰天之际，为保持市面秩序，不能不投鼠忌器，隐忍未讨，理亦宜然。本军伐罪吊民，除逆贼张勋外，一无所问，凡我旧侣，勿用以胁从自疑。其有志切同仇，宜诣本总司令商受方略，事定后酬庸之典，国有成规。若其有意附逆，敢抗义旗，常刑所悬，亦难曲庇。至于清室逊让之德，久而弥彰，今兹构衅，祸由张逆，冲帝既未与闻，师保尤明大义，所有皇帝优待条件，仍当永勒成宪，世世不渝，以著我国民念旧酬功，全始全终之美。祺瑞一俟大难戡定之后，即当迅解兵柄，复归田里，敬候政府重事建设，迅集立法机关，刷新政治现象，则多难兴邦，国家其永赖之。谨此布告天下，咸使闻知。

大文炳炳，振旅阗阗，共和军总司令段祺瑞，已日夜部署，准备出师。会副总统冯国璋又拍电至津，准与段祺瑞联合讨逆，乃复将两人署名发一通电，数张勋八大罪状。其电云：

国运多屯，张勋造逆，国璋、祺瑞先后分别通电，声罪致讨，想尘清听。逆勋之罪，罄竹难书，服官民国，已历六年，群力构造之邦基，一人肆行破坏，罪一；置清室于危地，致优待条件，中止效力，辜负先朝，罪二；清室太妃、师傅，誓死不从，勋胁以威，目无故主，罪三；拥幼冲玩诸股掌，袖发中旨，权逾莽、卓，罪四；与同舟坚约，拥护共和，口血未干，卖友自绝，罪五；捏造大总统及国璋等奏折，思以强暴污人，以一手掩天下耳目，罪六；辫兵横行京邑，骚扰闾阎，复广募胡匪游痞，授以枪械，满布四门，陷京师于糜烂，罪七；以列强承认之民国，一旦破碎，致友邦愤怒惊疑，群谋干涉，罪八。凡此八罪，最为昭彰，自余稔恶，擢发难数。国璋忝膺重寄，国存与存，祺瑞虽在林泉，义难袖手。今已整率劲旅，南北策应，肃清畿甸，犁扫贼巢，凡我同袍，谅同义愤。伫盼云会，迅荡霾阴，国命重光，拜嘉何极！冯国璋、段祺瑞同电。

冯、段相连，声威益振，浙江督军杨善德、直隶督军曹锟、第十六混成旅司令冯玉祥等，亦均电告出师，公举段祺瑞为讨逆军总司令。祺瑞乃改称共和军为讨逆军，就在天津造币总厂设立总司令部，并派段芝贵为东路司令，曹锟为西路司令，分道进攻，一面就国务总理职任，设立国务院办公处，也权借津门地点，作为机关。就是副总统冯国璋，因段祺瑞转达黎电，请他代理总统职权，他因特发布告，略言："黎大总统不能执行职务，国璋依大总统选举法第五条第二项，谨行代理，即于七月六日就职"云云。还有外交总长伍廷芳，亦携带印信至沪，暂寓上海交涉公署办公，即日电告副总统及各省公署，并令驻沪特派交涉员朱兆莘，电致驻洋各埠领事，声明北京伪外务部文电，统作无效，应概置不理为是。

于是除京城外，统是不服张勋的命令，张勋已成孤立，还要乱颁上谕，饬各督抚每省推举三人，来京筹议国会，又授徐世昌为太傅，张人骏、周馥为协办大学士，岑春煊、赵尔巽、陈夔龙、吕海寰、邹嘉来、张英麟、铁良、吴郁生、冯煦、朱祖谋、胡建枢、安维峻、王宝田为弼德院顾问大臣，一班陈年角色，统去搜罗出来，叫他帮助清室。可赠他一个美号叫作"张古董"。清太保世续等，忧多喜少，屡遣太监至东安门外，采购新闻纸，携入备览，借觇舆情向背。适伪任太傅徐世昌，电告世续，说是变生不测，前途难料，宜自守镇静态度，幸勿妄动，所以宣统帝复辟数日,世续等噤若寒蝉,不出一语。但听张辫帅规划一切,今日任某官,明日放某缺,夹袋中的人物,一股脑儿开单邀请,其实多半在千里百里外面,就使闻知,也未敢贸然进来。

张勋正在忧闷,蓦接军报,乃是曹锟、段芝贵两军,分东西两路杀入。西路的曹锟军,占去卢沟桥,东路的段芝贵军,占去黄村,当下恼动张辫帅,立令部兵出去抵拒。无如张军只有五千,顾东不能及西,顾西不能及东,此外无兵可派,只好一齐差去,使他冲锋。张军自知不敌,没奈何硬着头皮,前往一试。行至廊房,刚值段芝贵驱兵杀来,两下交锋,段军所发的枪弹,很是厉害,张军勉强抵挡,伤毙甚多。正在招架不住,又听得西路急报,曹锟及陈光远等,统领兵杀到,张军前后受敌,哪里还能支持?霎时间纷纷溃退,段芝贵等遂进占丰台。越日,即由冯代总统发令,褫夺长江巡阅使安徽督军张勋官职,特任安徽省长倪嗣冲兼署安徽督军,所有张勋未经携带的部兵,统归倪嗣冲节制,且命各省军队,静驻原防,不得借端号召,自紊秩序。段祺瑞又促东西两司令,赶紧入京,扫除逆氛。张勋闷坐京城,连接各路警耗,且惊且愤,几乎把他几根黄须儿,一条曲辫子,也向上直竖起来,于是复矫托清帝谕旨,速命徐世昌入都,以太傅大学士辅政,自己开去内阁议政大臣,暨直隶总督兼北洋大臣各差缺,并电告各省,历述前此经过情形,大有恨人反复、不平则鸣的意思。小子有诗咏张辫帅道:

> 莽将无谋想用奇,
> 欺人反致受人欺。
> 须知附和同声日,
> 便是请君入瓮时。

究竟电文如何措辞,容待下回再表。

张勋复辟,相传各军阀多半与谋,即冯河间亦不能无嫌,所未曾与闻者,第一段合肥耳。然由府院之冲突,致启督军团之要挟,因督军团之要挟,致召张辫帅之入京,推原祸始,咎有攸归。幸段誓师马厂,决计讨逆,方有以谢我国人,自盖前愆。梁启超出而助段,磨盾作檄,坊间所行之《盾鼻集》,备载讨逆大文,确是梁公一生得意之笔,阅者读之,固无不击节称赏,叹为观止矣。然梁为康有为之高足,康佐张辫帅而复辟,梁佐段总理而誓师,师弟反对,各挟其术以自鸣,意者其所谓青出于蓝欤?夫民国成立已十余稔,同舟如敌国,婚媾若寇仇,师弟一伦,更不暇问,吾读梁文,吾尤不禁忾然叹、泫然悲也。若张勋以区区五千人,遽欲推倒民国,谈何容易。彼方自谓历届会议,已得多数赞成,可以为所欲为,亦安知覆雨翻云者之固比比耶?张辫帅自作曲辫子,夫复谁尤!

第八十七回

张大帅狂奔外使馆
段总理重组国务员

却说张勋辞去议政大臣及各种兼衔，自思从前徐州会议，诸多赞成，就是一二著名人物，亦无违言，今乃群起反对，集矢一身，不得不自鸣不平，通告全国，电文有云：

我国自辛亥以还，因政体不良之故，六年四变，迭起战争，海内困穷，人民殄瘁，推原祸始，固非共和阶之厉也。勋以悲天悯人之怀，而作拯溺救焚之计，度非君主立宪政体，无以顺民心而回末劫，欲行君主立宪政体，则非复子明辟，无以定民志而息纷争，此心耿耿，天日为昭。

所幸乞求声应，吾道不孤，凡我同袍各省，多与其谋，东海、河间，尤深赞许，信使往返，俱有可征。特录此电，实是为此数语。前者各省督军聚议徐州，复经商及，列诸计划之一，使他自己直供，令人拍手。嗣以事机牵阻，致有停顿，然根本主义，讵能变更？现以天人会合，幸告成功，民不辍耕，商不易市，龙旗飘漾，遍于都城。单靠都城竖着龙旗，有何用处？万众胪欢，咸歌复旦，使各省本其原议，多数赞同，何难再见太平？

不意二三政客，因处地不同，遂生门户之见；于是主张歧异，各趋极端，或故违本心，率以意气相向，或反持私见，而以专擅见规，遽启兵端，集于畿辅，人心惶恐，辇毂动摇。勋为保持地方治安起见，自不能不发兵抵御，战争既起，胜负难言，设竟以此扰及宫廷，祸延闾里，甚至牵惹交涉，丧失利权，则误国之咎，当有任之者矣。

唯念此次举义之由，本以救国济民为志，决无私毫权利之私，挽于其间，既遂初心，亟当奉身引退。况议政大臣之设，原以兴复伊始，国会未成，内阁无从负责，若循常制，仅以委诸总理一人，未免近于专断，不得已而取合议之制，事属权宜。勋以椎鲁武人，滥膺斯选，辞而后任，方切惭惶。何前倨而后恭？爰于本日请旨，以徐太傅辅政，组织完全内阁，召集国会，议定宪法，以符实行立宪之旨。仔肩既卸，负责有人，当即面陈辞职。其在徐太傅未经莅京以前，所有一切阁务，统交王聘老暂行经管，一俟诸事解决之后，即行率队回徐，可不必费心了。但使邦基永定，渐跻富强，勋亦何求？若夫功罪，唯有听诸公论而已。敢布腹心，谨谢天下！

话虽如此，但雄心究还未死，因复收集溃兵，屯聚天坛，所有天安门、景山、东西华门及南河沿等处，各设炮位，严行扼守，将与讨逆军背城一战，赌决雌雄。驻京各国公使团，目睹京城危急，恐未免池鱼遭殃，遂相率照会清室，请劝令张勋解除武装，取消复辟。清宫上下，全无政柄，只得将各使公牒，交给张勋。张辫帅怎肯遽允？定要决一死战，于是京城大震，名为首善要区，简直是要做大战场了。

张镇芳、雷震春两人，见时局不稳，情愿弃去度支、陆军两部尚书，出京逃生；行至丰台，被讨逆军截住，把他拿下。还有一个冯德麟，本在奉天任事，他也来赶闹热场，想做个复辟功臣，不幸事机失败，求福得祸，所以潜逃出都，拟返入新民屯，途次亦为讨逆军所阻，截拿去了。当由冯代总统下令，褫去张镇芳、雷震春、冯德麟官职，暨前时所授勋位勋章，分交法庭依法严惩。余如康有为、万绳杖一流人物，统已准备逃走，背勋自去。早知今日，何必当初？独张勋未肯下台，自在天坛督兵，决最后的胜负。好容易到了七月十二日，讨逆军分三路进攻，直入各城，旅长冯玉祥、吴佩孚、张纪祥等攻击天坛，张军虽然负嵎，究竟寡不敌众，更兼枪弹未曾备足，怎能坚持到底？自从午前开战，两边枪声，陆续不绝。到了午后，讨逆军勇气未衰，张军已不能再支，枪声也中断了。张勋自知不妙，匹马遁入城中，部将失去主帅，除投降外无别策，只好竖起白旗，崩角输诚。讨逆军勒令缴械，方准免死，张军无奈，尽将手中枪交付讨逆军，然后得着生路，一齐出围。

惟张勋私宅，向在南河沿居住，勋妻本不赞成复辟，前时曾痛詈万绳划道："汝无故兴风作浪，将来使我张氏子孙，没有啖饭的地方，都是汝一人闯祸哩。"万绳划置诸不睬。张勋且蓄志有年，怎肯听那床头人，幡然早悟？况张勋姬妾甚多，平时本与正室不和，所以留居京第，未尝随从，此次张勋败还，勋妻恨不得向勋诘责，借出胸中恶气，但见勋非常狼狈，气喘吁吁，也不好火上添薪，自寻祸祟，唯问勋如何保身？如何保家？勋不遑答说，招集家中卫士及留京守卒，尚有五百余人，又领将出去，据住中央公园，还想一战。辫帅到底不弱。讨逆军一拥进攻，就使五百人铜头铁额，也是不能求胜。再加讨逆军内的旅长王承斌，就南河沿附近，择一隙地，摆起机关炮来，对准张勋私宅，开放过去。张勋家内的眷属，统吓得魂不附体，慌忙外走。凑巧张勋亦顾家心切，由中央公园走归，急引妻子乘摩托车，开足汽机，驰往东交民巷，奔入荷兰公使馆中去了。

那南河沿私宅，已被炮火焚毁。张军悉数投降，遂于七月十二日傍晚，由讨逆军收复京城，当即驰电天津，向段祺瑞处告捷。祺瑞便拟乘车入都，适值徐世昌过访，密语祺瑞道："此次复辟，本非清室本心，幸勿借此加罪清室。张勋甘为祸首，原是一个莽夫，但须念同袍旧谊，不为已甚。穷寇莫追，请君注意！"阅此语可知张勋前电谓东海亦深赞许，并非虚诬。祺瑞答道："优待清室条件，理应尽力保存，若少轩亦未必就逮。即无公言，我也不忍加害哩。"世昌乃拱手与别。越日，祺瑞入都，都中已定，因即到院视事，表面上不得不发一命令，缉拿张勋，一面派步军统领江朝宗，诣日本公使馆营舍中，迎黎元洪回府。这也是未免虚文。黎元洪已受过艰辛，当然不肯再来；惟寓居他人篱下，终非久计，乃谢过日本公使，及斋藤少将，迁回东厂胡同旧宅，即日通电全国，宣告去职。

第一电是：

天相民国，赖冯总统、段总理及前敌将士之力，奠定京畿，元洪已于本日移居东厂胡同，拟即赴津宅养疴。此次因故去职，负疚孔多，以后息影家园，不闻政治，恐劳远系，特此奉闻。

越日，又发出第二电，详述去职情由。文云：

昨电计达。顷闻道路流言，颇有于总统复职之说，穷加揣拟者，惊骇何极！元洪引咎退职，久有成言，皎日悬盟，长河表誓。此次因故去职，付托有人，按法既无复位之文，揆情岂有还辕之理？伏念元洪凤阙裁成，叨逢际会，求治太急，而蹶于康庄，用人过宽，而蔽于舆儿，追思罪戾，每疚神明。

国会内阁，立国兼资，制宪之难，集思尤贵。当稷下高谈之日，正沙中忿语之时，纵殚虑以求平，尚触机而即发。而元洪扬汤弭沸，胶柱调音，既无疏浚之方，竟激横流之祸，一也。解散国会，政出非常，纵谓法无明条，邻有先例，然而谨守绳墨，昭示山河，顾以惧民国之中殇，竟至咈初心而改选，格芦缩水，莫遂微忱，寡草随风，卒陨持操，二也。张勋久蓄野心，自为盟主，屡以国家多故，曲予优客，遂至乘瑕隙以激群藩，结要津以微明令，元洪虽持异议，卒惑群言，既为城下之盟，复召夺门之变，芈蜂螫指，引虎糜躯，三也。大盗移国，都市震惊，撤侍卫于东堂，屯重兵于北阙，元洪久经骇浪，何惮狞飚？顾忧大厦之焚，欲择长城之寄，含垢忍辱，贮痛停辛，进不能登台授钺，以殄凶渠，退不能阖室自焚，以殉民国，纵中兴之有托，犹内省而滋惭，四也。轻骑宵征，拟居医院，暂脱身于塞库，欲奋翼于渑池，乃者阍人不通，侦骑交错，遄臻使馆，得免危机，自承复壁之藏，特懔坚冰之惧，亦既宣言公使，早伍平民，虽于国似无缁素之伤，而此身究受羽毛之庇，五也。凡此愆尤，皆难解免。

一人丛胜，万姓流离，睹锋镝而痛伤兵，闻鼓鼙而惭宿将，合九州而莫铸，投四裔以何辞？万一矜其本心，还我初服，唯有杜门思过，扫地焚香，磨灌余生，忏除夙孽，宁有辞条之叶，仍返林柯，堕涧之花，再登茵席？心肝俱在，面目何施？且夫谋国必忠，爱人以德，琴弛则弦改，车覆则轨迁，若必使负疚之身，仍尸高位，腾嘲禅海，播笑编氓，将何以整饬纪纲，折冲樽俎？稀瓜不堪四摘，僵柳不可三眠，亡国败军，又焉用此？

抑元洪尚有进者，国定于一，师克在和，当兴亡继绝之交，为排难解纷之计，正宜恪守法律，蠲弃猜嫌。况冯总统江淮坐镇，夙得军心，段总理钟簴不惊，再安国本，果能举左挈右提之实，宁复有南强北胜之虞？至于从前兵谏，各省风从，虽言爱国之诚，究有溃防之虑。此次兴师讨贼，心迹已昭，何忍执越轨之微瑕，掩回天之伟绩，两年护国，八表齐功，公忠既已同孚，法治尤当共勉。若复絜短衡长，党同伐异，员峤可到，而使之返风，宣房欲成，而为之决水，茫茫惨黩，岂有宁期？

鼎革以还，政争迭起，凡兹兄弟阋墙之事，皆为奸雄窃国之资。傥诸夏之皆亡，讵一成之能借？殷鉴不远，天命难谌，此尤元洪待罪之躯，所为垂涕而道者也。勉戴河间，莫我民国，惭魂虽化，枯骨犹生。否则荒山穴罴，纵熏穴以无归，穷海田横，当投荒而不返，摅诚感听，维以告哀。

黎元洪虽连电辞职，冯国璋总须带着三分客气，未便骤然登台，当时有一篇通电，谓："现在京师收复，应即迎归黎大总统，入居旧府，照前统理。国璋即将代理职权，奉还黎大总统，方为名正言顺"等语。黎元洪如何再肯接受，仍然固辞。段祺瑞再组织内阁，拟定相当人员，将任汪大燮为外交总长，汤化龙为内务总长，梁启超为财政总长，林长民为司法总长，张国淦为农商总长，曹汝霖为交通总长，范源濂为教育总长，刘冠雄为海军总长，祺瑞自兼陆军总长。只因冯、黎两人彼此推让，总统尚为虚位，究归何人颁发任命，因此祺瑞未免踌躇。

祺瑞有一高足弟子，姓徐名树铮，乃是铜山人氏，曾赴东洋游学，在日本士官学校中毕业，归国以后，仍投段氏门下。洪宪前无甚表见，袁氏称帝，徐劝段极力反对，段乃下野。及蔡锷举义，云南独立，黔、粤等省依次响应。袁氏派遣曹锟、张敬尧等，出兵南下，特设海陆军统率办事处，调度军机，徐又劝段从旁牵掣，阴嘱逗留。段为北洋军系领袖，如曹锟、张敬尧等，素来倾向祺瑞。祺瑞虽手无寸铁，一封书足敌千军，所以曹、张两人不肯为袁效死，张敬尧且顿兵泸州，始终不进，任他统率办事处，如何催迫，全然不理。陕西将军陆建章，尽忠袁氏，徐又嗾动汉南镇守使陈树藩，兴兵独立，围攻长安，竟将建章逐去，代为陕督。为后文枪毙陆建章伏线。陕西一变，晋、豫动摇，四川将军陈宧，湖南将军汤芗铭，又皆宣告独立，坐令袁皇帝完全失败，活活气死。黎元洪依法继任，起段祺瑞为国务总理，段因徐树铮献策有功，格外亲信，便命他为国务院秘书长，兼领陆军次长，事必与商，乃演出府院冲突，种种变端。当时谓徐树铮势力，不亚徐世昌，世昌以资望见推，树铮以谋略见重，故特称树铮为小徐。成也萧何，败也萧何，我为段氏一叹。

至此段祺瑞复来组阁，为了元首问题，尚在绝续时候，未得命令为疑。树铮欲解主忧，便至黎元洪私第中，面谒元洪道："张、康谋逆，国体动摇，今幸段合肥在野兴师，入京讨逆，摧枯拉朽，再造民国，未知公将如何相待？"元洪愀然道："我不能事前弭患，乃至变生肘腋，震动京畿,尸位素餐,咎已难辞。今已通电辞职,继任当属冯河间,不日就可入都,信赏必罚,应归河间主张,我已身伍齐民,尚有何权处置国事哩?"树铮方才退出,转告段祺瑞。祺瑞即电告冯国璋,旋得国璋复电,组阁事悉凭裁夺。祺瑞遂将选定阁员,如数提出,好在国会已经解散,不必另费手续,咨求国会同意,因即称冯总统令,特任各部总长,复通缉复辟要犯康有为、刘廷琛、万绳栻、梁敦彦、胡嗣瑗等,着京内外各军警长官,留意侦拿。康有为等早已避至六国饭店,俟军事初定,溜出都门,鸿飞冥冥,弋人何篡,眼见是无从缉获了。毕竟圣人多智。首犯张勋安居荷兰使馆中,有人奉令探查,勋左手挟着快枪,右手持着书函一大包,晓晓与语道:"徐州会议时,赞成复辟,相率签名,此等笔迹,俱在我掌握中,他好卖友,我将宣示国人,与他同死,休怪我老张无情呢。"于是探查的人员,料知此事难办,乐得退出了事,不愿再闻。

只徐州留驻的定武军,闻报张勋失败,蠢然思动,如四十四营五十五营的兵队,并皆勾结匪徒,突然哗变,四出焚掠。余如当涂、宿迁、南通及沭阳等处所驻张军,亦相继为乱。幸经徐州镇守使张文生、海州镇守使白宝山,率部剿伐,逐渐扫平。转风使舵,两镇守使总算聪明。段总理接报后,便传电宣慰道:

奉大总统令,徐州镇守使张文生、海州镇守使白宝山,当张勋倡乱之始,即经通电声明,未预逆谋,并约束军队,力维秩序,此次土匪新兵,裹胁为变,又复亲督所部,立予歼除,淮、徐一带,得以保持安宁,实属深明大义,克当职守。张文生、白宝山着照旧供职,并责成将所部军队,声明纪律,切实整顿,以卫地方。此令。

还有清宫上下,经此剧变,十三龄的冲人,被张辫帅强迫登台,又做了十一、二日的北京皇帝,险些儿把饭碗都掷碎了。张勋一逃,段氏入京,急忙由内务府出名,函致段总理,历诉张勋强迫等情,段即命内务部电告冯国璋,主张优待条件,仍然如前。冯国璋自然同意,便托段总理传令道:

据清室内务府函称:本日内务府奉谕,前于宣统三年十二月二十五日,钦奉隆裕皇太后懿旨,因全国人民倾心共和,特率皇帝将统治权公诸全国,定为民主共和,并议定优待皇室条件,永资遵守等因。六载以来,备极优待,本无私政之心,岂有食言之理。不意七月一号,张勋率领军队,入宫盘踞,矫发谕旨,擅更国体,违背先朝懿训,冲入深居宫禁,莫可如何,此中情形,当为天下所共谅。着内务府咨请民国政府,宣布中外,一体闻知等因。查此次张勋叛国,矫挟肇乱,天下本共有见闻,兹据清室咨达各情,合亟明白布告,咸使闻知。此令。

侥幸侥幸,清室的优待条件,总算保住,不致撤销。小子有诗咏道:

> 亡国无如清室安,
> 悲中尚觉有余欢。
> 如何平地风波起,
> 险把遗宗一扫残?

欲知后事如何,且看下回分解。

张勋之妻,尚知复辟之不易成功,而勋独如病狂易,卒至孤军败走,入荷兰使馆以寄身,微特无以对民国,对清室,即对诸床头人,亦应有愧色矣。彼意以为各省军阀,赞成者已居多数,可以为所欲为,曾亦思人心难料,仲由、季布,当今尚有几人耶?勋一走而段氏入京,复为总理,是张勋之一番狂热,不啻代段氏作成位望。勋负大罪,段居大功,蚕丝作茧,自缚其身,何其愚也?而爱新觉罗氏之犹得苟延,抑亦仅矣。

第八十八回　代总统启节入都　投照会决谋宣战

却说国务总理段祺瑞，勘定乱祸，重造民国，中外已多数赞同，惟国民党中人物，仍拟扶持黎元洪。黎既去职，党人失主，势不能无所觖望，于是唐绍仪、汪兆铭等，同诣上海运动海军总司令程璧光、第一舰队司令林葆怿，否认国会解散后的政府，即于七月二十一日，宣告独立。电文如下：

中华民国海军总长程璧光、第一舰队司令林葆怿，谨率各舰队暨各将士，布告天下曰：自倪嗣冲首揭叛旗，毁弃《约法》，蹂躏国会，而中华民国之实亡；自张勋拥兵入京，公然僭窃，而中华民国之名亦亡。今张勋覆灭，中华民国之名，已亡而复存矣。然《约法》毁弃，国会蹂躏，国家纲纪，荡然已尽，岂中华民国仅以存其名为已足，而其实乃可置之于不问耶？夫纲纪陵夷，则奸宄横行，故一切假托名义者，乃得悍然无所顾忌，竟至罪恶贯盈之倪嗣冲，亦复当安徽督军之大任，益以南路司令之特权，颐指气使，叱咤四省，天下皆指为首祸，而顾以首义自居，天下皆指为元凶，而顾以元勋自居，循是以往，中华民国不复为国民之公器，特为权奸之面具而已。应加指摘。长此隐忍，何以为国？鱼烂之兆已见，陆沈之祸安逃？所为中夜斫剑，临流击楫也。

夫我海军将士，既以铁血构造共和，即以铁血拥护之，未免过夸。当丙辰之际，帝制已消，国命未续，我海军将士，以三事自矢，一曰拥护将士，二曰恢复国会，三曰惩办祸首，盖所求者，共和之实际，非共和之虚名，耿耿此心，可质天日。今者以言《约法》，则已灭裂矣，以言国会，则已破散矣，以言祸首，则鸱张者凌厉而无前，蛰伏者呼啸而竞起矣，国基颠簸，人心震撼，愕眙相顾，莫敢谁何！

呜呼！我海军将士，岂惟初心之已庾，亦惟责任之未尽也。用是援枹而起，仗义而言，必使已僵之《约法》，回其效力，已散之国会，复其原状，元恶大憝，为国蠹贼者，无所逃罪，然后解甲。自《约法》失效，国会解散之日起，一切命令，无所根据，当然无效，发此命令之政府，当然否认。谨此布告，咸使闻知。

自发表电文后，便率同舰队，开往广东，唐绍仪、汪兆铭相偕同行。广东督军陈炳焜早与中央脱离关系，当然欢迎海军，毋庸细表。

惟段祺瑞闻海军独立，急电告冯国璋，请褫夺程璧光职。国璋也即允行，免璧光官，另派海军总长刘冠雄，暂行兼领，一面使人慰谕海军第二舰队司令饶怀文及练习舰队司令曾兆麟，还算笼络得住，由饶、曾通电中外，谓："此次沪上海军宣言，我等绝不与闻，现在海军第二队暨练习队，一切行动，唯有秉承冯大总统意旨，以服从中央、保卫地方为职志。"段祺瑞稍稍放心，暗思海军宣言文中，未尝无理。唯第一条是惩办倪嗣冲等，这项是不便照行的。嗣冲为安徽颍州人，与祺瑞籍隶同省，本来是互通声气。及张勋得势，嗣冲乃与他联络，徐州会议，首表同情，勋既失败，又复向段输情，卖张助段，段意本不甚恨勋，自然不致恨倪，若非他一场复辟，段亦安得重任总理？其无憾也固宜。况系多年的同乡朋友，应该推诚相与，引为臂助。倪既攫得张勋遗缺，格外感激，服从段氏。段正要赖作外援，如何肯加罪示惩？只第二条大意，谓《约法》宜循，国会宜复，这乃是应行条件；但从前国会议员，与段反对,此时若仍然召集,必致照旧牵掣,许多为难,乃特想出一法,说是:"国会已经解散,宪法尚未成立,今日仍为适用《约法》时代。《约法》上只有参议院,应该仍召集前时参议院各员,制定宪法,并修正国会组织法等,然后宪法可得施行,国会再当成立。"这番言语,明明是弄乖使巧,别有会心。当下通电各省,征集意见,除岭南反抗外,皆复电赞成。段祺瑞又故示大度,并未责及两粤,但任刘承恩为广东省长,朱庆澜为广西省长,且云:"刘承恩未到任时,令陈炳焜暂行兼署。"

独四川兵乱未靖,特派周道刚代理四川督军,率兵平乱。原来戴戡兼署四川督军后,刘存厚暂时退出成都,至复辟事起,戴戡所部黔军,与刘存厚所部川军,复因争议北伐事,大起冲突,连日在成都激战,开放枪炮,焚毁民居。前总统黎元洪尚主张和平办理,叫他双方息争,静候中央查办。未几,元洪去职,京城且闹得一塌糊涂,还有何人去顾四川?戴、刘总相持不下,徒苦生灵,至此段总理已有余暇,所以特派周道刚就近代任,勒令刘存厚撤围成都,又免海军第一舰队司令林葆怿职,命林颂庄署第一舰队司令,升第二舰队饶怀文为海军总司令,另派杜锡珪署海军第二舰队司令,旋复任鲍贵卿为黑龙江督军,暂兼省长。他如陕西督军陈树藩,亦令暂兼省长(回应上文,故特别提叙)。撤去讨逆军总司令部,所有未尽事宜,统归陆军部接办。并令张敬尧督办苏、皖、鲁、豫四省剿匪事宜。此外政令,犹难悉举,统由段祺瑞遥商冯国璋,共同议决。

转眼间已是七月将尽了,祺瑞屡促冯国璋入都,冯却迟迟吾行,心下含着许多疑虑。冯为直隶人,段为安徽人,冯有冯派,段有段系,本来是各分门户,自悬一帜。此次携手同登,无非为除去张勋,讨逆有名,一个可代任总统,一个可复任总理,以利相连,并非以诚相与。冯恐段系复盛,一或入都,仍不免蹈黎覆辙,为所牵制,因此欲前又却,备极踌躇,暗思江西督军李纯,前时常从征汉阳,隐相投契,辛亥革命,冯尝受清命攻汉阳,纯为北洋第六镇统制,随冯同行。现不若调令督苏,躚接后任,庶几长江下游,仍占势力,且可联络沿江诸省,为己后盾。计划已定,乃着心腹将弁,潜往江西,与李纯商量就绪,然后安排启行,随身带着十五师为拱卫军,渡江登车,北行入都。是时已是七月三十一日了。提要钩玄,为下文冯段交恶张本。

越日即已抵京。京中大小官吏,共至车站迎候,由冯下车接见,偕入都门,便至黎元洪寓邸中,面请复职。虚循故事。黎当然辞谢,决意让冯。冯乃至国务院,与段祺瑞商议,言下犹有谦辞。段提出"当仁不让"四字,敦勉国璋,国璋才入总统府治事,由国务院电告各省,声明冯大总统莅府任职。各省统驰电称贺,惟两粤不肯附和,仍主独立,还有云南督军唐继尧亦电致各省,拥护《约法》,不愿服从冯政府。略云:

民主政治,其运用在总统、国会、内阁,其植根在法律。自段氏免职以来,疆吏称兵,国会解散,元首引退,清帝复辟,数月之间,迭遭奇变,法纪荡然,国已不国。顾念大局阽危,不忍操之过蹙,冀其后悔,犹可徐图补救。乃日复一日,祸首趁势弄权,行动自由,奸邪并进,主器虚悬,民意闭塞,律以共和原则,不唯精神全失,亦已形式都非,来日悠悠,曷其有极?窃谓今欲民国之不亡,宜亟阐明数义:(一)总统有故不能执行职务时,当以副总统代行职权,惟故障既去,总统仍行复职,否则应向国会解职,照大总统选举法第九条第二项办理;(二)国会非法解散,不能认为有效,应即召集国会;(三)国务员非得国会同意,由总统任命,不能认为适法;(四)称兵抗命之祸首,应照内乱罪,按律惩办,以彰国法。凡此四义,一以《约法》为依据,不能意为出入。继尧以为国家不可无法,在宪法未成立以前,《约法》为民国唯一之根本法,本实先拨,则变本加厉,何所不至!自今以往,愿悉索敝赋,勉从诸公之后,以拥护国法者，保持民国之初基于不坠；有非法藐视，横来相干，道不相谋，惟力是视而已。忧危念乱，敢布区区，邦人诸友，实图利之！

冯政府甫经成立，大势初定，也无暇顾及西南，并且滇、粤僻处南偏，与大局无甚关碍，所以暂时搁置，付作缓图。惟冯与李纯，既有密约，一经入京，便提及江苏督军一缺，商诸段祺瑞，要将李纯调任；又因陈光远亦属故交，拟令为江西督军。段祺瑞也知冯有意树援，心下不甚赞成，但因冯方任总统，彼此联为同气，究不便遽与相争，请冯任为湖南督军。良佐为段氏弟子，曾任陆军次长，与小徐为刎颈交，互相标榜。段祺瑞既信任小徐，因亦信任良佐，良佐且栩栩自矜，谓："征服南方，当用迅雷飞电的手段，出它不意，然后能制它死命。"小徐击节称赏，尝在段氏面前夸美良佐，几不绝口。段祺瑞牢记心中，适值冯国璋欲任李、陈，遂引荐良佐，使他督湘，一是好据住长江中权，抵制李、陈，二是好控御岭南一带，抵制滇、粤，这正是双面顾到的良谋。好似弈棋一样，你下一子，我亦下一子。冯亦不好忤段，因将李纯督苏，陈光远督赣，傅良佐督湘，同日任命，颁发出来。段又欲贯彻初衷，定要与德宣战，因特开国务会议，解决此事。国务员统由段氏组织，自然与段氏融合，段倡议宣战，哪个敢出来反对？当下随声附和，似乎有摩拳擦掌、气吞德意志帝国的形状。可笑。段祺瑞既得国务员同情，便以为众志成城，正可一战，遂即入告冯总统，请即下令。冯总统对着宣战问题，本无什么成见，前次入京调停，也未尝反对段议，明知中德辽远，彼此不能越境争锋，段要宣战，无非是虚张声势，何妨随口应允，免伤感情。比黎菩萨较为聪明。于是嘱秘书员撰就布告，与德宣战。文云：

我中华民国政府，前以德国施行潜水艇计划，违背国际公法，危害中立国人民生命财产，曾于本年二月九日，向德政府提出抗议，并声明万一抗议无效，不得已将与德国断绝外交关系等语。不意抗议之后，其潜水艇计划，曾不少变，中立国之船只，交战国之商船，横被轰毁，日增其数，我国人民之被害者，亦复甚众。我国政府不能不视抗议之无效，虽欲忍痛偷安，非唯无以对尚义知耻之国人，亦且无以谢当仁不让之与国。中外共愤，询谋佥同，遂于三月十四日，向德政府宣告断绝外交关系，并将经过情形，宣示中外。我中华民国政府，所希冀者和平，所尊重者公法，所保护者我本国人民之生命财产，初非有仇于德国。设令德政府有悔过之心，怵于公愤，改为战略，实我政府之所祷企，不忍遽视为公敌者也。乃自绝交之后，已历五月，潜艇之攻击如故。非特德国而已，即与德国取同一政策之奥，亦始终未改其度。既背公法，复伤害吾人民，我政府责善之深心，至是实已绝望，爰自中华民国六年八月十四日上午十时起，对德、奥国，宣告立于战争地位，所有以前我国与德奥两国订立之条约，及其他国际条款，国际协议，属于中德、中奥之关系者，悉依据国际公法及惯例，一律废止。

我中华民国政府，仍遵守海牙和平会条约，及其他国际协约，关于战时文明行动之条款，罔敢逾越。宣战主旨，在乎阻遏战祸，促进和局，凡我国民，宜喻此意。当此国变初平，疮痍未复，遭逢不幸，有此衅端，本大总统眷念民生，能无心恻，非当万无苟免之机，决不为是一息争存之举。公法之庄严，不能自我失之，国际之地位，不能自我圮之，世界友邦之平和幸福，更不能自我而迟误之。所愿举国人民，奋发淬厉，同履坚贞，为我中华民国保此悠久无疆之国命而光大之，以立于国际团体之中，共享其乐利也。布告遐迩，咸使闻知！

此令既下，又由外交部照会驻京各国公使，声明对德宣战及对奥宣战，并令内外各官署，查照现行国际公法惯例，妥速办理宣战事宜。德使已早归国，独奥使尚在都中，因特致照会云：

为照会事。中国政府前以中欧列强，施行潜水艇计划，违背国际公法，危害中国人民生命财产，曾于本年二月九日，向德政府提出抗议，嗣以抗议无效，于三月十四日向德政府宣告断绝外交关系，并经照达贵公使在案。现因中欧列强此项违背公法伤害人道之计划，毫无变更，中国政府，为尊重公法，保护人民生命财产起见，不能久置不顾。贵国现与德国既为同一之行动，则中国政府对于德、奥两国，不能有所区分。兹向贵国政府声明，自中华民国六年八月十四日上午十时起，本国与贵国入于战争之状态，所有中奥两国于一八六九年九月二日所订中奥条约，及现在有效之其他条约合同或协约，无论关于何种事项者，均一律废止。至一九零一年九月七日所订之条款，及其他同类之国际协议，有涉及中奥间之关系者，并从废止。又中国政府对于海牙和平会条约，及其他国际条约，一切关于战时文明行动之条款，仍遵守不渝，合并声明。除电本国驻奥公使转达贵政府，并请发给出境护照外，相应备具贵公使并贵馆馆员，暨各眷属，离去中国领土，所需沿途保护之护照一件，照送贵公使，请烦查收为荷。至贵国驻中国各领事，已由本部令知各交涉员，一律发给出境护照矣。须至照会者。

奥使接到照会，亦有公文照复外交部，语多批驳。略云：

所来照会内容，本公使阅悉，应候本国政府训令。至公文所提宣战之各缘由，姑不具论，惟不得不声明此项宣战，本公使以为违背宪法，当视为无效，盖按前黎大总统之高明意见，此项宣战之举，应由国会两院，同意赞成，方可施行。特此照复。

这照会递到外交部，外交部将原文退回，意谓中、奥已成敌国，还要什么辩论，因此奥使亦卸旗回国去了。粤省督军省长，虽经宣告独立，但对着国际交涉，却取同一态度。中央与德、奥宣战，粤省亦钞录大总统布告，出示晓喻，并照会驻粤各国领事知照。正是：

> 虚语终嫌无实力，
>
> 外强反使笑中干。

宣战以后，尚有一切手续，容至下回表明。

冯、段携手讨逆，甫经成功，即互生意见，暗启猜嫌，是欲其一德一心，保邦致治，宁可得乎？海军独立，与滇、粤反抗，尚非冯、段腹心之疾，所患者在冯、段之貌合神离，仍不免有冲突之祸耳。冯选李纯督苏，陈光远督赣，段选傅良佐督湘，即生出日后许多波折。民国之杌陧不安，何莫非争权夺利之军阀家，有以阶之厉也。至若与德宣战一事，已见八十一回总评中，而此时段之主战，尤有不得不然之势，主战则见好强邻，可作外援，借外债，平内患，自此无阻，段其可踌躇满志乎！然观于后来之专欲难成，而吾更不能不为段氏慨矣！

第八十九回

筹军饷借资东国
遣师旅出击南湘

却说中国政府，既与德、奥宣战，遂由内务部具呈冯总统，谓前时与德绝交，曾将天津、汉口的德国租界，收回自管，设立特别区临时管理局，后改特别区市政管理局，现既明令宣战，与前情势，又属不同，应将"临时"二字除去；且管理事务，类属市政范围，可将特别区临时管理局，改名特别区市政管理局，当奉指令照准。又天津奥租界，亦由内务部咨照直隶省长，饬该局一并接收管理。直隶督军兼省长曹锟，即照部咨施行，不在话下。

前总统黎元洪，自日使馆营舍还第，住居东厂胡同，屋旁向有卫队，驻扎花园中。嗣因队兵王德禄发生疯疾，持刀砍入，斫死护卫马占成、正目王凤鸣、连长宾世礼等三人，并伤伍长李保甲、卫兵张洪品等二人，其余卫士一拥齐上，方将王德禄戮毙。元洪恐尚有他变，复移居法国医院。至冯、段已组定政府，局势少定，乃偕眷属出京。好在天津尚有私宅，借此栖身，不再与闻国事，这也是逍遥自在的良法。后来何故再为冯妇？

唯岭南各省，总未肯服从中央。再加四川乱事，亦尚未靖，代理督军周道刚，留驻重庆，自奉中央命令后，就在重庆就职，正拟调集兵士，西赴成都，忽闻四川省长戴戡被川军击毙，当即派人前往，探查确耗。原来刘存厚部下，尽是川军，不愿外兵入境，故前时罗佩金所带的滇军，与刘不协，致生冲突，后来戴戡所部的黔军，亦当然为刘所恨，力加排斥。毕竟黔军势孤，川军力厚，两下里争战多日，黔军卒不能支，退出成都，由刘存厚入城据住。戴戡又联络前督军罗佩金，及云南督军唐继尧，会师进击，复得夺还成都，驱出存厚。存厚怎肯甘休，收拾败兵，再攻戴戡，戡又向滇军乞援，与川军对敌，川军败退，戡拟夹攻川军，自督黔军出城，行抵秦皇寺附近，突与败退的川军相遇，彼此见了仇人，便即开枪相击，也是戴省长命已该绝，竟被流弹射来，伤及要害，连忙返身入城，医治无效，当即毙命。

周道刚既悉详情，据实呈报中央，当由冯总统下令，追赠戴戡陆军上将衔，照阵亡例赐恤，着财政部拨银一万圆治丧，并命周道刚查明川军统帅，谓："如由刘存厚主使，应该坐罪，不能曲贷"云云。此种命令，亦未免掩耳盗铃。试思川军统帅，除刘外尚有何人？旋复查闻四川财政厅长黄大暹，督军署参谋长张承礼，亦因川、黔两军交哄时，仓促出走，饮弹身亡，中央政府，又复从优议恤。后来周道刚又与滇军相争，政府再行申令，饬在川军队，无论客主，统归周道刚管辖，且实授周道刚为四川督军，刘存厚会办四川军务，总算暂时维持，敷衍过去。

至若新近解散的国会议员，曾列国民党名籍中，都不赞成段总理。且段复任后，又不肯将议员一律召回，反提起从前组织《约法》的参议员，拟为召集，所以一班解散的议员，陆续赴粤，在粤东自行集会，称为非常会议，特借广州城外的省议会议场，会议时事，否认中央政府，另组出一个军政府来。当下投票公决，选举民国第一任总统孙文为大元帅。孙文闲居无事，就趁那选举的机会，再出就职。就职以后，免不得有一篇通告，无非指斥段祺瑞、倪嗣冲、梁启超、汤化龙等，违法党私，背叛民国，应该兴师北讨，伐罪吊民等语。

段祺瑞闻到此信，恐怕别省闻声响应，引入漩涡，将来东一省，西一省，依次发难，岂不是酿成大患，不可收拾吗？左思右想，除用武力解决外，苦无良策。但欲用武力，必须先筹军饷,国库早一空如洗,各省赋税,又不能源源进来,就使有些报解,平常尚不够应用,怎能腾挪巨款,接济军需?当下与小徐等商量,小徐等主张借款,暂救眉急。段祺瑞到了此时,也顾不得国家担负,便邀入财政总长梁启超,密商借债事宜。梁也知借债行军,利少弊多,无如段总理决意用武,自己方依段氏肘下,不好有违,唯将这副借债的担子,卸与财政次长李思浩,叫他出去张罗。李思浩素善筹款,接到密令,即与英、法、俄、日四国银行团,商借一千万元,名目上不便提出"军需"二字,只好仍称"善后"借款。银行团含糊答应,但英、法、俄三国,与德、奥连年交兵,耗费不可胜计,也未能舍己芸人,独日本远居亚东,虽是列入协约国内,反对德、奥,究不曾出发多少兵船,用过多少兵费,所以四国银行团中,只日本肯认借款,日本正金银行理事小田切万寿,出作日本银行团代表,愿借一千万元,与财政部订定契约。约中要点如下:

(一)名目:垫款。(二)金额:一千万元。(三)利息:七厘。(四)年限:一年。(五)折扣:百分之七。(六)担保:中国盐税余款。(七)用途:行政费。(八)用途稽核:依民国第一次善后借款条目办理(见第二十四回)。(九)承借者:日本银行团。

契约既成,一千万元稳稳借到,折扣由两边经手分肥,毋庸多说。山东督军张怀芝,因逐年垫付军需,总数颇巨,中央无力归还,乐得乘政府借款的时候,加添一些零头,可以拨充本省的用费,当下商明中央,代向中日实业银行,借到日金一百五十万元,议定年息一分,还期一年,以中央专税为担保,这好似穷民贷钱,但顾目前,不管日后,如何清偿呢。

段祺瑞既得借款,正要筹办军事,制服南方,不料部署尚未定绪,那湘南又突出一支独立军,与督军傅良佐抗衡,惹得长江中线,也致摇动起来。当良佐赴湘以前,湖南督军,本由省长谭延闿兼任,延闿是国民党中人,段祺瑞恐他联络滇、粤,所以特命良佐为督军,前往监制。良佐到了湖南,谭延闿不便抗拒,就将督军印信,交与良佐,一朝权在手,就把令来行,竟将署理零陵镇守使刘建藩,勒令撤任。这便是迅雷飞电的手段!

刘建藩以无辜被斥,心下不甘,遂与湖南第一师第二旅旅长林修梅,暨零陵各区司令等,商定独立,通电中央及各省,宣告自主,脱离现政府关系;一面联络滇、粤,及海军总司令程璧光等,反抗良佐。良佐岂肯坐视,当即电达中央,详陈刘建藩罪状,特派第二师第三旅旅长李右文,率兵往攻零陵。

段知戎机一发,势难中止,前次借到日款,只有一千万元,不过数月可持,欲达到平南目的,计非多借款项,不能成事,乃复暗嘱交通银行,令他出面借款,再向日本国的台湾、朝鲜、兴业三银行,商借日金二千万圆。又经过许多磋磨,方得三银行允诺,订定契约七条:(一)为金额。计日金二千万圆。(二)为期限。准定三年。(三)为利息。按年七厘半。(四)为折扣。总算免去。(五)为担保。即把中国国库证券一千五百万元,作为征信。(六)为用途。系是整理交通银行业务。仍是欺人。(七)为中国政府保证偿还本利;且在借款期限内向他国借款时,须先向三银行商议。此外并定由交通银行,聘请台湾、朝鲜、兴业三银行各一人为顾问。外人借了债,便招招进逼,段政府反视为得计,难道不可以已吗?这番借款复得告成,连前共得三千万元。段总理可以指挥如意,乃请冯总统连下二令,一令是通缉广东军政府大元帅孙文,及非常国会的议长吴景濂,一令是通缉陆军中将蓝天蔚,说他受孙文伪令,勾结刘景双、顾鸿宾、马海龙、金鼎臣等,分途四扰,贻害西北,应即褫夺原官,着各省督军省长,务获严惩等语。复召集各省参议员到京,组织临时参议院,免人訾议。令文有云:

国会组织法,暨两院议员选举法,民国元年,系经参议院议决,咨由袁前大总统公布。历年以来,累经政变,多因立法未善所致,现在亟应修改,着各行省蒙、藏、青海各长官,仍依法选派参议员，于一个月内到京，组织参议院，将所有应改之组织选举各法，开会议决。此外职权，应俟正式国会成立后，按法执行，以示尊重立法机关之至意。此令。

又有一令同下，系着内务部筹备国会选举，略云：

依约法第五十三条，本有召集国会之规定，此次国体再莫，所有《约法》上机关，亟应完全设立，着内务部按照民国元年筹备国会事务局办理事宜，迅速筹办，预备选举。此令。

以上各种命令，统是段祺瑞一人主张，代任总统冯国璋，无非依言传令，签名盖印罢了。当时冯总统尚有一段悲情，乃是总统夫人周氏，得病甚重，竟于九月十日晚间，在总统府中逝世。周夫人就是周道如女士，前在袁总统府充当女教员，由袁总统作撮合山，配与冯河间为继室。五旬左右的武夫，得了四旬左右的淑女，正是伉俪言欢，非常恩爱。无如昙花命薄，晚菊香消，自从民国三年一月结婚，至民国六年九月病殁，先后只阅三年有奇。老头儿还有这般克星吗？看官试想！这一再悼亡的冯河间，能不悲从中来，泣涕涟涟吗？当下备极厚仪，为周夫人饰终，总统府中，未便久殡，乃择日发丧，回籍安葬。临丧时所有仪仗，当然繁盛，毋庸细表。周夫人死后有知，也不枉出嫁三年。

且说冯总统国璋，自悼亡后，免不得见物怀人，犹留余痛。偏这位好大喜功的段总理，时来絮聒，今日借款，明日调兵，说得天花乱坠，俨然有踏平南方的状态。冯总统本无心主战，不过碍着情面，未便龃龉，所以段说一件，冯依他一件，段说两件，冯依他两件，表面上似乎融洽，其实冯忌段，段亦忌冯，彼此各怀意见，暗地生嫌；再加近畿一带，水灾迭见，永定河决口，南运河又决口，天津、保定低洼等处，尽成泽国；津浦铁路北段，被水冲毁，火车不能通行，还有山东、山西，亦均报水溢，索款赈济。冯总统阅过来电，但委段总理筹办赈给，不复多言。

段祺瑞锐意平南，正虑军饷未敷，偏老天不肯作美，又闹出许多灾荒案件，随在需赈。没奈何嘱托财政部，腾出数万圆银钱，拨济灾区，某区拨若干，某区畀若干，多约万金，少约数千，可怜灾地甚广，灾民甚众，单靠着数千一万的赈款，济什么事？段总理也管不得许多，但教噢咻示惠，便算了案，惟一心一意的对待南方。

哪知军情万变，不可预料，湖南督军傅良佐，所派遣的李右文一军，本要他去征服零陵，偏右文到了衡山，反全部投入零陵军，与刘建藩串通一气，向傅倒戈。傅良佐气得发昏，亟改派北军第八师师长王汝贤、第二十师师长范国璋，及湘军第二师师长陈复初，会师前进，再攻零陵。

段总理接报，暗中运款接济，严促傅良佐即平湘南。复虑谭延闿从中作梗，密嘱良佐讽示延闿，使他退位。延闿明知冯、段猜疑，偏不肯提出辞职，但向政府请假。段准给延闿假期，另派周肇祥暂署湖南省长。周亦段氏心腹，与傅同事，应该沆瀣相投，同心协力，傅良佐且得京款接济，便往前军，犒师作气，果然军心一奋，踊跃直前。北军旅长王汝勤、朱泽黄等，行至衡山、永丰境内，与零陵军队交锋，连得胜仗，拔衡山，下宝庆，直逼零陵。安徽督军倪嗣冲，又密承段氏意旨，出军援湘，也得攻克攸县。

湘、皖更迭报捷，段祺瑞欣慰异常，且拟向日本订购军械借款，可以军械济军，乘胜平南。当时风闻中外，竞起谣传，共谓："我国军械，将归日本主持，所有各省兵工厂，煤铁矿，亦归日本管理"云云。于是江苏督军李纯、江西督军陈光远，交章拍电，请政府声明真伪，免启群疑。冯派亦发作了。就是鄂、皖等省，亦有电向中央质问，要求政府明白宣示。是不过随声附和。旋由段总理复电，略谓："谣传全属子虚，不可妄信，现唯因与德、奥宣战，拟派兵赴助协约国，自制军械，不敷应用，势不得不购自外洋，现在惟西洋英国，东洋日本，尚有余械出售,我国与美迭商,迄无成议,急事不能缓办,始就近向日本购置军械一批,需款若干,购械若干,款未交清以前,量加利息,所订合同,仅限一次为止,纯是自由购办,毫无意外牵涉。中国历来所购外国军械,具有成案可稽,本届照前办理,与主权并不少损"云云。李、陈两督军,接得复电,见他理由充足,也不好再加诘问,只看他所购军械,是否给兵赴欧,再作计较。小子有诗叹道:

> 主战何如且主和,
> 同居一室忍操戈。
> 况经国库中枵甚,
> 借债兴兵祸更多。

段总理驳倒李、陈等电文,乐得放心做去。忽湖南又有急电,传达进来,由段总理取过一阅,又未免出了一惊。究竟为着何事,待小子下回叙明。

多一分外债,即增一分担负,失一分主权,甚矣外债之不可轻借也。袁政府专务借债,图逞私欲,所贷之款,尽付挥霍,而私愿亦终于无成,不意段总理亦尤而效之。财政部借日本款一千万元,交通银行又借款二千万圆,名为善后之需,实为图南之用。夫南方各省之宣告独立,原有碍于中央统一之谋,然自来惟无瑕者可以戮人,段总理试抚躬自问,其胡为启南方之龃龉耶?不能推诚相与,徒欲以力服人,军需不足,贷诸强邻,即使南方果得告平,而所失已不赀矣。况平南之师未发,而湘省已起争端,用一傅良佐以控驭岭南,反挑动零陵之恶感,不能怀近,安能图远?徒酿成无谓之兵争而已,可慨孰甚!

第九十回　傅良佐弃城避敌　段祺瑞卸职出都

　　却说刘建藩据住零陵，与北军相持多日，寡不敌众，多败少胜，不得不向两粤乞援。段总理也恐两粤援刘，暗着人运动粤吏，使他反抗省政府，作为牵制。适值粤属惠州清乡总办张天骥为省政府所黜，改任刘志陆为总办，天骥心怀怨望，遂对省政府宣告独立。已而刘志陆带兵进攻，惠州帮办洪兆麟、统领罗兆昌、帮统刘达庆等，联合陆军，共攻天骥。天骥独力难支，只好窜去。偏潮州镇守使莫擎宇又复向省政府脱离关系，自言军政当直隶中央，民政仍商承李省长办理。好一个骑墙法子。旋又联结钦廉道冯相荣及镇守使隆世储，气势颇盛。张天骥亦奔投潮州，与莫相依。莫擎宇遂电达中央，自述情状。段总理乐得请令，褫夺广东督军陈炳焜职衔，特任省长李耀汉兼署督军，即命莫擎宇会办军务。

　　看官试想！民国纪元以来，各省虽号称军民分治，实际上全是军阀专权。自黎政府成立以来，虽改换名目，治军称督军，治民称省长，毕竟省长势力，敌不过督军，督军挟兵自重，对着一省范围，差不多是万能主义。段总理将陈炳焜褫职，即用李耀汉兼职，也是一条反间计。但陈炳焜怎肯依令？仍任督军如故，李耀汉势难代任，依然照前办事。陈炳焜且与广西联兵援湘，与刘建藩等并力作战，所向无前，夺回宝庆、衡山，复拔衡阳、湘潭，累得傅良佐日夕不安，又向段总理请援。段总理未免一惊，因恐远水难救近火，只好责成王汝贤、范国璋两人，令他效力图功，特派汝贤为湘南总司令，国璋为副司令，满望他感激思奋，扫平湘南自主军队。不意两人逗留不进，反通电中外及自主诸省，商请双方停战。略云：

　　天祸中国，同室操戈，政府利用军人，各执己见，互走极端，不惜以百万生灵，为孤注一掷，挑南北之恶感，竞权利之私图，借口为民，何有于民？侈言为国，适以误国。果系爱国有心，为民造福，则牺牲个人主张，俯顺舆论，尚不背共和本旨。汝贤等一介军人，鲜识政治，天良尚在，煮豆同心。自零陵发生事变，力主和平解决，为息事宁人计，此次湘南自主，以护法为名，否认内阁，但现内阁虽非依法成立，实为事实上临时不得已之办法，即有不合，亦未始无磋商之余地。在西南举事诸公，既称爱国，何忍甘为戎首，涂炭生灵？自应双方停战。恳请大总统下令，征求南北各省意见，持平协议，组织立法机关，议决根本大法，以垂永久而免纷争，是所至盼！特此电闻。

　　自王、范两人宣布此电，当然置身事外，引兵退归。那零陵自主军队及两粤各军未肯遽罢，仍旧扬旗击鼓，进逼长沙。湖南督军傅良佐，麾下亲兵，寥寥无几，专靠王、范两师出去御敌，偏他两人宣告停战，且有倒戈消息，急得傅督军不知所为，只好与代理省长周肇祥想出一条逃命的上策，乘夜同走，潜登兵舰出省，奔往岳州。这也好算得迅雷飞电的计策吗？长沙失去主帅，亟由省城各团体，自组湖南军民两政办公处，暂时维持，适值王汝贤领兵回省，乃公推汝贤为主任，担任维持秩序。

　　傅良佐等退至岳州，不得不电达中央。段祺瑞接到此电，忍不住惭愤交并，慌忙驰入总统府，报明冯国璋，痛责王、范两人叛命的罪状。冯总统却默然不答。段始窥透隐情，料知王、范两人的行为，是由老冯暗中授意，遂作色与语道："总统主和，祺瑞主战，两不相谋，应有此变，祺瑞情愿免职，请总统另任他人。"冯总统才淡淡地答道："傅良佐所任何职，乃弃省潜逃，不为无罪。"祺瑞道："王、范两师，无故倒戈，良佐势成孤立，自然只好出走了。"冯总统又道："我何尝绝对主和，如果能戡定南方，就是我也自愿赴敌，请总理不必误会！"祺瑞起座道："祺瑞已不敢再干了。或战或和，请总统自主便了。"言毕即去，未几，即递入辞职呈文，又未几，复递入国务员辞职呈文。冯总统不便遽允，派人一一挽留，复通电各省云：

国事濒危，人心浮动，一隅生隙，全国动摇。兹将数日经历情形，暨失机可惜之点，通告于左：自复辟打消，共和再造，军人实为功首，此后军人团体，即为全国之中心点，生死存亡，有莫大之关系，此不但本国人所共知，亦外交团所共认。此次政府成立，所行政策，以改良民国根本大法为宗旨，故不急召集新国会，而为先设参议院之举，在法律上虽微有不同，而用心实无私意存于其内。西南二三省，起而反对，无理要求，中央屡为迁就，愈就愈远，不得已而用兵，只为达到宗旨而已，初非有武力压迫之野心也。兵事既起，胜负虽未大分，而川事则中央颇为得手，滇、黔在川之兵，不日可望退出川界。广东方面，陆、陈、谭虽有援湘之兵，因龙、李、莫倾向中央，暗中牵制，以是不能大举。是时也，湘南战事，我北军将士，稍为振奋，保持固有之势力，中央即可达完善之结果。

不意我北军九死一生，最有名誉之健儿，误听人言，壮志消沮，虽系一部分之自弃，而掣动新胜，暨相持未败之众，于是合谋罢战，要求长官，通电乞和，不顾羞耻，虽曰其中有不得已之苦衷，而中央完全将成之计划，尽行打消矣。诸君闻之，能不惜哉！能不痛哉！特是通电求和，主持人道，欲达宗旨，亦必能战而后能和。假如占住势力，战胜一步，宣布调停，再进一程，征求同意，为中央留余地，保政府之威严，吾辈军人之名誉大张，国家人民之幸福是赖，乐何如之？乃不出此而为摇尾乞求，纵能达到和平目的，我军人面皮丧尽矣。国璋亦军人之一分子也，如此行为，万无下场余地，不为羞死，亦将气死。诸君皆爱国丈夫，有何高见，如何挽救，能否贾勇救国，振奋部下士卒精神，筹兵筹饷，以谋胜利，则大错虽已铸成，尚可同心补救。国璋代行权位，惶愧奚如！国将不存，身将焉附？如有同心，国璋愿自督一旅之师，亲身督战，先我士卒，以雪此羞。宣布事实，渴望答复！

这篇通电，辞旨隐闪，又主和，又主战，看似斥责王、范两人，却未曾提出姓名，不过含糊影响，但为段总理顾全面子，所以有此电文。

湘军第二师师长陈复初，方改编为陆军第十七师，驻扎常德，他闻王汝贤入主长沙，居然代行督军职务，心下很是不服，竟在常德宣布独立，要来攻夺长沙，就是两粤援湘各军，也不肯听命汝贤，纷纷入扰，长沙很是危急。到了十月十七日夜间，城中忽然火起，烟雾漫天，秩序大乱。汝贤也只好弃城出走，潜赴岳州。是时傅良佐、周肇祥两人，已由京中召入，传令免官候惩，令云：

湖南督军傅良佐，代理省长周肇祥，擅离职守，着先行免职，听候查办！此令。

同时又有一令云：

据王汝贤等电称：傅督军于十四日夜，携印乘轮，不知去向，省长亦去，省城震动，人心惶恐。汝贤等为保护地方安全起见，会同在城文武，极力维持，现在秩序，幸保安宁等语。并据自请处分前来。傅良佐、周肇祥擅离职守，本日另有明令免职查办，长沙地方重要，不可主持无人，即派王汝贤以总司令代行督军职务，所有长沙地方治安，均由王汝贤督同范国璋完全负责。查王汝贤等，身任司令重寄，统驭无方，以致前敌败退，并擅发通电，妄言议和，本属咎有应得，姑念悔悟尚早，自请处分，心迹不无可原。此次维持长沙省城，尚能顾全大局，暂免置议。王汝贤等当深体中央弃瑕录用之意，严申约束，激励将士，将在湘逆军，迅予驱除，以赎前愆。倘再退缩畏葸，贻误戎机，军法俱在，懔之慎之！此令。

这令颁发，乃是十月十八日，与王汝贤弃城出走的时候，只隔一宵。京、湘相隔太远，汝贤又仓皇出奔，无暇拍电至京。所以京中尚未闻知，还令汝贤及范国璋，担任长沙治安职务。那段祺瑞自有意辞职后，虽非极端决裂，但对着湖南问题，不再入商，冯总统因得自由下令，轻轻将王、范二人罪状，豁免了事。惟段祺瑞览此令文，愈加不悦，自思老冯前电，已是态度不明，此次又仅罪及傅、周，不及王、范，明明是阿私所好，党同伐异的行为，因复决计辞去，不愿与冯共事。正拟二次递呈，复接得直、鄂、苏、赣四省通电，并请撤兵停战，这又是冯派联络，推倒段内阁的先锋。电文署名，一是直隶督军曹锟，一是湖北督军王占元，一是江苏督军李纯，一是江西督军陈光远，文中说是：

慨自政变发生，共和复活，当百政待理之际，忽起操戈同室之争，溯厥原因，固由各方政见参差，情形隔阂，以致初生龃龉，继积猜嫌，亦由二三私利之徒，意在窃社凭城，遂乃乘机构衅，而党派争树，因得以利用之术，为挑拨之谋，逞攘夺之野心，泄报复之私愤。名为政见，实为意见，名为救国，实为祸国，于是阋墙煮豆，一发难收。

锟等数月以来，中夜彷徨，焦思达旦，窃虑覆亡无日，破卵同悲，热血填膺，忧痛并集。盖我国外交地位，无可讳言，欧战将终，我祸方始，及今补救，尚恐后时。至财政困难，尤达极点，鸩酒止渴，漏脯疗饥，比于自戕，奚堪终日？东北灾祲，西南兵争，人民流离，商业停滞，凡诸险状，更仆难志。大厦将倾，而内讧不已，亡在眉睫，而罔肯牺牲，每一思维，不寒而栗，中心愤激，无泪可挥。夫兵犹火也，不戢自焚矣，如项城覆辙可鉴，刿同种相残，宁足为勇？鹬蚌相持，庸足为智？即使累战克捷，已足腾笑邻邦，若复两败俱伤，势且同归于尽。今者北倚湘而湘不可倚，南图蜀而蜀未可图，仁人君子，忍复驱父老兄弟于冰天雪地枪林弹雨之中？且战局延长一日，即多伤一口元气，展伸一处，即多贻一处痛苦。公等诚心卫国，伟略匡时，其于利害祸福所关，固已洞若观火。况争点起于政治，知悲悯本有同情。锟等不才，抱宁人息事之心，存排难解纷之志，奔走啼泣，惨切叫号，而诚信未孚，终鲜寸效，俯仰愧怍，无地自容，唯希望之殷，始终未懈。故自政争以来，默察真正之民意，仰体元首不忍人之心，委曲求全，千回百折，必求达于和平目的，以拯国家之危难，而固统一之宏基。区区愚忱，当邀共谅。现在时势危迫，万难再缓，不得不重申前说，为四百兆人民，请命于公等之前。

伏愿念亡国之惨哀，生灵之痛苦，即日先行停战，各守区域，毋再冲突，俾得熟商大计，迅释纠纷。鲁仲连之职，锟等愿担任之。更祈开诚布公，披示一切，既属家人骨肉，但以国家为前提，无事不可相商，无事不能解决。若彼此之隐，未克尽宣，则和平之局，讵复可冀？公等位望，中外具瞻，舆论一时，信史万世，是非功过，自有专归，而旋乾转坤，亦唯公等是赖，反手之间，利害立判，举足之际，轻重攸分，救国救民，千钧一发。临电迫切，不知所云。

停战停战，这种声浪，与段总理的心理，绝对是不能两容。偏长江三督军，一气贯穿，又推那直隶督军曹三爷为首（曹锟排行第三，时人号为曹三爷），同来反对段总理，叫老段如何不烦？如何不恼？当下递入二次辞呈，不但辞去总理，且把陆军总长的兼职，一并辞去。冯总统还阳为挽留，但准他辞去兼职，仍为总理如初。

看官！你想这位段合肥，还肯留着吗？段为国务总理，又兼陆军总长，所以有权有势，莫与比伦，若军权一卸，还要这国务总理头衔，有何用处？自然一概不受，出都下野去了。恐未必真肯下野。冯总统乐得准他免职，另任王士珍为陆军总长，所有国务总理一缺，且命外交总长汪大燮暂代。汪大燮是段内阁中人物，本有连带辞职的故例，怎好代任总理？因此决意不为，一再告辞。冯乃商诸王士珍，邀他组阁。士珍系直系正定人，资格最老，出段氏上，情性素来和平，没有什么党派，不过时人因他籍属直隶，共推为直派领袖，前时袁、黎两总统时，亦尝邀他为过渡总理，旋进旋退，无刺无非，老年人血气已衰，不堪再任烦剧，独冯意以为籍贯从同，派系无别，正好引为己助，抵制皖系，调和南方。王士珍固辞不获，乃承认暂署，于是段内阁遂倒，要改组王内阁了。小子有诗叹道：

> 携手登台谊似深，
> 同袍何故忽离心？
> 堪嗟宦海飘摇甚，
> 得失升沉两不禁。

王士珍既代署总理，旧有国务员，一并辞职，另换他人人阁。欲知所易何人，待至下回发表。

观于冯、段之倾轧，表面上似为和战之龃龉，实际上即为直、皖两派之纷争。傅良佐之督湘，冯意固未尝赞同，不过为李、陈两督军之交换条件而已。王汝贤、范国璋，与良佐相反对，其阴承冯意可知，拒良佐，即所以拒段氏也。良佐自命不凡，而实无干略，楚歌四遍，仓促夜逃，名为党段，实则负段，段犹欲袒护之，得毋亦自信过深，而未知其用人之失当欤？迨直、鄂、苏、赣四督军，通电停战，而段氏之平南政策，复遭一大打击，势不能不辞职出都，此冯、段倾轧之第一幕也。而直、皖两派之恶，遂自是日深矣。

第九十一回　会津门哗传主战声　阻蚌埠折回总统驾

却说王士珍既代署总理，当然要改组内阁，所有从前阁员，多半换去，另任陆征祥为外交总长，钱能训为内务总长，王克敏为财政总长，江庸为司法总长，田文烈为农商总长，曹汝霖为交通总长，傅增湘为教育总长，海军总长仍用刘冠雄，士珍自兼陆军总长。

冯代总统撤去段总理，改用王士珍，明明是无意主战，特借王士珍为调人，笼络南方，使得和平统一。无如南军未肯退步，趁着王汝贤退出长沙，即乘隙直入，竟将长沙占住。汝贤退走岳州，俄而荆州有右星川，随县有王安澜，黄州有谢超，纷纷宣告自主，又与冯政府脱离关系。看官试想！前时段总理主战，南方各军阀，不服段总理，乃起冲突，明明反对段氏，毋庸疑义，此次冯总统主和，南方各军阀，应该体谅冯总统苦心，休兵息战，为什么反加出石、王、谢三人，来与冯氏作对呢？说将起来，南方军阀家所主张，并不是专拒段合肥，实是并抗冯河间，冯总统的谋和政策，岂不是暗遭打击吗？还有一个前陆军次长徐树铮，为段氏暗中设法，奔走南北，仆仆道途。看官道为何因？原来他先至蚌埠，与安徽督军倪嗣冲，晤商机密。嗣冲方竭力助段，对着小徐的谋划，很表赞成，小徐既邀得一个帮手，还嫌未足，再向东北出山海关，竟去联络奉天张作霖。张作霖字雨亭，系辽阳人，向系绿林豪客，投入清故督张锡銮麾下，历年捕盗，积功至师长，袁氏欲引为羽翼，特擢为奉天督军。他本独立塞外，自张一帜，与冯、段不生关系，无甚好恶。小徐以为东南健将，莫如老倪，东北健将，莫如老张，能将两健将融成一片，为段帮忙，还怕什么冯河间？计策诚佳。于是间关跋涉，趋往奉天，凭着那三寸舌，说动那张雨帅。张本豪健绝俗，勇敢有为，不论谁曲谁直，但教片辞合意，臭味相投，便即慨然许诺，愿为护符；且留小徐在幕府中，参决军务，贯彻军谋。

会安徽督军倪嗣冲，邀同山东督军张怀芝等，共至天津，与直隶督军曹锟，会议时局，恢复段氏政策，对着西南，仍用武力解决。怀芝前为北洋武备学生，原是北洋系中一分子，与段祺瑞素来莫逆，且平时最嫉国民党，当然欲荡平西南，为段后盾。且曹锟镇守直隶，曾与长江三督军，即李纯、陈光远、王占元，联名通电，主张停战。此次倪、张两督至津，距前时电请停战的日期，不过旬月，为什么反复无常，忽然主和，忽然主战呢？就中也有一段情由。当时清室元老徐世昌，久驻天津，各军阀素相契重，遇有大策大疑，必向徐氏咨询。曹锟驻节天津，更与徐氏常相往来，情谊款洽。徐闻冯、段龃龉，政局未定，免不得从旁扼腕。一夕，与曹锟会叙，密语锟道："芝泉（祺瑞字）太觉自信，华甫（国璋字）亦不应阴嗾范、王，倒戈失湘，两人并皆失策，不知将闹到如何地步，方能结束呢？"曹锟无词可答，只应了一个"是"字。徐世昌复掀髯笑道："君等若迎若拒，不为冯、段两人调和政见，恐从此以后，北洋团体，越致分裂，眼见是民党得势，将乘隙篡入了。"锟不禁失色道："这也可虑，公意以为何如？"世昌复进逼一句道："君为北洋弁冕，若听令北洋团体，四分五裂，君亦不能辞责呢！"徐也是为段帮忙。锟随口应声道："得公指教，锟似梦初醒了。"两人一笑而别。

嗣是锟变易初心，背了长江三督军的盟约，又欲联段，可巧倪、张两督，前来相邀，乐得敲着顺风锣，翕然同声。倪、张两督复致书张作霖，请求同意。作霖正与小徐静待机缘，一经得书，立即答复，无不如命。吉林督军孟恩远、黑龙江督军鲍贵卿，本奉张作霖为领袖，作霖愿加入天津会议,孟、鲍自无异言,亦皆参入。再加山西督军阎锡山,陕西督军陈树藩,河南督军赵倜,福建督军李厚基,浙江督军杨善德,上海护军使卢永祥,及苏、皖、鲁、豫四省剿匪督办张敬尧等,均系段氏支派,各遣代表至天津,共同会议。就是热河、察哈尔、绥远三区,也各派代表来,到津列席。济济群英,会集一堂,曹锟为东道主,与倪、张两督表明意见,无非是"并力平南,反对和议"八字。各代表联袂入会,早已秉承各主帅命令,与结同盟,曹锟等一声倡起,各代表等齐声附和,接连是噼噼啪啪的手掌声,陆续相应。当下议决开战,誓绝调停,且分派同盟各省出师数目,由曹锟、张怀芝、倪嗣冲首先认定,次由各代表一一承认,复缮就一篇呈文,要求中央明令征南,然后散席。当时有人嘲讽曹锟,说他大人虎变,因他夙领虎威军,又善变动,所以引援古典,赠他一个佳号。其实那时将帅,原与墙头草相似,忽东忽西,没有定向呢。言不必信,也是大人行径。

　　惟冯总统本欲主和,竭力笼络南方,偏偏事不从心,迭遭冲突。石星川等擅谋自主,还是下级军官的瞎闹,无甚关碍;最恼人的是南倪北张,无端牵动诸军阀,会议天津,联名请战,明知个中主动,仍由老段授意,欲将他来呈批驳,又恐倪、张等与己翻脸,又似前黎总统在任时,纷纷宣告独立,与中央脱离关系,转害得不可收拾。左思右想,无术自全,不得不邀入国务总理王士珍,商决国事。王士珍全是暮气,不肯担任一些肩仔,遇着艰险时候,但知牺牲官职,浩然思归,所以叙议多时,并没有什么救急的良方,只有自称老朽,不堪胜任,情愿将国务总理及陆军总长的兼衔,让与贤能。自知干不下去,尚能牺牲禄位,还算自好之士。冯总统付诸一叹,俟士珍退出后,又与几个心腹人商量,大家说是段派势力,尚难骤削,压制过急,反恐生变,不如再请老段出山,畀他一个闲散位置,稍平彼愤,免得种种作梗,牵制中央。

　　冯总统又复为难起来,暗思段非常人可比,除国务总理外,还有何职可授? 如或授他别职,段亦断不肯受,反致弄巧成拙,越觉不佳。乃再经数人讨论,毕竟人多智众,想出一个新名目,叫作参战督办。参战是对外国立名,不是对着本国的南军,从前与德、奥宣战,全是段氏一人主张,此次叫他参与协约国,督办战务,也是一个无上的头衔;且与段氏本意不悖,当不致有推让情形。商议既定,因特派员至津门,先与段氏说明原委。段先辞后受,愿当此任。独言下表明微意,乃是:"做了参战督办,总须陆军总长联合,方可调度一切,若彼此不协,如何督率,如何办理"云云。这番言论,明是不悦王士珍,要他离开陆军总长的位置,然后受命登台。特派员依言复报,再由冯总统着人询段,段又谓请总统自酌。

　　可巧合肥嫡派段芝贵,自助段覆张后,但博了一个勋位,未列要职,在京闲居,他是有名的揣摩能手,雅善逢迎,不但与段祺瑞有关乡谊,情好密切,就是冯国璋入任总统,府中亦常见有段芝贵名刺,往来周旋。冯、段交恶,芝贵又曾为调停,只因双方各尚意气,不能从旁调洽,所以中止。此次冯意中忽想着他,乃召入与商,并有委任陆军总长的表示。芝贵喜出望外，就自愿邀段入都，即日启行，往谒老段，见面时谈及冯意，段亦当然心慰，即与芝贵同车至京，复入见冯总统。两人虽未能尽去夙嫌，表面上似尚欢洽，再加段芝贵在旁凑趣，便各喜笑颜开，尽欢而散。

越日，即有参战督办的特任，及陆军总长的改任，一并颁发。惟国务总理一职，仍归属王士珍，不过免去陆军总长兼衔罢了。王聘老可以去矣，何必为此赘旒？段既入京，仍然坚持一平南政策，不肯少改。却是个硬头子。段芝贵原是皖派，不能不与表同情。两下里朝夕叙谈，无非商议平南事宜，拟派曹锟为第一军总司令，张怀芝为第二军总司令，统兵入湘。当由参陆办公处，密电二督，赶先部署，克期出发。于是主战宣战的声浪，复传达中外，时有所闻。独冯总统尚未肯下令，不是说军饷无着，就是说阳历已将残年，容俟开年办理。段派亦无可如何，只好展缓兵期，俟至开正以后，再行催逼。

光阴易过，转眼间已是民国七年了，岁阳肇始，总有一番俗例，彼此拜贺，忙碌数天。各机关统休假一星期，停止办公。至假期已过，又有许多隔年案件，须要办清，一日过一日，又是二十多天，主战派迫不及待，跃跃欲试，遂竟向总统府质问，请冯总统即日发兵。偏府中发出二十五日的布告，尚饬各省保境安民，共维大局。顿时主战派大哗，才阅一宵，冯总统带着卫队百名，突出正阳门外，乘着专车，竟往天津去了。段祺瑞等俱未预闻，就是各部总长，亦有一半儿在睡梦中，不知他为着何事，匆匆启行。但由国务院颁发一谕，通电中外道：

奉大总统谕：近年以来，军事屡兴，灾患叠告，士卒暴露于外，商民流离失业，本大总统盏焉心伤，不敢宁处，兹于本月二十六日，亲往各处检阅军队，以振士气。车行所至，视民疾苦，数日以内，即可还京。所有京外各官署日行文电，仍呈由国务院照常办理。其机要军情，电呈行次核办，并分报所管部长处接洽。凡百有位，其各靖共乃职，慎重将事，毋急毋忽等因！特此转达。

奇哉！怪哉！是何主因，乃有此举？事前毫无表白，直至登程以后，方令国务院传达略情，难道总统出巡，不宜明目张胆，只好做此鬼鬼祟祟的举动吗？句中有刺。当时中外人士，纷纷推测，各执一词，直到后来冯氏还京，方知他潜自出京，却有一种特别政策，如国务院代达论调，不过粉饰耳目，自衒美名，其实他何曾劳民？何曾阅兵呢？原来段主战，冯主和，主战是谋武力统一，主和是谋和平统一，似乎段好黩武，冯尚怀仁，实际上乃冯、段两派，互相抵抗，段要主战，冯定要主和，冯要主和，段越要主战，武夫得志，管什么海内苍生，但教折倒反对派，便算是扬眉吐气，予智自雄。怎奈两派势力，相持不下，段派去而复来，气焰膨胀，冯不得不虚与周旋，且又想出别法，欲去羁縻段派，合直、皖两系为一气，使他共卫自身，巩固权位，然后好不致受制，免得许多防备。就使段派不肯为所羁勒，也不如借出巡为名，亲赴长江流域，与李、陈、王三督军面商良法，抵制段派，可以维持势力。为此两种计策，急欲一行，又恐风声一泄，老段必来阻挠，所以除二三心腹外，俱未通知，竟出人不意，乘车南下。想法亦奇，但强中更有强中手，奈何？

一月二十六日启行，当晚即至天津，会晤那虎变将军曹锟，谈了半夜的机密。曹锟虽已与段派联络，合谋宣战，但究竟是个直系，对冯未免留情，他的主张，是欲要主和，必先主战，能将湘省收复，使南军稍惮声威，方可再申和议，冯也点头称善。不愧为虎变将军。就在天津督署中借寓一宵。越宿起床，食过早膳，复与曹锟申定密约，为后文征湘伏案。便即启程再往济南。他想山东督军张怀芝与倪嗣冲互为党援，不如直趋蚌埠，说服嗣冲，不怕怀芝不为我用，所以济南未曾下车，竟直抵徐州，转赴蚌埠。

火车原甚快便，但尚不如电报的迅速，自从冯氏出都，段祺瑞诧为怪事，料知冯必有隐情，便即电达张、倪两督，叫他阻住冯踪，不使他再行南下。这叫狼防虎，虎防狼。张怀芝得电后，忙派员至车站竚候，适冯已至济南，不肯停车，竟尔过去，独倪嗣冲接到段电，距冯至蚌埠尚有数小时，他好从容布置，带着卫兵，赴车站迎接老冯。待至火车到站，由冯下车相见，倪即指挥卫队，拥冯入署。彼此寒暄未毕，倪嗣冲即掀髯笑语道："总统为何微行至此？"冯总统道："我也并不是微行，无非因公等为国操劳，军队亦服役有年，所以特来慰问呢。"嗣冲道："总统出巡，理应预先布告，为何内外各员，多未闻知。想总统必有高见，敢请明示。"冯答道："我若预示出巡，沿途必多供张，反多烦扰，故不如潜行为是。"嗣冲冷笑道："总统轸念民瘼，原是仁至义尽，但突然出京，反骇听闻，倘中途遇有不测，岂非大误？"冯总统道："这且不必说了。唯我在京都，闻见有限，究竟各省军队，是否可用？若再如傅良佐辈贻误戎机，岂不是多添笑话吗？"嗣冲作色道："总统也不要徒咎良佐，试想王、范两人，何故倒戈？又复平白地让去长沙，两相比较，王、范罪恶，且过良佐，为什么不革职治罪呢？"冯总统被他一诘，好似寒天吃煨姜，热辣辣的引上脸来，勉强按定了神，再与他论及和战利害。嗣冲道："南方猖獗至此，怎可再与言和？今日只有一战罢。"冯总统还想虚词笼络，偏倪坚执己意，随你口吐莲花，始终不肯承受。

既而山东督军张怀芝、四省剿匪督办张敬尧亦皆到来，想是由嗣冲邀来。两人论调，与倪嗣冲一致从同，累得冯总统无词可答，即欲辞行，再往江南。倘嗣冲阻住道："总统何必亲往，但教致一电信，叫李秀山（即李纯字）来此会议，便好了。"冯至此也觉没法，只好由倪拍电，去召李纯，隔了一宿，来了一个李纯的代表，莅席会议。李秀山却也乖巧，故不愿亲至。看官！你想一代表有何能力？只得随众同声。倪嗣冲且拍案道："欲要与南方谋和，除非将总统位置，让与了他，若总统不欲去位，只有主战一法，主战必须仍用段合肥。如段合肥出为总理，军心一致，西南自可荡平，何论湘省？否则嗣冲愿牺牲生命，与南方一决雌雄。"说至此，声色俱厉，张怀芝、张敬尧两人更鼓掌不已。冯总统乃随口敷衍道："诸君同心，战必有功，我就回京下令罢。"倪嗣冲也不再挽留，便送冯上车。张怀芝偕冯同至济南，中途告别。冯总统乘兴而来，败兴而返，自回北京去了。正是：

　　　　不如意事常八九，
　　　　可与言人无二三。

欲知冯总统回京后，如何举动，且看下回再表。

　　观当时之军阀家，好似博弈一般，列席之时，见甲顺手，则与甲合股，而与乙为仇，见乙顺手，又与乙合股，而与甲为仇，不论曲直，但争利益，虎变将军，即其明证也。冯河间欲并合甲乙两派，尽为己用，谈何容易。甲自甲，乙自乙，彼此立于反对地位，就使暂时允洽，亦必决裂而后已。况如蚌埠之跋扈将军乎？潜行出京，索然而返，冯亦自悔多事哉！

第九十二回　遣军队冯河间宣战　劫兵械徐树铮逞谋

却说冯总统国璋，白费了一番心思，空劳了一回跋涉，没情没趣地折回北京，趋入总统府中，闷闷坐着。有几个心腹人士，进来探问消息，他唯有相对唏嘘，长叹数声罢了。旋由陆军部呈入军报，多半是湖南不靖消息，到了二月初旬，复接到湖北督军王占元急电，报称："湘、粤、桂三省南军，攻陷岳州，驻岳总司令王金镜退保临湘，南军据岳州后，连扰郧阳、通城、蒲圻等处，声势甚盛，亟待援师"等语。冯看了此电，也不禁奋髯动怒道："真正了不得，看来只好决裂了。"乃实授曹锟、张怀芝、张敬尧为各军总司令，陆续出兵，由鄂赴湘，同日发出二令道：

上月二十五日布告，原期保境安民，共维大局，故不惮谆谆劝谕，曲予优容。中央爱护和平之苦衷，宜为全国所共谅。乃叠据王占元等电称："谭浩明、程潜所部军队，乘此时机，节节进逼。"石星川、黎天才等，复以现役军官，倡言自主，勾结土匪，扰害商民，而谭浩明等竟引为友军，借援助为名，四出滋扰；甚至枪击外舰，牵及交涉，兹复进逼岳州，窥伺武汉，拥众恣横，残民以逞。是前此布告，期弭战祸，为民请命者，反令吾民益陷于水深火热。本大总统抚衷内疚，隐痛实深。各督军、都统等，叠电沥陈，佥以衅自彼开，应即视为公敌，忠勇奋发，不可遏抑。本大总统深惟立国之道，纲纪为先，若皆行动自由，弁髦法令，将致纷纷效尤，何以率下？何以立国？用特明令申讨，着总司令曹锟、张怀芝、张敬尧等，即行统率所部，分路进兵，痛予惩办。师行所至，务须严申纪律，无犯秋毫，用副除暴安良，拯民水火之至意！此令。

自军兴以来，在湘各路军队，动辄托故溃逃，长官督率无方，以致有治军守土之责者，效尤叛国，军纪久焉不张。本大总统殊深内疚，若再因循宽纵，必致酿成无政府之现象，其何以饬纲纪而奠民生？嗣后各路统兵长官，于所属官兵，遇有不遵节制，无故退却等情，着即以军法便宜从事，毋稍姑息，其各凛遵！此令。

两令既下，又特派曹锟为两湖宣抚使，张敬尧为攻岳前敌总司令，所有防鄂各项军队，统归节制调遣。于是虎变将军曹锟首先出发，即于二月七日由津启程，张敬尧亦于十二日出发徐州，浩浩荡荡，率军赴鄂去了。未几，复由总统府发出数令，褫夺各军长官职，由小子汇述如下：

查湖北襄、郧镇守使兼陆军第九师师长黎天才，暨湖北陆军第一师师长石星川，分膺重寄，久领师干，宜如何激发忠诚，服从命令，乃石星川于上年十二月宣布独立，黎天才自称靖国联军总司令，相继宣告自主，迭次抗拒国军，勾结土匪，攻陷城镇，并经各路派出军队，奋力痛剿，将荆、襄一带地方，次第克复，而该两逆甘心叛国，扰害闾阎，实属罪无可逭。黎天才、石星川，所有官职勋位勋章，应即一并褫夺，仍着各路派出军队，严密追缉。务获惩办，以肃军纪而彰国法！此令。

谭浩明等，拥众恣横，甘为戎首，前已有令声罪致讨。谭浩明以现任督军，不思绥辑封圻，恪尽军寄之责，乃竟自称联军总司令，率领所部，侵扰邻疆，若再滥厕军职，何以申明纪律，警戒来兹？署广西督军陆军中将谭浩明，着即行褫夺官职暨勋位勋章，由前路总司令一体拿办。其他附乱军官，并着陆军部查明惩处，以彰国法而警效尤！此令。

这两令是声明挞伐，罪及自主军长，有讨叛惩逆的意思。

还有二令，乃是惩办失律的长官，令云：

前因湖南督军傅良佐，代理省长周肇祥，擅离职守，曾令免职查办。两月以来，荆、襄叛变，岳州失守，士卒伤亡之众，人民流离之惨，深怆予怀，追论前愆，该前督等实难辞失律偾事之咎。傅良佐一案，着即组织军法会审，严行审办。周肇祥职司守土，遇变轻逃，并着交文官高等惩戒委员会依法惩戒，以肃纲纪而儆方来！此令。

陆军第八师师长王汝贤，前令以总司令代行湘督职权，督同第二十师师长范国璋，保守长沙，立功自赎，乃竟相继挫败，省垣不守。此次岳州防务，范国璋所部，又复先行溃退，总司令王金镜，身任军寄，调度乖方，以致岳城失陷，均属咎有应得。王汝贤、范国璋，均着褫夺军官勋位勋章，交曹锟严行察看，留营效力赎罪。王金镜着褫夺勋位勋章，撤销上将衔总司令，以示惩儆！此令。

看官阅此两令，便可窥透冯总统的本心，傅良佐与周肇祥，乃是段派中人，所以主张严办，王汝贤与范国璋，乃是自己叫他倒戈，所以让长沙，失岳州，失律偾事，不加重惩。但恐段派啧有烦言，乃不得不褫夺官阶，叫他留营效力，图功赎罪。后来傅良佐终不到案，且与冯氏反唇相讥，这明明是由段氏袒护，说他罪轻罚重，不服冯氏裁判。老冯的掩耳盗铃计策，终被段派看穿，仍归没效。还有江西督军陈光远，是密承冯氏意旨，主和不主战，赣、湘密迩，他却拥兵坐视，不去援湘，总统府中，虽已有令促援，光远料非冯总统本意，所以始终不动，此次由段派弹劾，至再至三，冯总统不得已下令道：

江西督军陈光远，于湖南战役，叠有电令进援，乃该督军托故延缓，致误湘局，殊难辞咎。陈光远着褫上将衔陆军中将，仍留督军本职，俾其奋勉图功，以策后效！此令。

投袂请缨的张怀芝，已受任第二军总司令，应该率军速发，不让人先，偏他徘徊观望，甘听曹锟、张敬尧二军，接连就道。自己故落人后，实尚欲要求一席，方肯前驱。都是利己主义。既而湘、赣检阅使的任命，果然颁下，怀芝乃欣然受任，带兵进行，先命第一师师长施从滨，取道九江，径往湖北，自乘津浦铁路火车南下，经过南京，会晤江苏督军李纯，谈了一番战策，然后西趋南昌，检阅赣省军队，援应曹、张两军去了。迂道苏、赣，无非自出风头。惟冯总统此次主战，纯然为段派所迫，没奈何出此一着，心中总不免芥蒂，且自觉和战反复，无以对人，因复仿古时罪己文，颁发布告一通，略云：

立国之道，纲纪为先，果顽梗不易强驯，则征讨自非得已。上年湖南事起，阁议主张用兵，国璋独辁念时艰，欲民小息，虽于内阁政策，亦复一致赞同，但冀以武装促进和平，而未尝以力征誓于有众，坚冰之渐，固有由来。迨前湖南督军傅良佐弃职轻逃，前提湘总司令王汝贤，副司令范国璋，接踵溃退，长江陷落，大损国威。前国务总理段祺瑞暨各国务员等，以军事失败，政策挠屈，引为己责，先后呈准辞职。国璋于此，正宜申明纪律，激励戎行，奋一鼓之威，作三军之气，乃因湘有停止进兵之电，粤有取消自主之言，信让步为输诚，认甘言为悔祸。大约是片面思想。方谓干戈浩劫，犹可万一挽回，固料其非尽真诚，而终思要一信义，于是布告息争，以冀共维大局。孰意谭浩明等反复恣肆，攻破岳州，今则攘夺权利之私，实已昭然若揭，不得不大张挞伐，一翦凶残。然苦我商民，劳我师旅，追溯既往，咎果谁归？

傅良佐等偾事失机，固各有应得之罪，而举措之柄，操之中央，循省菲躬，殊多惭德。兵先论将，往哲有言，泛驾之材，讵可轻敌。国璋不审傅良佐等之躁率而轻用之，是无知人之明也。念念不忘傅良佐。叛军幸胜，反议弭兵，内讧始凶，言之成理。国璋欲慰大多数人之希望而轻许之，是无料事之智也。思拯生灵于涂炭，而结果乃扰闾阎，思措大局于安全，而现状乃愈趋棼乱，委曲迁就，事与愿违，是国璋之小信，未能感孚，而薄德不堪负荷也。耳目争属，责备难宽。既丛罪戾于一身，敢辱高位以速谤？

惟摄职本属约法，讵容轻卸仔肩？鄂疆再起兵端，尤应勉纾筹策。所望临敌之将领军队，取鉴前车，各行省区域长官，共图后盾，总期大勋用集，我武维扬，俾秩序渐复旧观，苍赤稍苏喘息，国璋即当返我初服，以谢国人。耿耿寸心，愿盟息壤，凡百君子，其敬听之！特此布告。

看官听说，这种罪己布告，乃是说出不得已的苦衷，暗中仍有归咎段祺瑞的伏笔。段派虽已达到主战目的，但必欲拥段复位，使他战胜南方，得雪前耻，方不致贻老冯口实，各享荣名。当时段氏第一功臣，要算徐树铮，他既奔走南北，运动倪、张，能使失败的段祺瑞，仆而复兴，主战政策，又得复活，真是段幕中首出人物，巧为斡旋。唯见那老师段祺瑞，只出任参战督办，尚未复国务总理要职，总不免余恨未平。况目前宣战，乃是冯氏出头，将来若得顺手，收复湘省，再平两粤，岂不是统一威名，全归老冯？反显得从前段氏，实无能力，一战致败，马上倒阁，可差不可差呢？将小徐心事揭出，明若观火。想来想去，只有再丛恿那张雨帅，演出一出拿手戏，威吓冯河间，叫他不能不起用段氏，方得规复那老师威名，贯彻那平南政策。好在张雨帅已经信任，言听计从，乐得再献密谋，从速进行。果然片言上达，即蒙雨帅首肯，决计照办，当下颁动员令，调遣军队，东入山海关，声言为援湘起见，派兵南下。前队到了秦皇岛，却逗留不行，整日里逍遥海上，伺察往来各舰，几不知他探何秘密。

会由日本运到大批军械，经过秦皇岛，奉军从旁觑着，问明舟子，乃是中国政府向日本购办，装运东来。奉军哗然道："我军正少军械，今适凑巧，有这批枪弹运来，何妨借我一用呢。"说着，便一齐登舰，七手八脚，把军械搬运岸上。舟子如何阻挠？只好眼睁睁地由他劫取，约莫有一两小时，已将全船枪弹，悉数搬空，奉军也不称谢，竟将军械携至京奉铁路间，载上火车，派了弁目数名，运往奉天去了。这是民国七年二月二十五日间事。越日，即由张作霖电告中央，略谓："奉省派往南下各军，已开往滦州，惟枪械缺乏，时机紧迫，不得不变通办理，现已将中央所购军械运奉，除将军械开单呈请备案外，谨先奉电请领"云云。犹是绿林故智。冯总统得了此电，简直是莫名其妙，欲向张雨帅问罪，又恐他倔强不服，只得暂时容忍，且看他如何做作，再作计较。哪知这位张雨帅，真是敢作敢为，既将军械截取，遂分给部下各军，陆续遣入山海关，分驻京奉铁路沿线一带。就是秦皇岛、滦州、丰台、独流、廊房等处，统皆分扎军队，布置得层层密密。且在军粮城设起总司令部，张雨帅自任总司令，唯因京奉隔省，呼应尚恐未灵，特派徐树铮为副司令，代行总司令职权。所有军粮城旧存军粮三千石，本属陆军部掌管，小徐也未曾电请中央，竟拨充军食，居然有士饱马腾、踊跃待命的情状。

冯总统本忌老段，尤忌小徐，前次府院冲突，多半为小徐骄横，靠着那推倒张勋的功劳，拥护合肥的威力，凌轹政府，睥睨一切，为冯总统所难堪，所以用釜底抽薪的计策，撤销段内阁，改易王内阁。偏偏小徐寻出一条捷径，竟去邀请东北的张大帅，做了护身符，来与中央作难。冯总统当然忧烦，不得不派人婉问，他却口口声声地是要援湘，是要平南。及问他屯兵各隘、不遽南下的原因，他竟张目厉声道："我只知有段总理，但教段总理令我南下，我立即南下了。"俗语说得好："欲知言外意，尽在不言中。"小徐此语，明明是要段祺瑞复职，特地用着武装，胁迫冯河间。冯得报后，不由得满腹踌躇，欲再任段为总理，未免自失面子，欲不任段为总理，奈背后伏着小徐，仗那雨帅威风，前来胁迫，满怀抑郁，不堪言状。国务员虽有数人,大都庸庸碌碌,莫展一筹。王士珍屡次称疾,给假休养,寻常国务,还要内务总长钱能训代理。钱又是个圆通人物,与他商议,无非敬谢不敏,自愿去职,累得冯总统仓皇四顾,自觉孤危,没奈何再令秘书员,缮就一篇通电,咨询各省,筹商办法,解决种种困难问题。小子有诗叹道:

> 一波未了一波生,
> 肘腋危机又暗呈。
> 莫怪人心多险诈,
> 须知元首少推诚。

究竟通电中如何措辞,容至下回录叙。

本回为段派复盛,冯派复挫之时期。主战固段派之本志也,冯之主战,原为段派所迫而成,但主战之初,尚未肯使段氏复职,是其心仍不欲用段氏;战而胜,则坐自张威,可收统一之效,战而不胜,仍可归咎段派,而再与南军谋和可耳。罪己布告,所以作军人壮往之气,而期达战胜之目的也。何物小徐,偏窥透冯氏之心腹,运动张大帅以扼其背,是真冯氏所不料,骤遭此意外之一击,而不得不声声叫苦者也。但冯段之争点,实自南北分裂而起,北派固自起纷争,南军亦何为不顾生灵,徒贻人民以战祸平哉?

第九十三回　下岳州前军克敌　复长沙迭次奏功

却说徐树铮挟兵称雄，胁迫冯总统。冯总统无法自解，只好通电各省，咨询办法。电文不下一二千言，由小子录述如下：

各省督军、省长，武鸣陆上将军，广东龙巡阅使，汉口曹宣抚使、张总司令，九江张检阅使，承德、归化、张家口各都统，龙华、宁夏护军使，暨各省镇守使鉴：

国步迍邅，日甚一日，内则蜩螗羹沸，干戈之劫难回，外则惨淡风云，边境之防日亟。剥肤可痛，措手无从。国璋代行职权，已逾半载，凡所设施，力与愿违，清夜扪心，能无愧汗？然国璋受国民付托，使国家竟至于此，负罪引慝，亦何必哓哓申诉，求谅国人。但揆其所以致此之由，与夫平日之用心，为事实所扞格，屡投而不得一当者，缘因复杂，困难万端。欲避贤求去，苦无法律之可循，欲忍辱求全，又乏津梁之可济。长此悠忽，必召沦胥。诸君子为国干城，同负责任，用特披肝沥胆，为一言之：

溯自京畿变生，国祚半斩，元首播越，举国骚然，于是黄陂委托于前，段总理敦促于后，皆援副总统代职之规定，强国璋以北来，明知祸乱方殷，菲材绝难负荷，惟冀黄陂复职，主持有人，则不佞捍卫南疆，尚可分担艰巨。乃商请无效，各省区督军、省长，及文武官吏，分驰电牍，敦促入都。猥以藐躬，过承督责，汤火之蹈，且不容辞，矧安危不仅系个人，匡助可取资群力乎？惊涛共济，全恃同舟，初不料玺绶方承，而内部转愈趋纷扰也。国璋抵京，首先奉政黄陂，不获许可，而后受职。其时国会，早经解散，政府尚在权舆，继绝布新，有同草创。段前总理投艰遗大，独任贤劳，正宜共济时艰，中外一致，而西南诸省，忘再奠共和之绩，以非法内阁相攻，别挑衅端，遂开战祸。迨内阁改组，宜可息争，国会问题，又生枝节。对于中央之任命官吏，则啧有烦言，对于石、黎之扰乱荆、襄，则引为同志。是非乖忤，真相莫名。譬解百端，欲促返省，初不料唇舌俱敝，而结果仍诉诸兵戎也。

民国元二之交，风雨飘摇，几毁家室，项城运其雄才大略，曾不数月，而七省同时戡定，大权集于中央。国璋能力，固不逮项城，然事前之师，不妨相袭，徒以观念所在，元气之凋残，民生之疾痛，实过元二年。佳兵不祥，古有明训，内讧宜息，人具同情。本无厉行专制之心，何取经营力征之举？以故军事初起，第望促进和平，不因败绩而求伸，反示包容而停战，无非欲融洽南北，尽释猜嫌。耿耿寸衷，可质天日。乃北则疑其寡断，兵气几为之不扬，南则信其易欺，骄蹇益难于就范。湘省各军，乘机陷岳，意在示威，予政府以难堪，激同胞之宿愤。中央纵无统驭，亦何至听命于地方，必背公德而矜强权，不留余地，以相让步，则最后解决，唯战乃成。因事制宜，绝非矛盾。更不料干城之寄，心膂之司，或竟观望不前而损声威，行动自由而滋谣诼也。凡此种种，皆事实上随时发生之障碍，足使国璋维持大局之希望，悉消灭而无余，而逆计未来应付之难，事变之巨，则更有甚于此者。

国会机关，虚悬日久，颇闻旧议员麇集粤省，有自行开会之说。姑无论前此解散，是否合法，既经命令公布，已不能行使其职权，即各省区人民，亦断无承认之理。至于正式选举总统之期，转瞬即届，根本无着，国何以存？此大可忧者一。财政艰窘，年复一年，曩者政府每值难关，亦尝特外债以为生活，然能合全国之财力，通盘筹划，犹得设法挹注，勉强撑持。

乃者萧墙哄争，外省内解之款，大半截留，来源渐绝，而军政费之支出，复倍蓰于平时。罗掘久穷，诛求鲜应，主藏作仰屋之叹，乞邻有破产之虞，桑孔再生，亦将束手，此大可忧者二。内阁负责，取法最善，段前总理为国勤力，横被口语，托词政策挠屈，与各国务员相率引退，而总理一职，后来者遂视为畏途。聘卿王士珍字。暨今诸阁员，皆国璋平昔至契，迫于大义，碍于感情，暂允助勷，初非本愿，满拟时局渐臻纯一，再行组织以符法治，心力相左，刺激尤深。今聘卿业已殷忧成疾而在假矣，钱代总理诸人，复谓事不可为，褰裳而去。强留则妨友谊，觅替则恨才难，推测其终，将陷于无政府之地位，此大可忧者三。至目前外交之情形，尤应发起吾人之警觉，个中利害，另电详闻。

国璋一武夫耳，因缘时会，谬握政权，德不足以感人，智不足以烛物，抱救民之念，而民之入水火也益深，怀爱国之忱，而国之不颠覆者亦仅。澄清无术，空挥三舍之戈，和平误人，错铸六州之铁。驯至四郊多垒，群盗如毛，秦、豫之匪警频闻，畿辅之流言不息，虽名义同于守府，而号令不出国门。瞻望前途，莫知所届，何敢久居高位，自误以误国家？自应求卸仔肩，归还政柄。惟民国既无国会，而总理现属暂摄，又不能援《约法》条例，交其代行。追原入京受职所由来，实出诸君子之公意。国璋既备尝艰阻，竟不获补救于万一，坐视既有所不能，辞职又无从取决，只有向各省区督军、省长暨文武官吏，详述危殆情形，应请筹商办法，为国璋释重负，为民国求安全，宁使国璋负误国之咎于一身，而不使民国纪年，随国璋以俱去，不胜至愿。

特此飞电布达，务希于旬日内见复。至统治权所寄，国璋在职一日，仍当引为己责，决不肯萌怠弛之心而自丛罪戾也。敢布诚悃，伫盼嗣音！

这种通电，实不过是纸上具文，世无诸葛，国少鲁连，何人能出奇斗智，排难解纷？那段派却同声鼓噪，坚请段祺瑞再为总理，冯总统到了此时，也只好虚心忍辱，重用段氏了。当时曹锟、张敬尧两军，先后到鄂，还有张怀芝亦拨军相助，差不多有数万雄师，一心对敌。王汝贤、范国璋等，由曹锟密授意旨，也觉得勇气勃勃，与从前退缩情形，大不相同。更有第三师旅长吴佩孚，由曹锟荐为师长，做前敌总司令，感激驰驱，身先士卒。任他湘、粤、桂三省联军，如何果敢，也唯有退避三舍，不敢争锋。因此湘、鄂各处，激战了好几次，自主军队，统皆败溃。再加海军第二舰队司令杜锡珪，亦来助战，水陆夹攻，节节进逼，如月塘嘴、羊楼市、通城、临湘、古米山、九岭、白葛岭、天岳关等处，并得胜仗，扫清南军。乃由曹、张两大帅，下总攻击令，规取岳州。岳州乃湖南要隘，南方联军，得据此地，不啻管领全湘的门户，怎肯得而复失，骤然退去？于是彼攻此守，你来我拒，相持了两三日，枪林弹雨，血肉纷飞，城内外的百姓，早已逃避一空，单剩得两军角逐，互相残杀。何苦何苦。结果是北胜南败，南军不能再支，纷纷出城，奔往长沙去了。北军得进踞岳州，便向中央报捷，当由冯政府下令道：

据第一路总司令两湖宣抚使曹锟，攻岳总司令张敬尧，海军第二舰队司令杜锡珪，迭次电呈，分路规复岳州，水陆兼进，所向有功，先后于月塘嘴、羊楼市、通城、临湘、古米山、九岭、白葛岭、天岳关等处，连次激战，迭获胜利，节节进逼。三月十七日，攻破岳州。逆军顽强抗拒，相持不退，经我军奋力攻击，并由舰队掩护，业于十八日将岳州克复各等语，此次出师攻岳，自开始攻击以来，为期不过旬日，屡夺要隘，遂克名城，实由该总司令等调度有方，各将士勇忠用命，用能迅奏朕功，拯民水火，览电殊深嘉慰。仍着该总司令等，遵照电令计划，督率所部，奋勇进取，并先查明此次在事出力各将士，分别等差，呈请优奖。其阵亡被伤官兵，并准优予议恤，以昭激劝而慰英魂。第念岳州、临湘一带，人民重罹兵燹，流离颠沛，弗安厥居，损失赀财，危及生命。哀我湘民，叠被荼毒，兴言及此，惨怛良深！应由宣抚使曹锟，迅派妥员，各路查明，加意抚恤，安集劳徕，各安生业，用副吊民伐罪之至意。此令。

岳州既下，主战派当然得势，无不兴高采烈，得意扬扬。独徐树铮在军粮城，电迫政府，速起用段祺瑞为总理，调度军事，一致平南，否则将引兵入京，仿佛有兴甲晋阳、入清君侧的气象。署国务总理王士珍，已早呈请辞职，此时复为环境所迫，苦口坚辞。冯总统乃准他辞去，再用段祺瑞为国务总理。段方组织参战事务处，就将军府特设机关，派靳云鹏为参谋处处长，张志潭为机要处处长，罗开榜为军备处处长，陈籙为外交处处长，并聘定各部总长为参赞，各部次长为参议，于三月一日始告成立，实任那督办事务。醉翁之意不在酒，故不妨迟迟办理。到了三月二十五日，国务总理的任命又复发表，他亦并不多辞，便即受任。凡王内阁中的人员，多半仍旧，惟换去财政总长王克敏，由交通总长曹汝霖兼代，江庸亦已辞去，改任朱深为司法总长，这是段祺瑞第三次组阁了。

段氏前二次组阁，均自兼陆军总长，至此因段芝贵方长陆军，既属同乡，又且同系，乐得令他原任。芝贵亦遇事秉承，不敢擅断，所以段祺瑞虽不兼陆军，也与兼职无异。内总百揆，外对列强，段合肥不惮烦剧，躬自指挥，真所谓能人多劳，一时无两了。

徐树铮闻段任总理，志愿已遂，乃将滦州、丰台、独流、廊房等处所扎的奉军，陆续开拔，由津浦铁路南下，运往湘、鄂一带，协助曹、张各军，进攻南军。隐示解围微意。曹、张等军势益盛，遂复自岳州出发，分道进兵，连下平江、湘阴各城。湘、粤、桂三省联军，逐路分堵，总敌不过北军的厉害，只好步步退让。北军乘胜进逼，到了同山口，与南军鏖战一次，南军又败，都奔往长沙，婴城拒守。曹锟、张敬尧见前军得利，便饬后队，一齐向前，并攻长沙。南军连遭败衄，统不免胆战心惊，暮闻北军大至，已觉得未战先慌，待至强敌压境，勉强出拒，哪里还能坚持到底？你也走，我也逃，大家弃枪抛械，向南窜去，好好一座长沙城，弄得空空洞洞，毫无人影。得之易，失之亦易。北军自然放胆入城，打起得胜鼓，鸣起行军乐，喜气洋洋，不消细说。冯政府已任张敬尧为湖南督军，至此敬尧驰入长沙，不待犒兵安民，即会同宣抚使曹锟，露布告捷。因复由中央下令道：

据第一路总司令两湖宣抚使曹锟，总司令湖南督军张敬尧等，迭次电称："各军自三月十八日克复岳州后，节节进攻，分途收复平江、湘阴两城。二十五日，由同山口进规长沙，逆军处处死抗，经我军协力痛击，星夜追逐，逆势不支，遂于二十六日将长沙省城完全克复"等语。此次各军激于义愤，忠勇奋发，由岳州取长沙，曾不数日，力下坚城。该总司令等督率有方，各将士忍饥转战，嘉慰之余，尤深轸念。所有在事出力官兵，着先行呈明，分别呈请优奖，仍即督饬各军，乘胜收复县邑，以奠全湘。所有地方被难人民，流离荡析，并着查明，妥为抚恤，用副国家绥辑劳徕之至意。此令。

古诗有云："一将功成万骨枯，"这次下岳州，克长沙，总算由曹、张两大帅的功劳，其实这样的劳绩，统是由腥血制成，脂膏造就。

看官试想民国肇基，公定《约法》，称为五族共和，彼满、蒙、回、藏，从前统当作外夷看待，说他是什么犬种，什么羊种，及共和政体宣告成立，居然翻去老调，视若同胞，这原是大同的雏形，不比那专制时代，贱人贵己，为什么迁延数年，战云扰扰，连汉族与汉族，还弄得一塌糊涂，不可收拾呢？大约开战一次，总要费若干饷糈，伤若干军士，还有一大班可怜的人民，走投无路，流离死亡，好好的田庐，做了炮灰，好好的妻女，供他淫掠，害到求生不得，求死不能，即如此次岳州一役，据宣抚使曹锟查报："岳州自罢兵劫，十室九空，逆军败退时，复焚掠残杀，搜劫靡遗，近城一带地方，人烟阗寂，现虽设法招集流亡，商民渐聚，而啼号之惨，实不忍闻"云云。至长沙一役，又由曹锟报称："逆军在湘，勒捐敲诈，搜索一空，败退后复纵兵焚杀,惨无人道,土匪又乘间劫夺,以致民舍荡然"等语。在曹锟主见,当然归罪南军,不及北军,试问北军果能纪律严明,秋毫无犯吗?就使秋毫无犯,确似虎变将军的口吻,湘民已经痛苦得觳了。慨乎言之。政府施行小惠,先着财政部拨银洋四万元,赈济岳州难民,继拨银洋六万元,赈济长沙难民。实则湘民被难,何止十万?果以十万计算,每人只得银洋一元,济什么事?又况放赈的人员,未必能自矢清廉,一介不取,暗中克扣,饱入私囊,小民百姓,所得有几?徒落得倾家荡产,财尽人空罢了。

国务总理兼参战督办段祺瑞,连接捷电,喜溢眉宇,以为湘省得手,先声已播,此后可迎刃而解,就好把平南政策,达到最终目的。惟尚有数种可虑的事情,一是恐前敌将士,既有朝气,必有暮气;二是恐国库空虚,只能暂济,不能久持;三是恐河间牵掣,乍虽宣战,终复言和,积此三因,尚未遽决。小徐等竭力撺掇,把段总理的三虑,一一疏解,俱说有策可使,不烦焦劳。再加安徽督军倪嗣冲,接得小徐等书报,立从蚌埠启行,驰入京都,谒见段总理,申请再接再厉,期在速成。约住了一个星期,把政治军事诸问题,统皆商决,然后辞行返皖。过了三五日,国务总理段祺瑞,即带了交通次长叶恭绰、财政次长吴鼎昌等,出都南行,竟驰往鄂省去了。正是:

> 人生胡事竞奔波,
> 百岁光阴一刹那。
> 堪叹武夫终不悟,
> 劳劳战役效如何?

毕竟段总理何故赴鄂,试看下回说明。

自曹、张两军至鄂后,但阅旬月,即下岳州,复长沙,似乎主战政策,确有效益,以此平南,宜绰有余裕,不烦踌躇者也。然观于后来之事变,则又出人意料,盖徒挟一时之锐气,以博旦夕之功,未始不尽快意,患在可暂不可久耳。本回最后一段,历叙人民之痛苦,见得民国战事,俱属无谓之举动。军阀求逞于一朝,小民受苦于毕世,民也何辜,遭此荼毒乎?子舆氏有言,春秋无义战,又曰:我善为陈,我善为战,大罪也。彼时列强争雄,先贤犹有疾首痛心之语,今何时乎?今非称为民国共和时代乎?而奈何一战再战,且连战不已也。

第九十四回　为虎作伥再借外债　困龙失势自乞内援

　　却说段祺瑞南行赴鄂，借着犒师为名，到了武昌，与第一路总司令两湖宣抚使曹锟、湖北督军王占元，会商军务，共策进行。又召集河南督军赵倜，及奉、苏、赣、鲁、皖、湘、陕、晋各省代表等，同至汉口，列席聚议，大致以："长沙已下，正好乘胜平南，企图统一，但必须取资群力，方可观成，所以特地南来，当面商决，还望诸君一致图功，毋亏一篑"等语。大众虽各执己见，有再主战的，有不再主战的，但表面上只好唯唯从命，独曹锟捻须微笑道："欲平南方，亦并非真是难事，但用兵必先筹饷，总教兵饷有了着落，将士不致枵腹，才能效命戎行，不虑艰阻了。"已有寓意。段祺瑞答道："这原是必要的条件。如果军士用命，怎可无饷？我回京后，便去设法筹备，源源接济。总之外面督兵，责在诸公，里面筹饷，责在祺瑞，得能征服南方，同过太平日子，岂不是一劳永逸吗？"难矣哉！曹锟不便再言，淡淡地答了一个"是"字。

　　会议既毕，一住数日，段乃偕豫督赵倜，由汉口启行，乘着兵轮，沿江东下。到了九江，会晤江西督军陈光远，又谈了许多兵机，光远也没有什么对付，只敷衍了一两天。段再由九江至江宁，与江苏督军李纯、安徽督军倪嗣冲、上海护军使卢永祥，叙谈半日。倪与段心心相印，何庸多嘱。卢亦段派中的一分子，当然唯命是从。李纯是冯氏心腹，到此亦虚与周旋，未尝抗议。段即北旋，与赵调乘车至豫，倜下车自去，段顺道回京，不复他往。

　　看官可知段氏南下，无非欲固结军阀，指挥大计，一心一力，与南军决一最后的胜负，大有不平南军，不肯罢休的意思。既已回京，即日夕筹划军饷，怎奈司农仰屋，无术点金，不得已只好告贷邻邦，饮鸩止渴。东邻日本素怀大志，专用老氏欲取姑与的政策，慷慨解囊，贷助中国。徐树铮等又为段氏划策，总教南北统一，区区借款，自可取偿诸百姓身上，无足深忧。就中尚有交通部长曹汝霖，乃是亲日派首领，与小徐为刎颈交，他却一口担承，愿为乞贷东邻的媒介。看官欲知他生平履历，及所以亲日的原因，待小子约略叙来。

　　曹系上海人氏，前清时游学东洋，肄业日本帝国大学，与日人日夕交游，免不得习俗移人，脑筋里面常含着东瀛色彩。其时，段氏第一次组阁时，章宗祥曾为司法总长。章亦在日本留学，与曹最相契合。清贝子载振奉命出洋，考察法政，道经日本，曹、章极诚欢迎，载振尝面许道："尔二人学成归国，有我在内，不怕不腾达飞黄，愿努力自爱！"二人闻言，非常感谢。已而曹先毕业归来，赴京运动，得受清相奕劻、那桐等知遇，厕职部僚。或谓他曾暗嘱闺中人，结欢那桐，因得通显，这语出自谣传，未可尽信。但不到数年，即由外务部额外司员超任至右侍郎，可见他是个做官能手，干禄专家。中日间岛交涉，尝由曹出为调停，虽得将间岛索还，终把安奉安东至奉天巡警权、吉长吉林至长春铁路权，让给日本，人言啧啧，已说他为虎作伥，讨好东邻。革命以后，复迎合袁项城，得蒙信任，所有五月九日的密约，二十一条的酷律，曹亦预谋。不料段氏三番组阁，那曹汝霖又得两长交通部，处段门下，简直与段氏子弟相似，往来甚密，事必与商。他见段氏筹备军饷，急需巨款，遂出向日商中华汇业银行，贷洋二千万元，约款上不便说明充饷，但说是扩充西北电信，及修理旧有电台，与添设无线电的应用，议定利息八厘，偿还期计五个月，即将旧设电信收入金，作为担保，并预许将来关系电信事业,或需借款,该银行得有优先权。两下认定,彼此签约,段总理又得了二千万金,好酌量挪移,暂充军费了。

只是电信收入,前已作为丹、法两国的借款担保品,乃此番一物两押,岂不是失信外人?于是驻京丹麦公使及法兰西公使,查悉情形,即提出抗议,并投照会,质问中国政府。政府不能不分别答复,但言:"电信收入金,除抵偿丹、法两国外,饶有余裕,况现在是短期借款,五阅月即当还清,更与两国原约,不相抵触"等语。总有抵完的日子。两公使接到复文,见所言尚属有理,乃暂作罢议,且待他至五个月后,是否中日践约,再作计较。

惟段氏得了借款二千万元,究不能全数移作军费,只好随时酌拨,接济各军。偏各路军电,纷纷索饷,第一路军总司令曹锟,催索尤迫,比讨债还要厉害,今朝拨去若干,尚嫌不足,明朝拨去若干,仍云未敷。有限金钱,填不满无穷欲壑,段总理无可如何,只得再要曹总长费心,续向日本政府借款二千万元。日政府问作何用,曹汝霖设词答复,谓:"将建筑顺济铁路,所以需款。"顺济铁路,是由直隶前顺德府至山东前济南府的路线,前已勘定,无资筑造,故久成为悬案。曹遂借此立说,不管他践言与否,且贷了二千万元,救济眉急,徐作后图。惟日政府的贷与条约格外苛严,不比那日商汇业银行,尚是贸易性质,但顾普通利息,不致例外苛求。曹汝霖要想借款,不能不暗吃大亏。商议了好几日,才得双方订约,年息七厘,实收只有八七扣,还要分四期交付,就以该路为抵押品,折扣虽巨,经手人总有好处。段总理也明知契约过苛,受损不少,但除此没有他法,一听汝霖所为。曹总长借债功劳,又好从优录叙了。

无如筹饷人员,办得十分吃力,前敌军官,却不肯十分起劲。自从长沙克复以后,曹锟、张敬尧等,俱按兵不动,变成不和不战的局面。段总理致书催促,曹锟动以饷绌为辞,未几即引兵北归,坐索饷需。段总理方思诘责,不意冯总统反下一特命,加任曹锟为四川、广东、湖南、江西四省经略使,使镇保定,相机进止,惹得段总理义愤填膺,入问冯总统。冯却振振有词,谓:"川、粤、湘、赣四省,叛党未靖,因特任曹锟为经略,俾专责成。古人说的'重赏之下,必有勇夫',我意正要他感激思奋、扫清南方呢!"段总理也无词可驳,愤然退出。从此冯、段两人的恶感,日积日深了。

看官阅此,应记得曹锟前言,原拟收复湘省,再申和议。南下攻湘,外似为段氏帮忙,内仍为冯氏效命。既将长沙收复,是已得了湖南省会,后事但付张敬尧处置,自己乐得北返,安闲过日子。冯河间喜他践约,因擢他为四省经略,看似仍为平南起见,实叫他坐镇保定,拥卫京畿。独段总理奔走指挥,还道是元首受制,三军听命,得能借款有着,饷源不绝,总可廓清南服,如愿以偿,谁知又堕入冯河间的计中,叫他如何不怒?如何不恼?但段氏素性坚忍,终不肯为些许拂意,变易初心。暗想两广巡阅使龙济光,现在琼州,可扼粤背,福建督军李厚基,与粤毗连,可掎粤右,南军以粤省为尾闾,能将粤东占住,滇、桂等省,自无能为力。所以前此登台,已早致电龙、李,嘱令出兵,此次重复电促,允拨巨饷,托令攻粤,不再迟延。再令署浙江督军杨善德,发兵助闽,合力攻粤。

龙济光本与南军有嫌,袁氏失败,龙被摒逐,寓居琼州,段祺瑞执政,授龙为矿务督办,龙素乏矿学,如何办矿,况僻处琼崖,更难任事。至南北交讧,龙在南海特树一帜,依附段氏,断绝南军交通,段因撤去两广巡阅使陆荣廷职衔,转给济光。但济光部下,统皆疲兵羸卒,不能耐战,济光虽志在助段,终嫌力不从心,嗣因段氏一再催促,没奈何带领旧部,渡过琼州海峡,往攻阳江。阳江驻守的粤军,蓦见龙军攻入,未免慌张失措,仓促抵敌,各无固志,更兼寡不敌众,情现势绌,没奈何弃去阳江,各自逃生。济光得入阳江城,又命司令李嘉白分略高、雷二州境内。粤军方四处分防，一时不能召集，控御龙军，所以龙军得东冲西突，侵扰粤边。旋由粤军司令李烈钧引众堵截，麾下都是锐卒，骁勇善战，非龙军所能与敌。龙军司令李嘉白连战连败，逃得不知去向。或谓已被李军捕去，虚实未明。嗣经龙济光自往抵敌，至雷州境内，与李烈钧鏖战两次，毕竟李军厉害，龙军败衄。济光尚抵死不退，竟为所围。

龙军势成孤立，并没有什么外援，眼见是受困垓心，无从脱险。济光也焦急万状，苦守数日，尚望闽、浙联军，攻入粤境，或可牵掣李烈钧，使他分兵往堵。偏偏闽督李厚基也是个庸碌无能的人物，部下皆淮、徐人，为厚基故乡子弟，但知剽掠，不守纪律。厚基虽然附段，满口主战，但平时无甚机谋，调度又未合法，徒借"主战"二字为口头禅，反致南军嫉视，预先动手。虚骄者辄犯此病。闽军尚未入粤，粤军先已入闽，闽右泉、汀、漳三州属邑，多遭蹂躏，经厚基发兵出御，多败少胜，不得已致书浙江，大声呼救。幸亏浙江派兵赴援，才将粤军驱出，保全境土。厚基尚欲进攻，粤军亦未肯甘休，两下里各添将士，再行角逐。汀、潮交界，彼来此往，激战多日。潮州本是粤属，汀州乃虽闽属，粤军守潮攻汀，与闽、浙联军相持，闽、浙联军，攻潮甚烈，粤军兀自守住，那汀州一方面，却被粤军侵入，又失去了好几县。累得闽、浙两军，奔走不遑，哪里能越境西行，去救龙王（袁氏欲为帝时，曾封龙济光为郡王）。老龙陷入涸辙，展不出什么伎俩，没奈何硬着头皮，激励亲卒数千人，冒险突围，总算天不绝命，得钻出一条生路，向南急奔。余众尚有数千，留驻雷州，叫他苦守待援，自己驰向广州湾，检点随兵，或死或逃，只剩了千余人。

惟广州湾在雷州南面，地濒南海，前清光绪二十四年间，被法人据作租借地，地方政治，全归法人主持。龙军如欲过境，必须先向法领事假道，待他允准，方可通过。当下备了文书，咨商法领事。法领事还算有情，允他假道，惟应照国际公法通例，外人入境，不能携带武装，须将军械先行缴出，然后放行。龙济光进退两难，只得俯首依令，嘱咐部下，悉数缴械，由法领事查明属实，乃许通过。蛟龙失水遭虾戏。龙军虽得生路，奔还琼州，但欲卷土重来，再出攻粤，实已乏此能力。济光无法可施，因欲亲自入京，向段总理面议军情，请他拨兵给械；为恢复计，乃将所有残军，交弟裕光管领，守着琼崖，自乘海道轮船，径往北京去了。

济光一走，雷州所留的孤军，整日待援，杳无影响。粤军极力围攻，叫他如何支持？终落得援尽力竭，出降粤军。粤军遂逾海进攻琼州。龙裕光方安排守备，鼓众效力，哪知琼州警卫军第三十七营营长杨锦堂，忽然反变，竟对龙裕光宣告独立，且与粤军联络，引敌入境，先据琼东乐会县城，继占万宁、陵水各县，并分攻文昌、定安，直逼琼山。龙裕光虽尽力抵拒，怎奈粤军势大，实难招架，琼州只一孤岛，守兵又属寥寥，五日失一县，十日失两县，能经得几多失陷？乃兄济光北去无音，地角天涯，望援不至，老龙的巢穴，要从此覆没了。虾兵蟹将已皆离散，龙王如何得安？

究竟龙济光赴京乞援，难道段总理坐视不救，竟听他巢穴仳离，欲归无路吗？说来亦有许多难处。段总理只有一身，既要做国务总理，又要做参战督办，对内对外，日无暇晷，济光入京相见，非不当面许援，但琼崖是在极南，距北京路逾万里，鞭长莫及，一时如何达到？并且曹锟回京以后，前敌将士统已观望不前。湘省扼长江中坚，比琼州加倍紧要，省会虽然收复，湘南一带，尚多南军踪迹，无人肯出去扫除，何况区区琼崖。所以济光一再催逼，段总理只好逐日敷衍，等到延宕已久，难以为情，乃檄令山东督军张怀芝为援粤总司令，克日出发。怀芝自长沙已下，曹锟返京，也引兵退还山东，仍守督军本任，待至援粤总司令的任命，自京发表，免不得要部署将士运集兵械，方好起程，临行时已是阳历六月下旬了。

当时参战督办事务处，又有一种军事协定条件，为中日两国双方密订，内有密约十二条，中国政府并不宣示，就是日本政府亦守秘密。约文上载有中日两国，均不公布，按照军事上秘密事项办理等语，偏日本新闻纸上，漏泄内容，公然将此项条件揭载出来。于是北京大学校学生与高等师范学校、工业专门学校、法政专门学校诸学生，全体至总统府中，请愿废约，并求宣布条文，俾众共知。冯总统无可推诿，乃令学生举出代表，始准传见，当面与他解释，谓此系对外条约，并非对内事件。众学生方才无言，散归各校。旋由天津、上海、福州各处学生，亦各联结团体，谒见地方长官，请求代向政府，力争废约。正是：

> 屡向东邻求臂助，
>
> 应教内部起疑猜。

究竟密约中有何关系，俟至下回发表。

外债有可借者，有不可借者。所借之债，用于实业上之经营，则将来可收巨效，足以偿人而有余，此则固尚可借也。若无后来之收入，但顾目前之急需，是与饮鸩止渴，漏脯救饥，亦何以异？一利百害，如何可借？况段合肥之借外债，全为平南起见，南方未必可平，而债台百级，何物清偿？徒受债权之压迫，增国民之担负，是岂真不可已乎？可已不已，而亲日派之曹汝霖，适承其乏，谓为虎伥，谁曰不宜？龙济光本非段系，乃以仇视民党之故，迫而赴段，高雷败绩，琼崖孤危，数年巢穴，覆于一旦，龙王龙王，其亦事后知悔否耶？

第九十五回　闻俄乱筹备国防　集日员会商军约

却说中日互订约章，为了军事协定，各守秘密，嗣经日报揭露，方俾国人知晓，内容底细，却是为对外问题，说将起来，实受外界刺激，因发生这种条约。自从欧战开始，连年不休，俄皇尼古拉二世本与英、法诸国订就协约，反抗德、奥，起初兵锋颇锐，突入普鲁士境内，略地甚广，后来屡战屡败，不但将占有普地悉数失去，甚至属部波兰亦为德所夺，就是对奥战争，胜败不一，也没有什么得手。就中更有一位俄国皇后，乃是德国非都西邦的王女（德系联邦组成，故非都西邦为德国之一部分），名叫亚尼都古司，颇有雌威，干预政治，德人侨寓俄都，往往恃为后援，愿入俄籍，得辗转充列贵官。俄、德两国素来专制，合两派人士，掌握政柄，百姓还有何幸？众怒难犯，酝酿已深。会欧战事起，俄皇主战，俄后怀念祖国，未表同情，所以一切军机，暗遭牵掣；再加士心不一，民志益离，所以转战数年，迭遭败挫。俄后又屡次怂恿俄皇，停战言和。俄皇受英、法诸国的束缚，不能独宣和议，因此踌躇未决；惟议会人员完全主战，免不得訾议俄皇，俄皇怎肯受责，勒令停会，舆论大哗。议员乘势号召，奋起革命。

时俄皇身兼总司令，方出次京南的朴次可地方筹划军事，突闻京内暴变，急召前敌将士，返戈勤王。偏革命党气焰嚣张，云集影从，差不多有二十万众，一夕发难，全局推翻，凡俄京里面的各部院、各机关，所有重要人员，一股脑儿被他拘禁。他如邮局、电局及铁路要塞等处，悉被占领。就是俄后亚尼都古司（立后后，曾改名亚历山大扶约多罗妮娜）亦坐致幽囚，禁居兹亚鲁司古鸦西罗离宫。都城统为革命党盘踞，遂蜂拥至俄皇行次，把他围住，迫令逊位。从古到今，最难做的就是皇帝，做得好时，人人尊敬，做得不好时，个个叛离，所以"皇帝"二字的反面，叫作独夫。想做皇帝者其听之。俄皇到了此时，已与独夫相似，没人听他号令，不得已宣布诏旨，让位于皇弟米哈尔大公。

米氏尝恋一女优，私下结婚，同奔奥都维也纳，嗣复徙往伦敦，甘作田舍生涯。及闻俄、德宣战，却激起一腔忠愤，归国请缨，自陈悔过。俄皇也不念旧恶，擢任陆军最高等官，即令赴敌。果然骁勇无前，屡得战绩，威名大振，遐迩倾心，故一经俄皇诏下，全国兵民，欢声雷动。独米氏自知皇位难居，不愿就任，愿将国体问题，听从民意解决。于是下议院议决，组织临时政府，建设新内阁，力反旧制。凡从前政治宗教各人犯，一概赦免，人民集会结社，均准自由办理。普及选举，消除一切阶级。旧有宪兵，统改为通常陆军，调赴战地。警察改为民团，团长由国民选举，隶属自治会。不到旬日，居然造成了一个共和政府，厘定秩序；不但前敌将士连电赞成，即如英、法、美、意、日等国亦皆投与公文，正式承认。惟俄皇尼古拉二世，与俄后俱被驱出，徙至西伯利亚，幽锢穷荒，不得自由行动。余若亲德派大臣，或杀或逐，扫尽无遗，比诸中国革命时，难易相去，几判天渊。新政府且发表政见，声言作战方针，举国一致，决不与德奥单独讲和，似乎俄国人士，一德一心，可以从此大定了。

哪知国家革命，断没有这种容易的事情，试看我国辛亥革命，各省人民，哪一个不欢欣鼓舞，极力鼓吹，统说是革命告成，大家可享共和幸福，就是内外官吏，无论文武，亦皆翊赞共和，推倒君主。为什么清室逊位，民国成立，扰扰多年，反害得乱七八糟，不可究诘。难道俄国人民,果皆高尚,绝无争权夺利、党同伐异的思想吗?向来俄国分二党派,除旧政府外,一为下层阶级的急进派,系劳兵团、农民团所组成;一为中等阶级的保守派,乃立宪党系,及武人军官所组就。此次俄国革命,全是急进派倡起,保守派不过随势附和,略表同情。首任内阁总理尔伏夫,视事不过数旬,即受各界刺激,辞职自去。继任为克伦斯基,是急进派翘楚,当革命时,被举为司法总长,曾决议废止死刑,嗣改任陆军总长,进掌首揆,所有设施,纯主急进。陆军总长萨微柯甫及将军柯尼洛甫,与彼不合,萨氏辞去,柯尼洛甫独与克氏竞争,致用武力解决,俄京复起战事。后虽柯氏失败,党争终未消灭,就中又有一派过激党,比克氏还要维新,竟将克氏推翻,另组新政府、新国会。所以俄京大乱,迭起争端。

内部不靖,外部当然懈体,德军得乘隙深入,步步进逼,俄国原是吃紧,还有我国的中央政府,更禁不住慌张起来。如此怯弱,奈何参战?中国西北一带与俄接壤,万一俄人不能制德,被德人穿过俄境,由欧入亚,必且仇恨中国,乘势报复。中国加入参战团,本是徒慕虚名,怎可弄巧成拙,反遭实祸?参战督办段总理为主战的发起人,并且亲操政柄,内外处置,丛集一身,哪得不暗暗着急,加添了一桩心事?亏得小徐等代为设法,想出了借助他山的政策,预备不虞。环顾列强,只有东邻日本,地处同洲,依为唇齿,况迭蒙贷款,情好正深,乐得援共同防敌的美名,与他结约。好在驻日公使章宗祥素来亲日,必能出与协商,不致无效。当下电告章氏,令他速办。章公使不敢怠慢,即致书日本外务大臣,请他共同防敌。公文有云:

敬启者:中国政府鉴于目下时局,依下列纲领,与贵国政府协同处置,为贵我两国之必要。兹依本国政府之训令,特向贵国提议,本使深为荣幸。

(一)中国政府及日本政府,因敌国实力之日见蔓延于俄国境内,其结果将使远东之平和安宁,受侵迫之危险。为适应此项情势,及实行两国参加此次战争之义务,不能不及早协同考量应行之处置。

(二)依前项所述,经两国政府合意后,因实行决定之事,凡两国陆海军,对于此次共同防敌战略之范围,应行协力之方法及其条件,由两国当局官宪协定之。该当局官宪,对于互相利害问题,互相慎重诚实,随时协议。

并由两国政府核定,俟时机实行以上提议。相应函达,敬请见复为荷!兹本使对于阁下,特表敬意。敬具。

中华民国七年三月二十五日

中华民国特命全权公使章宗祥印

外务大臣法学博士子爵本野一郎阁下

公文去后,即日接复,愿同办理。何其亲善乃尔?除公文外,又由日本外务大臣本野一郎,另附一函云:

敬启者:三月二十五日,贵我两国政府,因共同防敌,业经互换公文。帝国政府,以为该公文之有效期间,应由两国军事当局商定。再因共同防敌,日本军队在中国境内者,俟战事终了后,应一律由中国境内撤退。帝国政府,特此声明,相应函达。兹本大臣对于阁下,特表敬意。敬具。

章宗祥得了这种文牍,不胜喜慰,便即电达政府,备述梗概。段总理即咨照驻京日使,彼此各派委员;在北京组织委员会,协议共同防敌的条件。日使自然照允,即日互派委员会议。所有两国派定的委员,姓名列下:

中国委员长

上将衔参谋处处长靳云鹏

中国委员

陆军中将曲同丰

司长丁锦

海军中将沈寿堃

陆军少将田书年

陆军少将刘嗣荣

陆军少将江寿棋

陆军少将童焕文

奉天督军代表秦华

吉林督军代表陈鸿达

黑龙江督军代表张济光

海军少将吴振南

海军少将陈恩焘

外交部参事刘崇杰

日本委员长

陆军少将斋藤

日本委员

陆军少将宇桓

海军少将增田

海军大伊集院

海军大佐桦山

陆军中佐本庄

各委员到了会场，列席公议，议出了十二条约章，约文如下：

第一条 中、日两国陆军，因敌国势力之日见蔓延于俄国境内，其结果将使远东全局之和平及安宁，受侵迫之危险，为适应此项情势，及实行两国参加此次战争之义务起见，取共同防敌之行动。

第二条 关于协同军事行动，彼此两国所处之地位与利害，互相尊重其平等。

第三条 中、日两国，基属于本协定开始行动之时，对于各自本国军队及官民，在军事行动区域之内，当命令或训告，使彼此推诚亲善，同心协力，以期达到共同防敌之目的。凡在军事行动区域之内，中国地方官吏，对于该区域内之日本军队须尽力协助，使不生军事上之窒碍。日本军队，须尊重中国主权及地方习惯，使人民不感受不便。

第四条 为共同防敌，在中国境内之日本军队，俟战事终了时，即由中国境内，一律撤退。

第五条 中国境外派遣军队时，若有必要，两国协同派遣之。

第六条 作战区域及作战上之任务，适应于共同防敌之目的，由两国军事当局，量各自本国之兵力，另协定之。

第七条 中、日两国军事当局，在协同作战期间，为图谋协同动作之便利起见，应行下列事项：

（一）关于直隶作战上之机关，彼此互相派遣职员，充当往来联络之任。（二）为图谋军事运动及运输补充敏活确实起见,陆海运输通信事宜,须彼此共谋便利。(三)关于作战上必要之建设,例如行军铁路电信电话等项,应如何设备,由两国总司令官临时协定之。俟战事终了,凡临时之建设工程,均撤废之。(四)关于共同防敌所需之兵器,及军需品,并其原料,两国应互相供给。其数量应各自不害本国所需要之范围为限。(五)在作战区域之内,关于军事卫生事项,应互相辅助,使无遗憾。(六)关于直接作战上之军事技术人员,如有辅助之必要时,经一方之请求,应由他方辅助之,以供任使。(七)军事行动区域之内,设置谍报机关,并互相交换军事所要之地图及情报。关于谍报机关之通情联络,彼此互相辅助,图其便利。(八)协定共用之军事暗号。

第八条 为军事输送使用东清铁路之时,关于该铁路之指挥管理保护等,应尊重原来之条约。其输送方法,临时协定之。

第九条 本协定实行上所要详细事项,由中、日两国军事当局,指定各当事者协定之。

第十条 本协定及附属协定之详细事项,中、日两国均不公布,按照军事之秘密事项办理。

第十一条 本协定由中、日两国陆军代表者签名盖印,经各自本国政府之承认,发生效力。其作战行动适当之时机,经两国最高统率部商定开始之。

第十二条 本协定以汉文及日文各缮二份,彼此对照,签名盖印,各保有一份为证据。

上列各条,但关系陆军部分,再就海军一方面,议定条文,大约与陆军部分相同。两国委员俱表明满意,因即散席。日本委员长斋藤自去递交日使,由日使电达本国政府,请示办理。中国委员长靳云鹏亦将约文入呈国务院,国务总理段祺瑞提出草约,交国务员会议可否。国务员当然赞许,再报明冯总统,即交参战督办处签字。那日本政府电复中国驻京日使,允准签订,彼此各守秘密。乃经日本报揭露以后,遂由中国京内外学生纷纷异议。其实德军尚在俄国西境,距中国约千万里,所订中日军事协定条约,始终不闻履行,杯弓蛇影,徒添出一段疑论呢。小子有诗叹道:

> 预定边防费协商,
> 焦思熟虑亦周详。
> 如何中外多疑义,
> 只为条文太秘藏。

还有南方独立军队,亦由数首领署名,电致冯总统,诘问中日军事协定的约章,欲知详细,待至下回表明。

"革命"二字,传播全球。于是彼国革命,此国亦革命。经一次变革,即增一次危乱。愈革命而其国愈危,此系近今之一种传染症,不得医国手,鲜有能治安者也。俄国革命,亦蹈此病。唯此为外史上之事实,于本书尚无暇详叙。本回但因俄之内乱,叙及中日军事协定之原因,中国之加入参战团,全为环境所迫而成,有名无实,毋庸讳言。段总理恐敌军入境,乃欲借助东邻,此尤不得已之苦衷,应为国人所共谅。而议者蜂起,互相诘责,盖由他事未满人意,无惑乎举一例百,疑义纷滋也。然观诸十二条约章,尚无损权之举,而必互守秘密,果属何意?明眼人其必有所鉴别乎?

第九十六回　任大使专工取媚　订合同屡次贷金

却说南方独立军队,本推伍廷芳、陆荣廷、唐继尧、林葆怿、刘显世、谭浩明等为领袖,与北方争论不休,至用武力相待。及闻中日有军事协定的密约,唯恐段祺瑞借口边防,借着日本军人来图南方,所以电致中央,详叩约章内容;政府置诸不答,因复严电诘问。电文有云:

北京冯代总统鉴:闻段祺瑞与其左右二三武人,有与日本订立密约之说,中外喧腾,举国惊疑,奔走呼号,一致反对。廷芳等前已电请钧座,如有其事,应请严行拒绝,如确无之,则请明白宣布,以祛群疑。区区息事御侮之苦衷,谅邀洞鉴。窃以西南义旅,志在护法,但求有禅于国,断非意气之争。今段祺瑞及其私人,因坏法而用兵,因用兵而借款购械,因借款购械而有亡国条约,务求逞于国内,宁屈服于外人。无论双方胜负若何,而国家主权已陷于外人掌握之中。叱咤鞭笞,唯命是听,奴隶牛马,万劫不复。

虽卖国之罪,责有攸归,而覆巢之下,宁冀完卵?国且将亡,法乎何有?皮之不存,毛将焉附?今与中央约,中央果开诚布公,声明不签亡国之约,而对于南北争持之法律政治诸问题,组织和平会议,解决一切,则我即当停战息兵,听我国人最后之裁判。倘忠言不纳,务逞其穷兵黩武之心,而甘以国家为孤注,则我国民宁与偕亡,断不忍为人鱼肉也。迫切陈词,伫候明教!

这种电文,本为段氏所不愿入目,冯总统一经阅过,偏把电文移送国务院,显示老段,激动段氏怒意,恨不得将南方军队立即扫平。他想一不做,二不休,索性大借外债,筹足饷械,派遣十万雄师,与南方猛斗一场,如能就此荡平,方出胸中恶气。主见已定,遂授意曹、陆两人,再行借款。

曹氏就是汝霖,现任交通总长兼财政总长。陆氏名叫宗舆,为浙江海宁人,前清尝领乡荐,游学日本,速成法政学校,归国后纳资为郎中,辗转迁擢,累居显要。民国成立,更得美差,历任国务院秘书及驻日公使、币制局总裁等职,宦囊充裕,多财善贾,遂与日商品设中华汇业银行,做了该行中总理先生。这两人同是亲日派,为段帮忙,不啻为日本帮忙。在外又有驻日公使章宗祥,与曹总长一鼻孔出气,小子于九十四回中已约略叙及,惟未曾表明详情。他既是个皇华专使、法学大家,应把他详述履历,方不抹煞这民国通材。他家住吴兴荻港镇,乃兄叫作章宗元,也曾向美国游学,归参政务,寻为唐山路矿学校校长,注重实业教育,与宗祥性情行迹迥不相同,所以西洋毕业的兄长反不及东洋毕业的阿弟较为阔绰。当宗祥学成归国时,曹汝霖已通显籍,为宗祥所垂涎,特上时务条陈万余言,作为进阶。偏清政府留中不报,急得宗祥抚髀兴嗟,非常侘傺。继思前时载振嘱语,允为援引,何勿就此营谋,寻条进路?当下浼一知友,先向振贝子处代为先容,然后执刺往谒,好容易才得进见。振贝子虽与晤谈,却淡淡地问了数声,并未提及前言,推诚相示。毕竟贵人善忘。章宗祥不便相诘,只好说了几句套话,怅然回寓。

可巧有个床头人,见乃夫潦倒情状,询明大略,遂即放出手段,为夫求荣。又是一个曹夫人。相传章妻陈氏,芳名彦安,曾在沪上女学校肄业,籍隶姑苏,彼时宗祥亦为南洋公学学生,邂逅相遇,一见倾心,遂成为儿女交。后来陈氏亦游历日本,与宗祥订订婚约。至宗祥归国，就借沪上旅舍为青庐，行合婚礼。卿卿我我，相得益欢。未几相偕北上，满抱夫荣妻贵的希望，挈艳同行，乃寓京多日，未遂雄飞，倒不如牝鸡振翼，还望高升。于是打通内线，入谒振贝子夫人，凭着那莺声百啭，博得贝子夫人的欢心，时常召入，青眼相待。陈氏知情识趣，竟拜贝子夫人为干娘。未知年纪相差几何？贝子夫人越加宠爱，遂向振贝子说项，邀同振贝子至乃翁前，极言陈氏夫妇的才能。乃翁便是庆亲王奕劻，便延陈氏入邸，教授孙儿孙女，并调宗祥入民政部当差，远大鹏程，从此发轫。

巧值民政部尚书肃亲王善耆自负知人，收揽名士，宗祥遂屡上条陈，大蒙鉴赏，当由肃王专摺力保，得赐进士。俄而派至参丞上行走，俄而充任宪政编查馆委员，俄而超补右丞，俄而调授内城巡警总厅厅丞。武汉兴兵，南北议和，宗祥亦列入清室议和代表，赴沪参议。至袁项城任民国总统，令宗祥为大理院院长，嗣且改长司法，兼署农商。袁氏筹办帝制，宗祥亦奔走效劳，寻见帝制无成，改投段氏门下。段二次组阁，仍使他为司法总长。旋即遣赴东洋，继陆宗舆为驻日公使。真是官运亨通。

看官试想！他的法政学问，是从日本国造成的，大使头衔，是从段总理派与的，所以他心目中，只知日本国，只知段总理，所以段氏有命，无不遵从。此次曹、陆两人奉命借债，当然电告宗祥，与同协力，内外张罗，多多益善。东邻日本，却是慷慨得很，但教曹、陆、章与他筹商，无不允诺，惟抵押品须要稳固，信贷契须要严密，两事办就，便一千万二千万三千万的银圆，源源接济，如水沃流。究竟扶桑三岛，能有若干铜山金穴，可以取用不尽，挹注中国？大约也是效微生高的故智，乞邻而与。试问日本人的用意，果为何事，肯这般替我腾挪，苦心经营呢？不烦明言。总计民国七年六月为始，到了九月，共借日本款五次，由小子一一叙出，分作甲乙丙丁戊五项，胪列如下：

（甲）订借吉、黑林矿三千万元。财政总长曹汝霖，农商总长田文烈，商同中华汇业银行经理陆宗舆，向日本兴业、朝鲜、台湾三银行，借定此款，以吉林、黑龙江两省全境森林矿产为抵押。订定约文共十条：（一）借款为日金三千万元。（二）限期十年，期满后，得由双方协议续借。（三）经过五年后，无论如何，得于六个月前，预先知照偿还本借款金之一部分。（四）年息七厘五毫。若实行第二条续借时，利率当按时协定。（五）每届付息，须每个月前先付，限定每年一月十五日及七月十五日。但第一次及最末次，不满六个月，可按日计算，先行付清。（六）十足交款，并无回扣。（七）本借款之交付偿还付息，及其他一切授受，均在日本东京办理。（八）吉、黑两省金矿与国有森林，以及林矿所生之政府收入，作为担保品。（九）本合同有效期内，关于前条林矿及其收入，拟向他人借款，须先与本债权人商议，俟本债权人认可，方得另借。（十）俟本利偿清时，本合同作废。十条以外，尚有附约四条：（一）中国设立吉、黑两省采木开矿股份公司时，此次承受借款各银行，得投资达资本总额之半。（二）中日合资办法，由两国委员协定。（三）中国政府如届时不能还款时，该借款即作为日本出借各银行在中国设立之林矿公司内股份。（四）中国政府因募集该股份公司之股份券时，日本出借各银行，得代理发行该券全部或一部。

（乙）订借善后垫款一千万元。民国六年八月间，财政部曾向日本银行团借第二次善后借款垫款日金一千万元，以盐税余款为抵押。兹复由财政部总长曹汝霖，向日本正金银行代表武内金平氏商恳，由武内金平氏绍介日本银行团，再借日金一千万元，仍作为该借款垫款，为整理中国、交通两银行纸币之用，利息七厘，一年为限，仍以盐税余款为抵押，条约与前次相同（见八十九回）。又因上年所借三千万元期限将满，由财政部商妥日本银行团，展期一年，内容悉如前约办理。

（丙）订借吉会铁路款一千万元。自吉林达延吉南境及图们江以至会宁一带，勘定路线，前曾与日本约定，中国政府开办时，款项不敷，应向日本协同筹办。交通总长兼财政总长曹汝霖乘隙入手，因与日本兴业银行及台湾银行、朝鲜银行，商订吉会铁路借款预备合同，共十四条：（一）由中国政府速拟定本铁路建筑费，及其他必需费用，征求该三银行同意，由三银行议定金额，代为发行中国政府五厘金币公债。（二）本公债期限为四十年，自公债发行日起算，第十一年开始还本，依分年摊还方法办理。（三）中国政府俟吉会铁路正式借款合同成立，即着手建造铁路，期在速成。（四）中国政府应与日本帝国朝鲜总督府铁路局，共同建造图们江铁桥，负担建造费半额。（五）中国政府为本公债付还本息之担保，即为现在及将来本铁路所属之一切财产及其收入。（六）本公债之实收额，按照从前中、日所订之铁路借款合同，折衷规定。（七）以上各条所未规定之条项，准照清光绪三十三年订定之津浦铁路合同，双方协议决定之。（八）吉会铁路正式借款合同，以本预备合同为基础，限期六个月内，订定正式合同。（九）预备合同成立，即由日本三银行垫借日金一千万元，十足交款，并无回扣。（十）本垫款应交利息，为年息七厘半。（十一）本垫款依中国所发行国库证券贴现之方法交付。（十二）前项国库证券，每六个月换给一次，每次以六个月份之息金，支付该三银行。（十三）中国政府于吉会铁路正式借款合同成立后，当以本公债募得之资金，优先付还本垫款。（十四）本垫款交付偿还付息，及其他一切授受，均在日本东京履行。

（丁）订借满蒙四铁路款二千万元。中华民国驻日公使章宗祥，与日本兴业银行副总裁并代表台湾、朝鲜二银行小野英二郎，订定满蒙四铁路借款预备合同，拟定四路路线：（一）由洮南至热河。（二）由长春至洮南。（三）由吉林经海龙至开原。（四）由洮南热河间，通至海港。

俟双方勘定路线后，标明地点，作为起讫。共长一千余里，借款二千万元，预定合同十四条，即以四铁路所属之财产及其收入为担保品。年息八厘。余如吉会铁路借款预备合同，约略相同。

（戊）订借顺徐铁路款二千万元。由山东济南至直隶顺德间，及由山东高密至江苏徐州间之铁路，应需建筑各款，向日本兴业银行、台湾银行、朝鲜银行商借垫款二千万元，亦由驻日公使章宗祥，一手经理。日本三银行代表，就是兴业银行副总裁小野英二郎，订定预备合同十四条，与满蒙四铁路借款条约相似。惟首条中有该路路线，倘于铁路经营上，认为不利益时，得由双方协议，酌量变更是为该合同中特别声明的条文（一说与顺济铁路借款条约同时协定）。

以上各种借款契约，各备中、日文各二份，政府银行互执各一份。若至将来双方解释，发生疑义时，应取准日文条约，不适用中文条约。还称什么中日合同。曹、章、陆三人，但教借款到手，不管他后来隐患，所以日人如何说，他便如何依。此外闻尚有制铁借款、参战借款等，大约数十万至一二百1万，或向日本借就，或向英、美诸国借来，还有少数借款，无从查明。实际开支，无非供给武人及所有政党的需索。什么森林，什么金矿，什么铁路，简直是搁过一边，毫不提起。指东话西，影戳过去，难道外人果肯受给吗？总教土地奉献，亦可了局。

段总理急不暇择，且把那借款移用，自逞那平南政策。偏南军坚持到底，誓与北方抗拒，一班军阀议员，联合拢来，先由议员择定会所，组织非常国会，与军阀沟通意见，订定军政府组织纲目，即按大纲第三条云：军政府应由非常国会中选出政务总裁七人，组织军政会议，行使职权。于是实行选举，投票取决，便有七人当选，姓名列后：

唐绍仪、唐继尧、孙文、伍廷芳、林葆怿、陆荣廷、岑春煊。

自经政务总裁，选出七人，孙文辞去大元帅职任，办理交代，即离去粤东，自赴日本，不愿为政务总裁。唐绍仪亦有事他往，未曾就职，当由岑春煊、伍廷芳等，规定政务会议条例，及政务会议内部附属机关条例，免不得有一番手续。自民国七年五月二十日选出政务总裁，直至七月五日，始宣告军政府成立。从此南北两方，势成对峙，段总理越想统一，越致决裂了。小子有诗叹道：

> 欲求统一在开诚，
> 但恃权威终不平。
> 我欲制人人制我，
> 纷争忍尔苦苍生。

欲知南北冲突情形，且至下回再叙。

曹、章、陆三人，同为唯一之亲日派，即同为唯一之借债家，而章为驻日公使，其通信也尤便，故其效力也尤甚，特详履历，所以表其行迹之由来也。作者本无仇于曹、章、陆，但据报章之揭载，撮叙大略而已。然观五项借款合同，无一非授权日人之渐，即果为林矿铁路，及中国、交通两银行整理纸币之需，而日人垄断其间，已不足振兴实业，清理财政，况其为供给武人、政党之需要耶？大书而特书之，孰得孰失，固自有能辨之后。著书者应不忍下笔，阅书者亦不忍寓目矣。

第九十七回

逞辣手擅毙陆建章
颁电文隐斥段祺瑞

却说广东军政府已经组成，即借广东城外的士敏土厂作为暂住机关，当由政务总裁唐继尧、伍廷芳、林葆怿、陆荣廷、岑春煊联名，发出通电云：

> 查本军政府组织大纲，以由国会非常会议选出之政务总裁七人，组织政务会议，行使其职权。现除唐少川、孙中山两总裁，因交通阻碍，未接有就职通告，经派员敦促外，计就职总裁，已居过半数。当此北庭狡谋愈肆，暴力横施，大局阽危，民命无托，护法进行，刻不容缓，谨于本月五日，宣布中华民国军政府依法成立，即开政务会议，特此通告。

自军政府成立后，更促将士进行，或攻闽，或攻湘，或攻琼崖，相继不绝。北方援粤总司令张怀芝，方统率炮步兵二十营，由鲁入鄂，由鄂赴赣，驻扎江西樟树镇，力图攻粤。粤军先发制人，进攻赣边，占去虔南县城。嗣被赣军克复，怀芝即拟鼓众入粤，偏偏二竖为灾，日相缠扰，没奈何停止进兵，自还汉口养疴。当时有个炳威将军陆建章，就是前镇陕西、被陈树藩赶走的逃将军，他恨段派左祖树藩将己撵出，以致地盘失据，随俗浮沉，及见冯、段交恶，乐得联冯拒段，奔走赣、鄂，运动和议，隐为冯氏效劳，牵制段派。冯总统也喜得一助，故特任他为炳威将军。但段派亦嫉视建章，积不相容。徐树铮挟嫌尤甚，屡思扑灭此獠。

是时树铮尚为奉军副司令，往来京、津，闻得建章寓驻津门，嗾动奉军驻津司令部，停战言和，遂即往津调查。果属事出有因，越觉怒冲牛斗，无名火高起三丈。当下缮就一书，饬投建章寓内，只说是候谈军情，诱令到来，暗中却埋伏武弁，秘密布置，专待建章入阱，好结果他的性命。忍心辣手。建章虽亦知树铮恨己，但想他总不敢擅自杀人，就昂然径往，趋入奉军司令部内。树铮述欢颜出迎，邀入营中，升筵相待。座中陪客，统是奉军军官以及树铮左右私人，席间也未曾提及时事，只是猜拳行令，备极欢娱。至酒酣席撤，树铮乃起语建章道："此间内有花园，风景颇佳，请入内游玩一番，聊快胸襟。"建章尚不知有诈，随他进去。既入内园，树铮即目顾左右，掩住园门，当即翻过了脸，厉声语建章道："汝可知罪否？"建章失色道："我有何罪？"树铮道："汝为南方做走狗，东奔西跑，运动和议，破坏内阁政策，还得说是无罪吗？"建章道："海内苦战，主和亦非失计，且今日主和，亦不止我一人，怎得归罪于我？"却还倔强。树铮怒目道："汝不必多说了。"说着，即令左右拿下建章，绑住园中树上。建章始软口乞免，愿为小徐帮忙。小徐置之不理，自从囊中取出手枪，扳动机簧，扑通一响，已把这位陆将军送到冥府去了。当下草就电文，设词架罪，拍致国务院及陆军部道：

> 迭据本军各将领先后面陈，屡有自称陆将军名建章者，诡秘勾结，出言煽惑等情，历经树铮剀切指示，勿为所动，昨前两日，该员又复面访本军驻津司令部各处人员，肆意簧鼓，摇惑军心。经各员即向树铮陈明一切，树铮犹以为或系不肖党徒，蓄意勾煽之所为，陆将军未必谬妄至此。讵该员又函致树铮，谓树铮，曾有电话约到彼寓握谈。查其函中所指时限，树铮尚未出京，深堪诧异。今午姑复函请其来晤，坐甫定，满口痛骂，皆破坏大局之言。树铮婉转劝告，并晓以国家危难，务敦同胞谊谊，不可自操同室之戈。彼则云我已抱定宗旨，国家存亡，在所不顾，非联合军队，推倒现在内阁，不足消胸中之气。树铮即又厉声正告，以彼在军资格，正应为国家出力，何故倒行逆施如此？纵不为国家计，宁不为自身子孙计乎？彼

见树铮变颜相戒,又言:"若然,即请台端听信鄙计,联合军队,拥段推冯,鄙人当为效力奔走。鄙人不敏,现在鲁、皖、陕、豫境内,尚有部众两万余人,即令受公节制如何"云云。树铮窃念该员勾煽军队,联结土匪,扰害鲁、皖、陕、豫诸省秩序,久有所闻,今竟公然大言,颠倒播弄,宁倾覆国家而不悟,殊属军中蟊贼,不早消除,必贻后戚,当令就地枪决,冀为国家去一害群之马,免滋隐患。除将该员尸身验明棺殓,妥予掩埋,听候该家属领葬外,谨此陈报,请予褫夺该员军职,用昭法典。伏候鉴核施行。

咄咄小徐,放胆横行,擅将陆建章枪毙,且并未自请处分,但声明建章情罪,一若杀了建章,尚有余功,真是权焰熏天,为民国时代所仅见。国务总理段祺瑞、陆军总长段芝贵得着小徐报闻,且惊且喜,便替他设法回护,检查从前文牍,如张怀芝、倪嗣冲、陈树藩、卢永祥等,俱有弹劾陆建章的成案,遂汇成档册,并将徐树铮电陈详情,一并缴入总统府,请令办理。冯总统长叹数声,暗思建章已死,不可复生,欲责小徐擅杀,又恐得罪段氏,益启争端,没奈何下一指令道:

前据张怀芝、倪嗣冲、陈树藩、卢永祥等,先后报称陆建章迭在山东、安徽、陕西等处,勾结土匪,煽惑军队,希图倡乱,近复在沪勾结乱党,当由国务院电饬拿办。兹据国务总理转呈,据奉军副司令徐树铮电称,陆建章由沪到津,复来营煽惑,当经拿获枪决等语。陆建章身为军官,竟敢到处煽惑军队,勾结土匪,按照惩治盗匪条例,均应立即正法。现既拿获枪决,著即褫夺军职勋位勋章,以昭法典。此令。

令文虽如此云云,心下越仇视段派,势不两立了。惟陆建章也非善类,专好杀人,从前袁总统时,曾委建章为军警执法处处长,他承袁氏意旨,派遣私人,一味侦察反对党,捉一个,杀一个,捉两个,杀一双,往往有挟嫌谎报;谓某人有通敌阴谋,便即信为真情,妄加捕戮。后来复经他人入告,说是侦报未确,诛及无辜,他又召到原谍,邀他同食,食时尚谈笑甚欢,及食毕后,忽提前事,不容分辩,即命推出处死,或且并不提及,欢送出门,突从他背后,发一手枪,击毙了事。所居院落,辄陈尸累累,故都人见他请客红柬,多有戒心,号为"阎王票子",且因他杀人甚众,如屠犬豕一般,因复赠一绰号,叫作"屠夫"。此次为小徐所诱,突遭枪决,虽似未免屈死,终究是天道好还,报施不爽呢。好杀者其鉴之!

但小徐诱杀建章,得快私愤,自以为一条好计,哪知也有得有失,徒多了一个仇家。陆妻冯氏,乃是旅长冯玉祥的姑母(或谓冯系陆甥,未知是否,待考),猝闻乃夫被杀,当然悲从中来,恸哭了好几场,且与玉祥商量,要玉祥代报夫仇。玉祥本皖中望族,乃父在前清时,为直隶候补知府,挈眷寓津,产下一男,就是玉祥。少长时曾至教会学堂读书,故投入基督教籍。嗣入保定军官学校,由该校保送至武卫右军,充当差遣,故浙江督军杨善德,见了玉祥,即许为大器,荐入段祺瑞幕中。段以为碌碌无奇,不加重用,玉祥乃与段相离,自寻门路(冯系皖人,其所以不入皖派者以此)。后为第三镇步兵第五标第十团第三营管带,统率百人,驻扎房山县。未几,由陆建章代为谋划,改编为京畿宪兵营,扩充至兵士二千名。民国二年,第二师、三师、四师、六师、七师,移镇鄂、湘、苏、皖等地,北洋防务空虚,袁项城饬募新兵,编练混成旅十余部。冯营为陆军第十六混成旅,玉祥遂任旅长。越年拔营南下,驻扎武穴,及段氏三次组阁,一意主战,令冯玉祥率军援闽,旋复改命援鄂。玉祥本不附段派,观望不前,且有意服从冯总统,曾发出通告,请速罢兵,并有:"元首力主和平,讨伐各令,俱出自胁迫"等语。段氏因他拥兵自大,也不便急切相待,只好付作缓图。哪知霹雳一声,建章毙命,玉祥顾念戚谊,当然惊心,再加姑母冯氏泣令报仇,玉祥亦不禁呜咽道:"姑父平日所为,我亦尝极端反对,屡劝他缓狱恤刑,哀矜勿喜,偏姑父习以为常,遂致怨家挟恨,陷害姑父,但今乃屈死小徐手中，殊不甘心。小徐靠了老段势力，横行不法，暴戾恣睢，我若不为姑父复仇，如何对得住姻戚？但目前尚难轻动，我部下不过数千人，势不能一举成功，我死也不足惜，死且无益，不如从缓为是。"他姑母听了此言，也觉没法，只有挥泪自去罢了。

惟玉祥经此变，遂与段内阁决裂，自告独立。部下副官李铭钟，团长杨贵堂、何乃中等，亦愿为效力，累得段总理多一敌手，不得不格外加防。详叙冯玉祥事，俱为后文伏案。并且失意事层叠而来，大与前谋相左。湘南未平，闽军又败，龙裕光孤守琼崖，属地已失去大半，专望援粤总司令张怀芝一军，入粤牵制，或可解围。哪知张怀芝病倒汉口，连日未痊，留驻江西的张军方移次醴陵，逍遥江上，偏被南方间谍，侦悉情形，竟潜从攸县进兵，猛向醴陵扑入。张军十数营，猝不及防，仓皇崩溃，吓得养疴汉口的张司令，出了一身冷汗，力疾起床，乘车北返。自问未免怀惭，情愿抛弃权利，辞去山东督军。是所谓张脉偾兴，外强中干。琼州失援，龙军保守不住，只好弃去巢穴，向北逃生。看官试想！这岂非段氏的平南政策，一齐失败吗？还有段氏背后的小徐，格外担忧，他本思推倒冯河间，奉段祺瑞为总统，举张作霖为副座，所以请张帮忙，合力同谋。惟段氏以为南方不平，威望未著，也不愿骤任元首，故小徐对着平南政策，非常注重。如何借债，如何调兵，多半由小徐献策，怂恿段氏进行。偏偏事不从心，谋多未遂，怎得不五内俱焚？踌躇四顾，愤不可遏，自思平南政策，不能贯彻，总由那冯派横生阻力，以致种种窒碍。今欲釜底抽薪，必须将老冯摔去，改拥段氏为总统，然后令出必行，军心一致，方得勠力平南。于是另生他计，即拟组成新国会，为选举总统的预备。好在各项借款，尚未用罄，不若移缓就急，将军事暂且搁置，一意运动议员，组合政党。当有帝制余孽梁财神士诒，王包办揖唐，乘机出头，来做小徐帮手，渐渐的三五成群，四五结队，凑齐了数十百人，迎合小徐，拥戴老段，复取了一个私党的美名，乃是"安福"两字。安是安邦，福是福国，名目却是动听，但一班安福系中的人物，究竟是为国家思想，是为自己思想，看官总应明了呢。

民国七年七月十三日召集新国会，约期开议，第一件问题，就是选举新总统。原来冯总统本是代任，期限不过一年。他自六年八月一日，入京就职，到了七年八月，任期已满，理应卸职另选，所以召集新国会的命令，当然由冯总统颁发。冯氏非不思续任，但有段派的对头，自知续选无望，惟欲与老段同时下野，前次联袂同来，此次亦要他塞裳同去，若自己退位以后，反令段氏继任，这是梦寐中也不甘心。乃暗中嘱使同党，设法阻段。江南督军李纯、第三师师长吴佩孚，隐承冯意，一再通电，主和斥战。就是直隶督军兼四省巡阅使曹锟，亦屡开督军会议，不愿拥段。至若张雨帅为副总统，各督军都不赞成，就是段派中人，除小徐外，也多与雨帅反对，所以雨帅亦为夺气，不肯十分出力，替段效劳。转眼间已是八月，新国会议员，同集都下，不日就要开会了。冯总统独预先加防，颁一通电云：

国璋服务民国，于兹七年，变故迭更，饱尝艰苦。去岁邦基摇动，幸赖总理与各督军，群策群力，恢复共和。其时黎大总统辞让再三，元首职权，无所寄托，各方面以《约法》有代行职权之规定，大总统选举法有代理之明文，责备敦促，无可逃避。国璋明知凉德，不足以辱大位，但以尊重法律之故，不得不忝颜庖代。

顾念《约法》精神所在，一曰中华民国之统一，一曰中华民国之和平，国璋挟此两大希望而来，以求与根本大法之精神相贯彻，非有一毫利己之私，惟期不背于法律，以自免于罪庚耳。今距就职代理之日，已逾一年，而求所谓统一和平，乃如梦幻泡影之杳无把握。推原其故，则国璋一人，实尸其咎。古人云："徒善不足以为政，徒法不能以自行。"又曰："苟非其人，道不虚行。"国璋虽自认《约法》精神，无有错误，而诚不足以动人，信不足以服众，德不足以驭世,惠不见以及民,致将士暴露于外,间阎愁苦于下,举耳目所接触者,无往而可具乐观,虽有贤能之阁僚,忠勇之同袍,而以国璋一人不足表率之故,无由发展其利国福民之愿力,所足以自白于天下者,惟是自知之明,自责之切,速避高位,以待能者而已。

今者摄职之期,业将届满,国会开议,即在目前,所冀国会议员,各本一良心上之主张,公举一德望兼备,足以复统一和平者,以副《约法》精神之所在,数语最为扼要。则国本以固,隐患以消。国璋方日夜为国祈福,为民请命,以自忏一年来之罪戾。皇天后土,实鉴此心。若谓国璋有意恋栈,且以竞争选举相疑,此乃局外之流言,岂知局中之负疚?盖国璋渴望国会之速成,以求时局之大定,则有之,其他丝毫权利之心,固已洗涤净尽矣。至若国之存亡,匹夫有责,国璋虽在田野,苟有可以达统一和平之目的,而尽国民一分子者,惟力是视,不敢辞也。敢布腹心,以谂贤哲。

这篇电文,看似引咎自责的谦辞,实是阻挠段氏当选的压力。段主战,冯主和,战乃一般人民所痛疾,和实一般人民所欢迎,试看电文中屡言统一,屡言和平,无非声明自己本意,素不愿战,所有此次调兵遣将,借债济师,种种挑拨恶惑、毒害生灵的举动,都推到段氏身上,好教新国会人员不便大拂民情,选举段氏。且复郑重提及,叫各议员存些良心,公举一统一和平的总统,这不是反对段氏,敢问是反对何人呢?看得真,说得透。小子有诗叹道:

> 党派纷争国是淆,
> 但矜意气互相嘲。
> 同袍尚且分门户,
> 天地何由叶泰交。

冯电既发,过了数日,南方也续发电告,好似与冯电相应。欲知文中底细,俟至下回录明。

刑人于市,与众弃之,是为中古之成制。彼时为君主政体,犹有与众共诛之意,况明明为革新政体之民国,昌言共和,宁有对一官高爵重之炳威将军,可以擅加枪毙乎?微特小徐无此权力,即令大总统处此,亦必审慎周详,不能擅杀。就使建章煽乱,应该由军法处决,不关司法,而小徐总不能背地杀人。共和共和,乃有此敢作敢为之小徐,吾未始不服其胆力,而对诸我中华民国,殊不禁蠹焉心伤矣。然未几而有冯玉祥之独立,又未几而有冯河间之通电,弄巧反拙,欲立转仆,小徐其奈何尚不知返乎?

第九十八回　举总统徐东海当选　申别言冯河间下台

却说南方自主军队，组成广东军政府，反抗北方，本来是各执己见，不相通融，但对着冯氏代理总统，原是依法承认，只与段氏的解散国会，主张武力，始终视若仇雠，所以冯总统颁一通电，广东军政府也续发一通电云：

溯自西南兴师，以至本军政府成立以来，于护法屡经表示，除认副总统代理大总统执行职务外，其余北京非法政府一切行为，军政府万无容认之余地。乃者大总统法定任期无几，大选在即，北京自构机关，号称国会，竟将从事于选举。夫军政府所重者法耳，于人无容心焉，故其候补为何人，无所用其赞否，赞否之所得施，亦视其人之所从举为合法与否而已。苟北京非法国会，竟尔窃用大权，贸然投匦，无论所选为谁，决不承认，谨此布告，咸使闻知。

南北两方，一呼一应，都是反对段氏，预先阻挠。段氏连番接阅，未免皱眉，暗想人众我寡，何苦硬行出头，还是与冯河间同去，较为得计，乃宣告大众，愿与冯氏一同下野。究竟老成持重。小徐等方此推彼挽，要将段氏扛抬上去。偏段氏思深虑远，不愿冒险一试，任他小徐如何怂恿，却是打定主意，决计不干。小徐等也觉扫兴。但冯氏下野，段氏又下野，将来究应属诸何人，难道中华民国就从此没有总统吗？于是小徐邀同梁士诒、王揖唐诸人，秘密会议，除冯河间、段合肥外，只有一位资深望重的大老官，寓居津门，足配首选。看官道是何人？原来就是前清内阁协理大臣，为袁项城的国务卿徐世昌。久仰久仰。

世昌从词苑出身，本非军阀，不过他在前清时，外任总督，内握军机，与军阀家往来已久，为武人所倾心，此次久寓津门，名为闲散，实则中央政事，无不预闻。自元首以至军阀，统因他老成众望，随时咨询，片言作答，奉若准绳，所以一介衰翁，居然为北方泰斗。小徐等主张举徐，无非因南北纷争，形势日恶，河间、合肥，既愿同去，不如拥戴老徐，或可制服异类，保持本派势力，因此决定计议，立派妥员向津劝驾。徐世昌素来圆滑，怎肯一请便来？免不得逊谢未遑，做一个谦谦君子。乐得如此。那小徐等尽管进行，促令新国会开议，选定王揖唐为众议院议长，组织总统选举会，克期举行。到了九月四日，即在议会中选举新总统，到会议员，共四百三十六人，午前十时，举行投票，午后开匦。徐世昌得四百二十五票，应即当选。当由议会备文，咨照国务院，国务院亦即通电各省，并通告全国。越日，又开副总统选举会，等到日中，两院议员，一大半不到会场。莫非逛胡同去了。议长当场计算，所有到会议员，不足法定人数，就使投票，也属无效，只好延期选举，徐作后图。嗣是逐日延宕，竟将副总统问题搁置一边，简直是不复提议了。一班傀儡议员。徐世昌闻自己当选，尚未便承认下去，因复通电中外，自鸣让意道：

国会成立，适值选举总统之期，乃以世昌克膺斯选。世昌爱民爱国，岂后于人，初非沽高蹈之名，并不存畏难之见。惟春念国家杌陧之形，默察商民颠连之状，质诸当世，返诸兢躬，实有非衰老之躯，所能称职者。并非谦让，实本真诚，谨为我国会暨全国之军民长官并林下诸先生一言，幸垂听焉！

民国递嬗，变乱屡经，想望承平，徒存虚愿，但艰危状况，有十百于当时者。道德不立，威信不行，纪纲不肃，人心不定，国防日亟，边陲之扰乱堪虞，欧战将终，世局之变迁宜审。

其他凡事实所发现，情势所抵牾，当局诸公，目击身膺，宁俟昌之喋喋？是即才能学识，十倍于昌，处此时艰，殆将束手，此爱国而无补于国，不能不审顾踌躇者也。国之本在民；乃者烽火之警，水潦之灾，商业之停滞，金融之停滞，土匪劫掠，村落为墟，哀哀穷民，无可告诉。吏无抚治之方，人鲜来苏之望，固无暇为教养之计划，并不能苏喘息于须臾，忝居民上，其谓之何？睹此流离困苦之国民，无术以善其后，复何忍侈谈政策，愚我编氓？

此爱民而无以保民，更悚惕而不自安者也。然使假昌以壮盛之年，亦未尝无澄清之志，今则衰病侵寻，习于闲散，偶及国事，辄废眠食，若以暮齿，更忝高位，将徒抱爱国爱民之愿，必至心有余而力不足。精神不注，丛脞堪虞，智虑不充，疏漏立见，既恐以救国者转贻国羞，更恐以救民者适为民病，彼时无以对我全国之民，更何以对诸君子乎？吾斯未信，不敢率尔以从，心所谓危，谨用掬诚以告。唯我国会暨我全国之军民长官，盱衡时局，日切隐忧，所望各勉责任，共济艰难。起垂毙之民生，登诸衽席，挽濒危之国运，系于苞桑。昌虽在野，祷把求之矣。邦基之重，非所敢承，干济艰屯，必有贤俊，幸全尘翳，俾遂初服。除致函参众两院恳辞，并函达冯大总统国务院外，特此电达。

是时国会仍照旧制，组成参众两院，既已由小徐等暗中运动，王揖唐竭力鼓吹，产出新总统徐东海，哪肯再畀他辞去，当下却还来函，仍由两院主名，坚请徐世昌出山。就是代任终期的冯河间，也恐东海不来，或致改选合肥，因即函复老徐，格外敦劝，词意备极诚挚。文云：

顷奉大函，以国会成立，选举我公为中华民国大总统，虞萦丝之难理，辞高位而不居。谦德深光，孤标独峻，即兹举动，具仰仪型。惟审察现在国家之情形，与夫国民感受之痛苦，倒悬待解，及溺须援。天下事尚有可为，大君子何遽出此？略抒胸臆，幸垂察焉！比年以来，迭更事变，魁柄既无所专属，法律几成为具文。内则斩斧相寻，外则风云日恶，以云险象，莫过今兹。然危厦倘易栋梁，或可免于倾圮，洪波但得舟楫，又何畏夫风涛？不患无位，而患无才，亦有治人，乃有治法。我公渊襟睿略，杰出冠时，具世界之眼光，蕴经纶于怀抱。

与国记枢密之名姓，方镇多幕府之偏裨，一殿岿然，万流奔赴。天眷中国，重任加遗，所望握统驭之大权，建安攘之伟业，公虽卑以自牧，逊谢不遑，而欲延共和垂绝之纪年，当此固舍公莫属也。邦本在民，诚如明示。属者兵连祸结，所至为墟，士持千里之粮，民失一椽之庇。

疮痍满目，饥馑洊臻，岂人谋之不臧，抑天心之未厌？我公仁言利溥，感人自深，纵博济犹病圣人，恩泽难遍于枯朽，而至诚可格天地，戾气或化为祥禨，况旋转之功，匪异人任，恻隐之念，有动于中，必能嘘沟瘠以阳春，挽沉冥之浩劫。公谓教养匪易，虑远心长，实则彼呼号待尽之子黎，此日已望公如岁也。夫以我公之忧国爱民也如彼，而国与民之相须于我公者又如此，既系安危之重，忍占肥遁之贞，平日以道义相期，不能不希我公之变计矣。至若虑蹉跎于晚岁，益足征冲淡之虚怀。但公本神明强固之身，群以整顿乾坤相属，虽诸葛素持谨慎，而卫武诅至倦勤，亦唯有企祝老成，发挥绪余，以资矜式耳。国璋行能无似，谬摄政权，历一稔之期间，贻百端之丛脞，清夜内讼，良用惭惶。瓜代及时，负担获弛。徒抱和平之虚愿，私冀收效于将来。我公为群帅所归心，小民所托命，切盼依期就职，早释纠纷，庶望治者得心慰延颈跂足之劳，而承乏者不致有接替无人之惧。耳目争属，心理皆同，谨布区区，愿言凤驾，尚肃奉复。

还有国务总理段祺瑞，已愿牺牲职位，同冯下野，乐得卖个人情，向东海致劝驾书。此外如黄河、长江两大流域，所有督军省长等，俱已一致拥徐，电音络绎，相属道中，无非请他

如期就职,保我黎民等语。恐也是一个画饼。独广东军政府中,如岑春煊、伍廷芳两总裁,拍电致徐,劝勿就职。大略说是:

读歌日通电(歌字系是号码,借韵母以代五字),据悉非法国会选公为总统。公既惕世变,复自谦抑,窃为公能周察民意,不欲冒居大位,至可钦佩。惟公之立言,虽咨嗟太息于国事之败坏,而所以致败坏之原则,公未尝言之,此春煊、廷芳所不能默尔而息者。致乱之故,虽非一端,救国之方,理或无二,一言以决之曰:"奉法守度而已。"

《约法》为国命所托,有悍然不顾而为法外之行动者,有托名守法而行坏法之实者,均足以召乱。自国会披非法解散,《约法》精神,横遭斫丧,既无以杜奸人觊觎之心,更无以平国民义愤之气。护法军兴,志在荡乱,北庭怙恶,视若寇仇,诪张为幻,与日俱积,以为民国不可无国会,而竟以私意构成之,总统不可无继人,而可以非法选举之。自公被选,国人深慨北庭无悔祸之诚,更无以测公意之所在。使公能毅然表示于众曰:"非法之举,不能就也,助乱之举,不可从也。"如此国人必高公义,即仇视国会者,或感公一言而知所变计。戢乱止

暴,国人敢忘其功?惜乎公虽辞职,而于非法国会之选举,竟无一词以正之也。窃虑公未细察,受奸人蛊惑,不能坚持不就职之旨,此后国事,益难收拾,天下后世,将谓公何?如有谓公若将就职,而某某等省,可以单独媾和者,国会可以取消,重新组织者,护法各省,如不服从,仍可以武力压制之者,此等莠言,皆欲踞公于炉火之上,而陷民国于万劫不复耳。愿公坚塞两耳,切勿妄听。公从政有年,富于阅历,思保令闻,宜由正轨。煊、廷忝列旧交,爱国爱公,用特忠告。幸留意焉!

古人有言,一傅众咻,终归无效。时徐东海当选总统,中国行省,几有十八九处,同表赞成,独粤东数省,劝勿就职,是明明叫作一傅众咻了。况中华民国大总统的职衔,系人人所欣羡,徐东海犹是人心,难道傥来富贵,不愿接受?实是好看不中吃的物件。不过临时手续,总有一番谦逊话头,敷衍人目。差不多三揖三让。及经各电到津,由老徐检阅一番,只有粤东军政府与他反对,默思寡不敌众,远难图近,岑、伍虽硬来拦阻,究竟人寡地远,怎能达到北方?且待自己登台以后,可和即与言和,不可和,何妨再作计较。为人在世,能就此出些风头,也好作一生纪念,于是怦然心动,有意就职,唯一时尚未入京,且待各方面再来敦促,方可动身。是谓之老滑头。果然不到数日,京内外的促驾电,连番拍来,他乃提出"息事宁人"四字,作为话柄,允即赴京就职。好容易又挨过一二旬,已届民国第七周国庆日,方才束装赴都。冯国璋闻徐将至,特于十月七日发出通电,陈述一年中经过情形,及时局现象,由小子录述如下:

督军、省长、各省议会、各商会、教育会、各报馆暨林下诸先生公鉴:国璋代理期满,按法定任期,即日交代。为个人计,法理尚属无亏,为国家计,寸心不能无愧。兹将代理一年中

经过情形，及时局现象，通告国人，以期最后和平之解决。查兵祸之如何酝酿？实起于国璋摄职以前，而兵事之不能结束，则在国璋退职以后。

其中曲折情形，虽有不得已之苦衷，要皆国璋无德无能之所致。兵连祸结，于斯已极。地方则数省糜烂，军队则遍野伤亡。糜烂者国家之元气，伤亡者国家之劲旅。而且军纪不振，土匪横行，商民何辜，遭此荼毒？人非木石，宁不痛心？以此言之，国璋固不能无罪于苍生。而南北诸大要人，皆以意见争持，亦难逃世之公论。吾辈争持意见，国民实受其殃。现在全国人民厌乱，将士灰心，财政根本空虚，军实家储罄尽，长此因循不决，办不过彼此相持，纷扰日甚。譬诸兄弟诉讼，倾家荡产，结果毫无。即参战以后，吾国人工物产之足以协助友邦者，亦因内乱故而无暇及此。欧战终局，我国之地位如何？双方如不及早回头，推诚让步，恐以后争无可争，微特言战而无战可言，护法而亦无法可护。国璋仔肩虽卸，神明不安，法律之职权已解，国民之义务仍存。各省区文武长官，前敌诸将领，暨各界诸大君子，如以国璋之言为不谬，群起建议，挽救危亡，趁此全国人心希望统一之时，前敌军队观望停顿之候，应天顺人，一唱百和。国璋不死，誓必始终如一，维持公道。且明知所言无益，意外堪虞，但个人事小，国家事大，国璋只知有国，不计身家，不患我谋之不臧，但患吾诚之未至，亦明知继任者虽极贤智，撑拄为难，不得不通告全国人民，各本天良，以图善后。国家幸甚，人民幸甚。再此电表明心迹，绝非有意争论短长，临去之躬，绝无势力，一心为国，不知其他。倘天意人心，尚可挽回，大局不久底定，国璋一生愿望，早已过量，绝无希望出山之意。天日在上，祈诸公鉴！

话虽如此，但对着总统府中值钱的物件，却是样样欢喜，一股脑儿搜括拢来，移出外府，据为己有。相传冯氏素性爱财，从前为江督时，已是贩运烟土，官商并营，此次总统卸任，所有公家贵重各物，乐得取去，何必客气，甚至南北海中的禁渔，亦被卖罄，只剩下历年档册，移交后任罢了。小子有诗叹道：

> 满纸牢骚力辩护，
> 谁知心口不相符。
> 试看载宝还乡去，
> 可问身家计有无？

过了两宵，徐氏已至，冯国璋即就此卸职。欲知徐氏接任后事，且至下回再详。

民国成立以来，强有力之大总统，唯一袁项城，然彼以豢养武人，而自殖势力，旋且失败于武人之手。袁氏固自贻伊戚，而武人之势力，不肯随袁氏而俱逝，可胜慨哉！黎失之庸懦，冯失之贪狡，徐东海以文武相兼之资望，宜若胜任而无惭。然徐究非武人，妙手空空，讵能与武人相敌？况其为城府深沉，未肯坦然相与乎？岑、伍一电，已为南北不能统一之兆朕，且内有安福派之环集其旁，将视徐为奇货可居，充作傀儡，此座固未易居也。老翁多智，何亦熏心禄位，遽尔登台耶？

第九十九回　应首选发表宣言书　借外债劝告军政府

却说民国七年十月十日，正是第七周国庆纪念，都下人士，争迎新总统莅任。午前十时，来了皤皤黄发的老成人，制服登堂，行就职礼，一切仪注，统照历届总统就职的成例，所有誓词，亦蹈袭旧文，不少更改。文武百僚，群来谒贺，当由新总统派委秘书长，代读莅任宣言书，全文如下：

世昌不敏，从政数十年矣。忧患余生，备经世变，近年闭户养拙，不复与闻时政，而当国是纠纷，群情隔阂之际，犹将竭其忠告，思所以匡持之。盖平日忧国之抱，不异时贤，惟不愿以衰老之年，再居政柄，耿耿此衷，当能共见。乃值改选总统之期，为国会一致推选，屡贡悃忱，固辞不获，念国人付托之重，责望之殷，已于本日依法就职。惟是事变纷纭，趋于极轨，我国民之所企望者，亦冀能解决时局，促进治平耳。而昌之所虑，不在弭乱之近功，而在经邦之本计，不仅囿于国家自身之计划，而必具有将来世界之眼光。敢以至诚极恳之意，为我国民正告之：

今我国民心目之所注意，全日南北统一。求统一之方法，固宜尊重和平，和平所不能达，则不得不诉诸武力。乃溯其已往之迹，两者皆有困难。当日国人果能一心一德，以赴时机，亦何至扰攘频年，重伤国脉？世昌以救民救国为前提，窃愿以诚心谋统一之进行，以毅力达和平之主旨。果使阋墙知悟，休养可期，民国前途，庶几有豸。否则息争弭乱，徒托空言，或虞诈之相寻，致兵戎之再见，邦人既有苦兵之叹，友邦且生厌乱之心。推原事变，必有尸其咎者，此不能不先为全国告也。虽然，此第解决一时之大局耳，非根本立国之图也。

立于世界而成国，必有特殊之性质，与其运用之机能。我国户口繁殖，而生计日即凋残，物产蕃滋，而工商仍居幼稚，是必适用民生主义，悉力扩张实业，乃为目前根本之计。盖欲使国家之长治，必先使人人有以资生，而欲国家渐跻富强，以与列邦相提挈，尤必使全国实业，日以发展。况地沃宜农，原料无虞不给，果能懋集财力，佐以外资，垦政普兴，工厂林立，课其优劣，加之牖导；更以国力所及，振兴教育，使人渐有国家之观念，与夫科学之知能，则利用厚生，事半功倍，十年之后，必有可观。此立国要计，凡百有司，暨全国商民，所应出全力以图之者。

立国之主要既如上述，但捻诸目前之状，土匪滋扰，户口流亡，商业凋零，财源枯竭，匪惟骤难语此，抑且适得其反，是必先去其障碍，以严剿盗匪，慎选有司，为入手之办法。然后调剂计政，振导金融，次第而整理之，障碍既去，而后可为，此又必经之阶级，当先事筹措者也。内政之设施，尚可视国内之能力，以为缓急之序。其最有重要关系，而为世界所注目者，则为欧战后国际上之问题。自欧战发生以来，我国已成合纵之势，参战义务所在，唯力是视，讵可因循？

而战备边防，同时并举，兵力财力，实有未敷，因应稍疏，动关大局，然此犹第就目前情势言之也。欧战已将结束，世界大势，当有变迁，姑无论他人之对我何如，而当此漩涡，要当求所以自立之道。逆料兵争既终，商战方始，东西片壤，殆必为企业者集目之地。我则民业未振，内政不修，长此因仍，势成坐困，其为危险，什百于今。故必有统治之实力，而后国家之权利,乃能发展,国际之地位,乃能保持。否则委蛇其间,一筹莫展,国基且殆,又安有外交之可言乎?此国家存亡之关键,我全国之官吏商民,不可不深长思也。至于民德堕落,国纪陵夷,风气所趋,匪伊朝夕,欲挽回而振励之,当自昌始。是必以安敬律己,以诚信待人,以克俭克勤,为立身之则,以去贪去伪,为制事之方。凡有损于国,有害于民者,必竭力驱除之。能使社会稍息颓风,即为国家默培元气。而尤要在尊重法律,扶持道德,一切权利之见,意气之争,皆无所用其纷扰。赏罚必信,是非乃公。昌一日在职,必本此以为推行,硁硁之性,始终以之。冀以刷新国政,振拔末俗,凡我国民,亟应共勉。昌之所以告国民者,此其大略也。

盖今日之国家,譬彼久病之人,善医者须审其正气之所在,而调护之。庶几正气之亏,由渐而复,假令培补未终,继以损伐,是自戕也,医者何预焉?爱国犹如爱身,昌敢以最诚挚亲爱之意,申告于国民!

宣言书读毕,就职礼成,大众皆陆续散去,于是冯政府告终,徐政府开始了。老徐既以息事宁人为口头禅,当然是主张和平,不愿再战,与段合肥的政策,绝对不同。段因主战无功,也有倦意,更兼前时曾宣告大众,与冯一同下野,冯已去位,自己若再恋栈,岂不是食言无信,坐失人格?合肥犹知信义。乃即提出辞职书,呈入总统府。徐总统虽无意留段,但表面上只好虚与周旋,派员慰留。旋经段祺瑞决意告辞,乃下令允准,改命内务总长钱能训,暂行兼代,惟参战督办一职,仍属老段,段亦不再鸣谦,专顾参战事务罢了。

徐总统与钱代总理方互相筹商,设法息争,欲为南北统一的筹划,忽由北方递入军报,乃是俄国过激派新政府与俄国远东总司令谢米诺夫相争不已。谢是旧党,不服新政府命令,所以双方交战,已将两月,偏谢军连战连败,退至大乌里,拟退入蒙古境内。俄新政府的讨谢军也随势追逼,势且轶入外蒙。所以驻扎库伦办事大员陈毅,电达中央,请兵防堵。徐政府乃命黑龙江吉林两省军队,并察哈尔特别区域戍兵,分道防边。先是俄领西伯利亚境内,有捷克斯洛伐克军,自组团体,举军官盖达为总司令,独立自治。闻他自主的原因,实由俄国与德、奥交战,已历四年,此四年中所得的俘虏,统充锢西伯利亚境内。会俄国内乱,不遑顾及囚犯,德、奥俘虏,如鸟脱笼,索性四处骚扰,大肆猖狂。捷克民族本来是反对德、奥,及为德、奥俘虏所迫害,不得不设法加防,西顾俄京,已无出援的余力,只好自集兵民,独当一面,并且移文协约各国,请他援助。协约国闻报,多半派兵赴海参崴,声援捷克。中国居参战地位,亦得捷克军来文,前由参战事务处拟派兵二千人往海参崴,与协约国一致进行,但须假道日本南满铁路,未得日人许可,因此迁延过去。及徐氏为总统时,已与日政府商妥,慨允借道,乃遣陆军第九师部下四营作为先驱,余亦陆续出发,一面承认捷克军队为交战团体,特发出宣言书云:

捷克民族,欲组织独立国家,其志甚坚,经久勿懈,中国政府素表同情。查该民族素以反对德、奥为宗旨,中国政府因其举动与联盟各国一致,是以对于该民族军队之西进,曾经允其假道中东铁路,为种种之协助。现该民族军事局势,日益发展,中国政府深冀该民族能以武力,达到抵御德、奥之能力,故特承认在西伯利亚作战之捷克军队,为对于德、奥正式从事之联盟交战团,并与各联盟国军队,为同等之待遇。中国政府并承认捷克国民委员会,具有统御之能力,遇有必需事件,甚愿与该委员会交际。特此宣告!

这种对外处置,统是外交部与参战处会同办理的条件,且尚是无关紧要,不必大加计议,但教随时制宜,自不致有意外变端。只是南方军队自组成军政府后,与北方对垒分峙,变做两头政治,却有些不易融和。徐总统乃先令钱代总理及各部总长,联名通电,传达南方，商量休兵息战的办法。电文有云：

比者四方不靖，兵祸相寻，苦我人民，劳我将士，追溯用兵之始，各有不得已之苦衷，而国力既殚，纷争未息，政治搁置，百业凋零，仅就对内而言，已岌岌不可终日。况欧战现将结束，行及东亚问题，苟内政长此纠纷，大局何堪设想？夫欧西战祸，谊切同仇，犹复尊重和平，致其劝告，矧均属邦人，奚分南北？安危所系，休戚与同，岂忍以是非意见之争，贻离析分崩之患？试念战祸蔓延，穷年累月，凋残者皆我之国土，耗散者皆我之脂膏，伤亡者皆我之同胞，同室操戈，有识所痛。推其所至，适足以摧伤国脉，自戕生机。当兹国步艰难，一发千钧，再事迁延，噬脐何及？迩者东海膺运，首倡和平，能训等谬忝政席，俱同斯旨，用掬诚悃，敬告群公。

倘念民困已深，国家为重，不遗愚陋，相与筹维，各该省一切军政财政及用人诸端，无妨开诚布公，从容商榷。

善后办法，更仆难详，大要在收束军队，励行民治，以劳来安集之政，收清净宁一之功，俾国脉渐苏，民生自厚。若法律问题，虽为当日争端所系，第是丹非素，剖决綦难。以今日外交吃紧，若舍事实而争言法理，势必旷日持久，治丝益棼，陆沉之忧，悬于眉睫。谓宜先就事实，设法解纷，而法律问题，俟之公议。凡兹愚虑，悉出真诚。诸公爱国殷殷，审时犹切，虑难匡济，当有同心，尚冀示我周行，俾资商洽。引领南望，翘伫德音！

看官阅过上文徐氏宣言书及此次钱代总理等通电，应知徐氏心理，无非企望和平。但两文中统言欧洲战事已将结束，这事厓略小子未曾叙过，应该补叙出来（欧战详情，应归专史，不属本书范围，因事有牵涉，不得不表明大略，此即文法绵密处）：自从奥、塞两国，启衅开战，遂致全球各国，陆续牵入战潮。德皇威廉第二素欲争霸欧洲，想乘势削平各国，因此极力助奥，决计用兵。初出兵时，原是锐气百倍，荡破比利时，直入法国北部，复分兵占夺俄属波兰，侵略俄罗斯西部等地。奥亦破灭塞尔维亚，甚至英、法、俄三大国合力抵抗，尚挡不住德国凶锋。嗣经英、法、俄四面联络，招集世界中二三十国，同抗德、奥，于是德、奥势孤，反胜为败。当时英国外交大臣巴尔福，曾把历年加入战团，反抗德、奥诸国名，及宣战日月，列为一表，送交下议院备案。小子当将原表抄来，加注民国年计，载入本编如下：

俄罗斯　西历一千九百十四年八月一日宣战。即中华民国三年。

法兰西　西历一千九百十四年八月三日宣战。同上。

比利时　西历一千九百十四年八月三日宣战。同上。

英吉利　西历一千九百十四年八月四日宣战。同上。

塞尔维亚　西历一千九百十四年八月六日宣战。同上。

门的内哥罗　西历一千九百十四年八月九日宣战。同上。

日本　西历一千九百十四年八月二十三日宣战。同上。

葡萄牙　西历一千九百十六年三月九日宣战。即中华民国五年。

意大利　西历一千九百十六年八月二十八日宣战。同上。

罗马尼亚　西历一千九百十六年八月二十八日宣战。同上。

美利坚　西历一千九百十七年四月六日宣战。即中华民国六年。

古巴　西历一千九百十七年四月7 1日宣战。同上。

巴拿马　西历一千九百十七年四月十日宣战。同上。

希腊　西历一千九百十七年六月二十九日宣战。同上。

暹罗　西历一千九百十七年七月二十二日宣战。同上。

利比里亚　西历一千九百十七年八月四日宣战。同上。

中华民国　西历一千九百十七年八月十四日宣战。同上。

巴西　西历一千九百十七年十月二十六日宣战。同上。

海地　西历一千九百十八年四月二十二日宣战。即中华民国七年。

危地马拉　西历一千九百十八年四月二十三日宣战。同上。

此外尚有玻利维亚、尼加拉瓜、散多明各、哥斯德黎加、秘鲁、乌拉圭、厄瓜多尔诸国，亦与德、奥宣告断绝邦交，几乎五洲列国，统与德、奥反对。惟巴尔干半岛中有二属国，一是土耳其，一是保加利亚，向在德人势力圈内，不能不听德人指挥，与众宣战。两属国有何大力？简直是不足齿数。那奥国也自顾不遑，全仗德人帮助，勉力支持。照此看来，实是一个德意志帝国，抵挡全球二十余邦，相持至四年有奇，德皇威廉第二真好算是个欧洲霸王呢。却是罕有。但古人有言："佳兵不祥，过刚必折。"难道威廉第二果能持久不敝，战胜群雄吗？当美国未曾宣战时，大总统威尔逊屡思出作调人，劝双方休战言和，辗转通问，终归无效。嗣因德国潜艇政策，妨碍海上交通，美乃提出质问书，向德抗议。德仍操强硬手段，却还美牒，因激起美人公愤，加入战团，与德宣战。德之失策在此。德人与各国交哄，已将三年，正是兵疲粮尽的时候，怎堪加入一财厚兵雄的大国，与他争雄？而且美政府商决军情，派遣百数十万大军，直入欧洲，与联合国军队，并力进行，又输送军械食品，分助各国，使之再接再厉，联合国当然益奋，德意志当然益怯。更经过一年有余，保土两国境内已被联合军冲入，相继降服。奥亦一败涂地，只好向联合国请和。德皇威廉第二还想倔强到底，偏国内社会党勃发，昌言革命，推倒政府，竟将威廉第二父子逐出国外，亡命荷兰，于是空前绝后的大战争至此始止。当由联合国推举美总统威尔逊，为世界牛耳，开会议和，时正中华民国七年十月中，为徐东海当选就职的时期。小子有诗讥德皇道：

> 善败不亡善战亡，
> 楚歌四面总难当。
> 要知中外原同辙，
> 好向西欧鉴德皇。

欧战将了，徐氏因有此言论，欲借欧洲和局，劝示南方。欲知南方果否愿和，待至下回再叙。

历届新总统登台，必有一种政见，颁告大众。无论其言之匪艰，行之维艰，但观其发言之时，已别具一难言之希望，不过借普通论调，笼络舆情。始吾于人也，听其言而信其行，今吾于人也，听其言而观其行，圣言岂欺我哉？欧洲战史，于本编无甚关系，第有时牵及中国，如绝交参战以及俄乱影响、侵入蒙古等情，不能不撮举大要，以晓阅者。故本编依次插叙，而本回于德、奥战败原因，尤简而不漏，作者固具有苦心也。

第一百回

呼奥援南北谋统一
庆战胜中外并胪欢

却说广东非常国会闻北方新选总统，当然反对，曾于双十节前一日，特开两院联合会议，决定方针，暂委广东军政府代行国务院职权，所有总统选举从缓举行，当下宣布议案道：

选举大总统，为国会议员之职责。依大总统选举法第三条第二项，大总统任满前三个月，国会议员须自行集会，组织总统选举会，行次任大总统之选举。唯现值国内非常政变，次任大总统之选举，应暂缓举行。自民国七年十月十日起，委托军政府代行国务院职权，依大总统选举法第六条之规定，摄行大总统职权，至次任大总统选出就职之日为止。特此宣言，咸使闻知！

议案既定，复咨照广东军政府。军政府即开政务会议，承认国会议决案。当日通电布告，代行国务院职权，并摄行大总统职权，越日又发一通电云：

军兴以来，军政府及护法各省各军，对内对外，迭经宣言，其护法之职志，唯在完全恢复《约法》之效力，取消解散国会之乱令，以求真正之共和，为根本之解决，庶使奸人知所警惕，此后以暴力蹂躏法律之事，自不发生，民国国基，乃臻巩固。至具希望和平一切依法办理之心，尤为国人所共闻共见。军府及前敌将领，屡次通电，可复按也。及北京非法伪国会选举伪总统，本军政府于事前既通电声明非法选举，无论选出何人，均不承认，事后又致电徐世昌，劝其遵守《约法》，勿为人愚。

乃闻徐氏已就伪总统，事果属实，何殊破坏国宪？以徐氏之明，甚盼及早觉悟，勿摇国本，而自陷于危。本军政府代行国务院职权，依法摄行大总统职务，护法戡乱，固责无旁贷也。特此布告，咸使闻知！

看官阅此两电，可想见南北论调，是绝对不能相容。就使北方的徐总统与钱代总理如何劝告，也属枉然，徒落得舌敝唇焦，不见成功。徐总统未肯罢休，想从外交上着手，联络美、英、法、日、意各国，从中调停，力谋南北统一，也算苦心孤诣。且美大总统威尔逊尝一再演说，力劝世界和平，中国为世界中一部分，理应如美总统所云，列入和会，唯南北自相争扰，内部尚且未和，怎好对外？所以穷思极想，呼求外援。外人却也赞成，愿效臂助，乃再由徐氏分饬前敌军队，一体罢战，且申颁一令云：

欧战以来，兵祸至烈，影响政治，震动全球。而立国久远之图，究未可悉凭武力，故欲保障人类之幸福，必先维持国际之和平。美大总统有鉴于斯，迭次宣言，咸以尊重和平为主旨。吾国政府，以逮士庶，莫不佩其悯世之诚，而大势所趋，即列邦亦多赞进行，以为世界和平之先导。吾国此次加入欧战，对德、奥宣战，原为维持人道，拥护公法，俾世界永保和平。苟一日未达此的，必当合国人全力，勷助协商诸邦，期收完全之效果。本大总统适以斯时，谬膺众选，亟当详审世局，用定设施。

夫以欧西战祸，扰攘累年，所对敌者视若同仇，所争持者肯关公议，犹且佳兵为戒，倡议息争。况吾国二十余省，同隶于统治之权，虽西南数省，政见偶有异同，而休戚相关，奚能自外？本无南北之判，安有畛域之分？试数上年以来，几经战伐，罹锋镝者敦非胞与？糜饷械者皆我脂膏，无补时艰，转伤国脉，则何不释小嫌而共匡大计，蠲私愤而同励公诚？俾国本系于苞桑,生民免于涂炭。平情衡虑,得失昭然。惟是中央必以公心对待国人,而诚意所施,或难尽喻。长、岳前事,可为借鉴。故虞诈要当两泯,防范未可遽疏。苟其妨及秩序,仍当力图绥定。兹值列强偃武之初,正属吾国肇新之会,欲以民生主义,与协商诸邦相提挈,尤必粹国人之心思才力,刷新文治,恢张实业,以应时势而赴时机,以兹黾勉干济,尤虑后时,岂容以是丹非素之微,贻破斧缺斨之痛?况兵事纠纷,四方耗斁,庶政搁置,百业凋残。任举一端,已有不可终日之势,即无国外关系,讵能长此撑持?

所望邦人君子,勠力同心,幡然改图,共销兵革。先以图国家之元气,次以图政策之推行,民国前途,庶几有豸。以言政策,莫要于促进民智,普兴民业,而二者皆当具有世界之眼光。我国文教早辟,而民智蔀塞,进步转晚,是宜旁采列邦之文化以灌输之。吾国物力素丰,而兴业之资,母财尤乏,是宜兼集中外资力以辅助之。以国家为根本,以世界为步趋,务使人民智识,跂及于大同,社会经济,日臻于敏活。民智进则国权自振,民生厚则国力益充,夫如是乃可保文物之旧邦,乃可语共和之真谛。

本大总统不惮晓音瘏口,以尊重和平之主旨,告我国人,固渴望我东亚一隅,与世界同其乐利。此时大局未定,保养为先,军民长官,各有捍卫地方之责,仍应遵照前令,力除匪患,用保公安。民瘼攸关,勿稍玩忽。惟兹有位,其共念之!此令。

令文云云,虽似明白剀切,语语皆真,但终是纸上空谈,怎能感动南方军队,使他幡然变计,愿息战争?嗣经美国公使出来帮忙,电告驻粤美领事,向广东军政府提出说帖,劝他速息内争,自谋统一。于是广东军政府乃通令前敌各军,一体休战。政务总裁岑春煊等,方有电文传达北京,寄予徐总统道:

徐菊人先生鉴:护法军兴年余,双方相持,国是莫由解决。比者欧战告终,强权消灭,吾国亦有顺世界潮流,而回复和平之必要。美总统威尔逊,于本年九月二十九号为开募第四次自由公债之演说,实为国际及国内解决一切政争之本据,无论何国,均可赖之以为保证。世界各国,方将崇正义而永息兵争,岂吾国独不可舍兵争而求和平之解决?执事既令所部停战,本军政府亦令前敌将士止攻,惟彼此犹未实行接近和平谈判,玩日废时,殊属无谓。煊等特开诚心,表示真正和平之希望,认上海租界为适中之中立地点,宜仿辛亥前例,由双方各派相等人数之代表,委以全权,克日开议。一切法律政治问题,不难据理而谈,依法公决,庶可富民利国,永保和平。特电表意,即希速复!

徐总统接到电文,喜如所望,因即致电作复:

广州岑云阶(春煊字云阶)先生、伍秩庸(廷芳字秩庸)先生、林悦卿(葆怿字悦卿)先生、武鸣陆干卿(荣廷字干卿)先生、毕节唐蓂赓(继尧字蓂赓)先生、上海唐少川(绍仪字少川)先生、孙中山先生(即孙文)鉴:来电敬悉。生民不幸,遭此扰攘,兵革所经之地,膏血盈野,井里为墟,溯其由来,可深悯恻。欧战告终,此国彼国,均将偃戈以造和平,我以一国之人，犹复纷争不已，势必不能与世界各国，处于同等之地位。沦堕之苦，万劫不复。世昌同是国民，颠覆是惧。况南北一家人也，本无畛域可分，故迭次宣言，期以苦心谋和平，以毅力致统一。今读美总统威尔逊今年九月间之演说，所主张国际同盟，用知世界欲跻和平，必先自求国内息争，然后国际和平，乃有坚确之保证。爰即明令停战退兵，表其至诚，冀垂公听。固知诸君亦是国民之一分子，困心横虑，冒百艰以求一当，绝无不可解决之端。令果同声相应，是我全国垂尽生机，得有挽救之一日也。世昌忧患余生，专以救世而出，但求我国依然比数于人，芸芸众生，得以安其食息，营其生业，此外一无成见。所有派员会议诸办法，已由国务院另电奉答，敢竭此衷，唯希明察！

又由国务院附致一电云：

读诸公致元首电，敬谂开诚表示，共导和平，至深佩慰。欧战告终，潮流方迫，元首鉴于世界大势，早经屡颁明令，申正义而弭兵争，当为国人所共见。近于通令停战之后，继以筹议撤防，积极进行，实出渴望和平之旨。会议办法，前已详细荩划，向李督秀山转商，兹承示双方各派代表，克日开议，筹谋所及，实获我心。所云代表人数，论省区版籍，不能无多寡之殊，惟为迅释纠纷，固可不拘成见，似可由双方各派同等代表十人，临时推定首席，公同协议。至会议地点，原定南京，本属适中之地，宁、沪同属国土，焉有中立可言？且会议商决内政，不宜在行政区域之外，鄙意仍在南京，最为适宜。至来电所举辛亥前例，辛亥系因国事问题，不幸同时而有两种国体，今则双方一体，论对内则同系国人，协商国政，固无畛域之分。论对外国交，只能有唯一政府，尤非辛亥之比。值此时局急迫，促进和平之意，彼此所同。亟当于会议办法，切实商决进行，其他枝节之论，宜从蠲弃，以免旷废时日。此间现在酌选代表，为先事之筹备。尊处遴派有人，即希电示，以便双方派定，克期组织，俾法律政治各问题，日趋接近，速图解决，民国幸甚。

如上电文，乃是北方和议，拟委任江苏督军李纯主持。李纯本服从河间，素来主和，联同赣督陈光远、鄂督王占元，称为长江三督，与主战派相龃龉。此次徐政府鼓吹和平，李纯当然同意，所以与中央往来文件，除例行公事外，多是筹商和平办法。唯一方欲在江宁议和，一方欲在上海议和，两方交争地点，尚未决定。不过和平空气，总算有些鼓动起来。中外人士统以为和平在即，喁喁望治，再加欧战终了，协约国得了战胜的结果，中国亦居参战地位，虽未曾发兵临敌，亲获战仗，也觉得借光他族，与有荣施。

自民国七年十一月二十八日为始，至三十日为止，举行庆贺协约国战胜大会，居然有古时大酺三日的遗意。无非是张皇粉饰。大总统亲至太和殿前，行阅兵礼，凡京师所有军队，都排成队伍，各执枪械，鹄立东西两旁，听候总统命令。徐总统带同国务总理陆军部长等，序立殿阶，检校军队。又有外国公使及使馆中卫兵，亦由徐政府先期通知，彼此关系协约国，不能不请他参加，所以碧眼虬须的将弁也来会集。端的是鹓鹅耀采，貔虎扬镳，约计有四五小时，各军队左入右出，纷纷告退，外兵亦皆散去，唯各公使同至总统府，相率留宴。宾主交错，中外一堂，大家欢饮至晚，兴尽始归。是日黄昏，商学界各发起提灯会，游行都市，金吾不禁，仿佛元宵，银火齐辉，依稀白昼，红男绿女，空巷来观，白叟黄童，胪欢踵集，几疑是太和翔洽，寰宇升平。就是各省奉到中央命令，亦如期庆贺，绿酒笙歌，唱彻太平曲子，红灯灿烂，胜逢熙世良辰。还有北京的克林德碑，乃是清季拳匪作乱，德使被戕，特约竖碑，垂为永远纪念。至此亦皆毁平，不留遗迹。唯是胜会不常，盛筵难再。

小子叙到此处，转不禁忧从中来，随笔凑成一诗道：

自家面目自家知，

粉饰徒能炫一时。

漫说邻家西子色，

效颦总不掩东施。

　　三日大庆，忽成过去。各协约国将开议和大会，择定法国巴黎即法京。凡尔赛宫，为和会地点。中国当然要派遣专使，赴会修和。欲知所派何人，容至下回报明。

　　以本国之内讧，而乞援外人，出为调停，不可谓非徐东海之苦心。然中政府失权之渐，实自兹始。属在同种，谊本同袍，乃连岁战争，自相哗扰，东海登台，不能以诚相感，徒欲为将伯之呼，乞灵外族，其心可悯，其迹实可愧也。至若协约国之战胜，实由彼数年血薄而成，中国徒有参战之名，而无参战之实。外人之胜，于中国似无预焉？乃以各国之举行庆典，遂亦开庆贺大会，政府倡于前，各省踵于后，慷他人之慨，以为一己之光荣，得毋为外人所窃笑耶？虚憍之态，只可自欺，欺人云乎哉？

第一百零一回　集灵囿再开会议　上海滩悉毁存烟

却说欧战已毕，各国将开议和大会，中国政府不得不派遣专使，赴会议和，当下由徐总统择定一人，就是外交总长陆征祥。征祥曾因事请假，部务委次长陈箓暂行代理，此次奉使赴洋，不便逗留，便即束装起行，乘轮赴欧去了。是时英美法日意五国公使统奉五国政府训令，愿为中国南北调停和议，先提出劝告书，递交北京政府。徐总统本是请他帮忙，当然心心相印，不烦琐复。五国公使又电令驻粤领事，各向广东军政府致书劝和，大略说是：

法、英、意、日本、美诸国政府，因见此二年内，中国内乱，已久不停，大有分崩景象，甚为愚系。此项纷乱情形，不特与外国利益有损，且致中国治安之惨祸，因此所生不靖之情，反足鼓励敌人之气，而与大战紧急之转机，妨碍中国与协和诸国实行会办之举。今该转机已成过时黄花，各国人民，正盼组织环球，以达各处人民平安公允之时，中国未能统一，则各国民应为之事，更属难为。兹法、英、意、日本、美诸国政府，对于中国大总统解决内乱之所设施，深滋冀望之怀；且对于南方各要人之态度，亦乐观其有欲和平了结，同等趋向。是以各该政府，就此声明对于北京政府及南方各要人，愿与废除个人私情，及泥守法律之意见，一面谨慎从事，免除障碍议和之行为，一面迅以慷慨会商之行，而以法律暨顾及中国国民利益之热心为根据，寻一两造和息之路，始克使华境以内，平安统一，此各国政府同心暨殷盼之忱也。此时法、英、意、日本、美诸国政府，声明其切实赞同双方，欲解决向日分裂之争端。唯拟欲使知毫无最后干涉之策，亦无指挥或谏劝此次议和条件之意，故此项条件，必须由中国国人，自行规定所欲者。只系尽其所能，鼓励双方于所望所行各事上，达议和统一之目的。俾中国国民对于各国，冀望重建之功所肩之责，于中国历史上更为扩充矣。特此劝告。

这篇劝告书，已经将西文译作华文，广东军政府即用华文答复云：

两年以来，中国因内争而致国内治安及外国利益俱受损失，并使中国不能切实协助联盟国，为公道正义之竞争，军政府对此殊深痛惜。军政府对于此项协助尤为关切者，盖以其战争之主义，与法、英、意、日、美各联盟政府之主义若合符节。护法者非为个人意见，或法律细节而动干戈，实为反对武力主义，并求民主主义之得安全于中国也。国会被非法之解散（今幸仍正式开会于广州），宪法视为具文，武力派之横暴乱政，皆所以使护法者迫不得已，而以兵戎相见，伸张直道。今各友邦觉悟，欲缩短中国内争，回复和平之唯一善法，在停止供给款项于武力派，本政府极为感佩。本政府信武力派现有意言和，已经令所部各军停止进攻，且告知武力派所选出之首领，在适合地点，直接开和平会议矣。此种和平，不能苟且从事，无相当之保障，遗留势力，使将来随时复可扰乱国内和平。英、法、意、日、美各联合政府之意见，谓须根据法律及注重全国人民利益，以为调和之主旨，各政务总裁深表同情。然则此次和平，必为公正的和平及永久的和平，庶几中国得以设立一适任及进步之政府，发展真正共和民主之政治，在国际会议上，占应得之地位。各政务总裁，感谢法、英、意、日、美各联合政府关切中国之幸福，而对于各政府希望中国在筹议世界善后，亦应列入。关注盛意，尤为深感。谨此布复。

先是徐总统与钱代总理已得外人承认，许为调人，因即通电各省，召集督军等至京，会议办法。于是奉天督军张作霖、安徽督军倪嗣冲、直隶督军曹锟、吉林督军孟恩远、湖南督军赵倜、湖北督军王占元、江西督军陈光远、山西督军阎锡山、淞沪护军使卢永祥、绥远都统蔡成勋等，均先后到京。

徐总统特在集灵囿四照堂中，作为会议场，带同全体国务员，暨参战督办段祺瑞，入堂开会。各督军联翩趋至，列席讨论，本来是党派不同，有主战的，有主和的，此番因内外交迫，主战派亦不便坚持前议，只好见风使帆，同声呼和。就是倡议平南的段督办，也以为久战无益，与徐总统表示同情。非服徐东海，实为外议所迫，不得不然。当时议定政策五条：(一)便是停战撤兵；(二)乃是应付外交；(三)是被兵各省的善后；(四)是收束军队的办法；(五)整理财政的用途。彼此讨论了大半日，即在四照堂开宴，饮酬乃散。越宿，便将议决各节，通电各省。各督军亦陆续出京，各回原任。

嗣是禁募军队，饬守官方，各种弭乱求治的通令蝉联而下。徒托空言。还有熊希龄、汪大燮等为联络协约国感情起见，特在京中发起协约国国民协会，组织就绪，推定熊希龄为会长，汪大燮及法人铁士兰为副会长。又由总统府中特设外交委员会，令汪大燮为会长，熊希龄等为委员，调查审议对外事项，凡各部署亦得派遣事务员，入会与议。此外如全国省议会、商会、教育会，亦皆推举代表，就京师组织全国和平联合会，于民国七年十二月十八日成立，宣告大众，略云：

本会联合全国省议会、商会、教育会，业于十八日开成立大会。各法团推定代表到会者，已逾过半数，本会实为完全成立，用特宣布本会进行宗旨，以告我国民。

本会由全国法定团体组织而成，为真正民意机关，故对于南北和平会议，应实行共和国民应尽之职务，遇有双方冲突之点，及与大多数利益关系之处，实行发表国民真正意见，以立于第三者仲裁地位，此其一；本会对于南北双方，本无偏袒之见，唯此次南北会议，凡关于种种善后问题，均待解决，兹拟于本会内附设各种研究部，于事前预先讨论，以便将来发表民意，主张公道，不居国民会议之名，实行我第三者仲裁之本旨，此其二；本会既立于第三者仲裁地位，我国民责任之重可知，兹后计划进行，尤关重大。本会自当推出对内对外最负重望之人，主持一切，为会中之砥柱，并将本会一部分事务，移至南北会议地点，实相结合与贯彻我国民正大之主张，非达到南北真正根本和平之目的不止，此其三。凡此三大宗旨，均经本会评议部议决实行，用特宣布，深望于全国同胞，赞成本会，协同进行，除通告南北当局外，谨此宣言。

朝野上下，一致言和，饶有转危为安、悔祸求存的希望。差不多望梅止渴。但中国人往往有口无心，口中虽说得天花乱坠，心中却未必真能践言。又况各省军阀，统是意气自豪，不顾国家，专顾自己，所有逐月赋税，除拨作军饷外，多半纳入私囊，所以一做督军，便成富翁，多则千万，少即百万，百姓原不能过问，就是中央的财政部，也未敢彻底清查，只好听他一塌糊涂，迁延过去。此外如关卡征榷，局厂征收，又皆抵充外债，无从支取。

看官试想，这中央政府，只有支出，没有收入，叫他如何支持？所以徐总统就职以后，仍然是借债度日，什么电话借款，什么纸币借款，表面上俱为整顿实业起见，由财政交通两总长出面，告贷东邻，暗中实多是指东话西，救济眉急。还有各种公债名义向人民借贷，不一而足。当时虽有一种定例，按期抽签，逐次还本，但也未能确昭信用。故民间所受的公债票，平时若有急需，转向他人抵押，不过三折四折，最多至五六折为止；而且中国人多不愿转受，有时反由外人出为承揽，吸收中国各种公债券，视为投机生意，以十易百，以千易万，将来好执券坐索，不怕中国政府，不将全数偿还。为渊殴鱼，总是中国人民晦气。但自中国加入欧战，外人格外帮忙，协约各国，许将庚子赔款，延期五年，然后交付。即清季拳匪时之赔款。独俄国只允延交三分之一，共计五年延交总数，约六千余万圆，政府稍得暂纾困难。

但自民国成立以后，历年借债，除外款不计外，如积欠中国银行，及交通银行款项，多至八千万元以上，遂致该两银行转运不灵，钞价日跌，市面动摇。到了民国七年的残冬，简直是支撑不住。财政部无法可施，没奈何再向国民借贷，发行短期公债券，称为民国七年发交国家银行短期公债，额定四千八百万元，票面定为一万圆、一千圆两种，利息六厘，每年付息两次，仍用抽签法，分五年偿还，每年分作两度抽签，每届抽还总额十分之一。此项公债券，全数发给中交两银行，令他经募，募集诸款，即归还两行垫欠各账。所有公债本息，即指定每月延期赔款为基金，就中八成还本，二成付息；并援照三四两年公债办法，即将此项公债基金，按月拨交总税务司安格联存储备付。当下草定章程，提交国务会议，国务员当然通过，但教私囊无损，安往而不赞成？再呈与总统查阅。徐总统为救急计，也即指令照准。无如国库既空，民财亦尽，一国中有限脂膏，半被外人盘剥，半遭军阀搜括，穷民已不聊生，就使有几个豪绅富贾，亦怎肯毁家纾难，效那楚子文、汉卜式故事？坐是公债券无人过问，免不得硬行指派，骚扰民间，或且搭付官吏薪金。官吏统有父母妻孥，日需事畜，再加百物日昂，米珠薪桂的时候，哪堪承受这种公债券？有名无实，不能抵用，于是吏民俱困，都累得扼腕兴嗟，愁眉百结了。只有军阀各家，还算财星照临。

当时尚有一种鸦片烟，本在前清宣统三年间，由清政府与外人订约，限期戒绝，转眼间已有七八年，期限已届。上海洋商所储鸦片数尚不少，民国七年一月间，苏省督军、省长，与英商公司妥商，立约收买，约中载明条件，乃是专供制药，并不转行销售。洋商已经允认，且愿把每箱定价，减短英洋二千圆，悉数归苏省承买，统计得一千五六百箱。过了数月，驻京英美公使向外交部致书抗议，略云："苏省收买存土，不免有私下贩售，赚钱欺人等情。"又被外人查出藏点。外交部看到来文，应归财政部理处，即将原书移交财政部。财政部调查苏省公文，已早备案，因即据实答复，具陈理由，内称："近年以来，政府对着烟禁，未尝不积极进行，只因沪滨洋商积存关栈的印药，为数甚多，不能令他受损害，所以上年一月，由苏省督军省长与英商立约收买，专供药品，严杜吸售。今来文谓有转销等情，未免误会。查烟土制药，各国皆然，此次苏省收买存土，与宣统三年禁烟条约，并无违反情事，请即查照"云云。这项复文仍须先递外交部，然后由外交部转交英、美公使。英、美公使始终不甚相信，尚有微言。再经中国政府特开国务会议，决定将所买存土，一并销毁，当由徐总统核准，下一指令道：

政府前次收买存土，专为制药之用，原为体恤商艰起见。顾虽慎加考订，限制甚严，而留此根株，诚恐易滋流弊，转于禁烟前途，不无影响。着内务财政两部，转饬查明此项存土现存确数，除已经领售者不计外，其余均由部派员督视，一律收回，汇集海关，定期悉数销毁。并候特派专员会同地方官及海关税务同等，共同监视，以昭慎重。此令。

越日，又复严申禁令道：

鸦片为害最烈，迭经明颁禁令，严定专条，各省实力奉行，已著成效。惟是国家挽回积习，备极艰难，设禁令之稍疏，愚民即怀侥幸，在稽查所不及，贻害仍恐潜滋。此次厉行烟禁，在国人固具毅力，在友邦并致热诚，倘复阳奉阴违，始勤终怠，将何以策内政之修明，而树国家之威信？兹当政治刷新，亟望荡秽涤瑕，共臻仁寿，所有前次收买存土，业经特令汇集上海地方，克期悉数销毁。国家不惜捐弃巨金，委诸一烬，凡以注重烟禁，力策进行者，当为中外所共喻。嗣后我中华人民，当益知鸦片流毒之酷，中于民生，政府禁令之严，不容尝试。凡曾犯吸食者,既经戒除,自应振作精神,力祛习染,至私种私运私售,均干厉禁,并当各懔刑章,勿贻伊戚。各地方长官,有督察之责,务各分饬所司,认真稽查,期在有犯必惩。其办理不力者,着随时纠劾,依法惩戒。本大总统以保民为重,不惮为谆谆之告诫,先哲有言:"除恶务尽",又曰:"旧染污俗,咸与维新",凡兹有众,其共勖之!此令。

两令既下,特派专员张一鹏赴沪监视焚土,一面再由外交部出名通告英、美公使。英、美公使得悉后,即电令沪上海关监督税务司,会同中国专员,督视存土焚毁。至张一鹏到沪,与江苏长官调查买储烟土一千六百余箱,除已售出三百余箱外,尚剩一千二百余箱,悉数运至浦东,邀同海关监督税务司到场,并及地方各团体代表,统皆会齐,当场开箱查验,果非假冒,于是架薪纵火,陆续焚毁,共阅三日有奇,方将一千二百余箱的鸦片,尽付劫灰。沪上不乏烟鬼,到此可尽量一吸了。上海各国领事团及地方长官绅商军学各团体,更组织万国禁烟会,主张限制烟土吗啡,务使除医药用途外,不得种销。乃即就销毁烟土的第一日,在沪北开会,严订条约,总道是中外同心,朝野合力,好把那数十年的毒盅,从此永除。但究竟除绝与否,想看官具有见闻,自能察知隐情呢。只小子却有一首俚词,作为焚土的余慨,诗云:

> 欲除烟毒愿捐金,
> 一炬成灰示决心。
> 可奈莠民偏不谅,
> 私销私吸总难禁。

禁烟禁烟,仍旧有名无实,或包运,或偷销,时有所闻,政府不得不再行缉查,从严办理。欲知如何设法,待至下回表明。

议和足以安民,禁烟足以祛毒,两事俱为美政,徐东海上台之初,首先注意,着手进行,宜乎为中外所属望,交口赞同也。况集灵圃之会议,主战派亦有悔过之心,上海滩之焚烟,领事团且有开会之助,祝南北之统一者在此,起斯民之膏肓者亦在此,岂非中华民国之一大转机,饶有革新之望乎?乃观于后来之结果,俱乏成效,屡次议和,而冲突如故,屡次禁烟,而吸售如故,徒见长官之忙碌而已,徒见存土之焚销而已,天岂未欲平治民国耶?何事与愿违若此?至若债务之日增,吏民之两困,元气已杗,如何持久?有心人固把忧无已矣。

第一百零二回

赞和局李督军致疾
示战电唐代表生瞋

却说徐总统有志禁烟，特命将上海存土悉数毁去，再加万国禁烟会严禁种销，也算是竭诚办理。偏包运偷销的奸民，专知牟利，不顾大局，事为徐总统所闻，因复饬令严查道：

近今烟禁甚严，乃以厚利所在，莠民奸商，多方尝试，甚至有假冒军人，由各路包运销售情事，似此违禁营私，肆无忌惮，若不严行查缉，则禁烟要政，直同虚设，于国家前途，影响至巨。本大总统治军有年，凡隶军符，凤知国纪，岂容金壬影射，玷我戎行？嗣后应责成各省督军省长，遴派专员，会同各税关严密查禁，无论是否假冒军人，但遇有包运烟土，亟应切实拿办，勿任漏网！其京奉、京汉、京绥、津浦各路，为近畿绾毂之地，尤应切实侦缉，着京师军警督察长马龙标，督饬所属干员，随时梭巡稽查，一面由交通部通饬各路警员，裏同认真办理。一经查获，即予尽法惩罚，查出烟土，悉数焚毁，仍当侦查明确，勿得扰累行旅。经此次通令之后，凡我邦人，当知令出唯行，除恶务尽，其各涤瑕荡秽，力袪旧染，用副保民除害之至意！此令。

未几，复有禁运吗啡的严令，大致与禁烟相同。但天下事，往往法立弊生，立法时均欲求效，偏效力未睹，弊已百出。各处铁路的站旁，环列警察，调查来往客商，镇日里翻箱倒箧，闹个不休，或且搜检身上，视客商如盗贼一般，客商稍有忤意，便即狐假虎威，任情凌轹。甚至私出鸦片烟，掷入旅客行箧，硬指他为偷带禁物，拘入警署，威逼苛罚，取财入私。可怜遭害的客商，不能与抗，只好忍气吞声，倾囊相赠，还要索得保人，方准释出。这真是行路艰难，荆天棘地，较诸前清时代，交通无阻，任从客便，试问是谁利谁不利呢？尤可恨的，是真带鸦片吗啡的人犯，反得贿通警察，由他过去。又有军队过境，借军阀做靠山，虽满身藏着鸦片吗啡，警察亦不敢过问。有几处乃是军警串通，联络一气，所赚厚利，彼此分肥。再加各省军官，多半染着盘龙癖，以芙蓉膏为性命，半榻横陈，吞云吐雾，虽经中央政府禁令煌煌，彼且视若弁髦，毫不少悛。又或借此取利，暗中授意左右，包运包销。俗语说得好："袖大好做贼，"威灵显赫的军阀家，作奸舞弊，何人敢来侦查？试看徐总统所下禁令，尚说是金壬影射，未敢显斥军官，如此军阀滔天，横行无忌，还要问什么烟禁有效无效呢？慨乎言之！这且搁过不提。

且说钱代总理能训，摄职两月，当由徐总统提出咨文，交与参众两院，征求同意。两院照例投票，钱得多数，因即复咨总统府。徐总统便下明令，特任钱为国务总理。钱既正式秉政，当然要重组内阁，自将内务总长的兼职递呈告辞，此外一班国务员连带辞职。旋经徐钱两人，商定后任国务员，再向参众两院咨问是否同意，竟得相继通过，乃再经下令，仍使国务总理钱能训兼任内务总长。外交总长一缺，亦令陆征祥原任。唯因陆赴欧议和，未到任时，由次长陈篆代理部务。司法总长朱深、教育总长傅增湘、海军总长刘冠雄，亦均继任。交通总长曹汝霖本兼财政总长，此时免去兼职，但令曹主交通部，另授龚心湛为财政总长，独撤去陆军总长段芝贵，改用了一个靳云鹏。新内阁既皆任定，乃再从事内外和议，添派外交委员顾维钧、王正廷、施肇基、魏宸组四人赴欧，与前遣的外交总长陆征祥，同为巴黎和会全权委员。一面令朱启钤南下江宁，作为南北会议全权代表，会同江苏督军李纯等，开始议和。

广东军政府也推选政务总裁唐绍仪做了南方总代表，行次上海，不肯过往江宁。两下争执和会地点，又费了一番笔舌，复经江苏督军李纯，曲为调停，请朱启钤移往上海，允从南方所请。朱为速和起见，因亦许诺，时已为民国八年二月间了。李督军因再发一通电，宣告中外道：

> 时局纠纷，垂及二稔，幸赖内外上下，一德一心，舍己从人，共谋宁息。护国者知法坏而国无由立，护法者知国坏而法亦罔存，遂以和平之公理，共谋善后之解决。

> 纯与湖北王督军，江西陈督军，内承中央政府之指挥，外荷西林即岑春煊。武鸣即陆荣廷。诸公之启迪，黄陂、河间、合肥暨在位英俊，在野名贤，随时指导维持，经迭次之洽商，得各方之同意，议定开一会议，双方各派总代表，解决法律事实等项问题。比由朱桂莘、唐少川两总代表商定于本年二月二十日在上海开会。是纯与王、陈两督军二年以来，千回百折，所希望于护国护法两方面，有两全而无两伤者，幸已达其目的，遂其请求，凡所担任，已可告一结束。嗣后解决各项问题，总代表与各代表诸公，皆一时人望，必有可以慰吾侪之具瞻，副人民之心理者。纯惟当与居间诸君子，洗耳听之，拭目俟之。鲁仲连有云："所贵于天下之士者，为人排患释难，解纷乱而无所取也。"窃愿会议诸公，本良心上主张，从根本上救济，为国家谋长久，为人民谋福利，期有以善其后而已。浮图七级，重在合尖，为山九初，功亏一篑。纯仔肩虽卸，愿望正殷，苟其义不容辞，力所当尽，敢不从诸君子之后。更愿当代弘达，布所蕴蓄，同力匡扶，弼成郅治，则尤纯所馨香祷祝也。谨布悃忱，伏惟鉴照！

看此一电，李督军的苦心孤诣亦可想见。当下派定会议办事处干事数十人，充当朱总代表的差遣。各干事均来谢委，正由李纯出来接见。座谈未竟，那朱总代表亦来拜会。复经李纯迎入别厅，略谈数语，复出与干事接洽。各干事并出厅站班，李纯向他摇手，似叫他不必客气，且口中方说出"各位"二字，不妨脚下一绊，竟从第一层台阶跌至第四层台阶，直挺挺地仰卧台阶面上，背骨被第一层台阶所硌，忍不住疼痛起来，一时不便呼号，只好闭目熬住。嗣经从役将他扶起，勉强在廊下缓行数十步，舒动筋骨。各干事见此情形，只得告辞。李纯复慢慢儿回入别厅，再与朱总代表谈话片时，朱始别去。

纯素性坚忍，尚以为稍稍痛苦，不必多虑，又往签押房批览文件。到了午刻，背骨越觉加痛，乃趋入内室，取饮舒筋和血的药酒，大约数杯，继以午膳，然后睡息了两三钟点。至起食夜餐，仍照午膳办法，是夕尚得安睡。越宿醒来，觉得腰背酸疼得很，再加两胁气痛，以致不能起床。麾下僚属闻知督军有恙，自然前来请安。适警察厅中有张医官，素精按摩各术，大众统交口保荐，请李纯召入医治。纯乃将张医官召至军署，先令亲吏传述病状，与他讨论，嗣闻他确有心得，乃引入上房，嘱用手术疗治。张医官问及事前种种情状，并倾跌后种种感觉，纯历述无遗，即由张医官诊视脉象，并替他前后按摩，果然胁间气痛，较前舒快。张医官方说道："失足跌倒，七日内必发酸痛，这乃当然的事情。而且仓促跌倒，因痛闷气，害得两胁气痛，亦是寻常病患，毋庸深忧。"纯不待说毕，便诘问道："此外果无别症吗？"张医官答道："此乃失足致跌，与风火痰三种症候，毫无关系，但教用止痛和血的药料，按穴敷治，再施运舒筋顺气的手术，逐日抚摩，待阅一星期，自然痊愈了。"张医官颇有经验。李纯点首称善，遂命张医官如法施治，一面乞假静养。过了七日，疼痛虽已减轻，举动还未能复原，直延至旬月余，始得告痊，这也是翊赞和议中一段软闻。恐即是不祥之兆。

唯当李纯告假时，朱总代表启钤等已赴上海，履行开会期约，借上海旧德国总会为会场。二月二十日上午，南北总代表各引分代表等，同莅会所，衣冠跄济，秩序雍容，相见无非旧识，两派并聚一堂，差不多与辛亥会议相似。彼时唐为北方代表，此次却易北为南。少川

（北方总代表）朱启钤（分代表）吴鼎昌 王克敏 施愚 方枢 汪有龄 刘恩格 李国珍江绍杰 徐佛苏

（南方总代表）唐绍仪

（分代表）章士钊 胡汉民 缪嘉寿 曾彦 郭椿森 刘光烈 王伯群 彭允彝

开会伊始,不及议款,但两总代表依次表明宗旨,先由南总代表宣言云:

国内战争,至今日告一结束,但推厥祸源,外力实有以助长之。盖武人派苟不借助外力,则金钱无自来,军械无从购,兄弟阋墙,早言归于好矣。何至兵连祸结,延至今日,使人民痛苦,至于此极?今北方已经觉悟,开诚言和,舍旧谋新,请自今始!

南总代表宣言甫止,北总代表也即宣言道:

民国成立以来,国家政权,多提于武力派之手,故战争纷乱,迄毋宁岁。迩者时势所趋,潮流所迫,将化干戈为玉帛,换刀剑以牸牛,一切干羽戈矛,皆应视为过去陈旧之古董,后此战争,当无从再起,和平统一,请视诸斯。

宣言俱毕,两总代表与各代表均起座,向着国旗,"欢呼中华民国万岁! 和平统一万岁!"极力为下文反射。嗣复闲谈数语,各随意取食茶点,便即散席。

越日,始开正式会议。南方总代表唐绍仪首先提出陕西问题,要求撤换陕督陈树藩。原来南方民党于右任曾入陕西境内,纠合党徒,与陈树藩互相争论,致起战争。树藩本段派健将,不肯容留民党,占据片土,因此屡攻于军。于军亦不甘退让,相持未下。徐政府虽已通令停战,但于陕西一方面,不甚注意。且陈树藩靠着段氏势力,玩视中央命令,自由行兵,所以唐总代表首先质问,迫令将陕督撤换。此外尚有闽鄂冲突等情,亦曾连类谈及,但尚未及陕西的紧要。北方总代表朱启钤愿转达中央,即席草就电稿,着人拍发,请政府速令陕督陈树藩停战。此外所议各件,如八年公债、参战借款以及湘督张敬尧仇视民党等情,尚没有极大辩难。或拟电京问明,或拟电湘阻止,否则交付审查,决诸后议。

越日,得徐政府复电,谓已特派妥员张瑞玑,赴陕监视,实行停战。于是两总代表乂复会议,彼此商榷,决用和会名义致函张瑞玑,催他即日赴陕,监束两方军队,以便和议早日结束。当下函电并发,约俟陕战实停,再申余议。两下便又散归。

又越两日,再行开会,两总代表相见后,南方总代表唐绍仪,取出陕西于右任来电,声言陈树藩部下刘世珑仍率众进攻于军,如此情形,显背和议,应归北方担负责任。朱总代表只好申电陈请,权词相答。

又越二日,唐绍仪又邀朱启钤赴会,取示于军失去鳌屋的警电,累得朱总代表无可容喙,但言政府如不速停陕战,自当辞职以谢。

再越二日,已是二月二十八日了,唐总代表至会议席上,竟向朱总代表,抗议陕西战事,限期四十八小时答复,也是一篇哀的美敦书。说毕即去。朱总代表自觉中央理屈,未便议和,特与各分代表全体电京,请即辞职,徐政府复电慰留,并令陕西一体停战。令文有云:

陕西兵燹频年,疮痍满目,眷言民瘼,轸念殊深。亟应促进和平,早谋安集。前由国务院依照协定办法,通饬停战划防。已派张瑞玑驰往,监视区分,务在一律实行,克期竣事。各该将领,自应共体斯意,恪遵办理。倘或奉行不力,职责所在,不得辞其咎也。此令。

徐政府虽决意停战,始终谋和,但陈树藩仍未遵令,备战不休。南方总代表唐绍仪且得于右任亲笔书函,谓:"陈树藩密奉参陆处电文,促令进攻,故北京运陕军械,或由参陆处,或由汉阳兵工厂,次第出发,络绎不绝"云云。唐总代表乃复提出宣言书,归咎北方,中止和议，是为第一次和议停顿。江苏督军李纯得知消息，很是愤懑，因力疾起床，特拟定办法五条，电陈中央请行。徐总统原无他意，不过为安福系所牵掣，未能贯彻主张，既得李纯电请，自然照准。李纯又电达广东军政府，请求同意，随即通告全国云：

万急。北京国务院，各部院，广州军府各总裁，保定曹经略使，各省巡阅使，督军，省长，都统，护军使，海陆军各司令，南京朱总代表暨代表诸公，上海唐总代表暨代表诸公，永州谭月波、组庵两先生，衡州吴将军均鉴：近月以来，和平空气布满全国，因善后之解决，有会议之盛举。既经中央复准，各方赞同，双方各推总代表、代表，亦均先后分莅宁、沪。唯以中央颁布停战罢兵令，广东军府亦通令停战罢兵，各省虽皆奉行，而陕、闽、鄂西等处，尚有纠葛，经多次之协商，定简捷之办法：(一)陕、闽、鄂西双方，一律严令实行停战。(二)援闽援陕军队，即停住前进，担任后方剿匪任务，嗣后不再增援。(三)闽省、鄂西、陕南，由双方将领，直接商定停战区域办法。签字后，各呈报备案。(四)陕省内部，由双方总代表，公推德望凤著人员，前往监视区分。(五)划定区域，各担任剿匪卫民，毋相侵越。反是者国人共弃之。此上五条，均陈奉中央允准，电得广州军府同意，即日双方通令，按照实行。所有陕、闽等问题，指日解决，会议即可进行。知关廑念，特此布闻！

自经李督军通电后，上海和会又有复活的趋向。再经朱总代表启钤函致陕西陈树藩，并及于右任，竭诚劝解，为赓续和议地步。就是中外舆情也多方敦促，催令速议。只南方总代表唐绍仪因未得陕省停战确闻，尚未便与北方议和，连日托词称疾，杜门不出。冤冤相凑，又有一种外交刺激，从海外传入中华，遂致群情大愤，竞起诋毁，东也噪，西也闹，反把上海和会视为缓图。正是：

内地榄枪犹未靖，

外洋波浪又重生。

究竟外交刺激，从何而生，容待下回再详。

　　督军如李秀山，尚为军阀中之有心人，故本回具述其求和之苦心，并及当时致仆情状，为世间之凉血动物，作一龟鉴。朱启钤之平时行谊，虽不甚卓著，然观其赴沪议和，犹非悍然不顾公议，自作主张。陕战未停，曲在陈树藩，陈无大过人之才力，乃敢违背中央命令，备战不休，此非有人煽使，谁其信之？天下方日望和平，而主战派乃好为播弄，必欲破碎河山，涂炭生灵而后快。甚矣其惑也！鸡鹜相争，终无了期，虽有文治派之徐世昌，亦奚补乎？而李督军则更枉费苦心矣。

第一百零三回

集巴黎欣逢盛会
争胶澳勉抗强权

却说外交总长陆征祥奉命赴欧，参与和会，嗣又有顾维钧、王正廷、施肇基、魏宸组，依次续发，同充巴黎和议全权委员。陆征祥到法国时，各协约国所派专使先后驰集。既而顾、王、施、魏各委员亦皆踵至，共计列席会议，得二十七国使人。全权大使约有数十，代表及秘书等不下数百，好算是五大洲中，空前绝后的盛会。当时会中议定各国列席委员多寡不一。中国指定两人，除陆总长外，余四人得轮流出席。小子闻得和会组织的大略，开列如下：

美国专使列席得五人。英国同上。法国同上。意国同上。日本同上。比国三人。玻利维亚一人。巴西三人。中国二人。古巴一人。厄瓜多尔一人。希腊二人。危地马拉一人。海地一人。汉志国(即阿拉伯)二人。哄都拉斯一人。里卑利亚一人。巴拿马一人。秘鲁一人。波兰一人。葡萄牙二人。罗马尼亚二人。塞尔维亚三人。暹罗二人。捷克斯洛伐克二人。乌拉圭一人。

［和会中正副会长］

会长　法人克勒孟沙

副会长　美人蓝辛　英人劳合乔治　意人欧兰都　日本人西园寺侯爵

［协约国最高议会中会长会员］

会长　法人克勒孟沙

会员　美总统威尔逊、蓝辛。英人劳合乔治、贝尔福。法人克勒孟沙、毕勋。意人欧兰都、沙尼诺。日本人西园寺侯爵、牧野男爵。

据上所列，已见得和会大权实为美、法、英、意、日本五大国所把持。中国专使虽得列席，已等诸自郐以下，无足重轻。就中对于德、奥两国，如何赔偿损失，如何割让土地，如何放弃权利，如何撤除兵备，统归五大国主张，中国专使几无容喙余地。堂堂古国，如此倒霉，岂不可耻？唯关系中、德事件，始准中国与议，但也须由五大国决定，大致如下：

(一)德国对华，放弃由一九〇一年拳匪条约而得之各种特别权利与赔款，与其在天津、汉口德租界及其他中国境内，除胶州外，所有之房屋码头营房炮台军火船只无线电台及其他产业，唯使署领署不在其内，并允将一九〇〇年与一九〇一年所夺取之所有天文仪器，一律归还中国。

(二)中国未经署名于拳乱条约之各国同意，不得施行处分北京使馆界内德人产业之计划。

(三)德国承认放弃汉口与天津之租界，中国允准两处租界，辟为万国公用。

(四)德国对于中国，或对于任何与国之政府，不得因在华德人被幽禁或被遣回，及因德人利益于一九一七年八月十四日被没收或被清理之故，而有所要求。

(五)德国放弃其在广州英租界内之国有产业，让与英国。并放弃上海法租界内德人学校之产业，让与中、法两国。

这五项条约，讲到"平允"二字，已不甚合。德国既放弃在华权利，为什么除开胶州？北京使馆内德人产业，例应归中国处分，为什么应得署约各国同意？汉口与天津租界，为什么要辟作万国公用？广州英租界及上海法租界内的德国产业，为什么让与英、法？这岂不是鹬蚌相争，渔翁得利的明证吗？大声疾呼。

又有一种关系山东条件，由日本专使西园寺侯爵等提出和会，硬要占利。美、法、英、意诸国，明知日本恃强欺弱，但与自己无损，哪个肯替中国帮忙，代鸣不平？弱国无公法。当由日使拟定约文道：

（一）德国以胶州各项权利所有权特别权利，与因一八九八年三月六日与中国立约及其他关于山东条约而得之铁路矿产海底电线，让与日本。

（二）属于青岛至济南铁路之德国各项权利，连同器用矿权开掘权，一并让与日本。

（三）自青岛至沪及烟台之海底电线，亦让与日本，免偿其值。

（四）胶州德国国有之一切动产与不动产，亦归日本所有，免偿其值。

胶州是我中国的胶州，青岛是我中国的青岛，从前清光绪二十四年间，为了一个德国教士在山东曹州地方为华民所害，德国政府即派兵来华，占据胶澳，清政府无法拒绝，不得已将胶澳租与德国，定期九十九年。嗣是德人筑路开矿，竭力经营，至欧战开手，中国宣告中立，日本独不顾公法，破坏我中立国章程，竟出兵攻夺胶澳，且将德国所有路权矿权，悉数占领。彼时日人曾向中国声明，谓将胶澳租借地移交日本，以备日后交还中国云云。木屐儿专使此等伎俩。中政府一再抗议，均归无效。后来袁项城热心帝制，乞援东邻，驻京日使，遂提出二十一款的要求，包含胶澳全境在内。袁项城自讨苦吃，没奈何与他签约，但约文中尚有交还胶州湾，待诸战后解决字样。此次战事已了，各协约国为公道主义，组织和平大会，理应将德国租占地，归还中国，方算得公正无私，为何日使眈眈，竟视胶澳为囊中物？曩时尚声言交还，到此竟说出"让与"二字，不但有违公理，并且自食前言。美、法、英、意诸国作壁上观。那时中国专使陆征祥等忍无可忍，只好当场抗议，先提出山东问题说贴，缴入和会，凭诸公判。说帖中文字甚繁，小子不便直录，但撮举大要，胪列如下：

（甲）德国租借权，暨其他关于山东省权利之缘起及范围。

（一）租借之缘起。（二）租借地之范围。（三）德国之路矿权利。（四）中国之铁路警察权。（五）德国对于铁路借款之优先权。

（乙）日本在山东军事占领之缘起及范围。

（一）日本之对德宣战。（二）日本军队在租借地，及百里环界以外之龙口地方登岸。（三）中国宣言划出特别行军区域。（四）日本收管青岛之中国海关。（五）日本对中国二十一条之要求，暨一九一五年五月二十五日关于山东省之条约。（六）沿铁路之日本民政权。（七）一九一八年九月二十四日之铁路借款草合同及换文（即济顺及高徐两路草合同）。

（丙）中国何以要求归还？

（一）胶澳租借地，素为中国领土中不可分拆之一部分。从前中德租借条约中，本有主权仍归中国之明文，今德国既放弃权利，当然归还中国，以彰公道。（二）胶澳居民，种族语言宗教，均完全属于中国，既得脱离德国关系，自不愿再属他国。（三）山东为中国文化所肇始，孔、孟两圣贤诞生此地，人民称为圣域。胶澳为山东属境，既得由德国收回，何能辗转让人？（四）山东居民稠密，不能再容纳他国人民。前时德国逞横暴势力，据有胶澳，今彼既遭天忌，自弃权利，山东百姓，方庆其苏，不堪再受他国腹削。（五）山东一省，备具中国北部经济集权之要则。胶澳地居海口，至关重要，将来必成为中国北部外货输入土货输出之要路。若植立外国势力范围，适与门户开放主义，互相背驰，中外通商，必交感不便。（六）胶澳为中国北部门户之一，胶济铁路，至济南接津浦，可以直达北京，即自旅顺大连至奉天，直达北京之铁路，亦与胶澳相近。中国政府为固圉计，久欲杜绝德人之盘踞青岛，今经德人放弃，中国深愿收回此地，自巩国防。（七）和平大会中，以该租借地及附属权利之问题，悉还中国，不特德国肆意横行之罪恶，借以矫正，且各国在远东之公共利益，亦借以维护。否则山东人民，前拒后迎，势必不乐，或致激成剧烈之行动。即他国亦必与将来移转权利之国，互相龃龉，是与日本攻击青岛时，宣言巩固东亚长久稳固和局之用意，难以相容。亦与英日同盟之宗旨，所谓护中国之独立完整，守各国在华商工业机会之原则，亦不相符合。何以彰中外之大信？何以保远东之永久和平？

（丁）何以应直接归还？

（一）程序简单，不致滋生枝节。且中国参战以后，得向德国直接收回青岛及山东权利，既足以增我国家之光荣，复足以彰友邦维持正义公道之原则。（二）中国政府非不知日攻青岛所损失之生命帑款，为数亦巨。但日本固宣言战争之目的，在使远东和局，不为德人所危害，目的既完全达到，则虽有所牺牲，亦必不惜，宁有加惠中国反自取怨之理？（三）日本以军事占领青岛及所有权利，不过暂时办法，究不能因此而终得所占土地或产业之主权，以与共在战事中之中国权利相抗。（四）一九一五年五月二十五日，中国与日本订立关于山东省之条约，中政府本所不愿。经日本送递最后通牒，勉强承认，以待和平会议为最后之修正。况所订条文，日本并未获得关于山东租借地与铁路暨他项德国权利。不过得有保证，谓所有关于德国权利利益让与之处分，倘经日本与德国协定，中国即当承认云云。彼时中国尚为中立国，日本系设想中国始终中立，不能参与最后之和平会议而言。今中国早加入战局，有列席和议之权，则该约设想之情形，固已根本改变，不得视为有效。（五）中国宣言布告，曾声明从前中德所订之条约，一律废止，是德国所有租借地与一切权利，当然在废止之列。既已废止，领土权即回复于中国。且与德人订约租借时，本有不准转租之明文。即一九〇〇年之中德胶州铁路章程，亦有中国国家可以收回之规定，依约办理，德国无转让第三国之权。中国既得收回领土，亦当然不能让与他国。

最后又有一段总结云：

中国鉴于上列各理由，深信和平会议，对于中国要求胶澳租借地胶济铁路，暨关于山东省之他项德国权利之直接归还，必能认为合于法律公道之举。苟完全承认此项要求，则中国政府人民，对于诸国秉公好义之精神，必永永感激于无涯，而对于日本，必且加甚。此一举也，不特日本与诸友邦所愿维持之中国政治之独立，与领土之完整，借以巩固，而远东之长久和局，亦借此新保而益坚矣。

此项说帖，递入和会，会长克勒孟沙方将说帖出示。日本专使西园寺侯爵等，怎肯退让，自述"从前攻取青岛，如何损失，并讥评中国参战，并没有什么助力，不过办运些许粮食，派遣几个工役，便算了事。今日所得利益，不啻百倍，还想与我争回青岛，这真叫作不度德，不量力，妄事请求，不值一睬"云云。在会诸人见日使很是愤激，也不便参与异议。

唯美总统威尔逊略加劝解，援照德国前约，谓领土权应属中国。日使遂接口道："我国并不欲长据胶澳，自愿将胶澳领土权归还中国，惟行军所受损失，中国可能悉数偿还吗？中国既不能偿还，便应该将从前德人所有的权利，归与我国享受，这乃是公允办法，我国并没有意外要求哩。"英法各国专使多随口赞成。以强护强，应有此态。美总统亦不便与争，付诸一笑罢了。

是时意国代表欧兰都等，为了亚得里亚海沿岸问题，与美总统意见不合，致有违言。亚得里亚海在意大利东北，海口有阜姆一埠，为通商出入要枢，意国欲据为己有。唯美总统威尔逊以为匈牙利、波希米亚、罗马尼亚、南斯拉夫诸国,均与阜姆相近,应该享有出入权利,不应专归意国。意使极力反对,甚至欧兰都等宣告退出和会。所以和会中主持,只有法、美、英、日本四国,主持各议。

日本与中国互争胶澳,中国不能敌日,法、英又皆左袒日人,美总统虽略存公道,也因口众我寡,未便坚持,因此逐日延宕,竟把中国专使的说帖置诸高阁。嗣经中国专使陆征祥入会敦促,乃由会长克勒孟沙,与美总统威尔逊、英专使劳合乔治,作为领袖,再集议胶澳问题。日使西园寺侯爵等坚执前议,一些儿不肯让步。法、美、英三国,乐得袖手旁观,任从日本自由处置。中国专使陆征祥等智尽能索,不得已再向和会中提出抗议,申明意见。小子有诗叹道:

> 徒将笔舌抗凶锋,
> 力薄如何望折冲。
> 益信外交唯铁血,
> 一强一弱总难容。

欲知陆专使等如何说法,且至下回录叙。

巴黎会议,列席者得二十七国,而俄罗斯不在其列,良由俄国内乱,政府屡易,各国或承认于其前,未尝承认于其后,故遂为之阙席耳。胶澳之争,日本代表,借口于前日军事之损失,必欲承受德人之旧有权利而后快。然德国既已战败,屈服于和议之下,则从前即无日人之行军,亦当放弃固有之权利,将胶济归还中国,宁必待日人之占领乎?况日人固尝破坏我国之中立,乘机攫取,显违国际公法之惯例,所有牺牲,莫非自取,公法家固不应袒日也。中国专使之抗议,理所当然,而日人乃恃强而凌弱,英法亦欺弱而袒强,持公如威尔逊,尚不欲为不平之争,谁谓世界中尚有公理耶?国不竞亦陵,何国之为?我国人盍亟起反省,毋徒怨外人为也。

第一百零四回　两代表沪渎续议　众学生都下争哗

却说胶澳问题，已由中国专使提出说帖，经法、美、英三国申议，仍不能使日本让步，反教日本自由处置，中国专使陆征祥等，不得不再行抗议，词意如下：

按德人之占据山东权利，始于一八九七年，当时普鲁士武人借口小故，强迫中国让与，显系一种侵犯手段，华人至今不忘此耻。今三大国若以此项权利，移让于日，是承认侵犯手段为正当矣。况日本在南满与蒙古东部，业已十分猖獗，今若加以山东为日所有，则日本可在北京出口之水道，即直隶海湾之两岸，巩固其地位。且得霸据直达北京之三大路线，从此北京将为日本势力所环绕，不亦大可惧乎？

中国于一九一七年向德、奥宣战，加入协约，所有中国与德、奥前订各约一律取消，然则德国权利，当然归还中国。且中国之宣战，曾经协约及公同作战各国政府正式承认。及今三国大会议，解决胶州与山东问题，反将前属于德人之权利，让给日本，由此可见大会议所让给与日本之权利，在今日已非德人所有，乃纯粹之中国权利。且中国亦协约之一，并非一敌国，中国在协约中，固较懦弱，但总不能以敌国待之。抑有进者，山东为中国之圣地，孔、孟之教深入人心，我中国人视山东为文化之发祥地，焉肯轻让于外人？至于三大国会议，既有归还中国之意，何以第一步，必将该地移让与一外国，然后由该外国自愿，再将该地归还原主？此种重叠手续，不知何所根据？代表等早知日本之要求，系根据一九一五年之中日条约，及一九一八年之交换文件。但一九一五年时，中国所以签约者，实为强权所迫，世人常忆日本提出哀的美敦书，强迫中国承认二十一条要求，否则大战立见于东亚。再一九一八年之交换文件，乃因日本允许撤退山东内地之日兵，并取消各民政署。代表等亦知三大国所以议定如此解决者，实以英法曾于一九一五年二月三日，允许日本在和会席上，助其夺得德人在山东之权利。然当时此等密约，双方订结，中国并未加入。其后协约国劝中国参战，亦未曾将密约内容，预先通告。及中国于加入协约之后，直至今日战争了结，和约告成，中国反为各大国之商议品与抵偿品，其何以堪？

或曰：大会议之认可日本要求，乃所以保全国际同盟也。中国岂不知为此而有所牺牲？但中有不能已于言者，大会何以不令一强固之日本，放弃其要求（其要求之起点，乃为侵犯土地）。而反令一软弱之中国，牺牲其主权？代表等敢言曰：此种解决方法，不论何方面提出，中国人民闻之，必大失望，大愤怒。当意大利为阜姆决裂，大会议且为之坚持到底，然则中国之提出山东问题，各大国反不表同情乎？要知山东问题，关于四万万人民未来之幸福，而远东之和平与利益，皆系于是也。

这一篇抗议书，比前次较为激烈，也是由中国专使陆征祥等情不能忍，不得已有此文牒，为声明公理起见。无如世界中只论强弱，不论公道，任你舌敝唇焦，总敌不过强邻气焰，日本专使只付诸不睬，英、法、美各国也袖手旁观，怎能如意国专使为了阜姆问题退出和会，几至决裂？后来仍由英、法、美三国代表，请意国代表再入和会，曲为调停，可见得中华积弱，事事逊人，为什么军阀政客，不思协力图强，尽管争权夺利，内讧不休哩？虽有晨钟，唤不醒军人痴梦，奈何？

即如上海南北和议，自从南方代表唐绍仪，宣言中止，停顿至一月有余。江苏督军李纯苦心调护，提出办法五条，请令双方允准。唐代表尚因未得陕省确闻，逐日延宕。嗣经张瑞玑入陕报告，谓已确实停战，江督李纯又邀同鄂、赣二省，迭电敦促。甚至上海五十三公团联成一气，催迫南北总代表等，赶紧议定和局，方可一致对外。于是南方诸代表也为环境所逼，未便再行停顿，乃于四月四日间，在唐总代表寓宅内，自开紧急会议，决定和议再开，函告北方总代表朱启钤等，约七日起，继续开谈。朱总代表当然照允。

到了四月七日，两总代表及各代表又复齐集，先开谈话会，核定会议程序，至晚未毕。越日，又复续核，大致粗了。代表中或主张局门会议，免得人多语庞，徒滋纷扰，北代表多数赞成，唯南代表却多数反对。结果是双方协议，虽不必定要局门，但除代表以外，闲人不得擅入。门外委警察严加逻守，慎重关防。

自四月九日正式开议，南北代表均将全部议题提出，互相讨论。当时各守秘密，未曾宣布。嗣逐日审查，集议了好几日，惹得上海一般社会，统想探听会议消息，是否就绪，怎奈会中讳莫如深，无从察悉。但据各通信社特别传闻，只说南代表所提，计十三项，另附悬案六项，北代表所提，计大纲两项，节目八项，讨论结局，双方议题，并作国会、军政、财政、政治、善后、未决等六项。究竟一切底细，无人能详，所有谣传，无非捕风捉影，想象模糊呢。延至五月初上，尚没有什么确闻，大众诧为异事。公事不妨公言，何必守此秘密。

忽由都中传出警电，乃是各校学生，为了巴黎和会中的山东问题，大起喧哗，演成一种愤激手段，对付那亲日派曹、章、陆三人。就中详情，应该表白一番。

从前中日各种合同，多经曹、章、陆三人署名，海内人士，已共目他为汉奸。就是留学日本诸学生，亦极力反对章宗祥。此次巴黎会议，中国专使陆征祥等赴欧，道过日本，日人即向章问明陆意，章曾夸口道："陆与我素来莫逆，谅不至有何梗议哩。"日人满意而去。哪知征祥去后，政府又续遣委员数人，如王正廷、顾维钧等，轮流出席，在巴黎会议中，极力反抗山东问题，且致章与日本所订之山东两路合同（即济顺及高徐两路）亦遭打击。章恐无词对日，乃暗与曹汝霖通信，拟运动政府，召回顾、王，自去代充委员。曹得信后，即力为设法，并召章回国，章便拟起程西归。偏被上海时事新报及东京时事新闻，探悉密情，骤然登出。留日诸中国学生，激起公愤，即欲发电攻章。因日本电报局不肯代拍，乃邮致上海各报馆各机关各团体，请他宣布，略云：

顷据上海时事新报及东京时事新闻载，章宗祥此次回国，入长外交，出席巴黎和平会议，改善中日和会关系，同人闻之，不胜骇异。章宗祥自使日以来，种种卖国行为，罄竹难书。幸今日暴德已倒，强权屈服，正义人道，风靡全球，吾大中华民国全体国民，方期于欧洲和平大会，战胜恶魔，一雪国耻。苟两报所载不虚，则是我政府受日奴运动，倒行逆施，以卖国专家，充外交总长，兼欧洲和平会议代表，势非卖尽中国不止。同人一息尚存，极力反对，并将颈血溅之。贵报贵机关贵团体，素来仗义敢言，众所共仰，伏乞唤起舆论，一致反对，庶幺麽小丑，不容于光天化日之下，俾东方德意志，亦得受最后之裁判。中华民国幸甚，世界和平幸甚。

上海各报馆依电照登，曹、章两人的密谋越致揭露。章经此一阻，又欲逗留。适政府已传电促归，暂命参事官庄景珂代理，章不得不行。且默思到了京都，总有良法可图，乃收拾行李，启程归国。至东京中央新桥车站，将挈爱妻陈氏登车，突有留学生数十人，跟跄前来，趋近章前，佯为送行，随口质问，历数章在任时，经手若干借款，订立若干密约，究有多少卖国钱带了回去？章宗祥连忙摇首，极口抵赖。无如留学生不肯容情，竟起而攻，好似鸣鼓一般。章虽脸皮老厚，也不禁面红颈赤，无词可答。难免天良发现。幸亏日警从旁排解，方将一对好夫妇送入车中。留学生尚在后大呼道："章公使！章宗祥，汝欲卖国，何不卖妻？"妙语。章妻陈氏，听了此言，更不觉愧愤交并，粉脸上现出红云，盈盈欲泪，只因车中行客甚多，未便发作，没奈何隐忍不发。

及车至神户，舍陆乘船，官舱内分门别户，彼此相隔。陈氏彦安怀着满腔郁愤，不由得发泄出来，口口声声，怨及乃夫。章宗祥任她吵闹，置诸不答。陈氏且泣且詈道："我父母生了我身，本是一个清白女子，不幸嫁与了汝，受人污辱，汝想是该不该呢？"欲免人污，何如不嫁。章至此亦忍耐不住，反唇相讥道："人家同我瞎闹，还无足怪，难道汝为我妻，也来同我胡闹吗？"陈氏道："汝究竟卖国不卖国？"宗祥道："汝不必问我。就使我是卖国，所得回扣，汝亦享用不少，何必多言。"不啻自招。陈氏尚唠唠叨叨地说了半夜，方才无声，但已为同船客人，约略听闻。及船已抵岸，陈氏而上，尚有愠色，悼悼上车去了。

章既入京，遂与曹汝霖、陆宗舆等，私下商议，还想调动顾、王，一意联日。相传曹汝霖计划尤良，竟欲施用美人计，往饵顾维钧。顾原配唐氏，即南方总代表唐绍仪女，适已病殁，尚未续娶，曹家有妹待字，汝霖因思许嫁维钧，借妹力笼络（或云系曹女）。可巧梁启超出洋游历，即由曹浣梁作伐，与顾说合。梁依言，至法，急晤顾氏，极言："曹家小妹，貌可倾城，才更山枳，如肯与缔姻，愿出五十万金，作为妆奁。"顾本来与曹异趋，听到美人金钱四字，也觉得情为所迷，愿从婚约。当时中外哗传，谓顾已加入亲日派，与曹女订婚。究竟后来是否如梁所言，得谐好事，小子也无从探悉，不过照有闻必录的通例，直书所闻罢了。已而留日学生界中，复有一篇声讨卖国贼电文，传达海内，原电如下：

欧洲议和大会，为我国生死存亡所关，凡我国人，应如何同心协力，共挽国权，乃专使方争胜于域外。而权奸作祟于国中，旬日以来，卖国之谋，进行益力。曹汝霖、陆宗舆、章宗祥、徐树铮、靳云鹏等，狼狈为奸，甘心媚日，迹其迩来所为罪状，足以制国家之死命，约有两端，而以往之借款借械，卖路卖矿不计焉。略陈如下，冀共声讨。

一曰掣专使之肘以媚日也。此次我国所派专使，尚能不辱国命力争，日本因之大怀疑忌，始则用威吓手段，冀制顾、王之发言，继则行利诱主义，贿通曹、陆之内应。且使章宗祥回国运动，入长外交，以掣专使之肘。并豫先商议改窜已订之中日密约，以掩中外耳目，而彼诸贼，甘为虎伥。章氏既奉命西归，曹、陆更效忠维谨，日前竟请当局电饬专使，对日让步。夫中日之利害，极端相反，世所共知。吾国往日所被夺于日本之权利，方期挽救于坛坫。而乃遇事退让，自甘屈服，岂非承认日本之霸权，而欲自侪于朝鲜乎？卖国之罪，夫岂容诛？此其罪状一。

二曰借边防之名以亲日也。年来北方军阀之跋扈横行，皆由徐树铮、靳云鹏等亲日政策之所致，举国权以易外款，杀同胞几如草芥。全国父老，疾首痛心，而若辈迄无悔过之意。

近且大肆阴谋，借边防为名，欲将参战军扩为九师十六混成旅，而与日人实行军械同盟，将各省铁路及兵工厂，抵借日款，并聘日人为教练官及技师。种种企图，无非欲达其武力统一之目的。无论世界潮流，趋向和平，此等悖逆时势之举，有百害而无一利。即使果如诸贼计划，有万一之效，而军队训练之权，已操诸日人，兵器制造之厂，已属于敌国，我国家尚能保其独立耶？恐德人利用土耳其之故事，将复见于远东。二次大战，此其导火。既恣恶于现在，复贻祸于将来，诸贼之肉，其足食乎？此其罪状二。

凡兹二事，仅举大端，其他违法不轨之行，谅为国人所共睹。同人等游学以来，鲜问内政，惟事涉对外，有损国权，则笔伐口诛，不遗余力。矧诸贼近日卖国之罪，彰明较著，良心所逼，安敢缄默。用特举其事实，诉诸国人，所望全国父老昆季，速筹对待国贼之法，安内攘外，咸系乎此。盖共和国家，民为主体，朝有奸人，而野无志士，将见国家遂即沦亡，而国民无力之讥，永蒙羞于历史矣。

为这一电，激起北京学生的公愤，纷纷聚议，计在严拒卖国贼，并保全青岛领土权，当由北京大学发起，即于五月三日下午，召集本校学生，全体会议。先是北京各学校已互相商议，定期在五月七日国耻纪念，会集天安门为大示威的运动，旋接得留学生通电，并闻青岛问题将让归日本，乃急不暇待，就由北京大学为首倡，群集法科大礼堂，会议进行办法四条：一是联合各界，一致力争。二是通电巴黎专使，坚持不签字。三是通电各省，于五月七日国耻纪念，举行游街示威运动。四是决定星期日即四日，齐集天安门，举行学界之大示威。当下有几个资格较深的学生，登台演说，慷慨激昂，声泪俱下。就中有法科学生谢绍敏，悲愤填胸，竟勃然登台，用中指放入口内，将牙一咬，指破血流，当即扯碎衣襟，取指血书成四大字，揭示大众，众目睽睽，望将过去，乃是"还我青岛"一语。彼此越加感动，鼓掌声，万岁声，相继迭起，表现一种凄凉悲壮的气象。嗣又遍发传单，知照各校，与约翌日上午，邀请各校代表，借法政专门学校为会议场，集议进行办法。各校接着传单，无不赞成。转眼间已隔一宵，法政专门学校已腾出临时会所，专候各校代表到来，霎时间各校代表，联翩趋至，共计得数十人。学校亦约十数，校名列后：

北京大学、法政专门学校、高等师范学校、中国大学、朝阳大学、工业专门学校、警官学校、农业学校、汇文大学、铁路管理学校、医学专门学校、税务学校民国大学。

数校代表齐集，当场会议，如何演说，如何散布旗帜，如何经过各使馆，表示请求，如何到曹汝霖住宅，与他力争。一面预定秩序，各守纪律。至日将晌午，已经议毕，随即分头散去，赶制小白旗，且约下午二时，至天安门会齐。未几已是午后，天安门桥南，先竖起一张大白旗来，上书一联语云：

卖国求荣，早知曹瞒遗种碑无字。

倾心媚外，不期章惇余孽死有头。

末行又写着一二十字，乃是"北京学界挽卖国贼曹汝霖、章宗祥遗臭千古"。这一张大旗下面，又有小白旗数十面，旗上写着或为"取消二十一款"，或为"誓死力争"，或为"保我主权"，或为"勿作五分钟爱国心"，或为"争回青岛方罢休"，或为"宁为玉碎，勿为瓦全"，或为"头可断，青岛不可失"。种种字样，不可胜记。就是谢绍敏的"还我青岛"的血书，也悬挂在内。还有一班小学生，站立道旁，手中都高执白旗，大小不一，有用布质，有用纸质。旗上所书，无非是"卖国贼曹汝霖"，"卖国贼章宗祥"，小子有诗为证道：

甘将领土赠东邻，

卖国奸徒太不仁。

莫怪青年多越俎，
兴亡原系匹夫身。
各校学生，陆续驰集，差不多有三千人。欲知众学生行止如何，待至下回再表。

内地有上海之和议，外洋有巴黎之和会，全球人士，各有厌战求和之思想。而我国武夫，乃多以挑衅为得计，不愿言和，是何肺腑，甘令兵民之送死乎？上海和议，停顿至一月有余，重以环境之敦促，勉强续议。所有议案，各守秘密，识者已虑其不足示诚，无能为役矣。至若章、曹之一意亲日，为虎作伥，虽未必如传闻之甚，而作奸牟利，见好强邻，要不得谓其真无此事也。留日诸学界，及北京各校学生，或传电，或集会，奔走呼号，代鸣不平，人心未死，民气犹存，吾国之所以不亡者，赖有此耳。然徒争一时之意气，未能为最后之维持，宁非即五分钟之爱国心耶？
学生勉乎哉！

第一百零五回　遭旁殴章宗祥受伤　逾后垣曹汝霖奔命

却说各学生齐集天安门，总数不下三千人，当由学生界推出代表，对众宣言，主张青岛问题坚持到底，决不忍为汉奸所卖。文云：

呜呼国民！我最亲爱最敬佩最有血性之同胞！我等含冤受辱，忍痛被垢于日本人之密约危条，以及朝夕祈祷之山东问题，青岛归还问题，今日已由五国共管，降而为中日直接交涉之提议矣。噩耗传来，天暗无色。夫和议正开，我等之所希冀所庆祝者，岂不曰世界中有正义，有人道，有公理，归还青岛，取消中日密约，军事协定，以及其他不平等之条约。公理也，即正义也。背公理而逞强权，将我之土地，由五国共管，侪我于战败国如德、奥之列，非公理，非正义也。今又显然背弃山东问题，由我与日本直接交涉。夫日本虎狼也，既能以一纸空文，窃掠我二十一条之美利，则我与之交涉，简言之是断送耳，是亡青岛耳，是亡山东耳。夫山东北扼燕、晋，南控鄂、宁，当京汉、津浦两路之冲，实南北之咽喉关键。山东亡，是中国亡矣。我同胞处此大地，有此山河，岂能目睹此强暴之欺凌我，压迫我，奴隶我，牛马我，而不作万死一生之呼救乎？法之于亚鲁撒、劳连两州也，曰："不得之，毋宁死。"意之于亚得利亚海峡之小地也，曰："不得之，毋宁死。"朝鲜之谋独立也，曰："不得之，毋宁死。"夫至于国家存亡，土地割裂，问题吃紧之时，而其民犹不能下一大决心，做最后之愤救者，则是二十世纪之贱种，无可语于人类者矣。我同胞有不忍于奴隶牛马之痛苦，亟欲奔救之者乎？则开国民大会，露天演说，通电坚持，为今日之要着。至有甘心卖国，肆意通奸者，则最后之对付，手枪炸弹是赖矣。危机一发，幸共图之！

宣言书既经晓示，复有学生部干事数人分发传单，见人辄给。传单上面写着：

现在日本在万国和会，要求并吞青岛，管理山东一切权利，就要成功了，他们的外交，大胜利了，我们的外交，大失败了。山东大势一去，就是破坏中国的领土，中国的领土破坏，中国就亡了。所以我们学界，今天排队到各公使馆去，要求各国出来维持公理，务望全国工商各界，一律起来，设法开国民大会，外争主权，内除国贼。中国存亡，就在此一举了。今与全国同胞立两个信条道：中国的土地，可以征服，而不可以断送。中国的人民，可以杀戮，而不可以低头。国亡了，同胞起来呀！

这项传单，多至数万张，一半被沿途巡警拦截了去，口中说是代为散布，其实是到手即扯，撕毁了事。京师警察总监吴炳湘得着学生暴动消息，急忙调派警队，到场弹压。就是教育部亦派出司员，劝阻学生，嘱勿轻举，诸有部中主张，当代众学生办理等语。如骗小儿。众学生哪里肯信，尽管照上午议案，自由行动。当下整顿队伍，拟赴东交民巷，往见各国驻京公使，请求协助中国，争还青岛。这也是无聊之极思。教育部代表又向学生劝解，谓："事先未曾通知使馆，恐不能在使馆界内通行，尔等不如暂先归校，举出代表数人，方可往见外使。"学生团听了，又不肯认可，仍然向东前进。嗣由警察总监吴炳湘坐了一部摩托车亲来拦阻，口中所说，不外老生常谈，各学生全然不睬，反且踊跃前进，直向东交民巷。炳湘见他人多势盛，也不便自犯众怒，只好眼睁睁地由他过去。

学生团拥入东交民巷，至美国使馆前，排队伫立，特举罗家伦等四人为代表，进谒美使。

适美使不在馆中，当有通事出来问明意见，罗家伦略述情由，通事答称："今日礼拜，各公使俱不在馆，诸君爱国热诚、当代向美公使转陈"云云。罗家伦等鞠躬道谢，并取出意见书，交给了他，然后退出，转往英、法各使馆。果然各公使均已他出，无由进见，唯将意见书递交，随即行过日本使馆，突遇日本卫役前来索取中政府护照，方准通行。偏是他来出头。学生团无可对付，又不便违法径行，乃由东向北，改道他往，穿过了长安街及崇文门大街，竟赴东城赵家楼。

走至曹汝霖住宅，将抵门前，学生团全体大呼，统称"卖国贼曹汝霖，速来见我！"这声浪传入门中，司阍人当然惊惶，立将双扉掩住。附近警士不得不为曹部长帮忙，奔集数十名，环门代守。学生团既已踵门，当然上前叩击。警士当场拦阻，哪里压得住学生锐气，两语不合，便起冲突。警士寡不敌众，也属无能为力。各学生绕屋环行，见屋后有窗数扇，统用玻璃遮住，当即拾起地上砖石，飞掷进去。砰砰砰砰，响了好几声，已将玻璃尽行击碎，留出窗隙，趁势抛入卖国旗，或把白旗纷投屋上，变成一片白色。唯叩门各学生尚在门前乱敲乱呼，好多时不见开门。学生正拟另想别法，蓦听一声响亮，门竟大启。这是曹氏心计，请看下文便知。

学生团乘势直入，鱼贯而进，到了前面大厅，呼曹出见。待了片刻，并没有一人出来，环顾左右，也不见有曹氏仆役，唯厅上摆设整齐，所陈桌椅，多是红木紫檀制成，学生免不得动怒，一齐喧声道："这都是卖国贼的回扣，得了若干昧心钱，制成这般物件，看汝卖国贼能享受几时！"道言未绝，已有数学生搬动桌椅，抛掷出外，一动百动，顿将厅上陈设，毁坏多件。厅旁有一甬道，学生即循道再进，里面乃是曹家花园，时正初夏，日暖风和，园内花木争荣，红绿相间，却似一座小洞天；并有汽车两辆摆着，益触众怒，七手八脚，打毁汽车，又将花木折损数株，再向里面闯入。里面系是内厅，有几个东洋人士与一面团团的东洋装的中国人，怡然坐着，好像没事一般。

学生皆趋前审视，有几个指着面团团的人物，顾语同侪道："他就是章宗祥。"到此尚靠着日人吗？一语甫毕，即由众学生拥人，向章理论道："你就是章公使吗？久仰久仰。但问你是东洋人，中国人，为什么甘心卖国，愿做日奴？"章宗祥尚未及答，旁座的日本人已起视学生，现出一副愤怒的面孔，非常难看。学生俱勃然道："章宗祥，你敢是请他来保驾吗？你不要外人保驾，究竟是我中国官长，我等学生，只好向你起敬；你今要仰仗外人，明明是个卖国贼了，我等不好犯中国官，只不肯容你卖国贼。"章宗祥到了此时，尚自恃有日人保护，愤然起座道："你等读书明理，为何纠众作乱？"说到"乱"字，便听得众声嘈杂，起初是一片卖国贼骂声，入后只熔成一个打字，打打打，竟由几个手快的学生，举起拳头，攒击过去。章宗祥无法挣脱，饱受了一顿老拳。数日人慌忙遮拦，左拥右护，始得将章扶往后面，寻门出奔。究竟是靠着外人得逃性命。众学生因有外人在侧，究不好任人殴击，惹起外交，因即放章走脱，自去寻觅曹汝霖。

四处找到，并无曹汝霖踪迹，只有曹妾一人，躲在内房，此外不过妇女数名，统已吓得浑身发颤，面如土色。学生见纯是女流，不便相逼，唯见有宝贵什物，统说他是民脂民膏，不容卖国贼享受，乃随意毁坏几具。俄而吴炳湘进来，指挥警官，接出曹妾，并妇女数名，上了摩托车，由巡警武装卫护，奔向陆宗舆家。

陆为汇业银行经理，该行与日人品股同开，本在东交民巷使馆界内，所以陆氏家眷，亦住居东交民巷，学生不能往闹，陆得逍遥自在，置身事外。曹家妾已饱受虚惊，幸得吴总监将她救出，登车避难，玉貌花容，已是委顿得很，不意行至半途，将入东交民巷，突被外国巡警拦住，叫她卸装，惹得曹家妾又吃了一惊，还道要她褫去衣饰，半晌答不出话来。外人并不姓曹，叫你褫去什么衣饰？及见护卫的巡士卸除武装，外国巡警才让她过去，得至陆家。看官听着！外国使馆界内，向由外人定例，汽车行驶，不许过快，又不许军警武装，百忙中的吴炳湘忘记嘱咐，巡士亦恃有主命，以为无妨，哪知外人不肯少容，徒剥去吴总监的面子，更把那曹家宠姬惊上加惊，这都由曹汝霖一人，惹出这番孽障呢。

学生寻不出曹汝霖，便拟整队退出，忽见曹宅里面，烟雾迷蒙，火光迸射，也不知为何因，但顾着自己同侪，陆续出外。外面已是军警麕集，扑入救火，并对着学生，发放空枪，学生也觉着忙，冲出曹氏大门，分头归校。就中有年尚幼弱、不能速走的学生，如易克嶷、曹允、许德珩等十九人，竟被巡警抓去，拘入警察厅。及各学生回校后，自行检点，北京大学失去最多，十九人中竟居大半，于是同侪愤激，又至法科大礼堂，续开会议，要去保那数人出来。校长蔡元培亦到，当由学生报告经过情形，略谓："学生虽感动义愤，举止未免鲁莽，若云犯法，学生实不甘承受，警察擅自捕人，殊属无礼。况曹、章两人，受此挫折，未必干休，既与日本人勾结，又与军阀派有密切关系，必要借着外人压迫，与军队蛮横，罪我无辜学生，纳入刑网，恐被捕去的同学，将遭毒手，务请校长设法保全"云云。蔡校长亦不免踌躇。各学生或从旁计议，谓："不若齐赴警察厅，与他交涉。"蔡校长摇首道："这却不必。学生既非无礼，警察厅亦不能盲从权阀，违背公理，汝等且少安毋躁，待我往警察厅探明确信，极力转圜便了。"言毕，便出门自去。

小子叙到此处，应该将曹汝霖的踪迹，交代明白。阅者亦亟待问明。汝霖本在家中，与章宗祥等密室叙谈，骤闻学生到来，呼喊声震动内外，料知来势不佳，难以排解，先令门役将大门阖住，暂堵凶锋，一面入探后门，拟从屋后逸出。偏后面已环绕学生，掷碎玻璃窗，投入小白旗，势更汹汹，势难轻出。他不禁暗暗着急，眉头一皱，计上心来，索性开了前门放入学生，免得他管往后门，以便乘机逃逸。且内客厅有章宗祥及日人数名坐着，乐得借他做了挡牌，自己好从容出走。计划已定，如法办理。及学生团已入前门，陆续闯进，随意捣毁，风头很是凶猛，遂欲挈着家眷，越出后门，又恐后门外尚有学生阻住，不得已择一短墙，为逾垣计。可奈生平未习武技，不善跳墙，此次顾命要紧，勉强一试，毕竟跳法不妙，把腿摔伤，幸由家人依次越出，忙为扶掖，始得忍痛跛行。踯躅数十步，得着骡车一辆，奔往六国饭店中去了。曹妾不能跳墙，只好返入房中，暂时躲避。至学生殴伤章宗祥，章由日人保护，逃出曹宅后门送往日华医院疗治。唯曹宅起火原因，言人人殊，或说是由学生放火，或说是学生击碎电灯，溜电所致，或说是曹宅家人，自行放火，希图抢掠财物，或说由曹汝霖出走时，授意家人，令他择地纵火，既可架诬学生罪名，复可借此号召军警，赶散学生。究竟如何详情，小子也无从臆断。但自起火以后，曹宅附近的东堂子胡同及石大人胡同一带，人山人海，拥挤不堪，一时保安警察队、步军游击队、消防队、各救火会等，纷纷驰往保卫，不到片时，火即停息。可知非由学生所为。学生团不得不走，巡警乘他解散，捕去了十九人，这也好算是一场大风潮了。此段说明，万不能省。

且说章宗祥到了医院，又气又痛，又愧又悔，好似哑子吃黄连，说不出的苦楚。他自日本归来，既受留学生的揶揄，复遭乃妻陈氏的吵闹，心中已很是不乐；抵天津时，陈氏尚与翻脸，不愿随入京师，故将家属安顿津门，乃妻不遭人殴，幸有此着。独自至京，暂寓总布胡同魏某住宅。连日忙碌得很，既要与曹、陆等密商隐情，复要应酬一班老朋友，正是往来不停，几无暇晷。五月四日，适应故人董康的邀请，作赏花会，因赴法源寺董家，与同午宴，宴毕作别。日长未暮，途次又得传闻，谓各校学生有大会等情，因即顺道至赵家楼，进见曹汝霖，商议抵制学潮方法。适有日本人在座，与曹互谈，彼此很是心照，正好加入席间，共同讨论，不意冤冤相凑，偏来了许多学生团，饷给老拳，竟代曹汝霖受罪。汝霖潜逸，自己替晦，害得头青面肿，腰酸背痛，白吃了一种眼前亏，教他如何不恨？如何不悔？旁人见他神志昏迷，不省人事，还道是身负重伤，已经晕厥，实在是满怀委屈，气到发昏第十二章，因致肝阳上升，痰迷心窍，好医案。好一歇才见活动；又经医生施用药物，外敷内服，渐渐地恢复原状，清醒起来。

当下有许多友人，入院探疾。宗祥对着几个好友，托他将被殴情节呈报中央，且抚榻叹息道："中国近年以来，累借外债，岂止我章姓一人经手？而且主张借债，自有总统总理负责，我不过代为帮忙，怎得遂指我为卖国？但我平心自问，亦略有过处。我以为段合肥等，挟着武力政策，定能统一全国，所以热心借债，甘任劳怨，哪知一班武夫，拿钱不做事，除正饷外，今日要求开拔费若干，明日要求特别费若干，外款随借随尽，国家仍不能统一，遂至酿成今日的祸祟。讲到远因，实是武人所赐。若欲据事定罪，亦应由武人居首，为何各校学生，不去寻着浪用金钱的武夫，反来寻着手无寸铁的章某？岂非一大冤枉吗？"说到此句，两眼中含着泪痕，几乎堕下。诸好友连忙劝慰，宗祥又徐说道："这乃是我料事不明，误认武夫为有为，致遭此报。现在我已决意隐退了，是非曲直，待诸公论罢！"语亦近是，但不去经手借款，如何着着回扣，恐一念知悔，转念又不如了。诸好友仍劝他静养，俟呈报政府外，自当严惩学生，代为泄愤。彼此解劝多时，才各退出，替他呈诉去了。

还有奔往六国饭店的曹汝霖，亦因腿伤待医，移居日本同仁医院。当时即令部中僚属，将学生毁家纵火、殴人伤捕等情，叙述了一大篇，缮作两份，分递总统府及国务院。就是警察总监吴炳湘，亦早已呈报内务部，由内务部转达总统府中。这一番有分教：

> 才知众怒原难犯，
> 到底汉奸应受灾。

欲看徐政府办法如何，待至下回续叙。

观北京学生团之暴动，不可谓其无理取闹。章、曹诸人之专借外款，自丧主权，安得诿为非罪？微学团之群起而攻之，则媚外者且踵起未已，既得见好于武人，复得自肥其私橐，何所惮而不为乎？惟毁物殴人，迹近鲁莽，几致为曹、章所借口，砌词架诬；起火一节，未得确音，但必谓学生所为，实未足信。学生第执小白旗，并未随带火具，何有纵火情事？溜电一说，较为近理耳。曹汝霖得以潜逃，章宗祥独至遭殴，而陆宗舆且逍遥无事，我亦当为章仲和代呼晦气。然章固一局中人，受欧亦不枉也，哓哓自讼，亦何益哉？

第一百零六回　春申江激动诸团体　日本国殴辱留学生

却说徐总统迭接呈文，也知舆情愤激，罪有攸归，但曹宅被毁，章氏受伤，似觉学生所为，未免过甚，一时不便为左右袒，独想出一条绝妙的通令来，便即颁发出去。令云：

北京大学等校学生，纠众集会，纵火伤人一事，方事之始，曾传令京师警察厅调派警队，妥为防护，乃未能即时制止，以致酿成纵火伤人情事。迨经警察总监吴炳湘，亲往指挥，始行逮捕解散。该总监事前调度失宜，殊属疏误，所派出之警察人员，防范无方，有负职守，着即由该总监查取职名，呈候惩戒。首都重地，中外具瞻，秩序安宁，至关重要。该总监职责所在，务当督率所属，切实防弭，以保公安。倘再有借名纠众，扰乱秩序，不服弹压者，着即依法逮捕惩办，勿稍疏弛！此令。

这道命令，既不为曹、章申冤，又不向学生加责，反把那警察总监吴炳湘训斥数语，更要惩戒几个警察人员。徐总统实是使乖，故意下此命令，诿过到警察身上，免得双方更增恶感。哪知吴炳湘不肯任咎，又将学生如何滋扰，不服警察拦阻，明明是咎在学生，不在警察，申请内务部转达总统，严办学生云云。再经曹、章等一班好友也替曹、章沥陈冤情，请政府依法惩办学生，逼得徐总统无乖可使，只得再下一令道：

据内务总长钱能训，转据京师警察厅总监吴炳湘呈称："本月四日，有北京大学等十三校学生，约三千余名，手持白旗，陆续到天安门前齐集，议定列队游行，先至东交民巷西口，经使馆巡捕拦阻，遂至交通总长曹汝霖住宅，持砖掷瓦，执木殴人。兵警拦阻，均置不理。嗣将临街后窗击破，蜂拥而入，砸毁什物，燃烧房屋，驻日公使章宗祥，被其攒殴，伤势甚重；并殴击保安队兵，亦受有重伤。经当场拿获滋事学生多名，由厅豫审，送交法庭讯办"等语。学校之设，所以培养人才，为国家异日之用。在校各生，方在青年，质性未定，自当专心学业，岂宜干涉政治，扰及公安？所有当场逮捕滋事之学生，即由该厅送交法庭，依法办理。至京师为首善之区，各校学风，亟应力求整饬，着该部查明此次滋事确情，呈候核办。并随时认真督察，切实牖导，务使各率训诫，勉为成材，毋负国家作育英髦之意！此令。

为这一令，又惹起学界风潮，不肯就此罢休。先是北京大学校长蔡元培自往警察厅中，保释学生。总监吴炳湘出见，却是婉言相告："决不虐待学生，俟章公使病有起色，便当释出，敬请放心"云云。蔡校长因即辞归，慰谕学生，宽心待着。及炳湘受责，情有未甘，乃不得不加罪学生，为自己卸责地步。既而通令颁下，着将逮捕学生送交法庭惩办。北京大学诸学生当然要求蔡校长再向警察厅交涉。蔡校长又亲赴警察厅，往复数次，俱由吴总监挡驾。于是蔡校长亦发起愤来，即提出辞职书，离校出京。教育总长傅增湘亦因职任关系，呈请辞职。曹汝霖得知消息，还道是傅、蔡两人袒护学生，也愤然提出呈辞，自愿去职。汇业银行经理陆宗舆时正受任币制局总裁，与曹、章等通同一气，学生概目为卖国贼，所以彼亦连带辞职。各呈文俱递入总统府，徐总统不得不着人慰留。曹汝霖尚一再做作，欲提出二次辞呈，就是章宗祥伤势略痊，也愿辞归。甚至钱内阁俱被动摇，相继提出总辞职呈文。徐总统倒也失惊，尽把呈文却还，教他勉持大局。国务员始全体留住，姑作缓图。且住且住，莫使权位失去。

当时交通次长曾毓隽等，本属段派范围，与曹、章共同携手，一闻学生闹事，即与陆宗舆联名，电邀徐树铮入京，商量严惩的方法。小徐应召入都，察看政府及各方面形势，多半主张缓办，并亲见章氏伤势，已经渐痊，所以不愿出头，免拂舆情。内阁总理钱能训，恐得罪段氏，独去拜访段祺瑞，请他出来组阁，段亦当面谢绝。他见徐东海主张和平，乐得让他去演做一台，看他能否达到目的，再作计较，因此置身局外，做一个冷眼旁观罢了。却是聪明。

五月七日，为民国四年日本强索二十一款的纪念日，国民或称五九纪念，便是此事。五七系日使递交最后通牒之日，五九乃袁政府签字之期。海内志士，吞声饮恨，此次青岛问题，又将被日人占据过去，再经北京学界风潮相激相荡，传达各省，各省国民，越加动愤，或开大会，或布传单，口讲笔书，无非是说外交失败情形，应该由国民一致奋兴，争回青岛。

就中要算上海滩上，尤为热闹，各团体各学校各商帮，借上海县西门外公共体育场，作为会址，特开国民大会。下午一时，但见赴会诸人，奔集如螘，会场可容万人，还是不够站立。场外南至斜桥，北至西门肇周路民国路，统皆摩肩击毂，拥挤不堪。当场人数，约有二万以上，学生最多，次为各团体，次为各商帮。会中干事员各手执白布旗一面，上书大字，字迹不同，意皆痛切。大约以"争还青岛""挽回国权""国民自决""讨卖国贼""誓死力争"诸语为最多。江苏省立第二师范学校本科学生钱翰柱，年甫十九，也仿北京学生谢绍敏成例，戳破右手两指，沥血成书，就布旗上写明"还我青岛"四字，揭示会场。又有某校学生近百人，自成一队，人各一旗，旗上写着，统用成语，如："时日曷丧"及"国人皆曰可杀"等类。又有一人，胸前悬一白布，自颈至踵，大书"我是中国人"五字，手中高持国耻一册，种种行色，不能尽举。可惜中国人专务外观。

开会时，众推江苏教育会副会长黄炎培为主席，登台演说，最紧要的数语，乃是：

今日何日，非吾国之国耻日乎？凡我国民，应尽吾雪耻之天职，并望勿为五分钟之热度，时过境迁，又复忘怀，则吾国真不救矣。望吾国民坚忍勿懈，为国努力！

说毕下台，再由留日学生救国团干事长王宏实报告开会宗旨，次由叶刚久、汪宪章、朱隐青、光明甫等相继演说，均极激昂。光明甫更谓："目前要旨，在惩办卖国贼。"这语提出，台下拍掌声，响彻屋瓦。时报名演说，共有二十七人，有几人尚未及演说，主席因时间不早，报告演说中止，特宣示办法四条：

（一）电达欧洲和会我国专使，对于青岛问题，无论如何，必须力争，万不得已，则决不签字。

（二）电告英、美、法、意四国代表，陈述青岛不能为日有之理由，以我国对德宣战，本为铲除武力主义，若以青岛付之日本，无异又在东方树一德国，非独中国受其祸，即世界各国之后患，亦正未有已。

（三）电致各省会，教育会，商会，请其一致电京，力争外交问题，营救被捕学生。

（四）由本日国民大会推代表赴南北和会，要求两总代表电京，请从速严惩卖国贼，释放学生。

预会诸人听这四条办法，无不鼓掌赞成，且多愿全体整队，前往和会。

主席乃对众宣告，全体出发。路过英、法租界，洋巡捕出来干涉，援照租界章程，谓："人数过多，必先通知捕房，领给牌照，方许通行，否则不能违章"云云。全体会员被他一阻，不得不改推代表，赴和会请求两代表。唯有数校学生，必欲前往，与洋巡捕辩论再三，洋巡捕乃令收去旗帜，听他过去。直至和会门首，全数尚有四百余人，即由代表光明甫、彭介石、黄界民、郑浩然等入见，可巧南北两代表尚未散归，因即问明来意，随口与语道："我等已有急

电,传达中央了。"说着,即各取出电稿一页,递示光明甫等,但见唐总代表电文云:

北京徐菊人先生鉴:顷得京耗,学生为山东问题,对于曹、陆、章诸人,示威运动,章仲和受伤特重,政府将拟学生死刑,解散大学。果尔,恐中国大乱,从此始矣。窃意学生纯本爱国热诚,胸无党见,手无寸铁,即有过举,亦可原情。况今兹所争问题,当局能否严惩学生,了无愧怍?年来国事败坏,无论对内对外,纯为三五人之所把持,此天下之所积怨愠怒,譬之堤水,必有大决之一日。自古刑赏失当,则游侠之风起,故欲罪人民之以武犯禁,必惩官吏之以文卖国,执事若不能以天下之心为心,分别泾渭,严行黜陟,更于学生示威之举,措置有所失当,星星之火,必且燎原,窃为此惧,不敢不告,幸熟裁之!

尚有朱总代表一电,乃是拍交国务院,文云:

钱总理鉴:北京大学等各校学生,闻因青岛问题,致有意外举动,为维持地方秩序计,自无可代为解说。唯青岛问题,现已动全国公愤,昨接山东省议会代表王者塾等来函请愿,今日和平会议,开正式会,已由双方总代表,联名电致巴黎陆专使,暨各专使,代陈国民公意,请向和会力争,非达目的,不可签字,已将原电奉达。各校学生,本系青年,忽为爱国思潮所鼓荡,致有逾越常轨之行为,血气庋事,其情可悯。公本雅尚和平,还请将被捕之人,迅速分别从宽办理,以保持其爱国之精神,而告诫其过分之行动。为国家计,为该生计,实为两得之策。迫切陈词,伏惟采纳,不胜祈祷之至!

光明甫等看罢,即向两总代表道:"两公电旨,正与众意相同,足见爱国爱民的苦心。但鄙人等尚有一种要求,请两公特别注意!就是惩办卖国贼,最为目前要着。"朱总代表道:"待转告北京政府便了。"光明甫复接入道:"北京卖国党,国民断不承认他为政府,今国民所可承认,唯本处和议机关,所望出力帮助,就在和会诸公。况事关国家存亡,何能再分南北?愿诸公勿存南北意见!"唐总代表听了,亦插口道:"卖国两字,国人可言,如负有政治责任,却不便如此云云。试想有卖必有买,岂不多生纠葛?唐君亦畏木屐儿吗?"光明甫又道:"我等国民,但清内乱,并未牵涉外交。总之卖国贼不去,世界和会,绝无办法。"唐绍仪踌躇半晌,方徐徐道:"这也不必拘牵文义,但说是行政人员,办法不当,即令去位,便足了事。"光明甫等齐答道:"唐公谓不必拘名,未始不可,总教除去国贼便了。惟请两公从速办理!"朱唐两代表方各点首。光明甫等乃告别而退,出示大众,全体拍手,始各散会。

是晚国民大会筹备处续开会议,召集各公团各学校代表,讨论日间未尽事宜及将来对付方法。大众都说是:"北京被捕学生,存亡难卜,应急设法营救,不如往见护军使卢永祥,要求电请释放学生。"各学校更存兔死狐悲的观念,主张尤力,统云:"目的不达,即一律罢课。"此外如改国民大会筹备处为国民大会事务所,并推起草员,速拟宣言书,传示国民大会的宗旨。议决以后,时已夜半,共拟明日依议进行,定约而散。

古人有言:"铜山西崩,洛钟东应。"这原是声响相感的原因,物且如此,人岂不如?内地各省为了国耻纪念及青岛问题,集众开会,不甘默视。就是我国留学日本的学生,系怀故国,未忍沦胥,也迫成一腔公愤,应声如响。

五月初上,留学生议择地开会,四觅会场,均被日本警察阻止。众情倍加愤激,改拟在我驻日使馆内开会,免得日人干涉,当时选派代表,往谒代理公使庄景珂,说明意见。庄颇有难色,唯当面不便驳斥,只好支吾对付。待代表去后,即通知日本报馆,否认留学生开会。

到了五月六日晚间,使馆内外,巡警宪兵,层层密布,仿佛如临大敌。留学生前往侦视,但听得使馆里面,签筹激越,弦管悠扬,又复度出一种娇声,脆生生的动人耳鼓,是何情由?快乐至此。及问明究竟,乃是燕京名伶梅兰芳,赴日卖艺,即由使馆中人延聘,令唱《天女散花》，侑酒娱宾，所以这般热闹。中国官吏，尚得谓有人心吗？留学生得此报闻，无不叹恨，料知使馆开会一节，定难如愿，乃当夜改议，决定分队游行，向各国驻日公使馆中，递送公理书。待至天晓，留学生约集二千余人，析为二组，一从葵桥下车，一从三宅坂下车，整队进行。三宅坂一路，遇着日本巡警，胁令解散，各学生与他辩论，谓无碍治安举动，奈何见阻？当即举起白布大旗，上书"打破军国主义""维持永久和平""直接收回青岛""五七国耻纪念"等字样。日警欲上前夺旗，因留学生不肯照给，竟去会同马队，截住去路，甚至拔剑狂挥，横加陵践。留学生冒死突出百余人，竟至英国使馆，进谒英代理大使。英使倒也温颜相见，且云："诸君热心国事，颇堪钦佩，我当代达敝国政府，及巴黎讲和委员。唯诸君欲往见他国公使，当举代表前往，倘或人数过多，徒受日警干涉，有损无益"等语。留学生即将陈述书交出，别了英使，再往法国使馆。法使所言，与英使略同。外人都尚优待，偏是同种同族，不肯相容。各学生又复辞出，时已为下午四时，因尚未知葵桥一路情形如何，特往日比谷公园相候。不意行至半途，又有日本军警杂沓前来，所有留学生的白布旗帜尽被夺取。龚姓学生持一国旗前行，亦为日警所夺，抵死不放，旁有学生吴英朗声语日警道："这是中华民国国旗，汝等怎得妄犯？"日警瞋目呵斥道："什么中华民国！"中国人听着！说着，复召同日警数十名，攒击吴生，把他打倒，拳殴足踢，更用绳捆住两手，狂拖而去。还亏后队留学生拼死赴救，猛力夺回。日警尚未肯干休，沿路殴逐，又被捕去数名。余众奔入中国青年会内，暂免凌轹，但已是不堪困惫了。

同时葵桥一路，先至美国使馆，求见美使，美使适因抱病，未能面会，特令书记官出与接洽，亦许电达美国政府，暨巴黎会议委员。学生辞退，转至瑞士公使馆，为日警所阻，不得入内，因即举出代表，入递意见书。复循行至俄使馆，俄使出语学生道："现在我国内乱方张，连巴黎和会中，且未闻代表出席，本使对着诸君举动，也表同情，可惜力不从心，势难相助，但仍当就正义人道上极力主张，仰副诸君热望。"说罢，为之唏嘘不已。彼亦得毋有同慨吗？学生慨然辞退。到了馆外，统说是外国使馆尚许我等出入，同声赞成，独我国使馆反闭门不纳，太没情理，我等非再至使馆一行不可。乃各向中国使馆折回，将至使馆前面，忽来了无数军警，马步蹀躞，刀剑森横，恶狠狠地奔向留学生前队夺取国旗。执旗前导的，是著名留学生山东人杜中，死力坚持，不肯放手。偏军警凶横得很，用十数人围住杜中，一面指挥众士，蹂躏学生，把全队冲作数段。可怜杜中势孤力竭，被他击仆，不但国旗被夺，并且身受重伤，被他拘去。此外各学生不持寸铁，赤手空拳，怎能禁得住马蹄？受得起剑械？徒落得伤痕累累，气息奄奄。有一湖南小学生李敬安，年才十龄左右，身遭毒手，倒地垂危，虽经众力救出，已是九死一生。各学生遭此凶焰，不得不各自奔回，陆续趋入中国青年会馆，当由青年会干事马伯援，代开一临时职员会，筹议办法，即派人赴代理公使庄景珂及留学生监督江庸处，请他提出此事，与日本政府交涉。哪知使人返报，统受了一碗闭门羹。小子有诗叹道：

闭门不顾国颠危，
宦迹无非效诡随。
笑骂由他笑骂去，
眼前容我好官为。

毕竟留学生如何自救，待至下回表明。

青岛问题，纯为弱肉强食之见端，各界奋起，求还青岛，虽未能执殳前驱，与东邻争一胜负，然有此人心，犹足为一发千钧之系。假令有良政府起，教之养之，使其配义与道，至大至刚,则他日干城之选,胥在于是。越王勾践之所以卒能沼吴者,由是道也。乃北京各校倡于前,上海各界踵于后,留学生复同时响应,为国家力争领土,而麻木不仁之政府,与夫行尸走肉之官吏,不能因势利导,曲为养成,反且漠视之,摧抑之,坐致有用之才,被人凌辱,窃恐志士灰心,英雄短气,大好河山,将随之而俱去也。

　　读是回,殊不禁有深慨云。

第一百零七回 停会议拒绝苛条 徇外情颁行禁令

却说留学生遭了凌辱，欲诸驻日公使及留学生监督出为维持，借泄众忿，偏庄、江两人置之不理，好似胡越相视，无关痛痒一般，实恐得罪强邻。惹得众学生满腔怨愤，无处可泄。嗣由青年会干事马伯援亲往日警署探问，共计学生被捕为三十六人，拘入麴町区警察署约二十三人，拘入日比谷警察署约十一人，尚有二人受锔表町警察署。于是设法运动，得于次日午后六时，放还麴町区警署中二十三人，尚有十三人未曾释出。日本各报反言留学生胡俊用刀砍伤日警，不能无罪，所以日比谷警署中，拘有胡俊在内，应该移入东京监狱，照律定刑。留学生看着报语，当然大哗，一面登报辩护，一面再函诘庄公使及江监督，词极迫切。庄景珂、江庸方电达北京政府，自称制驭无方，有辞职意。

这消息传到上海，上海总会中便复电慰勉，且决计不买日货，作为抵制。一经鼓吹，八方响应，就是广州人民亦组织国民外交后援会，号召各界于五月十一日大开会议，到会人数几至十万，比上海尤为踊跃，演说达数十万言，传单约数十万纸，结果是张旗列队，至军政府递请愿书，要求岑春煊、伍廷芳等，力起与争。请愿书分三大纲：(一)宜取消二十一条件，及国际一切不平等条件，直接收还青岛。(二)应循法严惩卖国贼。(三)请北方释放痛击卖国贼因此被逮的志士。岑、伍等极口应许，大众才各散归。既有了这番要请，遂由岑春煊等致电上海，使总代表唐绍仪提出和会，严重交涉。上海和会中正彼此争论，凡各种条件审查，统有双方龃龉情事，相持已一月有余，再加入青岛问题，致生冲突，哪里还能融洽？唐绍仪即拟定八大条件，通告北方总代表朱启钤，作为议和纲要，条件列下：

(一)对于欧洲和会所拟山东问题条件，表示不承认。

(二)中日一切密约，宣布无效，并严惩当日订立密约关系之人，以谢国民。

(三)参战军国防军边防军，立即一律撤销。

(四)恶迹昭著，不协民情之督军省长，即予撤换。

(五)由和会宣布前总统黎元洪六年六月十三日解散国会令，完全无效。

(六)设政务会议，由和平会议推出全国负重望者组织之，议和条件之履行，由其监督，统一内阁之组织，由其同意。

(七)所有和会议决审查案，由政务会议审定之。

(八)北方果承认以上七条约款，悉数履行，则由和会承认徐世昌为大总统，执行职权，至国会选举正式总统之日为止。

看官试想！这八条要约，与北方都有关碍，就使末条中有承认老徐字样，也只得为短期大总统，不能正式承受，多约半年，少约数月，还要受政务会议的节制，这等无名无望的总统，何人愿为？显见是南方作梗，强人所难哩。朱总代表启钤不待电问政府，便即复绝，然后报告中央，声言辞职。就是唐总代表绍仪，亦向广东军政府辞职。广东军政府尚有复电留唐，独北京政府竟准朱启钤辞职，不再慰留，明令如下：

国步多艰，民生为重，和平统一，实今日救国之要图。本大总统就任以来，屡经殚心商洽，始有上海会议之举。其间群言哓杂，而政府持以毅力，喻以肺诚，所期早日观成，稍慰海内喁喁之望。近据总代表朱启钤等电称："唐绍仪等于十日提出条件八项，经正式会议，据理否认。唐绍仪等即声明辞职，启钤力陈国家危迫情形，敦劝其从容协商，未能容纳，会议已成停顿，无从应付进行，实负委任，谨引咎辞职"等语。所提条件，外则牵涉邦交，内则动摇国本，法理既多抵触，事实徒益纠纷，显失国人想望统一之同情，殊非彼此促进和平之本旨。除由政府剀切电商，撤回条议，续开会议外，因思沪议成立之初，几经挫折，呿音瘏口，前事未忘，既由艰难擘画而来，各有黾勉维持之责。在彼务为一偏之论，罔恤世势，而政府毅力肫诚，始终如一，断不欲和平曙光，由兹中绝，尤不使兵争惨黩，再见国中。用以至诚恻怛之意，昭示于我国人，须知均属中华，本无畛域，艰危凤共，休戚与同。苟一日未底和平，则政治无自推行，人民益滋耗斁。甚至横流不息，坐召沦胥，责有攸归，悔将奚及？所望周行群彦，勠力同心，振导和平，促成统一。若一方所持成见，终庚事情，则舆论自有至公，非当局不能容纳。若彼此同以国家为重，凡筹虑所及，务期于法理有合，事实可行，则政府自必一秉凤诚，力图斡济，来轸方遒，泯弅何极！凡我国人，其共喻斯旨，勉策厥成焉！此令。

相传徐总统派遣朱启钤时，曾与启钤密约，除总统不再易人外，余事俱有转圜余地，就使牺牲国会，亦可磋商。玩这语意，可知徐东海上台，虽由安福派拥他上去，但心中却暗忌安福，意欲借南方势力，隐为牵制。朱氏受命至沪，果然南方总代表等，有反对北京国会的论调，经朱氏传达徐意，许为通融，所以二次周旋，未闻将国会问题，互生争论。惟北方分代表方枢、汪有龄、江绍杰、刘恩格等，统是安福系中人物，探知朱氏词旨，即电致北京本部，报告机密。安福派顿时大哗，众议院中的议员几全受安福部卵翼，便即招请内阁总理钱能训出席质问。谓："朱虽受命为总代表，究竟是一行政委员资格，不能有解释法律的特权。国会系立法最高机关，总统且由此产出，内阁须由此通过，若没有国会，何有总统？何有内阁？今朱在上海，居然敢议及国会问题，真是怪事，莫非有人畀他特权不成？"这一席话，说得钱总理无言可答，只好把未曾预闻的套话敷衍数句，便即退还，报知老徐。老徐已是焦烦，偏偏变端迭出，内外不宁，南方提出八项条件，又是严酷得很，简直无一可行，自知统一希望，万难办到，不如召还朱总代表等，另作后图，为下文派遣王揖唐张本。一面令国务院出面，召集参众两议院议员，商及青岛问题，应该如何办法。各议员当然说出不宜承认，应仍电令陆使力争，决勿签字。国务院俟议员别去，即有电文遍致各省云：

青岛问题，迭经电饬专使，坚持直接归还，并于欧美方面，多方设法。嗣因日人一再抗议，协商方面，极力调停，先决议由五国暂收，又改为由日本以完全主权，归还中国，但得继续一部分之经济权，及特别居留地。政府以本旨未达，正在踌躇审议，近得陆使来电，谓："美国以日人抗争，英、法瞻顾，恐和会因之破裂，劝我审察；交还中国一语，亦未能加入条文。"但和约正文，陆使亦未阅及，尚俟续电。此事国人甚为注重，既未达最初目的，乃并无交还中国之规定，吾国断难承认。但若竟不签字，则于协商及国际联盟，种种关系，亦不无影响，故签字与否，颇难决定。

本日召集两院议员，开谈话会，佥以权衡利害，断难签字为辞。并谓："未经签字，尚可谋一事后之补救。否则铸成定案，即前此由日交还之宣言，亦恐因此摇动。"讨论结果，众论一致，现拟以此问题，正式提交国会，一面电嘱陆使暂缓签字。事关外交重要问题，务希卓见所及，速赐教益，不胜祷企。近日外交艰棘，因之风潮震荡，群情庞杂，政府采纳民意，坚持拒绝，固已表示态度，对我国人，在国人亦当共体斯意，勿再借口外交，有所激动。台端公诚体国，并希于晤各界时，切实晓导，共维大局为要。

原来欧洲和会中，本有国际同盟的规定，为协约国和议草约第一条件。列席诸国委员，统入同盟会,应该签字。唯同盟虽另订约章,却与和约有连带关系,和约中若不签字,便是同盟会不得加入。所以中国专使陆征祥等为了日人恃强,不肯将青岛交还列入和约,更生出许多困难,屡与政府电文往还,政府也想不出完全方法。国民但为意气的主张,东哗西噪,闹成一片,惹得政府越昏头磕脑,无从解决。再加南北和议又复决裂,安福派且横梗中间,这真是徐政府建设以后第一个难关。做总统与做总理的趣味,不过尔尔,奈何豪强还想争此一席?

但中国到了这个地位,还亏有奔走呼号的士人,不甘屈辱,所以外人还有一点敬意,就是东邻日本,也未免忌惮三分。自从我国排日风潮,迭起不已,欧洲和会,颇受影响,日本代表牧野男爵方发表山东主权归还陈述书,因此青岛始有交还的传闻。但日代表虽有此语,终未肯加入和约,故陆专使亦终未便签字。此次国务院通电各省,各省督军省长多数麻木不仁,有几个稍具天良,也无非寄一复电,反对签约。独安福派中人物还要替曹章二人出气,硬迫徐政府惩办学生。教育总长傅增湘本为段氏所引重,恂恂儒雅,无甚党见,但为了京师学潮,满怀郁愤,无法排解,自递出辞呈后,不待批准,便匆匆离京,莫知所往。自好者应该如此。部务宽宕了半月,徐总统只好准允辞职,暂使次长袁希涛代理部务。

于是北京各学校学生,公议罢课,发布意见书,大致分作三层,首言外交紧急,政府不予力争;次言国贼未除,反将教育总长解职,且连下训诫学生的命令,禁止集会自由;末言日本逮捕我国留学生,政府至今毫无办法,所以提出请求,向政府要求照办,特先罢课候令,非达到目的不止。一面布告同学,无论何人,不得擅自上课。又组织十人团,研究救鲁义勇队办法;并四出演说,促进国民对外的觉悟。既而京外各中学校,纷纷继起,先后宣告罢课,此外各界人士,排斥日货,力行不懈。日商各肆,无人过问,甚至华商预定各日货,都要退还,累得日人多受损失,当然去请求本国政府,设法挽回。日人素来乖巧,先由外务大臣通告中国驻日代理公使庄景珂说出一派友善的虚词,笼络中国,略云:

观日本与中国之关系,中国官民中,往往对于日本之真意,深怀疑虑,且有误信日本此次于交还胶州湾德国租借地于中国之既定方针,将有变更之图。余闻之甚出意外,且深为遗憾。近如牧野男爵,为关于山东问题,说明日本之地位,曾发表其声明于新闻纸上,余于此确认此项之声明,即日本于所口约者,严正确守山东青岛连同中国主权,均须交还中国。而中日两国,为增进相互利益所缔结之一切协定,亦当然诚实遵行。其中国因参战结果,由联合国商得之团匪赔偿金之停付,关税切实值百抽五之加增,并根据讲和条约由德国取回之有利条件,日本对于此等事项,无不欣然维持中国正当之希望。且帝国政府,仍拟照余在前期议会所声明者,以公正协和之精神为根据,而确定对华之方针,以期实行,中国官民,固不必多滋疑虑也。

代理公使庄景珂得了此信,立即电达政府。仿佛小儿得饼情形。政府也道他是改变风头,可望软化。哪知过了八九日,即由驻京日使,送达公文至外交部,略言:"近来北京多散布传单,不是说胶州亡,就是说山东亡,此种论调,传播各省,煽动四处人民,实行排斥日货,应请注意!"并指外交委员林长民,有故意煽惑人民的嫌疑,亦与邦交有碍等语。林长民闻知消息,不得不呈请辞职,就是政府亦只好勉徇所请,特下令示禁道:

近日京师及外省各处,辄有集众游行演说,散布传单情事,始因青岛问题,发为激切言论,继则群言泛滥,多轶范围,而不逞之徒,复借端构煽,淆惑人心,于地方治安,关系至巨。值此时局艰辛,国家为重,政府责任所在,对内则应悉心保卫,以期维持公共安宁,对外尤宜先事预防,不使发生意外纷扰。着责成京外该管文武长官,剀切晓谕,严密稽查。如再有前项情事,务当悉力制止。其不服制止者,应即依法逮办,以遏乱萌。京师为首善之区,尤应注重,前已令饬该管长官等认真防弭,着即格遵办理。倘奉行不力,或有疏虞,职责攸归,不能曲为宽假也!此令。

越数日,又有一令,宣示青岛案情,并为曹、章、陆三人,洗刷前愆。文云:

国步艰难,外交至重,一切国际待遇,当悉准于公法,京外各处,散布传单,集众演说,前经明令申禁。此等举动,悉由青岛问题而起,而群情激切,乃有嫉视日人、抵制日货之宣言,外损邦交,内隳威信,殊堪慨喟。

抑知青岛问题,固肇始于前清光绪年间,德国借口曹州教案,始而强力占据,继乃订约租借。欧战开始,英、日军队攻占青岛,其时我国,尚未加入战团,犹赖多方磋议,得以缩小战区,声明还付。迨民国四年,发生中日交涉,我政府悉力坚持,至最后通牒,始与订立新约,于是有交还胶澳之换文。至济顺、高徐借款合同,与青岛交涉截然两事,该合同规定线路,得以协议变更,又有撤退日军,撤废民政署之互换条件,其非认许继续德国权利,显然可见。曹汝霖迭任外交财政,陆宗舆、章宗祥等,先后任驻日公使,各能尽维持补救之力,案牍具在,无难复按,在国人不明真相,致滋误会,无足深责。

唯值人心浮动,不逞之徒,易于煽惑,自应剀切宣示,俾释群疑。凡我国人,须知外交繁重,责在当局,政府于此中利害,熟思审处,视国人为尤切,在国人惟当持以镇静,勿事惊疑。倘举动稍涉矜张,转恐贻患国家,适乖本旨。所有关于保卫治安事项,京外各该长官,自应遵照迭次明令,切实办理,仍着随时晓导,咸使周知!此令。

这令一下,更与全国人士的心理大相反背,国民怎肯服从命令,统做了仗马寒蝉?政府却还要三令五申,促使各校学生,即日上课。正是:

  民气宁堪常受抑?

  学潮从此又生波。

欲知政府谕令学生诸词,且至下回录述。

  自"政党"二字出现于前之季,于是世人反以朋党为美谈,甲有党,乙亦有党,丙丁戊无不有党,党愈多而意见愈歧,语言愈杂,欲其互相通融,各泯猜忌,岂不难哉?观南北两派之会议,俱各挟一党见以来,朱代表虽有求和之意,而安福党人,从旁牵掣,乌足语和?南方之所以痛嫉者,即为安福派,安福不去,和必无望,此八条苛约之所以出现也。夫和议既归无效,则鲁案当然不能解决。曹、章、陆三人,固安福派之旁系也,彼既亲日,日人亦何惮而不恃强?借交还之美名,迫中央之谕禁,毋乃更巧为侮弄乎?家必自毁而后人毁之,国必自伐而后人伐之,信然!

第一百零八回

迫公愤沪商全罢市
留总统国会却咨文

却说学生罢课，已阅旬余，徐政府外迫日使，内顾曹章，不能不促令上课，令文有云：

国家设置学校，慎定学程，固将造就人才，储为异日之用。在校各生，惟当以殚精学业，为唯一之天职，内政外交，各有专责，越俎而代，则必治丝而棼。譬一家然，使在塾子弟，咸操家政，未有能理者也。前者北京大学等校学生聚众游行，酿成纵火伤人之举，政府以青年学子，激于意气，多方启导，冀其感悟，直至举动逾轨，构成非法行为，不能不听诸法律之裁制，而政府咎其暴行，悯其蒙昧，固犹是爱惜诸生意也。在诸生日言青岛问题，多所误会，业经另令详切宣示，俾释群疑。诸生为爱国计，当求其有利国家者，若徒公开演说，嫉视外交，既损邻交，何裨国计？况值邦家多难，群情纷扰，甚有挟过激之见，为骇俗之资，虽凌蔑法纪，破坏国家而不恤，潮流所激，必至举国骚然，无所托命，神州奥区，坐召陆沉，以爱国始，以祸国终，彼时蒭目颠危，虽追悔始谋之不臧，嗟何及矣！诸生奔走负笈，亦为求学计耳，一时血气之偏，至以罢课为要挟之具。抑知学业良窳，为毕生事业所基，虚废居诸，适成自误。况在校各生，类多勤勉向学，以少数学生之憧扰，致使失时废业，其痛心疾首，又将何如？国家为储才计，务在范围曲成，用宏作育，兹以大义，正告诸生：

于学校则当守规程，于国家则当循法律。学校规程之设，未尝因人而异，国家法律之设，亦惟依罪科罚，不容枉法徇人。政府虽重爱诸生，何能偭弃法规，以相容隐？诸生肄业有年，不乏洞明律学之士，诚为权衡事理，内返良知，其将何以自解？在京着责成教育部，在外责成省长暨教育厅，督饬各校职员，约束诸生，即日一律上课，毋得借端旷废，致荒本业。其联合会、义勇队等项名目尤应切实查禁。纠众滋事，扰及公安者，仍依前令办理。政府于诸生期许之重，凡兹再三申谕，固期有所鉴戒，勉为成材。其各砥砺濯磨，毋负谆谆告诫之意！此令。

各校学生，闻悉此令，当然不愿受命，罢课如故。并由学生联合会中派遣演讲团，分头至京城内外，举行露天演讲，数千余人。这边说得慷慨激昂，那边说得淋漓感奋，甚至声泪俱下，引起一班行人的感情，统是倾耳静听。东一簇，西一团，好像听文明戏一般，越来越众。警察厅又出来干涉，特派保安马队若干人，到处弹压，先劝学生不得演讲，学生置之不理，仍然侃侃而谈。嗣由警队动怒，拍动马头，竟向人多处冲突进去，听讲诸人，恐遭蹂躏，陆续奔散，只剩了演讲学生，被警队强加驱迫，押入北京大学，闭置法科理科各室，不准自由出入。且由警士环守学校大门，再从步军统领署内，派出兵士数百，竟在门前扎营，视学生如俘虏，日夜监束。还想加用压力。

各校教职诸员均向政府递呈，要求释放学生，撤退军警，政府并不批答。教育次长袁希涛见学校风潮愈紧，未免左右为难，因亦慨然告辞，政府准令免职，另命傅岳棻为教育次长，摄行部务。北京各学校不得不通电外省，声明曲直。上海滩头学校最多，消息最灵，听得北京各学生一再被拘，自然愤气填胸，立即号召各界，续开大会，时已为六月初旬了。会场决议以学界为首倡，以商界为后继，务要罢斥曹、章、陆三人及释放北京被拘学生，然后了事。当下缮成一篇宣言书，分布如下：

呜呼！事变纷乘，外侮日亟，正国民同心勠力之时，而事与愿违，吾人日夕之所呼吁，终于无毫发之效，前途瞻望，实用痛心。本会同人，谨再披肝沥胆，以危苦之词，求国人之听。自外交警信传来，北京学生，适当先觉之任，士气一振，奸佞寒心，义声所播，咸知奋发，而政府横加罪戾，是已失吾人之望，乃以此咎及教育负责之人，致傅、蔡诸公纷纷引去。夫段祺瑞、徐树铮、曹汝霖、陆宗舆、章宗祥等，迭与日本借债订约，辱国丧权，凭假外援，营植私利，逆迹昭著，中外共瞻，全国国民，皆有欲得甘心之意。政府于人民之所恶，则必百计保全，于人民之所欲，则且一网打尽，更屡颁文告，严惩学生，并集会演说刊布文字，公民所有之自由，亦加剥削，是政府不欲国民有一分觉悟，国势有一分进步也。

爱国者科罪，而卖国者称功，诚不知公理良心之安在？争乱频年，民日劳止，政府犹不从事于根本之改革，肃清武人势力，建设永久和平，反借口于枝叶细故，以求人之见谅。继此纷争，国于何有？此皆最近之事实，足以令人恐惧危疑，不知死所者。政府既受吾民之付托，当使政治与民意相符，若一意孤行，以国家为孤注，吾民何罪？当从为奴隶。呜呼国人！幸垂听焉。共和国家之事，人民当负其责，方今时机迫切，非独强邻乘机谋我，即素怀亲善之邦，亦无不切齿愤恨，以吾内政之昏乱，我纵甘心，人将不忍，生死存亡，迫在眉睫，岂可再蹈故习常，依违容忍，慕稳健之虚名，速沦胥之实祸？夫政府之与人民，譬犹兄弟骨肉，兄弟有过，危及国家，固尝知无不言，言无不尽，终不见听，虽奋臂与斗，亦所不辞。何则？切肤之痛在身，有所不暇计也。吾人求学，将以致用，若使吾人明知祸机之迫不及待，而曰姑俟吾学业既毕，徐以远者大者，贡献于国家，非独失近世教育之精神，即国家亦何贵有此学子？吾人幸得读书问道，不敢自弃责任，谨自五月二十六日始，一致罢课，期全国国民，闻而兴起，以要求政府惩办国贼为唯一之职志。

政治肃清，然后国基强固，转危为安，庶几在此。同人虽出重大之代价，心实甘之。所冀政府彻底觉悟，幡然改图，全国同胞，亦各奋公诚，同匡危难，中国前途，实利赖之。同人不敏，请任前驱，勠力同心，还期继起。

上海商民为了学界宣言，都不知不觉地露一种热诚，与学生共表同情。六月四日，南商会开会集议，各商人闻风前往，不下千余，偏警兵无理取闹，硬要把他拦阻，遂致众情大愤，以为如此压迫，非罢市不足对待，越宿便即实行。南市各商肆先行罢市，法租界各商家照样闭门，公共租界一律照办。又俄而英租界中，如永安、先施两大公司，亦皆杜门谢客。到了午后，无论华租各界，所有大小商店，统已关门闭户，不纳主顾，街上只有学生奔走，分发传单，巡警往来，防备闹事，余外无非是各处行旅，侦探消息，好好一个大商埠，弄得烟云失色，箫鼓无声。

过了一宵，商店仍旧闭市，华界一带，由警官挨户晓示，勒令开门，照常交易。商人早已将答语预备，说是买卖自由，不劳警官过问。好一个回话手本。警官倒也无词可驳，悻悻自去。租界中的洋巡捕不过沿路巡查，维持秩序，却未曾硬行干涉。唯商肆各悬挂白旗，上面写着，无非是"万众一心，同声呼吁，力抗汉奸，唤醒政府"等语。全市旗布飘扬，做了一种特别的招牌。

又越一日，华界租界只有几家吃食店半开半掩，略卖些饼饵糕粽，惠顾行人，此外依然抱着关门主义。警察署不能漠视，又派出武装警察，游行华市，用了一派威吓的厉词，逼令开市。商民或怕他凶焰，勉强除去排门，及警察去后，复将排门关好，拒绝买卖。再过两天，闭市如故。

看官你想，上海一隅，是中外各国交通的埠头，行人似蚁，比户如鳞，怎能好几日不做买卖？华人为反对政府起见，就使受些困难，尚是甘心，那洋商岂肯无端受累，听他过去？当下由中外官吏，送电中央，报明情状。政府至此，也不得不改变方针，就是安福派亦无法摆布，只好听令政府，自行处置。政府乃拟将曹、陆、章三人一并免职，并释放先后拘禁的学生。

这消息传到上海，闭市已经六日了。商会因遍发通告，传知各业，所有要求各事，目的已达，应即于次日开市交易等语。到了翌晨，各商人购阅新闻纸，尚未载有免除曹、陆、章三人命令，恐京中所传未确，仍然闭市，直到晚间，方得驻沪总领事法磊斯转奉驻京英公使朱尔典氏来电，证明曹、章、陆三人免职命令，已由徐政府颁布，确凿无讹。电文由英公使寄沪，可知曹、陆、章之免职，还是假手外人。且由总领事劝告商学两界，开市上课。商界已有一星期停止交易，既已得遂一部分的请求，乃全体开市，照常营业，并在门首各挂五色国旗，作为民意胜利的庆贺。学生团又拍电至京，问明被拘学生情状，旋得京中各学校复电，已经一律释放。于是学生团选出代表，向大小商号道谢，自归各校上课去了。

是时南京、杭州、武昌、汉口、天津、九江、山东、厦门各处，因闻沪上罢市，亦皆先后相继，一致要求，或五日，或三日，连工界亦相约罢工，群起抵制，所以安福派不能坚持，徐政府方得行使命令，这也好算得众志成城，有此效果哩。唯曹汝霖既已罢职，交通总长一缺暂任次长曾毓隽代理。徐总统尚恐得罪安福，且虑国民为了青岛问题，再有要求，因提出辞职咨文，送交参众两院，一面通电各省，自述咨文内容。略云：

国步艰难，百度纠纷，世昌力绌能鲜，谨于昨日咨行参众两院辞职。其文曰："本大总统猥以衰年，谬膺众选，硁硁之性，本不承任。唯以邦人责望之殷，督以大义，固辞不获。其时欧会肇始，关系綦巨，而国内和平之望，亦甫在萌芽，一线曙光，万流跂瞩。私衷窃揣，以为此时对内对外，皆为贞元绝续之交，不乘兹着手，迅图挽救，后将无及，所以踌躇再四，不得不勉膺巨任者，固期有所匡救也。欧会成立以来，经过详情，业经咨达国会在案，原拟全约签字，唯提出关于胶澳各条，声明保留此项，原属不得已办法。但体察现情，保留一层，已难办到，即使保留办到，于日、德间应有效力，并不变更，而日人于交还一举，转可借端变计，是否于我有利，此中尚待考量。若因保留不能办到，而并不签字，不特日、德关系，不受牵制，而吾国对于草约全案，先已明示放弃，一切有利条件及国际地位，均有妨碍，故为两害从轻之计，仍以签字为宜。前此因胶澳交还，未有确证，政府亦深为顾虑。近日选接全权委员等报告，日代表在三国会议中，已有宣言可证，英外部亦正式来函，声明日本将胶澳连同完全主权，交还中国一层，系属切实。

"日外部对于还付胶澳问题，亦已有半公式之声明，由驻京日使送达外部。凡兹各节，虽未列在草约，固已足资证明。即美总统前于保留办法，极表赞助，近亦谓须与公法家详慎考酌。此时内审国情外观大势，唯有重视英、美、法、日各国之意见，毅然全约签字，以维持我国际之地位。唯我国内舆论，坚拒签字如出一辙，在人民昧于外交情形，固亦在意计之中。而共和国家，民为主体，总统以下同属公仆，欲径情理，既非服从民意之初衷，欲以民意为从违，而熟筹利害，又不忍坐视国步之颠蹶，此自对外言之，不能不引咎者一也。至于和平计划，不外法律事实诸端，曩在就任之初，目睹兵氛未销，时局危迫，窃以为非促进统一，无以谋政治之进行，即无以图对外之发展，迭经往返商榷，信使交驰，始有会议之举。果其诚意言和，互谋让步，则数月以来，从容筹议，何难早图结束。乃沪议中辍，群情失望，在南方徒言接近，而未有完全解决之方，在中央欲进和平，而终乏积极进行之效，执成不悟，事势多歧，筑室道谋，蹉跎时日。循此以推，即使会议重开，而双方隔阂尚多，必至仍前决裂，一摘再摘，国事何堪？此皆本大总统德薄才疏，无统治国家收拾时局之智能，知难而退，窃慕哲人,此就对内言之,不能不引咎者一也。抑且民为邦本,古训昭然,本大总统来自同阎,深知疾苦,亦冀厉行民治,加惠群生,稍尽葸躬之责,乃以统一未成之故,阊阎凋零,茬苻四起,士卒暴露,老弱流离,每念小民痛苦之情,恻然难安寝馈,心余力绌,愧疚滋深。自维澹定本怀,原无名位之见,经岁以来,既竭疏庸,无裨国计,虽阁制推行,责任有属,国人或能相谅,而揆诸平昔律己之切,既未能挈领提纲,转移元会,犹冀以难进易退之义,率我国人。谨咨达贵院声请辞职,幸早日提议公决,另行选举,以重国政。至此项选举,手续纷繁,在未经选举新任大总统以前,本大总统一日在职,仍当尽一日之责,相应咨达贵院查照办理"等语。各该地方长官,务当督饬所属,保卫地方,毋稍疏虞,是为至要!

各省督军省长得了徐电,正想复电挽留,旋接参议院议长李盛铎及众议院议长王揖唐,通电各省云:

本日大总统咨送盖用大总统印文一件到院,声明辞职。查现行《约法》,行政之组织,系责任内阁制,一切外交内政,由国务院负其责任,大总统无引咎辞职之规定。且来文未经国务总理副署,在法律不生效力,当由盛铎、揖唐即日躬赍缴还,吁请大总统照常任职。恐有讹传,驰电奉闻,敬希鉴察!

自两议院有此电文,各省督军省长越加向徐巴结,纷纷电达中央,挽留徐驾。徐东海原是虚与周旋,并非真欲去位,既得内外慰留,自然不生另议。唯国务总理钱能训,不得不呈请辞职。总理一辞,全体阁员当然连带关系,一并告退。原来此时为责任内阁,一切政治,当由内阁负责,总统尚可推诿,所以老徐通电,也有阁制推行、责任有属的明文。钱总理无可诿咎,还是卸职自去,离开此烦恼场。总计钱内阁成立半年有余,至此似山穷水尽,不可复延了。小子有诗道:

> 揆席原来不易居,
> 况经世变迫沧胥。
> 何如卸职归休去,
> 好向家园赋遂初。

钱内阁既倒,徐总统亦许令归休,欲知继任为谁,下回再行表明。

古人有言:"众怒难犯,专欲难成",沪上罢市,即其见端也。夫曹、陆、章三人之亲日,非真欲卖国也,但欲见好于武夫,为之借资运械,竭尽机谋,顾目前而忘大局,误国适同卖国耳。老徐亦何尝爱此三人,无非因安福派之掣肘,不得不下禁令以顾邻谊,促上课以抑学潮,迨致激动公愤,全沪罢市,而各省又相继响应,于是安福派之计穷,而曹、陆、章免职之令乃下,此未始非武夫专擅之反动力,而亦由老徐欲擒故纵之谋有以致之也。然三人虽去,而安福系之势力犹张,徐乃复提出辞职咨文以免安福派之非议,此中之煞费苦心不足为外人道,然徐虽留而钱则已倒矣。

第一百零九回

乘俄乱徐树铮筹边
拒德约陆征祥通电

却说钱能训辞去总理，当由徐总统下令照准，其余阁员亦曾连带辞职，徐总统却不加批答，且令财政总长龚心湛，代任国务总理。所有内务总长一职，本由钱能训兼职，此时钱亦辞免，因特使司法总长朱深兼署，此外俱仍旧贯。唯币制局总裁陆宗舆，既已免去，后任乃是李思浩。大学校长蔡元培不愿回京，改任胡仁源署理。内外风潮总算少平。驻京英法日意美五国公使，以为风潮少靖，正当把上海的和会继续进行，特由英使朱尔典氏作为五国总代表，向徐政府提出说帖云：

兹由英、法、日本、意、美五国公使，对于上海和会停顿，致生中国国内纠葛，迟缓解决之情，深系不平之念，故拟声明其所希望，重行开会，以使会议之举，可以尽前妥为了结之意。查双方之目的，现既彼此说明，则似可早达于与各方公平，及与中国并国民共同利益相宜解决之方法，此时未及其时，而各本公使望无论何方面，必不以何方法而允重开战事。各国公使陈述此意时，并欲向中国国民及政府声明其各本国政府与各本国国民存友睦良好之忱，且对于中国能恢复统一国内和好之状。并中国政府能完全施行其欲达国民普遍幸福所组织之权。届时各本国政府及国民，当必满意欢迎也。

徐总统接着说帖，免不得长叹数声。看官须知徐总统本意，原是极端求和，不过因总代表朱启钤赴沪数月，毫无头绪，虽由南方不肯让步，终致无成，就中亦为安福派作梗，阴受牵制，所以老徐闻着"议和"二字，不能不一再唏嘘。安福派中的首领，名目上为段合肥，实是小徐背后捉刀，独力造成。故一个徐树铮，实足概括安福全部。徐树铮的意见，欲派选本系中人，作为议和总代表，故当和议停顿后，即密嘱心腹，向总统府中进言，老徐含糊答应。及五国公使说帖，递入总统府，遂使老徐踌躇再四，默思派一别员，仍归无效，不若将计就计，使安福系中推举一人，叫他前去一试，如能妥协和议，原是不必说了，否则亦使他亲尝艰苦，免得横生枝节，多来饶舌。当下授意段派，即令推荐妥员。偏有一位众议院议长王揖唐，愿当此任，徐总统毫不迟疑，即派令南下。

徐树铮又因南北停战，无从逞威，段合肥又不得秉政，内乏奥援，必且失职，乃更想出一条大名目来，居然欲效汉终军请缨故事。自从民国二年，俄人嗾使外蒙独立，迫我承认，中国政府因内乱未平，不遑兼顾，只好放弃一部分主权，听令自治（事见前文）。蹉跎至四五年，虽尚有驻库办事员住着，但已徒有虚名，不能监制外蒙。外蒙唯借俄人为援，抵抗中国。至俄国革命，已失保护外蒙的能力，西伯利亚一带，乱党蜂起，且屡与外蒙为难，外蒙王公颇悔从前错误，复思内向。小徐得了此信，乐得趁这机会，博取功劳，乃即呈入条陈，自请防边。徐总统以小徐好事，在内多患，还是调他出去，较为安静，因即准如所请，特令为西北筹边使。这西北筹边使的官名，乃是民国以来所创见，当时议定筹边使职权，颁行如下：

（一）政府因规划西北边务，并振兴各地方事业，特设西北筹迫使。

（二）西北筹边使，由大总统特任，筹办西北各地方交通，垦牧，林矿，硝盐，商业，教育，兵卫事宜。所有派驻该地各军队，统归节制指挥。

关于前项事宜，都护使应商承筹边使襄助一切，其边事长官佐理员等，应并受节制。

（三）西北筹边使，办理前条事宜，其有境地毗连，关涉奉天、黑龙江、甘肃、新疆各省，及其在热河、察哈尔、绥远各特别行政区域内者，应与各该省军政民政最高长官及各都统商妥办理。

（四）西北筹边使施行第二条各项事宜时，应与各盟旗盟长札萨克商妥办理。

（五）西北筹边使设置公署，其地址由西北筹边使选定呈报。

（六）西北筹边使公署之编制，由西北筹边使拟定呈报。

（七）本官制自公布日施行。

小徐既任筹边使，尚以为权力未足，再向中央要求，欲兼充西北边防总司令。徐总统拗他不过，索性也下一任命，使他如愿以偿。予取予求的徐树铮，方握虎符，拥兽旄，威风凛凛，驰往塞外去了。

且说青岛交涉，终未定夺，签约不签约两问题，各执一词，亦难解决。山东绅民前曾在省城演武厅中，特开国民请愿大会，要求省长代电中央，请将青岛及路矿等，由和会公判，直接交还，并请惩办祸首，撤除非法密约。当经省长代为转电政府，政府搁置不答。嗣因日本恃强欺弱，陆专使等不能争回主权，乃再由山东省议会、省教育会、省商会、农会、报界联合会、学生联合会、济南商会等七团体，公举代表八十五人，入京呈递请愿书。书中宗旨分三大纲：（一）系巴黎和约，关于山东三条，必须拒绝签字。（二）系高徐、顺济铁路草约，必须废除。（三）系卖国奸人，必须一律严惩。

六月二十日，各代表亦皆到京，即至总统府中，要求谒见大总统。徐总统未允接见，各代表待至傍晚，方才散去。次日，又往总统府，坚求面谒。乃由龚代总理心湛、朱总长深出来相见。各代表振振有词，定要亲见总统。龚代总理等谓既有请愿书，且俟徐总统阅后，再行定夺。各代表始递交请愿书，由龚代总理转递进去。既而徐总统也亲莅居仁堂，传见各代表，各代表才得面陈民意，迫请总统代为主张。徐总统慰谕数语，教他出外候批，各代表乃一并退出。及国务院发出请愿书批示，语带游移，未见切实，各代表因复诣国务院，谒见龚代总理，声称奉阅批语，尚涉含糊，公民等名为代表，实不能归见父老，应请将原批收回，确实示明。龚代总理无语可驳，当允于二日内另行批复，各代表乃再出外守候。过了两日，国务院总算践言，发出批语如下：

据来呈均悉。该代表等关怀桑梓，注重国权，所述特为痛切。此次欧会和约，政府以关于山东问题各条，最为重要，迭经电饬专使，悉力争持，近据专使等电述保留一节，尚在多方进行，所有各代表等陈请，不能保留即拒绝签字等情，昨亦经电达专使，遵照在案。国家领土主权，断难丝毫放弃，政府与国民主张，初无二致，无论如何，必将胶澳设法收回，此则夙具决心，可为国民正告者也。所称高徐、顺济路约一节，查该路原系草约，自必多方磋议，力图收回，断不续订正约，以慰群望。至中日二十一条密约，及高徐、顺济路约，经过情形，案牍具在，前经择要宣布。共和国家，一切措施，悉当准诸法律，必有确实证据，乃受法律制裁。政府与国家利益，人民疾苦，无日不在注念之中，乃以国家多艰，致该代表等远涉京师，有妨本业，殊深轸念。其各归告父老子弟，俾晓然于外交真相，及政府维持国权之苦心，各持镇静，勿滋疑虑！此批。

各代表见了批示，比前批较为切实，虽未能尽如所求，也算得了三分之二，因各陆续出都，还乡去讫。

未几，复由北京各团体公推代表五百余人，排队举旗，亦赴总统府请愿，备有公呈，要求三款：（一）不保留山东和约，决不应签字。（二）决定废除高徐、顺济两路草约。（三）立即恢复南北和会。徐总统闻报，又遣龚代总理及教育次长傅岳棻，接见北京各代表。各代表求见总统，到晚未出，大众不肯散归，并在新华门外露宿一宵。翌日，始由徐总统召见，并即由国务院发出批词，略云："所陈三事，政府具有决心，亟应竭力进行，慰从众望。艰难困苦，当与国人共勉"等语。于是众代表不复多言，相率退归，静候解决。

到了七月二日，政府接到巴黎来电，乃是协约国对德和约，已经议决，即在凡尔赛宫正式签字。独中国专使因山东问题，未得和约保留，只好拒绝签字，所以来电声明。先是各国代表共至巴黎，开议对德约，德亦派出代表议和，总代表为蓝超伯爵，余为内阁阁员蓝斯堡、吉斯白资，暨国会议长莱勒特，华白公司经理美尔恰，国际法学家休克金等，并至巴黎，共同谈判。

协约国叠经磋磨，公定对德议和草约十余件，统计得八千字，大致可分为数纲：（一）割让和约指定的土地，（二）放弃欧洲以外一切殖民地及权利，（三）承认波兰、捷克斯洛伐克、南斯拉夫各国独立，（四）减少常备兵额，与所有军舰，不得沿用征兵制及潜水艇，军用飞机，（五）惩罚前德皇威廉第二，（六）赔偿各国损失全数为墨银五百万万元，（七）协约国商货，得自由通过德国境内，尚有著名铁道运河水道等，归协约国管辖，（八）德国承认国际同盟，但一时不能加入，所有一切代管地，与国际公有地，均由国际同盟掌管。此外尚有细件，不及备载（此属西史范围，故从略叙）。德国代表当然不肯承认，提出抗议。旋经协约国再加修改，不过就割让土地部分间，稍从变换，余皆不肯更动。会长克勒孟沙且严词语德国代表道："今毋庸再来哓哓，大小各国，因汝德人违背公道，非常酷待，所以结成团体，各派代表到此。汝国若再不从，恐要与汝国大决算了。"可怜德国代表蓝超伯爵等无由申说，不得已电告本国，请示定夺。战败国原是如此，但亦统由德人自取。德国新大总统爱培尔德及内阁总理施特曼，俱不愿允此和约。施特曼内阁遂全体辞职，就是议和总代表蓝超伯爵亦连同告辞，乃由巴浮氏重组内阁，另派外交总长慕勒氏、殖民总长贝尔氏，继为议和代表。终因势孤力屈，抗不过协约国的威棱，且将协约国议案，付诸国会表决，投票结果，愿签字的二百二十八票，不愿签字的，只一百三十八票，大多数通过和约，电致议和总代表，勉强签约。德既签字，与会诸国代表皆相继签字。

唯中国代表陆征祥等均不出席，声明为山东问题的障碍，碍难签约，一面报告中央。文云：

和约签字，我国对于山东问题，自五月二十六日正式通知大会，依据五月六日，祥在会中所宣言维持保留去后，迭向各方竭力进行，迭经电呈在案。此事我国节节退让，最初主张注入约内，不允；改附约后，又不允；改在约外，又不允；改为仅用声明，不用保留字样，又不允；不得已改为临时分函声明，不能因签字而有妨将来提请重议云云。岂知直至今日午时，完全被拒。此事于我国领土完全，及前途安危，关系至巨，祥等所以始终不敢放松者，固欲使此问题，留一线生机，亦免使所提他项希望条件，生不祥影响。不料大会专断至此，竟不稍顾我国纤微体面，易胜愤慨！弱国交涉，始争终让，几成惯例，此次若再隐忍签字，我国前途，将更无外交之可言。内省既觉不安，即征诸外人论调，亦群谓中国决无可以签字之理，详审商榷，不得已当时不往签字，当即备函通知会长，声明保存我政府对于德约最后决定之权等语，姑留余地。窃惟祥等狠以菲材，谬膺重任，来欧半载，事与愿违，内疚神明，外惭清议，自此以往，利害得失，尚难逆睹，要皆由祥等之奉职无状，致贻我政府主座及全国之忧。乞即明令开去祥外交总长委员长，及廷、钧等差缺，一并交付惩戒。并一面迅即另简大员，筹办对于德奥和约补救事宜，不胜待罪之至！

这电自六月二十八日,由巴黎发出,是日即协约国对德和约共同签字的期间,途中不知何故淹留,至七月二日方才接到。政府正在着忙,会议善后办法,忽又接到陆专使续电云:"德约我国既未签字,中德战事状态,法律上可认为继续有效,拟请迅咨国会建议,宣告中德战事告终,通过后即用明令发表,逾速逾妙,幸勿迟延!"政府因即复电云:

事势变迁,并声明亦不能办到,政府同深愤慨。德约既未签字,所谓保存我政府最后决定之权,保存后究应如何办理?此事于国家利害,关系至为巨要。该全权委员等职责所在,不能不熟思审处别求补救,未便以引咎虚文,遽行卸职。至所拟咨由国会建议,宣告中德战争状态告终,俟通过后,明令发表一节,片面宣布,究竟有无效力?抑或外交有此先例?所有对德种种关系,将来如何结束,统望熟筹详复。再奥约必须签字,务即照办。

重洋遥隔,一电往还,未能朝发夕至,免不得有稽迟情形。政府恐国民因此愤激,再起风潮,故不待陆专使等答复,便即由徐总统下令道:

巴黎会议对德和约,关系至巨,迭经电饬各全权委员审慎从事,顷据全权委员陆征祥等,六月二十八日电称:"我国对于山东问题,自通知大会宣言维持保留后,最初主张,注入约内,不允;改附约后,又不允;改在约外,又不允;改为仅用声明,不用保留字样,又不允;改为临时分函声明,不能因签字而有妨将来提请重议,又复完全被拒。不得已当时不往签字,备函通知会长,声明保存我政府对于德约最后决定之权"等语。披览之余,良深慨惋。此次胶澳问题,以我国与日、德间三国之关系,提出和会,数月以来,乃以种种关系,不克达我最初希望,旷览友邦之大势,反省我国之内情,言之痛心,至为危惧。唯究此项问题之由来,诚非一朝一夕之故,亦非今日决定签字与不签字,即可作为终结。现在对德和约,既未签字,而和会折冲,势不能诎然中止,此后对外问题,益增繁重,尤不能不重视协约各友邦之善意。国家利害所在,如何而谋挽济,国际地位所系,如何而策安全,亟待熟思审处,妥筹解决。凡我国人,须知圜海大同,国交至重,不能遗世以独立,要在因时以制宜,各当秉爱国之诚,率循正轨,持以镇静,勿言嚣张,俾政府与各全权委员等,得以悉心筹划,竭力进行。庶几上下一体,共济艰危,我国家前途无穷之望,实系于此。用告有众,咸使周知!此令。

这令下后,嗣接陆专使复电,除奥约应该签字外,仍执前议,政府乃照来电进行。小子有诗叹道:

　　　　对外全凭后盾多,
　　　　徒持公理漫言和。
　　　　试看炎日天骄甚,
　　　　瘏口无成恨若何?

欲知后来对日情事,容至下回续叙。

小徐才识,未尝不卓绝一时,惜乎其心术之不堪告人也。彼欲效战国策士之行,为纵横捭阖之谋,不知彼时七国分峙,各私其私,策士犹得乘势而操纵之,今岂犹是战国时耶?明明为共和政体,而乃专事破坏,不愿和平,至南北停战以后,即起攫西北边防使一席,名曰防边,实仍欲把持军权耳。民国有小徐,欲求安宁难矣。陆征祥等之出使巴黎,参入和会,始终欲保留胶澳,不肯签字,较诸曹、章、陆诸人,较为得体。然至于舌敝唇焦,卒不能挽回万一,岂不可叹!优胜劣败,已成公例,奈何军阀家犹专知内讧,不顾大局耶?

第一百一十回

罢参战改设机关
撤自治收回藩属

却说山东问题未曾解决，国民当然不服，屡有排日举动。山东齐鲁大学生常在通商要港调查日货出入，不许华商贩售。一日，见有车夫运粮，输往海口，学生疑他私济日人，趋往过问。偏被日人瞧见，号召日警，竟将学生拘去。事为学商各界闻知，即聚集数千人，共至省长公署，请向日本领事交涉。当由省长派员劝慰，许即转告日领，索回学生。大众待至晚间，未见释归，又向省长署中要求，直至次日始得将学生放归，众始散去。

嗣又有乡民数千人，因日人在胶济铁路桥洞旁抽收人畜经过税，亦至省长公署，要请与日人理论。经省长婉言劝导，教他少安毋躁，待政府解决青岛问题，自不致有此等情事。乡民无可奈何，只好退归。唯排斥日货，始终未懈。不但山东如是，各省亦皆如是。

驻京日使专用强力压迫我国政府，严行禁止，政府不得不通电各省，但说是："陆专使拒绝签字，正当统筹全局，亟谋补救，各省排斥日货，徒然意气用事，反损友邦感情，务希责成军警，实力制止"等语。各省长官虽亦照式晓示，唯国民不买日货，乃是交易自由，并非犯法，所以禁令屡申，也是徒然。政府也不过虚循故事。既而上海租界内有悬挂日皇形像，当众指詈等情。四川重庆境内，日本领事宴请中国官绅，轿夫马弁群集领事署门，用泥土涂抹门首的菊花徽章。两事又经日使提出，请中国政府设法消弭，并查办犯人，严行惩罚云云。政府也只好通电各省，申谕人民，毋得再犯友邦国徽及君主肖像。此外尚有各种交涉，不胜枚举。

唯巴黎和会中陆专使等，对德条约已不签字。接连是对奥条约亦由协约国与奥使议定，迫令承认。奥使伦纳尔等起初也极力抗辩，终因兵败国危，无能为力，没奈何忍辱签字。协约国当然签约，陆专使等对着奥国没甚关碍，也即签字。奥约与德约略同，无非是割让土地，裁撤军队，放弃欧洲以外一切权利，承认匈牙利独立，奥、匈本联邦国，至此匈始独立。及捷克斯洛伐克、南斯拉夫新建诸国，并赔偿各国战争损失等情。中国专使既经签字，便即电达中央，时已为九月中旬了。徐总统乃连下二令道：

我中华民国于六年八月十四日，宣告对德国立于战争地位，主旨在乎拥护公法，维持人道，阻遏战祸，促进和平。自加入战团以来，一切均与协约各国，取同一之态度。现在欧战告终，对德和约业经协约各国全权委员于本年六月二十八日在巴黎签字，各国对德战事状态，即于是日告终。我国因约内关于山东三款，未能赞同，故拒绝签字，但其余各款，我国固与协约各国始终一致承认。协约各国对德战事状态既已终了，我国为协约国之一，对德地位，当然相同。兹经提交国会议决，应即宣告我中华民国对于德国战事状态，一律终止。凡我有众，咸使闻知！此令。

对德战事状态终止，业于九月十五日布告在案，兹据专使陆征祥电称，奥约已于九月十日经我国签字等语，是对德、奥战争状态，业已完全解除。唯宣战后对德、奥人民所订各项章程，非有废止或修改之明文，仍应继续有效。此令。

还有广东军政府，比徐总统占先一着，也对德宣告和平，文云：

自欧战发生，德人以潜艇封锁战略，加危害于中立国，我国对德警告无效，继以绝交，终与美国一致宣战，当即声明所有中、德两国从前所订一切条约合同协约，皆因两国立于战争地位，一律废止。去年十一月十一日我协约国与德国订休战条约，随开和平会议于巴黎，我国亦派专员出席与会，唯对于和约中关系山东问题三款外，其他条款及中、德关系各款，我国均悉表示赞成。今因我专使提出保留山东无效，未签字于和约，此系我国保全主权，万不得已之举。对于协约各国实非常抱歉。而对于德国恢复和平之意，则亦与协约各国相同，并不因未签字而有所变易。我中华民国希望各友邦对于山东问题三款，再加考量，为公道正义之主张，而为东亚和平永久之保障，实所馨香祷祝者也。特此通告！

看官阅过上文，应知中国与德、奥宣战本由段祺瑞首先主张，所以段祺瑞辞去总理，名为下野，实是仍任参战督办。德、奥约定易战为和，参战处应该撤销，所有参战处办事人员，统皆叙功，段祺瑞得受勋一位殊荣。唯段派不愿就此闲散，当然预先筹划，以便改设机关。徐树锋出任边防，就是保持权力的先声，好在俄、蒙交涉屡次发生，中国不能不积极筹备，小徐已做了前驱，中央应特任一督办大员，作为小徐的援应。督办大员的资格当然非老段莫属了。于是由政府下令道：

现在欧战告竣，所有督办参战事务处，应即裁撤。唯沿边一带，地方不靖，时虞激党滋扰，绥疆固围，极其重要，着即改设督办边防事务处，特置大员，居中策应，以资控驭而赴事机。其参战处未尽各事，并归该处继续办理，借资收束。此令。

这令后面，便是特任段祺瑞督办边防事务。好一篇改头换面的大文章，仍由段老一手做去。倚段奉段的人物，也得联蝉办事，权力依然，可喜可贺。语语生芒。先是俄国内乱，不遑外顾，西伯利亚一带，新旧各党互生抵触，乱匪亦乘势蜂起，随处滋扰。我国除蒙古外，如吉林、黑龙江、新疆各界，均与俄境毗连，免不得为彼所逼，时有戒心。吉黑两省督军省长屡次致电中央，请派海军舰队，驰往松花江为驻防计。当经海军部提出议案，咨交国务会议，国务员一体赞成，并援前清咸丰八年瑷珲条约作为证据。

查瑷珲条约，为中、俄两国所协定，内载："黑龙江、松花江左岸，由额尔古纳河至松花江口，为俄罗斯国属地；右岸顺江流至乌苏里河，为大清国属地。由乌苏里河往彼至海所有之地，此地如同接连两国交界明定其间地方，为大清国、俄罗斯国共管之地。由黑龙江、松花江、乌苏里河，此后只准大清国、俄罗斯国行船，各别外国船只不准由此江、河行走"等语。

据此约文，既称由乌苏里河往彼至海，如同连接，是我船由海溯江，在黑龙江、松花江流域中，虽经过俄属江流，也是依据条约行事。况条约载明，只准中、俄两国行船，不准各别外国船只行走，是中国船只，显然可行。现在俄乱方亟，不暇顾及边境治安，我国若筹办黑龙江防，正是目前急务。且党匪所至，中、俄商民，并皆罹殃，如果我国江防成立，不但华民免祸，就是俄民也受益不浅。俄政府应该欢迎，不至抗议。

国务员执此理由，因即决议进行，由海军部派出王崇文为吉黑江防筹办处处长，并饬海军总司令，调驶利绥、利捷、利通、利川、江亨、靖安等六舰，由沪北往松、黑二江驻防。各舰驶至海参崴，俄人提出抗议，不容中国舰队上驶，经海军代表林建章与外交委员刘镜人等一再理论，始得放行前进。将抵松花江口，暂泊达达岛，又为俄官所阻，不能径入。达达岛地旷人稀，无从购取煤粮，俄人且截断各舰的运输，几至坐困。林建章等一面与俄人交涉，一面自由驶入庙街，拟寻一避冷港内，寄泊御寒。不料西伯利亚俄军竟不分皂白，放起炮来，连声轰响，向中国舰队激射。舰队慌忙退避，已有弁目三人受伤，当即拍电到京，一再告急。政府先已照会俄使，依照瑷珲条约，与他辩论。俄使倒也说不出理由，但言："本使只能随本国政潮，从权办理，中国若据瑷珲条约，亦可自行上驶，各行其是。"照此口吻，也是由俄国内乱，故从柔软。政府得了此信，却放心了一半，至是接到告急电文，复向俄使严重责问，书面写着：

查瑷珲条约第一条第二项，载明中、俄船只得以驶入松花江等，不受限制。中、俄在松、黑权利，原属平等，今俄舰炮击吾舰，殊出意外，应请从速允许我舰江亨、利捷、利绥、利川四艘，安全通过，否则吾国不得不执相当之对付，将以同样手段，加之贵国松、黑两江之舰艇。亦希速电海参崴当事者，以短小之时间，为满意之答复，是所至盼。不意中国亦有此强硬之公文！

除此责问书外，又电驻海参崴高等委员，与俄新政府直接交涉。其实俄政府尚徒拥虚名，未能统驭全国，就是驻京俄使传电通告，也没有确实表示。中国驶往松花江的舰队，只能暂避兵锋，退驻下流，静待解决便了。

会驻库办事大员都护使陈毅报称外蒙古王公，情愿取消自治，归附中华，这真算是民国难得的机会。政府自然去电奖励，并饬外交部蒙藏院等机关，会同商酌办理。陈毅复派属员王仁诩到京，面陈一切情形。原来外蒙自受俄人唆使后，名为自治，实不啻为俄人保护国，俄人屡给借款，盘剥外蒙，外蒙已不堪凌逼，自知为俄所欺，苦难悔约。及俄国革命乱党，又屡次入境，骚扰益甚。外蒙自治官府乃复向中国乞援，当由外蒙亲王巴特玛多尔济领衔，呈请取消自治，凡历年所借款项归俄、蒙双方交涉，应由中央逐年归还若干。余如各王公等年俸，亦请中央承认等语。陈毅以为所损有限，所得实多，便替他殷勤呈服。

还有西北筹边使徐树铮，正欲借此图功，可巧得了这个消息，乃是天上飞来的幸事，急忙电呈中央，说是："外蒙归化，怀德畏威，应速加慰抚"等语。明明是自己吹牛。

徐总统连接呈文，因即颁发明令道：

据都护使驻扎库伦办事大员陈毅，电呈外蒙官府王公喇嘛等合词请愿呈文，内称："外蒙自前清康熙以来，即隶属于中国，喁喁向化，二百余年，上自王公，下至庶民，均各安居无事。自道光年间，变更旧制，有拂蒙情，遂生嫌怨。迨至前清末年，行政官吏秽污，众心益滋怨怼。当斯之时，外人乘隙煽惑，遂肇独立之举。嗣经协定条约，外蒙自治告成，中国空获宗主权之名，而外蒙官府丧失利权，迄今自治数载，未见完全效果，追念既往之事，令人诚有可叹者也。近来俄国内乱无秩，乱党侵境，俄人既无统一之政府，自无保护条约之能力，现已不能管辖其属地，而布里雅特等，任意沟通土匪，结党纠伙，迭次派人到库，催逼归从，拟行统一全蒙，独立为国。种种煽惑，形甚迫切。攘夺中国宗主权，破坏外蒙自治权，于本外蒙有害无利。本官府洞悉此情，该布匪等，以为我不服从之故，将行出兵侵疆，有恐吓强从之势。且唐努乌梁海向系中国所属区域，始则俄之白党，强行侵占，拒击我中蒙官军，既而红党复进，以致无法办理。外蒙人民生计，向来最称薄弱，财款支绌，无力整顿，枪乏兵弱，极为困难。中央政府虽经担任种种困难，兼负保护之责，乃振兴事业，尚未实行。现值内政外交，处于危险，已达极点，以故本官府窥知现时局况，召集王公喇嘛等，屡开会议，讨论前途利害安危问题，冀期进行。咸谓近来中、蒙感情敦笃，日益亲密，嫌怨悉泯，同心同德，计图人民久安之途，均各情愿取消自治，仍复前清旧制。凡于扎萨克之权，仍行直接中央，权限划一。所有平治内政，防御外患，均赖中央竭力扶救。当将议决情形，转报博克多哲布尊丹巴呼图克图汗时，业经赞成。惟期中国关于外蒙内部权限，均照蒙地情形，持平议定，则于将来振兴事务，及一切规则，并于中央政府统一权，两无抵触，自与蒙情相合。人民万世庆安，于外蒙有益，即为国家之福。五族共和，共享幸福，是我外蒙官民共所祈祷者也。再前订中、蒙、俄三方条约，及俄、蒙商务专条，并中、俄声明文件，原为外蒙而订也。今既自己情愿取消自治,前订条件,当然概无效力。其俄人在蒙营商事宜,将来俄新政府成立后,应由中央政府负责,另行议订,以笃邦谊而挽回利权"等语。并据西北筹边使徐树铮,呈同前情,核阅来呈,情词恳挚,具见博克多哲布尊丹巴呼图克图汗及王公喇嘛等,声明五族一家之谊。同心爱国,出自至诚,应即俯如所请,以顺蒙情。所有外蒙博克多哲布尊丹巴呼图克图汗应受之尊崇,与四盟应享之利益,一如旧制。中央应当优为待遇,俾同享共和幸福,垂于无穷,本大总统有厚望焉!

同日又加封外蒙古呼图克图汗,令文有云:

外蒙古博克多哲布尊丹巴呼图克图汗,赞助取消自治,为外蒙谋永久治安,仁心哲术,深堪嘉尚,着加封为外蒙古翊善辅化博克多哲布尊丹巴呼图克图汗,以昭殊勋。此令!

两令既下,又由外交部照会驻京俄使,通报外蒙取消自治,凡前订中、俄、蒙条约及俄、蒙商约,并中、俄声明文件,一概停止效力,且将外蒙取消自治,仍复旧制各情形通告驻京各愿赞成,但因本国内情非常扰乱,实不能顾及外蒙,自己侨寓中国,赤手空拳,徒靠着三寸舌根,究有什么用处,所以暂从容忍,俟新政府稳固后再与中国交涉。那西北筹边使徐树铮,尚在内蒙驻节,至此且受命为册封专使,得与副使恩华、李垣睥睨自若,驰往库伦去了。小子有诗咏道:

> 本是无功冀有功,
> 一麾出使竟称雄。
> 此君惯使刁钻计,
> 如此机心亦太工。

欲知小徐赴库情形,且至下回叙明。

参战处成立以后,将及二年,未闻有如何大举,故外人时有不满意之论调。然使当时无段氏之主张,列入参战地位,则巴黎和议,中国当然不能列席,此后之外交困难,固不仅青岛问题已也。即斯以观,段氏不得谓无功,但段氏生平之误,在信任一小徐。小徐因参战之将罢,亟倡议边防,彼若为段氏效忠,而不知其处心积虑,无非为自己之权力起见。陈毅之取消外蒙自治,功已垂成,而小徐即起而乘之,欲夺陈毅之功为己有,巧固巧矣,亦知"人有千算,天教一算"之俚谚否耶?试观俄罗斯历来猖獗,谋攫外蒙,迫我认约,曾几何时,而国乱如糜,不遑兼顾,国且如是,况一人一身乎?小徐,小徐,汝谓已智,果何智之足云?

第一百一十一回 易总理徐靳合谋 宴代表李王异议

却说徐树铮出任边防，无非为徼功起见，及外蒙取消自治，又得受中央任命，做了一个册封专使，便与副使恩华、李垣等驰赴库伦。驻库办事员陈毅也知小徐此来不怀好意，但不得不出郊相迎。就是外蒙王公，既已归附中央，理应欢迎专使，相偕出迓，执礼颇恭。小徐昂然前来，意气扬扬，及与陈毅等相遇，乃下马晤谈，略道寒暄，便即上马入库伦城，当下将册书授予外蒙呼图克图。呼图克图依礼接受，摆宴接风，皆意中事，不消细叙。散宴后，小徐出寓陈毅公馆，便作色与语道："汝亦曾知我徐某的声名否？汝在库伦多年，没甚建树，今我奉使到此，为汝成立功劳，并非越俎代谋，汝勿疑我有他意，暂请汝勿与外界通问，俟我办理告竣，自当南归，否则与汝不利，汝宜留意。"骄态如绘。陈毅听了，也觉愤不可遏，但默思小徐凶横，未可与争，不如虚与周旋，还可敷衍过去，俟他复命，便可无事，因此含糊应允，听令小徐办理。小徐也乐得张威，即借库伦为行辕，安居起来。嗣是边防情事，均归小徐主张，陈毅毫无权力，不过虚有职位罢了。

是时财政总长兼代国务总理龚心湛，因为财政支绌，不敷分拨，屡受各方指摘，情愿卸去职任，免得当冲。乃即递上辞呈，襆被出都。徐总统无从挽留，只好准令免职，改任他人。向例总理缺席，当由外交、内务两总长代任，外交总长陆征祥赴欧未回，内务总长田文烈，因病乞假，当然不能任命，挨次轮流，应归陆军总长靳云鹏权代。靳为段合肥门生，资望尚浅，全靠老段一手提拔，始得累跻显阶，官至陆军总长，特授勋二位。老徐本阴忌段氏，如何肯令靳云鹏接手？他却另有一种意见，以为靳系武夫，头脑简单，容易就我约束，且靳为新进后辈，驾驭更易，若优加待遇，使他知感，当可引为己用，乐效指挥。就中尚有两件利益：一是使安福国会不致违言；二是使曹锟、张作霖互相联应。原来靳为段派嫡系，本与安福部同情，好在靳氏儿女新近与曹、张两军阀联姻。曹、张两派本非段系，将来靳得重用，曹、张自必乐从，两方拥护，靳亦可乘势自展，免受段派牵掣。为靳氏计，为自己计，真是一举两得的计策。当即将靳氏提出，咨交国会。

府秘书长吴笈孙草定咨文，呈与老徐。徐总统阅后，复亲自援笔，把"靳云鹏"三字下，加写"才大心细，能负责任"两考语，然后再令吴笈孙缮正，盖过了印，着人赍交参众两院。院中投票表决，得大多数同意，因即通过。已如老徐所料之第一着。徐遂任命靳云鹏兼代国务总理，所有财政总长遗缺，便命次长李思浩摄行。

既而川、粤、湘、赣四省经略使曹锟，东三省巡阅使张作霖果有电文到京，力保靳氏，略云："国家政治，须由内阁负责，龚代阁已经告退，闻已奉中央明令，着靳总长兼代。靳总长心地光明，操行稳健，令他代龚，众望允孚，即请令靳总长正式组阁，俾当内忧外患时候，付托得人"云云。老徐第二着所料又复中式。徐总统览到此电，免不得捻髯微笑，遂令靳云鹏正式就任，竟为国务总理。

靳既受命登台，可巧广东军政府有电到京，请取消八年公债，略谓："八年公债条例，闻已公布，额定二万万，取田赋为担保品，得将所领债券，随时抵押买卖，某报中载有券额八十万圆，已抵于某国商人，每百圆只抵三十圆，是直接为内债，间接即系外债，辗转抵押，自速危亡。况公债发行，抵及田赋，尤为世界所未有。全国人士，已一律反对，异口同声，请即取消明令，用孚舆情，并盼速复"等语。

靳云鹏接电后，即复电与军政府，说是："八年公债，系维持财政现状，所称押与某国一节，并无此事，幸勿误信。"这电既拍发出去，靳氏更通报老徐，且谈及财政奇窘，未易支持。

徐总统亦皱眉道："这都是军阀家的祸祟，试想近年军饷，日增一日，政府所入有限，怎能分供许多将弁？今日借外债，明日借内债，一大半为了武夫。如果武人有爱国心，固防息争，倒也不必说了。更可恨的，是吃了国家的粮饷，暗谋自己的权力，南征北战，闹得一塌糊涂，如此过去，怎么了？怎么了呢！"靳云鹏答道："看来非裁兵节饷不成。"徐总统道："我亦尝这般想，但必须由军阀倡起，方不至政府为难，若单靠政府提议，恐这般军阀家，又来与政府反对了。"靳云鹏应了一个"是"字，徐总统复接入道："目前曹、张两使，电呈到来，并言君才能大任，我看此事非君莫成，请君电告曹、张，烦他做个发起人，当容易收效哩。"云鹏复应声称是，因即告退自去，电致曹、张，如法办理。

果然曹、张代为帮忙，分电各省督军省长，愿裁减军额二成，为节饷计。仅减去二成军额，所获几何？各省督军省长，闻是两大帅发起，当然赞成，便推曹、张为领袖，联名进呈，大纲就是"裁兵节饷"四大字。徐总统喜如所望，因即下令道：

军兴以来，征调频繁，各省经制军队，不敷分布，因之招募日广，饷需骤增，本年度概算支出之数，超过岁入甚巨，实以兵饷为大宗。此外各军积欠之饷，为数尚多。当此民穷财匮，措注为艰，即息借外资，亦属一时权宜之计，将来还本偿息，莫非取诸民间，纾须臾之急，适以增无穷之累。抑且治军之道，饷源为重，久饥之卒，循抚良难，统驭设有稍疏，则事变或难尽弭。

本大总统受任伊始，力导和平，实发于为民请命之诚。现大局虽未底定，而停战久已实行，徒养不急之兵，虚耗有尽之饷，非所以奠民生，固邦本也。至若军饷支出，悉资赋税，比来国家多故，百业不兴，农成商通之数，已逊承平，益以整理失宜，岁入锐减，长此以往，固有饷源，涸可立待，被兵省份，更无论矣。本大总统兴念及兹，凤夜祗惧，计唯有裁减兵额，清厘税收，救弊补偏，暂资调节。

兹据四川、广东、湖南、江西四省经略使直隶督军曹锟，东三省巡阅使奉天督军兼署省长张作霖，长江巡阅使安徽督军倪嗣冲，江苏督军李纯，湖北督军王占元，江西督军陈先远，署浙江督军卢永祥，时浙督扬善德病殁，由淞沪护军使卢永祥升调。署吉林督军鲍贵卿，吉督孟恩远调京，鲍由黑督调任。黑龙江督军孙烈臣，继鲍后任。山东督军张树元，山西督军阎锡山，河南督军兼署省长赵倜，湖南督军兼署省长张敬尧，福建督军兼署省长李厚基，陕西督军陈树藩，甘肃省长兼署督军张广建，新疆省长兼署督军杨增新，热河都统姜桂题，察哈尔都统田中玉，绥远都统蔡成勋，江苏省长齐耀琳，安徽省长吕调元，湖北省长何佩瑢，浙江省长齐耀珊，江西省长戚扬，山东省长屈映光，陕西省长刘镇华，直隶省长曹锐，长江上游总司令吴光新等，联名电呈，称："中央财政奇绌，军费实居巨额，如各省徒责难于中央，于义未安，于事无补。权宜济变，势不外开源节流两端。如就军队裁减二成，以之震慑地方，尚可敷用，约计岁省二千万圆，一面由中央责成各省，督饬财政厅，于丁漕税契各项，暨一切杂捐，切实整顿，涓滴归公，增入之款，亦当有二千万圆左右，确定用途，暂充军饷。一俟和平就绪，裁兵之议，首先实行"等语。该督军等明于大计，兼顾统筹，体国之忱，良深嘉许。所拟裁减军额二成及整顿赋税各办法，简要易行，与中央计划正合。即着各该管官署，会同各该督军省长总司令等，妥速筹议，确定计划，克日施行。

经此次裁减之后，并应认真训练，以期饷不虚糜。至于清厘赋税，首重得人，着责成财政部暨各省长官，于督征经征官吏，严为遴选，仍随时留心考核，切实纠察，以祛积弊。总期兵无完额，士可宿饱，减轻闾阎之疾苦，培养国家之元气，本总统实嘉赖焉。将此通令知之。此令！

看官！你道各省督军省长，联名呈请，果真是为国节财，通晓大计吗？从前袁项城时代，只有一班国民党，与袁项城死做对头。后来项城一死，北洋军系遂分作两派，一是皖系，一是直系。皖系就是段派，与民党不协，常欲挟一武力主义，铲除民党，所以南北纷争，连年不解。直系本是冯河间为首，冯既下野，资格最崇的要算曹锟。锟尝与冯联合一气，嗣经徐东海从中调停，乃偶或助段，但终为直系中人，不过为片面周旋，究未愿向段结好。再加出一位张大帅来，据住关东三省，独抱一大蒙满主义，既不联直，又不联皖，前次为小徐诱动，谋取副总统一席，所以助段逼冯。及冯去徐来，副总统仍然没份，累得张大帅空望一场，于是心下怪及小徐，更未免猜及老段。阅者看过前文，当知前因后果。三派鼎立，尔诈我虞，哪里肯协力同心，经营国是？各省督军省长，如徐总统通令中所述，有直派的，有皖派的，有奉派的，彼此牵率入呈，无非表面上卖个虚名，粉饰大局，其实暗中倾轧，入主出奴，就是叫他实行裁兵，他亦未必从令。军阀家的威力，全靠着许多丘八老爷，若逐渐裁减，威力何存？所以他的呈文，简直是有口无心，随说随忘的。

唯这位老总统徐世昌，本来是翰苑出身，夙娴文艺，及出任东三省总督，始得躬膺节钺，结识了若干武夫。到了受任总统，逆料国民心理，厌乱恶兵，因此力主和平，提倡文治，如前清宿儒颜习斋、李瑮两师生，并令入祀文庙，且就公府旁舍，辟前清太仆寺旧址，设立四存学会。四存名义，就是颜习斋所讲的存人、存性、存礼、存治四纲。有时政务少闲，或邀入樊樊山、易实甫、严范荪等遗老，评风吟月，饮酒赋诗，立了一个晚晴簃诗社，作为消遣。夹叙一段徐氏文治，也是忙中补笔。无如尚文的古调独弹，如何普及？尚武的积重难返，相率争权。老徐非不聪明，乃欲运用一灵敏手腕，驾驭武人。唯段派因老徐上台，全是安福部推戴，应居监督地位，故老徐有所举动，往往为所钤制。就是南北和议的决裂，也是为此。

后任北方总代表的，乃是王揖唐。揖唐生平行事，多为舆论所不容，他敢贸然南下，实由小徐许为暗助，极力怂恿，所以直任不辞。偏偏沪上士商，不待揖唐到沪，便已群起反抗，登报相訾。揖唐视若无睹，道出江宁，入见江苏督军李纯。

李为东道主人，自然开筵相待，酒过数巡，揖唐谈及议和方略，并乞代为疏通。说了数语，未见答辞，揖唐不禁发急道："公曾始终主和，奈何今日反噤若寒蝉，不肯以周行见示？"李纯才微微笑道："凤凰已鸣，我何妨且作寒蝉。"揖唐听了，越觉莫名其妙。原来揖唐出京时，曾由熊希龄编成一篇俳优词，隐讥揖唐。希龄常因地得名，时人号为熊凤凰，故李纯亦援此相嘲。独揖唐尚且未悟，更欲絮问。李纯直言道："熊凤凰已说过了，敢是君尚未闻吗？"两语说出，揖唐也不觉自惭。还亏面上已略有酒容，尚得遮盖过去。与其献丑，何如藏拙。李纯自觉所言过甚，因复接入道："今欲议和，并非真正难事，总教北方诸公，果无卖国行为，且能推诚相与，便容易就绪了。"揖唐勉强相答道："我公久镇南疆，为南方空气所鼓荡，故所言若是。其实北方，也自有苦衷，公或未能悉知哩。"李纯又不禁愤愤道："人生在世，但求问心无愧，纯一武夫，知有正义罢了，他非敢知。公奉命南来，必有成竹在胸，得能和议早成，纯亦得安享和平，感公厚赐哩。"满腹牢骚，借此流露。揖唐乃不便多言，再勉饮了数觥，当即别去。

一到沪上，通衢大市均有讥笑揖唐的揭帖，煌煌表示。揖唐非无耳目，也自觉进退两难，默思当今时势，钱可通灵，从前收买政党，包办国会，哪一件不是金钱做出？此番来沪议和，仍可用着故智，倚仗钱神，于是挥金如土，各处贿托。好在小徐亦密派心腹，运动南方领袖孙中山及南方总代表唐少川，阳为说合，阴图反间，叫他与岑、陆诸人分张一帜，免为所制。那时南方七总裁，也分粤、滇、桂三派，貌合神离暗存党见，一经小徐设法浸润，唐总代表，却也略被耸动，欲与王揖唐聚首言和。

一日，王、唐两人相遇席上，宴会周旋，各通款曲，唯终未及和议事件。两方分代表中亦有数人联席，互相惊异，窃窃私语。及散席后，南代表对了唐绍仪，各有违言，多说是："鱼行包办，何足议和，王有鱼行包办的绰号。我辈若与开议，便是自失声价了。"唐总代表虽有和意，究竟不好违众，乃向广东军政府，电告辞职。从此和议声浪，又变成一番画饼了。小子有诗叹道：

> 五洲和会犹成议，
> 一国军人反好争。
> 南北纷纭无定局，
> 难堪只是我苍生。

内忧未已，外衅又生，种种事变，待至下回再表。

龚、靳同为段派中人，龚去而靳代，犹一段派也，但徐之用靳，恰含有一大命意，经本回直书其隐，乃知用靳之际，与用龚不同。钱内阁之倒，段派实排挤之，龚之起而暂代，原为徐之一番作用，非本意也。未几而易靳之令下，当时谓去一段派，来一段派，本是同根，何必参换，而亦安知老徐之别有智谋耶？裁兵节饷一事，为靳氏登台后之政策，实由老徐授意而成。果能军阀同心，逐渐进行，宁非一时至计，惜乎其言未顾行也。王揖唐之南下议和，本为老徐请君入瓮之策，而彼则有挟而来，盛装南下，李督军之面加规勉，犹不失为忠厚人本色，实则黑幕重重，李氏固尚未洞悉也。彼此诈力相尚，国家宁能有豸乎？

第一百一十二回 领事官袒凶调舰队 特别区归附进呈文

却说各省抵制日货，一致进行，再接再厉。闽省学生，亦常至各商家调查货品，见有日货，便即毁去。日本曾与前清订约，有福建全省，不得让与外人的条文，因此日人视全闽为势力范围，格外注意。侨居闽中的日商，因来货积压，不能销售，已是愤懑得很；更闻中国学生检查严密，越加愤恨，遂邀集数十人，持械寻衅。

民国八年十一月十六日下午，游行城市，适遇学生等排斥日货，便即下手行凶，击伤学生七人。站岗警察急往弹压，他竟不服解劝，当场取出手枪，扑通一声，立将警察一人击倒，弹中要害，呜呼毕命。还有路人趋过，命该遭殃，也为流弹所伤。警察见已扰事，索性大吹警笛，号召许多同事，分头拿捕，拘住凶手三名，一叫作福田原藏，一叫作兴津良郎，一叫作山本小四郎，当即押往交涉署，由交涉员转送日本领事署，并将事实电达政府，请向驻京日使，严行交涉。驻闽日本领事袒护凶手，反电请本国政府，派舰至闽，保护侨民。日政府不问情由，即调发军舰来华。真是强权世界。闽人大哗，又由交涉员电告中央。政府连得急电，便令外交部照会日使，提出抗议。日使总算亲到外交部公署，声明闽案交涉，已奉本国训令，决定先派专员，赴闽调查真相，以便开始谈判。此项专员，除由外务省遴派一名外，并由驻京日使馆加派一名，会同前往。所有本国军舰，已经出发，碍难中止。唯舰队上陆，已有电商阻云云。外交部只好依从，唯亦派出部员王鸿年、沈觐宸等，赴闽调查。

为此一番衅隙，北京中学以上各校学生，全体告假，出外游行演讲，谓："日人无端杀人，蔑理已甚，应唤起全国同胞，一体拒日。"各省学生，先后响应，并皆游行演讲，表示决心。就是闽省学生，前已发行《学术周刊》，提倡爱国，至此复宣布戒严，示与日人决绝。官厅恐他酿成大祸，即取缔《学术周刊》，勒令停止，并将报社发封。各学生等遂皆罢课，风潮沿及济南。济南学生联合会正为着青岛问题常怀愤激，此次闻闽中又生交涉，越觉不平，拟开国民大会，并山东全省学生联合会大会，誓抗日本。事被官厅阻止，也一律罢课，且拟游行演讲，致与军警发生冲突。有好几个学生，被殴受伤，学生以日人无理，尚有可原，军警同为国民，乃甘心作伥，实属可恶，决计与他大开交涉。官厅却也知屈，特浼教育会代作调人，允许学生要求，始得和平解决。

唯闽中一案，明明是曲在日人，日领事恃强违理，非但不肯将凶手抵命，反去电请军舰，来闽示威。一经日政府派员调查，也觉得福田原藏等所为不合，独未肯宣付惩戒，反令日舰游弋闽江，逗留不归。中国外交部迭次抗争，乃始下令撤退，并在东京、北京、福州三处，声明一种理由，略云：

帝国政府，曩因福州事变突发之结果，该地形势极为险恶，深恐对于我国侨民，仍频加迫害，侨民殴伤学生，击死警察，反说闽人要迫害侨民，理由安在？特不得已派遣军舰，前赴该地，以膺我侨民保护之责。唯最近按报告云，该地情状，渐归平稳，当无上述之悬念。帝国政府深加考量，特于此际决定先行撤退该地之帝国军舰，此由帝国政府考察实际情况，自进而所决行者也。帝国政府中心，切望中国官厅对于各地秩序之维持，与我侨民之保护，更加一层充分之尽瘁，幸勿再生事态，使帝国政府为保护我侨民利益之被迫害，再至不得已而派军舰焉。

看这口吻，好似日侨并未犯罪，全然为闽人所欺凌；并咎及中国官厅，不肯极力保护，所以派舰来华，为自护计。好一种强词夺理，是己非人！最后还说出再派军舰一语，明明是张皇威力，预示恫吓。中国虽弱，人心未死，瞧到这般语意，难道就俯首帖耳，听他架诬吗？各省民气，激昂如故，就是外交部亦调查确实，再向驻京日使提出撤领、惩凶、赔偿、道歉四项，要他履行。日使一味延宕，反谓："我国各省官吏，不肯取缔排日人民，应该罢斥，并须由政府保证，永远不排日货。"两方面各执一词，茫无结果，时已为民国八年终期了。

政府东借西掇，勉过年关，正要预备贺岁，忽闻前代总统冯国璋病殁京邸，大众纪念旧情，免不得亲去吊奠。就是徐总统也派员致赙，素车白马，称盛一时。原来冯下野后，仍常往来京师，猝然抱病，不及归乡，遂致在京逝世。冯虽无甚功业，究竟代理总统一年，故特叙其终。

越二日，即系民国九年元旦，政府停止办公数日，一经销假，便由驻京日使递到公文，大略如下：

联合国对德讲和条约，业于本月十日交换批准，凡在该批准约文上署名之各国间，完全发生效力。日本依该讲和条约第四编第八款，关于山东条约，即第一百五十六条乃至第一百五十八条之规定，由日本政府完全继承胶州湾租借权，及德意志在山东所享有之一切利权。日本政府确信中国政府对于继承上列权利一节，必定予以承认。盖以大正四年五月二十五日所缔结之中日条约中，关于山东省部分之第一条，曾有明文规定云：中国政府允诺日后日本国政府拟向德国政府协定之所有关于山东省依据条约，或其他关系于中国政府享有一切权利利益让与等项处分，概行承认故也。以上权利，交还中国政府。至关于此事，大正四年五月二十五日两国所交还胶州湾换文中，曾言明：日本政府于现下之战役终结后，胶州湾租借地，全然归日本国自由处分之时，于下列条件之下，将该租借地交还中国。（一）以胶州湾全部开放为商港。（二）在日本国政府指定之地区，设置日本专管租界。（三）如列国希望共同租界，可另行设置。（四）此外关于德国之营造物，及财产之处分，并其他之条件手续等，于实行交还之先，日本政府应行协定。是以日本政府为决定交还关于胶州湾租借地，及其他在山东各种权利之具体的手续起见，提议中、日间从速开始交涉，深信必得中国政府之允诺也。

公文中既云交还，又云继承德国旧有一切权利，是明明欲占领胶澳，不过涂饰人目，以为日本承受权利，乃是一个租借权，并非绝对的领土权。然试问向人假物，辗转借用，原物未归故主，但声明由何人所借，便好算得交还吗？此时外交总长陆征祥等尚在巴黎，因为保加利亚、匈牙利、土耳其诸国和议尚未就绪，所以留待签字，不得遽归。外交部次长陈箓当将日使来文提交国务会议。国务员乐得推诿，统说待陆总长回国，再定办法，因此把来文暂行搁起，不即答复。广东军政府闻悉此事，也电致北京，反对山东问题，由中、日直接交涉，文云：

迭据报载，日使向北京政府交涉声明协约国对德条约，已发生效力，日政府自己完全继承租借胶州权，并德国在山东各种权利等语。查我国拒绝签字和约，正当此点。如果谬然承认，则前此举国呼号拒绝签约之功，隳于一旦。即友邦之表同情于我者，至此亦失希望，后患何堪设想？如果日使有提出上列各节情事，亟应否认，并一面妥善方法。再查此案我国正拟提出万国联盟申诉，去年盛传日使向北京政府直接交涉，当即电询，旋准尊处电复："青岛问题，关系至重，断不敢掉以轻心，现在并无直接交涉之事"等语。此时更宜坚持初旨，求最后胜利。究竟现在日使有无提出？尊处如何对付？国脉主权所关，国人惴惴，特电奉询，统盼示复！

南北政府，虽似对峙，唯为对外起见，仍然主张联络，所以对德和约，也尝以不签字为正当。前次通电声明，与北京政府论调相同，至此更反对中、日直接交涉，一再致电。当由北京政府答复，决计坚持。待到一月二十五日，外交总长陆征祥自欧洲乘轮回京，谒见徐总统，报称德奥和约经过情形，尚有余事未了，留同僚顾维钧等在欧办理。徐总统慰劳有加，并与谈及山东交涉。陆总长亦谓："不便与议，只好徐待时机，再行解决。"于是日使提案，仍复悬搁不理。

唯西北边防，日益吃紧，俄国新旧二党，屡在西伯利亚境内交战不休。政府已将防边护路各要件，迭经讨论，适值陆总长回国，因再公开会议，决定办法。从前西伯利亚铁路，接入黑龙江、吉林两省，为俄人所筑，吉黑境内，称为中东铁路，铁路总办，当然归俄人主任。西伯利亚有乱，免不得顺道长驱，突入黑吉，故政府时为担忧。自经陆总长列席议决，即由外交部名义，备具正式公文，向协约国正式申明：（一）中东路属我国领土全权，不容第二国施行统治权。（二）俄员霍尔瓦特仅为铁路坐办，无担负国家统治之权能。（三）按照铁路合同，公司俄员及沿线侨居中外人民，应由我国完全保护。除这三事宣告各国外，又分电奉天、吉林、黑龙江、新疆四省督军，及现驻库伦西北筹边使徐树铮等，令他厚集军队，极力防边。筹备的款，实行护路；并应监视中东路总办霍尔瓦特，勿任有逾轨举动。种种办法，无非是思患预防的要着。

可巧呼伦贝尔特别区域，亦恐俄乱扰入，愿将特别区域的名目取消，归属中政府指挥。这呼伦贝尔地方，本在黑龙江西北，向属黑龙江省管辖，自俄人垂涎此地，硬要中国与他定约，承认呼伦贝尔为特别区域，以便逐渐染指。及俄乱一起，该地总管协领，自知站立不住，乃与暂护呼伦贝尔副都统贵福熟商，托使电请中央。贵福乃先咨呈东三省巡阅使张作霖，暨黑龙江督军孙烈臣，间接传递呈文，到了京师。与外蒙情形相似。

徐总统当然欣慰，便即下令道：

据东三省巡阅使张作霖，黑龙江督军孙烈臣，呈称："据暂护呼伦贝尔副都统贵福咨呈：窃查呼伦贝尔，向属中国完全领土，隶黑龙江省管辖，自改置特别区域以来，政治迄未发达，自非悉听中央政府主持，不足以臻治理。兹据全旗总管协领左右两厅厅长都办等会议多次，佥谓取消特别区域，并取消中俄会订条件，实为万世永赖之图，因推左厅厅长成德，右厅厅长巴嘎巴迪，索伦左翼总管荣安，索伦右翼总管凌陞等，代表全体，吁恳转电中央，准将呼伦贝尔特别区域取消，以后一切政治，听候中央政府核定。其中华民国四年中俄会订呼伦贝尔条件，原为特别区域而设，今既自愿取消特别区域，则该条件当然无效，应请一并作废，伏乞鉴核转呈"等语。核阅来呈，情词恳挚，具见深明大义，应即俯如所请，以顺群情。所有善后一切事宜，着该使等会商主管各部院，察酌情形，分别妥筹，呈候核定施行。总期五族一家，咸沾乐利，用广国家大同之化，本大总统有厚望焉！此令。

令下数日，又任命贵福为呼伦贝尔副都统，张奎武为呼伦贝尔镇守使，钟毓督办呼伦贝尔善后事宜。嗣复经黑龙江督军孙烈臣电达中央，请援照旧制，设立呼伦、胪滨两县，并改吉拉林设治局为室韦县，当由政府交与内务部核办。从前光绪三十四年间，原设呼伦、胪滨两府，及吉拉林设治局，局址系唐时室韦国故都，因以名县。内务部看到黑督呈文，并没有什么窒碍，当然赞同，即复呈总统府核准，下一指令，饬照呼伦贝尔原管区域，设置呼伦、胪滨、室韦三县，统归呼伦贝尔善后督办管辖，这且不必细表。

唯俄国新旧交争，两边设立政府，新党占住俄都彼得格勒，仍在欧洲东北原境。旧党失去旧都，移居西伯利亚，组织临时政府，暂就鄂穆斯克地方为住址，旋又迁至伊尔库次克。偏新党节取，旧党屡战屡败，几至不支，再经伊尔库次克境内的社会党，目睹旧党失势，竟与新党过激派联络，骤起革命，推翻旧政府。旧政府领袖柯尔恰克将军等，统皆逃散，不能成军。俄国新政府既占优势，自谓划除一切阶级，以农人为本位，故号为劳农政府。且因俄都彼得格勒偏近欧洲，改就俄国从前旧都莫斯科为根据地，一面声告各国，除旧有土地外，不致相侵。协约各国，本皆派兵至海参崴，出次西伯利亚，防御俄乱。

美国因俄新政府既已声明，不侵外人，当即将西伯利亚驻屯军，全数撤回。独日本政府不愿撤兵，反且增兵，别寓深意。遂牒告美国政府，略谓："日本处境，与美国不同。就俄国过激派现势观察，实足危及日本安全，故日政府决定增派五千补充队，驻防西伯利亚东端"云云。美国也不暇理论，撤兵自去。独中国前与日本协商，订定中日军事协定条件，所派军队不能自由往返，屡经广东军政府通电反对，国务院乃电复广东，内称："军事协定，原为防止德、奥起见，现在各国驻俄军队，业经分起撤退，我国军队自当与各国一致行动，待至全队撤回，即为军事协定终止的期间。"但日本不肯退军，中国亦当被牵制，甚至日本二次宣言，谓西伯利亚的政局，影响波及满洲、朝鲜，危及日本侨民，所以不便撤兵。已视满洲为朝鲜第二了！必待满洲、朝鲜，脱除危险，日侨生命财产可得安全，并由俄政府担保交通自由，方好撤回西伯利亚屯兵。中政府得闻宣言，也觉不能容忍，即由外交部出与抗议，略云：

贵国关于西伯利亚撤退之时机，有满洲、朝鲜并称之名词，查朝鲜系与日合邦者，本国不应过问，而满洲系东三省，系吾国行省之一部，岂容有此连续之记载？实属蔑视吾国主权，特此抗议！

这抗议书赍交日使，日使延宕了好几日，方致一复文，还说："由中国误解，或误译日文，亦未可知。我帝国宣言中，并述满洲、朝鲜，不过指摘俄乱影响，始及满洲，继及朝鲜，足危害我日本侨民，并无蔑视中国东三省主权。"看官试想，此等辩词，果有理没有理吗？正是：

　　毕竟野心谋拓土，

　　但夸利口太欺人。

为了日本种种恃强，遂致中国内地常有排日风潮，欲知详情，且看下回便知。

日人殴伤学生枪毙警察，尚欲调派军舰，来华示威，假使易地处此，试问日人将如何办理乎？夫俄与日本，皆强国也，前清之季，交相凭陵。迨民国纪元，又牵率而来，俄染指于北，日垂涎于东，中政府之受其要挟，穷无所诉，视俄固犹日也。乃俄乱骤起，土宇分崩，外蒙离俄而取消自治，呼伦贝尔亦离俄而取消特别区域，可见强弱无常，暴兴者未必不暴仆。况中、日两国，同文同种，又同处亚东，胡不思唇齿之谊，而屡与中国为难耶？日人日人，其亦可少休也欤！

第一百一十三回　对日使选开交涉　为鲁案公议复书

却说各省学潮，迭起不已，大半为了中日交涉，相率争哗。一是鲁案，一是闽案，两案俱未解决。天津学生屡次求见省长，要请转电政府，与日本严重理论。省长不允接见，反派卫队驱散学生，甚至殴伤数名。天津各校遂全体罢学。北京各校亦依次响应，公举代表，谒见国务总理。靳云鹏虽未拒绝，但也不过支吾对付。学生等复游行演讲，被大队军警干涉，驱入天安门严守，待至天暮，始得释放。学生未肯罢休，仍然四处鼓吹，一意排日，有时为军警拘去，终不少屈。嗣是上海、安庆、杭州各校，亦往往因严查日货，发生冲突，政府不得已下一禁令，不许学生干政，令云：

近年以来，学潮颓靡，法纪不张，以诸生隽异之姿，动辄聚众暴行，自由行动，国家作育英髦，期望至切，迭经明令剀切诰诫，申明约束，深冀其濯磨砥砺，勉为异日致用之才，诸生等果知自爱爱国，当亦憬然愧悟。乃据京师警察厅报告，本月四日，京师各校学生，有在前门外排列演说，阻断交通，并有击毁车辆殴伤行人情事；而日前直隶省长，亦有学生包围公署，击伤警卫，不服制止之报告，似此扰乱秩序，显干法纪，菁莪之选，沦於榛棘，甚为诸生惜之！

自来学生干政，例禁甚严，诚以向学之年，质性未定，纷心政治，适妨学业，抑且立法行政之责，各有专属，岂宜以少数学子，挟出位之思，为逾轨之举？在国家则有妨统驭，在诸生亦自败修名，在政府虽爱惜诸生，而不能不尊重法律。须知国家生存，全赖法律之维系，学生同属国民，即同在法权统治之下，负执行法律之责者，讵能以学生干法，置之不问？兹特依据法律，再为谆切之申告，自此次明令之后，应即责成教育部，督饬办学各员，恪遵迭令，认真牖导。凡学生有轶出范围之举，立予从严制止，总期消弭未萌，各循矩矱。其有情甘暴弃，希图煽乱者，查明斥退；情节较重，构成犯罪行为者，交由司法官厅，依法惩办。办学各员，倘有徇庇纵容，并予撤惩。总之国纪所在，不容凌蔑，政府以国家为重，执法以绳，绝无宽贷，其共懔之！此令。

令下后，又饬京师警察厅，根据自治警察法条例，布告将北京中等以上学校学生联合会，暨北京小学以下学校教员联合会，一体解散。但压制自压制，哗噪自哗噪，终归没有了结。就是日人亦好来寻衅，屡有越境侵权、伤人毙命等事。除上文所述闽案外，类举如下：

（一）吉省日人越境逮捕韩人交涉。吉林省毗连韩境，韩人尝谋独立，被日本军警制压，往往窜入吉林省边境，日人遂屡有越境搜捕等情，经吉林督军电请政府，特向驻京日使抗议。

（二）日本军舰入内河交涉。日本宇治军舰拦入江苏南通天生港，经江苏长官，电请外交部向驻京日使交涉。

（三）日兵占据满洲里车站交涉。日本兵队占据满洲里站，四面架机关枪，禁人出入，外交部因向驻京日使，质问理由。

（四）日人在苏枪毙兵士交涉。驻苏陆军第二师第五团兵士在虎邱山旅行，被日人射放猎枪，擅将军士胡宗汉击毙。当经警察将凶手拘住，解至交涉公署，转送驻苏日领事，由交涉员向日交涉。

（五）海参崴日军伤害华人交涉。驻海参崴日本军队与俄国新党军队冲突，日军击败俄军，占领海参崴及附近各地。我国旅崴侨民多遭日军伤害，且被拘去十余人。当由驻崴委员李家鳌，向日军长官提出抗议。

（六）海拉尔日捷军冲突，伤害华兵交涉。中东铁路附近，日本军与捷克军发生冲突，双方开枪击去。中国护路军队在旁守视，致遭流弹击伤。中国外交部又不得不与日捷两军，抗论曲直。

（七）日军占据哈尔滨华军营房交涉。日本突调大队军士至哈尔滨，占用中国营房多处，经吉林长官请外交部向驻京日使交涉。

（八）日本在中东路增兵交涉。日本在中东路线一带增兵运械，自由行动。中国外交部因向驻京日使提出抗议，要求从速撤退。

（九）日军侵犯中东路权交涉。日本军队屡在中东铁路旁侵占中国军站营房，及扣留车辆等事。政府迭接东三省报告，特由外交部向驻京日使提出抗议。

（十）日人在山东内地设置电杆交涉。日人近在山东高密、古城一带，擅自设置电杆。山东交涉贝即向驻济日本领事抗议，日领并不答复。因由山东省长，电请外交部向日使交涉。

如上所述，统是民国九年五月以前情事，中国虽屡与交涉，往往没甚效果。惟苏州枪毙胡宗汉一案，凶犯叫作角间孝二，日本驻苏领事，也不能硬为辩护，乃正式道歉，且令凶犯赔偿恤费，便算了事。胡宗汉总是枉死。至若日、捷军伤害华兵，当经英、法军官调停，由日、捷两军，抚恤死伤，并向中国道歉，也即销案。

唯山东问题，中政府因全国人民反对中、日直接交涉，所以迟迟不答。驻京日使又奉本国训令，照会外交部，催促从速开议，内容分三项：（一）谓日本驻德代理公使，已收到关系胶州各种文件，并送达东京。日本继承德人在山东权利，依照和约，有三强国批准，即生效力，现五国中已有四强国批准，只有美国尚未批准。故从前德人在山东权利，当然由日本继承，毫无疑义。（二）日本政府本善意与友谊，要求中政府与日本直接交涉，解决山东问题，图谋双方利益。不意日政府种种好意，不但中国人不肯原谅，反发生种种排日举动，日政府不得不切实声明，如中国依然抱持延宕政策，日本即视此种行为，为默认日本的要求。（三）因上述两种理由，故日政府请中国政府，速将方针决定，并定期与日本讨论，解决山东问题，不容再延。看官！你道这样的照会，是严苛不严苛吗？外交部接着，就使陆子欣（征祥字子欣）。有专对才，也觉得瞠目结舌，无从应付；当下与国务总理靳云鹏等，共同商议。靳云鹏取出一篇电文，交与大众审视，但见纸上写着，系是湖北督军王占元领衔，联名共四十八人。电文略云：

山东问题，自接收日本通牒以来，叠经各界人士，集合研究，佥以拒绝直接交涉，提交国际联盟，为唯一之办法。讵道路传闻，有与希望相反之趋向。占元等庐墓所在，痛切剥肤，父老责言，似难缄默，敢进危言，幸垂听焉！外交重要，关系国本，详慎考虑，谁日不宜？顾询谋既已佥同，方针依然未定，逆料钧座左右，必有谓直接交涉，不至有害，提交联盟，未必有利，持此说以盅惑聪听者，此非毫无知识，便是别有肺肠。一言丧邦，莫此为甚！大抵强国与弱国交涉，利在单独，不利于共同，利在秘密，不利于公开，至弱国外交，则适得其反。

试问二十年来，我国利权，断送于密约者几何？此次彼以甘言诱我，非爱我也。果诚意亲善，则宜先将完全主权，径行交还，并即时撤退军警，以示退让，不必斤斤焉为条件磋商矣。故直接交涉，结果必与吾无利，可以断言。倘虑提交联盟，未必可恃，在欧会签字和约之时，或者尚属疑问，今则德约保留山东之款，已由美参议员通过，且英、法各国，对于保留案，亦表赞同。专欲难成，得道多助，利害明了，无待蓍龟。与其为条约之赠予，宁使为强力所占有。与其菁华尽弃，留空壳之地图，毋宁死力抗争，作国际之悬案。否则引狼入室，为虎作伥，群情愤激，铤而走险，祸变之来，将有不忍言者。心所谓危，不敢不告，伏祈俯鉴民意，断而行之，山东幸甚！国家幸甚！

　　大众看罢，暗想湖北督军王占元平时本无甚表白，此次却独来领衔，居然有慷慨激昂的情势，倒也有些奇怪。其实这篇电文，王占元不过被动，那主动力却是第三师师长吴佩孚。平湘一役，吴氏已露头角，此次又重现锋芒。

　　吴本山东蓬莱县人，幼丧父母，门祚衰微，单靠着兄嫂抚养，始得成人。及入塾读书，学为时艺，颇有成效。出应童子试，一战获售，即入黉宫。后来三试秋闱，偏皆落第，遂发愤改途，投入保定武备学堂，舍文习武。

　　天下无难事，总教有心人，学满毕业，成绩最优，一介书生，忽变为干城上选。

　　当时校中有一教员，便是后来的靳总理，夙垂青眼，特为吹嘘，荐诸江北提督王士珍麾下。士珍因情谊难却，权置幕右，命司传宣。既而士珍丁艰去任，佩孚随与俱北，辗转为第三师营弁，师长非别，就是曹锟。锟实非将才，得吴佩孚为属校，遇事与商，皆为锟智所未及，因此渐加倚重，由营长荐擢旅长。至曹锟统兵援湘，已密保佩孚署第三师长，任前敌总司令。岳州长沙，依次克复，应推佩孚为首功。锟既北返，受四省经略使职衔，留佩孚驻守湘南，于是佩孚权力所及，不止第三师全部，就是曹锟所有旧僚属，也悉听佩孚指挥。

　　佩孚知恩感恩，愿为曹氏尽力。但曹系直派，与段派貌合神离（并见前文），佩孚向曹尽忠，当然反对段派。湘督张敬尧为段氏心腹，竭力主战，独佩孚驻防以后，隐承直派意旨，舍战主和。两人宗旨，既已不同，更兼长沙收复，功由吴氏，张敬尧后来居上，竟将湘督一席，安然据去，佩孚心实不甘。嗣经段祺瑞意图笼络，表荐佩孚为孚威将军，促赴前敌，佩孚得了一个虚名头衔，有何用处？越恨段氏使诈，反对益甚。

　　青岛交涉，段派或主张让步，为亲日计，佩孚既感念薰莸，复系情桑梓，所以一意抗日，特联结同乡军吏四五十人，同声劝阻。靳吴谊关师弟，平时信件，尝相往还，佩孚对内主和平，对外主强硬，已是说一不说，时有所陈，靳氏岂无感动？怎好专顾那亲日派，与日人直接交涉，坐将那青岛让去？故对着日使公文，初主延宕，至此延无可延，宕无可宕，不得不将王占元等一篇大文，取示大众，表明微旨。大众原多数拒日，便以为今日要着，莫如复绝，就使有几个亲日派在旁，也只好随声附和罢了。乃拟定复文，约略如下：

　　关于解决交还青岛及其山东善后问题一事，准四月二十六日照开等因。查此事前一月准贵公使面交节略，所述贵国因条约实施之结果，拟为交还青岛及胶济沿线之准备各节，本国政府，均已了解。无如中国对于胶济问题，在巴黎大会之主张，未能贯彻，因之对德和约，并未签字，自未便依据德约，径与贵国开议。且全国人民，对于本问题态度之激昂，尤为贵公使所熟悉。本国政府基于以上原因，为顾全中日邦交起见，自不容率尔答复。

　　至续准送交改正节略释文，获见贵国政府愿将胶济沿线军队之撤退，本国政府与该地方官，筹商办法，从事编制警卫队以任保护全路之责。又准照开前因，当经本部长将上述本国政府不能遽行与贵国开议各情形，面达在案。唯根据目前事实上之情状，对德战争之状态，早经终止，所有贵国在胶济环界内外军事设施，自无继续保持之必要。而胶济沿路之保卫，从速恢复欧战以前之状态，实为本国政府及人民所最欣盼，自当于最短之期间，为相当之组织，以接贵国沿路军队维持沿路之安宁。此节与解决交还青岛问题，纯为两事，想贵国政府必不执定曾否开议，借以迟延其实行之期，致益滋本国人民及世界观听之误会也。贵国政府果愿将战时一切军事上之设施，从事收束，以为恢复和平之表示，本国政府自当训令地方官，随时随事，与贵国领事官等接洽办理，相应奉复，即希查照为荷！

看这复文，便知靳氏是采纳吴言，有此决心；还有统一南北政策，主张和平解决，也是依从吴议。曾先有通电促和，由小子补录如下：

近迭据各方来电，促进和平。具见爱国之诚。一年以来，中央以时局危迫，谋和至切，开诚振导，几于瘏口哓音，乃以西南意见殊歧，致未克及时解决，不幸而彼方变乱相寻，且有同室操戈之举，缺斨破斧，适促沦胥，蒿目艰虞，能无心痛！中央对于西南，则以其同隶中华，谊关袍泽，深冀启其觉悟，共进祥和，但本素诚，绝无成见。而对于各方，尤愿鉴彼纠纷之失，力促统一之成，勠力同心，共图匡济。诚以国家利害之切，人民休戚相关，苟一旦未底和平，则一日处于艰险。而以目前国势而论，外交艰难，计政匮虚，民困既甚，危机四伏，尤在迅图解决，不容稍事迁回。中央惓怀大局，但可以利国家福人民者，无不黾勉图之。而所以积极擘画，共策进行，仍惟群力之是赖。各军民长官，匡时干国，凤深倚任，所冀共体斯情，以时匡翼，庶几平成早睹，国难以纾。功在邦家，实无涯涘！奉谕特达。

是时北方总代表王揖唐寓沪多日，借爱俪园为行辕，名为议和专使，实是未曾开谈。南方总代表唐绍仪，前已向军政府辞职，军政府虽未照准，但南方各分代表，不愿与王揖唐开议，所以唐、王两人，有时或得相晤，不过略有议论，未得公开谈判。徐总统与靳总理一再促和，哪知和议毫无端倪，王揖唐唯逍遥沪渎，作汗漫游。一夕，在爱俪园中，忽发现炸弹一颗，幸未爆裂，不致伤人。但王揖唐的三魂六魄，几被这一颗炸弹，驱向黄浦滩上去了。小子有诗叹道：

　　无情铁弹竟相遗，
　　犹幸余生尚未糜。
　　为语世人休自昧，
　　本来面目要先知。

王揖唐经这一吓，勉强按定了神，摄回魂魄，暗想此事必有人主使，想了一番，不禁私叹道："谅想是他，定归是他。"究竟推测何人？待小子下回报明。

本回举中日各案，依次胪叙，仅半年间，而已积案至十，虽似无关巨要，而无在非恃强凌弱之举。虎丘山及海拉尔两案，伤毙华民，不过以抚恤道歉了事。夫杀人抵命，中外同揆，若仅以抚恤之微资，道歉之虚文，即可置凶手于不问，彼亦何惮而不再为耶？弱国之外交，已可概见。至若山东问题，既已不签字于德约，自不能与日人直接交涉。愚夫犹知，宁待吴氏？但吴氏之联合同乡，推王占元为领衔，合力电阻，不可谓非爱乡爱国之热诚。

因事属辞，亦作者之特笔也。

第一百一十四回　挑滇衅南方分裂　得俄牒北府生疑

却说王揖唐遇着炸弹，侥幸不死，自思前至江宁，曾被江督李纯当面揶揄，此次以炸弹相饷，定是李纯主使，遂不加考察，即致书李纯，责他有心谋害。李纯本无此事，瞧着来书，便怒上加怒，便亲笔作复，出以简词道：

公以小人之腹，度君子之心，仆即有恨于公，何至下效无赖之暗杀行为，况并无所憾于公乎？

这书复寄王揖唐，揖唐阅后，尚未释意，每与宾朋谈及，谓李秀山不怀好意（秀山即李纯字），从此更与李纯有嫌。但前次朱使南下，李纯本极力帮忙，恨不见效，此次揖唐代任，派系本与李纯不同。况揖唐品格，不满人意，所以李纯原袖手旁观，坐听成败。揖唐孤立无助，又不见南方与议，叫他一个"和"字，从何说起？只好逐日蹉跎，因循过去。

沪上有犹太人哈同，素号多财，建筑一大花园，为消遣地。揖唐在沪无事，便去结纳哈同，做了一个新相知，镇日里在哈同花园宴饮流连。或谓揖唐到沪，挈一爱女，自与哈同为友，便嘱爱女拜哈同为义父，事果属实，揖唐行状，更不问可知了。意在言外。

唯西南各省亦各分派别，滇、粤、桂三派组成军政府，阳若同盟，暗却互相疑忌。岑春煊系是桂系，资格最老，陆荣廷亦桂系中人，向为岑属，当与岑合谋。江督李纯屡次通信老岑，敦劝和议，就是徐总统亦密托要人说合岑、陆。岑、陆颇思取消自主拥戴北方，但粤派首领，为民党中坚，不愿奉徐为中国总统，且经小徐设法离间，使他自排岑、陆，免得直派联络西南，厚植势力，于是西南各派被直、皖两派分头运动，也不禁起了私见，各自为谋。中国人之无团结心，可见一斑。

心志相离，事变即起。驻粤滇军第六军军长李根源，由云南督军唐继尧派为建设会议代表，免除军长职务，所有驻粤滇军，直隶督军管辖，并令秉承参谋部长李烈钧办理。时广东督军为莫荣新偏与唐继尧反对，电令滇军各师旅团长，仍归李根源统辖指挥。于是滇军各军官，一部分服从滇督命令，不属李根源，一部分服从粤督命令，仍留李根源为统帅。双方互起冲突，激成战衅，连日在韶州、始兴、英德、四会等处，私斗不休。

唐继尧接得战电，不由得愤怒起来，以为驻粤滇军，应归滇督处分，莫荣新怎得无端干涉？当即通电西南海陆军将领，略谓："留粤滇军问题，滇省务持慎重。兹据报莫荣新派兵四出，公然开衅，目无滇省，甘为戎首，继尧不能坐视两师滇军，受人侵夺，取决必要手段，特行通电声讨"云云。因派遣乃弟唐继虞，为援粤总司令，率兵三师，由滇出发。陆荣廷特自广西出师，驻扎龙州，为莫声援。

旋经军政府总裁岑春煊等，出与调和，方得停战。唯经此一番龃龉，滇桂两派，已经决裂。广东军政府中，争潮日烈，政务总裁海军部长林葆怿提出辞职，政务总裁外交兼财政部长伍廷芳亦离粤赴香港，寻且移驻上海。在粤旧国会参议院议长林森、众议院议长吴景濂、副议长褚辅成，与一部分议员，先后离粤，通电攻击政务总裁岑春煊，说他潜通北方，有背护法宗旨，特与他脱离关系，另择地点开会。尚有一部分议员，仍留广州，照常办事，并另选主席，代理议长事务。军政府总裁岑春煊遂免去外交财政总长伍廷芳职衔，改任陈锦涛为财政部长,温宗尧为外交部长。且因伍廷芳离粤时,携去西南所收关税余款,未曾交清,军政府又派员向香港上海法庭,实行起诉,一面咨照留粤议员,续举政务总裁,得熊克武、温宗尧、刘显世三人补充缺数。唯伍廷芳至沪后,与孙文、唐绍仪晤叙,主张另设军政府,屏斥岑、陆诸人,孙、唐也都赞成,再致电唐继尧询明意旨。继尧已与广州军政府反对,宁有不依的道理?随即复书允洽。廷芳遂与孙文、唐绍仪、唐继尧联名,通电声明道:

自政务总裁不足法定人数,而广州无政府。自参众两院同时他徙,而广州无国会。虽其残余之众,滥用名义,呼啸俦侣,然岂能掩尽天下耳目?即使极其诈术与暴力所至,亦终不出于两广,而两广人民之心理,初不因此而淹没。况云南、贵州、四川,固随靖国联军总司令为进止,闽南、湘南、湘西、鄂西、陕西各处护法区域,亦守义而勿渝。以理以势,皆明白若此,固知护法团体,决不因一二人之构乱而涣散也。慨自政务会议成立以来,徒因地点在广,遂为一二人所把持;论兵则唯知拥兵自固,论和则唯知攘利分肥,以秘密济其私,以专横逞其欲,护法宗旨,久已为所牺牲,犹且假护法之名,行害民之实。烟苗遍地,赌馆满街,吮人民之膏血,以饱骄兵悍将之愿,军行所至,淫掠焚杀,乡里为墟,非惟国法所不容,直人类所不齿。文等辱与同列,委屈周旋,冀得一当,而终于忍无可忍,夫岂得已?惟既受国民付托之重,自当同心勠力,扫除危难,贯彻主张,前已决议移设军府,绍仪当受任议和总代表之始,以人心厌乱,外患孔殷,为永久和平计,对北方提出和议八条,尤以宣布密约,及声明军事协定自始无效为要。今继续任务,俟北方答复,相度进行,廷芳兼长外交财政,去粤之际,所余关款,妥为管理,以充正当用途。其未收者,亦当妥为交涉。文、继尧倡率将士,共济艰难,苟有利于国家,惟力是视,谨共同宣言:自今以后,西南护法各省区,仍属军政府之共同组织,对于北方继续言和,仍以上海为议和地点,由议和总代表准备开议。广州现在假托名义之机关,已自外于军政府,其一切命令之行动,及与北方私行接洽,并抵押借款,概属无效。所有西南盐余及关余各款,均应交于本军政府,移设未完备之前,一切事宜,委托议和总代表分别接洽办理,希北方接受此宣言以后,瞭然于西南所在,赓续和议。庶几国难救平,大局早日解决。不胜厚望,唯我国人及友邦共鉴之!

发电以后,即由唐绍仪另行备函,并宣言书缮录一份,送达北方总代表王揖唐。揖唐正因南方代表不肯与议,愁闷无聊,既得唐绍仪正式公函,自应欢颜接受,复函道谢。语太挖苦。哪知广东军政府,因孙文、唐绍仪、伍廷芳、唐继尧四人发表宣言,也即愤愤不平,即开政务会议,免去议和总代表唐绍仪,改派温宗尧继任,且电致北京,声明伍等所有宣言为无效。北京政府接到此电,又即知照王揖唐,令他且停和议。王揖唐正兴高采烈,想与唐绍仪言和,偏又遭此打击,害得索然无味,真正闷极。但此尚不过王揖唐一人的心理,无足重轻。

看官试想,南北纷争,频年不解,海内人民,哪一个不望和议早成,可以安闲度日?偏是越搅越坏,愈出愈奇。起初只有南北冲突,渐渐的北方分出两大派,一直一皖,互相暗斗,遂致北与北争;继又南方亦分出两大派,滇粤系为一党,桂系自为一党,也是与北方情形相似,争个你死我活,这真是何苦呢!想是此生不死。

还有四川境内,自周道刚为督军后,被师长刘存厚所扼,愤然去职,竟将位置让与存厚。存厚继任,又被师长熊克武等攻讦,退居绵州,成都由熊克武主持。克武得选为广东军政府政务总裁,却有意与岑、陆相连,反对云南唐继尧,就是滇军师长顾品珍,亦为克武所要结,竟与唐继尧脱离关系,于是川滇相争,滇与滇又自相争,五花八门,层出不穷,只苦了各省的小百姓,流离荡析,靡所定居。大军阀战兴越豪,小百姓生涯越苦,革命革命,共和共和,最不料搅到这样地步哩。痛哭流涕之谈。话分两头。

且说俄国劳农政府，自徙居莫斯科后，威力渐张，把俄国旧境，压服了一大半。外交委员喀拉罕派人至中国外交部送交通牒，请正式恢复邦交，声明将从前俄罗斯帝国时代，在中国满洲及他处以侵略手段取得的土地，一律放弃，并将中东铁路矿产林业权利及其他由俄帝国政府、克伦斯基政府（即俄国革命时第一次政府）与霍尔瓦特、谢米诺夫暨俄国军人律师资本家所取得各种特权，并俄商在中国内所设一切工厂，俄国官吏牧师委员等，不受中国法庭审判等特权，皆一律放弃，返还中国，不受何种报酬。并抛弃庚子赔款，勿以此款供前俄帝国驻京公使及驻各地领事云云。

外交部接着此牒，并呈入总统府及国务总理。徐、靳两人召集国务员等，开席会议，大众以旧失权利，忽得返还，正是绝大幸事，但协约国对俄情形，尚未一致，就是俄国劳农政府，亦未经各国公认，中国方与协约国同盟，不便骤允俄牒，单独订约。只好将来牒收下，暂不答复，另派特员北往，与来使同赴莫斯科，先觇劳农政府情形，审明虚实，一面探听协约国对俄态度，再行定议。嗣闻协约国各派代表到了丹麦，与劳农政府代表开议，因亦派驻丹代办公使曹云祥为代表，乘便交涉。曹代使复请详示办法，政府乃电示曹代使，令他将所定意见，转告俄国劳农政府的代表。略云：

中华民国对于俄国劳农政府前日提议将各种权利及租借地归还中国，以为承认莫斯科新政府之报酬，此种厚意，实感激异常。唯中国为协约国之一，所处地位，不能对俄为单独行动，如将来协约国能与俄恢复贸易与邦交，则中国政府对于俄政府此种之提议，自当尊崇。希望劳农政府善体此意，并希望即通令西伯利亚及沿海各省之官吏及委员，勿虐待中国人民及没收其财产，并令伊城（即伊犁）及崴埠（即海参崴）之劳农政府官吏，对于前日所没收中国商人之粮食及货物，以赈济西伯利亚之饥民，一律予以公平之赔偿，以增进中俄国民之友谊，是所至盼！

过了旬余，复接曹代使复电，谓已与劳农政府代表接洽，该代表已允斟酌办理，政府却也欣慰。这消息传到沪上，全国各界联合会等，统皆喜跃异常。从前俄国雄踞朔方，屡为我患，所失权利，不可胜计，此次俄国劳农政府，竟肯一律返还，岂非极大机会？当即电达政府，请速解决中俄问题，收回前此已失权利，机不可失，幸勿稽迟等语。

徐总统尚在迟疑，将来电暂从搁置。既而海参崴高等委员李家鳌报称："崴埠俄国代表威林斯基，不承认有俄国通牒送达中国，恐就中有欺诈等情"，政府得报，又不禁疑虑丛生，诸多瞻顾。意外之利，却是可防。偏沪上各界联合会疑政府无端延宕，错过机宜，免不得大声指摘，历登报端，且云政府难恃，不得不自行交涉。存心爱国，也不足怪。

风声传到京师，政府又恐他激起政潮，急忙通电各省，饬令查禁。一年被蛇咬，三年怕烂稻索。电文如下：

查前次劳农政府通牒，虽有归还一切权利之宣言，唯旋据高等委员李家鳌电称："询据该政府代表威林斯基，此事恐有人以欺骗手段，施诸中国，危险莫甚。即使俄国人民，确与中国有特别感情，然必须将来承认统一政府时，各派代表，修改条约，方为正当，想中国政府，亦必酌量出之，'弗为所愚'"等语。是前通牒，果否可凭，尚属问题。现在熟加考察，如果该政府实能代表全权，确有前项主张，在我自必迎机商榷，冀挽国权。该全国各界联合会等，不审内容，率尔表决承受，并有种种阴谋，实属谬妄。是亦言之太过。除已电饬杨交涉员，时杨晟为上海交涉使。力与法领交涉，想是联合会机关，在上海法租界内。务令从速解散，并通行查禁外，希即饬属严密侦查，认真防范。遇有此类文件，并应注意扣留，以杜乱源，特此通告！

话虽如此，但西伯利亚所驻华军亦已主张撤回，次第开拔，并向日本声明，从前中日军事协定，本为防德起见，并非防俄，现在德事已了，不必屯兵，所有俄日冲突事件，中国军队，无与日军共同动作的义务，所以撤还。日人却也不加抗辩，自去对付俄人罢了。此外一切中西交涉，如对匈和约、对保和约、对土和约，中国既无甚关系，亦不能自出主张，但随着协约国方针，共同签字。且因各国和议终了，多半添设使馆，外交部亦呈请增设墨西哥、古巴、瑞典、那威、玻利维亚五国使馆，以便交通。旋经徐、靳两人酌定，特派专使驻扎墨西哥，并兼驻古巴。瑞典、那威亦各派专使分驻，玻利维亚唯派员为一等秘书兼任代办。当下颁一指令，准此施行。最可忧的是支出日繁，收入日短，平时费用不能不向外人借贷。英、美、法、日见中国屡次借款，特组织对华新银行团，正式成立，为监督中国财政的雏形。中政府不遑后顾，但管目前，随他如何进行，总教借款有着，便好偷安旦夕，总有一日破产。得过且过，债多不愁。偏湘省又闹出一场战衅，遂致干戈迭起，杀运复开。小子有诗叹道：

> 革命如何不革心？
> 仇雠报复日相寻。
> 三湘七泽皆愁境，
> 唯有漫天战雾侵。

欲知湘省开战的原因，容待下回续表。

子舆氏有言："上下交征利，不夺不餍。"可见利之一字，实为启争之媒介。试观南北之战，其争点安在？曰惟为利故。南北之战未已，而直皖又互生冲突，其争点安在？曰惟为利故。南方合数省以抗北京，而滇桂又自启猜嫌，其争点安在？曰惟为利故。甚矣哉利之误人，一至于此！无怪先贤之再三告诫也。彼俄国劳农政府之赍交通牒，愿返还旧政府所得之权利，诚足令人生疑，中国军阀家，方野心勃勃，自争私利之不遑，彼俄人乃肯举其所得而弃之，谓非一大异事乎？然俄人岂真甘心丧利，欲取姑与之谋，亦中国所不可不防也。

第一百一十五回

张敬尧弃城褫职
吴佩孚临席撼词

却说张敬尧督湘以后，一切举措，多违人意，湘省为南北中枢，居民颇倾向南方，不愿附北，再加张敬尧自作威福，为众所讥，所以湘人竞欲驱张。就是湘中绅宦熊希龄，亦尝通电示意，不满敬尧。敬尧却恃有段派的奥援，安然坐镇，居湘三年，无人摇动。只第三师长吴佩孚，久戍湘南，郁郁居此，为敬尧做一南门守吏，殊不值得；且士卒亦屡有归志，此时不归，尚待何时？当下电告曹锟，请他代达中央，准使撤防北返。偏政府因南北和议未曾告成，碍难照准，遂致吴氏志不得伸，闷上加闷，嗣是与敬尧常有龃龉，且对着段派行为，时相攻击，种种言动，无非为撤防计划。跅弛之材，原难驾驭，而况张敬尧。敬尧也忍耐不住，密电政府，保荐张景惠、张宗昌、田树勋三人，择一至湘，接办湘南防务，准吴北返。政府不肯依从，反屡电曹锟，转慰第三师，教他耐心戍守，借固湘防。

看官！你想这志大言大的吴佩孚，遭着两次打击，还肯低首下心，容忍过去吗？过了数日，即由湘南传出一篇电文，声言张敬尧罪状，力图撵逐，署名共有数军，第三师亦灿然列着。明明是吴氏主张。敬尧偶阅报纸，得见此电，且忿且惧，自知兵略不及佩孚，湘南一带，亏他守着，故得安安稳稳地过了三年，倘若吴氏撤回，南军必乘隙进攻，转使自己为难，乃急电中央，取消吴氏撤防的原议。略谓："佩孚在湘，地方赖以乂安，所有湖南各团体，俱不愿他撤防，恳请政府下令慰留"云云。政府本不愿吴氏撤回，因复电致曹锟，代阻吴军北返。吴与张既不两立，恨不即日北还，乃复电政府，仍请曹锟转达，措辞极为恳切，内称："湘鄂一役，几经剧战，各将士出生入死，伤亡的原宜悯恤，劳瘁的亦须慰安。迭据各旅长等呈请，或患咯血，或患湿疾，悲惨情状，目不忍睹。今戍期已久，日望北旋，人有急不能待的状态。断非空言抚慰，所能遏止"等语。不使督湘，怎忍久居？政府接着复电，不得已想一变通办法，准令驻湘吴军，三成中先撤退一成，以后陆续撤还。吴佩孚又不喑然，以为全部调回与一部调回，范围虽有广狭，但总须由他军接防，何必多费如许手续，遂再电达中央，说是："戍卒疲苦，万难再事滞留，准予全部撤回，以慰众望。"中央尚不欲遽准，复电曹锟，转饬阻止。哪知吴佩孚已决意撤防，竟不待曹锟后命，便已报明开拔日期，全营北返了。不可谓非跋扈将军。湘南商民颇欲竭诚挽留，终归无效。

佩孚先遣参谋王伯相北上，料理驻兵地点，旋经伯相复电，谓旧有营房，早被边防军占据了去。佩孚不禁大愤，立电曹锟，促令退让，一面启程言旋。唯段仇视吴佩孚，说他自由行动，目无中央，因责成内阁总理靳云鹏，严加黜罚。靳、吴有师生关系，免不得隐袒吴氏，且自己虽为段派中人，与小徐独不相协。小徐出阁后，攫得外蒙归附的功劳，报知老段，老段益加宠爱，尝语靳云鹏道："又铮眼光，究竟比尔远大，尔勿谓我受制又铮，要想与他为难，须知我让他出一风头，实为储养人才起见，我看现在人物，无过又铮，能使他做成一个伟人，也不枉我一番提拔了。"老段此言，未免失之忠厚。云鹏听了，越加怏怏，从此与老段也觉有嫌。再加徐总统引用靳氏，寓有深心，前文已经说过，谅看官当已接洽。徐、靳两人合成一派，本想统一南北，连合南方人士，抵制段系，偏是和议不成，南方亦自相水火，因此靳氏另欲结合吴佩孚，树作外援。唯段祺瑞资格最老，俨然一太上总统，不但靳氏有所动作，必须报告，就是老徐做事，亦必向府学胡同请教。府学胡同，系是段祺瑞住宅，总统府中秘书吴笈孙逐日往返，亦跑得很不高兴，常有怨言，彼徐、靳两人，怎能不心存芥蒂呢？

自吴佩孚撤防北返，段派归责靳云鹏，云鹏乃拟托疾辞职，先去谒见段祺瑞，但云病魔缠扰，不能办事。祺瑞冷笑道："果属有疾，暂时休养，亦无不可，唯不能谓被挤辞职，怨及他人。"语中有刺。云鹏碰了一鼻子灰，即起身别去。翌日提出辞职书，投入总统府。徐总统方藉靳为助，怎肯批准，只令给假十日，暂委海军总长萨镇冰代理。才阅数日，便接湘中警耗，乃是南方谭延闿军队，趁着吴佩孚撤防，攻入湘境，连破耒阳、祁阳、安仁防线，占去衡山、衡阳、宝庆等县。湘督张敬尧不能抵御，飞使乞援，斯总理方在假中，萨镇冰虽然代理，终究是五日京兆，乐得推诿。徐总统本不愿张敬尧督湘，只因段派一力助张，没奈何令他久任，此次敬尧败报，到了京都，约略一瞧，便令送往府学胡同，听候老段解决。段祺瑞当然祖张，拟急派本系中的吴光新率部援湘，复议陈入，徐总统又迟延了两天。那张敬尧实是无用，节节败退，如湘乡、湘潭、郴州等地方，均先后失守，甚至南军进逼长沙，敬尧又不能固守，竟把长沙让去，出走岳州。真是一个老饭桶。看官阅过上文，应知从前北军南下，费了无数气力，才得收复长沙，逐走谭延闿，张敬尧乘便入境，攫得湘督一席，全靠吴佩孚替他守门，他始享受了三年的民脂民膏。及吴氏一去，谭延闿乘机报复，他竟不堪一战，又不能久守，如此阘茸人物，尚算得是段氏门下的健将，段氏的用人智识，也可见一斑。评论得当。张敬尧即退往岳州，不得已据实呈报，徐总统便即下令褫夺张敬尧职衔，令云：

迭据湖南督军兼省长张敬尧等电呈："谭延闿所部，乘直军换防之际，先后侵占耒阳、祁阳、安仁防线，并攻陷衡山、衡阳、宝庆等县，迳由湘乡、湘潭直逼省城，犹复进攻不已，我军不得已退出长沙"等语。查自七年十月停战和议以来，湘省防线，曾经划定，本极分明，久为中外所共见。此次谭延闿等乘机构衅，迭陷城邑，蓄谋破坏，事实昭然。该督军有守土之责，自应力营防守，以固湘局，何得节节退缩，置原划防区于不顾？又复擅离省垣，实属咎有应得。张敬尧着即褫去本兼各职，暂行留任，仍责成督饬所有在湘各军队，迅速规复原防。倘再不知奋勉，贻误地方，张敬尧不能当此重咎也。此令。

这令既下，再特派王占元为两湖巡阅使，吴光新为湖南检阅使，令他会同援湘，收复重镇。偏南军得步进步，煞是厉害，谭延闿尚是书生本色，稍谙军略，未娴戎马，独赵恒惕为南方健将，领兵逐张，横厉无前，既得占据长沙，又乘胜进攻岳州。丧师失地的张敬尧，中央方责他奋勉，不意他越加畏缩，一闻南军进迫，仍旧照着老法儿，逃之夭夭，撒烂污。岳州剩了一座空城，自然被赵恒惕军占去。敬尧遁入湖北，借寓鄂省嘉鱼县中，再将败状入报。于是徐总统又复下令道：

据暂行留任湖南督军张敬尧电呈："南军进攻不已，退出岳州，暂至嘉鱼收集候令"等语。张敬尧前经弃瑕留任，原冀其效力自赎，乃复退出湘境，实属咎无可逭。

张敬尧着毋庸留任，所部军队，即刻交由两湖巡阅使王占元接管，切实考核整理。张敬尧于交卸后，迅速来京，听候查办。此令。

查办查办，也不过徒有虚名，张敬尧仍羁居湖北，并未赴京。好做傅良佐第二。唯吴光新得超任湖南督军兼署省长，接管张敬尧后任，去了一个段派，复来了一个段派，仍然是换汤不换药。吴光新的战略，亦非真胜过敬尧，岳州长沙，怎能骤然规复？就是驻湘的北方军队，亦陆续退出湘省，只湘西一部，尚有第十六师混成旅据守。后来益阳、沅江复被南军袭入，混成旅长冯玉祥保守不住，也由常桃退至鄂境。湘南全省，统为南军所有了。暂作一束。

第三师师长吴佩孚，撤退北返，令部众暂驻洛阳，自往保定谒见曹锟，晤谈了好几次，议出了一个大题目来。看官道是什么问题？原来叫作保定会议。这会议的题目，名为曹锟主席，实是吴佩孚一人主张，曹锟并没有什么能耐，不过倚老卖老，总不能不推他出头。曹锟的身世履历，从前未曾详叙，正应就此补述大略。如曹三爷生平，例应表明略迹。曹锟籍隶天津，表字仲珊，乡人因他排行第三，呼为曹三爷，略迹已见前文。他家本来单寒，旧业贩布，素性椎鲁，但嗜酒色。相传曹锟贩布时，每得余利，即往换酒，既醉，又踯躅街头，遇有乡村间少年妇女，不论妍媸，均与调笑。往往有狡童随着，伺隙窃取钱布等物，曹虽酒醒，亦不与多较。或劝他自加谨护，曹反笑语道："若辈不过贪我微利，我所失甚微，快意处正自不少，随他去罢。"后来贿选总统，亦本此意。为了这番言语，遂博得一个"曹三傻子"诨名。既而舍贩卖业，投入军伍，庸人多厚福，竟得袁项城赏识，说他朴诚忠实，为可用才。嗣是年年超擢，得领偏师。洪宪时代，曹锟已为第三师长，奉袁令往攻云南。锟逗留汉皋，日拥名妓花宝宝，从温柔乡里耽寻幸福，并不闻陷阵摧锋，袁氏终至失败。及征湘一役，亏得吴佩孚替他效力，充作前驱，才得一往无前，马到成功，他却大唱凯歌，回任四省经略使。好在他亦粗知好歹，识得吴佩孚是健儿身手，好作护符，所以竭诚优待，言听计从。

此番吴氏北返，独倡保定会议，无非欲崭露头角，力与段派抗衡，只因名目上不便发表，但借追悼将士的虚词，号召各省区师旅长官，会集保定。各军官应召到来，先有八省联盟代表，开一谈话会，议定办法三条：（一）拥护靳内阁，不反对段合肥。（二）是各省防军，一律撤回原防地，唯南军暂从例外。（三）宣布安福系罪状，通电政府，请求解散安福部。越日，复于八省外加入五省，成为十三省同盟。总计长江流域七省，除出湖南，黄河流域六省，加入新疆，统已有军阀联合，与吴佩孚通同声气。孚威将军的势力，确是不弱。只京保间谣诼纷纭，安福派更加惊惶，索性造出种种流言，散布京华。

徐总统得此谣传，也不禁心下大疑，默思直、皖两派愈争愈烈，一旦政变发生，与自己大为不利，不如预先浼一调人，从中和解，或得消融恶感，免致变生不测。此老无权无勇，只有调和一法，但独不忆黎菩萨之召张辫帅吗？此时除直、皖两派外，要算东三省巡阅使张作霖，雄长三边好配与直、皖首领攀谈，因此发一密电，敦促张雨帅入京，调停时局。

张雨帅眼光奕奕，常思染指中原，扩张势力，既得老徐密电，正好乘机展足，做作生芒。就中尚有一段隐情，乃是复辟祸魁张辫帅，屡向雨帅请求，托他代为斡旋，恢复原状；雨帅也为心动，意欲进京密保，俾洗前愆。为了两种奢望，遂毅然受命，乘车入都，一进都门即往总统府报到。徐总统当然接见，与谈直、皖两派冲突情形。张作霖不待说毕，便已自任调人，毫不推辞，唯言下已谈及张少轩（少轩即张勋字），替他解释数语。徐总统支吾对付，无非说是直、皖解决，总可替少轩帮忙。于是张雨帅欣然辞出，立赴保定。

曹锟闻雨帅远来，派员出迎，迨彼此相见，握手道故，两下里各表殷勤，时已傍晚。曹锟特设盛筵，为张洗尘，陪客就是吴佩孚及各省区代表等人。

席间由张作霖提议，劝从和平办法。曹锟对答数语，尚是模棱两可的话头，独佩孚挺身起座道："佩孚并未尝硬要争战，不尚和平，但现在国事蝎蝤，人心震动，外交失败，内政不修，正是岌岌可危的时候，乃一班安福派中人物，还是醉生梦死，媚外误国，但图一己私利，不顾全国舆论，抵押国土，丧失国权，引狼入室，为虎作伥，同是圆颅方趾的黄、农遗裔，奈何全无心肝，搅到这般地步？试想国已垂亡，家将曷寄？皮且不存，毛将焉附？存亡危急，关系呼吸。我等身为军人，食国家俸禄，当为国家干城，部下子弟，虽不敢谓久经训练，有勇知方，唯大义所在，却是奋不顾身，力捍社稷，岳州、长沙，往事可证。无论何党何派，如不知爱国，专尚阴谋，就使佩孚知守军人不干政的名义，不愿过问，窃恐部下义愤填膺，并力除奸，一时也无从禁止呢。"语非不是,但已稍涉矜张。作霖听着,徐徐答道:"吴师长亦太觉性急,事可磋商,何必暴动兵戈,害及生灵。"曹锟亦劝佩孚坐下,从容论议。佩孚乃复还座,且饮且谈。再经作霖劝解一番,佩孚终未惬意。

到了酒阑席散,复由曹、张两人与各省代表,商决调停办法,一是挽留靳总理,二是内阁局部改组,三是撤换王揖唐议和总代表。四、五两条是安插边防军,与对付西南军。张作霖尚欲有言,佩孚复从旁截止道:"照这办法,仍属迁缓,如何能永息政争?譬如剜肉补疮,有何益处?愚见谓不从根本解决,终非良策。"作霖道:"如何叫作根本解决?"佩孚道:"不解散安福部,不撤换王揖唐,不罢免徐树铮,事终难了。佩孚亦誓不承认呢。"作霖道:"王揖唐已拟撤换,余两条尚须酌议。"佩孚愤然道:"段合肥的劣迹,唯误信安福部,安福部的党魁,就是一徐树铮。小徐不去,就使解散安福部,也似斩草不除根,一刹那间,仍然是滋蔓难图了。"作霖见他执拗难言,默然不答。曹锟乃插入道:"夜已深了,且待明日再议罢!"佩孚等因即告退。张作霖便在曹经略使署中,留宿一宵。

正是:

　　　　乱世难为和事佬,

　　　　客乡姑做梦中人。

一宵易过,旭日又升,欲知次日续议情形,且至下回再表。

长沙一捷,吴佩孚始露锋芒,长沙一失,吴佩孚至关重要。盖吴佩孚镇湘三年,而南军不能动其毫末,一旦撤防北返,即为南军所攻入。昂然自大之张敬尧,节节败退,举长沙、岳州而尽弃之,何勇怯之不同如此乎?然正唯由张敬尧之无用,而吴佩孚之自信也渐深,即其蔑视段派之观念,亦因此渐进。保定会议,全然为倒段计。雨帅远来,曹氏接风,吴佩孚以陪坐之主人,独挺身起座,大放厥词,饶有王景略侃侃而谈之慨,彼时之孚威将军固已目无全虏矣。然张之忌吴,未始不因此伏案也。

第一百一十六回 罢小徐直皖开战衅 顾大局江浙庆和平

却说张作霖下榻一宵，越宿起来，已近巳牌，盥洗以后，吃过早点，时将晌午，尚未见曹锟出来。作霖料他有烟霞癖，耐心守候，直至钟鸣十二下，午膳已进，方见曹老三入门陪客，肴馔等依然丰盛。彼此分宾主坐定，小饮谈心。

作霖先说及吴佩孚态度未免过刚，渐渐地谈到张辫帅，谓："帝制罪魁，事过即忘，近或仍作显官，何必苛待张勋。"却是说得有理。曹锟与张勋本无恶感，乐得随口赞成。其实张勋遁居荷兰使馆，靠着徐州会议的约文，抵抗冯、徐。冯、徐恐他露泄机缄，先后未曾过问，所以张辫帅仍得行动自由，逍遥法外。不过他旧有权利已经丧尽，单靠着从前积蓄取来使用，断难久持。因此急奔投路，请托张雨帅设法转圜。或谓："从前两张，曾有婚媾预约。"或谓："张勋尝辇巨金出关，为贿托计。"小子依同姓不婚的故例，似乎婚媾一层，未足凭信；如两张的粗豪，恐亦未必拘此。即如辇金一节，亦未曾亲眼相见，不便妄断。只张作霖回护张勋，乃是确事，就中总有一线情谊，牵结而来。自曹老三赞同张议，作霖却也欣然，所有谈论，愈觉投机。

待午餐已毕，吴佩孚及各省代表陆续趋集，再行会议。讨论了若干时，才议定办法六条：一是留靳云鹏继任总理，撤换财政总长李思浩、交通总长曾毓隽、司法总长朱深。二是撤换议和总代表王揖唐。三是湘事由和会解决。四是和会不能解决各条件，应另开国民大会，共同解决。五是边防西北军与南方军队，并及各省兵额，同时裁减。六是开复张勋原官。吴佩孚瞧这六条办法，尚未满意。谓必须罢免徐树铮。作霖道："待我入京返报，可将小徐罢去，自然最好了。"当下议决散会。作霖复勾留一宵，至次日辞别回京。

看官阅此，应不能无疑：孚威将军吴佩孚肯容张勋，何故不容徐树铮？哪知吴佩孚的心理，但主倒段，小徐为段氏第一腹心，绰号为小扇子，所以必欲罢免；若张勋与段氏，明系仇雠，何妨令复原官，多一个段家敌手。故张勋开复原官一条，吴氏并无异议。这可见吴氏心理，亦全然为私不为公。

张作霖既经返京，即将议定办法六条，面呈徐总统。徐总统阅毕，便语作霖道："翼青（靳云鹏表字）定要辞职，我已于昨日批准了。财政、交通、司法三总长当然连带辞职，可毋庸议。此外数条我却不便做主，须要先通知段合肥，俟他认可，方得照办。"作霖也知老徐难办，因即应声道："且去与段氏一商何如？"徐总统道："别人无可差委，仍烦台驾一行。"作霖又慨然承认，起身即去。

段祺瑞方出驻团河，由作霖前去晤谈，先说了许多和平的套话，然后将议案取阅。段祺瑞瞧了一周，不由得懊恼起来，再经作霖委婉陈词道："据吴佩孚意见，定要解散安福部，撤换王揖唐，罢免徐树铮，作霖亦曾劝解数次，终不得吴氏退步。公为大局起见，何必与后生小子争此异点。否则作霖想做调人，看来是徒费跋涉，不能挽回了。"祺瑞作色道："吴佩孚不过一个师长，却这般恃势欺人，他若不服，尽可与我兵戎相见，我也未尝怕他呢。"作霖听了此言，说不下去，只好返报老徐。

老徐再要他曲为周旋，作霖也出于无奈，再往与段氏婉商。偏段氏态度强硬，一些儿不肯转风，累得张雨帅奔走数次，毫无效果，乃向徐总统前告别返奉。老徐又苦苦挽留，坚嘱作霖设策调停。作霖乃再诣保定，劝曹、吴略示通融。吴佩孚勃然道："不解散安福部，不撤换王揖唐，事尚可以通融，唯不罢免小徐，誓不承认。"曹锟亦说道："老段声名，统被小徐败坏，难道尚不自知吗？"作霖见两人言论与段氏大相反对，遂续述段氏前语，不惮一战。佩孚更朗声道："段氏既云兵戎相见，想无非靠着东邻的奥援，恫吓同胞，我辈乃堂堂中国男儿，愿率土著虎贲三千人，鹄候疆场，若稍涉慌张，便不成为直派健儿了。"两派相争，纯是意气用事。作霖长叹道："我原是多此一行。"曹锟便即插口道："公以为谁曲谁直？"作霖道："我亦知曲在老段，但我为总统所迫，不得已冒暑驰驱，现双方同主极端，无法调和，我只好复命中央，指日出关了。"曹锟又道："事若决裂，还须请公帮忙。"作霖点首道："决裂就在目前，愿公等尽力指麾，待得一胜，那时再需我老张说和，也未可知，我就此告辞了。"隐伏下文。曹锟复把臂挽留，作霖不肯，且笑语道："我已做了嫌疑犯，还要留我做甚？彼此相印在心，不宜多露形迹呢。"说毕，匆匆告辞，返京复命。

徐总统具悉情形，复与作霖密商多时，方才定计。越两日，即由京城新闻纸上，载出徐树铮六大罪状，略述如下：

（一）祸国殃民。（二）卖国媚外。（三）把持政柄。（四）破坏统一。（五）以下杀上。（六）以奴欺主。

文末署名，为首的系是曹锟，第二人就是张作霖，殿军乃是江苏督军李纯。

又越日，由徐总统发出三道命令，胪列下方：

（一）特任徐树铮为远威将军。

（二）徐树铮现经任为远威将军，应即开去筹边使，留京供职。西北筹边使著李垣暂行护理。

（三）西北边防总司令一缺，着即裁撤，其所辖军队，由陆军部接收办理。

看官听说，当时徐树铮久住库伦，对着南北用兵，本常注意，既闻湘省失守，正拟密调西北军，分道援湘，但究因相隔太远，鞭长莫及，且恐直军中梗，急切不能通过，未免踌躇，忽又得辽东电报，乃是张作霖应召入都，愿做调人，他亦预料一着，只防直、奉两派相连，压迫皖系，于是不待中央命令，星夜南回，驰入都门，运动雨帅，愿以巨金为寿。并云："事平以后，定当拥张为副总统。"作霖前次为小徐所绐，怎肯再为所欺？因此拒绝不答。

树铮见运动无效，复怂恿东邻，阻止奉军入关，一面唆使东三省鬍匪，扰乱治安，袭击作霖根据地。种种秘计，却是厉害。不料事机未密，所遣密使竟被奉军查获，报知作霖。作霖当然大愤，即电告曹锟、李纯，联名痛斥小徐。曹锟正乞奉张为助，巴不得有此一举。李纯亦素恨段派，与曹锟不谋而合，同日复电，并表同情。作霖便发表声讨小徐的电文，并向总统府献议，请罢免徐树铮，撤销西北边防军。徐总统尚欲保全皖系面子，但调小徐为远威将军，并闻小徐已经来京，仍有留京供职的明文。唯将小徐的兵权，一律撤尽。叙入此段，为下文作一注脚。

小徐不禁着忙，急赴团河见段合肥，涕泣陈词道："树铮承督办谬爱，借款练兵，效力戎行，今总统误信二三奸人，免树铮职，是明明欲将我皖系排去，排去皖系，就是排去督办，树铮一身不足惜，恐督办亦将不免了。"肤受之诉。段祺瑞被他一激，禁不住怒气上冲，投袂起座道："我与东海交好，差不多有数十年，彼时改选总统，我愿与河间同时下野，好好把元首位置让与了他，哪知他年老昏聩，竟出此非法举动，彼既不念旧情，老夫何必多顾，就同他算账便了。"说至此，即出门上车，一口气驱入京都，径至总统府中。

见了老徐，说了几句冷嘲热讽的话儿，面目上含着怒容，更觉令人可怖。徐总统从容答道："老大哥何必这般愤怒？又铮筹边使，本与筹边督办，一事两歧，犯那重床叠屋的嫌疑，今将又铮调任，无非掩人耳目，暂塞众谤，一俟物议少平，便当另予位置，目前暂令屈居将军府，闲散一二月，想亦无妨。"老段闻言，怒仍未解，且反唇相讥道："曹锟、吴佩孚，拥兵自恣，何勿罢免？乃必罢徐树铮。"徐总统复道："曹吴两人，克复长沙，镇守湘南，全国舆论，一致推崇，若将他无故罢免，必致舆情反对，说我赏罚不明。况有功加罚，将来如何用人？难道曹、吴等果肯忍受，不致反动吗？"老段见话不投机，悻悻起座道："总统必欲宠任曹、吴，尽管宠任，休要后悔！"说着，拂袖自去。好似乡曲武人，但事抢白，不顾体裁。老徐送了几步，见老段全不回头，只好叹息而返。

段祺瑞既出总统府，复回至团河，与小徐商决发兵，即由小徐带了卫队，入逼公府，迫令罢斥曹、吴，一面调动边防军第一第三第九各师，用段芝贵为总司令，向保定进发，与曹、吴一决雌雄。京、保一带，战云骤起。张作霖闻报，匆匆回奉，也去调兵入关，援应曹、吴。可怜京城内外的百姓，纷纷迁避，一夕数惊，这岂不殃及池鱼，无辜遭害吗？徒唤奈何。

京中方扰攘不安，东南亦几生战事，险些儿亦饱受虚惊，说将起来，也是与直、皖两派互生关系。江苏督军李纯原是直派，署浙江督军卢永祥乃是皖派，永祥本为淞沪护军使，自调署浙督后，仍念念不忘淞沪，但淞沪系江苏辖境，李纯欲收为己有，独永祥谓旧有护军使一职，不归江苏节制，应仍划出区域，由自己兼管。这问题互相抵触，争论不休。仍然是直皖之争。吴淞司令荣道一，与李、卢二督俱有师生情谊，特出为调停，渐得两方谅解，共保旅长何丰林充任。事早就绪，不意中央忽下一明令，特任卢永祥为浙江督军，裁撤淞沪护军使，改设淞沪镇守使，即命何丰林调任。何丰林虽系李督门徒，但得此护军使一席，全然由卢督帮护，一力造成，若叫他改任镇守法，是要归江苏节制，不但官职上显有升降，就是卢、何两人联络的作用，亦尽付东流，何丰林原不甘受屈，卢永祥亦岂肯干休？当下由永祥授意丰林，令丰林代发通电道：

恭读大总统命令，特授卢永祥为浙江督军，淞沪护军使着即裁撤，改设镇守使，调任何丰林为淞沪镇守使，此令等因。当此南北争持之际，国是未定，人心未安，政府失其重心，大局日趋危险，淞沪地方重要，未便骤事更张，除电呈大总统外，现仍以卢永祥兼任淞沪护军使名义，由丰林代行，维持现状。谨此电闻，即请查照为荷。

何丰林复自发一电，转向中央辞职，文云：

大总统国务院参陆部钧鉴：恭读大总统命令，淞沪护军使一缺，着即裁撤，改设淞沪镇守使，调任何丰林为淞沪镇守使此令等因。奉令之下，惶悚莫名。伏念淞沪地方重要，绾毂东南，自民国四年裁并上海、松江两镇守使，特设护军使一职，直隶中央，当时设官分职，用意至为深远。数年以来，迭经事变，用能本其职权，随机应付。至去岁卢督调任后，学潮震荡，工商辍业，人心摇动，闾里虚惊，丰林一秉成规，幸免意外。现方南北相持，大局未定，忽奉明令，改设镇守使，职权骤缩，地方既难维持，事机尤多贻误，对内对外，咸属非宜。丰林奉职无状，知难胜任，惟国家官制，必须因地制宜，不能因人而设。唯有退让贤路，仰恳大总统准予免去淞沪镇守使一职，以重旧制而维大局，不胜屏营待命之至。

两电既发，复嘱第四师第十师全体军官，拍电到京，吁请收回成命，并任何丰林为淞沪护军使。京中方为了直、皖决裂，两下里备战汹汹，连徐总统俱吉凶未卜，尚有何心顾及东南？一时未及答复，何丰林越疑到李纯身上，以为中央命令定是李督嗾使出来，彼乘直、皖交争的时候，要想收回淞沪，扩充地盘，所以有此一举，遂不待探明确信，即电致李督一书，语多愤懑,并有"解铃系铃、全在吾师"等语。一面商令吴淞司令荣道一,亦拍电诘问李纯,内有:"同人等群相诘责,无词应付,私心揣测,亦难索解,非中央欺吾师,即吾师欺学生"云云。当由李纯电复何丰林,略谓:"中央命令,如果由兄指使,兄无颜见弟,无颜为人。"语本明白痛快,偏何丰林尚未肯信,联同浙督卢永祥,暗地戒严,密为防御。

天下本无事,庸人自扰之,浙沪各军,既四处分布,如临大敌,免不得谣言百出,传入江苏。李纯也不得不疑,并因直、皖纷争愈竞愈烈,恐沪军亦趁势袭击江苏,为此先事预防,特派兵分布苏州、昆山一带,并掘毁黄渡至陆家浜一带铁道,阻截沪军。何丰林闻沪宁铁路被苏军拆断,越觉师出有名,遂也派军直上,与苏军相犄角。彼此列阵相持,摩拳擦掌,专待厮杀。只江苏一班士绅,已吓得心惊胆战,慌忙奔走号召,结合各界团体,呼吁和平。再加外交团保护侨民,力为调解,电文络绎,送达江浙。李纯本无心开战,对着南北纷争,尚日日把"和平"二字,挂诸齿颊,怎有江、浙毗连反致轻自开衅?若卢、何二人目的但在淞沪,得能将淞沪一方,仍归掌握,此外自无他望。结果是李督让步,卢、何罢休,总算双方订约,江苏不侵淞沪,淞沪也不犯江苏,撤退兵备,易战为和。江浙人民幸得苟安。后来中央亦收回成命,特任何丰林为淞沪护军使,这还是李督军爱惜苍生的厚惠。小子有诗咏道:

> 绾领军符贵保邦,
> 如何仗戟自相撞?
> 罢兵独为宁人计,
> 赢得仁声满大江。

东南幸不麋兵,北京难免战祸,欲知谁胜谁负,且至下回叙明。

民国战争,无一非为私利而起,南北之战,公乎私乎?顾南方犹得以护法为借口。若直皖之战,全为私利起见,小徐之欲扩张安福部势力,私也;即吴佩孚之反对小徐,不惜一战,亦安得谓为非私?一则挑拨段氏,一则煽动曹使,各求逞志而已,与国家之凋敝,民生之痛苦,固视若无睹焉。张雨帅亦好动不好静,本以调人自居,反致激成战祸,是岂不可以已乎?若淞沪护军使一职,贻祸者为袁项城,袁因郑汝成有功于己,特划淞沪一隅,俾郑自主。而郑竟死于非命。及卢何之与李纯龃龉,几至宣战,微李纯之顾全东南大局,甘心让步,江浙人民,宁有幸乎?国民苦兵革久矣,好战者民之贼也,主和者民之望也,观乎江浙之言和,安得不感念夫李督军?

第一百一十七回

吴司令计败段芝贵
王督军诱执吴光新

却说徐树铮带领卫队，直入京师，将演逼宫故事，一面至将军府，强迫各员，联衔进呈，请即褫夺曹锟、曹锳、吴佩孚官职，下令拿办。曹锳为曹锟第七弟，曾任近畿旅长，故小徐亦列入弹章，并推段祺瑞领衔，呈入总统府，大有咄咄逼人的气势。徐总统不便遽从，延搁一宵，未曾批准。那小徐确实厉害，竟率卫队围住公府，硬要老徐惩办曹、吴，否则即不认老徐为总统。徐总统无奈，只好下一指令道：

前以驻湘直军，疲师久成，屡次吁请撤防，当经电饬撤回直省，以示体恤。乃该军行抵豫境，逗留多日，并自行散驻各处，实属弄常荒谬。吴佩孚统辖军队，具有责成，似此措置乖方，殊难辞咎，着即开去第三师师长署职，并褫夺陆军中将原官，暨所得勋位勋章，交陆军部依法惩办。其第三师原系中央直辖军队，应由部接收，切实整顿。曹锟督率无方，应褫职留任，以观后效。军人以服从为天职，中央所以指挥将帅者，即将帅所以控制戎行。近年纲纪不张，各军事长官，往往遇事辄托便宜，以致军习日渝，规律因之颓弛。嗣后各路军队，务当恪遵中央命令，切实奉行，不得再有违玩，着陆军部通令遵照。此令。

看官！你想这道命令，曹吴两人，尚肯听受吗？当下由曹锟出面，联同东三省巡阅使张作霖、长江三督军李纯、王占元、陈光远等，发一通电，具论老段及小徐罪状，大略如下：

自安福部结党营私，把持政柄，挟其国会多数之势力，左右政局，而阴谋作用，辄与民意相反，实为祸国之媒，澒成舆论之敌。其尤影响国事者，政争所及，牵动阁潮，以致中枢更迭不定，庶政未由进行。甚至党派之后，武力为援，政治中心，益形机阱。试察其行动之机，则发纵而指使者，多系徐树铮等主持，恣睢专横，事实昭然。元首明烛破奸，于是下令开去徐树铮筹边使之职，解其兵权，筹纾党祸，并因靳揆辞职，提出周少朴氏，即周树模，徐欲用周代靳，已送咨文至众议院，未得议员同意。方期从容组阁，以文治之精神，奠邦基于永固。讵倏传惊耗，变出非常，合肥方面，以段芝贵为总司令，派边防军，直趋保定，宣言与直军宣战，并计定攻苏攻鄂，攻豫攻赣，强迫元首，下令讨伐。近日元首已被其监视，举动均失其自由，假借弄权，惟出自一二奸人之手。此时政本已摇，发号施令，无非倒行逆施之举，似此专横谬妄，实为全国之公敌。夫元首有任免官吏之权，乃因免一徐树铮，彼竟敢遽行反抗，诉诸武力。以直军而论，自湘南久成，奉准撤防，无非藉资休整，备国家御侮之用，既无轨外之行动，有何讨伐之可言？讵合肥欲施其一网打尽之计，是以有触即发，为徐树铮之故，为安福部之故，乃不惜包围元首，直接与曹锟等宣战，总施攻击。锟等素以和平为职志，对此衅起萧墙，无术挽救，迫不得已，唯有秣马厉兵，共伸义愤。纾元首之坐困，拯大局于濒危。扫彼妖氛，以靖国难。特此电闻。

通电宣传，全国鼎沸。再加张作霖回到奉天，立即派遣重兵，入山海关，也有一篇宣言书，说是："作霖奉令入都，冒暑远征，冀作调人，乃我屡重涕而道，人偏充耳勿闻。现闻京畿重地，将作战场，根本动摇，国何由立？且京奉铁路关系条约，若有疏虞，定生枝节。用是派兵入关，扶危定乱。如有与我一致，愿即引为同袍，否则视为公敌"等语。这是张雨帅独自出名，与上文联衔发电的文章，又似情迹不同，未尝指明讨段。其实乃是聪明办法，留一后来余地,看官莫要被他瞒过呢。谓予不信,试看后文。

曹锟得知奉军入关的消息,料知他前来援应,遂放胆出师,亲赴天津,当场行誓众礼,派吴佩孚为总司令,号各军为讨贼军,即就天津设大本营,高碑店设司令部,一意与段军对敌。段军分四路进兵,第一路统领刘询,第二路统领曲同丰,第三路统领陈文运,第四路统领魏宗瀚,均归总司令段芝贵调度。总参谋就是徐树铮。

七月十四日,两军相距,不过数里,刁斗相闻,兵刃已接,眼见是战云四布,无法打消了。总统府中尚发出通令云:

民国肇造,于兹九年,兵祸侵寻,小民苦于锋镝,流离琐尾,百业凋残,群情皇皇,几有儳焉不可终日之势。

本大总统就任之始,有鉴于世界大势,力主和平,比岁以来,兵戈暂戢,工贾商旅,差得一息之安,犹以统一未即观成,生业不能全复。今岁江浙诸省,水潦为灾,近畿一带,雨泽稀少,粮食腾踊,讹言明兴,眷言民艰,忧心如焚。乃各路军队,近因种种误会,致有移调情事,兵车所至,村里惊心,饥馑之余,何堪师旅?本大总统德薄能鲜,膺国民付托之重,唯知爱护国家,保义人民,对于各统兵将帅,皆视若子弟,倚若腹心,不能不剀切申诫。自此次明令之后,所有各路军队,均应恪遵命令,一律退驻原防,勠力同心,共维大局,以副本大总统保惠黎元之至意。此令。

军阀相争,势不两立,还管什么大总统命令?大总统要他撤防,他却即日开战,咚咚的鼓声,拍拍的枪声,就在琉璃河附近一带发作起来。边防军第一师第一团马队,与第十三师第一营步军,进逼直军第十二团第二营,气势甚猛,悍不可当。直军也不肯退让,即与交锋,正在双方攻击的时候,忽见直军步步倒走,退将下去。边防军越加奋迅,趁势追逼,再加总司令段芝贵性急徼功,下令军中,并力进击,不得瞻顾。

小段号称能军,何并诱敌之谋,尚不知晓?边防军自然锐进。哪知直军退到第一防线,均避入深壕,伏住不动,所有边防军射来的枪弹,尽从壕上抛过,一些儿没有击中,空将弹子放尽。猛听得一声怪响,便有无数弹子,飞向边防军击来,烟尘抖乱,血肉横飞,边防军支撑不住,立即转身飞奔。直军返退为攻,统从壕沟中跃出,还击边防军,吓得边防军没路乱跑,纷纷四散。段芝贵顾命要紧,早已遁去。尚有西北军第二混成旅,及边防第三师步兵第二团,由张庄、蔡村、皇后店三路,分攻杨村的直军防线,激战多时,统为直军所败。杨村系曹锳驻守,与吴佩孚同日得胜,先声已播,可喜可贺。独段芝贵等未免懊恨,向段祺瑞处报告,但言为直军所袭,因致小挫。祺瑞乃欲鼓励戎行,特令秘书员草就檄文,布告中外,略云:

曹锟、吴佩孚、曹锳等,目无政府,兵胁元首,国困京畿,别有阴谋。本上将军业于本月八日,据实揭劾,请令拿办,罪恶确凿,诚属死有余辜。九月奉大总统令,曹锟褫职留任,以观后效,吴佩孚褫职夺官,交部拿办。

令下之后,院部又迭电促其撤兵,在政府法外施仁,宽予优容,曹锟等应如何洗心悔罪,自赎末路。不意令电煌煌,该曹锟等不唯置若罔闻,且更分头派兵北进,不遗余力。京汉一路,已过涿县,京奉一路,已过杨村,逼窥张庄。更于两路之间,作捣虚之计,猛越固安,乘夜渡河,暗袭我军,是其直犯京师,震惊畿内,已难姑容,而私勾张勋出京,重谋复辟,悖逆尤不可赦。京师为根本重地,使馆林立,外商侨民,各国毕届,稍有惊扰,动至开罪邻邦,危害国本,何可胜言?更复分派多兵,突入山东境地,竟占黄河岸南之李家庙,严修备战,拆桥毁路,阻绝交通,人心惶惶,有岌焉将坠之惧。本上将军束发从戎,与国同其休戚,为国家统兵大员,义难坐视,今经明呈大总统,先尽京汉附近各师旅,编为定国军,由祺瑞躬亲统率,护卫京师，分路进剿，以安政府而保邦交，锄奸凶而定国是。奸魁释后，罪止曹锟、吴佩孚、曹镆三人，其余概不株连，其中素为祺瑞旧部者，自不至为彼驱役，即彼部属，但能明顺逆，识邪正，自拔来归，即行录用。其擒斩曹锟等，献至军前者，立予重赏。各地将帅，爱国家，重风义，遘此急难，必有屦及剑及、兴起不遑者，祺瑞愿从其后，为国家除奸慝，即为民生保安康，是所至盼。为此檄闻。

同日曹锟亦通电各省，说是开衅缘由，当归边防军任咎，略述如下：

边防军称兵近畿，扰害商民，近仍进行不已，以众大之兵力，占据涿州、固安、涞水等处，于寒删两日（诗韵有十三寒、十五删两韵，电码即借作十三日、十五日之省文）向高碑店方面分路进攻，东路则占据梁庄、北极庙一带，向杨村攻击，炮火猛烈，枪弹如雨。敝军力为防御，未及还攻，而彼竟愈逼愈紧，实为有意开衅，事实如此，曲直自在。唯有激励将士，严阵以待，固我防围而卫民生。特电奉闻，诸唯察照。

兵戈不足，济以笔舌，两造各执一是，互争曲直，这也是习见不鲜的常调，无足深论。公论自在人间，两造哓哓，何足取信？唯战事既开，势难收拾，最激烈的是徐树铮，他以为敌寡我众，敌弱我强，曹三庸夫，毫不足惧，吴子玉虽号知兵，究竟是个戎马书生，不惯力战。西北军身长胆壮，但藉那靴尖蹴踏，已足踢倒曹吴，不意一战即挫，前驱溃退，恼得小徐气冲牛斗，投袂奋起，自往督军，就将高碑店战事，尽交段芝贵主持，亲赴杨村一带，督同三路大军，进攻曹镆。一面电致鄂豫鲁等省，密令同党起事，响应京畿。

湖南督军吴光新本是段氏嫡派，得继张敬尧后任，兼充长江上游总司令。莅鄂已有多日，因见岳州、长沙为南军所占据，无隙可乘，不得已寓居湖北。张敬尧奉令查办，始终不肯到京，尚在湖北潜住。自经徐树铮密电到鄂，由吴光新接着，遂与张敬尧会商，图取湖北，助攻直军，并因旧部赵云龙驻守河南信阳县，好教他乘机发难，攻夺河南。当下发一密电，嘱告云龙，约期并举。鄂督王占元与曹吴联络一气，当然隐忌吴光新，时常派人侦查，防有他变。及直皖战起，侦察益严，所有吴光新暗地举动，竟被王占元察知，遂借请宴为名，备了束帖，邀吴入饮。

吴光新未曾防着，还道是密谋未泄，乐得扰他一餐，快我老饕。况临招不赴，乃是官场所忌，并足使王占元生疑，为此贸然前往，浩然入席。主客言欢，觞筹交错，畅饮了一二小时，已觉酒意微醺。突由王占元问及近畿战事，究系谁曲谁直，吴光新不觉一惊，勉强对答数语，尚说是时局危疑，不堪言战。假惺惺。王占元掀髯微笑道："君亦厌闻战事吗？如果厌战，请在敝署留宿数宵，免滋物议。"说着，即起身出外，唤入武士数名，扯出吴光新，驱至一间暗室中，把他软禁起来。吴光新孤掌难鸣，只好由他处置，唯自悔自叹罢了。得生性命，还是幸事。

王占元既拘住吴光新，更派出鄂军多人，往收吴光新部曲，果然吴军闻信，乘夜哗变，当被鄂军击退，解散了事。独张敬尧生得乖巧，已一溜烟似的遁出鄂省，得做了一个漏网鱼。占元遂通电曹、吴，曹、吴亦为欣慰。嗣复接得广东军政府通电，也是声讨段氏，但见电文中云：

国贼段祺瑞者，三玷揆席，两逐元首，举外债六亿万，鱼烂诸华，募私军五师团，虎视朝左，更复昵嬖徐树铮，排逐异己，啸聚安福部，劫持政权。军事协定，为国民所疾首，而坚执无期延长；青岛问题，宜盟会之公评，而主张直接交涉；国会可去，总统可去，而挑衅煽乱之徐树铮，必不可去；人民生命财产，可以牺牲，国家主权，森林矿产，可以牺牲，而彼辈引外残内之政会，必不可牺牲。凶残如朱温、董卓，而兼蠹国肥私，媚外如秦桧、李完用，而更拥兵好乱。综其罪恶，罄竹难书。古人权奸，殆无其极。

军府恭承民意，奋师南服，致讨于毁法卖国之段祺瑞，及其党徒，亦已三稔于兹，不渝此志。徒以世界弭兵，内争宜戢，周旋坛坫，冀遂澄清。而段祺瑞狼心不化，鹰瞵犹存，嗾使其心腹王揖唐者，把持和局，固护私权，揖盗谈廉，言之可丑。始终峻拒，宁有他哉？乱源不清，若和奚裨。吴师长佩孚，久驻南中，洞见症结，痛心国难，慷慨撤防。直奉诸军，为民请命，仗义执言，足见为国锄奸，南北初无二致也。乃段祺瑞怙恶饰过，奖煽奸回，盘踞北都，首构兵衅，以对南黩武之政策，戕其同袍，以不许对内之边军，痛毒畿辅。天命不足畏，人言不足恤，但知异己即噬，不惜举国为仇，故囊诬为南北之争者，实未彻中边之论也。道路传言，金谓该军有某国将校，阴为之助，某氏顾问，列席指挥，友邦亲善，知必謷言，揣理度情，当不如是。然而敬瑭犹在，终覆唐室，庆父不除，莫平鲁难。今者直省诸军，声罪致讨，大义凛然，为国家振纲纪，为民族争人格，挥戈北指，薄海风从。军府频年讨贼，未集全勋，及时鹰扬，义无反顾，是用奖率三军，与爱国将士，无间南北，并力一向，诛讨元凶。其有附逆兵徒，但知自拔，咸与维新。若更徘徊，必贻后悔。唯我有众，一乃心力。除恶务尽，共建厥勋。褫奸雄之魄，毋或后时，抉鄙邬之藏，相偕饮至。昭告遐迩，盍兴乎来！

据这电文，明明是岑春煊主张，与曹、吴遥相呼应，直派联合岑、陆。曹、吴大喜，颁示将士，遂令军心益奋，慷慨临戎。小子有诗叹道：

> 武夫本是国干城，
> 御侮原应不爱生。
> 可惜局中差一着，
> 奋身误作阋墙争。

欲知两军再战情形，请看下回便知。

　　绝交不出恶声，是谓之君子人。试观直、皖之争彼此相诟，无异村姬乡童之所为。试思同袍同泽，本有偕作偕行之义务，就使意见不合，偶与绝交，亦当为国家起见，各就本职，守我范围，岂可自相诋毁，自相攻击乎？况虚词架诬，情节支离，徒快一时之意气，甘作两造之謷言，本欲欺人，适以欺己。天下耳目，非一手可掩，何苦为此山膏骂豚之伎俩也。彼段芝贵之遭败，与吴光新之被拘，皆失之躁率，均不足讥，即胜人执人者，亦为君子所不齿。朝为友朋，暮成仇敌，吾不愿闻此豆萁相煎之惯剧也。

第一百一十八回　闹京畿两路丧师　投使馆九人避祸

却说直、皖两军互相角逐，分作东西两路，西路就是高碑店，东路乃是杨村。徐树铮率同西北军，猛攻曹锳。曹锳仓促抵敌，一时措手不及，竟为西北军所乘，枪似林攒，弹如雨注，不由曹军不走。曹锳只好号召兵士，退出杨村。树铮把杨村占住，很是得意，偏接高碑店战报，一再败衄，急得小徐又转喜为忧。

原来段芝贵前次失败，收合余军，再图大举。七月十五日晚间，复向高碑店进攻，意欲乘他不备，得一胜仗。直军也曾防着，出阵接战。小段见直军严肃，料不可袭，便另生一计，密令部众散阵四趋，诱入直军。也欲作诱敌计吗？直军踊跃直前，向敌阵中杀入。敌阵先散后聚，复一齐裹合拢来，拟把直军困在垓心。直军也觉情急，猛力冲突，各自为战。小段见直军中计，喜不自禁，便申令军中，再接再厉，要杀得他片甲不回。谁知阵后忽来了数百人，统执着新式快枪，接连击射，好似连珠一般，无从趋避。为首的统兵大员，不是别人，正是直军总司令吴佩孚，小段被他一扰，吓得方寸已乱，亟欲分兵对敌，偏偏兵不应命，相率溃去。直军前后夹攻，几把小段擒住。幸亏小段跨一骏马，跑走得快，才得逃脱，退至三十里外下营。小段经此两败，方知吴佩孚计中有计，不敢轻敌。

吴佩孚得胜收军，休息一宵。到了次日的夜间，令第三混成旅旅长萧耀南与第三补充旅旅长龚汉冶，合力向涿州进攻，再令补充旅旅长彭寿莘作为后应。边防军第一师师长曲同丰驻守涿州，正与萧耀南相值，两军接触，即噼噼啪啪地放起枪来。边防军屡遭败仗，未战先怯，勉强支撑了一小时，看直军来势益盛，便想退下。那龚汉冶部下补充旅，正从右边攻入，冲断边防军，彭寿莘又复继至，击毙边防军无数，俘获旅团长以下共五十余人。曲同丰带领残兵，遁入涿州。直军便至涿州城外安营，再图进取。诘旦有奉军到来加入，直军气焰益盛，曲军已失战斗的能力，眼见得支持不住，没奈何派员请和。吴佩孚只准乞降，不得提出"和"字。曲同丰保命要紧，就使丢掉面子，也不暇顾，只好依吴佩孚所言，与二十九旅旅长张国溶、三十旅旅长齐宝善，带同残军二千余人，向直军缴械投降。不愧姓曲。涿州遂由直军占住。边防军第三师师长陈文运，闻得曲军降敌，竟弃师遁去。蛇无头不行，兵无主自乱，大都弃械逃生，各走各路。段芝贵亦遁入京师，西路军完全失败。

徐树铮得此消息，方在忧患，蓦闻营外枪声大震，乃是曹锳领军杀到。从来出兵打仗，全靠着一鼓锐气，锐气一挫，虽有良将，无能为力。此时曹锳奋勇杀来，无非为了西路大捷，鼓动士气，前来夺还杨村。那小徐部下，正因西路覆没，垂头丧气，还有何心接战？顿时出营四溃。小徐到此，就使郁愤满腔，要想拼命一争，怎奈兵心已散，无可挽回，也唯有行了三十六策中的上策，一溜风跑入都门，窜匿六国饭店中，可巧与小段碰着。"愁人莫对愁人说，说起愁来愁煞人"，想两人当时情状，应亦如此，毋庸笔下描摹了。这是好战的报应。段祺瑞迭接败耗，且愤且惭，当即取过手枪，意欲自戕。幸经左右夺去，劝他入京，求总统下停战令。祺瑞不得已还都，上书老徐，引咎自劾。

徐总统冷笑道："早知今日，何必当初？"遂令靳云鹏、张怀芝等往见曹、吴，商议停战，一面颁下通令道：

前以各路军队，因彼此误会，致有移调情事，当经明令一律退驻原防，共维大局。乃据近日报告，战事迄未中止，群情惶惧，百业萧条，嗟我黎民，何以堪此？况时方盛暑，各将士躬冒锋镝，尤属可悯。应责成各路将领，迅饬前方，各守防线，停止进攻，听候命令解决，用副本大总统再三调和之至意！此令。

天下不如意事，十常八九，自段氏四路大军一齐败溃，于是鲁、豫各省的段派军官，亦皆瓦解。山东德州方面，本被边防军统领马良攻入，守将商德全退走。嗣由奉军往援德全，复击败边防军，夺回德州，马良当然审去。就是信阳戍将赵云龙，率领部下，与河南旅长李奎元激战，亦为所败，被逐出境。还有察哈尔都统王廷桢，起应曹吴，入驻康庄，就在居庸关附近，与边防军西北军，一场剧斗，边防军西北军均皆败降，解除武装，老段小徐的计策，无不失败。

段祺瑞自欲解嘲，因电致直、奉、苏、赣、鄂、豫等省，大略说是：

顷奉主座电谕："近日叠接外交团警告，以京师侨民林立，生命财产，极关紧要，战事如再延长，危险宁堪言状？应令双方即日停战，迅饬前方各守界线，停止进攻，听候明令解决"等因。祺瑞当即分饬前方将士，一律停止进攻在案。查祺瑞此次编制定国军，防护京师，盖以振纲饬纪，并非黩武穷兵，乃因德薄能鲜，措置未宜，致召外人之责言，上劳主座之廑念。抚衷内疚，良深悚惶！查当日即经陈明，设有贻误，自负其责。现在亟应沥情自劾，用解怨尤，业已呈请主座，准将督办边防事务，管理将军府事宜各本职，暨陆军上将本官，即予罢免；并将历奉奖授之勋位勋章，一律撤销，定国军名义，亦于即日解除，以谢国人。谨先电闻。

投井下石，古今同慨，况段氏误信小徐，组织安福部，党同伐异，借债兴兵，究为舆论所未容，此次一败涂地，虽然返躬自责，情愿去官，毕竟众怒未消，谤言益甚。江苏督军李纯发一通电，有"奸厥渠魁，指日可待，从此魑魅敛迹，日月重光"等语。又有南北海军将校林葆怿、蓝建枢、蒋拯、杜锡珪等，亦通电声讨安福党人，历数罪状，并称："南北实力提携，共济艰难"云云。最激烈的是吴佩孚，趁这全军大胜的机会与奉军同诣京师，驻扎南苑、北苑，请大总统诛戮罪魁。

靳云鹏与张怀芝到了吴军，与吴佩孚从容筹商，特提出四大条件：（一）惩办徐树铮。（二）解散边防军。（三）解散安福部。（四）解放新国会。这四条已经中央承认，劝吴即日罢兵。吴佩孚尚未肯干休，再经靳、张两人苦口调解，才得吴最后答复，谓："当转达曹经略，佩孚不便做主"等语。靳、张乃往与曹锟商议。曹锟虽允停战，唯对着中央承认四事，尚嫌不足。靳、张虽各具三寸舌根，终未能妥为斡旋，只得回京复命。

徐总统闻报，默忖多时，想此事非借重奉张，不能排解，因即电召张作霖，再作调人。一面派王怀庆收束近畿军队，兼任督办。怀庆奉令办理，尚称得手，所有边防军与西北军，或编入队伍，或给资遣散，近畿一带，总算粗安。

既而张作霖出为调停，与曹、吴商定条件：（一）解散安福部。（二）惩办罪魁十四人。（三）取消边防军与西北军及其他属于该两军之一切机关。（四）京畿保卫归直、奉军，永远驻扎，京城以内，由京畿卫戍总司令担负全责。（五）撤销安福包办之和议机关，驱逐王揖唐，另与西南直接办理和议。（六）解散新旧两国会，另办新选举。这六项为主要条件，尚有先决事件两项：一为政府速将三年以来，所借外债及用途，分布全国。二为褫免京师警察厅总监吴炳湘。议定以后，即由张作霖转呈徐总统。

徐总统非不赞成，但尚欲稍示通融，顾全段氏面目，因复使靳、张二人电复张作霖，托他再为转圜。作霖乃复与曹、吴磋商，大致仍照前议，惟略改细目罢了。于是中央命令，蝉联

七月二十四日大总统令

准财政总长李思浩、司法总长朱深、交通总长曾毓隽免职，令财政次长潘复、司法次长张一鹏，代理部务。

特任田文烈兼署交通总长。

准京畿卫戍总司令段芝贵免职，特派王怀庆兼署京畿卫戍总司令。

二十六日大总统令

据兼代国务总理萨镇冰呈称："师长吴佩孚等，所部军队，前次在豫暂驻，未能即时回直，证以曹经略使来电，始则因住兵房舍，一时难腾，继则因铁路车辆，未能即时应付，并非有意逗留，其情事既有不符，拟请将处分令分撤销"等语。应准将本年七月九日，关于曹锟、吴佩孚处分命令，即行撤销，交陆军部查照。

准京师警察厅总监兼督办京都市政事宜吴炳湘免职，令田文烈兼督办京都市政事宜，殷鸿寿为京师警察厅总监，并会办京都市政事宜。

准交通次长姚国桢免职，任命权量兼署交通次长。

二十八日大总统令

准督办边防事务，兼管理将军府事务段祺瑞免职。

前以沿边一带，地方不靖，当经令设督办边防事务处，以资控驭，现在屯驻边外军队，业已陆续撤退，该处事务较简，所有督办边防事务处，应即裁撤，其所辖之边防军，着陆军部即日接收，分别遣散，以一军制而节冗费。此令。

前有令将西北边防总司令一缺裁撤，其所辖军队，由陆军部即日接收办理，所有西北军名义，应即撤销，着责成该部迅速收束，妥为遣散，仍将办理情形，克日呈复。此令。

准大理院院长姚震免职，特任董康为大理院院长。

二十九日大总统令

国家大法，所以范围庶类，俪规干纪，邦有常刑。此次徐树铮等称兵畿辅，贻害闾阎，推原祸始，特因所属西北边防军队，有令交陆军部接收办理，始而蓄意把持，抗不交出，继乃煽动军队，遽启兵端。甚至迫胁建威上将军段祺瑞，别立定国军名义，擅调队伍，占用军地军械，逾越法轨，恣逞私图。曾毓隽、段芝贵等，互结党援，同恶相济，或参与密谋，躬亲兵事，或多方勾结，图扰公安，并有滥用职权，侵挪国帑情事，自非从严惩办，何伸国法而昭炯戒？徐树铮、曾毓隽、段芝贵、丁士源、朱深、王郅隆、梁鸿志、姚震、李思浩、姚国桢等，着分别褫夺官职勋位勋章，由步军统领、京师警察厅一体严缉，务获依法讯办。其财政交通等部款项，应责成该部切实彻查，呈候核夺。国家虽政存宽大，而似此情罪显著，法律具在，断不能为之曲宥也。此令。

统观以上命令，除为曹、吴洗刷外，所有免职各条都是对着段派的关系。唯"免职"二字，不过去官而止，与身家无甚碍处。至若上文严缉祸魁一令，乃是诖犯刑章，将加体罚，这是小徐等人特别畏忌的条件，不得不设法趋避。况直、奉各军，满布京畿，一被缉获，尚有何幸？当下统避匿东交民巷作为京城里面的逋逃薮。东交民巷是各国使馆所在地，政府不得过问。就是六国饭店，亦在东交民巷，故小徐、小段先就该饭店藏身。徐总统下此命令，主动力全在曹、吴，他虽然阴忌段派，但教段氏下台、段派失势，已算是如愿以偿，不欲再为已甚，所以命令中尚为段氏洗怨，唯罪及小徐等十人。所云缉获讯办，无非虚扬威名。

看官试回溯民国以来，中央所颁惩办大员的命令，能有几人到案，如法办理吗？这就是致乱原因。独此次曹、吴主见，本思乘着胜仗罚及老段。上文叙及罪魁十四人，必兼老段在内。旋因徐总统曲为调停，方将老段除出，且把小徐等尽法惩治，聊泄宿忿。

及闻小徐等避匿使馆界内，不能直接往拿，只得浼人疏通各国公使请他驱逐罪魁。各国公使团乃会议办法，磋商多时，英、美、法三国公使暗中帮助曹、吴，并在会场中发表政见，谓："此次小徐诸人扰乱京畿，贻害中外人民，不应照国事犯例保护。"国事犯即政治犯，各国公法有容留国事犯通例。唯日本及意大利国公使力持异议，所以东交民巷中只有英、美、法三国公使文告，通饬本国侨民不准容留中国男子，如有容留，限令即日迁出。徐树锋等瞧着告示，禁不住慌张起来。自思六国饭店，乃是各国公共寓所，势难久居，尚幸日、意两国无此禁令，留出一条活路，可以投奔，于是徐树铮、段芝贵、曾毓隽、丁士源、朱深、王郅隆、梁鸿志、姚震、姚国桢等九人，相偕计议，拟往日、意两公使馆乞请保护。转想日本感情比意国为厚，不如同去恳求日使，较为妥洽。当下联袂谐行，共至日使馆中，拜会日使。可巧日使未曾外出，得蒙邀入，遂由徐树铮等当面哀求，仗着几寸广长舌，说得日使怦然心动，不由得大发慈悲，力任保护，便令九人居留护卫队营内，安心避难。好在九人各有私财，预储日本银行，一经挪移，依然衣食有着，不致冻馁。独李思浩生平常在金融界中主持办理，与日人往来更密，他闻惩办令下，早已营就兔窟，藏身有所，看官不必细猜，想总是借着日本银行，做了安乐窝呢。小子有诗叹道：

> 好兵不戢自焚身，
> 欲丐余生借外人。
> 早识穷途有此苦，
> 何如安命乐天真。

小徐等既得避匿，眼见中国政府无从缉获，只好付作后图。此外尚有各种命令，容至下回续叙。

兵志有言："骄兵必败"，小段、小徐之一再败衄，正坐此弊。彼吴佩孚方脱颖而出，挟其久练之士卒，与小段小徐相持，小段、小徐徒恃彼西北边防等军，即欲以众凌寡，以强制弱，而不知骄盈之态，已犯兵忌，曹操且熸师赤壁，苻坚尚覆军淝水，于小段、小徐何怪焉？及战败以后，遁匿六国饭店中，坐视段合肥之丢除面子，一无善策。放火有余，收火不足，若辈伎俩，可见一斑。段合肥名为老成，奈何轻为宠信也。英、美、法三国公使，不愿容留小徐等人，而日使独出而保护之，其平日之利用段派，更可知矣。合肥合肥，安能不授人口实乎？

却说徐总统迭下命令,黜免段系,至通缉罪魁以后,已与段系不留情面,遂又陆续下令,罢免湖南督军兼长江上游总司令吴光新职,并将长江上游总司令一缺,饬令裁撤,所有吴光新旧辖军队,由王占元妥为收束,借节军费。同日,又褫夺吴炳湘原官及勋位勋章,说他党附徐树铮等,不知远嫌,有背职务,虽经免职,未足蔽辜,应褫夺陆军中将原官,暨勋位勋章,以示惩儆云云。

过了数天,已是八月三日,复由徐总统下令,解散安福俱乐部,令云:

政党为共和国家之通例,约法许集会结社之自由。安福俱乐部具有政党性质,自为法律所不禁。近年以来,迭据各省地方团体,函电纷呈,列举该部营私误国,请予解散。政府以为党见各有不同,自可毋庸深究。乃此次徐树铮、曾毓隽等,称兵构乱,所有参与密谋,筹济饷项,皆为该部主要党员。观其轻弄国兵,喋血畿甸,肆行无忌,但徇一党之私,虽荼毒生灵,贻祸国家,亦若有所不恤。是该部实为构乱机关,已属逾越法律范围,断不能容其仍行存在。着京师卫戍总司令,步军统领,京师警察厅,即将该部机关,实行解散。除已有令拿办诸人外,其余该部党员,苟非确有附乱证据者,概予免究。其各省区,如设有该部支部者,并着各该省区地方长官,转饬一律解散。此令。

再进一步的办法,就是撤换王揖唐了。徐总统不遽下令,但使国务院电致江苏,将王揖唐的议和代表,即日撤销,改派江苏督军李纯为南北议和全权总代表,与广东军政府接洽和议。李纯本与王揖唐有嫌,遂有一篇弹劾王揖唐文,电达中央。徐总统乃申令道:

据江苏督军李纯电呈:"王揖唐遣派党徒,携带金钱,勾煽江苏军警及缉私各营。并收买会匪,携带危险物,散布扬州、镇江省城一带,以图扰乱,均有确凿证据,请拿交法庭惩办"等语。王揖唐经派充总代表职务,至为重要,乃竟勾煽军警,多方图乱,实属大干法纪,除已由国务院撤销总代表外,着即褫夺军官,暨所得勋位勋章,由京外各军民长官,饬属一体严缉务获,依法惩办。此令。

王揖唐寓居沪上,距京甚远,不比那小徐等人,留住京师,一时不能远飏,权避日本使馆中。所以命令虽下,一体严缉,他却四通八达,无地不可容身;就使仍居上海租界内,亦为中国官吏势力所不能达到的地点,怕什么国家通缉呢?这叫法外自由。

但徐总统承认曹、吴要求,除新旧国会未见解散明文外,余已一律照办。更因段派中尚有数人为曹、吴所指劾,因复连下二令道:

前以安福俱乐部为扰乱机关,业有令实行解散,所有籍隶该俱乐部之方枢、光云锦、康士铎、郑蒐瞻、臧荫松、张宣,或多方勾煽,赞助奸谋,或淆乱是非,潜图不逞,均属附乱有据,着分别褫夺官职勋章,一律严缉,务获惩办。其余该部党员,均查照前令,免予深究,务各灌磨砥砺,咸与维新。此令。

边防军第一师师长曲同丰、第三师师长陈文运、陆军第九师师长魏宗瀚、第十五师师长刘询、谦威将军张树元,于此次徐树铮称兵近畿,甘心助乱,以致士卒伤亡,生灵涂炭,均属罪有应得。曲同丰、陈文运、魏宗瀚、刘询、张树元,着即褫夺军官军职暨所得勋位勋章,交陆军部依法惩办，以伸军纪。此令。

令申所布，徒有具文，各犯官统闻风避去，近走津门，远赴沪渎，津、沪均有外国租界，非中国法律所能及，鸿飞冥冥，弋人何篡？外人讥中国为纸糊章程国，端的是不谬呢。章程国尚有章程，现今中国朝令暮改，并"章程国"三字，尚有愧辞。

惟曹、吴所最痛恨的乃是小徐，小徐与段芝贵、曾毓隽等匿居日本使馆，曹、吴必欲外人交出，按法惩办，因即递呈徐总统请与日使馆严重交涉。徐总统申饬外交部照会外交团，索交祸魁徐树铮等十人。当经英、法、美三国公使分别复称引渡罪魁事（"引渡"二字系含有交出意义，语本《日本法典》），各使曾开会商议，意见不同，结果由各使自复，但称："本国使馆，并未收纳此项人等"云云。外交部乃直至文日本使馆，问他有无收留，日本公使竟据实答复，略云：

徐树铮、曾毓隽、段芝贵、丁士源、朱深、王郅隆、梁鸿志、姚震、姚国桢等九人，咸来本使馆恳求保护。本公使鉴于国际上之通义，及中国几多往例，以为事情不得已而予以承认，决定对于此等诸氏，加以保护。刻将此等诸氏，悉收容公使护卫队营内，并严重告诫，在收容所内，万不得再干预一切政治，且断绝与外部之交通。兹本使特通告于贵代理总长之前。此时外交总长陆征祥称病请假，由颜惠庆署理。本使此次之措置，超越政治上之趣旨，即此等诸氏所受之保护，绝非基于附属政派之如何，而予以特别待遇，恰以该氏等不属于政派之故，是以本使馆不得拒绝收容。本使并信贵部对于此等衷意，必有所谅解也。八月九日。

外交部接到日使复文，又致书日使，与他辩论。略云：

敝国政府，不能承认贵使本月九日通告之件，至为抱歉。刻敝国政府，正从事调查各罪犯之罪状，一俟竣事，即将其犯罪证据，通知贵使，请求引渡，并希望贵使勿令诸犯逃逸，或迁移他处藏匿为荷。

日使得书，隔了数日，又复词拒绝道：

贵总长答复敝使，本月九日，关于收容徐树铮等于帝国使署兵营之通告回文，业已领悉。据称："贵国政府，不能承认敝使上次通告之件，且将以根据法律之罪状，通知敝使"云云。唯贵国大总统颁发捕拿该犯等之命令，系以政治为根据，故敝使署即视为政治犯，而容纳保护之。敝使并声明无论彼等将受何等刑事罪名之控诉，敝使不能承认贵总长所请，将彼等引渡也。

自经日使两番拒绝，徐总统亦无可奈何。就使曹、吴恨煞小徐，也不能亲到东交民巷中把他拿来，只好忍气吞声，暂从搁置。

唯直、奉两派，既并力推倒段系，自然格外亲昵。当由两派军官，代为曹、张作撮合山，联为婚媾。张有庶子，为第二姨太太所生，曹有庶女，亦为第二姨太太所出，年均幼稚，好似一对金童玉女先后下凡，特为两豪家隐缙红丝。后来张家行聘，曹家受聘，两造礼仪，非常华丽，比那帝王时代的王侯，还要加倍，中外报纸，传为艳闻，这且无容絮述。且看后来何如？

第三师师长吴佩孚因时局纠纷，连年未定，特欲公诸国民，拟开国民大会，解决时局，草定大纲八条，胪列如下：

（一）定名。为国民大会。

（二）性质。由国民自行招集，不得用官署监督，以免官僚政客操纵把持。

（三）宗旨。取国民自决主义，凡统一善后及制定宪法，与修正选举方法及一切重大问题，均由国民解决，地方不得借口破坏。

（四）会员。由全国各县农工商会各会各举一人，为初选所举之人，不必以各本会为限。

如无工商会，宁缺毋滥。再出全省合选五分之一，为复选。俟各省复选完竣，齐集天津或上海，成立开会。

（五）监督。由省县农工商学各会长，互相监督，官府不得干涉。

（六）事务所。先由各省农工商学总会公同组织，为该省总事务所，再由总事务所电知各县农工商学各会，克日成立各县事务所。办事细则，由该所自订。

（七）经费。由各省县自由经费项下开支。

（八）期限。以三个月内成立，开会限六个月，将第三条所列诸项，议决公布，即行闭会。并主张将南北新旧国会，一律取消，南北议和代表，一律裁撤。所有历年一切纠纷，均由国民公决。

看吴佩孚这番论调，本来是一篇绝好章程，不但编书人绝对赞成，就是全国四万万同胞，也没有不赞成的心理。试想中国自革命以来，既已改君主为民主，应该将全国主权，授诸国民全体，为何袁项城要设筹安会，想做皇帝？为何徐树铮等要组安福部，想包揽政权财权军权？这种行动，都为全国民心所不愿。结果是袁氏失败，洪宪皇帝私做了八十三日，终归无成。徐树铮频年借款，频年练兵，也弄到一败涂地，寄身日本使馆。可见军阀家硬夺民权，终究是拗不过民心，民心所向，事必有成，民心所背，事无不败。不啻当头棒喝，奈何各军阀家尚然不悟？吴佩孚师长既有此绝大主张，绝大议案，岂不是中华民国一大曙光？无如他曲高和寡，言与心违，所以"国民大会"四字，仍是个梦中幻想，徒托空谈。又况段派推倒，权归曹、张，曹、张也是武力主义，顾什么国民不国民？

更兼西南一带，党派分歧，若粤系，若桂系，若滇系黔系，倏合倏分。哪一个不想扩充地盘？哪一个不想把持权利？四川全省，地肥美，民殷富，不啻一长江上源的金穴，三五军阀，你争我夺，搅得乱七八糟，周道刚为刘存厚所逐，刘存厚为熊克武所挤（已如上文所述），至直、皖战后，熊克武又被吕超排出，川军即推吕超为总司令。熊克武心有不甘，复向刘存厚乞得援兵，再入川境。川民连遭兵燹，倾家荡产，不可胜计。他如滇、黔、桂、粤各派，分裂以后，也是兵戈相见，互哄不休。此外各省督军帅长，表面上虽没有如何争扰，暗地上实都是怀着私谋。天未悔祸，民谁与治？欲要实做到民权主义，恐前途茫茫，不知再历若干年，方好达此目的呢。慷慨而谈，仿佛高渐离击筑声。

且说段派失势，靳阁复兴，靳云鹏复由曹、张推举，徐总统特任，起署国务总理。阁员亦互有参换，外交总长陆征祥、内务总长兼署交通总长田文烈等，并皆免职，即任颜惠庆署外交总长、张志潭署内务总长、周自齐署财政总长、董康署司法总长、范源濂署教育总长、王乃斌署农商总长、叶恭绰署交通总长、靳云鹏自兼署陆军总长，内阁又算成立了。靳氏二次登台，更欲收揽时誉，力谋和平，特请徐总统不咎既往，赦免安福部余支。徐总统乃有胁从罔治的赦文。靳氏复思履行前议，为南北统一计划，请命总统，召曹、张两使到京，商决时局问题。曹锟、张作霖并皆应召，各乘专车入都，与靳相见。三亲翁并会一堂，和气融融，自然欢洽。

嗣经徐总统下令，裁撤四川、广东、湖南、江西四省经略使缺，改任曹锟为直鲁豫巡阅使，与张作霖职权相同，副使就令吴佩孚升任。张作霖与吴佩孚，虽未免猜忌，但此时尚没有什么恶感，所以中央超擢吴氏，张亦不加异词。独吴氏主张的国民大会，被张作霖极力批斥，谓政府自有权衡，用什么国民大会，因此靳氏转告吴佩孚，就把他一时伟议，无形打消。*吴氏之与张反对，激成后来之武力统一政策，实自此始。*

只靳氏提议的南北统一，张作霖还表同情。曹锟是个无可无不可的人物，也即同声附和，尽令靳氏一力做去。两巡阅使驻京半个月，分电各省督军，采集时议。这是表面上的虚文。各督军派遣代表趋集天津，曹、张就此出京，由靳云鹏送至津门，即与各省督军代表，晤商一宵。各代表统顺风敲锣，何人敢持异议？那时曹、张喜气洋洋，分道自归原镇，靳总理也即还京，各代表亦统回本省去了。

自靳总理还京以后，便想把南北统一计划积极进行，无如南方军阀已是党派分歧，比前次议和时候，还要为难。滇、黔、粤、桂各成仇敌，旧国会一部分议员，离粤赴滇，自开国会，议决取消岑春煊政务总裁职务，补选贵州督军刘显世为政务总裁。一国中有三国会，如何致治？刘本为广东军政府选入，未曾就职，仍与唐继尧唇齿相依，不愿合入桂系，旋经北京靳总理，及南北议和总代表李督军，一再电劝，敦促和平，唐、刘二人乃通电各省，表明意见。文云：

西南护法，于今三载，止兵言和，业已二周。因法律外交两问题，迄无正当解决之法，以致和会久经停顿，时局愈益纠纷。夫维持法纪，拥护国权，此吾辈夙抱之主张，亦国民应尽之天职。顾大义所在，虽昭若日星，而时势变迁，则真意愈晦，是非莫辨，观听益淆。吾辈救国护法之初衷，将无以大白于天下，而金壬假借，得以自便私图，恐国家前途，益败坏而不可挽救。吾辈为贯彻主张计，谨掬真诚，郑重宣言，以冀我全国父老兄弟之共鉴，特立条件如下：

（甲）关于收束时局之主张。

（一）南北和平办法，应由正式和会解决。（二）和议条件，以法律外交两问题，为国本所关，须有正当之解决。

（乙）关于刷新政治根本救国之主张。

（一）宜将督军以及其他特设兼辖地方之各种军职，一律废除，单设师旅长等统兵人员，直隶于陆军部，专任行兵及国防事务。（二）全国军队，应视国防财政情形，编为若干师旅，其余冗兵，一律裁汰。裁兵事宜，特设军事委员会，计划执行。（三）实行民治主义，虽在宪法未定以前，宜先筹办各级地方自治，尊重人民团体，以确立平民政治之基础，而实现国民平等自由之真精神。

上列各条，继尧、显世，谨决心矢志，奉以周旋，邦人诸友，其有与我同志者乎？吾辈当祷祀以期。至地方畛域，党派异同，非所敢择也。

据这电文，似乎有条有理，一些儿不存私见，于是北方各省军阀家也有复电相答，表示同情。正是：

　　　　岂必心中期实践，

　　　　何妨纸上作高谈。

欲知复电中如何措辞，持至下回录明。

刑赏为国家大典，无论如何政体，要不能有功无赏，有罪无刑。独自民国成立以来，法律已处于无权，冒功邀赏者，实繁有徒，而祸国殃民诸罪犯，则往往为法律所不逮，就使中央政府，煌煌下令，而遁逃有薮，趋避有方，乌从而缉捕之？试观日本公使之容留九人，拒绝引渡，无论日使之是否依法，但即中国之刑律而论，已等诸无足重轻之列，有罪不能加罚，何惮而不为乱耶？吴佩孚之主张国民大会，此时尚有意求名，故倡议正大，但言之非艰，行之维艰，即令吴氏坐言起行，恐未必能达目的，况掣肘者之群集其旁也。若夫靳翼青之主张统一，计非不善，滇黔二督之发表意见，语亦甚公，但终不得圆满之结果者也，吾得而断之曰："言不顾行，行不顾言。"

第一百二十回

废旧约收回俄租界
拼余生惊逝李督军

却说北方各省军阀家，见了唐、刘两人的通电，就由曹锟、张作霖两使领衔，复电滇黔，也说得娓娓可听。文云：

接读通电，尊重和平，促成统一，语长心重，感佩良深。就中要点，尤以注重法律外交为解决时局之根本，群情所向，国本攸关。锟等分属军人，对于维持法纪，拥护国权，引为天职，敢不益动初心，勉从两君之后。所希望者，关于和议之进行，务期迅速，苟利于国，不尚空谈，精神既同，形式可略。

此次西南兴师，揭橥者为二大义，一曰护法，一曰救国。南北当局，但能于法律问题，持平解决，所谓军职问题，民治问题，均应根据国会及国会制定之宪法，逐渐实施，决不宜舍代表民意之机关，而于个人或少数人之意思，为极端之主持，致添纷扰。是法律问题之研究，当以国会问题为根本，即军职之存废及民治之施行，亦当以国会为根本。现在新旧国会，怠弃职务，不能满人民之希望；复以党派关系，不足法定人数，开会无期，而时效经过，尤为法理所不许。值此时局艰危之际，欲求救济，舍依法改选，更无他道之可循。果能根据旧法，重召新会，护法之义既达，则统一之局立成，此宜注意者一也。

至于中国国家，实因列强均势问题而存在，国际关系，与国家前途之兴亡，至为密切。前次沪会停滞，实以外交问题为主因，即北方内部之纷争，亦由爱国者，与专恃奥援，不知有国，只知有党之军阀，为公理与强权之决战。试问自己良心，果能爱国否？差幸公理战胜，违反民意之徒，业经匿迹销声。嗣后中央外交之政策，应以民意为从违。谈何容易？在南北分裂之际，无论对于何国所订契约，皆应举而诉诸舆论。国本既固，庶政始成，此应注意者二也。

若夫和议方式，允宜以早日观成为旨归，军事收束，特设委员会，尤为施行时所必要。此皆中央屡征同意，期在必行，毋庸过虑者也。总之时局日艰，民困已极，排难解纷，当得其道。凡我袍泽，果能及早觉悟，不事私争，所谓护法救国之宗旨，均经圆满解决，则同心御侮，共谋国是，人同此心，何敢自外？两公主持和议，情真语挚，敬佩之余，用敢贡其一得，希即亮察。

看这电文，也是酌情酌理，释躁平矜，南北两方，应该由此接近，可望和平。及细览语意，才知两造仍多扞格，未尽通融。北方的主张，拟解散新旧国会，新国会为段派所组成，南方原是反对。但旧国会分徙滇、粤，方思恢复立法权，怎肯被他解散？是当然做不到的事情。段氏的武力统一主义，南方向与抗争，此时段派虽去，曹、张犹是军阀家，怎能使南方信服？况徐总统为新国会所产出，南方未肯承认，欲要南北和平，还须改选总统，是又当然不易办到的。所以双方通电，仍是两不相下，怎能遽达和平呢？诠释甚明。

湖南第七师及暂编一旅炮兵各一营，突在武穴骚动，当由冯玉祥率兵弹压，始得平定，即令变兵缴械遣散。旅长张敬汤系张敬尧兄弟，前曾在湘败逃，经中央明令通缉，至武穴兵变，敬汤适暗中煽动，因所谋未遂，匿居汉中，被湖北督军王占元察悉，派兵将敬汤拘住，讯明罪状，电呈中央，奉令准处死刑，当即就地枪毙。还有张敬尧旧部第二混成旅旅长刘振玉等,曾在宁乡、安化、新化等县,纵兵焚掠,被各处灾民告发,由湖南总司令部,遣兵拘获,审讯属实,亦即处死。叙此两事,证明张敬尧之不职。此外如保定、通县、兖州等境,偶有兵变,多是安福部余波,经地方长官剿抚,幸皆荡平。唯张勋已得脱然无罪,移住天津,因从前段氏檄文,有"曹锟私勾张勋出京、重谋复辟"一语,便在津门通电声辩。他由张雨帅保护,又想在军阀界中占据一席,所以有此辩论。其实是年力已衰,大福不再,还要干什么富贵呢?复辟原属非宜,但不忘故主,情犹可原,此次辩论,多增其丑,真是何苦?

且说外蒙古取消自治,已将一年,自徐树铮到了库伦,削夺前都护陈毅职权。陈毅也不愿办事,索性离库南归。及树铮还京主战,事败奔匿,不遑顾及外蒙,政府以陈毅驻库有年,素称熟手,仍令暂署西北筹边使,克日赴库。陈毅尚未到任,那外蒙又潜谋独立,竟于九月十三日夜间,大放枪炮,自相庆贺。幸驻库司令褚其祥派队弹压,拘住首犯二人,驱散余众,一面电达巡阅使曹锟,详报情形。曹锟便转告中央,请拨饷济助,并促陈毅莅任,政府自然照办。唯闻得外蒙为变,仍由俄人暗地唆使,俄新政府虽已战胜旧党,国乱未平,列强均未承认,并因俄兵四出拓地,扰波兰,窥印度,尤为列强所仇视,所以列强劝告中国,与俄绝交,中政府恃有列强为助,乐得照允,遂由外交部出面,呈请徐总统。徐总统因即下令道:

据外交部呈称:"比年以来,俄国战团林立,党派纷争,统一民意政府迄未组成。中、俄两国正式邦交,暂难恢复。该国原有驻华使领等官,久已失其代表国家之资格,实无由继续履行其负责之任务,曾将此意,面告驻京俄使,并请即日明令宣布,将现在之驻华俄国公使领事等,停止待遇"等语。查原呈所称各节,自属实在情形,唯念中、俄两国,壤地密迩,睦谊素敦,现虽将该使领等停止待遇,而我国对俄国人民固友好如初,凡侨居我国安分俄民,及其生命财产,自应照旧切实保护。对于该国内部政争,仍守中立,并视协商国之趋向为准。至关于俄国租界暨中东铁路用地,以及各地方侨居之俄国人民一切事宜,应由主管各部,暨各省区长官,妥筹办理。此令。

驻京俄使库达摄福闻令以后,即致牒外交部,抗称中国背约,并责成中政府妥护侨民。政府置不答复。但饬将各处所有俄国租界,一律收还,并向驻京各国公使处声明,各公使均无异言。俄使无可奈何,只得转恳法国公使代管俄产,法使不允。嗣是俄国租界陆续由中国长官收受。天津本有俄租界,俄国侨民虽然不能力拒,却提出抗议条件,欲与中政府交涉。东三省、哈尔滨、海参崴各俄商,且纷纷改挂法旗。俄商道胜银行亦托词归法国保护,不容中国接收。

外交部因特照会法使,提出三事,请求法使履行,大纲如下:

(一)根据于九月二十四日法使拒绝俄使库达摄福请求法使代管俄产之事,证明法国并非希望接管俄产之意。

(二)哈尔滨之法旗,系出于俄人规避接管之一种作用,对于法政府,未为何等让渡之手续,故事实上不彻底。

(三)俄商滥用法旗,若吾国前往接收,转涉及法国国徽尊严,故先行声明,希望转告其撤收法旗,以免因俄人关系,损及中、法完全无缺之睦谊。

照会去后,再由交通总长叶恭绰与华俄道胜银行经理兰德尔,改订关系中东铁路的合同。此后中东铁路纯归商办,中国得加入管理,俟至俄国政府统一告成,经中政府承认后,方得另行议定。兰德尔即作该路代表,签字立约,于是哈尔滨道胜银行及中东路公司所悬挂的法旗,拟即撤去。法使亦有公文关照,令他撤下法旗。若俄国人民愿将法旗悬挂,仍听他自行决定。旋由驻京公使团照会政府,正式承认中国对俄行动,得收回俄租界,唯议定将俄使馆之房屋，仍委前俄使库达摄福管理，外交部不得不允。因此俄使库达摄福仍得寄居京师，不过国际上无代表资格，做了一个中国寓公罢了。

俄事方才就绪，那东南的江苏省中，忽出了一种骇闻，令人惊疑得很，看官道是何事？乃是李督军突然自戕。事固可惊，笔亦突兀。

李督军纯，因和议历年未成，愤极成病，常患心疾，特保荐江宁镇守使齐燮元为会办。燮元方在壮年，曾任第六师师长，颇能曲承李意，李故引为心腹，遇有军国重事，往往召入密问，不啻一幕下参谋。至段系失败，安徽督军兼长江巡阅使倪嗣冲亦为段系中人，迹涉嫌疑，年亦衰迈，自请辞职归休。徐总统乃命张文生暂署安徽督军，并将长江巡阅使一职，令李兼任。

长江巡阅使本来是徒有虚名，未得实权，李纯不愿就此职衔，遂派参谋长何恩溥赴京，晋谒总统，代辞长江巡阅使一席，且并议和总代表兼差，亦愿告辞，请徐总统另派重员。徐总统不允所请，但已窥透李纯隐衷，特将长江巡阅使裁去，改任李纯为苏、皖、赣巡阅使，齐燮元为副使，李纯始受命就任。

但江西督军陈光远本与李纯比肩共事，蓦闻李纯权出己上，并要听他指挥，当然心中不服，有"情愿归鄂，不愿归苏"的宣言。新署皖督的张文生久绾兵符，向为张、倪部下的健将，亦抗辞不服李纯。苏省士绅又谓："李纯生平，素称不预民政"，因即乘机拍电，请他移驻九江、当涂等处。电文中语含有讽辞。

李纯受了种种刺激，益觉烦懑不宁。高而益危。江苏财政厅长俞纪琦为苏人所不喜，屡加讥议，省长齐耀琳更与李纯意见相左，呈请中央乞许辞职。李纯因保王克敏为省长，苏人大哗，竞称克敏为嫖赌好手，如何得为江苏长官？遂极力反对，函电纷驰。政府顾全民意，不用王克敏，好在荐牍上面另有王瑚作陪。王瑚曾为京兆尹，尚副民望，故政府特任王瑚为江苏省长，群议乃息。

一波未平，一波又起，李纯以俞纪琦未孚物议，更保张文龢为财政厅长，惹得苏人又复人哗。相传文龢原籍江西，凤工诏媚，当李纯督赣时，文龢得族人介绍，入谒督辕，参见后即呜咽不止。纯惊问原因，文龢泣答道："督帅貌肖先父，故不禁感触，悲从中来。"李纯还道他真有孝思，即认为义子，委任他为烟酒公卖局局长，寻复荐任两淮盐运使，至此复举为财政厅长。未免营私。苏人向工言论，并有苏人治苏的意见，乘此寻瑕指隙，大声呼斥，不但痛诟文龢，并且力诋李纯，拍致府院的电文络绎不绝。就中有两电最为激烈，由小子节录如下：

江苏公民致大总统国务院文云：直、皖战起，李督借词筹饷，百计敛财，其始违法越权，委议会查办劣迹昭著之俞纪琦为财政厅长，人民惊骇，一致反对；近又报载力保文龢。查文龢为李督干儿，其为人卑鄙龌龊，姑不具论，而秉性贪婪，擅长诏媚，若竟成为事实，以墨吏管财政，特武人为护符，三千万人民生活源泉，岂可问乎？报纸又迭载："李督派员向上海汇丰银行等，借外债一百五十万，以某项省产作抵"等语。借债须经会议通过，为法律所规定，以省产抵借外债，情事何等重大？如果属实，为丧权玩法之尤，此而可忍，孰不可忍？用特明白宣告，中央果循李督之请，任文龢为江苏财政厅长，文龢一日在任，吾苏人一日不纳税。至借债一节，如果以江苏省产作抵，既未经过法定手续，我苏人当然不能承认。江苏人民困于水火久矣，痛极唯有呼天，相忍何以为国？今李督方迭次托病请假，又报载其力保文龢，以去就争，应请中央明令，准其休息，以苏民命而惠地方。江苏幸甚。

南汇公民致大总统、国务院、财政部云：报载李督力保文龢财厅，以去就相要，苏民闻之，同深骇异。文龢为李督干儿，卑鄙无耻，不惜谓他人父，人格如此，操守可知。财政关系一省命脉，岂堪假手贪鄙小人？如果见诸事实，苏民誓不承认。且江苏者，江苏人之江苏，非督军所得而私。李督身任兼圻，竟视江苏为个人私产，并借以为要挟中央之具，见解之谬，一至于此，专横之态，溢于言外！既以去就相要于前，我苏民本不乐有此夺主之喧宾，中央亦何贵有此跋扈之藩镇？应请明令解职，以遂其愿。如中央甘受胁迫，果徇其请，则直认江苏为李督一人之江苏，而非江苏人之江苏，我苏民有权，还问中央果要三千万人民为尽义务否？三千万人民为之豢养否？博一督军之欢心，失三千万人民，孰得孰失？唯中央图之！

以上两电，攻击李督，语语厉害，原令当局难受。但古人有言："笑骂由他笑骂，好官我自为之。"近今的热心利禄诸徒，多执此两语为秘诀，李督军果不蹈此习，独知自好，何妨改过不吝，就把张文龢舍去，否则解组归田，尽可自适，为什么负气自戕，效那匹夫匹妇的短见呢？说得甚是。

据督辕中人传言：李纯原配王夫人为民家女，伉俪甚谐，嗣因叔父无子，由纯兼祧两房，因复娶孙氏为次妻。王夫人产女不育，孙竟无出，乃陆续纳入四妾，名为春风、夏雨、秋月、冬雪。就中唯春风为最宠，貌亦最胜，粗知文字，能佐纯治公事，四妾亦不闻生男。唯纯与原配王氏始终和好，无诟谇声，苏、浙一役几至开战，亏得王夫人从旁解劝，才得让步罢兵。莫谓世间无贤妇。

纯弟字桂山，得兄提拔，官至中将，平时友于甚笃，同床共被，有汉朝姜肱遗风。平时纯自奉俭约，颇好时誉，督赣时深得赣人爱戴，及移节江苏，却也按部就班，并不少改。每闻国家乱事，辄唏嘘不已，尤留心京、沪各报，谓报中所载，毁誉各词，可作净友，不当屏诸不观。至保荐省长财长两席，大遭苏人反对，诟詈百出，并载报端，纯一阅及，往往泪下。

十月初旬，乃弟桂山由京返苏，纯与言家事，并将来产业布置，详嘱无遗。内弟王某充某旅营长，由纯召他到署，呜咽与语道："我的督军不能做，你的营长，亦干不下去。现我令军需课拨洋七千元，给汝回家，汝购置田产，亦可过活，何必在此取咎呢？"王夫人在侧，听他语带蹊跷，不免琐问。纯叹息道："人心如此，世无公道，我命已活不了，何必多问。"王夫人不敢复言。唯看他气色，甚觉有异，不过随时防范罢了。

十一日上午，纯询左右，谓："我有勃林手枪一枝，曾送机器局修理，现修好否？"左右奉谕，即电询机器局。少顷，即有局员将枪送来，经纯察视，收藏小皮箱内。下午三时，纯索阅上海各报，报上又载有评斥自己等事，即顿足大哭道："我莅苏数年，抚衷自问，良心上实可对得住苏人，今为一财政厅长，这般毁我名誉，我有何面目见人？人生名誉为第二生命，乃无端辱我，我活着还有何趣呢？"王夫人闻言，料知自己不能劝慰，急命人请齐燮元等，到来苦劝。纯终不答一词，齐等辞退。

黄昏后，纯又召入秘书，嘱拟一电，拍致北京，自述病难痊愈，保齐燮元暂代江苏督军。秘书应声退出。纯又自写书函多件，置诸抽屉，始入内就寝。至四点钟后，一声怪响，出自床中，王夫人从梦中惊醒，起呼李督，已是面色惨变，不省人事，只有双目开着，尚带着两行泪痕，急得王夫人魂魄飞扬，忙召眷属入视，都不知是何隐症，立派人延请军医诊治。医士须藤至六时始到，解开纯衣，察听肺部，猛见衣上血迹淋漓，才知是中枪毙命。再从床中检视，到了枕底，得着一勃林手枪，即日间从机局取来的危险品，须藤验视脉息及口中呼吸，已毫无影响，眼见得不可救药了。

呜呼哀哉！年只四十有六，并无子嗣。小子有诗叹道：

> 无端拼死太无名，
> 宁有男儿不乐生？

疑案到今仍未破，
江南流水尚吞声。

李督殁后，谣传不一，或说是由仇人所刺，或说他妻妾中有暧昧情事，连齐帮办也不能无嫌。究竟是何缘由？容小子调查证据，再行续编。所有李督遗书及中央恤典，俱待下回发表。看官少安毋躁，改日出书请教。

德租界收回后，又得收回俄租界，以庞然自大之俄公使，至此且智尽能索，无由逞威，是真中国自强之一大机会。假使国是更新，党争不做，合群策群力以图之，则三年小成，十年大成，张国权，雪国耻，亦非难事。奈何名为民国，权归武人，垄断富贵之不足，甚至互相仇杀，喋血不休，贫弱如中国，何堪屡乱？即使外人自遭变故，无暇瓜分，恐神州大陆，亦将有铜驼荆棘之叹矣。李纯虽不能无疵，要不得谓非军阀之翘楚，是何刺激，竟至自戕？就中必有特别情由，以致暴亡，若只为和议之无成，苏人之反对，遽尔轻生，想不尽然。然如李督军者，犹不得其死，而一般军阀家，亦可以自反矣！

第一百二十一回

月色昏黄秀山戕命
牌声历碌抚万运筹

上回书中说到李秀山巡阅使，因感于民国成立以来，军阀交哄，民不聊生，本人虽受北方政府委任，主持南北和议却因双方意见，根本不能相容，以致和议徒有虚声，实际上却一无成绩，心中郁懑之极，不免常向部下一班将士和巡署中幕僚们吐些牢骚口气。凑巧为了撤换财政厅长，引起各界鸣鼓而攻，甚有停止纳税的表示，李纯益发懊恼异常。

原来民国军阀中，李纯出身渔家，年轻时候，曾以挑贩鲜鱼为业，事业虽小，却比其他出身强盗、乐户、推车、卖药之辈，究有雅俗之判，高下之分。渔樵耕读，都是雅事，此李纯之所以为高尚也，说来绝倒。李纯生性忠厚，尚知爱国惜民，历任封疆，时经数载，也不过积了几百万家当，几百万犹以为少，是挖苦，不是恭维。比较起来，也可谓庸中佼佼、铁中铮铮的了。

在李纯自己想来，各省军阀，何等横暴，怎样威福，多少人吃他们的亏辱，却都敢怒而不敢言，一般的有人歌功颂德，崇拜揄扬。本人出身清高，凡事不肯十分作恶，平心而论，总算对得住江南人民，江南人民得了我这样的好官长，难道还不算天大的福运？谁料他们得福不知，天良丧尽，为了一个财政厅长，竟敢和我翻起脸来，函电交驰的，把我攻击得体无完肤。这等百姓，真可算得天字第一号的狡民了。早知如此，我李纯就该瞧瞧别人的样，全心全意的，多作几件恶事，怕不将江苏省的地皮，铲低个三四尺，我李纯的家产，至少也可弄它三五千万，难道这批狡民，还能赶上巡辕，把我咬去半斤五两的皮肉不成？他想到这里，愈觉懊恨不堪，恨到极处，不免有几句厌世议论，发生出来。几句空话，竟作老齐栽诬的凭据，是以君子慎言语也。

人家听了，也只有再三劝慰，说什么公道总在人心，巡帅国家柱石，也犯不着和这批无知无识的愚民去计较是非。这等说话，也算善于劝谏的了，无奈李纯生长山水之间，久执樵渔之业，谑而虐。倒是一个耿直的汉子，心有所恨，一时间排解不开，凭他们怎样开导，也只当作耳边风，并不十分理会。他那方寸之间，兀自郁郁不乐的，不晓要怎样才好。这时，衙门中人和他家中几位姨太太，见大帅如此烦恼，也都怀鬼胎儿似的，谁也不敢像平时般开心取乐，只弄得衙门内外，威仪严肃，寂静无哗起来。

岂知天人有感应之理，人的念头，往往和天的施行，互相联合。那李纯心有感触，对人便说点厌世自杀的话头儿。列公请想，民国以来，只有残民自肥的军阀，岂有因公自刎的长官，万一真有其人，不但开民国史的新纪录，也且替各省军政长官，保存一点颜面，管他死得值与不值，该与不该，谁还忍心批评他的是非得失呢？慨乎言之！然而这到底还是不易碰到的事情，李纯虽贤，究竟未必有此爱国爱民的热忱，作者立誓不打一句诳言。原来李纯之死，的的确确，有一重秘密的黑幕在内。虽然李纯因有自刎的谣传，得了一个身后的盛名，但是大丈夫来要清，去要白，像李纯这等冤死，反加以自刎之名，究竟还是生死不明，地下有知，恐也未必能够瞑目哩。

按本书上回临了，说李纯自杀，原有许多物议，须待调查明白云云。如今在下却已替他调查得有点头绪，那些外面揣测之词，不止一种，实在都属无稽之谈，至于真正毙命原因，仍旧逃不出上回所说"妻妾暧昧之情，齐帮办不能无嫌"这两句话。列公静坐，且听在下道来。

上文不是说过，李纯因心中烦恼，常有厌世之谈。他既如此牢骚，别人怎敢欢乐，只有齐帮办燮元，因是李纯信用之人，又且全省兵权，在彼掌握，在情势上，李纯也不得不尊重他几分。

那时大家都在恐怖时代，有那李纯身边的亲近幕僚对齐燮元说道："巡帅忧时忧国，一片牢愁，万一政躬有些违和，又是江苏三千万人的晦气。大帅是执性之人，我们人微言轻，劝说无效，帮办和大帅交谊最深，何不劝解一言，以广大帅之意？不但我们众人都感激帮办，就是公馆中几位太太们，也要歌咏大德咧。"齐燮元听了，也自觉此事当仁不让，舍我其谁，于是拍拍胸脯子，大声道："诸公莫忧！此事全在燮元身上，包管不出半天，还你一个欢天喜地的大帅。当为转一语曰：包管不出半天，还你一个瞑目挺足的大帅。诸位等着听信吧！"燮元说了这话，欣然来见李纯。

李纯因是燮元，少不得装点欢容，勉强和他敷衍着。燮元也明知其意，却鹦着李纯说："大帅多日没有打牌，今儿大家闲着，非要请大帅赏脸，玩个八圈。"说着，又笑道："不是燮元无礼，实在是大帅昨儿发了军饷，燮元拜领了一份官俸，不晓什么道理，这批钞票银圆，老不听燮元指挥，非要回来侍候大帅。昨天晚上整整的闹了一夜，累得燮元通宵不曾安眠，所以今天特地带了他们来，仍旧着他们服侍大帅。大帅要不允燮元的要求，燮元真个要给他们闹乏了。"却会凑趣。几句话，凑上了趣儿，把个李纯说得哈哈大笑，也且明知燮元来意在解慰自己，心中也自感悦，于是吩咐马弁，快请何参谋长朱镇守使等人过来打牌。马弁们巴不得一声，欢欢喜喜的，分头去请。不一时，果把参谋长何恩博、朱镇守使熙二人请到。说起打牌的话，二人自然赞成。这时，早有当差们将台子放好，四人扳位入座。

这天，因大家意在替李纯解闷，免不得牌下留情，处处地方尽让着三分，哄孩子似的，居然把这位大帅，哄得转忧为喜，转怒为欢。可见厌世是假。他们打的本是万元一底的码子，到了傍晚时分，李纯已赢了两底有余。八圈打完，壁上挂钟当当地打了九下，大家停战吃饭。

饭后，李纯还有余兴，便说："我是赢家，照例只有劝你们再打的，不晓大家兴致如何？"三人自然一例凑趣。燮元还笑说："大帅已经把我的部下招回去伺候自己，难道还要招点新军吗？"李纯也笑道："中央已有明令，各省停止招兵，我们怎敢违抗呢？放心吧！要是我再想扩充军额，你们大可以拍几个电报，弹劾我一个违令招兵的罪状咧。"以中央命令为谑笑之资，尊重中央者果如此乎？几句话，说得大家又是一笑。何恩溥见李纯又说到国事上头，生怕惹起他的恨处，忙着用话支吾开去，一面，催着入席。大家这才息了舌争，再兴牌战。

这一场，大家因李纯赢得够了，不愿再行让步，苦苦相持地打了几圈。李纯却稍许输了一点，他便立起身来，瞧着他的秘书张某正在写字台上批什么稿咧，便笑着招手道："这个时候，还弄什么笔头儿，快来替我打几圈罢！"张秘书只得搁笔而起，代他打牌。

李纯先在一边瞧着，后来见他拿的牌，不甚得手，便不看了。却觉肚子有点发痛，于是丢了牌局，独自一人向上房走去，想到他最心爱的大姨太春风那边去大便。从此大得方便矣。谁知他命该告终，经过三姨太秋月房间时，猛然一阵笑声，从秋月房中出来，趁着那微风吹送，透入李纯耳鼓，十分清澈明白。李纯不觉大动疑心，连肚子中欲下犹含的一大泡大便，也缩回肠中，趣甚。竟忘了自己做什么进来了。于是蹑着手脚，索性走近秋月房门口，靠着门缝儿里，向内一瞧。果不其然，他那三姨太太拥着一个男子，厮亲厮热的，正得趣咧。

李纯这一气，才是非同小可，难为他急中有智，猛记得秋月的房，有一道后门，平时总不上闩的，不如绕道那门进去，看这奸夫淫妇，望哪里逃。心中如此想，两只脚，便不知不觉地，绕到后门，轻轻一推，果然没有闩着。李纯一脚跨了进去，却不料门口还蹲着一个什么东西，黑暗头里，把李纯绊了一下，一个狗吃屎，跌倒在地。这一来，不打紧，把里面一对痴男怨女惊得直跳起来，异口同声地唤道："李妈！李妈！"原来李妈正是秋月派在门口望风的人，方才绊李纯一交的，便是这个东西。她因望风不着，得便打个盹儿，此之谓合当有事。做梦也想不到这位李大帅会在她打盹头里跑了进来，恰巧又压在自己身上，一时还爬不起来。比及秋月赶过来看时，才见李纯和李妈滚在一处，兀自喘呼呼地骂人。秋月惊慌之际，赶着扶起李纯，李纯也不打话，顺手把她打了两个耳光，又怕奸夫逃走，急忙赶到前面，才见那男子不是别人，正是自己一手提拔信任极专的一个姓韩的副官。说时迟，那时快，韩副官正在拔开门闩，想从前门溜去，后面李纯已经赶上，大喝一声："混账小子，望哪……"说到这个"哪"字，同时但听砰的一声，可怜堂堂一位李巡阅使，已挟了一股冤气，并缩住未下的一团大便，奔向鬼门关上去了。*涉笔成趣，妙不可言。*

李纯既死，这韩副官和秋月俩，只有预备三十六着的第一着儿，正商着卷点细软金珠，还要打发那望风打盹的老妈子。韩副官的意思，叫作一不做二不休，索性送她一弹，也着她去伺候伺候大帅。倒是秋月不忍，还想和她约法三章，大家合作一下。韩副官急道："斩草不除根，日后终要受累，我们行兵打仗，杀人如草芥，一个老婆子，值得什么，不如杀了干净。"*勇哉此公！*说着，更不容秋月说话，又是砰砰的两枪。这一来，才把一场滔天大祸，算闹定了。

本来李纯的上房，都在花园之内，各房相离颇远，可巧这天又刮着大风，树枝颤舞，树叶纷飞，加以空中风吼，如龙吟虎啸一般，许多声浪，并合起来，却把韩副官第一次枪声遮掩住了。那时候，他们大可以安安静静的一走了事，偏偏要把无辜的老婆子一例收拾，继续地发了两枪，这真是胆大妄为，达于极点。

凑巧给外面一个马弁听见了，这马弁却又是齐帮办手下的人，*此马弁当是老齐元勋。*因蠻元和李纯交情最密，本来穿房入户，都不避忌的，他见李纯进去，久不出来，未免心存疑惑，便也拉了一人代打，自己想到他上房去瞧瞧。这时花园中风云正黯，月色依稀，他那贴身马弁忙取出手电筒照着，在先引路。这韩副官枪毙老妈的第二声，却先进了马弁的耳朵，不觉大惊住脚，回转身对蠻元说道："帮办可听见吗？这是枪声啦！"蠻元相距较远，又被树木遮住，却也隐隐听得，似乎有点怪响。听了这话，忙问："你听清楚，这是哪儿来的声音？"马弁引手遥指道："那是大帅三姨太房子，枪声是从这边出来的。"蠻元听了，也是他福至心灵，忙喝住马弁："不许多说，端的机警。跟我来！"又道："带了咱们的手枪没有啦？"马弁回说："带着呢。"蠻元更不说话，向着秋月房，急急趋行。

到了门口，就听见里面一阵历碌声音，蠻元早闻李纯几位姨太，只有此人不妥，却还不明白奸夫是谁，此际心中雪亮，喝命马弁，拿手枪来。马弁依言，送上手枪，蠻元吩咐他守住前门，自己握着手枪，也从后门而入。他是胸有成竹的人，自然不慌不忙的，蹑脚而入。可笑那一对男女，正在收拾细软，预备长行，忙得什么似的，绝不防背后有人暗算，连着那支行凶的手枪，也丢在李纯尸身上面，并没放好。蠻元眼快，一进门，就瞧见室中死着两人，一个正是英名威望、李纯封英威将军，*嵌"英威"二字趣而刻。*坐镇江南的李大帅秀山将军，由不得心中一悲一喜。*悲是应分，喜从何来？*

且慢！作书的自己先要扳一个错头儿，实在那时候，齐帮办也到了生死荣辱关头，老实说，只怕他那心中，也未必再有这等悲喜念头儿。只见他跳出床前，一手擎住手枪，直指韩副官胸中，冷笑一声，说："好大胆，做得好大事！"这一来，才把一对男女惊得手足无措，神色张皇，两个膝盖儿，不知不觉地，和那张花旗产的大红彩花地毡，做了个密切的接合，只一

"跪"字，写得如此闹热，趣极。不住地向燮元磕起头来。那秋月究竟是女子性格，更其呜咽有声，哀求饶命。燮元见此情形，不觉心中一软，真乎？假乎？低声叹道："谁教你们作死？我看了你们这幅情景，心里又非常难受的。也罢，我是一个心慈脸软的人，横竖大家都出名叫我滥好人儿，说不得，再来滥做一次好人，替你俩捎起这个木梢来罢！"二人巴不得这一句，两颗心中，一对石头，轰的一声，落下地去。正在磕头道谢，只见燮元又正色道："且慢！你俩要命不难，却须听我调度。胸中已有成竹。我叫你们怎么说，你们就得怎么说，要你们怎样办，就得怎样办，舛错了一点，莫怪我心硬。那期间，只怕我都要给你们连累呢，哪能再顾你们呢？"二人听了，不约而同地公应一声。

燮元把手枪收了进去，喝道："还不起来，再缓，没有命了。"二人忙又磕了几个头，急忙起来。燮元把前门开了，放进那个马弁，附耳吩咐了几句。怕老韩掉皮也。又对韩副官笑道："拿耳朵过来！"韩副官依言，听燮元悄悄说道："不怕有人来吗？"韩副官回说："已经三姨太太打发出去，一时不得进来。"秋月房中，安得如许时没人进出，着此一笔，方没漏洞，文心固妙。然事实亦必如此。燮元啐了一口，因附耳说道："如此，如此。"又对马弁道："你帮着韩副官，赶快把事情办好，就送韩副官出去，懂得吗？"马弁和韩副官都答应晓得。燮元又指那老妈子说道："人家问起她呢，你们怎么回答？"韩副官忙道："那容易，只说大帅自尽的当儿，老妈子为要阻止他，大帅一急，就将她先杀了，这不完啦。"燮元点头称赞道："怪不得人说风流人的思想，比平常人深远得多呢。"比骂他还凶。韩副官听了，不觉脸上又是一红。燮元又再三叮嘱不要误事，方才从从容容地，缓步而出，仍旧回到牌场上，叫过一个马弁，又悄悄吩咐道："如此这般。"布置完备，想了想，没有什么事了，于是安安静静的，仍回原位打牌。

打到一副，蓦听得人声鼎沸，合署喧腾，来了！来了！燮元心中禁不住弼弼乱跳，入情入理。其余诸人，却都大吃一惊。入情入理。正待查问，那喧哗之声，已自远而近，各人耳鼓中，都已听得明明白白，是大帅自杀的一句话儿。燮元听了，猛可地把自己面前一副将和未和的万子清一色，都牺牲了。绝大的牌，已经和出，区区清一色，何足留恋？顺手一捵，立起身嚷道："了不得，真个做出来也！"妙语妙笔，语是机警语，笔是传神笔。说着，自己首先引导，带着众人，赶进内室去，才到半路，就有李纯的当差接着，回说："大帅已经归天，尸身在三姨太房中呢。"燮元带着大众又赶向三姨太房，早见房中黑压压地已站满了一屋子的人，有署中职员，有上房的太太、姨太太、奶奶、小姐，并一班马弁当差丫头老妈子，有纷纷猜论的，有伏尸大哭的，闹得个声震檐壁，人满香闺。

燮元跨步上前，见了李纯尸身也禁不住一阵伤心，号啕挥泪。那李纯的正室太太，手中拿着一大张纸头，上面写着许多七歪八斜潦潦草草的字儿，哭得泪人儿似的，交与燮元手中，说道："齐伯伯！你瞧瞧，这上面说点什么？"燮元一瞧，只见一片模糊，也没有几个字可以辨识，大略瞧了一遍，便大嚷道："大家静一静儿，大帅还有遗言咧。"众人听了，果然鸦没雀静的，静听无哗。

燮元大声道："大帅的字，很不容易辨清，大概这是他神经错乱之故，如今将大意宣布一番罢。大帅的意思，是说：'国事如此，自己身为封疆大吏，一点不能救正，现在南北相持，各走极端，中央派他做和议代表，也是一无结果，都是大帅心中久已引为恨事的。眼前因省中公事，不蒙地方人民原谅，实在气懑填膺，不但无心做官，更无颜处世，因此决心自杀，派燮元暂代巡阅使督军之职。以上是宾，此下是主。一面请张秘书拟稿，向中央保举燮元继任。至于遗产办法，大帅另有支配清单，除提出半数，分给太太和二大人及各位姨太外，以半数作南开大学基金,及直隶赈灾之用。'做死人家产不着。大帅遗言,已尽于此,只有派燮元代理继任的话,燮元委实万分惭愧,但既蒙大帅相知之雅,委托之殷,自当以地方大局为重,暂时担任维持,并盼各同人大家协助办理,莫丢了大帅身后的颜面,和殉国的苦心,才是正理。"说得如许冠冕,此公才不可及。说话时,不但署中僚属陆续到齐,还有几位镇守使师长,如陈调元、朱春普等一班儿,也俱赶到。此外却有齐帮办的手下军官,都全副武装、带领兵士们,霎时布满了署内署外,和上房花园等处。尽在如此这般中。据说是齐帮办的参谋长,闻信派来,防备意外之事的。这等用兵,也可谓神速之极了。句中着眼,却说得刻薄。

当下大众听了齐帮办宣布的遗嘱,有深信不疑的,有心领神会的,间有少数怀疑的人,见齐帮办和几位军界领袖都十分相信,他们又怎敢不信。下一"敢"字,句中有眼。于是又请三姨太太说明经过情形。尽在如此如此中。那三姨太是苏州妓院出身,娇声曼气,带泪含悲的,说:"是大帅进来大便,何尝大便,简直未便。大便过后,坐在奴的床上,忽然朝奴滴下泪来,奴是再三再四地问他咧,谁知大帅一味伤心,总不说话,倒把奴急的没法安慰,奴想去报告太太哩,大帅又说,不许奴去,奴还有什么法子呢? 连用几个"奴"字,真有娇声曼气的一种肉麻相,可谓绘声绘影之笔。只眼睁睁瞧着大帅,大帅忽然命奴拿出纸笔,写了这么一大篇,奴又不认得字,知道他写的什么呢? 奴又不敢问他,只坐在一边闷想。如今奴想起来,奴可明白了,原来大帅为要写这东西,怕别的姊妹们都是读书识字的,怎能由他舒舒齐齐地写呢,可不寻到奴这不识字的地方来了。"众人听了,都点点头,唯有齐帮办更摆头晃脑子的,表示赞许之意。深刻。正是:

　　山木自寇,
　　象齿焚身,
　　恫哉李督!
　　死不分明。

不知三姨太还有什么宣布,却听下回分解。

李督头脑,较清于其他军阀,所行各事,亦未必十分贪横,乃惨遭横死,死尚被诬,此有心人所为长太息也。然佳兵不祥,不戢自焚,民国以来,曷有军阀而得好结果者?与其害国殃民,遗臭千古,尚不若死于风流之为愈。人悲李督之遇,吾则谓同一不终,此尚差胜。

第一百二十二回 真开心帮办扶正 假护法军府倒霉

却说三姨太太秋月又对众人说道："大帅写完了字，奴又到后面解手去了。一个为大便而死，一个以小解送终，相映成趣。谁知道他会走这条绝路儿呢！当时奴只听得李妈叫一声，大帅要不好了，奴本是提心吊胆的，一听这话，倒把奴急得手都解不出来了，正待问哩，就听大帅骂了一声，蠢东西，谁要你管。同时就听得砰的响了一声，已经把奴吓得胆都碎了。奴可来不及盖马子儿，拉了裤，趣极。就赶去看时，不道李妈已经躺在地下，奴只叫得一声啊呀，险些把裤子都掉下来来。趣而刻。才定了定神，啊唷，奴的天哪！谁道大帅更不急慢，立刻又把枪机一扳，他！他！他！就阿唷唷！传神之笔。奴回想起来，真个说都不敢说下去了。"说到这里，三姨太太赶着（"赶着"妙）逼紧了喉咙，一个倒栽葱，跌在李纯身上，哀哀大哭起来，还说："早晓得大帅这等狠心，奴是抵拚给你打死，老早请了太太过来了，奴也不致吃这等大惊慌了。"众人听了，料道没有什么可疑的了，也不便多嘴多舌的，于是由齐帮办宣布，人死不可复生，大帅身系东南安危，我们该赶紧商量，维持后事，电告中央，派员接替，注重在此。然后商量办理丧事。此言一出，大众一哄退出，齐到西花厅开起善后会议来。对于李纯自刎一案，至此却先告一段落，综计自韩副官行凶，至齐帮办设计，众人共听遗嘱为止，前后不过四五个钟头，却也办得细密周到，无懈可击。赞美一笔更妙。列公请想，这齐帮办的手腕，可厉害不厉害呢？

李纯死后，经全体幕僚和军界同袍并家属代表，大开善后会议。到了次日午后，便是民国九年十月十二日，省长以下各官和省议会的议长、议员、地方士绅，不下数百人，得了信息，陆续晋署探问，当由齐帮办会同何参谋长、齐省长，暨家属人等，共同发表李纯遗书并电报等，共计五件，兹为照录于下：

（一）致齐省长耀琳、齐帮办燮元

纯为病魔所迫，苦不堪言，两月以来，不能理事，贻误良多，负疚曷极。求愈无期，请假不准，卧视误大局，误苏省，恨己恨天，徒唤奈何。一生英名，为此病魔失尽，时有疑李督患梅毒，不能治愈，痛苦万状，而出于自杀者，即从遗书中屡言病魔，推想出来，其实于情理不合。尤为恨事。以天良论，情非得已，终实愧对人民，不得已以身谢国家，谢苏人，虽后世指为误国亡身罪人，问天良，求心安。至一生为军人，道德如何，其是非以待后人公评。事出甘心，故留此书，以免误会，而作纪念耳。李纯遗书。九年十月十日。

（二）致全国各界

和平统一，寸效未见。杀纯一身，爱国爱民，素愿皆空。求同胞勿事权利，救我将亡国家，纯在九泉，亦含笑感激也。李纯留别。十月十一日。

（三）关于身后的希望

纯今死矣，求死而死，死何足怨？但有四桩大事，应得预先声叙明白：（一）代江浙两省人民叩求卢督军子嘉大哥，维持苏浙两省治安，泉下感恩。（二）代苏省人民叩求齐省长，望以地方公安为重，候新任王省长到时，再行卸职。（三）苏皖赣三省巡阅使一职并未受命，叩请中央另简贤能，以免贻误。（四）江苏督军职务以齐帮办燮元代理，恳候中央特简实授，以维全省军务,而保地方治安。叩请齐省长、齐帮办及全体军政两界周知。李纯叩。十月十一日。

(四)致齐帮办及皖张督军

新安武军归皖督张文生管辖,其饷项照章径向部领,如十月十一日恐领不及,由本署军需课,代借拨二十万元接济,以维军心,而安地方。关于皖省,可告无罪。此致皖张督军、苏齐帮办查照办理。十月十一日。

(五)处分家事遗嘱致伊弟李桂山中将

桂山二弟手足:兄为病魔,苦不堪言,常此误国误民,心实不安,故出此下策,以谢国人,以免英名丧尽,而留后人纪念。兹有数言,挥泪相嘱:(一)兄为官二十余年,廉洁自持,始终如一,祖遗财产及兄一生所得薪公,并实业经营所得,不过二百数十万元,存款以四分之一捐施直隶灾赈,以减兄罪,以四分之一捐助南开大学永久基本金,以作纪念。其余半数,作为嫂弟合家养活之费。钱不可多留,须给后人造福。(二)大嫂贤德,望弟优为待遇,勿忘兄言。(三)二嫂酌给养活费,归娘家终养。(四)小妾四人,每人给洋二千元,交娘家另行改嫁,不可久留,损兄英名。(五)所有家内一切,均属弟妥为管理,郭桐轩为人忠厚,托管一切,决不误事。(六)爱身为主,持家须有条理,尤宜简朴,切嘱切嘱。兄纯挥泪留别。九年十月九日。

列公看了这几封遗书,须要明白,李纯死后,韩副官一人一手,怎么做得出如此长篇文章?当然这都是一班有关系的大人先生,秉承齐帮办意旨,在事后编撰出来的,这是毋庸疑义的了。雪亮。再则其中还有许多说话,或和昨夜燮元所说不同,或竟为燮元所未曾道及,那也是斟酌情形,临时增改而成,本来难逃明眼人的洞鉴。入情入理。

只有一桩,不能不替他下一个注脚,原来李纯的三省巡阅,本是自己向中央要索而得,后因江西督军陈光远有"宁隶鄂省,不附李纯"的宣言,皖省张文生也有反抗李纯的表示,因此迟迟疑疑,未敢就职;而且也是李纯满口厌世的主要原因。现在李纯既死,论资格众望和军队实力,除了齐帮办,无第二人。燮元当李纯初死之时,就对众宣称:"李大帅委他暂摄巡督两篆,并有电恳中央予以实授"的说话,但这是他一时的野心,想由师长帮办的衔头,一跃而为督军兼巡阅,真可谓志大言夸,而不顾利害的蠢主意。贪多嚼勿烂。

岂知李纯死耗发表之后,燮元虽持李纯遗言为升官的利器,而外面空气却十分紧张。不但把李纯遗嘱置之不理,并且还想趁此机会,要求废督,东也开会,西也集议,纷纷攘攘的,电请中央,大有不达目的不休之势。只这半天工夫,就接得许多不好的消息。齐燮元志在进取,已非朝夕,自然处处周备,着着设防。各方面消息,都是非常灵速,一边稍有风声,他这里也早得了报告。这时外面情形尤其在他特别注意之中,更加多派侦探,四处八方的秘密探访,所以一到午前,就得了许多报告。燮元这才晓得出位之思、过分之望,是靠不住的。全国野心家听者!这才赶紧设法,先把遗嘱中代理巡阅一事一笔勾销,却专从督军入手,待到根深蒂固,脚步站稳,然后再做进一步的计划。这是他心中的盘算,至于对外一方面,自己先实行代握军篆,并为见好邻封起见,赶紧把新安武军的军饷,尽先借拨;同时怕同事中尚有不服,趁着李纯治丧机会,施出全副拉拢手腕,和他们联络得如兄如弟,莫逆异常。

这时江苏共有七镇守使,论资格,也有比燮元更老的,但燮元新和直派联络,得了帮办位置,又加了上将衔,老实说一句,分明就是一个副督军,正死副继,自是正理。而且近水楼台,措置早妥,别人未必弄得过他。加以中央接到电报,已准李纯遗言,复电令燮元代理督军,有此许多原因,同时燮元又卑辞甘言,转相俯就,大家也就没有法子,只好忍着一口气,尊他一声齐督军罢了。燮元得此机会，中心欣悦，不言可知，所不安者，只怕自己毛羽未丰，中央不肯实授。

却不知中央对于此事，亦正煞费踌躇，当时为安靖地方，维持秩序起见，虽已电令燮元代理督军，同时苏人争请废督，甚嚣尘上，这等人民意思，原不在政府心目之中，所最难的，倒是一般有苏督希望的人，好似群犬争骨，哄然而起。十年来省政易人，未有不生骚扰者，中央威信失堕，此亦一大原因。有主张靳总理云鹏南下督苏，仍兼三省巡阅，而以周士模组阁，无奈老靳本人并不十分愿意，此时全国军政大权，非曹即张，总统不过伴食而已，还是云鹏因和双方有亲戚关系，曹、张都还给一点面子，他说要做，别人果然不能侵夺，他如不愿，别人自更不能勉强。于是舍而求次，则有王士珍、王占元、吴佩孚、陈光远等，论资格以王士珍为最老，论实力以吴佩孚为最盛。占元、光远，各有地盘，亦非志在必得。王士珍老成稳健，不肯再居炉火，做人傀儡，所以数人之中，仍以吴佩孚一人最为有望。

可巧吴佩孚此时正因奉张气焰日盛，心不能平，且自皖直开战，直方竭全力以相扑，奉军不过调遣偏师，遥为声援，而所得军实反比直方为多，尤其使他愤恨，这还关于公事方面。最令佩孚难堪的，因前在保定会议，佩孚自恃资格才力，足以代表曹锟，侃侃争论，旁若无人，张作霖几乎为他窘住，因仿着《三国演义》袁术叱关羽的样儿，说他："人微言轻，不配多讲。"佩孚心高气傲，哪里耐得这等恶气？终因自己的主帅曹三爷，正在竭意和他交欢时候，不得不作投鼠忌器之想，暂把一口恶气，硬硬的咽了下去。但是这等怨毒，深印心胸，再也无法消灭。民国以来，许多战事，总因权利意气而起。所以直皖战后，他就着着布置，做直奉战争的预备。

此番苏督缺出，明知齐燮元蓄志图谋，决不肯拱手让人，好在他十分知趣，自代理督军令下，即暗中派人，刻意交欢曹、吴。佩孚一想，彼既降心相从，也落得收他做个东南膀臂，因此索性做个好人，反替燮元竭力保荐。于是齐燮元苏督一席才算完全到手，而苏省地域，也从此正式隶入直派。后来北方多少风云，每与苏、浙战事相间而生，互有关系，实也滥觞于此呢。如今将陆军部呈复总统，对于李纯的抚恤小法，录在下面：

为英威上将军在任身故，遵令议恤事。本年十月十五日，奉大总统令开上将军苏皖赣巡阅使兼江苏督军勋一位陆军上将李纯，奠定东南，勋勤卓著，比年邦家多难，该巡阅使坐镇江表，才略昭宣，群流翕洽，而于和平统一之大计，尤能多方赞导，悉力筹维。干国匡时，声施益懋。前以感疾日剧，屡电请假调理，只以时事艰难，东南大局，赖其主持，谕令在署医治，力疾视事，方冀调摄就瘥，长资倚畀。乃本日据齐耀琳、齐燮元电呈："该巡阅使两月以来，卧病奄缠，每以时局纠纷，统一未成，平时述及，声泪俱下，近更疾忧愧恨，神经时复错乱。本月十一日，忽于卧室，用手枪自击，伤及右胁乳下，不及疗治，登时出缺。手写遗书，缕述爱国爱民素愿莫酬，不得已以身谢国，惓惓于苏省之治安，国家之统一，筹虑周密，语不及私。"披览之余，曷胜震悼！该故巡阅使年力未衰，猷为正远，乃以焦忧大局，报国捐躯，枉失长城，实为国家痛惜。着派齐耀琳即日前往致祭，给予治丧营葬费一万元，所有该故使身后事宜，着齐燮元、齐耀琳督饬所属，妥为办理。灵柩回籍时，沿途地方官，一体照料。生平政绩，宣付国史立传，并候特制碑文，刊立墓道，以彰殊绩。仍交陆军部照上将例从优议恤，用示笃念勋劳之至意。此令。等因。奉此，查本部历办成案，凡遇勋勤卓著，在职身故之员，均查照陆军平时恤赏暂行简章，分别给恤。此次英威上将军苏皖赣巡阅使江苏督军李纯，为国捐躯，业经奉令给予各项恤典在案，拟请从优依恤章第三条第四项之规定，按恤赏表第二号陆军上将因公殒命例，给予一次恤金七百元，遗族年抚金四百五十元，以三年为止，用彰荩绩。是否有当？理合具文呈复，伏乞，鉴核施行。谨呈。

呈文上去，当于九月二十八日奉批：

呈悉。准如所拟给恤。此令。

苏事至此暂且搁起，先谈西南方面的事情。看官们总该记得，中央因求南北统一，曾派李纯为议和总代表，虽然旷日久持，毫无成绩，不过李纯为人，颇有长厚之名，对于南北两方，都还能够接近，有这么一个缓冲人物，又巧处在南北之中，一般人心理上，总还觉得南北有些微可和的希望。再则南北如此久持，既非国家之福，究竟当轴方面，也觉不甚相宜，双方面子上，尽是说的官话，暗地里谁不愿对方稍肯让价，这注统一国家的大生意，民国十年来全做的蚀本生意。就有成功的可能。所以两方和议，尽管不成，而李纯之见重于双方，却是不可掩的事实。如今李纯既死，失了和议中心，南北政府都觉从此更难接近，未免互存可惜之意，这倒是李纯死后的一种真实风光呢。

却说西南政府自两李内变，滇桂失和，军政府的内幕也和北方政府一般，但具虚名，毫无实际。军政府总裁岑春煊虽有整顿之心，无奈权不在手，亦只有镇日躲在大沙头的农林试验场中，做他命令不出府门的总裁，得了空，向一班幕僚们，发几句牢骚话儿罢了。可怜。至于莫督方面，从广惠镇守使接陈炳焜的督军，又用毫无作为、百事不知的粤海道尹张锦芳护理广东省长，表面是军分民治，实在省长不过是督军一个二三等属吏，除了用几个秘书科长，委几个普通县缺之外，就是些小事情，不经督军许可，是一点不能发生效力的。可怜。好在张锦芳本人原系出身绿林，充当书记，因他为人随和，好说话，给人瞧得可怜儿的；更凑着自己运气，由连营长而县知事、而道尹，如今索性做了一省长官，也算得心满志足，所谓始愿不及此，今及此，岂非天乎？这两句古书，大可移赠这位张省长咧。他既如此知足，又承莫督提拔之恩，自然唯唯诺诺，奉命唯谨。在任一年，倒也相安无事。是一个会做生意的人。

谁知这时却有一人，摩拳擦掌的，要过一过广东省长瘾头，这人非他，便是现任财政厅长杨永泰（字畅卿）。论广东现时官吏，出息顶好的，自推财政厅长，因为省中正在整顿市政、开辟马路，这市政督会办，照例是由财政警察两厅长兼办的。杨永泰以一个毫无势力的旧国会议员，因交欢莫督，得其宠信，才给他做这财政厅长，本来大可蹒跚满志，得过且过。只因永泰为人，精明强干，是个心细才大之人，觉得区区财市两部分事情，未能展其骥足，于是竭力拉拢沈鸿英、刘志陆、刘达庆、林虎等一班将官，求他们向莫督说项，给他实授广东省长。也会做生意，可惜运气不好。莫督倒也无可不可，但广西陆荣廷方面，却因永泰是有名政客，又为政学会中坚人物，这政学会在两广，却似安福俱乐部的在北方一般，受人指摘，为各方所不满，所以永泰的省长梦，几乎被老陆一言打破，幸而莫督对他感情颇佳，又代他到军政府，请出岑春煊替他讲话。同时张锦芳也知永泰志在必成，自己万万不是对手，倒也乖乖的，自请退职，仍回粤海道原任。是一个会做生意的人。至此永泰的省长，才算做成功了。却不晓因此累及陆、莫两方，大伤情感，连到桂派内部，都发生裂痕起来。他们决裂原因，虽不专为此事，要以此事为原因之最大者，这也是毋庸讳言的事情呢。

谁知杨永泰才大命穷，就职不到几月，广东省内又发生一桩大战事。原来粤人特性，好动恶静，喜新厌故，论这八个字儿，未尝不是粤人争雄商业、操持海上霸权的大原因。然施之政治，则往往弄得骚扰反复，大局振动。可以做买卖营生，不能做官场生意。结果，还是粤人自己吃亏，粤人之自订政策。所以光复以还，粤省的战事最多，几乎每易一次长官，便有一次战乱。长官年年调换，战事也年年都有，总算莫荣新做得最长，地方上也勉勉强强的安静了几年。

论荣新本人，委实算得一个廉洁自爱、惜民护商的好长官，可惜所用非人，利用他的忠厚，欺侮他的无识，种种劣迹，书不胜书。荣新自己朴诚俭约，除了每月应支官俸之外，确实一文也没有妄取。然而他的部属，竟有发财至几千几百万的，这要从我们旁观的说来，自然这批部下对不住荣新，荣新又对不住广东人，管他本人道德怎高，究竟又算得什么儿哩。公论。这等地方，都是无形中造成粤桂恶感的主因。因为这批人十九是桂派人物，广东人反只站在一边，眼瞪瞪的受他们侵蚀欺凌，一句也不敢声说，本来都是叫人难受的事情啊。总计荣新督粤五年，论维持地方，保护商业，其功固不可没，而纵容部曲，横行不法，其罪也自难逭。公论。再讲做官这桩营生，干得好，是他分内事，弄得不好，可就对不起地方人民，而地方人民，也未必因其功而原其罪，于是探本穷源，都说以外省人治本省，人人存一个乐得作恶之心，政事焉有不坏？为长治久安之计，非得粤人治粤，决乎不能收效。这等情态，差不多粤人已人同此心，心同此理，而荣新手下一班虾兵蟹将，兀自专欲妄为，一点不肯敛迹，于是粤人治粤之声浪渐腾于社会，同时桂派防制粤人的手段也越弄越严，双方交恶，达于极度。于是桂粤之战，乃一发不可遏止。桂人之自杀政策。

这时粤人之较有实力者，在省中是广惠镇守使李福林、警察厅长魏邦平，在外面的，只有一个援闽总司令陈炯明，三人原无深交，只因桂派气焰咄咄逼人，大有一网打尽之势，于是以利害关系，自然而然的互相结合。陈炯明虽远在漳州，既得二人声援，消息灵通，胆气十倍。且知滇桂分裂于前，桂派内讧于后，粤人治粤，声浪又一天高似一天，认为时不可失，遂于九年六月中，毅然决然，利用真正粤军的牌号，回师攻粤。此公本善投机。正是：

> 煮豆燃豆萁，
> 豆在釜中泣，
> 粤桂如辅车，
> 相攻何太急？

欲知战事真相如何，却待下回分解。

　　西南政府，以护法兴师，宣言独立，组织之始，非不正大堂皇，有声有色，曾几何时，而政府改组，真心为国之中山先生，竟被排挤出去；继而滇桂失和，军府分离，更数月而桂系内部，亦告分裂，卒之李、魏内变，陈师反戈，护法无功，徒苦百姓，不亦大可以已哉！盖天下事，唯以真正血忱，辅以热心毅力，百折不回，始有成功之望。若稍存私利，竞夺事权，徒袭美名，不鹜实际，与北方军阀之侈谈统一，提倡和平，有何分别？是故有皖直之交战于北，便有桂粤之互哄于南，有安福之专欲横行，便有政学之操纵不法，是真一丘之貉，毋庸轩轻其间。所可惜者，一个护法救国大题目，竟被此辈做得一塌糊涂，不堪寓目耳。

第一百二十三回

莫荣新养痈遗患
陈炯明负义忘恩

却说陈炯明,字竞存,广东梅县人也。前清时候,也是秀才出身。民国以来,以秀才而掌大兵,握军篆,声势赫奕,煊耀一时者,北有吴子玉,南则陈竞存,所以有南北两个怪秀才之称。原是一对好货。这炯明在民国初元,也曾做过广东都督,后来便给人驱逐下台。至莫荣新作粤督,他的参谋长郭椿森和炯明颇有交情,凑巧此时,又发生一件警卫军的交涉。

广东原有八十营警卫军,自朱庆澜氏做省长时候,编制成立,向归省长统辖,直至陈炳焜督粤,以武力收为己有,因此粤人啧有烦言,说是桂派收占全粤兵权之表示。及莫督继任,不愿为已甚之举,原拟将警卫军设法改组,以平粤人之愤。正踌躇间,忽得间谍报称,福建李厚基受中央密命,安福嗾使,将联络浙军童保暄、潘国纲、陈肇英等,大举攻粤。荣新得此消息,正拟派兵防御,郭椿森便乘机替炯明进言,说他是:"粤军前辈,素有治军之名,又且熟于闽粤交界情势,不如派他做援闽总司令,乘李厚基未及发动之时,赶速进兵,既以贯彻护法事业,亦先发制人之计也。至炯明军队,本已散净,现正有警卫军不易处置的问题,索性就拨二十营归他节制,又可以间执粤人之口,此正一举三得之事,请督军切勿犹疑,赶快办理为妙。"荣新听他言之有理,又经椿森力保炯明忠诚无他,于是决计委他为援闽总司令。

公文待发,又发生一个小小趣闻:原因炯明为人,才干有余,心术难恃,伏下背主叛党事。而且高自期许,不肯屈居人下。在先,因蛰处省中,无事可为,一切皆愿迁就,比及闽事发生,荣新答应用他,他又为得步进步之计,要求荣新改用聘书,勿下委令。荣新胸无城府,任人颇专,对于这等地方,却视为细务末节,但愿他肯效力,乐得给他一个面子。却有幕府中人再三坚持,非下委不可。他们的理由是说:"一用聘书,彼此便成敌体,不但有乖督军统一军权之旨,且恐将来不能指挥炯明,自是正理。分明牺牲二十营兵士,反在一省之内,自树一个大敌,督军千万莫上他这大当。"荣新听了这话,恍然大悟,从此也疑炯明野心太甚,不肯十分信用。等他出发之后,便密令潮、梅镇守使刘志陆,惠州绥靖督办刘达庆等,须要暗中防备着他,勿得大意等话。那刘志陆是莫督义子,从前跟随荣新出生入死,久共患难,倒也算得一个健将。近因安富尊荣,日久玩生,不免近于骄惰,得了这个密令,哪里放在心中,还说:"陈某败军之将,有甚能为,督军也太胆小了。"骄兵岂有不败之理?桂系之败,刘为罪魁,宜哉!

一言甫毕,忽又接得督军急电,因琼州龙济光大举内犯,林虎和他交战,先胜后败,所以调志陆军队,前去助剿。这龙济光却是一个狠货,前年屠龙之役,所有桂粤两军都曾吃他的大亏,后来虽被桂军全力压迫,将他赶到琼州,究竟还不能消弭他的势力。此时得了北方补助军械,预备破釜沉舟的干他一下,来势甚凶,却也未可轻视。志陆正拟出发,又得省电后防空虚,适陈炯明军队尚在半途,经过潮、梅,即暂令填防。志陆接得此电,心中却大不愿意,抵足恨恨道:"这又是郭椿森栽培陈炯明的妙计,他们想得我潮、梅地盘吗?只怕没有那么容易。"因即复电反对,甚有不许炯明军队过境之意。荣新已中了郭椿森之言,养虎自伤,莫氏太笨。回电申饬志陆。志陆没法,只得和幕府商量,留下若干劲旅,牵制炯明,而自率大军出发,会合林虎、沈鸿英之军,三方兜剿。济光果然不支,溃败而逃。

谁知这时广东事情越闹越凶，大有五花八门、离奇变幻之观。当刘、林在西部二次屠龙之际，正陈炯明在东部与闽浙军相持之日。炯明部下虽都是粤军，只因荣新心怀疑忌，所有良好器械，都靳而不予，兼之统率方新，指挥不便，刚到潮、梅，恰逢闽军臧致平和浙军陈肇英会师来犯，炯明与战于漳、泉之间，三遇三北，抵抗不住，节节后退，潮、梅大为震动。不是炯明无能，却是桂运未绝。又幸屠龙已了，刘志陆振旅还师，适值臧、陈不睦，肇英不战而退，志陆新胜之兵，锐气正盛，把臧军驱逐出境，炯明自然无颜留驻潮、梅，便以追臧援闽为名，进驻漳州，而对于莫、刘两方，和桂派的感情，也从此日趋恶劣。只因毛羽未丰，暂行蛰伏，一面简搜军实，积屯粮草，购买兵火，扩张军额，以为后日之图。有此远图，也自不凡。这都是民国七八年间的事情。著者因陈炯明是一个重要角色，将来对于国民革命军尚有多少纠葛情事，所以不惮烦琐，将他的前事补述一番，以见此公人品不端，心术欠正，所以后来叛困孙大元帅，冒天下之大不韪，为全国之罪人，端非偶然之事啊。闲言少说。

再讲陈炯明在漳数年，蓄锐养精，志不在小。至民国九年夏秋之交，得了李福林、魏邦平报告，知道桂派内部离心，将骄卒惰，粤人受侮多年，渴思自治，于是认为大好机会，确是好机会。顺着人民心理，揭橥粤人治粤的商标，返戈内向。出兵之始，曾有他的部下，向著名的一个星家卜了一卦，卦象如何，小子因非内行，不及记忆，但知他的批语，有"在内者胜"四字。迷信不足凭，但这四个字，实聪明之至。人人都道："桂派盘踞粤省，五羊城内，几成桂人私产，这个'内'字，分明指桂派而言。况且多寡悬殊，强弱不敌，以常理言，炯明此举，未免过于冒失，深恐一败涂地，必致退步为难哩。"这等议论，传入炯明耳中，炯明大怒，指为反间造谣，定要严行查究，倒晦气了那位星卜大家，得知消息，连夜卷卷行囊，逃到香港去了。炯明便出了一张告示，说明桂派横暴情形和自己出师宗旨，劝喻人民，勿得轻信谣诼，一面亲督队伍，带同手下健将洪兆麟、许崇智，并参谋长邓铿等，兼程出发，一面派人进省，约会李、魏，待至相当时机，大家一齐动手，互为应援。

也是桂派气数合尽，消息传到省城，莫荣新不过痛骂郭椿森介绍匪人。悔之何及？其时椿森因一桩事情触怒了陆荣廷，一道手谕，着莫荣新立即驱斥。荣新为顾全他颜面计，派他赴沪充议和代表，已经去得长久，尽你荣新痛骂，横竖于他无干了。此公始终受不知人之害。至于军界中人，早把陈炯明不放在眼内，一班领袖人物，没有一个不在东西两堤，征妓饮博，欢天喜地的任情胡闹。如此荒唐，便无陈氏，也必败亡。那刘志陆原在东堤讨了一位姨太，寓居香港，此时又看中了东堤长安寨里一个寮口婆子（苏人所谓娘姨大姊之类），叫作老四的，一个要娶，一个要嫁，温得胶漆一般，分拆不开（"温"者粤语言"要好"，犹苏人所谓恩相好也）。军署中人原有一个俱乐部，设在东堤探花酒楼一间大厅，志陆每到省城，也是天天前去，说是俱乐，其实这班人办公时间，还不及在俱乐部的时间更多。弄到后来，大家都以赌博冶游为重，公务为轻，即有重要公事，往往不在署中办理，反都赶到这个俱乐部中会议起来。如此荒唐，不亡何待？荣新因省内宴安，地方平静，也不去责备他们。此公实在做梦。

当炯明发难之前，炯明部下统领李炳荣，因小事被陈炯明当众斥责，怀恨在心，此时他却先得知了炯明阴谋，便和参谋谭道南商议。道南劝道："老陈虽然狠恶，究竟兵力有限，况且他既疑忌我们，即使打了胜仗，得了广东，我们也是沾不着光的，不如乘此机会，和老莫联络联络。"炳荣甚以为然，即派道南晋省，深夜到军署，求见参谋长傅吉士。吉士因事情紧急，连夜赶至东堤，和各军首领相见。这时刘志陆正和老四拥在一处谈心，吉士走近身去，笑道："伟军如此写意，可知陈竞存眈眈虎视，伺机待发，听说有即日出兵的消息呢？你倒还有心思温你老契吗？还是快快回去，守你老家去吧！"（伟军是志陆的字。）志陆所了，呼地笑了一声道："吉士兄真是书生之见，陈竞存也有脑子，也有思想，好好的漳州皇帝不做，倒要来潮、梅送死，敢是活得不耐烦了？"吉士笑道："话虽如此，你也别太得意了。"说着，把李炳荣派人告变的话诉说了。又道："尽你兵强马壮，胜过竞存，究竟事先提防，是不得有错的。"自是正论。志陆冷笑道："理他的胡说呢！我们的军队见过多少战阵，还会上陈竞存的当吗？"吉士未答，却有省署的政务厅长夏香孙缓缓踱了过来，听他们说到这里，便点头插嘴道："刘镇守使是豪气胜人，傅参谋长是临事谨慎，二公之言，俱有道理。若说竞存那人，我和他也曾共事，深知其人狡诈阴鸷，精明强干。陈氏确评。听说他在军中，每日里和兵士们同甘共苦，躬亲庶务，一天到晚，耳朵边插着一支铅笔，好似工人头儿监督工程一般，跋来报往的，川流不息。这等精神，果然为常人所难能，这种做派，又岂志小识隘的人所能几及？况他手下，还有……"自是正论，其如刘氏不悟何？说到这个"有"字，志陆已大不耐烦，抱着老四脸偎脸儿的，闻了一个香，口中说道："他们只是不经吓，一听陈炯明造反，就怕得那么鬼样儿，我们还是乐我们的，不要去理他们。"说着，立起身，拉着老四，说声打茶围去，头也不回地走了。随后一批老举，也都哄然一声，纷纷各散，倒把傅、夏俩说得太没意思，大家叹息了一回，各自走开，究竟也有明白人。各寻各的快乐去了。

谁知这天过后，不好的消息一天天追逼上来。刘志陆手下第一位健将卓贵廷，曾在屠龙、攻藏两役，立过战绩，此时已升副司令官，率着部下三营健儿，镇扎汕头，事前也在省城大嫖大赌的尽兴儿顽。他是一个武人，原不晓什么叫作温存怜爱，什么叫作惜玉怜香，他要便不玩，玩起来，非要玩得个流血漂杵，娇啼宛转，说得上俗点，就是梳拢妓女，再村点，就是替姑娘们开宝。不是奇癖，是兽心。他这趟上来，因是新升显职，更其意气飞扬，兴致百倍，呼朋引倡的，闹了几夜，觉得都不尽兴，非要找一个琵琶仔（即苏之小先生）来梳拢一下，总之不得过瘾。他这意思，一经表示，就有那批不长进的东西，替他东找西觅，采宝也似的采着了一个绝色的姑娘。

这人名叫爱玉儿，今年刚十四岁，年纪虽小，资格却是老练，凡是平康中应酬客人，灌迷汤、砍条斧，种种专门之学，却已全副精工。她本是苏州人，她娘小二嫂子和天香楼老板四姑要好，所以带了爱玉，在天香落籍。小二嫂自己也是中年时代，徐娘半老，丰韵颇佳，她的营业方法，是用爱玉出条子，把客人拉了来，自己放出手段，和他下水，却把爱玉防护得非常严密，立意要拣一个有势有财，能够花个一万八千的，才许问爱玉的津。也是她花运高照，不上几时，就给她认识了这位卓副司令，一见垂青，千金不吝，竟由几位皮条朋友的撮合，轻转易易的，把爱玉一生的贞操，换了许多苏州阊门外面的产业。小二嫂果然可贺，爱玉未免可怜。趣语却说得人毛骨一耸。

却不知更可怜的，还有那位副司令官卓贵廷先生。他自梳拢爱玉之后，早不觉英雄气短，儿女情长，流连温柔，乐而忘返，甚至把爱玉母女，带到先施公司的东亚旅馆，开了几个房间，闭户谈情，不问外事。此之谓该死。不但军政大计，置之不理，就连平日赌博征逐之交，以至最近拉马说亲的大冰先生们，也不晓他躲到什么地方去了。这等玩法，原是卓贵廷的老脾气儿，凡是他心爱的人，一经上手，就得玩个淋漓尽致，毫无剩义，方才一挥手儿，说声滚你妈的蛋罢。那时候，就想问他多要一个铜钱，也是万不可得的事情。从此一别，尔东我西，再见之时，也不过点头一笑，若说情殷故剑，回念旧情，重温一回好梦，那也是断乎没有的事。真是兽欲。

据闻他在潮、汕时候，曾有一个姑娘，蒙他爱赏，居然早夕不离的处有月余之久。这在他的嫖史中，已算是特别的新纪录了。一时外面的揣测，以为这姑娘大有升任卓姨太太的希望，甚至有许多求差谋缺、经手词讼的人，不走别路，都去找这姑娘。此皆上文所谓没出息者也。姑娘借此声势，居然于短时期内，也揽了千把块钱。比及一月之后，卓贵廷忽然翻转脸皮，下起逐客令来。姑娘怎晓他的性情，还当他是玩笑咧。少不得娇娇滴滴地，灌了许多迷汤，岂知这等声音，平时贵廷所奉为仙音法曲的，此时即觉变成鸥叫狼鸣，甚至见了那副温柔宛转的媚态，也觉万分讨人厌恶。因她唠叨不了，禁不住无名火起，举起皮鞋脚儿，向她小肚子下，猛不防地踢了一下，踢得那姑娘一阵疼痛，昏晕在地。贵廷愈加有气，拔出手枪就打，幸而有人劝止，方才悻悻而去，连客栈中一应房饭杂用都没有开销。

可怜那姑娘除得了他一千块钱梳拢之费外，竟是一文也没有拿到，还要替他开销一个多月的账目，还要进医院去养伤，仔细算来，除了好处不着外，还赔出几百块钱的医费，白白赔了一个身体，陪了他一个多月，这也算得她十足的晦气了。谁教你不识相。如今这爱玉姑娘，却真有眼光，有见识，她已认定贵廷这人是靠不住的，趁他欢喜时候，陆续敲了他几千块钱，除了孝敬小二嫂外，余下的，托一个要好客人，存庄生息。过不多时，竟和小二嫂提起赎身问题来，小二嫂无可如何，只好准她。这爱玉不过一个小孩子家，竟有这等手段，这等知识。至今天香怡红各妓院中，谈起"爱玉"两字，还没有一个不啧啧佩服咧。这是后话。

再说贵廷迷恋爱玉之时，正刘志陆赏识老四之日，正副司令一对有情人。也正是陈炯明夜袭潮、汕之时。两位正副司令，同在省城享着温柔之福，做梦也想不到这位久被轻视的陈炯明，竟如飞将军从天而下的，大干起来。几天中告急之电，雪片般飞来，才把一位风流儒雅的刘镇守使，急得走投无路，四处八方的找寻卓副司令，好容易给他从爱玉被窝中寻了出来，大家一阵埋怨，可已无济于事。卓贵廷恋爱爱玉之心，实在未曾减杀，热火头里，硬生生将他们拆开，倒也鼻涕眼泪，千叮万嘱的，应有尽有。*妙极，趣极。渔阳鼙鼓动地来，惊破霓裳羽衣曲。此情此景，却有七八分相像。*刘志陆立在一边，想到自己和老四情形，不免心中有感，瞧着他俩这等难舍难分情状，*妙极，趣极。*又怕误了大事，急得只是顿足。好容易才把贵廷拉出旅馆，拖上火车，一拉一拖，*想见匆忙着急情状。*星驰电掣的赶到前方，那陈炯明大队人马，已如潮水般涌进汕头，卓贵廷匆匆赶到，急急调度，已经来不及了，给洪兆麟指挥的队伍包围起来，那消一个时辰，全部人马溃不成军，缴械的缴械，逃走的逃走，伤的伤，死的死。卓贵廷本人中了一粒流弹，也就带着一段爱玉未了之情，悠悠忽忽地飘向阎罗殿上去了。

信息传到省城，有感叹他的忠勇的，有责他贻误戎机的，更有认识爱玉的人，作为一种滑稽论调，说女子的下身，原有一种特殊形态，男子们碰到了它，就会倾家荡产、身死名裂的。奇谈，却有这等俗语。爱玉的下体，颇似属于此类，卓司令却做了一个开天辟地的客人，无怪要性命丢脱，骸骨无存了。这等议论，谑而近虐，有识者不值一笑，迷信者奉为圭臬。大凡这等新闻，不上几天，东堤一带，已是人人皆晓，个个尽知，每逢爱玉出来，人人要和她嘻嘻地笑个不止，急得爱玉红了脸儿，大骂杀千刀，倒路尸。幸而不久桂派失败，粤军进城，省河大乱，人心惶惶，不但没有冶游之人，就是两堤莺燕，也都站脚不住，纷纷携装挈伴，避地港沪。这爱玉业已自由，便不高兴再回省城，索性北上到青岛去了。后来还有许多北方健儿，关东大汉，颠倒在她的燕脂掌上，石榴裙下，因以造成多少有趣的民国趣史，那是后话。先提一句儿，作为文章的伏笔。正是：

　　大将风流，
　　姑娘恩义。

可怜汕海冤魂，
　　还在天香梦里。
欲知潮、汕失后，桂派情形如何，却待下回再讲。

　　凡事皆有定数，数之所定，人力难回。以桂军之横暴，能削尽粤人兵权，而独留一阴险狡诈、不忠不义之陈炯明，且助以兵，资以饷，因以养成尾大不掉之局，卒之覆亡于炯明之手，桂系不仁，应得此报，然以此而几陷中山先生于危险之域，则又非识者所能预料。当引史公语曰："岂非天哉！岂非天哉！"

第一百二十四回

疑案重重督军自戕
积金累累巡阅殃民

却说粤桂战起，刘志陆逗留省垣，卓贵廷身死潮、汕，不上几天工夫，潮、梅全部已入陈炯明掌握之中。虽说炯明善于用兵，蓄谋有素，不难一战胜人，但刘志陆素有儒将之名，两次屠龙，战绩昭著，其才能势力，又岂不能于事先下手为强，歼灭一个势孤力弱的陈炯明？终因他恃胜而骄，把陈炯明不放在眼内，以致坐失时机，养痈遗患。及至炯明举兵相向，犹复恣情风月，贻误戎机，终至粤军势炽，贵廷败亡，而全省精华要害的潮、梅地盘，竟这般轻轻易易地拱手让人，这也是很可叹惋的。于是李、魏内应，全省动摇，桂派势力一蹶不振，从此西南方面，又另换一副局面。军阀时代，起仆兴替，无是非功罪可言，吾人演述至此，亦唯归诸运数而已。慨乎言之。

潮、梅既失，省中大震，荣新以下各军事长官，相顾瞠目，始知陈炯明果非易与，追悔从前不该听郭椿森之言，资寇以兵，酿成今日局面。痛愤之下，少不得调兵派将，分道防堵。其一，林虎、马济由惠州出三多祝，取海陆丰为右翼；其二，沈鸿英、李根源由惠州过河源，分紫金、老隆两道，会攻潮州。看官莫讲这等调度，表面上似乎没甚道理，不知荣新对此，也正煞费一番苦心。民国以来，军事长官，升得愈高，便愈难做人，往往如此。原来莫督在粤数年，地方感情虽尚融洽，而广西陆荣廷因他事事专主，目无长官，心中着实不快。因马济年少英俊，派他到粤办理兵工厂，其实想叫他乘机代莫。荣新自顾年老，又不肯负老陆提挈之恩，现既意见参差，倒也情愿及时下野，但对于马济继任，却极端反对。他的心目中，只有他亲家沈鸿英最为相宜。而沈鸿英又为陆氏所深恶，马、沈相持，互不为下。其余诸将，只有林虎、李根源是尤可无不可的。因此这番用兵，将林、李二人分助沈、马，免得沈、马俩到了前方，忽生火并。真是苦心作用，究亦何益。这是他们历史上的关系，趁暇替他们补记一言，以见桂派内讧之剧烈与失败之缘由。

诸军出发之后，左翼沈、李两方已得河源，便拟分道进攻。陈炯明连吃败仗，大为惊惶，于是遗书省中李福林、魏邦平，动以利害，责以约言。他俩因粤人势力太孤，久怀疑忌，兔死狐悲，应作此想。此届炯明一败，桂人排粤之心更甚。莫督虽无野心，部下诸将功高望重，而无可位置，那时他俩的地位，便有点岌岌可危了。二人尽作此想，一面道听战况，比及接到炯明来信，邦平便去找到福林商议办法，福林道："桂军内讧日甚，老头子无法调融，失败是意中之事，但恐竟存不能久持，一旦溃散，各军还师省城，你我兵力有限，如何支撑呢？"邦平道："我也这般想，要做就立刻动手，否则终始效忠，听人支配。老头子心术纯正，或者未必更动你我。不说别的，单讲此番我向他要求几艘兵舰，他竟一口答应，完全派归节制。虽有申葆藩再三劝止，说魏某一得兵船，马上就会独立，而老头子竟不为动，可见他信我甚深。讲到这等交谊，我们就要独立，也不能委屈老头子呢。"福林冷笑道："老莫原算好人，那批莫有先生，久已嫉视我们，岂能长久相安？况且我的观测，此番事平之后，老莫本人，或且未必能够久于其位，何况你我。依我之见，趁各军外出，省防空虚，更妙的省河兵舰，在你掌中，海军老林是向来不管闲账的，只要我去对他一说，请他严守中立，那时老莫无兵可调，无船可用，竟存攻于前，我们截于后，不怕那批莫有派不束手就擒？古人道得好：'无毒不丈夫'。

又道:'先下手为强'。莫有派宰制粤省,罪恶贯盈,我们都是本省人,不将自己计,就替本省人立点功绩,亦是应当的。语虽狠毒,亦是实情。何必因老头子一点小仁小义,误却全粤大事呢。"原来广西人说话,"没"字读音如"莫","莫有"者,"没有"也。广东人深恨桂人,把"莫有派"三字代表桂派,又特制一个"冇"字,即将"有"字中间缺其两划,作为"莫有"二字。"冇派"者,即"莫有派"也。这原是一种轻薄之意,后来大家传说,竟把这个"冇"字成为广东一种特别字儿。当下邦平想了一想,点头道:"这话不错,人不害虎,虎大伤人,我也顾不得许多了,大家拼着干一下子罢。"议妥之后,大家便分头进行。

那时外面传说纷纷,督署中也有了些风声。参谋长傅吉士、省长杨永泰、财政厅长龚政和桂派几个绅士,都请求荣新注意。荣新虽亦渐有觉悟,奈省防空虚,兵舰又被邦平骗去,即使晓得他们的秘密,一时也无从防备。因因循循的又是数天,至阴历八月十五中秋之夜,李、魏布置已完,宣告独立。省中人心大乱,秩序也整顿不起。李福林又用飞机向督省两署,丢掷炸弹,把督署门前炸了一个大地穴,又借中秋送礼为名,派人担礼,分送督军、省长、军府三机关,却把炸机做在箩子上,盖儿一揭,立刻爆发。幸而军府稽查最严,进门之际就被侍卫检查,当时炸死一个卫队长。督省两署,闻警戒严,却还没有闯祸,因之人心愈加恐慌。莫督却非常镇定,因前方迭得胜利,专候林、马、沈、李回师相援。李、魏兵力有限,未必遂敢相逼。谁知桂派气数终终,没兴事一齐都来,正当省城吃紧之时,那虎门要塞司令邱渭南,又被炯明等运动,倒戈相向。海军方面也被福林勾结,宣言不预内争,这等影响,却比李、魏独立关系尤大。同时湖南方面,谭延闿又派陈嘉佑、李明扬攻袭韶关,兵至砰石,沈鸿英在前方闻信,以本人大本营所在,断乎不肯放弃,便也不管什么是非利害,立刻调动队伍,星夜退回,赶到韶关去了。将领可以自由行动,大事安得不坏? 鸿英既退,李根源为保存自己实力计,也只得逐步退下。于是林虎、马济也不愿再战,分道各退,所有夺回各地,仍被陈炯明得去。炯明又得李、魏电报,桂军危险情形,及内讧状况,一时军心大振,节节进逼,势如破竹。

这为退下的兵,因主将失和,互争意气,再也不问自己部下的纪律,沿途劫掠奸淫,无所不为,劫夺既多,便把军器抛弃,枪械子弹,遗弃满道。有的发了财,四处逃散,这原是中国旧式军队的常态,能进不能退的。一退之后,立即溃散,再也不能成军,大概皆然,倒也不怪桂军。说破旧式军队通病,其实还是主将不良之故。不过桂军经此一役,精华损失殆尽,数年来蓄养扩充的实力,几于根本铲灭,就中华国运说,这等军阀恶势,铲得一分是一分,未尝不是前途的曙光,若在桂系自身着想,只怕事后回思,也不免懊恨当时互争意气不顾大局的失策呢。

再说各军退回之后,莫荣新只急得搓手顿足,连说:"糟了糟了,万不料沈、马二人,误事至此,我七十衰翁,行将就木,还有什么希恋? 只是这班人正在英年,将来失了这个地盘,看他们飘浮到什么地方去。"参谋长傅吉士在旁劝道:"事已如此,督军尽抱怨人,也是无用。现在各军齐集省垣,李印泉部属最称善战,此次退下来时,纪律颇好,军实无缺,可以调他守观音山大本营,其余各军,速请林、马二公,整理编配,同心作战,危局尚可挽回,也未可定。"荣新摇头道:"这等人还讲得明白吗? 我看大势已去,我在粤五年,以民国官吏比较起来,不可谓不久,既无德政及民,何苦糜烂地方,不如早早让贤,请竞存、丽堂等快来维持秩序罢。"此老毕竟尚有天良。说时,军府总裁岑春煊也缓步进来,荣新因把退让之意说了,春煊生性强项,还打算背城一战,经不得荣新退志已决,又苦劝春煊道:"老帅春秋已高,正好和荣新优游林下,以终余年,何苦再替这班不自爱的蠢奴作牛马傀儡呢。"春煊原无实力,见荣新如此坚决，只得点头道："既如此，我却还有一言。我们组织军府，本以护法号召，法虽未复，最初和我们作对的皖派，现已推倒，上次李秀山提出和议，我本有心迁就，不料秀山一死，和议停顿，迁延至今，误事不少。如今既要下野，不可不有一个交代，我想拍电中央，说明下野之意，请中央派员接事，一面将军府文卷印信，赍送北京，你看如何？"一出大戏，如此终场，可谓滑稽。荣新知道春煊意思，不过为敷衍面子起见，自然点头乐从，一切照办。于是春煊先回上海，荣新也派人和魏、李接洽妥当，由北江出韶关，绕道江西，也到上海作他的寓公生涯。

据闻荣新到沪以后，在麦根路租了一幢小洋楼，安顿家属，日常生活之费，还得仰仗一班旧部接济。后来魏邦平打广西时，部下误烧莫氏桂平老屋，邦平心下大为抱歉，除申饬部下之外，还汇了五千块钱给荣新，赔偿他的损失。荣新得了这笔款项，好似出卖了一所房子，倒也借以维持了几年用度。从来督军下场要算此公最窘。却也可怜。也因有此一节，所以荣新的名誉，还比普通拥财害民的军阀差胜一筹，这倒也是一时的公论呢。

荣新既退，炯明入省，以废督为名，自任省长，又恐自己威望尚低，未能制服全省，对付北方，于是派员来沪，欢迎国民党总理孙先生回粤，组织大元帅府稍事休养，再行对桂用兵，驱除陆、谭。这时炯明部下回想出兵时星家之言，他那"在内者胜"的"内"字，原指粤人而言。粤为本省，正合"内"字之义，但怪当时大家总没想到，事虽近于迷信，却也真觉可怪咧。这事且暂按下。

如今作者笔锋儿，又要指向北方去也。这时正当九、十月间，北方军阀正在竞争权利的时候，乃忽然有李纯的自刎，已觉骇人听闻，不期相去数月，又有陕西督军阎相文的自杀，尤为出人意料。可谓无独有偶。先是陕督陈树藩为安福部下健将，皖系既倒，奉直代兴，树藩亦经政府命令褫职，而以阎相文继任。相文自知实力不逮树藩，深恐被树藩挡驾，拜命之下，且喜且悲。经政府一再催促，只得带了部下几营人马，前往接事。到了西安，树藩果不受命，厉兵秣马，出城迎敌。树藩在陕数年，势力深固，加之众寡不侔，劳逸互异，相文如何能够支持？接连打了几仗，损失甚多，只得电请政府，速派劲旅，前去救援。政府亦因树藩不除，终为西鄙大患，于是调遣大兵助战。相持许久，树藩力怯遁去，相文欣欣得意的，进了省城。可见他的自杀，绝非为国为民。接了督篆，自己也搬进督署居住，不料时过半月，忽然又发生督军自杀的奇闻。

这天上午，部下将校齐集督署议事，相文平日颇有勤政之名，这天正是会议之期，大家等他出来主席，等了多时，不见出来，众人都觉奇怪。问着里边听差的，都道："督军不晓为甚，今天这般沉睡，尚未起身，我们又不敢去惊动他，怎么好呢？"众人只得再耐心等着，直到日色过午，里边却不备饭，众人都觉饥饿难当，有那脾气强悍的，早等得光火起来，喊那相文的马弁，厉声责问。马弁只得进去，请相文时，喊了几声，几自声息全无，情知有异，撩起帐子一瞧，不觉吓得目瞪口呆，直声大喊道："督军完了！"一语未毕，相文的家属人等一起赶入，大家向相文一看，只见他面色惨白，双目紧闭，抚他的身体，已是冰冷。再一细看，胁下有鲜血潺潺流出，旁边还放着一枝手枪，再观伤处，竟是一个小小的枪洞，才知他是受枪而死，但还不知他被害之故。大家哭着，把他血渍揩净，这才瞧见衣角儿上，露出一角纸头，抽来一看，只见上面写道：

余本武人，以救国为职志，不以权利萦怀抱，此次奉命入陕，因陈督顽强抗命，战祸顿起，杀伤甚多，疚心曷极？且见时局多艰，生民涂炭，身绾一省军府，自愧无能补救，不如一死以谢天下。相文绝笔。

众人见了，才知阎督早蓄自杀之志，却还追究不出他所以自杀的原因。因相文并非淡泊之人，此番新膺荣命，意气自豪，正丈夫得意之秋，何以忽萌厌世之心？即据他遗嘱看来，其中说话，也和他的行事多相矛盾。即使临时发生为难情事，似也不致自杀地步。所以他的自杀，比之李纯，更属令人费解。实在可怪。据著者所闻，内中却也含有暧昧性质。因相文有一爱妾，不晓和相文的什么亲人有了不正行为，相文一时气愤，出此下策。又想同是一死，何妨说得光明一点，于是又弄出这张遗嘱，借以遮羞颜而掩耳目。也有人说："这张遗嘱，并非相文亲作，也和李纯一般，出于旁人代笔的。"以在下愚见，不管他遗嘱的真假，总之他肯为廉耻而自殊，究不失为负气之人，在此廉耻道丧的时代，这等人，又岂易多得哪？谑而刻。

　　相文既死，中央命冯师长玉祥代理督军任务。玉祥为直系健将，较之相文阄茸，相去何啻霄壤？这一来，不消说，直系势力更要扩张得多。同时虎踞洛阳的吴子玉，却又得了两湖地盘，更有驰骋中原，澄清四海的奢望。

　　原来王占元本一无赖之徒，在鄂七年，除晋督阎锡山外，要算他在位最久的了。从来说官久必富，何况王占元是专骛侵刮，不惮民怨的人，积聚之厚，更属不可数计。我真不解他们要许多钱作什么用？非但鄂省人民恨之切骨，甚至他所倚为长城的部属将校，以至全体士兵，也都积欠军饷，怨声载道。占元耳目甚长，信息很灵，也知自己犯了众怒，恐怕中央加罪，那时部下既不用命，绅商群起而攻，不但势位难保，还恐多年体面，剥削净尽，再次思维，只有联络实力领袖，互为声援，既令军民侧目，又不怕政府见罪。论眼前势力最大者，关外莫如张，北方唯有曹，为利便之计，联张又不如交曹，好在天津会议正在开幕，曹、张二人均在天津，因亦不惮修阻，亲自到津，加入议团。对张则暗送秋波，对曹尤密切勾结。足见大才，佩服，佩服。又见曹锟部下唯吴子玉最是英雄，不啻曹之灵魂，于是对于子玉尤格外巴结，竭意逢迎。此番却上当了。

　　三人之中，唯吴子玉眼光最远，识见最高。况平日听得人说，王督如何贪酷，如何不法，心中早就瞧他不起。又且本人方有远图，未得根据，武汉居天下之中，可以控制南北，震慑东西，本来暗暗盘算，想逐占元自代。所以吴、王两方，万无联结之可能。偏这占元昏天黑地，还当他是好朋友，用尽方法，和他拉拢。吴氏自然不肯和他破脸，见曹、张二人都受他牢笼，自己也落得假作痴呆，佯示亲善。这一来，把个王占元喜欢得无可不可，于是放大了胆子，跟着曹、张，一同入京，天天向总统和财部两处聒噪，逼讨欠饷六百万。他这用意，一是为钱，一则表示自己威力，免得中央瞧他不起，也是一种先发制人之计。果不其然，政府给他逼得无法可施，只得勉勉强强，挖肉补疮的筹给三百万元。占元方才欣欣得意的，出京回鄂。且慢欢喜，未卜是祸是福哩。正是：

　　　　爬得高，跌得重。

　　　　心越狠，命越穷。

　　　　人生不知足，得陇又望蜀。

　　　　饭蔬食饮水，乐亦在其中。

　　未知后事如何，且看下回分解。

　　庄子有言，山木自寇，膏火自煎，象有齿以焚其身，多积聚者每受累，吾真不解今之武人，往往积资千万而不餍，甚至死于财，败于利者，踵趾相接，而莫肯借鉴前车，人责其贪，我则深叹其拙矣。本回以莫始，以王终，同为失败之军阀，一则尚能得人原谅，一则全国欲杀。得人缘者，虽仇敌且为之伙助，至全国欲杀，则虽拥厚财，亦正不知命在何时耳。

第一百二十五回

赵炎午起兵援鄂
梁任公驰函劝吴

却说王占元威逼政府，得了欠饷三百万元，欣然回鄂，他本是贪鄙之徒，得此巨款，便把十分之七八存入上海、大连等处外国银行，只拿出少数部分，摊给各军。俗语说得好："黑乌珠瞧见白银子"，没有不被吸引的。占元只图自身发财，却不晓得军人衣食问题比他发财更觉紧要。况且各军欠饷已久，生活维艰，今闻王督代索军饷，已得三百万元，虽然不能清还，究也可以暂维生计。当他未出京时，便已纷纷传说，嗷嗷待哺，都道督军回来，我辈就有生路了。岂知占元只顾私囊，不惜兵士，因此激成全体官军的公愤。自取灭亡。武昌、宜昌两处军队，首先哗变，焚烧劫掠，无所不为。可怜鄂省商民，年来受占元搜括勒索，已经叫苦连天，今又遭此浩劫，真个有冤难诉，有口难分，事后虽经占元派队剿平，然而两处商人，损失不下数千百万，却向谁人索偿？人民至此，实也忍难再忍，于是联合各界，公电中央，要求惩办王督。

中央见占元闹得太不像样，当派蒋作宾南下，调查兵变真相。作宾人颇正直，一到武昌，查得占元种种不法情状，心中大怒，见占元时，少不得劝诫几句。不料占元自恃有曹、张两方声援，竟敢反唇相稽。作宾也不和他多说，因尚有他事赴湘，会到湘督赵恒惕，谈起王占元祸鄂虐民情事，因劝恒惕出兵声讨。恒惕先谈兵力不足，作宾正色道："明公英名盖世，仁义为怀，湘鄂壤地相接，救灾恤邻，古人所许，何乃自馁若是？况且王氏罪恶贯盈，普天同愤，南北政府，均欲薅除，明公果有志救民，作宾不敏，必为公游说各方，共同援助，明公还怕什么？"恒惕正犹豫间，凑巧王占元因湖北省长问题，又与鄂人大起冲突。于是旅京、旅湘鄂同乡，为救护桑梓起见，分向南北政府，请愿驱土。原来恒惕本心，未尝不欲收鄂省于掌握，所以迟疑审慎者，却因南方内变，粤桂相持，此时莫荣新已退出广东，陈炯明又进兵广西，并且利用桂派将官沈鸿英、贾克昭等，倒戈逐陆。桂事关系较轻，如此带出颇巧。陆与赵有违言，战而胜，必进窥湘南，恒惕若攻占元，岂非双方受敌？所以不敢发兵。

这时却得粤军平桂、陆氏遁逃的消息，对南之念既纾，而部下将士多属鄂籍，痛恨王占元专横不法，一力怂恿恒惕，乘机出兵，既得义声，又享实利，的是好生意。正千载一时之机会等语，恒惕如何不动？因即派拨一二两师和一八两混成旅精兵，以宋鹤庚为援鄂总司令，鲁涤平为援鄂副司令，并饬财政厅长杨丙筹集军饷，并兼兵站总监。各军分道进攻，第一，由岳阳、临湘，向鄂之蒲圻进攻，是为正面军，以鄂军团为先锋队，夏斗寅为先锋司令官。第二，由平江攻通城为右路，以第一混成旅叶开鑫为指挥。第三，从澧县进攻公安、松滋为左路，以第八混成旅旅长唐荣阳为指挥。分派停当，浩浩荡荡，齐向鄂南进迫。王占元得报，大怒道："赵炎午(恒惕字)安敢无礼？我誓必剿灭了他。"因他三路进取，也分三道抵御，派孙传芳为前敌总司令，兼中路司令，刘跃龙、王都庆为左右路司令，刘、王二人本在前方，当催孙传芳携带山野重炮，并机关枪队及工程电信救护各队，乘火车出发，至羊楼司，指挥作战。一面分电各方，说明赵恒惕起衅情形，请求援助。果然奉张、直曹和各省同盟均有电来，允于相当时机，助兵助饷。直曹除嘱洛阳吴子玉速派萧耀南一师南下，加入作战外，吴氏并大慷其慨的，声电讨湘，并有亲自到鄂督师之表示。占元得报大喜，却慢开心。除赶发急电道谢外，并在署内西花厅为吴氏预备行辕。占元恃此强援，胆气愈豪，连催各路主将，反守为攻，大有灭此朝食之势。却慢拿稳。不料赵恒惕本是宿将，部下宋、鲁、夏等将官，也素负勇敢之名，况出师救鄂，名正言顺，一路而来，商农各界，皆箪食壶浆，慰劳军队，因此气势也自百倍。暴民害商之军阀听者！

至七月二十九日，开始向鄂军攻击，在羊楼司地方，与孙传芳军奋战半天，那孙传芳也是一员名将，从前王占元攻白狼时候，传芳尚作营长，曾率所部，一日夜长跑二百余里，破白狼数千之众，出王占元于重围，从此为占元所信任，累加拔擢，今复委以方面专任，传芳感激图报，与夏斗寅之兵，死力相持。卒以后方布置未完，应援不至，退败数里，守住羊楼峒隘口。湘军哪肯相舍？努力追赶，至羊楼峒相近，幸传芳先命埋着两个地雷，轰死湘兵数百，夏斗寅才不敢追，暂且扎营相持。

过了一天，斗寅率敢死队百人，再行冲锋，与鄂军相见于赵李桥。传芳因昨日之败，愤怒不可遏止，亲率大兵，拼命搏战。不料南风大作，尘土飞扬，传芳所恃的炮队，竟失其效用。此之谓天夺其魄。湘军乘势猛攻，鄂军又败退十余里，湘军占住赵李桥，两方连日相持，互有胜负，但湘军素称剽悍，捷奔善走，往往鄂军大队到来，即四处奔散。鄂军正欲安营，他们又四远会集，多方扰乱。又善于晚间劫营，鄂军大受其累。占元闻报，便欲调回传芳，亲自督师，经众人力劝而止。一面却纷电各省，催促援兵，一面电令传芳，死守弗退，也不必进攻，候各处援军到齐，再行进取。这边赵恒惕也虑旷日持久，对方援军大集，胜负难定，因亦遣使入蜀，运动刘湘，由鄂西进兵攻取宜昌，刘湘也知直军得利，必将扰及川中，便出兵两师，派胡济舟、颜得庆分道入鄂，声明此次出兵，专为驱王援鄂，绝无权利思想，以博鄂人的同情。

王占元正因连失要隘，心中发毛，闻川省助湘，愈加恐惧，只得屡电吴氏求助。这时萧耀南驻扎刘家庙，占元又亲去求他出兵，耀南本奉上命援王，此时却按兵不动，虽经占元再三求告，又允他支给军饷十七万余，并在汉厂补助快枪三千杆。耀南勉强敷衍，调度部属，分批装轮，出发至鲇鱼套地方，忽又逗留不进。其意可知。于是各处援鄂之军，如靳云鹗、赵杰等，皆不肯先发，互相观望。那边湘军又节节进迫，取蒲圻，攻咸宁，声势非常浩大，那蒲圻是武岳线最后的险要去处，从此直至省城，并无可守之地。

王占元见救兵难恃，敌氛日恶，才把灭此朝食的气焰推了下去。难为他知机如神，先把家眷并全部宦囊，专轮下驶，离了这个是非之地，又把司令部中预备发饷的现款五百余万，托由省城票号秘密汇往山东馆陶老家。这等作为，可也算他调度有方，应付得宜，不愧专阃之才了。措置既妥，才预备本人下台，作富家翁地步，于是连致中央两电，一系辞职让贤，第二电，尚作剖辨之语，大略道：

萧总司令按兵不动，靳旅不受调遣，业经电陈在案。前线鄂军因援军不肯前进，纷纷向后撤退，大局已不堪收拾。

孙传芳、刘跃龙、宋大霈所部，困守十昼夜，无法再行维持。占元保境有责，回天乏术，请查照前电，任命萧耀南为湖北督军，或可挽回危局。萧总司令桑梓关怀，当有转移办法也。

电中语气，明窥曹、吴隐衷，说透耀南私衷，了了数言，既卸本人之责，又诿罪于别人，言中有物，话里有话，下台文字，如此婉曲冠冕，却也不可多得咧。

此电到京，靳总理商同曹锟意旨，连下三道命令，一免王占元本兼各职，一任萧耀南为湖北督军，一特任吴佩孚为两湖巡阅使。至此吴氏计划完全成功，原来上面许多事情，全是此公计划，一语点睛。声色不露，而得两湖地盘。王占元一番心机，徒然为人作嫁，人说这等地方，可觇人才的高下贤愚，在下却说民国以来，鸡虫得失，蜗角争持，闹得天翻地覆，日月无光，要其旨归，大概不过尔尔，虽一律作如是观可也。闲言休讲。

再说湖北新旧两任，一个是掩袖出门，搭轮遁沪，再无颜面逗留，一方是走马履新，意气豪放。东院笙歌西院哭。当由吴氏亲自提出条件，派员与赵恒惕磋商息兵。本来湘中出兵，以援鄂民驱王督为名，今王督下野，吴氏又与省会商量，通电各省及中央，实行制宪，预备鄂人自治。又托蒋作宾向湘方调停，战事似可暂告结束。无奈民国军人作战目的原为权利，今湘军血战多时，各大将领无功可得，无利可图，便要就此歇手，他们各人的良心上，也觉对不住本身。于是宋鹤庚首先表示，对于吴氏条件概不容纳，余人兵力有限，却不能不受其节制。和议既裂，战祸重开，吴氏究竟不比占元无能，立刻通令部属，限一星期内，克复岳州，自己复亲至前方指挥，却把后方维持之责，付诸新督萧耀南。

这时吴氏亲统之军，有第三、第二十四、第二十五等三师，皆久经战阵，素负勇名的精兵，吴氏为一鼓歼敌之计，统令开赴前线，一部在金口方面，一部扼住官埠桥，双方于八月十七日，同下总攻击令。湘军虽称善战，但一边却系生力军，器械服装，均非湘军可比。同时又有海军第二舰队司令杜锡珪，前来助吴，直取岳州，兼为陆军掩护。一时吴军声势大盛。

赵恒惕原与吴氏交好，至此自知不敌，只得派人前来议和。因条件不能相容，吴氏一口拒绝，督师猛战。所有交界之处，如中伙铺、新堤、嘉鱼、簰州等要害地点，均入吴军之手，但南军尚死守簰州，不肯退让，吴氏因从某参谋之计，黑夜派工程队，将簰州北面横堤掘开，一时江水横溢，湘军溺死者不计其数，辎重粮草及一应军实，尽皆漂入江水。两岸无辜居民，正在睡梦中，忽然遭此大劫，淹死于不明不白中者，更属不可胜数。可怜。这一役，就叫吴佩孚水灌新堤，湘省人民从此痛恨吴氏，可恨。将前此捍卫湘南、主持公道的感情完全抹倒。可惜。将来吴氏战史上，少不得添上这一段水淹三军的残酷纪录。可叹。吴氏常慕关、岳为人，又尝自比云长，云长因水淹曹军，后人讥其残忍，后来被擒孙吴，身首异处。现在吴子玉却不暇学他好处，先将坏事学会，究竟自己结局，未必胜于关羽，若照迷信家说来，岂非和美髯公一样的受了报应吗？这等腐败之谈，顽固之论，作者自负文明，原不肯援为定论，所以烦絮不休的，也因深惜吴氏一世令名，半生戎马，值此国势阽危、外患交迫的时代，有多少安内攘外的大事业不好做，何苦要学那班不长进没出息的军阀样儿，尽做些内争自杀的勾当，到头来一事无成，只落得受人唾骂，何苦来呢？这是废话，不必多讲。

再说吴氏利用水神之力，连得胜仗，只待把汀泗桥和咸宁两处得到，便可直薄岳城，正在计划头里，忽见外面送进一信，原来是梁任公来劝他息兵安民的。此公久不出场，他的文章辞令，又为一代崇仰，而此书所言，却与在下希望怜惜吴氏之微意相同。不过他的文章做得太好，比在下说得更为透辟明白，在下认为有流传不朽的价值，不敢惮烦，赶紧将他录在下面，给读者作史事观也好，做文章读也好，横竖是在下一番好意罢了。信内说道：

子玉将军麾下：窃闻照乘之珠，以暗投人，鲜不遭按剑相视者。以鄙人之与执事，夙无一面之雅，而执事于鄙人之素性，又非能灼知而推信，然则鄙人固不宜于执事有言也。今既不能已于言，则进言之先，有当郑重声明者数事：其一吾于执事绝无所求；其二吾于南军绝无关系；其三吾对于任何方面，任何性质之政潮，绝不愿参与活动。吾所以不避唐突，致此书于执事者，徒以执事此旬日间之举措，最少亦当与十年内国家治乱之运有关系，最少亦当与千数百万人生命财产安危有关系。吾既此时生此国，义不容默然而息。抑为社会爱惜人才起见，对于国中较有希望之人物如执事者，凡国人皆宜尽责善忠告之义，吾因此两动机，乃掬其血诚，草致此书，唯执事察焉！

　　此书到时，计雄师已抵鄂矣。执事胸中方略，非局外人所能窥，而道路藉藉，或谓执事者将循政府之意，而从事于武力解决，鄙人据执事既往言论行事以卜之，殆有以信其不然。君果尔尔者，则不得不深为执事惜，且深为国家前途痛也。自执事挞伐安福，迅奏朕功，而所谓现政府者，遂托庇以迄于今日，执事之意，岂不以为大局自兹初定，将以福国利民之业，责付之彼辈也。今一年矣，其成绩若何？此无待鄙人词费，计执事之痛心疾首，或更有倍蓰于吾侪者。由此言之，维持现状之决不足以谋自安，既洞若观火也。夫使现状而犹有丝毫可维持价值，人亦孰欲无故自扰，以重天下之难？今彼自身既已取得无可维持之资格，则无论维持者，费几何心力，事必无所救，而徒与之俱毙。如以执事之明，而犹见不至此，则今后执事之命运，将如长日衣败絮行荆棘之下，吾敢断言也。而或者曰："执事之规划，殆不在此。执事欲大行其威，则不得不以武力排除诸障。执事今挟精兵数万，投诸所向，无不如意，且俟威加海内以后，乃徐语于新建设也。"执事若怀抱此种思想者，则殷鉴不远，在段芝泉。芝泉未始不爱国也，彼当洪宪复辟两役，拯国体于飘摇之中。其为一时物望所归，不让执事之在今日，徒以误解民治真精神，且过恃自己之武力，一误再误，而卒自陷于穷途，此执事所躬与周旋，而洞见症结者也。鄙人未尝学军旅，殊不能知执事所拥之兵力，视他军如何？若专就军事论军事，则以薑粉湘军，谁曰不可能？虽然，犹宜知军之为用，有时不唯其实而唯其名，不唯其力而唯其气。若徒校实与力而已，则去岁畿辅之役，执事所部，殊未见其有以优胜于安福，然而不待交绥，而五尺之童，已能决其胜负者，则名实使然，气实使然。是故野战炮机关枪之威力，可以量可以测者也，乃在舆论之空气，则不可测量。空气之为物，乃至弱而至微，及其积之厚，而煽之急，顺焉者乘之，以瞬息千里，逆焉者则木可拔，而屋可发，虽有贲获，不能御也。舆论之性质，正有类于是。二年来执事之功名，固由执事所自造，然犹有立乎执事之后，而予以莫大之声援者曰舆论，此谅为执事所承认也。呜呼！

　　执事其念之！舆论之集也甚难，去也甚易。一年以来，舆论之对于执事，已从沸点而渐降下矣，今犹保持相当之温度，以观执事对于今兹之役，其态度为何如？若执事之举措而忽反夫大多数人心理之预期，则缘反动之结果，而沸点则变零点，盖意中事也。审如是也，则去岁执事之所处地位，将有人起而代之，而安福所卸下之垢衣，执事乃拾而自披于背脊，目前之胜负，抑已在不可知之数耳。如让一步，即现政府所愿望仗执事之威，扫荡湘军，一举而下岳州，再举而克长沙，三举而抵执事功德凤被之衡阳，事势果至于此，吾乃不知执事更何术以善其后？左传有言："尽敌而返，敌可尽乎？"试问执事所部有力几许，能否资以复满洲驻防之旧？试问今在其位，与将在其位者，能否不为王占元第二？然则充执事威灵所届，亦不过恢复民国七八年之局面而已，留以酝酿将来之溃决已耳，于大局何利焉？况眈眈焉恭执事之后者，已大有人在。以吾侪局外所观察，彼湘军者或且为执事将来唯一之良友，值岁之不易，彼盖最为能急执事之难。执事今小不忍而薑粉之，恐不旋踵而乃不胜其悔也。执事不尝倡立国民大会耶？当时以形格势禁，未能实行，天下至今痛惜。今时局之发展，已进于昔矣。联省自治，舆论望之若渴，颇闻湘军亦以此相号召，此与执事所凤倡者，形式虽稍异，然精神吻合无间也。执事今以节制之师，居形胜之地，一举足为天下轻重，若与久同袍泽之湘军，左提右挈，建联省的国民大会之议，以质诸国中父老昆弟，夫孰不距跃三百，以从执事之后者？

　　如是则从根本上底定国体，然后率精锐以对外雪耻，斯乃真爱国之军人所当有事，夫孰与快阋墙之忿，而自陷于荆棘之中也。鄙人比来日夕淫于典籍，于时事无所闻问，凡此所云云，或早已在执事规划中，且或已在实行中，则吾所言，悉为词费，执事一笑而拉杂摧烧之，固所愿也。若于利害得失之审择，犹有几微，足烦尊虑者，则望稍割片晷，垂意鄙言。呜呼！吾频年以来，向人垂涕泣以进忠告，终不见采，而其人事后乃悔其吾言之不用也，盖数辈矣。吾与执事无交，殊不敢自附于忠告，但为国家计，则日祝执事以无悔而已。临风怀想，不尽欲言！

吴氏看完了梁任公的信，他正在啜茗，手中握着的茶杯，忽然跌落地上，当啷啷一声响唳，把吴氏惊得直跳起来，却还不晓得是茶杯落地，一时手足慌忙，神色大变。楚灵王乾溪之役，有此情形，惜吴氏之终不能放下屠刀耳。经马弁们进来伺候，吴氏把神色一定，再把那信回过味来一想，方才觉得自己衣襟上，统被茶汁溅湿。此时正当秋初夏末，天时还非常炎热，他还穿着一身里衣，没有穿军服，茶汁渗入皮肤，还是不觉，却有一个马弁低声说道："大帅身上都湿了！该换衣服。外面人伕已齐，伺候大帅亲去察勘地势咧。"吴氏听了，不觉长叹一声，吩咐："把任公的信，妥为保存，将来回去后，可好好交与太太，莫忘了！"可见吴氏原不敢忘任公之言。马弁应诺，把那信折叠起来，藏入吴氏平常收藏文书要件的一只护书中。吴氏自己也已换好衣服，穿上军装，亲至汀泗桥、官埠桥、咸宁一带，视察一回，各处地形，已了熟胸中，方才带了大队，亲至汀泗桥督战。恒惕也因求和不成，十分小心，亲率陈嘉佑、易震东和湘中骁将叶开鑫之军，在官塘驿地方应战。

这次大战，是两军生死存亡的紧要关头，双方均用全力相搏，炮火所至，血肉横飞，自朝至夜，前仆后继，两边都不曾休息片时，这种勇猛的战法，不但湘鄂两军开战以来所未见，就是民国以来，各省战事也未尝有此拼命地情况。相持至夜，仍无胜负。

这晚，月色无光，大地昏黑，恒惕命敢死勇士五百人组成便衣军，从小道绕过汀泗桥侧，呐一声喊，手枪齐发，炸弹四飞，直军方面却没有防到这着，吴氏未免粗心。一时手忙脚乱，仓促迎敌。陈旅长嘉谟身受重伤，靳云鹗的第八师全军覆没，幸而董政国的一旅加入作战，才把防线挡住。湘军得胜，又在高处连放几个开花大炮，向直军阵中打来，直军自第三师以下，和豫军赵杰队伍，皆受重大损失，不得已退出汀泗桥。湘军随即进占。吴氏得信，飞马赶来，立将首先退兵的营长捉到，亲自挥刀，枭了他的首级，提在手中，大声喊道："今日之事，有进无退，谁敢向后，以此为例！"说罢，把一颗头颅，掷向半天，颈血四溅，全军为之骇然，亦殊勇壮。人人努力，向前反攻，吴氏大喜，正在持刀指挥，蓦地半空中轰然有声，飞来一弹，将吴氏身边卫队，炸成虀粉。正是：

　　　巨款颁来，惹起萧墙之祸，
　　　邮书飞降，惊回豪杰之心。

未知吴子玉性命如何，且看下回分解。

　　吴子玉、赵炎午，皆大将才，吴、赵之兵，又皆精锐之兵也，而子玉、炎午，又为旧交，使二人平意气，捐私心，合力对外，安知不为中国之霞飞、福煦也？乃见不及此，而竭全力于内争，败固含羞，胜亦何取？读任公书，不禁为二人惜事功，尤不禁为中华悲国运也。

第一百二十六回 取岳州吴赵麇兵 演会戏陆曹争艳

却说吴佩孚正在汀泗桥指挥各军,猛烈进攻,蓦听得轰然一声,半空中飞来一粒弹子,正落在他的身边,着地开花,将吴氏身边卫队,尽行炸死。吴氏立处,尚差着十几步路,居然被他幸免。真是侥幸。好个吴佩孚,面上一点没有惊恐神色,他瞧得这等炮弹的力量,远不及梁任公一枝秃笔来得厉害,见他从从容容,若无其事的,照旧督阵。却也不易。他的部下,见他浑身血污,甚至面上也有许多斑斑点点的,望去似红,又似黄,又像灰黑色。原来尽是他卫士的鲜血以及受炸高飞的灰尘沙土之类。他却毫不顾虑,也不肯稍稍移动地位,这一来,反把全体军心激励起来,愈加抖擞精神,忘生舍命地向敌阵猛攻。苏老泉云:"泰山颓于前而色不变,方可以为将。"吴氏足以当之。

湘军方面却也不肯示弱,兀自努力抵抗。到了后来,两边愈接愈近,索性舍了枪弹,拔出刺刀,互相肉搏。这才是比较气力,毫无躲闪的战法。在中国古时没有枪炮以前,向来作战,总是这个样子。后来有了枪炮,便把这等笨法儿丢了。谁知欧战以还,又把这种拼命肉搏的方法作为最新的战术。近来世事,往往新鲜之极,归于返古,万不料这性命相扑的玩意儿,也会回复古法起来。话虽说得轻松,究竟这等战法,却是死伤的多,幸免的少。不是极忠勇极大胆的兵士,谁肯搅这万无生理的顽儿? 只恨这等好兵士,不像欧战时候的用于敌国,却拿来牺牲在这等无意识无作用的内争之中,真正是我们中国一桩大可痛心的事情哪!

这湘鄂两军,又相拼了几个小时,鄂军援兵大至,湘军死伤殆尽,且战且退。直军乘势夺回汀泗桥,统计两天战事,直军得了最后胜利,却失去旅长一人,团长团副各一人,营长二人,连排长以下,更属不可胜记。合到湘军方面,共死伤兵士官佐达七八千人。最可痛的,是两方主帅尽是开口爱国、闭口保民的英雄贤哲,弄得这批忠勇的部属,直到死亡俄顷,还不晓得自己为谁而死,为甚而亡。因为中外今古,从来没有听得同为爱国保民,反以兵戎相见,性命相扑的,别说当局者莫名其妙,就是作书的人,旁观之下,也还识不透他们的玄虚诡秘咧。言之慨然。

吴军既得胜利,又值廿四师长张福来同时报告前来,说已联络海陆军,夺得城陵矶,从此直至岳州,险要全无。吴氏派探察勘前方,回报已无湘军踪迹。吴氏尚恐有诈,逐步前进,直簿岳城,早有城中绅商代表,带着满面惨容,前来欢迎吴氏入城。"欢迎"之上,系以"惨容"二字,是皮里阳秋之笔。吴氏才知赵恒惕已经退保长沙去了。

吴氏进住岳州,见城内商民受灾状况,心中也觉有点难过。部下将士请乘胜进窥长沙,戡定全湘,吴氏喟然道:"人心不知足,得陇又望蜀,做了皇帝想登仙,同是中国人,何苦逼得人没处走。况我和赵炎午私交极深,此番之事,已出于万不得已,还能穷兵黩武,把他弄得无处容身吗? 依我之见,现在湘军已退出岳境,我们原来目的已算达到,趁此机会,还是和平解决为是。"吴氏此语,宛然仁人之言,造福湘民不浅。此言一出,三湘七泽间,登时布满了和平空气。湖北督军萧耀南已经到了岳州,并有南北代表张一麟、张绍曾、张舫、孙定远、叶开鑫、王承斌等,均已到齐,便定本月三十一日,开了一个和平会议,公推吴氏主席,大家协定四事:

第一，岳州、临湘一带，归湖北军管辖。

第二，平江、临湘以南，归湖南军管辖。

第三，保留湖南总司令赵恒惕地位，援助湖南自治。

第四，两湖联防，照旧继续。

协议既定，干戈斯戢。湘、鄂人民当水深火热之余得此福音，借息残喘，倒也额手相庆，共乐昇平。那吴佩孚原主张联省自治，今既得两湖地方，作为根据，便想乘此时机，劝导各省，一致进行。不料鄂西方面，又被川军侵入宜昌，危在旦夕，声势十分浩大。吴氏只好把岳州防守事宜暂归萧督兼理，自己带队赴宜。施宜镇守使开城迎接，里应外合的，杀退围城之兵。川军将领但懋辛、蓝文蔚等，听说吴氏亲到，不敢轻敌，一面电请刘湘派兵应援，一面召齐全队人马，共有万余，协力迎战。川军虽然骁勇，因久震于吴氏威名，见他自己督队，心中先存了怕惧。大凡作战，最贵是一股勇气，如今吴军是得胜之兵，气势正盛，川军却未战先馁，这等战事，不待交锋，而胜负已决。果然一场交锋，川军大溃，但懋辛率领残部，遁归重庆，吴氏却也不敢深迫，只吩咐赵荣华好生防守，自己仍乘楚豫兵舰，整队而归。

这时的吴子玉威名四震，有举足重轻之势，本人心中，亦觉得意非凡。而且吴氏人格颇高，私人道德亦颇注意，政治虽非所长，至如寻常军阀的通病，如拥兵害民，贪得无厌以至吸大烟、狎女色、赌博纵饮之类，他却一无所犯。至于治军之严，疾恶如仇，尤为近时军人所罕见。治事之余，唯与幕府白坚武、杨云史等，饮酒赋诗，驰马试剑，颇有古来儒将之风。可惜他屡战屡胜，不免把武力看得太重，竟合了太史公论项王句，欲以力征经营天下，卒之一败涂地而不可收拾，恰恰给梁任公说得一个准着，这也真个可惜极了。

作者久仰吴氏是近代一位英雄，爱之望之，不殊梁公，故演义中对于吴氏，不时露出感喟之意，盖不但痛惜其宗旨之乖深，亦所以痛戒军阀中才德不如吴氏者，大家知所敛迹，莫再蹈吴氏之覆辙，亦犹任公劝吴氏以段派为殷鉴耳。再讲吴氏功高望重，威名日盛，不但关外的张作霖忌疾甚烈，就是吴氏的主帅恩公曹三爷，也觉有尾大不掉之势，心中好生不快。不过曹本尤能，但倚吴为魂魄，吴虽强盛，却也不敢忘曹，双方因此尚得互相维系，不见裂痕。至于两人门下，却免不了挑拨唆惑，对甲骂乙，对乙又说甲，如此不止一日，不仅一人。曹、吴心中都免不得各存芥蒂，而双方表面上，却反觉格外客气起来。

本来客气是真情的反面，所以古人说："至亲无文"。又道："情越疏，礼越多。"从前曹、吴情好有逾父子，谁也用不着客气，如今感情既亏，互相猜疑，猜疑之甚，自然要互相客气起来。可巧这年阴历辛酉十月廿一，是曹三爷六旬大庆，民国军政长官，借做寿以敛财，属吏借祝寿以阶进，十年以来，已成风气。现在曹锟已做了四省经略，名义上比巡阅又高一级，只差不曾爬上那张总统的交椅。又值川湘初定，北方宁谧，民国以来，像这等日子，就算太平时世。太平时世而冠以"就算"两字，辞似庆幸而实沉痛非常。以此老曹格外兴高采烈，预备热热闹闹地做他一个生平未有的荣庆。这等举动，若在平时，吴佩孚定要反对，此际却心存芥蒂，貌为客气，不但不敢讲话，还先期电贺，并将亲自到保祝嘏。曹三本也怕他讲话，今见他如此恭顺，不觉拈须长笑，对幕府中人说道："子玉生性古怪，却独能推尊老夫，也算前生的缘法咧。"众人听了，便都夺着贡谀说："吴帅无论怎样威望，怎比得上老师的勋高望重，震古烁今？此中不但有缘，也是大帅德业所感召啊。"曹三听了，十分开心，即命他们好好拟了电报，欢迎子玉来保，说"咱们自己人，祝寿可不敢当，不过好久不见，我正怀念得很，望他早日前来，咱俩可以痛谈几天。话要说得越恳切越好，越合咱俩的身份交况"。曹氏才德，虽无足录，然亦颇爽直，与奸诈之流自异。

幕府遵命拟发，吴氏得电，知曹三对他仍极恳挚，倒也欣慰不置。到了寿期相近，他便真个赶到保定，和曹锟弟兄及一班拜寿团员，尽情欢聚。吴氏并格外讨好，竟以两湖巡阅使、直鲁豫巡阅副使的身份，担任曹氏寿期内的总招待员，也可算得特别屈尊、十分巴结了。只是吴氏生平，为人绝不肯敷衍面子，此番如此作为，在老曹心中，果然百倍开心，嫌怨尽释，而以别人眼光瞧来，却不能不疑心吴氏变节辱身之故。神经过敏者，甚至认为吴氏内部组织妥当，第二步计划，即为对奉开战。曹、张系儿女亲家，感情虽伤，关系难断。吴氏为使老曹毅然绝张助己，对奉开战，不能不将自己对曹情感，比儿女姻亲更坚更厚。古人说："大丈夫能屈能伸"，吴氏此举，正合丈夫作用，其言虽似太早，却亦未为无见呢。这却慢提。

先叙曹锟此次寿域宏开，寿筵盛设，其繁华热闹，富丽堂皇，不但为千古以来所罕见，就论民国大军阀的寿礼，也可首屈一指。一星期前，就由经略署传谕北省著名男女优伶，来保堂会。此时叫天已死，伶界名人，自以梅兰芳的青衣花旦堪称第一流人才，其次如余叔岩之老生，杨小楼之武生，以及程砚秋、尚小云、白牡丹、小翠花等四大名旦，也都日夜登台，演唱得意杰作。

曹锟出身小贩，困苦备尝，而生性好淫，水陆并进；得意以后，京、津男女伶妓，受他狼藉者，不可数计。即如此次寿辰邀角，亦最注重名旦，赏赉之重，礼遇之隆，足使部下官兵见而生妒，闻而咋舌。听说演戏七天，犒赏达二十万元。唯五旦所得，在半数以上，即此一端，可以想见曹之为人。小贩子总脱不了小贩子气。但闻曹锟心中，尚不十分满意，原因近来北京伶人又有男盛于女之势，女伶中又鲜出色人才，曹锟抚今思昔，不禁回想起一个旧人儿来。巫山梦杳，故剑情深，自古英雄，未有不怜儿女，洪承畴为了一个满妃，助成清代三百年基业；吴三桂失了一位爱姬，断送有明三百年天下。像曹锟之所为，也算得深情之英雄，庶几媲美洪、吴，足为千秋佳话呢。佳话云者，恶之极而反言之也。

说起曹锟的情人，大概看官们都该晓得一点，其人非他，便是龙阳才子易实甫愿意做她的草纸月布、冀得常嗅余香的刘喜奎儿啊(北京某大学生，因一香面孔，拘罚五十元，喜谓价廉物美)。喜奎大名久传，南北全盛时代，几乎压倒梅、程，推翻荀、尚，余子碌碌，更不足道。那时京、津坤伶势力，骎骎乎驾男伶而上之，其实所赖者，也不过一个喜奎而已。此外虽有鲜灵芝、绿牡丹等数人，究竟无甚出色，所以喜奎一嫁，转瞬坤伶声势，一落千丈，伶界牛耳，又让男伶夺去。莫说小小妮子，举足为伶界重轻，以视今日曹氏军界地位，也正未必多让啦。

喜奎原得陆军次长陆锦一力捧场，才得一鸣惊人，陆锦因此得为喜奎入幕之宾。其实喜奎心中，对于这位陆大人，只有厌恨而无恋爱可言。然而陆锦却哪能看出美人深心，尚且肉麻当有趣的夸耀大众，引为无上光荣。恰值上次曹锟寿辰，陆锦便亲送喜奎，前往祝嘏，并唱堂会戏三天。谁知动了曹锟的食指，赏赐之优厚且不消讲，还把她留进内院，唱了几出秘戏。这一来，才把个陆锦弄得求荣成辱，搔首彷徨。后来又听说曹大帅极爱喜奎，有纳充下陈之说，陆锦更弄得走投无路，如醉如疯，逢人便说："完了完了，糟透糟透。"人家见了，都暗暗匿笑，他也不觉得羞恶。等得寿期已过，人家都告辞回去，只有陆锦，舍不得喜奎，兀自托故逗留，探听消息。还算他的运气，此时忽然来了一个救星，却是曹三的正室太太。

曹三生性长厚，得志后，不忘糟糠，仍旧敬畏太太，因此太太有权支配内政，查得曹氏暱嬖喜奎情形，心中大不为然。明知喜奎决不喜欢曹三，也不暇征求曹三同意，趁他出外之时，把喜奎喊来，问了几句。喜奎竟涕泣陈情，自言已有丈夫。曹太太问丈夫何人，喜奎一时回答不出，只得暂借陆锦牌头一用，说是："陆军部陆大人。"曹太太听了，回顾侍妾们冷笑道："你们瞧瞧，老头儿越发荒唐得不成话了。一则是大员的姬人，二则大家还是朋友咧，亏他做出这等禽兽行为。"侍妾们也深愿太太做主,速把喜奎遣去,免她宠擅专房。大家你一言,我一句的,再三怂恿,曹太太竟大开方便,连夜把喜奎放出府门,还派了一个当差,押送回京。

陆锦闻讯之下,喜欢得浑身骨头都轻飘飘的,好像站立不住一般,因为他曾几次三番向喜奎求婚,喜奎总是支吾搪塞,不肯允许,把个陆锦急得不晓要怎样改头换面,刮肤渐肠,才能博得美人欢心,相持至今,未得结果;如今听说喜奎在曹宅承认是自己的妻小,不用说,此番回京,必能三星百辆,姻缔美满,倒还十分感激曹三爷玉成之德,绾合之功。预备成婚之后,供他一个长生禄位,早烧香、晚点灯的,祝他千年不老,才能报答鸿慈,稍伸敬意。心中这么想着,一个身子却早糊糊涂涂的趁车回京。一到车站,来不及回家,立刻坐上一部汽车,赶至喜奎家中。谁知一进大门,就有喜奎跟班上来,打了个干,回说,姑娘刚才回来,辛苦得很,预备休养几天,才能见客,求大人原谅。陆锦万料不到会扫这一鼻子灰的,早不觉怔怔发起痴来。怔了多时,忽对喜奎家人说道:"你们姑娘难道不晓得是我来了。"家人笑回:"姑娘原吩咐过,什么客人一概挡驾。"陆锦还不识趣,又说出一句肉麻说话来。正是:

英雄原是多情种,
美色怎教急雨催。

未知陆锦更有何言,且看下回分解。

战,气也,故古人有再衰三竭之语,吴、赵汀泗桥之战,吴氏之能胜,亦唯气盛而已。气愈盛则心愈虚,此成功之象也。从此屡胜而骄,遂欲以武力统一中国,而不知骄盈之极,即衰竭之征,迷梦未醒,事功已隳,读卿子冠军之语,不禁感慨系之矣。

第一百二十七回

醋海多波大员曳尾
花魁独占小吏出头

却说陆军次长陆锦，听得刘喜奎不肯出见，那时候凭他涵养再深一点，也万万受不住了，心中一悮，不禁厉声叱道："胡说！我是你们姑娘将来的老爷，又不是客人，难道还要你们姑娘怎样招待不成？我和她既是自家人，原用不着你们通报的，还是自己进去，等我问清了你们姑娘，再打断你的狗腿子。"说罢，气冲冲地向着喜奎卧室便走。家人明受喜奎吩咐，单要拒绝陆大人，但这等说话，是断断不敢说出来的。如今见他自认为喜奎未来的男人，不待通报，径自进去，只得赔着笑脸，再三恳求说："陆大人既这么说了，小的原不晓得陆大人和姑娘已有婚姻之约，大家本是自己人，原不能当作客人看待，所以小的倒得罪了。但是姑娘的脾气，陆大人有什么不晓得？她既这样吩咐，小的吃她的饭，断不能违她命令，就是姑娘将来跟了大人，小的也还要跟去伺候大人和姑娘的。小的今日不敢背姑娘的命令。就是将来也不敢违抗大人的。大人是明白人，有什么不原谅小的。如今这样罢，姑娘确因倦极，在里面休息，待小的再去通禀一声，说是陆大人到来，想姑娘一定急要见面的，她一定会起来迎接大人，那时却与小的责任无干了。"说罢，又打了一个干，含笑说："总要大人看在姑娘分上，栽培小的，赏小的一口饭吃。"陆锦见这人说话内行，本来自己深惧喜奎，怕她动怒。<u>银样镴枪头。</u>因亦乐得趁机收篷，便点点头说道："好！好！你快去对姑娘说，并叫她不必起来，大家一家人咧，还用得着客气吗？"家人应命而去。

不一时，只听得里边似有开门送客之声，陆锦不觉大疑，正思进去一瞧，早见喜奎蓬着头出来，秋波微晕，粉脸呈紫，一面孔不高兴的神气，口也不开的，就在陆锦对面一张红木圈椅上一屁股坐了下去。陆锦见了这副情形，又是心爱，又是害怕，早将预备作她丈夫的热心放低了一半。却一时打叠不出一句话来做开场白儿，良久良久，才进出一句话来，赔笑说道："我听说你回来了，心里急得什么似的，赶着来瞧瞧你。<u>声容如绘。</u>偏……"他这下半句，是说偏你又睡了，但是喜奎却不愿他多说，忙着大声截住道："哦！你倒急吗？急什么啦？<u>声口如画。</u>我又不是你什么亲人，又没有给人抢了去，何必劳你陆大人这般发急。老实说，我喜奎现在还没有找到一个替我发急的资格的人咧。承你陆大人的情，倒居然替我发急得这个样子，我是委实感激得很，只可惜陆大人枉用了这番心机，因为陆大人只配做中华民国陆军部的次长，还不配做我刘喜奎发急的人咧。"<u>骂尽一切，趣而刻。</u>说着，两只秋水澄清的眼珠儿，似笑非笑，似瞅不瞅的，朝陆锦有意无意地这么一睐。

陆锦听了这番峭刻挖苦的说话，又回想到刚才对她家人说的牛皮，两两参证，觉得大不对缝了，绝倒。眼见着那家人还立在一旁笑嘻嘻地伺候，送茶送烟的正好忙咧。陆锦这一来，觉得比先时遭她拒绝不见的事情，更觉下不来台。本来自讨没趣。但他是多情的人，只会对家人摆大人架子，却没本领对喜奎行使丈夫的威权，受了这场排揎，还是满脸含着苦笑，一点不敢动怒。<u>世间大人架子，唯有向此辈摆耳，若石榴裙固未有不拜倒者也。</u>呆够多时，却亏好又想出一句话来。支支吾吾地说道："这个倒不是我有什么野心，况且我也不敢……但……但……"一语未曾说出，喜奎忙喝止道："但什么！但什么！昏你的糊涂蛋！本来谁许你有甚野心！你有野心，就该用点气力，替国家多做点有益之事，替国家东征西讨，在疆场上立点汗马功劳，也不枉国家重用你的大恩，谁许你把野心用到我们脂粉队中来了。此语出自妇人口中，足愧煞陆锦，而无如其颜之厚也。我们又不是中华民国的敌人，用不着你来征伐。"说到这里，又禁不住失笑道："我们又不是中华民国手握兵符经略几省的军阀大人，更用不着你这般蝎蝎螫螫的鬼讨好儿。"说完了话，笑得气都回不上来，拿块手帕子，掩住了她的樱桃小口，只用那一只手指儿，指着陆锦。

陆锦这才恍然大悟道："哦！了不得，原来姑娘为这事情恼我咧。可谓呆鸟。本来这是我的不是，谁教我拿着姑娘高贵之躯，送给那布贩子曹三开心去咧。"他一面说，一面早已上前向喜奎作了一个长揖，只道喜奎一定可以消气解冤，言归于好了。谁知喜奎猛可地放下脸儿，大声诧异道："阿唷唷！你要死了，作这鬼样儿干什么？我一个唱戏的人，原是不值钱的身子，谁养我，谁就是我的老斗。曹三爷要我唱戏，那是曹三的权力，我去不去，是我刘喜奎本人的主意，与你陆大人什么相干？怎么是陆大人送与曹三开心的？这是什么怪话？这话真正从哪儿说起哪。"真是何苦。陆锦听了，只得又退至原位，怔了一歇，方才喟然长叹道："罢！罢！总是我陆锦不好。本来姑娘吃这一趟大亏，全是我做成的，也怪不得姑娘生气。再说姑娘要不生气，倒反不见你我的交情了。"真是一派梦话，苦无术足以醒之。喜奎听了，不觉笑得打跌道："你这个人哪，妙极了，妙极了，亏你从哪里学得这副老脸皮儿，又会缠七夹八的，硬把人家的话意，转换一个方向儿。我想像你陆大人做这陆军次长，也没有多大好处，还不如到上海、天津的几个游戏场中，做个滑稽派的独角戏，或者还有人替你喝一声彩，那时候我刘喜奎，虽然未必引你为同志，却不妨承认你是一个游艺行中的同道。那就赏足了面子了。"索性痛骂。陆锦见她怒气已解，因也笑说："能够做姑娘的同道，谁说不是天大的脸子，强如做陆军次长多了。"太不要脸。喜奎正在没奈何他，喜奎其奈他何？却有天津戏园中派来和喜奎接洽唱戏条件的人上门求见，喜奎乘机说一声："对不住，陆大人！请你坐一歇，我有事情，失陪了。"不等陆锦回言，便向外而去。

陆锦见她姗姗出去，大有翩若游龙之概，不觉看得出神起来，良久良久，才自言自语地太息道："唉！这小妮子怎地倔强，教我也没法子奈何她了，只有等将来嫁了过去，再慢慢地劝导她罢。"说罢，抬起头来一看，只见原先那家人，还立在一边伺候呢。陆锦一张紫棠色的脸上，竟也会泛出一层红光。还算知耻。等了一会，见喜奎还没进来，自觉乏味，便立起身来，说道："我走了。姑娘这几天兴致不好，你们都好好地伺候，将来过我家去，我都要重重提拔，像你这般内行，还得保举你做个县知事哩。"做国家名器地方人民不着，此之谓落得做人情。那人听了，赶着打个千，再三道谢。

陆锦回到部中，再想着喜奎相待情形，忽然记起喜奎在房中送出的客，不知究竟是什么人，不要真是自己一个情敌吗？聪明极了。若照喜奎以前情形和自己待她的许多好处，喜奎又有承认作我家眷的宣言，那么，断不至于再有外遇。然而事情究有可疑，非得彻底调查一下，断不能消此疑窦。何必多心。想了一会，忽然想到一个人来，心中大喜，忙唤当差的，快去警监衙门把李督察员请来。这李督察原是陆锦私人，是一个专跑妓院、喜交伶人的有趣朋友。陆锦用到这人，可谓因才器使。不愧大员身份。当下李某到来，便把这事委托了他。这人却真个能干，不上三天，便给他侦查得详详细细，回来从直报告。陆锦才知喜奎心中，除了本人之外，还有一个情深义挚的崔承炽儿。

陆锦得了报告，心中大愤，恨不得立刻找到喜奎，问她一个私通小崔的罪状。有何罪名？并要诘问她小崔有甚好处，得她如许垂青。论势力，本人是陆军次长，小崔不过内务部一个小小司员。论财力，本人富可敌国，小崔是靠差使混饭吃的穷鬼。论过去历史，本人对于喜奎,确有维持生活、捧她成名大恩。崔承炽对她有何好处,虽然无由而知,但是无论如何,总也越不过本人前头去。丑极。照常理论,喜奎有了本人,生活名望,地位声势,已经足够有余,何必再找别人。想来想去,总想不出喜奎喜欢承炽的理由来。笨贼昏块。因又想到唱戏的人,免不得总有几个客人,那小崔儿是否和喜奎有特别交谊?喜奎待他的特别交谊,是否比本人更好?抑或介于齐楚,无所轩轾?再或小崔认识喜奎,还在本人之前,喜奎因历史关系,无法推却,不得不稍与敷衍,也未可知,千思万想,尽态极妍,作者如何体会出来?然则喜奎为什么又要讳莫如深的,不肯告诉我呢?何以喜奎和我处得这么久了,我却总没有晓得一点风声呢?种种疑团,愈加难以剖解,真是不说破倒还明白,说破了,更难明白了。绝倒。

陆锦从此也无心在部办公了,一天到晚,只在喜奎家鬼混。喜奎高兴时候,也不敢不略假辞色,要是不高兴呢,甚至明明在家,也不肯和他相见。好个陆锦,他却真是一个多情忠厚之人,恭维得妙。这一下子,他已窥破喜奎和小崔儿的深情密爱,万万不是本人所能望其项背。太聪明了,怕不是福。心中一股酸气,大有按捺不住之苦,却难为他涵养功深,见了喜奎,总是勉强忍耐,不肯使她丢脸。如此相持了一个多月。

喜奎要上天津去了,照例,应由陆锦侍卫,谁知喜奎此番却坚拒陆锦,劝他多办公事,少贪风流。又道:“你们做大官的人,应以名誉为重,不要为了一个刘喜奎,丢了数十年的官声。”陆锦见她尽打官话,心中摸不着她的头脑,但据陆锦之意,却有宁可丢官败名,不能不陪刘喜奎的决心,多情之至。因为喜奎艳名久噪,曾有一个北京大学的学生,为她发起色狂病来,寄了许多情书给喜奎,喜奎付之一笑,置之不理,那学生急了,竟于散戏之时,候在门口,等得喜奎出来,上车之时,竟自抢上前去,捧过她那娇嫩香甜的一张圆脸儿,使劲地闻了一个香,趣甚。只急得喜奎大喊救命,那学生还不放手,直等得喜奎的车夫跟包们围将拢来,将他擒住,他才哈哈大笑的,说道:“好幸运,好幸运,今儿才偿了我的心愿了也。”众人才晓得他是一个疯子,拉拉扯扯的,将他送到警署。警官问明原因,罚了他五十块钱,他还做了一篇文章,送登报上,说:“刘喜奎香个面孔,只罚五十元,警官未免不公,因为喜奎是现代绝色,闻香面孔,虽然不比奸淫,也算一亲芳泽,区区五十金,罚得太轻了,未免轻视美人。至于本人,却算做了一桩本轻利重的生意”云云。绝倒。从此喜奎名气越大,喜奎也应感激他这种宣传工夫。而喜奎的戒备,也比较严密。此番陆锦必欲伴送去津,就是这个意思,他倒的确是一番爱惜保护的深心。自是好心。

无奈喜奎偏不中抬举,一定拒绝不受。陆锦心中也觉诧异,不期脱口说道:“那么,你这趟去津,是用不着人家护送了。那小崔哩,他可跟你同去不呢?”喜奎一听“小崔”两字,凭她胆子再大,意气再盛一点,也总有些不大得劲起来,登时粉脸飞红,秋波晕碧,期期艾艾的,一时对答不出。停有几秒钟时,方才冷冷地道:“什么小菜大菜?你说的我全不懂呀。”陆锦见她情虚,益发深信喜奎和承炽真有密切关系,并料定喜奎赴津,承炽必定充当随从之职,太聪明了，怕不是福。不觉妒火大炽，五内如煎，但又不忍使喜奎难堪，只得轻轻点头说道："小菜自然比大菜好点。你带了小菜，本来不必再要大菜了。"难为他如此伶俐会说。陆锦一面说，一面瞧喜奎神色十分慌张，大非平时飞扬跋扈能说惯道的情形，便觉得她楚楚可怜，再不能多说一句。毕竟多情。却喜喜奎心中一虚，面色便和悦了许多，对于陆锦，也免不得勉强敷衍，略事殷勤。

陆锦原是没脑子的东西，受此优遇，已是心满意足，应该感谢小菜。无所不可，哪怕喜奎对他说明要嫁给崔承炽了，烦他做个证婚，同时兼充一个大茶壶儿，谅他也没有不乐于遵命的了。这倒不是作者刻薄之谈。只看他经过喜奎一次优待，当夜留她在家中睡了一晚，次日一早，便由着崔承炽护送出发，他俩竟堂堂皇皇亲亲热热的，同到天津去了。陆锦只大睁着眼儿，连送上火车的差使都派他不着。可怜。要知这全是喜奎枕边被底一番活动之功，竟能弄得陆锦服服帖帖，甘心让步。此而可让，安知其他一定不可让呢？

这还罢了，不料从此以后，喜奎对于陆锦，愈存轻鄙之心，应得轻鄙。同时对于承炽，也越存亲爱之意。承炽本是寒士，喜奎常向陆锦索得孝敬，便转去送给承炽。老酿人偏喜讨年轻美妾，结果未有不如此如此。承炽得此，已比部中薪水体面得多，在他本意，这等差使远胜内部员司。就是喜奎初意，也打算请承炽辞去内部职务，专替本人编编戏，讲讲话，也就够了。总因外间名誉有关，未敢轻易言辞，不道两边往来的日子久了，形迹浑忘，忌讳毫无。承炽穿着一件猞猁狲袍子出入衙门，太写意了，也不是好事。常有同事们取笑他，说是刘喜奎做给他穿的，承炽一时得意忘形，竟老老实实，说是喜奎向陆次长要求，送给我的。同事们听了，有笑他的，有羡慕的，却有十分之九是妒忌他的。因为那时北京正大闹官灾，各大衙门，除了财、交两部是阔衙门，月月有薪水可领之外，其他各部，都是七折八扣，还经年累月的，不得发放。人人穷得淌水，苦得要命，偏这崔承炽，因兼了这个美差，起居日用，非常写意，早已弄得人人眼红，个个心妒。不是量小也，可怜。只因他的脸蛋子原生得不差，年纪又轻，媚功又好，大似老天爷特别垂青，有意栽培，使他享这艳福财运一般。天之所定，谁能易之？因此大家虽有妒心，却也没法奈何他，此时见他公然说出陆锦赠袍一事，言下并有政府官吏不及坤伶侍卫之意，不是小崔荒唐，却是作者深刻。把一班穷同事说得面红色恶，难以为情起来。于是有那深明大义的人说："承炽此举有大罪三：一是渎辱邻部长官；二是傲慢本部同事；三是轻蔑政府神圣。说得正大堂皇，妙甚。至于他本身的品行不端，人格堕落，犹其余事"等语。

他这题目来得大了，惹起许多人的注意，一人唱说，千人附和，不上几天，早已传入陆次长的耳中，想到自己的衣服经过意中人的手，间接而披于情敌之身，"渎辱"二字，可谓确切不移；而且实际上教自己无颜见人，如此一想，恨不得派遣卫队将小崔捉来，立行正法，以为渎辱长官者戒。转念一想，自己和喜奎的事，也不是什么名正言顺的国家大事，更不是陆军部次长职务内应有之事，却有自知之明。小崔在这上头欺侮本人，只能算是私人抢风，万万不能加他渎辱官长的罪名儿。况且此事一经声扬，小崔果然危险，然而充其极量，也不过削职而止，本人身为次长，位高望重，若因此而竟被牵动地位，不但事实上拼他不过，而从此名誉扫地，贻笑中外，终身留下一个污点儿，尤其犯不上算。然则要求伴送赴津时，所谓宁可丢官坏名者何耶？何况喜奎心中，只爱一个承炽，实际上本人却还叨着他的光儿。因为承炽之事发表以后，喜奎心中愧惧，反和本人要好得多，本人正想趁此机会，为得步进步之计，若将承炽攀倒，喜奎也和本人作对，那时再想博得美人一笑为欢，可比登天还难了。如此一想，又觉承炽的地位，不但不宜动他，还该设法保全他才是。这样两个相反的念头，交战胸中,万分委决不下,倒把个才大功高的陆次长,弄得如醉如痴,恰如染了神经病儿一般。有时虽在办公时间,也会自言自语地说出刘喜奎可怜、崔承炽可办的两句话来。惹得陆部全体员司和陆锦一班同僚都当作一件趣史,霎时传遍九城。幸而陆锦为人忠厚,大家不忍和他为难,也没有人去攻讦他。

却有一个司长,和他最有感情,勘透他的隐恨苦衷,替他想了一个借刀杀人之计,劝他到保定走一趟,向曹三爷声明:"本人并没有娶喜奎为妾,本人也并无娶她为妾之意思。自从喜奎承大帅雨露之恩,本人身受栽培,尤其不敢在喜奎跟前稍存非礼之行,致负大帅裁成之德。不料有内部员司崔某,诨名小菜的,那厮自恃年轻貌美,多方诱惑喜奎,喜奎原不敢忘大帅厚恩,只因小菜屡说大帅身居高位,心存叵测,将来一定没有好结果,还有许多混账说话,他能说得出,某却传不来。因此喜奎息了嫁给大帅的念头,居然和小菜十分亲密起来。大帅军书旁午,政务劳神,本不敢以小事相告,只因这厮信口造谣,胆大妄为,不但于大帅名誉有关,且恐因此惹起政府误会,与大帅发生恶感。在大帅本身,固没甚关系,倒怕国家大局,发生不良影响,归根结底,大帅还是不能辞咎,所以专诚过来,禀报一声,大帅看该如何办法?"措辞奇妙。这番说话,委实够得上"绝妙好词"四字。一方面引起曹三的醋心,同时即借表本人之忠义,一方面为喜奎留出地步,同时又将曹三的地位抬得十足。而且立言非常得体,措辞十分大方,了了数言,面面俱到,不但无懈可击,简直无语不圆。评语亦妙,作者必是阅卷老手。陆锦受教之后,真有一百二十分的钦佩,难为他不敢怠慢,在部中请了要公赴保的短假,急急忙忙,赶到保定,会见曹三。

曹三自喜奎去后,郁郁不乐,忽忽如有所失,屡向各方打听,也已深悉喜奎未尝嫁给陆锦,不过假"陆太太"三字做个牌头,并知陆锦还吃着小崔的亏。心中正在痛恨承炽、怜念陆锦的当儿,可巧陆锦到来,便立刻延见,优予礼待。陆锦更是喜悦,便将那司长教给的一番话说了出来,果然惹得曹三又羞又怒,又妒又感,羞是羞喜奎被夺,怒是怒喜奎上当,妒是妒承炽的艳福,感是感陆锦的忠义。不出所料,句句合笋。陆锦见曹三待言,但只对于喜奎方面,犹恐结怨太甚,不能见面。可怜。因复再三要求曹三,严守秘密。曹三也答应了,留陆锦在保玩了三天,比及陆锦辞别回京,早有家人报称曹经略等电请国务院重办小崔。不料小崔闻讯逃走,据闻已跟喜奎同上天津去了。陆锦听了,万不料如此一来,倒成全了他们,反而正式结合起来。弄巧成拙。喜奎此去,必定嫁与小崔,本人不成了陌路萧郎,竟连一面之缘,都不可得了吗?心中一急,竟吐出一口血来。正是:

　　海棠不与梨花压,

　　大菜何如小菜香?

未知性命如何,且看下回分解。

　　堂堂经略使、陆军次长,为了一个女伶,失败于小小内务司官之手,诚若辈所认为奇耻大辱,虽邻邦侵蚀,国事蜩螗,不足比其愤懑也。夫千古英雄,未有不多情者,千古有名美人,未有不倾心于真正英雄者。喜奎艳冠一时,名扬海外,洵可谓有名之美人,乃对于自负多情而英雄之曹、陆,鄙夷直同粪土,此无他,英雄固多情深,深情必先钟于国民,而后及于恋爱。曹、陆身为大员,而唯声色是尚,置国计民生于不顾,所谓多情,直是淫欲变相。安有淫欲之人,而能久于情者?则毋宁偕寒士以共白首,犹得终身厮守不离也。嗟夫!曹、陆之失败情场,曹、陆自取之耳,于喜奎何尤?然而喜奎高矣。

第一百二十八回

澡吏厨官仕途生色
叶虎梁燕交系弄权

却说过不多日，崔承炽和刘喜奎结婚消息，传播京、津道上，各地报纸纷纷刊载二人的小照和结婚的消息、仪注等等。大家当作一件佳话珍玩，甚至有那消息灵敏的报馆，竟连带将曹、陆两方情场角逐和失败于小菜之手的一段内幕，也尽情刊布出来。这样一来，不但陆锦丢尽颜面，就是身居保定、贵为经略的曹三爷，也觉面上无光，心中不乐。谁教你们不知自量，须知年纪不饶人，品貌自天生，倒不是次长、经略之威，所能压服和比拟的。但这是小事，他们既托庇于外人，匿身租界，也犯不着再去寻事，一幕三角恋爱公案，就从此做个结束，这是前数年的事情。如今曹三势力愈盛，身份愈高，此番宏开寿域，男女名伶，群集一堂，却独独见不到心上人儿刘喜奎，你教他如何不感伤追念咧？

曹三原是一个直爽长厚的人，恭维得妙。心有所思，面子上倒遮掩不住，登时长吁短叹的，郁郁不乐起来。这一来，别人倒还罢了，只有他那几位亲信人物，如高凌霄、王毓芝、李彦青等，早都慌做一团，大有主忧臣死的意态。好一班忠臣。

还是彦青比较密切，他原是一个厨子的少爷，厨子而有少爷，此少爷之所以不值钱也。少爷之父而为厨子，厨子之所以为厨子也，殊与众不同。说起这厨子的来头，却也非同小可，因为他的东家，是外号"智多星"张志潭张部长的老太爷，曾有人见过他的名片，左角儿上，也写着一大批官衔，这官衔，却真威赫，凡是张氏父子两代，在清朝民国历任的各种街头，全都抄了上去。只于官衔之下，加了"膳房主任"四个小字，绝倒，此等人于今不少。下面便是这膳房主任领袖的姓名，列公别笑此公善于扯淡，委实除了少数之少数的几位真正阔人之外，那批热衷朋友，谁不啧啧称羡，暗暗拉拢？希冀借此做个终南的捷径，可以亲近张氏，营谋差缺。可叹。

后来这位李主任李老太爷，终于犯了招摇纳贿的罪名，被张老太爷驱逐出来，幸而他的少爷李彦青，亦已出山任事，在一家浴堂内充当扦脚专员，有此主任，才能出等专员，虽非箕裘克绍，却也不愧象贤。还兼理擦背事宜，本来每月收入亦颇可观，不料这位李专员的运气，却比他老太爷好得多，不晓以何因缘，见赏于这位四省经略大人曹三爷，一见倾心，三生缘订。曹三爷一度出浴，就把这李专员带回公馆，有此阔东家，少爷的名片，当比老爷更风光。两个人要好到了不得。不但曹三爷出浴时候少他不得，甚至起居食息，随时随事，都有非他不可之势。是正文，也是伏笔。

李专员得此际遇，正是平地一声雷的，大抖特抖起来，那时他的头衔，又换过了，本来是普通浴室的扦脚员，现在却升做经略府的洗澡主任。绝倒，深刻。另外还有曹大经略提拔他的什么副官咧，参议咧，处长咧，种种道地官衔，官衔而有道地、非道地之分，语刻而奇趣。那倒真的是中华民国的荐简职衔，并不是小子开的玩笑了。列公听到这里，或者有人奇怪，以为一个扦脚出身的人，怎么能够置身仕版呢？殊不知英雄出身，原本越低越好。妙语。趣语。以李彦青一生事业而论，此时还不过发轫之始，将来的富贵功名，真是未可意料。若照列公这等小见，只怕还要惊骇欲绝咧。

再说李彦青做了曹大经略身边最最宠信之人，自有许多攀附的人，一般的称他李大人李老爷，称他老子是老太爷，还有和他同事之人，因求他在曹三面前吹嘘几句，也有和他拜把子，称兄弟的。彦青志得意满，自不消说，只有两处地方，还不能十分讨好，一个是吴大帅吴子玉生性正直，最恨这等宵小之徒，太看轻这位主任了。常说曹大帅的事情，全是这班狐狗搅坏，言下之意，还不专指彦青一人。明知其无成，而抵死相从者，子玉之长处，也是子玉之短处。唯有曹三的正室太太刘夫人，骂得最为刻毒，她曾当着许多人的面，把彦青喊去，拍案大骂，说："老帅春秋已高，精神日坏，大帅身子坏，精神不济，自然只有夫人晓得，何意李主任也与有劳绩，此真奇妙趣史，以极不堪事，写得极干净，见得作者匠心。近来身子越衰，毛病越多，全是你这妖怪东西搅坏的。"妖怪东西，也是道地官衔吗？彦青素知曹三天不怕，地不怕，单单敬怕这位太太，他也只得以曹三之心为心，跟着敬畏太太，受了骂，兀自不敢声辩，只有唯唯称是，诺诺连声。等曹太太气平了些，方说："小的不敢，小的原不肯的，怎奈老帅没人伺候，小的也叫没法儿罢了。"小的原不肯，小的没法儿，语极普通，掩卷一想，妙不可言。曹太太听了，更其怒不可遏，叱道："凭他再没伺候之人，也不配你这妖鬼跑在前头。老实告诉你，你要想在这府中吃饭，从此以后，就不许近着老帅的身体。要是不然，我就有本事，叫你死无葬身之地，你懂得吗？"彦青只得叩了个头，含悲带泪的出去，见了曹三，不觉倒在怀里，大放悲声。曹三也知他吃了太太的亏，又见他哭得哽哽咽咽，凄凄恻恻，心中老大不忍，只得用尽老力，将他抱了起来，再三安慰道："好孩子！快别哭了！咱们爷儿似的，你有为难，咱全知道。好孩子！我也是敬重太太，此等地方，没法子替你出气，只有慢慢地赏你一个好差使，受了太太的亏，横竖好在众人面前讨回便宜，给你玩玩，消消你这口气，不好吗？"彦青只得收泪道谢。又道："大帅事情多，精神又不济，身子是应该保养的，小的原再三对大帅说了，大帅总是……"说到这里，不觉把脸儿微微一红，嫣然一笑。曹三见此情形，心中早又摇摇大动起来，恨不得立刻马上，要和他怎样才好。你要怎样。无奈青天白日的，还有许多公事没有办，只得将他捧了起来，下死劲，咬了他几口，咬得那个彦青吃吃地笑个不住。

过了一天，曹锟果然又下了一个手谕，着他老太爷去署理一个县缺，人人都晓得这是酬报李彦青受骂之功。后来这位厨子县令调任别处，交代未清，人家问起这事，他便大模大样地说道："那容易，咱已交给儿子办去，咱儿子说，这些小事情，等大帅洗澡时，随便说一句，就得啦。"趣甚。一时都下传为佳话，那都是后来的事，先带说几句儿，以见他们君臣相得之隆，遇合之奇，真不愧为千秋佳话也。如此佳话，真合千秋。

如今却说李彦青探明曹三意旨，知他故剑情深，不忘喜奎，若是别的事情，只消他一声吩咐，自有许多能干的人，夺着奉承，哪怕杀人放火，也得赶着替他办好。只因这喜奎，是曹三心爱之人，喜奎一来，却于彦青本身有点关碍，碍他本身，妙不可言。因此倒正言劝谏道：正言劝谏，更有奇趣。"大帅身系天下安危，为时局中心人物，犯不着为了刘喜奎这个小狐媚子，一个妖怪东西，一个小狐媚子，迷住了一个老怪物儿。想坏了贵体。依理而论，喜奎虽已嫁人，亦可设法弄来，只消等她来华界时候，一辆汽车，迎接了来，还怕不是大帅的人？谅那崔家小子，也不敢怎样无礼。但闻喜奎嫁人以后，已得干血痨症，面黄肌瘦，简直不成人样儿了。此句吃重。大帅弄了回来，也不中意的，何必负着一个劫夺人妻的名声，弄这痨病鬼回来。而且太太晓得了，又是淘气。天下多美妇人，大帅若果有意纳宠，小的将来亲赴津、沪，挑选几个绝色美人，替大帅消遣解闷，那时候，大帅有了这许多美人，别说刘喜奎那黄病鬼儿，应当贬入冷宫，就是小的也可请个三年五载的长假，用不着再捱太太地骂了。"说罢，秋波微晕的，嫣然趄笑，又仰起头勾着曹三的颈项，软迷迷地说道："我的亲老帅！亲老子！不堪至此，肉麻煞人。你瞧瞧！这话可是不是哪?"曹三不觉呸了一声，笑道："好胡说的小子，咱不过一句空话吧咧，又惹你唠叨个这一阵子，你要请假，咱就派你到上房，替太太擦地板去，看你可受得住这个磨折?"彦青听了，急得抱住了曹三，扭股糖儿似的，娇痴央告道："我的亲亲老子，要这样子狠心时，我的小性命儿也完了一半了。不堪至此，不忍卒读。我要死在太太口中，宁可死在……死在哪里? 死在……"只说了半句，忽把脸一红，指指曹三，装了一个手势儿，什么手势? 嗤的一声，笑起来了。缠勾多时，把个英雄领袖的曹虎威，搅得喘吁吁地，笑而叱道："小子！亏你说得出来，滚吧，咱要出去了。"说罢，振衣而起。亏他还能够起身。彦青忙着伺候他穿衣戴帽，将他打扮好了。奇事奇文。这曹三自去干他的公事，从此再也不提"刘喜奎"三字。这曹三和喜奎的关系，总算断绝于李彦青之口，喜奎要是得知此事，还不晓要怎样感谢他咧。

书中暂时按下曹锟，却言北京政府，每逢年节，没有一次不是闹穷，虽然船到桥门，不过也得过去，然而闹穷的情形，也一年凶如一年。这时已届年终，外而各省索饷，内而各处索薪，号饥号寒，声振京邑。可称饿鬼道。兼之这时还有中、交两行兑现问题也闹得非常棘手。那靳总理云鹏，自知无术度岁，也唯是知难而退，这时最有总理希望的，自然要推金融界中握有经济势力、能够拉动外债的人，顶为相宜。以借债为能事，此中国财政之所以越弄越糟也。并且除了这一流人，谁也不敢担这艰难的责任。若问那项资格，虽然不止一人，比较起来，尤以梁大财神梁士诒最为出色。论资格，他又做过总理，当过财长；论势力，眼前却有奉天的张作霖竭力捧场。他本人又是一个热衷仕宦、急欲上台之人，就是总统之意，也因年关难过，除了此公，实在也没有比较更妥的人，堪以胜任。于是"梁内阁"三字，居然在这腊鼓声中，轻松松地一跃而出，一面组织新阁，引用手下健将叶恭绰等作自己党援，一面设法筹款预备过年。正在兴高采烈的当儿，忽然洛阳大帅吴子玉因鲁案问题拍来一个急电，攻讦梁阁，有限他七日去职之语。梁氏经此打击，真弄得上台容易下台难。问你还做总理不做? 一个才大如山、钱可通神的梁上燕，竟被一电压倒，大有进退维谷之势。说者谓：吴氏之势力惊人，但据小子看来，要不是梁阁亲日有据，蹈了卖国之嫌，吴氏虽凶，亦安能凭着纸上数言，推之使去呢?

原来鲁案交涉，如此带起鲁案交涉，笔姿灵动。中日两方，相持已久，此次华府会议，中国代表施肇基、王宠惠、顾维钧三人前往出席，日人一面联络英、美列强，恫吓中国，大有气吞全鲁、唯我独尊之概。幸而中国三代表在外交界上也还有点小小名气，中国人民又怕政府力量薄弱，三代表畏葸延误，特地公推蒋梦麟、余日章二人为人民代表，赴美为三代表作后盾。开会多日，各大议案均已次第解决，只有中日两国间的鲁案，还是头绪毫无。在人民之意，以无条件收回胶济路为主要目的，万一日方不允，则愿以人民之力，备价赎回。无奈三代表因政府方面宗旨游移，本人既为政府代表，一切须以政府之意旨，为交涉之目的，也自无可如何。一再迁延，至这年十二月十七日，蒋梦麟恐长此因循，愈难得有进步，因亲至王宠惠寓所，询其意见。

宠惠原是一个学者，忠厚有余，而才干未足，对于蒋意，虽极赞同，仍以须请示政府为言，再往访施、顾二人，也都以游移两可之词相对付。此等手段，对外人尚不可，况于自己人乎? 梦麟无法可施，看看闭会期近，各国代表都已纷纷治装，预备返国，梦麟只得一面拍电本国，报告情形，一面联络留美八大团体，公递觉书，为最后之奋斗。三代表不得已，才允即日提出交涉。不料到了议场，施肇基一开口，就提议赎路，并没提到无条件收回一说。一个代表，连生意人讨价本事都没有，可怜。日人方面本来得步进步，当时即答应赎路办法，但须向日本借债办理。三代表再三争持，又经各国调停，始于议妥，于十二年内，由中国分期赎路，但三年之后，中国得于六个月前通知日本，一次赎回。又该路运输总管须用日本人，案经议决，虽然损失不赀，总算将来可有收回希望。

不料日本代表虽迫于公论及三代表之交涉，允许赎路办法，同时政府方面却暗暗运动梁阁，诱以直接交涉。此等手段未免卑鄙，中国虽然失败，还不致如此丢脸。梁士诒为借款便利起见，竟于二十日密电三代表，令向日方让步。三代表得此电令，都惊得目瞪口呆，不知为计。明知服从政府必为人民所攻击反抗，而代表为政府所简派，反对政府即不啻取消本身代表资格。恰巧蒋梦麟和八团体代表过来，三代表因出示电报，问他们有何意见，众人见了，都大骂政府卖国，劝三代表切勿宣布，径将议案签字，再作道理。

梦麟说话尤为激昂。他说："与其得罪于真正的国民，宁可得罪于卖国政府。得罪政府，抵拼不做他的官就完了，得罪国民，我们却连人都不能做了。"官可不为，人不能做，快人快语。三代表亦愤然道："只得如此拼一下子再看。但怕日政府方面也有训示到来，他们代表未必再肯签字呢。"众人听了，一个个愁颜相向，无计可施。

果然到了开会之时，日代表劈头便问三代表："得了贵国训令没有？贵我两国已经在北京讲妥，各种悬案准在北京直接交涉，不再由大会议决了。本来中、日是近邻同种之国，贵国古人说：'兄弟阋墙，外御其侮，'如今倒为了我们弟兄之事，反和外人商量办法起来，岂非丢脸？如今贵政府既已觉悟，我们代表的责任已算终了，敝代表明后天即欲动身回国去也。"却亏他老脸说得出。三代表见说，面面相觑，一时说不出话来。还算顾维钧机灵，料到这事除了掩瞒以外，没有别法，只得毅然答道："贵代表所言，不晓是何内容？敝代表等并未奉有敝国政府何种训令。关于胶济一案，昨儿已经议定，今日何又出此反悔之言，不虑为各大国所笑吗？"却也严正。日代表听了，倒也红了一红脸儿，但对于维钧之言，仍是半信半疑，总之无论怎样，他既奉到本国训令，自然不肯签约，于是三代表并全国人民代表，和八团体等折冲坛坫，费尽唇舌，所得的一丝儿成绩，几乎又要搁置起来。虽然后来仍赖人民督促、各国调停与代表坚持之功，仍得照议解决，而全国人民已恨不食梁燕之肉，而寝其皮。该该该。就是华会各国代表，也都暗笑中国积弱之余，好容易爬上台盘，对于偌大外交，兀自置棋不定，终为日人所欺。从此中国无能的笑话，愈加深印于外人脑筋中了。

古人云："人必自侮也，而后人侮之，国必自伐也，而后人伐之。"像梁氏这等谋国，端的与自侮自伐何殊？这又何怪外人之腾笑不休，侵凌日甚呢！真是自取其辱。关于鲁案条约，后回另有交代，本回仍须说到梁阁方面。原来梁士诒上台第一步计划，专在联日本为外援，巩固他的势力，岂知全国上下群起而攻，人民公论虽不在他意中，却不料触怒了这位洛阳太岁，急电飞来，全阁失色。梁燕之内阁命运，真成了巢梁之燕，岌岌乎不可终日起来。正是：

　　内阁忽成梁上燕，
　　人民都作釜中鱼。

未知吴氏若何作对，且看下回分解。

　　曹三爷出身布贩，自致高位，心目中安有所谓国家？更安知所谓政治？毋怪厨子可作县官，澡役可充处长也。传曰："国家之败，由官邪也"，夫曰官邪，邪而不失其为官。若曹三之官，则真不成其为官矣。哀我人民，何冤何罪，而有此似官非官之官也。

第一百二十九回

争鲁案外交失败
攻梁阁内哄开场

却说梁阁由奉张保举,本为洛阳所忌疾,况梁有财神之名,财神为奉派所用,奉方有财神,洛方只得请天杀星下凡,洛吴怎不起邻厚我薄之感?爰趁鲁案机会,拍出一电,声讨梁阁。电文大旨,说:

害莫大于卖国,奸莫甚于媚外,一错铸成,万劫不复。自鲁案问题发生,展至数年,经过数阁,幸赖我人民呼吁匡救,卒未断送外人。胶济铁路为鲁案最要关键,华会开幕经月,我代表坛坫力争,不获已而顺人民请求,筹款赎路,订发行债票,分十二年赎回,但三年后得一次赎清之办法。外部训条,债票尽华人购买,避去借款形式,免受种种束缚,果能由是赎回该路,即与外人断绝关系,亦未始非救急之策。乃行将定议,梁士诒投机而起,突窃阁揆,日代表忽变态度,推翻前议,一面由东京训令驻华日使,向外交部要求,借日本款,用人由日推荐,外部电知华会代表,复电称:请俟与英、美接洽后再答。当此一发千钧之际,梁士诒不问利害,不顾舆情,不经外部,径自面复,竟允日使要求,借日款赎路,并训令驻美各代表遵照,是该路仍归日人经营,更益之以数千万债权,举历任内阁所不忍不敢为者,梁士诒乃悍然为之。举曩昔经年累月人民之所呼号,代表之所争持者,咸视为儿戏。牺牲国脉,断送路权,何厚于外人?何仇于祖国?纵梁士诒勾援结党,卖国媚外,甘为李克用、张邦昌而弗恤。我全国父老兄弟,亦断不忍坐视宗邦沦入异族。祛害除奸,义无反顾,唯有群策群力,奋起直追,迅电华会代表,坚持原案。……

此电发于十一年一月五日,对于梁阁,可谓攻讦得体无完肤。电发后,直系各督军省长,如苏之齐燮元、王瑚、鄂之萧耀南、刘恩源、陕之冯玉祥、刘震华、鲁之田中玉、赣之陈光远、杨庆鋆等,以及附直之河南赵倜,安徽马联甲等,也一致通电,响应吴氏,于是奉天老张乃也拍电中央,为梁阁辩护。略谓:

作霖上次到京,随曹使之后,促成内阁,诚以华会关头,内阁一日不成,国本一日不固,故勉为赞襄。乃以胶济问题,梁内阁甫经宣布进行,而吴使竟不加谅解,肆意讦弹,歌日通电,其措辞是否失当,姑不具论,毋亦因爱国热忱,迫而出此,亦未可知。唯若不问是非,辄加攻击,试问当局者将何所措手?国事何望?应请主持正论,宣布国人,俾当局者得以从容展布,克竟全功。……

老张此电,不但替梁阁辩护,简直指驳吴氏,于是内阁问题,方才揭破真相,完全变成直奉问题。拍合一笔。此后吴氏为贯彻本人主张起见,联络各省,继续攻讦,非将梁阁推翻,誓不干休。最厉害的说话,是限梁阁于七日内去职,分明与哀的美敦书无二。而老张方面,为保持势力维持颜面计,联络浙督卢永祥,亦扶助梁阁。卢氏已先有电到京,词旨较为婉转。至奉张续电,则仍阐发前电之意,唯临了处,也有以武力拥梁的说话。其词道:

窃维时局蜩螗,必须群策群力,和衷共济,扶持而匡救之,方足以支将倾之大厦,挽既倒之狂澜。作霖前此到京,诚危急存亡之秋也。外有华府之会议,内有交行之恐慌,而积欠京外各军队之饷项,并院部各衙门之薪俸,多至十余月,少亦数月不等,甚至囚粮亦不发放,京畿重地,军政法学各界,酿成此等奇荒,不但各国之所无,抑亦从来所未有。当此新旧年关,相继并至，人心惶骇，危险万分，谁秉国钧，孰执其咎？事实俱在，可为痛心。作霖篙目时艰，不忍坐视，故承钧座之意，随曹使而周旋，赞成组阁，以期挽救乎国家接济之交行，以冀维持夫市面。凡此为国为民之念，当在共闻共见之中。而对于梁君个人，对于交通银行，平日既无所谓异议，临时亦绝无丝毫成见。乃国事方在进行，而违言竟至纷起。夫以胶济铁路问题，关乎国家权利，筹款赎回，自是独一无二之办法。若代表力争于华府，而梁阁退让于京师，天地不容，神人共怒，吴使并各督责其卖国，夫亦谁曰不宜，但事必察其有无，情必审其虚实，如果实有其事，即加以严谴，梁阁尚有何辞？

　　倘事属子虚，或系误会，则锻炼周内以入人罪，不特有伤钧座之威德，且何以服天下之人心？况国务之有总理，为全国政令所从出，事烦责重，胜任必难，钧座特简贤能，当如何郑重枚卜？若进退之间，同于传舍，使海内人民，视堂堂揆席，一若无足轻重，则国事前途，何堪设想？今梁阁是否罢免，非作霖所敢妄议，继任者能否贤于梁阁，亦非作霖所能预知。假令继任产出之后，复有人焉，以莫须有之事出而吹求，又将何以处之？窃恐内阁永无完固成立之日，而国家将陷入无政府之地位，国运且以此告终，是直以爱国之热诚，转而为祸国之导线，以演出亡国之惨剧。

　　试问与卖国之结果，其相去有何差别也？作霖受钧座恩遇垂二十年，始终拥护中央，不忍使神州陆沉之惨剧，由钧座而身经之。应请钧座将内阁总理梁士诒，关于胶济路案，有无卖国行为，其内容究竟如何，宜宣示国人，以安众心。

　　如其有之，作霖不敏，窃愿为国驱除，尽法惩治。如并无其事，则言者无罪，闻者足戒，亦请明白宣示，以彰公道。

　　至用人行政，钧座自有权衡，应如何以善其后？作霖不敢妄赞一词矣。抑作霖尤有进者：国家危弱，至斯已极，内阁关系郑重，早在洞鉴，伏愿钧座采纳卢督军主张有电所陈，"卖国在所必诛，爱国必以其道"二语，不致令以为国除奸为名者，反为巧宦生机会。尤伏愿钧座，饬纪整纲，渊衷独断，使天下有真公理，然后国家有真人才。倘彰瘅不明，是非不辨，国民人心不死，爱国必有其人。作霖疾恶素严，当仁不让，亦必随贤哲之后，而为吾民请命也。临电不胜屏营待命之至。诸公爱国热诚，素所敬佩，敬祈俯赐明教，幸甚！

　　此电语气极锐，而措辞却稍为和婉，闻出某名士手笔。唯奉派内部，也有拥梁与联直两派，大概老成一派，谓："直、奉一家，则国事大定，民生可息，若两虎相争，必有一伤，不但非国家之福，于奉方也未必有利。自是正论。况梁、叶辈为旧交通系之首领，已往成绩，在人耳目，名誉既不见佳，何必被他利用，轻启战端，为国人所诟病。"主此说者，以察哈尔都统张景惠最为有力，附和者亦颇不少。无奈作霖正在盛怒头上，又素来瞧不起吴子玉，说他是后起的小辈，不配干预大政。坏事在此。一面梁、叶等人，复造作萋言，说："吴氏练兵筹饷，目的专为对奉，司马之心，路人皆见，此次反对梁某，可知非为鲁案，实恐梁某助奉，为虎添翼，实于他的势力，加上一个重大打击，名为对梁，实即对奉，照此情形，奉、洛前途，终必出于一战。也是真话。与其姑息养痈，何如乘机扑灭。现在吴氏所苦，在饷不在兵，一经开战，某筹主持中央，可以扣其军饷，而对于奉派，则尽量供给，是不待兵刃相接，而胜负已分。只怕未必。大帅诚欲剪除吴氏，正宜趁此时机，赶紧动手，若稽延时日，一再让步，吴氏势力既张，羽翼愈盛，固非国家之福，而奉方尤属吃亏，那时再行追悔，只怕无济于事了。"张氏听两方说来，均有情理，终以梁阁为自己推荐，若凭吴氏一电，遽令下台，本人面子上实在下不去。而且洛吴谋奉之心早已显露，将来之事，诚如梁等所言，终必出于一战，不如及早图之为妙。于是不顾一切，竟将上电拍发，一面召集各军事长官，大开会议，决心派兵进关，并通知参谋处筹设兵站，准备军械，且令兴业银行尽先拨洋二十万元，充作军费，一面简搜师徒，调出两师团六混成旅，整装秣马，摩拳擦掌，专候张氏命令，立刻出发。

这时最为难的，却有两人：一个是高踞白宫的徐大总统，一个是雄镇四省的曹经略使。原因梁氏组阁，先得徐之同意，此时自不能不设法维持，且现在库空如洗，除了梁氏，谁也没有这等大胆，敢轻易尝试这内阁的风味。而且靳氏下台，虽有许多原因，其实还是吃金融界的挤轧。而左右金融界者，仍为旧交系梁、叶等人，若去梁而另用他人，梁氏意不能甘，势必再以金融势力倒阁。真是小人。如此循环报复，不但年关无法过渡，而且政治纠纷，愈演愈烈，自己这把总统交椅，也万万坐不下去了。所以为本人威信和体面计，为政局前途计，除了追随奉张、维持梁阁外，实无比较妥当的法子。但吴氏兵多将广，素负战名，也断不能不设计敷衍。

徐氏本人和吴氏本无交谊，"调停"两字，也觉为难，想来想去，仍唯求救于曹三。曹和奉张原有姻亲，而无大恶感，对于吴氏之剑拔弩张，志在挑战，也觉太过激烈。但吴氏为本人爱将，本人以吴氏为灵魂，向来吴氏所作所言，自己从不加以反对。又因吴氏反梁，本为鲁案，题目极其正大，也未便加以制止，所以轻易不好讲话，可是鲁案因中代表否认曾受梁阁让步的训令，美国的舆论也非常注意，以为美总统政策之能否成功，全看山东问题的能否解决。所以当时华盛顿的空气也颇为紧张，因此美国人也有出任调停的。英人也希望华会早日结束，加入调停，所以中日代表在二月四日五日六日，接连开了三天会议，方才议定了几条大纲。还算运气。

第一条，估定山东铁路的总价值，依照德国的估价为五千三百四十万六千一百四十一金马克，分十五年还清。第二条，规定在款子未偿清之前，须任日人为运输总管和总会计。第三条，规定铁路财政细则由中、日主管人员在六个月内协定。当时签字的，中国全权代表是王宠惠、顾维钧、施肇基三人，日代表加藤币原和植原两人，美国是国务卿休士和专门委员马莱、皮尔三人，英国是贝尔福和专门委员林森格、惠生等三人。签字都用英文，全文在十一年一月三十一日方才签约，照录如下：

第一条　胶州租地。（一）日本以前属德国胶州租地，交还中国。（二）中日政府各派委员会同清理，移交胶州租地行政及公产等项事宜，并解决一切需乎清理之事。在本条约发生效力后，中日委员应立即齐集。（三）上述移交及清理应赶速办理完竣，无论如何，不能迟至本条约发生效力六个月以后。（四）日本政府愿将胶州租地行政机关之案卷，为移交上及后日行政所必要者，交付中国。此项交付在交付胶州湾土地后行之。

第二条　公产。（一）日本政府允以胶州租地内一切公产，包括土地建筑工程设置等等，无论前属德有或日本管有期内所购得建造者，一律交给中国，唯本条第三款所列者不在此限。（二）移交公产，中国不予任何项赔偿，唯（甲）日本官厅所购置建造者，（乙）日官所改修扩增者不在此限。属于（甲）（乙）两项者，中国政府应按日本政府所支出之实费，斟酌继续损耗成数，酌给相当赔费。（三）胶州租地内此等公产，其属于设立日本领事馆所需要者，日本政府得保留之。日人社会所特需之学校寺院墓地等项，亦准日人社会保留之。此条详细事宜，由本条约所规定之中日委员联合办理。

第三条　日本军队。日本军队连同驻防胶济沿路之日本宪兵，应于中国派有兵警接防铁路时，赶即撤退。中国兵警之接防，日军之撤退，可以分段为之。分段撤除日期，应由中日得力官员协定。日军之全部撤清，应赶于签订本条约之三个月内为之，无论如何，不能迟至签订本条约之六个月以后。青岛日守备队，应于移交胶州租地行政权时，同时撤清。万一不及，至迟亦不能过移交行政权之三十日以外。

第四条　海关。（一）本条约发生效力后，青岛海关即完全成为中国海关之一部分。（二）一千九百十五年八月六日中日所订青岛海关临时合同，本条约发生效力后应即废止。

第五条　胶济铁路。日本以胶济铁路支路，及一切附属财产如码头货栈等项，交还中国。中国以上述铁路财产之确实价值贴还日本。德人所留铁路财产之确实价值，现估定为五千四百万金马克，中国于贴还此数而外，并贴还日本管路时期中之重大增修实费，唯须酌除损耗计算。

上述之码头等项产业，除为日人所增修者外，交还时不须贴费。日人曾作重大之增修者，中日政府各派委员三人共同组成铁路委员会按照上所规定，评定铁路财产价值，并办理移交此等财产事宜。此项移交，应赶速完成之，无论如何，皆当在本条约发生效力之九个月以内。中国在此项移交完成时，同时应以贴还日本之国库证券交给日本。此项证券，以此项铁路财产为担保，分期十五年清偿，但在发行此券满五年后，中国得一次清偿之，唯须于六个月前预为通知。在此项国库证券完全赎回之前，中国应选任一日人为事务长，一日人为会计长，会同中国会计长共同办事。此项日员，统归中国局长指挥管辖监察，有相当理由时得免其职。上述国库证券之详细条款，另定之。本条所列诸事，须由中日当局协定者，应赶速协定之。至迟当以本条约发生效力后六个月内为限。

第六条　胶济支路。高徐、济顺两支路之让权，归国际新银团接受，其余件由中国政府及银团自定之。

第七条　矿山。淄川、坊子、金岭镇矿山之采矿权，前由中国许与德国者，移交于中国政府特许之公司接办。日人在此公司之股本，不得超过中国股本之数。此等办法条件，由中日委员协定之。此项委员，在本条约发生效力后应即齐集。

第八条　开放前属德国之租地。日本政府表示无意设立日本专管或公共居留地于青岛。中国政府表示愿公开前属德国之胶州租地全部，准外人在此区域以内，自由居住经营工商业，及其他合法职业。凡外人在此区域合法公道取得之权利，无论在德国租借时期或日本军事占领时期取得者，皆尊重之。日人所得此等权利之效力与地位问题，由中日联合委员协定之。

第九条　盐场。制盐在中国为政府官业，日本公司日本人沿胶州湾所经营之盐场，统由中国政府备价收回。唯日人对于此等盐场所出者得购买相当数量。另定相当办法办理之。商订此等办法并实行移交盐场由中日委员赶速办理，至迟须本条约发生效力之六个月内竣事。

第十条　海电。日本表示凡前属德人之青岛至烟台及青岛至上海间海电权利之益，均归中国。唯此两线中有一部分为日本利用，作青岛佐世保间之海线者，不在此例。青岛佐世保海电之办法，由中日委员协定之，唯须尊重现在有效之中外条约。

第十一条　无线电台。青岛、济南之日本无线电台，应在该两处日军撤退时交给中国，中国给以相当赔偿，其数由中日委员协定之。

附约如下：（按附约电文缺一项）

（一）日本表示放弃德国依据一千八百九十八年三月中德条约所取得之供给人才资本材料之优先权。

（二）电灯、电话等事业，概皆交还中国，电灯、屠宰场、洗衣厂在市政机关成立时交还。按中国公司法酌立公司办理，归市政机关监督管理。

（三）电话事业交还中国政府。中国政府对于电话之扩张改进，有关公益者，外人如有请求，中国政府当酌量允行。

（四）中国政府表示凡道路、沟洫、自来水、公园、卫生设备等项公共工程，由日政府交还中国政府者，青岛外侨得举相当代表襄理。

（五）中国政府表示中国海关总税务司，准许青岛日商用日文向海关陈述，并依此趋向选用职员。

（六）胶济铁路中日委员会，对于条约应行协定之事宜，如不能协定者，应由两国政府以外交手续订之。在决定此等事时，必须参酌三国专门技师之同意。

（七）日本政府表示胶济支线之烟潍铁路，可由中国自行建筑，若用外资，国际新银团可以承借。

山东交涉，到了此时，方算告一段落，到六月二日，方才正式换文。此是后话，按下不提。

却说曹锟见鲁案问题已经解决，方才有些允许出作调人之意。恰好曹镇也来向曹锟关说，曹锟这时又碍于兄弟之情，只得派王承斌出关调停。这时徐世昌也托张景惠向奉张说和，两人便同向张作霖竭力斡旋。恰巧吴佩孚也派车庆云出关接洽，和议空气，一时充满。此之谓回光返照。正是：

<blockquote>
弱国无外交，
世事凭强力。
</blockquote>

未知是否成为事实，且看下回分解。

民国成立以来，内阁军阀，往往利用外交为内争之武器，此等计划，在外国亦有之。然外人利用外交，决不失本国之体面，而吾国则不但丢脸，抑且丧失主权，于是引起战事，互相攻击，而人民又受其累。诚所谓内讧外患交迫之秋也。当此时代，唯有人民自身力量，还能震慑外人，鲁案即其明证。若信任政府，倚赖军阀，是直召亡而已，爱国云乎哉！

第一百三十回

强调停弟兄翻脸
争权利姻娅失欢

却说关外调人麇集，和平空气弥漫沈辽。谁知张作霖受了梁、叶迷惑，以为有了倒吴的计划，所以不肯答应。而且新近得了广东和浙江方面的联络，已经订立三角同盟。据传三角同盟的内容，是以孙中山先生为总统，段祺瑞为副总统，梁士诒为总理，段芝贵督直，吴佩孚免去直、鲁、豫巡阅副使职，专任两湖巡阅。此事即使实现，亦非久长之计，因奉张与洛吴都是黩武派，中山先生岂能作他傀儡？且以先生之明，深知奉张作用，亦未必真肯登台也。条件的内容，曹锟也有些接洽，不过是否实在，却未可知。

张作霖有了这些援助，愈加胆壮气豪，便决定用武力解决。到了二月中旬，梁士诒续假，张作霖便把原驻扎在关内军粮城地方的奉军，一律调出关外，以示决绝。明明要派兵进关，却先把原在关内之兵调出关外，此正所谓欲取姑与、欲前先却之法，局外人视之，真不知他葫芦里卖什么仙丹。这一来，吓得徐世昌十分不安，立刻派遣孟恩远赶出关去调解。曹锟也仍派王承斌出关，要求张作霖不要把奉军调出关去，谁知两人到了关外，孟恩远竟连说话的机会也得不到，王承斌虽竭力向张氏挽留，也毫无效果。

这时吴佩孚因兵力散在陕西、两湖，准备未周，所以十分静默，并且屡次通电辟谣，说本人和奉张，决不开战。欲盖弥彰。徐世昌则鉴于国民不满梁氏，乐得去梁以媚吴，又因这时已由梁阁问题，而变为张、吴的本身问题，梁氏去留，反倒无关大计，所以在二月二十五日，拍发了一个通电，表示去梁士诒，而改任鲍贵卿组阁，因鲍张有亲，对直方也有好感，或能消弭战祸，也未可知。其实这等计划，并没多大效力。威信不孚，而徒欲借亲情以资联络，宁有济乎？却偏有张景惠、秦华、王承斌、曹锐、孟恩远这些人，竭力地拉拢。至于鲍贵卿呢，因为双方一经开火，自己的总理便没了希望，更是起劲，也跟着张景惠这班人，去向张作霖恳情。一半为公，一半也带着探探老张对自己的意思如何。谁知老张毫不客气，依然表示强项。鲍贵卿这时仿佛兜头浇了一勺冷水，再也不敢妄想做什么总理，立刻便谢绝了徐世昌。

这时曹锐也在奉天，他对于吴佩孚，本来有些妒忌，所以挽留奉军的意思，十分诚恳，非但希望他不要撤出关外，并且要他增加实力，以保卫京、津治安。奉张因提出几个条件：第一，梁士诒复职；第二，吴氏免职；第三，段芝贵督直；第四，京、津地方完全划归奉军屯驻。一厢情愿，果然把中山先生一说丢置脑后，可见此公非真能崇仰先生者。曹锐满口应承，当时回到保定，曹锟见了这条件，却也有些不高兴道："我现做着直、鲁、豫巡阅使，直督应当由我支配，京、津是我的地盘，怎地让他屯兵，倒不许我干涉？这不仅是倒子玉，简直是和我下不去了。"此语却不懵懂。曹锐道："当时我也是这样想，后来仔细研究了一下，方才悟到雨亭这两个条件，一半倒是为着哥的好。"曹锟道："奇了！这种条件，怎说倒是为我呢？"曹锐道："三哥试想！直系的兵权，差不多全在子玉手里，真可谓巧言如簧。但曹三毕竟不是小孩，岂能如此容易上当？现在要免他的职，如何肯依？假使翻过脸来，连三哥也不认了，三哥岂不要吃他的亏？要是奉军驻扎在京、津一带，子玉肯听三哥的命令便罢，假使不服从时，我们便可派京、津的奉军，去剿除他，却不爽利。"真是哄孩子语，于此可见曹四不但不知爱国爱民，简直对于乃兄，亦不惜廉价拍卖。曹锟想了一想道："且等我斟酌斟酌再说罢！"曹锐不敢多说，就此搁过不谈。

那时张作霖和吴佩孚，均各扣留车辆，预备运兵。双方的情形，更是渐次露骨。各位调人，均已无力进言，一个个敬谢不敏，只得去请出几位老前辈来。两位是属于奉方的（赵尔巽、张锡銮），一位是直方的（王士珍）。还有张绍曾、王占元、孟恩远三位，这几位先生，倒好像专门做和事佬的，可惜成绩很不高明。也附着他们三位的骥尾，拍了一个调停的电报，给张作霖和曹锟，原电曰：

比年国家多故，政潮迭起，其间主持国是，共维大局实两公之力为多。近以阁题发生，悠悠之口，遂多揣测。又值双方军队，有换防调防之举，杯蛇市虎，益启惊疑，道路汹汹，几谓战祸即在眉睫。其实奉军入关，据闻仲帅原经同意，雨帅复有奉、直一家，当与曹使商定最后安全办法之谏电。两公和平之主旨，可见一斑。况就大局言之，胶澳接收伊始，正吾国积极整理内政之时，两公任重兼圻，躬负时望，固不肯作内争之导线，重残国脉，贻笑外人。即以私意言之，两公昔同患难，谊属至亲，亦不忍为一人一系之牺牲，自残手足。事理至显，无待烦言。现在京、津人情，震动已极，粮食金融，均呈险象，断非空言所能喻解。非得两公大有力者躬亲晤商，不足杜意外之风谣，定将来之国。弟等息影林泉，惊心世变，思维匹夫有责之义，重抱栋楹崩折之忧，窃欲于排难解纷之余，更进为长治久安之计，拟请两公约日同莅天津，一堂叙晤，消除隔阂，披剖公诚。一面联电各省，进行统一，弟等虽衰朽残年，亦当不惮驰驱，赴津相候，本其一得之见，借为贡献之资。爱国爱友，人同此心，迫切陈词，敬祈明教。两公如以弟等谬论为然，并请双方将前线军队，先行约退。其后方续进之兵，务祈中止前进，以安人心而维市面。至于电报传论，暂请一概不闻不问，专务远大，是所祈祷！

另外又拍了一个电报给吴佩孚，词意大略相类。各方接了这几个电报，也并没有什么表示，在吴佩孚一方，因见各方面情形愈迫愈紧，知道非一战不能解决，便亲自赶到保定，来见曹锟，请曹锟召集一个会议，付之公决。

曹锟也正想借会议来决定和战，便十四月十一日，召集全体军官，开军事会议于保定。吴佩孚、曹锐、曹锳、张福来、王承斌、冯玉祥、张之江等重要高级军官，均各列席。由曹锟亲自主席，吴佩孚、张福来等都主张作战，曹锐和曹锳都主张议和。讨论了许多时候，还没解决。曹锟意存犹豫，张福来愤然说道："老师愿意仍作直系领袖，不受他人节制呢？还是愿作别人的附庸？如其愿做直系领袖，不受他人节制，除却努力作战，更有何法？如其愿做奉派附庸，也不必更说什么和不和，我们立刻投降了他们，岂不省事？"倒是他爽快。众人听了这几句话，都不禁失色。曹锐、曹锳大怒，一齐起立道："你是什么人，敢说这反叛的话？难道不怕枪毙吗？"说着，都拔出手枪来。何至枪毙。曹四、曹七一味媚张，媚张即所以倒吴也。王承斌慌忙劝住。冯玉祥也起立道："张氏通日卖国，举国痛恨，非声罪致讨，不足以蔽其辜。如不战而和，恐怕全国痛恨之心，将转移到我们身上来了。到了那时，老帅身败名裂，恐怕悔之晚矣。"冯氏善治军，明大体，而勇于有为，只此数言，公义私情，两面均到。曹锟之意稍动，回头看张国熔、吴心田、张锡元等诸将时，只见他们也一齐起立道："非一战不足以尽守土之责，非驱张不足以安国家，谢天下，请老帅下令，我们情愿率领部曲，决一死战。"吴佩孚也道："将士之气如此，请老帅弗再犹豫！"曹锟见众人都如此说，也有些醒悟，那曹锐、曹锳却依旧揎拳掳臂的，在那里和众人争论。曹锟见两位老弟如此，自觉不好意思，只得放出哥哥样子，把他们喝退，二人都气愤愤地走了。

曹锐久任直隶省长，因在气头上，便要提出辞职，经幕僚再三相劝，方才改辞职为请假，所有职务，都由警务处长杨以德代理。这里吴佩孚等见曹锐、曹镆已去，便重新讨论作战计划，先由他解释现在的形势道："我们以前所以不敢立刻决裂者，第一，因为兵力都散在陕、鄂，二则恐怕粤中出兵攻扰江西、福建，使两省自顾不暇，无力牵制浙江。那时卢永祥之兵，得联络马联甲旧部，扰我后方。更有赵杰首鼠两端，亦可从河南响应奉方，为我们心腹之患。现在粤中孙、陈分裂，绝无暇对外，闽、赣便可以专力对付浙江，浙江也决不敢轻易出兵了。马联甲旧部，没有卢氏援应，也就不敢妄动。至于赵杰，我已用优势的兵力，将他监视，料他也绝不敢明白表示态度，何况陕西、湖北之兵，现已集中河南，陕西方面，已决意暂弃，如不能一战，哪里去抵补陕西的损失？再则我们财力不足，饷弹匮乏，不易久持，敌方有日本为后援，又经过多年的积蓄，倒皖时，又得了许多军资，饷械都极充足，利于持久，情势确实如此。恐怕日子愈久，局势便要愈坏了。"张福来也道："不说别的，单说他们以前教梁士治不要发饷给我们，使我们军士无粮，自己溃散的毒计，也无非注意在这上头。吴帅也为这上头万万不能再忍。总之他们虽利于持久，我们偏要立刻作战，一鼓作气地战败他们，方为上计。"曹锟道："急急应战，是不生问题了。现在你们且说应战的计划给我听。"吴佩孚见曹锟已经决定主张，便将进兵的计划详细说了一遍。又道："如此作战，使敌方处于三面包围之中，即使一时不能根本消灭，也不怕他们不卷甲而逃。老师放心，这是有把握的。"此时确有把握，不道将来没把握的日子有咧。所以君子戒好战而慎用兵。曹氏大喜，便立刻下令，吴佩孚为总司令，张国镕为东路司令，王承斌为西路司令，冯玉祥为后方司令，所有直系各人部队，都听吴佩孚节制。会议决定之后，便各秣马厉兵，急急前进。

这时张作霖的兵，已经从四月九日起，以保卫京畿为名，不绝地向关内输送。明明说退，暗暗输进，真令人瞧不透葫芦中藏甚妙药。奉军原在关内的一师三混成旅，都集中在军粮城一带，到了四月初，张作相又率领二十七二十八两师入关，札在独流南面，四月十日，奉军暂编第七旅，又入关驻扎津浦路良王庄，卫队旅亦进驻津浦路一带。四月十五日，奉军又进兵两旅，驻扎塘沽、天津一带。次日，李景林又率领万余人开到独流。第二日张作霖又令炮兵四营带了五十四门大炮，进驻马厂，辎重兵进驻芦台。四月二十日，又派马队进驻通州。逐步写来，罗罗清疏。一时大军云集，弄得人民东逃西散，恐慌异常。直军第二十六师这时驻扎马厂（原系曹镆所部），那曹镆因曹锟不听他们之言，反加叱责，心中十分气愤，所以在四月十七那天，探得奉军将要前进，便不等命令，竟自退回保定。有此兄弟，有此部属，曹三之不失败者天也。这一来，不觉把吴佩孚激的大怒，立刻禀明曹锟，要将他撤换惩办。正是：

> 兄弟阋墙，外御其侮。
>
> 蜗角纷争，唯利是务。

未知曹镆性命如何，且看下回分解。

人谓奉、直战争起于梁阁，固也。然不用梁而用直方所荐之人，则张氏对之，必不满意，亦犹洛吴之于梁阁也。即不然，而用双方均有关系，或两不相干之人，则结果仍不能讨双方之好。靳氏前车，亦可借鉴。总之身为总统，而无用人之权，弊之所及，往往如此，于藩镇又何责哉！

第一百三十一回

启争端兵车络绎
肆辩论函电交驰

却说曹锳退回保定，吴佩孚大怒，立刻回明曹锟，要依法惩办。曹锟也很不以曹锳为然，唯因碍于手足之情，只好马虎一点，仅免去曹锳二十六师师长职，委张国熔继任。

吴佩孚见内部一切已妥，便即分遣军队，向北前进。这时直方的军队，有王承斌所辖的二十三师，原驻保定附近，张国熔的二十六师，回驻马厂之南，张福来的二十四师，在四月中开驻涿州，第十、第十五两混成旅第二、第三两补充团，本来驻在高碑店，也由吴佩孚令调北上，至琉璃河驻扎，其余如第三师和第十二、第十三、第十四三混成旅，都奉调北上，进驻涿州、良乡、清河等处。

冯玉祥一方面，有冯玉祥自统辖的第十一师，胡景翼的暂编十一师，吴心田的第七师，刘镇华的镇嵩军，张之江的第二十二混成旅，张锡元的一旅，陕西陆军第一、第二两混成旅，也都出潼关进驻郑州一带，军势非常壮盛。上回写奉方派兵，此处纪直派遣将，遥遥对照，热闹中却极整齐。前卫哨兵和奉军愈接愈近，大有一触即发之势。吴佩孚自己在保定指挥调度，也觉十分勤劳。一天，正在军书旁午之间，忽然接到张作霖四月十九日发出的一通电报道：

民国肇造，已逾十年，东北纷争，西南傲扰，兵戈水火，民不聊生，大好河山，自为分裂。党争借口，以法律事实为标题，军阀弄权，据土地人民为私有。扰攘不已，安望治平？谁生厉阶？至今为梗。况自华府会议以后，已为友邦视线所集，阋墙未息，外侮频来。匹夫横行，昔人所耻，作霖不敏，恧焉心搞。戎马半生，饱经忧患，数年内乱，无丝毫权利之心，一秉至诚，唯国家人民是念。睹邪说暴行之日甚，觉榱崩栋折之堪虞。窃谓统一无期，则国家永无宁日，障碍不去，则统一终属无期。是以简率师徒，入关屯驻，期以武力为统一之后盾。凡有害民病国，结党营私，乱政干纪，剽劫国帑者，均视为统一和平之障碍物，愿即执及先驱，与众共弃。此心此志，海内贤达，谅必具有同情。至于统一进行，如何公开会议，如何确定制度，当由全国之耆年硕德，政治名流，共同讨论，非霖之愚，所能妄参末议，但以国利民福为心，或有起靡振颓之望。作霖此举，悉本于良心主宰，爱国热诚，共谋统一者为同志，破坏统一者为仇雠，决不背公义而庇护一人一党，亦决不挟私愤而仇视一党一人。耿耿此心，天日共鉴。倘使统一完成，国事宁息，甚愿解甲归田，享此共和幸福。唯国难未平，匹夫有责，披坚执锐，所不敢辞。兵发在途，远道传闻，恐多误会，用特披沥奉告，敬希鉴察是幸！

吴佩孚见了这个电报，笑道："胡贼欲以武力统一中国，可谓太不知自量。自古说，'兵凶战危'，照他这样好武黩兵，岂有不败之理？"可谓知言，然何以后日又蹈张之覆辙乎？因吩咐秘书白坚武道："咱们不必理他，那天直隶省议会不是也有一个电报吗？你只做一个回答省议会的电报，表明我们的态度就得啦。"那秘书便起了一个草稿，送给佩孚复核。佩孚看那电文道：

接直隶省议会电：以"奉军入关，谣言纷起，将见兵戈，民情惶恐，纷纷来会，恳代请命，务恳双方捐除成见，免启衅端，本会代表三千万人民，九顿首以请"等语。当复一电，文曰："兵凶战危，自古为戒。余独何心，敢背斯义。佩孚攻击梁氏，纯为其祸国媚外而发，并无他种作用,孰是孰非,具有公论。至对于奉军,佩孚上月蒸日通电,业已明白表示,是否退让,昭昭在人耳目。乃直军未越雷池一步,而奉军大举入关,节节进逼,孰为和平,尤为共见共闻之事。贵会爱重和平,竭诚劝告,佩孚与曹巡阅使均极端赞同。但奉军不入关,战事无从而生。诸君企望和平,应请要求奉军一律退出关外。直军以礼让为先,对于奉军向无畛域之见,现双方既处于嫌疑,并应要求将驻京奉军司令部同时撤销,以谋永久之和平。至京师及近畿治安,自有各机关负责,毋庸奉军越俎。从此各尽守土之责,各奉中央号令,直军决不出关寻衅。否则我直军忍无可忍,至不得已时,唯有出于自卫之一途。战事应由何方负责,诸君明哲,必能辨之。抑佩孚更有言者:年来中央政局,均由奉张把持,佩孚向不干涉,即曹巡阅使亦从无绝对之主张。此次梁氏恃有奉张保镖,遂不惜祸国媚外,倒行逆施。梁氏如此,而为之保镖者,犹不许人民之呼吁,他人之讦发,专与国民心理背道而驰,谁纵天骄,而一意孤行若是?诸君应知中国之分裂,自洪宪始,洪宪帝制之主张,以梁氏为渠魁。丙辰以来,国库负债,增至十余万万,人民一身不足以负担,已贻及于子孙矣,乃犹以为未足,必庇护此祸国殃民之蟊贼,使实施其最后之拍卖,至不惜以兵威相迫胁,推其居心,直以国家为私产,人民为猪仔,必将此一线生机,根本铲除而后已。夫以人民之膏血养兵,复以所养之兵,保护民贼,为殃民之后盾。事之不平,孰有甚于此者?诸君代表直省三千万人民请命,佩孚窃愿代表全国四万万人请命也。敢布区区,唯诸君垂教焉。"等语谨闻。

看毕笑道:"这电文很合我的意思,就教他们赶紧拍出去吧。张胡的电文,也不用我复他,不如请老帅回他几句就得了。"谈笑从容,与张胡之剑拔弩张不同,胜负之数,已兆于此。因又回顾参谋道:"咱们的兵,差不多已调齐了,应该赶紧决战才是。我想另外拟一个电稿,拍给江苏、江西、湖北、山东、河南、陕西各督和焕章,叫他们跟我连名拍一个通电,催张胡立刻和我们决战,你看对不对?"参谋秘书等都唯唯称是。佩孚便又教白秘书拟了一个电报道:

慨自军阀肆虐,盗匪横行,殃民乱国,盗名欺世,不日去障碍,即日谋统一,究竟统一谁谋,障碍谁属?孰以法律事实为标题?孰据土地人民为私有?弄权者何人?阋墙者安在?中外具瞻,全国共观,当必有能辨之者。是故道义之言,以盗匪之口发之,则天下见其邪,邪者不见其正。大诰之篇,入于王莽之笔,则为奸说。统一之言,出诸盗匪之口,则为欺世。言道义而行盗匪,自以为举世可欺,听其言而观其行,殊不知肺肝如见,事实俱在,欲盖弥彰,徒形其心劳日拙也。佩孚等忝列戎行,以身许国,比年来去国锄奸,止戈定乱,无非为谋和平求统一耳。区区此心,中外共见。无论朝野耆硕,南北名流,如有嘉谟嘉猷而可以促进和平者,无不降心以从。其有借口谋统一而先破统一,托词去障碍而自为障碍者,佩孚等外体友邦劝告之诚,内拯国民水火之痛,唯有尽我天职,扶持正义。彼以武力为后盾,我以公理为前驱,得道多助,失道寡助,试问害民病国者何人?结党营私者何人?乱政干纪,剥刳国帑者又何人?舆论即为裁制,功罪自有定评。蟊贼不除,永无宁日。为民国保庄严,为华族存人格,凡我袍泽,责任所在,除暴安民,义无反顾。敢布腹心,唯海内察之!

这电报拍出去后,不一日,冯玉祥和江西的陈光远、江苏的齐燮元、陕西的刘镇华、河南的赵调、山东的田中玉、湖北的萧耀南,都纷纷复电赞同,这通电便于四月二十一日发了出去。一面分配兵力,这时直军动员的已有十二万人,在洛阳的是陆军第三师,在琉璃河的是第九师,在陇海东的是十一师,在洛、郑间的有第二十和二十四两师,二十三师在涿州、良乡一带,二十五师在武胜关,二十六师在德州、保定一带,第五混成旅在郑州、山东一带,十二、十三、十四三混成旅在保定、涿州等处,一、二、三、四四补充团在涿州、良乡等处,共计有八师五混成旅三团的兵力。

吴佩孚因决定以洛阳为根据地,大队集中郑州,分作三路进兵:第一路沿京汉路向保定前进,迎击长辛店一路的奉军,以京、津为目的地;第二路侧重陇海路,联络江苏的兵力,以防止安徽马联甲的旧部和浙江卢永祥的袭击,却又分出一支沿津浦路北上,和东路张国熔联络,攻击奉军的根据地;第三路是冯玉祥的部队和陕军,集中郑、洛一带,坚守根据地,兼为各方援兵。

调度已毕,忽又接得间谍报告说:"奉军因战线太长,业已改变战略,大队集中军粮城,总司令部设于落堡,总司令由张作霖自己兼任,副总司令是孙烈臣。东路军在京奉、津浦一带,向静海前进,又分为三梯队:东路第一梯队司令张作相率领的军队,就是自己的二十七师,集中廊房;东路第二梯队司令是张学良率领的军队,除却自己的第三旅外,还有一个第四混成旅,集中静海;东路第三梯队司令李景林所领的军队,除自己的第七旅外,还有一个第八旅,向马厂前进。西路军沿京汉路前进,兵力也分为三个梯队:第一梯队司令是张景惠,率领暂编奉军第一师,集中南苑;第十六师师长邹芬率领自己的一部分步兵和第六混成旅,集中长辛店;第二混成旅长郑殿升率领本部兵马和第九混成旅为第三梯队,向卢沟桥前进。永定河一带,还有援军甚众,据闻有五个补充旅、九个混成旅之多。总算兵力,有十二万五千人,都打着镇威军的旗号,向南方前进。"此处又将双方兵力,做个总结,因事实烦复,不如此不能醒目也。

吴佩孚见奉军已改变战略,自己也不得不将直军的布置,略为更动。正在沉吟斟酌之中,忽然曹锟又送来一个回答张作霖的电稿,令吴佩孚斟酌。吴佩孚只得先展开那通电报看道:

民国肇建,战祸频仍,国本飘摇,民生凋敝。华府会议以来,内政外交,艰难倍昔,存亡之机,间不容发。国内一举一动,皆为世界所注目。近者奉军队伍,无故入关,既无中央明令,又不知会地方官长,长驱直入,环布京、津。

锟以事出仓促,恐有误会,是以竭力容忍,多方迁让,乃陆续进行,有加无已,铁路左右,星罗棋布,如小站、马厂、大沽、新城、朝宗桥、惠丰桥、烧烟盆、良王庄、独流、杨柳青、王庆坪、静海以及长辛店等处,皆据险列戍,以致人民弃徒,行旅断绝,海内惊疑,友邦骇怪。锟有守土安民之责,何词以谢国家? 何颜以对人民耶? 向者国家多故,兵争迭起,人民痛苦,不堪言喻。设兵事无端再起,不唯我父老子弟,惨遭锋镝,国基倾覆,即在目前。言念及此,痛心切骨。项据张巡阅使皓日通电,谓:"统一无期,则国家永无宁日,障碍不去,则统一终属无期,是以简率师徒,入关屯兵,期以武力为统一之后盾。"锟愚窃谓:统一专以和平为主干,万不可以武力为标准。方今人心厌乱已极,主张武力,必失人心,人心既失,则统一无期,可以断言。皓电又谓:"统一进行,如何公开会议,如何确定制度,当由全国耆年硕德,政治名流,共同讨论。"似此则解决纠纷,必须听之公论,若以武力督迫其后,则公论将为武力所指挥,海内人心,岂能悦服? 总之张巡阅使若以和平为统一之主干,此正锟数年来抱定之宗旨,在今日尤为极端赞同。尤望张巡阅使迅令入关队伍,仍回关外原防,静听国内耆年硕德政治名流之相与共同讨论。若以武力为统一之后盾,则前此持武力统一主义者,不乏其人,覆辙相寻,可为殷鉴,锟绝不敢赞同,抑更不愿张巡阅使之持此宗旨也。锟老矣! 一介武夫,于国家大计,何敢轻于主张? 诸公爱国之诚,谋国之忠,远倍于锟,迫切陈词,伫候明教。

吴佩孚见措辞很妥当,便命回复老师,照此拍发,不必再有什么更改了。一面继续调拨兵马,自己的总司令部,设在保定,自不必说。依照前次的军事会议,命张国熔为东路司令,率领本部的二十六师、葛豪的十二混成旅、彭寿莘的十四混成旅、董政国的十三混成旅、吴佩孚自己的第三师的一旅，防守子牙河、大城、任丘等处。命王承斌为西路司令，率领本部的二十三师、张福来的二十四师、孙岳的十五混成旅、张克瑶的第一混成旅、吴佩孚自己所部第三师的一部分和直隶陆军三个混成旅，防守固安、琉璃河一带。命冯玉祥为后方司令，率领阎治堂所辖的两师，并河南、湖北各一师，一混成旅，保守郑、络，为各方呼应。布置既毕，忽接大总统徐世昌来了一道命令，正是：

　　　　方看军将纷纭去，

　　　　又见调和命令来。

　　未知命令中说的什么话，且看下文分解。

　　奉、直初战，直胜奉败，吴氏所持理由，亦颇合国人心理，故奉、直并列，而文字上则暗暗以吴为主，张为宾，非作者有私于吴，以作者为国民一分子，不得不以国民之是非为是非也。夫使吴氏能于一战胜奉之后，善保其兵凶战危之言，息事宁人，爱民爱国，扶助政府，处处向轨道上走去，则令誉益彰，民情爱戴，安知今日之吴佩孚，不犹曩时之华盛顿也？乃一战而骄，欲以力征经营天下，卒之旋踵之间，一败涂地，本人且不免为民国之罪人，不亦大可哀哉！

第一百三十二回　警告频施使团作对　空言无补总统为难

却说奉、直战事愈迫愈紧的时候,其中最着急的,要算河南北数千万小百姓,因禁不住军队的搅扰摧残,少不得奔走呼号,求免兵燹之苦。此外便是大总统徐世昌,因自己地位关系,倒也确实有些着急。军阀政客之言和平者,大率类此。还有各国公使,恐怕战事影响治安,累及外人,接连向外交部递了三个警告书。

第一个警告,是四月十四日提出的,内容是:

外交团顷悉中国武装军队拟占据秦皇岛火车站,又塘沽警察长六号通知,该处奉军司令官拟占据该处火车站。查一九〇一年条约第九条,中政府让与各国驻兵某某数处之权利,以期维持北京至海通道。各公使以此系一种专独权利,故中国武装军队,如占据此种地点,即系破坏上述条约之规定。本公使声明此层时,又鉴于华盛顿会议第六号议决案之关于驻华军队问题,应同时请贵总长严重注意于因此破坏条约举动而发生之结果。并希将此种结果,警告有关系之司令部为盼!

第二个警告是四月二十日提出的,大约说:

外交团曾于一九二〇年七月八日,以领衔公使名义,致照会于外交总长,兹特抄附于此,应请贵总长注意。因中国北部及北京城附近,现有中国军队调动,外交团特再声明,必将坚持上述照会之条件,并向贵总长为最严重之申告。如因乱事致外侨生命财产,遭受损失,中国政府负其责任。为此外交团盼望中国政府,应有极严厉之设备,以杜武装军队搅入北京,及用飞机由空中袭击京城之事。为此照请贵总长查照。

第三个警告,也是四月二十日送出的,大概说:

兹因中国各省军队调动一事,外交团认为应请中国政府注意本公使一九二一年八月三十日致贵总长之照会。该照会内开:"外交团特向中国政府提出警告。年来每次内战,必受外人多少讪笑责备,真是自取其辱。凡外人所受损失,无论其出于军队之行动,或因其放弃责任所致,定唯该管区之上级军官是问。各国必坚持请中国政府责令该上级军官,个人单独负其责任。"等因。兹特再为声明此态度,相应照请查照。

徐世昌一则逼于外人的警告,二则逼于国民的责备,怕外交团警告是真,怕国民责备是假。在无可如何之中,只得下了一道命令道:

近日直隶、奉天等处军队移调,遂致近畿一带,人情惶惑,闾阎骚动,粮食腾踊。商民呼吁,情急词哀。迭据曹锟、张作霖等电呈声明移调军队情形,览之深为愍然。国家养兵,所以卫民,非以扰民也,比岁以政局未能统一之故,庶政多有阙失,民生久伤憔悴,力谋拯救之不遑,何忍斫伤而不已?本大总统德薄能鲜,不能为国为民,共谋福利,而区区蕲向和平之愿,则历久不渝。该巡阅使等相从宣力有年,为国家柱石之寄,应知有所举动,民具尔瞻,大之为国家元气所关,小之亦地方治安所系。念生民之涂炭,矢报国之忠诚,自有正道可由,岂待兵戎相见?特颁明令着即各将近日移调军队,凡两方接近地点,一律撤退。

对于国家要政,尽可切实敷陈,以求至中至当之归。其各协恭匡济,奠定邦基,有厚望焉!此令。

按自民国六年以后，历任总统的命令，久已不出都门。现当奉、直双方，兵连祸结之时，这等一纸空言，还有什么效力？此老亦自取其辱。何况这时奉、直虽然反对，至于痛恶徐氏之心，却不谋而合，不约而同，奉方想拥出段祺瑞，直方想捧起黎黄陂，为后文黄陂复职伏线。各有各的计划，谁还顾到"徐大总统"四个字儿？这命令下后的第二天，两军不但不肯撤退，而且愈加接近，同时张作霖宣战的电报也到了，大约说：

窃以国事纠纷，数年不解，作霖僻处关外，一切均听北洋团体中诸领袖之主张，向使同心合力，无论前年衡阳一役，可以乘胜促统一之速成，即不然，而团体固结，不自摧残，亦可成美洲十三洲之局。乃一人为梗，大局益势，至今日而愈烈，长此相持，不特全国商民受其痛苦，即外人商业停顿，亦复亏损甚巨，啧有烦言。作霖所以隐忍不言者，诚不欲使一般自私自利之徒，借口污蔑也，不料因此竟无故招谤，遂拟将国内奉军，悉数调回，乃蒙大总统派鲍总长到奉挽留，曹省长亲来，亦以保卫京、津，不可撤回为请。而驻军地点商会挽留之电，相继而至，万不得已，始有入关防卫，酌增军队，与曹使协谋统一之举。又以华府会议，适有中、交两行挤现之事，共管之声浪益高，国势之欹危益甚，作霖又不惜以巨款救济之，所以牺牲一切，以维持国家者，自问可告无罪。若再统一无期，则神州陆沉，可立而待，因一面为京畿之保障，一面促统一之进行，所有进兵宗旨暨详情，业于皓日漾日通告海内。凡有血气者，睹情形之危迫，痛丧乱之频成，应如何破除私见，共同挽救。乃吴佩孚者狡黠性成，殃民祸国，醉心利禄，反复无常，顿衡阳之兵，干法乱纪，致成慎于死，卖友欺心，决金口之隄，直以民命为草芥，截铁路之款，俨同强盗之横行。蔑视外交，则劫夺盐款，不顾国土，则贿卖铜山。逐王使于荆、襄，首破坏北洋团体，骗各方之款项，专鼓动大局风潮。盘踞洛阳，甘作中原之梗，弄兵湘、鄂，显为蚕食之谋。迫胁中、交两行，掠人民之血本，勒捐武汉商会，竭阊阓之脂膏。涂炭生灵，较闯、献为更甚，强梁罪状，比安、史而尤浮。唯利是图，无恶不作，实破坏和平之妖孽，障碍统一之神奸。天地之所不容，神人之所共怒。作霖当仁不让，疾恶如仇，犹复忍耐含容，但得和平统一，不愿以干戈相见。不意曹使养电，吴氏马电，相继逼迫，甘为戎首，宣战前来，自不能不简率师徒，相与周旋，以励相我国家。事定之后，所有统一办法，谨当随同大总统及各省军民长官之后，与海内耆年硕德，政治名流，开会讨论公决。作霖本天良之主宰，掬诚悃以宣言，既不敢存争权争利之野心，亦绝无为一人一党之成见。皇天后土，共鉴血忱。作霖不敢以一人欺天下，披沥以闻，伏维公鉴！

张作霖这一个通电发出后，第二天夜里，西路便在长辛店开火了。接着东路马厂、中路固安，也一齐发生激战。吴佩孚因见战事重心在西路，便亲赴长辛店督战。前敌指挥董政国见总司令亲来，格外猛烈进攻，士气也倍觉勇壮。奉军张景惠见直军勇猛，传令炮兵队用排炮扫射，却不料吴佩孚早已有了准备，教军士们都埋伏在树林之中。那炮火虽烈，却也不能怎样加直军以损害。双方鏖战了一日一夜，奉军把所有的炮弹已完全放完，此次战役，西人观战，皆谓各国战争，从无用炮火如奉军此次之厉害者，可见奉军致败之因，而其炮火之猛烈亦可见。后方接济又没有到，炮火便突然稀少起来。吴佩孚因向董政国道："敌方的炮火已尽，我们不乘此机会进攻，更待何时？"董政国得令，便命掌号兵士，吹起冲锋号来。一时间直军都奋勇而进，奉军死命敌住，双方又战够多时。奉方看看抵敌不住，兵心已见慌张。直军见敌军阵线将破，加倍奋勇，奉军正要退却，恰好张作霖因恐张景惠有失，派遣梁朝栋带同大队援军赶到，奉军声势顿壮。梁朝栋令兵士用机关枪向直军扫射，直军死伤甚多。吴佩孚传令急退，奉军乘势追赶，追到良乡相近，直军早已退进城去。

奉军想过去抄击，不料刚到城边，忽然地雷炸发，把奉军炸死了好几百，伤的更众。以吴氏之勇，安得轻易退却，此中显然有诈，而奉军不知，冒昧追袭，宜有此役，此用兵所以贵知彼知己也。张景惠慌忙传令，退回长辛店。吴佩孚见奉军退去，正想反攻，恰巧援军赶到，不觉大喜，立即传令进攻，想不到奉军大队援军，又从侧面攻击过来。吴佩孚因唤董政国道："敌军气势正盛，炮火又烈，我们且暂时退回良乡，再设计破他罢！"又退兵，却是奇怪。董政国虽不知他什么意思，只是军令所在，怎敢违抗，自然遵令而退，改取守势。张景惠乘势进逼，吴佩孚又传令退军涿州。

这时恰好王承斌从中路赶到，原来王承斌虽是西路司令，因吴佩孚在西路督战，所以兼顾中路。这时听说西路屡退，连夜赶来。吴佩孚见了承斌，便笑道："我军正待胜敌，你来干什么？"从容谈笑，指挥若定，以此作战，安得不胜？王承斌怔了一怔，不觉也笑道："特来庆贺。"吴佩孚不觉大笑，因握着王承斌的手道："你道我何故屡退？因我探得敌军的军实弹械，都在三家店，所以诈退诱敌，一面却分兵去三家店，焚烧他的辎重，使他救应不及。我们再从正面向前急攻，岂有不能破敌之理？现在你来恰好，可代我挡住正面，我自己领兵去破三家店。"此公毕竟多谋。承斌十分佩服，自己率领士兵，和张景惠接战，却让吴佩孚去打三家店。

张景惠以为直军屡败之余，涿州必然且夕可下，进攻得十分猛烈。王承斌也是直方一员战将，自然竭力抵抗，不让奉军得一些便宜。支持了两日，忽见奉军急退，知道吴佩孚攻击三家店已经得手，张景惠要回去救援，故此急退，便传令追击。奉军支持不住，不觉大败，仍然退回长辛店。王承斌克复良乡，正要前进，忽见北面远远有一彪队伍到来，十分疑讶，连忙着人哨探，方知是吴总司令的军队从三家店回来，不觉十分惊疑。两人见了面，承斌便问三家店事情如何，吴佩孚道："我军已围三家店，正要攻下，却不防敌军第二十七师全部从丰台开来，我军两面受敌，损失不少啊。攻三家店之计虽未售，而胜张景惠之计则已偿，可谓一半成功。且喜良乡已经克复，我军正好乘此战胜之威，分作三路进攻，以防敌军夹击。"商议已定，便命董政国率领本部队伍为左翼，进攻三家店，王承斌为右翼，进攻丰台，自己担任中锋，进攻长辛店。

这时张景惠率领一师之众，扼守长辛店，忽报吴佩孚亲自督队进攻，便和梁朝栋、邹芬奋勇抵抗。梁朝栋更是奋不顾身，指挥兵士冲击，想不到炮火无情，忽然一颗子弹飞来，向梁朝栋的前心穿进，自背后穿出，梁朝栋一声啊呀，就此哀哉尚飨。主将一死，队伍自乱，此中不无天意。吴佩孚乘势冲锋，奉军纷纷溃退。张景惠遏制不住，只得拍马而走。邹芬还想死战，不料左股也中了一弹，也便负伤而逃。直军大获全胜，占了长辛店。第一次直、奉战争，此次亦系战争最烈之事。张景惠退到卢沟桥扎住，查点将士，梁朝栋已死，邹芬带伤，其余士兵死伤的更多，十分伤感愤激，因又抽调了几旅援军，誓死要夺回长辛店。真是一人拼死，万夫莫当，一场恶战，果然把直军击退，克复长辛。

吴佩孚退了几十里路，到大灰场扎住，探听左翼，还在相持之中，不能抽调，自己军队又少，怎生支持得住？若从别处调兵，又恐远水救不得近火，正在徘徊无计，忽报冯玉祥率领本部队伍到来，此中不无天意。不觉大喜。冯玉祥见了佩孚，动问战事情形，佩孚说了一遍，玉祥沉吟了一会道："敌军骁勇，非用抄袭之计不能胜，如敌军来攻，请总司令在对面抵抗，我率领所部，从侧面抄过去夹击，可好吗？"吴佩孚大喜道："如用抄袭之计，最好从榆垡过去，可惜那里的地势，我还不甚熟悉，最好你替我在这里应付一切，让我到榆垡察看形势，再作计较。"冯玉祥允诺。吴佩孚便至榆垡察看了一回，回到大灰场，双方已战了一日，这时刚才休息。吴佩孚因对冯玉祥道："榆垡形势很好，如由此渡河，包围奉军，必胜无疑，只可惜王承斌已由我派去援助中路张福来，上文只言左翼尚在相持之中，不及右翼，初疑漏笔，读此始恍然。一时不克调回，再则奉军炮火太烈，我军进攻亦很不容易，不知焕章可有万全之策吗？"正是：

　　欲使三军能胜敌，

　　全须大将出奇谋。

　　未知冯玉祥如何决策破敌，且看下回分解。

　　奉胜则必去徐而拥段，直胜亦必去徐而拥黎，故直、奉之战，无论孰胜，皆于徐不利，灼然可见也。徐既明知之，故处心积虑，必使奉、直免于一战，庶己得于均势之下，保留其地位，故其调停之念，实出至诚，然而私也。事势至此，竭忠诚之心，未必可以感人，况以公言济其私，而欲使悍将骄兵，俯首受命，宁非痴人说梦乎？徐氏素称圆滑，圆滑之极，往往弄得两不讨好，一败涂地，可笑亦正可怜也已。

第一百三十三回

唱凯旋终息战祸
说法统又起政潮

却说吴佩孚问冯玉祥有什么计策破敌，冯玉祥想了一想道："奉军炮火虽烈，然不能持久，我们不妨以计诱之，可令我带来之老弱残兵为先锋，敌人见了，必然轻进，等他们身入重地，炮弹不继，然后请大帅抄袭到他背后去，那时敌人前后不能救应，必然大败，我们乘势进攻，就可以复夺长辛了。"吴佩孚称善，当下依计而行。*此时能用冯氏，后来又不能合作，何也？*

两军交绥，奉军见直军人甚少，战斗力又弱，果然仗着炮火之威，拼命前进，一点不做准备。直军且战且退，已退了好几十里。这边吴佩孚抄到奉军背后，前后夹攻，奉军大败，急急冲出重围，逃奔丰台。吴佩孚克复了长辛店，不想张作霖又加派了几旅救兵，使张景惠重夺长辛。吴佩孚奋勇抵御，一日之间，屡进屡退，长辛店得而复失者九次，终究因吴、冯二人都是武勇绝伦的大将，张景惠抵挡不住，仍复败退。恰好奉军中路失败，许兰洲阵亡，张作相虽称善战，终究不是王承斌、张福来的敌手，因此节节败退，西路也被牵动，不能复战。张景惠只得率领本部第一师，和第二十八师退往南苑，被驻京的一、九两师遣散。

还有奉军东路，初时虽屡次得利，连占大城、青县、霸县等处，无奈因张学良受伤，不能猛进，等到西路战事失败的消息到后，士无斗志，俱各溃散。李景林只得率领全军二万余人，退保良王庄、独流等处。不料直军进占落垡，乘势进攻，李景林支持不住，只得溃退，中途又遇直军用炮火截击，损失甚重，等到退回山海关时，已所余无几。张作霖见战事已一败涂地，*民国以来，战事往往一败即溃，此非训练不精，实缘无主义之战，兵心不服，故胜则要功而猛进，败则一溃而难收，军阀家犹恃其武力，不知觉悟，可哀也。*只得把司令部移到滦州，以图再举。以开平为第一道防线，令李景林扼守，古冶为第二道防线，令张作相防守，滦州为第三道防线，张作霖自己防守，昌乐为第四道防线，令孙烈臣扼守。一面收拾残军，一面补充军实。

吴佩孚探得消息，便也集中兵力，以胥吾庄为第一道防线，由彭寿莘担任，芦台为第二道防线，令穆旅担任，军粮城为第三道防线，由王承斌担任。前锋和奉军小接触了几次，阵阵胜利，滦州附近的地方倒也占领了不少，一面又由海军总司令杜锡珪截击奉军的归路。原来杜锡珪本不决定助吴，后因萨镇冰南下，说蒋拯北上讨奉。蒋拯欣然答应，所以海军便加入了直方。前此奉方张宗昌想率兵乘舰，由青岛登陆，海军也曾帮助田中玉迎击，一面由田中玉通告日本，禁止奉军登陆。张宗昌的计策，方才完全失败。所以我国的海军力虽然很薄弱，然而在内战时，却也很有些用处。*薄弱的海军，偏有利于内战，此二句言之痛心。*闲话休提。

再说张作霖在没有战败以前，知道徐世昌屈服于直军武力之下，与自己必无利益，便已通电独立，东三省政事由东省人民自主，不受政府节制，与长江及西南各省取一致行动，一面又暗地联络河南赵倜、赵杰兄弟，教他们独立。赵倜因河南的直军尚多，恐怕画虎不成反类犬，一时不敢轻动，但是又怕将来直军战败，对不住奉方，不好见面。左思右想，只得宣告中立，以免得罪一方。不想刚在宣告中立的一日，奉军便已败退军粮城，赵调十分懊悔，唯恐吴佩孚要和自己下不去,正在惶惑无主的时候,忽接报告说:"中央查办奉、直战争中罪魁的命令已下。"打落水狗。赵倜不知查办的是些什么人,急忙要来一看,却有两道命令,第一道是敕令奉军出关的,原文道:

前以直隶、奉天等处,军队移调,至近畿一带,迭经令饬分别饬退,乃延不遵行,竟至激成战斗。近数日来,枪炮之声,不间昼夜,难民伤兵,络绎于道。闾阎震惊,生灵涂炭,兵凶战危,言之痛心。特再申令,着即严饬所部,停止攻击。奉天军队,即日撤出关外,直隶各军,亦应退回原驻各地点,均候中央命令解决,务各凛遵!此令。

第二道命令,才是查办罪魁的,原文道:

此次近畿发生战事,残害生灵,折伤军士,皆由于叶恭绰等构煽酝酿而成。祸国殃民,实属罪无可逭。叶恭绰、梁士诒、张弧,均着即行褫职,并褫夺勋位勋章,逮交法庭,依法讯办!此令。

赵倜看完,把命令一掷,叹了口气道:"事无曲直,兵败即罪,叶、梁等都是奉方的人,使直方战败,恐怕都是功臣了。"此公忽然做此公论,令人发笑。他话虽如此说,却已知奉方不足恃,竭力想和直派联络,因恐赵杰不知进退,有些意外的举动,以致挽回不来,便急忙拍了个电报给赵杰,教他不要妄动,想不到赵杰在前一天已经闯下了一场大祸。

原来靳云鹗的军队原驻郑州,因直、奉大战,形势吃紧,所以开拔北上助战,料不到刚到和尚桥地方,便遇着赵杰的军队,一阵邀击,靳云鹗出其不意,如何抵敌得住?抵抗了一阵,便败退待援。等到赵调电报到时,已经不及。那靳云鹗败至武胜关后,立即电告曹锟、吴佩孚以及直系各督军乞援。吴佩孚见了这电报,便批交冯玉祥相机办理。其余田中玉、陈光远、张文生、齐燮元等,也分电冯玉祥和赵倜,愿出任调停。那冯玉祥知道赵氏兄弟已为奉方所收买,决不肯善罢甘休,所以一面请赵倜制止赵杰进攻,一面派兵救援靳云鹗。

那赵调见事已决裂,因和左右商议道:"冯玉祥如果真心调停,就不该派兵前来,这显然已不放心我了。却也聪明。要是由他削平老二,我的势力愈孤,他必然再行大举攻我,那时悔之何及。倒不如乘他不妨,暗地在半路袭击,打他一个措手不及,岂不强如坐以待毙?"一厢情愿,所谓知己而不知人也。左右也都怂恿他用武力解决,赵倜意决,便派兵埋伏在中牟附近,专等冯玉祥的军队厮杀。

冯玉祥原是近代智勇名将,如何不防? 此所谓知彼知己也。他一面派兵前进,一方早已另派精锐,绕出中牟之后,以备万一。赵军如何知道,一见冯军,便枪炮齐发,不妨冯军的别动队,从后包抄过来,两面夹攻,赵军抵挡不住,败回开封。这时曹锟、吴佩孚还不曾知道赵倜邀击冯军的事情,所以在电呈徐世昌的时候,并不曾说及。那徐世昌已在直军全权支配之下,见了电报,自然巴结,当即下了一个命令道:

据直、鲁、豫巡阅使曹锟电呈:"据驻郑旅长靳云鹗、王如蔚等报称:'河南第一师师长赵杰,率领所部,袭攻郑州,职旅迫不得已,竭力抵御。'等情。查郑防向由该两旅驻守,赵杰竟敢声言驱逐,径行袭击,已电饬该旅长等,固守原防,弗得轻进,请即将赵杰褫夺官勋,并免去本兼各职,交河南督军,依法讯办。"等语。豫省地方紧要,该师长赵杰身为将领,岂容任意称兵,扰乱防境,着即行褫夺官职,并勋位勋章,交河南督军赵倜,依法讯办,以肃军纪。此令。

这命令刚才发表,赵倜截击冯玉祥的报告又到,徐世昌只得也下令查办。改任冯玉祥为河南督军,递遗陕西督军缺,由刘镇华兼署。查办张作霖的命令,也在同日颁布。蒙疆经略使、东三省巡阅使等职,一律裁撤。并调吴俊升为奉天督军,冯德麟为黑龙江督军,袁金铠为奉天省长，史纪常为黑龙江省长，至于河南方面，赵倜、赵杰的实力已完全消灭，自然毫无抵抗，逃之夭夭。所晦气的，只有开封商民，未免又要搜刮些盘费，给他使用，这原是近来普通之事，倒也用不着大惊小怪的。极沉痛语，偏作趣话，作者未免忍心。丢下这边。

再说张作霖虽然战败，在东三省的实力，并未消灭。奉方屡仆屡起，虽曰人谋，要亦地势使然。徐总统一纸公文如何中用？不到一天，东三省的省议会商会农会工会等团体领袖，因要巴结张胡，立刻发电，否认张作霖免职命令，那吴俊升、冯德麟、袁金铠、史纪常等，自不消说，当然也通电否认。可是张胡在滦州一方面，因前锋屡败，海军又图谋袭击后方，不敢逗留，支持了几日，便退出滦州。直军乘势占领古冶、开平、洼尔里等处，因吴佩孚此时目光，已从军事移到政治方面，也不大举进攻。倘能从此不用武力，岂不大妙？

初时曹锟想请王士珍出来组阁，曾由曹锟领衔，和吴佩孚、田中玉、陈光远、李厚基、萧耀南、齐燮元、冯玉祥、刘镇华、陆洪涛等联名请王士珍出山，收拾时局。王士珍虽非绝意功名的人，因鉴于时局的纠纷，并未全解，吴佩孚又尚有别种作用，辞谢不允。吴佩孚因和左右商议，拥护黎元洪出山，以恢复法统为名，庶几可以号召天下。旧参议院议长王家襄、众议院议长吴景濂，见国会有复活的希望，自然欢喜。这班议员先生，也阴干得可怜了。他们在吴佩孚门下活动已久，此时见他要恢复法统，王家襄便竭力撺掇道："南北的分裂，实起于法统问题，大帅主张恢复法统，实是谋国的不二妙计。国会恢复，黄陂复职，南方护法的目的已达，当然只好归命中央，那时统一中国的首功，除了大帅，谁还当得上？便算美国华盛顿的功劳，也不过如此罢咧。"吴景濂也道："大帅在战前本已想奉黄陂复位，因为外交团恐怕增加一重纠纷，表示反对，大帅才没有实行。现在奉军已一败涂地，中央的事情，只要大帅一开口，谁还敢说半个不字？何况恢复法统，原是为国为民，并不是为自己谋利益，国民正求之不得呢。大帅果肯做这样的义举，全国人民竭力拥护还不够，谁还肯反对吗？"吴佩孚道："我早已想过，恢复法统有两件最重要的，一件是恢复国会，一件是请黄陂复职，只不知先做哪件才好。"吴景濂道："这不用说，自然要先恢复国会。自然公的地位顶要紧，一笑。总统是由国会产生的，不恢复国会，总统便没根据了。"吴佩孚道："这件事，我已示意长江上游总司令孙馨远，请他做个发起人，他已拍过一次通电，你们见过没有？"王家襄道："我是吴议长向我说的，却不曾见过原电。"吴佩孚便把孙传芳的原电找出来，递给王家襄，王家襄接来看道：

巩固民国，宜先统一，南北统一之破裂，既以法律问题为厉阶，统一之归来，即当以恢复法统为捷径。应请黎黄陂复位，召集六年旧国全，速制宪典，共选副座，非常政府，原由护法而兴，法统既复，异帜可消，倘有扰乱之徒，应在共弃之列。

家襄看完电文道："这也奇怪，馨远这电报，说得很切实，为什么竟一些响应也没有？"吴佩孚道："这也无怪其然。你想我们内部自己也没决定确当办法，怎样有人注意？既你们两位都赞成先复国会，等我禀命老帅，和各省督军，联名发一个通电，征求国民对于恢复国会的意见就是了。"吴景濂笑道："这是好事，谁肯不赞成？何必征及别人意见。"此公向来专擅。老毛病至今不改。吴佩孚道："话虽如此说，做总不能这样做。而且我主张发电时，还不能单说恢复国会，须要夹在召集新国会和国民会议联省自治一起说，方才不落痕迹。"王家襄、吴景濂都唯唯称是。王家襄又道："北方的事情，总算告一段落了，南方的事情，也须注意才好。听说广东政府已下令，教李烈钧等实行攻赣，大帅也该电饬老陈加紧准备才好。"吴佩孚道："不打紧，南政府免了陈炯明的职，陈炯明难道就此罢手不成？你看着，不要多久，广东必然发生内争，那时他们对内还没工夫，还能打江西吗？"吴氏料事雪亮，不愧能人。吴景濂忙答道："大帅是料敌如神的，当然不得有错，我们哪里见得到呢。"家襄忙道："你我要是见得到此，虽不能和大帅一般威震四海，也不致默默无闻了。"说得吴氏哈哈大笑。两个恭维得不要脸，一个竟居之不疑，都不是真正人才。

彼此商议了一回。吴、王方才辞出，在一处商议道："大帅不肯单提恢复国会，恐怕将来还有变卦，我们须要上紧设法才好。"两人商量多时，便决定再去见曹锟，请他先准议员自行集会。曹锟问子玉的意见怎样，吴景濂道："吴大帅非常赞成，不过要我们先禀明老帅，老帅不答应，他是不敢教我们做的。"曹锟听了这话，欢喜道："他就是我，我就是他，我俩原是不分彼此的。曹三一生做事，昏聩无能，偏能深信吴子玉，不可谓非绝大本领。既他这样说，你们只管先去集会便得，何必再来问我。"吴、王两人得了这两句话，十分欢喜，便又同去见吴佩孚，说老师教我们先行集会。堂堂议长，一味奔走权门，谄媚军阀，如此国民代表，辱没煞人。正是：

　　　　反复全凭能拍马，

　　　　纵横应得学吹牛。

未知吴佩孚如何回答，且看下回分解。

当奉、直初战之时，实粤中北伐之好机会也。乃陈炯明天良丧尽，叛国叛党，并叛身受提挈之中山先生，以致坐失事机，久羁革命，不免为吴佩孚所笑，此伧伧之肉，其足食乎？此中山先生所以深致恨于陈氏，盖非为私愤，而实为革命前途悲也。

第一百三十四回　徐东海被迫下野　黎黄陂受拥上台

却说吴景濂、王家襄对吴佩孚说曹锟叫他们先行集会，吴佩孚听说是老帅的意见，自然没有话说，叫他们到天津去自行召集了。这时李烈钧、许崇智、梁鸿楷、黄大伟等，奉了广东革命政府的命令，誓师北伐，可惜已迟。江西省内被他们攻克的地方已经不少。吴佩孚虽明知他们必有内争，也不敢十分大意，便根据陈光远告急的电报，请政府令蔡成勋为援赣总司令，率领本部军队南下。不过这种事情，吴佩孚并不怎样放在心上，骄气深矣。他所注意的，仍在政治方面。恰好孙传芳因五月十五的电报无人注意，又打了一个电报给孙中山和徐世昌，原电大约道：

自法统破裂，政局分崩，南则集合旧国会议员，选举孙大总统，组织广东政府，以资号召，北则改选新国会议员，选举徐大总统，依据北京政府，以为抵制。谁为合法？谁为违法？天下后世，自有公论。唯此南北背驰，各走极端，连年内争，视同敌国，阋墙煮豆，祸乱相寻，民生凋敝，国本动摇，颠覆危亡，迫在眉睫。推原祸始，何莫非解散国会，破坏法律，阶之历也。传芳删日通电，主张恢复法统，促进统一，救亡图存，别无长策，近得各方复电，多数赞同。人之爱国，同此心理，既得正轨，进行无阻。统一之期，殆将不远。唯念法律神圣，不容假借，事实障碍，应早化除。广东孙大总统，原于护法，法统已复，功成身退，有何流连？北京徐大总统，新会选出，旧会召集，新会无凭，连带问题，同时失效。所望两先生体天之德，视民如伤，敝屣尊荣，及时引退，中国幸甚！

徐世昌接了这电报，还不十分注意，不想第二天又接江苏督军齐燮元来了一个电报道：

我大总统本以救国之心，出膺艰巨，频年以来，艰难干运，宵旰殷忧，无非以法治为精神，以统一为蕲向。乃不幸值国家之多故，遂因应之俱穷，因国是而召内讧，因内讧而构兵衅，国人之苦怨愈深，友邦之希望将绝。今则关外之干戈未定，而西南又告警矣。兵连祸结，靡有已时，火热水深，于今为烈。窃以为种种痛苦，由于统一无期，统一无期，由于国是未定。群疑众难，责望交丛。旷观大势所趋，人心所向，对于政府，欲其鼎新革故，不得不出于改弦易辙之途，欲其长治久安，不得不谋根本之解决。今则恢复国统，已成国是，万喙同声，群情一致。伏思我大总统为民为国，敝屣尊荣，本其素志，倦勤有待，屡闻德音，虚己待贤，匪伊朝夕。若能俯从民意之请愿，仍本救国之初心，慷慨宣言，功成身退，既昭德让，复示大公，进退维公，无善于此。

徐世昌见了这两个电报，知道已不是马虎得过去的事情，便和周自齐商量办法。周自齐道："事已至此，总统要不声不响的过去，是万万办不到的了，不如借着孙传芳的电报，发一个通电，探探各督军的意见，各督军当然不能贸然决定办法，往返电商，交换意见，必然还要许多日子，捱得一天是一天。我们大可乘此转圜，现在便说得冠冕些，又怕什么。"徐世昌见他说得有理，便也发了一个通电道：

阅孙传芳勘电，所陈忠言快论，实获我心。果能如此进行，使亿众一心，悉除逆诈，免斯民涂炭之苦，跻国家磐石之安，政治修明，日臻强盛。鄙人虽居草野，得以余年而享太平，其乐无穷，胜于今日十倍。况斡旋运数，挽济危亡，本系鄙人初志。鄙人力不能逮，群贤协谋以成其意，更属求之而不得之举。一有合宜办法，便即束身而退，绝无希恋。

徐世昌发这通电的时候，正是五月三十一日，第二天旧国会的宣言也到了，那宣言的原文道：

民国宪法未成以前，国家根本组织，厥唯《临时约法》。依据《临时约法》，大总统无解散国会之权，则六年六月十二日解散参、众两院之令，当然无效。又查《临时约法》第二十八条，参议院以国会成立之日解散，其职权由国会行之，则国会成立以后，不容再有参议院发生，亦无疑义。乃两院既经非法解散，旋又组织参议院，循是而有七年之非法国会，以及同年之非法大总统选举会。徐世昌之任大总统，既系选自非法，大总统选举会显属篡窃行为，应即宣告无效。自今日始，应由国会完全行使职权，再由合法大总统，依法组织政府，护法大业，亦已告成。其西南各省，因护法而成立之一切特别组织，自应于此终结。

至徐世昌窃位数年，祸国殃民，障碍统一，不忠共和，黩货营私，种种罪恶，举国痛心，更无俟同人等一一列举也。六载分崩，扰攘不止，拨乱反正，唯此一途。凡我国人，同此心理，特此宣言。

当王、吴二氏率领一百多位议员发表宣言的时候，冯玉祥和刘镇华也有电报请徐世昌辞职，把个徐世昌弄得六神无主，坐立不安，正在欲住不能，欲去不舍的时候，一尝鸡肋风味。忽保定方面派张国淦来京，有要事见总统。世昌十分忧疑，急教请见。

两人见了面，略谈了几句。国淦便开言道："近日孙馨远、冯焕章各督军的电报和国会的宣言，徐先生都见到吗？"不称总统而称先生，不承认其为总统之意，在于言外，咄咄逼人。世昌讷讷地说道："都见到，都见到。"国淦道："既都见到，不知道尊意如何？"世昌勉强笑了一笑道："我久想辞职，苦于没有机会，今日能够脱卸仔肩，是最好没有的了。就是当初，我也何曾愿意负这个钜责；都只为曹、吴两帅和雨亭极力劝驾，所以勉强上台，这并非个人私言。张先生洞烛事理，想必知道。"国淦道："已往之事，可不必再提，徐先生既愿辞职，不知何日让出公府？"咄咄逼人。世昌听了，不觉一怔，接着又笑道："我也很想早些出京，只恨尚有几件事情未了，待布置了再走何如？"国淦道："曹、吴两帅吩咐，说得异常响亮。愈速愈好，徐先生倘迟疑不决，多延时日，恐有不利。"一边卑辞哀告，一边咄咄逼人。世昌道："决不过久，一两日内，必当离京。"至此亦决不能不说此语矣。国淦道："既然如此，明日再来讨取回信。"说毕辞去。

世昌忧愤交集，无法可施，因想现今掌兵权的，只有京畿卫戍司令王怀庆，彼此还有些交谊，不如请他来商量商量，看有什么计较，主意打定，便急忙派人把王怀庆请到公府里，把张国淦的说话，如此如彼的，说了一遍，请他代为想法。王怀庆想了半晌，方才说道："这件事，直方要人，都已接洽一致，实在已到无可挽回的地步，我看总统还是让步些，免得惹气。"世昌见王怀庆也如此说，更觉忧愤，想了一会，又忽然道："当初并不是我自己愿意干这牢什子的总统，原是他们怂恿我出来的，现在又这样逼我，其实难忍，此军阀之傀儡所以不易为也。我偏不走，看他们怎样奈何我？"王怀庆不作声，想当初亦在劝架之列。半晌，方才冷笑道："我看菊老还是见机些罢。他们原不和你讲什么前情，你要不走，他们老实说，合法总统已经复位，用武力来对付你，你怎样抵挡得住，到那时仍免不了一走，还坏了感情，失了面子，何苦呢！倒不如趁早让位，倒冠冕得多了。"徐世昌仰首无语，良久，方才叹了一口气道："我走后，他们难保不仍要和我为难，与其走而仍不讨好，倒不如现在硬挺了。"王怀庆道："总统如其果愿下野，所有生命财产，我当负保护全责。"世昌默然不语。王怀庆再三相劝，徐世昌方才答应，当日拟好了一道辞职命令道：

查大总统选举法第五条内，载大总统因故不能执行职务时，以副总统代理之。又载副总统同时缺位时，由国务院摄行其职务各等语。本大总统现因怀病，宣告辞职，依法应由国务院摄行职务。此令。

这命令用印发表后，便由王怀庆保护，悄悄出京去了。国务总理周自齐得了这道命令，便也下了一道院令道：

本日徐大总统宣告辞职，令由国务院依法摄行职务，所有各官署公务，均仍照常进行。京师地方，治安关系重要，应由京畿卫戍总司令督同步军统领、京兆尹、警察总监妥慎办理。此令。

一面，又由阁员联名致参、众两院一电，大略道：

自齐等遭逢世变，权领部曹，谨举此权，奉还国会，用尊法统，暂以国民资格，维持一切，听候接收。

黎元洪处，也去了一电道：

国事重要，首座不可虚悬，自齐等暂维现状，未便久摄，敬请钧座，即日莅京视事，并推恩洪明日来津迎迓。

谁知徐世昌虽去，黎元洪却并不曾允许复职。原来黎元洪隐居天津，日子已久，自从奉、直交恶，直方要人和旧国会议员，纷纷向他接洽，他门下的政客，也分头向各方活动。自从恢复法统之呼声一起，素来冷落的黎宅门口，顿时车马骈集，十分热闹起来。每日催他复职的电报，总有几十起。吴佩孚的电报尤多。各方的代表和国会议员，汽车马车，日夜往来不绝。黎氏因怕蹈覆辙，不肯轻易允诺。谁知在这万众欢迎的当儿，忽然接到一份出人意料的反对电报，那电报的原文道：

徐总统冬电，据悉元首辞职赴津，无任惶惑。大总统对于民国为公仆，对外为政府代表，决不因少数爱憎为进退，亦不容个人便利卸职任。虽约法上代理协行，各有规定，而按诸政治现状，均有未合。即追溯民国往事，亦苦无先例可援。项城大故，黄陂辞职，河间代任期满，系在国会解散，复辟乱平以后。以故新旧递遭，匕鬯不惊。今则南北分驰，四郊多垒，中枢尤破缺不全，既无副座，复无合法之国务院，则约法四十二条大总统选举法第五条，代行摄行之规定，自不适用。乃仅以假借约法之命令，付诸现内阁，内阁复任意还诸国会，不唯无以对国民，试问此种免职行动，何以见重于友邦？此不得不望吾国民慎重考虑者一也。闻有人建议以恢复法统为言，并请黄陂复位，国人善志，竟有率尔附和者。永祥等反复思维，殊不得其解。

盖既主张法统，则宜持有统系之法律见解，断不容随感情为选择。二三武人之议论，固不足变更法律，二三议员之通电，更不足代表国会。此理既明，则约法之解释援用，自无聚讼之余地。约法上只有"因故去职，暨不能视事"二语，并无辞职条文，则当然黄陂辞职，自不发生法律问题。河间为旧国会选举之合法总统，则依法代理，应至本任期满为止，毫无疑义。大总统选举法，规定任期五年，河间代理期满，即是黄陂法定任期终了，在法律上，成为公民，早已无任可复，强而行之，则第一步须认河间代理为不法。试问此代理期内之行为，是否有效？想国人决不忍为此一大翻案，再增益国家纠纷。如此则黄陂复位之说，适陷于非法，以黄陵之德望，若将来依法被选，吾侪所馨香祷祝，若此时矫法以梏之，诉诸天良，实有所不忍，此不得不望吾国民慎重考虑者又一也。迩者，民治大进，今非昔比，方寸稍有偏私，肺肝早已共见。伪造民意者，已覆辙相寻，贼法自便者，亦屡试不清。孙帅传芳删电："所谓以一人爱恶为取舍，更张不以其道，前者既失，后乱渐纷"云云，诚属惩前毖后之论。顾曲形终无直影，收获先问耕耘，设明知陷阱而故蹈之，于卫国则不仁，于自卫则不智。永祥等怵目横流，积忧成癫，凤有栋折榱崩癫，敢有推抱敛手之心？临崖勒马，犹有坦途，倘陷深渊，驷追曷及？伏祈海内贤达，准法平情，各抒说论，本悲悯之素怀，定救亡之大计。宁使多数负一人，勿使一人负多数。永祥等当视力之所及，以尽国民自卫之天职，决不忍坐视四万万人民共有之国家，作少数人之孤注也。

这电报是六月三日，卢永祥从浙江拍发的。其余如上海护军使何丰林以及主张联省自治的褚辅成、孙洪伊等，也都纷纷表示反对。黎氏本人因此愈加消极了。这时他门下的政客张耀曾等发起急来，也发了一个通电道：

约法及总统选举法之规定，总理在任期中，离职之情形，只有三种：一曰死亡缺位，二曰弹劾去职，三曰因故不能执行职务。三者有一，即为合法离职。三者以外，总统不让职于他人，他人不得以离职要总统，若其有之，是非法也。黎大总统于六年七月，被逼离职，尚余任期一年三月有余，其离职原因，与前述第一第二两事无关，即与因故不能执行职务，亦属毫不相涉。盖我大总统选举法第五条二项，所谓因故不能执行职务者，本师美宪前例，专指总统精神丧失而言。纵谓文义浑括，强为宽解，则所谓故者，当然依限于总统本身，所谓不能者，当然限于总统自动。譬如总统久罹重病，或因公远赴异国，援引适用，尚属可通。至于事故之生，出自他人，不能之原，由于压迫，如凭借兵威，使总统不能在职，不敢复职者，是私擅废黜总统耳，非法律上所谓因故不能执行职务也。私擅废除总统，本为法所不许，即当然不在法定因故不能执行职务之列。藉曰不然，则总统选举法第五条二项之规定，不啻明诏为副总统者，时时可驱除总统而代之。败纪奖乱，莫甚于此。立法本意，断断不然。故从法律上立论，自民国六年七月黎大总统之离职，推之法定三种原因，无一而当，是其离职，乃事实上之离职，非法律上之离职也。非法律上之离职，故不发生法律上之效力，唯其离职无效，故冯副总统之代理，乃事实上之代理，非法律上之代理也。非法律上之代理，故亦无法律之效力。在昔大法摧毁，事实相尚，舍法言权，夫复何说？今则尊崇法统，万事资以判断，而法律上固赫然昭示，黄陂黎公，仍在大总统之位，而其行使职权时间，尚有一年三个月有余也。黄陂离职无效，一旦障碍既去，当然继续开会。黄陂继任应竟其未尽之期，亦犹国会续开，应满其前此未满之任。法理彰明，绝非曲解，此则愿吾人共加注意者也。兹事体大，解释疑义，权固属于国会，敷陈常理，责仍在于学人。耀曾依法言法，自信无他，国人崇法护法，谅有同感。

这电发表，各方的议论愈多，但在时势情理各方面说起来，黎元洪实有不能不复位之势。当时黎氏原有这样一个通电：

自引咎辞职，蛰处数年，思过不惶，敢有他念，以速官谤？果使摩顶放踵，可利天下，犹可解释，乃才轻力薄，自觉勿胜，诸公又何爱焉？前车已覆，来日大难，大位之推，如临冰谷。

可见他辞意本来很坚，无奈直方各人，已成欲罢不能之势，如国务院代表高恩洪，京兆尹刘梦庚，商界代表张维镛、安迪生，曹锟代表熊炳琦，吴佩孚代表李单率以及各省代表，共四十余人，都纷纷赴黎宅请黎复职，正是：

　　大运忽回春气象，

　　寒门又似市廛中。

　　未知黎氏肯答应否，且看下回分解。

　　黄陂起义武昌，首创民国，论革命之功，自属千秋不朽，即以人格而论，民国十余年来，自总统以迄军阀，亦未有洁身自好如黄陂者。故以功业言，以道德论，均不得不为民国完人。惜其才识稍短，不免受人利用，遂以退隐之身，再作一度傀儡，几致身名两败，性命不保。读史至此，不能不哀黄陂之长厚，而痛恨军阀政客之无赖也。

第一百三十五回

受拥戴黎公复职
议撤兵张氏求和

却说曹、吴和各团体各省的代表，纷纷赴黎宅请黎元洪复位。黎元洪被逼不过，只得说道："我亦是中华民国国民一分子，各方迫于救国热忱，要我出来复职，我亦岂能再事高蹈？但现在国事的症结，在于各省督军拥兵自卫，如能废督裁兵，我自当牺牲个人之前途，以从诸公之后。"措辞却亦得体。因又发出一个长电，洋洋数千言，不但文辞很佳，意思亦极恳到。原电如下：

前读第一届国会参议院王议长众议院吴议长等宣言，由合法总统，依法组织政府。并承曹、吴两巡阅使等十省区冬电，请依法复位，以维国本。曾经复电辞谢，顷复奉齐督军等十五省区冬电，及海军萨上将各总司令等江电，京省各议会、教育会、商会等来电，均请旋京复职。又承两位议长及各省区各团体代表敦促，佥以回复法统，责无旁贷，众意所趋，情词迫至，人非木石，能无动怀？第念元洪对于国会，负疚已深，当时恐京畿喋血，曲徇众请，国会改选，以救地方，所以纾一时之难，总统辞职，以谢国会，所以严万世之防，亦既引咎避位，昭告国人。

方般思过之心，敢重食言之罪？纵国会诸公，矜而复我，我独不愧于心欤？抑诸公所以推元洪者，谓其能统一也。十年以还，兵祸不绝，积骸齐阜，流血成川，断手削足之惨状，孤儿寡妇之哭声，扶吊未终，死伤又至。必谓恢复法统，便可立消兵气，永杜争端，虽三尺童子，未敢妄信，毋亦为医者入手之方，而症结固别有乎？症结唯何？督军制之召乱而已。

民军崛兴，首置都督，北方因之，遂成定制。名号屡易，权力未移，千夫所指，久为国病。举其大害，厥有五端：练兵定额，基于国防，欧战既终，皆缩军备，亦实见军国主义，自促危亡。独我国积贫，甲于世界，兵额之众，竟骇人听闻，友邦之劝告不闻，人民之呼吁弗恤。强者拥以益地，弱者倚以负嵎，虽连年以来，或请裁兵，或被缴械，卒之前省后增，此损彼益，一遣一招，糜费更多。

遣之则兵散为匪，招之则匪聚为兵，势必至无人不兵，无兵不匪，谁实为之？至于此极，一也。

度支原则，出入相权，自拥兵为雄，日事聚敛，始挪省税，终截国赋，中央以外债为天源，而典质皆绝，文吏以横征为上选，而罗掘俱穷。弁髦定章，蹂躏预算，预征至及于数载，重纳又限于崇朝。以言节流，则校署空虚，以言开源，则市廛萧条，卖女鬻儿，祸延数世，怨气所积，天怒人恫，二也。

军位既尊，争端遂起，下放其上，时所有闻。婚媾凶终，师友义绝。翻云覆雨，人道荡然。或乃暗煽他人，先行内乱，此希后利，彼背前盟，始基不端，部属离贰。各为雄长，瓜剖豆分，失势之人，不图报复，阴结仇敌，济其欲心。祸乱循环，党仇百变。秦镜不能烛其险，禹鼎不能铸其奸，覆亡相寻，憯不怨悔，宰制一省，复冀兼并。地过八州，权逾二伯，扼据要塞，侵夺邻封，猜忌既生，杀机愈烈，始则强与弱争，继则强与强争，终则合众弱与一强争，均可泄其私仇，宁以国为孤注。下民何辜，供其荼毒，三也。

共和精神，首重民治，吾国地大物博，交通阻滞，虽有中枢，鞭长莫及，匪厉行民治，教育实业，皆难图功。自督军制兴，滥用威权，干涉政治，囊括赋税，变更官吏，有利于私者，弊政必留，有害于私者，善政必阻。省长皆其姻娅，议员皆其重儓，官治已难，遑问民治。忧时之士，创为省宪，冀制狂澜，西南各省，迎合潮流，首易为总司令，复拟易为军务院，隶属省长；北方明哲，亦有拟改为军长，直属中央者。顾按其实际，以为积重难返之势，今之总司令，固犹昔日之督军也。异日之省长、军长，亦犹今之总司令也。易汤沿药，根本不除，虽有省宪，将焉用之？假联省自治之名，行藩镇剿分之实，鱼肉我民，而重欺之，孑遗几何，抑胡太忍，四也。

立宪必有政党，政党必有政争，果由轨道，则政争愈烈，真义愈明，亦复何害。顾大权所集，既在督军，政党争权，遂思凭借。二年之役，则政党挟督军为后盾，六年之役，则政党倚督军为中心。自是厥后，南与南争，北与北争，一省之内，分数区焉，一人之下，分数系焉。政客借实力以自雄，军人假名流以为重，纵横捭阖，各戴一尊，使全国人民，涂肝醢脑于三端之下，恶若蛇蝎，畏若虎狼，而反键飞箝，方鸣得计，卒至树倒猢散，城崩狐迁，军人身徇，政客他适，受其害者，又别有人。斩艾无遗，终于自杀，怒潮推演，可为寒心，五也。

其余诸祸害，尚有不胜枚举者。元洪当首义之时，原定军民分治，即行废督，方其子身入都，岂不知身入危地，顾欲求国家统一，不得不首解兵柄，为群帅倡。祸患之来，听之天命，轻车骤出，江河晏然。督军之无关治安，前事具在。项城不德，帝制自私，利用功进，授人以柄，荏苒至今，竟成蹜蹜。今日国家危亡，已迫眉睫，非即行废督，无以图存。

若犹观望徘徊，国民以生死所关，亦必起而自谋。恐督军身受之祸，将不忍言。为大局求解决，为个人策安全，莫甚于此。或谓："兹事体大，旦夕难行，必须于一省军事，妥善收束，徐议更张。"不知陆军一部，责有专司，各地独立，师旅皆自有长官统率，与督军存废，景向无关。督军果自行解职，但须收束本署，旬日已足，此外独立师旅，暂驻原地，直接中央，他日军制问题，悉听军部统筹，全局妥为编制，此不足虑者一。

或谓："师旅直属，恐饷项无出，激成变端。"不知其军饷皆取国赋，非损私财，督军虽废，国赋自在，且漫尤考核之军事费，先行消火，比较今日欠饷，或不至若是之巨，此不足虑者二。

或谓："仓促废督，恐部属疑惧，危机立生。"不知督军易人，党系不得，恐遭遣散，心怀反侧，诚或有之。若督军既废，咸辖中央，陆军部为全国最高机关，昭然大公，何分畛域？万一他日裁兵，偶然退伍，军部亦易于安置，何惧投闲？督军果剀切劝导，当可涣然冰释，此不足虑者三。

或谓："督军皆望重功高，国人托命，一旦废除，殊乖崇报。"不知所废者制，并非废人，督军多首创民国，与同休戚，投艰遗大，重任正多。望崇者，国人必有特别之报酬，功伟者，国人亦有相当之付托。果肯自行解职，国人更感激不暇，宁忍听其优游？否则民意所趋，发生误会，恐有不能相谅者。人情莫不去危而就安，避祸而求福，督军之明，抑岂见不及此？此不足虑者四。

或谓："战事方剧，兵祸未平，猝言废督，必至统率无人，益形危险。"不知全军司令，并非尽倚重督军。且年来战争，皆此省与彼省，此系与彼系耳。即或号召名义，彼善于此，国人皆漠然视之，所谓春秋无义战也。若既求统一，中央当一视同仁，不分畛域，从前误解，悉可消融；万一怙恶不悛，征伐之权，出自政府，亦觉师直为壮，此不足虑者五。

或谓："中央此时已无政府，稽留时日，牵动外交。"不知阁员摄行，已可负责；且法统中绝，已及五年，国人淡然若亡，久侪元洪于编户，此元洪法律之不负咎也。元洪所述，论既至公，事犹易举，久延不决，责有所归，此元洪事实之不负责也。况华府会议，外人以友谊劝告，久有成言，各公使旁观既熟，高义久敦，当必恫此阽危，力为赞助，此不足虑者六。

或谓："总统不负责任，废督与否，应俟内阁主持。"不知出处之道，不可不慎，量而后入，古有明箴。以今日积弱之政府，号令不出国门，使非督军自行觉悟，则废督之事，万非内阁所能奏功，彼时内阁可引咎辞职，总统何以自处？若督军自行觉悟，放刀成佛，指顾间耳，嗣后中央行政，亦易措施。此为内阁计，应先决者一。

或谓："东海去位，京畿空虚，一再迟延，恐生他变。"不知国无元首，匪自今始，总统一职，名存实亡，空籍纵久，何关轻重？京畿责任，自有长官，必可以维持秩序，果有其变，元洪无一兵一卒，又何能为？若督军不废，他日京畿战祸，能保其不续见乎？此为地方计，应先决者二。

或谓："督军爱戴，反欲废之，以怨报德，非所宜出。"不知督军请复位者，为有利国家也，元洪请废督军，亦为有利国家也，目的既同，肺腑互谅。元洪与各督军，分同袍泽，情逾骨肉，十年患难，存者几人？他日共治天下，胥各督军自赖，既倚重之，必保全之。此为督军计，应先决者三。

督军诸公，如果力求统一，即请俯听蒭言，立释兵柄，上至巡阅，下至护军，皆刻日解职，侍元洪于都门之下，共筹国是，微特变形易貌之总司令，不能存留，即欲划分军区，扩充疆域，变形易貌之巡阅使，尤当杜绝。国会及地方团体，如必欲敦促元洪，亦请先以诚恳之心，为民请命，劝告各督，先令实行。果能各省一致，迅行结束，通告国人，元洪当不避艰险，不计期间，从督军之后，慨然入都。且愿请国会诸公绳以从前解散之罪，以为异日违法者戒。

奴隶牛马，万劫不复，元洪虽求为平民，且不可得，总统云乎哉？方将老死于津海之滨，不忍与世人相见。白河明月，实式凭之，废不能遍，图不能尽，觍然出山，神所弗福。救国者众人之责，非一人之力也，死无所恨。若众必欲留国家障碍之官，而以坐视不救之罪，责退职五年之前总统，不其惑欤？诸公公忠谋国，当鉴此心，如以实权为难舍，虚号为可娱，则解释法律，正复多端，亦各行其志而已。痛哭陈词，伏希矜纳。黎元洪叩。

通电之后，曹、吴复电，首先赞成，愿即废督裁兵，为天下倡，请黎早日赴京负责。其余如河南冯玉祥、陕西刘镇华、湖北萧耀南和孙传芳、四川刘湘、山东田中玉、安徽张文生、江西陈光远、江苏齐耀珊、海军杜锡珪、萨镇冰等，也纷纷复电赞成，此皆所谓今之投机家也。力请黎氏即日晋京。更兼黎派政家也都纷纷催促，以为机不可失，于是黎元洪在六月十日连发两电，一电谓："各督复电允废督裁兵，谨于十一日入都。"一电谓："入都暂行摄行大总统职权，俟国会开会，听候解决。"到了次日，由各省代表人等，奉迎入都，摄行大总统职权，明令撤销六年六月十二日之解散国会令，兼国务总理署教育总长周自齐、外交总长颜惠庆、内务总长高凌霨、财政总长董康、陆军总长鲍贵卿、海军总长李鼎新、司法总长王宠惠、农商总长齐耀珊、署交通总长高恩洪等，均准免去本兼各职。特任颜惠庆为国务总理，兼外交总长，谭延闿署内务总长，董康署财政总长，吴佩孚署陆军总长，李鼎新署海军总长，王宠惠署司法总长，黄炎培署教育总长，张国淦署农商总长，高恩洪署交通总长。谭未到前，由张国淦兼代，黄炎培未到前，由高恩洪兼代。一切政事，也很有更张。国内报章腾载，全国欢呼，各省人民，顿时都有一种希望承平之象，以为从此可入统一太平时期。

论到黎氏为人，虽则财力不足，却颇有平民气象，不说别的，单论公府中的卫队，以前总有这么二三营陆军，驻扎白宫内外。到了黎氏复职，便一律裁撤，只用一百多个警察维持。单举卫队一事，即为后文公府被围张本。即此一端，其他也可想见了。此自是持平之论。闲话休提。

却说黎氏复职以后，不但直派各督一致拥戴，便是素持反对，如卢永祥、何丰林等，也都电京承认。这时直、奉战争，还未完全解决，东三省省议会联合会，特电黎氏，主张奉、直停战，并陈办法四条：一、请直军退驻留守营，奉军即开始撤退出关，于七日内撤尽，以保双方安全。二、请中央派一双方都有友谊的大员，并双方各派公证人，共同监视双方撤退，以期妥协。三、谓督军巡阅之废止，全国一致，东三省不能独异。四、撤兵后京奉路即恢复原状。黎氏接到这电报后，一面转交吴佩孚、曹锟，一面电复东三省，征求切实意见。那东三省联合会的电报，原由张作霖授意而发的，得了黎氏复电，自然还去和张作霖商议。

这时张作霖已改称东三省保安总司令，他自滦州退出后，因战争失败，影响到东省市面，不但人心恐慌，银根更十分吃紧，纸币的折扣逐渐低落，因此张学良等主张与直派议和，请英国传教师德古脱氏运动外交团出来调停。

德古脱因张学良也是教徒，当然允许帮忙，想不到外交团反因怕受干涉中国内政嫌疑，大都不肯接受这个提议。张学良无法，只得仍请德古脱以私人资格，介绍自己和直军直接谈判。

此时直军司令部已移至秦皇岛，吴佩孚自己却在保定，陆军总长一职也未就任，司令部的事情，完全由彭寿莘在那里处理，所以德古脱氏先介绍张学良到秦皇岛和彭寿莘相会。两人谈了一回，意思非常接近。当下彭寿莘特电陈明吴佩孚，双方订定于六月十一日提议具体办法。学良回去和作霖说明，作霖当时也没有什么话说。

也是活该山海关附近小百姓的灾星未退，到了那日，奉、直两军又发生一次冲突，奉方偏得一个小小胜利，张宗昌等便撺掇张作霖乘胜反攻。作霖认为妙计，无论别人如何阻止，也不肯听，立刻加派大队，大举进攻。直军乘战胜余威，如何肯服输，不消说，当然也是猛烈反攻。奉军究竟是丧败之余，如何抵抗得住？战了一昼夜，大败而退。直军长驱直进，正在得意非常，料不到震天价一声响，地雷触发，把前锋军士，炸死了几百，急忙退回阵线。奉军又乘势反攻，直军正抵抗不住，幸喜援军开到得快，没有失败。奉军也因人数尚少，不能取胜，又添了一师生力军队，两方就此剧战起来。相持了三日三夜，双方死伤，均达数千。

吴佩孚此时已命张福来回防岳州，听这个消息，急忙和王承斌同到阵线上来观察。看了一会，便和王承斌定计道："如此作战，损失既多，胜利又不可必，不如派军队过九门口，绕到长城北面，攻敌军之背，敌军首尾受敌，可获大利。"王承斌欣然愿领兵前往，当日领了本部军队，悄悄过了九门口，来到奉军背后。

奉军正和直军死战，想不到一阵枪炮，纷纷从背后飞来，只道是自己军队倒戈，军心立刻涣散，纷纷溃退。副总司令孙烈臣，正在亲自督队，见了这情形，知道遏制不住，只得败退。想不到王承斌的军队沿途截击，不但士兵死伤极多，连自己也身中流弹，不能作战。张作霖经此大战，知道已届非讲和不可的时候，只得又叫张学良央求德古脱运动外交团调解。张学良不肯道："当初原劝父亲暂时忍耐，息战讲和，也好养精蓄锐，等他们有隙可寻时，再图以逸待劳，必然可以报此大仇。父亲偏要听别人的话，要乘势反攻，才有今日之败。老张非执拗也，总是不服气耳。德古脱原和他们约定十一日，商订具体办法，我们已失了信，再去求他，如何肯答应？"张作霖变色道："你是我的儿子，怎敢摘我短处？只好摆出老爹爹架子来了。没了你，难道我就不能讲和不成？"学良碰了一个钉子，只得仍和德古脱去商议。德古脱果然不肯答应，说："已经失信了一遭，无脸再去见人。"学良回报张作霖，张作霖无法，这才授意东三省省议会联合会，向北京政府求和。方得到黎氏回电要提出切实办法，便又回电，愿派张学良、孙烈臣为代表，入关讲和。吴佩孚便派前线的王承斌和彭寿莘为代表。双方磋商了几日，方才订定和约，划出中立地点，双方各不驻兵，并请王占元、宋小濂监视撤兵。到了六月二十八日，双方军队，都撤退完毕，直军调回洛阳，秦皇岛的司令部，到七月四日撤销。

第二日，京奉路完全通车，一场大战，就算从此了结。不过换了一个总统，几个阁员，双方除却损折些械弹粮饷和将士的生命而外，也并没什么大不了的利益，痛语可作军阀棒喝。却冤枉小百姓多负担了几千万的战债，几千万的战时损失，万千百条的性命，岂不可叹？沉痛之至。闲话休提。

却说吴佩孚自黎氏入京就职后，以为大功告成，南北之争，就此可免。因此电请孙中山、伍廷芳、李烈钧等北上，共议国事。正是：

> 要决国家大计，
> 端须南北同谋。

未知中山先生等究肯北上否，且看下回分解。

一场大战，极五花八门之观，自有中华民国以来，兵连祸结，未有若斯之盛也。究其开战之由，与战事结果，败者固垂头丧气，胜者亦所获几何。善夫，作者之言曰：双方除损兵折将丢械伤财外，都无利益可言，徒然为国家增负担，为小民毁身家而已。嗟夫！不亦大可已哉！不亦大可已哉！

第一百三十六回　围公府陈逆干纪
避军舰总理蒙尘

　　却说孙中山先生在广西预备对北用兵，屡次电嘱陈炯明筹饷，谁知陈炯明此时已暗和吴佩孚通款，不但不肯遵命，而且克扣饷械，布散流言，唯恐北伐军不败。中山虽念他以前的劳绩，不忍重惩，但为革命前途起见，又不得不将其停职，所以在四月二十一日那天，护法政府下令，罢免陈炯明广东省长及粤军总司令本兼各职，所遗广东省长一职，以伍廷芳继任，并将粤军总司令一职裁撤。陈炯明得了这个命令，便带领本部军队，连夜开到惠州驻扎，自己避到香港去了。第二天中山先生和许崇智、胡汉民等回到广州，和伍廷芳诸人说起这件事，彼此嗟叹不已。此时陈炯明虽去，广州治安并无变动，更兼中山自己回来布置了一回，越觉四平八妥。

　　有人说陈炯明军队并未解决，恐怕接连北方军阀，为内顾之忧，须要根本铲除才好。却非过虑。中山先生向来是忠厚待人的，听了这话，便道："竞存虽然根性恶劣，决不至作反噬之事。此之谓以君子之心，测小人之腹。何况其部下不少明理的人，岂有异动？"因又和伍廷芳、廖仲恺等商议："内部的事情虽多，北伐却万不可中止，我意欲即令李协和率师攻赣，你们以为何如？"虽在危急多事之秋，而无一时忘却北伐，为国之忠，令人感泣。廖仲恺道："总统日夜忧勤，无非为着护法，想解除北方人民被军阀压迫的痛苦，北伐不成功，护法的目的不能贯彻，北方的人民不能解除痛苦，总统的计划，自是虑得重要。"伍廷芳也很赞成此说。中山大喜，便下令饬李协和攻赣，一面又派许崇智、梁鸿楷两军，同时出发，攻击赣南。许、梁奉令，当即厉兵秣马，纷纷出动，赣南的守备很弱，如何当得北伐军的精锐，一见北伐军的旗号，便相率溃退，因此许、梁两人，兵不血刃的，得了龙南、虔南两县，略为布置，便继续推进。

　　此时陈炯明部队也陆续由桂返粤，到广州以后，便向护法政府提出要求，一要求恢复陈炯明的广东省长和粤军总司令两职，促其归国，二罢免胡汉民。中山先生见了这两项要求，想起陈炯明以前的功绩，很觉惋惜，便又令他办理两广军务，所有两广地方军队，均准节制调遣。

　　像总统这样仁慈宽大，若在别人，不知道要如何的感激，知人则哲，唯帝其难。本来知人是最不容易的，但孙先生之于陈竞存，却不能以此相比，因先生非不知陈氏为人者，当时所以收容之故，必有难言之隐，不得已暂以相忍为政耳。谁知陈炯明受了吴佩孚的通款，竟忘了革命的天职，不但不肯就职，而且暗地嘱使部将叶举等通电请孙总统下野，一面派兵围攻总统府，占领行政各机关，并派兵进驻韶关，遏阻北伐军的归路。孙总统本是仁厚宽大之人，除却心心念念，在于革命救国外，其余的事情，不甚放在意中。近因叠报黄大伟占领崇义，许崇智占领信丰、南康、赣州，李烈钧占领大庾，十分高兴，因出师未久，江西已半入护法政府管辖之下，不能没有统辖的官吏，便下令任命谢远涵为江西省长，徐元浩为政务厅长。

　　后来又据报北政府所派的援赣总司令蔡成勋，虽于六月十三日到南昌，却和陈光远不睦，倾轧甚烈。陈光远愤而辞职，北政府已下令废除江西督军，以蔡成勋节制江西全省军队。江西省长杨庆鋆原是陈光远的私人，当然连带去职。北政府为要见好护法政府起见，不委别人，竟以谢远涵继任。也算苦心，一笑。这消息刚好和吴佩孚邀请中山先生北上的电报齐到，中山见了吴佩孚的电报，只付之一笑，并不回答，只催促北伐军赶紧前进。

想不到六月十五日的晚上十点钟，中山正在批阅军牍，忽然接到一个军官的电话报告，说今夜粤军将有变动，请总统赶紧离府。中山不信，原是不肯逆诈工夫。批阅军牍如故。又过了两个钟头，忽见秘书林直勉匆匆地进来，向中山行了一个礼，便忙忙地说道："报告总统，今夜消息很不好，请总统赶快离开公府，暂时避一避！"中山等他说完，很从容地说道："请你先说明白，怎样一个不好消息？"林直勉道："据确实的报告，粤军准定在今夜发动，围攻公府，请总统赶快暂避。"中山微笑道："竞存便险恶，也决不至做出这种灭伦反常的事情，何况其部下又都是我久共患难的同志，就使竞存确有此心，他们也未见得肯助桀为虐。你听得的，莫非是些谣言吧？"正说着，参军林树巍也惊慌失色地走了进来。中山方要询问，林树巍已启口说道："请总统赶紧离开公府，粤军要来围攻公府了。"中山道："你们不必惊疑，这必是不逞之徒，在那里造谣，诸君万一信以为实，反使粤军生疑，倒是激之成变了。"林直勉道："粤军素来蛮不讲理，总统决不可以常情度之。如其果有不利于总统时，总统将怎样办呢？"中山慨然道："广州的警卫军，我已全部调赴韶关，即此便可见我并没有一点疑忌彼等之心，就使他们要不利于我，也何必出此下策。自是仁人长者，明哲之见，其如直勉所言，不可以常理度之？如敢明目张胆，谋叛作乱，以兵力加我，则其罪等于灭伦反常，乱臣贼子，人人得而诛之。何况我身当其冲，岂可不重职守，临时退缩，屈服于暴力之下，贻笑中外，污辱民国，轻弃我人民付托的重任吗？性命轻而体制重，先生可谓见大持重。我在今日，唯有为国除暴，讨平叛乱，以正国典，生死成败，非所计也。"其言慷慨，可泣鬼神。林直勉、林树巍等见先生决心如此，不敢强劝，只得太息而退。

中山因时候已迟，便也退入私室就寝。谁知刚好睡倒，各处的电话接连不断地都来报告这事，请中山速速离开公府，中山神态镇定，一些也不变更。到了二点多钟，粤军又有军官潜自出来报告，说："粤军各营，炊事已毕，约定两点钟出发，并备好现金二十万，以为谋害总统的赏金。并且约定事成之后，准各营兵士，大放假三日。"（按大放假为粤军大抢劫之暗号。）以大抢三天为攻击先生之报酬，先生足以千古，而陈氏之罪恶不法，上通于天矣。中山听了这话，还不肯十分相信，正待解说，忽听一声很尖厉的号声，远远地飞入耳里，接着到处也掌起号来，不一刻，号声由模糊而渐渐清楚，方知粤军确已发动，因即传令卫队，准备防御，那军官也告辞而去。

这时已有三点多钟，林直勉、林树巍等又来苦劝中山暂离公府。中山厉声道："竞存果敢谋逆作乱，则戡乱平逆，是我的责任，岂可胆小畏避，放弃职守？万一力不从心，亦唯有一死殉国，以谢国民，怎说暂避的话？"数言可贯金石，今日读之，犹觉生气虎虎。第一次慨然，第二次厉声，其意志愈坚矣。林直勉等再三相劝，中山只是执意不从。树巍见他坚决如此，知道不是言语所可争，也不管什么，便上前挽住中山的手，想用强力扶他老人家出去，一人作倡，人人应和，一时间七手八脚地把一位镇定不屈的中山先生四面扶住，用力挽出公府。中山先生挣扎不脱，只得和他们同走。先生不屈于强暴凶横的威势，却屈于忠义恳挚的武力，为之一笑。

这时路上已布满了粤军的步哨，见了中山一行人，莫不仔细盘诘。幸喜林直勉口才很好，才得通过。刚到财政厅前，粤军的大队已经到来，众人因被盘诘得厉害，不能通过，中山先生只得单身杂在粤军之中，一同行走。先生向来非常镇定，临到大事的时候，更是从容不迫，粤军只道是自己队伍中人，并不疑心，比及到了永汉马路出口，方才脱险，便走到长堤海珠的海军总司令部。海军总司令温树德听说中山到来，又惊又喜，惊的是粤军确已发动，喜的是总统幸脱虎口，当下忙忙的迎接到里面，谈了几句。树德道："此地无险可守，万一叛军大队攻击，必又发生危险，不如到楚豫舰上，召集各舰长，商议一个讨贼的计划罢。"中山然其言，便和他一同到楚豫舰上，召集各舰长商议平逆之策，各舰长不消说，自然义愤填膺，誓死拥护。十室之邑，必有忠信。

第三天，有人从公府逃出，向中山陈诉粤军的残暴。中山先问五十多个卫队的情形，那人道："卫队在观音山粤秀楼附近，对抗了三四个钟头，叛军冲锋十多次，都被卫队用机关枪击退。死伤的数目，总在三四百以上。后来因为子弹缺乏，才被叛军缴械。还有守卫公府的警卫团，和叛军抵抗了十多个钟头，后来子弹告绝，全被缴械。缴械以后，叛军又用机关枪扫射，全都被害了。"真可谓竭狠毒之能事，尽残忍之大观。中山太息不已，那人又道："叛军初时用速射炮注射公府，后来恐总统还在粤秀楼，又用煤油烧断通公府的桥，以防总统出险。沿路伏着的叛军更多，专等总统的汽车出来，突出截击。后来始终没见总统出府，还仔细搜检了一回呢。"中山点头微喟，挥手令退。

那人去后，忽报外交总长伍廷芳和卫戍司令魏邦平来见。中山立刻传见，两人进内见了中山，便议论讨平叛逆的事情。中山令魏邦平将所部集中大沙头，策应海军进攻陆上的叛军，恢复广州防地。魏邦平唯唯遵命，中山又向伍廷芳道："今天我必须带领舰队，讨平叛军，否则中外人士，必定要笑我没有戡乱之方，而且不知我行踪所在，更易使革命志士涣散。始终见大持重，不靳于小节。假如畏惧暴力，蛰伏黄埔，不尽讨贼职守，徒为个人避难苟安之计，将怎样晓示天下呢？"伍廷芳听了非常赞服，立刻出舰登陆，通告各国驻粤领事，严守中立。魏邦平也告辞而去。

中山当即统率永丰、永翔、楚豫、豫章、同安、广玉、宝璧各舰出动，由黄埔经过车歪炮台，驶至白鹅潭，当令各舰对大沙头、白云山、沙河、观音山、五层楼等处的粤军发炮。粤军因没有障阻，不能抵抗，死伤约达六七百人，大部顿时溃走。舰队沿长堤向东前进，不料魏邦平所部陆军，竟不能如期策应。粤军乘势复合，发炮抵抗。中山知道乱事不能即平，只得暂时率舰回至黄埔，商量第二次进剿方法。

那陈炯明见海军拥护中山，知道不收买海军，决不能消灭中山的活动能力，便进行运动海军中立。因海军正在愤激的时候，急切未见效果，便勒军广州城内，实行其大放假的预约，抢掠烧杀，愈久愈烈，甚至白昼奸淫，肆无忌惮。有女子轮奸至五六次之多，腹胀如鼓而死者。残酷的情形，令人闻之发指。

中山在舰上听见这些消息，愈加伤感，因陆军力量薄弱，当即写信给前敌李协和、许崇智、朱培德、黄大伟、梁鸿楷等，教他们迅速回粤平乱，有"坚守待援，以图海陆夹攻，歼此叛逆，以彰法典"等语。自己又从楚豫舰移到永丰舰办公。

此时各处起义的军队颇多，在黄埔一带的，有徐树荣、李天德、李安邦等所部约一千多人，军威稍振。中山正思攻取鱼珠、牛山各炮台，为扫灭叛军的预备，忽然有人进来报说："伍总长廷芳逝世。"不觉吃了一惊，把手中的笔跌落地上，因流泪向左右说道："本月十四日，廖仲恺因赴陈炯明惠州之约，不想被扣石龙，生死未卜，已使我十分伤感，现在伍总长忽弃民众托付的重任，先我而逝，岂不可伤？"海军将士听了，也十分悲愤，誓必讨贼。并全体填写誓约，加入中华革命党，表示服从总统，始终不渝的决心。这时粤军运动海军正在猛进，故各舰中的不良官长已颇有不稳的举动，因此也有带兵来问中山道："我们官长和叛军订立条约，是不是已得到总统的许可？"中山不好明言，又不愿追问，只微微点头而已。此等处不但显见中山之仁厚宽大，其智虑亦非常人所及。盖如一追问或明言已所不许，则事必立刻决裂矣。海圻各舰兵士以此都疑心温司令有不利中山之举，要想拒绝司令回舰。中山闻知，再三调解，方才没有实现。其实这时的海陆军有显明从逆的，有态度暧昧，主张中立的，不过尚在酝酿之中，尚未完全成为事实。所以中山唯出以镇静，全以至诚示人，大义感人，以期众人感动，不为贼用。陈炯明此时本在暗中操纵指示叛军的行动，并不曾公然露面，但是舆论上已唾骂得非常厉害。陈炯明没法，只得差钟惺可带了自己的亲笔信，到永丰舰上，晋谒总统，恳求和解。原信道：

大总统钧鉴：国事至此，痛心何极！炯虽下野，万难辞咎。自十六日奉到钧谕，而省变已作，挽救无及矣。连日焦思苦虑，不得其道而行。唯念十年患难相从，此心未敢丝毫有负钧座，不图兵柄现已解除，此正怨尤语也。而事变之来，仍集一身，处境至此，亦云苦矣。现唯恳请开示一途，俾得遵行，庶北征部队，免至相戕，保全人道，以召天和。国难方殷，此后图报，为日正长也。专此即请钧安。

陈炯明敬启。六月二十九日晚。

中山见了这封信，还没下什么断语，忽然魏邦平来见，中山便把这封信交给他看。魏邦平把信看了一遍道："看他这封信，也还说得很恳切，或者有些诚意，不知总统可准调解？"中山正色道："当初宋亡的时候，陆秀夫恐帝受辱，甚至负之投水而死。魏同志！今日之事，不可让先烈专美于前，我虽才疏，也不敢不以文天祥自勉。宋代之亡，尚有文、陆，明代之亡，也有史可法等，如民国亡的时候，没有文天祥、陆秀夫这样的人，怎样对得住为民国而死的无数同志，作将来国民的模范？既自污民国十一年来庄严灿烂的历史，又自负三十年来效死民国的初心，还成什么话？"声裂金石，语惊鬼神。魏邦平见中山说得十分严正，不觉勃然变色。正是：

> 正语忽闻严斧钺，
> 厚颜应须冷冰霜。

未知他如何回答，且看下回分解。

以中山先生之仁厚宽大，而竟有利用其仁厚宽大，以逞其干法乱纪悖逆不道之事者，则信乎叔世人心之不足恃，而君子之不易为也。然而盘根错节，正以造成伟大人物之伟大历史，而最后胜利亦终操于伟大人物之手。彼阴贼险狠之小人，徒为名教罪人，天壤魔蠢而已。吾人观于先生与陈氏之事，乃又觉君子不易为而可为，小人可为而终不可为也。

第一百三十七回　三军舰背义离黄蒲　陆战队附逆陷长洲

却说魏邦平听了中山先生一席说话，不觉变色逊谢。邦平去后，海军的消息日渐恶劣，纷传海圻、海琛、肇和三大舰，将私离黄埔，任听鱼珠、牛山各炮台炮击各舰，不肯相助。一时人心极为惶恐，中山仍是处之泰然，非常镇定，在此危疑震撼之秋，吾不屑责陈炯明，又何忍责三舰，先生之意，殆亦如此。因此浮言渐息。

过了几天，钟惺可又代陈炯明至永丰舰，向中山求和。中山笑道："陈炯明对我毫无诚意，求和的话，岂能深信？况且本系我的部队，此次举动，实是反叛行为，所以他只能向我悔过自首，决不能说求和。"名不正则言不顺，先生以正名为言，亦是见大务远。钟惺可还待再说，忽然魏邦平派人来见中山，中山传见，问其来意。来人道："魏司令对陈炯明愿任调停之责，拟定了三个条件，先来请总统的示下。"中山问他怎样三个条件，来人道："第一条是逆军退出省城，第二是恢复政府，第三是请北伐军停止南下。"中山斟酌了一会，方才答应。钟惺可见中山已经答应，便和魏邦平派来的代表一齐告退。

两人去后，忽然又有粤军旅长李云复派代表姜定邦来见。中山回顾幕僚道："你们猜李云复派代表到这里来，是什么意思？"秘书张侠夫对道："大概是求和之意。"中山点头道："所见与我略同，就派你代表我见他罢！你跟我多年，说话必能体会我的意思，也不用我嘱咐了。"张侠夫应诺，便出来招待姜定邦，问其来意。姜定邦道："此次事件，实出误会，陈总司令事前毫未知情，近来知道了这件事，十分愧恨，情愿来向总统请罪，务乞张秘书转达总统海涵，狗对厕坑赌咒。李旅长愿以身家性命，担保陈炯明以后断无叛逆行为，也请转达总统。"张侠夫道："李旅长如果能附义讨贼，则总统必嘉奖优容，毫无芥蒂，断无见罪之意。至陈炯明实为此次事变的祸首，亦即民国的罪魁，如可赦免，那么反复无常的叛徒，谁不起而效尤，还有什么典型法纪可言。"其言亦颇得体。姜定邦再三请张侠夫向总统进言劝解，侠夫道："转言断没有不可的，至于答应不答应，总统自有权衡，兄弟也不敢专擅。"定邦笑道："只要张同志肯向总统善言，兄弟就感激不尽了。"说毕，又再三恳托而去。

张侠夫回报中山，中山道："陈炯明请罪，既无诚意，却偏有许多人来说话，难免别有狡计，我们还当赶紧催促前敌各将士回粤平乱，不可中了他缓兵之计。"林直勉等这时也在左右，当下插言道："在目下状况之中，这回师计划，实在非常重要而且急迫。听说温司令因受败类何某等挟制，态度非常暧昧，海圻、海琛、肇和三大舰，也受了叛军运动，不日就要离开黄埔。如三舰果去，则其余各舰，直对鱼珠，都在炮台的监视之下，如炮台发炮射击，各舰没有掩护，必然不能再抗，那时前进既为炮台所阻，要绕离黄埔，则海心冈的水势又浅，各舰决不能通过，那时各舰即不为炮火所毁，也必被他们封锁，不能活动，束手待毙，总统也须预先布置才好。"中山微笑道："我们既抱为国牺牲的决心，死生须当置之度外，方寸既决，叛军还有什么法子？种种谣言，何足尽信。处处出之以镇静，非抱极大智慧人，何足以语此？在此危疑震撼的时候，我们只有明断果决，支持这个危局，不必更问其他了。"

到了晚上，三大舰突然熄灯，人心倍加惶恐。看中山时，依旧起居如常，如屹立之泰山，不可摇动，尽皆叹服，心思也就略为安定，在危难之时，如主帅一有恐惧扰乱现象，则军心立散。然众人知此而未必能知戒而镇定，较上者办属出之勉强，中山盖纯粹出之自然，故能成伟业也。单等魏邦平调停的条件实现。

到了第二天，陈炯明的部将洪兆麟派陈家鼎拿着亲笔信来见中山。信中的意思，大概说："自己拟与陈炯明同来谢罪，请总统回省，组织政府后，再任陈炯明为总司令。"中山当时便写了一封回信给洪兆麟，信中所写，无非责以大义，却一句也不提及陈炯明。

这天，魏邦平又来见，中山问他，逆军为什么还不退出广州，魏邦平顿了一顿，方才说道："这事还没有十分接洽妥当，最好请总统发表一个和六月六日相同的宣言，责备陈军各将领，不该轻举妄动，那么陈军必然根据这个宣言，拥护总统，再组政府。"原来中山先生曾于六月六日在广州宣言，要求两件事情：一件是惩办民国六年乱法的罪魁，二件是实行兵工制，所以魏邦平有此请求。中山因他事出离奇，便道："魏同志的话，真令我不懂，陈军甘心叛逆，何必去责备他。如果他们确有悔祸的诚意，我自当另外给他们一条自新之路，可先教他们把广州附近的军队，退出百里之外，以免殃及百姓，把广州完全交与政府，方才谈到别的。"魏邦平默然。半晌，又说道："现今事机危迫，总统何妨略为迁就一点，庶几使陈军有拥护总统的机会，也未始不是民国之福咧。"中山正色道："如其不能先教逆军退出广州，则我也宁甘玉碎，不愿瓦全，我系国会选举出来的总统，决不能做叛军拥护的总统。请魏同志努力训练士兵，看我讨平叛逆。"魏邦平道："总统固执如此，恐有后悔。"中山断然道："古时帝王殉社稷，总统是应死民国，何悔之有？"先贤云："临难毋苟免"，能励行此语者其唯中山乎？魏邦平乃默然而去。

次日，林直勉听了这些话，不觉太息道："时局危迫如此，竭诚拥护总统者，究有几人，魏司令不足责也。只不知北伐军队，到什么时候才能南返咧。"正在感叹，忽然有人进来，仿佛很惊遽似的，倒使直勉吃了一惊。急忙看时，原来是林树巍。树巍见了直勉，卒然说道："林同志可知祸在旦夕吗？"直勉惊讶道："拯民兄为什么说这话？"树巍道："顷得可靠消息，三大舰决于今日驶离黄埔，留下的尽是些小舰队，我们前无掩护，后无退路，岂非危机日迫了吗？"林直勉道："这消息果然确实吗？"树巍正色道："这事非同儿戏，哪里有不确实的道理？"林直勉笑道："此事我早已料到，不过在今日实现，未免太早耳。"说着，便和林树巍一同来见中山。中山见了林直勉和林树巍，便拿了一封信及一个手令给他们看。两人看那封信时，原来是许崇智由南雄发来的。春云忽展，沉闷略消。大略道：

陈逆叛变，围攻公府，令人切齿痛恨。北伐各军，业已集中南雄，指日进攻韶关，誓必讨平叛逆。朱总司令所部滇军，尤为奋勇，业已开拔前进，想叛军不足当其一去也。

读完，不觉眉头稍展，说道："北伐军回省，叛军想不日可以讨平了。"中山道："最后胜利，自必在革命军队，叛逆的必败，何消说得。今日果应其言。你们且再看我的手令！"林直勉果然拿起手令一看，原来是令饬各舰由黄埔上游，经海心冈，驶往新造村附近，掩护长洲要塞的，不禁疑讶道："总统为什么要下此令？"中山道："此令还待斟酌，并非即刻就要发表的，你们可不必向人提及。"林树巍道："命令没有发表，我们如何敢泄漏。但总统还没知道三大舰已变节附逆，要离开黄埔了。"中山泰然道："我刚也接到这个报告，所以有驶往新造村的决心。"林直勉道："海心冈的水甚浅，舰队怎样通得过？"中山不答，两人怀疑而退。

到了晚上，海圻、海琛、肇和三大舰，果然升火起锚，驶离黄埔。中山得报，立刻下手令，教其余各舰经海心冈驶往新造村附近。各舰长得令，都派人来禀道："海心冈水浅，如何得过？"中山道："不必担心，我自有方法可以通过，否则我怎么肯下这令？"各舰长只得遵令前进。到了海心冈，果然安然而过，并不觉得水浅。众皆惊喜，不解其故。我亦不解，读者将谓中山有何法力矣。中山向他们解释道："我当时虽不信三舰即时叛变，然而早已防到退路，军事胜负，原难一定，深恐一有蹉跌，便被叛军封锁，所以暗地时时派人去测量海心冈的深浅，据报总在十五尺以上，所以我毫不在意。当时所以不告你们，恐怕万一泄漏，为逆军所知道，在海心冈一带，增加炮兵截击，则我们通过时，未免又要多费周折了。"见中山之镇定，原有计划，非一般忠厚有余、智力不足所可比拟万一。众皆叹服。

中山到长洲后，即传令长洲要塞司令马伯麟戒备，以防叛军袭击。或请中山驶入省河，乘叛军之不备而攻之，可获胜利。中山叹道："我非不知此举可以获胜，但恐累及人民，于心何安？先看此句，则知后文中山之入省河，实出万不得已，而叛军之殃民，亦益觉可恶可恨。我们现在所应注意的，是叛军探知我们离开黄埔，必然派队来袭击，不可不防。"正说时，忽然枪炮之声大作，探报鱼珠炮台之叛军钟景棠所部，渡河来袭。我要塞司令所部已出动应战。众皆骇然。中山即时出外眺望，并令各舰开炮助战。钟部因无掩护，死伤甚众，纷纷溃退。中山见马伯麟正在指挥部下追击，心中甚喜。忽见自己队伍中飘出几面白旗来，不觉心中大惊，急忙用望远镜仔细审视，只见几面白旗，在着海军陆战队的队伍中飞扬。可杀可恨。队长孙祥夫指挥部下兵士，反身向马伯麟冲击。钟景棠部乘势反攻，马伯麟抵御不住，兵士大半溃散。中山顿足道："不幸又伤我如许爱国士兵，真是可痛。"说着，便下令教各舰集中新造西方，收容要塞溃兵。

马伯麟登永丰舰向中山谢罪。中山抚慰他道："马同志忠勇可嘉，使人人皆如马同志，则叛军早已讨平。今日的败衄，由于孙祥夫的背叛，马同志何罪之有？"马伯麟逊谢。中山又道："今长洲要塞既失，我欲令各舰攻占车歪炮台，以为海军根据地，未知马同志以为如何？"马伯麟道："车歪炮台，形势非常险恶，炮队密布，要想攻克它果然很难，便想通过也绝不容易，似乎不如把舰队驶到西江去活动，还比较妥当。"中山笑道："马君只知其一，不知其二。我们如往西江，必须经过牛山、鱼珠各炮台，更兼三大舰驻在沙路港口，监视我们各舰行动，便算我们能够冲过牛山、鱼珠，三大舰也必阻止我们通过，到那时我们反而进退两难了。所以我们这时除出袭取车歪炮台，驶入省河一个计划之外，更没有别的妥当方法了。"众人听了，方才恍然，尽皆拜服。

于是中山率领永丰、楚豫、豫章、广玉、宝璧各舰，由海心冈开到三山江口，已经天色微明，各舰先向车歪炮台粤军的阵地。粤军发炮还击。当时舰队炮少，粤军布置既密，大炮又多，各舰长虽然进攻，而甚为惶恐，进退莫决。中山奋然曰："民国存亡，在此一举，今日之事，有进无退。"意气振山岳。说完，即令座舰先进，再令各舰继续往前奋勇冲突。不料舰队刚到炮台附近，粤军预先布置在那里的两营野炮队立即炮弹齐发，向舰队注射。舰队猛攻多时，终因陆上的部队太少，只攻克东廊一岸。各舰通过时，都受微伤，只有座舰，连中六弹，受伤最重。士兵死伤更多，不能久持，只得直开到白鹅潭，准备召集各舰，以图再举。

恰好又有永翔、同安各舰来附义讨逆，中山甚喜。当时商人恐怕在此开战，颇生恐慌。税务司夏竹和西人惠尔来见中山，相见毕，夏竹先问道："总统来此，是否避难？"中山正容道："我是中华民国的总统，此地是中华民国的领土，我当然可以自由往来，怎么说是避难？心能持重，语自得体。你说的什么话，真使我丝毫不懂了。"题目正大。夏竹支吾道："并非多问，因此地是通商港，接近沙面，唯恐一旦发生战事，牵动外国战舰，发生交涉，所以我请总统不如暂时离开广州，可以不使商业发生影响。"此辈但知奉承资本家、帝国主义耳，他何所知！中山怫然道："这话是你所应说的吗？我生平只知公理和正义，不畏强权，不服暴力，决不怕无理的干涉的。"刚和夏竹卑鄙的心理相反。夏竹默然。惠尔在旁看了，不觉肃然起敬道："总统真中国人中之爱国奇男子,谁说中国没有人才呢! 我今日才见总统的大无畏精神咧。"真心佩服。夏竹听了这话,更觉惭愧,便和惠尔一同致敬而退。

两人去后,又有海军总长汤廷光来信,请求准予调解。中山当时便写了一封回信,大略说道:

专制时代,君主尚能死社稷,今日共和国家,总统死民国,分所应尔。如叛徒果有悔过之心,则和平解决,吾亦所愿也。

第二天,中山正在慰劳海军将士,忽接汤廷光送来议和条件,完全以敌体相视,并以次日十二点钟为限。中山毅然令秘书起草,复绝调停。信内有最扼要的几句话道:

叶逆等如无悔过痛改的诚意,即如来函所称,准以明日十二时为限可也。

各士兵听了这事,十分愤激,争着要见中山,情愿出死力讨贼。中山慰谕道："昨天各舰通过车歪炮台时,忠勇奋发,殊堪嘉尚。中国海军如都能够像昨天那样勇往直前,杀敌致果,则前途实有无穷希望。现在虽在危迫之中,还能如此勇敢向义,叛逆之徒,必然被我们讨平,不过时间问题。诸君何必急于一战咧。"能使军人如此,先生之德行,岂易多见? 各兵士始含愤而退。

此时又有水上警察厅所辖的广亨、广贞两舰,前来效顺。不料开到车歪炮台附近,被粤军炮火截住,两舰抵抗了几个钟头,因舰力薄弱,不能通过,只得和东廊附近陆上的各部队,一齐退到江门。

中山得了这消息,正和幕僚谈论赞叹,忽然汪精卫来见,中山问他有什么事,精卫道："刚才得到一个确实的消息,据说叛军在韶关大败,我滇军确已占领芙蓉山、帽子峰等要害,推进甚速,所向无敌……"精卫刚想说下去,忽然张侠夫匆匆进来说道:"奇怪之至! 刚来附义的永翔舰,不知如何,又升火要离开这里了。又不先来禀白一声,不知是何道理?"精卫道："我刚进来时,听说是温司令来召他去的,不知道是否确实?"张侠夫道："我们该截留住他,别让他离开为是。"中山道:"他既称有温总司令的命令,且由他去吧,不必阻挡。"先生一味从容。又回顾精卫道:"你且说你韶关的消息。"精卫道："我军的飞机队,听说也已经飞过韶关,在马霸、河头等地方抛掷炸弹,命中的很多。现在省城叛党,都有遁逃的现象,韶关大概指日便可被我军克复了。"正是:

岁寒方知松柏劲,

世平安识忠臣心。

未知此说究竟可靠与否,且看下回分解。

智者每流于刻,仁者恒失之愚。中山处事,果敢敏决,待物尤极宽仁,而待物宽仁之中,又常含智计,而果敢敏决之中,亦常含宽仁,如言不究叶、李已往之罪,智计也,而有宽仁在焉,其不泥永翔之行,与含容温树德,不欲士兵拒之,宽仁也,而有智计在焉。读者苟能细细绎之,则虽不能亲炙中山,而其兼有智仁勇之伟大人格,亦可于想象中得之矣。

第一百三十八回　离广州乘桴论时务　到上海护法发宣言

却说李烈钧、许崇智、梁鸿楷、黄大伟、朱培德各部军队，在江西的战事，本来节节胜利，已经占领赣南各地，蔡成勋虽代陈光远节制江西军队，也无法抵抗。孙中山发信催促回军平乱的那日，李烈钧正在猛攻吉安，和沈鸿英的部队剧战，以后蔡成勋、周荫人等部队也加入前线，北军陡然增加了许多生力军，气势大振，因此北伐军不能长驱直上。好在湖南陆军第六混成旅长陈嘉祐所部的一旅，也帮着李军助攻，还能维持个势均力敌，想不到广州政局变动的消息传来，顿时使北伐军生了内顾之忧，只得撤退回粤。陈氏之肉，真不足食也。周荫人部乘势追击，陈嘉祐部被打得大败亏输，因此回不得湖南，只得退入广东，助北伐军讨伐陈炯明。

朱培德、李烈钧、许崇智等退到边境，大家商议：我军一齐撤退，北军乘势进逼，则腹背受敌，必难取胜。何况我们饷械的接济，已经断绝，势不能延久，不如留一部分军队，坚守赣南，分一部分军力去讨伐陈逆，方有救应。大家便决定先由朱培德、许崇智、黄大伟等部南下，其余暂留赣南，防北军追击。许崇智的部队担任中路，进攻仁化，黄大伟担任东路，进攻始兴，朱培德担任西路，进攻乐昌，双方剧战多日，互有胜负。李烈钧这时正在防守赣州，也和蔡成勋、周荫人等部剧战。李烈钧虽是智勇兼备的军事家，无奈人数既少，又是久战的疲卒，饷械又无处筹划，因此抵抗了半个多月，已是大不容易。便支持不住，被北军夺了赣州。

恰好这日听说许崇智等的军队也吃了败仗。南雄、始兴等处都被陈炯明占领，许崇智等残部陆续由闽边退去，知道已不能退到韶关一带去，便分向湖南、广东交界的地方退却了。韶关那由，许崇智、黄大伟两部军队，战败退往闽边，朱培德、陈嘉祐等部还在仁化、乐昌一带剧战，无如子弹缺乏，只得也同时退却，朱培德退向广西边境，陈嘉祐仍回湖南去了。所有北伐部队，到此总算已完全失败。大书特书，所以直诛陈氏之罪也。

这消息传到广州，中山还不肯深信，程潜、居正等都请中山离粤，中山不从道："这种战报，都出之敌方，岂可尽信？万一前方并未失败，而我先离广州，又将何以对前敌与舰队之将士？"苦心孤诣。如此者已非一日，到了八月九日那天，各处败耗方才证实，中山当即召集各舰舰长，开军事会议，决定大计。各舰长齐声道："赣南既已失陷，南雄又复不保，前方腹背受敌，战事决难顺利。总统株守省河，有损无益，不如暂时到上海去，慢慢地再图讨伐叛逆之计，较为妥当。"中山深知在此无益，便决定离粤赴沪，一面又通告各国领事，说明总统即日离粤的事情，一面又叫人向商轮公司，预定舱位。幕僚一齐谏止道："总统一身，关系民国存亡，何可行此冒险之事？万一叛军有什么阴谋，岂不危险？"中山侃然道："我本中华民国之总统，一切当示人以公正伟大，仍是不肯言逃之意，读之令人起敬。岂可鬼鬼祟祟，学末路政客、失败军阀的样子，秘密动身吗？"是能见到大处，非专以大言欺人者比。幕僚再三婉谏，总未得中山许可。

众人正在为难，恰好英领事托人回报说："孙总统如果决意离粤，我可派炮舰摩汉号，护送总统往香港，不必另搭商轮。而且明天还有俄国皇后号邮船，由香港往上海，如孙总统往上海，请于下午三点钟乘摩汉炮舰到香港，我可以电知香港，预备舱位。"众幕僚听了，都大喜道："难得英领事盛意，总统不可辜负了他。"中山沉吟未答，那回报的人道："英领事此举，非常诚意，总统无论在邦交上着想，或友谊上着想，都不可辜负他。"中山方才应诺，到了下午三时，带了幕僚，登摩汉舰离开广州，舰队的善后事宜，委托秘书林直勉和参军李章达两人代为办理，并发恩饷一月，以奖励官长士兵忠勇勤劳的功绩。

　　到了四点钟，摩汉号出发，七时出虎门要塞，中山在船上向众人说道："想不到我们今日竟得脱险，一息尚存，此志不懈，民国责任，仍在我们身上，万万不可轻弃，负了初心。"读之令人起敬，还令人下泪。林树巍道："总统忠于为国，对于世界政治情形，观察得尤其透彻，不知道中国究竟要怎样才能富强，脱离次殖民地的地位？"中山素来是沉默庄严的，此日却和往日不同，议论风生，很有悲歌慷慨的样子，当时便回答道："中国要求自由平等，脱离列强的压迫，除却革命而外，自然更没有第二条路可走。大声疾呼。至如联省自治之说，不过是军阀割据的一种变相，万万不可实行，而且是决不能实行的。"张侠夫道："美利坚、德意志不都是联邦制吗？为什么在他们行之，便可以致富强，在中国便不能实行呢？"中山道："你们可谓知一不知二。美德各国，本来没有军阀割据的事实，而且他们的领土较小，不能单独存在，所以可行。至于中国，不但土地比世界各国要大，就是人民也比各国为多，假使准许各省自治，则各省无论在财力兵力上以及其他，都可脱离中央而独立。军阀假自治之名，行割据之实，决不能免，所以不如分县自治，较为妥当。因为县的范围有限，一乡一县的事情，人民容易见到，该兴该革的地方，亦容易实行，可以不至如省自治制的大而无当也。"主联省自治者，未尝不言之成理，惜皆知其一不知其二耳。张侠夫道："总统伟论，我们都明白了。但此是内政问题，若就外交而论，又当联络哪一国呢？"中山道："这也未可执一而论，须看他们的情形。"众人齐声道："请总统不妨把各国的情形，解释给我们听听，看中国该学哪一国？该联络哪一国？"中山道："美国人素重感情，主持人道；法国尊重主权，又尚道义；英国外交则专重利害，不过它的主张中正不偏，又能识别是非，主持公理，所以对外态度，总不失其大国之风。现在我国的外交，该学英国公正的态度、美国远大的规权、法国爱国的精神，即尊重主权，盖尊重本国之主权，即爱国之表现也。以立我们民国千百年永久之大计。至于在国际地位上言之，和我们中国利害相同又毫无侵略顾忌、而又能提携互助策进两国利益的，却只有德国。可惜我国人不明白它的真相，因它大战失败，便以为不足齿列，不知道他们的人才学问，都可以资助我国发展实业、建设国家之用。所以此后我国的外交，对于海军国，固然应当注重，不过对于欧、亚大陆的俄、德两国，更不能不特别留意。不可盲从他国，反被别人利用咧。"今日之外交家，应以此语为箴言。众人听了，都各欣然。彼此往复讨论，直到后半夜两点钟，方才各自就寝。

　　天明六点钟，摩汉舰已到香港，香港政府即时派人来照料，搬过俄国皇后邮船。到了正午十二时，邮船开行。次日，又接到广州英领事的无线电，报告白鹅潭海军，和保护人员离粤赴港的情形。中山复电感谢。一行人在邮船住了五天，无非讨论些国家世界的事情，和谈论广州的事变而已。到了八月十四上午，邮船开到上海，中山在吴淞口登陆。其时上海各团体代表在岸上欢迎的足有好几千人，中山听说他们在风雨中，已鹄候了好几日，真是难得。十分感谢。落了寓所后，在下半天便召集中华革命党的同志，讨论国会和时局问题，第二天便发表了一个护法宣言。这宣言的稿子，是中山在邮船上决定的。原文道：

　　六年以来，国内战争，为护法与非法之争，文不忍艰难创造之民国，隳于非法者之手，倡率同志，奋斗不息。中间变故迭起，护法事业，蹉跎数载，未有成就，而民国政府，遂以虚悬。国会知非行权无以济变，故开非常会议，以建立政府之大任，属之于文。文为贯彻护法计，受而不辞。

就职以来，激励将士，出师北向，以与非法者战。最近数月，赣中告捷，军势远振，而北军将士，复于此时为尊重护法之表示，文以为北军将士有此表示，则可使分崩离析之局，归于一统，故有六月六日之宣言，愿与北军将士提携，以谋统一之进行。不图六月十六日，护法首都，突遭兵变，政府毁于炮火，国会遂以流离，出征诸军，远在赣中，文仅率军舰，仓促应变，而陆地为变兵所据，四面环攻，益以炮垒水雷，进袭不已。文受国会付托之重，护法责任，系于一身，决不屈于暴力，以失所守，故冒险犯难，孤立坚持，至于两月之久，变兵卒不得逞。而军舰力竭，株守省河，于事无补，故以靖乱之任，付之各处援师，而自来上海，与国人共谋统一之进行。回念两月以来，文武将佐，相从患难，死伤枕藉，故外交总长伍廷芳，为国元老，忧劳之余，竟以身殉，尤深怆恻。文之不德，统驭无才，以至变生肘腋，咎无可辞。自兵变以来，已不能行使职权，当向国会辞职，而国会流离颠沛之余，未能集会，无从提出。

至于此次兵变，文实不知其所由起，据兵变主谋陈炯明及诸从乱者所称说，其辞皆支离不可究诘。谓护法告成，文当下野耶？六月六日文对于统一计划，已有宣言，为天下所共见。文受国会付托之重，虽北军将士有尊重护法之表示，犹必当审察其是非与诚伪，为国家谋长治久安之道，岂有率尔弃职而去之理？陈炯明于政府中为内务总长、陆军总长，至兵变时，尤为陆军总长，果有请文下野之意，何妨建议，建议无效，与文脱离，犹将谅之。乃兵变以前，默无所言，事后始为此说，其为饰辞，肺肝如见。按当日事实，陈炯明于六月十五日，已出次石龙，嗾使第二师于昏夜发难，枪击不已，继以发炮，继以纵火，务使政府成为煨烬，而置文于死地。盖第二师士兵皆为湘籍，其所深疾，果使谋杀事成，即将归罪以自掩其谋，而兼去其患。乃文能出险，不如所期，始造为请文下野之言。观其于文在军舰时，所上手书，称大总统如何，可证其欲盖弥彰已。

陈炯明以免职而修怨，叶举等以饬回防地而谋生变耶？无论以怨望而谋不轨，为法所不容，即以事实言之，文于昨年十月，率师次于桂林，属陈炯明以后方接济之任。陈炯明不唯断绝接济，且从而阻挠，文待至四月之杪，始不得已改道出师，于陈炯明呈请辞职之时，犹念其前劳，不忍暴其罪状，仍留陆军总长之任，慰勉有加，待之岂云过苛？叶举等所部，已指定肇、阳、罗、高、雷、钦、廉、梧州、郁林一带为其防地，乃辄率所部，进驻省垣，骚扰万状。前故军心，因以摇动，饬之回防，讵云激变？可知凡此种种，亦非本怀，徒以平日处心积虑，唯知割据以便私图，于国事非其所恤，故始而阻挠出师，终而阴谋盘踞，不惜倒行逆施，以求一逞。诚所谓苟患失之，无所不至者。

且即使陈炯明之对于文积不能平，至于倒戈，则所欲得而甘心者，文一人之生命而已，而人民何与？乃自六月十六日以后，纵兵淫掠，使广州省会人民之生命财产，悉受蹂躏，至今不戢；且纵其凶锋，及于北江各处，近省各县，所至洗劫一空。人民何辜，遭此荼毒？言之痛心。向来不法军队，于攻城得地之后，为暴于一时，已冒天下之大不韪，今则肆虐至于两月。护法以来，各省虽有因不幸而遭兵燹，未有如广东今日所处之酷者。北军之加兵于西南，军纪虽弛，有时犹识忌惮。龙济光、陆荣廷驻军广东，虽尝以骚扰失民心，犹未敢公然纵掠，而此次变兵，则悍然为之。闻其致此之由，以主谋者诱兵为变时，兵怵于乱贼之名，悍不敢应，主谋者窘迫无术，乃以事成纵掠为条件，兵始从之为乱。似此煽扬凶德，汩没人道，文偶闻野蛮部落为此等事，犹深恶而痛绝之，不图为此者，即出于同国之人，且出于统率之军队，可胜愤慨！文夙以陈炯明久附同志，愿为国事驰驱，故军事全权付托。今者甘心作乱，纵兵殃民，一至于此。文之任用非人，诚不能辞国人之责督者也。此次兵变，主谋及诸从乱者所为,不唯自绝于同国,且自绝于人类,为国法计,固当诛此罪人,为人道计,亦当去此蠹贼。凡有血气,当群起以攻,绝其根本,勿使滋蔓。否则流毒所播,效尤踵起,国事愈不可为矣。以上所述,为广州兵变始末。至于国事,则护法问题,当以合法国会自由集会,行使职权为达到目的,如此则非常之局,自当收束。

继此以往,当为民国谋长治久安之道。文于六月六日宣言中所陈工兵计划,自信为救时良药,其他如国民经济问题,则当发展实业,以厚民生,务使家给人足,使得休养生息于竞争之世。如政治问题,则当尊重自治,以发舒民力,唯自治者全国人民共有共治共享之谓,非军阀托自治之名,阴行割据,所得而借口。凡此荦荦诸端,皆建国之最大方略,文当悉其能力,以求贯彻。自维奔走革命,三十余年,创立民国,实所躬亲。今当本此资格,以为民国尽力。凡忠于民国者,则引为友,不忠于民国者,则引为敌。义之所在,并力以赴。危难非所顾,威力非所畏,务完成中华民国之建设,俾国民皆蒙福利,责任始尽。耿耿此诚,唯国人共鉴之!

此项宣言发表以后,南北人民才晓然于广东兵变之内幕,都痛恨陈炯明,斥为国家之贼、社会之蠹,而对于中山先生之信仰心,却益发深切坚固,认他宣言的方略,为救国唯一之良献,即认定先生为现代唯一救世主者。曾几何时,叛逆者终为世弃,而先生革命大业,不久即告成功。可见民心向背,端的关系匪轻。我人论史至此,唯有引用尚书"作伪作德,劳逸拙休"两语,为感叹奋励资料罢了。正是:

　　　　君子乐得为君子,

　　　　小人何苦为小人。

南方兵变事,至此告一段落,同时北方也有几件大事,容俟下回分解。

民国以来,战争靡已,鸡虫得失,蜗角纷持,主事者认为大事,旁观者久已齿冷。寝至弹雨枪林,都成司空见惯,有识者且置为无足评论之问题。唯有一事,足予吾人以确当之教训者,则民心向背,可为胜败之标准,历试皆验,无一或爽。故以广东事变而论,自陈氏背叛,而国人对于中山先生之信仰愈坚,即为革命事业生色不少。是陈氏之所以害先生者,乃适以厚先生耳。小人作祟,虽能逞志一朝,结果每以成全君子之事功。若陈氏所为,不慕然与?不慕然与?嗟夫!彼野心军阀,可以悟矣。

第一百三十九回　失名城杨师战败　兴大狱罗氏蒙嫌

却说民国十一年，除却北方的奉直大战和南方的陈炯明叛变以外，四川也正在枪林弹雨之中。逐回写来，令人目迷神眩，得此总束，精神百倍。

这时四川督军兼省队刘湘已经通电辞职，所有军民政务交由他部下王陵基、向楚成两人代拆代行。至于他所以辞职的原因，大概是由刘成勋逼迫之故。此时四川有实力的军阀，除出刘湘以外，还有川军第一军军长但懋辛、第二军军长杨森、第三军军长刘成勋，都势力很强，而尤以刘成勋的实力最为雄厚。如邓锡侯、赖心辉、田颂尧、刘斌等都听他指挥的。

在本年七月初，杨森与但懋辛又因防地冲突发生意见。杨森自恃势力较强，竟率兵进迫忠州。忠州原是但懋辛的防地，见杨森大军临境，少不得派兵迎敌。无奈杨森兵多械精，但懋辛如何抵敌得住？只支持了一天，便败退梁山。那梁山是一个小县，在忠州的西北，地当群山之中，形势尚属险要。但懋辛退到梁山，当时便召集部下，开紧急军事会议，商议应付之策。部下军官齐声道："梁山地势险要，进攻不易，我们愿竭死力应战。"但懋辛道："现在我军兵少械缺，饷弹不继，绝难持久，不如暂退绥定，一面电成都代表联络刘成勋，协同对杨，方能计出万全。如其困守梁山，再打一败仗，那就不可收拾了。"部下各军官听得有理，便立即开拔，退到绥定，一面电知成都代表，向刘成勋接洽一切。

刘成勋本来也怕杨森势力日渐膨胀，很想驱除他离开四川，无奈一时没有机会，只得隐忍。这时听说杨、但开战，第一军战败，立刻召集赖心辉、邓锡侯一班人，商议道："杨森若战败但懋辛，又得了忠州、万县等地方，势力益强，将来难免侵略我们，不如乘此时机，帮助但懋辛，攻击重庆、泸州，使他首尾不能救应，一则使但懋辛感激，此后可以收为我用；二则可以乘势占领重庆、泸州等地，也可多一筹饷之地；军阀争地以战之目的，不过如此而已，彼辈岂能知大义哉？三则去了腹心之患。"众人一致赞成，正待发电讨杨，恰好但懋辛的代表前来接洽请救，刘成勋大喜，虚己接纳，十分优待。当由一三两军，共推刘成勋为川军总司令，讨伐杨森。刘成勋即日就职，分派邓锡侯、赖心辉、田颂尧、刘斌各军，往攻重庆、泸州各地，一面电知但懋辛。

此时但懋辛已退到遂宁，得到这个消息，便南下进攻泸州。杨森听说刘、但联军来战，不敢轻敌，在永川、泸州等处，严密防守。但懋辛一则报仇心切，二则得了刘成勋所胁饷弹，军势顿壮，三则杨森兵力已分，反成了此众彼寡，因此激战了几次，杨军节节败退，竟被但军占了泸州。杨森便集中兵力，在永川壁山一方面，并力攻击刘成勋的军队。刘军方面的前敌总指挥邓锡侯是第三军中最善战斗的师长，本不难一鼓击败杨森，却因杨森把所有的兵力，大部都在这里，拼命地抵御，所以激战了几次，都不曾得手。

邓锡侯焦躁，思得一计，自己向壁山敌阵猛扑了两次，却急忙退守铜梁去了。杨森只道他要渡嘉陵江，取包抄的战略，便分兵防守这一面。隔日果然探报第一军渡江的很多，杨森急忙把壁山的兵力，调到青木关，一方面却把永川方面的军队，退到来凤驿，使战线缩短，以便救应壁山。不料，第三军渡嘉陵江的不过一部分，大部还在全德场，得了调救青木关、麻柳坪一带的消息，便乘胜袭击。杨军防守人少，又不曾预备，支持不住，立刻溃退。等来驿驿的救兵来时，邓锡侯早已占了壁山。

在永川一方面的第三军，是赖心辉所部的队伍，得了邓锡侯的约会，也乘势猛攻。杨森这时先得了壁山不守的消息，此时又得了这方面的报告，便又传令来凤驿的军队，退守白市，以便互相救应。

但懋辛自得了泸州后，随即进兵占领合江、江津、綦江等处，这时又下了南川，正待向涪州进攻。杨森恐怕后路有失，急忙分兵去救涪州。重庆方面的兵力愈加薄弱，邓锡侯、赖心辉等乘势猛攻，杨森大败，退守忠州，连防守涪州的军队，也受了影响，连夜退到石砫去了。邓锡侯等得了重庆以后，立即领兵追击，探报田颂尧克了大竹，刘斌攻克东乡，前进更猛。杨森见忠州已在包围之中，知道难守，便又放弃阵地，退守万县。但懋辛得了石砫，并不休息，立刻前进，在涂井渡江，进扑万县，一、二两军又在怀渡开火，一方是累败之卒，一方仗战胜之威，只支持了半天，二军杨森所部，便大败而退。但懋辛乘势进攻，占了万县，第三军的大队也陆续到来。休息了几天，又继续前进，和杨森的军队在庙基滩开火。杨森此时已存背城借一之心，所以勉励部下，努力死战，绝不退却。双方激战了几夜，终究众寡势异，渐渐抵挡不住。一、三两军乘势猛扑，杨森顿时大败，士兵纷纷溃散，一部退至湖北施南一带，杨森自己逃到宜昌，向长江上游总司令孙传芳要求收编。

孙传芳不敢专擅，电询吴佩孚的意见。吴佩孚正因胜了奉天，陈炯明又逼走了中山，在那里做武力统一的迷梦，吴佩孚武力统一的迷梦，确由此时起。得了这消息，自然极愿收留杨森，为自己将来武力取川的向导，所以立刻电令孙传芳收编，不愿改编的，资遣回籍。孙传芳准此办理，共得了一混成旅之众。吴佩孚仍令驻防鄂边，听长江上游总司令节制调遣。

刘成勋、但懋辛、邓锡侯等自逐出杨森以后，便组织了一个省宪会议筹备会，自己担任筹备员，进行四川自治省宪事宜，以便永久割据。凡赞成或提倡联治者，除却希咽军阀余沥之政客而外，皆军阀之存此心理者也。然川、鄂边境一面，因追击杨军之故，时时有与鄂军开火之虑，所以形势也非常严重。后来经孙传芳和刘成勋各派代表议定了三条和约：一，川、鄂同时撤退，两不相犯。二，渝、宜交通，立即恢复。三，川、鄂联防条件，继续有效。方才双方撤兵，言归于好。

吴佩孚自收了杨森之后，教他积极训练士兵，一面又替他补充军械，以备再举，民国以来的失败军阀，只要有一成一旅的余众，不上几时，便又恢复势力，再成军阀。因此兵额虽少，力量倒还充实，吴佩孚自是欢喜。不过此时北方又有直、奉备战的消息，人心非常恐慌。幸喜鲍贵卿竭力调和，又经奉、直当局通电否认，人心方安。

想不到一波方平，一波又起，直、奉战争的谣言方息，北京又发生了一件惊天动地的大案子。却说民国十一年十一月十八日那天晚上，大总统黎元洪正在批阅文件，忽有众议院议长吴景濂、副议长张伯烈，说有紧要机密事要见。黎元洪很是疑讶，即命请见。吴景濂见了黎元洪，走上前一步，悄悄地说道："有一件机密事儿，和总统接洽。"黎元洪诧问什么事，吴景濂道："财政总长罗文干订立奥国借款合同，有纳贿情事，请总统即下手谕，命步军统领捕送地方检察厅讯办，以维官纪。这是众议院的公函，这件事情，完全由景濂等负举发之责。"黎元洪接过公函，看了一遍，不觉勃然大怒。黎氏本称廉洁，对于官吏受贿自应震怒，但此事却不免又受人利用了。立刻下了一个手谕，给步军统领，着将罗文干速交法庭讯办。步兵统领得了这个紧急手谕，当然不敢怠慢，立派排长王得贵带领全排士兵，武装实弹的赶到罗文干的公馆里，把士兵四散埋伏了，自己只带了两个人，上去叫开了大门，只推说有要紧事要亲见总长，问总长可在家，门上不明就里，便老实告诉了他。王得贵更不说什么，竟罗文干这时正抱着他的爱妾，在那里沉酣于好梦之中。忽听得房门外有人叫唤，不觉惊醒，怒道："什么人，这时候还有什么事？"王得贵道："总长果然在家，我们奉了大总统和统领的紧要命令，特来请总长去商议要事。"罗文干怒道："这早晚还有什么事？你去回复总统，说我明天早晨再来商议罢。"王得贵道："这不行！统领说过，今天非请总长一到不行。"罗文干更怒道："什么话？我不去，他待怎样？"他的爱妾这时已被他惊醒，见罗文干发怒，忙劝道："人家这样要紧来请你，定有了不得的急事，你不去，岂不误了事啦？"罗文干闻着美人口中一丝丝的香气，吹到鼻孔中来，不觉酥了半边，立刻很温柔地笑道："一时生气，却把你惊醒了，这又是谁的不是啦？"他那爱妾也斜着眼道："别胡说啦，还不起来，别误了国家的紧要事呢！"罗文干被催不过，只得勉强着衣下床。

开出门来，只见房门口立着三个军人和自己一个门房。不觉又发怒，骂那门房道："什么人，也不问个明白，也不先来请示，就糊里糊涂的带进来。"门上应了几个是道："小的和他说过，再三拦他不住啊。"罗文干又很生气地看着王得贵道："你说有什么事？"王得贵行了一个军礼道："统领教咱来请总长即刻过去。"罗文干道："什么事，这样要紧？你回去说，夜深了，有什么事，请你们统领明天到部里来找我罢！"王得贵道："这不行，我们统领奉了大总统的命令，说非请到总长不可。"罗文干又怒又奇地说道："什么话！非去不可！你们统领奉了大总统的命令，干我什么？我又不奉到大总统什么命令，非去不可，这不是笑话吗？"王得贵道："回总长的话，大总统的命令，就是教总长非去不可的。"罗文干道："我不懂你的话，你说……"罗文干说到"你说"两个字，便沉吟着，看着王得贵，等王得贵回话。王得贵知道不和他说个明白，他是不肯去的，便掏出一张公文来道："请总长瞧这一张公文，就知道了。"罗文干拿着公文看时，只见上面写着两行字道："奉大总统手谕，准众议院议长吴景濂、副议长张伯烈函开：'财政总长罗文干，订立奥国借款展期合同，有纳贿情事，请求谕饬步兵统领，捕送地方检察厅讯办。'等由，准此，仰该统领即便遵照，将该总长捕送京师地方检察厅拘押，听候讯办。此谕等因，奉此，合亟令仰该排长即便前往将罗文干一名拘捕前米，听候函送检厅讯办，切切毋延！此令。"罗文干看完，方才恍然大悟道："好好！原来有这么一桩事，好好！我就和你同走。"说着，便叫人备汽车，和王得贵一同到了步军统领衙门里，步军统领连夜就备文把他送到地方检察厅里去了。还有一位财政部的库藏司长黄体濂，同时也被捕送检察厅。

第二天，国务总理王宠惠、外交总长顾维钧、内务总长孙丹林、陆军总长张绍曾、农商总长高凌霨、交通总长高恩洪等，得了这个消息，真是物伤其类，彼此备位阁员，却无端被总统捕去了一个，如何不愤怒着急？立刻相互打电话，商议了一回，便开了一个府院联席会议，在会议席上，先请黎总统宣布经过事实。黎总统把事情说过以后，高恩洪首先起立说道："这件事实是总统违法，无论总长犯了什么罪，除却司法机关以外，总统怎么可以叫步军统领捕人？此却是据理而言。何况现行的是责任内阁制，假使大总统随意可以捕人，我们这阁员还干得了吗？"高恩洪坐下以后，孙丹林、顾维钧等也先后立起来发言，责备黎元洪，以为总统违法。黎总统原是个忠厚长者，被他们群起而攻的责备起来，竟一句也不会分辩。张绍曾看不过意，便立起来排解道："事情已经过去，这时说也无益，不如大家讨论一个补救的办法吧！"高恩洪道："怎样补救？我们内阁总辞职就完了。"顾维钧道："现在也没别的法儿，吴、张既为告密，当然该负责任，只请总统下一个命令，叫法庭依法办理，实则严惩，虚则反坐，看他们敢不敢担当？"众皆赞成。当下便照此意拟了一个命令，请黎总统盖印发表。

联席会议刚散，这消息已给吴景濂、张伯烈知道，连忙又赶到公府里来，阻止黎总统盖印。黎总统这时已弄得全无主见，听了这面好，听了那面也好。吴、张如此说，便把命令搁下不发表了。这件事别的不打紧，却触怒了一位太岁爷吴佩孚将军，立刻拍电痛斥黎总统违法。张绍曾先提出辞职，王宠惠、顾维钧、孙丹林、汤尔和、李鼎新、高恩洪等虽不辞职，却拍了一个通电，大略道：

总统违法，拘捕阁员，十九日府院联席会议所拟命令，又因议员包围总统，不令盖印。责任内阁制完全破坏，待罗案解决，即全体辞职，以谢国民。

罗文干在狱中，也呈请总统，将吴景濂告密案，下令交法庭办理。黎总统对于别的倒不甚注意，只有吴太岁爷这一电，却有些受不住。隔了一天，便派孙宝琦、汪大燮、黄开文、荫昌四位大老，亲到地方检察厅里，把这位罗总长从狱里迎接到公府礼官处居住。想不到这位太岁爷的恩主曹锟，偏似和这位太岁故意为难似的，反而发了一个电报，列举罗文干五罪，请中央组织特别法庭，或移转审讯，彻底根究。还有如王承斌、齐燮元、熊炳琦、马福祥、卢永祥等，也纷纷响应，发电攻击罗氏。黎总统有了这位曹老帅撑腰，胆气陡壮，立刻发了一个电报，指斥吴氏。吴佩孚见恩主曹老帅和许多督军的电报，都和自己的电报意思相反，正在懊悔事情做得太鲁莽，偏又来了大总统指斥的电报，此时无可如何，只得又发电声明拥护总统，服从曹帅，对罗案不再置喙，所有太岁爷的威风，此时真减削了不知多少。此等地方，我却认老吴还算一个忠厚人。

黎元洪对于这件案子的真相，也曾发电声明，并且反对组织特别法庭，又因曹锟和各督尽皆攻击罗氏，料道罗氏强不到哪里去，便又送到狱里去，教这位赫赫的总长重去尝尝牢狱风味。王宠惠、顾维钧、孙丹林、李鼎新、汤尔和、高恩洪等人，便一齐提出辞职，并通电声明："各方举动，不由正规，无力维持，即行辞职，不到部院。惟罗案倘有牵涉之处，仍当束身待讯，决不游移。"黎元洪接了这个辞呈，当即批准，并即特任汪大燮为国务总理，王正廷为外交，高凌霨为内务，汪大燮又兼财政，张绍曾为陆军，李鼎新为海军，许世英为司法，彭允彝为教育，李根源署农商，高恩洪署交通，这件内阁的风潮，总算过去了。闲话少说，书归正传。

却说罗文干下狱以后，到了十二月十一日，经检察厅宣告罗文干案证据不足，免予起诉，方才和黄体濂一同出狱。无奈这件事又引起了议员方面的反对。此时的黎总统，真叫作四面楚歌，双方为难。此时的内阁总理汪大燮，已因军阀政客的反对而辞职，黎总统另任张绍曾为总理。施肇基为外交，高凌霨为内务，刘恩源长财政，张绍曾兼陆军，李鼎新长海军，王正廷长司法，彭允彝长教育，李根源长农商，吴毓麟长交通。一国的内阁总长，废置如弈棋，国事安得不坏。这几位新总长，因恐怕国会投同意票时遭了否决，竭力拉拢讨好，免不得又询国会的意见，由彭允彝在阁议中提出议决，将罗文干再交法庭审讯，因此又激起了一次大学潮。北京大学校长蔡元培宣言彭允彝干涉司法，羞与为伍，辞职出京，北京于是发生了一个留蔡驱彭的运动，整整闹了两个月。正是：

国家之败由官邪，
政以贿成世乃乱。

这次学潮结束的时候，孙中山已回广东，详细情形怎样，且看下回分解。

军阀之离合，大率以利害为断，利害相同则仇雠亦合，利害冲突则交好亦离，刘成勋之助但懋辛，特以杨之力足为己敌也，使但强而杨弱，则杨可以不走。然则祸福相倚，盛衰相伏之理，岂虚言哉？

第一百四十回　朱培德羊城胜敌　许崇智福建鏖兵

　　却说广东自孙中山先生赴上海后，陈炯明便于八月十五日回广州，在白云山总指挥处开了一个军事会议。叶举、洪兆麟、尹骥和新近归附的林虎等都以筹饷为言。陈炯明因请接近银行界的陈席儒担任广东省长之职。到了第二个月，自己也恢复了粤军总司令的名称，以叶举兼参谋长。此时李烈钧已抛弃军事，绕道长沙，赴上海养病，陈嘉祐部在湖南已被宋鹤庚部改编，许崇智、黄大伟、李福林等部在福建联络王永泉、徐树铮、臧致平等图攻李厚基，李明扬、朱培德、赖世璜等部经湖南退入广西，梁鸿楷部降了陈炯明。至于广西那面的情形，也很复杂。刘镇寰既通电就广西各军总司令职，而广西自治军韩彩凤据柳州，梁华堂据桂林，陆福祥在桂边，都和刘氏不相统属。陆荣廷又在龙州，就广西边防督办职。沈鸿英也在赣南发出通电，班师回桂，这时西南的情形，真可谓乱得一团糟了。两广此时情形，真紊若乱丝，更过汉末群雄割据时候。

　　却说滇军朱培德，赣军李明扬、赖世璜等，自从江西退到湖南，湖南边防，顿时十分吃紧。赵恒惕派人敦劝，朱培德等明知久留湖南，也属非计，故于九月中，又退入广西，占领全县，向桂林进展。在桂林的梁华堂得了这个消息，一面布置防线，一面联络柳州韩彩凤，协力抵抗。韩彩凤自从驱逐卢焘，占领柳州后，势力大张，得了梁华堂的联络，更觉气势十倍，以为朱赖屡败之军，不足以当一击，所以不甚经意。梁华堂等候韩彩凤的救兵不到，只得独力抵御。只一仗，便大败而退，把一座桂林城，轻轻送给朱、赖了。

　　恰好这时沈鸿英也班师回桂，假道湖南边境，到了桂林附近。讲起沈鸿英军，原和北军合作，抵抗北伐军的，这时因岑春煊蛰伏沪滨，愿和中山先生联络，所以冤家变为亲家，不但彼此合作起来，而且还加入了一个张开儒，彼此又暂时决定，先由沈鸿英向西南柳州进展，扫除韩彩凤。那韩彩凤见滇、赣军占了桂林，重新又来了一个沈鸿英，才觉有些恐惧，不等兵临城下，先自在洛容布防严守。沈鸿英的前队到了洛容，双方开火，因后队尚未赶到，人数很少，抵抗不住，传令后退。韩彩凤以为沈军如此不经战，何足畏惧，便乘势轻进。不料沈鸿英大队到来，奋勇反攻，韩彩凤不过是些乌合的民军，如何抵御，当即大败而走，退回柳州。沈鸿英派师长何才杰追击，又夺了柳州。

　　韩彩凤失了根据地，真个弄得无路可奔，只得以唇亡齿寒之说，向陆福祥告急。陆福祥知道韩彩凤失败后，自己也决不能免，不如先发制人，所以并不迟疑，立刻派兵和韩彩凤合军，复夺柳州。沈鸿英急忙带队来救，已是不及，只得又退守洛容。韩彩凤乘胜进攻洛容，何才杰接住剧战，沈鸿英早悄悄带了一团多人，绕到韩彩凤阵后，两面夹攻，韩军又大败而退。沈鸿英乘势前进，又占柳州。韩彩凤退到凤凰岭，依险而守，一面向割据南宁的陆云高求救。陆云高见梁华堂、韩彩凤等屡败，恐怕自己也不免，急忙派队驰救，倚仗人多，把沈军驱出柳州，重新占领。不料沈鸿英的退却本属一种战略，出城时，城里早已埋伏了许多便衣兵士，韩彩凤黑夜进城，如何知道，刚才天色微明，沈鸿英已经反攻过来。韩彩凤正待出城抵御，忽然几处火起，沈鸿英的便衣军纷纷发作，和韩彩凤的自治军巷战起来。韩彩凤听说沈鸿英的军队已经入城，只吓得胆战魂飞，更不管三七二十一，早走上了三十六策的最上策。不料刚到南门，便被沈军的便衣队捉住，韩军无主，不战自溃，纷纷缴械。沈鸿英入城，部下解到韩彩凤，沈鸿英笑道："他已全军覆没，不过一个常人而已，何必杀他。"当下便传令释放。韩彩凤赧然感谢而去。沈鸿英一面布告安民，一面因陆福祥帮助韩氏，电陆荣廷请撤惩陆福祥和林廷俊，否则限十日退出南宁，陆荣廷也没有圆满答复。此老末路，也着实可怜。

其时朱培德正在运动驻扎梧州的粤军刘震寰，对广州宣告独立，讨伐陈炯明，并宣言拥护孙中山先生。在梧州粤军中，有一部分不愿讨陈的军队，连夜逃出梧州，退守封川口，以图反攻。陈炯明得了这个消息，急忙派参谋长叶举为总指挥，带领亲信军队三十营，由肇庆向梧州反攻，真是兵精势锐，十分了得。滇、桂、粤联军竭力抵抗还觉支持不住。朱培德情知不可力敌，变更战略，一方以攻为守，一面请沈鸿英带领所部，取道怀广，去攻陈军的侧面，一方面设法运动陈部在后方的军队和海军倒戈。

那叶举正在向梧州猛攻，忽报沈鸿英部攻击四会，方才分兵去救，忽然又报后方梁鸿楷部已附联军，不觉大惊道："梁鸿楷断我们的后路，倘不急退，恐怕要求退而不可得了。"当下一面通知前军，一面急忙退到三水防守。在前敌的各军得了撤退的命令，方想退时，后路早被沈鸿英、梁鸿楷等截断，当下溃散的溃散，缴械的缴械，只剩得少数部队，退往罗定等处了。叶举退到三水以后，急忙调集北江援军，折入河口，防阻滇、桂联军的东下。无奈军无斗志，屡战屡败，省城震动，一时人心非常恐慌，各团体纷纷派代表谒见陈炯明，请陈下野。

到了十二年一月十五那天，情势更紧，部下都主张退保东江。陈炯明尚在犹豫未决，忽报海军总司令温树德已和滇、桂军取一致行动，魏邦平也态度不明，知道事已无可挽回，只得长叹一声道："大势至此，只好退保东江，一切事情，由你们斟酌做去，我就徇了人民之请罢！"亏他老面皮。当日便通电下野，领兵退出广州，往守惠州根据地，一部分退往北方韶关一带，以便和吴佩孚派往援闽、师次江西的孙传芳部队联络。综计六月十五通电请孙中山下野，到十二年一月十五，陈炯明自己通电下野，整整不过七个月，距八月十五复回广州，不过五个足月。真是何苦。设陈氏能预知如此短促，当亦不复甘冒此叛变之名矣。作者于此，特地将他日仔细算一番，调侃不少。

陈部洪兆麟的军队，原属湘军，并非陈氏嫡系，这时见陈氏失败，便在汕头宣告独立，欢迎孙中山、许崇智回粤。陈氏叛变，洪兆麟最为卖力，此时叛背陈氏，亦最起劲，此辈心目中，固未尝知有信义也。孙中山此时尚在上海，许崇智则在福州，他从韶关战败后，便和黄大伟、李福林等退入福建，因福建督军李厚基祸国害民，致电声讨，恰好这时徐树铮到闽，暗地运动李厚基部的旅长王永泉和许崇智联络，反对李厚基，并通告设立建国军制置府，限李厚基于二十四小时内退出福州。李厚基见了这个电报，勃然大怒，即刻率领亲信部队，到水口来和王永泉决战。双方支持了几天，未见胜负。许崇智探得福州空虚，便派黄大伟和李福林，连夜前往袭取，福州既无守备，自难抵御，因此黄、李两人不费吹灰之力，便得福州。李厚基听说福州已陷，无心作战，王永泉乘势进攻，李军抵抗不住，立刻溃散。李厚基急忙逃入日本籍的台湾银行，第二天又逃入中国军舰。海军中人对李厚基原无好感，当时便把他监视起来了。他还有留下的亲信军队史廷飏部，想复夺福州，再去声讨王永泉，不想也敌不过黄、李部队，只一仗，便大败而退，也被海军陆战队，截留遣散。

许崇智与徐树锋、王永泉进了福州，便商量建设计划，徐树铮毫不客气，决定依照自己所著的《建国真诠》，设官分职，以制置府名义，任王永泉为福建总抚，统辖军民两政。这些消息传入陈炯明和北京政府当局的耳朵里，尽皆担心。此时陈炯明虎踞广州，正是全盛时代，立刻便派洪兆麟为援闽总司令，尹骥为总指挥，率部讨伐许崇智。洪兆麟虽则接受此项命令，但到了汕头，便不肯前进，所以此路军队，和许崇智并未接触。北京政府所患的，却不在许而在徐，所以也派江西的常德盛师为援闽总司令，入闽讨伐徐树铮。常德盛进兵以后，又派李厚基为福建讨逆总司令，萨镇冰为副司令，高全忠为闽军总指挥。萨镇冰原属海军中人物，得北京政府的好处，便竭力为李厚基想法，因此李厚基得脱离海军监视，赴南京求援。

许崇智等在福州得了这个消息，便开会讨论。李福林道："孙总统昨天电任我们为东路讨贼军一二三路司令，并说前福建第二师长藏致平，已经回到厦门，一定有所活动，南路可以无忧。常德盛未必肯死战，我们只派队堵截，也不必十分担忧。至于高全忠并无大不了实力，也不足虑。我们现在要留意的，只有海军一方面罢了。"许崇智等都称是，便决定防守西北路，一面向海军疏通，教他们不要帮助北京政府，至少的限度，要守中立。一面又通电，就东路讨贼军司令职。

许崇智部许济奉了许崇智的命令，在杉关防守，常德盛的军队到了杉关，许济不战而退。常德盛兵占了杉关，又向光泽进展。许济接住，稍稍抵抗了一会，便退守邵武，常德盛觉得非常奇怪，反而不敢轻进，竟在光泽逗留住，改攻势为守势了。许济得了这消息，立刻电报许崇智，许崇智大笑，和黄大伟又商量了一条密计，只过了两日，黄大伟便领着原部，投西北路上去了。

一日，忽然徐树铮来访，二人谈了一会军情，忽然说起制置府的事情。许崇智道："制置府的存废，现在并无问题，只有总抚，闽人却非常反对。还是设法改变的好。"徐树铮默然，半晌，方道："我改任王永泉为总司令，林森为省长，军民分治如何？"许崇智道："这也是救急之法，不妨如此决定。"次日，徐树铮果然下令，裁撤总抚，改任王永泉为福建总司令，林森为省长。王永泉初时还不知是怎样一回事，后来听说是许崇智的意思，十分不悦，王永泉之反对许崇智，盖种因于此。对徐树铮的态度，也渐不如前。徐树铮见机，于十一月二日，离开福州去了。许崇智和王永泉，却仍似往日一般共事。

其时李厚基在南京得了齐燮元的帮助，携着巨款，到厦门和高全忠商量，要想反攻福州，谁料藏致平的旧部已经接洽妥当，在夜间一齐发动，围攻高全忠。高全忠大败，和李厚基一齐逃到鼓浪屿去了。常德盛部此时已占领邵武，听了这个消息，一面又探报黄大伟已领兵到泰宁，将绕攻后路，便不战而退，竟连杉关也完全放弃。许济即跟踪前进，收复了杉关。

吴佩孚听说援闽各军屡败，十分震怒，又令长江上游总司令孙传芳为援闽总司令，移兵入闽，一面又令驻扎江西的周荫人为总指挥。周荫人奉令，便带领一混成旅军队，开入邵武。孙传芳也运兵由武穴入赣，转入福建，准备厮杀。不料孙传芳军队到得福建时，许崇智已由孙中山任命为广东总司令，拔队回粤。王永泉本已与许崇智不和，当时便联络萨镇冰、刘冠雄等，电致中央，声明拥护。孙传芳得了这报告，也电呈中央和曹、吴请示。吴佩孚知道他的意思，当即电请中央下令道：

迭据萨镇冰、刘冠雄电呈及藏致平、王永泉一再来电，详述前此不得已之情形，及拥护中央之赤忱，所有前此讨逆军总副司令名义，应即撤销，其援闽军队，着即停止进行。所有闽境主客各军善后事宜，即责成萨镇冰、刘冠雄、孙传芳妥为协商办理。总期彼此相安，毋再发生枝节，以重民生。此令。

除这一个命令以外，还有三道明令，同日颁布。一道是令李厚基来京，另候任用，一道是裁撤福建督军缺，一道是取消王永泉的通缉。比及孙传芳的军队到了福州，北京政府又下了一大批命令，一是特派沈鸿英督理广东军务善后事宜，一是特派杨希闵帮办广东军善后事宜，一是任命林虎为潮梅护军使，兼任粤军总指挥，一是任命陈炯明为广东陆军第一师师长，一是任命钟景棠为广东陆军第二师师长，一是任命黄业兴为广东陆军第一混成旅旅长，一是任命王定华为广东陆军第二混成旅旅长，一是任命温树德为驻粤海军舰队司令，一是特派孙传芳督理福建军务善后事宜，一是特派王永泉帮办福建军务善后事宜，任命藏致平为漳厦护军使。孙传芳等得了这命令，便通电就职，福建的事情，总算告了一个段落，暂且按下不提。

再说许崇智部不曾回到广东之前，广州各军共同设立了一个海陆军警联合维持治安办事处，推魏邦平为主任。不料在海珠会议席上，朱培德因魏邦平前此曾经附和过陈炯明，言语之间，彼此发生冲突起来，滇、桂军恐怕他反动，索性将他扣留，一面将他所部陆军第三师缴械遣散，以前附和过陈炯明的粤军和刘震寰的部队，都离开广州去了。沈鸿英把自己的部队也开到广州城外，通电欢迎孙中山先生回粤，主持善后，一面又电促许崇智急速回粤。许崇智率队到了大埔，不知怎样，和洪兆麟的军队又发生冲突起来。洪兆麟不愿和许氏发生战祸，至危及自己的地位，传令部下退让。许崇智因此得通过饶平，到达潮州。这时尹骥的部队驻扎汕头，正想派队堵截，忽又听说商会已接到许崇智的电报，勒令供饷二十万，不觉大怒，立刻派兵向许崇智进攻。因此许崇智军不能直接回到广州。正是：

　　　　未见岭南弭战事，
　　　　又瞧闽海起风云。

未知后事如何，且看下回分解。

　　自陆、莫相继失败，孙先生回粤主政，不但西南人民，喁喁望治，即全国人心，亦深盼北伐早成，以遂来苏之愿。不图陈氏叛党，喋血省垣，致革命事业，为之停顿，孙先生亦不得已蒙尘离粤，暂避凶锋。数月之间，内乱复起。各派纷争，甚至蔓延桂闽湘赣，同受兵灾，主将既倏离倏合，各派亦忽战忽和，而究其离合和战之故，虽个中人且不能自解，遑论其他。要之害民伤财，折兵损械，则为不可掩之事实，谁为祸首，贻此鞠凶，诚不能不深恨陈逆之狼子野心，祸延各地也。

第一百四十一回　发宣言孙中山回粤　战北江杨希闵奏功

却说许崇智回到潮阳的时候，孙中山先生已由上海回到广东，重任大元帅，派胡汉民、孙洪伊、汪精卫、徐谦四人驻沪，为办理和平统一的代表，任命徐绍桢为广东省长，沈鸿英为桂军总司令，杨希闵为粤军总司令，一面又发表一篇宣言道：

文曩在上海，于一月二十六日宣言和平统一及裁兵纲要，并列举实力诸派，藉共提携，推诚相与，以酬国人殷殷望治之盛心。其后迭得芝泉、雨亭、子嘉、宋卿、敬舆诸公先后复电，均荷赞同。文亦以叛陈既讨，统一可期，虽滇、桂、粤海诸将及人民代表，屡电呼请还粤主持，文仍复迟回，思以其时为谋统一良好机会；又以沪上交通亦便利，各方接洽亦最适宜，故陈去已将弥月，而文之返粤，固尚未有期也。不图以统筹全国之殷，致小失抚宁一方之雅。江防司令部会议之变（即上回海珠会议决裂、魏邦平被扣之事）轰动一时，黠者妄思从而利用，间文心腹，飞短流长，以惑蔽国人耳目，以致黎、张南下代表，因而中止，全为浅薄，已可慨叹。文之谋国，岂或以一隅胜负，断其得失也？而直系诸将，据有国内武力之一，乃独于文裁兵主张，久付喑哑，怀疑之端，亦无表示。报纸所传，竟谓洛吴于自治诸省，均欲以武力削平，以平昔信使往还，推之当世贤，不容独有此迷梦。贤者固不可测，文于今日，犹未忍遽以不肖之心待之，而深冀其有最终之一悟也。抑文诚信尚未孚于国人，致令此唯一救国之谋，或反疑为相对责难之举。藉非然者，何推之浙卢、奉张而准，而于举国人心厌乱之时，复有一二军阀，乘此潮流而趋，而至于悍然不顾一切也？以文与西南护法诸将，讨贼伐暴之初志，固有大梗，何难重整义师，相与周旋？顾国人苦兵久矣，频年牺牲，已为至巨，而代价复渺然不可必得，文诚思之心悸。万不获已，唯有先行裁兵，以为国倡。古人有言："请自隗始。"以是之故，断然回粤，决裁粤兵之半，以昭示天下。文兹于今月二十一日（十二年二月），重莅广州矣，抚辑将士，绥靖地方外，首期践文裁兵之言。同时复从事建设，以与吾民更始。庶几文十余年来苦心经营之建国方略，一一征诸实现。

以吾地广人众之中华民国，卒与列强共跻大同之域，共和幸福，乃非虚语。天相中国，能进而推之西南诸省，以暨全国，其为长愿岂以企仗？胜一隅之与全国，渐进之与顿改，其图功之利纯，收效之速缓，昭然未可同日而语，称铢而计。故文之愚，尤以纯一为能，立供国民以福利，遂不惜举当世所碍之武力，以为攘窃权利之具者，躬自减削，以导国人。亦冀拥节诸公，幡然憬悟，知今日而言图治，舍裁兵，实无二法。文倡于前，诸公继之，吾民馨香之祷，岂有涯涘？若必恃暴力以压国人，横决之来，殊可危惧。诸公之明，当不出此。披沥陈言，鹄候裁教。孙文敬印。

此时恰值李烈钧回粤，孙中山便任为闽、赣边防督办，并令他收编潮汕陈炯明旧部，移驻闽边，所遗潮汕防地，让给许崇智填驻。不久，北京政府又有特派沈鸿英、杨希闵等督理广东军务善后事务的命令，沈、杨此时既已归心中山，当然谢绝不受。中山见他们不肯接受北京政府的命令，自是欢喜，但因广州城驻兵太多，未免骚扰地方，因此着沈鸿英移防西江。沈鸿英奉了中山命令，也自不容推诿，便在四月一日出动，把所部分次运到三水、肇庆等地。其实沈氏此次移防，并不愿意，很有反抗异谋，只因自己布置，并未十分周到，只得暂时隐忍。再则北方曹、吴之徒，唯恐中山在广东站住脚跟，使他们地位发生危险，屡次派人向沈鸿英游说。主要的说词是说："你们这些部队，并非孙氏嫡系，无论如何忠于孙氏，总未必能使孙氏信任，将来冲锋陷阵的苦差事，固然轮得着，至于权利，休想分润一点。只看中山对人谈论时，每说唯有许崇智的部队，才是我的亲信嫡系，其余都是靠不住的，就可见他的态度了。现在正好归顺中央，驱逐孙氏，自居广东督理，那时大权在握，岂不胜似寄人篱下？替人家拼死力地做事，还要听人家的指挥，受人家的闲气。"

这种说话，不知在沈鸿英耳朵边说了多少次。沈鸿英原是个野心家，听了这话，如何不动心？*苟此公坚贞如一，何能闻此荒谬之语？要之沈氏反复之流，不足以语大义也。*便要求曹、吴的代表转请洛吴帮助，洛吴哪有不肯之理？当时便派张克瑶、方本仁、岳兆麟等部队，驻扎赣南，相机援助。沈鸿英这才大喜，便借移防为名，把军队在韶关、新街一带集中，一面借与北军联络，一面作两面包围广州之计，设总司令部于新街。到了四月十六日，便在新街就北京政府所派的督理广东军务职，一面效法陈炯明故智，堪称陈逆第二。通电请孙中山离粤。这电报发出后，便由所部在广州攻击杨希闵的滇军。中山令杨希闵、朱培德等，滇、桂、粤各军，合力抵御。沈鸿英也加调大队救应，双方支持了几日，沈军不敌，败回新街。*如此不经战，何苦作祟，亦唯此等专能作祟而不经战之军队，正该逐一刻除，方能成革命大功。*杨希闵进兵追击，沈鸿英守不住新街，又退守源潭，和杨希闵相持。沈军留驻肇庆的张希杙部，也和孙中山系的陈天太部开战。一时间，各方的风云都紧急起来。

中山先生内拟建设，外应军事，十分忙碌。肇庆开战那一天，中山正在计划军事，忽报陈策、周之贞来觐，中山即令传见。二人行礼已毕，问起军情，中山道："北江现有大军，只在月内，必能消灭沈鸿英的势力，只有肇庆一面，陈天太一人，现在虽报战胜，张希杙已退禄步，但天太为人素极躁直，部下反对已久，恐怕不是张希杙的对手。"*中山先生可谓知人。*陈策、周之贞齐声道："既然如此，大元帅何不派策等率领本部军队，和张希杙一战。策等虽然不才，料想一个张希杙，只在期日之间，便可荡平。"中山大喜，即时令陈、周克日西征。

陈、周各率所部向肇庆进发，在路得报，陈天太被部下所逐，张希杙重占肇庆，便急电报中山。中山即批令兼程前进。陈、周两人奉令，火速前进，到了高要，正和张军接着。陈、周乘着一股锐气，奋勇猛攻。张希杙抵敌不住，只得放弃了肇庆，仍复退守禄步司。陈策和周之贞占了肇庆，又向禄步进迫。张希杙竭力抵御，正在危急之时，恰好梧州方面的援军开到，人多势众，又把陈、周战败，重复夺回肇庆。陈策、周之贞退守横槎，向中山求救。中山又派了一团人，前去助攻。陈、周得了援兵，又向肇庆进逼。双方在后沥汛先开了一次火，张希杙败退，入城固守。陈策、周之贞传令围攻，张希杙也竭力死守，维持了十多日，城内饷弹两竭，只得放弃肇庆，突围而出，带着残军，逃奔梧州去了。

杨希闵自从击走沈鸿英，在源潭又支持了多天，急切未能攻下，却是中山授予密计，教他分兵攻击清远，断他和西路张希杙军的联络。杨希闵得令，便派队占了清远，把守清远的沈荣光击溃，一面又联络桂、粤各部，先用全力，向沿粤汉路一带的沈军进攻。沈鸿英因听说清远被攻，急忙分了一大部队，前往夺回清远，因此花县一带，兵力甚为单薄。结果清远虽则夺回，沿铁路的部队，却被联军击得大败而退。联军乘胜进逼，连克源潭、英德、琵琶江等地。沈军大为失势，只得放弃前线，退保韶关。联军跟踪进逼，双方又激战了一日夜，沈军屡败之余，气势不振，自是支持不住，只得又放弃韶关，退保南雄，向北军方本仁等求救。

这方本仁原奉吴佩孚的命令，为援粤而来的，怎敢怠慢？当下派遣部队，帮助沈鸿英反攻。沈鸿英得了北军的援助，正待进兵，忽然粤军谢文炳率领一师军队，前来助战。沈鸿英大喜，便令为右翼主军，自任中路，以北军为左翼。一时军势大振，沿路抢劫奸淫的，向韶关进攻。杨希闵等一面拒敌，一面电报中山，请示机宜。中山得了此电，便宣示左右，商议抵御之策。左右都道："沈、谢屡败之余，必不能作战，北军虽勇，地势不熟，我军倘能奋勇进击，一鼓可服。"中山笑道："话虽如此说，但是沈鸿英、谢文炳报仇心急，北军南来，气势正旺，如用力敌，胜负未可必，而我军损失已多。不如令杨希闵等暂时退守，不可力战，以骄敌军的气焰。等到敌军气衰，然后反攻，那时方一鼓可破。"左右都赞服。人人说孙先生是政治家，其实革命伟人，断无不兼擅军事者，观孙先生可知。中山便将此意电示杨希闵。杨希闵遵令，并不力战，全师而退。因此沈鸿英军又占领韶关，进占英德。

北军见屡次胜利，极其骄横，有时连沈鸿英和谢文炳的部下兵士也受他们凌虐。谢、沈的部下略有反抗，北军便道："你们没有咱们来救，早做了广州的俘虏，打了靶咧（军队谓枪毙曰打靶，受伤曰戴花）。现在不谢咱们，倒敢和咱们犟嘴！"沈、谢的部下回去禀告长官，长官又得了高级长官的命令，只教部下士兵退让，不准反抗罪北军。因此谢、沈部下士兵十分怨望，都说："这里既然只用几个北军便够了，何必再要辛苦我们作战，我们乐得舒服舒服，让北老拼命去。"这话一人传十，十人传百，大家都怀着怨愤之意，毫无斗志。却早在先生算计中。

这消息被杨希闵探听了去，便召集将士讨论进攻。将士都请一战，杨希闵道："敌军重兵，都在韶关一方，英德只有谢文炳部防守，我们不如先出其不意，攻破英德，解决了谢文炳，然后以全力进攻源潭、韶关，可操必胜。"知彼知己，也是将才。议定之后，当下领了本部军队去袭英德，一来谢文炳不曾防备，二来士无斗志，所以杨军一到，谢军便不战而溃，纷纷缴械。谢文炳带领残军，由阳山、连山一带，退入湖南，谁知湘省政府不许逗留，谢文炳只得把残部交与湘省改编，自己由长沙转赴上海去了。

杨希闵占领英德以后，又请部下师长赵成梁商议道："韶关东面的平圃司，是韶关往南雄的要道，你可率领本部将士，走枫树坳小路，在平圃司左近埋伏，等我进攻韶关，敌军必然竭全力来和我激战，你那时可乘虚攻占平圃司，向大桥墟一面进逼。敌人见后方不妥，必然慌乱，我军乘势进逼，韶关不难一鼓而下。"赵成梁得令而去。杨希闵自己带领一万多人，向韶关进发。沈鸿英在韶关，听报英德已失，谢文炳溃入湖南，十分惊讶，连夜便在韶关南面掘壕备战，一面又把后路兵力全部调到韶关，果然着了杨希闵的道儿。以备一战击退杨军。

两军接触以后，杨军进攻甚猛，幸喜北军十分勇悍，虽大敌当前，绝不畏缩，支持了几日。赵成梁师已到平圃，就近地方虽还有些沈军，力量十分薄弱，如何够得赵成梁一击。沈军放弃了平圃、大桥一带，急忙飞报韶关。沈鸿英得报，惊讶道："这倒是我失算了。"部将听说后方有失，都请回兵救应。沈鸿英道："我若回救平圃，敌人乘势进攻，刚好中了他的计策，我们不如拼力死战，打败了杨希闵，赵成梁如何敢孤军深入？不必我们回救，自然退走咧。"却也有算计，鸿英固不如彩凤之愚。诸将信服，一齐奋勇进攻。

杨希闵刚才也得报，赵成梁占领平圃、大桥，方以为沈军必退，现在见他不但不退，反而反攻得十分猛烈，惊疑不置，和幕僚讨论了一会，都说："必然沈鸿英想先行打破我们，再回去救援平圃、大桥，我们不如诈败而退，却留些部队埋伏在左近，他如进道，可用以抄袭敌人后路，如回救平圃，又可出其不意的袭取韶关，倒是一举两得之计。"杨希闵依言，便分派一部分人在左近埋伏，自己率队向小坑方面且战且退。

沈鸿英部下将士见杨军败退，都主张追击。沈鸿英道："放弃东面阵地，只一味前进，固然也是一种战略，但东路敌人如向韶关进逼，正面的敌人又伏兵抄我后路，则我军进退两难，必然全部败溃。不如派兵东去，名为回救平圃，且走小路在新岑塘扎住，如东路敌人听说正面战败，自己退去不必说，要是向西进展，便可用作抄袭后路。如正面敌人乘我分兵回救，全力反攻，又可用以攻击敌人侧面，分一军而有两军之用，方是妙计。"确是妙计，其如天不能容，反以致败何？商议已定，便分拨一支军队，向东进发。

不料赵成梁得到正面败退的消息，既不退去，又不向西进攻，倒从大桥一路，来救应正面，想抄袭沈军的后方。到了新岑塘，刚好遇见了沈军，双方便开起火来。那杨希闵埋伏下的军队，见沈军向西移动，向韶关袭击。沈军接住激战，杨希闵重新反攻，一面派队去救应赵成梁。到了新岑塘，恰好赵、沈两军在那里激战，当下便奋勇向沈军后方进攻。可笑这路沈军，本打算抄袭两路敌人的，谁知反被两面敌人夹攻，战不多时，便即溃退。赵成梁等乘势追击，来攻韶关的侧面。沈鸿英军知道东路军队战败，后路已绝，顿时军心大乱，不战而溃。沈鸿英只得率领残部，绕道仁化，退到南雄去了。杨希闵克了韶关，又向南雄进逼。沈鸿英军损失太重，情知不能再战，只得跟着北军，退入江西大庚去了。北江的战事，至此方算结束，但东江的战事，却正在十分激烈咧。正是：

皮之不存，毛将焉附？

师出无名，徒然自苦。

欲知究竟，且看下回分解。

军阀之势，易盛亦易倒者，何也？盖其盛也，非其力所能，徒以吸收杂色队伍而成，杂色队伍即所称乌合之众也，既无纪律，又不耐战，故不久即仍被他人吸收以去，而瓦解之势成矣。西南自陈逆背叛，各军效尤，纷攘杂作，互相雄长，此皆所谓乌合而杂色者也。使终隶孙先生部下，则孙先生亦不且近乎军阀也哉？天诱其衷，此属陆续叛变，使先生得假手嫡军，一一荡平，内部既清，方能对外，革命功成，实基于此。入谓陈、沈辈无良，吾谓天佑中国，实有以促其叛变而使之同归于尽，以造成先生之伟业也，于诸军乎何尤？

第一百四十二回

臧致平困守厦门
孙中山讨伐东江

却说陈炯明的部队,自从退出广州后,除却退北江的谢文炳一师外,其余大部俱在惠州。初时粤军因布置未周,不曾发动,到了五月九日(十二年),叶举通电诬斥中山在广州纵烟开赌,卖产勒捐,两军方才渐至实行接触。其时北方的反直一派极望中山和陈炯明和平解决,合力反直,因此吴光新等纷纷在广州、惠州两地活动,劝他们言归于好,共同北伐。双方虽未必听他的话,战局却和缓下来。不料陈氏乘孙军不备,袭取博罗,进窥石龙,一面又运动海军反孙。温树德因前此曾经附陈,现虽在孙中山部下,心中不安,受了陈炯明运动,立刻允许反孙,为里应外合之计。消息传入中山耳中,不觉震怒,立刻下令免温树德海军总司令职,并饬各炮台加紧戒备,并改换各舰长,由大元帅直接指挥。因此陈炯明的逆谋,完全失败。

中山把广州的事情布置停当,立命各军向惠州进攻。其中只许崇智在潮州、汕头一带,被林虎战败,退守揭阳,此时并不在围攻惠州各军之中。这时陈炯明守惠州的是杨坤如,虽则屡次战败,却不肯放弃,只是一味死守,因此孙军急切未能攻下。中山集众将商议道:"李烈钧收编的两旅,现在又为林虎所收,敌势颇强,好在厦门臧致平已联络许总司令的留闽余部,和闽南自治军,南图潮、汕,现在已克饶平、黄冈,如能攻克潮、汕,消灭林虎、洪兆麟等的势力,然后出其全力来攻惠州后方,则惠州腹背受敌,其亡可立而待。所以我们此时还是以攻为守,静待攻克潮、汕,再行猛攻不迟。"这计划虽是如此决定,不料滇军内部各派竞争总司令地位,一部分竟发生通北嫌疑。其嫌疑最重的,当推师长杨如轩、杨池生两人。杨希闵不待他们谋逆,便下令驱逐。两杨立不住足,带领残部,投江西去了。

中山因滇军太纠纷了,下令废除总司令,将所有滇军改编为四军,任杨希闵、范石生、蒋光亮、朱培德四人为一、二、三、四军长,这件事方算解决,只静候臧、许攻克潮、汕,便可以夹攻惠州。不料林虎、洪兆麟向饶平反攻,臧军竟被击退。林虎占了饶平,便向平和进展。臧致平一面派兵坚守平和、诏安、云霄一带,一面要顾北面王永泉部的南下,一面又要防备到海军杜锡珪、杨树庄等的袭击,十分吃力。此时臧致平确不易应付。其时孙传芳已在福州就督理职,吴佩孚屡次电令解决臧致平,孙传芳前次因初到福建,布置尚未十分周密,所以迟迟不发,等到臧致平实行对省独立,南图潮、汕,方才下了武力解决的决心,一面令王永泉南下夹攻,抚臧致平之背,一面请杜锡珪令杨树庄率舰队和陆战队进攻厦门。臧致平因此各方吃紧,不能专顾南路,被林虎攻入了平和,云霄、诏安也相继失守,漳州吃紧。臧致平正想派兵堵截,忽报海军陆战队已在金门登陆,舰队已入嵩屿,厦门吃紧,不觉大惊道:"厦门为我根据地,如被海军占领,则此后饷械都无所出。我军虽不被攻击,也不能在福建立足了,我当自往救之,宁失十漳州,不可失一厦门也。"因尽领漳州的军队来救厦门,一面派使假与海军议和,一面乘各舰不曾防备,开炮轰击,命中的很多,各舰带伤的不少,要想发炮还击,又被外舰干涉,只得和陆战队一齐退出。

这一回虽侥幸胜利,那漳州因留下的只刘长胜一部,兵力十分单薄,林虎乘虚进攻,刘长胜素闻林虎勇悍善战,心中怯惧,不曾交锋,先自逃走。部下无主将指挥,不战而溃。林虎既得漳州，便进逼厦门，恰好王永泉军也从同安来攻，因此厦门数面受敌，形势甚危。臧致平连接警报，闷闷不乐地回到公馆里。他夫人见了他这忧愤的样子，知道一定是前方失利的缘故，着实慰解了一会。臧致平叹道："你不知道现在厦门危险的情形，还是这般宽心。可知同安、漳州俱已失守，王永泉、林虎围攻厦门，海军虽暂退去，必然复来，厦门三面受敌，必不能坚守，你教我怎不忧愁？"臧夫人道："既然如此，你何不索性放弃了厦门，带领家小，到上海去居住，也免得在这里惊恐担心。"臧致平道："你们这些女子，未免太不懂事。你想！我奉了孙中山先生的重托，把厦门一方的责任全交与我负责，我现在既不能克敌，又不能死敌，见着危险，也不筹度一下，便带着家小躲到上海去了。不但将来见不得人，便连死在前敌的将士，也如何对得住？古人说：'城存与存，城亡与亡'，这方尽得守土之责，我现在决定死守，决不轻易放弃。此一段话，颇有丈夫之气。至于你们这些人，并没有什么责任，可先送你们到租界上去居住。"臧夫人再三相劝，臧致平总是不肯。

第二天，果然令人把家小送到租界上去，自己又召集了各团体的代表开会。各团体不敢不来，到齐以后，臧致平便向众人宣言道："现在王永泉、林虎夹攻厦门，我军虽不曾失战斗力，但亦不能在三五天内击退敌人，希望敌人被我击退，不但是厦门一地之幸，也是国家之福。万一不能打退，我唯遵守古人城亡与亡、城存与存的两句话，决不轻言放弃。至于地方上治安，我当竭力维持，如有不守本分骚扰商民的兵士，一经查出，立即枪毙，以肃军纪。但军饷一事，却不能不希望地方上帮忙筹集。"各团体代表，面面相觑，不敢回答，唯唯而退。臧致平在军阀中尤为较佳者，而其威犹使人民结舌不敢言其所苦，则其他军阀可知，其他强梁悍恶之军阀更可知。

林虎和王永泉攻了很久，因臧致平一味死守，不能攻下，只得电请海军助战。马江方面的海军因又带着大批舰队和陆战队来攻厦门，先占领金门，作为根据地，然后向厦门进逼。臧致平少不得分兵拒敌，形势愈危，也是厦门人民该多受几天战事影响，偏生陈炯明在惠州被孙中山先生围攻，屡次战败，中山先生此时已将许崇智等部队，调到石龙一面，招招进逼。惠州情形十分危逼，陈炯明心中十分忧急，一日数电，调攻厦门的军队回救。林虎、洪兆麟等见东江如此紧急，不敢逗留，只得放弃厦门阵地，回救惠州，因此厦门的形势得略见松动。按下不提。

却说陈炯明自从听说惠州杨坤如被围，便亲从香港赶来指挥，已和中山先生激战多次，虽屡有胜负，而惠州之围，终不能解。吴佩孚派来救援的北军，又在南雄被滇军赵成梁扼住，丝毫不能进展。孙中山见惠州久攻不下，便令右翼滇军猛攻，占领平山，向汕尾、海丰、陆丰等地进攻。惠州南面的交通顿被隔断。陈炯明大惊，急忙抽调右翼军队，亲自带往救应汕尾，方得转危为安。

同时中山先生听说林虎、洪兆麟等回救惠州，参加东江战事，便也把西北江的军队，尽行调到东江，全力猛攻，并率领古应芬、赵宝贤等亲自赴前敌指挥，设大本营于石龙，以大南洋轮船为座驾。这只轮船本系内河小轮，十分湫隘，中山所居的办公室，只有几尺见方，在这阳历八月的天气中，正是溽暑，十分难熬，中山先生却披图握管，决策定计，昼夜不息，一些也不在意。到了石龙以后，许崇智从博罗前敌来谒，中山先询问了一会战情，方道："你却回去指挥部队进攻，明天我当亲自前来察看。"许崇智劝道："大元帅进止，关系重要，岂可冒险轻进？依崇智的愚见，还是在石龙驻跸为是。"中山笑而不答。许崇智因前方紧急，告辞而去。

第三天早晨，中山令轮船向博罗前方出动，将到博罗，许崇智得报，又带着滇军师长杨廷培来迎接。中山见了许崇智，又问起敌军情形，许崇智道："刚才接到警报，说逆军分三路来袭，李易标带领一千多人，已到汤村，离博罗只有二十里，陈修爵部也将赶到，双方开火在即，想不到大元帅竟冒险到这里来咧。"中山奖慰了一番，又授了一些应战机宜，两人方始辞去。中山办公到晚上十一点钟，方才就寝。

古应芬等见中山休息，也悄悄退到自己卧室里解衣而睡。正在蒙眬入睡之际，忽觉有人在旁边喊他，急忙睁开眼睛看时，原来是许崇智和团长邓演达，因忙忙坐了起来，问许总司令有什么要紧事这时候还来，许崇智向四面瞧了瞧，又走近一步，握着古应芬的手，悄悄说道："大元帅已经就寝，我也不惊动他了。现在有一件要紧事，要和你说的，因为李逆易标的军队已过汤村，我决定带着各部军队，用全力去攻击，一到天明，河沿两岸便有炮火，你务必恳请大元帅离开这里。"古应芬点头道："好，我理会得。还有别的事没有？"许崇智道："还有一句话，大元帅整天劳苦，这时刚才睡下，不必去惊动他，让他稍为休息一会，养一养神，在四点钟左右开船也不迟，其余也没别的事了，我们再见罢！"说着走了。古应芬恐怕睡着失晓，误了时候，便坐着等到三点钟，悄悄地走到大元帅寝室门口，只见里面灯火很明，知道中山已在那里办公，想见其贤劳与治事之勤。便进去行了一个礼。中山问有什么事，古应芬道："十二点钟的时候，许总司令曾来过一次，因大元帅刚才就寝，不敢惊动，临去的时候，对应芬说：'天明就要开火，河岸两旁不甚安全，务请大元帅离此地'。"中山点头道："我也并非故意喜欢冒险，忘了重大的责任，只因本人不到前方，总觉心里不大安稳，既然他这样说，你可传我的命令，就把船开下去罢！"古应芬遵令办理。大南洋轮船便顺水开行，约莫过了三四里路，忽又停留不进了。古应芬诧异，忙出去查问，方知因水浅，被搁住了。众人想了许多法子，用了许多力量，方得继续驶进。博罗城下的枪炮声，已经连珠价由东南风送到耳边来。

到了十一点钟，轮船到了石龙，便接得两个报告，一是博罗因兵力单薄，退守飞鹅岭，请拨调救兵的，一是增城报告，林虎带领大队来攻，请求派队救应的。中山一面电令张民达旅猛攻平山，以分博罗之敌，一面又命用飞机传令广州滇军，去救增城。第二天，又接许崇智的急电道：

飞鹅岭失守，敌已占铜鼓岭、北岭一带高地，北门已被围，城中兵力单薄，粮弹将尽，请即派队救援。

中山见了这电报，急命拨飞机一架，飞往博罗城上巡视一周。古应芬道："大元帅为什么不发一个电报去？却放飞机巡视，是什么意思？"中山道："博罗待援甚急，就发电去，也未必可使守城将士能够相信救兵便到。如见飞机飞到，他们必疑是救兵特地教去侦察形势的，才安心死守咧。"中山不但人格伟大，其处事之机智，亦不易及。应芬大服。中山又道："只有粮弹一项，却极重要，须派差遣舰冒险送去才好。这件事，你可以去办一办，我再备一封亲笔信，教舰长顺便带给许总司令，也可教他安心。"古应芬遵令而去。中山写好了信，也交给舰长带去。差遣舰上驶以后，古应芬仍来大元帅室，中山又嘱他再发电给广州滇军第三军军长蒋光亮，令他火速发兵。

一连发了几个电报，等了一日，还不见有功静，中山正在焦急，忽报博罗许总司令行营参谋陈翰誉间道到石龙请见，报告军情。中山急教传见，问其详细。陈翰誉道："博罗东西北三门，都已受逆军包围，只有南岸还没有敌兵，可和惠州飞鹅岭（按：飞鹅岭蜿蜒甚长，此是惠州城外之飞鹅岭，非博罗北门外之飞鹅岭也）刘总司令行营通点消息。城里粮弹两竭，情形较昨日更是危险，如再无救应，恐怕博罗不能再守了。"中山听了，沉思不语，半晌，方对古应芬说道："我已连发数电,催促援军火速前进,措辞不为不切,为什么只有准备的回电,却总不见兵来? 此地只滇军有一旅人在这里,你可曾催他前进吗?"古应芬道:"如何不催他? 他说不曾得到军长命令,不好前进哩。"中山又想了一想道:"香芹(古应芬字)! 你可亲到广州去一趟,催促各部队伍,火速出动,要是蒋光亮定要有饷才出发,不能马上开拔,可先调福军和吴铁城的部队,即刻到前敌去,除拨出铁城一团,去救增城以外,其余可俱教去救博罗,万万不可再误。"应芬允诺,即时到广州去了。

中山教陈参谋也退下去休息,自己在办公室里办一会儿事,又站起来走一会,这天的风雨又非常之大,船身受了风浪的摆簸,时常摇动,水势也渐渐涨起来,潺潺作响。中山听了,倍觉忧虑。这天晚上,也没有好好地休息一会,只眼巴巴地望广州的援军到来。第二天早晨,古应芬赶回石龙复命,中山急问接洽情形怎样,古应芬道:"昨天四点钟到省,在一家洋行的楼上,见到蒋军长,他一见我,就说:'博罗的危急,我已完全知道,即使大元帅没有命令,我的军队,也应赶去救应,所以我已决定在今天晚上出发,只不知道有没有火车咧。'我听了这话,即刻到大沙头车站去查问,知道各军的专车都已预备妥当,立刻便派人去通知他。福军和吴铁城部也都答应立刻出发了。"正说间,忽报福军前部,奉命开到,吴铁城部已开抵增城,并另外派了几十名马队来供侦察之用,军长李福林、朱培德财政次长郑洪年来觐。中山大喜,都即传见。谈了一会,李福林和朱培德先行辞去。中山问郑洪年筹办军饷的情形,郑洪年道:"各种财政权,都被各军霸占,财部已毫无收入,借债既难,费用又无从减省,近来

前方军事紧急,需饷更殷,财部虽则东西罗掘,也属无法应付。昨天运使邓泽如解来一万元,因听说行营所带万元,已经用完,正想提解,谁知又被蒋军长光亮支完,连移动也不曾移动咧。"看此一事,见蒋氏不但霸占财权,而吸收中央固有收入之款,亦无微不至。中山听了摇头,想了一想,又回头向古应芬道:"他又得了一万元饷,日又得者,见其得饷已非一次,既曰非得饷不来,则已得饷矣,何以又不来? 见其不来,非为饷也,特托辞耳。不然,许、李各军何以战哉? 总该出动了罢!"郑洪年辞去以后,等到天晚,还不见蒋光亮一兵一卒到来,那雨也越下越大,淅沥之声不绝。中山心头烦闷,依然坐下,计划军事,因刚好看到刘震寰从惠州飞鹅岭告急的电报,便亲自草了一个复电道:

敌人当然有计划,所幸其数不多,自易击灭。绍基已亲率五千精锐,出击淡水,兄之后方,断无危险。少泉闻博罗被围,非常焦急,已征集所有,赶紧出发,大约两日后可到。倍之亦以全部来援,大约三日后,其他西北江各队,亦陆续调来。今日省城已运到米粮四十余万斤,当陆续运来。此次东江之事,无人不焦急万分,断无见危不救。孙公之为此语,非真不能知人也,盖其一,仁恕性成,不欲以不肖之心待人也;其二,深明兵法不欲使前敌将士,知内有不愿应救之兵,以懈其心也。想不出十日,贼必消灭,我俟各军出发后,当再来梅湖,亲督攻城,故望兄急调一队,渡白沙堆,一以绝敌人后路,一可保我航线。闻敌人粮食辎重,皆在风门坳附近,若兄能照此行事,可悉夺之,则博围可解,我军实亦加利莫大也。

幸速图之!

中山草了这一封电信，交副官拿去拍发以后，便命大南洋开赴苏村。谁知风雨既大，水流又急，到了铁冈，便被阻不能前进。吴铁城部的马队和福军也被风雨所阻，只得停止休息。到了第二天，方才到达目的地。镇天盼望的蒋光亮部，却只到了四百多人，蒋光亮自己不必说，当然没有来。好在博罗城外水深数尺，陈军不能逼近攻击，只能在北门外高地上，用大炮远远的射击，所以没有什么大损害。次日，又进至第七碉，已占地势上的优点，可惜蒋光亮部只到石龙，并不进前。前敌兵力单薄，未能计出万全，只得又派人到石龙督促。差人到得石龙，滇军第三军的大队已经开到，但是蒋光亮自己仍没有来。中山只得先传他的参谋禄国藩来商议军事。禄国藩进来谒见已毕，中山便催令前进。禄国藩道："兵行以粮饷为重，现在饷也没有，教我们如何前进？"桀骜可杀。中山道："你的话果然不错，但也须分个缓急，若在前敌不甚吃紧之时，要求发清全饷，也还有理。但现在博罗十分危急，倘固执要饷，岂不误了兵机？等到博罗一失，必然牵动全局战事，那时广州未必可保，何处再容索饷？恐怕连现在这般的支领，也未必可恃了。"不但词婉意严，而且理甚确当，虽蠢极之人，亦当领受，禄固犹人，而乃终不能听耶？此所以古人有"谈经可以点顽石之头，而操琴不足以回吴牛之听"之叹欤。禄国藩笑道："要是这样长久下去，还不如现在决撤了好。我们有了子弹就是粮，难道还愁拿不到饷？"可杀可杀，此辈因粮于民，固不愁开饷也。中山道："我现在还是要你前进，你肯去吗？我是大元帅，你敢违抗我的命令？硬一句。一味软则失中山身份矣。你如肯去，我可更给你便宜指挥之权。动之以权。解了博罗之围，再额外给你重赏，歆之以利，小人非权利不行，中山盖审之熟矣。你去也不去？"禄国藩笑道："正经的饷银也拿不到，还希望什么赏银？中山权利双许，而禄只着眼在利，盖此辈之要权，亦无非为利耳。便胜了敌，也不是一场空？我不去，我只要饷。"桀骜至此，可杀可杀。小人见权利必趋，至权利亦不能动，则必有非分异谋矣，蒋、禄之不能善终，已伏于此。中山怒道："军法具在，何敢无礼？不得不硬。我今不要你去，教你的军长去，看你如何再违抗？"禄国藩道："教我去要饷，不教我去也要饷。桀骜至此，可杀可剐。我又没说不肯去，只要把饷发齐，我自然开拔了，要饷许是不犯军法的。"偏有无理之理，益发可杀。

中山正待训斥，却早激怒了侍立的一位英雄，他瞧了这禄国藩那样的不驯样子，早已气破胸膛，此时忍耐不住，便走上几步，向禄国藩一指道："禄同志！请问你是不是大元帅部下的一员军官？是不是做的中华民国公职？是不是吃的全国国民的公禄？"禄国藩倒吃了一惊，问道："你贵姓？"古应芬在旁介绍道："这是参谋赵宝贤同志。"禄国藩说道："赵同志如何说这话？这样浅近的问题，还打量我不知道吗？"赵宝贤道："你既然知道，就好说了，请禄同志想一想，国家为什么要用我们这班军人？人民为什么要把辛苦挣出来的钱供给我们？大元帅令我们去作战，是替什么人做事？三个问题以后，又提出三个问题，遥遥针对，而又互相错落，气势磅礴，自足以折禄氏桀骜之气。须知大元帅并不是自己喜欢多事，甘冒危难，无非为着受了国民的托付，不得不勤力讨贼，为国除害，庶不有负重大职守。此一段先说中山之用兵不得已，是宾。我们所以相从至此，也无非为了大义。再综合一句，引起下文。既然彼此的结合行动，全为大义，就不能单在利害方面讲了。断定一句，意思渐显。然还不曾明白说出，是主中宾。有饷，我们固然作战，没有饷，我们也要作战。意思到此，方明白，是主。我们是为大义而听大元帅的指挥，并不是因私谊而受孙中山先生的命令。我们是为大义而战，并不是为饷而战。自己又做解释，意思倍显，为饷而战一句，极其尖刻。假如仅仅是为饷而战，我们将自处于何等地位？反跌一句，尖刻之至，使禄氏不能不折服。国家要我们这些军人何用？人民何必拿出这些钱来供给我们？又反问两句，一句逼紧一句。禄同志是深明大义熟知去就的人，所以甘从大元帅，从困难中致力，不愿附和陈氏，替北方军阀做走狗。现在单只替士兵在饷糈上面着想，忘了前线的吃紧和自己的天职，岂不可惜？"既恭维他几句，使他不致因下不来台而决裂，又替他遮饰一句，使他得自己转圜，语语有分寸。所谓替他遮饰者，盖只饷糈上加"士兵"两字，盖替士兵争饷糈，亦将士分中之事也。一段说话，说得义理谨严，气势浩沛，使蓄异谋者丧胆。正是：

<blockquote>
大义凛然严斧钺，

丹心滂沛贯乾坤。
</blockquote>

未知禄国藩听了这番说话，如何回答，且看下回分解。

赵宝贤之责禄国藩也，几于一字一泪，一字一血，不独当时闻者为之肃然起敬，慨然自奋已也，即今日有述及其当时为大义所激之状者，犹同此观念焉。嗟夫！人谁不欲为善，其不为善者，非真不能为，不欲为也，特为利害物欲所蔽，欲自救援而不可得耳。观于禄国藩骤闻赵君之语，未尝不怵然而惧，憷然而惭者，盖良知之说，确有可信者焉。然其虽能感悟一时，而终不克自拔者，则利害物欲之为蔽也。呜呼！惜哉！

第一百四十三回　战博罗许崇智受困　截追骑范小泉建功

却说禄国藩听了赵宝贤一番议论，一时良心激发，十分不安，便笑道："赵同志的话，自是不错，我也并非不愿前进，实在为着士兵没饷，不肯出发，也叫无可如何。就借"士兵"两字收场，方见饷糈上特加"士兵"二字妙处。现在大元帅既有命令，明天当先设法调一部分上前敌去，只是饷银一项，仍要请大元帅竭力筹划。"古应芬在旁说道："禄同志放心。大元帅自当令饬军需处竭力筹拨，贵部只请前进就得啦。"禄国藩欣然而去。

古应芬私下和赵宝贤商议道："禄国藩虽一时被同志言语所激，答应出兵，过后必然翻悔，恐怕仍旧靠不住。"赵宝贤道："不独如此也，我看他今天这种狂悖桀骜的样子，目中哪里还有大元帅在？这分明是蒋光亮授意而来。要不然，一个参谋，如何敢在大元帅前这般放肆？就使他自己不翻悔，只怕蒋光亮也不见得肯答应呢。"见得很透，中山之所以不予以惩办者，亦为此耳。不然，中山虽仁厚，岂肯为军法曲徇？古应芬道："博罗被围已急，如再无救兵，必不能保，博罗一失，全局便都完了，如何是好？"赵宝贤也愁思无法。半晌，古应芬又道："我想滇三军是不必希望了，还是由我拍电给胡展堂总参议，飞檄调粤军第一师来候令，你看如何？"赵宝贤道："这也不见得妥当罢。刚才帅座因左翼指挥胡谦方来电告急，已经电第一师卓旅往救增城，现在再令开到石龙，如何办得到？"古应芬道："除此以外，也没有别的法子，只好照此试一试再说了。"

两人正在议论，忽传大元帅请赵参谋。赵宝贤到了大元帅室，中山见了他，便道："现在水已大退，逆军必然乘势攻击，若再不赶紧去救，博罗一定难守，好在福军已全部开到，滇军第四师亦已到着，我想即日分三路攻击前进，你看可好？"赵宝贤道："进兵救博罗，自是要紧，只未知淡水、平山方面的战事如何？倘然不得手，恐怕难免还要分兵助战咧。"中山道："刚才张民达来过，说淡水方面战事大胜，平山方面，因受了雨水的影响，一时不能得手，现在天气晴正，水势已退，平山大概也旦夕可下，我们不必忧虑。"说完，便发令教禄国藩部为右翼，向雄鸡拍翼前进。福军为左翼，向义和墟前进，和博罗城内各军取夹击之势，以滇军第四师为救应。

这命令刚下，忽报第四师因索饷没有，已经全队退回广州去了，中山大惊，急忙传令制止，已经不及。中山大愤，投笔于地道："此辈尚有面目对国人吗？"此辈久已不要面目，中山过虑矣。一面又传禄国藩和福军照旧进展，不可因第四师的退回而生怀疑不进之意。两军得令，分左右两路前进。右翼禄国藩部到了第七碥阵地，忽又不待命令，便退回石龙。这时右翼福军未曾知道，依然丛阵待敌。中山得这消息，十分懊丧，一会儿在室内踱来踱去，一会儿伏在案上，疾草命令，有时凝神苦想，想不出一个方法、一条头绪时，又时常用拳头在头上乱敲。古应芬、赵宝贤等都从旁劝慰。中山叹道："我所虑的，因水势既退，如逆军大举攻城，博罗必不能守，博罗失守则石龙危，广州也震动了。我的北伐事业，岂不大受影响？武侯南征，是为北伐，中山要北伐，亦先必东征，盖未有心腹之患未除，而能出师有功者也。两公殚心为国，鞠躬尽瘁而后已之概，亦仿佛。我决计亲自往第七碥察看一回，再定计较，或者还有个挽救。"古应芬、赵宝贤均竭力劝阻，中山道："我一生累犯艰危，方才创成中华民国,今日情势更急,如我也退缩,则中华民国亡矣,我岂能策个人之安全,忘却国家的使命?我意已决,你们不必多言!"中山一生多冒险,武侯一生唯谨慎,谨慎难,冒险更难,盖谨慎守常,冒险达变也,二者易地则皆然。当下便传令,把轮船开到第七碛,命飞机出发侦察。到了傍晚,飞机回报,说逆军还在博罗东北角山地,并未和我军接触。中山稍为放心,便教把船泊在第七碛南岸。

入夜,中山带了古应芬等一众幕僚,上岸闲步,在危急中,犹有此逸兴,非学养功深,而又志行恬淡者,不能致也。见蔚蓝的天空上,众星罗列,一道银河,如烟似雾,平视则峰峦叠秀,烟树迷离。彼此走了几步,便在河边席地而坐。中山仰望天空道:"古人说:'为将者必须知道天文',诸君都深知军事,以为这句话有无意义?"众人都笑道:"懂天文不懂天文,和军事有何关?古人说什么这是某分野的星,那又是某分野的星,如何有风,如何有雨,都是些迷信之谈,何足凭信?"中山笑道:"古人说这句话,必有他的意思,绝不是像诸君所说那样简单的。天文和军事,怎说无关系呢?"众人都道:"不知有何关系?帅座何妨指教我们一些。"中山笑道:"此理甚长,一时哪能讲得明白?我所说的,也不过几件小事而已。例如黑夜行军,失去了指南针的时候,往往分不出东西南北,找不到一条路径,假如懂得些天文,就可看星辰的所在,定出方向,程度稍高的,并可定出时间来。辛亥革命以前,我在两广,每至黑夜用兵,往往要借重星月,做我的指南针,从此看来,天文和军事,已经有许多密切的关系了。可见事无巨细,必有所用,特粗心人不曾理会耳。这不过据我所能说的而言,其事很小,此外还有许多关系,说它不完咧。"众人都各恍然,因笑道:"这些地方,我们倒不曾留心。"中山却又指着北斗七星笑意:"你们认识吗?这是什么星?"众人都笑说:"不知道。"中山道:"这就是北斗七星,你们只要辨得出它,方向便容易知道了。"接着彼此又谈了些军事,方才回船。极热闹中间,忽然来此一件清冷之事,可谓好整以暇。

第二天,义和墟福军已经和陈军千余人接触,田钟谷带着滇军三百人,和粤军第一师卓旅所部的张弛团一营,登雄鸡拍翼山岭,中山兼率侍从,登山督战。时左翼的福军,进到了义和墟,初时得些胜利,正在追击,不料陈军大队到来,乘势压迫。福军抵敌不住,只得退却。陈军趁机大进,沿义和墟赶向苏村,谋断义师归路。中山尚欲指挥部下死战,左右苦谏,始命大南洋座船退却。

刚到苏村,只见一队兵士,列在河上,沿风飘展的旗帜,现出"招抚使姚"的四个大字。原来姚招抚使名雨平,中山由博罗回到石龙时,因其指陈援敌之策颇有些见地,所以给他一个招抚使名义,令他发兵救应博罗。他的队伍开到苏村,便不曾前进,至今还在苏村驻扎。当时中山见姚雨平的部队尚在这里好好儿的驻扎,知道敌军尚未压境,派人询问,果然尚不见敌人踪迹。古应芬急促轮船开回石龙,才到菉兰,又在昏黑中见一艘艘的兵船接连不绝的逆流而上。急忙探问,方知是粤军第一师所属的卓旅。中山大喜,急命加紧开赴苏村,探险登陆。大南洋船,仍然开回石龙驻泊。

第二天又带了杨廷培的一部,由石龙开拔,到了苏村时,卓旅和福军已联络追逐义和墟敌人,攻击前进。中山即令杨部加入作战,军势愈盛。陈军抵敌不住节节败退。中山登山瞭望,见卓旅、福军、杨部冲击甚勇,节节胜利,十分欢喜。博罗城内被围军队,见救兵大队已到,乘势冲出,合攻铜鼓岭的陈军,陈军大败,死伤甚众,向派尾、响水退却。铜鼓岭仍被城内的义军夺回,博罗之围已解。陈军三路俱败,闻风而逃。

中山传令休息,自己入城抚慰军民,特奖滇军师长杨廷培部万元,彰其守城和破敌之功,其余也各论等行赏。一面又令卓旅五团追向派尾。邓演达攻师阳,福军攻击响水,只杨廷培的一师，因死伤太重，着回广州休息。分拨已毕，自己又到梅湖去看重炮阵地，亲发五弹。此时增城的敌军，也被朱、吴各部击退，前方各军，俱皆胜利，东江战事，总算转危为安，可告一小小结束。

中山因广州等他解决的事情很多，便趁机回去了一趟，只一日工夫，便又重行出发。在这一回一出之中，别的并无改动，只有他自己的幕僚中，却又添了马晓军、王柏龄等几个人。轮船到了白沙堆驻泊，中山亲自到飞鹅岭刘震寰营中，商议攻破惠州之策。桂军各上级军官，听说大元帅驾临，一齐来迎，先到炮兵阵地察看。这时惠州城上的陈军，用望远镜探看，见中山亲来察看阵势，便教炮兵瞄准中山开炮。颗颗炮弹，都向着中山飞来。有离开中山身前只有丈许光景的，轰然一声，地上的木石纷飞，地皮也乌焦了。众人见了，都替中山担心，劝中山不要再留。中山笑道："你们不必惊恐，敌军的表尺已完全用尽，凡枪炮均有表尺，用以瞄准、测量远近之用。表尺用尽，则不能更远，虽密发不能及我矣。即使他密集注射，也决不能射及我们所立的地点咧。我们尽管商量破城的计划罢！"有见识，有胆量，有经验，岂庸流所能企及？桂军总司令刘震寰道："逆军的杨坤如最善于守城，我们屡次猛攻，都不能得手，真是没有办法。"不说自己不善攻，倒说别人善守，也算善于解嘲。中山道："我此来带有一船鱼雷，可用此物作攻城之具，炸毁城基，如城基崩坏，惠州即日便可克复了。"刘震寰唯唯称是。中山又道："我定今天仍回梅湖，特留程部长潜和参谋赵宝贤在这里，和兄商议一切。事不宜迟，明天便可下总攻击令了。"刘震寰领诺。

中山见布置已定，仍旧坐了大南洋轮船，回转梅湖。轮船刚到中途，忽听得轰然一声，仿佛船都震动，不知什么地方炸裂了东西。彼此正在惊讶，忽然侦缉员赶来报告道："驻泊白沙堆的轮船失事，所带鱼雷完全爆炸。飞机队长杨仙逸、长洲要塞司令苏从山、鱼雷局长谢铁良，同时遇难。"中山大惊，悲痛不已。王柏龄等齐声慰解，中山拭泪道："杨、苏、谢三同志，从我多年，积功甚伟，一旦为国牺牲，不但国家受了人才的损失，就是我们此番攻城的计划，也大受打击咧，使我如何不伤心呢？"当下命人仍至广州运带鱼雷等攻城之具，一面下令赠杨仙逸陆军中将，与谢、苏两人均各厚恤，自己并亲赴遇难地点查找，只见血肉模糊，惨不忍睹，不禁加倍伤心，即令设坛致祭，亲自致奠。祭毕，仍回梅湖阵地。

广州的鱼雷既到，仍命程潜在飞鹅岭主持攻城之事，并定九月二十三日下总攻击令，于夜间十二时，先以鱼雷炸城基，各部队冲锋前进，飞机则在前敌侦察敌情，抛掷炸弹。布置既定，如期发动。前锋冲锋前进，一面发射鱼雷，鱼雷的炸力虽大，无奈惠州的城垣建筑得十分牢固，一时如何攻得破。彼此炮往弹来，激战了许多时候，忽然轰的一声，城垣已被鱼雷轰坍了好几丈。城内的陈军大惊，杨坤如急令堵塞，那刘震寰的桂军素来胆怯，在城垣没有攻破之前，倒还踊跃呐喊，谁知城已攻破，倒反怔住了，不敢冲进去。等到程潜得报知道，急来指挥时，已过了两小时之久，如此胆怯，尚可作战否？陈军早筑好了一层新城，把缺口堵住了。因此白牺牲了许多士兵，毫无效果，城上倒反用机关枪密集扫射，桂军死伤甚众，只得退回。中山得了这个消息，十分不悦，只得鼓励将士，重做第二次总攻击，自己回到博罗。

许崇智听说中山在博罗，也从横沥来会商全部军事计划。中山即命为中央军总指挥，并以杨希闵为右翼总指挥，朱培德为左翼总指挥。部署既定，又回广州，只留程潜在博罗，支应一切。中山这一回广州，可不好了，没到两天，河源、平山两地，都被陈军攻陷，洪兆麟迫平湖，林虎攻柏塘、派尾。恰好许崇智这时正在派尾，听说逆军来攻，便令部下各旅联合朱、李各军奋勇逆击。林虎大败，兵士纷纷缴械的足有千余。洪兆麟也被范石生击败，只有逗留石龙的蒋光亮部，因此时已和陈炯明默契，所以始终按兵不动，未曾做过一次战，应过一次敌。更可笑的，还有围攻惠州的桂军刘震寰，因平山、河源失守，防到后路被截，便急急地退出飞鹅岭，放弃了惠州阵地。中山听了这个消息，恐怕惠州袭攻博罗，倘又失陷，便要牵动全局。二则又闻各军都逗留不进，未免耽误军机。急忙改乘专车，和参谋长李烈钧等，同到石龙，召集各军长胡思舜、卢师谛、范石生、蒋光亮等，会议军事。胡、卢、范等都立刻应召而来，蒋光亮直到会议将完，方才来到。中山看着他入席以后，方道："贵部在石龙已久，现在前敌军事紧急，为什么不前进？"蒋光亮默然不答。中山道："现在的军事，较前更紧急了，你怎能按兵不动，自己不惭愧吗？限你今夜，必须出动，攻击惠州。"蒋光亮答道："今天我有紧要事情，必须返省，明天当再来。"中山怒道："今天只有军令，你若今天回省，我除以军法处你以外，绝无第二句话。"蒋光亮又默然。胡思舜、李烈钧等忙着解劝，请求中山宽容，一面又向蒋光亮道："蒋同志就遵大元帅的命令，不必返省，立刻前进罢！"蒋光亮唯唯。此时不敢倔强矣，使人快然。众皆不欢而散。

次日天微明，中山传令各军出发，因蒋光亮已经回广州，卢师谛的部队素同儿戏，不足一战，所以只用范、胡、许、刘各部，以范石生部主力军，肃清沿铁路的敌人，向平湖进展。令胡思舜合东路一支队，溯河岸横达博罗，和许崇智、刘震寰各军联络。支配妥当后，正要出发，恰好敌将钟景棠、熊略，率领所部，来犯平山。范石生部奋勇迎击，激战了一个钟头，钟、熊抵敌不住，向后退去。范石生指挥部下追赶，到了张坑，钟、熊忽又回身接战，范石生所部奋勇冲突，正在激战之间，忽然背后枪声大起，原来是钟、熊的伏兵杀来。范石生两面受敌，正在着急，忽觉抄袭后路的敌军，纷纷溃散，不解其故。不一时，接到探报，方知是西江李根沄部开到。这消息报到中山那里，十分欢喜，亲自至前线，察看了一回，令各军继续追击，自己仍回石龙，才知胡思舜部尚不曾出发，中山也不深究，当下又令罗翼群从水路赴苏村，梁国一部出菉兰赴博罗。

布置刚毕，忽报林虎率领精兵一千，占领龙门，进犯增城。陈策、李天德部不战而退。中山大怒，急令朱培德、胡思舜赴援，一面电陈策、李天德严饬反攻。支配毕，因回顾李烈钧道："我本想回广州一转，不料增城的战况又复如此，未免令我忧虑。广州之行，只好暂缓了。"谋国之难如此，可为一叹。李烈钧也叹道："帅座军事计划，处处可操胜算，无奈各军不肯用命，至九仞之功，往往亏于一篑，前功尽弃，岂不可惜！东江之战，大率如此，令人慨叹。还有一事，卢师谛部虽不耐战，然用之亦足以壮威，帅座何以不令作战？"中山道："此理我非不知，惟因其战斗力太弱，万一失利，必致牵动全局，所以我只令往驱除深州之敌，也非全置不用。"正讨论间，忽得博罗许崇智来电告捷，邓演达占回石龙，右翼已达樟木头。李根沄得鸭仔步，卢师谛克深州，中山大喜，即刻动身回到广州。

只隔了一日，忽报中路及左翼军为敌所乘，退出博罗，许崇智回石龙，滇、桂军相继退却。中山大惊，急和李烈钧乘车到石龙来指挥。此时滇军已退到狗仔潭，东西路许、刘各部已退到菉兰，中山严令制止，一面召集开会，讨论反攻之计。李烈钧道："刚才得报，范石生部已攻克鸭仔步，不如令鼓勇进攻惠城，牵制敌人的后方，使敌人不能专顾正面。"范石生亦颇骁勇善战。中山从之，赏范石生部万元，令向惠城进展。又赏杨希闵、朱培德部各五千元，令反攻。一面收容东西路溃兵，一面传令再退却者枪决。在此极忙极乱之中，而处置各方，井井有条，非好整以暇者不办。

部署方毕，传令进驻石滩。恰巧逆将钟景棠、熊略、杨坤如、洪兆麟各率贼众，进犯菉兰，中山令前锋暂取守势，定于明日分三路反攻，一面又令李济深赴援增城 次日天微明，便听得增城方面炮声断续而起。中山恐怕中央军朱部的李师、王师不进，令古应芬前去催促。古应芬遵令赶到石滩村，方知李师已经出发，王师的参谋长凌霄亦已上了马，正在督队前进。应芬大喜，又去和罗翼群向增城方面沿路探看。过了石滩村，大约有三五里光景，便是一座小山，有两三个滇军的步哨，在那里瞭望，应芬问他，此地可有敌人踪迹，步哨道："敌人刚才已经逼近，后来被我军击退，现在我军正在向前追击哩。"古应芬和罗翼群侧耳细听，果然枪炮声渐渐自近而远，将大败，先有此小胜。心中甚喜。古应芬便寻路回转，路中只听得东北方面枪炮声极其激烈，知道菉兰、铁墙方面，已在激战之中，急忙回到车站，报告中山。中山道："此一路军事，虽然可以不忧，菉兰、铁墙方面的战事，刚才得石龙赵宝贤的报告，却有不能支持之势。我已令在石龙的李根沄部，向石湾前进，并令邓副官彦华，运了一车米去，分给各军，但不知结果究竟如何咧？"

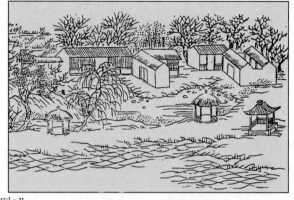

正说间，忽报前方有兵数车，向这里很快的开来，不知是何人的部队。众人正在疑惑，那兵车已经开到站里，原来是李根沄所部的兵士。中山甚喜。李根沄随即晋谒中山，请示机宜。中山奖勉了几句，便令仍向石湾攻击前进。李根沄遵令，即时出动，刚到石湾，菉兰、铁墙方面的各军，已纷纷溃退。李根沄的部队被他们冲动，不能驻扎，只得也跟着溃退，大部分都溃到石滩。中山得报，急忙和李烈钧、古应芬下车制止，只见沿铁路都是溃兵，既分不出是什么人的部队，也不知道他们因何而退，询问他们的长官在哪里，又都不知所在。各军溃兵初时溃奔得非常慌忙，此时见大元帅下令喝止，始各站住，不敢再逃。各兵亦尚能守令。不一时李根沄的全队亦退到，中山便和他说道："武城（李根沄之字），你应当率队严守此间河岸，以图反攻。"李根沄唯唯遵令。

正说间，忽有溃兵所乘的火车开到，刚好和中山的座车在同一条轨道上，因此座车也被他冲得逆行。中山刚好上车，便如风驰电掣地走了。古应芬等上车不及，只得沿铁路随着追赶。各溃兵见了这情形，便又大奔，中山派往石龙的副官邓彦华见了这情形，不觉大惊，因听说范小泉的部队尚在横沥，急忙赶到横沥，报告败耗，请其回军救应。范小泉正待举炊，听了这话，也不待吃饭，便急令部下开拔，赶到石龙。恰好陈军的先锋洪兆麟紧紧追赶中山，已到石龙。范小泉也不待开枪，便令冲锋，自己奋勇前进。洪兆麟虽仗战胜之威，无奈范军勇悍难当，只一小时，便大败而溃。洪兆麟恐被追及，急急渡江，不料船小人多，到了江中，一震荡间，那只船已翻转身来，把洪兆麟等都溺在水里。*读至此，为之一快。*众人慌忙把他救到对岸时，已吃了好几口水，狼狈不堪，急忙带着残兵，向东退去。

却说古应芬等，因追兵被范军截住，安然到了新塘，上了火车时，方知中山已乘了机关车返省，心中甚觉安慰，只是想到此次溃退的士兵，不止一万，如一到省城，商民必受损失，又没法可以处置，甚是担心。

到了省城时，市面竟安堵如常，大为奇异。打听之后，方知中山到省后，即派兵一部，在大沙头堵截，所有散兵，已全被缴械，所以广州毫无影响。综计此次东江战事，始于五月，至这时九月，已有四月之久，此次义师挫败，退回广州，总算告一小小结束。我这支笔，便也要

掉转来,写些别处的事情。要说北方在本年中,除却平常的政变和战争以外,还有一件惊天动地、震动全世界的大事情。正是:

> 战争喋血寻常时,
> 别有奇峰天外来。

未知究系何事,且看下回分解。

　　中山从事革命事业数十年,生平历危涉险,不知凡几,苟举其荦荦大者而言,则除伦敦、白鹅潭两役而外,惟此次东江之战而已。盖当时可用之兵,惟许崇智部及少数之滇、粤军,若刘震寰、杨希闵、蒋光亮各部,则除索饷要械而外,其兵殆不堪一战,甚者与逆军通款协谋,以危中山,其处境之险,岂下于白鹅潭哉?然观其从容处事,未尝因消息之可惊而惶恐失措,处置困难而颓丧灰心,其学养工夫,与坚忍不拔之志,岂寻常人所能及其万一哉?

第一百四十四回　昧先机津浦车遭劫　急兄仇抱犊崮被围

却说民国十二年五月五日那一天，津浦路客车隆隆北上，将到临城的那一天，滕县忽然起了一个谣风，说抱犊崮的土匪将到临城。滕县警备总队长杜兆麟闻得这个消息，急忙赶到临城，想报告驻防于该地的陆军六旅一团一营营副颜世清。颜世清听说滕县警备总队长来见，不知道什么事，想正在酣睡中耳。不然，贼将临门，何尚弗知？写得梦梦，可笑。又不便拒绝，只得请见。杜兆麟一见颜世清，略为寒温了几句，便开口说道："有一个很重要消息，不知道营副已经知道没有？"颜世清问是什么消息，杜兆麟道："据敝队的侦探员报告，抱犊崮土匪，有大队将到临城，兄弟恐怕贵营还不曾知道，特地赶来报告，须设法堵截才好。"颜世清变色道："胡说！真不知是谁胡说？抱犊崮的土匪现被官兵围得水泄不通，哪里能下山？便生着翅膀儿，未见得能飞到这里。若说真有这事，难道就只你有侦探，能够先知道，我便没有侦探，便不能知道了。"一味负气语，总是料其决不能来耳。杜兆麟道："不是如此说，抱犊崮虽则被围，难保没有和他联络的杆匪，再则或有秘密路儿可下山，怎说生了翅膀儿也飞不到这里？这是地方的公事，也是国家的公事，须分不得彼此，或许你没有知道，我先知道的，也许我不知道，你先知道的，大家总该互相通个消息才是。"颜世清怒道："我为什么要通报你？我也用不着你通报，料你几个警备队儿，干得甚事？敢在我面前吹牛！"杜兆麟见他不懂理，要待发作，却又忍住，因微微冷笑了一声道："我们几个警备队儿，本来没有什么用，哪里敢和老兄的雄兵作比。滕县有什么事，都要全仗老兄了。"说着，告辞而去。颜世清也不送客，只气呼呼地坐在一旁，瞧着他走了。又向站岗的兵士，和值日的排长发话道："为什么让这妄人进来混闹？也不替我当一声儿驾。"

正闹着，忽报有个本村的乡人，又有紧要机密事来报告。颜世清怒道："又有什么紧要机密事报告了，准定又是造谎，权且叫他进来，说得好时便罢，否则叫他瞧瞧老子的手段。"说着，喝令叫进来。不一会，乡人已到面前站下。颜世清没好气，喝问报告什么事，那乡下人见了颜世清这样子，早唬矮了半截，半晌说不出话来。颜世清愈加生气，骂道："村狗子！问你怎么不说了？谁和你寻开心吗？"乡下人见军官生气，才吓出一句话来道："抱犊崮的土匪，离这里只有七八里路了。"颜世清听了这话，立刻跳起来，向他当胸就是一拳，骂道："混账王八蛋！你敢捏造谣言，来扰我的军心，我知道你是杜兆麟指使来的，你仗着杜兆麟的势力，当是我不敢奈何你吗？我偏要把你关起来，办你一个煽惑军心的罪名。"说着，又骂勤务兵，为什么不给我关起来。几个勤务兵应了一声，赶上前，如狼似虎地抓起这乡下人，先掌了几个嘴，又骂道："王八羔子！你敢来诬我们的营副，吃了豹子胆了。"一行骂，一行打的，提到空房间里去关起来了。军阀时代，北军之蛮横，常有此种光景。

这是这日下午的事情，到了晚上十二点钟，北上的特别快车开到临城的附近，一众客人正在酣寝的时候，忽觉有极激烈巨大的砰的一声，火车立刻停止了，有几节车便倒了下来。一众乘客从梦中惊醒，正在骇疑，忽然有拍拍噼啪的枪声，联珠价响起来，一时间把车里的乘客，吓得妇哭儿号，声震四野，男子之中，也有穿着衬衣，跳窗出去，躲在车子底下的，也有扒上车顶上去的，也有躲到床底下去的，一时间乱得天翻地覆。不多一会，枪声稍停，车中跳上了许多土匪，大多衣履破碎，手执军械，把众人的行李乱翻，只要稍值钱的东西，便都老实不客气的代为收藏了。抢劫了一会，所有贵重些的东西，已全入了土匪的袋儿里，方才把一众客人驱逐下车，把中西乘客分作两行排立，问明姓名、籍贯、年龄，一一记在簿上，又查明客票等级，分别记明，这才宣布道："敝军军饷不足，暂请诸位捐助，三等客人每人二千元，二等客一万元，头等客三万元，西人每名五万元，请各位写信回家，备款来赎。"说完，便赶着众人教他们跟着同走。有走不动的，未免还要吃些零碎苦头。原来这些乘客，总计三百多个人，里面却有二十多个西人。

这乱子的消息，传到颜世清耳朵里，只吓得手足无措。此时不知是谁报告，亦曾饱以老拳，治以煽惑军心之罪否？急急令排长带领一排人，去截留乘客。排长不允道："土匪有几千人，只一排人如何去得？何况这样泼天般大的事情，我也干不了，营副该亲自把这两连人全带了去才好。"颜世清怒道："你说什么话？你敢不依？你敢不去吗？"那排长见营副发怒，不敢多说，只得退下来，抱着满肚皮的不愿意，带着本排兵士，慢吞吞地到了肇事地点，下令散开。其时土匪刚好押解着三百多肉票，向东缓缓而行，见了官兵，也不开枪。官兵见了土匪，也不追赶。盖此时匪之视兵，几如无物，兵之视匪，有若同行矣。不一时，驻扎韩庄的陆军第六旅听了这个警报，派了大队士兵，前来微击，这才和土匪开战起来。土匪带了肉票，一路上且战且走。官兵是紧紧追赶，倒也夺下了肉票不少。那些土匪一直奔逃到一座山顶，山顶外面有大石围绕，极易防守，这时土匪已经精疲力尽，只得坐下休息，并叫中西肉票也列坐于围石之中。一面，各人都拿出掳来的赃物，陈列着，请肉票代为作价。

却说肉票当中有一个名叫顾克瑶的，和一个西人名叫亨利的，两人最为顽皮，见了这些东西，随口乱说，并无半句实话。有一个土匪，拿出一枚大钻戒，请亨利评价，亨利看那钻戒，原来是穆安素的，因操着英语，做着手势道："这东西毫无价值，只值二三角钱。"土匪不懂，只顾看着他发怔。顾克瑶替他解释了一会，土匪方才领悟，甚是丧气道："我想一枚金戒，也至少值三五块钱，这样一颗亮晶晶有亮光的东西，至少也值上八块十块，不料倒这么不值钱。"说着，没精打采地戴在指上，又叹了一口气。另一个土匪笑道："你的是黄铜戒指，自然不值钱，这原是自己运气不好，何必叹气。"殆俗语所谓"运去黄金减色"欤？说着，又回头问顾克瑶道："客人（土匪谓所绑之票曰客人）！你是懂得外国话的，可代我们问问这位外国古董客人，评评我们这些东西，可不是我这手表顶值钱吗？"顾克瑶向亨利传译了，只听得亨利又做着手势，叽里咕噜地说了一阵。顾克瑶向土匪笑道："他说呢，这些东西，统都是没价值的。你的手表，虽则比他们的东西略贵，也不过值五块钱。"众人听了，都十分扫兴，纷纷把东西捡了起来，口里却叽咕道："难为这些客人，都带着这么值钱的东西，也算我们晦气。"

又一个站着的土匪道："得咧得咧，我们不提这话罢。"说着，又走近一步，指着亨利旁边的穆安素，向顾克瑶道："听说这胖大的洋人，是一个外国督军。中国有督军，外国亦必有督军，此辈心中固应有此想也。你懂得洋鬼子话，可知道他是不是？"顾克瑶笑道："他是外国的巡阅使呢。"有督军则又必有巡阅使，无巡阅使何以安插太上督军乎？顾君之言是也。说着，又指着密勒氏评论报的主笔鲍惠尔道："这位就是他的秘书长。你贵姓？"那土匪道："我姓郭，叫郭其才。"说着，向穆安素和鲍惠尔打量了一番，露出很佩服，又带着些踌躇满志的样子。一会儿，又向顾克瑶道："请你和外国督军说，叫他赶快写信给官兵，警戒他们，叫他们不要再攻击，若不是这样的话，我必得把外国人全数杀了，也不当什么外国督军、西洋巡阅咧。"中国之最贵者，督军巡阅也，外国又中国之所畏也，然则外国督军，外国巡阅，非世界至高无上之大人欤？土匪乃得而生杀之，则土匪权威，又非世界至高无极者乎？一笑。说到外国人的样子，虽则很像凛凛乎不可轻犯，然而一听到一个"杀"字，却也和我们中国人一样的害怕，所以顾克瑶替郭其才一传译，外国人就顿时恐慌起来，立刻便推鲍惠尔起草写信。想因他是报馆主笔喜欢掉文之故。同一动笔，平时藏否人物，指摘时政，何等威风，今日又何等丧气。又经顾克瑶译为华文，大约说道：被难旅客，除华人外，有属英、美、法、意、墨诸国之侨民四十余人。全书中，此句最重要，盖此次劫车，如无西人，则仅一普通劫案耳，政府必不注意，官兵亦必不肯用心追击也。盖衮衮诸公之斗大眼睛中，唯有外国人乃屹然如山耳，我数百小民之性命，自诸公视之，直细若毫芒，岂足回其一盼哉？警告官兵，弗追击太亟，致不利于被掳者之生命。

郭其才拿了这信，便差了个小喽啰送去，果然有好几小时不曾攻击。匪众正在欢喜，不料下午又开起火来。郭其才依旧来找顾克瑶道："官兵只停了几小时不曾攻击，现在为什么又开火了？你快叫外国巡阅再着秘书长写信去，倘官兵仍不停止攻击，我立刻便将所有外国人全数送到火线上去，让他们尝几颗子弹的滋味，将来外国人死了，这杀外国人的责任，是要官兵负的。"妙哉郭其才。单推外人而不及华人，非有爱于华人而不令吃几颗子弹也，盖官兵目中，初未尝有几百老百姓的性命在意中，土匪知之深，故独挟外国人以自重。盖政府怕外国人者也，如外国人被戕，必责在役之官兵，在役之官兵畏责，必不敢攻击矣。顾克瑶依言转达，书备好后，仍由郭其才差匪专送。

顾克瑶见书虽送去，不过暂顾目前，自己不知何日才能回家，心中十分烦闷，因在山边彷徨散步，暂解愁怀。忽见有一个八九岁的女孩，衣履不全，坐在石崖旁边，情致楚楚，十分可怜，禁不住上前问她的姓名。那女孩见有人问她，便哭起来道："我姓许，叫许凤宝，我跟我的母亲从上海到天津去，那天强盗把我的母亲抢去，把我丢下，我舍不得母亲，跟强盗到这里来寻我的母亲，又不知道母亲在哪里。"真是可怜。一行说，一行哭，十分凄楚，听得的人，都代为流泪。众人正在安慰她，忽然一个外国人叫作佛利门的，走将过来，因不懂中国话，疑心众人在这里欺哄孩子。顾克瑶看出他的意思，便把详细情形告诉了他，佛利门点头道："这孩子可怜得很，我带她到维利亚夫人那里去，暂时住着再说罢。"说着，便和顾克瑶两人带了许凤宝，同到维利亚夫人那里，给予她衣服鞋履。那许凤宝年幼心热，见顾克瑶等这般待她，十分感激，便赶着他们很亲热地叫着叔叔，这话按下不提。

却说这天晚上，兵匪又复开火，当时天昏地黑，狂风怒号，不一时，鸡卵一般的雹，纷纷从天上落将下来，打着人痛不可当，更兼大雨交加，淋得众人如落汤鸡一般，十分苦楚。郭其才等知道这地不可久居，便带着一众肉票，渡过山顶，奔了十多里路，转入山边一个村庄中躲避。一面叫老百姓打酒烧火，煎高梁饼，煮绿豆汤，分给各人充饥。那饼的质地既糙，味道又坏，十分难吃。一住两日，都是如此，甚是苦楚。顾克瑶觅个空，诈做出恭的样子，步出庄门，想乘机脱逃。刚走了几步，便遇着一中年村妇，忽然转到一个念头，便站住问道："从这里去可有土匪？"那妇人向他打量了一番说道："先生是这次遭难的客人，要想脱逃吗？"顾克瑶道："正是呢，你想可得脱身？"那妇人摇头道："难难难，我劝先生还是除了这念头罢。从这里去，哪里没土匪！你这一去，不但逃不出，倘然遇见凶恶些的土匪，恐怕连性命也没咧。"山东此时，可称之谓匪世界。顾克瑶听了这话，十分丧气，只得死了这条心，慢吞吞地踱将回来。刚想坐下，忽听说官兵来攻，郭其才等又命带着肉票往山里奔逃。顾克瑶一路颠蹶着，拼命地跑，倒是那外国巡阅十分写意，坐着一把椅子，四个土匪抬着走，好似赛会中的尊神。假外国巡阅，在土匪中尚如此受用，真督军下了台，宜其在租界中快活也。

奔了半日，方才又到一座山上。顾克瑶和穆安素、佛利门、亨利、鲍惠尔等，都住在一个破庙里，只有穆安素一人睡在破榻上面，其余的人尽皆席地而睡。那亨利十分顽皮，时时和郭其才说笑，有时又伸着拇指，恭维郭其才是中国第一流人，因此郭其才也很喜欢他，时常和顾克瑶说："亨利这人，很老实可靠，不同别的洋鬼子一样，倒很难得。"被亨利戴上高帽子了。土匪原来也喜戴高帽。顾克瑶也笑着附和而已。

一天，郭其才特地宰了一头牛，大飨西宾。顾克瑶等因要做通事，所以得陪末座。英语有此大用处，无怪学者之众也。那牛肉因只在破锅中滚了一转，尚不甚熟，所以味道也不甚好，可是在这时候，已不啻吃到山珍海味了。彼此带吃带说之间，顾克瑶因想探问他们内中情形，便问他们的大首领叫什么名字，怎样出身，郭其才喝了一口酒，竖起一个拇指来道："论起我们的大当家，却真是个顶天立地的奇男子，他既不是穷无所归，然后来做土匪，也不是真在这里发财，才来干这门营生。多只因想报仇雪恨，和贪官污吏做对，所以才来落草。我们这大当家，姓孙名美瑶，号玉峰，今年只有二十五岁，本省山东峄县人，有兄弟五个，孙当家最小，所以乡人都称作孙五。他有个哥哥，名叫美珠，号明甫，也是我们以前的大当家，本是毛思忠部下的营长，毛思忠的军队解散以后，他也退伍回家。这也是他有了几个钱不好，信然哉，有了钱真是不好也。谩藏诲盗，古人先言之矣。因为有了几个钱，便把当地的军队警察看得眼红，时时带着大队人，到他家去敲诈，指他们是匪党。这么一门好好的世家财主，不上几月，便把七八顷良田，都断送在这些军警手中了。我读此而不暇为孙氏悲，何也？如此者不止一家也。现在的孙当家的大哥，这口气，几乎气得成病，当即召集了四位弟弟，向他们说道：'我们做着安分良民，反而要受官兵的侵逼欺凌，倒不如索性落草，还可和做官的反抗。左右我们的田产已光，将来的日子也未见得过得去。做了强盗，或者反能图个出身，建些功业，不知诸位兄弟的意思如何？'众人初时都默然不答。他们的大哥重又说道：'我不过这样和兄弟商量，万一有不愿意的，也不妨直说，我也决不勉强。'他这般声明过以后，二、三、四三位兄弟才都说：'不愿意落草，愿意出外谋生。'他们大哥不禁叹了口气道：'想不到许多兄弟中，竟没有一个人和我志气相同的，也罢！我只当父母生我只有一个，我也不敢累你们，你们各自营生去吧。'此反激语也，然着眼不在老五一人。这句话，却激动了我们这位孙大当家，他年纪虽小（按孙美瑶此时，年仅弱冠），志气却高，当强盗有何志气，然在强盗口中，自不得不如此说也。立刻一拍胸膛，也是强盗样子。上前说道：'大哥！诸位哥哥都愿别做营生，我却情愿跟哥哥落草，万死亦所不惧。'虽是强盗老口吻，然其志亦壮。初时不说，已在踌躇之中，经美珠说话一激，就直逼出来矣。他大哥听了他这几句话，顿时大喜，说道：'我有这样一个英雄的兄弟，已经够了，比着别人，虽有十个八个兄弟，紧要时却没一个，不知胜过多少咧。'半若为自己解嘲，半似为慰藉美瑶，而实乃是反映三弟也，美珠亦善辞令。当下变卖余产，得了四五千元，把房屋完全烧掉，亦具破釜沉舟之心。一面又拿出五百块钱，给他的妻子崔氏道：'你是名门之女，总不肯随着我去，我现在给你五百块钱，嫁不嫁，悉听你自己的便。总之，此生倘不得志，休想再见了。'做得决绝，颇有丈夫气概。把这些事情做好以后，便把剩下的几千元，仿着宋江的大兴梁山，招兵买马，两月之内，便召集了四千多人，占据豹子谷为老巢。那时兄弟已在他老大哥的部下，彼此公推他老大哥为大都督。现在的大当家，和周当家天伦为左右副都督，就是兄弟和褚当家思振等，也都做了各路司令。"不胜荣耀之至。说着，举起一杯酒来，一饮而空，大有顾盼自豪之概。

顾克瑶笑道："后来呢？为什么又让给现在的孙大当家做总司令了？"郭其才慢慢放下杯子，微微叹了口气道："真所谓大丈夫视死如归，死生也算不得一件大事。"顾克瑶忙又接口道："想是你这位老大哥死了。"郭其才又突然兴奋起来道："是啊！他在去年战死以后，我们因见兄弟们已有八千多人，枪支也已有六千，便改名为建国自治军，推现在的孙大当家为总司令，周当家为副司令，誓与故去的孙大当家复仇，所以去年这里一带地方闹得最凶，谁想到官兵竟认起真来，把个抱犊崮围得水泄不通，这倒也是我们始料所不及的呢。"此语由表面观之，乃是讶其现在剿治之认真，而骨子里，却包含着以前之放纵也。众西人不知道他们叽里咕噜地说什么，我们见西人说话，以为叽里咕噜，西人见我们说话，亦以我为叽里咕噜也。都拉着顾克瑶询问，顾克瑶摇了摇头，也不回答，便笑着问郭其才道："你们孙大当家，有了这么大的势力，大概也不怕谁了，为什么这次被围在抱犊崮，竟一筹莫展呢？"郭其才笑道："那是我们的总柜，所以不愿放弃。不然，带起弟兄们一走，他们也未见得能怎样奈何我们咧。"顾克瑶问怎样叫作总柜，郭其才道："你不知道我们绿林中的规矩，所以不懂了。我们这里的规矩和胡匪不同，胡匪做着生意，便立时分散走开，等到钱用完了，便再干一下子，我们的规矩就不是这样。兄弟们无论得一点什么，都须交柜，交柜者就是把财物交给首领，外面称作杆首，而我们自己有时却称为掌柜。柜有大小，小柜有得多时，须送交大柜，大柜有得多时，须送交总柜。抱犊崮就是我们总柜所在的地方，你懂了吗？"顾克瑶笑道："我懂得咧。你们首领里面，除却孙大当家以外，你老兄大概也算重要的了。但是我看你也不像干这门营生的人，定然也因着什么事，出于不得已，才投到这里来的。"郭其才听了这话，突然跳将起来，眼睛里几乎爆出火来。众人都吓了一跳，都疑心顾克瑶言语冒失，触犯了郭其才了。正是：

　　虎窟清谈提往事，
　　亡家旧恨忽伤心。

未知顾克瑶是否有性命之忧，且看下文分解。

兵，外所以御侮，内所以平乱也。今中国之兵，外不足以御侮矣，内亦能平乱否耶？方其未乱也，则务扰之使为乱，方其无匪也，则务迫之使为匪。及其乱生而匪炽，则借其事以为利，如捕之养盗然，使之劫而分润其所得，仿佛兵之所以养也。匪来，则委其事若弗知，使得大掠而去，又岂但不能平乱已哉？然则颜世清之不知匪之来劫也，果不知耶？抑熟知之而故为弗知者耶？观其派兵而弗击，吾思过半矣。呜呼！

第一百四十五回

避追剿肉票受累
因外交官匪议和

却说郭其才听了顾克瑶的话，一时引起旧恨，不禁咬牙切齿，愤怒万分，突然跳起来，把胸膛一拍道："说起这件事来，真气死我也。诸位不曾知道，我父亲是滕县的大绅士，生平最恶土匪，创办警备队，征剿十分出力，因此引起了土匪的仇视。在大前年的元旦，乘着我父亲不曾防备，纠集三四百人，杀入敝村，把我一家十七人全行杀死，只剩我一人在外，不曾被害。我报官请求缉捕，当地官兵不但不为缉捕，而且骂我不识时务。山东匪世界也，在匪世界中，而欲与匪为仇，岂非不识时务？诸位想想！这时家中只有我独自一个，如何不想报仇？东奔西走，务要请他们缉捕。他们不曾缉捕之前，先要赏号，我急于报仇，就不惜立刻把家产卖尽，拿来犒赏官兵。谁知白忙了一场，到头还是毫无着落。这时我仇既报不成，家产又都光了，想要低头下去，也是生活为难，我这才无可如何，投奔已故的孙大当家部下，充个头目，于今也总算做到了土匪中的大首领，可是杀父之仇，不知何日方能报得咧。"实迫处此情形，虽与孙美瑶不同，而同因官兵之逼迫则相似也。顾克瑶等几个中国人听了这些话，都感叹不已。

在这山中住了两日，又搬到龙门关白庄，郭其才在途中和顾克瑶、亨利等人说道："这几天苦了你们，现在给你们找到一个好地方了，那里的房子又大又好，比外国的洋房更不知道要好上多少倍呢。"众人听了，都不知道是怎样一个好去处，都巴不得立刻到了，好休息一下子。到了白庄以后，郭其才和他们一处走着，到了一所大庙门口，郭其才便踱将进去，穆安素、佛利门、鲍惠尔、亨利、顾克瑶等也跟了进去。郭其才指着庙里，向顾克瑶笑道："你看！这庙宇多么大，多么敞朗，就是外国人住的大洋房，恐怕也赶不上咧。"此殆俗语所谓"小鬼不曾见过大馒头"乎？众人一看，只见屋虽高大，却因年久失修，破坏不堪，六七尊佛像，也是金落粉残，现出一种萧索气象，除此以外，就只有几垛墙壁了，不觉哑然失笑。郭其才也笑道："如何？我说的话不错吗？"亨利道："好是好，可惜没有床铺，一样还要席地而睡。"郭其才听了顾克瑶的传译，忙道："有有有，还不曾办到呢！等一会就可送来了。"正说着，只见一个小喽啰带着一个黑汉子寻将进来，郭其才问什么事，那小喽啰道："奉孙总司令的命令，把这姓郭的也并入八连，听当家的发落。"郭其才道："知道了，就叫他住在这里罢。"顾克瑶看那姓郭的，手面俱极粗黑，下颌的胡子也足有寸许长，穿着破旧的短袄，神气竟和土匪一般无二，不禁暗暗称奇，为下文潜逃张本。因上前和他拉拉手，问他的名字、籍贯、职业。那黑汉道："我本地人，名叫鸿逵，就是这次津浦车车上的车手。"郭其才道："你能够写字吗？"郭鸿逵道："懂得些。普通文件也还能写。"郭其才大喜道："我正少一个书记，你就住在这里，替我当个书记罢。"郭鸿逵领诺。

不一时，小喽啰们送进许多高粱梗来，铺作床垫，又搬进一只破锅，放在阶沿上。鲍惠尔笑道："我在村中时，恐怕山间没有茶壶，顺手牵羊，在庄家带了一只洋铁茶壶在此，诸君看还适用吗？"说着，果然掏出一只洋铁茶壶来，众皆大笑。亨利道："我虽没有这么的茶壶，却有四只茶杯在这里，正好配对。"他一面说，一面果然也掏出四只茶杯来。郭鸿逵笑道："你们这些东西，都不及我在山下拾得的破洋铁罐用途更广。"说着，拿出一只破洋铁罐来。

众都问何用，郭鸿逵道："用途多咧。平时可以贮清水，要吃饭时可以煮饭，要吃茶时可以燉开水，质地既轻，水容易滚，又省柴火，岂不是用途更广吗？"废物之用如此，在平时何能想到，甚矣忧患之不可不经也。众人听了，俱又大笑。

顾克瑶等在这破庙里住了数日，忽见一个小喽啰领着一个小女孩进来，众人看时，正是许凤宝，顾克瑶问她来做什么，凤宝道："今朝有个外国先生要到上海去，他们都叫带了我去呢。我怕妈妈在这里，找不到我，叔叔看见她，请告诉她一声，说我回上海去了，叫她别挂念。"真是孩子话，然而我奇其天真。顾克瑶诧异道："我又不认识你妈妈，叫我和谁说去？"许凤宝呆了一呆，郭鸿逵也笑起来了。顾克瑶忙又抚摩着她的头，安慰了几句，方才依依不舍地迟回而去。

鲍惠尔等见了这情形，都问顾克瑶什么事，顾克瑶说了一遍，众人疑道："不知是谁下山去了？为什么我们竟不知道？"顾克瑶道："你们要知道谁下山去，也容易，只问郭其才便知道了。"说话时，恰好郭其才进来，顾克瑶便问他道："听说有个外国人下山去了，那人叫什么名字？怎么可以随便下去的？"郭其才笑道："他立誓在一星期内回山，才准他下山去的呢，怎说随便可以下去？那是个法国人，名字叫做什么斐而倍，我也记不清楚了。"顾克瑶便把这话传译给穆安素等人听。穆安素道："我正想发一个电报给罗马意政府，催他们向中国政府严重交涉，只可惜没人能带下山去拍发。密斯脱顾能向郭匪商量，准我们这里也派一个人下去吗？"佛利门、鲍惠尔也忙道："我们也很想和外面通个消息呢。无论如何，总要要求郭匪，派个人下去才好。"顾克瑶因回头和郭其才道："这几位外国客人都想和外面通个信，派个人下山去，干完了事情便回山，不知道可不可以？"郭其才想了一想道："事情是可以的。但是下山去的人须由我指定，不能由他们自己随意派的。"顾克瑶把这意思向穆安素等说明。穆安素等都道："只要能够和外面通信就得了，谁下去我们可以不管。"众人写好了信和电报，再请顾克瑶和郭其才接洽。郭其才便指定顾克瑶和亨利一同下去，又再三吩咐明日务必回山。

亨利在路上和顾克瑶说道："明天我们无论如何必须回山去，不可失信于匪。"顾克瑶听了这话，一声不响，自己思量道："土匪并不是讲什么信义的，就失信于他们，也并没有什么要紧。假使我的回去能够使被困的同胞得益，倒也不去管他，可是我看土匪的情形，对于外人，因想假以要挟政府，所以十分重视，至于对我们本国人，少一个多一个，并不十分稀罕，我何必多此一举呢。至于亨利他是个外国人，一方面，有外交团竭力营救，一方面，中国政府因怕此案迁延不决，酿成国际上之重大交涉，不惜纡尊降贵，向土匪求和，所以外国人的释放，不过迟早问题，亨利回山，可保必无危险，像我们这些中国人，百十条性命，哪里值得政府的一顾？将来能否回家，尚属问题，我假如回山，真个是自投罗网的了。亨利所以定要我回去，无非为着我能说外国话，我假如走了，他们就要感着不便咧……"他一面想，一面胡乱答应亨利，到了山下以后，各种事情办妥当以后，亨利屡次催促顾克瑶回山，顾克瑶委决不下，去和几家报馆里的记者商议。那些记者都以为并无返山的必要。

顾克瑶便决定南旋，先由枣庄乘车到临城，在临城车站买了张特别快车的票子，正在候车，忽见有两个人匆匆忙忙地赶来，向车站上的人乱问。车站上的人用手向自己一指，那两个人便向自己这边走来。顾克瑶正在怀疑，那两人已到了面前，打了个招呼道："这位就是顾克瑶先生吗？"顾克瑶一看，那两人并不认识，因请问他们尊姓。一个中材的道："我姓史，是交通部派来的代表。"顾克瑶问他有什么事，姓史的道："我们部长因听说顾先生已经南旋，所以赶派我们赶来，劝顾先生回去。"顾克瑶道："我已经下山，还要回去做什么？难道苦没有受够,还要再去找些添头吗?"姓史地笑道:"并非如此说,现在政府和土匪正在交涉之中,假使失信于他,一定要影响外交,无论如何,总要请顾先生保持信用,顾全大局。"倒也亏他说得婉转。顾克瑶正色道:"政府于国有铁道上,不能尽保护人民的生命财产安全的责任,以至出了这件空前劫案,国家威信早已扫地无余,还靠我区区一个国民的力量,来弥补大局吗?"姓史的再三道歉,非促顾克瑶立刻回山不可。顾克瑶推却不得,只好回枣庄,和亨利一同回山。

恰好这天江宁交涉员温世珍和总统府顾问安迪生也要进山商量条件,彼此便一路同行。进山以后,郭其才见顾克瑶喜得握住他的手笑道:"你两位真是信义之人,我想你假如不回来,这里便缺少一个翻译了,岂不糟糕?"几乎做了不是信义之人,一笑。顾克瑶笑了一笑,也不回答。温世珍请郭其才介绍和孙美瑶商议释放外人条件,只提释放外人,果如顾君之语。彼此商议了好多时,还无结果。安迪生道:"照这样讨论,很不易接近,不如双方早些各派正式代表,速谋解决方好。"孙美瑶道:"这件事我个人也未便擅主,须等召集各地头目,各派代表,开会讨论,才好改派正式代表商议条件。"安迪生催他早些进行,孙美瑶答应在两日内召集。

温、安两人去后,顾克瑶把这消息去报告穆安素等,大家欢喜。正说话间忽见郭其才匆匆进来,叫众人赶紧预备搬场,众人吃了一惊。顾克瑶道:"刚才双方商量的条件,不是已很接近了吗?为什么又要搬?"郭其才道:"他们要我们释放外人,必须先解抱犊崮的围,现在抱犊崮的兵依旧紧紧地围得水泄不通,谁相信他们是诚意的?"一面说,一面催他们快走。众人只得遵命搬到北庄。

顾克瑶知道必有变卦,因装作不甚经意地和郭其才谈及条件问题。据郭其才的意思,必须官兵先撤抱犊崮之围,退兵三十里外,再将所有土匪编为国军,给发枪械,方可议和。倘官兵敢放一枪打我们,我们就杀一外国人,看他们怎样。顾克瑶探得他的意思,便和郭鸿逵去悄悄商议道:"匪首的态度十分强硬,看来这和议一时必不能成功,我们不知何日方能出险,倒不如现在私下逃走了罢。"郭鸿逵道:"除此以外,也没第二个办法了,好在他们对我两个素来不甚注意,更兼我的样子又很像土匪,或者可以逃得出罢。"两人议定,便悄悄地步出庄门。顾克瑶走在前面,郭鸿逵把蒲帽遮下些,压住眉心,捎着一根木棍,在后面紧紧跟着,装作监视的样子。两人很随便大踏步往前趱路,偶然给几个土匪看见,也误认郭鸿逵是自己队中人,绝不盘诘。走了半个钟头,已见不土匪的踪迹,方使出全身气力,往前狂奔,意急心慌,也不知跌了几个觔斗,一连奔跑了四个钟头,方才跑出山外,两人换过一口气来,休息了三五分钟,方才慢慢走走。

到了中兴煤矿公司的车站上,恰巧遇见那天催他回山的交通部代表,那姓史的见了顾克瑶,忙着贺喜道:"顾先生!恭喜脱险了。做事情要这样有头有尾,方不愧是个大丈夫。"顾克瑶道:"倘然不幸而至于有头无尾,你又有什么说?"姓史的嘿然。彼此又说了些别的话,姓史的方作别而去。报告总长大人去矣。顾克瑶两人到了枣庄,就有气概轩昂的军官来寻他们,说总长叫他们去问话。顾克瑶和郭鸿逵就跟着那军官,到了一部辉煌宏丽的蓝色座车里面,只见坐着约有十多个人,都气度昂然,有不可一世之概。可惜只能在车子里称雄。顾克瑶、郭鸿逵两人暗暗估量,大概就是什么总长等等,现在政治舞台上的重要人物了。他俩一面想,一面向他们行了一鞠躬礼。那些人把手往旁边一伸,也不站起来,只向顾克瑶点了点头道:"你就是顾君吗?请坐下谈谈!"顾克瑶遵命坐下,郭鸿逵就站在顾克瑶的背后。那些人把山中的情形和匪首的态度问了一个详细,也算难为他们能这样的费心。方令退出。真好威风的总长大人。顾克瑶到了临城，要搭津浦车南下，不怕再被俘耶？郭鸿遠住在济南，两人将要分手，想起共患难的情形，十分依依不舍，彼此大哭而别，此一哭，倒是真情。按下不提。

却说顾克瑶所见的十几个人，都是这时官匪交涉中的重要人物，就是田中玉、吴毓麟、杨以德、张树元、刘懋政、安迪生、陈

调元、温世珍、钱锡霖、何锋钰、冯国勋这一批人。当顾克瑶出去以后，又商量一会招抚的办法。田中玉道："委任状我都已吩咐他们预备好了，明天可教丁振之、郭胜泰再去一趟，顺便把委任状带给他们，他们才不该再闹什么了。"众人都各无话。次日丁振之、郭胜泰二人带了委任状进山，到了匪巢里面，只见孙美瑶、郭其才、褚思振等都高高坐着，并不理睬，也不说话。丁振之就把委任状交给褚思振，褚思振把委任状向旁边一丢，气愤愤地说道："兵也没有退，一纸空文，有什么用？老实说句话，你们非将军队退尽，决不能开议，今天可回去对田督说，限三天之内把兵退尽，否则就请田督下哀的美敦书，彼此宣战好咧。"丁振之、郭胜泰说不得话，只得把这情形回禀田中玉。田中玉大怒道："他妈的！我怕他吗？既这么说，我就剿他一个畅快。"众人劝阻再商量，田中玉犹自怒气不息。

这消息传入滕、峰两县的绅士的耳朵中，恐怕兵匪开战，累及平民，十分着急，当有刘子干、徐莲泉、金醒臣、梁子瀛、田冠五、刘玉德、陈家斗、陈正荣等二十多个人，开会讨论补救办法，或云此所谓皇帝不急急杀太监，然唯太监处处吃亏，乃不得不急耳。决定推刘玉德、陈家斗、陈正荣三个人为代表，入山和土匪商议就抚办法。谁知土匪依旧十分强硬，刘玉德等再三解释，褚思振才说："外国人已答应给款千万，所有的人编成四混成旅，预先发饷六个月，明天由外人派代表向官厅交涉，用不着你们来说。"刘玉德等没法，只得又去见官厅方面的人物。其时田中玉已经免职，山东督军已派郑士琦代理，所以刘玉德等便向郑士琦接洽。郑士琦道："他们既然这样强硬，不必再和他说什么招抚了。"刘玉德听了这话，吓了一大跳，忙道："打仗不要紧，岂不又苦了我们滕、峰两县的百姓？总求督理设法收抚才好。"可谓哀鸣。郑士琦笑道："也并非我要剿，实在那些土匪太刁诈可恶了。看在两县百姓脸上，暂时缓几天，你们试再说说看罢！"刘玉德等只得又进山去和匪首商议，这样闹了好多天，条件方才渐渐有些接近。最后由安迪生、陈调元两人入山交涉，孙美瑶等恐怕被剿，不敢再硬，只要求剿匪的主力军旅长吴长植入山一会。吴长植因恐谈判再决裂，遂也慨然答应入山，又商量了多天，方才决定编为一旅，以孙美瑶为旅长，周天伦、郭其才两人为团长，先放西票，后释华票，一件惊天动地的劫案方才解决。然而外交团到底还向中国政府提出了许多要求，中国政府对他道歉以外，还要赔偿损失。孙美瑶后来也仍被山东军队枪决，一场大案子，不过晦气百姓受些损失，国家丢个面子而已，说来岂不可叹？正是：

　　官家剿匪寻常事，
　　百姓遭兵大可哀。

欲知后事如何，且看下回分解。

各国之为政也，为人民谋利益，于外人则损焉。我华侨在日、在菲、在南洋、在美，固尝受当地军警之虐杀，士民之攻击，匪徒之架劫矣，我国对之除一纸抗议空文而外，未尝见各国有何赔偿与保障，盖其保护本国人之利益，尝盛于保护外人也。我国则不然，于国人之兵灾匪劫，每视属无睹，倘涉及一二外人，则无有不张皇失措，竭力以营救之者。盖政府之畏外人，常过于国内之人民也。使抱犊崮中无外人，吾恐数百华票，至今犹在匪窟中，吾人且淡焉忘之矣。呜呼！中国之为政者！

第一百四十六回　吴佩孚派兵入四川　熊克武驰军袭大足

却说杨森自兵败退鄂，无日不想回川报仇，吴佩孚也很想联络他收服四川，完成他武力统一的一部分计划，所以暗令长江上游总司令王汝勤，竭力补助他的给养和军械。杨森因此得补充军实，休养士卒，如此数月，实力已经复原，便向吴佩孚献计收川，自己愿为前部。吴佩孚因川中局势稳定，认为时机未至，一面令他待机而动，一面令人暗地运动刘成勋部下的健将邓锡侯、陈国栋和杨森联络，共倒刘成勋。邓锡侯等当时虽不曾完全答应，然而也未免稍事敷衍，双方时有信使往返，因而惹起了刘成勋的疑窦，因猜疑而成为嫌隙。

到了十二年二月中，便因防地和军饷问题，双方竟至决裂起来。武人之反复无常，向来如此，而错综变化，无可究诘者，尤莫如四川之武人焉。邓锡侯一面和陈国栋向成都猛攻，一面又电催吴佩孚派杨森迅速入川，解决时局。有前此之助刘成勋猛攻杨森，又有此时之催杨森入川以攻刘成勋，武人反复，固未尝引为异事。吴佩孚认为时机已至，便立即电令杨森入川，攻击川东的但懋辛军，免得但军去攻邓、陈的后路。一面又令卢金山为援川军总指挥，王汝勤为援川军总司令，入川助杨攻刘。

但懋辛原不经战，如何当得起杨、卢的生力军队。几次接触，便由万县而退重庆。杨森克了万县，继续向重庆进展，但懋辛不敢迎战，只是死守，盼望刘成勋打败邓锡侯后，分兵来救。不料刘成勋初时虽然胜利，到底因军心不固，被邓锡侯一个努力反攻，便节节败退，困守成都。邓锡侯等四面攻打，彻夜不绝，两方枪炮并用，噼啪砰轰之声，吓得城内百姓个个胆战心惊，哀求中立派军队刘文辉、陈洪范等出任调停。刘文辉为见好川民起见，当下派代表向两方接洽，请刘成勋自动退出成都，邓锡侯的军队也不曾追击。倒是个两全之法，成民大幸。但懋辛得了这消息，不禁大惊，又闻得敌军新加入赵荣华一旅北军，攻击更猛，料道重庆不能再守，只得放弃，退守泸州，一面派代表向杨森求和。杨森得了重庆，正待休息，所以也不追击，因此四川各方面的战事，忽然沉寂起来。

也是川民灾难未满，忽然潜伏多时的熊克武也在这时候出现起来。他联络了周西成、汤子模、颜德基等军队，开到泸州，助但懋辛反攻杨森。此时邓锡侯已受同派军队的推戴，自任为川军总司令，驻兵成都，想不到熊克武忽然来攻。邓军开出抗御，双方战了一昼夜，却被赖心辉从侧面猛攻，因此支持不住，只得把刚从刘成勋手里夺得的成都，奉送给熊克武。驱刘氏而代之，尚不满两月，即已为人所驱，想来亦复何苦。川东方面，却互有胜负，旅进旅退的不知道牺牲了多少平民。可为长太息。

这时川军的实力派，大可分为三派：第一派便是倾向南政府的熊克武派，占有成都、泸州等地，刘成勋、赖心辉、石青阳、周西成、汤子模、颜德基、但懋辛等，都是熊氏一派的。第二派是受吴佩孚嗾使的杨森派，如邓锡侯、陈国栋、袁祖铭、赵荣华、卢金山、王汝勤以及在川北的刘存厚、田颂尧等，都是这一派的。第三派如刘湘、刘文辉、陈洪范等，虽则号称中立，其实却接近杨森，所以后来也竟加入杨森一派，和熊克武实行宣战了。

熊克武原属老同盟会员，很信仰中山先生，所以在川用兵的时候，就通款先生，先生便任他为四川讨贼军总司令。那面杨森一派，便也公推刘湘为四川善后督办，以为对抗之计。彼此战争了几个月，还没有得到解决。在七月中旬的时候，杨森曾经吃过一个大败仗，重庆被周西成围困了好几日，后来虽经击退，人心已经十分不安，所以不能大举进攻。至于熊克武一方面，有颜德基、汤子模、周西成各军，在南川、涪陵、垫江一带和邓锡侯相持，也不能长驱直进。杨森方面主持前敌的是袁祖铭，见屡攻不能得手，十分焦急，便改变方针，分三路进攻成都：以杨森和其他川军任左翼，由叙州、嘉定进攻；自己所部的黔军任右翼，分四路由安岳、遂宁、邻水、武胜取道金堂，向成都进攻；以北军卢金山等任中路，在资州以下暂取守势。又恐怕大军进攻后，周西成再来抄攻后路，所以仍命邓锡侯坚拒周西成等，不使东下。为谨慎起见，更令赵荣华守重庆后路，以防意外。战略也可谓精密得巨细无遗了，然而终于战败者，盖智力尚未足为数氏之敌。原来这三路中间，从资、简进攻成都，须经过铜钟、河茶、店子、龙泉驿等险要，十分难攻，所以教卢金山暂取守势。左路仁寿、黄龙溪，右路雅州、金堂，都是平坦大道，进攻甚易，所以杨森自己进攻。*到底还是有着私心。*

这消息传到成都，熊克武忙召集部下讨论抗御之计。石青阳这时恰在成都，当下向熊克武献计道："敌人三路来攻，声势甚大，不易力敌，不如待我写信给杨森的旅长贺龙，使他倒戈攻杨，杨军回救后路，则此一路可以不忧，仅须专力对付北中两路，便不怕不能取胜了。"*亦是一种计划，但犹属侥幸之计。*熊克武笑道："此计虽妙，尚未美全。贺龙虽然和你交好，假如竟不听你的话，不肯倒戈，那时杨森得长驱而来，岂不全盘俱败？我现在有一万全之策，一面，只依你所言计划，去游说贺龙，使他倒戈攻杨，他肯听你的话，果然很好；不听你的话，也和我们的计划上不生什么影响，岂不更觉妥当？"石青阳问是怎样一个计划，熊克武便把自己的战略向他细细说了一遍。石青阳鼓掌道："此计妙极，我想袁祖铭虽能用兵，此一番，必然又教他倒绷孩儿了。"*诚如尊论。*计议已定，自去分头进行。

却说杨森带了本部军队，从叙州出发，连克犍为、嘉定等处，浩浩荡荡的，杀奔成都而来，直到合江场，中途并不曾遇到一个敌军，十分惊异。唯恐熊克武有计，不敢再进，只得暂且按兵不动，静待中右两路的消息，再定攻守之计。正扎下营，忽报周西成绕越合江，已从泸州方面向我军后路逆袭，声势甚锐，不日便要来攻打叙州了。杨森得报大惊，急命分兵救应。部下参谋廖光道："周西成莫非是虚张声势，我们如分兵回救，岂不中了他的计策？"杨森道："我也知道他是虚张声势，然而总不能置之不理。假如我们一味前进，他也不妨弄假成真，真个逆袭，那时我军前后受敌，必败无疑，如何可以不回救？"正讨论间，忽然又报："赵荣华屡战屡败，重庆震动，请即回兵救应。"杨森顿足道："完了，我们现在须作速由威远、隆昌退回重庆，如仍去叙州，不但多费时日，而且周西成倘来堵截，未免又要多受损失了。"廖光称是，当下传令全军俱走威远，放弃嘉定，退回重庆去了。一面电知大足方面，教卢金山格外小心。

卢金山因北路袁祖铭军节节胜利，毫不在意，每日只在司令部中，征花侑酒，打牌消遣。一天晚上，正和幕僚中人吃得醉醺醺地在那里打牌，忽然有人报说："熊克武已率领大队来攻，现在将到三驱场了。"卢金山怒道："袁总指挥现在金堂一带，节节胜利，熊克武哪里还有工夫到这面来？这话分明是敌人故意编出来的谣言，你如何敢代为散布，扰乱我的军心？吩咐捆起来。"幕僚代为讨饶，方才斥退。*如此安得不败。*以后别人有了什么消息，唯恐触怒获罪，都不敢禀报。*如此安得不败。*卢金山打牌打到天色微明，酒意已解，人也困倦了，正待散场睡觉，忽听得枪炮声一阵阵地自远而近，不觉大惊，急忙追问，这枪炮声是什么地方来的，已经迟了。众人不敢直说，都面面相觑，推做不知。卢金山怒道："你们干的什么事？问你的话，为什么都不作声了？"其中有一个幕僚道："听说熊克武只派了些小部队来袭，不知是真是假。"至此犹不敢实说，积威可想，如此治军，焉得不败？卢金山急教传值日营长问话，值日营长来到，卢金山见了他，十分生气道："敌人来攻城，如何不通报我？想是你不要这颗脑袋了。"值日营长道："报告总指挥，昨晚已经报告，因总指挥正在看牌，不曾理会，并非没有通报。"卢金山更怒道："你敢笑我好赌误公吗？吩咐捆起来，让我打退了敌人，恐怕难了。再和你算账。"这账恐怕不易算清。幕僚们再三谏阻，卢金山只是不听，传令遗下营长职务，由营副代理。

全营士兵知道了这件事，十分不平，卢金山如何知道，当下传令把所有军队，全数开拔出城御敌。出城只三四里，便和熊军接触，略略战了一两个小时，熊军忽然退去。卢金山回顾幕僚道："如何！我说川军极不耐战，果然一战就败了。"幕僚忙道："他们听了大帅的威名，早已吓走了，哪里还敢对敌？"卢金山大喜，传令尽量追击，追了十多里路，熊军忽然大队反攻过来，枪炮并发，势头非常猛烈。卢金山虽然无谋，却也是直军中一员战将，见了这情形，便令部下拼死抵抗。无奈熊军甚众，炮火又烈，战了二三个时辰，忽然左角上枪炮大震，熊军又从西南侧面攻击过来。卢军虽勇，因无心作战，刚撤换营长的一营人便退了下来，熊军便乘着此处阵线单薄，奋勇冲击，向卢军后面包抄过来。卢军抵敌不住，顿时大败。刚到得大足城边时，忽然城内又枪炮齐发，原来熊军别动队已入了城，正在扫除卢军的少数留守部队咧。卢金山不敢入城，带领少数残军，向北绕过城垣，逃奔重庆去了。果然一战就败了。

却说袁祖铭的北路，开到遂宁时，只遇见少数敌军，不曾一战，便已退出。袁祖铭兵不血刃地得了遂宁，也不休息，连夜便向射洪进展。不料防守射洪的熊军依然甚少，仍复望风而退。如此一直到了中江，仍不见熊军大队。袁祖铭十分狐疑，猜不出他的主力军在哪一方面。部下也有疑心熊克武已退出成都的，也有疑心别有埋伏，诱我们进攻，却来两面夹击的。袁祖铭都不做理会。想了半天，忽然大悟道："是了！熊克武素称善用兵，一定见我黔军气锐，不敢力敌，却用全力去压退中路，使我有后顾之忧，不敢不退，但是这算计如何瞒得过我？"却也瞒了几天。部下的将士道："倘然中路果然败退，我们倒也不能不退了。"（应下文。）袁祖铭道："卢金山素称勇悍，至少也必能守个十天半月，熊克武轻易如何败得他。我今绕道而进，攻下金堂后，只一天便可直攻成都，那时他根据地已经摇动，还能专顾中路吗？"部下称是。

袁祖铭正待下令进兵，忽报金堂现有大队敌军防守，工程极其完固，听是刘成勋的部队。袁祖铭击桌而起道："现在除却猛攻金堂而外，更没有他计。无论金堂守御如何坚固，我也务必攻克他了。"当下传令会集各军，向金堂猛扑。谁知熊军十分镇定，袁军屡次冲锋，都被用炮火和机关枪逼回。袁祖铭焦灼，正要传令死攻，忽报内江、富顺被赖心辉占领，贺龙在鄷都叛变，归降熊氏，忠州的防军也响应贺龙，分兵去攻长寿了。袁祖铭惊道："如此后方已危，如不急急攻下成都，恐怕全军俱要败绩了。"听了后方吃紧，又不但不肯退，反要进攻，袁氏亦勇。当下传令急攻。所部兵士几番冲锋，都被熊军猛烈的炮火逼退，不但不曾占得一分便宜，而且折了好些兵士，心中气闷，暂令停攻，拟想一条比较妥当的计策，再行攻击。

正在沉吟之时，忽又接到报告，周西成乘邓锡侯回救长寿，后路空虚，回兵向杨森逆袭。杨森已率军向威远方面急急退去。刘湘部队因被但懋辛牵制，不能活动，南路又完全失败了。袁祖铭顿足道："如此一来，我原定三路齐进的计划，完全失败了。如中路再有意外，则我的后路，也将发生危险，事已如此，不能不先好好的防备了。"当下传令把军队分做三路，缓缓地退下五十里驻扎，以便进退。此时已作退计，不似前此之勇敢矣。熊军也不追赶，过了一日，忽报："熊克武自己带领大队生力军，袭败了卢金山军，占了大足。卢金山阵亡，所部已完全消灭了。"袁祖铭听了这话,立刻传令退兵,到了岳池、定远、合州一带驻扎,自己赶回重庆,商议战守计划。到得重庆时,只见城内军垒累累,攻城甚急,甚为吃惊,问杨森道:"我在路时,听说周西成三次来袭重庆,却不知详细情形,和现在的胜负怎样?"杨森道:"周西成初在泸州一带,因知道邓锡侯、陈国栋的军队,向下游长寿、鄨都一带开拔,便集合了颜德基、汤子模等四团之众,乘虚袭取了南岸铜元局,向城内猛扑。我军丧败之余,屡战不利,长寿方面又胜负未决,看来重庆决不能守。我意欲暂时放弃,因不曾和你商量,所以还不曾决定。"袁祖铭拍案道:"你们未免太不耐战了。区区一周西成也不能击退他,还想平定四川全省,即便你们要退,我决计主守。"杨森道:"并非我主张退,实因兵无斗志,要想守也守不住了。"袁祖铭道:"我在前敌时,听说卢师长已经战死,到了遂宁,方知此话不确。他现在还驻防壁山,如何不来助战?"杨森道:"他也主张放弃重庆哩。"袁祖铭冷笑道:"好,你们便都退尽,只剩了我一个,也务必把周西成击退。"说着,便回到自己司令部内,立刻电令前敌各军,即日回到重庆,和周西成激战。

周西成见袁祖铭的军队已回到重庆,知道暂时不能夺取,便全师而退。杨森、邓锡侯、卢金山、赵荣华见周西成果然被袁祖铭打败,十分惭愧,当下公推袁祖铭为前敌总司令,支持一切。袁祖铭也老实不客气,即便就职了。此时袁祖铭大有睥睨一世之概。杨森因战事劳顿,又受了感冒,身子十分不适意,和袁祖铭商量,暂留重庆养病,不问军事。袁祖铭道:"你大部军队,尚在泸州,要在重庆养病,也须先去整顿一下。现在刘文辉虽曾差人去求和,我看来熊克武未必肯依,你须作速回泸州去,提备着些。"杨森领诺,当日便回泸州去了。按下不提。

却说熊克武因刘文辉屡次派人来调和,欲要应允他,又因中立派军,都是倾向杨森的,自己未免吃亏,欲待不应允他,又怕冒破坏和平的罪名。寻思多时,忽然得了一计,便对着刘文辉的代表满口答应,教刘文辉只去富顺和赖心辉商议调和办法,自己无所不可。刘文辉得了代表还报,便亲自至富顺和赖心辉商量。赖心辉此时已接到熊克武的密令,一面敷衍刘文辉,一面调集三四师的兵力,向泸州进袭。恰好此时杨森已回泸州,因袁祖铭吩咐提备,所以准备得十分周到,这时一听赖心辉率兵来袭,立即派队应战。两军将要接触,刘文辉、陈洪范两人急急调集了三旅兵力,将双方的战线隔断,当即宣言,哪一方面先开火,便是哪一方面破坏和平,中立军队便先打他。熊克武见袭取泸州的计划失败,只得改变态度,当即派了两个代表,分头去见刘湘、刘文辉、陈洪范等人,说明此次冲突,实出误会,现在当把军队撤回成都,议和的事情,全听三位主持,鄙人等无不乐从。虽云兵不厌诈,然而也太诈得厉害了。刘湘等不能责难,只得罢了。

熊克武一方面派代表向他们接洽,一方面令赖心辉率军北退,自己赶到内江等候。两人见了面,熊克武便秘密和他讨论军事计划,赖心辉道:"中立各军,本来偏向杨森、袁祖铭一面,如果我们先发动,他们势必联络杨、袁,向我们攻击,岂不是平白地又要增加许多敌人?"熊克武笑道:"话虽是如此说,但是我们先要看准刘湘等几个人,是否能够永久中立,不向我们攻击? 他们果然能够永久维持中立,不攻击我们,我们这样顾虑还有理由,可是在事实上说来,他们无论如何,总有加入敌方之一日,我们何必如此顾虑,失了目下千载难遇的好机会呢。"赖心辉问道:"如何是千载难遇的机会?"熊克武道:"这时正因日本轮宜阳丸有帮助敌人的举动,被周西成劫了宜阳丸,俘了日本船主和北军军官,累得驻扎重庆的卢金山、邓锡侯等各军,十分发急,用全力向涪陵周西成进攻,重庆十分空虚。黔军虽已移防大足,但人数尚不足两师,我们现在如调集三师以上的兵力,暗地往袭,可以一鼓而平,重庆城便在我们掌握之中了。敌人的根据地既失，便使刘湘等帮助敌人，亦何足惧哉？"熊氏战略，确非此中诸子所及。赖心辉大喜道："果然好计划，事不宜迟，我们便可前进，莫使黔军有了准备，不易攻克。"商议已定，便衾夜进兵，倍道而行。

大足的黔军果然毫无准备，等到发觉时，已被熊军围了四五重，黔军四面受敌，死伤甚众。袁祖铭此时急得五脏生烟，两目生火，督率着部下，拼命地冲突，总不能脱。袁祖铭能料熊之攻泸，而不能料其攻己，岂谓熊无此胆量乎？何明于远而昧于近也？血战了好几日夜，子弹将竭，熊军又愈逼愈紧，袁祖铭把帽子向地下一掷，大呼道："我黔军素称勇悍善战，今日被熊克武围困在这里，冲突了五日五夜，竟还冲突不出，这黔军的威名何在？"反激得很好。部下将士听得此话，传将开去，都十分气愤，一齐大呼道："我们誓死须杀出重围，再和敌人见个高下。"一齐喊杀，全军士兵，便如潮水似的涌将出去。熊军的火线虽密，也拦挡不住，竟被他冲出重围，向铜梁败退。

熊军随后紧紧追赶，一点不肯放松，黔军不敢再战，继续放弃铜梁，向壁山退却。熊军也紧紧地追来，袁祖铭教把队伍扎住，向众将士训话道："祖铭自从和诸位入川以来，战无不胜，从未有过这等大败，不想今天被敌人追得这等狼狈，甚至不敢反攻一阵，黔军的威名，从此扫地无余，我还有什么面目和诸君相见？诸君只顾向重庆退却，我个人情愿留在壁山，被敌人打死，也见我是个英雄豪杰，不是怕死之辈。"一方说自己不是怕死之辈，明明是说别人是怕死之辈，反激得妙。部下的将士听了这话，又一齐大呼，情愿和敌军拼死。袁祖铭再三相劝，将士不肯，定要作战。袁祖铭道："你们既然定要作战，可就此散开，杀他一个不提防。"将士们应诺，当即四散排开。等得熊军追到，反突起反攻，熊军也奋勇冲击，两下又死战起来。

熊克武在高阜处望见，忙即传令退却，一面又令赖心辉如此这般。赖心辉领命而去。黔军见熊军退却，十分高兴，立即令军追击，约莫追了十多里。熊军又忽然反攻过来，气势较前更猛。黔军抵敌不住，只得退却。刚退了三四里，忽然后面枪炮大作，赖心辉已从后方攻击过来。袁祖铭大惊，急令拼命冲过时，上兵已死伤甚众。大家都不敢逗留，急急向重庆奔逃。正走之间，忽然前面一彪军队杀来，不觉把袁祖铭吓得胆战心惊。正是：

壁山才得脱重围，
又遇敌兵扑面来。
进退两难行不得，
而今惭愧济时才。

欲知袁祖铭性命如何，且看下回分解。

军阀在实力膨胀之时，无有不思扩展其势力于原有地盘之外者，况以武力统一为目的者乎？吴佩孚自一战胜皖，再战胜奉，遂谓强大若彼两军阀，犹不足当我一击，则若浙之卢，晋之阎，滇之唐，粤之孙，何能我抗？遂自谓无敌于天下。一方经营湖南，收赵恒惕为己用，一方利用杨森，以发展其势力，欲借川湘之兵，以定西南，其志诚不可为不壮，其计诚不可为不雄矣。而不知武力终不可恃，以战胜虎视天下者，终以战败而立足无地。观于杨森，刘湘，以数倍之兵，而卒败于熊克武之手者，已足悟武力之不可卒恃，何必至一逐于鄂，再逐于湘，漂流蜀境，始觉武力政策之非计哉！

第一百四十七回

杨春芳降敌陷泸州
川黔军力竭失重庆

却说袁祖铭正在奔逃之际，忽遇前面又有大队兵士，扑面而来，不觉大惊。急忙探询，方知是刘湘的军队，心中稍宽。两人见面以后，袁祖铭问刘湘何故来此，刘湘道："熊克武虽然答应讲和，未必真心，前次暗袭泸州，便是一个证据。我恐怕他假说退兵，暗地却来袭取重庆，果如所料。所以特地带领本部军队，到重庆来调查东面两军停战议和的情形。听说两军又在大足冲突，因此赶来，但不知何以又有此场血战呢？"袁祖铭把上项事情说了一遍，刘湘大怒道："此人果然毫无信义，便是不肯议和，也不该诈骗我们，他既然蓄意破坏和平，也难怪我助你定川了。兄请暂退重庆休息，让我来对付这厮。"卷入漩涡中了。观此语，可见熊克武如不诈骗调人，刘湘等或不至即行加入战团也。袁祖铭称谢不置。此时老袁亦大坍其台。又道："熊克武善能用兵，而且兵多势锐，兄宜小心，不可轻敌。"刘湘领诺，便命部下掘壕备战，袁祖铭自退回重庆去了。

却说熊克武正在追赶黔军，忽报刘湘率领本部全军，现在前面掘壕备战，急教军队停止前进，一面请赖心辉、但懋辛商议道："刘湘素称善战，现在又怀怒待我，不可轻敌，须用计胜之！袁祖铭防熊克武，熊克武亦防刘湘。你们两人可领队左右两路包抄，我由正面进攻，刘湘方在盛怒之下，必不妨我算计他。盛怒最为坏事，刘湘此次之败，盖即坏在这个"怒"字上。三面夹攻，必然可获大胜。我们能够打败刘湘，刘文辉、陈洪范两人必不敢再动，重庆一城，便在我们掌握中了。"此着可谓莫遗刘、陈。赖心辉、但懋辛俱各赞成，当下分兵去了。

却说刘湘等了两日，见熊克武并不来攻，十分愤怒，传令拔队前进，先向熊军冲击。熊军自然照样回敬，彼此一来一往，炮火和枪弹齐发。双方鏖战多时，赖心辉和但懋辛已从侧面攻击前进。刘湘的兵力既薄，又处于四面包围之中，如何支持得住。便算支持一时，也恐蹈袁祖铭的覆辙，以此不敢恋战，急急败回重庆。

袁祖铭见了，彼此愁闷。刘湘问袁祖铭有何计较，袁祖铭道："为今之计，只有分电杨森、邓锡侯、卢金山等回救，一面请刘文辉、陈洪范、刘存厚等，分别在南北两面活动，敌兵前进既然不能克重兵守护的重庆，后路又须顾到刘存厚的北路和刘文辉的南路，必然不能持久。我们等他士气懈倦时，再行攻之，当可必胜。"袁祖铭非毫不知兵者，何竟做此单方面之算计？其殆以刘湘初加入，不欲使其遽尔灰心，乃出此万不得已之计划，聊以相慰乎？刘湘默然想了一会道："这战略虽然很好，但在事实上还有许多困难，涪陵方面的邓、卢各军，现在方和周西成激战，如其撤回重庆，周西成必然联合汤子模等，再来攻袭铜元局。杨军现守泸州，地位也极重要，假使回救重庆，赖心辉留在富顺的吕超所部，必然袭攻泸州。泸州倘然失去，则我们犄角之势失去，重庆更危险了。至于刘、陈两人，虽肯帮助我们，宗旨却未决定，现在见我们战败，必然更是犹豫，决不肯轻动。此种人最多，不独刘文辉、陈洪范而已。刘存厚在川北，毫无实力，也靠不住。刘湘亦颇能知兵，观此一席话，于各方面均一一料到，亦可想见。所以你的战略虽好，实行起来，必有阻碍。"岂止？袁祖铭道："那么怎样办呢？敌军气势甚锐，兵力又厚，我军屡次战败，如何抵抗得住？"袁祖铭此时也急了。刘湘道："就是如此说。现在实逼处此，除却用你这战略，来救一救眼前之急，也别无法了。"火烧眉正商议间，忽报杨军长率领本部军队从泸州赶到。刘湘和袁祖铭俱各大喜。袁祖铭就把刚才自己两人的议论告诉了他，杨森道："泸州方面，我现留有杨春芳在那里防守，可以放心，何况还有刘、陈的中立军在富顺一带，把双方的战线已经隔断，吕超便要攻泸，在事实上也行不过去。此亦就现在局势之常理论之耳。然事常有出于意外者，其将如之何？只有涪陵方面的周西成一路军队，却十分惹厌。"刘湘目视袁祖铭道："他为什么要倒戈攻你？"袁祖铭摇头道："你不要再提这话罢。人有良心，狗不吃屎，现在的人，哪里还有什么信义？"以国家所设职官，为私人割据争夺之利器，以人民膏血所养之士兵，为割据争夺之工具，上以危累国家，下以残虐百姓，公等所行如此，所谓信义者安在？孟子云："万乘之国，弑其君者，必千乘之家，千乘之国，弑其君者，必百乘之家。"在上下相交争利之局面中，固必然之现象也。公既误国害民，又何能独责部下以信义？昧于责己，明于责人，至于如此乎？

杨森道："在眼前的局面看起来，战线愈短愈妙。邓、卢各军，总以调回重庆为上计。"此时欲求一中计而不可得，何处更可得一上计？刘湘道："邓、卢两军调不调回，在于两可之间，不必多所讨论，只需拍一电报给他，通知他目下重庆的战事形势，回不回来，还让他斟酌情形，自己决定为妥。我们现有三路军队，用以防守一个重庆，当不致再有闪失。"有袁祖铭之三路攻成都，乃有熊克武的三路攻重庆，有熊克武之三路攻重庆，乃有刘、袁、杨三路之守重庆，更不料攻重庆之部队，于熊、赖、但三路以外，更有周西成、胡若愚、何光烈三路，战局之变化，岂容易捉摸者哉？当下彼此决定，刘湘任中路，对付熊克武，好。袁祖铭任右翼，对付赖心辉，好。杨森任左翼，对付但懋辛。好。如此捉对厮杀，可谓不是冤家不聚头。等得熊克武军队赶到，双方便开起火来，一个是用全力猛攻，有灭此朝食之概，一个是誓死力拒，有与城俱亡之心。激战数日，未分胜负，按下不提。

却说邓锡侯、卢金山等，在涪陵方面和周西成激战，正恨未能得手，忽传熊克武留刘成勋守成都（刘成勋下落在此处补见），自己和赖心辉、但懋辛，率领三师兵力，暗袭重庆。黔军在大足方面，被熊军杀得大败，刘湘来救，也遭损失，现已退守重庆，形势十分吃紧，邓不觉大惊，急请卢金山商议："涪陵尚未攻克，重庆偏又告警，根据要地，不能不救，烦兄独立对付周军，只要能坚守阵地，不望克城，等我击退熊军，再来助兄猛攻，不怕涪陵不下。未知我兄以为怎样？"卢金山道："贺某军队，现在彭水、石柱之间，倘然绕道武隆，在涪陵之南。来攻我侧面，那时我兵力既薄，决不能兼顾，如之奈何？"邓锡侯道："赵荣华现在忠州，贺军绝不敢西进，万一你果然守不住，便退守乐温山也好。"（在涪陵、重庆之间。）卢金山应允。邓锡侯正待退军，忽接刘湘、杨森、袁祖铭三人来电道：

熊军进薄重庆，铭、湘均失利，森于今日申开到，议定誓必坚守。中路阵地白市，由湘防守，南路浮图关，由森防守，北路悦来场，由铭防守。兵力相当，想不致再挫。唯闻赵部在忠州，有退守万县之意，不悉确否？如确有其事，乞卢师长电阻。顺庆方面第五师，自何光烈被监视后，全部已在旅长李伯阶之手，近闻其有南下助熊之意，殊为可忧。我兄方面战情如何？是否回兵救后，希斟酌敌情而行！

卢金山见了这电报，便道："重庆既有杨、袁、刘三位在那里，兵力已不止三师，用以抵御久战远来的三师熊军，想来总不致再挫，兄似不必急急回救了。"想是不敢独力对付周西成。邓锡侯沉吟道："赵军退守万县，这消息不知道是从哪里来的？如果此说确实，重庆的后路空虚了。"卢金山道："来电原说闻他有这意思，并非说确有这举动，怕什么的？"邓锡侯道："话虽如此，总该拍个电报给他，劝他坚守才是。"卢金山答应。邓锡侯又道："重庆一方面，看来电所说，似已十分吃紧，我无论如何，不能不去。"卢金山道："要退，大家齐退如何？"北军太不耐战。邓锡侯想了一想，只得答应，当下全军悄悄地退回重庆去了。

周西成守了一日，见邓锡侯并不来攻，方知他已回救重庆，便也急急率军追赶，到了重庆南岸铜元局，追个正着，邓锡侯也因铜元局地方重要，不能不守，两军便就此激战起来。此时重庆南有周西成，西有熊克武，都扑攻得十分激烈，虽则守者较逸，也十分吃力。

刘湘、袁祖铭等因战局危险，十分烦闷，这时偏又有两桩不祥消息接踵而来，第一件是泸州失守。若说泸州一地，虽只有杨春芳一人主持防守，却因和富顺敌人方面，还夹有中立军队，吕超虽勇，决不能学飞将军的自空而下，越过中立军，来攻泸州，所以在杨森一方面看来，总想到一时决不会有失陷之事。不料熊克武料定战局延长，刘文辉等中立军队必将加入敌军，若是能够占领泸州，则南路局面已固，刘文辉必不敢动，此亦势所必然之事。所以使石青阳竭力运动杨春芳倒戈。那杨春芳一则碍于友谊，是宾。二则惑于利益，三则见杨、刘、袁等局势已危，是主。便决定投降吕超，白旗一竖，泸州便入了熊军之手。重庆的左臂既断，形势愈觉危险。刘文辉等又入了两面监视之中，更不敢轻动了。*杨春芳之投降吕超，实重庆失守之一大原因。*

这消息报到重庆，人心更觉浮动。杨森一面急电宜昌告急，一面请刘湘、袁祖铭、邓锡侯、陈国栋、卢金山等商议道："泸州既失，刘文辉等绝不敢再动，我们原是希望坚守几日，等敌军后方发生变化，再行反攻的计划，已经完全失败了。刘存厚、田颂尧又始终未见发动，想来也绝无希望了。照这种情形看起来，我们的援救已绝，而在顺庆的第五师，本来接近敌方，所以久不发动者，不过因看不定谁胜谁负，不敢冒昧耳。此种情形，亦和刘文辉仿佛。现在我们被围重庆，胜负之势已决，不久必然也来攻击。俗所谓看顺风行船，打落水狗也。久守于此，必非善策。我意欲暂时放弃，退守夔、万，和赵荣华的意见不谋而合，岂亦所谓英雄所见乎？等宜昌救到，再行反攻，似乎较有把握。"刘湘道："'退'之一字，万万说不得，多守几日，等真个守不住时，再行退却，也不见得会受更大的损失。"袁祖铭道："光是死守，也不能说是计之得者。"卢金山抢着道："我也不赞成守。"你老兄自然不赞成。刘湘问道："兄为什么也不赞成守？"为怕性命出脱耳。卢金山道："现在困守重庆，四面受敌，应付不易，一也；是。离宜昌太远，接济不便，中途有被劫夺之忧，二也；是。如旷日持久，顺庆的李伯阶攻我于北，胡若愚所率滇军攻于南，贺龙截我退路，俱为后文伏线。那时必至欲退无路，势必至全军覆没不止，三也。是。说来又很有道理，我直无以难之。这是困守的三害。假如退守夔、万，却有三利：战线缩短，兼顾便利，一也；现在的战线也未尝不短。接近宜昌，补充迅速，二也；此说似乎有理。敌军补充军实，反因远而不便，反客为主，我得乘其弊而攻之，三也。由渝至万，一苇可杭，也未见得补充不便。有此三利，所以我主张退守。"卢将军还漏说一利，我为补说曰：容易逃到湘北，四也。袁祖铭怒道："你怕战时，便可先退。"袁祖铭尚以谓拒周西成时事乎？可惜现在局势不同了。卢金山也怒道："我好意到这里助你，如何这样无礼？"须不道是奉吴帅之命而来。众人忙都劝解，只有邓锡侯默然，一句话也不说。刘湘问他为什么不说话，邓锡侯道："今日的局面，并非口舌争胜的时候，要战则战，要守则守，何必多说！"独不说退，已见其不赞成卢之主张。刘湘大笑。笑得奇怪。众人都觉奇怪，忙问他为什么大笑，邓锡侯未知亦问否？刘湘道："我现在想了一个三全之计，所以欢喜得大笑。"卢金山问怎样一个三全之计，想是要战者战，要守者守，要退者退乎？刘湘道："我今全依了各位主张，战、守、退，三者并用，所以称作三全之计。"陈国栋怀疑道："怎样三者可以并用？"果然可疑。刘湘道："一味死守，固然一时也未至失机，但是假使敌军再有增加，便难应付，不如以战为守。一件事当两件看。趁着李伯阶、胡若愚等没有来攻，拼力齐出，去攻熊军的北路，一路若败，则中南两路阵势摇动，奋力冲击，必然可破。熊军若败，则其余各路俱不足虑了。此是战胜于守。如果战败，便不待胡、李两路来攻，可急忙退守夔、万，此言战不胜，守不住，再退。岂非全依了各位主张？"其实只是战耳，守尚不用也，更何况于退，所谓全依了各位主张，不过敷衍之语而已，然因此而各军不致意见相左，则敷衍之功正不可没。袁祖铭道："这战略很好，我们就何妨依此而行。"众人俱各无话。议定，当即分遣部队，以卢金山守铜元局，陈国栋防守后方，邓锡侯牵制住中南两路熊军，只要死守，不要进攻。只要守得住，便是胜算矣。袁祖铭为前锋，杨森、刘湘为左右翼，以全力突攻北路赖心辉。分拨既定，便悄悄出动。

赖心辉正因战事不能立刻得手，有些焦躁，在那里努力督促部下进攻，肉搏了几次，黔军渐有不能支持之势。赖心辉正然高兴，忽觉敌兵炮火突然猛烈起来，一声呼杀，便有大队敢死战士向前冲击，如狂潮怒马，势不可当。赖心辉仗着战胜余威，哪里放在心上，当时亲自督阵，传令奋勇回击。机关枪的子弹，密如雨点一般。黔军冲锋队便像潮水般倒了下来，袁祖铭大怒，亲自上前领队，士兵见了主将如此，个个奋勇，赖心辉也拼死抵抗，双方死战多时，不分胜负。

忽然两旁炮响，杨森、刘湘两路军队，一齐在斜刺里冲杀过来。熊军的阵线几被突破。赖心辉大惊，急急分兵抵御，一面差急足向熊克武求援。熊克武的军队还不曾到，右侧的阵线已被刘湘突破，向北包抄过来。赖心辉只得下令退却。刘湘见熊军已败，心中大喜，急教杨森、袁祖铭追击，自己移兵向南，来攻熊军中路的侧面。刘湘确能用兵，其卒能击败熊氏，非偶然也。

却说杨森、袁祖铭正在追击赖心辉，忽然探马飞报，后方东北角有敌人来攻。杨森、袁祖铭不知是何处军队，心中大为惊疑，急由杨森率兵迎战，原来是顺庆李伯阶的军队来袭。双方前锋接触，便开起火来。袁祖铭因后方发生战事，不敢再追，便将阵线的正面移向西北，和杨森成犄角之势。赖心辉乘势反攻，双方又死战起来。同时熊克武见正面敌军的火线忽弱，知道兵力已减，防线单薄，便传令急攻，希望一战突破敌人阵线。谁知邓锡侯死不肯退，冲了十多次锋，终于不能攻破。邓锡侯亦颇难得。熊克武正在疑惑，忽然赖心辉的警报传来，方知刘湘之计，急教石青阳守住阵地，自己带了两团人来救北路。恰好刘湘来袭击侧面，两人撞个正着，炮火隆隆的又冲突起来。铜元局的周西成听得西北方面的枪炮声甚密，知道正在激战，便也竭力扑攻。六处战事都非常激烈，炮声如雷，几乎震破了重庆人民的耳膜。如此激战了三昼夜，尚且胜负未分。

南面浮图关一方面，因邓锡侯的兵力较弱，但懋辛进攻甚猛，渐觉不支，邓锡侯着急，急教陈国栋指挥中路，自己赶到浮图关督战。双方激战愈烈，但懋辛见不得手，正在焦灼，忽报后方有大队滇军前来助战，知道胡若愚已来，大喜，急忙差人迎接。两人见了面，胡若愚问起战事，但懋辛便把久攻不下的情形告诉了他。胡若愚道："我现带着精锐万余人在此，料此重庆城不难攻破，贵部久战辛苦，可稍稍休息，让敝军上前攻击。"但懋辛称谢。胡若愚即令滇军上前冲击，邓锡侯指挥的部队，都属久战的疲卒，如何挡得住生力的滇军。战了半日，便支持不住，滇军渐渐进逼。

邓锡侯大败，放弃了阵地，急急退走。这时卢金山已被周西成击败，失了铜元局，南面的战事已完全失败。西北各路军队得了这不祥消息，如何还能作战？一齐渐有瓦解之势。刘湘已无力再战，便通知各军，放弃重庆，此方是不得已而退，果然全依了各位战守退的主张，一笑。自己急急退往垫江(在长寿东北)。同时袁祖铭也退往长寿(在重庆东北)。邓锡侯、陈国栋也率领残兵，退往邻水去了。杨森和卢金山，各率了自己的残部，先跟袁祖铭退到长寿，住了一日，恐怕熊军来追，正图再退万县，不料守忠州、酆都的赵荣华听说重庆失利，早已退往夔、万，好将军。却被贺龙袭取了酆都。杨森、卢金山因此不敢沿江退走，只好绕垫江梁山小路投奔万县，真是好将军。一面电呈吴佩孚告急。正是：

　　争雄西土成春梦，

　　好向东君乞救兵。

未知吴佩孚如何应付，且看下回分解。

　　武人多反复，非其本性然也，为物欲所蔽，利害所诱，虽欲贞一其志，而有所不能焉。是以反复变化，朝从乎秦而暮合乎晋，虽本人亦唯被造化播弄颠倒于利害物欲之中，而不能自知其何以至是，滋可悯也。抑武人固善反复，而唯四川之武人，则为尤甚。如邓锡侯，本逐杨森者也，而至此乃为杨森所用，刘湘，始与刘成勋相暱者也，终乃助杨而攻刘，而其后来之变化反复，虽川中之人，亦有莫知其所以然者。总而言之，为物欲利害所蔽，弗克自拔而已，政见主义云乎哉？爱国保民云乎哉？

第一百四十八回

朱耀华乘虚袭长沙
鲁涤平议和诛袁植

　　却说吴佩孚自决定武力统一的政策以后，没有一天不想贯彻他的主张。初时因见杨森入川，颇能制胜，心中甚喜，不料如今一败涂地，又来求救，不禁转喜为恼，问帐下谋士张其锽道："杨森这厮，真是不堪造就，我如此帮他的忙，却仍旧不够熊克武的一击，这般无用的人，有什么用处？只索由他去吧。"吴秀才发急了。张其锽道："我们既然助他在先，现在他失败了，又毫不在意，一些不顾念他，未免使别人寒心；二则怕他无路可走，降了熊克武，未免为虎添翼，增加敌人的力量；三则旁人或许要疑心我们无力援助，在大局上也有妨碍。如今之计，唯有做使令王汝勤入川援助，免得熊克武的势力，更为膨胀。"吴佩孚道："你的意思虽不错，计划却错了。他败一次，我们派一次援兵，这不是他被我们利用，倒是我被他利用了。他利用你，你也利用他，如今的世界，本是一利用的世界。如今我只嘱咐王汝勤，紧守鄂西，不准熊克武的川军越雷池一步便得咧。"不肯多用力量，以疲自己，确是好计较。

　　张其锽道："大帅难道对于川战，也和湘战一般的不顾问吗？"吴佩孚笑道："岂有不问之理？湖南一方面，你还不曾知道，我已派马济任两湖警备司令部参谋长，去代葛应龙管理 TY 湘北军吗？"张其锽道："既然如此，大帅何不再派王汝勤到四川去？"吴佩孚道："川、湘的情形不同，川省僻在一隅，非用兵必争之地，湖南居鄂、粤之中，我们如得了湖南，进可以窥取两粤，退一步说，也足以保持武汉，倘然湖南为南方所得，则全局震动矣。"此湖南所以常为南北大战之战场欤？湖南地势之重要，湖南人民之不幸也。张其锽道："如此说，大帅对于川战，真个完全不管了。"吴佩孚笑道："川亦重地，哪有不管之理？张先生未知吴将军野心乎？野心未戢，岂有不管之理哉？我眼下只教王汝勤给予杨森饷械，令其补充军实，再行反攻，能够胜利，四川我之有也，即使不胜，不过损失些饷械，在实力也毫无影响，岂不胜如再派兵入川吗？"比坐观蚌鹬之争，毫无损失者，已觉差了一点。张其锽大悟道："大帅用兵，果然神妙不可及。"奉浇麻油一斤。吴佩孚微笑道："神妙不敢当，不过比别人略能高出一筹耳，然而非兄亦不足知我。"一个炭篓子戴了去了。

　　正说着，恰好马济来请行期，吴佩孚命人接入，对他说道："湘战吃紧，吾兄宜赶紧赴任，倘能湖南得手，长驱南下，以抚粤军之背，广东政府不难一鼓荡平也。"军阀所念念不忘者，独一孙中山而已。马济领诺，又请示了许多机宜，即日到湖南去了。原来湖南这次战争，先发生于湘西，因湘西的沅陵镇守使蔡巨猷和前湖南督军、现在广东革命政府旗帜下的谭延闿素来接近，湖南省长赵恒惕眼光中最忌的，就只有谭延闿一人。恐地位不保耳，与吴秀才之忌孙总统，大致仿佛。其时适值有谭延闿回湘、蔡巨猷约期相应之谣，赵恒惕唯恐成为事实，遗祸将来，便作先发制人之计，下令调任蔡巨猷为讲武堂监督，沅陵镇守使一缺裁撤，所部军队由一、二两师长及宝庆镇守使分别收编。蔡巨猷明知是赵恒惕忌他，故有此举，如何肯低头接受，弃了一方之主不做，倒来赵恒惕矮檐下过生活，因此立刻分配军队，宣告独立，委刘序彝为中路司令，田镇藩为北路司令，周朝武为南路司令，实行讨赵。弄假成真了。

　　赵恒惕大怒，即刻要武力讨伐，谁知第一师长宋鹤庚、第二师长鲁涤平，都一致反对，主张调和。赵恒惕无可如何，只得暂时按下一腔怒气。气闷杀赵恒惕矣。这消息传到广东，孙中山见有机会可乘,便委谭延闿为湖南省长,兼湘军总司令职,克日率兵援湘,救湘民于水火之中。谭延闿奉令,便率队赶到湖南衡州就职,组织公署,预备北伐长、岳。赵恒惕闻报,更觉愤怒,当下以谭延闿破坏省宪为名,自称护宪军总指挥,委陈渠珍、唐荣阳、唐生智、贺耀祖、刘铏、叶开鑫、杨源浚为司令,分兵七路,来攻衡州。谭延闿派兵迎击,双方打了一仗,谭军人少,被赵恒惕夺了衡山。谭军退却,保守衡州,一面派人运动驻防湘潭的中立军团长朱耀华攻赵。

朱耀华素来也恶赵氏阴险,听了谭氏代表的一席话,便即依允,立刻回兵进袭长沙。长沙这时除却几个警察而外,并无防军,因此朱耀华不费吹灰之力的占了长沙。赵氏听说长沙已失,正要退却,谭军已猛烈的反攻过来。赵军军心已乱,抵敌不住,大败而走。赵恒惕率领残部,逃到醴陵,向江西的北军萧安国乞援。请北军入湘,是省宪所许可的吗?谭军乘势复夺衡山,一面令张辉瓒先入长沙。张辉瓒到了长沙以后,先请任命宋鹤庚的参谋长代理第一军军长,用宋氏名义,招抚西路贺耀祖、唐生智两旅。贺耀祖得了这个消息,拍电给唐生智商议道:"刘铏和鲁涤平都是中立军队,决不至为谭利用,叶开鑫现率全军,已和赵省长在株洲会合,现已助谭的,只有唐荣阳一人,我军未见得没有复振的希望,不如暂时退却,以图再举。"唐生智复电赞成,遂即由桃源退军常德。刚把军队扎下,忽然又报唐荣阳来攻,部下两个团长大怒,便要接战。唐生智忙阻住道:"长沙失守,士兵已无斗志,倘若恋战,徒受损失,不如全军而退,再作计较。"团长遵命。唐军便向益阳退却,到了中途,又报益阳已被刘序彝占据,只得又绕道退到湘阴。正在忙忙奔走之间,忽见又有一彪军队到来,急忙打探,方知是贺耀祖的军队,两人俱各大喜,当时合兵一处,到湘阴去了。

方鼎英得了这个消息,便与张辉瓒商议办法。张辉瓒道:"这是很容易办的。他俩现在已经势穷力竭,我们派人去接收改编,大概没有什么问题了。"方鼎英道:"这问题虽然容易解决,但是还有一个问题,也是要解决的。谭总司令现因布置军事,无暇到省,宋鹤庚、林支宇等又不肯来,鲁涤平那厮昨天还来电要求我军退出长沙三十里,这件事应该怎样办呢?"张辉瓒道:"这问题也不甚要紧。鲁涤平虽有电报叫我们退出长沙,未见得便来攻击,倒是北军方面,我们要注意些。"方鼎英道:"只要中立军没有问题,北军方面,大概一时不会来的,现在且丢下再说罢。"

过了一天,派去收编贺、唐两旅的人被贺、唐赶了回来,方鼎英问他详细情形。那人道:"贺、唐两人听说我去收编,勃然大怒,便准备下令来攻长沙,把我赶出。临走时,他还对我说,教我转告军长,速速反正。不然,他们攻下长沙,不好相见。"方鼎英怒道:"这厮也太倔强,我难道怕他们不成?"正说时,忽然张辉瓒很忙忙地走了进来,方鼎英见他很有些急遽之色,忙问何故,张辉瓒道:"刚才谭总司令有电报来,叫我们支持两日,等东西两路兵到再说,不可便退。"方鼎英诧异道:"奇了!你这话我完全不懂,怎么支持两日,贺、唐的军队还没到哩。"一说东,一说西,各不接头,趣甚。张辉瓒忙道:"你说什么话?贺、唐?哪个贺、唐?可是要攻长沙吗?"方鼎英更觉诧异道:"贺耀祖、唐生智不听收编,现已出动来攻长沙,你还不知道吗?"迷离惝恍之至。张辉瓒道:"这真奇绝了,我竟毫不知道。"

正说时,朱耀华也走了来,一见张、方两人,便道:"你们知道刘铏率着本部军队,前来攻击我们吗?"突兀之至。张辉瓒道:"我正为着这件事到这里来的,你也知道了吗?"方鼎英惊疑道:"什么话?刘铏是中立军队,为什么要来攻击我们?"张辉瓒道:"说来话长呢,他虽是中立军,实际上比较和赵恒惕接近,又因为听得吴佩孚已命萧耀南派第二十五师和江西的萧安国入湘援赵,恐怕北军一到,湘省的自治要受影响,所以想先来驱逐我们,好阻挡北军的南下。"方鼎英道："照现在的情形说来，长沙已处于四面围困之中了，我们应该要想法应付才好。"张辉瓒道："我们在省的兵力很薄，分兵抵御，当然是做不到的，现在唯一的战略，只有采用各个击破的计划，选择紧急的一面，打破了他，再回军攻击别的部队，如此，或者还有点希望。此时除此以外，确无别法。要想守是守不住的，你知道东西两路的大军，什么时候能到？"也料得着。朱耀华道："论起紧急来，当然要先攻刘铏了，一则他兵近势急，二则易与中路联络，贺、唐一路，只可暂时不顾了。"此时以为专对刘铏，放弃贺、唐一路耳，孰知西路之外，更有叶开鑫一路哉？方鼎英道："这个战略很对，事不宜迟，我们就出发罢。"议定之后，当即分别预备，出发攻刘。刚到半路，忽然侦察队飞报，赵军叶开鑫所部蒋、刘两团精旅，已乘虚袭入长沙。得之毫不费力，失之亦毫不费力，可谓水里来，火里去，扯个平直，一若冥冥之中，确有主者。张辉瓒等大惊，不敢再御刘铏，全军退往宁乡去了。

却说谭延闿到衡山以后，因赵恒惕尚在醴陵一带，即继续前进，恰好赵军精锐部队蒋、刘两团已入长沙，留下的只鄂军夏斗寅部，如何当得谭军？所以谭军在一战之后，便连克攸县、醴陵，进迫浏阳。不料叶开鑫部的蒋、刘两团得了长沙后，却把长沙防务交与贺耀祖、唐生智两人，自己仍赶回浏阳作战，击败谭军，夺回醴陵。谭军只得退守株洲，正要反攻，忽然接到刘铏、鲁涤平两人的联名来函，大略说道：

湘省自战，易启外侮，近闻北军将实行入湘，蚌鹬相争，为渔翁者已大有人在。我公爱护桑梓，可不悟乎？涤平等同念民艰，不忍坐视，窃愿两公俯念下悃，化干戈为玉帛，另附和议具体办法七条，务希采纳。至一切细情，已派代表面详，恕不具赘。

一、自九月二十二日下午起，至二十九日止，共一星期，为停战期间。

二、在停战期间内，双方军队各守原防，确定以湘江、渌江为界，彼此不得移动前进。

三、停战期间，由谢、吴、叶、贺各军长官，就近选派全权代表，先行交换意见。

四、指定湘潭县姜畲为双方代表交换意见场所，即由该地防军担任保护，所有代表及随从，不得携带武器。

五、双方代表交换意见后，如认为与事实不甚相远，再由双方会函通电约集和平会议，并继续停战若干日。

六、和平会议办法及地点，由双方代表定之。

七、第一第二两条规定之效力，由吴、谢、叶、贺担负责任，如有违反者以破坏和平论。办法亦颇切实。

谭延闿看过以后，问代表北军入湘的详细情形。代表答道："赵恒惕失长沙时，曾向洛阳吴佩孚乞援，现在吴佩孚已决定派兵入驻岳州，设立两湖警备司令部，自任总司令，萧耀南任副司令，并以湖南人葛应龙为主任，兼军务处长。虽然并没有援湘的名义，实际上却是相机而动，希望窥取全湘，所以萧耀南部的四十九旅，已开到桃林黄沙街，五十旅也将入驻云汉，刘佐龙旅开到羊楼司，胡念先旅已到公安、石首，将入常、澧。江西萧安国旅已准备向株、醴进发，局势十分危急，所以只得议和以图自救了。"持论甚是，惜不能推之国家耳。

谭延闿道："这些事情，我也大略知道一些。谭公岂孤行一意者？但是我已声明仍继赵炎午办法，阻止北军南下。萧耀南也因鄂、湘两省的人民反对派兵，已经表示决不侵湘，吴佩孚的计划，或者不至实现，也未可知。"代表道："吴佩孚岂是讲信义的人？他如要扩展地盘，哪里肯顾到这些不关痛痒的事情？"谭延闿道："这办法上面要谢、吴、贺、叶四人负责，谢、吴当然是我前敌的谢国光和吴剑学了，贺、叶可是贺耀祖和叶开鑫？他两人对于这七条办法，可曾表示过什么意见没有？"鲁涤平的代表道："已经另派代表去接洽，想来也绝无问题。"

谭延闿请他先回，即时便有电复。一面命人去请谢国光、吴剑学，两人应召而至。谭延闿就把鲁涤平的信给两人观着，谢国光道："我们刚都接了他的电报，据说贺耀祖、叶开鑫已经复电赞成，只要我们答应，便可正式接洽了。我们正要来请总司令的示。"谭延闿道："刘铏前此驱逐长沙的张辉瓒部，明明已经倾向赵军，有他在内，这件却难凭信。"吴剑学笑道："他前星期也为怕人疑他亲赵，特地联合鲁军长，电请赵军离省，让给中立军驻防，以解众疑。刘铏似亦颇具苦心。不料赵军全体反对，因此他又离开长沙，到汉口去了。这封信上虽写着他的名字，恐怕他自己还不曾知道咧。"谭延闿道："既然如此，能够和平解决，更好，只要他们能福国利民，我没有不赞成之理，你们就复电赞成罢。"两人领诺。谢国光道："湘阴方面的唐荣阳部，攻击长沙的刘序彝部，和张辉瓒、朱耀华各团，总司令都要电饬他们停战才好。"谭延闿道："这个自然，不须你说。"

谢国光、吴剑学去后，谭延闿当即电饬各路停战，可谓勇于为善。谢、吴、叶、贺各派代表，交换了一次意见，尚极接近。一星期的限期易过，瞬息已满，鲁涤平又通电继续停战两星期，双方各派全权代表，开正式会议，讨论议和条件。当时举鲁涤平为正主席，刘铏为副主席，议定赵恒惕任总司令，谭任省长，省宪法也加以修正。叶开鑫得了这个报告，不觉大怒道："省宪法是全省人民所议定的，代表如何可以擅定修改？说话未尝不是，但惜此省宪未必真出全民公意耳。我派他做代表，原只能代表我的意见，他倒代表起全省人民，来拟修改省宪了。蔑宪违权，莫此为甚。"此语虽未必全是，然颇足为但知个人不知民众，以一手掩天下目者讽也。当下立时撤回代表，另行改派，再延长停战期限，集会磋议。

鲁涤平见垂成的和议中途又生波折，十分不悦，因和所部团长袁植道："我为湘省三千万人民计，不能不出任艰难，倡导和议，不料偏有许多波折，令人可叹。"袁植道："本来是多此一举，谭氏破坏省宪，罪有应得，赵军屡次战胜，平定全湘，已非意外之事，偏有什么和议出来，要推谭氏来做省长，便是大家赞成，我也不赞成。"一味偏护赵氏，岂得谓之公论？鲁涤平听了默然，袁植自悔失言，即便告辞而出。

鲁涤平亲自起身送他出门，格外比往日恭敬。心有所不忍欤？抑不认其为部将欤？袁植亦很觉诧异。走不多远，忽觉前面有人影一闪，袁植正要叱问，只听得啪的几声，子弹休休的直射前心，不觉啊呀一声，跌倒在地。随从马弁一齐大惊，急忙寻觅凶手时，已经无影无踪。众马弁无可如何，只得把他抬回团部里，急忙叫军医官来诊视时，早已呜呼哀哉。全团将士不知被何人所刺，正在忙乱，忽然军号几声，四面的枪弹如雨点似的洒了过来。全团将士大惊，正待探问，枪声忽然停止了。接着跑过几个军官来，一声大喝道："缴枪！"众人这时因袁植已死，无人统领指挥，二则知道已处于四面包围之中，决难抵抗，只得一齐缴械，听其遣散，按下不提。

却说刘铏在姜畬忽然听得袁植被刺的消息，不知何故，十分惊讶。次日，忽报鲁涤平令吴剑学部一团和朱耀华团袭占湘潭，解散袁植所部，在姜畬的赵方各代表，已都受监视，不觉大怒道："鲁涤平如何敢欺我？他能助谭，我便不能助赵吗？"全不讲顺逆，一味讲义气之争，也不能说是明智。说着，便起身赴省，去见赵恒惕。赵恒惕议和本非出于诚意，不过因兵力已疲，想借此休息补充而已，军阀在战争中而谈和议者，大率类此。所以一方面虽在讨论磋商，一方面却积极扩充军备，军阀行径，大率如此。把唐生智、贺耀祖、叶开鑫等都升为师长，所部团长，也都升为旅长，却以军长的空名义，给予宋鹤庚、鲁涤平两人。

这天因马济到湘，正在议论攻谭之事，刚好刘铏赶到，赵恒惕忙问其何故匆匆来省，刘铡就把鲁涤平如此可恶的情形说了一遍，赵恒惕大怒道："既然如此，我即日便进兵交战，看我能击退谭军否？"马济问现在各路的军事布置，赵恒惕道："我军主力，现在东路攸、醴、株洲一带，和敌军成对峙之势，北至湘阴，沿湘江一带，都有敌军，我军要防守的地方太多，军力单薄，尚望贵军助我一臂之力。"马济慨然应允，准定即日回岳，调一团人入长沙，代贺耀祖任防守之责，让贺耀祖到株洲去助唐生智。赵恒惕大喜，刘铡铡之驱谭军离长沙，借口阻止北军入湘也，今北军且入长沙矣，何以独无一言？当即传令各军向谭军总攻击。正是：

> 只因欲拒门前虎，
>
> 无奈权亲户后狼。

未知胜负如何，且看下回分解。

鲁涤平之诛袁植也，时论多议鲁处事失当，吾以为是诚管窥蠡测之论也。夫谭之伐赵，赵有可伐之罪，而谭有可伐之权也。何则？赵本属谭，谭民党份子也，不利于野心者之所为，遂利用赵以去谭，谭去而湖南入于军阀之手矣，此赵有可伐之罪者也。中山为创立民国之元勋，而以救国救民为志者也，北伐不成，国不可救，民亦不得救也。赵氏不去，不能贯彻北伐之计划，故谭秉孙令，有伐赵之权也。鲁涤平为谭旧部，附谭而反赵，与情理正谊，皆所应尔，而袁植乃攻谭而附赵，不诛之将何为乎？孟子曰："不揣其本而齐其末，方寸之木，可使高于岑楼。"若断章取义，责鲁不宜出谋诱杀之途，则吾复何言。

第一百四十九回　救后路衡山失守
争关余外使惊惶

却说谭延闿见和议破裂，又入战争时期，和鲁涤平等定下计划，等湘潭的鲁涤平军准备好后，便和长沙对岸的蔡巨猷军的刘序彝部，以及湘阴、赤竹、洙州各面的军队，齐进以夺长沙。到了赵军下总攻击令的那一天，因鲁军还不曾准备定妥，所以不能一齐发动。

谭延闿自己在株洲方面，指挥谢国光部和从广东带来的湘军，攻击唐生智。战了一日，未见胜负。谭延闿因命谢国光部绕攻唐生智的侧面，以收夹击之效，自己在正面冲击。唐生智自然也督率部下将士，奋勇反攻。

两军正在战得起劲，忽然东面枪炮声大作，子弹如雨点一般的向唐生智军洒来。原来谢国光已从侧面攻到，唐生智大惊，急急分兵抵拒。正面的阵线既薄，抵抗力又弱，谭军进攻愈勇，唐生智虽则竭力抵御，当不起谭军三番五次的肉搏冲锋，看看支持不住，正待溃退，忽然后面一队援军，如风驰电掣地赶到，原来是贺耀祖部。唐生智吃惊道："你负着防守长沙的重责，如何到这里来？"贺耀祖道："防守长沙的任务，业已有马济率领一团北军担任，赵总指挥因听说这方面局面紧急，所以派我来助你。"唐生智大喜，请他担任正面，自己去攻侧面的谢国光。贺耀祖应允，便督队向谭军进攻。谭军战斗已久，况且冲锋多次，兵力已疲，如何还能攻破贺耀祖的阵线？因此本来很得势的战事，又渐渐的失势起来。

北军不到长沙，贺耀祖不能调至株洲，则唐生智必败，唐生智败，则长沙危，一也。株洲方面战事不得手，则不能抽调刘、邹劲旅，击退蔡巨猷之兵，二也。谭、蔡两军不退，叶开鑫不能攻克湘潭，三也。湘潭不得，唐荣阳决不又反谭助赵，四也。在事实上言之，马济不过助赵以一团兵力担任防守耳，而在战局上，乃有如此重大影响，亦见军事之变化难知，而吴佩孚阻挠义师之罪，实浮于赵也。

勉强支持了两日，谢国光部先被唐生智击败，唐军乘势来包抄谭军后路。谭军恐受包围，只得退却。

贺、唐追击了一阵，忽然接着赵恒惕的密谕，大略说道：

闻东路得手，谭、谢各败退，甚喜。唯谭军实力，并未全失，湘潭、靖港即蔡巨猷所部军队。敌俱未退，不可远及，重劳后顾，可急令邹鹏振、刘重威两部秘密开省，俟退去蔡军，则湘潭势孤，不难一鼓而下。若得湘潭，东路亦不足忧矣。

贺、唐见了这个密谕，便停止追击，急令邹鹏振、刘重威两部开省。

邹、刘遵令回到长沙，来见赵恒惕，恰好赵恒惕和马济在那里议事，见了邹、刘便道："你们来得很好。这几天湘江的雾很大，明天拂晓，你们可乘雾渡江袭击蔡巨猷军，今天暂时休息罢。"邹鹏振道："蔡巨猷部在对岸的军队，恐怕也不多罢。"马济道："你怎的知道？"邹鹏振道："我们在东路作战，俘获的敌人里面有不少是蔡巨猷部，蔡部开到对岸的本来不多，现在又分兵去助东路，可见留下的也就有限了。只我所不解的，不知道这些军队，是几时开拔过去的？"赵恒惕道："你还不知道吗？蔡部的开拔到东路，是正在议和的时候哩。"刘重威道："议和的时候，规定各军不得调动，他如何通得过中立军的驻地？"赵恒惕道："鲁涤平原是亲谭的，岂有通不过之理？"此亦补笔，不必定看作邹鹏振等未知也。刘重威道："既然如此，也不必我们两部去，还是分一半去攻湘潭罢。"马济道："不必。湘潭方面，有叶部开鑫前去也够了，很用不着你们去，你们还是去休息休息，明天拂晓好渡江进攻。"邹鹏振、刘重威应诺，又道："叶师长何时进兵？"赵恒惕道："你们一得手，他便立刻进扑湘潭了。"

刘重威和邹鹏振等退出以后，各自回营布置。到了次日天未明，便集合渡江，马济亲自赶到炮台上来开炮，此时只听得两面的枪声，连续不绝，隔江的炮火也非常激烈。邹鹏振等的兵船，几次三番都被逼退回。马济好生着急，因观察炮火发来的所在，亲自瞄准，放了两炮，又向枪弹最密的所在开了几炮，隔岸的枪炮声便稀疏起来，邹鹏振、刘重威乘势又冲过江去。对岸的蔡军急待抵御时，邹、刘两部早已大半上岸。双方不能再用射击，便各装上刺刀，互相肉搏。邹、刘两部后临大江，不能即退，只得奋勇冲击，此之谓置之死地而复生欤？后队也陆续登陆。人数愈众，进攻愈猛。刘序彝部人数甚少，如何抵敌得住？不上三四小时，便大败而走。

叶开鑫得报，立刻从易家湾渡江进扑湘潭，在湘潭北面，和鲁涤平军开起战来。双方战了一昼夜，兀是胜负未分。忽然西北角上枪炮声大作，邹鹏振旅从靖港赶来助战，向鲁军左侧进攻。鲁军人少势薄，又得了东西两路败退的消息，无心恋战，急急弃了湘潭，全军退走，正想率队去会谭军，忽然有大彪军开到，急加探询，方知谭军已来。

鲁涤平大喜，急忙过去谒见谭延闿，动问放弃株洲防线的原因。谭延闿道："我本待反攻，只因接到大元帅的电报，说东江失利，博罗、河源相继失守，令我即日回军讨伐陈逆；再则听说吴佩孚因赵军失利，令沈鸿英从赣出郴州，截我后路。我军前线已经不甚得手，如再后路被截，势必一败涂地，所以不得不急急回军先救宜章，如东江战事已有转机，我们便可反攻长沙，如东江战事紧急，便可即回广州破敌，似乎比较妥当。贵部和我同行还是保守衡山？可请兄自己决定。"鲁涤平道："我如防守衡山，则你我兵分力薄，反无势力，不如同救宜章。"谭延闿称善。当下两人合兵到宜章来，赵军便乘势收复了衡山、衡阳。

唐荣阳部听说谭军失败，急又倒戈附赵，并派兵攻击常德蔡军，以赎前此暗袭贺、唐于常德之嫌。赵军之失守长沙也，唐荣阳攻贺、唐于常德以助谭，谭之失衡阳，唐荣阳又攻蔡、刘于常德以助赵，同一攻常德也，其用大异，武人之反复无信义，可胜慨哉！赵恒惕对于蔡巨猷军，向来不甚重视，他唯一的战略，是先行打倒湘南谢谢国光吴吴剑学鲁鲁涤平能战的军队，再行围迫湘西，所以没有把谭军尽行驱逐出湘。对于唐荣阳的举动，也不甚留心，鄙薄之至，唐荣阳亦自惭否？只仍然继续攻谭的工作。

其时郴州已被沈鸿英所袭，广州解来接济谭军的子弹饷械，也尽被沈鸿英截了去，因此谭方用全力夺回郴州，把沈军逐回赣边，一面急急召集鲁涤平、方鼎英、谢国光、吴剑学、朱耀华、刘雪轩等，会议此后应战方法。

鲁涤平道："我们此时唯一的要着，就要维持湘南、湘西的联络，要维持湘西、湘南的联络，就不能不守永州、宝庆。郴州、宜章虽然是和粤中来往的要道，却决不可作为根据地，反而和湘西失了联络。"谭延闿道："宝庆已有黄耀祖部在彼防守，似乎一时可保无虞。永州地方，更为重要，不知哪一位愿去负责坚守？"刘雪轩欣然起立道："雪轩愿负此责。"谭延闿道："永州地方，最为重要，永州倘然失去，则和湘西的联络断绝，反攻和呼应，都有种种困难了。"刘雪轩道："总司令放心，雪轩誓死坚守，决不致有些许闪失。"说大话人，往往不能实践。谭延闿道："永州现在还不甚吃紧，暂时由你一人防守，到紧急时，我自调兵助你。"刘雪轩慨然答应，其余各人也都认定防线，专候赵军前来厮杀。

无奈这时子弹缺乏，粮饷又少，因粤方接济被沈鸿英截留之故也。广州的风声又紧，因此军心不甚坚定。不多时，宝庆、耒阳、祁阳相继失守，刘雪轩见孤城难守，也不向谭氏求救，径集合部属，投降赵军了。可杀。说大话的，原来如此没用。

谭延闿见大势已去，孙大元帅回军救粤的命令又一日数至，便令各军尽都退回粤边。鲁涤平、朱耀华、方鼎英、黄耀祖各部调乐昌（在广东韶关之北）；谢国光调仁化（乐昌东）；吴剑学部调九峰（乐昌东北，贴近湘边之一乡镇）；陈嘉祐和蔡巨猷的一部调星子（粤境连州北，紧贴湘边之一乡镇）。一面又电令沅陵蔡巨猷猛力冲出湘南，集合粤边。

其时蔡巨猷、唐荣阳反戈附赵，陈渠珍又改变中立态度，派兵分攻辰、沅周朝武部，武人之看风使舵，其刁猾处尤过于政客，可恨。形势十分吃紧。蔡巨猷自己在溆浦和贺耀祖相持，虽曾用计击破贺军，无奈大势已失，贺部依然集合反攻，不能挽回大局。周朝武屡被戴斗垣所破，向赵恒惕提出要求改编的条件。赵恒惕因他们不日便可消灭，也拒绝不允。后来到底被击败溃散，这些散兵无处可奔，都流为土匪。自此以后，湘西便成为土匪世界，人民被累不堪。此亦不能不谓为赵恒惕拒绝改编之罪。

蔡巨猷不能再守，只得退入洪江，派代表和黔边黔军联络，以谋退步，此时得了谭延闿的命令，便又令陶忠澄、陈嘉祐出武冈，周朝武、刘序彝出安化，奋勇冲突。赵恒惕哪里容得他冲过？立刻把湘南各重兵，分头包围，不令越过雷池一步。蔡巨猷勉强支持了月余，武冈、安化相继失守，大势更加穷蹙。蔡巨猷见形势已十分危急，便通电下野，当刘序彝、陶忠澄、周朝武等，电请赵军弗再追击，赵恒惕哪里肯听，依旧派兵猛攻。到本年（十二年）十二月三十一日，叶开鑫攻下洪江，蔡巨猷只得逃奔贵州，湘西军事，方算解决。只是变为土匪的败兵，却并无收拾的办法，自己地位保住便罢了，土匪骚扰百姓，和自己有何干涉哉？此事却按下不提。

却说谭延闿因广州的战事紧急，奉孙大元帅的命令，即日率部回广州，讨伐东江的陈逆，便集合所部军官会议。鲁涤平、谢国光、吴剑学、朱耀华、方鼎英、张辉瓒等，都请即日回兵讨贼，只有黄耀祖、汪磊两人默然。谭延闿道："既各位都主张即日回军讨贼，希望即去预备一切，分头回广州破贼。"众皆领诺。黄耀祖起立道："讨贼要紧，边防也要紧，我们如全体开往东江，万一湘军来袭，如何抵御？"众人正要回答，汪磊也起立道："黄团长所说的话，确是很有理由，我们不可不防。磊虽不才，情愿和黄团长紧守粤边，以防意外。"其言甘者，其中必苦。谭延闿道："如此甚好，所有粤边的防守事宜，就请你们担任罢！"议定以后，众皆散去，只有吴剑学一人留在后面，有心人。悄悄向谭延闿道："我看黄耀祖和汪磊，说话虽然好听，恐怕其中还有秘密，总司令如何准他留守粤边？"谭延闿默然不答。吴剑学固问，谭延闿道："倘然必定要强迫他同走，他抗不受令，又将怎样办理？"吴剑学道："立刻派兵缴他的械。"谭延闿道："这样办就大失算了。他俩既有异心，如何不先做提备？万一攻之不克，兵连祸结，必致耽误东江战事。再则恐怕赵恒惕乘机来攻，更惹出一层外患，岂非失算之至？现在示以坦白，结以恩信，即使他俩果有异心，也决不肯为我们后方之患了。"此等处既仁且智，颇似中山。吴剑学拜服。

次日，大军一齐开拔，向广州进发，在半途便听说黄耀祖、汪磊两人集合部队，投湘南去了，果然不为后方之患。谭延闿唯有太息而已。到得广州时，广州情形已十分严重，谭延闿急急去见中山。中山见了谭氏回来，十分欢喜。谭延闿把湘中的情形大略讲了一番，便问起战事失败的原因。中山叹息道："此次战事，本来已操胜算，不料石滩之战，刘震寰部忽然哗变，致牵动全局，遭此败衄。假使没有这次变故，惠州也早已攻下了。"致败的原因，至此方才补出。

谭延闿道："已往之事，不必深究，只不知逆军在什么时候方能击退咧？"中山笑道："逆军此次作战有两大失计，现在危险时期已过，不出三日，必可反败为胜，再占石滩。"能说必能行，非如徒说大话而不能实行者。谭延闿道："何谓两大失计？"中山道："洪兆麟、杨坤如不等林虎进展，便占石龙，以致不能齐进，这是第一失计；既然得了石龙，又不急急前进，让我得整顿部队，布置防守，这是第二失计。当时退到广州的时候，滇军主张放弃广州，我早已料到逆军必不能立即进迫，所以不肯答应，只有李协和能深得我心，劝我坚守，现在樊钟秀既已反戈附义，已到广州，兄又领兵赶到，何愁逆军不退吗？"确有把握之谈，非豪无主见者。谭延闿尚沉吟未答。中山又道："组庵（谭延闿字）不必怀疑，逆军在三日内，我军便不攻击，他必自退。一则进无可取，二则粮食缺乏，香港又不肯运米接济，怎能持久？"谭延闿欣然道："战事确不足虑了。但在军饷方面，也急宜措置方好。不然，即使东江荡平，而粮饷无着，也决不能完成北伐的工作。"中山道："关于这一层，我已筹有办法，决计收回海关税权，将粤海关的关余，全数截留，在本月按此时为十二年十一月。五日，我已正式照会北京外交团，要求将这笔关余，应一例拨交本政府。"自是正当办法。中山一面说，一面命人将原文检出，交给谭延闿观看。照会的大意说道：

敝国关税，除拨偿外债外，所余尚多，此项关余，其中一部分为粤省税款，北政府以取自西南者为祸西南（北政府尝取此款以接济西南各省叛军，如陈炯明之类，以祸人民，故曰为祸西南）。揆之事理，岂得为平？况当一九一九与一九二〇年间，因广东护法政府之请求，粤海关税余应还抵押外债部分外，尝归本政府取用。今特援前例，要求外交团，此后所有关余，应一律由本政府取用，不得复拨交北政府，否则当用直接处决方法。唯在此期间，当静候两星期，以待答复。

谭延闿看完道："外交团可曾答复？"中山道："复文昨天刚由广州的领事团送到。"说着，也叫人检出，送给谭延闿观看。复文的内容，大意是这样：

关余为中国之所有，外交团不过受北京政府之委托，为其保管人，贵处如欲分润，当与北京政府协议。南北方为交战团体，岂有协议可得？复文殊觉滑稽。外交团无直接承诺要求之理。如任何方面果有干涉之举，则外交团为保护海关起见，只有采用相当强迫手段，以为办理。此文完全偏袒北京政府，外交团非有爱于北京政府也，特以南政府为革命政府，如革命成功，则列强即不能复肆侵略，故凡可以妨碍南政府之活动者，无不为之尔。

谭延闿看毕说道："这复文真岂有此理极了。真是岂有此理。我们偏要干涉，看他们如何用强迫手段来办理？"中山道："他们（指外交团）现派了许多军舰在广州洋，升火示威哩，我也曾有过宣言，如海关不把关余交给本政府，则本政府当即行撤换税务司，便到万不得已，还可把南方各港辟为自由贸易港，亦称自由市，一切货物出入，均不须纳税者。以为抵制。言出必行，不畏强御，此时中国唯一人而已。但在这时似乎还不必实行此种计划，且再过几天，等击破陈军以后再说罢。"两人又讨论了一会战事。方才分手。

次日，中山先生令谭延闿、许崇智、樊钟秀等，俱各分头向陈军反攻，又令范石生绕出增城，以断林虎的后路。布置定妥，便各分头进攻。陈军此时粮食不济，本来已有退心，再加各义师进攻甚猛，陈军哪里抵抗得住？战不一日，便纷纷败退。各军分头追击，洪兆麟、杨坤如等屡战屡败，石龙、石滩，相继克复。林虎听说中左两路都败，急忙退却，恰被范石生赶到，大杀了一阵。林虎带领残军逃回增城，和围增城的陈军会合，军势又振，围城如故。不料范石生部蹑踪而来，许崇智部又从石滩来攻，城内被围的军队也乘势冲出，林虎三面受敌，死伤甚众，又大败而退，相度地势，凭险而守。其胜也忽然，其败也突然。陈炯明见战事着着失败，十分懊丧，急忙拍电到洛阳，向吴佩孚求救，陈氏是时方倚吴佩孚为泰山，而不知吴氏已有冰山易倒之势矣。请吴立即令江西方本仁、湖南唐生智以及沈鸿英军，迅即入粤援助，攻中山之后。正是：

> 欲摧革命业，
> 更遣虎狼师。

未知吴佩孚是否即令方、唐、沈入粤，方、唐、沈是否肯受命攻粤，且看下回分解。

中山为争关余而致牒于北京使团曰：北京政府，取西南人民所纳之赋税，以祸西南，揆之事理，岂得为平？痛哉言乎！夫帝国主义者，欲肆虐于中国，必先求中国时有内乱，不克自拔，乃得长保其侵略与借为要索权利之机会。欲助长中国之内乱，则非妨碍革命势力之进展，及保持军阀之势力不为功。而欲妨碍及保持两者之有效，则财力之为用尚焉。故务必取西南之关余，以纳诸北京政府之手，使得用之以为祸西南，虽盛派舰队，架炮威吓而亦有所不惮也。呜呼！中山以为事理之所不平者，岂知彼帝国主义者，乃方以为必不可变之手腕乎？

第一百五十回 发宣言改组国民党 急北伐缓攻陈炯明

却说陈炯明在广州被中山击败后，只得退守博罗等处，一面向吴佩孚乞救。吴佩孚虽然拥兵甚众，无奈鞭长莫及，不能立刻派队援助，只得电令沈鸿英、方本仁、陆荣廷等，火速入粤。那沈鸿英此时已有归附中山、回桂攻陆的意思，对于吴佩孚的命令，如何肯受？忽而叛中山，忽而顺中山，忽而又叛中山，忽而又欲降中山，沈鸿英之反复，在中国武人中，可谓罕与伦比。至方本仁目光，全在赣督一席，早有取蔡而代之之心。蔡成勋对他，也似防贼一般，十分留意。方本仁既不离开江西，至失了乘势而起的机会；蔡成勋更不能接济子弹饷械，为虎添翼。有了这两种原因，吴佩孚的电令，哪里还能发生效力？三路中又去了一路。陆荣廷在广西，不过占得一部分地方，实力有限，也无暇远征。三路全都没用了。三路援军，没有一路可为陈炯明实际上的援助。还有湖南的唐生智，也曾奉到吴令助攻广东，谁知生智是新派人物，本来反对北军，因时局紧急，自己实力未充，不曾有露骨表示，如今却教他进攻广东，更办不到。这一路也没用了。陈炯明见盼不到救军，只得用离间引诱之法，此公反复小人，应善此等计划。运动杨希闵、刘震寰所部的滇、桂军停止进攻，或竟背叛中山，这一着倒颇有效力。原因中山此时正在全力改组中国国民党，作根本整顿之图，对于东江战事的进行，当然不能十分注意。有了这两层原因，战事便日趋沉寂，仿佛入于停顿之中了。至此将战事暂时搁起，以后本回全写国民党改组事情。

说到中国国民党改组的动机，却在去年（民国十二年）秋间，那时有一个名叫高一涵的，在《努力》周报上发表了一篇文字，批评国民党的份子太复杂和组织的不适当，主张加以改组。中山先生见了这个提议，十分满意，便派汪精卫等着手预备。一面在未改组之先，先在广州开一次谈话会，请党员发表意见，并规定在一月二十日（民国十三年）召集第一次全国代表大会。大会代表由各省党员各选举三人，由总理指派三人，其余如党纲党章以及改组手续等，则一切都俟大局决定，并由中山先生发表一篇改组宣言道：

吾党组织，自革命同盟会以至中国国民党，由秘密的团体而为公开的政党，其历史上之经过，垂二十年。其奋斗之生涯，荦荦大者，见于辛亥三月广州之役，同年十月武汉之役，癸丑以往倒袁诸役，丙辰以往护法诸役。党之精英，以个人或团体为主义而捐生命者，不可胜算。当之者摧，撄之者折。其志行之坚，牺牲之大，国中无二。然综十数年已往之成绩，而计效程功，不得不自认为失败。满清鼎革，继有袁氏；洪宪随废，乃生无数专制一方之小朝廷。军阀横行，政客流毒，党人附逆，议员卖身，有如深山蔓草，烧而益生，黄河浊波，激而益澎，使国人遂疑革命不足以致治，吾民族不足以有为，此则目前情形无可为讳者也。窃以中国今日政治不修，经济破产，瓦解土崩之势已兆，贫困剥削之病已深，欲起沉疴，必赖乎有主义有组织有训练之政治团体，本其历史的使命，依民众之热望，为之指导奋斗，而达其所抱政治上之目的。否则民众蠕蠕，不知所向，唯有陷为军阀之牛马，外国经济的帝国主义之牺牲而已。国中政党，言之可羞。朝秦暮楚，宗旨靡定，权利是猎，臣妾可为。凡此派流，不足齿数。而吾党本其三民主义而奋斗者历有年所，中间虽迭更称号，然宗旨主义，未尝或离。顾其所以久而不能成功者，则以组织未备，训练未周之故。夫意志不明，运用不灵，虽有大军，无以取胜。吾党有鉴于此，本其自知之明，自决之勇，发为改组之宣言，以示其必要。先由总理委任九人，组织临时中央执行委员会以始其事，行将召集海内外全党代表会议，以资讨论。关于党纲章程之草定，务求主义详明，政策切实，而符民众所渴望，而于组织训练之点，则务使上下逮通，有指臂之用。分子淘汰，去恶留良，吾党奋斗之成功，将系乎此，愿与同志共勉之！

到了一月十九日那天，光开了一次预备会，第二天才开正式的代表大会。会期共是十天，到一月三十日闭会。在开会的那一天，各省代表纷纷出席，议决修改党章，决定政纲，并发表了一篇宣言。那宣言非常之长，共分为中国之现状、国民党之主义、国民党之政纲三大段。现在把中国之现状一段择要摘录，政纲则全部都录在下面。至国民党之主义，则大家都知道是三民主义了。在这党治之下，大概已经没有不知道的人，在下也不容多费笔墨，来做抄书胥咧。那最前面中国之现状一段的大略道：

中国之革命，发轫于甲午以后，盛于庚子，而成于辛亥，卒颠覆君政。夫革命非能突然发生也，自满洲入据中国以来，民族间不平之气，抑郁已久。海禁既开，列强之帝国主义，如怒潮骤至，武力之掠夺，与经济的压迫，使中国丧失独立，陷于半殖民地之地位。满洲政府既无力以御外侮，而钳制家奴之政策，且行之益厉，适足以侧媚列强。吾党之士，追随本党总理孙先生之后，知非颠覆满洲，无由改造中国，乃愤然而起，为国民前驱，激进不已，以至于辛亥，然后颠覆满洲之举，始告厥成。故知革命之目的，非仅仅在于颠覆满洲而已，乃在于满洲颠覆以后，得从事于改造中国。依当时之趋向，民族方面，由一民族之专横宰制，过渡于诸民族之平等结合；政治方面，由专制制度过渡于民权制度；经济方面，由手工业的生产，过渡于资本制度的生产。循是以进，必能使半殖民地的中国，变而为独立的中国，以屹然于世界。

然而当时之实际，乃适不如所期。革命虽号成功，而革命政府所能实际表现者，仅仅为民族解放主义。曾几何时，已为情势所迫，不得已而与反革命的专制阶级谋妥协。

此种妥协，实间接与帝国主义相调和，遂为革命第一次失败之根源。夫当时代表反革命的专制阶级者，实为袁世凯，其所挟持之势力，初非甚强，而革命党人乃不能胜之者，则为当时欲竭力避免国内战争之延长；且尚未能获一有组织，有纪律，能了解本身之职任与目的之政党故也。使当时而有此政党，则必能抵制袁世凯之阴谋，以取得胜利，而必不致为其所乘。夫袁世凯者，北洋军阀之首领，时与列强相勾结，一切反革命的专制阶级，如武人官僚辈，皆依附之以求生存。而革命党人，乃以政权让渡于彼，其致失败，又何待言！

袁世凯既死，革命之事业仍屡遭失败，其结果使国内军阀暴戾恣睢，自为刀俎，而以人民为鱼肉，一切政治上民权主义之建设，皆无可言。不特此也，军阀本身与人民利害相反，不足以自存，故凡为军阀者，莫不与列强之帝国主义发生关系。所谓民国政府，已为军阀所控制。军阀即利用之结欢于列强，以求自固，而列强亦即利用之，资以大借款，充其军费，使中国内乱纠缠不已，以攫取利权，各占势力范围。由此点观测，可知中国内乱，实有造于列强。列强在中国利益相冲突，乃假手于军阀，杀吾民以求逞。不特此也，内乱又足以阻滞中国实业之发展，使国内市场，充斥外货。坐是之故，中国之实业，即在中国境内，犹不能与外国资本竞争，其为祸之酷，不止吾国人政治上之生命，为之剥夺，即经济上之生命，亦为之剥夺无余矣。

环顾国内，自革命失败以来，中等阶级，频经激变，尤为困苦。小企业家渐趋破产，小手工业者渐致失业，沦为流氓，流为兵匪，农民无力以营本业，至以其土地廉价售人。

生活日以昂，租税日以重，如此惨状，触目皆是，犹得不谓已濒绝境乎？由是言之，自辛亥革命以后，以迄于今，中国之情况，不但无进步可言，且有江河日下之势。军阀之专横，列强之侵蚀，日益加厉，令中国深入半殖民地之泥犁地狱，此全国人民所请疾首蹙额，而有识者所以彷徨日夜，急欲为全国人民求一生路者也。吾国民党则凤以国民革命实行三民主义为中国唯一生路，兹综观中国之现状，益知进行国民革命之不可懈，故再详阐主义，发布政纲，以宣告全国。

政纲的全文道：

吾人于党纲，固悉力以求贯彻，顾以道途之远，工程之巨，诚未敢谓咄嗟有成。而中国之现状，危迫已甚，不能不立谋救济。故吾人所以刻刻不忘者，犹在准备实行政纲，为第一步之救济方法。仅列举具体的要求，作为政纲。

凡中国以内，有能认国家利益，高出于一人或一派之利益者，幸相与辨明而公行之。

甲　对外政策。

一　一切不平等条约，如外人租借地，领事裁判权，外人管理关税权，以及外人在中国境内行使一切政治的权力侵害中国主权者，皆当取消，重订双方平等互尊主权之条约。

二　凡自愿放弃一切特权之国家，及愿废止破坏中国主权之条约者，中国皆将认为最惠国。

三　中国与列强所订其他条约有损中国之利益者，须重新审定，务以不害双方主权为原则。

四　中国所借外债，当在使中国政治上实业上不受损失之范围内保证并偿还之。

五　庚子赔款，当完全划作教育经费。

六　中国境内不负责任之政府，如贿选窃僭之北京政府，其所借外债，非以增进人民之幸福，乃为维持军阀之地位，俾得行使贿买侵吞盗用。此等债款，中国人民不负偿还之责任。

七　召集各省职业团体（银行界商会等）、社会团体（教育机关等）组织会议，筹备偿还外债之方法，以求脱离因困顿了债务而陷了国际的半殖民地之地位。

乙　对内政策。

一　关于中央及地方之权限，采均权主义。凡事务有全国一致之性质者，划归中央，有因地制宜之性质者，划归地方。不偏于中央集权制，或地方分权制。

二　各省人民得自定宪法，自举省长，但省宪不得与国宪相抵触。省长一方面为本省自治之监督，一方面受中央指挥以处理国家行政事务。

三　确定县为自治单位。自治之县，其人民有直接选举及罢免官吏之权，有直接创制及复决法律之权。

土地之税收，地价之增益，公地之生产，山林川泽之息，矿产水力之利，皆为地方政府之所有，用以经营地方人民之事业，及应育幼养老济贫救灾卫生等各种公共之需要。各县之天然富源，及大规模之工商事业，本县资力不能发展兴办者，国家当加以协助，其所获纯利，国家与地方均之。

各县对于国家之负担，当以县岁入百分之几为国家之收入，其限度不得少于百分之十，不得超过百分之五十。

四　实行普通选举制，废除以资产为标准之阶级选举。

五　厘定各种考试制度，以救选举制度之穷。

六　确定人民有集会、结社、言论、出版、居住、信仰之完全自由权。

七　将现时募兵制度,渐改为征兵制度,同时注意改善下级军官及兵士之经济状况,并增进其法律地位,施行军队中之农业教育,及职业教育,严定军官之资格,改革任免军官之方法。

八　严定田赋地税之法定额,禁止一切额外征收,如厘金等类,当一切废绝之。

九　清查户口,整理耕地,调整粮食之产销,以谋民食之均足。

十　改良农村组织,增进农人生活。

十一　制定劳工法,改良劳动者之生活状况,保障劳工团体,并扶助其发展。

十二　于法律上、经济上、教育上、社会上,确认男女平等之原则,助进女权之发展。

十三　励行教育普及,以全力发展儿童本位之教育,整理学制系统,增高教育经费,并保障其独立。

十四　由国家规定"土地法""土地使用法""土地征收法"及"地价税法",私人所有土地,由地主估价,呈报政府,国家就价征税,并于必要时得依报价收买之。

十五　企业之有独占的性质者,及为私人之力所不能办者,如铁道航路等,当由国家经营管理之。

以上所举细目,皆吾人所认为党纲之最小限度,目前救济中国之第一步方法。

一面通过国民政府的组织案,举出汪精卫、胡汉民、廖仲恺等二十四人为执行委员,以主持大会团会后,一年内党务的进行,另外选出监察委员五人,以监察党内的一切。这次改组的最大变化,就是容纳共产党和共产主义青年团加入本党。但是因为这样一改组,在精神固是焕然一新,而一般老党员如冯自由、谢英伯、刘成勋等,却大为反对,以致引起外面国民党赤化和国民党新旧冲突的谣言。中山因他们违背大会的决定,便是不守党纪,特向中央执行委员会提出控告。冯自由等不敢再强,只得在中央执行委员会出席声剖自己不曾违背党纪情形,事情便算就此解决了。

改组国民党的问题,既经解决,中山便又用全力来对付东西北三江战事。但因财政为难,同时还有一个关余问题,须尽先解决。为这问题,北京外交团虽曾派舰示威,武力胁迫,但中山先生坚持到底,并不曾因而减少反抗。*百余年来,中国对外交涉,无不失败,皆因太怕外人,当局者每为外人武力屈服之故。若如中山先生之强毅不屈,据理力争,虽列强亦不能不降心以相从也。*进行得更加激烈。外交团没法,只得由美使调停,和平解决。

至于东路方面的军事,因蒋绪亮部滇军王秉钧师,受了陈炯明的运动,叛孙降陈,*蒋氏军队本不可靠,王师之变,其或蒋氏亦有默契者乎?*颇影响进行。西路方面,陈天太部也被粤籍各军缴械。北路方面,高凤桂旅既被诱北归,赵成梁部滇军也被北军诱去两团。从这几点看来,可见中山所部军队内部的团结力,非常缺乏。但是中山先生平生经过的忧患不知多少,如何肯因此灰心?好在此时陈炯明的内部也非常不稳,洪兆麟、林虎均有离陈独立的消息。

再有一位桂派旧人沈鸿英,困顿于广东北边,前进不能,退后无路,饷械的接济又缺乏,正在十分苦恼之时,想来想去,只有仍然归降中山,带兵回广西,推翻陆荣廷而代之的一计,以攫得广西地盘为目的,反正便非本心,日后复叛,何足异乎?因此屡次派代表和中山先生接洽投诚。*若此所为,只可谓之投机,安得目为投诚?*

中山因他反复已非一次,不敢信任,恰因蒋介石奉了中山的命令,依照全国代表大会的决议案,在黄埔创办军官学校,这天回来有所禀白,中山便和他商量此事。蒋介石道:"沈鸿英反复性成,他的说话,全不可信。但现在四面受敌,大有困兽走险之势,拒之太甚,则糜烂地方，不如答应他投诚，令他依照投诚的条件，克日西征陆荣廷，如此便可抽调西征的军队，去讨伐东江，等东江的战事一定，沈鸿英便再叛变，也不足忧咧。"中山笑道："我的意思，原是这般，你我意见既同，我便这样决定了。"蒋介石去后，中山便答应沈鸿英的代表，准他投诚，但须即日西征，不得在粤境逗留。沈鸿英俱一一遵从，事情定妥后，便拔队向梧州进发，声讨陆荣廷去了。陆荣廷有可讨之罪，而沈鸿英非讨陆之人，所以直书声讨者，重孙中山之命也。

中山见西路军事，已可无虑，便专意对付东江，计分三路出动。中路杨希闵的滇军进攻博罗，刘震寰的桂军则向广九铁路进展，谭延闿的湘军进攻龙门。陈炯明因洪兆麟部在闽南与臧致平、杨化昭作战，所部兵力单薄，不敢恋战，稍为抵抗便走，杨希闵便乘势占领博罗，刘震寰军也连克樟木头、淡水各要隘，进占惠州城外的飞鹅岭，湘军也深入河源，把个惠州城困于垓心之中。

中山见战事顺手，很想一举破敌，便令杨希闵向惠州突进。刘震寰留一部分军队监视惠州外，其余军队直绕海陆丰，截断惠州的后路。计划自是周密，其如将士之不用命何？不料杨、刘占领各地，已觉心满意足，便屯兵观望，不肯前进，此种军队，真如儿戏。只让湘军孤军深入，向梅县方面进展。谭公自是忠勇。陈炯明却也料定杨、刘不肯再进，便把中左路的得力军队，抽调到北路来攻湘军。林虎又用诱敌之计，把湘军困在垓心。湘军奋勇冲出时，已经被敌军缴去一千多枪械。杨、刘能战，湘军何至于此？陈军乘势前进，经湘军奋勇反攻，勉力堵住。但是中山大包围的计划，未免受了影响，不能进行。幸而陈军力量薄弱，虽得胜利，仍然不能反攻。其后洪兆麟战胜臧、杨，班师回粤，也不肯加入力战，因此双方又成相持之势。

到了九月中，东南战事爆发，卢永祥派代表到广东来请中山北伐，中山因反直同盟的关系，当然答应。并说："曹锟毁法贿选，我久已想出师北伐，便没有子嘉的催促，不久也必实行，何况子嘉屡次来电敦促呢？"卢永祥的代表欣然而去。原来此时曹锟已是逐去了黄陂，用重金贿赂国会，做了总统，卢永祥因反对贿选，通电讨曹。中山的目的，虽比卢氏更大，但是北伐不成，便不能贯彻救国救民的主张，自然也非讨曹不可，因此一得东南战事发动的消息，便亲自到韶关来指挥北伐事宜。正是：

> 只因救国怀宏愿，
> 不惜从军受苦辛。

未知曹锟如何贿选，且看下回分解。

民国以来，军阀争雄，如唐代之藩镇，此仆彼起，不可完结，所异者藩镇之势，常亘数十年而不衰，军阀之力，往往盛于藩镇，而一击便破，一破即溃，溃即不能再振，其故何哉？盖军阀之所以成军阀者，非其力之所能，皆由兼并弱小军队而成。此等军队，即所谓杂色部队也。此属皆饥附饱飏之流，既无一定宗旨，更无所谓主义，以无主义无宗旨之军队，所造成之军阀。军阀之势力，尚足恃乎？本回记杨、刘得地以后，屯兵观望，遂令陈逆得乘机蓄养，专攻湘军，因得苟延残喘，贻患多时。此无他，杨、刘非革命基本队伍，只能供利用于一时，不能使作战于永久也。后此蒋氏专征，出师北伐，对于无宗旨主义，专事迎新送旧之杂色部队，概拒收编，而唯恃黄埔亲练之精锐，为战胜攻取之唯一军队，用能奏大功，成大业，革命军之所以统一中国者在此，所以异于军阀者亦如此而已。然使蒋氏稍存私利之心，略现军阀面目，则上行下效，纵有良好部队，正恐未必为用耳。

第一百五十一回 下辣手车站劫印 讲价钱国会争风

却说曹锟自吴佩孚击败奉军,拥黎复位,事实上差不多已成为太上总统,北方和长江一带的武人,除少数属于他系外,几乎尽归部下;中央政令,只要他说一句,政府就不敢不办。一个人到了这般地位,总可志得意满了。无奈曹三的欲望无穷,觉得光做太上总统,究竟都是间接的事情,还不能十分爽快;再则自己有了可以做大总统的力量,可以做大总统的机会,正该乘机干他一下,爬上这最高位置,也好替爷娘争口气,便在家谱中讣告上面写着也风光得多。更兼门下一般进进出出、倚附为荣的蝇营狗苟之徒,莫不攀龙附凤,做大官,发大财,所以也竭其拍马之功,尽其撺掇之方,想把他捧上最高的位置,自己好从中取利,因此把个曹三捧得神志不清,想做总统之心,更加热烈。以为这般人都是自己的忠实心腹,一切事情,莫不信托他们去办。*他们做你的忠实心腹,希图你什么?*

论理,黎氏的任期已经快满,不过再挨几个月工夫,让他自己退职,再行好好的办理大选,也未始不可。无奈他的门下,如高凌霨、吴毓麟、王承斌、吴景濂、熊炳琦、王毓芝诸人,好功心急,巴不得曹三立刻做了皇帝,好裂土分封,尽量搜刮,图个下半世快活,哪里还忍耐得几月的光阴?*小人无有不急功近利,若此辈其显著者也。*无日不哄骗曹三,教他早早下手,赶走了黎氏,便可早日上台。

曹锟受了他们的包围,一点自主的能力也没有,东边献的计策也好,西边说的话儿更对。*曹三之无用,于此可见。盖曹本粗人,毫无知识,未尝有为恶之能力,造成其罪恶者,皆此一批希图攀龙附凤之走狗也。吁可慨哉!*见他们如此说,便满口答应,教他们便宜行事,斟酌进行。其中唯吴佩孚一人,对于他们这种急进办法,甚不满意,却怕触了恩主老师之怒,不敢多说,唯吩咐自己门下的政客,不得参加而已。*吴佩孚之头脑,究比曹三清晰得许多。*因此洛派的政客,都没有参加大选运动,无从捞这批外快。津派和保派政客,一则妒忌洛派,二则怕吴佩孚阻止,着实在曹三面前说吴佩孚许多不是。那王承斌更以军人而兼政客,说话比其余的政客更灵,因此保曹锟时居保定,洛吴佩孚时居洛阳。两方渐渐有些隔膜,吴佩孚更不敢多说了。*直系之失败由于此次贿选,使吴氏敢言,失败或不致如此之速也。*

吴景濂等见洛方已不敢开口,还有什么讳忌,道德的制裁、良心的责备、国民的反对、外人的诽笑,固皆不在此辈讳避之中。便定下计策,先教张绍曾内阁总辞职,以拆黎之台,使黎不得不知难而退。不料黎元洪看透了他们的计策,见张绍曾辞职,便强邀颜惠庆出来组阁,以遏止张绍曾的野心。熊炳琦等见第一个计划不灵,便又进一步,改用第二个计划,指使北京城内的步军警察总罢岗,涌到黎元洪的公馆里索饷,并且把黎宅的电话,也阻断至六小时之久。黎氏至此,实无办法,只得答应每个机关,先给十万元,其余再尽量筹拨,方才散去。不料这事发生之后,不但受人诽笑,而且因治安关系,引起了外交团的反对。这批人,虽然不怕道德的制裁、良心的责备、国民的反对、旁观的诽笑,而对于洋大人的命令,却十分敬畏,所以外交团照会一到,他们便恭恭敬敬地一体遵从,立刻便命全体军警,照旧复岗。于是这个计划,仍不能把这位黎菩萨迫开北京,因此又步武段祺瑞的老法,拿出钱来,收买些地痞流氓,教他们组织公民团,包围公府,请黎退位。

　　黎元洪被缠得颠颠倒倒，毫无主意，只得分电曹、吴，声明就任以来，事与愿违之困难，并谓已向国会提出辞职，依法而来，自当依法而去，对于公民团的事件，也要求他们说句公道话。此时之总统，仿佛曹、吴之寄生物。曹锟得了这个电报，询问王毓芝如何办法，毓芝道："老帅休睬他的话！这明明是捉弄老帅咧。"曹锟道："瞧这电中语意，也很可怜儿的，怎说是捉弄我咧？"曹三尚不失忠厚。毓芝道："老帅不用看他别的，只已向国会辞职和依法而来依法而去几句话，够多么滑头。他向国会辞职，不是还等国会通过，方能说依法而去吗？知道现在的国会，什么时候才能开得成。要是国会一辈子开不成，不是他也一辈子不退位吗？"也说得异常中听，无怪曹三信之也。曹锟道："既这么，怎样答复他呢？"王毓芝道："还睬他干吗？他要想老帅说话，老帅偏不要睬他，看他怎样干下去？"曹锟见说得有理，什么理？殆烧火老太婆脚丫中之理乎？果然依了他话，置之不理。包围公府的公民团，也连日不散。好辣手段。冯玉祥、王怀庆并且在此时递呈辞职，情势愈加险恶。黎氏只得设法召集名流会议，讨论办法。试想中华民国所称为名流的，本不是什么值钱的东西，大军阀既要驱黎，他们如何敢替黎帮忙？便肯帮忙，又有什么用？因此议了半天，依旧毫无结果。

　　到了第二日，索性连水电的供给也断了，黎氏这时知道已非走不可，便决定出京，先预备了几百张空白命令，把总统大小印十五颗，捡了出来，五颗交给夫人带往法国医院，十颗留在公府；又发了五道命令，一道是免张绍曾职的，一道是令李根源代理国务总理，一道是任命金永炎为陆军总长，一道是遵照复位宣言，裁撤巡阅使、副巡阅使、检阅使（按检阅使者，陆军检阅使也，居此职者，惟冯玉祥一人）、督军、督理各职。所有全国陆军，完全归陆军部统辖。一道是申明事变情形及个人委曲求全之微意。此等命令，不过一种报复政策，即黎亦自知不能发生效力也。五道命令发表后，当即坐了一点十五分的特别快车，动身赴津。刚到天津车站，要想回到自己公馆里去，不料王承斌已在那里恭候。

　　黎元洪见了王承斌，先吃了一惊，此时之黎元洪，仿佛逍遥津中，忽见曹操带剑上殿之汉献帝也。王承斌也更不客气，立刻向黎氏要印。黎元洪怒道："我是大总统，你是何人？敢向我索印。"还有气骨，菩萨也发怒，其事之可恶可想。王承斌道："你既是总统，如何不在公府办公，却到这里来？"黎元洪道："我是中国的大总统，在中国的境内，有谁可以干涉？"是是。理直者，其气必壮。王承斌道："我没工夫和你讲理，你只把印交给我，便万事全休。不然，休想……"语气未毕，黎氏怒道："休想什么？休想活命吗？你敢枪毙我？"似乎比汉献帝硬朗得许多。王承斌笑道："这种事，我也犯不着做。轻之之辞，也可恶。你把印交出便休，不然，休想出得天津车站。就是要到中华民国的任何地方，也是一万个休想休想。"说着，眼看着身边的马弁示意。马弁们会意，便退去了。

　　去不多久，便拥进几十个丘八太爷来，都是执着枪械，雄赳赳气昂昂的，站在黎氏面前，怒目而视。黎氏和随从尽皆失色。王承斌突然变色而起，逼近几步道："印在哪里？你拿出来，还是不拿出来？"咄咄逼人，其可恶诚有甚于曹瞒者。黎氏默然不答。左右随从忙劝他道："既然如此，总统就把印交给他罢！"先吓软了左右随从。黎元洪依然不作声。王承斌厉声道："快交出来！谁有这些闲工夫来等你？"咄咄逼人，曹瞒之所不为也。左右们忙道："别发怒！印现不在这里。"王承斌道："放在哪里？"左右们回说："在公府中不曾带来。"次吓出印的下落。王承斌道："这话不说谎吗？"更逼紧一句，斩钉截铁。左右都道："说什么谎？不信，可以到公府里去搜。"王承斌道："好！如此，且请暂时住在这里，等北京搜出了印，再来送行。"说着，又叫过一个下级军官来，厉声吩咐道："你带着一连人，替黎总统守卫。要是有点不妥当，仔细军法。"那下级军官喏喏地应了几声是。王承斌又向黎元洪道了声失陪，方才匆匆走了。

黎元洪走动不得，只得怀怒坐在车站里，过了一小时，方见王承斌匆匆地进来，把一通电报向黎氏面前一丢道："公府里只有十颗印，还有五颗印呢？"黎氏冷笑不答。气极而冷笑也。王承斌又道："明亮些！见机些罢！你不交出这五颗印，如何离得车站？"黎元洪愤然道："好！你拿纸笔来！"王承斌命人拿出纸笔，黎元洪立刻拿起笔来，奋然写了几行字，把笔一丢道："你这还不准我走吗？"可怜。王承斌把那几行字读了一遍，不觉一笑道："好！你原来把印交给夫人带往法国医院了，也用不着拿这条子去要。要是把这条子送得去，一来一往，不是要到明天吗？便算我们不怕烦，谅情你也等不住，还是打电报通知她罢。"说话轻薄之至，可恨。黎元洪道："怎样去拿，我不管，这样办，难道还不准我回去？"王承斌道："不能。我知道你的话是真是谎？有心到这里，就请你多坐一会，让北京取得了印，复电到津，再送你回公馆罢。"一点不肯通融，对曹氏则忠矣，其如良心何？说着，又匆匆地去了。等到复电转来，已是深夜。黎元洪道："印已完全交出，还不让我走吗？"王承斌笑道："还有一个电报，请你签字拍发，便可回公馆休息了。"一步紧一步，一丝不漏，凶既凶极，恶亦恶极。黎元洪冷笑一声道："你竟还用得着我签字发电吗？"亦问得很恶。一面说，一面拿过那电稿来看时，原来上面寥寥地写着几行字道：

北京国务院鉴：本大总统因故离京。此一故字，耐人深思。已向国会辞职。此却是事实。所有大总统职务，依法由国务院摄行。(按：《临时约法》规定大总统因故不能执行职务时，以副总统代之。副总统同时缺位时，由国务院摄行其职务，时无副总统，故依法应由国务院摄行)。应即遵照！大总统黎寒印[按黎氏离京为十三日(十二年六月)，被迫补发此电时，已在十四日后半夜，故用寒字]。

看毕，自思不签字，总不得脱身，便冷笑一声，毫不迟疑地挪起笔来签了字，把笔一掷，便大踏步走了。王承斌笑道："怠慢怠慢，后会有期，恕不远送。"一面说，一面吩咐放行。此时无异绑匪。

那电报到京后，高凌霨等便据以通电各省，不过此时就在这一个通电上，又引起了许多纠纷。因为此电署名的是高凌霨、张英华、李鼎新、程克、沈瑞麟、金绍曾、孙多钰等七个人，当此电发出后，就有拥护张绍曾的一派人提出反对，谓国务院是以全体阁员组成的，现在张绍曾尚在天津，并未加入，此电当然无效。若说承认已准张辞，则势不能不连带承认李根源的署理，因此主张迎张绍曾入京。本承认十四日黎电为有效，而又否认其十三日所发之命令，时序已颠倒矣。事实不根据于法理，而又欲借法理以文饰其罪恶，适足以增纠纷，岂不谬哉！

高凌霨正想独掌大权，如何肯允？自不免唆使出一批人来，拒绝张绍曾回京。其余各派也都乘机窃动，各有所图。单就津、保两派中人而论，如张志潭是主张急进选举的，研究系因想谋参议院长，也主张急进。边守靖等则又主张缓进，当时以谓黎氏一定，大局便可决定的，不意反而格外闹得乌烟瘴气，比黎氏未走之前，更为纷乱。黎氏未去之前，各派方合力以驱黎，黎氏既走，则各图得其所欲得之权利矣，焉得不更纷乱？因此虽有人主张欢迎曹三入京，曹三却也不敢冒昧动身。在外交团一方，也很不满津、保各派所为，公文悉废照会而用公函，表示他们不承认摄阁的地位。津、保派之不洽人心如此。甚至请放盐余，也拒绝不肯答应。如此一来，把个财政部急得不亦乐乎。军人议员又不肯体谅，索军饷，要岁费，比讨债的更凶。高凌霨等无可如何，只得抵借些零星借款，敷衍各方。除此以外，所谓摄政内阁者，简直不办事。中华民国何幸有此政府？在议员一方面，属国民党的，固然不肯留京，便是政学系及超然派的议员，也都别有所图，纷纷离开北京，有去广东、汉口、洛阳等处的，有转赴上海的，同时东三省方面，也撤回满籍议员，不许干涉选政，因此在京的议员，不但不能足大选的五百八十人之数，便连制宪会议，也不能进行。

黎元洪在天津，又通电否认寒日令国务院摄政的电报，甚而把向国会辞职的咨文也撤回，并通告外交团，声明离京情形，又在津继续行使职权，以俟法律解决的理由。一面又任命唐绍仪为国务总理，未到任前，以农商总长李根源兼署。国会议员褚辅成、焦易堂等又率领二百议员，在上海宣言不承认北京国会和政府。上海各团体也宣言否认。奉天、浙江和西南各省，尤其函电纷驰，竭力反对。高凌霨等却毫不在意。笑骂由他笑骂，好官我自为之，此辈脸皮之厚，有过之无不及。或有劝他们稍加

注意的，高凌霨便说："黎菩萨十三日以后的命令，已经国会否认，还注意他怎的？国会原是一个猪窠，议员便是一群猪猡，有了武力，不怕猪猡没买处，人数足不足，也和我们何干。六月十六日参众两院联合会，通过十三日以后黎氏命令无效，次日，又有议员丁佛言、郭同等在天津宣言，十六日两院联合会，人数不足三分之二，以半数付表决，系属违法。至于东三省和浙江等省实力派，便要反对，料情都战不过吴大帅，怕他怎的？"燕雀处堂，不知大厦将倾。其余诸人，当然也是一鼻孔出气的，除却争地位权利外，便是竭力运动大选。可是在京的一批猪仔议员，只知要钱，不知其他，有些议员竟说，我们只要有钱，有了钱，叫我选谁便选谁。初时边守靖主张每票五百，议员哪里肯答应，最后由吴景濂向各方疏通，加到每票三千，一众猪仔，方才有些活动。此辈猪仔，自吾人民视之，不值一文，乃竟有价三千以收买之者，可谓嗜痂有癖。

不料京中收买议员，正在讨价还价、斤斤较量之际，同时保定的候补总统曹三爷，却因大选将成，心窝里充满了欢喜快乐。他从娶刘喜奎一事失败之后，另外又结识了一个女伶，叫金牡丹的，当有一班从龙功臣，为讨好凑趣起见，花了三万元，将金牡丹买来送与曹三。

再说以前刘喜奎嫁崔承炽的时候，京内外曾有承炽替曹三出面，代做新郎之言。并且传说喜奎身价是十万元，其实这等说话，确是好事人造作谣诼，全属乌有子虚。个中真相以及各方情事，早在本书中叙得明明白白，读者总该记得。现在事过境迁，本无旧事重提之价值，不道这班议员，为要求增价起见，竟将新近嫁曹的金牡丹和早经嫁崔的刘喜奎一起拉将起来，做个比例，以为我们的身价，便比不上刘喜奎，何至连金牡丹也赶不上。曹老帅有钱讨女伶，怎么没钱办选举？我们当个议员不容易，也是花了本钱来的。曹老帅果然用着我们，我们也不敢希望比刘喜奎，说什么十万八万，至于三万块一票，是万不能少的了。自处于优伶妓妾之例，可丑之极。想诸位猪仔，尚自以为漂亮也。因此把这大选的事情，又搁了起来。

这时又有一事，使高凌霨等十分为难的，原因浙江方面，反直最急，卢永祥竟在天津组织国会议员招待处，运动议员南下，至上海开会。议员赴津报到、南下开会的，非常之多。同时，在京的议员愈弄愈少，高凌霨、吴景濂等非常着急，定了派军警监视的办法，不准议员离京，因此议员要想南下的，非乔装不可。手段之卑鄙，闻之使人欲呕。其实这时高凌霨

等，虽然进行甚力，什么五百一票，三千一票，喉咙说得怪响，这五百三千的经费，不知出在哪里？曹三既然不肯自己掏腰包，各省答应报效的，也不过是一句空话，哪里抵得实用？因此有人向曹三建议，说老帅功高望重，做总统是本分事，这大选费当然可以列入国家岁出中，作为正式开支。丧心病狂，不复知人间有羞耻事。曹三听了这话，更为得意，弄得各位筹办大选的政客，更不敢向曹三开口要钱，忙不迭地叫苦连天，四处张罗，张罗不成，议借外债。外债被拒，方法愈穷。

于是有那聪明人，想出一个不花本的办法，是不由选举，改为拥戴。偏偏势力最大的吴佩孚，因拥黎出于直派，不便过于反复，对于此次政变，始终不肯领衔。吴氏尚有人心，胜王承斌万万矣。最后还是由边守靖等竭力张罗费用，一面决定先行制宪，中秋大选，但从事实上说来，议员南下的愈弄愈多，在上海的已有四百多人，在京的反居少数，万不能继续集会。因此温世霖等又主张和广东孙中山先生合作，一正一副，以图吸引南下的议员，由孙洪伊电征中山的同意。中山是何等伟大的人物，除却拥护《约法》而外，怎肯参加这种卑鄙的举动？当即复电谢绝，声明护法而外、他非所知的意思。高凌霨到了这时候，真个束手无策了。

不料在这将成僵局的时候，忽然齐燮元授意吴大头，谓自己可出资百万，办理大选，但有三个条件：一、选自己为副总统，二、齐兼苏、皖、赣巡阅使，三、以陈调元为山东督军，并须先行发表，始能交款。试想曹三既未入京，大选尚未举办，怎能发表？所以这笔款子，到头还是不能实收。在这时候，最着急的，莫过于吴景濂，跟着东奔西走，一直忙到九月底，方由边守靖筹到了大批现款，一面又向国会议员讲好，每票五千元。南下的议员，因在南方没有什么利益，听说北京有五千元可拿，又复纷纷回到北京，因此在十月五日（十二年）勉强凑足人数，选出曹锟为大总统。十月八日止，制成了一百四十一条宪法，从此所谓国会议员，都被人人骂做猪仔，所得不过五千元的代价，比到刘喜奎十万之说，果然天差地远，就要和金牡丹的三万相比，也只抵到六分之一。人说这批议员，坍尽了我们须眉之台，我却说大批猪仔，丢足了我们人类的脸。思想起来，兀的教人可怜可笑，可叹可恨。正是：

> 选举精神会扫地，
> 金钱魔力可回天。
> 堪怜丢尽须眉脸，
> 不及优伶价卖钱。

未知曹锟何日就职，且看下回分解。

俗谚有云："吃了五谷想六谷，做了皇帝想登仙。"人类欲望之无穷，大抵然矣。曹锟自胜奉而后，中央政治之措置，率可以意裁夺。黎之总统，殆偶像而已。曹之为曹，岂尚不可以已哉？乃必欲求得最高位置，不惜以卑陋无聊之手段，逼当时所拥立之黎氏去位而代之。复以重金为饵，诱纳国会于污流之中，欲望之无餍如此，不重可叹哉？若王承斌者，始则拥黎复职，既则截车夺印，不恤笑骂，其诚所以为曹乎？观二次直奉战争后，入新华宫劝曹退位者，又谁也？呜呼！人心如此，吾不暇责王而为曹哀矣。

第一百五十二回

大打武议长争总理
小报复政客失阁席

却说曹总统贿选成功后，到双十节入京就职那一天，满路上都铺着黄沙（专制时代帝王所用之礼），步哨从车站一直放到总统府，行人车辆，都不准自由来往。欢迎的要人，一个个乘着汽车，中间夹着一辆曹锟坐的黄色汽车，两旁站着几对卫队，前面坐着两个马弁，后面也背坐着一个马弁，都执着实弹的木壳枪，枪口朝着外面，仿佛就要开放的样子。一路上好不威风热闹，和黎元洪入京时大不相同。又点黎氏入京。相形之下，使人慨然。就职之后，便下了一道谋和平统一的命令。那命令的原文道：

国于天地，所贵能群，唯宏就一之规，斯有和平之治。历稽往牒，异代同符。共和建国，十有二年，而南北暌张，纠纷屡启，始因政见之牴连，终至兵祸之缠连。哀我国民，无辜受累，甚非所以强国保民之道也。不知何人使国不能强，民不能保也，出诸斯人之口，令吾欲呕。本大总统束发从戎，何不曰来须贸丝乎？即以保护国家为志。兹者谬膺大任，自愧德薄，深惧弗胜，甚欲开诚布公，与海内贤豪更始，共谋和平之盛业，渐入统一之宏图，巩固邦基，期成民治。着由国务院迅与各省切实筹商，务期各抒伟筹，永祛误惑，庶统一早日实现，即国宪于以奠安。兼使邦人君子，共念本大总统爱护国家。老着脸皮说谎语。薪望郅治之意。此令。

其次便是裁撤直隶督军（原系曹自兼），特派王承斌兼督理直隶军务善后事宜，以酬其夺印之功。隔了半个多月，又特派他兼任直、鲁、豫巡阅副使。真是连升三级，荣耀非凡。军人中除王承斌之外，如吴佩孚则升任为直、鲁、豫巡阅使（原系曹三自兼），吴为副使（免去了两湖巡阅使，也并没便宜），齐燮元为苏、皖、赣巡阅使（齐原江苏督军），萧耀南为两湖巡阅使（原系吴佩孚兼），杜锡珪为海军总司令，一切位置定妥，军人的酬庸总算办得个四平八稳。

只有政治人才，却不易安排。因为奔走大选的政客，非常之多，光是想做总理的，也有高凌霨、吴景濂、张绍曾、颜惠庆等四人之多。

津、保派政客，在大选没有成功以前，第一个约定的是张绍曾，因那时张为国务总理，最早拆黎元洪的台，再则又叫他不反对，摄政内阁，所以这新总统就职后的第一位总理，就约定了他。两件都是大功，不能不约定他。后来又因高凌霨维持北京的功劳很大，所以又把第一任总理约了他。确是大功，又不能不约定他。但是那时最重要的，莫过于财政和外交，能够支持这两面的，除却颜惠庆外，又没有别人，所以第三个又约了他。确是要事，更不能不约定他。若在大选方面说起来，假使没有吴景濂，便也不易成功，所以又不能不把这把交椅约定给吴景濂，使他好格外卖力。确是非常重要，更不能不将这把交椅许他。

上述四个人各有理由，乃见权利之不易支配也。四人都有了预约券，自然加倍用力，不肯落后，在着大选没有成功以前，各做各的事，倒还没有什么冲突，及大选成功以后，究竟谁应照约做总理，就大费周折了。小人之离合，大都以利害为归，在利益无冲突之时，或能合作，若在权利冲突之时，则不易措置矣。

从曹三一方面说起来，约不约，本来毫无问题，约者所以骗骗猪头三者也。于信义何有哉？只要看谁的能力大，就给谁做总理，谁的能力小，谁就没份。这四人里面，吴大头有几百猪仔罗汉给他撑腰，自然不易轻侮。这一个能力，大有做总理的资格。高凌霨呢，内阁还在他的手中，也还有相当的能力。这位也有做总理的资格。颜惠庆虽没有如他两人的凭借，然而在外交和财政上面，曹三确实还不能轻易撂下他。这位又有做总理的资格。只有张绍曾一个人，似乎没有什么大不了的能力，因此算来算去，只有他可以先牺牲，便先向他疏通，请他暂时退后。你想他当时牺牲了现成总理，希望些什么？如今吃了颗空心汤团，一场瞎巴结，反成全了别人的地位，如何气得过？但权力现在别人手里，没法抵抗，只得以不署名于摄政内阁总辞职为要挟。凡内阁总辞职，须全体阁员署名，而以总理为尤要。在实际上，张虽并未参加摄政，而在名义上，则张犹为国务总理，张如不署名，则总辞职之辞呈，将无效，故张得以为要挟耳。曹三派人疏通了几次，毫无结果，惹得曹三发恨，便也不顾一切的，发表高凌霨代阁的命令。张内阁复活的消息，便从此消灭了。

高凌霨既得了这代阁的命令，能力愈增，大有和吴、颜争长之势，可是洛阳的吴佩孚、南京的齐燮元、团河的冯玉祥，都主张请颜惠庆做第一任的总理，以排斥吴景濂。吴景濂久已怀着总理一席非我莫属的念头，而今竟被别人夺去，不觉又气又恨，一面大放其国会决不通过的空气，以显自己的能力，一面又向王承斌求援。王承斌当时因自己曾一口答应过他，免不得代他力争，并请曹锐进京和曹三强硬交涉。可是这般一做，倒反引起了曹三厌恶之心，发生了许多阻碍。那曹三除却派王毓芝赴津示意外，又把个王承斌连升三级，使他得点实利，免得再替吴大头帮忙，因此吴大头的总理梦，反倒近于天亮了。吴景濂当大骂曹三忘恩。在颜惠庆本人，虽也很想过一过总理的瘾，但怕国会不予通过，反而坍台，因此不敢争执，情愿退让。从表面言之，仿佛淡于荣利，而颜非其人也，盖其所以不敢争，由于情弱耳。所以四个人中，只剩了吴、高两个，尚在大斗其法。

吴景濂既以国会的势力恐吓高凌霨，高凌霨便也利用取消国会的空气以恐吓议员，使他们不敢助吴，并且即用其人之道，还治其身之法，利用反对吴景濂的议员，运动改选议长以倒吴。在十月二十六日（是时尚为十二年）那一天，众议院开临时会的时候，就有陈纯修提出依据院法，改选议长的意见，便把个吴景濂吓得不敢开会。太不经吓。曹三既然厌恶吴景濂，不愿意给他做总理，又恐怕高凌霨不能通过于国会，因此找出一个接近颜惠庆的孙宝琦来做试验品，提出国会，征求同意。吴景濂得了这个咨文，自不免通告议员定于十一月五日投孙阁同意票，而吴派议员便在前一日议定了办法。到第二天开会，反对吴派的议员便指斥吴景濂任期已满，依法应即改选，不能再当主席，大发其通知书。吴派的议员哪里肯让，始则舌战，既而动武，终至痰盂墨盒乱飞，混战一阵而散。经了这次争执以后，反对派时时集会讨论倒吴办法和惩戒老吴的意见，并拟在众院自由开会，把个吴景濂吓得无办法，只得紧锁院门，防他们去自由集会；又恐怕他们强行开锁，不敢把钥匙交给院警，每天都紧紧地系在裤带上，一面又倩人疏通，以期和平了结。

不料反对派由保派的王毓芝组合为宪政党，已成反吴的大团结，吴氏的疏通，如何有效？吴景濂没了办法，请王承斌补助款项，也想组织一个大政党，和他们对抗，这事还不曾成功，曹三催投孙阁同意票的公文又来。吴景濂不得不再召集会议，在议席上仍免不了争执，由争执而相打。吴景濂竟令院警和本派的议员拳师江聪，打得反吴派头破血流，并且把反对派的中坚分子加以拘禁，一面又关起大门，强迫议员投同意票。恰好检察厅得了报告，派检察官来验伤，吴景濂因他验得不如己意，竟把检察官一同拘禁起来。这议长的威风，可谓摆得十足了。散会以后，反对派的议员一面公函国务院，请撤换卫队，一面向检察厅起诉。高凌霨就趁此大下辣手，把众议院的警卫队强迫撤换。吴景濂失了这个武器，已经胆寒，更兼检察厅方面，也以妨碍公务、毁坏文书提起公诉，因此把吴大头吓得不敢在北京居住，忙忙带着众院印信，逃到天津去了。

高凌霨到了这时，已算大功告成，不料千虑一失，在十三年元旦，突然发表了一道众议院议员改选的命令，激起了多数议员的反感，要打破他们的饭碗，如何不激起反感？弄成大家联合倒阁的运动。孙宝琦署阁的同意案，便在众议院通过。

高凌霨本来料定孙阁决不能通过，可以延长自己寿命，不料轻轻一道命令，竟掀翻了自己的内阁，促成了孙宝琦的总理，免不得出诸总辞职的一途，和吴大头同一扫兴下台。

孙宝琦既被任为总理，阁员方面，则以程克长内务，王克敏长财政，吴毓麟长交通，顾维钧长外交，颜惠庆长农

商，陆锦长陆军，李鼎新长海军，范源廉长教育，王宠惠长司法，除却王宠惠、范源廉外，大抵都是保派或和保派有关系的人物。只有一个运筹帷幄之中的张志潭，却毫无所得。原来张志潭本已拟定农商，不料阁员名单进呈给曹三看的时候，却被李彦青一笔抹了，因此名落孙山，不能荣膺大部。

至于李彦青为什么要和张志潭作对？说来却有一段绝妙的笑史。原来李彦青的封翁李老太爷，原是张志潭府中的老厨役，本书早曾说过，读者诸君，人概还能记忆。曹三既然宠幸李彦青，就职之后，优给了他一个平市官钱局督办，李老太爷更是养尊处优，十分适意。可是有时想起旧主张老太太，却还眷念不忘，便和李彦青说："要到张公馆去拜望拜望，看看张老太太可还清健？"此等处颇极厚道，读者慎弗以其为李彦青之父而笑之也。李彦青虽则是弥子瑕一流人物，待他父亲，却很孝顺，此等人偏知孝顺父亲，亦是奇事。此是李彦青好处，不可一笔抹杀。见父亲执意要去，便命备好汽车，又叫两个马弁，小心服侍。李老太爷坐了汽车，带了马弁，威威风风地来到张公馆门口停下车。

李老太爷便自己走上前，请门上通报，说要见张大人。门上的见了李老太爷这门气派，不知是什么人，不敢怠慢，便站起来道："您老可有名片没有？"李老太爷道："名片吗？这个我可不曾带。不好再用往日的名片。好在我本是这边人，老太太和大人都是知道的，只请你通知一声，说有一个往年的老厨子要见便了。"不说李大人彦青的老太爷，而说一个往年的老厨子，只能说真诚实本色，不可笑其粗蠢。门上的道："大人已经出去了。"何不早说？管门人往往有此恶习，可恨。李老太爷道："大人既然出去，就见见老太太罢，好在老太太也是时常见面的，又不生疏，我好久不见她，也想念得紧，你只替我回说，本府里往年的老厨子，要见见老太太，问问安。"门上的见他口口声声说自己是厨子，又见他带着马弁，坐着汽车，好生诧异，暗想世上哪里有这么阔的厨子。可知现任曹大总统，还是推车卖布的呢。一面想，一面请他坐着，自己便到里面去通报。

张老太太听说有如此这般一个人要见他，猜不出是什么人，哪里敢请见。一面命门上把李老太爷请在会客室里坐候，一面急忙命人去找张志潭回来。

可巧张志潭正在甘石桥俱乐部打牌，只因风头不好，不到三圈牌，已经输了一底，恰好这副牌十分出色，中风碰出，手里发财一磕，八万一磕，四五六七万各一张，是一副三番的大牌，已经等张听和，正在又担心又得意之时，忽见家中的马弁气呼呼地赶将进来，倒把众人都吃了一惊，忙问什么事，马弁气呼呼地道："公馆里有要紧事，老太太特地差小人来寻大人赶快回去。"张志潭忙问道："有什么要紧事，"不料这马弁是个蠢汉，只知道老太太叫他来找张志潭，却不知找他什么事，只得回说："这我不知道，不过老太太催得十分紧，叫大人即刻就去呢。"张志潭见他说得如此要紧，不知道出了什么事，只得托人代碰，自己坐着汽车，匆匆地回到家里。

一径跑到上房，问老太太什么事，老太太道："有个老厨子要见你呢"。刚说了一句，那张志潭见催他回来，是为着这般一件没要紧的事，心中十分生气，因在老太太面前不敢发作，便也不等老太太说完底下的话，立刻翻身回到厅上，叫过马弁来，大骂道："混账王八！什么事情，也不问问明白，便急急催我回来，要是一个厨子我也见他，将来乌龟王八都来见我，我还了得。"大骂了一顿，便气愤愤的回到甘石桥去了。好赌人行径，往往如此，张志潭其亦好赌者欤？

李老太爷正在会客室中等得不耐烦，忽听得张志潭这般大骂，心中也很生气，不得不气。带去的两个马弁便来扶他起来道："老太爷，我们回去罢！他们不见我们了。"李老太爷一声不作，慢慢地站了起来，走到门口，又对门上的道："我今日到这里来，并没什么事儿，不过来望望老太太，问问安罢了。老太太既然不见我，我就回去了，请你代我转致一声罢。"忠厚之至。说完，便坐了汽车回来。

这时李彦青还在公馆里，因曹锟的马弁打电话来喊他去替曹锟洗足，正要起身，恰好李老太爷回来。撞巧之至，可谓张志潭官星无气。李彦青见了父亲回来，免不得又坐下陪父亲谈几句天，见父亲的面上带着不豫之色，说起话来也是没甚兴致，暗暗诧异，因搭讪问道："老太爷今天到张公馆去，张大人可看待得好吗？"李老太爷被他这么一问，一时倒回答不出。同去的马弁其时也在旁边，因心中气闷，便禁不住代答道："他们不见老太爷呢。"李彦青诧异道："呵！他们为什么不见？"马弁道："他们不但不见，还骂我们呢。"李彦青更觉骇疑道："呵！他们还骂我们，他们怎么骂的？你快给我说。"马弁正要告诉，忽然电铃大震起来，李彦青便自己过去接听，方知是公府中马弁打来的。李彦青问他什么事，只听那马弁道："督办！快些来！总统的洗脚水要冷了。"（李彦青时为平市官钱局督办。）总统的洗脚水要冷了，却叫督办，可笑。李彦青答道："我知道了，立刻就来了。"说完，便又把听筒挂好，叫马弁把张公馆里所骂的话说出来。那马弁积了满肚皮的闷气，正想借此发泄，便一五一十地说了出来。李彦青听毕，不禁大怒道："我父亲好意望望他们，他们竟敢这般无理，要是我不报此恨，给外人知道了，不要笑我太无能力吗？"一面说，一面又安慰了他父亲几句。因恐曹三等得心焦，不敢再耽搁，便匆匆地到公府里来。

曹三等了好久，本来有些气急，比及见了他，一股怒气，又不知消化到哪里去了。等李彦青把脚洗好，才问他何故迟来，李彦青乘机说道："我听说总统叫，恨不得立刻赶来，不料家父忽然得了急病，因此缓了一步。"曹三道："什么急病？不请个大夫瞧瞧吗？"李彦青做出愁闷的样子道："病呢，也不算什么急病，因为今天家父到张志潭公馆里，望望他老太太，不料张志潭听说是我的父亲，不但不肯见，而且还骂了许多不堪听的话，还句句联带着总统，因此把他气昏了，一时痰迷了心呢。"曹三生气道："说什么话？你的父亲，他还敢这样怠慢？谁不知道你是我跟前的人，他敢骂你，不就是瞧不起我吗？居然是同床共命，贴心贴骨之语。那还了得，过几天让我来惩戒他。"正说着，孙宝琦送进阁员的名单来，曹三也不暇细看，想是认不完这些字。便交给李彦青道："你斟酌着看罢。"李彦青一看，见张志潭也在内，便一笔勾去。可怜张志潭枉自奔走了数月，用尽了娘肚皮里的气力，只因得罪了一位老厨子，便把一个已经到手的农商总长，轻轻送掉。正是：

　　　　轻轻送掉农商部，

　　　　枉自奔波作马牛。

　　欲知后事如何，且看下回分解。

　　孟子有言："上下交征利而国危"，观于本回所记，岂不信然哉？曹氏欲为总统，既不惜雇用流氓，重金贿选，以偿其欲望矣，在其下者，效其所为，以争总理，固意中事也，而曹乃厌吴之所为而欲去之；亦可谓不恕之甚者矣。呜呼！求总统者如是，求总理者如是，国事前途，尚可问乎？

第一百五十三回

宴中兴孙美瑶授首
窜豫东老洋人伏诛

却说曹锟贿选成功，正在兴头，不料奉、浙和西南各省，都已通电反对，兵革之祸，大有一触即发之势，因此直系大将吴佩孚十分注意，凡由各省来洛的人员，无不详细询问各该省情形，以便应付。吴氏亦大不易。

一日，忽报马济回洛，吴佩孚立教传见，询问湖南情形。马济道："赵氏势力已经巩固，南军一时决难发展，军事方面，已不足忧，但有一层，大帅须加注意的，就是国民党改组和组织国民政府的事情，南方进行得非常努力，万一实现，为害不小。"马济倒有些见识。吴佩孚道："关于这两件事的消息，我已得到不少，但是详细情形，还不曾知道，你可能说给我听吗？"不先决定其能否为害，却先询详情，态度亦好。马济道："孙氏因中华革命党份子太杂，全没有活动能力，组织的情形又和时代不适合，所以决心改组。加之俄国的代表越飞，到南方和他会晤后，他又决定和苏联携手。现在听说，俄国又派了一个人到广东来，那人的名字我倒忘记了。"说着，低头思想。吴佩孚也跟着想了一会，忽然道："可是叫鲍罗廷吗？这人的名字，倒听得久了。"不从马济口中说出，反是吴佩孚想出，奇诡。马济恍然道："正是正是。那人到了广东以后，又决定了几种方针：一种是容纳共产党员和共产主义青年团加入国民党(此条本列第三，马济却改作第一，见其主意独多)；一种是国民党的组织，采用共产党的组织，略加变通(此条本为第一)；一种是虽以三民主义为党纲，而特别注意与共产主义相通的民生主义(此条本为第二)。并听得说中山已派廖仲恺到上海和各省支部接洽改组的事情，看来实现之期，也不远了。"伏线。吴佩孚道："这是国民党改组的情形了。还有国民政府的事情呢？"马济道："他所以要组织国民政府，动机就在争夺广东关税的一件事情。因为这次交涉的失败，全在没有得到各国承认的地位，因此想联络反直各派，组织一个较有力量的政府，再要求各国承认。听说现在也分派代表，到各处分头接洽去了。"吴佩孚笑道："这两件事，你看以为如何？"故意问一句，自矜聪明。刚愎之人，往往如此。马济道："以我之见，似乎不可忽视。"吴佩孚笑道："秀才造反，三年不成，吴秀才自己忘了自己是秀才了，却看三年之后，果然如何？所谓党员者，无事则聚，有事则散，孙中山想靠着这批人来成他的功业，真可谓秀才计较了。"比你的秀才计较如何？马济道："虽然如此，大帅也不可不防，他现在北联奉张，东联浙卢，势力也正未可轻侮呢。"吴佩孚之见识，未必不如马济，但以屡胜而骄，故其刚愎之性，乃随日俱炽耳。吴佩孚笑道："决可无虑。奉张是盗匪一流人，只能勾结匪军罢了。老洋人部队业已击溃，只有孙美瑶一人尚属可虑，此外我们直系部队，尽是可靠的干城，哪里还怕他们进攻不成？"志矜气骄，至于如此，宜其败也。马济道："不错。他在湖南听说老洋人受了奉张运动，给大帅知道，想调集江苏、山东、安徽、河南、陕西五省的一部分大军，以四万人去包围他，预备一举解决。不料事机不密，被他逃入宝丰、鲁山、南阳一带山中，据险顽抗。后来张督率领五万大军，包围痛剿，他又突围而出，谋窜鄂边，又被鄂军截回了。"情形是这样吗？吴佩孚叹道："匪军原是最靠不住的。譬如山东的孙美瑶，自从劫车得官以后，土匪闹得更凶了。杀人放火，劫教堂，掳外人，来要求改编的不知多少，究竟他们是羡慕孙美瑶，所以起来效尤，还是妒忌孙美瑶，借此和他捣蛋，都不能确定。不过无论他们是嫉妒，或是效尤；实在已到非杀孙不可的时候了。"此言之是非，极难评断。盖此种局面，虽由孙美瑶而起，究竟非孙美瑶自身所造成，不杀无以戢乱，杀之实非其罪也。马济道："孙美瑶自改编后，很能认真剿匪，当初既已赦他的罪，又订约给他做官，现在恐怕杀之无名。"此言比较中理，盖孙既能认真剿匪，则其赎罪之心已甚切，固不必杀也。吴佩孚道："不杀他，等他受了奉张运动，发生变乱时，要杀他恐怕不能了。"原来如此，使人恍然。马济默然。吴佩孚又道："这件事，我已决定，无论如何，总不能如老洋人似的养痈遗患了。"马济道："既然如此，大帅何不写一封信给郑督（郑士琦时任山东督理），叫他相机而行就是了？"吴佩孚笑道："此言正合吾意。"当下便写了一封信给郑士琦，大略道：

　　山东自收编匪军后，而匪祸愈烈，非杀孙不足以绝匪望。否则临城巨案，恐将屡见，而不可复遏。此言不为无见，然要在警备得宜，亦何忧土匪？身为军事长官，不能戢祸定乱，而欲杀一免罪自效之人，以戢匪患，上之失信于列国，下之使匪党做困兽之斗，其计岂不左哉？老洋人部以不早图，至遗今日之患，一误何可再误？望一切注意及之！

　　郑士琦得了吴佩孚这道命令，和幕僚商议。幕僚道："剿孙一节，现有吴团长可章在那里，只教他处处留意，察看动静，如有机会，再图未迟。"郑士琦然其言，便密电吴可章，教他察看孙美瑶的动静。

　　这吴可章本是郑士琦所部第五师第十七团长，自从孙美瑶改编后，郑士琦就委他为孙旅的执法营务处长，教他监督该旅，办理一切。吴可章因是上级机关委来监督一切的，对于孙美瑶种种行为，不免随时防范。孙美瑶又是少年气盛的人，自己现为旅长，吴可章无论如何，总是自己的僚佐，也不肯退让，尤其是孙美瑶部下的人，向来跟他们头领胡闹惯了的，怎禁得平地里忽然弄出一个隔壁上司来？再则他替孙美瑶不服气儿，于是早一句、晚一句的，在孙美瑶面前，絮聒出许多是非来。孙美瑶愤怒益甚，时时想除去吴可章。吴可章见他行为日渐骄横，只得随时禀报省中，请示办法。孙美瑶之死，颇有疑吴可章专擅者，其实吴氏安有专杀之权？专杀之后，郑督又安得不惩办乎？本书所言，确是实情，足为信史。

　　郑士琦得了他的密电，便秘嘱他乘时解决。既已投诚，又萌故态，孙美瑶也该受其罪。这次，孙氏因剿匪，得枪十七枝，不行呈请，居然自己留了下来。吴可章认为孙氏措置失宜，强逼他交出。此公倒是硬汉。孙氏大怒，坚决不肯交出。双方愈闹愈僵，几至武力解决。吴可章便把此事始末星夜电禀郑氏，说孙旅全军即将哗变，请即派大军防卫。郑士琦得了这电，急令兖州镇守使张培荣率令本部全旅军队，前往相机处理。这事办得极其秘密，孙美瑶一点也没有知道。这时地方上的绅士听说吴可章的军队要和孙旅发生冲突，十分恐慌，人民可怜。少不得联合各公团，出来调解。

　　一天风云，居然消歇，等得张培荣到时，事情已经了结。张培荣因得了郑士琦的授意，不好就此丢开，暗约吴可章赴行营商议，询问孙美瑶究竟可靠得住，吴可章便把孙美瑶如何骄横、如何不法、如何不遵命令情状，诉说一遍。又道："这个姑且不必问他，既有吴大帅的命令，他叫我们怎样办，我们就该怎样办。违了他的命令，也是不妥的。"在军阀手下办事，也是为难。张培荣道："据你的意见，要怎样办才是？"吴可章道："督理既派镇守使来，当然要请镇守使主持一切，我如何敢擅作主张？"张培荣默然想了一会道："我明天就假替你们调停为名，请他到中兴公司赴宴，就此把他拿下杀了如何？"吴可章道："这计甚妙，但是一面还要请镇守使分配部队，防止他部下哗变才妥。"张培荣称是。

　　次日布置妥帖，便差人去请孙美瑶赴宴。孙美瑶不知就里，带了十一个随从，欣然而来。可谓死到临头尚不知。张培荣接入，两人笑着谈了几句剿匪的事情，张培荣先喝退自己的左右，孙美瑶以为有什么秘密事和他商量，便也命自己的随从退出外面去。半晌，不见张培荣开口，正待动问，忽见张培荣突然变色，厉声问道："郑督屡次令你入山剿匪，你何以不去？"孙美瑶这时还不知自己生命已经十分危险，忙答道："怎说不去？实在因兵太少，不能包围他们，所以屡次被他们漏网。"此语也许是实情。张培荣拍案喝声拿下。孙美瑶大惊，急想去拔自己的手枪时，背后早已窜过八九个彪形大汉，将他两臂捉住，挪翻在地，用麻绳将他捆了起来。孙美瑶大呼无罪。张培荣道："你架劫外人，要挟政府，架劫华人，并不提起，可见若辈胸中无人民久矣，为之一叹。何得自称无罪？"孙美瑶道："那是过去之事，政府既已赦我之罪，将我改编为国军，如何失信于我？"却忘了自己投诚后种种不法行为。张培荣道："你既知赦你之罪，便当知恩图报，如何又敢暗通胡匪(指东三省)，阴谋颠覆政府？"孙美瑶道："证据何在？"张培荣道："事实昭昭，在人耳目，何必要什么证据？"孙美瑶大声长叹道："我杀人多矣，一死何足惜？但是君等军符在握，要杀一个人，也是极平常之事，正不必借这莫须有的事情，来诬陷我耳。"张培荣不答，实在也不必回答了。喝命牵出斩讫。孙美瑶引颈就刑，毫无惧容，钢刀亮处，一颗人头早已滚落地上，这是民国十二年十二月十九日事也。

孙美瑶受诛后，随从十一人也尽都被杀。一连卫队，如时已被吴可章解散。那周天伦、郭其才两团人得了这个消息，也并没什么举动。可见原是乌合的人马。隔了两日，方由张培荣下令，悉行缴械，给资遣散。这些人，也有回籍营生的，也有因谋生不易，仍去做土匪的。山东的匪祸，因此更觉闹得厉害了。这是后话，按下不提。

却说张培荣解决了孙美瑶，便分别电请郑士琦和吴佩孚。那吴佩孚正因老洋人攻陷鄂西郧西县，杀人四千余，以活人掷入河流，作桥而渡，很引起舆论的攻击，颇为焦急，听说孙美瑶已经解决，倒也少了一桩心事。

那老洋人初时想冲入四川，和熊克武联络，共斗直军，因被鄂军截击，回窜陕西，又被陕军围困于商、洛之间，战了许久时候不能发展，只得又回窜鄂边，想由援川的直军后路冲入四川，土匪竟做含有政治意味的事情，奇绝。一路上焚掠惨杀，十分残酷。如此行为，安得不死？郧西、枣阳等县，相继攻陷，直逼襄阳。襄阳镇守使张联陞因兵力不曾集中，不能抗御，只得闭城固拒，一面向督军萧耀南告急。萧耀南一面派兵救援，一面又电请河南派兵堵截。

那老洋人虽有两万之众，却因子弹不足的缘故，不能持久，正在着急，忽报赵杰派人来见。老洋人的催命鬼来了。老洋人忙教传入，问他详细的情形。来人道："赵帅说：子弹尚有二十余万，现在豫东，但是不能运到这里来，如贵军要用，可以自己回去搬取。"老洋人大喜，打发他去讫，一面忙集合部下将领商议，主张即日窜回豫东。众皆默然。老洋人又道："现在大敌当前，最重要的便是子弹，子弹没有，如何用兵？所以我主张即日回河南去。"部将丁保成道："这话虽是实情，但是弟兄们奔走数十日，苦战月余，如何还有能力回去？"老洋人大怒道："别人都没闲话，偏你有许多啰唆，分明是有意怠慢我的军心。不办你，如何警戒得别人？"说着，便喝左右拿下。众将领都代为讨饶，说了半天，老洋人的怒气方才稍平，命人放了丁保成。丁保成道了谢，忍着一肚皮闷气，和余人各率所部，又向河南窜了回去。

这一遭，所过地方的人民，都因被老洋人杀怕，听说老洋人又窜了回来，都吓得躲避一空，不但乡村之间，人烟顿绝，便是大小城镇，也都剩了几所空屋，就要找寻一粒米、一颗麦也没有。这批土匪，沿路上得不到一些口粮，忍饥挨饿，还要趱路，见了官军，还要厮杀，其苦不堪。因饿而病、因病而死的，不计其数。惨杀的报应，可称是自杀自。小喽啰的怨声固然不绝，便是头领们，也十分不安，只有老洋人一人，因他是个大头领，一路上有轿坐，有马骑，两条腿既不吃苦，饿了又决不会少他的吃食，肚皮里也总不至闹甚饥荒，本身既然舒服，不但不知道体恤部下，而且无日不催促前进，更激起兵士们许多反感。

这日，到了京汉路线上，因探得有护路官军驻扎，便叫部下准备厮杀。将士们听了这命令，都不禁口出怨言道："跑来跑去的，不知走了多少路，每天又找不到吃，还叫我们厮杀……"可是口里虽这样说着，又不敢不准备。谁料那些护路军队，听说老洋人率领大队土匪来到，都吓得不敢出头。好货。如此军队，还有人豢养他们，奇绝。又恐土匪劫车，酿成临城第二，自己担不起这罪过，便竭力劝阻来往车辆，在远处停止，让开很辽远的地方，不扎一兵，好让土匪通过。奇闻趣闻，阅之使人可笑可恨。土匪见此情形，莫不大喜，威威武武地穿过了京汉路，向东趱行。这时一路上虽然无人可杀，无物可劫，不过还有许多搬不动的房子，却大可一烧，因此老洋人所过的地方，莫不变成一片焦土。但是一个人最重要的就是饮食，饮食一缺，无论你有怎样大的通天本领，也便成了强弩之末，毫无用处。匪军虽然骁悍，却因一路上得不到饮食，早已饿得东倒西歪，只因逼于军令，不能不走。若在平时，大概一个个都要躺到地上去了。闲话少提。

却说匪军到了郏县时，都已饿到不能再走，好在城内军民人等早已逃走一空，不必厮杀，便可入城驻扎。老洋人赶路性急，见天时尚早，不准驻扎，传令放起一把火，向前开拔。必须放火，不知是何心肝？那些匪军，见了屋宇，早已乱纷纷地钻进里面，也有一横身便倒下休息的，也有东寻西觅，想找些食物来充饥的，一时哪里肯走？老洋人传了三四次命令，还不曾集合。老洋人焦躁，把几个大首领叫到面前大骂了一顿。还说："如果再不遵令，便先要把他们几个枪毙。"他们不敢声辩，便按着大虫吃小虫为老例，照样吩咐小头目，谁不遵令，便要枪毙谁。小头目只得又用这方法去吓小喽啰，那些小喽啰十分怨恨，又不敢不走，只得随令集合，乱哄哄的开拔。写得全无纪律，确是匪军样子。

刚到城外，忽然丁保成部下有个小头目和小喽啰争吵相打起来，又是老洋人两个催命鬼。事情被老洋人知道了，立刻传去讯问。原来那小喽啰在一家天花板上老鼠窝中捉了三五只不曾开眼睛的小老鼠，可谓掘鼠而食。欢喜得了不得，急忙偷着拆了几块天花板，把他拿来烧烤。只因赶紧开拔，不曾耽搁多时，还只烤了个半生半熟。当时那小喽啰把几只半熟的烤老鼠，暗暗放在袋里，再把几块烧着的天花板，向板壁上一靠，那板壁便也烈烘烘拍着了，火势顿时冒穿屋顶。这时里面一定有许多烤焦老鼠，可惜没人去受用，一笑。

小喽啰没有可携带的东西，便拔脚走了。这时因袋里有了几只半熟的烤老鼠，仿佛穷儿暴富一般，十分得意，到得城外，觉得肚子里咕隆东咕隆东的实在响得厉害，便忍不住抓出一只来，想送到肚子里去，吓走了这咕隆东的叫声。刚咬了一口，那一阵阵的香气，早把众人都诱得回转头来望他。也有向他讨吃的，但是不曾到手。讨的人生气，便去怂恿小头目向他去要。小头目也正在饿得发慌，听了这话，如何不中意？果不其然，立刻便向他去要这烤鼠。那小喽啰如何肯与？一个一定要，一个一定不肯，两人便争吵起来。

恰好他这一部，是保卫老洋人的，离老洋人很近，因此给他听见了，立刻传去，问明情由，不觉大怒，责小头目不该强要小喽啰的东西，立刻传令斩首。他要吃半熟烤小老鼠吃不成，老洋人却叫他吃板刀面，一笑。那些小喽啰一则都在妒忌有小老鼠吃的小喽啰，二则小头目的事情都是自己怂恿出来，因此都觉心里不服，都来丁保成处，请丁保成去告饶。丁保成想起旧恨，便乘势说道："你们的话，他哪里肯听？如肯听时，也不教你们饿着去拼死赶路了。老实说一句：他心里哪里当你们是人，简直连畜生也不如呢。杀掉一两个，算些什么？

你们要我去说，不是嫌他杀了一个不够，再教我去凑成一对吗？"众人听了这话，都生气鼓噪道："我们为他吃了许多苦，他如何敢这样刻薄我？你既不敢去，让我们自己去说。他敢再刻薄我们，不客气，先杀了他。"丁保成故意拦阻道："这如何使得？你们这样去，不是去讨死吗？"

众人愈怒，更不说什么，一声鼓噪，拥到老洋人面前，要求赦免小头目。老洋人见了他们混闹情形，一时大怒道："你们是什么人？也敢来说这话。再如此胡闹时，一并拿去杀头。"众人大怒，一齐大叫道："先杀了这狗男女再说，先杀了这狗男女再说。"呼声未绝，早有几个性急的人向老洋人砰砰几声，几颗子弹，直向老洋人奔来。老洋人只啊呀了一声，那身子早已穿了几个窟窿，呜呼哀哉！一道灵魂，奔向黄泉路上，找孙美瑶做伴去了。众人见已肇祸，便要一哄而散。丁保成急忙止住道："你们如此一散，便各没命了，不如全都随着我去投降官军，仍旧让他改编，倒还不失好汉子的行为。"众人听了，一齐乐从。其余各部，听说老洋人已死，立刻散了大半。没有散的，便都跟着丁保成来投降官军。张福来一面命人妥为安置，一面申报洛阳吴佩孚。

吴佩孚大喜，竭力奖励了几句，一面令将匪军给资遣散。正是：

莫言一鼠微，

能杀积年匪。

鄂豫诸将帅，

闻之应愧死。

欲知后事如何，且看下回分解。

孙美瑶山东积匪也，劫车要挟，其计既狡，其罪尤重，痛剿而杀之，则上不损国威，下不遗民害，岂非计之上哉？乃重以外人之故，屈节求和，不但赦其罪也，又从而官之，赏非其功矣。既已赦之，则不得复杀也。况孙既能尽力剿匪，是谓有功之人，法当益其赏，今乃诬以莫须有，从而杀之，又杀非其罪矣。赏罚之颠倒如此，政治之窳败，可胜言哉？虽然，中华民国之政刑，大抵如此，区区孙美瑶，何足论耶？

第一百五十四回　养交涉遗误佛郎案　巧解释轻回战将心

却说吴佩孚因老洋人已死，豫境内已无反动势力，便专意计划江、浙、四川、广东各方面的发展。正在冥思苦索，忽见张其锽和白坚武连翩而入，手里拿着些文书，放在吴佩孚的写字桌上。吴佩孚看上面的一页写道：

江浙和平公约。

一、两省人民因江、浙军民长官同有保境安民之表示，但尚无具体之公约，特仿前清东南互保成案，请双方订约签字，脱离军事漩涡。

二、两省军民长官，对于两省境内保持和平，凡足以引起军事行动之政治运动，双方须避免之。

三、两省辖境，军队换防之事，足以引起人之惊疑者，须防止之。两省以外客军，如有侵入两省或通过事情，由当事之省，负防止之责任，为精神上之互助。

四、两省当局应将此约通告各领事，对于外侨任保护之责。凡租界内足以引起军事行动之政治问题，及为保境安民之障碍者，均一律避免之。

五、此项草约，经江、浙两省军民长官之同意签字后，由两省绅商宣布之。

吴佩孚道："这是八月二十日订立的江浙和平公约，好记性。过去得很久了，还拿来做什么？"白坚武道："近来浙、皖也订立了和平公约，所以顺便带这个来给大帅参考的。"吴佩孚道："浙皖和约的原文，也在这里吗？"二人点头说是。他一面问，一面早已把江浙和平公约拿过一边，发现了浙皖和平公约。吴佩孚看那公约上面写道：

一、皖、浙两省，因时局不靖，谣言纷起，两省军民长官同有保境安民之表示，但尚无具体之公约，仍不足以镇定人心，爰请两省军民长官，服从民意，仿照江浙和平公约成案，签订公约，保持两省和平。

二、皖、浙两省辖境毗连之处，所属军队，各仍驻原防，保卫地方，免生误会。

三、皖、浙两省长官负责，不令客军侵入，或驻扎两省区域，防止引起纠纷。

四、此项公约，经皖、浙两省军民长官之同意，签字盖印后，由两省绅商公证宣布，以昭郑重。

吴佩孚看完，点头道："很好。浙江方面，果然能够和平解决，在我的计划上，反比较的有利。"张其锽道："话虽如此，人心难测，到底还要准备才好。"吴佩孚点头，想了一会，忽然说道："别的都不打紧，只有财政上真没办法了。光是关税，又不够用。"语意未完。白坚武道："法国公使命汇理银行扣留盐余这回事情，偏又凑在这时候，要是这笔款子能够放还，倒还可抵得一批正用。"吴佩孚听了这话，忽然回过头来，向张其锽道："这件事情，说起来，却不能不怪颜骏人（颜惠庆字）太颟顸了。"颜氏良心不坏，而办事毫识力，谥之曰"颟顸"，可谓确当不移。张其锽愕然不解。吴佩孚诧异道："你还不知道这件事的始末缘由吗？"不是张其锽不知道，究是作者恐读者不知道耳。

张其锽道："法使所以扣留盐余，不是为着要求我国以金佛郎偿还庚子赔款吗？但是这件事和骏人有什么相干？"此乃作者代读者问耳，非张其锽真有此问也。吴佩孚笑道："原来你真不知道金佛郎案的内容吗？这件事的起因，远在前年六月(十一年六月二十一日)，法使傅乐猷因为本国的佛郎价格低落，公函外部，请此后付给庚款，改用美国金元，并不曾说什么金佛郎。这种请求，本来可以立刻驳回的，不料这位颜老先生也并不考量，爽爽快快地便转达财部。真是颟顸。华府会议时，王宠惠大发牢骚，顾维钧亦觉棘手，独施肇基抱乐观，与颜如一鼻孔出气，可发一笑。直等到法使自己懊悔抛弃国币而用美国的金元，未免太不留国家颜面，自己撤回，才又转达财部，岂不可笑？"张其锽笑道："这位老先生真太糊涂了。这种事情，如何考量也不考量，便马马虎虎，会替他转达财部的。难道他得了法使什么好处不成？好在是他，平日还算廉洁，要是不然，我真要疑心他受贿了。"颜但昏聩耳，受贿之事，可必其无。

白坚武笑道："谁都知道，中国的外交家是怕外国人，这种小小的事情，岂有不奉承之理？"设无南方对峙，国民监督，中国四万万人民，恐将被外交家所断送，岂但奉承小事？张其锽道："但这是金元问题，并不是金佛郎问题，这事情又是怎么变过来的？"吴佩孚道："说起这话来，却更可气可笑。法使当时撤回的时候，原已预备混赖，所以在撤回的原文上说，对于该问题深加研究之后，以为历来关于该项账目所用之币，实无变易之必要，是以特将关于以金元代金佛郎之提议，即此撤回。这几句话，便轻轻把金元案移到金佛郎案身上去了。我国人旧称外人曰洋鬼子，其殆谓其刁狡如鬼乎？观此事刁狡不讲信义，岂复类人？偏这位颜老先生又是一味马马虎虎的，不即据理驳回，所以酿成了这次交涉，岂非胡闹？"张其锽笑道："颜骏老是老实人，哪里知道别人在几个字眼儿上算计他的。"吴佩孚、白坚武俱各微微一笑。微微一笑，笑颜之无用，堪当此"老实人"三字之美号也。张其锽吸着了一支卷烟，呆看吴佩孚翻阅公事，白坚武坐在旁边，若有所思的，静静儿的也不说话。

半晌，张其锽喷了口烟，把卷烟头丢在痰盂里道："让我来算一算，现在中国欠法国的赔款，还有三万九千一百多万佛郎，若是折合规元，只要五千万元就够了，若是换金佛郎，一元只有三佛郎不到，若是折合起来算，啊呀，了不得，还要一亿五千万光景呢。假使承认了，岂不要吃亏一万万元。更有意，比等国，若再援例要求，那可不得了了。"真是不得了了。白坚武笑道："好在还没承认呢，你着什么忙？"张其锽道："虽没承认，承认之期，恐怕也不远了。"白坚武笑问："你怎么知道不远？"是故意问，不是真问。张其锽道："我前日听说中法银行里的董事买办们，说起几句。老实说，这些董事买办，也就是我们贵国的政治上的大人先生们，他们听得法使要等中国承认，方准中法复业，还不上劲进行，好从中捞摸些油水吗？他们可不像我们这么呆，以前教育界里的人，反对得很厉害，现在这些大人先生们，已经和法使商量好了，每年划出一百万金佛郎，作为中、法间教育费。教育界有了实利，恐怕也不来多话了。"白坚武方要回答，吴佩孚突然回头问张其锽道："你这话可真？"张其锽道："本来早已秘密办好的，大约是从今年起，关平银一再，折合三佛郎七十生丁，不照纸佛郎的价格算，也不承认金佛郎之名。后来因为吴大头要倒阁，利用金佛郎案子攻击老高，老高才慌了，教外部驳回的。这不过一时的局面，长久下去，怎有个不承认的？恐怕不出今年，这案子必然解决咧。"吴佩孚把笔向桌上一放，很生气道："这真是胡闹极了。要是这案子一承认，中央不是又要减少许多收入了吗？照现在的样子，军费还嫌不够，你看他单单注意军费。再经得起这般折耗吗？"白坚武忙走近一步，在吴佩孚耳边，低低说了几句。吴佩孚轻轻哼了一声，便依旧批阅公事，不再说话了。葫芦提得妙。

张其锽心疑，怔怔地看着白坚武，白坚武只是向他笑着摇头。张其锽不便再问，只好闷在心头，刚想出去时，吴佩孚忽然又拿起一个电报，交给张其锽道："你看！齐抚万这人，多么不漂亮，这电报究竟是什么意思？"张其锽慌忙接过观看，白坚武也过来同看，那原电的内容，大略道：

> 浙卢之联奉反直，为国人所共知，长予优容，终为直害，故燮元主张急加剪除者，为此也。我兄既标尊段之名，复定联卢之计，诚恐段不可尊，卢不得联，终至贻误大局，消灭直系，此燮元所忧心悄悄、不敢暂忘者也。子产云："栋折榱崩，侨将压焉。"我兄国家之栋，燮元偶有所见，敢不尽言。倘必欲联卢，请先去弟，以贯彻我兄之计。弟在，不但为兄联卢之阻力，且弟亦不忍见直系之终灭也。君必欲灭卢，窃恐卢虽可灭，而直系亦终不能不破耳。

张其锽看完，把电报仍旧放在吴佩孚的桌子上，道："抚万（齐燮元字）也未免太多心了。"白坚武道："他倒不是多心，恐怕是为着已在口中的食品，被大帅搁上了，咽不下嘴去，有些抱怨哩。"便不被大帅搁住，轻易也不见得就吞得下。吴佩孚道："这件事，他实在太不谅解我了。同是直派的人，他的实力扩张，就是直系实力的扩张，难道我还去妨碍他！看他只知有直系，不知有国家。至于我，本来抱着武力统一的主张，岂有不想削平东南之理？先说本心要削平。只为东北奉张，西南各省，都未定妥，所以不愿再结怨于浙卢，多树一个敌人。次说不欲即时动武的本心，是主。再则国民因我们频年动武，都疑我黩武，不替人民造福，所以我又立定主张，比奉、粤为烂肉，不可不除，比东南为肌肤，不可不护。这却一半是好听说话。三则上海为全国商务中心，外商云集，万一发生交涉，外交上必受重大损失，所以不能不重加考量。这几句，又是实在原因。抚万不谅我的苦衷，倒反疑心我妒忌他，岂不可叹？"张其锽道："现在东南的问题，还不只抚万一人哩。福建方面，馨远也不是跃跃欲动吗？"白坚武道："假使抚万不动，料他也绝不敢动。"料杀孙传芳也。张其锽道："现在大帅主张怎么办？"吴佩孚道："你先照我刚才所说的话，复一个电报给他，再派吴毓麟去替我解释一番罢。"

张其锽领命草好了一个电报，恰巧吴毓麟匆匆地进来，白坚武见他很有些着紧的样子，便问他什么事，吴毓麟道："有一样东西，要送给大帅看。"吴佩孚听了这话，忙回头问什么东西，吴毓麟不慌不忙地掏出几张信笺，上面都写满了字，递给吴佩孚。吴佩孚看道：

> 自辛亥革命，以至于今日，所获得者，仅中华民国之名。国家利益方面，既未能使中国进于国际平等地位，国民利益方面，则政治经济，荦荦诸端，无所进步，而分崩离析之祸，且与日俱深。穷其至此之由，与所以救济之道，诚今日当务之急也。夫革命之目的，在于实行三民主义，而三民主义之实行，必有其方法与步骤。三民主义能影响及于人民，俾人民蒙其幸福与否，端在其实行之方法与步骤如何。

> 文有鉴于此，故于辛亥革命以前，一方面提倡三民主义，一方面规定实行主义之方法与步骤，分革命建设为军政、训政、宪政三时期，期于循序渐进以完成革命之工作。辛亥革命以前，每起一次革命，即以主义与建设程序，宣布于天下，以期同志暨国民之相与了解。辛亥之役，数月以内，即推倒四千余年之君主专制政体，暨二百六十余年之满洲征服阶级。其破坏之力，不可谓不巨。然至于今日，三民主义之实行，犹茫乎未有端绪者，则以破坏之后，初未尝依预定之程序以为建设也。盖不经军政时期，则反革命之势力，无由扫荡，而革命之主义，亦无由宣传于群众，以得其同情与信仰。不经训政时期，则大多数之人民，久经束缚，虽骤被解放，初不瞭知其活动之方式，非墨守其放弃责任之故习，即为人利用，陷于反革命而不自知。前者之大病，在革命之破坏，不能了彻，后者之大病，在革命之建设，不能进行。

> 辛亥之役，汲汲于制定《临时约法》，以为可以奠民国之基础，而不知乃适得其反。论者见《临时约法》施行之后，不能有益于民国，甚至并《临时约法》之本身效力，亦已消失无余，

则纷纷然议《临时约法》之未善，且斤斤然从事于宪法之制定，以为借可救《临时约法》之穷。曾不知症结所在，非由于《临时约法》之未善，乃由于未经军政、训政两时期而即入于宪政。试观元年《临时约法》颁布以后，反革命之势力，不唯不因以消灭，反得凭借之以肆其恶，终且取《临时约法》而毁之。而大多数人民，对于《临时约法》，初未曾计及其于本身利害何若。闻有毁法者，不加怒，闻有护法者，亦不加喜，可知未经军政、训政两时期，《临时约法》决不能发生效力。夫元年以后，所恃以维持民国者唯有《临时约法》，而《临时约法》之无效如此，则纲纪荡然，祸乱相寻，又何足怪？本政府有鉴于此，以为今后之革命，当赓续辛亥未完之绪，而力矫其失，而今后之革命，不但当用力于破坏，尤当用力于建设，且当规定其不可逾越之程序。

爰本此意，制定国民政府建国大纲二十五条，以为今后革命之典型。建国大纲第一条至第四条，宣布革命之主义及其内容。第五条以下，则为实行之方法与步骤。其在第六、七两条标明军政时期之宗旨，务扫除反革命之势力，宣传革命之主义。其在第八至第十八条，标明训政时期之宗旨，务指导人民从事于革命建设进行。先以县为自治之单位，于一县之内，努力于除旧布新，以深植人民权力之基本，然后扩而充之，以及于省，如是则可谓自治，始为真正之人民自治，异于伪托自治之名，以行其割据之实者。而地方自治已成，则国家组织，始臻完密，人民亦可本其地方上之政治训练，以与闻国政矣。其在第十九条以下，则由训政递嬗于宪政所必备之条件与程序。综括言之，则建国大纲者，以扫除障碍为开始，以完成建设为归依。所谓本末先后，秩然不紊者也。夫革命为非常之破坏，故不可无非常之建设以继之。积十三年痛苦之经验，当知所谓人民权利，与人民幸福，当务其实，不当徒袭其名。倘能依建国大纲以行，则军政时代，已能肃清反侧，训政时代，已能扶植民治，虽无宪政之名，而人民所得权利与幸福，已非借宪法而行专政者，所可同日而语。且由此以至宪政时期，所历者皆为坦途，无颠蹶之虑。为民国计，为国民计，莫善于此。本政府郑重宣布，今后革命势力所及之地，凡秉承本政府之号令者，即当以实行建国大纲为唯一之职任。兹将建国大纲二十五条并列如左：

一、国民政府本革命之三民主义，五权宪法，以建设中华民国。

二、建设之首要在民生，故对于全国人民之食、衣、住、行四大需要，政府当与人民协力，共谋农业之发展以足民食，共谋织造之发展以裕民衣，建筑大计划之各式屋舍以乐民居，修治道路运河，以利民行。

三、其次为民权，故对于人民之政治知识能力，政府当训导之，以行使其选举权，行使其罢官权，行使其创制权，行使其复决权。

四、其三为民族，故对于国内之弱小民族，政府当扶植之，使之能自决、自治。对于国外之侵略强权，政府当抵御之。并同时修改各国条约，以恢复我国际平等，国家独立。

五、建设之程序，分为三期：一曰军政时期，二曰训政时期，三曰宪政时期。

六、在军政时期，一切制度悉隶于军政之下，政府一面用兵力以扫除国内之障碍，一面宣传主义以开化全国之人心，而促进国家之统一。

七、凡一省完全底定之日，则为训政开始之时，而军政停止之日。

八、在训政时期，政府当派曾经训练考试合格之员，到各县协助人民筹备自治。其程度以全县人口调查清楚，全县土地测量完竣，全县警卫办理妥善，四境纵横之道路修筑成功，而其人民曾受四权使用之训练，而完毕其国民之义务，誓行革命之主义者，得选举县官，以执行一县之政事，得选举议员，以议立一县之法律，始成为一完全自治之县。

九、一完全自治之县，其国民有直接选举官员之权，有直接罢免官员之权，有直接创制法律之权，有直接复决法律之权。

十、每县开创自治之时，必须先规定全县私有土地之价，其法由地主自报之。地方政府则照价征税，并可随时照价收买。自此次报价之后，若土地因政治之改良，社会之进步，而增价者，则其利益当为全县人民所共享，而原主不得而私之。

十一、土地之岁收，地价之增益，公地之生产，山林川泽之息，矿产水力之利，旨为地方政府之所有，而用以经营地方人民之事业，及育幼、养老、济贫、救灾、医病，与夫种种公共之需。

十二、各县之天然富源，与极大规模之工商事业，本县之资力，不能发展与兴办，而须外资乃能经营者，当由中央政府为之协助。而所获之纯利，中央与地方政府，各占其半。

十三、各县对于中央政府之负担，当以每县之岁收百分之几为中央岁费，每年由国民代表定之。其限度不得少于百分之十，不得加于百分之五十。

十四、每县地方自治政府成立之后，得选国民代表一员，以组织代表会，参与中央政事。

十五、凡候选及任命官员，无论中央与地方，皆须经中央考试，铨定资格者乃可。

十六、凡一省全数之县，皆达完全自治者，则为宪政开始时期。国民代表会得选举省长，为本省自治之监督。至于该省内之国家行政，则省长受中央之指挥。

十七、在此时期，中央与省之权限，采均权制度。凡事务有全国一致之性质者，划归中央，有因地制宜之性质者，划归地方，不偏于中央集权，或地方分权。

十八、县为自治之单位，省立于中央与县之间，以收联络之效。

十九、在宪政开始时期，中央政府当完全设立五院，以试行五权之法。其序列如下：曰行政院，曰立法院，曰司法院，曰考试院，曰监察院。

二十、行政院暂设如下各部：一内政部，二外交部，三军政部，四财政部，五农矿部，六工商部，七教育部，八交通部。

二十一、宪法未颁布以前，各院长皆归总统任免而督率之。

二十二、宪法草案，当本于建国大纲，及训政宪政两时期之成绩，由立法院议订，随时宣传于民众，以备到时采择施行。

二十三、全国有过半数省达至宪政开始时期，即全省之地方自治完全成立时期，则开国民大会决定宪法而颁布之。

二十四、宪法颁布之后，中央统治权则归于国民大会行使之。即国民大会对于中央政府官员，有选举权，有罢免权；对于中央法律，有创制权，有复决权。

二十五、宪法颁布之日，即为宪政告成之时，而全国国民则依宪法行全国大选举，国民政府则于选举完毕之后三个月解职，而授政于民选之政府，是为建国之大功告成。

吴佩孚看完道："这东西，你从哪里得来的？"吴毓麟道："我有个香港朋友，用电报拍给我的，我怕大帅还不曾知道，因此急急地抄了，送给大帅看。"吴佩孚道："前此也听善堂约略说过，但那时还不过一句空话，现在可已经实行了吗？"吴毓麟道："这个原电，并不曾说清楚，我也不敢悬揣，以我的猜度，只怕还在进行中罢。"如此关连上文，天衣无缝。吴佩孚道："这却不去管他，我现在要派你到南京去一趟，你愿意吗？"吴毓麟笑道："大帅肯派我做事，就是看得起我，哪有不去的道理？只不知有什么事要做？"吴佩孚便将齐燮元的来电给他看了一遍，一面又将自己的意思说给他听。吴毓麟笑道："他现想做副总统哩。论理，这地位谁敢和大帅争夺，论功劳名誉，谁赶得上大帅。二则全国的人心，也只属望大帅一人，他也要和大帅争夺,岂不是笑话?"马屁拍得十足,而言词十分平淡,不由秀才不入彀中。吴佩孚忍不住也一笑,果然入了彀中。说道:"我也不想做什么副总统。他要做,自己做去就得了,我和他争些什么。前几日,有人竭力向我游说,想是几个议员。说怎样怎样崇拜我,此次非选举我为副座不可,我当时就回答他们说:你们要选举副座,是你们的职权,可见确是几个议员。很可以依法做去,不必来征求我什么同意。敷衍话。至于我自己,资格本领,都够不上,也不想做。绝其献媚之路,敷衍之意甚显。老实说一句,现够得上当选资格的,也只有卢永祥一人。明是推崇一卢永祥,暗地里是骂尽齐燮元一批人。但是该选举哪个,也是国会的专有权,我也不愿多话。总而言之,我在原则上总推重国会,国会倘然要选举副座,我决不反对就是咧。"全是敷衍之语。

吴毓麟拍手笑道:"怪道他们在北京都兴高采烈的,说大帅推重国会呢,原来还有这么一回事咧。大帅虽然推崇卢子嘉,但以我的目光看来,子嘉资格虽老,倘以有功于国为标准,却和大帅不可同日语。平心而论,没有卢永祥,在国家并没什么影响,没有大帅,只怕好好一个中国,便有大帅,在中国也不见得好好。要乱得土匪窝似的,早经外人灭亡了呢。这帽子比灰鬟更高了。大帅有了这样的功劳地位,反存退让之心,可见度量的宏大,便一千个子嘉(卢永祥)字、一万个抚万,也赶不上了。"肉麻之至。吴佩孚笑道:"太过誉了,不敢当,不敢当。"其辞若伪谦,而实深喜之也。吴毓麟道:"但是照我的愚见,大帅不可过谦,失了全国人民属望之心。"吴佩孚笑而不答。笑而不答者,笑吴毓麟之不识风头也。倒弄得吴毓麟怀疑不解,因又改口道:"万一大帅定要让给子嘉,我此次到南京去,就劝抚万休了这条心,免得将来又多增一件纠纷咧。"却也试探得不着痕迹。吴佩孚微笑道:"你就再许给他又打甚紧,谁该做副总统,谁不该做副总统,难道我们一两个人,自己可以支配的吗?"此情理中话也,出之以微笑,则尚有深意存焉。说着,又回顾张其锽、白坚武道:"你看!这话对吗?"白坚武、张其锽正听得出神,忽见吴佩孚问他,忙笑回道:"大帅的话,怎的有差?如果一两个人可以支配,还配称作民主国家吗?"此时也不见得可称为民主国家。虽不直接支配,也逃不了间接支配。吴毓麟听了这话,不知理会处,只得也笑了一笑,忙道:"既如此说,我怎么可以答应他呢?"吴佩孚笑道:"你答应了他,岂不容易讲话吗?"众人听了,都笑起来。当下吴佩孚又教了他许多说话,吴毓麟一一领命。

次日便带了吴佩孚亲笔手书,到南京来见齐燮元。那时齐燮元正因吴佩孚阻碍他并吞浙江,十分怨恨,一见吴毓麟,便大发牢骚。吴毓麟再三解释,齐燮元的怒气稍解,才问吴帅有什么话,吴毓麟先拿出吴佩孚的信来,齐燮元看那信道:

复电计达。浙卢非不可讨,但以东南为财赋之区,又为外商辐辏之地,万一发生战争,必致影响外交,务希我兄相忍为国,俟有机可图,讨之未晚。其余一切下情,俱请代表转达。

齐燮元看完,冷笑道:"子玉这话,说得太好听了,委实叫我难信。"好话不信,想以为当今军阀中无此好人耳。吴毓麟道:"这是实情,并非虚话,抚帅切弗误会!"齐燮元道:"如何是实情?"吴毓麟道:"若在从前时候,外交上的事件,自有中央负责,不但玉帅可以不管,就是抚帅也无费心之必要。政府里外交办得好,不必说,假如我们认为不满意时,还可攻击责备。现在可大不同了,首当其冲的大总统,就是我们的老帅,老帅的地位动摇,我们全部的势力随之牵动。在这时候,不但我们自己不要招些国际交涉,就是别人要制造这种交涉,抚帅、玉帅也还要禁止他呢。果然不错,果然动听,我们怕曹锟发生国际交涉耳,岂怕中国政府发生国际交涉哉?我临动身的时候,玉帅再三和我说,抚帅是个绝顶聪明的人物,这种地方,并非见不到,只因和浙江太贴紧,眼看着浙江反对我们的现象,深恐贻害将来,所以想忍痛一击，不比我们离北京近，离浙江远，只知道外交上困难的情形，不知道浙江跤扈形状，到底怎样，还得让抚帅斟酌，抚帅自能见得到的。"此一段言语，真乃妙绝，虽随何复生，陆贾再世，不能过也，宜乎抚万之怒气全释矣。说着，又走近几步，悄悄地笑道："还有一件事，也要和抚帅商量的，就是现在的副座问题，我在洛阳时，曾用话试探玉帅，看玉帅的意思，虽然也有些活动，妙妙。如言其毫无此意，齐氏反不肯信矣。但如抚帅也要进行，他不但决不竞争，而且情愿替抚帅拉拢。抚帅雄才大略，物望攸归，此事既有可图，自应从速努力。如抚帅有命，定当晋京效劳。"又妙。不但替吴氏解释也，而且替自己浇上麻油矣。齐燮元此时颜色本已十分和平，听他这样说，便道："这个，我如何可以越过玉帅前面去的，还是请玉帅进行罢。"尚不深信也。吴毓麟笑道："有好多人都这样劝他呢。可是他却志不在此，一句也不肯听。我看他既有此盛意，抚帅倒不要推却，使他过意不去。再则别人不知抚帅谦让真心，倒说有心和他生分了。"又妙又妙，使他深信不疑，不致再推托。齐燮元笑道：一笑字，已解释许多误会。"这样说，我倒不好再说了。吾兄回洛时，请代为致意玉帅，彼此知己，决不因小事生分。浙江的事情，也全听他主持，只要他有命令，我绝没有第二句话。"大功告成了。吴毓麟笑道："玉帅不过贡献些意见罢了。一切事情，当然还要抚帅主持。"齐燮元大笑。吴毓麟回洛以后，齐燮元便把攻浙的念头完全打消了。正是：

> 副选欲酬贪鄙志，
>
> 称雄暂按虎狼心。

未知后事如何，且看下回分解。

　　齐燮元坐镇南京，不必如洛吴之驰驱于戎马之中，而其地位日隆，乃与洛吴相埒，为直系三大势力之一（吴佩孚、冯玉祥、齐燮元），亦可谓天之骄子矣。乃又欲鲸吞浙江，以扩展其武力，又欲当选副座，以增高其地位，野心之大，可为盛矣。洛吴既察知其隐而故作联卢之计，以妨碍其进行，齐既愤激而欲出于辞职，吴又饵之以副座，始得保江、浙之和平。齐之贪鄙粗陋，令人失笑，然吴氏所为，亦非根本办法，故不久而江浙之战，仍不能免。世亦安有交不以诚，而能持之久远也哉？

第一百五十五回

识巧计刘湘告大捷
设阴谋孙督出奇兵

却说吴毓麟回到洛阳，把南京的情形，向吴佩孚说了一遍。吴佩孚大加奖励。吴毓麟见左右无人，悄悄地问道："听说民国八年运到中国的那批军火，已经给人以四百八十万的代价买去，大帅可曾知道？"吴佩孚佯作惊讶之状道："你听哪个说的，我不信。那批军火，不是有公使团监视着吗？急切如何出卖？"装得像。吴毓麟道："大帅果然不曾知道吗？"吴佩孚道："知道……我还问你？"吴毓麟低头想了想，笑道："既然大帅不知道，我也不用说了。"意中固已深知此事为吴氏所为矣。吴佩孚道："你不必说这消息从哪里来，却说对于这件事的意见如何？"问得妙。吴毓麟道："以我的愚见，倘然此项军火为大帅所得，则大可以为统一国家的一助，倘然被别人买去，则未免增长乱源咧。"回答得更妙。吴佩孚大笑，在他背上拍了两下道："可儿，可儿，你知道这批军火是哪个买的？"吴毓麟熟视道："远在千里，近在目前，想来眼前已在洛阳军队中了。"吴佩孚又大笑，因低声说道："果如我兄所料，这批军火确是我所买进，正预备拿一部分去接济杨森呢。"瞒不住，只得实说，其实此时已无人不知，正不必瞒也。吴毓麟道："杨子惠（杨森字）屡次败溃，接济他又有何益？"吴佩孚笑而不答。吴毓麟也不往下再说，因又转变辞锋道："听说孙馨远把兵力集中延平，不知道是袭浙，还是图赣？"吴佩孚道："浙江并无动静，江西督理蔡成勋，已经来过两次电报，请中央制止他窥赣，但我料馨远虽然机诈，似乎尚不至做如此没心肝的事情，想来必然还有别的用意。"知孙氏者其子玉乎？彼此又说了几句闲话，吴毓麟辞去。

吴佩孚命人去请张其锽和杨森的代表，张其锽先到，吴佩孚便告诉他接济杨森军械的事情。张其锽想了想，并不说什么话。吴佩孚道："你怎么不表示意见？"张其锽笑道："这也不必再说了，不接济他，等熊克武冲出了四川，仍要用大军去抵御。接济他，立刻便有损失。但是归根说起来，损失总不能免，与其等川军来攻湘北而损失，倒不如现在仅损失些军械，而仍为我用的好得多了。"此即战国策均之谓也，吾宁失三城而悔，毋危咸阳而悔之意。吴佩孚听了这话，也不禁为之粲然。正在说话，杨森的代表已来，吴佩孚便当面允他接济军械，叫他们赶紧反攻的话。杨森的代表一一领诺，当日便电知杨森。杨森欢喜，复电称谢，电末请即将军械运川，以备反攻。吴佩孚命海军派舰运了来福枪三千支，子弹百万发，野炮十尊，补助杨森。杨森得了这批军火，一面整顿部队，一面又分出一部分子弹，去接济刘湘、袁祖铭等，连合反攻。

这时杨森新得军火，枪械既精，兵势自盛，熊军久战之后，力气两竭，不能抵御，竟一战而败。胡若愚见熊克武战败，不愿把自家的兵去代别人牺牲，也不战而退。

刘湘、杨森、袁祖铭等入了重庆，开会讨论，刘湘道："敌军中赖心辉、刘成勋等，勇悍难敌，好在他们并非熊克武的嫡系，所以服从他的命令者，不过逼于环境罢咧。我们现在最好一方追击熊军，一方通电主张和平解决川局，仅认熊克武、但懋辛的第一军为仇敌，对于熊军的友军，如刘成勋、赖心辉各部，都表示可以和平解决。刘、赖见熊克武要败，恐怕自己的势力跟着消灭，当在栗栗危惧之中，见我方肯与合作，必不肯再替熊氏出力，那时熊氏以一军当我们三四军之众，便有天大的本领，也不怕他不一败涂地咧。"杨森、袁祖铭均各称善，一面追击熊克武，一面通电主张和平解决。如此且战且和的战略，亦系从来所未有之战局。

其时刘存厚在北部也大为活动，熊克武左支右绌，屡次战败，心中焦灼，急急召集刘成勋、赖心辉、但懋辛等在南驿开军事会议，商量挽救战局的危机。熊克武先把最近的局势报告了一番，再征求他们的战守意见。但懋辛先起立发言道："现在的局势我们已四面受敌，守是万万守不住了，不如拼命反攻，决一死战，幸而战胜，还可戡定全川。假使死守，则四面援兵已绝，日子一久，必致坐困待毙咧。"但懋辛此时亦十分着急。熊克武听了这话，点头道："此言深得我心。"因又熟视刘、赖两人道："兄弟意见如何？"两人不肯说话，其心已变。刘、赖两人面面相觑，半晌，赖心辉方起立道：刘成勋不说，而赖心辉说，此赖之所终能一战也。"现在局势危急，必须战守并进，方才妥帖，倘使全力作战，得胜固佳，万一相持日久，敌人绝我后路，岂不危险？"熊克武道："兄的意思，该守哪里？"赖心辉道："成都为我们根据地方，要守，非守成都不可。"自为之计则得矣，其如大局何？熊克武道："派哪个负责坚守？"刘成勋、赖心辉齐声答应，情愿负责。不愿参加前敌，果中刘湘之计。熊克武道："哪个担任前敌？"一面说，一面注视刘、赖。刘、赖低头默然，半晌不说。但懋辛奋然而起道："前敌的事情交给我罢。"不得不担任，亦地位使然。熊克武嗟叹点头道："很好，我自己也帮着你。"无聊语，亦冷落可怜。

散会后，刘、赖辞去。熊克武谓但懋辛道："他们两人变了心了，我们不先设法破敌，打一个大胜仗，决不能挽回他们两人的心肠咧。"洞达世故之言。但懋辛默然太息，一言不发。颓丧如画。熊克武怕他灰心，忙又安慰他道："你也不用太着急了。胜败兵家之常，我兵稍挫，尚有可为，眼前兵力，至少还有一万多人，更兼刘、赖、胡若愚。等，虽然不肯作战，有他们摆个空架子，敌军究竟也不能不分兵防守。可和我们对敌的，也不过一两万人，我们正可用计胜他。"熊君到底不弱。但懋辛忙道："你已想出了好计策吗？请问怎样破敌？"心急之至。熊克武笑道："你别忙！妙计在此。"说着，悄悄对他说道："如此如此，好吗？"但懋辛大喜道："好计好计。刘湘便能用兵，也不怕他不着我们的道儿。"当下传令调集各路军队，一齐撤退，扬言放弃各地，死守成都，集中兵力，缩短战线，以备反攻。

这消息传入刘湘那边，急忙召集袁祖铭、杨森、邓锡侯等人商议。杨森笑道："熊克武素称善能用兵，这种战略，真比儿戏还不如了。"刘湘笑道："子惠兄何以见得？"笑得妙，笑其不能知熊克武也。杨森道："现在的战局，是敌人在我军围攻之中，倘能扩大战线，还可支持，倘然局处一隅，岂非束手待擒？"别人早比你先知道了。刘湘又笑道："那么，据子惠兄的意思，该当如何应付？"索性故意再问一句，妙甚。杨森道："据兄弟的意见，可急派大队尾追，围攻成都，不出半月，定可攻下，全省战局可定了。"刘湘笑对袁、邓诸人道："各位的意见如何？"还不说破，妙甚。袁祖铭道："熊氏素善战守，这次退守成都，恐怕还有别的计较，以弟所见，宁可把细些，不要冒昧前进，反而中了他的狡计。"也只知道一半。刘湘又看着邓锡侯，想启口问时，邓锡侯早已起立说道："老熊不是好相识，宁可仔细些好。"刘湘大笑道："以我之见，还是即刻进兵为上策。"奇极奇极。袁祖铭惊讶道："兄怎么也这样说？"我也为之吃惊。杨森道："果然如你们这般胆小，省局何时可定，不但示人不武，而且何面见玉帅呢？"老杨可谓知恩报恩。袁祖铭怒道："怎么说我胆小？你既然胆大，就去试试看罢。"杨森也怒道："你料我不敢去吗？看我攻破成都，生擒熊克武给你看。"慢些说大话。刘湘见他们动气，连忙解劝道："好好！算了罢。说说笑话，怎么就动了气？老实说一句罢，料事是袁君不错，战略还得要依子惠。"邓锡侯道："这是何说？"刘湘笑道："这是显而易见的。熊克武素称知兵，如何肯出此下策？我料他号称退守成都，暗地必然是把大军集中潼川，等我们去攻成都，却绕我们背后，袭我后路，使我们首尾不能呼应，必然大败，他却好乘势袭占重庆。熊克武之计，在刘湘口中说出。我们现在表面上只装作不知，径向成都进攻，到了半路，却分出大队，去袭潼川，敌军不提防我去袭，必然一鼓可破，这便叫作将计就计，诸公以为何如？"袁祖铭、杨森等都大服。议定之后，袁祖铭和杨森各带本部军队，向成都进攻，暗地却派邓锡侯替出他们两人，星夜袭攻潼川。

熊克武在潼川听说杨、袁领兵攻打成都，暗暗得计，正待打点出兵，去袭他后路，不料半夜中间，忽然侦探飞报，杨森、袁祖铭领着大队来攻，不觉大惊，急忙下紧急集合令，出城迎敌，走不上三五里路，前锋已经接触。熊军一则不曾防备，军心慌乱，二则屡败之余，军心不固，战到天明，杨、袁大队用全力压迫，熊军抵挡不住，大败而走。杨、袁乘势追击，熊军慌不择路，抛枪弃械，四散奔逃。熊克武急急逃回成都，和刘、赖商议抵敌之策，正待集合反攻，忽然东北面枪炮声大作，杨、袁大军已经追到。熊克武急令赖心辉出城迎战，赖心辉虽则不甚愿意，又不好意思不往，军心如此，焉得不败？快快的领兵出城，只战了两三个钟头，便抵御不住，败进城来。刘成勋便建议放弃成都，熊克武知道大势已去，长叹一声，传令各军一齐退出成都。

但懋辛在路上向熊克武建议道："刘湘和杨、袁等都在前方，东南后路空虚，我军不如径袭重庆，以为根据之地。敌军倘然大队回救，我军以逸待劳，可操胜算。"熊克武寻思除此以外，已无别计，便率领各军，径向重庆前进。

刚到中途，忽然前面一彪军队拦住，原来是邓锡侯奉了刘湘的命令，在此堵截。熊克武大怒，传令猛扑。两军开火激战了半日，邓军先占好了地势，熊军进攻不易，更兼远来辛苦，不能久战，邓军乘势冲击，又复大败而退，到了中途驻扎，熊克武请刘、赖、但、石、陈诸人到自己营中，向众作别道："克武本图为国家宣劳，为人民立功，平定全川，响应中山，不料事与愿违，累遭败北，此皆我不能将兵之罪，决不能说是诸位不善作战之罪。现在大势已去，决难挽回，与其死战以困川民，不如暂时降顺以待时机。克武一息尚存，不忘国家，总有卷土重来之日。现在请把各军军权，交还诸位，望诸位擅自图之！"其词不亢不随，颇见身份。众人听了这话，都觉十分感慨，竭力安慰。熊克武笑而不言。众人散后，次日早晨，正待出发，熊克武早已率所部军队退入黔边去了。盖熊氏此时，早已料定刘、赖不能一致行动矣。

刘成勋道："锦帆（熊克武字）已经单独行动，我们此后应当如何？"赖心辉道："此时除了依锦帆的话，暂时降顺，也无第二个方法了。"但懋辛默然无语。良久，方握着赖心辉的手道："我们也分别了吧。"奇绝。赖心辉惊讶道："这是什么缘故？"但懋辛道："兄等都可与敌军讲和，唯有我决不能和敌人合作，而且有我在此，和议决不成功，反害了诸公的大事，我也只有追踪熊公，率军入黔，以图再举的一策，其余更无别议了。"刘、赖再三挽留，但懋辛都不肯听，第二天便也率部退走，追会熊克武的军队去了。

刘成勋和赖心辉只得派人与刘湘去议和，刘湘大喜，当即允准，一面和袁祖铭等连名电致洛阳，报告战事经过情形。吴佩孚见川战已定，四川全省已入掌握，十分高兴，论功行赏，拟定刘存厚为四川督理，刘存厚有何功劳？不过以其资格较老，与自己又接近耳。田颂尧为帮办，邓锡侯为省长，刘湘为川藏边防督防，袁祖铭为川滇边防督防，杨森为川东护军使，写好名单，送到北京内阁。内阁见是吴帅拟定的，自然没有话说，当时便在阁议席下通过。不料杨森自谓功不可当，早以省长自居，纷纷调换全省行政人员，一面发电报告情形。曹锟恐怕此令一下，又要发生纠纷，便把命令搁了下来，不曾发表。吴佩孚苦心经营，牺牲多少军械军粮，杀害多少无辜人民，所得的一点战功，还是一个了而不了的局面，这却按下不提。

却说川中用兵之日，正闽、赣交哄之时，上回书中曾说孙传芳屯兵延平，蔡成勋连电告急，因作者只有一支笔，难写双方事，所以搁到如今，现在就趁着四川战事结果，抽出一点空闲来，向读者报告一番。原来孙传芳素以机变著名，自从得了福建地盘以后，积极训练军队，补充军实，一年以来，势力日见强大，数日以前，把军队集中延平，一时布满了疑云。也有说他谋浙的，也有说他侵赣的，累得浙江调兵遣将，忙乱非常。蔡成勋发电求救，神魂无主；就是福建的人民，也不知他葫芦内卖什么药。那王永泉也是个阴谋专家，见了他这种举动，十分猜疑，他的兄弟王永彝也再四嘱咐王永泉小心。

这天王永泉正在公馆中和一班姨太们调笑取乐，忽然孙传芳微服来访，王永泉不知何故，吃了一惊，急忙整一整衣服，出去迎将进来，同到会客室里坐下。孙传芳笑问在公馆中乐否，王永泉笑道："彼此心照不宣。"孙传芳也大笑，因把座位移进一步，低声说道："弟已决定本月二十七日（十三年二月）出发，福建的事情，此后全仗老兄一人维持了。唯军饷一项，务请老兄竭力帮忙百万之数，并在弟出发以前，筹集四、五十万，使弟可以支应开拔费用。彼此都是为国家办事，亏他有脸皮说得出。务请竭力，不要推却。"王永泉道："兄可把所有各部军队，全都带了去吗？"问得恶，亦把细。孙传芳道："这时还不能定。大概李生春、卢香亭两旅，可以暂留，助兄镇守省城，其余各部，非全都开拔不可，否则恐怕不够调遣。"说得不着痕迹。王永泉欣然答应。孙传芳大喜，又再三拜托，方才辞去。

王永彝听得这事，便问王永泉道："不知道他抱着什么意思，怎么肯轻易放弃福州？"王永泉笑道："福建事权不一，他外被群雄所困，内又见扼于我，伸展不得自由，所以想往外发展咧。"人言王永泉多阴谋善机变，然而到底不能识透孙传芳之机变，则亦虚有其名而已。次日，王永泉令财政厅尽量搜罗，凑集了四十万现款，解给孙传芳。到了二十六日，王永泉亲到孙传芳那里接洽移交各事。尚在梦中，读者将以为王氏必在此时发生危险，不知在事实上绝无此理也。盖果然可以如此解决，则两人相处甚久，何逐无类此之机会哉？孙传芳择最紧要的事情，都接洽了，渐渐谈到攻浙的事件。王永泉道："听说仙霞岭一带，卢永祥只派夏兆麟一旅人防守，兵力很单，只是仙霞岭地势险要，进攻不易，我兄还须谨慎才好。"不催其出发，反劝其谨慎，恶极。孙传芳微笑道："我也不一定图浙，如有机会，攻赣岂不也是一样？"王永泉道："蔡成勋虽然没用，然而军力尚厚，我兄所带的，虽然都是精锐，但以人数而论，恐还不足以操胜算。"更恶更恶。其意盖在怂恿其将李、卢两旅一同带去。孙传芳听了这话，踌躇了一会，装得很像。方才说道："我兄所说的话，十分有理，但是另外又没有兵可添，奈何？"妙妙。看他撇开李、卢，毫不在意。王永泉也踌躇不答。王永泉倒是真的踌躇。孙传芳忽然笑道："方法有一个在这里了。贵部李团素称骁勇，现在城外，何不借给兄弟，助我一臂之力？"王永泉慨然答应。不由他不答应。

第二天。孙传芳发出布告和训令，大概说："自己赴延平校阅军队，所有督理军务善后事宜，都由帮办王永泉代理"云云。一面整队出发。王永泉亲自出城送行，并命李团随往。孙传芳挽着王永泉的手，再三恳其源源接济。装得极像。王永泉满口允诺，送了几十里路，方才珍重而别。路上王永彝又问王永泉道："哥哥如何教李团随往？他是哥哥部下的精锐，如何替别人去效力？"王永泉笑道："你哪里知道我的意思？馨远素多机变，他的说话，至少也要打个三折，如何可以尽信？我要派人去侦探，又嫌不便，现在他借我的李团同行，我正可教李团在前方监视，乐得做个顺风人情。"人谓王永泉多机变，果然名不虚传。王永彝道："你可和他说过。"王永泉笑道："孩子话，岂有不嘱咐他之理？"说着话，回到福州，便到督理公署里去办公。

　　光阴易过，忽忽已是一个星期，这天正是三月四日，王永泉忽然接到孙传芳一个电报，请饬李、卢两旅开赴延平。王永彝又不解是何用意，王永泉笑道："这是馨远听得浙、赣增兵边境，恐怕兵力不够调遣，所以又调李、卢到前敌去咧。"因令人去请李生春和卢香亭，李、卢应召而来，王永泉便把那电报给他们看，李、卢齐声道："我们也刚接到馨帅叫我仍开拔的电报，正想来禀督理。*居然称之曰督理，使他不疑，妙甚。*明天早晨，便好开拔，只是开拔费用，还请督理转饬财政厅，立刻筹拨才好。"*又索开拔费，使其不疑，妙甚。*王永泉应允，立刻便打电话知照财政厅，筹拨四万。两人欣然道谢而去。

　　次晨，李、卢领了开拔费，各自率领全旅军队，出城而去。王永泉笑对王永彝道："现在我眼前可清静了。"*慢着，大不清净的要来了。*当下便电泉州所部旅长杨化昭，速带所部开拔入省，守卫省城，以防意外。*也可谓把细之极，其如孙氏机变更甚何？*

　　又隔了一日，是三月六日。忽然接到了周荫人的万急电报，不知是什么事，正在惊讶，立刻命人译了出来，谁知是宣布他的罪状，并限他在三小时内退出福州的哀的美敦书，不觉大怒，立刻命秘书复电痛骂。*这谓之斗电报。*一面传知洪山桥兵工厂中的驻军，加紧戒备，另外又赶调就近驻军，急来救应。

　　讲到洪山桥的驻军，本来也有一旅多人，自从被孙传芳借去一团，便只剩了一团多人，兵力十分单薄，可见孙传芳计划之周到。此时得了王永泉的命令，十分惊疑，正在布置，忽然报称卢香亭、李生春以后队作前队，来攻兵工厂了。王军慌忙出动抵御，卢、李两旅，早已扑到营前，王军军心大乱，不敢恋战，俱各抛枪弃械，四散奔逃，兵工厂当时便为卢香亭军所占。

　　王永泉的救军还未到，卢、李两军，又攻进城来。仓促之间，调遣不灵，所部尽被缴械。王永泉和兄弟王永彝带领残部急忙逃出福州，向泉州路上奔逃。正走之间，忽然又一彪军马到了。王永泉大惊探询，却是自己所部，得了命令，特来救应。王永泉大喜，合兵而行。到了峡兜，捕了许多船只，正在渡江之际，忽然两只大军舰，自下流疾驶而来，浪高丈许，把所有的船只尽皆打翻，兵士纷纷落水。王永泉大惊，急急逃过江时，所部三千多人，已大半落水，不曾落水的，也都被海军缴械。原来卢香亭攻进福州时，便即关照海军，请即派舰到峡兜堵截，所以王永泉又吃了这个大亏。他俩在峡兜逃出性命，只得百余残卒，也都衣械不全，急急向泉州奔逃。刚刚过了仙游，忽然前面尘头大起，又是一大队兵士到了。王永泉不知道是何处军队，不觉又是大惊。正是：

　　　　福无双至非虚语，

　　　　祸不单行果又来。

　　未知王永泉性命如何，且看下回分解。

　　王永泉以机诈起家，雄踞福建者数年，督其地者，莫敢撄其锋，终亦败于孙传芳之机诈，天道好还，不其信哉！当王之讨李厚基也，与臧致平、许崇智合谋，团结甚坚，迨许去闽归粤，则又一变而降孙传芳，及孙传芳谋之，则又以攻臧者，再变而为附臧，饥附饱扬，其反复固不殊温侯。然一蹶不可复振，心劳不免日拙，于国既多贻害，于己又宁有得哉？

第一百五十六回

失厦门臧杨败北
进仙霞万姓哀鸣

却说王永泉、王永彝正在奔逃之间，忽然前面又有一军拦住去路，这路军队不是别人，正是部下的旅长杨化昭，率领本部全军，前来救应。王永泉大喜，当即传令扎下，防堵北来追兵，自己和王永彝、杨化昭回到泉州，召集各旅旅长开紧急军事会议，讨论反攻计划。杨化昭竭力主张联络臧致平，再图反攻。王永泉想来别无他法，只得如此决定了，想已忘却围攻厦门时矣。即日派代表去和臧致平接洽。那臧致平自从去年被围，洪兆麟等回粤以后，一面用金钱联络海军，使其不愿再动，一面运动各属民军，围攻泉州，王永泉不得不把围厦的军队调回救援，因此厦门得以解围，如今竭力补充整顿，兵力已大有可观，屡想攻克漳州，回复去年的旧观。无奈这时民军中最有势力的张毅，受了孙传芳联络，已由北京任为第一师长，兼厦门镇守使，无日不想窥取厦门。王献臣本来是宿世冤家，还有一位赖世璜，自由赣粤入闽，也和张毅、王献臣联络成一派，专和厦门做对，此等亦皆反复无常之武人。因此臧致平不能如愿。如今见王永泉派人前来联络，一口便允，绝不提往日围厦之事。代表还报，王永泉极为得意，便部署军队，准备反攻。

再讲卢香亭、李生春两人入了福州，急电周荫人入省主持。电报发出不久，周荫人已翩然到省。卢香亭急忙问他延平方面的情形，周荫人笑道："昨日（三月五日）馨帅探得水口方面，王永泉有大批军械运过，立刻派谢鸿勋暗地截留，一面又派孟昭月把带去的李团缴械，都做得十分秘密，所以省中没有知道。补前文所末写，十分细到，不能李团何遂一去无下落耶？现在馨帅有令，命我在省中主持一切，你们两人可急把分驻闽北一带王军残部扫除干净，好请馨帅来省，替出我去攻打泉州。"李生春道："馨帅仍在延平吗？"周荫人道："他暂时不能来省，须等闽北王部肃清，方才可以来呢。"卢、李两人应诺，当即分遣部队，把王永泉留在闽北的残部全都肃清，电省告捷。周荫人得了报告，电请孙传芳来省，自己率队南下，去攻泉州。

王永泉在泉州得此消息，正待派兵迎击，忽然又报张毅、赖世璜奉了孙传芳的电令，率部来攻。王永泉急令所部旅长高义，率队防御。正在支配兵力之间，又见王永彝匆匆进来，见了这几条命令，便夹手夺过，掷于地下道："哥哥还在睡梦之中吗？高义久已和张毅有了接洽，如何还派他去？现在军事形势，已十分危险，哥哥还留恋在这里做什么？万一哥哥必定要和他们死拼，做兄弟的可耐不住，便要辞了哥哥，到上海去咧。"王永泉听了这话，不觉长叹一声，掷笔而起，传令命杨化昭入内，对他说道："我决意到上海去了，所有的军队，都请你代为统带，候臧致平来改编。高义不必叫他到前敌去，可留他守泉州罢。"杨化昭再三劝慰，王永泉笑道：不哭而笑，非真能笑也，哭不出来耳。"我在福建的势力不可为不厚，然而数日之间，一败涂地，可见这事情已非人力所能挽回，分明是有天意在内，此是从项公"天亡我也"一句话来。我便有本领战胜敌人，决战不胜天意。明明是人谋之不臧，偏要推说天意，将自欺欺天乎？人言王永泉多机诈，果然。我待不走怎的？"杨化昭见他去意已决，便慨然答应。王永泉便把这意思又吩咐了各旅长一番，然后电致臧致平，请其来泉改编。事情办妥以后，便和兄弟王永彝潜行动身，到上海去了。

臧臻平得了王永泉的电报，电令杨化昭放弃泉州，退守同安。杨化昭遵令全部开到同安，只留高义在泉州防守。这时高义的态度十分暧昧，所以杨化昭不曾教他同退。不数日，臧致平自己也到同安，恰好周荫人会合张毅、王献臣、赖世璜各部，来攻同安，臧、杨合力抵御，大战多日，不分胜负。

卢香亭向周荫人献计道："如此苦战，不易得胜，不如仍运动海军攻他们之后，一面令漳州方面的驻军，袭击江东、水头一带，断他和厦门的联络。臧、杨进退无路，必然成擒了。"周荫人然其计，当下派人暗地去运动海军和漳州的民军，同攻厦门。

海军因两次攻击厦门，都未得手，现在见周荫人又来约他，生恐仍旧未能得手，大家讨论了一会，忽然思得一计，假意拒绝周荫人的请求，反向他索取截击峡兜时所许的利益。彼此在假意争执之时，暗暗地集合舰队，载着陆战队，星夜去袭厦门。此时臧军全体都在同安，留守厦门的不过些少部队，忽见海军来袭，抵敌不住，急忙电请臧致平分兵回救。

臧致平大惊，立刻便派刘长胜率领本部军队，回去救援。刘长胜遵令，急急开拨，刚到灌口，前面已有军队截击。刘长胜大惊，赶即派人查明，却是漳州的民军，即令向前冲击。无奈民军甚多，冲突不过，反而损失了不少军士。民军乘势反攻，刘长胜大败，*刘长胜变作刘长败矣，一笑。* 退到洋宅，作急报知臧致平。臧致平得此消息，拍案而起道："刘长胜如此无用，大事去矣。"因急召杨化昭吩咐道："厦门驻军单薄，已半日不得消息，此时必已失守，你可率领所部军队，急急前去击破漳州民军，乘势占领漳州，以备退步。"*此时计到退步，殆已知不能抵御北军乎？*

杨化昭遵令，急忙领兵赶到灌口相近，已和漳州的民军接触。杨化昭大怒，更不放枪射击，立即传令肉搏冲锋。大队兵士，一齐大喊一声，便如潮水一般冲将过去。民军虽称勇悍，从来不曾见过这种战法，支持不住，大败而走。杨化昭略略追了数里路，便收兵扎住，打探厦门曾否失守。不多时，探员回报，厦门已入海军之手。杨化昭长叹一声，传令进攻漳州。漳州的民军被杨化昭追赶，急急奔逃，刚才过了长泰，将到安东(长泰城南之一小市镇)，忽然前面有大军阻住，前锋相迫，交绥起来。原来这支军队却是何成浚所部，他因探得漳州空虚，业已袭击占领，派兵来攻漳州民军的后路。杨化昭也赶到，两面夹攻，民军大溃，四散奔走，枪械弃了一地。杨化昭和何成浚见了面，大约谈了几句，杨化昭便要回军仍赴前敌，何成浚留守漳州，布置一切。

杨化昭刚到坂头(长泰城东之乡镇)，臧致平已因兵少，败了下来。杨化昭上前猛力反攻了一阵，方才把周荫人的军队击退。臧致平对杨化昭道："漳州既被我军占领，此时也只有退守长泰，让我整理队伍，才能反攻啊。"杨化昭称是。臧致平便令杨化昭、刘长胜守住长泰，自己率领残部，回到漳州，整理了几日，散走的溃兵渐渐又来聚集，军势复振。何成浚因是生力军队，情愿开到长泰去作战。这时臧军前线虽然减少了臧致平自己的部队，却增加何成浚的生力军队，因和周荫人又成了相持之局。

周荫人见不能取胜，又想起去年与粤军夹攻的情形，便派代表往潮、惠和洪兆麟商议，请其派兵北上，攻臧、杨之背。洪兆麟因臧致平占了漳州，也恐他往南发展来攻自己的背面，造成和中山系军队夹攻自己的局面，立即应允通电声讨臧、杨，*臧、杨有何罪？可供声讨，不过与自己不利耳。* 率兵北上。

好在这时东江的战局，已在停顿之中，滇、桂、黔、粤各军，时有内讧，不能直捣潮、惠，暂时抽调军队，谅还无妨，便拔队向漳州进攻。臧致平腹背受敌，支持不住，又和何、杨等退出漳州，冲过龙岩，占了汀州。周荫人等乘着战胜之威，又率队进迫汀州。臧、杨等都知汀州决不能守，因和何成浚商议道："汀州孤城，万不能坚守，浙江卢子嘉和我们素有接洽，不如冲过江西，从玉山入浙，不知我兄可肯同行？"何成浚寻思了一会，方道："我想到广东去投中山先生，拟即率队由江西入粤，不知两兄以为何如？"杨化昭道："人各有志，既兄志在投奔中山，我们也不敢相强，好在中山与子嘉，都在反直团体之内，何分彼此。"议定之后，便即拔队离汀，何成浚由会昌转入广东去了。

蔡成勋听说臧、杨入赣，便派人接洽改编。臧致平笑道："蔡成勋何物，岂是用我之人？"*蔡成勋一庸才耳，宜乎为臧氏所轻。*当时严词拒绝。使者道："两君现在势穷力竭，前无去路，后有追兵，如不归顺蔡督，更待何往？倘蔡督派兵兜截，两君虽欲归顺，也不可得咧。"臧致平笑道："我们人数虽只有五六千之众，然而转战千里，孙传芳竭全省之力来兜截我们，也被我们冲过，何怕什么蔡督？*是实事，不是吹牛。*蔡督如讲交情，不来拦阻我们，让我们通过到浙江去，我们当然感激不尽，将来总有报答之时。*此是讲情理，见自己不是一味恃蛮者。*倘必欲相厄，那时实迫处此，只好请蔡督莫怪了。"*此是威之以硬，见自己是不怕兜截者。*使者见他态度如此决绝，知道多说无用，怏怏而去。

臧致平令全军一齐前进，走了一日，忽报前面有蔡军阻止前进。臧致平大怒道："蔡成勋太不量力，如何敢来阻我？"当下便令杨化昭为前锋，向蔡军猛冲。讲到江西军，在东南各省中，原属最闑茸的军队，自来不耐战斗，如今遇见这位惯玩肉搏的杨化昭，如何抵抗得住？一交绥，便即四散败走。*不经战。*杨化昭见蔡军很少，十分奇异，叫过捉住的俘虏来问，方知他们是因派来运送军械，并非派来堵截的。杨化昭听了这话，大喜道："我们正缺械弹想不到竟有人送来。"当令把夺下的械弹，分发给兵士配用。

这消息报到南昌（江西省城），蔡成勋禁不住大怒道："臧、杨太无礼义了。我好意接洽改编他们，不愿意也还罢了，如何又劫夺我的军械？此仇不报，有何面目见人？"当即调集大队陆军，在建昌、金豁方面堵截。臧、杨军前卫探得这事，便来向臧致平请示。臧致平得了此报，急和杨化昭商议道："江西的地势，我们不熟，如敌人用抄袭之法，我们必中其计，现在不如分作三路，你任中锋，教刘长胜担任左翼，我自己任右翼，你如冲得过固好，冲不过，你可稍退，让我们左右两翼，攻击他的侧面，取三面包围之势，定可战胜。即使不能胜，也决不致被他抄袭了。"杨化昭应诺。

三人分兵讫，杨化昭中锋先进，在新丰司地方和蔡军接触。蔡军还没见杨军的影子，便枪炮齐发，乱轰一阵。*可发一笑。*杨化昭却安然处之，并不还击。等到两军相距甚近，方令开枪。*才是惯家作用。*不一时，愈战愈近，相距不过十余密达，杨化昭便令上刺刀冲锋。*又玩肉搏的老调儿了，此公真是狠货。*兵士齐声大喊，奋勇向蔡军猛扑。蔡军起初还忙不迭地开枪，并乱用机关枪扫射，等到杨军冲过了十字火线，相距只有三四密达的光景，早已丢了枪械，纷纷奔逃。杨化昭哪里肯舍？竭力追击，追击蔡军枪械委弃了一地。臧致平、刘长胜又从左右杀来，杀得蔡军更无逃处，溃散得几不成军。臧、杨冲过了建昌、金豁，由江浒、胡坊、河口、广信、玉山，退入浙江的常山。

浙江人民听说臧、杨的军队入境，恐怕引起战事，一齐电请卢永祥派军防堵。卢永祥哪里肯听？*臧、杨轻蔡而重卢，亦知卢氏必能重视彼等也。*浙江绅商都借口饷项困难，情愿集资遣散，一面推代表去见卢永祥。卢永祥道："我心上何尝不知道浙江财政困难，不能再供给军队的饷项，但我本与臧、杨有约，他今穷而归我，我如拒绝他，或者解散他，不但有乘人于危之嫌，良心上也如何过得去？"绅董们再三劝解，卢永祥总不肯听，绅董只得怏怏而出。卢永祥当即派人赴衢州常山改编臧、杨军队为一混成旅，并定名为浙江边防军，以臧致平为司令,杨化昭为旅长。

从此直派方面因攻浙联浙的主张不同,曾造成洛阳、南京两大实力派的意见大冲突。这时齐燮元便拿着这事去责备吴佩孚,吴佩孚也觉得有些说不过去,便即电致卢永祥,请其即将臧、杨两部遣散,一面电令苏、皖、赣、闽四省监视浙军的行动。浙江各团体也因一时盛传四省攻浙,解决臧、杨的风声一天紧于一天,都纷纷吁请卢永祥解散臧、杨部队。这种电报,一时如云蒸霞蔚而起。现在把浙江省议会发给卢永祥的一个电报,录在下面,也见当时浙江人民反对之烈了。

原电的内容,大意道:

臧、杨入浙,全省人民莫不惊惶失措。度以事理,揆以环境,其不可不另筹解决之理有四,敢为督办陈之。浙江虽为财赋之区,而历年供应浩繁,军费重积,频年以来,渐入窘境,国省各税所入,以应原有各军,已有竭蹶之虑,何能再增负担?一也。臧、杨以不容于闽,见逐于赣,始改就浙江。闽、赣皆与浙省为邻,万一进兵致讨,必致牵动大局,二也。前此和平公约及督办历次宣言,不容客军入境,今收容臧、杨,是实始破坏和平公约之咎,三也。浙江陆军,原有一二两师,益以第四第十,已达四师之数,以固边防,绰有余裕,收容改编,义无可取,四也。务乞俯顺民意,另筹解决之道,浙江三千万人民幸甚。

卢永祥见了这电报,便请省议长沈钧业到公署中去,向他解释道:"兄弟自从到浙江以来,多蒙全浙父老兄弟诚意拥戴,兄弟也处处顾及民意,时时顾及地方。老实说,浙江也差不多可说是我第二故乡了。自从废督的潮流一起,兄弟当即适应潮流,自向全省人民辞职,又蒙全省人民付托我以军事善后督办的重任,半年期满之后,又坚留我继续担任,浙民之爱我如此,我岂有不爱浙民之理?兄弟所以定要收编臧、杨者,也是有我一番至理。馥荪兄(沈钧业字)试看目今的直系,驱逐总统,公然贿选,是否是全国人民所共同切齿痛恨的?论理我既是中国国民一分子,当然要尽力反对,此言我不可以不反对。便是浙江人民,也并非居在中国版图之外。人同此心,心同此理,也该努力向这条路上去走。此言浙江人民也不可不反对。何况直系本抱着武力统一的主张,即使我们不反对他,他也决不能轻轻放过,当然还要派兵来攻。此言便不反对,也不能免于一战。我们不反对而仍免不了受战事的损失,何如爽爽快快正言反对,也教他们知道民心尚未全死,知所警惕。此言我们乐得反对。我们既处在不能不反对,不可不反对的地位,他们又处在不肯不攻浙的地位,是战事迟早总不能免。试想浙江现在的实力,怎能对付四省十余万的兵力?仅仅增一臧、杨,我尚嫌他太少,浙江人民,怎么反嫌兵多呢?此言不能不收容臧、杨。这番苦心,我又不能明白宣布。一宣布了这层意思,岂不立刻挑动了战事?此言所以不明白宣布之因。馥荪兄!你现为全省人民的代表,务请你代为解释!"一篇话,说得十分透彻。

沈钧业原是个忠厚人,听得他如此说,不能辩驳,也是不敢辩驳。当时喏喏而出。那齐燮元久已想并吞浙江,扩充自己的实力,可恨此次战事,实完全由齐氏一人引起。此时有口可借,便调集自己所部的第六师全师、黄振魁的第二混成旅、吴恒瓒的第四混成旅、陈调元的第五混成旅、杨春普的第十九师、白宝山的苏军,总计约有四万人的兵力,纷纷向沪宁路和太湖附近一带开动。安徽方面虽然和浙卢并无仇恨,也无野心,只是既同隶直系之下,自不得不派兵助战。江西的蔡成勋,因怕孙传芳压迫的缘故,本来竭力主张和平对浙,这次因臧、杨夺他的军械,又破他堵截之兵,因此迁怒到浙卢身上,也派定杨以来一师人,在玉山边境,乘机窥伺。

孙传芳此时已将福建督理的位置让给周荫人,自己只拥了个闽粤边防督办的虚衔,正想竭力向外发展，另外找一个地盘。他的本意虽在江西，却因名义上总算同隶直系之下，不能不有多少顾忌，所以迟迟未能实行。现在见浙江方面大有可图，便带领孟昭月、卢香亭、谢鸿勋等六个混成旅，分兵三路，窥伺浙江。

浙江方面防驻衢州的，原为夏兆麟。卢永祥因夏旅系北军精锐，想把他调到北境，攻击江苏，所以驻衢不久，便又令他开驻嘉兴。夏兆麟奉了这调防的命令，当下便令地方上拘集船只，开拔东下。这些民船行驶很慢，衢州上游开到杭州，虽然说是顺水，每天也只能行驶百来里路，所以每天总在县治所在的地方驻泊。从衢州开到龙游，恰好只有一站路（一站路者，九十里也，浙江上游人，多如此称），将

晚时分，夏兆麟到了龙游时，自有一批官绅人等，远远在那里迎接，夏兆麟上岸答访，就有当地绅士的领袖张芬，设

筵款待。到了半酣时候，夏兆麟忽然动了征花之兴，主人少不得助助兴致，立刻命把沿岸的交白姝，不论船上岸上的，一律叫来。且住，交白姝究竟是什么东西？怎么又有船上岸上之别？读者不要性急，且听著书者慢慢道来。

原来衢州上游一带的妓女，并没有什么长三么二之分，只有一种船妓，碰和吃酒，出局唱戏，一切都和长三相类，不过没有留客过夜的旧例，所以有卖嘴不卖身的谚语。这种船妓，俗名谓之交白姝。至于何所取义，却没人知道。初时交白姝只准在船上居住，不准购屋置产的，到了光复以后，民国成立，这种恶例取消，他们因舟居危险，而且又不舒畅，才有许多搬在岸上居住。至于交白姝之营业方法，则依然犹昔，并不因一搬到岸上而有什么不同。这龙游地方，原属小县，更兼县城离开水面，还有三四里的旱道，近水一带，只有一个二三百家的市镇，因此船妓的生涯，也并不十分发达。操此业的，总计也不过二十来人。此时听说夏旅长叫局，也有欢喜的，也有害怕的，欢喜的是以为夏旅长叫的局，一定可以多得些赏钱，害怕的是听说夏旅长是个北老，恐怕不易亲近。可是害怕欢喜，其情形虽不一致，至于不敢不来，来而且快的情形则一。所以条子出去不多时，所有的交白姝，便已一齐叫到。夏旅长虽是粗人，却知风月，少不得要赏识几人，替钱江上游留点风流趣史。正是：

　　唯大英雄能本色，
　　是真名士自风流。

未知夏兆麟究竟看中何人，如何发生趣史，且看下回分解。

　　臧、杨入浙而东南战事爆发，江、浙之争，其果以此为导火线乎？曰：否否。卢不附直，虽攻臧、杨而消灭其势力，直亦必出诸一战。纳臧、杨与不纳臧、杨，于东南战事固无与也。矧臧、杨与卢，同为反直份子之一，今臧、杨以势蹙而归卢，卢倘拒之出境，其亦何以对初心乎？更进一步言之，则东南战争，势必不见，与其拒之而自翦其羽翼，何如改编之以为反直之助也。然则吾人岂可以纳臧、杨为卢咎哉？

第一百五十七回　受贿托倒戈卖省
结去思辞职安民

却说夏兆麟在席散之后,先打了两圈扑克,输了二三十块钱。这时有个妓女叫阿五的,正立在夏兆麟的背后,夏兆麟因鼻子里闻着一阵阵的香气,忍不住回过头来一看,只见阿五中等身材,圆圆的面孔,虽非绝色,却有几分天真可爱,禁不住伸过手去,将她一把搂在怀中。

讲这阿五,原是上回所说胆小意怯,畏惧北老之一人,受了这等恩遇,只吓得胆战心惊,不敢说话,又不敢挣扎,一时两颊绯红,手足无措,只把那一对又羞又怕的目光,盯着夏兆麟的面上,灼灼注视。夏兆麟见了这样子,更觉可爱,忍不住抱住她的粉颈,热烈地接了两个吻。短短的胡须,刺着阿五的小吻,痛虽不痛,却痒痒地使她接连打了两个寒噤。众人见了这样子,虽不敢大笑,嗤嗤之声,却已彻耳不绝。夏兆麟也觉得眼目太多,有些不好意思,便两手一松,把一个软洋洋、香喷喷、热烘烘的阿五放在地下。阿五这时突然离了他的怀中,倒有些坐立不安起来,蓬着头,只顾看着众人发怔。

夏兆麟不觉微微一笑,便伸手把刚才输剩放在台子上的七十块钱钞票,向她面前移了一移,分明是赏给她的意思。一吻七十元,在一般军阀视之,直细事耳,然在吾辈穷措大闻之,已觉骇人,奇矣。阿五虽然也猜得一二分,却不敢伸手去接,只是看着钞票,看看夏兆麟,又望望众人。众妓见了这情形,也有好笑的,也有妒忌的,也有羡慕的,也有代她着急的。这时又有一个妓女,名叫凤宝的,在妒忌之中,又带着几分歆羡,妒忌人未有不带歆羡者,盖妒忌多由于歆羡而生也。正在无机可乘之时,忽见夏兆麟撮着一根卷烟,还没点火,便忙着走上前,划了根火柴,替他点着,又款款的喊了声老爷。夏兆麟点了点头,便在那七十块钱里,拈出两张拾元钞票,递给凤宝,凤宝连忙接过谢赏。凤宝比阿五乖得多了。夏兆麟又把其余五十块钱票递给阿五,阿五还不敢接,这时旁边有一个绅士,瞧这情形,忙着向阿五道:"阿五,你这孩子太不懂了。夏大人赏你的钱,为什么不谢赏?"阿五见有人关照她,才伸手接过道谢。接得迟了些儿,便少了二十块钱,应呼晦气。此刻时候已迟,夏兆麟不能多耽搁,便告辞而去。张芬等少不得恭恭敬敬地送到船上。

次晨开船到了兰溪,兰溪的官绅少不得也和龙游一般竭诚欢迎。夏兆麟的船还在半路,便已整排儿地站在码头上迎接。他们以为这样虔诚,方能博夏司令的欢心(按是时夏兼任戒严司令)。不料,这天刚碰在夏司令不高兴头上,船到码头,不但众人请他的宴会拒而不受,甚至请见也一律挡驾。兰溪人可谓触尽霉头。众人再三要求,方允出见。众人一见夏司令出来,在众人意中,固不敢直呼其名也。也有鞠躬的,也有长揖的,整排站着的人,高高下下,圆溜溜黑油油的头颅,七上八下的,一齐乱颤。夏司令嘤的一声,众人便似雷轰般应着。夏司令笑一笑,众人又七嘴八舌的恭维。一时乱糟糟的几乎不曾把个夏兆麟缠昏了。旁边几个卫兵,知道司令有厌恶之心,也不等众人说话做个小结束,便一个左手,一个右手,如风也似的扶了进去。岸上整排儿站着的官绅,不见了夏司令的影子,兀自打阵儿高声颂祝,无非是夏司令是一路福星,夏司令全省柱石等等说话。话休烦絮,夏司令如此一站一站的到了杭州,见过卢永祥,卢永祥便令他即日开往嘉兴,夏兆麟即日遵令去了。

臧、杨入浙后,仙霞岭一带便由臧、杨防守,比及苏、皖、赣、闽四省,都把重兵纷纷调向浙边，卢永祥也少不得分调兵防御，令臧、杨开拔北上，防守黄渡，自己所部的第十师和何丰林所部的两混成旅俱在沪宁路一带守护。陈乐山所部的第四师，由长兴、宜兴之间进攻，天目山方面，则指定第十师的一部，防止皖军侵入。南部则由浙军潘国纲所部的第一旅郝国玺防守温州、平阳，张载阳所部的第四旅防守处州，潘国纲所部的伍文渊第一旅和张载阳的第三旅、张国威的炮兵团防守仙霞岭和常山，都取守势。第四、第十两师合称第一军，自兼总司令，何丰林的两混成旅及臧、杨部队为第二军，以何丰林为总司令。浙军第一、第二两师为第三军，以第二师长、省长张载阳为总司令，第一师长潘国纲为副司令。

潘国纲、伍文渊、张国威等防地，本来都在余姚、五夫一带，这次得了调守浙边的命令，当即拔队南行。当调遣军队之际，军务厅长范毓灵忽然得了一个消息，急忙来见卢永祥道："仙霞岭一带，督办派哪一部军队去守？"卢永祥道："孙传芳北侵，兵力不厚，军械也不甚齐全，不必用强有力的军队去，只派第一、第二两师的一旅去也足够应付了。至于江西的杨以来师，更是不必担心，只一团人便仅够对付了。"江西兵之无用，几乎通国皆知，用以作战则不足，用以残民则有余，吾人何幸有此军队。范毓灵道："浙军可靠得住？"卢永祥吃惊道："你得了什么消息？可怕是说浙军不稳吗？"范毓灵尚未回答，卢永祥又道："当时我也曾想到这层，因为浙军是本省部队，恐受了别人的运动，所以我前日已对暗初（张载阳字）等说过，此次战争，无论胜败，已决定以浙江交还浙人，现在浙军差不多是替自己作战了，难道还肯带孙传芳进来吗？"子嘉亦是忠厚之人。范毓灵忙道："两位师长倒都是靠得住的，督办休要错疑，我今日得到一个消息，倒不是指他两人。"卢永祥道："是哪个？"范毓灵道："我刚才得到一个极秘密的消息，却是指这个人的。"说着，把声音放低，悄悄地说道："听说孙传芳派人送了二十万现款给夏超，夏超已嘱咐张国威乘机叛变了呢！是耶非耶？询之浙人，当有知者，吾不敢断。督办应该防备一二才是！"卢永祥怔了一怔，半晌方道："这话未必的确罢。"子嘉到底是位长者。范毓灵道："我也希望他不的确，不过有了这消息，我们总该有些防备，莫教牵动大局。"老范比老卢乖得多咧。

卢永祥半晌不语。范毓灵正待解释，恰巧潘国纲进来辞行，并请领军械子弹开拔费等类。卢永祥望着范毓灵委决不下。范毓灵会意，因向潘国纲笑道："子弹已饬照发，开拔费却一时为难。"潘国纲一怔道："不知什么时候才有。"范毓灵道："且看明天罢！"答得空泛。潘国纲道："且看的话，又是靠不住的，到底明天可有？"范毓灵道："这个……你不要着急，多少总该有些罢。"答得空泛。潘国纲道："军情紧急，饷项是第一要紧的事情，务请范厅长转饬财厅，克日照发。"卢永祥道："潘师长不必着急，范厅长既如此说，明天总可有了。"潘国纲刚要再说，恰巧陈乐山进来，见了潘国纲，便道："我们这边，已经接触了，你们那边怎样？"潘国纲还不曾回答，陈乐山又道："贵部现在可是暂由伍文渊节制吗？听说大队仍在江山，不曾扼守仙霞岭，不知道是什么缘故？"潘国纲惊疑道："这是什么缘故？……恐怕还是因闽军的前锋尚远，或许是要兼顾江西罢？"潘国纲才力之薄弱，在此数语可见。陈乐山过潘远矣。陈乐山点头道："我说伍旅长是熟谙军情的人，总不该如此大意，万一闽军偷过仙霞岭，那时岂不悔之已晚？"潘国纲忙道："这话很是，我当即刻电令他赶紧扼守仙霞。"恐怕来不及了。卢永祥忙道："这事如何可以这般疏忽？你赶快拍电给他吧！"潘国纲连忙答应，这时他自觉布置未周，有些内惭，坐不住，便辞了出去。

范毓灵望着他出去，方谓陈乐山道："你看老潘为什么这般言词闪忽？难道有什么不稳吗？"陈乐山道："我不曾听到这个消息。不过潘的为人，我很知道，看去不过能力薄弱些罢了，要说他有什么不稳，倒不是这类人。"卢永祥道："你那面既已接触，又赶回来做什么？"陈乐山做了个手势道："请督办再发十五万块钱，今天可有吗？"范毓灵忙道："有有有，你自到财厅去支领就得咧。"潘无而陈则一索十五万，两面相映，使人暗悟。卢永祥道："你领了钱，就到前线去，不要再耽搁咧。我明天也要到黄渡一带视察阵线去咧。"陈乐山答应，到财厅领了军饷，便到长兴去了。

第二天卢永祥也到沪宁路一带前线，观察了一会，便仍旧回到杭州。两军在沪宁路及宜兴一带激战多日，胜负未分。论兵力，苏齐虽比卢永祥要多一倍，无奈苏军不耐战的多，而能战的少；卢、何的军队却非常勇敢，因此只能扯直，一些分不出高下。至于平阳方面，也是胜负未分。庆元方面，因浙军兵力单薄，被闽军战败，庆元已经失守，不过这一路并非主力，只要东西两路守住，闽军无论如何胜利，也决不敢孤军深入。常山、开化方面，浙军只有第五团一团，江西军虽有一师之众，因浙军素有老虎兵之号，不敢轻进，并不曾接触。这等军队，亏老蔡厚脸派得出来。江山方面，伍文渊正待进扼仙霞岭时，不料孙传芳军已经偷渡过岭，已在二十八都（江山县南一市镇）掘壕备战，因此伍文渊不敢前进，只在江山城南的旷野上，掘壕防御。

九月十三那天，孙军忽然来攻，伍文渊急急率部应战，约莫战了一天，左翼渐渐不济。原来浙军的战略，注重中锋，大约有一团之众，右翼有两营人，左翼却只有一营。孙军这次参加战事的，有三混成旅之众，因探得浙军左翼的防线单薄，便只用两团人牵制住中锋和右翼的兵力，却用全力去压迫左翼。左翼人数甚少，如何支持得住？战了一天，人数已不足一连，一面勉强支撑，一面急急打电话请伍文渊派兵救援。

伍文渊又打电话请潘国纲派兵，潘国纲教他派第二团第一营上去，伍文渊只得又打电话给第二团团长，第二团团长又打电话给第一营营长，第一营营长回道："我虽愿意去，无奈我四个连长都不愿意去，请团长回复司令，另派别的队伍去吧！"真是放屁，养你们做什么用的？第二团团长急道："这如何使得？左翼现在十分要紧，怎么禁得再另行派兵？电话去，电话来，一个转折，又要费多少时候，如何还来得及？"营长道："四个连长不肯去，也叫没法，请团长派第二营或者第三营去吧。"倘第二、第三两营也像贵部一般不肯去，难道就不战了！第二团团长没法，只得回复伍文渊。伍文渊又急急打电话向潘国纲请示，潘国纲急令调第六团去接应。第六团又因不是潘国纲的直辖部队，不肯遵令。命令如此不统一，安得不败？按六团系张载阳所部。如此几个周折，前线左翼几个残兵，早已被孙军的炮火扫光。孙军乘机占了左翼阵地，向中锋的后面包抄过来。

那些炮兵中有几个士兵，见敌军抄袭过来，急忙向敌军瞄准，想发炮时，却巧被张国威望见，急忙亲自走上炮台去，喝退炮兵，把炮口瞄准自己浙军的前线，接连就是两炮。那些浙军正因自己发炮并没效力，正在惊疑，忽觉炮声发处，自己队伍中的人，就如潮水也似的倒了下去，再加审辨，才知炮弹是后面来的，知道已有内变，便齐喊一声，不听上官节制，纷纷溃退下去。中锋一溃，右翼也不敢再战，立刻跟着败走，连在后方的第六团也被溃兵冲散，跟着奔逃。浙军威名，扫地尽矣。第五团原是防守常山的，听说江山战败，后路已经被截，也不敢再留，急急绕到衢州，跟着溃逃。一天一夜，奔了一百六七十里，直到龙游，方才休息了三五个钟头，重又撒腿飞跑。浙军威名何在？

此时卢永祥尚在杭州，浙军溃退的第二天，方才接到这个消息，只因电报电话俱已隔绝，得不到详细情形，都说："浙军全体叛变，倒戈北向，反替孙军做了向导。"卢永祥部下的几个高级军官听了这话，一齐大怒，约齐了来见卢永祥道："督办待浙江人总算仁至义尽，不料他们这般无良，下此辣手，他无情，我无义，现在我们也顾不得许多，督办千万不要再讲仁义道德的话！"浙军即叛变，与杭人何与？说得无理至极。卢永祥忙道："你们要怎样呢？"是故意问。众军官道："还有什么办法！老实说，事已至此，就是我们不干，部下士兵，也要自由行动了。"卢永祥冷笑道："哦！你们原来想这等坏主意，这不是糟蹋浙江，怕还是糟蹋我吧。我治军二十年，部下的兵士，从来不曾白要过民间一草一木，好好的名誉，料不到今天坏在你们手里，你们果然要这样办，请先枪毙了我再说罢！"卢氏治军之严明，在旧式军人中，确实不易多得。众军官听了这话，更觉愤怒，齐声道："督办待他们如此仁义，他们可有一点好处报答督办？今天督办有别的命令，便是叫我们去死，我们也都情愿，只有这件事，我们只有对督办不住，要抗违一遭了。"说着，起身要走。卢永祥急忙立起身来，喝令站住。

众人只得回头，看他再说些什么话，只见卢永祥沉着脸，厉声问道："你们果然要这么办，非这么办不行吗？"众人齐声道："今天非这么办不可！"足见怨愤之极。卢永祥大怒，立刻掣出手枪，向自己心头一拍，厉声说道："好好！请你们枪毙了我吧，我今天还有脸对人吗？"更说不出别的话，写得气愤之极。众人见卢永祥如此大怒，倒都站住脚，不敢动身了。里面有一两个乖巧的，反倒上前劝解道："督办不必动气，既督办不愿意如此办，应该怎样处置，只顾吩咐就得咧。"卢永祥听了这话，才换过一口气来，喘吁吁地说道："你们若还承认我是上官，今日便要依我三件事。"众人问哪三件事，卢永祥道："第一件，各军军官，所有眷属，一例在今日送往上海；第二件，各军军官士兵，所欠商家的账项，一例须在今日还清，不准短少半文；第三件，各军官兵，一例在今夜退出杭州，开往上海。"众军官听了这话，都十分不服，却又不敢违抗，大家默然不语，怒气难平。

正在不能解决之时，恰巧张载阳得了这个消息，赶来请示。众人见了他，都眼中出火，纷纷拔出手枪来，要和他火并。卢永祥急忙拦住，众人虽则住手，却都气愤愤地指着张载阳大骂。张载阳却不慌不忙地向着卢永祥一弯腰便跪了下去。卢永祥慌忙把他扶起道："暗初如何这样？这件事和你有什么关系？你又不在前敌，如何知道前线的情形？"卢永祥确不失为仁厚之人。张载阳大哭道："浙人久受督办恩荫，哪个不想念督办的好处，哪个不想报答。不料浙军软弱，逆贼内乱，噩耗传来，令我肝肠寸断。我职为总司令，不能节制各军，使他们效忠督办，至有此变，这都是载阳之罪，特来向督办请死。"亦是实情实理之言，但事卢如君，未免太失身份耳。卢永祥亦忍不住流下两点老泪，忙安慰他道："暗初不必这样，当初我本有言在先，此次战事，无论胜败，必然把浙江还给浙人，浙军之变，不过自己捉弄自己而已，在我并没有什么损失，何必怪你。我现在仍当实践前言，辞去浙江军务善后督办的职务，将浙江交还浙人。暗初是浙江人，此后请好自为之，不要负我交还的一番苦心咧！"张载阳道："我随督办来，仍随督办去，岂肯贪恋权位，受国人的唾骂？"此时除随卢俱去以外，实亦无术可以自辩。众人听了这话，都道："很好，暗初兄，你能这样办，我们原谅你，我们并原谅浙江，想不到浙江还有你这么一个好人。"怨愤如画。张载阳听了这话，十分难受，便即设誓道："张载阳如有一点对不住卢督办的心，将来总须死在敌人之手。"卢永祥忙道："这何必呢。你一去，浙江教谁维持？"张载阳道："无论有人维持，没人维持，我无论如何，总须随督办到上海去。"说着，便别了众人，回到省长公署里，令人去请夏处长（夏超时任警务处长），兼省会警察厅长。和周总参议来（周凤歧时任警备队总参议）。

两人到了省长公署，张载阳先对夏超道："老兄想这省长一席，现在可以达到目的了，在气头上故有此话。现在我决计跟卢督办走了。这省长的事情，就交给你罢。但是据我想来，孙传芳也不是好对付的人，怕没有像子嘉那样仁厚罢。"夏超听了这话，不觉良心发现，惭愧道："既然省长随督办去，我当然也去，如何说这话？"张载阳笑道："你太谦了，不怒而笑，其鄙之深矣。何必客气。定侯（夏超字）兄！你自己不知道，外人是怎样咒骂你？夏超脸一红道：亏他尚能一红。"外人怎样骂我？我自己想来，也并没什么可骂之处哩。"你太夸了。张载阳冷笑道："你自己怎得知道？既你问我，我少不得学给你听，你当初因想做都督，不惜和吕戴之（吕公望前为浙江都督）火并，结果戴之虽给你撵走，却便宜了杨督。只因你一点野心，便把一个很好的浙江，送给外省人的手中去了。使现在的浙江成为北老殖民地，罪魁祸首，就是你定侯兄。现在你因想谋夺省长的位置，又不惜把人格卖给孙馨远。你须知道，督军省长，不过过眼云烟，二十万的款子，更是容易用完。"语音未完，夏超急忙打断他的话头道："省长怎样骂起我来了？"张载阳冷笑道："怎说我骂你？你自己问我，我才学给你听呢。妙妙，不意暄初公有此妙语。你以为这样就完了吗？还有呢！"妙妙，不意暄初公有此妙语。周凤歧初时不过静听，此时忙夹着说道："两位却别说闲话，大家谈正经事要紧。"浙人议论谓张国威之倒戈，二团之不战，周亦有嫌疑。张载阳笑道："什么叫正经话？好在我们都是知己朋友，有什么话不可说的？省长的事情，我决意交给定侯兄了。第二师长的事情，请恭选（周凤歧字）兄担任了去。此后浙省的事情，全都要仗两位的大力维持，兄弟明天便要随卢督走了。"夏超、周凤歧齐声道："省长既随卢督去，我们如何可以独留？"张载阳笑道："这如何使得！你们也走，浙江岂不是没有人了吗？省城的秩序，还有谁来维持？"妙语妙语。夏超和周凤歧不好再辞，只得答应。意在此耳，何必客气。

次日，张载阳又到督军署中来见卢永祥，其时陈乐山已在那里，彼此见了，心头都有说不出的难过。张载阳问起长、宜情形，陈乐山不曾答应，卢永祥替他代答道："我已令他全部退回嘉兴了，将来还要退守松江。总之我无论如何，决不在浙江境内作战。卢公对浙江人则对得住矣，其如江苏人何？所有在省城里的兵，昨天一夜，也俱给我运完了，我定在今天下午走。暄初兄已决定同行吗？"从容之极。子嘉气度，似亦不易及。张载阳称是。陈乐山忽然问道："暄初兄把省长的事情交给谁？"张载阳道："定侯。"陈乐山见说起夏超，咬牙切齿地道："这反复的逆贼，你怎么还把省长的事情交给他办？我见了他，不用手枪打他两个窟窿，不算姓陈。"张载阳怕他真个做出来，倒竭力劝解了一会。

到了下午，卢永祥令没有走的几个卫兵先到车站上去等着。张载阳道："督办怎么把兵运完才走？"卢永祥道："我假使先走，你能保这些兵士不胡闹吗？"做好人便做到底，所谓送佛送上西天也。张载阳听了这话，十分感动。

临走的时候，卢永祥独坐着一部汽车，也不跟卫兵。陈乐山忙道："现在局势吃紧的时候，督办怎么可以这般大意？"卢永祥笑道："乐山兄太过虑了，难道还有要谋害卢永祥的浙江人吗？"是深信浙江人之语乎？抑自负语也。说着，一径上车走了。众人都十分感动。张载阳、陈乐山等一行人也随后上车，不一刻，夏超、周凤歧等都赶来送行。陈乐山一见夏超，勃然大怒，立刻拔出手枪，要结果他的性命。张载阳急忙把陈乐山抱住，代为哀求。陈乐山大怒，指着夏超骂道："反贼！嘉帅何负于你，你竟下这般辣手？干此卑鄙的事情？你以为孙传芳来了，你有好处吗？老实说，今天先要你到西天佛国去啊，看你可能享用那二十万作孽钱？"说着，便又挣扎着，夺开张载阳的手，掣出手枪，向夏超就放。亏得张载阳不曾放开握住他右臂的手，慌忙把他的右臂一牵，周凤歧便把他的手枪夺下。陈乐山怒气未息，又指着他大骂道："反贼！反复的小人，你以为这样一反一复，便可以安居高位吗？只怕总有一天反复到自己身上来呢。你以为孙传芳是将来的大恩主吗？恐怕一转眼间，仍要死在他手里啊。"夏超本来总坐着，不曾开口，到此方才说道："乐山兄！怎样知道我和孙氏有关系呢？你已找得了证据吗？"陈乐山听了这话，不觉又勃然大怒道："你还强词夺理，我教你到阎罗殿上讨证据去。"说着,猛然摔开了张载阳、周凤歧,拾起手枪,一枪向夏超放去。张载阳赶紧夺住他的手时,早已砰的一声,一颗子弹,飞出枪口。一个人啊呀一声,应声倒地。正是:

> 未听军前鼙鼓声,
> 先见同室操戈事。

欲知夏超性命如何,且看下回分解。

　　平心而论,浙江历任军事长官,均尚比较不坏,所以十七年来,各省糜烂不堪,唯浙江一隅,未被兵燹,西子湖边,几成世外之桃源。虽浙江地势,不宜于用武,究亦不能不归功于各军事长官之能顾大局也。卢氏去浙,浙中各界无不惋惜,即仇敌如孙馨远,亦有"嘉帅老当益壮,治军饶有经历,我侪分居后辈,允宜若萧曹之规随,庶不负嘉帅让浙之心"之语。故终孙氏之任,未有大苛政及民者,亦卢氏感化之功也。惟卢氏知有浙而不知有苏,岂真视浙为故乡、苏为敌国耶? 抑何眼光之短浅也哉?

第一百五十八回　假纪律浙民遭劫　真变化卢督下台

却说陈乐山一时发怒，掣出手枪便向夏超开放，幸喜张载阳的手快，早把陈乐山的手扳住，因此枪口一歪，那子弹只射着旁边一个马弁的肩窝，应声倒地。可谓城门失火，殃及池鱼。陈乐山再要开手枪时，卢永祥早已过来拦阻。陈乐山不平道："嘉帅怎的也帮他说话？"卢永祥从容不迫地说道："乐山，你既要杀他，为什么不叫士兵洗劫杭州？"问得奇绝。陈乐山诧异道："这不是你不肯迁怒杭州人民，要特别成全他们吗？"确是奇异。卢永祥道："你以为这事应不应该这么办？"再问一句，还不说明，妙甚。陈乐山道："论理浙人负我，非我们负浙人，便洗劫了也不算罪过，但是嘉帅不忍罢咧。"卢永祥道："你既知我不忍，为什么要杀定侯？"还要再问，奇甚妙甚。陈乐山道："焚掠商民，谓之刑及无辜，当然应该存不忍之心。至于乱臣贼子，则人人得而诛之，有什么不忍？"卢永祥道："你难道说我是为着他个人吗？"陈乐山还不曾回答，卢永祥早又继续说道：至此不容他再回答，又妙。"你杀了他，原不要紧，可是他部下现在也有若干保安队，这种保安队，打仗虽不中用，叫他抢劫商民，可就绰然有余了。你杀了定侯，他们没了主帅，岂有不生变抢劫的道理？你既肯体恤我的不忍之心，不肯叫部下抢劫，怎么又要杀定侯，以累及无辜的商民呢？"叠用几个问句，而意思已极明显。张载阳、周凤歧两人也劝道："既然嘉帅不和他计较，请乐山兄恕了他罢！"陈乐山听了这话，半晌无语，手里的手枪，不觉渐渐地收了回来。

周凤歧见事情已经解决，便起身告辞道："凤歧为维持省垣治安起见，只得暂留，等负责有人，当再到上海来亲领教诲。"卢永祥微笑道：微笑者，笑其言不由衷也。"这也不必客气。恭选兄只管请便罢。"周凤歧目视夏超，夏超会意，便起身同辞。陈乐山忽然变色阻止道："恭选尽管请便，定侯兄可对不住，还屈你送我们到上海去。我们相处了这么久，今天我和嘉帅离开杭州，不知道什么日子再和定侯兄相会，定侯兄难道连送我们到上海这些情分，也没有了不成？"其言硬中带软，软中有硬，定侯此时可谓难受。夏超无奈，只得又坐了下来。陈乐山又向周凤歧等人道："我们的车子立刻要开了。相见有期，诸位请回罢！"周凤歧等只得告辞而去。

陈乐山立即便命开车。定侯此时，亦危乎殆哉。夏超坐在一旁，不觉变色。此时也有些惧怕了。张载阳心中不忍，再四向陈乐山疏通。陈乐山并不回答，只有微笑而已。不一时，火车已经隆隆开动，夏超着急，向张载阳丢了几个眼色。张载阳忽然得了一计，因急去和卢永祥说道：至此不容他再回答，又妙，"定侯如不转去，保安队无人统辖，万一发生变乱，省城必遭糜烂，如之奈何？"卢永祥听了这话，瞿然变色道："暄初的话不错，万一保安队因不见定侯而发生变乱，岂不是我害了杭州人民吗？"因急对陈乐山说道："到了艮山门，快叫停车，让定侯下去罢！"卢永祥能处处以人民为念，宜乎浙人至今思之也。陈乐山见卢永祥有命令，不敢不依，只得教火车到艮山站时略停，好让夏超下车。到了艮山站时，车子停住，陈乐山向夏超道："对不住得很，劳你送了这么一程，也不枉我们同事多年，更不枉嘉帅卵翼了你几年了，请从此回去罢！我们相见有期。"说得若嘲若讽，令听者难受。夏超默然，卢永祥、张载阳都催他下去，夏超这才下车，回到公署中，一面发电请孙氏即日来省维持。

那些商民绅董见卢氏已去，知道孙氏必来，乐得做个顺水人情，拍几个马屁，也好叫孙督开心，以后可以得些好处。此中山所以主张打倒土豪劣绅贪官污吏欤？盖贪官污吏土豪劣绅实导军阀残民者也。争先恐后地发电欢迎。所以孙氏后来开口就是浙民欢迎我来的。究之，欢迎者有几人乎？此时潘国纲还不曾晓得省中情形，到了七里垄中，正待整兵再战，忽然听说省局大变，卢氏已走，不觉大惊，知道作战无用，只得收拾残部退往五夫，保守宁、绍去了。少了许多战事，也未始非受卢氏即时出走之赐。

那孙传芳在福建动身时，曾夸下海口说：明年八月十五，请各位到浙江来观潮，想不到果然应了这话。此时见浙江官绅的欢迎电报如雪片而来，怎不欢喜。然则只能说浙江官绅欢迎而来耳，决不能说浙人欢迎而来也。何也，浙江人民固承认欢迎也。立刻电令进攻衢州的第一支队司令孟昭月，兼程而进。

讲到孟昭月的部队，服装军械，都还完全，纪律也还不坏，所以孙传芳叫他担任前锋。临行时，又再三交代孟昭月和别的军官："卢氏在浙多年，纪律甚好，浙江人民对他的感情也很不错，现在我们既要想在浙江做事，第一要顺人心，你们切须遵守纪律，要比卢永祥的兵更好，莫要胡乱抢劫，坍我的台！"因此孟昭月等都十分谨慎，不敢让士兵们在外妄动，除在福建胡乱捞些外快，到了浙江以后，果然不曾大烧大抢。可是零碎部队，却难免仍有不规则举动。

有些兵士，因衣服单薄，身上寒冷，便背着草荐上岸，宛然和叫花子一般，哪里配得上讲什么军容。更有几件可笑可恨的事儿，不能不趁便记述一下。一件是衢州乡下，有一家人家正在娶亲，孙军部下有三个散兵，因不敢在城内打劫，便向乡下捞些油水。恰巧听说这家有人娶亲，便老实不客气地跑了进去。那些客人亲族以及帮忙打杂鼓吹等人，见了三尊恶煞降临，不敢逗留，立刻卷堂大散，溜之大吉，逃之夭夭，只剩着新娘一人，蒙着红布，呆坐在床沿上。新郎何以也不管？未免太放弃责任了，一笑。三位太爷先到新房里翻了一阵，把些金银首饰和押箱银等，都各塞在腰里，再除下了新娘的红巾，觉得品貌实在不错，便老实不客气，把她带到就近山中一个破庙里，爽爽快快地轮奸了三日三夜，还要她丈夫拿出五十块钱来赎回去。真是可恨可杀。她这丈夫也不知哪里晦气，损失财物还可，谁料到已经讨进门来的娘子，还要先让给野男子去受用。如在胡适先生言之，则如被三条毒蛇咬了几口而已，也不打紧，一笑。

一件是出在龙游交白姝的船上。原来那些交白姝因听说北兵到来，早已逃之夭夭，一个不留，只有几个七八十岁的老婆子，还住在船上照看什物。不料这天居然也有一位八太爷光降下来。那位八太爷在船上找花姑娘（北人称妓女为花姑娘），找了半天，只找到了一个鸡皮鹤发的老太婆，一时兽欲冲动，无可发泄，便要借她的老家伙来出出火。那老妇如何肯依，忙道："啊呀！我的天哪，我老了吓。"那八太爷笑道："你老了，你几岁？"老妇道："我今年五十六岁咧。"那八太爷笑道："很好很好，你五十六岁，我五十二，不是很好的一对吗？老怕什么？好在我又不要你生儿子。"可笑可恨。说着，便动起手来。那老妇原属行家出身，并不是怕羞的人，便杀猪般地大叫起来。好在这里是通商要道，往来的军官很多，恰巧有一个连长经过，听得叫救命之声，急忙赶将进去，才把这尊恶煞吓跑了。

还有一件是出在龙游城里的。这时龙游城内，因大兵过境，所有妇女早已避往乡下，只有一家人家，母女两个，因自己托大，不曾走匿。有劝那妇人小心的，那妇人毫不为意。一天因为家中的米完了，这时男人怕拉伕，女人怕轮奸，左右邻舍都已无人，只得自己出去设法。不料转来时候，就给两位八太爷碰到了。他们见这妇人虽已徐娘半老，却还白嫩可爱，便一直盯梢盯到她家里。不料又看见了她女儿,她女儿这时刚才十八九岁,正是俗语说的,"十八廿三,抵过牡丹"(龙游俗谚)。那两个丘八见了这么一个雪白滚壮的少女,如何不动心,便你争我夺的,把母女两个一齐按翻,干将起来。一次已毕,便又更调一个。两个丘八去后,母女俩方才着慌想躲避时,不料那两个丘八又带领了七八个同类来。母女俩避之不及,只好听着他们播弄。一批去了一批来,竟把母女俩弄得腹大如鼓,一齐鸣呼哀哉了。不但可笑可恨,而且可杀。

还有兰溪王家码头,有一个女子,已将出嫁,不料孙传芳的贵部到来,这些八太爷都如猎狗似的,东一嗅,西一闻的,寻觅妇女,想不到这位女郎竟被他们嗅着了。第一次进去了三个丘八,那女子知道决不能免,便悉听他们所为。不料三个刚去,四个又来。四个未毕,又来了三个。床面前整排地坐着,莫不跃跃欲试。这女子知道自己必死,诈说要小解,那群野狗子性的混账丘八,见她赤着身子,料情她逃不到哪里去,便暂时放她起来。那女子竟开后门,赤身跳入钱塘江中溺死了。可杀可恨可剐。

这一类事情也不知有多少;总计这一次遇兵,兰溪妇女死得最多,约莫有三四十人,龙游也有十多个,衢州倒不曾听到有奸死的。建德以下,作者虽不曾调查,想来也不在少数。看官们想想,这类军队,还配得上纪律吗?可是孙传芳既处处向人夸口,自己的军队如何好如何好,这些所谓浙江的官绅们,本来只知大帅长、大帅短的拍马屁,哪里还敢说这些事情,只有顺着他的意思,随口恭维几句。那孙传芳真个如同丈八灯台,照不见自己,深信自己的部队果然纪律严明,比卢永祥的部下更好了。

自从接到省中官绅的欢迎电报,即刻赶到杭州,不料他刚到的这一天,西湖中忽然发现了一件不大不小的事。西湖十景中雷峰夕照的雷峰塔,忽然凭空坍倒,一时议论纷纷,也有说雷峰本名卢妃,该应在卢永祥时倒的,也有说孙传芳不吉利的,孙氏却毫不在意。这时杭州有几家报馆,孙军虽到,他们却仍旧做他拥护卢永祥、攻击直系的评论,各报几乎完全一致,而尤以浙江民报为最激烈。有一家叫杭州报的,因为做了一篇欢迎孙传芳的文章,顿时大受攻击,都骂为婊子式的日报,各处尽皆贴着不要看婊子(妓女)式的杭州报。杭州报的销路,竟因此一落千丈,也可见那时的人心向背了。这些官绅们,偏要借着公团的招牌,伪托人民的公意,欢迎孙氏,孙氏也是不怕肉麻,居然口口声声,说什么浙人欢迎我来,岂不可笑?非但可笑,而且可丑。

但在这时,却另有一桩小事,很值得记载的。那孙传芳到了杭州,到督办公署中一看,只见公家的东西,无论器具案卷,不曾少些一些,连着案上的纸墨笔砚,以至一切什用之物,也都好好地放着。拿着簿册一对,居然一点不少,真是难得。不觉十分叹服。我也叹服。因回顾诸位侍从道:"卢嘉帅军界前辈,年纪这么大了,还能办得这么有精神,有操守,我们比他年纪轻,要是搅不过他,岂不受浙人的笑骂?以后我们务须格外留意才好。"孙氏在浙,其敷衍浙人之功夫,十分周到,如竟言浙江为其第二故乡,又处处抱定大浙江主义,皆其联络浙人之一斑也。推原其故,则大率皆受卢氏之教训者。侍从莫不肃然。孙传芳把事情大略布置了一布置,又和夏超碰了一次头,便到嘉兴去督战了。

这时卢军已退守松江,在那里指挥的是陈乐山部的旅长王宾,陈乐山自己率领夏兆麟旅在黄渡方面,协助杨化昭作战。不料松江的后路明星桥被孙传芳军所袭,王宾死战了一天,等得卢永祥派援兵打通明星桥的交通时,不知如何,王宾竟已弃了松江,逃回上海。卢永祥治军素严,见王宾没有得到命令,便自动退兵,认为不遵调度,即刻要将他枪决。虽经藏致平力保,仍然受了严重的处分,将他免职。

陈乐山因王宾是自己十余年至好，卢永祥并未和他商量，便将他免职，十分不悦。恰巧这日他因回到上海来看他的姨太太金小宝，对她说起此事。金小宝冷笑道："他要杀你的朋友，也不通知你，他的眼睛里，还有你吗？依我说，你也不必再替他出什么死力了，乐得刮一票钱，和我同到外国去玩玩，岂不胜于炮火中冒危险？"陈乐山素来最宠爱这位姨太太，凡是她说的话，无有不听从的，这次又正衔恨卢永祥，渐有不服调度之心。

讲到陈乐山娶这位姨太太，中间却也夹着一大段趣史。据闻这位姨太太金小宝，原是上海堂子中人，有名的金刚队中人物。陈乐山爱她已久，正在竭力讨她欢心，想把她藏之金屋的时候，不料上海有一个姓成的阔大少爷，也和他同向一个目标进攻，这其间，两雄不并栖，当然时有争执。金小宝功夫甚好，两面都敷衍得十分到家。可是她在心坎儿上盘算起来，这面虽是师长，名誉金钱两项，却万万敌不过成少爷，因此也情愿跟成而不愿跟陈。不过对着陈氏面上，仍是十分敷衍，总催他赶紧设法。又说她母亲十分爱钱，万一不早为之计，被成少爷运动了去时，自己便也无法抵抗了。陈乐山听了这话，当然非常窝心，便抓出大批宦囊，在金小宝母亲面前，竭力运动。无奈成家的钱比他更多，因此白费了一番心，结果还是被成少爷夺了去。陈乐山如何不气，在金小宝过门的那一天，几乎气得半死，甚至连饭也吃不下。不料不上一年，成少爷忽然为什么事，和金小宝脱离关系。金小宝空床难守，少不得还要找个对头。陈乐山得此消息，立刻托人运动，仍要娶她为妾。金小宝想：他到底是个师长，只要自己运气好些，或者竟由师长而督军，由督军而巡阅，由巡阅而大总统，那时不但自己可以享受总统夫人的荣耀，便是发个几十万几百万的小财，也不算什么稀罕，因此便决定嫁他。在陈乐山初心，以为佳人已属沙叱利，从此萧郎是路人，对于小宝的一段野心，早已冰消雪冷，谁知居然还有堕欢重拾、破镜再圆的日子，心中如何不喜，立刻在上海寻了一所洋房，挂灯结彩，迎娶新姨太太，而且特别加多仪仗，在成家的四面，兜一个圈子，气气成家，以吐昔日被夺的那口恶气。自从金小宝过门以后，一个英雄，一个美人，真个恩爱缠绵，十分甜蜜。现在陈乐山既然信了枕边情话，对于卢氏益发不服指挥。他部下的旅长夏兆麟，当然也跟着变心了。

最奇怪的，那杨化昭本属千生万死，奔到浙江，来投卢氏的，到了这时，竟也有些抗命起来。卢氏本是忠厚长者，并不曾知他们都已怀了二心，所以还在希望夺回松江，他一面连电催促广东的孙中山、奉天的张作霖，赶紧实行讨曹，使直系不能专对东南，一面派臧致平反攻松江，何丰林向莘庄进攻。又因黄渡方面战事现在停顿之中，莘庄的形势吃紧，便令陈乐山部开到莘庄助战，不料乐山实行抗命起来。武人之不足靠也如此，一叹。卢永祥见一个忠心耿耿的陈乐山忽然变了样子，还不晓是何缘故，十分诧异。当下想了一个方法，在龙华总司令部，召集各重要军官，开军事会议，决定战守的方针。何丰林、臧致平、陈乐山、朱声广（卢所部第十师之旅长）、杨化昭、夏兆麟等一干重要军官，莫不到席。卢永祥报告战情毕，便征求各人对于战局的意见。

臧致平先发言道："我军现在尚有四万余人，集中兵力，来防守上海附近的地方，无论如何，总不至失败。再则子弹方面，兵工厂中现在日夜赶造，决不致有缺少之虑。三则现在孙中山先生已联合唐继尧等，预备北伐，奉方张雨亭也已向直隶动员，直系内失人心，外迫强敌，决不能持久。我军只要坚持到底，不出两三个月，直系内部必然会发生内变，直系未发生内变，自己内部倒已发生内变，事之难料也如此。那时不但浙江可复，便是江苏也在我们掌握之中了。"惜陈乐山、杨化昭诸人不能从其计，否则东南半壁，何至落孙氏之手，以致累起战事哉？何丰林听了这话，也立起道："刚才臧司令所说的话，确是深明大局之谈，我们想到臧司令以数千之众，困守厦门，抗五路数万之众，竟能够维持到一年多之久，他的见识经验，必然在我们之上，因此兄弟主张遵照他所说的办法，坚持到底，诸位以为如何？"陈乐山、杨化昭、朱声广、夏兆麟俱各默然无语。

卢永祥见他们不开口，便又问道："诸位不说，大概是没有疑义了。"一句话还不曾完，陈乐山突然起立道："坚持到底不打紧，只不知道可要作战？"也作假糊涂吗？卢永祥诧异道："你说什么话？坚持到底，当然是要作战，不作战，如何能坚持？"陈乐山道："既要作战，不知派谁去？"臧致平插口道："这何须问得，当然还是我们去，难道教老百姓去不成？"陈乐山冷笑道："你去，我是不去。"卢永祥、何丰林一齐变色道："乐山兄，你如何说这话？"陈乐山道："我的兵也打完了，兵是你的吗？怎么去得？老实说一句，诸位也不要动气，现在这战局，莫要说坚持到底，恐怕要坚持一日也难了。与其死战而多死些官兵，何如老实少战几次，可以多保全几条贱命呢。"也有他的理由。夏兆麟也跟着起立说道："奉天军队虽已出动，但是绝不是直系的对手，这是谁都看得出来的。至西南方面，更是不济，天天嚷北伐，连个东江的陈炯明也打他不败，还想他们劳师千里的助我作战吗？以我之见，也是不战为上。"杨化昭、朱声广也一齐附和，赞成不战。臧致平再三解释，众人都不肯听。卢永祥冷笑一声道："不论主战主和，都是一个办法，我也没什么成见，请诸位暂时各回防地，我只要对得住国家人民，对得住诸位就完了。"

众人散去以后，臧致平和何丰林都还不曾走。卢永祥见他们两人的神色也很颓丧，因笑道："你两位有心事吗？其实这种事也很寻常，大不了我们即刻走路而已。"何丰林叹了一口气道："还有什么话？这时除却走之一法，也没别的计划了。"臧致平默然。卢永祥道："怎么？兄还不曾决定宗旨吗？我是已很坚决了。无论两位的主张怎样，我决意走了。"说着，便命人请秘书草下野通电。臧致平忙道："我们三人去则同去，留则同留，哪里有让你独自下野之理？光是我们在这里，还有什么办法吗？"卢永祥道："那更好了。"说着，又想了一想道："那朱声广不知为什么，也变起心来？"臧致平道："我是早已听说，小徐现在上海，很想利用我们队伍，出来活动一下，他们大概受了徐树铮的运动要拥护他做领袖呢。不然，乐山等对直系又无好感，何以态度决裂得恁快呢？"此是补笔兼伏笔。安知尚有枕边告状一幕趣剧呢？卢永祥笑了一笑，更不下什么断语。不一会，秘书把通电稿送来，卢永祥便和何、臧两人盖章拍发，三人便同时下野，假道日本，同到奉天去了。正是：

> 人情变化浑难测，
> 昨日今朝大不同。

未知后事如何，且看下回分解。

谋及妇人宜其死，千古奉为至言。陈乐山追随卢氏，耿耿忠心，可贯金石，方其劫夏超于车中，慷慨奋发，何其忠且勇也？逮王宾案作，爱妾陈词，转瞬而态度遂变。虽不至于杀身，而人格丧失，名誉扫地，亦不可谓非爱妾之赐已。

第一百五十九回　石青阳团结西南
　　　　　　　　孙中山宣言北伐

却说卢永祥、何丰林、臧致平三人下野以后，战局的形势大为变化。奉天和广东都是反曹助卢的，当然各有举动。那广东方面，东江的战事，因双方都已筋疲力尽，成了相持之局。吴佩孚见陈炯明不能得志，命广西的陆荣廷、江西的方本仁，克日攻粤，也俱没有效果。沈鸿英不但不能助阵，反又降了中山先生，回桂攻击陆荣廷，因此吴佩孚方面，不但失了一臂之助，而且增加了一个敌人。沈鸿英之反复，亦民国军阀中所罕见。至于广东方面，因财政困难，北伐的事业又极重要，不能不勉力筹措。

这时财政当局，因拟统一马路旁铺业权与改良马路起见，征办一种铺底捐，凡马路两旁的店铺，依照铺底价值，缴费二成，以作在马路旁营业的代价。此外又有租捐、特种药品捐、珠宝玉石捐、仪仗捐等，各商店一齐团结反对，并接洽以总罢市为对付。一面召集全市商团与附近各乡团，以联防为名，集中广州，向当局警戒。此时广东省长徐绍桢已经去职，但是对于国事，仍然十分当心。他听了这个消息，恐怕影响治安，急忙出任调停。商界方面便提出七个条件：

一、永远取消统一马路业权案。

二、取消租捐。

三、取消特种药品捐。

四、取消其他一切拟办之苛捐。

五、军队出驻市外。

六、交回各江封用之轮船，以利交通。

七、免财政厅长陈其瑗职。

徐绍桢调停了几天，广东省长杨庶堪方才发出布告，取消马路统一业权案。商界方面因没有"永久"两字，不肯承认，非要达到永久取消的目的不可。徐绍桢只得又向两方面竭力磋商，方才由杨庶堪答应增加"永久取消"字样，其他各项杂税也一律取消。这风潮总算这样完结了。

那些开到广州市的商团乡团，原是为总罢市的后援而来的，现在见事情解决，便各纷纷回防。这时各团代表又开会设立联防总办事处，不料这一个举动，早已起了野心家利用之心，因前商会会长陈廉伯私向挪威购买大批军械一案，遂酿成各地的大罢市和商团与驻军的冲突，甚而牵动到外交，只看九月一日孙中山先生对外的宣言，就可以知道了。那宣言的原文道：

自广州汇丰银行买办开始公然叛抗我政府后，予即疑彼之叛国行动，有英国之帝国主义为其后盾。但余不欲深信，因英国工党今方执政，该党于会议中及政纲中，曾屡次表示同情于被压迫之民族。故予当时常希望此工党政府，既已握权在手，或能实行其所表示，至少抛弃从前以祸害耻辱积压于中国之炮舰政策，而在中国创始一国际公道时代（即相传为英工党政治理想中之原则者），不意八月二十九日，英总领事致公文于我政府，声称沙面领团"抗议对一无防御的城市开炮之野蛮举动"。末段数语，则无异宣战。其文曰："予现接上级英海军官通告,谓彼已奉香港海军总司令训令,倘中国当局对城市开炮,所有一切有用之英海军队,立即行动。"兹我政府拒绝"对一无防御之城市开炮之野蛮举动"之妄言。须知我政府对于广州全市,或因不得已而有此举动之处,只有西关郭外之一部,而此处实为陈廉伯叛党之武装根据地。此项妄言所从出之方面,乃包含新加坡屠杀事件,及阿立察(印度)、埃及、爱尔兰等处残杀行为之作者在内,故实为帝国主义狂热之总表现。他国姑勿论,最近在我国之万县英海军,非欲炮击一无防御之城市,直至我同胞二人被捕,不经审判,立即枪毙,以满足帝国主义之凶暴,而始免于一击乎?然则是否因此种暴举,可以行诸一软弱不统一之国家而无碍,故又欲施诸别一中国之城市当局欤?唯予觉此项帝国主义的英国之挑战,其中殆含有更恶之意味。试观十二年来,帝国主义各强国于外交上、精神上以及种种借款,始终一致的赞助反革命,则吾人欲观此项帝国主义之行动,为并非企图毁坏吾之国民党政府,殆不可行。盖今有对我政府之公然叛抗举动,其领袖为在华英帝国主义最有力机关之一代理人。我政府谋施对付此次叛抗举动之唯一有力方法,而所谓英国工党政府者,乃作打倒我政府之恐吓,此是何意味乎?盖帝国主义所欲毁坏之国民党政府,乃我国中唯一努力图保持革命精神之政府,乃唯一抗御反革命之中心,故英国之炮欲对之而发射。从前有一时期为努力推翻满清,今将开始一时期为努力推翻帝国主义之干涉中国扫除完成革命之历史的工作之最大障碍。

这件风潮,后来由范石生、廖行超两人的调停,总算得到一个解决。后来又因被陈廉伯利用,曾经过一次大变,此是后话,按下不提。

却说中山先生因东南东北的战事俱已爆发,时时召集各要人讨论北伐的计划。这一天正在开会之际,忽然传报石青阳来见。原来石青阳自从熊克武失败后,因在四川没有立足之地,不能不到别省去暂住。后来知道熊克武在云南、贵州边境,便也到云南去依唐继尧。那唐继尧本有图川之志,听说石青阳来滇,倒也很表示欢迎,立刻请他到省城相会。

石青阳到了省城,唐继尧已派代表来迎,石青阳到了唐继尧的署中,继尧立刻出来,一见青阳,便欢然若旧相识。坐下以后,青阳约略问了些云南现状,又大约把川中所以失败的原因说了一遍。唐继尧叹息道:"锦帆兄是我们的老友,我无日不希望他能戡定全川,驱除北方的势力,为我西南各省张目,不料垂成的事业,又复失败,真是可惜!"石青阳笑道:"桑榆之收,未必无期,尚须看锦帆的努力耳。"唐继尧也笑道:"但能如此方好。"石青阳道:"话虽如此,但以我的目光看来,熊君决不能重入四川,恐怕这天府之区,完全要入于吴佩孚的掌握之中咧。"妙妙。石青阳大有说士之风。唐继尧道:"何以见得?"石青阳道:"吴佩孚素抱武力统一主义,对于四川,早已处心积虑,希望并入他的版图。他现据有全国之半的地盘,实力雄厚,哪个是他敌手?以奉张之强,兵力之厚,不值他的一击,何况区区一旅之众,岂能抗半国之兵。所以我料熊君必不能再入四川,作云南各省的屏蔽,而吴佩孚的必然据有四川地盘,也在意料之中咧。"妙妙。石青阳大有说士之风。唐继尧愕然道:"此言恐怕也未必可靠。武力统一,不过是一句话罢咧,实际上怎能做得到呢?"石青阳笑道:"我们不必说他做得到做不到,却先把现在的大势来较论一下。吴佩孚现有的地盘,是直隶、山东、河南、陕西、甘肃、江苏、湖北、江西、福建等九省,还有热、察、绥、京兆等特别区域。四川与湖南,实际上也不啻他附庸。与吴为敌的,只有奉张、浙卢、粤孙、和黔、滇等省而已。浙卢现在受了苏、皖、赣、闽四省的监视,自保尚且不暇,哪里还讲得到向外发展?浙卢不能为吴之患一。奉张虽称雄关外,然而一直隶之兵,已足当之,要想入关,也是大难大难。奉张又不足为吴之患二。粤孙东江之乱尚不能平,更无暇北伐。粤孙更不足为吴之患三。吴现在只用河南、湖北、陕西三省的兵力，再加以亲吴的川军，已不止有二十万大兵，以图四川一省，何难一鼓而平？四川不难一鼓而平一。四川平定之后，出一支兵南入贵州，更由湖南出兵西趋，以夹击之势，攻一贫弱的贵州，何愁不能克日戡定？贵州又不足平二。川、黔俱平之后，合击云南，赓兄虽然智勇冠天下，恐怕未必能抗豫、陕、鄂、川、湘、黔六省之兵。云南又不足平三。云南得手而后，由湘出兵，以拊广西之背，云南出兵，以搤广西之腹，广西也必不能抗。广西又不足平四。西南各省既定，一广东何能孤立？孙中山也唯有出国西游，再图机会了。此言广东又不足平五。西南全平之后，解决浙卢，更是不费吹灰之力。浙江又不足平六。那时竭全国之力以东趋，奉张又岂能独免？奉张又不足平七。赓兄，你看这武力统一的计划，能不能够实现？"以上一大篇说词，三层说天下之大势，直已优胜，次论各省之削平，以鼓起滇唐之忧虑，甚妙。

唐继尧默然半晌，又道："如此说，我兄将如何对付？"不先决自己对付之策，而先问石青阳对付之策，亦妙。盖石青阳如有解决之法，则己亦不必忧矣。石青阳笑道："我不过一光身而已，并没什么地盘，还讲什么对付的方法。能够在国内住一天，便住一天，在四川不能立足，可到别省，别省又不能立足，可去国外。所谓不在其位，不谋其政，何必计较什么对付。"妙甚，自己之不用计较对付，正是反激唐之不可不力谋对付也。唐继尧想了一会道："吴佩孚能联合各省的力量，以实行他武力统一的政策，我们各省也何尝不可联络起来以对抗吴氏？"渐渐上了道儿。石青阳笑道："这也是一个很好的计划。但是言之非艰，行之维艰，结果也不过是一种空气而已。试看这次锦帆在四川失败，谁肯助他一臂之力，当他胜利时，胡若愚还肯卖力，等到一次战败，大家又都袖手旁观，想保全自己的实力了。其实北军方计划各个击破，想保全自己的实力，结果也不过是空想而已。"妙甚妙甚。唐继尧奋然说道："哪有这话？我今偏要出人意料之外，竭全力来助锦帆重入成都，驱除北方势力。"上了道儿了。石青阳笑道："兄果有此决心，也非独力能任之事，必须西南各省，大家团结起来，方能成为一种绝大势力呢。果然赓兄这计划能够实现，不说是自己的计划，反说是唐的计划，使他格外努力，妙。不但可以保持西南的力量，而且还可以窥取中原，覆灭曹、吴咧。"又歆之以利。唐继尧道："我的主张已经决定了，我兄能否助我一臂之力，代我和熊君与贵州刘君接洽，共同组织一个联军，以抗四川的侵略？"石青阳慨然道："既然赓兄肯做此大义之举，兄弟岂有不帮忙之理？我当即日到贵州，和锦帆兄接洽便了。"唐继尧大喜。

石青阳住了一日，便往贵州和刘显世磋商。刘显世当然也没有不赞成之理。滇、黔两省说妥以后，方来和熊克武说明，熊克武更是喜欢。当下便组织一个川滇黔联军总司令部，以图进占四川，向外发展。这计划告成以后，石青阳便又跑到广东来和孙中山先生接洽。孙中山先生原是只求国家人民有利，不讲私人权利如何的，见他们肯北伐曹、吴，立刻便引为同志，并推唐继尧为副元帅，以便率军北伐，便宜处理一切。这时因东南的形势紧张，所以石青阳又以川滇黔联军总司令代表的名义，来请师期。这时中山已决定北伐，当时便即拟定了一个北伐宣言，原文道：

国民革命之目的，在造成独立自由之国家，以拥护国家及民众之利益。辛亥之役，推倒君主专制政体暨满洲征服阶级，本已得所借手，以从事于目的之贯彻。假使吾党当时能根据于国家及民众之利益，以肃清反革命势力，则十三年来政治根本，当已确定，国民经济教育荦荦诸端，当已积极进行。革命之目的纵未能完全达到，然不失正鹄，以日跻于光明，则有断然者。

原夫反革命之发生，实继承专制时代之思想，对内牺牲民众利益，对外牺牲国家利益，以保持其过去时代之地位。观于袁世凯之称帝,张勋之复辟,冯国璋、徐世昌之毁法,曹锟、吴佩孚之窃位盗国,十三年来,连续不绝,可知其分子虽有新陈代谢,而其传统思想,则始终如一。此等反革命之恶势力,以北京为巢窟,而流毒被于各省。间有号称为革命分子,而其根本思想初非根据于国家及民众之利益者,则往往志操不定,受其吸引,与之同腐,以酿成今日分崩离析之局,此真可为太息痛恨者矣。反革命之恶势力所以存在,实由帝国主义卵翼之使然。证之民国二年之际,袁世凯将欲摧残革命党以遂其帝制自为之欲,则有五国银行团大借款于此时成立,以二万万五千万元供其战费。自是厥后,历冯国璋、徐世昌诸人,凡一度用兵于国内,以摧残异己,则必有一度之大借款,资其挥霍。及乎最近曹锟、吴佩孚加兵于东南,则久悬不决之金佛郎案即决定成立。由此种种,可知十三年来之战祸,直接受自军阀,间接受自帝国主义,明明白白,无可疑者。今者,浙江友军为反抗曹锟、吴佩孚而战,奉天亦将出于同样之决心与行动,革命政府已下明令出师北向,与天下共讨曹锟、吴佩孚诸贼,于此有当郑重为国民告,且为友军告者。此战之目的,不仅在覆灭曹、吴,尤在曹、吴覆灭之后,永无同样继起之人,以继续反革命之恶势力。换言之,此战之目的不仅在推倒军阀,尤在推倒军阀所赖以生存之帝国主义。盖必如是,然后反革命之根株乃得永绝,中国乃能脱离次殖民地之地位,以造成自由独立之国家也。中国国民党之最终目的,在于三民主义,本党之职任,即为实行主义而奋斗,故敢谨告于国民及友军曰:吾人颠覆北洋军阀之后,必将要求现时必需之各种具体条件之实现,以为实行最终目的三民主义之初步。此次暴发之国内战争,本党因反对军阀而参加之,其职任首在战胜之后,以革命政府之权力,扫荡反革命之恶势力,使人民得解放而谋自治。尤在对外代表国家利益,要求重新审订一切不平等之条约,即取消此等条约中所定之一切特权,而重订双方平等互尊主权之条约,以消灭帝国主义在中国之势力。盖必先令中国出此不平等之国际地位,然后下列之具体目的,方有实现之可能也。

一、中国跻于国际平等地位以后,国民经济及一切生产力得充分发展。

二、实业之发展,使农村经济得以改良,而劳动农民之生计有改善之可能。

三、生产力之充分发展,使工人阶级之生活状况,得因其团结力之增长,而有改善之机会。

四、农工业之发达,使人民之购买力增高,商业始有繁盛之新机。

五、文化及教育等问题,至此方不落于空谈。以经济之发展,使智识能力之需要日增,而国家富力之增殖,可使文化事业及教育之经费易于筹措。一切知识阶级之失业问题,失学问题,方有解决之端绪。

六、中国新法律更因不平等条约之废除,而能普及于全国领土,实行于一切租界,然后阴谋破坏之反革命势力,无所凭借。

凡此一切,当能造成巩固之经济基础,以统一全国,实现真正之民权制度,以谋平民群众之幸福。故国民处此战争之时,尤当亟起而反抗军阀,求此最少限度之政纲实现,以为实行三民主义之第一步。中华民国十三年九月十八日。

此外又下了三个命令道:

去岁曹锟斁法行贿,渎乱选举,僭窃名器,自知倒行逆施,为大义所不容,乃与吴佩孚同恶相济,以卖国所得,为穷兵黩武之用,借以摧残正类,消除异己,流毒川、闽,四海同愤。近复喉其鹰犬,骤突浙江,东南富庶,横罹锋镝,似此穷凶极戾,诚邦家之大蠹,国民之公仇。比年以来,分崩离析之祸烈矣,探其乱本,皆由此等狐鼠凭借城社,遂使神州鼎沸,生民丘墟。本大元帅夙以讨贼戡乱为职志，十年之秋，视师桂林，十一年之夏，出师江右，所欲为国民剪此蟊贼，不图宵小窃发，师行顿挫，遂不得不从事扫除内孽，绥缉乱余。今者烽烟虽未靖于东江，而大战之机，已发于东南，渐及东北，不能不权其缓急轻重。古人有言："豺狼当道，安问狐鼠？"故遂刻日移师北指，与天下共讨曹、吴诸贼。此战酝酿于去岁之秋，而爆发于今日，各方并举，无所谓南北之分，只有顺逆之辨。凡卖国殃民，多行不义者，悉不期而附于曹、吴诸贼。反之抱持正义，以澄清天下自任者，亦必不期而趋集于义师旗帜之下。民国存亡，决于此战，其间绝无中立之地，亦绝无可以旁观之人。凡我各省将帅，平时薄物细故，悉当弃置，集其精力，从事破贼，露布一到，即当克期会师。凡我全国人民，应破除苟安姑息之见，激励勇气，为国牺牲，军民同心，以当大敌，务使曹、吴诸贼，次第伏法，尽摧军阀，实现民治。十三年来丧乱之局，于兹救平，百年治安大计，从此开始。永奠和平，力致富强，有厚望焉。布告天下，咸使闻知！九月五日。

本大元帅于去岁之春，重莅广州，北望中原，国本未宁，危机四伏，而肘腋之地，伏莽纵横，乘隙思逞，始欲动之以大义，结之以忠信，故倡和平统一之议，以期消弭战祸，扶植民本。不图北方跋扈武人曹锟、吴佩孚等，方欲穷兵黩武，摧锄异己，以遂其僭窃之谋，乃勾结我叛兵，调唆我新附，资以饷械，嗾其变乱，遂使百粤悉罹兵燹，北江群寇，蜂拥而至，东江叛兵，乘时蠢动。西江南路，跳梁亦并进。当此之时，以一隅之地，撄四面之敌，赖诸将士之勷力，人民之同心，兵锋所指，群贼崩溃，广州根本之地，危而复安。在将士劳于征战，喘息不遑，在人民疲于负担，筋力易敝。然革命军不屈不挠之精神，已渐为海内所认识矣。曹、吴诸贼，既不获逞于粤，日暮途远，始窃名器以自娱，于是有斁法行贿，渎乱选举之事。反对之声，遍于全国，正义公理，本足以褫奸宄之魄，然天讨未申，元凶稽戮，转足以坚其盗憎主人之念。湖南讨贼军入定湘中，四川讨贼军规复重庆，形势甫展，而大功未就。曹、吴诸贼，乃益无忌惮，既吮血于福建，遂磨牙于浙江，因以有东南之战事。逆料此战事，且将由东南而渐及于东北。

去岁贿选时代所酝酿之大战，至此已一发而不可遏。以全国言，一切变乱之原动力，在于曹、吴，其他小丑，不过依附以求生存，苟能锄去曹、吴，则乱源自息。以广东言，浙江、上海实为广东之藩篱，假使曹、吴得逞于浙江、上海，则广东将有噬脐之祸。故救浙江、上海，亦即以存粤。

职此之故，本大元帅已明令诸将，一致北向讨贼，并克日移大本营于韶州，以资统率。当与诸军会师长江，饮马黄河，以定中原。其后方留守之事，责诸有司。去岁以来，百粤人民，供亿军费，负担綦重，用兵之际，吏治财政，动受牵掣，所以苦吾父老兄弟者甚至。然存正统于将绝，树革命之模型，吾父老子弟所有造于国者亦甚大，当此全国鼎沸之日，吾父老子弟，尤当蹈厉奋发，为民前驱，扫除军阀，实现民治，在此一举，其各勉旃！毋忽。九月五日。

最近数十年来，中国受列强帝国主义之侵略，渐沦于次殖民地，而满洲政府仍牢守其民族之特权阶级，与君主之专制政治，中国人民虽欲自救，其道无由，文乃率导同志，致力革命，以肇建中华民国，尔来十有三年矣。原革命之目的，在实现民有、民治、民享之国家，以独立自由于大地之上，此与帝国主义，如水火之不相容。故帝国主义，遂与军阀互相勾结，以为反动。军阀既有帝国主义为之后援，乃悍然蔑视国民，破坏民国，而无所忌惮。革命党人与之为殊死战，而大多数人民，仍守其不问国事之习，坐视不为之所，于是革命党人，往往势孤而至于蹉跌。十三年来，革命所以未能成功，其端实系于此。广东与革命关系最深，其革命担负亦最重，元年以来，国事未宁，广东人民亦不能得一日之安。九年之冬，粤军返旆，宜若得所借手，以完革命之志事，而曾不须臾，典兵者已为北洋军阀所勾引，遂以有十一年六月之叛乱。至十二年正月，借滇、桂诸军之力，仅得讨平，然除孽犹蜂聚于东江，新附复反侧于肘腋。曹锟、吴佩孚遂乘间抵隙，赣军入寇北江一带。西江南路亦同时啸起，广州一隅，几成坐困。文率诸军，四围冲击，虽所向摧破，莫能为患。然转输供亿，苦我广东父老昆弟至矣。军事既殷，军需自繁，罗掘多方，犹不能给，于是病民之诸捐杂税，繁然并起。其结果人民生活，受其牵掣，物价日腾，生事日艰。夫革命为全国人民之责任，而广东人民所负担为独多，此已足致广东人民之不平矣。而间有骄兵悍将，不修军纪，为暴于民，贪官污吏，托名筹饷，因缘为利，驯致人民生命自由财产，无所保障，交通为之断绝，廛市为之雕败，此尤足令广东人民叹息痛恨，而革命政府所由彷徨凤夜，莫知所措者也。广东人民身受痛苦，对于革命政府，渐形失望，而在商民为尤然。殊不知革命主义为一事，革命进行方法又为一事。革命主义，革命政府始终尽力，以求贯彻，革命进行方法，则革命政府，不惮因应环境以求适宜。广东今日此等现状，乃革命进行方法未善，有以使然，于革命主义无与。若以现状之未善，而谤及于主义之本身，以反对革命政府之存在，则革命政府，为拥护其主义计，不得不谋压此等反对企图，而使之消灭。三十余年来，文与诸同志实行革命主义，不惮与举世为敌，微特满洲政府之淫威，不足樱吾怀抱，即举世之讪笑诅咒，以大逆不道等等恶名相加，亦夷然不以为意，此广东人民所尤稔知者也。故为广东人民计，为商民计，莫若拥护革命政府，实行革命主义，同时与革命政府，协商改善革命之进行方法。盖前此大病，在人民守其不问国事之习，不与革命政府合作，而革命政府为存在计，不得不以强力取资于人民，政府与人民之间，遂生隔膜。今者革命政府不惮改弦更张，以求与人民合作，特郑重明白宣布如左：（一）在最短时期内，悉调各军，实行北伐。（二）以广东付之广东人民，实行自治。广州市政厅克日改组，市长付之民选，以为全省自治之先导。（三）现在一切苛捐杂税，悉数蠲除，由民选官吏另订税则。以上三者，革命政府已决心实行，广东人民，当知关于革命之进行方法，革命政府不难徇人民之意向，从事改组。唯我广东人民对于革命之主义，当以热诚扶助革命政府，使之早日实现，庶几政府人民，同心同德，以当大敌。十三年来未就之绪，于以告成。中华民国实嘉赖之。

各省人民听说中山誓师北伐，都延颈盼望，巴不得革命军早到。正是：

大地干戈无了日，
万民端望义师来。

未知后事如何，且看下回分解。

毒蛇螫手，壮士断腕。民国成立，经十余年，而民困益甚者，无他，革命之功，未能彻底，犹之毒蛇噬人，手已螫而腕不忍断，浸假且毒蔓全身，不可救药也。读孙先生北伐宣言及布告，所谓不忍黩武，而不得不用兵之苦衷，胥剖析明白，人民无不爱和平，知北伐之目的端在和平，当无不憬悟奋起，共襄义师者，北伐成功，基于是矣。

第一百六十回　筹军饷恢复捐官法
结内应端赖美人兵

却说吴佩孚在洛阳，除练兵以外就是搜刮军饷，因他料到直、奉再战，决不能免，所以不能不未雨绸缪，先积蓄个数千数百万元，以备一有事情可作为战费。积蓄以为战费，较之积蓄以为私财者何如？所以那时的财长，除却筹措政费军费以外，还须筹一笔预备战费，委实也不易做。

至于这时的内阁总理还是孙宝琦，财政总长是王克敏，孙宝琦和王克敏，原有意见，共事少久，意见愈多，纠纷愈甚。双方借端为难，已非一日。如此政府，安望其能建设。讲到两人所以如此冲突的原因，却在孙阁成立之时，王克敏为保定派的中坚人物，高凌霨内阁刚倒的时候，王克敏立刻奔走洛阳，竭力拉拢，自以为内阁总理，无论属之何人，这财政总长一席，总逃不出自己掌握之中。

俗话说得好："一朝天子一朝臣"，孙宝琦既做了总理，当然要拉拢他自己相信的人来担任这重要的财揆，才能放心，所以把王克敏维持阳历年关的功劳，完全抹杀不问，竟另外拉拢潘复、赵椿年一类人，教他们担任财政一部。幸而府方的王毓芝、李彦青两人竭力主张，非用王克敏入阁不可，孙宝琦不敢违拗，只得打消原来的主张，仍然用王克敏长财。幸臣之势力，如此可畏。

王克敏知道了这件事，心中如何不气，真是可气。当时向人宣言："孙阁这等胡闹，不肯用他，便是胡闹。非加以压迫不可。"一个要加以压迫。孙宝琦虽然是个没用的老官僚，对于政争，却也知道诀窍，于是想出一个抵制之佛，指使吴景濂派津派的议员，借金佛郎案，竭力向王克敏攻击。有提弹劾案的，有提查小案的，倒王的风声，真个一天紧似一天。议员们的摇旗呐喊，岂能倒幸臣所维持的财长？这时阁员中，以保派为最多，他们亦有一种团体。这等团体，可称糟团。王克敏和内务程克、交通吴毓麟，完全是保派，外交顾维钧、农商颜惠庆，虽则并非保派，却和保派也有一番渊源。他们见王克敏吃了人家的亏，不免发生兔死狐悲之念，为抵制外力之计，对于孙宝琦，当然也有一种报复行为。他们的政策，却舍议员而用本身占有多数的阁员。阁员议员，无非银圆。在阁议席上，对于孙的提案，往往竭力反对，使他不能行使他所定的政策。如此互相倾轧，焉能望其建设？这原是一种制孙死命的计划，不料吴佩孚时时令内阁筹集军饷，王克敏不能不竭力设法，他的唯一方针，只有承认金佛郎案，立刻便可得一注大款子，无奈孙宝琦正借着这个题目，在那里讨好国人，所以不敢明目张胆地胡乱答应。可是除此以外，又无别法。吴佩孚却不管这些，因他们筹饷不力，时时有电报指斥。王克敏和程克、吴毓麟都非常着急。

有一天，程克忽然得了一个筹款的方法，便兴冲冲地跑到王克敏公馆里去商议进行的方法。恰好吴毓麟、颜惠庆、顾维钧和王克敏的妹子七姑太太，都在那里。程克和他们都是十分相熟的熟人，也不消客气，爽爽快快地向沙发上一横，向七姑太太笑道："你几时到杭州去？我有一个礼拜不见你了。只道你已经回南，真个牵记得很。"七姑太太白了他一眼道："你牵记我做什么？便把你这颗心零碎割开来，也牵记不到我呢。"吴毓麟拍手笑道："真的，老程是一部垃圾马车，便把他的坏心磨作藕粉，也不够支配呢。"说得众人都笑起来。王克敏也禁不住嗤地一笑。不怒而笑，其人可知。七姑太太便站起来要打他，吴毓麟忙着躲过，笑着告饶。七姑太太哪里肯听，赶上去就打。吴毓麟翻身就逃，不料一脚绊在痰盂上，把个痰盂滚了三五尺远，恰好那只脚跨上去时，又踏在痰盂上，痰盂一滚，吴毓麟站不住脚，立刻扑的一交，掼在地下，引得众人都大笑起来。七姑太太也忙着回身倒在一张沙发上，掩着口，吃吃地笑个不住。吴毓麟赶着站起来时，裤子上已渍了许多水。王克敏忙着叫佣人进来收拾。吴毓麟又要了一块手巾，揩了揩手面，再把裤子上的水也揩干了，众人取笑了一会，渐渐又说到正经话上来。

只听颜惠庆说道："我想：要是二五附税能够实行，每年至少可得二千四百万的收入，拿来担保发行一笔巨额的公债，岂不一切问题都解决了？"惠庆此语，系承上而来，可见程克未到前，他们正在议论筹款办法，不假辞句而补出全文，此谓用笔神化，不落痕迹。王克敏皱眉道："这事也不易办呢。在金佛郎案没有解决之前，他们如何肯开会讨论？"束手无策。顾维钧道："非但此也，华府条约明明规定须在该约施行后三个月内，方能召集特别关税会议，现在佛国还没批准，哪里说得到实施？"王克敏道："你是熟悉外交情形的，难道还不知道佛国所以不肯批准华府条约，就为我们不肯承认金佛郎吗？他既借这个来抵制，在我们不曾承认金佛郎案以前，如何肯轻易批准？倘然不承认金佛郎案，这二五附税，岂非一万年也不能实行吗？"说着，又顿足道："我说，这金佛郎案是非承认不可的，偏这孙老头处处为难，借着这个题目来攻击我，使我又不好承认，又不能不承认，真教我为难极了。"此时王克敏之处境，确也为难。众人还不曾回答，程克先插嘴问道："你们可是在这里谈论筹款的方佛吗？我倒想了一个计较，大家不妨讨论讨论，看使得使不得？"王克敏急问什么方法，当然是他第一个着急。程克笑道："我说出来，你们不要笑。"众人都稀奇道："这有什么可笑？只要有款可筹，便被人笑骂，打什么紧。"诚哉诸君之言，当今之世，只要有钱耳，他何必问。程克道："我今天偶然翻着义赈奖励章程，第二条上说，凡捐助义赈款银一万元以上者，应报由内务部呈请特予优加奖励。我想这一条，大可附会到简任、荐任的上面去，开他一个捐官的门路，倒也是一个源源不绝的生财之道咧。"王克敏忙道："不错，这倒正是一个绝好的方法，怎说好笑？"颜惠庆道："这事只怕国人要反对罢。"到底还是他怕招物议。吴毓麟道："反对倒不必怕，好在我们又不是真个说捐官，在名义上说起来，国人也没有充分的反对理由。便算有人反对，我们不理他又有什么法子。"大有孤行一意的勇气，可佩之至。顾维钧道："国人反对不反对，事前哪里料得到，现在何妨先做做看，等国人反对得真厉害时，取消不迟。"此所谓外交家之滑头手段也。王克敏道："这话很不错，我们不妨先进行进行，看是个怎么样子再说。至于特别关税会议，也须竭力进行才好。"顾维钧道："这问题我已和各国公使商量过好几次，都没有结果，看来暂时决不能即行召集了，所以我想先开预备会议，预备会议有了结果，便不怕正式会议开不成功了。"七姑太太初时只怔怔地听着，这时也插口道："这方法倒很好，你们何妨就这样办呢。"颜惠庆道："这照会应该怎样措辞？"顾维钧想了一会道："让我自己来起个草，大家斟酌斟酌看。"众人都说："很好。"王克敏叫人拿过纸笔来，看顾维钧一面想，一面写，做了半天，方才完稿。众人读那原文道：

华会九国关于中国关税税则之条件，原定俟该约施行后三个月内，应由中政府择定地点，定期召集特别会议，议定撤除厘金，增收二五附加税及各种奢侈品亦增加税率，并规定中国海陆各边界关税章程各节。查该约之精神，旨在救济中国财政，但至今已届两载，各签约国尚未完全批准，以致特别会议不能如期召集，中国财政上种种计划，无法进行，内外各债，亦无从整理，为此中政府不得不提议先行召集预备会议之举，为将来特别会议之准备。

众人都说："很好，就这样罢。"说着，忽见七姑太太看了看手表，说道："时候到了，再迟火车要赶不上了。"程克吃惊道："七姑太太今天回南边去吗？"七姑太太点头笑道："正是，趁今天的特别快车去呢。"一面说，一面叫人预备汽车。程克和王克敏两人亲自送她到车站。吴毓麟和颜惠庆、顾维钧等也都散了，召集特别关税会议的照会，已由外交部送达各国公使。各公使都说要请示本国政府，不肯即时答复。不料各国的训令转来，都是拒绝召集，一场大希望完全落了空，颜惠庆、顾维钧、王克敏等都十分扫兴。真是葡萄牙公使说的：多此一举。那捐官问题，外面的舆论不甚赞成，可是程、王等都因急于要钱，先由内务部上了一个呈文，大略说：

查民国九年改订义赈奖励章程第二条，载：凡捐助义赈款银，达一万元以上者，应报由内务部呈请特予优加奖励等语。所谓奖励，即指简、荐实职而言，特原文未经说明，且规定捐数过巨，致捐款者仍多观望。以今视昔，灾情之重，需款之殷，筹款之穷于术，势非更予变通，未由济事。明知国家名器，未可轻予假人，顾兹千万灾民，偏要推在灾民身上，其实灾民所受之实惠，有几许哉？颙望苏息，又不能不勉予通融。为此拟请将民国九年义赈奖励章程，再行修正，以劝义举。是否有当，理合呈请钧座核示祗遵。

曹锟得了这呈文，便批交法制局核议，法制局因舆论上颇为攻击，核定缓议。原文道：

查内务部修正要点，系将原章程第二条之特予优加奖励等语，改为以简任或荐任职存记。在部中修改之意，本欲以优加奖励，鼓舞人民好善之心，然事同于前清之赈捐，流弊甚大，应从缓议。

程克见本人政策，这等骗人方法，也说得上政策，惶恐惶恐。第一次被驳，少不得再行呈请，不过将原文第二条改为应由内务部专案呈请特奖。所谓特奖者，就是以简任或荐任职存记，不过名词上之异同而已。这样一改，立刻指令照准，于是前清的捐官法，便又实行恢复了。

通令下后，自有一班铜臭的人，掏出整万的款子来，报效政府，买一个简、荐衔头，荣宗耀祖，手腕灵些的，更可活动一个实授差使，捞回本钱，得些利息。在政府方面，总算是不费之惠，而且又可得一笔制造灾民的军费，名之曰义赈捐款，而实际乃以制造灾民，岂不可叹？岂非一举两得？这事情在没有发表之前，本来做得十分秘密，不料给孙宝琦晓得后，又大加攻击，以致外面舆论也沸沸扬扬，排斥程克，因此程克和王克敏，更觉对孙不满。

这时正值江、浙战事将要发生，孙宝琦因着浙江同乡的公电，请出任调停，少不得向各方疏通。又自恃洛方处处对他表示保护，若直向吴佩孚说话，也似较有把握。因与幕僚计议，请他拟稿电请吴佩孚制止。那幕僚半晌方说道："我也是浙江人，当然希望江、浙没有战事，但在我的目光看来，这个电报，竟是不必发的好。"又有一件公案。孙宝琦诧异道："这是什么缘故？难道吴玉帅也主张攻浙了吗？"孙慕老此时尚不知耶？可谓懵懵。幕僚道："事情虽是一种谣传，不能认为十分确实，但所得消息，是极接近王克敏这边的人说出来的，这人又刚从浙江来，他这说话，当然是有几分可靠咧。"孙宝琦忙问是什么话，那幕僚笑道："话长呢！而且怪肉麻有趣的。慕老(孙宝琦字慕韩)既然注意，少不得学给你听。四省攻浙，初时不过一种计划罢咧，现在却已十分确定，不但外面遣兵调将，一切布置妥洽，并且连内应也弄好了。"孙宝琦道："谁是内应？"幕僚道："还有谁？除却夏定侯，怕不容易找到第二个罢。他本来是个内应专家，内应也有专家，怪不得卖官可称政策了。第一次赶走吕戴之，内幕已无人不知，要是没有童保暄，戴之岂不是要大吃其亏？吴大帅因此看中了他，想送他……"说到这里，低头想了一会，方道："那传说的人也记不清，怕是二十万现款，叫他倒子嘉的戈，但是还怕他不答应，急切又找不到向他说话的人，又是王克敏献计，说自己有个妹子在杭州，教她去说，无有不成功的。"真是好计。

孙宝琦笑道，"定侯是有名的色鬼，这不是用美人计吗？"幕僚笑道："虽不敢说确是美人计，但从外面看来，多少总有一点关系。"孙宝琦笑道："吴大帅怕未必肯听他这些诡计罢。"那幕僚笑道："怎么不听？人家可已进行得差不多了。那王克敏要巴结吴大帅，少不得写信给他的妹子七姑太太请她赶紧进行。七姑太太看在哥哥面上，少不得牺牲色相，向定侯献些殷勤。这其间……这其间……果然一拍就合了。"何其容易也？一笑。

孙宝琦道："这怕是谣言吧。"那幕僚道："在先我也这般想，更可笑的，还有一件大肉麻事，真叫我学说也学不上来。"孙宝琦急问又是什么话，幕僚道："这种话，慕老不能当作真话听的。大概请七姑太太去运动定侯，是一件事实，他们既然接洽这么一件秘密大事，少不得要避避别人的目光，在暗地里秘密接洽进行，因此引起了别人的疑窦，造出了一大段谣言，不过我也不能不秉着阙疑的主张，向你学说一番。据一般谣言说：七姑太太得了乃兄的手书以后，便以定侯为目标，着着进行。七姑太太在西湖中，本已流传不少的风流艳迹，定侯早已十分留心，并且同席过好几次了，只因自己的丰韵不佳，不能动美人的怜爱，因此几次三番，都不能勾引到手。如今见她居然降尊纡贵，玉趾亲临，这一喜，真个非同小可，立刻问长问短，挤眉弄眼的，向她打撞。七姑太太原系有求于他而来，少不得假以辞色，有说有笑的，十分敷衍着他。那种温柔和悦的态度，和往日的冷心冷脸，截然如出两人。定侯认为美人垂青，欢喜得手舞足蹈，早不觉丑态毕露，肉麻得一个不知所云。从此以后，定侯便天天要到西湖去看七姑太太。七姑太太也不时进城来看定侯，两人竟一天比一天的要好起来。

那天定侯又去看七姑太太，七姑太太见事机已熟，便向他说道：'你的心倒很平，年年做警务处长，也不想生生发发的，大概做一辈子的警务处长，也就心满意足咧。'这几句话，打动了定侯的心事，便慨然长叹起来。七姑太太又笑道：'你叹什么气？难道还不满足吗？我劝你也别三心二意罢。论起你的才干来，固然……休说区区一个警务处长，便做一个督军巡阅，也并非分外。都只因你自己心太平了，不肯做，做到现在，还是一个警务处长，便再过三年五载，恐怕也还是这么一回事儿。既然自己不肯做，还怪谁？唉声叹气，又有什么用呢？'定侯这时触动心事，禁不住又叹了一口气道：'哪里是我自甘雌伏，不过没有机会，不能不这般耐守罢咧！'被女将军勾出真心话来了。七姑太太笑道：'你别吹牛，便有天大的机会到你眼前来，也不见得你会乘机发展呢。'恐其念之不坚，更作反激辞以试探之，可谓妙甚。定侯正色道：'胡说！你几时看我那般没出息？果真有机会，我难道是呆子，肯死守着小小前程，一点不动吗？'七姑太太笑道：'如此说，我就给你一个机会，看你敢动不敢动？'定侯以为她说的是笑话，便也笑道："好，好，好，姑太太，就请你给我一个机会，看我敢不敢动？'七姑太太笑道：'你别乱吹，我这法子，不是卖给没出息人的，你真能用，我就讲出来，讲了出来，你要是不能用，不肯用，我这妙计，就算丢在粪窖里。这种天大的损失，谁负责任？'再敲一句，不怕不着实。定侯笑道：'你别瞎吹！要是你真有好机会给我，我不敢动，罚在你床前跪三千年如何？'七姑太太正色道：'我不是和你说笑话，真有个极好的机会给你呢！你瞧我虽是女子，可同那批专事胡调、不知大体的下流女子一般身份吗？'定侯见她说得十分正经，连忙挨进一步，悄悄说道：'是了，姑太太，晓得你的厉害了，究竟是什么机会，请你说出来，让我斟酌斟酌，看行得行不得？'七姑太太笑道：'你看！一听说是正经话，便又变成那种浪样儿，什么斟酌不斟酌，要讲斟酌，仍是游移不定之谈罢了。老实说，我这机会，是必灵必效、无容迟疑的，你若有一丝一毫不信任之心，我就不肯说了。'定侯见她说得这样剪截，不觉又气又笑，因道：'你别尽闹玩笑，说真是真，说假是假，这样真不像真，假不像假，岂不令人难过？'真是难过。七姑太太笑道：'你别嚷！我就老实告诉你罢。'因凑过头去，悄悄地说了一阵。她说一句，定侯点一点头，说完了，一口应允道：'行，行，行！这很行！我有办法，你只管替我回复玉帅，我准定照办吧咧。'七姑太太道：'你别掉枪花，说过的话儿不应口，我可不依你呢。……'"

那幕僚刚演说到这里，孙宝琦已忍不住笑着插嘴道："得咧得咧，别说了罢。这种秘密事儿，人家如何听得见？可见这些话，完全是造谣的了，你还是给我拟一个给玉帅的电稿罢。"那幕僚也禁不住笑道："那原是笑话，但是吴大帅教王克敏写信给七姑太太这件事，实在是千真万确的，就是电请吴大帅制止，也不过是尽尽人事而已。"孙宝琦道："就是说人事也不可尽。"那幕僚见孙宝琦固执要拟，当然不敢再说，当下拟了一个电稿，大略道：

东南形势，又日益紧张，人民呼吁无门，流离载道。宝琦顾念桑梓，忧怀莫释，务恳怜悯此凋敝民生，不堪重荷锋镝之苦，实力制止，使战事不至实现。庶东南半壁，犹得保其完肤。民国幸甚！人民幸甚！

这电报拍出以后。过了一个礼拜，方才得了洛阳的复电，大略道：

卢、何抗命，称兵犯苏，甘为戎首，虽佩孚素抱东南完肤之旨，而职责所在，亦岂能含垢忍辱，坏我国家纲纪，不稍振饬？倘卢、何果能悔祸，自戢野心，即日束兵待罪，则佩孚又何求焉？

电报到达的第二天，黄渡、浏河、长兴等处，都已接触，和平调停的声浪，也就由微而绝了。其时奉天方面，因为响应浙江，已有大举入关之势。吴佩孚方面，也少不得积极备战。直隶的人民，无日不在奔走呼号之中。东南战事实现后十天，奉、直两军，也在朝阳方面接触了。正是：

鼙鼓声声听不断，
南方未已北方来。

未知究竟如何结果，且待以后详续。

本回所记，与上回江、浙之战，同时发生，而又互有关系，故为补记之笔。夫民国肇造，首在与民更始，而更始之道，尤莫先于革除秕政。卖官鬻爵，历代之秕政也。满清知之，而蹈其覆辙，毒尽天下，误尽苍生，不图时至民国，尚欲效其所尤，此真饮鸩止渴之下策，堂堂内阁，赫赫总统，竟敢放胆而行，肆无忌惮，何怪仕途愈滥，奔竞愈多。《传》曰："唯器与名，不可以假人。"名器之不慎如此，国事尚可问乎？虽然，彼总统阁员，果以何项资格，登此高位？盖《语》有之曰："己身不正，而能正人者，未之有也。"